Über die Autorin

Dorothy Leigh Sayers, geboren am 13. Juni 1893 als Tochter eines Pfarrers und Schuldirektors aus altem englischem Landadel, war eine der ersten Frauen, die an der Universität ihres Geburtsortes Oxford Examen machte. Sie wurde Lehrerin in Hull, wechselte dann aber für zehn Jahre zu einer Werbeagentur. 1926 heiratete sie den Hauptmann Oswald Atherton Fleming. Als Schriftstellerin begann sie mit religiösen Gedichten und Geschichten. Auch ihre späteren Kriminalromane schrieb sie in der christlichen Grundanschauung von Schuld und Sühne. Ihre über zwanzig Detektivromane, die sich durch psychologische Grundierung, eine Fülle bestechender Charakterstudien und eine ethische Haltung auszeichnen, sind inzwischen in die Literaturgeschichte eingegangen. Dorothy L. Sayers gehört mit Agatha Christie und P.D. James zur Trias der großen englischen Kriminalautorinnen. 1950 erhielt sie in Anerkennung ihrer literarischen Verdienste um den Kriminalroman den Ehrendoktortitel der Universität Durham. Dorothy L. Sayers starb am 17. Dezember 1957 in Witham/Essex.

Von Dorothy L. Sayers erschienen als rororo-Taschenbücher außerdem: «Der Glocken Schlag» (Nr. 4547), «Fünf falsche Fährten» (Nr. 4614), «Keines natürlichen Todes» (Nr. 4703), «Diskrete Zeugen» (Nr. 4783), «Mord braucht Reklame» (Nr. 4895), «Starkes Gift» (Nr. 4962), «Zur fraglichen Stunde» (Nr. 5077), «Ärger im Bellona-Club» (Nr. 5179), «Aufruhr in Oxford» (Nr. 5271), «Die Akte Harrison» (Nr. 5418), «Ein Toter zuwenig» (Nr. 5496), «Hochzeit kommt vor dem Fall» (Nr. 5599), «Der Mann mit den Kupferfingern» (Nr. 5647), «Das Bild im Spiegel» (Nr. 5783) und «Figaros Eingebung» (Nr. 5840). Außerdem ist Dorothy L. Sayers neben Agatha Christie, G.K. Chesterton u.a. Mitautorin des Bandes «Die letzte Fahrt des Admirals – 13 Autoren schreiben einen Kriminalroman» (Nr. 12112).

Dorothy L. Sayers

Diskrete Zeugen

Ärger im Bellona-Club

Ein Toter zuwenig

Drei Krimis in einem Band

Deutsch von
Otto Bayer

rororo

Rowohlt

«Diskrete Zeugen»: Titel der englischen Originalausgabe
«Clouds of Witness»
«Ärger im Bellona-Club»: Titel der englischen Originalausgabe
«The Unpleasantness at the Bellona Club»
«Ein Toter zuwenig»: Titel der englischen Originalausgabe
«Whose Body?»
Weitere Angaben auf Seite 718
Umschlaggestaltung Nina Rothfos

Veröffentlicht im Rowohlt Taschenbuch Verlag GmbH,
Reinbek bei Hamburg, April 1989

Gesamtherstellung Clausen & Bosse, Leck
Printed in Germany
1000-ISBN 3 499 12586 2

Dorothy L. Sayers

Diskrete Zeugen

«Clouds of Witness»

Deutsch von
Otto Bayer

Die Lösung des
FALLES VON RIDDLESDALE
Mit einem Bericht über den
Prozeß vor dem Oberhaus
gegen den
HERZOG VON DENVER
wegen
MORDES

Seine unnachahmlichen Geschichten aus Tongking haben nie ein eigentliches Ende, und diese in seinem vollendetsten Stil geschriebene hat noch weniger ein Ende als die meisten anderen. Aber die ganze Erzählung ist durchdrungen von dem Duft der Weihrauchstäbchen und einer hochnoblen Gesinnung, und die Hauptpersonen sind beide von edler Geburt.
The Wallet of Kai-Lung

«Mit bösem Vorbedacht»

«O! Wer hat die Tat vollbracht?»
Othello

Lord Peter Wimsey rekelte sich wohlig zwischen den Laken des Hôtel Meurice. Nach den Anstrengungen bei der Lösung des Rätsels vom Battersea Park war er Sir Julian Frekes Rat gefolgt und in Urlaub gefahren. Auf einmal war er es leid gewesen, allmorgendlich mit Blick auf den Green Park zu frühstücken; er hatte eingesehen, daß die Ersteigerung von Erstausgaben eine unzureichende Betätigung für einen Mann von dreiunddreißig Jahren war; und in London war alles überzüchtet, sogar die Verbrechen. Also hatte er Wohnung und Freunde verlassen und war in die Wildnis Korsikas geflüchtet. Drei Monate lang hatte er Briefen, Zeitungen und Telegrammen entsagt. Er war durch die Berge gewandert, hatte aus vorsichtiger Entfernung die wilde Schönheit der korsischen Bäuerinnen bewundert und die Vendetta in ihrer angestammten Heimat studiert. Unter solchen Umständen erschien Mord nicht nur vernünftig, sondern geradezu liebenswert. Bunter, sein ergebener Diener und Hilfsspürhund, hatte selbstlos seine kultivierten Gepflogenheiten geopfert und es zugelassen, daß sein Herr schmutzig und sogar unrasiert herumlief; seine getreue Kamera hatte zur Abwechslung statt Fingerabdrücken nur rauhe Landschaft ablichten dürfen. Es war sehr erholsam gewesen.

Nun aber hatte der Ruf des Blutes Lord Peter eingeholt. Sie waren gestern abend spät mit einem miserablen Zug nach Paris zurückgekehrt und hatten ihr Gepäck abgeholt. Das Herbstlicht, das jetzt gedämpft durch die Vorhänge hereindrang, strich liebkosend über die Fläschchen mit den silbernen Verschlüssen auf dem Toilettentisch und umfloß die Umrisse einer elektrischen Lampe und des Telefons. Aus der Nähe verkündete das Rauschen fließenden Wassers (w&k), daß Bunter das Bad einlaufen ließ und die duftende Seife, das Badesalz, den großen Badeschwamm, für den es auf Korsika keine Verwendung gegeben hatte, und die prächtige Bürste mit dem langen Stiel zurechtlegte, die einem so schön das Rückgrat massierte. «Gegensätze», philosophierte Lord Peter schlaftrunken, «sind das Leben. Korsika – Paris – dann London ... Guten Morgen, Bunter.»

«Guten Morgen, Mylord. Ein schöner Morgen, Mylord. Das Bad ist bereitet.»

«Danke», sagte Lord Peter. Er blinzelte ins Sonnenlicht.

Es war ein herrliches Bad. Während er hineinsank, verstand er plötzlich nicht mehr, wie er auf Korsika hatte existieren können. Selig planschte er im Wasser und sang ein paar Takte dazu. In einer schläfrigen Pause hörte er den Zimmerkellner Kaffee und Hörnchen bringen. Kaffee und Hörnchen! Er erhob sich triefend aus der Wanne, rubbelte sich genüßlich ab, hüllte seinen so lange kasteiten Körper in einen seidenen Morgenrock und ging ins Zimmer zurück.

Zu seinem maßlosen Erstaunen sah er, wie Mr. Bunter seelenruhig das Toilettenköfferchen wieder packte. Ein zweiter erstaunter Blick fiel auf die übrigen Koffer, die – gestern abend kaum geöffnet – bereits wieder gepackt und mit Anhängern versehen reisefertig dastanden.

«Nanu, Bunter, was soll das?» fragte Seine Lordschaft. «Wir bleiben doch vierzehn Tage hier.»

«Verzeihung, Mylord», entgegnete Mr. Bunter untertänig, «aber nachdem ich die *Times* gesehen hatte (die jeden Morgen per Flugzeug hierher expediert wird, Mylord, und das alles in allem sehr zügig), zweifelte ich nicht daran, daß Eure Lordschaft den Wunsch haben würde, sich sofort nach Riddlesdale zu begeben.»

«Riddlesdale!» rief Peter. «Was gibt's denn da? Ist etwas mit meinem Bruder?»

Statt einer Antwort reichte Mr. Bunter ihm die Zeitung, aufgeschlagen bei der Überschrift:

GERICHTLICHE VORUNTERSUCHUNG IM FALL RIDDLESDALE
HERZOG VON DENVER UNTER MORDVERDACHT VERHAFTET

Lord Peter starrte wie hypnotisiert.

«Ich dachte, Eure Lordschaft würde sich nichts entgehen lassen wollen», sagte Mr. Bunter, «darum habe ich mir die Freiheit genommen – »

Lord Peter gab sich einen Ruck.

«Wann fährt der nächste Zug?» fragte er.

«Ich bitte Mylord um Verzeihung – ich dachte, Mylord würde den schnellsten Weg wählen wollen. Darum habe ich mir erlaubt, zwei Plätze in der *Victoria* zu buchen. Das Flugzeug startet um halb zwölf.»

Lord Peter sah auf die Uhr.

«Zehn», sagte er. «Sehr gut. Sie haben recht getan. Du meine Güte! Der gute Gerald wegen Mordes verhaftet. Muß ihm ungemein peinlich sein, dem Ärmsten. War immer so dagegen, daß ich dauernd mit der Polizei zu tun hatte. Jetzt ist er selbst dran. Lord Peter Wimsey im Zeugenstand – sehr unangenehm für die Gefühle eines Bruders. Herzog von Denver auf der Anklagebank – noch schlimmer. Mein Gott – aber frühstücken sollte man trotzdem.»

«Sehr wohl, Mylord. Im Innenteil der Zeitung ist ausführlich über die Voruntersuchung berichtet.»

«Aha. Wer bearbeitet übrigens den Fall?»

«Mr. Parker, Mylord.»

«Parker? Hervorragend! Der gute alte Parker. Wie mag er's nur fertiggebracht haben, sich den Fall übertragen zu lassen? Wie sieht's denn aus, Bunter?»

«Wenn ich dazu etwas sagen darf, Mylord, ich glaube, die Ermittlungen werden sich sehr interessant gestalten. Die Indizienkette enthält einige überzeugende Glieder, Mylord.»

«Kriminologisch gesehen bestimmt sehr interessant», antwortete Seine Lordschaft, indem er sich gutgelaunt seinem *café au lait* widmete, «aber für meinen Bruder muß es teuflisch unbequem sein, sich der Kriminologie zuwenden zu müssen, wie?»

«Gewiß, Mylord», sagte Mr. Bunter. «Aber es heißt ja, nichts geht über ein persönliches Interesse.»

«In Riddlesdale, Nord-Yorkshire, fand heute die gerichtliche Voruntersuchung des Todes von Hauptmann Denis Cathcart statt, dessen Leiche am frühen Donnerstagmorgen um drei Uhr vor der Eingangstür zum Wintergarten von Riddlesdale Lodge, dem Jagdhaus des Herzogs von Denver, gefunden worden war. Nach Zeugenaussagen war der Verstorbene am Abend zuvor mit dem Herzog von Denver in Streit geraten und später in einem kleinen Gebüsch in der Nähe des Hauses erschossen worden. In der Nähe des Tatorts wurde eine dem Herzog gehörende Pistole gefunden. Die Voruntersuchung endete mit einer Anklage gegen den Herzog von Denver wegen Mordes. Lady Mary Wimsey, die Schwester des Herzogs, die mit dem Verstorbenen verlobt gewesen war, brach nach ihrer Zeugenaussage zusammen und liegt seitdem schwerkrank in Riddlesdale Lodge. Die Herzogin von Denver ist gestern aus London herbeigeeilt und war bei der Voruntersuchung zugegen. Ausführlicher Bericht auf Seite 12.»

Armer Gerald! dachte Lord Peter, während er zur Seite 12 weiterblätterte. Und arme Mary! Ob sie den Burschen wirklich geliebt hat? Mutter hat es schon immer bestritten, aber Mary selbst sprach ja nie darüber.

Der ausführliche Bericht begann mit einer Schilderung des Dörfchens Riddlesdale, wo der Herzog von Denver sich vor kurzem ein kleines Jagdhaus für die Saison gemietet hatte. Zur Zeit des tragischen Geschehens war der Herzog mit einer Jagdgesellschaft in Riddlesdale Lodge. Lady Mary Wimsey hatte in Abwesenheit der Herzogin die Rolle der Gastgeberin übernommen. Weitere Gäste waren Oberst Marchbanks und Gattin, der Ehrenwerte Frederick Arbuthnot, Mr. und Mrs. Pettigrew-Robinson und der Verstorbene, Hauptmann Denis Cathcart.

Erster Zeuge war der Herzog von Denver, der angab, den Leichnam entdeckt zu haben. Er sagte, er habe am Donnerstag, dem 14. Oktober, morgens früh um drei Uhr durch die Tür zum Wintergarten ins Haus gehen wollen, als er mit dem Fuß an etwas gestoßen sei. Er habe seine Taschenlampe eingeschaltet und den Körper Denis Cathcarts zu seinen Füßen liegen sehen. Er habe ihn sofort umgedreht und gesehen, daß Cathcart in die Brust geschossen worden war. Er sei tot gewesen. Während der Herzog noch mit dem Toten beschäftigt gewesen sei, habe er einen Schrei im Wintergarten gehört, und als er aufsah, habe Lady Mary schreckensstarr in der Tür gestanden. Sie sei zu ihm herausgekommen und habe sofort gerufen: «Mein Gott, Gerald, du hast ihn getötet!» (Unruhe.)*

Untersuchungsrichter: «Hat diese Bemerkung Sie überrascht?»

Herzog von D.: «Nun, ich war von dem Ganzen sehr erschrocken und überrascht. Ich glaube, ich habe zu ihr gesagt: ‹Sieh nicht her›, und sie sagte: ‹Ach, es ist Denis! Wie kann denn das passiert sein? Ein Unglück?› Ich bin bei dem Toten geblieben und habe sie ins Haus geschickt, um die Leute zu wecken.»

Untersuchungsrichter: «Hatten Sie erwartet, Lady Mary Wimsey im Wintergarten zu sehen?»

Herzog von D.: «Wirklich, wie ich schon sagte, ich war im ganzen so erstaunt, daß ich mir darüber keine Gedanken gemacht habe.»

Untersuchungsrichter: «Erinnern Sie sich, was sie anhatte?»

Herzog von D.: «Ich glaube nicht, daß sie im Pyjama war.» (Ge-

* Dieser Bericht, der zwar im wesentlichen dem entspricht, was Lord Peter in der *Times* las, wurde nach einem von Mr. Parker während der Verhandlung angefertigten Stenogramm korrigiert, ergänzt und mit Anmerkungen versehen.

lächter.) «Ich glaube, sie hatte einen Mantel an.»

Untersuchungsrichter: «Habe ich richtig verstanden, daß Lady Mary Wimsey mit dem Verstorbenen verlobt war?»

Herzog von D.: «Ja.»

Untersuchungsrichter: «Kannten Sie ihn gut?»

Herzog von D.: «Er war der Sohn eines alten Freundes meines Vaters. Seine Eltern sind tot. Ich glaube, er hat vorwiegend im Ausland gelebt. Ich habe ihn während des Krieges kennengelernt, und 1919 ist er nach Denver gekommen. Anfang dieses Jahres hat er sich dann mit meiner Schwester verlobt.»

Untersuchungsrichter: «Mit Ihrem und dem Einverständnis der Familie?»

Herzog von D.: «Ja, natürlich.»

Untersuchungsrichter: «Was für ein Mensch war Hauptmann Cathcart?»

Herzog von D.: «Nun – er war ein Gentleman. Ich weiß nicht, was er getan hat, bevor er 1914 zur Armee ging. Wahrscheinlich hat er von seinem Vermögen gelebt; sein Vater war recht wohlhabend. Ausgezeichneter Schütze, guter Spieler und so weiter. Ich habe nie etwas Nachteiliges über ihn gehört – bis zu jenem Abend.»

Untersuchungsrichter: «Und was hörten Sie da?»

Herzog von D.: «Tja – das war so – es war schon verteufelt komisch. Er – wenn jemand anders mir das mitgeteilt hätte als Tommy Freeborn, hätte ich es niemals geglaubt.» (Unruhe.)

Untersuchungsrichter: «Ich muß Euer Gnaden leider fragen, was Sie dem Verstorbenen konkret vorzuwerfen hatten.»

Herzog von D.: «Nun, ich habe nicht – ich werfe ihm nicht direkt etwas vor. Ein alter Freund von mir hatte eine Andeutung gemacht. Natürlich glaubte ich an einen Irrtum, darum bin ich auch sofort zu Cathcart gegangen, aber zu meiner Verwunderung hat er es praktisch zugegeben! Darüber gerieten wir beide in Harnisch, und er sagte zu mir, ich solle mich zum Teufel scheren, dann rannte er selbst aus dem Haus.» (Neuerliche Unruhe.)

Untersuchungsrichter: «Wann hat dieser Streit stattgefunden?»

Herzog von D.: «Am Mittwochabend. Da habe ich ihn zum letztenmal gesehen.» (Unerhörte Unruhe.)

Untersuchungsrichter: «Bitte, bitte, wir können solche Störungen hier nicht dulden. Nun, Euer Gnaden, könnten Sie mir, soweit Sie sich daran erinnern, den Verlauf des Streites genau schildern?»

Herzog von D.: «Also, das war so. Wir hatten nach einem langen Tag im Moor früh zu Abend gegessen, und so gegen halb zehn war uns allen nach Zubettgehen. Meine Schwester und Mrs. Pettigrew-Robinson zogen sich nach oben zurück, und wir tranken noch einen letzten Schluck im Billardzimmer, als Fleming – das ist mein Diener – mit den Briefen kam. Die Post kommt bei uns abends zu den unmöglichsten Zeiten, denn wir sind immerhin zweieinhalb Meilen vom Dorf entfernt. Nein – ich war in diesem Moment nicht im Billardzimmer –, ich schloß gerade die Waffenkammer ab. Der Brief war von einem alten Freund von mir, den ich seit Jahren nicht mehr gesehen hatte – Tom Freeborn –, ich kannte ihn von Oxford.»

Untersuchungsrichter: «Ein Studienkollege?»

Herzog von D.: «Ja, vom Christ Church College. Er schrieb mir, er habe von der Verlobung meiner Schwester in Ägypten gelesen.»

Untersuchungsrichter: «In Ägypten?»

Herzog von D.: «Ich meine, *er* war in Ägypten – Tom Freeborn, verstehen Sie? –, darum hatte er nicht schon eher geschrieben. Er ist Ingenieur. Sehen Sie, er ist nach dem Krieg nach Ägypten gegangen, und dort an den Nilquellen bekommt er die Zeitungen nicht so regelmäßig. Er schrieb, ich solle es ihm nicht übelnehmen, wenn er sich in eine so delikate Angelegenheit einmische und so weiter, aber ob ich wisse, wer dieser Cathcart sei? Er habe ihn während des Krieges in Paris kennengelernt, wo er sich seinen Lebensunterhalt mit Falschspiel verdient habe – er schrieb, er könne das beschwören, er könne sich noch genau an einen Streit erinnern, den es da in Frankreich irgendwo gegeben habe. Er könne sich zwar denken, schrieb er, daß ich ihm sicher am liebsten den Schädel einschlagen würde – ihm, Freeborn, meine ich –, weil er sich da einmische, aber er habe das Foto des Mannes in der Zeitung gesehen und finde, ich solle darüber Bescheid wissen.»

Untersuchungsrichter: «Hat dieser Brief Sie überrascht?»

Herzog von D.: «Zuerst konnte ich es gar nicht glauben. Wenn der Brief nicht vom guten Tom Freeborn gewesen wäre, hätte ich ihn gleich ins Feuer geworfen, und auch so wußte ich zuerst nicht, was ich denken sollte. Ich meine, es war ja nichts, was bei uns in England vorgefallen war. Damit will ich sagen, daß die Franzosen sich ja manchmal wegen nichts und wieder nichts furchtbar erregen. Aber Freeborn ist eigentlich nicht der Mann, der solche Fehler macht.»

Untersuchungsrichter: «Was haben Sie getan?»

Herzog von D.: «Nun, sehen Sie, je länger ich mir das ansah, desto weniger gefiel es mir. Aber die Dinge einfach laufenlassen, das konnte ich auch nicht, und da habe ich gedacht, am besten gehe ich gleich zu Cathcart. Während ich noch dasaß und darüber nachdachte, gingen die andern alle hinauf, also bin ich hingegangen und habe an Cathcarts Tür geklopft. Er hat gerufen: ‹Wer ist da?› oder ‹Zum Teufel, wer ist da?› oder so was Ähnliches, und ich bin hineingegangen. ‹Hör mal›, hab ich gesagt, ‹kann ich dich einen Moment sprechen?› – ‹Na gut, aber mach's kurz›, hat er geantwortet. Das hat mich überrascht – er war sonst nicht so unhöflich. ‹Also›, sagte ich, ‹es ist so, ich habe einen Brief bekommen, der mir nicht gefällt, und da habe ich mir gedacht, am besten komme ich gleich damit zu dir und kläre die Sache. Der Brief ist von einem Mann, einem hochanständigen Kerl – alter Studienfreund –, der sagt, daß er dich in Paris kennengelernt hat.› – ‹Paris!› sagte er, ungewöhnlich gereizt. ‹Paris! Was zum Kukkuck kommst du hierher, um mit mir über Paris zu reden?› – ‹Hör mal›, sagte ich, ‹du solltest nicht in diesem Ton reden, das könnte unter den gegebenen Umständen mißverständlich sein.› – ‹Was willst du eigentlich?› fragte Cathcart. ‹Spuck's um Gottes willen aus, und dann geh zu Bett.› Ich sagte: ‹Bitte, das will ich ja. Der Mann heißt Freeborn, und er sagt, daß er dich in Paris kennengelernt hat und daß du dein Geld mit Falschspiel verdient hast.› Ich hatte gedacht, er würde sofort in die Luft gehen, aber er sagte nur: ‹Na und?› – ‹Na und?› sagte ich. ‹Natürlich glaube ich das nicht einfach so, ohne Beweise.› Und daraufhin sagte er etwas Komisches. Er sagte: ‹Was man glaubt, ist Nebensache – was man über einen *weiß*, nur das zählt.› – ‹Soll das heißen, du streitest es nicht ab?› fragte ich. ‹Was nützt es mir, das abzustreiten?› meinte er. ‹Du mußt dich schon selbst entscheiden. *Widerlegen* kann es sowieso keiner.› Und dann sprang er plötzlich auf, wobei er fast den Tisch umgeworfen hätte, und sagte: ‹Es ist mir egal, was du glaubst und was du tust, wenn du nur verschwindest. Laß mich um Gottes willen allein!› – ‹Sieh mal her›, sagte ich, ‹du brauchst es nicht gleich so aufzufassen. Ich sage ja nicht, daß ich es glaube – im Gegenteil›, sagte ich, ‹ich bin sogar sicher, daß es ein Irrtum ist; aber immerhin bist du mit Mary verlobt›, sagte ich, ‹und da kann ich das nicht einfach auf sich beruhen lassen, oder?› – ‹Ach so!› sagte Cathcart. ‹Also, wenn es das ist, darüber brauchst du dir keine Sorgen mehr zu machen. Das ist sowieso aus.› – ‹Was ist aus?› fragte ich. Darauf er: ‹Unsere Verlobung.› – ‹Aus?› fragte ich. ‹Aber ich habe doch gestern erst mit Mary darüber gesprochen.› – ‹Ich hab's ihr noch nicht gesagt›, antwortete er. ‹Also›, sagte ich, ‹das finde ich denn doch stark. Was glaubst du eigentlich, wer du bist, daß du herkommst und meine Schwester sitzenläßt?› Nun, ich habe dann noch so einiges gesagt. ‹Mach, daß du hinauskommst›, habe ich gesagt. ‹So einen Schweinehund wie dich kann ich hier nicht brauchen!› – ‹Ich gehe auch›, sagte er, und damit ließ er mich stehen, lief die Treppe hinunter, zur Haustür hinaus und schlug sie laut hinter sich zu.»

Untersuchungsrichter: «Was haben Sie daraufhin getan?»

Herzog von D.: «Ich bin in mein Zimmer gegangen, das ein Fenster über dem Wintergarten hat, und habe ihm nachgerufen, er soll sich nicht wie ein Narr aufführen. Es goß in Strömen, und scheußlich kalt war's. Er ist aber nicht zurückgekommen, und ich habe Fleming angewiesen, die Tür zum Wintergarten offen zu lassen – falls er sich's noch anders überlegte –, und dann bin ich zu Bett gegangen.»

Untersuchungsrichter: «Welche Erklärung können Sie für Cathcarts Verhalten geben?»

Herzog von D.: «Keine. Ich war wie vor den Kopf geschlagen. Aber ich glaube, er muß von dem Brief irgendwie Wind bekommen und gewußt haben, daß sein Spiel aus war.»

Untersuchungsrichter: «Haben Sie über die Angelegenheit mit irgend jemandem gesprochen?»

Herzog von D.: «Nein. Es war ja nichts Erfreuliches, und ich habe mir gedacht, ich warte lieber bis zum Morgen.»

Untersuchungsrichter: «Also haben Sie nichts weiter unternommen?»

Herzog von D.: «Nein. Hinausgehen und nach dem Kerl suchen wollte ich nicht. Dafür war ich zu wütend. Außerdem habe ich angenommen, daß er sich schon bald eines Besseren besinnen würde – es war eine scheußliche Nacht, und er hatte nur den Smoking an.»

Untersuchungsrichter: «Dann sind Sie also ruhig zu Bett gegangen und haben den Verstorbenen nicht wiedergesehen?»

Herzog von D.: «Nein. Erst als ich um drei Uhr morgens vor dem Wintergarten über ihn fiel.»

Untersuchungsrichter: «Ach ja. Können Sie uns nun sagen, wie es dazu kam, daß Sie um diese Zeit draußen waren?»

Herzog von D. (zögernd): «Ich – konnte nicht richtig schlafen. Da bin ich ein wenig spazierengegangen.»

Untersuchungsrichter: «Um drei Uhr morgens?»

Herzog von D.: «Ja.» (Und wie unter einer plötzlichen Erleuchtung:) «Sehen Sie, meine Frau ist nicht da.» (Gelächter und ein paar Bemerkungen aus dem hinteren Teil des Saals.)

Untersuchungsrichter: «Ruhe, bitte ... Sie wollen also sagen, daß Sie in einer Oktobernacht um diese Stunde aufgestanden und bei strömendem Regen im Garten spazierengegangen sind?»

Herzog von D.: «Ja, es war nur ein kleiner Spaziergang.» (Gelächter.)

Untersuchungsrichter: «Um wieviel Uhr haben Sie Ihr Schlafzimmer verlassen?»

Herzog von D.: «Tja – hm, so gegen halb drei, würde ich sagen.»

Untersuchungsrichter: «Wo sind Sie hinausgegangen?»

Herzog von D.: «Durch den Wintergarten.»

Untersuchungsrichter: «Als Sie hinausgingen, lag der Tote noch nicht da?»

Herzog von D.: «Nein, nein!»

Untersuchungsrichter: «Sonst hätten Sie ihn gesehen?»

Herzog von D.: «Mein Gott, ja! Ich hätte über ihn steigen müssen.»

Untersuchungsrichter: «Welchen Weg sind Sie genau gegangen?»

Herzog von D. (ausweichend): «Ich bin nur so in der Gegend herumgelaufen.»

Untersuchungsrichter: «Sie haben keinen Schuß gehört?»

Herzog von D.: «Nein.»

Untersuchungsrichter: «Haben Sie sich weit von der Wintergartentür und dem Gebüsch entfernt?»

Herzog von D.: «Nun ja, ich war schon ein Stückchen weg. Vielleicht habe ich deshalb nichts gehört. So muß es gewesen sein.»

Untersuchungsrichter: «Waren Sie vielleicht – sagen wir – eine viertel Meile weit weg?»

Herzog von D.: «Ich würde meinen, ja – doch, durchaus!»

Untersuchungsrichter: «Oder mehr als eine viertel Meile?»

Herzog von D.: «Möglich. Ich bin kräftig ausgeschritten, weil es so kalt war.»

Untersuchungsrichter: «In welche Richtung?»

Herzog von D. (mit sichtlichem Zögern): «Hinten ums Haus herum, Richtung Bowls-Platz.»

Untersuchungsrichter: «Bowls-Platz?»

Herzog von D. (entschiedener): «Ja».

Untersuchungsrichter: «Aber wenn Sie mehr als eine viertel Meile weit weg waren, müssen Sie das Gelände verlassen haben.»

Herzog von D.: «Ich – o ja – ich glaube schon. Doch, ich bin nämlich noch ein wenig im Moor herumgelaufen.»

Untersuchungsrichter: «Können Sie uns den Brief zeigen, den Sie von Mr. Freeborn erhalten haben?»

Herzog von D.: «Gewiß – wenn ich ihn finden kann. Ich dachte, ich hätte ihn in die Tasche gesteckt, aber ich konnte ihn schon nicht finden, als der Mann von Scotland Yard danach fragte.»

Untersuchungsrichter: «Könnten Sie ihn versehentlich vernichtet haben?»

Herzog von D.: «Nein – ich erinnere mich ganz gewiß, ihn in die ... Oh!» Hier hielt der Zeuge in offensichtlicher Verwirrung inne und wurde rot. «Jetzt fällt es mir ein. Ich habe ihn doch vernichtet.»

Untersuchungsrichter: «Sehr bedauerlich. Wie kamen Sie dazu?»

Herzog von D.: «Ich hatte es ganz vergessen; jetzt ist es mir wieder eingefallen. Ich fürchte, der Brief ist unwiederbringlich verloren.»

Untersuchungsrichter: «Vielleicht haben Sie wenigstens den Umschlag aufbewahrt?»

Der Zeuge schüttelte den Kopf.

Untersuchungsrichter: «Dann können Sie der Jury keinen Beweis für seinen Erhalt vorlegen?»

Herzog von D.: «Höchstens, wenn Fleming sich daran erinnert.»

Untersuchungsrichter: «Ach so, ja. Das können wir auf diese Weise feststellen. Ich danke Ihnen, Euer Gnaden. Aufgerufen wird Lady Mary Wimsey.»

Die wohlgeborene Dame, die bis zu dem tragischen Morgen des 14. Oktober die Verlobte des Verstorbenen gewesen war, erregte bei ihrem Erscheinen ein Raunen der Sympathie. Blond und schlank, die sonst rosigen Wangen aschfahl, schien sie vom Gram überwältigt. Sie war ganz in Schwarz gekleidet und machte ihre Aussage mit leiser, zeitweise kaum hörbarer Stimme.*

Nachdem der Untersuchungsrichter ihr sein Beileid ausgesprochen hatte, fragte er: «Wie lange waren Sie mit dem Verstorbenen verlobt?»

Zeugin: «Etwa acht Monate.»

Untersuchungsrichter: «Wo haben Sie ihn kennengelernt?»

Zeugin: «Im Haus meiner Schwägerin in London.»

Untersuchungsrichter: «Wann war das?»

Zeugin: «Ich glaube, im Juni vorigen Jahres.»

Untersuchungsrichter: «Waren Sie glücklich in Ihrer Verlobungszeit?»

Zeugin: «Durchaus.»

Untersuchungsrichter: «Sie haben Hauptmann Cathcart natürlich häufig gesehen. Hat er Ihnen viel aus seinem Vorleben erzählt?»

Zeugin: «Nicht sehr viel. Wir hielten beide nichts von Geständnissen. Gewöhnlich haben wir uns über Themen von allgemeinem Interesse unterhalten.»

Untersuchungsrichter: «Hatten Sie viele solcher Themen?»

Zeugin: «O ja.»

* Aus einem Zeitungsbericht – *nicht* von Mr. Parker

Untersuchungsrichter: «Hatten Sie nie den Eindruck, daß Hauptmann Cathcart etwas bedrückte?»

Zeugin: «Nicht direkt. In den letzten Tagen kam er mir ein wenig bekümmert vor.»

Untersuchungsrichter: «Hat er Ihnen von seinem Leben in Paris erzählt?»

Zeugin: «Ja, vom Theater und sonstigen Zerstreuungen. Er kannte Paris sehr gut. Ich habe letzten Februar in Paris bei Freunden gewohnt, als er dort war, und er hat uns viel herumgeführt. Das war kurz nach unserer Verlobung.»

Untersuchungsrichter: «Hat er je vom Kartenspiel in Paris gesprochen?»

Zeugin: «Ich kann mich nicht erinnern.»

Untersuchungsrichter: «Was Ihre Heirat angeht – war da schon über die finanzielle Seite gesprochen worden?»

Zeugin: «Ich glaube nicht. Das Hochzeitsdatum stand überhaupt noch nicht fest.»

Untersuchungsrichter: «Machte er den Eindruck, als ob er immer genug Geld hätte?»

Zeugin: «Ich nehme es an. Darüber habe ich nie nachgedacht.»

Untersuchungsrichter: «Sie haben ihn nie über Geldverlegenheiten klagen hören?»

Zeugin: «Darüber klagt doch jeder.»

Untersuchungsrichter: «War er von Natur aus ein fröhlicher Mensch?»

Zeugin: «Er war sehr launisch; bei ihm wechselte die Stimmung fast täglich.»

Untersuchungsrichter: «Sie haben Ihren Bruder gehört, der gesagt hat, daß der Verstorbene Ihre Verlobung habe auflösen wollen. Wußten Sie davon?»

Zeugin: «Nicht im mindesten.»

Untersuchungsrichter: «Können Sie es sich jetzt irgendwie erklären?»

Zeugin: «Absolut nicht.»

Untersuchungsrichter: «Einen Streit hatte es also nicht gegeben?»

Zeugin: «Nein.»

Untersuchungsrichter: «Sie waren demnach Ihres Wissens am Mittwochabend noch immer mit dem Verstorbenen verlobt und gedachten sich in Kürze mit ihm zu verheiraten?»

Zeugin: «J-a. Ja, gewiß. Natürlich.»

Untersuchungsrichter: «Er war nicht – verzeihen Sie mir die

schmerzliche Frage – er war nicht der Mann, dem man hätte zutrauen können, daß er Hand an sich selbst legte?»

Zeugin: «Also, daran habe ich nie – nun ja, ich weiß nicht – denkbar wäre es schon. Das würde ja alles erklären, nicht?»

Untersuchungsrichter: «Nun, Lady Mary – bitte quälen Sie sich nicht, lassen Sie sich ruhig Zeit –, aber könnten Sie uns einmal genau schildern, was Sie am Mittwochabend und Donnerstagmorgen gehört und gesehen haben?»

Zeugin: «Ich bin gegen halb zehn zusammen mit Mrs. Marchbanks und Mrs. Pettigrew-Robinson zum Schlafen hinaufgegangen; die Männer blieben alle noch unten. Ich habe Denis, der auf mich nicht anders wirkte als sonst, gute Nacht gesagt. Als die Post kam, war ich nicht mehr unten. Ich bin sofort in mein Zimmer gegangen. Mein Zimmer liegt auf der Rückseite des Hauses. Gegen zehn hörte ich Mr. Pettigrew-Robinson heraufkommen. Die Pettigrew-Robinsons schlafen im Zimmer neben meinem. Mit ihm kamen noch ein paar Männer die Treppe herauf. Meinen Bruder habe ich nicht heraufkommen hören. Etwa um Viertel nach zehn hörte ich dann zwei Männer laut auf dem Korridor reden, und dann lief einer von ihnen die Treppe hinunter und schlug laut die Haustür zu. Danach hörte ich schnelle Schritte auf dem Flur, und schließlich hörte ich meinen Bruder die Tür zu seinem Zimmer schließen. Dann bin ich zu Bett gegangen.»

Untersuchungsrichter: «Haben Sie sich nicht nach der Ursache der Störung erkundigt?»

Zeugin (gleichgültig): «Ich dachte, es sei irgend etwas wegen der Hunde.»

Untersuchungsrichter: «Was geschah dann?»

Zeugin: «Ich bin um drei aufgewacht.»

Untersuchungsrichter: «Wodurch?»

Zeugin: «Ich habe einen Schuß gehört.»

Untersuchungsrichter: «Sie waren also nicht wach, bevor Sie ihn hörten?»

Zeugin: «Ich war vielleicht halbwach. Jedenfalls habe ich ihn sehr deutlich gehört. Ich war sicher, daß es ein Schuß war. Ich habe ein paar Minuten gelauscht, dann bin ich hinuntergegangen, um zu sehen, ob irgend etwas los war.»

Untersuchungsrichter: «Warum haben Sie nicht Ihren Bruder oder einen von den anderen Herren gerufen?»

Zeugin (verächtlich): «Wozu denn? Ich dachte, es wären vielleicht nur Wilddiebe, und da wollte ich doch zu so unmenschlicher Zeit kein unnötiges Aufsehen machen.»

Untersuchungsrichter: «Hörte es sich an, als ob der Schuß nah beim Haus gefallen wäre?»

Zeugin: «Ziemlich nah, glaube ich – schwer zu sagen, wenn man von einem Geräusch geweckt wird – da klingt es immer besonders laut.»

Untersuchungsrichter: «Klang der Schuß nicht so, als ob er im Haus oder im Wintergarten gefallen wäre?»

Zeugin: «Nein, es war daußen.»

Untersuchungsrichter: «Sie sind dann also ganz allein nach unten gegangen. Das war sehr beherzt von Ihnen, Lady Mary. Sind Sie sofort gegangen?»

Zeugin: «Nicht unmittelbar. Ich habe zuerst noch ein paar Minuten überlegt. Dann habe ich ein Paar Straßenschuhe über die bloßen Füße gezogen, mir einen dicken Mantel umgehängt und eine Wollmütze aufgesetzt. Als ich mein Zimmer verließ, waren seit dem Schuß vielleicht fünf Minuten vergangen. Ich bin die Treppe hinunter und durchs Billardzimmer in den Wintergarten gegangen.»

Untersuchungsrichter: «Warum sind Sie auf diesem Weg hinausgegangen?»

Zeugin: «Weil es so schneller ging, als wenn ich zuerst die Vorder- oder die Hintertür hätte aufschließen müssen.»

An dieser Stelle wurde den Geschworenen ein Grundriß des Jagdhauses übergeben. Es handelt sich um ein geräumiges, zweigeschossiges Haus in einfacher Bauweise, das vom derzeitigen Besitzer, Mr. Walter Montague, für die Dauer der Jagdsaison an den Herzog von Denver vermietet wurde, denn Mr. Montague selbst hält sich in den Vereinigten Staaten auf.

Zeugin (fortfahrend): «Als ich an die Tür des Wintergartens kam, sah ich draußen einen Mann stehen, der sich über etwas am Boden beugte. Als er sich aufrichtete, sah ich zu meiner Verwunderung, daß es mein Bruder war.»

Untersuchungsrichter: «Wen hatten Sie denn zunächst vermutet, bevor Sie sahen, wer er war?»

Zeugin: «Das kann ich eigentlich nicht sagen – es ging alles so schnell. Ich glaube, ich habe an Einbrecher gedacht.»

Untersuchungsrichter: «Seine Gnaden hat uns berichtet, Sie hätten bei seinem Anblick gerufen: ‹Mein Gott! Du hast ihn getötet!› Können Sie uns sagen, warum?»

Zeugin (sehr blaß): «Ich dachte, mein Bruder sei wohl einem Einbrecher begegnet und habe in Notwehr auf ihn geschossen – das heißt, soweit ich überhaupt denken konnte.»

Untersuchungsrichter: «Ganz recht. Sie wußten, daß der Herzog einen Revolver besaß?»

Zeugin: «Ja – doch, ich glaube ja.»

Untersuchungsrichter: «Was haben Sie dann getan?»

Zeugin: «Mein Bruder hat mich ins Haus geschickt, um Hilfe zu holen. Ich habe Mr. Arbuthnot und Mr. und Mrs. Pettigrew-Robinson aufgeweckt. Dann war mir plötzlich ganz elend, und ich bin in mein Zimmer gegangen und habe etwas Hirschhornsalz genommen.»

Untersuchungsrichter: «Allein?»

Zeugin: «Ja, alles lief ja herum und rief durcheinander. Ich hab's nicht mehr ausgehalten, ich –»

Hier brach die Zeugin, die bis zu diesem Augenblick sehr gefaßt, wenn auch leise, ihre Aussage gemacht hatte, plötzlich zusammen und mußte aus dem Saal geleitet werden.

Als nächster Zeuge wurde James Fleming, der Diener, aufgerufen. Er erinnerte sich, am Mittwochabend um Viertel vor zehn die Post aus Riddlesdale gebracht zu haben. Er habe dem Herzog vier Briefe in die Waffenkammer gebracht. Er könne sich nicht entsinnen, ob einer davon eine ägyptische Briefmarke gehabt habe, er sei kein Briefmarkensammler. Er sammle Autogramme.

Dann sagte der Ehrenwerte Frederick Arbuthnot aus. Er sei mit den andern kurz vor zehn zu Bett gegangen. Etwas später – wieviel später, könne er nicht sagen – habe er Denver allein heraufkommen hören – er habe sich gerade die Zähne geputzt. (Gelächter.) Gewiß, die lauten Stimmen und den Krach im Zimmer nebenan und auf dem Gang habe er gehört. Jemand sei wie der Teufel die Treppe hinuntergerannt. Er habe den Kopf zur Tür hinausgestreckt und Denver auf dem Korridor gesehen. Er habe gesagt: «Hallo, Denver, was soll der Lärm?» Die Antwort des Herzogs sei nicht zu verstehen gewesen. Denver sei in sein Zimmer gerannt und habe zum Fenster hinausgeschrien: «Mann, spiel nicht den Idioten!» Der Herzog sei schon sehr wütend gewesen, aber dem habe der Ehrenwerte Freddy keine Bedeutung beigemessen. Mit Denver kriege man dauernd Krach, aber es sei nie ernst. In seinen Augen mehr Schaum als Wasser. Er kenne Cathcart noch nicht lange – habe ihn immer ganz in Ordnung gefunden – nein, besonders *sympathisch* sei er ihm nicht gewesen, aber eben soweit in Ordnung, er könne nichts Nachteiliges über ihn sagen. Himmel, nein, von Falschspiel habe er nie etwas gehört! Natürlich, nein, er renne auch nicht herum und suche nach Leuten, die beim Kartenspiel mogelten – damit rechne man ja eigentlich nicht. Er sei einmal in Monte Carlo auf diese Weise reingelegt worden – mit der

Entdeckung habe er nichts zu tun gehabt – er habe gar nichts gemerkt, bis der Tanz losgegangen sei. In Cathcarts Verhalten gegenüber Lady Mary habe er nichts Besonderes bemerkt, oder in ihrem zu ihm. Er merke anscheinend nie etwas; er betrachte sich nicht als besonders scharfen Beobachter. Er sei von Natur aus nicht neugierig; er habe geglaubt, der Krach vom Mittwoch abend gehe ihn nichts an. Er sei zu Bett gegangen und eingeschlafen.

Untersuchungsrichter: «Haben Sie in dieser Nacht sonst noch etwas gehört?»

Ehrenw. Frederick: «Erst als die arme Mary mich aufgeweckt hat. Da hab ich mich runtergetrollt, und unten im Wintergarten war Denver und wusch Cathcart das Gesicht. Wir dachten, wir sollten mal lieber den ganzen Dreck abwaschen, nicht?»

Untersuchungsrichter: «Haben Sie keinen Schuß gehört?»

Ehrenw. Frederick: «Keinen Ton. Aber ich habe einen ziemlich festen Schlaf.»

Oberst Marchbanks und seine Frau schliefen in einem Zimmer über dem sogenannten Arbeitszimmer – in Wirklichkeit war das eine Art Rauchsalon. Sie berichteten beide gleichlautend über eine Unterhaltung, die sie gegen halb zwölf geführt hatten. Mrs. Marchbanks sei noch aufgewesen und habe ein paar Briefe geschrieben, als der Oberst schon im Bett gewesen sei. Sie hätten Stimmen gehört, und jemand sei herumgerannt, aber sie hätten es nicht weiter beachtet. Es sei nicht ungewöhnlich, daß einzelne Mitglieder der Jagdgesellschaft herumliefen und Krach schlügen. Schließlich habe der Oberst gesagt: «Komm jetzt zu Bett. Es ist schon halb zwölf vorbei, und wir wollen morgen früh raus. Du bist sonst nicht in Form.» Das habe er gesagt, weil Mrs. Marchbanks eine begeisterte Jägerin sei und ihr Gewehr trage wie alle andern. Sie habe geantwortet: «Ich komme ja gleich.» Der Oberst: «Du bist die einzige Sünderin, die das mitternächtliche Öl verbrennt – alle anderen sind längst im Bett.» Mrs. Marchbanks habe darauf geantwortet: «Nein, der Herzog ist auch noch auf; ich höre ihn im Arbeitszimmer herumgehen.» Da habe Oberst Marchbanks gehorcht und es auch gehört. Beide hätten sie den Herzog nicht wieder heraufkommen hören. Während der Nacht hätten sie keinerlei Geräusche vernommen.

Mr. Pettigrew-Robinson schien seine Aussage nur sehr widerwillig zu machen. Er und seine Frau seien um zehn zu Bett gegangen. Sie hätten den Streit mit Cathcart gehört. Mr. Pettigrew-Robinson habe gefürchtet, daß etwas passieren würde, und als er an die Tür gegangen sei, habe er den Herzog gerade noch sagen hören: «Wenn du es noch einmal wagst, mit meiner Schwester zu sprechen, breche ich dir sämtliche Knochen im Leib», oder jedenfalls Worte dieses Inhalts. Cathcart sei die Treppe hinuntergerannt. Der Herzog sei purpurrot im Gesicht gewesen. Er habe Mr. Pettigrew-Robinson nicht gesehen, wohl aber etwas zu Mr. Arbuthnot gesagt und sei dann in sein Zimmer gestürzt. Mr. Pettigrew-Robinson sei hinausgegangen und habe zu Mr. Arbuthnot gesagt: «Hören Sie mal, Arbuthnot», und Mr. Arbuthnot habe ihm sehr ungezogen die Tür vor der Nase zugeschlagen. Er sei dann zum Zimmer des Herzogs gegangen und habe gesagt: «Hören Sie mal, Denver.» Der Herzog sei herausgekommen und an ihm vorbeigegangen, ohne ihn zu beachten, und an der Treppe habe er Fleming angewiesen, die Tür zum Wintergarten offen zu lassen, da Mr. Cathcart noch draußen sei. Dann sei der Herzog wieder zurückgekommen. Mr. Pettigrew-Robinson habe versucht, ihn abzufangen, als er vorbeikam, und wieder gesagt: «Hören Sie mal, Denver, was ist denn da los?» Der Herzog habe nicht geantwortet, sondern nur sehr entschieden seine Tür zugemacht. Später aber, genauer gesagt um halb zwölf, habe Mr. Pettigrew-Robinson die Tür zum Zimmer des Herzogs aufgehen und leise Schritte über den Korridor gehen hören. Ob sie nach unten gegangen seien, habe er nicht gehört. Bad und Toilette befänden sich an seinem Ende des Ganges, und wenn dort einer hingegangen wäre, hätte er es wohl gehört. Er habe die Schritte auch nicht zurückkommen hören. Ehe er eingeschlafen sei, habe er seinen Reisewecker noch zwölf schlagen hören. Eine Verwechslung der Zimmertür des Herzogs sei ausgeschlossen, denn sie knarre auf ganz bestimmte Weise.

Mrs. Pettigrew-Robinson bestätigte die Aussage ihres Mannes. Sie sei vor Mitternacht eingeschlafen und habe dann fest geschlafen. Sie schlafe immer sehr fest in den ersten Nachtstunden, dafür aber gegen Morgen sehr leicht. Sie habe sich über die ganze Unruhe im Haus an diesem Abend geärgert, weil sie deswegen nicht habe einschlafen können. Tatsächlich sei sie schon gegen halb elf zum erstenmal eingeschlafen, und Mr. Pettigrew-Robinson habe sie eine Stunde später wecken müssen, um ihr von den Schritten auf dem Flur zu erzählen. Alles in allem habe sie auf diese Weise nur ein paar Stunden gut geschlafen. Gegen zwei Uhr sei sie wieder aufgewacht und dann hellwach geblieben, bis Lady Mary Alarm geschlagen habe. Sie könne mit Sicherheit beschwören, daß sie in dieser Nacht keinen Schuß gehört habe. Ihr Zimmer liege neben dem von Lady Mary, auf der dem Wintergarten abgewandten Seite. Sie sei es von Kindesbeinen an gewöhnt, bei offenem Fenster zu schlafen. Auf eine Frage des Untersuchungsrichters antwortete Mrs. Pettigrew-Robinson, sie habe nie das Gefühl gehabt, daß zwischen Lady Mary und dem Verstorbenen eine echte, wahre Zuneigung bestanden habe. Sie seien sehr frei miteinander umgegangen, aber das sei ja heutzutage modern. Von Meinungsverschiedenheiten habe sie nie etwas gehört.

Miss Lydia Cathcart, die man eilig aus London herbeigeholt hatte, sagte dann über den Verstorbenen aus. Sie erklärte dem Untersuchungsrichter, sie sei die Tante des Hauptmanns und seine einzige noch lebende Verwandte. Sie habe wenig von ihm gesehen, seit er in den Besitz des väterlichen Geldes gekommen sei. Er habe immer bei seinen Freunden in Paris gewohnt, einer Sorte Menschen, von der sie nichts halten könne.

«Mein Bruder und ich hatten uns nie besonders gut verstanden», sagte Miss Cathcart. «Er hat seinen Sohn im Ausland erziehen lassen, bis er achtzehn war, und ich fürchte, Denis' Ansichten waren immer sehr französisch. Nach dem Tod meines Bruders ist Denis nach Cambridge gegangen, weil sein Vater es so gewünscht hatte. Ich war zur Testamentsvollstreckerin und zu Denis' Vormund bis zu seiner Volljährigkeit ernannt worden. Ich weiß auch nicht, warum mein Bruder, nachdem er sich sein ganzes Leben lang nicht um mich gekümmert hatte, mir bei seinem Tod eine solche Verantwortung aufbürden mußte, aber ablehnen wollte ich auch nicht. Mein Haus stand für Denis während der Semesterferien immer offen, aber er zog es in der Regel vor, zu seinen reichen Freunden zu gehen. Ihre Namen fallen mir jetzt nicht mehr ein. Als Denis einundzwanzig wurde, bekam er zehntausend Pfund jährlich. Ich glaube, es handelte sich um irgendwelche ausländischen Wertpapiere. Als Testamentsvollstreckerin war auch ich mit einer gewissen Zuwendung bedacht worden, aber ich habe sie sofort in gute, gesunde britische Sicherheiten angelegt. Was Denis mit seinem Teil gemacht hat, weiß ich nicht. Es würde mich nicht überraschen, zu hören, daß er beim Kartenspiel betrogen hat. Denn soviel ich gehört habe, waren die Kreise, in denen er in Paris verkehrte, recht zweifelhaft. Kennengelernt habe ich niemand von diesen Leuten. Ich war niemals in Frankreich.»

Als nächster wurde John Hardraw, der Wildhüter, aufgerufen. Er und seine Frau bewohnen ein kleines Haus gleich am Eingangstor zum Anwesen von Riddlesdale Lodge. Das Anwesen, das rund acht Hektar umfaßt, ist auf dieser Seite mit einem kräftigen Zaun eingefaßt; das Tor wird nachts verschlossen. Hardraw sagte aus, daß er am Mittwochabend ungefähr um zehn vor zwölf einen Schuß gehört habe – nah bei seinem Häuschen, wie es ihm vorkam. Hinter dem Haus beginnt eine Schonung von vier Hektar Ausdehnung. Er habe angenommen, daß da Wilddiebe am Werk gewesen seien; sie wagten sich manchmal bei der Hasenjagd bis in die Schonung vor. Er sei mit seinem Gewehr ein Stück in diese Richtung gegangen, habe aber niemanden gesehen. Nach seiner Uhr sei er um eins nach Hause zurückgekehrt.

Untersuchungsrichter: «Haben Sie selbst irgendwann mit Ihrem Gewehr geschossen?»

Zeuge: «Nein.»

Untersuchungsrichter: «Sind Sie noch einmal hinausgegangen?»

Zeuge: «Auch das nicht.»

Untersuchungsrichter: «Oder haben Sie noch andere Schüsse gehört?»

Zeuge: «Nur den einen; aber ich bin nach meiner Rückkehr wieder eingeschlafen und wurde dann vom Chauffeur geweckt, der den Arzt holen wollte. Das muß ungefähr um Viertel nach drei gewesen sein.»

Untersuchungsrichter: «Ist es nicht ungewöhnlich, daß Wilderer so nah bei Ihrem Haus schießen?»

Zeuge: «Doch, ziemlich. Wenn Wilddiebe sich so nah heranwagen, kommen sie meist von der anderen Seite der Schonung, wo das Moor ist.»

Dr. Thorpe sagte aus, daß man ihn gerufen habe, um den Toten anzusehen. Er wohne in Stapley, fast vierzehn Meilen von Riddlesdale. In Riddlesdale selbst gebe es keinen Arzt. Der Chauffeur habe ihn morgens um Viertel vor vier aus dem Bett geholt, und er habe sich schnell angezogen und sei sofort mit ihm hinausgefahren. Um halb fünf seien sie beim Jagdhaus angekommen. Als er den Toten gesehen habe, sei dieser allem Anschein nach schon drei bis vier Stunden tot gewesen. Die Lunge sei von einem Geschoß durchbohrt gewesen und der Tod durch Blutverlust und Ersticken herbeigeführt worden. Der Tod sei aber nicht sofort eingetreten – der Verstorbene habe wahrscheinlich noch einige Zeit gelebt. Er habe eine Autopsie vorgenommen und festgestellt, daß die Kugel von einer Rippe abgelenkt worden sei. Ob das Opfer sich die Wunde selbst beigebracht oder ob jemand anders den Schuß aus nächster Nähe abgegeben habe, lasse sich nicht erkennen. Kampfspuren seien jedenfalls nicht feststellbar gewesen.

Inspektor Craikes aus Stapley war mit Dr. Thorpe im selben Wagen gekommen. Er hatte den Leichnam gesehen. Dieser habe zwischen der Tür des Wintergartens und dem zugedeckten Brunnen davor auf dem Rücken gelegen. Sobald es hell geworden sei, habe Inspektor Craikes Haus und Gelände abgesucht. Er habe Blutspuren auf dem ganzen Weg zum Wintergarten gefunden, außerdem Spuren, die zeigten, daß der Tote dort entlanggeschleift worden sei. Der Pfad münde in den Hauptweg zwischen Tor und Vordereingang des Hauses. (Ein Plan wurde vorgelegt.) Wo die beiden Wege sich träfen, beginne ein Gebüsch, das sich beiderseits bis zum Tor und dem Haus des Wildhüters hinziehe. Die Blutspur habe zu einer kleinen Lichtung in diesem Gebüsch geführt, etwa auf halbem Wege zwischen Haus und Tor. Dort habe der Inspektor eine große Blutlache, ein blutgetränktes Taschentuch und einen Revolver gefunden. Das Taschentuch habe die Initialen D. C. getragen, und der Revolver sei eine kleine Waffe amerikanischen Typs ohne Kennzeichnung gewesen. Die Wintergartentür habe beim Eintreffen des Inspektors offen gestanden und der Schlüssel darin gesteckt.

Der Tote habe, als er ihn sah, einen Smoking und leichte Halbschuhe angehabt, aber weder Mantel noch Hut. Er sei völlig durchnäßt gewesen, und seine Kleider seien nicht nur über und über blutbeschmiert, sondern auch voller Lehm und vom Schleifen des Körpers vollkommen in Unordnung gewesen. In den Taschen habe er ein Zigarrenetui und ein kleines, flaches Taschenmesser gefunden. Das Schlafzimmer des Toten sei nach Papieren und dergleichen durchsucht worden, dabei habe sich jedoch bisher nichts gefunden, was ein wenig Licht auf seine persönlichen Umstände werfen könne.

Daraufhin wurde der Herzog von Denver wieder aufgerufen.

Untersuchungsrichter: «Ich möchte Euer Gnaden fragen, ob Sie den Verstorbenen je im Besitz eines Revolvers gesehen haben.»

Herzog von D.: «Seit dem Krieg nicht.»

Untersuchungsrichter: «Sie wissen nicht, ob er einen bei sich zu tragen pflegte?»

Herzog von D.: «Keine Ahnung.»

Untersuchungsrichter: «Sie haben, wie ich annehme, auch keine Vermutung, wem dieser Revolver gehören könnte?»

Herzog von D. (maßlos überrascht): «Das ist mein Revolver – aus der Schreibtischschublade im Arbeitszimmer. Wie kommen Sie daran?» (Unruhe.)

Untersuchungsrichter: «Sind Sie sicher?»

Herzog von D.: «Vollkommen. Ich habe ihn erst neulich dort gesehen, als ich für Cathcart ein paar Fotos von Mary suchen wollte, und ich weiß noch, daß ich damals gesagt habe, er werde vom Herumliegen noch rostig. Da ist der Rostfleck.»

Untersuchungsrichter: «War der Revolver immer geladen?»

Herzog von D.: «Um Gottes willen, nein! Ich weiß im Grunde gar nicht, wozu er da war. Wahrscheinlich habe ich ihn einmal zusammen mit ein paar alten Militärsachen weggepackt und später zwischen meinem Schießzeug wiedergefunden, als ich im August in Riddlesdale war. Ich glaube, die Patronen lagen auch dabei.»

Untersuchungsrichter: «War die Schublade verschlossen?»

Herzog von D.: «Ja, aber der Schlüssel steckte. Meine Frau sagt immer, ich sei leichtsinnig.»

Untersuchungsrichter: «Wußte sonst jemand, daß der Revolver dort war?»

Herzog von D.: «Fleming, glaube ich. Sonst wüßte ich niemand.»

Kriminalinspektor Parker von Scotland Yard war erst am Freitag gekommen und hatte noch keine sehr eingehenden Ermittlungen anstellen können. Gewisse Indizien ließen ihn vermuten, daß außer den an der Entdeckung der Tragödie beteiligten Personen noch einer oder mehrere am Ort des Geschehens gewesen waren. Er wollte allerdings im Augenblick noch nicht mehr dazu sagen.

Der Untersuchungsrichter rekonstruierte nun an Hand der Aussagen den Vorgang in seiner zeitlichen Abfolge. Um zehn Uhr oder kurz danach habe zwischen dem Verstorbenen und dem Herzog von Denver ein Streit stattgefunden, woraufhin der Verstorbene das Haus verlassen habe und nicht mehr lebend gesehen worden sei. Laut Mr. Pettigrew-Robinsons Aussage sei der Herzog um halb zwölf die Treppe hinuntergegangen, und laut Oberst Marchbanks habe man ihn kurz danach im Arbeitszimmer umhergehen hören, dem Zimmer, in dem der dem Gericht als Beweisstück vorliegende Revolver gewöhnlich aufbewahrt werde. Dagegen stehe die beeidete Aussage des Herzogs selbst, daß er sein Zimmer nicht vor halb drei morgens verlassen habe. Die Geschworenen müßten nun entscheiden, welcher der einander widersprechenden Aussagen mehr Gewicht beizumessen sei. Dann zu den in der Nacht gehörten Schüssen: Der Wildhüter wolle einen Schuß um zehn vor zwölf gehört haben, aber er habe angenommen, daß es Wilddiebe seien. Es sei durchaus möglich, daß Wilderer am Werk gewesen seien. Andererseits passe Lady Marys Aussage, sie habe einen Schuß um drei Uhr morgens gehört, nicht gut zur Feststellung des Arztes, daß der Verstorbene um halb fünf bei seiner Ankunft in Riddlesdale bereits drei bis vier Stunden tot gewesen sei. Die Geschworenen müßten auch berücksichtigen, daß nach Ansicht des Arztes der Tod nicht unmittelbar nach dem Schuß eingetreten sei. Wenn sie dieser Aussage glaubten, müßten sie den Zeitpunkt des Schusses irgendwo zwischen elf Uhr und Mitternacht ansetzen, und das könne sehr wohl der Schuß gewesen sein, den der Wildhüter gehört habe. In diesem Falle müßten sie sich allerdings fragen, was für ein Schuß dann später Lady Mary Wimsey aufgeweckt habe. Wenn sie diesen Schuß Wilderern zuschreiben wollten, stehe dieser Annahme nichts entgegen.

Als nächstes kam der Untersuchungsrichter auf den Leichnam zu sprechen, den der Herzog von Denver morgens um drei vor der Tür des kleinen Wintergartens in der Nähe des Brunnens gefunden hatte. Es sei kaum zu bezweifeln, daß der Schuß, der Cathcart getötet habe, in dem Gebüsch abgegeben worden sei, das etwa sieben Minuten vom Haus entfernt liege, und daß der Leichnam von dort zum Haus geschleift worden sei. Den Tod habe zweifellos der Lungendurchschuß verursacht. Die Geschworenen müßten entscheiden, ob dieser Schuß von Cathcart selbst oder von jemand anderem abgegeben worden sei; im letzteren Falle müßten sie ebenfalls entscheiden, ob dies versehentlich, in Notwehr oder vorsätzlich und in Tötungsabsicht geschehen sei. Bei der Frage des Selbstmordes müßten sie alles in Betracht ziehen, was ihnen über den Charakter und die Lebensumstände des Verstorbenen bekannt sei. Der Verstorbene sei ein Mann in der Blüte seiner Jahre und offenbar sehr vermögend gewesen. Er habe eine verdienstvolle militärische Laufbahn hinter sich und sei bei seinen Freunden beliebt gewesen. Der Herzog von Denver habe immerhin eine so hohe Meinung von ihm gehabt, daß er der Verlobung seiner Schwester mit dem Verstorbenen zugestimmt habe. Es spreche alles dafür, daß die Verlobten, wenngleich sie dies vielleicht nicht deutlich nach außen gezeigt hätten, sehr gut miteinander ausgekommen seien. Der Herzog behaupte, daß der Verstorbene ihn am Mittwochabend von seiner Absicht in Kenntnis gesetzt habe, die Verlobung zu lösen. Ob die Geschworenen glaubten, daß der Verstorbene daraufhin, ohne mit der Dame gesprochen oder ihr ein Wort der Erklärung oder des Abschieds geschrieben zu haben, sofort hingegangen sei und sich erschossen habe? Andererseits müßten die Geschworenen bedenken, welche Beschuldigung der Herzog von Denver laut eigener Aussage gegenüber dem Verstorbenen erhoben habe. Er habe ihm vorgeworfen, ein Falschspieler zu sein. In den Gesellschaftskreisen, denen die hier Beteiligten angehörten, sei ein Delikt wie Falschspiel weitaus schändlicher als Sünden wie Mord oder Ehebruch. Möglicherweise könne schon die Andeutung eines solchen Vorwurfs, ob begründet oder nicht, einen besonders ehrempfindlichen Menschen dazu treiben, Hand an sich zu legen. Ob aber der Verstorbene in diesem Sinne ein Mann von Ehre gewesen sei? Er sei in Frankreich erzogen worden, und die französischen Ehrbegriffe unterschieden sich sehr von den britischen. Der Untersuchungsrichter selbst unterhalte in seiner Eigenschaft als Rechtsanwalt geschäftliche Beziehungen zu Franzosen und könne denjenigen Geschworenen, die noch nie in Frankreich gewesen seien, nur nahelegen, diese unterschiedlichen Ehrbegriffe zu berücksichtigen. Unglücklicherweise habe ihnen der Brief mit den angeblichen Beschuldigungen nicht vorgelegt werden können. Außerdem könne man fragen, ob ein Selbstmörder sich nicht eher in den Kopf schießen werde. Man müsse sich fragen, wie der Verstorbene an den Revolver gekommen sei. Und schließlich müsse man sich in diesem Falle auch fragen, wer den Leichnam zum Haus geschleift habe und warum der oder die Betreffende dies unter so großer Anstrengung getan und dabei die Gefahr in Kauf genommen habe, den letzten vielleicht noch glimmenden Lebensfunken auszulöschen*, statt das Haus zu wecken und Hilfe herbeizurufen.

Wenn sie Selbstmord für ausgeschlossen hielten, blieben als weitere Möglichkeiten noch Unfall, Totschlag oder Mord. Zum ersteren: Wenn sie glaubten, daß der Verstorbene oder eine andere Person an diesem Abend aus irgendeinem Grunde den Revolver des Herzogs von Denver genommen und beim Betrachten, Säubern, Schießen oder sonstigen Hantieren mit der Waffe versehentlich einen Schuß ausgelöst und den Verstorbenen getötet habe, so müßten sie auf Tod durch Unfall erkennen. Wie aber wollten sie in diesem Falle das Verhalten derjenigen Person erklären, die den Leichnam zur Tür geschleift habe, wer auch immer das sei?

Der Untersuchungsrichter setzte sich dann mit dem juristischen Begriff des Totschlags auseinander. Er hielt den Geschworenen vor, daß bloße Worte, und seien sie noch so beleidigend oder drohend, keinesfalls die Tötung eines Menschen rechtfertigten; außerdem müsse der Streit plötzlich und ungeplant ausbrechen. Wenn sie zum Beispiel glaubten, der Herzog sei vielleicht hinausgegangen, um seinen Gast zu bitten, ins Haus zurückzukehren und zu Bett zu gehen, dieser aber habe darauf mit Schlägen oder Gewaltandrohung geantwortet, woraufhin der Herzog, da er bewaffnet gewesen sei, ihn in Notwehr erschossen habe, so sei dies nur Totschlag. In diesem Falle aber sei zu fragen, aus welchem Grunde der Herzog mit einer tödlichen Waffe in der Hand zu dem Verstorbenen hinausgegangen sei. Außerdem stehe diese Annahme in direktem Widerspruch zur Aussage des Herzogs selbst.

* wörtlich

Schließlich und endlich müßten sie entscheiden, ob es hinreichende Anzeichen für Vorsatz gebe, um eine Anklage wegen Mordes zu rechtfertigen. Sie müßten sich fragen, ob jemand ein Motiv, die Mittel und die Gelegenheit gehabt habe, Cathcart zu töten; und ob sie für das Verhalten dieser Person eine andere plausible Erklärung geben könnten. Und wenn sie glaubten, daß es eine solche Person gebe und daß diese Person sich in irgendeiner Weise verdächtig oder zweifelhaft verhalten oder willentlich Beweise unterdrückt habe, die für den Fall von Bedeutung seien, oder (und hier sprach der Untersuchungsrichter mit besonderem Nachdruck, wobei er starr über des Herzogs Haupt hinwegsah) daß diese Person in täuschender Absicht andere Beweise konstruiert habe – dann müsse das alles zusammen eine Schuldvermutung gegen den einen oder anderen ergeben, in welchem Falle sie gehalten seien, gegen den Betreffenden Anklage wegen vorsätzlichen Mordes zu erheben. Und, fügte der Untersuchungsrichter hinzu, bei der Würdigung dieses Aspektes müßten sie sich auch eine Meinung darüber bilden, ob die Person, die den Leichnam zur Tür des Wintergartens geschleift habe, dies in der Absicht getan habe zu helfen oder etwa, um die Leiche in den Gartenbrunnen zu werfen, der sich, wie sie von Inspektor Craikes gehört hätten, unmittelbar bei der Fundstelle der Leiche befinde. Wenn die Geschworenen überzeugt seien, daß Cathcart ermordet worden sei, sich aber nicht imstande sähen, diesen Mord auf Grund der Beweislage einer bestimmten Person zur Last zu legen, könnten sie auf Mord durch Unbekannt erkennen; wenn sie sich hingegen in der Lage sähen, eine bestimmte Person dieses Verbrechens zu bezichtigen, so dürften sie sich durch ihren Respekt vor dieser Person oder diesen Personen nicht davon abhalten lassen, ihre Pflicht zu tun.

Angeleitet von diesen unübersehbaren Winken erhoben die Geschworenen, ohne besonders lange zu beraten, Anklage wegen vorsätzlichen Mordes gegen Gerald Herzog von Denver.

Die grünäugige Katze

«Und ein Schluck für den Hund
mit der Nase am Grund –»
Drink, Puppy, drink

Es gibt Leute, für die das Frühstück die beste Mahlzeit des Tages ist. Andere, weniger robuste, halten es für die schlechteste, und das schlechteste von allen Frühstücken der Woche ist für sie das Sonntagmorgenfrühstück.

Von denen, die um den Frühstückstisch des Jagdhauses versammelt saßen, fand, nach ihren Gesichtern zu urteilen, keiner Gefallen an diesem Tag, der fälschlicherweise Tag der süßen Erquickung und heiligen Liebe genannt wurde. Der einzige am Tisch, der weder verärgert noch verlegen wirkte, war der Ehrenwerte Freddy Arbuthnot, der sich schweigend bemühte, dem Bückling auf seinem Teller die ganze Gräte auf einmal herauszunehmen. Allein das Vorhandensein eines so gewöhnlichen Fisches auf dem Frühstückstisch der Herzogin ließ auf einen leicht aus den Fugen geratenen Haushalt schließen.

Die Herzogin von Denver schenkte Kaffee ein. Das war eine ihrer ungemütlichen Angewohnheiten. Wer zu spät zum Frühstück erschien, bekam auf diese Weise seine Faulheit schmerzlich unter die Nase gerieben. Die Herzogin war eine Frau mit langem Hals und langem Rücken und hielt ihre Haare ebenso streng in Zucht wie ihre Kinder. Sie geriet nie in Verlegenheit, und das machte ihre Verärgerung, auch wenn sie nie sichtbar wurde, um so fühlbarer.

Oberst Marchbanks und seine Frau saßen nebeneinander. Das einzige Schöne an ihnen war ihre unerschütterliche Zuneigung füreinander. Mrs. Marchbanks war nicht verärgert, aber die Anwesenheit der Herzogin machte sie verlegen, weil sie kein Mitleid mit ihr haben konnte. Wenn ein Mensch einem leid tat, sagte man «armes Ding» oder «armer Kerl» zu ihm. Da man nun aber zur Herzogin nicht gut «armes Ding» sagen konnte, bemitleidete man sie eben auch nicht so, wie es sich gehörte. Das bekümmerte Mrs. Marchbanks. Der Oberst war sowohl verärgert als verlegen – verlegen, weil man, meiner Seel, in einem Haus, wo der Gastgeber wegen Mordes verhaftet worden war, wirklich nicht wußte, was man reden sollte; verärgert war er ohne bestimmten Grund, mehr wie ein gereiztes Tier, weil solche Dinge nun einmal nicht mitten in der Jagdsaison zu passieren hatten.

Mrs. Pettigrew-Robinson war nicht nur verärgert, sie war empört. Als junges Mädchen hatte sie sich bereits das Motto auf dem Schreibpapier ihrer Schule zu eigen gemacht: *Quaecunque honesta.* Sie hatte es schon immer als *unschicklich* empfunden, sich an Dingen *aufzuhalten*, die nicht wirklich schön waren. Und nun, in der Lebensmitte, ignorierte sie immer noch geflissentlich solche Zeitungsmeldungen, die Überschriften wie ANGRIFF AUF LEHRER IN CRICKLEWOOD, TOD IM BIERGLAS, 75 £ FÜR EINEN KUSS oder SIE NANNTE IHN KNUBBELCHEN trugen. Sie sagte, sie sehe nicht, wozu es *gut* sei, so etwas zu wissen. Jetzt bedauerte sie, daß sie dem Besuch in Riddlesdale Lodge in Abwesenheit der Herzogin zugestimmt hatte. Lady Mary hatte sie noch nie leiden können; sie war in ihren Augen ein höchst unerfreuliches Exemplar der modernen, unabhängigen jungen Frau; außerdem hatte es doch da so eine unwürdige Geschichte mit einem Bolschewisten gegeben, als Lady Mary sich während des Krieges in London als Krankenschwester betätigt hatte. Auch für Hauptmann Cathcart hatte Mrs. Pettigrew-Robinson nie viel übriggehabt. Sie mochte so auffallend gut aussehende Männer nicht. Aber Mr. Pettigrew-Robinson hatte unbedingt nach Riddlesdale kommen wollen, und da war ihr Platz natürlich an seiner Seite. Den unerfreulichen Ausgang konnte man *ihr* jedenfalls nicht vorhalten.

Mr. Pettigrew-Robinson war einfach deshalb verärgert, weil dieser Kriminalbeamte von Scotland Yard seine Hilfe bei der Spurensuche im Haus und Garten nicht angenommen hatte. Als älterer Herr mit einiger Erfahrung in diesen Dingen (Mr. Pettigrew-Robinson war Friedensrichter) hatte er sich wahrhaftig tief herabgelassen, als er sich dem jungen Mann zur Verfügung stellte. Der aber war ihm nicht nur über den Mund gefahren, er hatte ihn sogar barsch aus dem Wintergarten gewiesen, wo er (Mr. Pettigrew-Robinson) den Vorfall aus Lady Marys Sichtwinkel hatte rekonstruieren wollen.

Alle diese Peinlichkeiten und Ärgernisse hätten nun der Jagdgesellschaft weniger Kummer bereitet, wären sie nicht noch verschlimmert worden durch die ständige Anwesenheit dieses Kriminalbeamten, eines stillen jungen Mannes im Tweedanzug, der am einen Ende des Tisches neben Mr. Murbles, dem Rechtsbeistand der Familie, saß und Curry aß. Der Mann war am Freitag aus London gekommen, hatte der hiesigen Polizei dreingeredet und sich entschieden von Inspektor Craikes' Ansichten distanziert. Vor Gericht hatte er Informationen zurückgehalten, die, wenn er sie preisgegeben hätte, vielleicht die Verhaftung des Herzogs hätten verhindern können. Dann hatte er die unglückliche Jagdgesellschaft amtlich mit der Begründung hier festgehalten, er wolle sich jeden noch einmal einzeln vornehmen, wodurch sie gezwungen waren, einen ganzen gräßlichen Sonntag in drangvoller Enge miteinander zu verbringen; und all diesen Missetaten hatte er dann noch die Krone aufgesetzt, indem er sich als enger Freund Lord Peter Wimseys entpuppte, dem man infolgedessen auch noch ein Bett im Haus des Wildhüters und Frühstück im Jagdhaus anbieten mußte.

Mr. Murbles, ein älterer Herr mit empfindlichem Magen, war am Donnerstagabend eilends hergekommen. Er fand die gerichtliche Voruntersuchung unzulänglich geleitet und seinen Mandanten ganz und gar unmöglich. Die ganze Zeit hatte er verzweifelt versucht, Sir Impey Biggs zu erreichen, aber der Kronanwalt war übers Wochenende verreist und hatte keine Adresse hinterlassen. Mr. Murbles knabberte ein wenig trockenen Toast und war nicht abgeneigt, den Kriminalbeamten, der ihn respektvoll mit «Sir» anredete und ihm die Butter reichte, sympathisch zu finden.

«Möchte jemand in die Kirche gehen?» fragte die Herzogin.

«Theodore und ich würden gern hinfahren», sagte Mrs. Pettigrew-Robinson, «wenn es nicht zu viele Umstände macht; wir könnten aber auch zu Fuß gehen. So *sehr* weit ist es ja auch nicht.»

«Gute zweieinhalb Meilen», warf Oberst Marchbanks ein.

Mr. Pettigrew-Robinson schenkte ihm einen dankbaren Blick.

«Natürlich fahren Sie im Wagen mit», sagte die Herzogin. «Ich gehe ja selbst.»

«Was, das wollen Sie wirklich?» fragte der Ehrenwerte Freddy. «Ich meine, wird man Sie da nicht ein bißchen anstarren und so?»

«Bitte, Freddy», antwortete die Herzogin, «spielt das denn eine Rolle?»

«Nun», sagte der Ehrenwerte Freddy, «ich meine ja nur, das sind hier doch lauter Sozialisten und Methodisten . . .»

«Wenn sie Methodisten sind», erklärte Mrs. Pettigrew-Robinson, «werden sie nicht in der Kirche sein.»

«Wirklich nicht?» entgegnete der Ehrenwerte Freddy. «Verlassen Sie sich darauf, daß sie da sind, wenn es was zu sehen gibt. Das ist für die doch schöner als ein Begräbnis.»

«Auf jeden Fall», stellte Mrs. Pettigrew-Robinson fest, «hat man in diesen Dingen eine *Pflicht* und darf auf seine persönlichen Gefühle keine Rücksicht nehmen – besonders heutzutage, wo die Leute so furchtbar *lasch* sind.»

Dabei sah sie den Ehrenwerten Freddy an.

«Oh, kümmern Sie sich nicht um mich», entgegnete dieser junge

Mann liebenswürdig. «Ich will ja nur sagen, wenn diese Tölpel Ihnen dumm kommen, machen Sie mir keine Vorwürfe.»

«Wer spricht denn davon, Ihnen Vorwürfe zu machen, Freddy?» meinte die Herzogin.

«Nur so eine Redensart», sagte der Ehrenwerte Freddy.

«Was meinen Sie dazu, Mr. Murbles?» erkundigte sich die Herzogin.

«Ich meine», sagte der Anwalt, indem er bedächtig seinen Kaffee umrührte, «daß Ihre Absicht durchaus bewundernswert ist und Ihnen sehr zur Ehre gereicht, liebe gnädige Frau, aber Mr. Arbuthnot hat auch recht, wenn er sagt, daß Sie sich der Gefahr eines – äh – unerfreulichen Aufsehens aussetzen. Ich – äh – bin immer ein aufrichtiger Christ gewesen, aber ich kann nicht glauben, daß unsere Religion von uns verlangt, uns unter so – äh – überaus peinlichen Umständen in den Blickpunkt der Öffentlichkeit zu begeben.»

Mr. Parker fühlte sich an einen Ausspruch von Lord Melbourne erinnert.

«Nun, aber immerhin», sagte Mrs. Marchbanks, «wie Helen ganz richtig sagt, was spielt es für eine Rolle? Es braucht sich ja niemand wirklich wegen irgend etwas zu schämen. Natürlich wurde ein dummer Fehler begangen, aber ich sehe nicht ein, warum man deshalb nicht in die Kirche gehen sollte, wenn man möchte.»

«Gewiß nicht, ganz gewiß nicht, meine Liebe», sagte der Oberst herzlich. «Wir könnten sogar selbst hingehen, was? Einen Spaziergang in die Richtung machen, meine ich, und kurz vor der Predigt hineingehen. Ich glaube, das wäre gut. Würde jedenfalls zeigen, daß *wir* dem guten Denver nichts Unrechtes zutrauen.»

«Du vergißt, Lieber», antwortete seine Frau, «daß ich der armen Mary versprochen habe, bei ihr zu bleiben.»

«Natürlich, natürlich – dumm von mir», sagte der Oberst. «Wie geht's ihr denn?»

«Sie hat die ganze Nacht kein Auge zugetan, die Ärmste», sagte die Herzogin, «vielleicht findet sie heute morgen ein wenig Schlaf. Es war ja so ein Schock für sie.»

«Der sich noch als Glück im Unglück entpuppen könnte», meinte Mrs. Pettigrew-Robinson.

«Ich darf doch bitten!» sagte ihr Gatte.

«Möchte wissen, wann wir endlich von Sir Impey hören», warf Oberst Marchbanks rasch ein.

«Ja, wirklich», stöhnte Mr. Murbles. «Ich setze große Hoffnung in seinen Einfluß auf den Herzog.»

«Natürlich», sagte Mrs. Pettigrew-Robinson, «er *muß* reden – zum Besten aller. Er *muß* sagen, was er um diese Zeit draußen getan hat. Oder wenn er es nicht sagt, muß man es anders herausbekommen. Meine Güte, dafür sind Detektive doch da, oder nicht?»

«Das gehört zu ihren undankbaren Aufgaben», sagte Mr. Parker plötzlich. Er hatte so lange nichts gesagt, daß jetzt alles zusammenzuckte.

«Aha», sagte Mrs. Marchbanks, «und ich erwarte, daß Sie den Fall im Handumdrehen aufklären werden, Mr. Parker. Vielleicht haben Sie den wirklichen Mör- ... den Missetäter schon die ganze Zeit in der Hinterhand.»

«Nicht ganz», antwortete Mr. Parker, «aber ich will mir alle Mühe geben, ihn zu erwischen. Außerdem», fuhr er grinsend fort, «werde ich wahrscheinlich bald Hilfe bekommen.»

«Von wem?» erkundigte sich Mr. Pettigrew-Robinson.

«Vom Schwager der gnädigen Frau.»

«Peter?» fragte die Herzogin. «Mr. Parker muß sich über den Amateurdetektiv der Familie nicht wenig amüsieren», fügte sie hinzu.

«Ganz und gar nicht», sagte Parker. «Wimsey könnte einer der besten Detektive Englands sein, wenn er nicht so bequem wäre. Wir können ihn zur Zeit nur nicht finden.»

«Ich habe nach Ajaccio telegrafiert – postlagernd», sagte Mr. Murbles, «aber ich weiß nicht, wann er sich dort melden wird. Er hat niemandem gesagt, wann er wieder nach England zurückkommen will.»

«So ein alter Herumtreiber», ließ der Ehrenwerte Freddy sich taktlos vernehmen. «Sollte jetzt aber lieber hier sein, wie? Ich meine, wenn dem alten Denver was passiert, nicht wahr, dann ist er doch das Oberhaupt der Familie – bis Denver junior volljährig ist.»

Mitten in die betretene Stille hinein, die auf diese Bemerkung folgte, hörte man draußen einen Spazierstock laut klappernd in den Schirmständer fallen.

«Wer mag das sein?» fragte die Herzogin.

Die Tür schwang auf.

«Schönen guten Morgen allerseits», rief der Neuankömmling gutgelaunt. «Wie geht's, wie steht's? Hallo, Helen! Oberst, Sie schulden mir seit vorletztem September noch eine halbe Krone. Morgen, Mrs. Marchbanks, Morgen Mrs. P. Nun, Mr. Murbles, wie gefällt Ihnen dieses Dre- ... scheußliche Wetter? Bleib ruhig sitzen, Freddy; möchte dir um Himmels willen keine Umstände machen. Parker, alter Junge, du bist doch die Zuverlässigkeit in Person; stets griffbereit, wie diese patentierten Nasentropfen. Sagt mal, seid ihr etwa schon alle fertig? Ich hatte ja früher aufstehen wollen, aber dann hab ich so geschnarcht, daß Bunter sich nicht getraut hat, mich zu wecken. Beinahe wäre ich ja heute nacht noch hereingeschneit, aber wir sind erst um zwei Uhr früh hier eingetroffen; da wäre euer Empfang sicher nicht sehr begeistert ausgefallen. Wie bitte, Oberst? Ach so – Flugzeug. *Victoria* von Paris nach London – dann North Eastern bis Northallerton – scheußlich schlechte Straße von da an, und kurz vor Riddlesdale noch eine Reifenpanne. Jämmerlich schlechtes Bett im Gasthaus. Hatte gehofft, hier mit ein bißchen Glück noch das letzte Würstchen zu erwischen. Was? Sonntagmorgen in einer englischen Familie und keine Würstchen? Weiß der Himmel, was soll aus der Welt nur werden, nicht wahr, Oberst? Ich sage dir, Helen, diesmal war Gerald es wirklich. Du hättest den Burschen nicht allein lassen sollen; immer muß er was Dummes anstellen. Was ist das? Curry? Danke, mein Lieber. Hört mal, ihr braucht gar nicht so knickrig zu sein; ich war drei Tage an einem Stück unterwegs. Reich mir mal den Toast, Freddy. Wie meinen Sie, Mrs. Marchbanks? Ach so, ja, ziemlich; Korsika war hinreißend – lauter so schwarzäugige Gesellen mit Messern im Gürtel, und diese bezaubernd hübschen Mädchen! In einem Ort hat Bunter sogar ein regelrechtes Abenteuer mit der Wirtstochter gehabt. Man traut dem alten Knaben gar nicht zu, daß er für so was empfänglich ist. Mein Gott, hab ich einen Hunger! Weißt du, Helen, eigentlich hatte ich dir ja aus Paris ein paar schicke Seidenhöschen mitbringen wollen, aber als ich sah, daß Parker mir hier bei den Blutflecken zuvorkommen wollte, haben wir schleunigst unsere Siebensachen gepackt und sind abgeschwirrt.»

Mrs. Pettigrew-Robinson erhob sich.

«Theodore», sagte sie, «ich glaube, wir sollten uns für die Kirche fertigmachen.»

«Ich lasse den Wagen vorfahren», sagte die Herzogin. «Peter, ich freue mich natürlich außerordentlich, daß du da bist. Es war etwas unglücklich, daß du keine Adresse hinterlassen hattest. Du brauchst nur zu läuten, wenn du etwas wünschst. Schade, daß du nicht rechtzeitig hier warst, um noch mit Gerald zu sprechen.»

«Och, das macht nichts», meinte Lord Peter fröhlich. «Ich werde ihn im Kittchen besuchen. Weißt du, es hat etwas für sich, seine Verbrechen in der Familie zu lassen; da hat man viel mehr Möglichkeiten. Aber die arme Polly tut mir leid. Wie geht's ihr?»

«Mary sollte heute nicht gestört werden», stellte die Herzogin mit Nachdruck fest.

«Nicht doch», sagte Lord Peter, «sie soll ihre Ruhe haben. Heute amüsieren Parker und ich uns allein. Er zeigt mir seine Blutspurensammlung – ist ja schon gut, Helen; ich weiß, das ist nicht zum Scherzen. Hoffentlich hat der Regen sie nicht schon alle weggewaschen?»

«Nein», sagte Parker, «ich habe die meisten mit Blumentöpfen zugedeckt.»

«Dann gib mir mal das Brot und die Marmelade», sagte Lord Peter, «und erzähl mir mehr.»

Der Auszug der Kirchgänger hatte eine menschlichere Atmosphäre hinterlassen. Mrs. Marchbanks ging nach oben, um Mary zu sagen, daß Peter gekommen sei, und der Oberst zündete sich eine dicke Zigarre an. Der Ehrenwerte Freddy stand auf, streckte sich, zog einen Sessel ans Feuer und ließ sich darin nieder, die Füße auf der Messingstange, während Parker um den Tisch ging und sich noch eine Tasse Kaffee nahm.

«Die Zeitungen wirst du ja gelesen haben», meinte er.

«O ja, ich habe den Bericht über die Voruntersuchung gelesen», sagte Lord Peter. «Nehmt mir's nicht übel, aber ich glaube, die habt ihr alle miteinander ganz schön verpfuscht.»

«Es war eine Schande», sagte Mr. Murbles, «einfach eine Schande. Dieser Untersuchungsrichter hat sich sehr ungebührlich benommen. Er hatte keine solche Zusammenfassung zu geben. Was war da schon von einem Geschworenengericht zu erwarten, das aus lauter Bauerntölpeln besteht? Und was für Einzelheiten da alle auf den Tisch kamen! Wenn ich nur früher hätte hiersein können – »

«Ich fürchte, Wimsey, das war zum Teil meine Schuld», sagte Parker zerknirscht. «Craikes kann mich nicht leiden. Der Polizeipräsident von Stapley hat uns über seinen Kopf hinweg eingeschaltet, und als die Geschichte bei uns ankam, bin ich sofort zum Chef gerannt und habe ihn um diesen Auftrag gebeten, weil ich dachte, wenn es irgendwelche Mißverständnisse oder Schwierigkeiten gibt, ist es dir vielleicht lieber, wenn ich das in die Hand nehme. Ich mußte aber zuerst noch etwas wegen einer Fälscherbande regeln, mit der ich zu tun hatte, und so kam eins zum andern, so daß ich erst mit dem Nachtexpreß von London weggekommen bin. Als ich am Freitag hier ankam, waren Craikes und der Untersuchungsrichter schon ein Herz und eine Seele und hatten die Voruntersuchung noch auf denselben Morgen angesetzt – was geradezu lächerlich war. Sie hatten schon genau abgesprochen, wie sie ihre kostbaren Beweise so dramatisch wie möglich auftischen könnten. Ich hatte gerade noch Zeit, mir die Spuren auf dem Gelände kurz anzusehen (leider schon ziemlich unkenntlich gemacht von Craikes und seinen Trampeltieren), und dadurch stand ich mit leeren Händen vor den Geschworenen.»

«Kopf hoch», meinte Wimsey. «Ich mache dir keinen Vorwurf. Außerdem kommt dadurch ein bißchen Leben in die Jagd.»

«Es ist nur so», warf der Ehrenwerte Freddy ein, «daß wir bei ehrbaren Untersuchungsrichtern nicht beliebt sind. Überspannte Aristokraten und unmoralische Franzosen! Übrigens schade, Peter, daß dir Miss Lydia Cathcart entgangen ist. Die hätte dir gefallen. Sie ist wieder nach Golders Green zurück und hat die Leiche mitgenommen.»

«Na ja», meinte Wimsey. «An der Leiche wird wohl nichts Ungewöhnliches drangewesen sein.»

«Nein», sagte Parker, «das ärztliche Gutachten war soweit in Ordnung. Lungendurchschuß, sonst nichts.»

«Allerdings», sagte der Ehrenwerte Freddy, «selbst erschossen hat er sich nicht. Ich hab ja nichts davon gesagt, um dem alten Denver seine Geschichte nicht kaputtzumachen, aber daß er so aufgebracht und sauer gewesen sein soll, das war Käse.»

«Woher weißt du das?» fragte Peter.

«Na hör mal. Cathcart und ich sind noch zusammen nach oben gegangen. *Ich* war ziemlich sauer, weil ein paar Aktien von mir sehr gefallen waren; außerdem hatte ich am Morgen immer danebengeschossen und dann noch eine Wette mit dem Oberst verloren, wie viele Zehen die Hauskatze hat; und wie ich nun zu Cathcart etwas von blöder Welt oder so sage, da meint er: ‹Im Gegenteil, die Welt ist wunderschön. Morgen lege ich mit Mary den Hochzeitstermin fest, und dann ziehen wir nach Paris, wo man noch etwas von der Liebe versteht.› Ich hab daraufhin nur was Ausweichendes geantwortet, und er ist pfeifend weitergegangen.»

Parker machte eine ernste Miene. Oberst Marchbanks räusperte sich.

«Nun», meinte er, «bei einem Mann wie Cathcart weiß man nie, wie man dran ist. In Frankreich aufgewachsen, Sie wissen ja. Das ist nicht wie bei einem aufrechten Engländer. Immer rauf und runter, rauf und runter! Traurige Sache, armer Kerl! Na ja, Peter, ich hoffe, Sie und Mr. Parker werden schon noch etwas finden. Es geht doch nicht, daß der arme Denver einfach so im Kittchen sitzt. Furchtbar unangenehm, armer Kerl, und wo dieses Jahr die Vögel so gut sind! Also, Sie werden sich jetzt sicher überall umschauen wollen, Mr. Parker, nicht? Freddy, wie wär's mit einer Partie Billard?»

«Recht haben Sie», meinte der Ehrenwerte Freddy, «aber Sie müssen mir hundert vorgeben, Oberst.»

«Unsinn, Unsinn», erwiderte der Veteran gutgelaunt. «Sie spielen doch ausgezeichnet.»

Nachdem auch Mr. Murbles sich zurückgezogen hatte, saßen Wimsey und Parker einander allein am abgegessenen Frühstückstisch gegenüber.

«Peter», sagte der Kriminalbeamte, «ich weiß nicht, ob es richtig von mir war, hierherzukommen. Wenn du meinst – »

«Hör mal her, alter Freund», unterbrach ihn Wimsey ernst, «wir wollen hier alle Fragen des Zartgefühls beiseite lassen. Wir bearbeiten diesen Fall wie jeden anderen. Und wenn dabei etwas Unerfreuliches ans Tageslicht kommt, sollst lieber du es zu sehen bekommen als irgendwer sonst. Übrigens ein ganz besonders hübscher Fall, auf seine Art, und ich gedenke mein Bestes zu tun.»

«Also, wenn du wirklich meinst – »

«Lieber Charles, wenn du nicht schon hier wärst, würde ich dich rufen. Und jetzt an die Arbeit. *Ich* gehe natürlich davon aus, daß Gerald es *nicht* war.»

«Davon bin ich ebenso fest überzeugt», pflichtete Parker ihm bei.

«Nicht doch, nicht doch», widersprach Wimsey, «das ist nicht deine Art. Nie überstürzt – nie vertrauensselig. Deine Aufgabe ist es, meine Hoffnungen mit kaltem Wasser zu übergießen und alle meine Schlüsse anzuzweifeln.»

«Abgemacht!» sagte Parker. «Wo möchtest du anfangen?»

Peter überlegte. «Ich denke, wir gehen von Cathcarts Zimmer aus», meinte er.

Das Zimmer war von bescheidener Größe und hatte nur ein Fenster über der Haupteingangstür. Das Bett stand rechts, die Kommode vor dem Fenster. Links war der Kamin mit einem Sessel davor, dazu ein kleiner Schreibtisch.

«Alles noch so, wie es war», sagte Parker. «Soviel Verstand hatte Craikes wenigstens.»

«Ja», sagte Lord Peter. «Also gut. Gerald hat gesagt, Cathcart sei aufgesprungen, als er ihn einen Lumpen nannte, wobei er fast den Tisch umgeworfen habe. Das muß der Schreibtisch gewesen sein, also hat Cathcart im Sessel gesessen. Ja, hat er – und dann hat er ihn so heftig zurückgestoßen, daß er den Teppich dabei verschoben hat. Hier kannst du's sehen! Soweit, so gut. Nun, und was hat er am Schreibtisch gemacht? Gelesen hat er nicht, sonst müßte hier ein Buch herumliegen, denn wir wissen ja, daß er hinausgerannt und nicht mehr wiedergekommen ist. Hat er geschrieben? Nein, das Löschblatt ist jungfräulich – »

«Er könnte mit Bleistift geschrieben haben», warf Parker ein.

«Stimmt auch wieder, alter Spaßverderber. Gut, aber dann muß er das Blatt in die Tasche gesteckt haben, als Gerald hereinkam, denn hier liegt es nicht; das hat er aber auch nicht, denn bei seiner Leiche wurde es nicht gefunden; folglich hat er nicht geschrieben.»

«Oder er hat das Blatt woanders weggeworfen», sagte Parker. «Ich habe nämlich noch nicht das ganze Gelände abgesucht, und selbst wenn wir ganz knapp rechnen – indem wir nämlich davon ausgehen, daß der Schuß, den Hardraw um zehn vor zwölf gehört hat, *der* Schuß war –, haben wir eineinhalb Stunden, über die wir nichts wissen.»

«Nun gut. Sagen wir also, nichts weist hier darauf hin, daß er geschrieben hat. Recht so? Gut, dann – »

Lord Peter nahm eine Lupe aus der Tasche und untersuchte sorgfältig die ganze Sitzfläche des Sessels, bevor er sich hinsetzte.

«Hier ist auch nichts, was uns weiterhilft», sagte er. «Um weiterzukommen: Cathcart hat also hier gesessen, wo ich jetzt sitze. Geschrieben hat er nicht; er – sag mal, bist du sicher, daß in dem Zimmer nichts angerührt wurde?»

«Ganz sicher.»

«Dann hat er auch nicht geraucht.»

«Wieso nicht? Er könnte den Zigarren- oder Zigarettenstummel ins Feuer geworfen haben, als Denver hereinkam.»

«Keine Zigarette», sagte Peter, «sonst müßten wir irgendwo Spuren finden – auf dem Fußboden oder im Kamin. Diese leichte Asche fliegt ja nur so herum. Aber eine Zigarre – ja, die könnte er vielleicht geraucht haben, ohne Spuren zu hinterlassen. Ich will's aber nicht hoffen.»

«Wieso?»

«Weil ich es lieber sähe, wenn Geralds Behauptungen einen kleinen Wahrheitsgehalt hätten. Ein aufgeregter Mensch setzt sich nicht gemütlich hin, um vor dem Zubettgehen noch eine Zigarre zu genießen, und geht dabei auch noch so liebevoll sorgsam mit der Asche um. Wenn andrerseits aber Freddy recht hat und Cathcart ausgesprochen gutgelaunt und mit sich und der Welt zufrieden war, hat er wahrscheinlich genau das getan.»

«Glaubst du etwa, daß Mr. Arbuthnot das alles erfunden hat?» fragte Parker nachdenklich. «Den Eindruck macht er eigentlich nicht auf mich. Um so etwas zu erfinden, brauchte er eine gehörige Portion

Phantasie und Bosheit, und beides traue ich ihm nicht zu.»

«Ich weiß», sagte Lord Peter. «Ich kenne Freddy mein Leben lang und weiß, daß er keiner Fliege was zuleide tun könnte. Außerdem hat er gar nicht soviel Grips, um sich jemals etwas auszudenken. Mich beunruhigt nur, daß Gerald eben auch nicht den Grips hat, um diese Komödie zwischen ihm und Cathcart zu erfinden.»

«Andrerseits», wandte Parker ein, «wenn wir für einen Augenblick unterstellen, daß er Cathcart doch erschossen hat, wäre das ein starker Ansporn für ihn gewesen, sie zu erfinden. Er würde alles daransetzen, seinen Kopf aus der – ich meine, wenn etwas Wichtiges auf dem Spiel steht, kann man sich oft nur wundern, wie sehr das die Sinne schärft. Und daß die Geschichte so weit hergeholt ist, spricht für einen ungeübten Märchenerzähler.»

«Wie wahr, mein König! Nun, bisher hast du mir einen Strich durch alle meine Erkenntnisse gemacht. Tut aber nichts. Mein Haupt ist blutig, doch ungebeugt. Cathcart hat also hier gesessen – »

«Das sagt dein Bruder.»

«Hol dich der Kuckuck, *ich* sage, er hat hier gesessen; irgendwer hat hier jedenfalls gesessen; er hat seine vier Buchstaben deutlich ins Kissen gedrückt.»

«Das könnte schon tagsüber gewesen sein.»

«Ach was. Am Tag waren sie alle draußen. Du brauchst dein Sadduzäertum auch wieder nicht zu übertreiben, Charles. Ich sage, Cathcart hat hier gesessen und – hallo, hallo!»

Er bückte sich und starrte in den Kamin.

«Das ist ja verbranntes Papier, Charles.»

«Ich weiß. Das hat mich gestern auch schon sehr interessiert, bis ich merkte, daß es in ein paar anderen Zimmern genauso war. Man läßt hier oft das Feuer in den Zimmern ausgehen, wenn tagsüber alle draußen sind, und zündet es dann eine Stunde vor dem Abendessen wieder an. Hier sind nämlich an Personal nur die Köchin, das Hausmädchen und Fleming, und die haben bei so einer großen Gesellschaft allerhand zu tun.»

Lord Peter klaubte die verkohlten Reste zusammen.

«Ich finde nichts, was deiner Vermutung widerspricht», meinte er traurig, «und dieses Stückchen *Morning Post* hier bestätigt sie sogar eher. Dann können wir also nur annehmen, daß Cathcart hier gedankenverloren gesessen und gar nichts getan hat. Ich fürchte, das bringt uns nicht viel weiter.» Er stand auf und ging zur Kommode.

«Diese Schildpattgarnitur gefällt mir», sagte er, «und das Parfum – *Baiser du soir* – auch ganz nett. Kannte ich noch nicht. Muß Bunter mal darauf aufmerksam machen. Ein bezauberndes Maniküretui, nicht? Weißt du, ich liebe es ja auch, sauber und adrett zu sein und so, aber Cathcart gehörte zu denen, die einem immer ein bißchen *zu* gepflegt vorkamen. Armer Teufel! Und jetzt wird er in Golders Green begraben. Ich hab ihn eigentlich nur ein-, zweimal gesehen. Auf mich hat er immer gewirkt wie einer, der schon alles kennt. Ich hab mich ziemlich gewundert, daß Mary etwas an ihm fand, aber ich kenne meine Schwester ja wirklich furchtbar wenig. Sie ist fünf Jahre jünger als ich. Als der Krieg ausbrach, war sie gerade aus der Schule gekommen und nach Paris gegangen. Ich ging zum Militär, und sie kam wieder nach Hause und machte sich in der Krankenpflege und Sozialarbeit nützlich. Dadurch habe ich sie nur hin und wieder mal gesehen. Damals war sie auch ganz besessen von neuen Ideen, die Welt zu verbessern, und hatte nichts mit mir zu reden. Und schließlich ist sie noch an so einen Pazifisten geraten, der wohl ein ziemlich falscher Fuffziger war. Ich selbst wurde krank, wie du weißt, und nachdem mir auch noch Barbara den Laufpaß gegeben hatte, waren die Herzensangelegenheiten meiner Mitmenschen mir ziemlich schnuppe. Dann habe ich bei der Aufklärung des Attenbury-Diamanten-Diebstahls mitgemischt – und das Ergebnis ist, daß ich meine eigene Schwester kaum kenne. Aber ihr Geschmack in bezug auf Männer scheint sich geändert zu haben. Meine Mutter sagte, Cathcart habe Charme; das heißt, daß er auf Frauen wirkte. Als Mann kann man das ja von einem anderen nie sagen, aber Mutter hat meist recht. Was ist aus seinen Papieren geworden?»

«Er hatte hier kaum welche», antwortete Parker. «Ein Scheckheft von der Cox-Filiale am Charing Cross, aber verhältnismäßig neu und nicht sehr aufschlußreich. Anscheinend hatte er dort nur ein kleines Konto für seine Englandaufenthalte. Die meisten Schecks sind auf ihn selbst ausgestellt, und dann und wann hat er eine Hotel- oder Schneiderrechnung bezahlt.»

«Hatte er kein Bankbuch?»

«Ich glaube, seine wichtigen Papiere sind alle in Paris. Er hat dort eine Wohnung, irgendwo unweit der Seine. Wir stehen mit der Pariser Polizei in Verbindung. Dann hatte er noch ein Zimmer in Albany. Ich habe angeordnet, daß es versiegelt wird, bis ich hinkomme. Morgen wollte ich hinfahren.»

«Das wird am besten sein. Brieftasche?»

«Ja, hier. Etwa dreißig Pfund in verschiedenen Scheinen, die Karte eines Weinhändlers und eine Rechnung für eine Reithose.»

«Keine Korrespondenz?»

«Nicht eine Zeile.»

«Nein», meinte Wimsey, «ich glaube, er war so einer, der keine Briefe aufhob. Viel zu ausgeprägter Selbsterhaltungstrieb.»

«Stimmt. Ich habe sogar schon die Dienstboten nach seiner Korrespondenz gefragt. Sie sagen, er hat ziemlich viele Briefe bekommen, aber nie einen herumliegen lassen. Was er an Briefen geschrieben hat, konnten sie mir nicht sagen, weil alle ausgehende Post in den Postsack geworfen wird, der so, wie er ist, zur Post gebracht und erst dort geöffnet wird, oder man gibt ihn dem Briefträger mit, wenn er sich mal hier sehen läßt. Im allgemeinen bestand der Eindruck, daß er nicht viel schrieb. Das Hausmädchen sagt, sie hat in seinem Papierkorb nie etwas gefunden, was der Rede wert war.»

«Na, das hilft uns ja ungemein weiter. Moment mal. Hier ist sein Füllfederhalter. Sehr hübsch – Onoto mit komplettem Goldgehäuse. Ach Gott, vollkommen leer! Na ja, ich wüßte nicht, was man daraus genau schließen könnte. Einen Bleistift sehe ich auch nirgends. Langsam glaube ich, daß deine Vermutung, er habe Briefe geschrieben, falsch war.»

«Ich habe nichts dergleichen vermutet», antwortete Parker nachsichtig. «Aber ich glaube, du hast recht.»

Lord Peter wandte sich von der Kommode ab, sah kurz den Inhalt des Kleiderschranks durch und nahm sich die paar Bücher vor, die auf dem Regal neben dem Bett standen.

«*La Rôtisserie de la Reine Pédauque*, *L'Anneau d'Améthyste*, *South Wind* (unser junger Freund macht seinem Typ alle Ehre), *Chronique d'un Cadet de Coutras* (na, na, Charles!), *Manon Lescaut*. Hm. Gibt's hier in diesem Zimmer noch etwas, das ich mir ansehen sollte?»

«Ich glaube nicht. Wo möchtest du jetzt weitermachen?»

«Wir folgen ihnen nach unten. Sekunde! Wer wohnt in den anderen Zimmern? Ah, ja. Hier ist Geralds Zimmer. Helen ist in der Kirche. Nichts wie hinein. Hier ist natürlich abgestaubt und geputzt worden, so daß bestimmt nichts mehr zu finden ist, wie?»

«Ich fürchte ja. Schließlich konnte ich der Herzogin nicht gut ihr eigenes Zimmer verbieten.»

«Richtig. Hier ist das Fenster, aus dem Gerald ihm nachgerufen hat. Hm! Im Kamin ist natürlich auch nichts – das Feuer ist seitdem wieder angemacht worden. Weißt du, ich frage mich, wo Gerald diesen Brief hingetan hat – den von Freeborn, meine ich.»

«Darüber hat bisher niemand ein Wort von ihm herausgekriegt», sagte Parker. «Mr. Murbles hat schon seine liebe Not mit ihm gehabt. Der Herzog behauptet steif und fest, er habe ihn vernichtet. Mr. Murbles hält das für Unsinn. Ist es auch. Wenn er dem Verlobten seiner Schwester so einen Vorwurf machen wollte, hätte er doch wenigstens *einen* Beweis dafür erbracht, daß in seinem Wahnsinn Methode steckte, nicht wahr? Oder war er einer von diesen Patriarchen, die nur zu sagen brauchten: ‹Als Oberhaupt der Familie verbiete ich diese Heirat›?»

«Gerald», sagte Wimsey, «ist ein guter, ordentlicher, anständiger, wohlerzogener Internatsschüler und ein furchtbarer Esel. Aber für so mittelalterlich halte ich ihn nicht.»

«Aber wenn er den Brief hat, warum zeigt er ihn nicht?»

«Allerdings, warum nicht? Briefe aus Ägypten von früheren Kommilitonen sind im allgemeinen so kompromittierend nicht.»

«Du meinst also nicht», fuhr Parker zögernd fort, «daß dieser Mr. Freeborn in seinem Brief auf irgendeine alte – äh – Episode angespielt haben könnte, die dein Bruder nicht gern der Herzogin erzählen möchte?»

Lord Peter betrachtete gedankenverloren eine Reihe Schuhe und schwieg.

«Das wäre eine Idee», meinte er schließlich. «Es hat solche Episoden gegeben – ganz harmlos, aber Helen würde großes Aufheben davon machen.» Er pfiff nachdenklich durch die Zähne. «Aber immerhin, wenn's zum Galgen geht – »

«Glaubst du, daß dein Bruder wirklich mit dem Galgen rechnet, Wimsey?» fragte Parker.

«Murbles wird ihm das schon klargemacht haben», sagte Lord Peter.

«Schon. Aber kann er es sich wirklich vorstellen – begreift er voll und ganz, daß man einen englischen Peer auf Grund von Indizien wegen Mordes aufhängen kann?»

Darüber mußte Lord Peter erst einmal nachdenken.

«Phantasie war noch nie Geralds Stärke», räumte er ein. «Ich nehme doch an, daß man auch Peers aufhängt? Sie werden nicht etwa auf dem Tower Hill geköpft?»

«Ich kann mich gern erkundigen», sagte Parker. «Earl Ferrers ist jedenfalls 1760 gehängt worden.»

«Wirklich?» meinte Lord Peter. «Na ja. Wie sagten schon die alten Heiden vom Evangelium? Es ist lange her, und hoffentlich stimmt es nicht.»

«Es stimmt aber», sagte Parker. «Und danach haben sie ihn in Stükke geschnitten. Aber diese Sitte ist aus der Mode gekommen.»

«Wir werden es Gerald beibringen», sagte Lord Peter, «und ihm nahelegen, die Sache ernst zu nehmen. Welche von diesen Stiefeln hat er am Mittwochabend angehabt?»

«Die da», sagte Parker. «Aber der Dummkopf hat sie saubergemacht.»

«Tja», machte Lord Peter mißmutig. «Hm! Schöne, schwere Schnürstiefel – die drücken einem das Blut in den Kopf.»

«Gamaschen hatte er auch an», sagte Parker. «Die hier.»

«Ziemlich aufwendige Vorbereitungen für einen Spaziergang im Garten. Aber wie du gerade ganz richtig sagen wolltest, draußen war es naß. Ich muß Helen mal fragen, ob Gerald öfter an Schlaflosigkeit leidet.»

«Hab ich schon gefragt. Normalerweise nicht, sagt sie, aber manchmal hat er solche Zahnschmerzen, daß er nicht einschlafen kann.»

«Aber damit geht man doch nicht in einer kalten Regennacht aus dem Haus. Na ja, gehen wir mal nach unten.»

Sie gingen durchs Billardzimmer, wo der Oberst gerade eine sensationelle Serie hinlegte, und von da weiter in den angrenzenden kleinen Wintergarten.

Lord Peter betrachtete düster die Chrysanthemen und Zwiebelkästen ringsum.

«Dieses Grünzeug strotzt vor Gesundheit», meinte er. «Hast du etwa dem Gärtner erlaubt, hier herumzutrampeln, um die Blumen zu gießen?»

«Ja», sagte Parker begütigend, «aber er hatte strikte Anweisungen, nur auf diese Matten zu treten.»

«Gut», sagte Lord Peter. «Dann wollen wir die mal wegräumen und uns an die Arbeit machen.»

Mit der Lupe vor dem Auge kroch er aufmerksam über den Boden.

«Wahrscheinlich sind hier alle durchgegangen, wie?»

«Ja», bestätigte Parker. «Die meisten Abdrücke habe ich schon identifiziert. Die Leute sind hier ein und aus gegangen. Der Abdruck da ist vom Herzog. Er ist von draußen hereingekommen. Hier ist er über die Leiche gestolpert.»

Parker hatte die Tür nach draußen geöffnet und eine Matte hochgehoben, unter der ein aufgewühltes, von Blut verfärbtes Stück Kiesweg zum Vorschein kam. «Er ist neben dem Toten niedergekniet. Hier sind seine Knie und hier die Fußspitzen. Dann ist er durch den Wintergarten ins Haus gegangen und hat uns gleich hinter der Tür einen schönen Abdruck aus schwarzem Lehm und Kies hinterlassen.»

Lord Peter betrachtete aufmerksam die Spuren.

«Ein Glück, daß der Boden hier so weich ist», meinte er.

«Ja. Aber nur diese Stelle. Der Gärtner sagt, daß der Boden hier immer so naß und zertreten ist, weil er hier die Gießkannen aus dem Wassertrog füllt. Der Trog wird aus dem Brunnen aufgefüllt, und von hier tragen sie das Wasser in Kannen weiter. Dieses Jahr ist der Boden besonders strapaziert worden, darum haben sie vor ein paar Wochen frischen Kies aufgetragen.»

«Schade, daß ihr Fleiß nicht gleich dem ganzen Weg zugute gekommen ist, wenn sie schon einmal dabei waren», knurrte Lord Peter, während er schwankend auf einem kleinen Stück Sackleinen balancierte. «Jedenfalls bestätigt das bisher Geralds Aussage. Hier auf dem Beetrand muß ein Elefant gestanden haben. Wer ist das?»

«Nur einer von den Konstablern. Ich schätze ihn auf gut zwei Zentner. Hat nichts weiter zu bedeuten. Und hier diese Gummisohle mit dem Flicken, das ist Craikes. Den findest du überall. Dieser schwammige Abdruck hier ist Mr. Arbuthnot in Pantoffeln, und die Galoschen da gehören Mr. Pettigrew-Robinson. Die können wir alle links liegenlassen. Aber was hier über die Schwelle kommt, das ist ein Frauenfuß in derben Schuhen. Ich nehme an, das war Lady Mary. Da ist er wieder, gleich am Brunnenrand. Sie ist herausgekommen, um den Toten anzusehen.»

«Richtig», sagte Peter. «Und dann ist sie wieder hineingegangen und hat ein paar rote Kieskörner ins Haus geschleppt. Soweit, so gut. Hallo!»

An der Außenwand des Wintergartens befanden sich ein paar Regale für kleinere Pflanzen, und unter diesen fristeten auf einem feuchten, ungepflegten Flecken Erde ein paar magere Kakteen und Farne ihr Dasein. Das Ganze lag versteckt hinter einer Reihe hoher Chrysanthemen in Töpfen.

«Hast du was gefunden?» erkundigte sich Parker, als er seinen Freund neugierig in dieses grüne Versteck spähen sah.

Lord Peter zog seine lange Nase zwischen zwei Blumentöpfen zurück und meinte: «Wer hat da etwas hingestellt und was?»

Parker eilte hin. Zwischen den Kakteen war deutlich der Abdruck von etwas Rechteckigem mit vorstehenden Kanten zu sehen, das vor Blicken geschützt hinter den Blumentöpfen gestanden hatte.

«Wie gut, daß Geralds Gärtner nicht einer von den übereifrigen ist, die nicht einmal einen Kaktus den Winter über in Ruhe lassen können», sagte Lord Peter, «sonst hätte er diese kleinen Hängeköpfchen liebevoll wieder aufgerichtet – Himmel verd ...! Hol der Geier dieses rosarote Stachelschwein! Miß du das aus.»

Parker nahm Maß.

«Sechsundsiebzig mal fünfzehn», sagte er. «Und ziemlich schwer, denn es ist tief eingesunken und hat die Pflanzen zerdrückt. Kann das ein Brett gewesen sein oder so was?»

«Glaub ich nicht», sagte Lord Peter. «Hier auf der einen Seite ist der Abdruck tiefer. Ich vermute, das war etwas Sperriges, das beim Hinstellen verkantet und an die Glaswand gelehnt wurde. Wenn du meine private Meinung hören willst, ich glaube, das war ein Koffer.»

«Ein Koffer!» rief Parker. «Wieso ein Koffer?»

«Ja, wieso wohl? Ich glaube, wir dürfen annehmen, daß er nicht sehr lange hier gestanden hat. Am Tag hätte man ihn gut gesehen. Aber es könnte ihn jemand hier hineingeschoben haben, der damit überrascht wurde – vielleicht um drei Uhr morgens – und nicht gern damit gesehen werden wollte.»

«Wann hätte er ihn dann wieder weggenommen?»

«Ziemlich bald, würde ich sagen. Vor Tagesanbruch jedenfalls, sonst hätte sogar Inspektor Craikes ihn schwerlich übersehen können.»

«Es wird doch nicht die Tasche des Arztes gewesen sein?»

«Nein – sonst wäre der Arzt ein schöner Trottel. Warum eine Tasche so unbequem weit weg auf den feuchten Boden stellen, wenn er sie so vernünftig und praktisch gleich neben der Leiche abstellen konnte? Nein. Wenn nicht Craikes oder der Gärtner das Ding haben herumstehen lassen, dann wurde es Mittwoch nacht entweder von Gerald, Cathcart – oder, wie ich vermute, von Mary dort abgestellt. Sonst wüßte ich niemanden, der dort etwas verstecken sollte.»

«Doch», sagte Parker, «einen.»

«Und wer soll das sein?»

«Der Unbekannte.»

«Wer ist das?»

Zur Antwort schritt Parker stolz auf eine Reihe hölzerner Rahmen zu, die sorgsam mit Matten abgedeckt waren. Diese zog er fort wie ein Bischof die Hülle vom Denkmal, und darunter kam eine V-förmige Reihe von Fußabdrücken zum Vorschein.

«Die hier», sagte Parker, «gehören zu niemandem – ich meine, zu niemandem, von dem ich je etwas gesehen oder gehört hätte.»

«Hurra!» sagte Peter.

«Und abwärts von des Berges Grat
Sie folgten der kleinen Spur

(allerdings ist sie eher groß).»

«So einfach ist es leider nicht», meinte Parker. «Sagen wir lieber:

Sie folgten von dem erd'gen Weg
Der Spur im Morgenlicht
Bis auf der Brücke schmalen Steg,
und weiter ging sie nicht.»

«Großer Dichter, dieser Wordsworth», sagte Lord Peter. «War schon immer meine Meinung. Also, sehen wir mal. Diese Fußabdrükke – von einem Mann, Schuhgröße 45 mit schiefen Absätzen und einem Flicken an der linken Innenseite – kommen vom festen Weg, auf dem keine Spuren zu sehen sind; sie nähern sich der Leiche – hier, wo die Blutlache ist. Sag mal, das ist doch komisch, findest du nicht? Nein? Na ja, vielleicht nicht. Ob keine Spuren unter der Leiche sind? Schwer zu sagen, das ist alles so ein Matsch hier. Also, der Unbekannte kommt bis hierher – hier ist ein sehr tiefer Abdruck. Wollte er Cathcart einfach in den Brunnen werfen? Er hört ein Geräusch, schrickt zusammen, macht kehrt und rennt auf leisen Sohlen – ins Gebüsch, beim Zeus!»

«Eben», sagte Parker, «und von da führt die Spur zu einem Graspfad im Wald und endet dort.»

«Hm! Na schön, wir gehen ihr später nach. Aber zunächst: Wo kommt sie her?»

Die beiden Freunde folgten gemeinsam dem Weg, der vom Haus wegführte. Der Kiesboden war bis auf den kleinen Flecken vor dem Wintergarten alt und hart und wies kaum Spuren auf, vor allem nachdem es die letzten Tage geregnet hatte. Parker konnte Wimsey jedoch versichern, daß dort deutliche Schleif- und Blutspuren gewesen waren.

«Was für Blutspuren? Tropfen?»

«Nein, verschmiertes Blut. Auf dem ganzen Weg waren auch Furchen in den Kies gekratzt. Und hier kommt nun etwas Merkwürdiges.»

Es war der deutliche Abdruck einer Männerhand, tief in die Erde an der Rasenkante eingedrückt, mit den Fingern zum Haus. Auf dem Kiesweg waren zwei lange Furchen zu erkennen. Das Gras zwischen Weg und Beet war blutverschmiert, und die Kante stark zertreten.

«Das gefällt mir nicht», sagte Lord Peter.

«Häßlich, wie?» stimmte Parker zu.

«Der arme Teufel!» meinte Peter. «Er hat verzweifelt versucht, sich hier festzukrallen. Das erklärt auch das Blut an der Wintergartentür.

Aber was für ein Ungeheuer schleift eine Leiche durch die Gegend, die noch nicht einmal ganz tot ist?»

Ein paar Schritte weiter mündete der Pfad in den Hauptzufahrtsweg. Rechts und links von diesem standen Bäume, die sich zu einem Dickicht weiteten. An der Stelle, wo die beiden Wege sich trafen, fanden sich weitere undeutliche Spuren, und noch einmal rund zwanzig Schritte weiter schwenkten sie ins Dickicht ab. Irgendwann war hier einmal ein großer Baum umgestürzt und hatte eine kleine Lichtung hinterlassen, in deren Mitte jetzt eine Plane ausgebreitet und am Boden befestigt worden war. Die Luft roch schwer nach Pilzen und gefallenem Laub.

«Der Schauplatz der Tragödie», sagte Parker kurz und rollte die Plane zurück.

Lord Peter starrte traurig zu Boden. Eingemummt in einen Mantel nebst dickem grauem Schal wirkte er mit seinem langen, schmalen Gesicht wie ein Marabu. Der zappelnde Körper des gestürzten Mannes hatte das modernde Laub aufgewühlt und einen tiefen Eindruck im weichen Boden hinterlassen. An einer Stelle zeigte die dunklere Färbung der Erde, wo eine große Blutlache eingesickert war, und das Rostrot auf den gelben Blättern einer Weißpappel war nicht herbstlich.

«Hier hat man das Taschentuch und den Revolver gefunden», sagte Parker. «Ich habe nach Fingerspuren gesucht, aber Regen und Matsch hatten schon alles weggespült.»

Wimsey zückte seine Lupe, legte sich auf den Bauch und kroch, von Parker stumm gefolgt, den Ort des Geschehens höchstpersönlich ab.

«Er ist eine Zeitlang auf und ab gegangen», sagte Lord Peter. «Geraucht hat er nicht. Er muß über etwas nachgedacht oder auf jemanden gewartet haben. Was ist denn das? Aha! Wieder unsere Schuhgröße 45, diesmal von der andern Seite der Lichtung. Keine Kampfspuren. Merkwürdig! Cathcart wurde doch aus nächster Nähe erschossen, oder?»

«Ja, sein Hemd war vorn versengt.»

«Eben. Wieso hat er stillgehalten und sich erschießen lassen?»

«Ich stelle mir vor», sagte Parker, «daß Schuhgröße 45, falls er sich hier mit ihm treffen wollte, jemand war, den er kannte, der also nah an ihn herankommen konnte, ohne seinen Argwohn zu erregen.»

«Demnach wäre es eine friedliche Begegnung gewesen, wenigstens von Cathcart aus gesehen. Aber das reimt sich nicht mit dem Revolver. Wie kommt Schuhgröße 45 an Geralds Revolver?»

«Die Tür zum Wintergarten war offen», meinte Parker zweifelnd.

«Das wußten aber nur Gerald und Fleming», erwiderte Lord Peter. «Außerdem, du wirst mir doch nicht weismachen wollen, daß Schuhgröße 45 da hineingegangen ist, um aus dem Arbeitszimmer den Revolver zu holen, dann wieder hierher zurückgekommen ist und Cathcart erschossen hat? Das käme mir etwas umständlich vor. Wenn er eine Schießerei vorgehabt hätte, wäre er von vornherein bewaffnet gekommen.»

«Ich halte es für wahrscheinlicher, daß Carthcart den Revolver mitgebracht hat», meinte Parker.

«Warum sind dann keine Kampfspuren zu sehen?»

«Vielleicht hat Cathcart sich selbst erschossen», sagte Parker.

«Aber warum hätte Schuhgröße 45 ihn dann erst zu einer auffälligen Stelle schleppen sollen, bevor er weglief?»

«Moment», sagte Parker. «Was hältst du davon? Schuhgröße 45 hat eine Verabredung mit Cathcart – sagen wir, um ihn zu erpressen. Irgendwie gelingt es ihm, Cathcart zwischen Viertel vor und Viertel nach zehn von dieser Absicht in Kenntnis zu setzen. Das würde den Stimmungsumschwung bei Cathcart erklären, und damit könnten sowohl Mr. Arbuthnot als auch der Herzog die Wahrheit gesagt haben. Cathcart rennt nach dem Krach mit deinem Bruder wütend aus dem Haus. Er kommt hierher, um seine Verabredung einzuhalten. Während er auf Schuhgröße 45 wartet, geht er auf und ab. Schuhgröße 45 kommt und verhandelt mit Cathcart. Cathcart bietet ihm Geld an. Schuhgröße 45 will mehr. Cathcart sagt, daß er soviel wirklich nicht hat. Daraufhin sagt Schuhgröße 45, daß er die Bombe platzen lassen will. Cathcart antwortet: ‹Dann kannst du zum Teufel fahren. Dahin fahre ich nämlich auch.› Cathcart, der sich den Revolver schon vorher beschafft hat, erschießt sich. Schuhgröße 45 wird von Reue gepackt. Er sieht, daß Cathcart noch nicht ganz tot ist, hebt ihn auf und trägt und schleift ihn halb und halb zum Haus. Er ist kleiner als Cathcart und nicht sehr kräftig und muß sich schwer plagen. Gerade sind sie bis zur Tür des Wintergartens gekommen, da erleidet Cathcart einen letzten Blutsturz und gibt seinen Geist auf. Schuhgröße 45 begreift plötzlich, daß er in einer Situation ist – morgens um drei allein mit einer Leiche auf einem fremden Grundstück –, die der Erklärung bedarf. Er läßt Cathcart fallen und sucht das Weite. Es tritt auf der Herzog von Denver und stolpert über die Leiche. Tableau!»

«Das ist gut», sagte Lord Peter. «Sehr gut sogar. Aber wann soll sich das Ganze nach deiner Theorie abgespielt haben? Gerald hat die Leiche um drei Uhr gefunden; der Doktor kam um halb fünf und behauptete, Cathcart sei schon mehrere Stunden tot. Bitte sehr. Und was ist mit dem Schuß, den meine Schwester um drei Uhr gehört hat?»

«Sieh mal», meinte Parker, «ich möchte deiner Schwester wirklich nicht zu nahe treten. Sagen wir mal, ich vermute, daß der Schuß um drei Uhr von Wilderern abgegeben wurde.»

«Selbstverständlich waren das Wilderer», sagte Lord Peter. «Also wirklich, Parker, ich glaube, das hat Hand und Fuß. Machen wir uns diese Erklärung vorerst zu eigen. Dann gilt es jetzt vor allem, Schuhgröße 45 zu finden, weil er bezeugen kann, daß Cathcart Selbstmord begangen hat; und das ist, was meinen Bruder betrifft, überhaupt der springende Punkt. Aber zur Befriedigung meiner eigenen Neugier möchte ich gern noch wissen: Womit hat Schuhgröße 45 Cathcart erpreßt? Wer hat einen Koffer im Wintergarten versteckt? Und was tat Gerald morgens um drei Uhr draußen im Garten?»

«Tja», sagte Parker, «dann schlage ich vor, wir versuchen als erstes festzustellen, woher Schuhgröße 45 kam.»

«Hoho!» rief Wimsey plötzlich, als sie sich wieder dem Weg zuwandten. «Da liegt ja was – Parker, wir haben einen echten Schatz gefunden!»

Zwischen Lehm und moderndem Laub zog er etwas Kleines, Glitzerndes hervor – es funkelte weiß und grün zwischen seinen Fingerspitzen.

Es war ein kleines Amulett, wie Frauen es gern am Armband tragen – eine winzige Brillantkatze mit Augen aus leuchtenden Smaragden.

Lehmflecken und Blutflecken

Andere Dinge mögen in ihrer Art ja recht nett sein – aber reines Blut geht über alles ... Wir sagen: «Da! Das ist Blut!» Es ist eine richtige Tatsache. Wir können mit den Fingern darauf zeigen. Es schließt jeden Zweifel aus. Reines Blut muß es sein, nicht?
David Copperfield

«Bis jetzt», sagte Lord Peter, während sie unter Mühen der Spur von Schuhgröße 45 durch das Wäldchen folgten, «war ich überzeugt, daß diese entgegenkommenden Verbrecher, die ihre Spuren mit lauter kleinen persönlichen Dingen verzieren – hier ist er, auf einem zertretenen Pilz –, eine Erfindung der Detektivliteratur zum Nutzen der Autoren seien. Ich sehe, daß ich in meinem Beruf noch etwas dazulernen kann.»

«Du übst ihn ja auch noch nicht so lange aus», meinte Parker. «Außerdem wissen wir nicht, ob die Diamantkatze dem Verbrecher gehört. Sie könnte jemandem aus deiner Familie gehören und schon seit Tagen hier herumliegen. Sie könnte diesem Mr. Dingsda in Amerika gehören, oder dem vorletzten Bewohner, und schon seit Jahren hier liegen. Dieser abgebrochene Zweig hier, das könnte unser Freund gewesen sein – ich glaube, er ist es.»

«Ich werde mal in der Familie nachfragen», sagte Lord Peter, «und im Dorf könnten wir erfahren, ob sich dort schon einmal jemand nach einer verlorenen Katze erkundigt hat. Das sind nämlich echte Steine. So etwas verliert man nicht, ohne einen Riesenwirbel darum zu machen – jetzt hab ich ihn aber ganz verloren.»

«Macht nichts – ich habe ihn. Hier ist er über eine Wurzel gestolpert.»

«Geschieht ihm recht», meinte Lord Peter giftig, indem er den Rükken streckte. «Weißt du, ich finde, der menschliche Körper ist für dieses Spürhundgeschäft nicht sehr durchdacht konstruiert. Wenn man auf allen vieren laufen könnte oder Augen an den Knien hätte, das wäre viel praktischer.»

«Die teleologische Betrachtungsweise der Schöpfung hat ihre Tükken», kommentierte Parker gelassen. «Aha! Jetzt kommen wir an den Zaun.»

«Und hier ist er herübergestiegen», sagte Lord Peter und zeigte auf eine Stelle, wo die Lattenspitze abgebrochen war. «Hier ist er mit den Absätzen aufgekommen, und hier ist er vornüber auf Hände und Knie gefallen. Hm! Hilf mir mal hoch, bitte. Danke. Aha, der Bruch ist alt. Mr. Montague-in-Amerika sollte seinen Zaun besser in Ordnung halten. Schuhgröße 45 hat sich jedenfalls den Mantel an den Spitzen zerrissen; er hat ein Stückchen Burberry zurückgelassen. Welch ein Glück! Hier auf der anderen Seite ist ein tiefer, sumpfiger Graben, in den ich jetzt spornstreichs hineinfallen werde.»

Ein dumpfes Platschen verriet, daß er seine Worte wahrgemacht hatte. Der solchermaßen schnöde allein gelassene Parker blickte sich um, und als er sah, daß es bis zum Tor nur etwa hundert Schritt waren, lief er hin und wurde von Hardraw, dem Wildhüter, der gerade aus seinem Haus kam, zuvorkommend hinausgelassen.

«Übrigens», sagte Parker zu ihm, «haben Sie Mittwoch nacht überhaupt etwas von Wilderern entdeckt?»

«Nee», antwortete der Mann, «nicht mal 'n totes Karnickel. Da muß das gnädige Fräulein sich verhört haben, und es war doch der Schuß, den ich gehört habe, der den Hauptmann getötet hat.»

«Schon möglich», sagte Parker. «Wissen Sie übrigens, wie lange die Spitzen da drüben an den Zaunlatten schon abgebrochen sind?»

«Na, so um 'nen Monat rum. Hätte längst repariert werden müssen, aber der Mann ist krank.»

«Das Tor ist nachts verschlossen, nehme ich an?»

«Ja.»

«Und jeder, der herein will, muß Sie wecken?»

«Ja, allerdings.»

«Sie haben wohl letzten Mittwoch auch keine verdächtige Person draußen um den Zaun herumschleichen sehen?»

«Nee, Sir. Aber vielleicht meine Frau. He, Frau!»

Die so herbeigerufene Mrs. Hardraw erschien mit einem kleinen Jungen am Rockzipfel in der Tür.

«Mittwoch?» meinte sie. «Nein, da hab ich keinen rumlungern sehen. Ich hab nämlich immer ein Auge auf Landstreicher und so, weil das doch hier so einsam ist. Mittwoch. Warte mal, John, das war doch der Tag, wo der junge Mann mit dem Motorrad hier war.»

«Ein junger Mann mit einem Motorrad?»

«Das muß da gewesen sein. Er hat gesagt, daß er 'nen Platten hat und 'nen Eimer Wasser braucht.»

«Hat er sonst nichts gesagt?»

«Er hat noch gefragt, wie der Ort hier heißt und wem das Jagdhaus gehört.»

«Haben Sie ihm gesagt, daß sich der Herzog von Denver hier aufhält?»

«Ja, Sir, und er hat gemeint, da kommen sicher viele feine Leute hierher zum Jagen.»

«Hat er gesagt, wohin er fahren wollte?»

«Er kommt von Weirdale rauf und will nach Cumberland, hat er gesagt.»

«Wie lange hat er sich hier aufgehalten?»

«Vielleicht 'ne halbe Stunde. Und dann hat er versucht, sein Motorrad wieder zum Laufen zu bringen, und ist in Richtung King's Fenton davongeknattert.»

Sie zeigte nach rechts, wo man Lord Peter wild gestikulierend mitten auf der Straße stehen sah.

«Was war das für ein Mann?»

Wie die meisten Leute tat Mrs. Hardraw sich mit Beschreibungen schwer. Ziemlich jung und ziemlich groß sei er gewesen, meinte sie, weder dunkelhaarig noch blond und mit so einem langen Mantel, wie Motorradfahrer ihn trügen, mit einem Gürtel darum.

«War er ein vornehmer Mann?»

Mrs. Hardraw zögerte, und Mr. Parker stufte den Fremden im Geiste als ‹so-so› ein.

«Sie haben nicht zufällig die Nummer seines Motorrads gesehen?»

Mrs. Hardraw hatte sie nicht gesehen. «Aber ein Beiwagen war dran», sagte sie.

Lord Peter winkte immer ungeduldiger, und Mr. Parker beeilte sich, ihm wieder Gesellschaft zu leisten.

«Komm schon her, alte Klatschtante», schalt Lord Peter grundlos. «Ist das nicht ein wunderschöner Graben?

Aus solcher Goss' wie dieser
Da linde Luft die Bäume schmeichelnd küßte
Und sie nicht rauschen ließ, aus solcher Goss'
Erstieg wohl unser Freund die Mauern Trojas
Und wetzte sich im Schlamm die Schuhe blank.

Sieh dir mal meine Hose an!»

«Gar nicht so leicht, von dieser Seite über den Zaun zu steigen», meinte Parker.

«O ja. Er hat im Graben gestanden, einen Fuß hierher gesetzt, wo die Latte weggebrochen ist, mit einer Hand nach oben gegriffen und sich hochgezogen. Schuhgröße 45 muß ungewöhnlich groß, kräftig und gelenkig sein. Ich habe meinen Fuß da nicht hinaufgekriegt, geschweige die Hand bis oben. Ich bin einsfünfundsiebzig groß. Kommst du ran?»

Parker mit seinen einsdreiundachtzig reichte mit der Hand gerade bis oben.

«Ich *könnte* es schaffen – an einem guten Tag», sagte er, «und bei entsprechendem Anreiz und gutem Zureden.»

«Eben», sagte Lord Peter. «Und daraus schließen wir auf seine ungewöhnliche Größe und Kraft.»

«Ja», meinte Parker. «Unser Pech, daß wir uns vorhin erst genötigt sahen, ihn für ungewöhnlich klein und schwach zu halten.»

«Oh!» machte Peter. «Hm – ja, da hast du recht, das kommt ein wenig ungelegen.»

«Aber es könnte sich recht bald aufklären. Könnte er nicht einen Komplicen gehabt haben, der ihm hier hinaufgeholfen hat?»

«Dann müßte der Komplice ein Wesen ohne Füße und sonstige Fortbewegungswerkzeuge sein», sagte Lord Peter und zeigte auf die einsamen Abdrücke eines Paars geflickter Schuhe, Größe 45. «Übrigens, wie hat er im Dunkeln sofort die Stelle gefunden, an der die Spitzen fehlten? Anscheinend ist er aus der Gegend oder hat sich vorher umgesehen.»

«Bei der Gelegenheit», erwiderte Parker, «kann ich dir ja endlich von dem unterhaltsamen ‹Klatsch› berichten, den ich mit Mrs. Hardraw hatte.»

«Hoppla!» meinte Wimsey, nachdem er sich das angehört hatte. «Das ist ja interessant. Wir sollten uns mal in Riddlesdale und King's Fenton erkundigen. Inzwischen wissen wir also, woher Schuhgröße 45 gekommen ist; aber wohin ist er verschwunden, nachdem er Cathcarts Leiche neben dem Brunnen abgelegt hatte?»

«Die Spur führt in die Schonung», sagte Parker. «Dort habe ich sie verloren. Totes Laub und Unterholz bilden einen dicken Teppich.»

«Aber wir müssen dort nicht wieder mit der Nase am Boden herumschnüffeln», begehrte sein Freund auf. «Wenn der Kerl in die Schonung hineingegangen ist, muß er, da er vermutlich nicht mehr drin ist, auch wieder herausgekommen sein. Durchs Tor kann er nicht gegangen sein, sonst hätte Hardraw ihn gesehen; er ist auch nicht auf demselben Weg wieder herausgekommen, auf dem er hineingegangen ist, sonst hätte er entsprechende Spuren hinterlassen. Demnach ist er woanders herausgekommen. Gehen wir mal um den Zaun herum.»

«Dann sollten wir uns nach links wenden», meinte Parker, «denn da ist die Schonung, durch die er ja offenbar gelaufen ist.»

«Wahr, o König! Und da dies keine Kirche ist, kann es auch nicht schaden, gegen den Uhrzeigersinn herumzugehen. Apropos Kirche – eben kommt Helen zurück. Geh mal einen Schritt schneller, altes Haus.»

Sie überquerten die Einfahrt, gingen am Häuschen des Wildhüters vorbei und verließen die Straße, um über offene Wiesen dem Zaun zu folgen. Schon bald fanden sie, was sie suchten. An einer der Eisenspitzen über ihnen baumelte ein einsames Stück Stoff. Wimsey kletterte, gestützt von Parker, in geradezu lyrischer Begeisterung hinauf.

«Da haben wir's!» rief er. «Den Gürtel eines Regenmantels. Hier hat er alle Vorsicht fahrenlassen. Dies sind die Spuren eines Mannes, der um sein Leben rennt. Er hat sich den Mantel heruntergerissen und ist – einmal, zweimal, dreimal – verzweifelt am Zaun hochgesprungen. Beim dritten Anlauf hat er den Mantel an den Spitzen festgehakt. Dann ist er hinaufgeklettert und hat uns die schönsten Kratzspuren am Holz hinterlassen. Jetzt ist er oben. Ah, hier ist Blut in eine Ritze gelaufen. Er hat sich die Hand verletzt. Dann springt er hinunter, reißt den Mantel nach und läßt den Gürtel hängen – »

«Spring du endlich auch runter», knurrte Parker. «Du brichst mir das Schlüsselbein.»

Lord Peter sprang gehorsam hinunter, dann stand er, den Gürtel in der Hand, da und ließ den Blick seiner schmalen grauen Augen rastlos über die Wiesen schweifen. Plötzlich packte er Parkers Arm und ging raschen Schrittes auf einen Steinwall auf der anderen Seite der Wiese zu – ein niedriges Bauwerk lose aufgeschichteter Steine, wie sie für die Gegend typisch sind. Darauf lief er entlang wie ein Terrier, die Nase vorneweg, die Zungenspitze albern zwischen den Zähnen, sprang schließlich hinüber, drehte sich zu Parker um und meinte:

«Hast du mal *Des letzten Minnesängers Sang* gelesen?»

«Von Scott? In der Schule hab ich viel davon gehört», sagte Parker. «Warum?»

«Weil da so ein Knirps drin vorkommt, der im unpassendsten Moment schreit: ‹Gefunden! Gefunden!›» sagte Lord Peter. «Ich habe ihn immer als furchtbar aufdringlich empfunden, aber jetzt weiß ich, was in ihm vorging. Sieh dir das mal an.»

Dicht unterhalb des Steinwalls wies der schmale, lehmige Weg, der hier rechtwinklig zur Straße verlief, die tief eingedrückten Spuren eines Motorrads mit Beiwagen auf.

«Und wie hübsch», sagte Mr. Parker beifällig. «Neuer Dunlopreifen auf dem Vorderrad, alter Reifen auf dem Hinterrad, geflickter

Reifen am Beiwagen. Was wollen wir mehr? Die Spur kommt von der Straße und kehrt wieder zur Straße zurück. Der Bursche hat sein Motorrad von der Straße hierhergeschoben, damit nicht irgendein vorbeikommender Naseweis damit verschwand oder sich die Nummer merkte. Dann ist er auf Schusters Rappen zu der Stelle am Zaun gegangen, die er zuvor am Tag erkundet hatte, und ist hinübergestiegen. Nach der Geschichte mit Cathcart hat er's mit der Angst bekommen, ist durch die Schonung gerannt und hat ohne Rücksicht auf Verluste den kürzesten Weg zu seinem fahrbaren Untersatz genommen. Na bitte.»

Er setzte sich auf den Steinwall, zog sein Notizbuch aus der Tasche und fertigte nach den ihm bekannten Daten eine Beschreibung des Mannes an.

«Allmählich sieht's ein bißchen besser für den guten Jerry aus», meinte Lord Peter. Er lehnte sich an die Mauer und pfiff leise, aber gekonnt, die kunstvolle Passage von Bach, die mit den Worten beginnt: «Laß Zions Kinder».

«Ich möchte nur wissen», sagte der Ehrenwerte Freddy Arbuthnot, «welcher von allen guten Geistern verlassene Trottel den Sonntagnachmittag erfunden hat.»

Er schaufelte mit rücksichtslosem Gepolter Kohlen auf das Kaminfeuer im Arbeitszimmer und weckte damit Oberst Marchbanks auf, der «Wie? Ja, ganz recht!» murmelte und prompt wieder einschlief.

«Du brauchst dich gar nicht zu beklagen, Freddy», sagte Lord Peter, der seit einiger Zeit dabei war, mit nervtötender Gründlichkeit sämtliche Schreibtischschubladen zu öffnen und an der Verriegelung der Verandatür herumzuspielen. «Denk mal an Jerry, wie der sich erst langweilen muß. Ich sollte ihm vielleicht ein paar Zeilen schreiben.»

Er ging zum Schreibtisch und nahm ein Blatt Papier. «Weißt du zufällig, ob hier oft jemand Briefe schreibt?»

«Keine Ahnung», antwortete der Ehrenwerte Freddy. «Schreib selber nie welche. Wozu schreiben, wenn man telegrafieren kann? Dann schreiben die Leute doch nur zurück. Ich glaube, wenn Denver schreibt, schreibt er hier, und neulich habe ich auch den Oberst mit Feder und Tinte sich abquälen sehen, stimmt's, Oberst?» (Der Oberst reagierte mit einem Grunzen auf die Erwähnung seines Namens, ganz wie ein Hund, der im Schlaf mit dem Schwanz wedelt.) «Was ist denn? Keine Tinte da?»

«War nur mal eine Frage», antwortete Peter gelassen. Er schob ein Papiermesser unter das oberste Löschblatt der Schreibunterlage und hielt dieses gegens Licht. «Ganz recht, altes Haus. Ich muß deine Beobachtungsgabe loben. Das hier ist Jerrys Unterschrift, die andere da ist vom Oberst, und dann haben wir noch eine große, schwungvolle Schrift, die ich für weiblich halten würde.»

Er betrachtete noch einmal das Löschblatt, schüttelte den Kopf, faltete es zusammen und steckte es in die Tasche. «Scheint nichts weiter drauf zu sein», meinte er, «aber man weiß ja nie. ‹Fünf irgendwas ... schöne irgendwas› – werden wohl Waldhühner sein. ‹ – oe – is – f. u –› vielleicht ‹ist fruchtlos› oder so ähnlich. Na ja, kann nicht schaden, das Ding mal aufzuheben.»

Dann glättete er sein Briefpapier und begann:

«Lieber Jerry,

da bin ich, der Spürhund der Familie in Aktion, und es ist mächtig aufregend – »

Der Oberst schnarchte.

Sonntag nachmittag. Parker war mit dem Wagen nach King's Fenton gefahren mit dem Auftrag, unterwegs in Riddlesdale anzuhalten, um sich nach einer grünäugigen Katze sowie einem jungen Mann mit Beiwagen zu erkundigen. Die Herzogin hatte sich ein wenig hingelegt. Mrs. Pettigrew-Robinson hatte ihren Mann auf eine Wanderung entführt. Irgendwo im Obergeschoß erfreute sich Mrs. Marchbanks der vollkommenen Geistesgemeinschaft mit ihrem Gatten.

Lord Peters Feder kratzte leise übers Papier, hielt inne, kratzte weiter, hörte ganz auf. Er stützte das lange Kinn auf die Hände und starrte aus dem Fenster, an dessen Scheiben plötzliche kleine Regenschauer prasselten oder dann und wann ein totes Blatt vorbeiwehte. Der Oberst schnarchte; das Feuer knisterte; der Ehrenwerte Freddy begann vor sich hin zu summen und auf der Armlehne seines Sessels den Takt zu klopfen. Die Uhr rückte träge auf fünf. Das bedeutete Teezeit und brachte die Herzogin auf den Plan.

«Wie geht es Mary?» fragte Lord Peter, indem er plötzlich in den Feuerschein trat.

«Ich mache mir wirklich Sorgen um sie», antwortete die Herzogin. «Sie läßt sich so merkwürdig gehen. Das paßt gar nicht zu ihr. Sie läßt auch kaum jemanden in ihre Nähe. Ich habe wieder nach Dr. Thorpe geschickt.»

«Findest du nicht auch, sie sollte besser aufstehen und ein bißchen zu uns runterkommen?» meinte Wimsey. «So allein muß sie ja ins Brüten kommen, denke ich. Freddys geistreiche Unterhaltung würde sie sicher aufmuntern.»

«Du darfst nicht vergessen», erwiderte die Herzogin, «daß die Ärmste mit Hauptmann Cathcart verlobt war. Nicht jeder ist so gefühllos wie du.»

«Sind noch mehr Briefe da, Euer Gnaden?» fragte der Diener, der eben mit dem Postsack hereinkam.

«Ach, bringen Sie jetzt die Post weg?» fragte Wimsey. «Ja, hier ist einer – und noch einer, wenn's Ihnen nichts ausmacht, eine Minute zu warten, bis ich ihn geschrieben habe. Ich möchte so schnell schreiben können wie die Leute in den Filmen», fuhr er fort und schrieb rasch, während er weitersprach: «‹Liebe Lilian, Dein Vater hat Mr. William Snooks umgebracht, und wenn Du mir nicht durch Überbringer desselbigen sofort tausend Pfund schickst, erzähle ich alles Deinem Mann. Hochachtungsvoll, Dein Earl of Digglesbrake.› So macht man das; und alles mit einem Federstrich. Hier, Fleming.»

Der Brief war an Ihre Gnaden die Herzoginwitwe von Denver gerichtet.

Aus der *Morning Post* von Montag, dem ... November 19 ...:

HERRENLOSES MOTORRAD

Ein Viehtreiber machte gestern eine erstaunliche Entdeckung. Er pflegt seine Kühe an einem bestimmten Teich zu tränken, der etwa zwölf Meilen südlich von Ripley ein wenig abseits von der Straße liegt. Diesmal sah er, daß eines seiner Tiere offenbar Schwierigkeiten hatte. Als er hinging, um ihm zu helfen, mußte er feststellen, daß es sich in einem Motorrad verfangen hatte, das in den Teich gefahren und dort zurückgelassen worden war. Mit Unterstützung einiger Arbeiter zog er die Maschine heraus. Es handelte sich um eine Douglas mit dunkelgrauem Beiwagen. Die Nummernschilder waren abmontiert. Es ist ein tiefer Teich, in dem das Gespann völlig untergetaucht war. Wahrscheinlich hat es jedoch nicht länger als eine Woche darin gelegen, denn der Teich wird sonntags und montags vielfach als Viehtränke benutzt. Die Polizei sucht zur Zeit noch den Besitzer. Am Vorderrad befindet sich ein neuer Dunlopreifen, und der Reifen des Beiwagens ist stark geflickt. Es handelt sich um ein sehr abgenutztes 1914er Modell.

«Das erinnert mich an etwas», sagte Lord Peter nachdenklich. Er suchte auf einem Fahrplan die Abfahrtszeit des nächsten Zuges nach Ripley heraus und ließ den Wagen vorfahren.

«Und schicken Sie Bunter zu mir», fügte er hinzu.

Dieser Herr erschien, als sein Gebieter sich gerade in den Mantel zwängte.

«Was hat da noch am Donnerstag von einem Nummernschild in der Zeitung gestanden, Bunter?» erkundigte sich Seine Lordschaft.

Wie von Zauberhand brachte Bunter den Ausschnitt einer Abendzeitung zum Vorschein:

DAS VERSCHWUNDENE NUMMERNSCHILD

Heute morgen um sechs Uhr wurde der Pfarrer Nathaniel Foulis aus der Pfarrei St. Simon in North Fellcote angehalten, weil er ein Motorrad ohne Nummernschild fuhr. Der hochwürdige Herr war wie vom Donner gerührt, als man ihn auf sein Vergehen aufmerksam machte. Er erklärte, er sei um vier Uhr dringend zu einem Sterbenden gerufen worden, der sechs Meilen entfernt wohnte, um ihm die Sakramente zu spenden. Er sei mit dem Motorrad hingefahren und habe es vertrauensvoll an der Straße stehen lassen, während er seiner frommen Pflicht nachkam. Um halb sechs habe er das Haus wieder verlassen und nicht gemerkt, daß etwas nicht in Ordnung gewesen sei. Mr. Foulis ist in North Fellcote und Umgebung wohlbekannt und dürfte unzweifelhaft einem dummen Streich zum Opfer gefallen sein. North Fellcote ist ein kleines Dorf wenige Meilen nördlich von Ripley.

«Bunter, ich fahre nach Ripley», sagte Lord Peter.

«Ja, Mylord. Werden Mylord mich benötigen?»

«Nein», sagte Lord Peter, «aber – wen hat meine Schwester denn hier als Zofe, Bunter?»

«Ellen, Mylord – das Hausmädchen.»

«Dann wünsche ich, daß Sie Ihr Unterhaltungstalent bei Ellen zur Geltung bringen.»

«Sehr wohl, Mylord.»

«Flickt und reinigt sie auch die Kleider meiner Schwester und so weiter?»

«Ich glaube ja, Mylord.»

«Aber setzen Sie ihr keine Flöhe ins Ohr, verstanden, Bunter?»

«So etwas würde ich bei einer Frau nie wagen, Mylord. Es steigt ihnen nur zu Kopf, wenn ich so sagen darf.»

«Wann ist Mr. Parker nach London gefahren?»

«Heute früh um sechs Uhr, Mylord.»

Die Umstände begünstigten Mr. Bunters Ermittlungen. Er begegnete Ellen, als sie mit einem Armvoll Kleider die Hintertreppe herunterkam. Dabei wurde ein Paar Lederhandschuhe versehentlich zu Boden gerissen, und Bunter hob sie mit einer Entschuldigung auf und folgte der jungen Frau damit ins Dienstbotenzimmer.

«Da», sagte Ellen, indem sie ihre Bürde auf den Tisch warf. «Und was ich für Arbeit hatte, die Sachen zu kriegen, das kann ich Ihnen sagen! Einen Rappel nenne ich das, so zu tun, als wenn man solche Kopfschmerzen hätte, daß man keinen Menschen in sein Zimmer lassen kann, um die Sachen zum Ausbürsten abzuholen, und kaum bin ich draußen, springt sie aus dem Bett und hopst im ganzen Zimmer rum. So was nenn ich keine Kopfschmerzen, oder? Aber bitte! Ich sag Ihnen, solche Kopfschmerzen, wie ich sie manchmal kriege, haben Sie noch nie gehabt. Da denke ich, mir zerspringt der Kopf – ich könnte mich nicht auf den Beinen halten, und wenn das Haus am Brennen wär. Muß mich hinlegen und liegenbleiben – grausam ist das, sag ich Ihnen. Und was man davon für Falten auf der Stirn kriegt.»

«Also, Falten sehe ich nun wirklich keine», entgegnete Mr. Bunter, «aber vielleicht habe ich nur nicht genau genug hingeschaut.» Es folgte ein Zwischenspiel, bei dem Mr. Bunter genau genug und nah genug hinsah, um eventuelle Falten zu entdecken. «Nein», sagte er. «Wo sollen da Falten sein? Ich glaube, ich würde nicht einmal welche finden, wenn ich das große Mikroskop nähme, das Seine Lordschaft in London hat.»

«Meine Güte, Mr. Bunter», sagte Ellen, indem sie einen Schwamm und ein Fläschchen Benzin aus dem Schrank nahm, «wozu braucht denn Seine Lordschaft so ein Ding?»

«Wissen Sie, Miss Ellen, bei unserem Hobby, der Kriminalistik, will man manchmal etwas besonders stark vergrößert sehen – wenn es zum Beispiel um eine Fälschung geht, wollen wir sehen, ob an der Schrift etwas verändert oder ausgelöscht oder ob mit zweierlei Tinte geschrieben wurde. Oder wir sehen uns die Haarwurzeln an, wenn wir wissen wollen, ob ein Büschel Haare ausgerissen wurde oder ausgefallen ist. Oder wir möchten zum Beispiel bei einem Blutflecken wissen, ob es Tierblut oder Menschenblut ist, oder vielleicht auch nur ein Rotweinfleck.»

«Aber stimmt es denn wirklich, Mr. Bunter», fragte Ellen, indem sie einen Tweedrock auf dem Tisch ausbreitete und die Benzinflasche entstöpselte, «daß Sie und Lord Peter das alles feststellen können?»

«Natürlich sind wir keine Chemiker», antwortete Mr. Bunter, «aber Seine Lordschaft hat Erfahrung in vielen Dingen – genug jedenfalls, um zu erkennen, wann etwas verdächtig aussieht, und wenn wir

Zweifel haben, wenden wir uns an einen sehr berühmten Wissenschaftler.» (Er fing galant Ellens Hand ab, die sich mit einem benzingetränkten Schwamm dem Tweedrock näherte.) «Sehen Sie, da ist zum Beispiel ein Fleck am Rocksaum, unten an der Seitennaht. Nun nehmen wir mal an, es handelt sich um einen Mordfall, und die Person, die diesen Rock getragen hat, ist der Tat verdächtig, dann würde ich diesen Fleck untersuchen.» (Mit diesen Worten zauberte Mr. Bunter eine Lupe aus der Tasche.) «Dann würde ich mit einem feuchten Taschentuch über den Rand reiben.» (Er ließ den Worten die Tat folgen.) «Und dabei würde ich sehen, daß es sich rot färbt. Dann würde ich den Rock umwenden und feststellen, daß der Fleck durch den ganzen Stoff geht; daraufhin würde ich eine Schere nehmen» (Mr. Bunter nahm eine kleine, scharfe Schere zur Hand) «und ein Stückchen von der Innenkante des Saums abschneiden, so» (er tat es), «und das würde ich in dieses Döschen tun» (ein kleines Döschen erschien wie von selbst aus Bunters Brusttasche), «das ich auf beiden Seiten mit einem Etikett versiegeln würde, und darauf würde ich schreiben: ‹Lady Mary Wimseys Rock› und das Datum. Dann würde ich das Ganze sofort zu diesem Chemiker in London schicken, und der würde den Stoff unterm Mikroskop betrachten und mir sofort sagen, es handle sich zum Beispiel um Kaninchenblut, das schon soundso viele Tage alt sei, und damit wäre der Fall erledigt», endete Mr. Bunter triumphierend, indem er die Nagelschere und ganz in Gedanken auch gleich das Schächtelchen nebst Inhalt wieder in die Tasche steckte.

«Dann hätte er sich aber geirrt», erwiderte Ellen mit einer neckischen Kopfbewegung, «denn das Blut ist von einem Vogel und nicht von einem Kaninchen, weil Lady Mary mir das selbst gesagt hat; und ginge es nicht schneller, einfach die betreffende Person zu fragen, statt erst mit so komischen Sachen wie Ihrem Mikroskop herumzuspielen?»

«Nun, ich habe das Kaninchenblut ja nur als Beispiel erwähnt», sagte Mr. Bunter. «Komisch, daß sie da unten einen Blutfleck abbekommen hat. Sie muß sich ja regelrecht hineingekniet haben.»

«Ja, das arme Ding muß stark geblutet haben. Da hat wohl einer ziemlich schlecht geschossen. Seine Gnaden war es sicher nicht, und auch nicht der arme Hauptmann. Vielleicht Mr. Arbuthnot. Der ballert manchmal ein bißchen wild in die Gegend. Häßliche Sache jedenfalls, und so schlecht zu reinigen, wenn man zu lange wartet. Ich kann Ihnen sagen, mir war an dem Tag, an dem der arme Hauptmann erschossen wurde, auch nicht nach Reinigen; und dann diese Voruntersuchung – so was Schreckliches –, und Seine Gnaden dann einfach so abzuführen! Mich hat das furchtbar aufgeregt. Wahrscheinlich bin ich ein bißchen überempfindlich. Jedenfalls wußten wir alle die ersten Tage nicht, wo uns der Kopf stand, und dann schließt Lady Mary sich auch noch oben in ihrem Zimmer ein und läßt mich nicht an den Kleiderschrank. ‹Oh!› sagt sie. ‹Laß diesen Kleiderschrank in Ruhe. Hörst du nicht, wie er quietscht, das halte ich nicht aus, wo mir der Kopf so weh tut und meine Nerven so angegriffen sind›, sagt sie. ‹Aber ich will doch nur Ihre Röcke ausbürsten, Mylady›, sag ich. ‹Laß meine Röcke in Ruhe›, sagt sie, ‹und geh jetzt, Ellen. Ich schreie, wenn ich dich noch einmal da herumkramen sehe, Du gehst mir auf die Nerven›, sagt sie. Na ja, und wieso hätte ich da noch weiterarbeiten sollen, wenn man so mit mir spricht? Muß ja sehr schön sein, wenn man eine Lady ist, da kann man alle Launen mit schlechten Nerven entschuldigen. Ich weiß noch, wie schrecklich ich dran war, als mein Freund, der arme Bert, im Krieg gefallen ist – die Augen hab ich mir fast ausgeweint; aber mein Gott, Mr. Bunter, ich hätte mich doch geschämt, mich so aufzuführen. Außerdem, unter uns gesagt, ich glaube, Lady Mary war in den Hauptmann gar nicht so verliebt. Sie hat nicht gewußt, was sie an ihm hatte, das hab ich auch mal zur Köchin gesagt, und die hat mir recht gegeben. Er hatte schon was an sich, der Hauptmann. Natürlich immer ganz ein Herr; hat nie was gesagt, was ihm nicht zukam – das soll das nicht heißen –, aber ich meine, es hat immer Freude gemacht, für ihn was zu tun. Und so ein schöner Mann war er ja auch, Mr. Bunter.»

«Aha!» sagte Mr. Bunter. «Alles in allem hat Lady Mary sich also etwas mehr erregt, als man von ihr erwartet hätte, ja?»

«Also, ganz ehrlich, Mr. Bunter, ich halte das Ganze nur für Anstellerei. Sie wollte ja bloß heiraten und weg von zu Hause. So ein gemeiner Fleck. Richtig eingetrocknet. Mit dem Herzog ist sie ja nie gut ausgekommen, und wie sie im Krieg in London war, da hat sie sich ja was geleistet, Offiziere gepflegt und sich mit allerlei komischen Leuten eingelassen, mit denen Seine Gnaden nicht einverstanden war. Sie soll sogar eine Affäre mit so einem richtig heruntergekommenen Kerl gehabt haben, sagt die Köchin; ich glaube, das war so ein dreckiger Russe – die uns hier alle in Stücke hauen wollen – als wenn im Krieg nicht schon genug Menschen gestorben wären! Jedenfalls hat Seine Gnaden sich furchtbar aufgeregt und ihr alles Geld gesperrt und sie nach Hause schicken lassen, und seitdem will sie nur noch weg, egal mit wem. Was die sich alles einbildet! Zum Davonlaufen, sag ich Ihnen. Aber Seine Gnaden tut mir leid. Ich kann mir vorstellen, wie ihm zumute ist. Der arme Mann! Und dann für einen Mord verhaftet und eingesperrt zu werden wie ein lausiger Landstreicher. Das muß man sich mal vorstellen!»

Nachdem ihr Atemvorrat erschöpft und die Blutflecken ausgewaschen waren, hielt Ellen inne und streckte den Rücken.

«Harte Arbeit ist das», sagte sie, weiterrubbelnd, «mir tut schon alles weh.»

«Wenn Sie mir erlauben, Ihnen zu helfen», sagte Mr. Bunter und nahm schon das warme Wasser, Benzinfläschchen und Schwamm an sich.

Er klappte das nächste Stück Rock hoch.

«Haben Sie eine Bürste», fragte er, «um den Schmutz hier wegzubürsten?»

«Sie sind ja blind wie eine Fledermaus, Mr. Bunter!» meinte Ellen kichernd. «Sehen Sie denn die Bürste da direkt vor Ihrer Nase nicht?»

«Das schon», antwortete der treue Diener, «aber die ist mir nicht hart genug. Wenn Sie so lieb sind und mir eine richtig harte Bürste besorgen, mache ich das für Sie.»

«Frechheit!» sagte Ellen. «Aber», gab sie unter Mr. Bunters feurig bewunderndem Blick nach, «ich hole Ihnen mal die Kleiderbürste aus der Diele. Die ist so hart wie ein Ziegelstein.»

Kaum war sie draußen, hatte Mr. Bunter schon ein Taschenmesser und zwei weitere Döschen zur Hand. Im Nu hatte er an zwei Stellen etwas vom Rock abgekratzt und zwei neue Etikette beschriftet:

«Kies von Lady Marys Rock, fünfzehn Zentimeter über dem Saum.»

«Silbersand von Lady Marys Rocksaum.»

Er setzte noch das Datum ein, und kaum hatte er die Döschen wieder in der Tasche, kam Ellen mit der Kleiderbürste zurück. Der Reinigungsprozeß, begleitet von Ellens unzusammenhängendem Geplauder, dauerte noch eine Weile an. Ein dritter Fleck an Lady Marys Rock zog Mr. Bunters kritischen Blick auf sich.

«Nanu!» sagte er. «Hier hat ja Lady Mary selbst schon Hand anzulegen versucht.»

«Was?» rief Ellen. Sie sah sich den Fleck, der an einer Seite verschmiert und aufgehellt war und überhaupt leicht verwaschen wirkte, aus der Nähe an.

«Na so was!» rief sie laut. «Es stimmt tatsächlich. Also, was soll denn das schon wieder? Und dann tut sie so krank, als ob sie nicht mal den Kopf vom Kissen heben könnte. So was Hinterhältiges!»

«Kann sie das nicht schon vorher gemacht haben?» fragte Mr. Bunter.

«Na ja, vielleicht zwischen dem Tag, an dem der Hauptmann ermordet worden ist, und der Voruntersuchung», räumte Ellen ein, «aber ich kann mir nicht vorstellen, daß ein Mensch ausgerechnet in *der* Zeit anfängt, sich für Hausarbeit zu interessieren. Davon versteht sie nämlich sowieso nicht viel, obwohl sie im Krieg Krankenschwester war. Ich hab ja nie geglaubt, daß daraus was wird.»

«Sie hat Seife benutzt», stellte Mr. Bunter fest, während er resolut mit dem Benzinschwamm daranging. «Kann sie denn in ihrem Zimmer Wasser heiß machen?»

«Na, wozu sollte das denn gut sein, Mr. Bunter?» rief Ellen verwundert. «Sie glauben doch nicht, daß sie da oben einen Wasserkessel hat? Ich bringe ihr jeden Morgen den Tee. Eine Lady macht doch kein Wasser heiß!»

«Das nicht», sagte Mr. Bunter, «und sie hätte es sich ja auch aus dem Bad holen können.» Er nahm den Fleck noch näher in Augenschein. «Sehr stümperhaft», meinte er, «eindeutig Amateurarbeit. Scheint dabei auch noch unterbrochen worden zu sein. Eine energische junge Dame, aber nicht sehr erfinderisch.»

Diese letzten Bemerkungen waren vertraulich an die Benzinflasche gerichtet.

Ellen hatte den Kopf aus dem Fenster gestreckt und unterhielt sich mit dem Wildhüter.

Der Polizeichef von Ripley empfing Lord Peter zuerst frostig, dann, nachdem er erfahren hatte, wer er war, mit einer Mischung aus amtlicher Distanz gegenüber dem Privatdetektiv und amtlichem Respekt vor dem Herzogssohn.

«Ich komme zu Ihnen», sagte Wimsey, «weil Sie sich auf diese Sucharbeit viel besser verstehen als ein Amateur wie ich. Ihre tüchtigen Leute sind ja bestimmt schon an der Arbeit, wie?»

«Natürlich», sagte der Polizeichef, «aber es ist nicht so leicht, den Weg eines Motorrads zu verfolgen, dessen Nummer man nicht kennt. Denken Sie nur an diesen Mord von Bournemouth.» Er schüttelte bedauernd den Kopf und akzeptierte dankend eine Villar y Villar.

«Wir haben zunächst keinen Zusammenhang mit dieser Nummernschildgeschichte vermutet», fuhr der Polizeichef in wegwerfendem Ton fort, dem Lord Peter entnahm, daß erst seine eigenen Ausführungen der letzten halben Stunde diesen Zusammenhang im Gehirn des Beamten hergestellt hatten. «Natürlich, wenn man ihn *ohne* Nummernschild durch Ripley hätte fahren sehen, wäre er aufgefallen und angehalten worden, aber wenn er Mr. Foulis' Nummernschilder hatte, war er so sicher wie – wie die Bank von England», schloß er mit einem Geistesblitz.

«Zweifellos», sagte Wimsey. «Sehr ärgerlich für den armen Pfarrer. Und das so früh am Morgen. Ich nehme an, die Sache wurde zuerst als Dummejungenstreich angesehen?»

«Genau», pflichtete ihm der Polizeichef bei, «aber nachdem wir nun Ihre Ansicht gehört haben, werden wir alles daransetzen, diesen Mann zu finden. Seine Gnaden werden sicher nicht traurig sein, wenn er hört, daß wir ihn haben. Sie können sich auf uns verlassen, und wenn wir den Mann oder die Nummernschilder finden – »

«Der Himmel segne und bewahre uns!» brach es mit unerwartetem Temperament aus Lord Peter heraus. «Mann, Sie werden doch nicht hingehen und Ihre Zeit damit verschwenden, nach den Nummernschildern zu suchen! Glauben Sie denn, er klaut die Nummernschilder des Pfarrers, wenn er seine eigenen in der Nachbarschaft herumzeigen will? Sollten Sie die Dinger finden, so hätten Sie seinen Namen und seine Adresse; solange er die Schilder aber in der Hosentasche hat, sind Sie auf dem Holzweg. Entschuldigen Sie, wenn ich hier so deutlich meine Meinung sage, aber ich ertrage einfach den Gedanken nicht, daß Sie sich womöglich diese ganze Mühe umsonst machen – Teiche abfischen und Misthaufen umgraben, um nach Nummernschildern zu suchen, die gar nicht da sind. Erkundigen Sie sich lieber an den Bahnhöfen nach einem jungen Mann von etwa einsdreiundachtzig bis einsfünfundachtzig, mit Schuhgröße 45, einem Regenmantel, an dem der Gürtel fehlt, und einer tiefen Kratzwunde an einer Hand. Hören Sie, hier haben Sie meine Adresse, und ich wäre Ihnen dankbar, wenn Sie mich über alles auf dem laufenden hielten, was sich so ergibt. Furchtbar für meinen Bruder, das alles. So sensibel, der Mann; tut ihm schrecklich weh. Übrigens, ich bin ein sehr unsteter Vogel – mal hier, mal da; Sie könnten mir vielleicht alle Mitteilungen doppelt zukommen lassen – nach Riddlesdale und London, Piccadilly 110 A. Wenn Sie übrigens mal nach London kommen, sind Sie bei mir jederzeit gern gesehen. Entschuldigen Sie, wenn ich mich jetzt wieder auf die Socken mache, ja? Ich habe viel zu tun.»

Bei seiner Rückkehr nach Riddlesdale fand Lord Peter einen neuen Gast am Teetisch vor. Als Peter eintrat, erhob er sich zu imposanter Größe und streckte ihm eine wohlgeformte, ausdrucksvolle Hand entgegen, die einem Schauspieler ein Vermögen eingebracht hätte. Er war zwar kein Schauspieler, fand aber die Hände doch sehr geeignet zur Erzielung dramatischer Effekte. Mit seiner prächtigen Figur und der edlen Kopfform war er eine eindrucksvolle Erscheinung; seine Züge waren makellos, seine Augen hart. Die Herzoginwitwe hatte einmal über ihn gesagt: «Sir Impey Biggs ist der schönste Mann Englands, und keine Frau wird je zwei Penny für ihn geben.» Er war mit seinen achtunddreißig Jahren tatsächlich noch Junggeselle und außerdem berühmt für seine Rednergabe und das Geschick, mit dem er gegnerische Zeugen sanft, aber unbarmherzig auseinandernahm. Sein unvermutetes Freizeitvergnügen war die Zucht von Kanarienvögeln, und außer ihrem Gesang liebte er nur Revueschlager. Er erwiderte Wimseys Gruß mit seiner schönen, klangvollen, wunderbar beherrschten Stimme. Tragische Ironie, beißende Verachtung und helle Empörung waren die Ausdrucksvarianten, mit denen Sir Impey Biggs Richtern wie Geschworenen beikam; er verfolgte die Mörder der Unschuldigen und verteidigte bei Verleumdungsklagen; er verstand zu rühren und war selbst so gefühllos wie ein Stein. Wimsey gab seiner Freude über das Wiedersehen in einem noch verhalteneren, zögernderen Ton Ausdruck, als man ohnehin von ihm gewöhnt war.

«Sie kommen gerade von Jerry?» fragte er. «Bitte frischen Toast, Fleming. Wie geht's ihm denn? Macht's ihm noch Spaß? Ich kenne keinen zweiten Menschen, der aus einer Situation so wenig machen kann wie Jerry. Wie gern würde ich so was mal selbst erleben, allerdings würde es mir wenig Freude machen, eingesperrt zu sein und zusehen zu müssen, wie andere meinen Fall verpfuschen. Das soll keine Anspielung auf Murbles und Sie sein, Biggs. Ich meine mich selbst – oder den Mann, der meine Rolle spielen würde, wenn ich Jerry wäre. Können Sie mir folgen?»

«Ich habe eben zu Sir Impey gesagt», ließ sich die Herzogin vernehmen, «daß er Gerald unbedingt dazu bringen muß, zu sagen, was er um drei Uhr morgens im Garten wollte. Wäre ich doch nur in Riddlesdale gewesen, dann hätte das alles nicht passieren können. Natürlich wissen *wir,* daß er nichts Böses getan hat, aber können wir von den Geschworenen erwarten, daß sie das verstehen? Die unteren Klassen sind ja so voreingenommen. Wie dumm aber auch von Gerald, einfach nicht zu begreifen, daß er reden muß! Er kennt *keine* Rücksicht.»

«Ich tue schon mein Bestes, Herzogin», sagte Sir Impey, «aber Sie müssen etwas Geduld haben. Wir Rechtsanwälte haben es ja auch gern ein bißchen geheimnisvoll, wissen Sie? Wenn jeder vorträte und geradeheraus die Wahrheit sagte, die ganze Wahrheit und nichts als die Wahrheit, müßten wir alle ins Armenhaus.»

«Hauptmann Cathcarts Tod ist allerdings geheimnisvoll», sagte die

Herzogin, «aber nach allem, was sich jetzt über ihn herausstellt, war es für meine Schwägerin letzten Endes besser so.»

«Sagen Sie, Biggs, könnten Sie nicht auf ‹Tod durch göttliche Heimsuchung› plädieren?» meinte Lord Peter. «Gottes Strafe dafür, daß er in unsere Familie einheiraten wollte?»

«Ich habe schon dümmere Urteile erlebt», antwortete Biggs trokken. «Es ist köstlich, was man den Geschworenen alles einreden kann, wenn man nur will. Ich erinnere mich da an einen Fall in Liverpool –»

So lenkte er geschickt hinüber ins ruhige Fahrwasser der Anekdoten. Lord Peter betrachtete sein statuenhaftes Profil vor dem Feuer; es erinnerte ihn an die strenge Schönheit des Wagenlenkers von Delphi und war ebenso ausdrucksvoll.

Erst nach dem Abendessen sprach Sir Impey ganz offen mit Wimsey. Die Herzogin war zu Bett gegangen, und die beiden Männer befanden sich allein in der Bibliothek. Lord Peter, im korrekten Abendanzug und von Bunter bestens versorgt, war den ganzen Abend ungewöhnlich mitteilsam und fröhlich gewesen. Jetzt zündete er sich eine Zigarre an, ließ sich im größten Sessel nieder und hüllte sich in tiefes Schweigen.

Sir Impey Biggs ging eine halbe Stunde lang rauchend auf und ab. Dann trat er entschlossen näher, knipste die Leselampe an, richtete ihren Schein brutal auf Wimseys Gesicht, setzte sich ihm gegenüber und sagte: «Also, Wimsey, jetzt will ich alles hören, was Sie wissen.»

«So, so», meinte Peter. Er stand auf, zog den Stecker der Leselampe heraus und stellte sie auf eine Anrichte.

«Keine Zeugeneinschüchterung, bitte», kommentierte er grinsend.

«Meinetwegen, wenn Sie nur aufwachen», sagte Biggs ungerührt. «Also los.»

Lord Peter nahm die Zigarre aus dem Mund, betrachtete sie mit schiefgelegtem Kopf, drehte sie vorsichtig um, fand, daß die Asche noch ein Weilchen am Deckblatt halten würde, rauchte wortlos weiter, bis sie jeden Moment hinunterfallen mußte, nahm dann die Zigarre wieder aus dem Mund, lud die Asche genau in der Mitte des Aschenbechers ab und begann mit seiner Aussage, bei der er nur die Sache mit dem Koffer sowie die Informationen wegließ, die Bunter von Ellen erhalten hatte.

Sir Impey Biggs hörte ihm mit einer Miene zu, die Peter unangenehm an ein Kreuzverhör erinnerte, und warf hier und da eine scharfe Frage ein. Er machte sich ein paar Notizen, und als Wimsey fertig war, klopfte er nachdenklich auf sein Notizbuch.

«Ich glaube, daraus können wir etwas machen», sagte er, «selbst wenn die Polizei Ihren mysteriösen Fremden nicht findet. Denvers Schweigen kompliziert die Sache natürlich sehr.» Er hielt sich kurz die Hand vor die Augen. «Sie sagen also, Sie haben die Polizei auf diesen Kerl angesetzt?»

«Ja.»

«Haben Sie eine sehr schlechte Meinung von der Polizei?»

«In solchen Dingen nicht. Das ist ihre Stärke; für so was ist sie eingerichtet, und das macht sie auch gut.»

«Aha! Sie rechnen also damit, daß sie den Mann findet?»

«Ich will es hoffen.»

«So! Und was soll, bitte sehr, aus meiner Verteidigungsstrategie werden, *wenn* sie ihn findet, Wimsey?»

«Was soll –?»

«Passen Sie mal auf, Wimsey», sagte der Verteidiger, «Sie sind nicht von gestern und brauchen jetzt auch kein Gesicht zu machen wie ein Dorfpolizist. Wollen Sie diesen Mann wirklich finden?»

«Gewiß.»

«Das ist natürlich Ihre Sache, aber mir sind schon ziemlich die Hände gebunden. Haben Sie sich einmal überlegt, daß es vielleicht besser wäre, den Mann *nicht* zu finden?»

Wimsey sah den Anwalt mit geradezu entwaffnend ehrlichem Erstaunen an.

«Bedenken Sie folgendes», sagte dieser. «Wenn die Polizei erst etwas oder jemanden in den Fingern hat, hat es keinen Sinn mehr, auf meine oder Murbles' oder irgend jemandes Diskretion zu bauen. Dann wird alles ans Licht gezerrt, und nicht gerade auf feine Art. Denver steht unter Mordanklage und weigert sich auf das entschiedenste, mir auch nur im mindesten zu helfen.»

«Jerry ist ein Esel. Er begreift nicht – »

«Glauben Sie vielleicht», unterbrach ihn Biggs, «ich hätte mir nicht die größte Mühe gegeben, es ihm begreiflich zu machen? Aber er sagt nur: ‹Sie können mich nicht aufhängen; ich habe den Mann nicht umgebracht, obwohl ich es ganz erfreulich finde, daß er tot ist. Was ich im Garten getan habe, geht die nichts an.› Jetzt frage ich Sie, Wimsey, hat es noch etwas mit Vernunft zu tun, wenn ein Mann in Denvers Lage sich auf diesen Standpunkt stellt?»

Peter murmelte etwas wie «noch nie Verstand gehabt».

«Hat man Denver schon etwas von diesem anderen Mann gesagt?»

«Bei der Voruntersuchung wurden Fußspuren erwähnt, soviel ich weiß.»

«Dieser Mann von Scotland Yard ist ein Freund von Ihnen, höre ich?»

«Ja.»

«Um so besser. Dann wird er ja den Mund halten können.»

«Hören Sie, Biggs, das klingt ja alles sehr eindrucksvoll und mysteriös, aber worauf wollen Sie eigentlich hinaus? Warum soll ich mir den Burschen nicht greifen, wenn ich kann?»

«Ich will Ihnen mit einer Gegenfrage antworten.» Sir Impey Biggs beugte sich etwas weiter vor. «Warum versucht Denver ihn zu dekken?»

Sir Impey pflegte sich damit großzutun, daß kein Zeuge in seiner Gegenwart unentdeckt einen Meineid leisten könne. Als er die Frage stellte, entließ er kurz den Blick des andern und sah scharf auf Wimseys langen, beweglichen Mund und die nervösen Hände. Als er eine Sekunde später wieder aufschaute, begegnete er einem Blick, der gut gespielt die ganze Ausdrucksskala überraschten Erkennens durchlief; aber es war zu spät. Er hatte eine kleine Falte am Mundwinkel sich glätten und die Finger kaum merklich sich entspannen sehen.

«Mein Gott!» sagte Peter. «Darauf wäre ich nie gekommen. Was seid ihr Anwälte doch für schlaue Leute! Wenn das so ist, sollte ich wohl etwas leiser treten, wie? War schon immer ein bißchen voreilig. Meine Mutter sagt – »

«Sie sind ein Fuchs, Wimsey», sagte der Anwalt. «Dann war ich wohl doch im Irrtum. Finden Sie nur ruhig Ihren Mann. Aber eins möchte ich Sie noch fragen. Wen decken *Sie*?»

«Hören Sie mal, Biggs», sagte Wimsey, «Sie werden nicht dafür bezahlt, hier solche Fragen zu stellen, klar? Warten Sie damit bis vor Gericht. Ihre Aufgabe ist es, das Beste aus dem zu machen, was wir Ihnen liefern, aber nicht, uns durch die Mangel zu drehen. Angenommen, ich hätte Cathcart selbst umgebracht – »

«Haben Sie nicht.»

«Weiß ich, aber wenn, dann würde ich mich nicht mit so einem Blick ansehen und mir in diesem Ton Fragen stellen lassen. Ich will Ihnen aber entgegenkommen und Ihnen ehrlich sagen, daß ich nicht weiß, wer den Kerl umgebracht hat. Sobald ich es weiß, sage ich es Ihnen.»

«Wirklich?»

«Ja. Aber erst, wenn ich sicher bin. Ihr Brüder versteht aus dem kleinsten Indiz eine ellenlange Beweiskette zu schmieden und würdet mich schon aufhängen, wenn ich erst anfinge, mich selbst zu verdächtigen.»

«Hm!» machte Biggs. «Inzwischen kann ich Ihnen schon mal verraten, daß ich auf ungenügende Beweislage hinauswill.»

«So. Freispruch aus Mangel an Beweisen, wie? Na ja, jedenfalls schwöre ich Ihnen, Biggs, daß mein Bruder nicht hängen wird, weil ich mit Beweisen hinterm Berg halte.»

«Selbstverständlich nicht», sagte Biggs und fügte stumm hinzu: «Aber du hoffst, daß es soweit nicht kommt.»

Ein Regenschauer prasselte durch den breiten Kamin herunter und verzischte auf den Holzscheiten.

«Craven Hotel
Strand, W. C.
Dienstag

Lieber Wimsey,

wie versprochen, hier ein paar Zeilen über mein bisheriges Vorankommen, obwohl es herzlich wenig ist. Auf der Fahrt hierher saß ich neben Mrs. Pettigrew-Robinson und durfte für sie das Fenster auf- und zumachen und auf ihr Gepäck achtgeben. Sie erwähnte, daß Deine Schwester, als sie am Donnerstagmorgen das Haus aufweckte, zuerst zu Mr. Arbuthnots Tür gegangen sei – was die Dame etwas merkwürdig zu finden scheint, aber bei Licht besehen ist es nur natürlich, denn das Zimmer liegt genau gegenüber der Treppe. Mr. Arbuthnot hat dann die Pettigrew-Robinsons aufgeweckt, und Mr. P. ist sofort nach unten gerannt. Mrs. P. fand, daß Lady Mary sehr schwach aussah, und wollte ihr helfen. Deine Schwester hat sie aber abgewiesen – barsch, sagt Mrs. P. – und sich alle Hilfsangebote ‹aufs unfreundlichste› verbeten. Sie ist dann in ihr Zimmer gerannt und hat sich eingesperrt. Mrs. Pettigrew-Robinson hat an der Tür gelauscht, ‹um sicherzugehen›, sagt sie, ‹daß alles in Ordnung war›, aber als sie Deine Schwester nur hat herumlaufen und Schranktüren schlagen hören, fand sie, daß sie ihre Neugier unten besser befriedigen könne, und ist hinuntergegangen.

Wenn Mrs. Marchbanks mir das erzählt hätte, würde ich ihm zugegebenermaßen mehr Bedeutung beimessen, aber ich glaube, selbst wenn ich im Sterben läge, würde ich zwischen mir und Mrs. Pettigrew-Robinson immer noch die Tür fest zumachen. Mrs. P. war sicher, daß Lady Mary nie etwas in der Hand hatte. Gekleidet war sie genauso, wie sie es dem Untersuchungsrichter geschildert hat – langer Mantel über dem Pyjama (Schlafanzug war Mrs. P.s Ausdruck), derbe Schuhe und eine Wollmütze. Diese Sachen hatte sie auch später noch an, als der Arzt kam. Noch eine kleine Merkwürdigkeit am Rande:

Mrs. Pettigrew-Robinson (die, wie Du Dich erinnerst, seit zwei Uhr wach war) will mit Sicherheit gehört haben, daß kurz *bevor* Lady Mary an Mr. Arbuthnots Tür klopfte, irgendwo auf dem Korridor eine Tür schlug. Ich weiß nicht, was ich davon halten soll – vielleicht hat es nichts zu bedeuten, aber ich will es nicht unerwähnt lassen.

Hier in London war's scheußlich. Dein angehender Schwager war ein Muster an Diskretion. Sein Zimmer in Albany ist, aus kriminalistischer Sicht, eine trostlose Wüste: keinerlei Papiere, außer ein paar englischen Rechnungen und Quittungen und ein paar Einladungen. Einige der Absender habe ich aufgesucht, aber sie kannten Cathcart zumeist nur aus dem Club oder vom Militär und konnten mir nichts über sein Privatleben sagen. Er ist in einigen Nachtclubs bekannt. Ich habe letzte Nacht – oder vielmehr heute morgen – die Runde durch sie gemacht. Allgemeiner Eindruck: großzügig, aber undurchschaubar. Sein Lieblingsspiel scheint übrigens Poker gewesen zu sein. Für krumme Sachen keine Anhaltspunkte. Er hat insgesamt sehr beständig gewonnen, aber nie sehr hoch.

Die Informationen, die wir brauchen, dürften uns in Paris erwarten. Ich habe an die Sûreté und an Crédit Lyonnais geschrieben und um seine Papiere, vor allem um sein Kontobuch und sein Scheckheft, gebeten.

Ich bin von der gestrigen und heutigen Arbeit todmüde. Nach so einer Reise auch noch die ganze Nacht auf den Beinen zu sein ist kein Vergnügen. Falls Du mich nicht brauchst, warte ich hier auf die Papiere, oder ich fahre vielleicht selbst nach Paris.

Unter den Büchern, die Cathcart hier hatte, befinden sich ein paar moderne französische Romane und noch eine Ausgabe von *Manon,* mit ‹zierlichen› Illustrationen, wie es in den Katalogen immer heißt. Aber er muß doch *irgendwo* ein Leben geführt haben, oder nicht?

Die beiliegende Rechnung von einem Schönheitssalon in der Bond Street interessiert Dich vielleicht. Ich war da. Die Inhaberin sagt, er sei regelmäßig jede Woche einmal gekommen, wenn er in England war.

Eine völlige Niete habe ich am Sonntag in King's Fenton gezogen – aber das habe ich Dir ja schon erzählt. Ich glaube nicht, daß der Kerl durch diesen Ort gekommen ist. Mich würde es nicht wundern, wenn er sich durchs Moor davongemacht hätte. Meinst Du, es könnte sich lohnen, in dieser Richtung zu suchen? Aber das dürfte wie die Suche nach einer Nadel im Heuhaufen sein. Merkwürdig ist ja nach wie vor die Sache mit der Brillantkatze. Du hast im Haus nichts Näheres darüber erfahren, oder? Irgendwie scheint sie mir zu Schuhgröße 45 nicht zu passen – aber man sollte doch meinen, daß man im Dorf etwas davon wüßte, wenn jemand sie verloren hätte.

Also bis bald!

Stets Dein
Charles Parker»

– *und die Tochter, in großer Angst*

«Auch die Frauen sahen blaß und krank aus.»
Des Pilgers Wanderschaft

Mr. Bunter brachte Lord Peter am Mittwochmorgen Parkers Brief ans Bett. Das Haus war fast leer, denn alle waren nach Northallerton gefahren, um dem Haftprüfungstermin beizuwohnen. Dieser würde natürlich eine reine Formsache sein, aber es gehörte sich nun einmal, daß die Familie dabei voll repräsentiert war. Sogar die Herzoginwitwe war gekommen – sie war sofort zu ihrem Sohn geeilt und wohnte tapfer in einem möblierten Zimmer, doch die jüngere Herzogin fand das von ihrer Schwiegermutter mehr couragiert als würdevoll. Man wußte außerdem nie, was sie anstellen würde, wenn man sie sich selbst überließ. Womöglich gab sie noch einem Zeitungsreporter ein Interview. Überdies gehörte in so einem Augenblick die Frau an die Seite ihres Mannes.

Lady Mary war krank, wogegen man nichts sagen konnte, und wenn Lord Peter es vorzog, im Pyjama herumzusitzen und Zigaretten zu rauchen, während sein einziger Bruder einer öffentlichen Demütigung unterzogen wurde, so war von ihm ja nichts anderes zu erwarten. Peter schlug nach seiner Mutter. Wie dieser exzentrische Zug in die Familie geraten war, konnte Ihre Gnaden leicht erraten; die Herzoginwitwe entstammte zwar einer guten Familie aus Hampshire, aber an den Wurzeln des Stammbaums war fremdländisches Blut. Ihre eigene Pflicht war klar, und sie würde sie tun.

Lord Peter war wach und sah ziemlich mitgenommen aus, als ob er auch nachts noch den Spürhund gespielt hätte. Mr. Bunter hüllte ihn fürsorglich in einen prächtigen orientalischen Morgenmantel und stellte ihm das Tablett auf die Knie.

«Bunter», sagte Lord Peter leicht verdrießlich, «Ihr *café au lait* ist das einzig Erträgliche in diesem gräßlichen Haus.»

«Vielen Dank, Mylord. Es ist heute wieder sehr kühl, Mylord, aber es regnet nicht direkt.»

Lord Peter las stirnrunzelnd den Brief.

«Steht was in der Zeitung, Bunter?»

«Nichts Wichtiges, Mylord. Eine Versteigerung nächste Woche in der Northbury Hall – Mr. Fleetwhites Bibliothek –, eine Caxton-Ausgabe der *Confessio Amantis* – »

«Wozu sagen Sie mir das überhaupt, wenn wir hier noch Gott weiß wie lange festsitzen werden? Wäre ich doch nur bei meinen Büchern geblieben und hätte die Finger von der Kriminalistik gelassen! Haben Sie die Proben an Lubbock geschickt?»

«Ja, Mylord», sagte Bunter sanft. Dr. Lubbock war der ‹berühmte Wissenschaftler›.

«Wir brauchen Fakten», sagte Lord Peter. «Fakten. Als kleiner Junge habe ich Fakten immer gehaßt. Ich fand sie häßlich – hart und unhandlich. Und so kompromißlos.»

«Sehr wohl, Mylord. Meine alte Mutter – »

«Ihre Mutter, Bunter? Wußte gar nicht, daß Sie eine haben. Hab mir immer eingebildet, Sie seien fix und fertig auf die Welt gekommen. Pardon. Sehr ungezogen von mir. Entschuldigung!»

«Keine Ursache, Mylord. Meine Mutter wohnt in Kent, Mylord, nicht weit von Maidstone. Fünfundsiebzig ist sie, Mylord, und eine überaus aktive Frau für ihr Alter, wenn Sie mir die Erwähnung gestatten. Ich war einer von sieben.»

«Das ist eine Erfindung, Bunter. Ich weiß es besser. Sie sind einzig. Aber ich habe Sie unterbrochen. Sie wollten mir von Ihrer Mutter erzählen.»

«Sie sagt immer, Tatsachen seien wie Kühe, Mylord. Wenn man ihnen nur fest genug in die Augen sieht, laufen sie meist weg. Sie ist eine sehr energische Frau, Mylord.»

Lord Peter streckte impulsiv die Hand aus, aber Mr. Bunter war viel zu gut erzogen, um sie zu sehen. Er hatte bereits begonnen, das Rasiermesser abzustreichen. Lord Peter sprang plötzlich mit einem Satz aus dem Bett und rannte über den Flur ins Bad.

Hier fand er so weit wieder zu sich, daß er die Stimme heben und *«Come unto these Yellow Sands»* anstimmen konnte, woraufhin er, da ihm gerade so recht nach Purcell zumute war, *«I attempt from Love's Sickness to Fly»* folgen ließ, was seine Laune so verbesserte, daß er gegen alle Gewohnheit etliche Liter kaltes Wasser in die Wanne laufen ließ und sich mit dem Schwamm von oben bis unten abrieb. Dann stürzte er, nachdem er sich kräftig trockengerubbelt hatte, aus dem Bad und stieß dabei recht unsanft mit dem Schienbein gegen den Deckel einer großen Eichentruhe, die neben dem Treppenaufgang stand – so unsanft, daß der Deckel dabei hochsprang und mit einem protestierenden Knall wieder zufiel.

Lord Peter ließ ein paar kräftige Ausdrücke hören und rieb sich das schmerzende Bein. Doch plötzlich kam ihm ein Gedanke. Er legte Handtücher, Seife, Schwamm, Bürste und die übrigen Utensilien ab und hob ruhig den Deckel der Truhe hoch.

Ob er nun, wie die Heldin in Jane Austens *Northanger Abbey,* etwas Grausiges darin zu finden erwartete, war nicht ersichtlich. Sicher ist hingegen, daß er gleich ihr nichts weiter Aufregendes fand als ein paar säuberlich zusammengelegte Laken und Decken auf dem Truhenboden. Unzufrieden nahm er das oberste Laken behutsam heraus und betrachtete es eine Weile im Licht des Treppenfensters. Eben wollte er es leise pfeifend wieder an seinen Platz legen, als ein leises Zischen von heftig eingeatmeter Luft ihn erschrocken aufblicken ließ.

Neben ihm stand seine Schwester. Er hatte sie nicht kommen hören, aber da stand sie in ihrem Morgenmantel, die Hände ängstlich vor der Brust ineinander verschlungen. Ihre Pupillen waren so geweitet, daß ihre blauen Augen fast schwarz wirkten, und ihre Haut hatte fast die gleiche Farbe wie ihr aschblondes Haar. Wimsey starrte sie über das Laken in seinen Armen an, und das Entsetzen in ihrem Gesicht griff auf ihn über, prägte sie beide plötzlich mit der geheimnisvollen Ähnlichkeit der Blutsverwandtschaft.

Peters eigener Eindruck von sich selber war, daß er eine Minute lang glotzte «wie ein abgestochenes Schwein». In Wahrheit aber wußte er, daß er sich nach einem Sekundenbruchteil wieder gefangen hatte. Er ließ das Laken in die Truhe fallen und stand auf.

«Nanu, Polly, altes Mädchen», sagte er, «wo hast du dich denn die ganze Zeit versteckt gehalten? Seh dich zum erstenmal. Du machst ja wohl ziemlich schlechte Zeiten durch.»

Er legte den Arm um sie und fühlte, wie sie zusammenzuckte.

«Was hast du denn?» fragte er. «Was ist los, Schwesterchen? Schau mal, Mary, wir haben ja bisher wenig voneinander gesehen, aber ich bin immerhin dein Bruder. Hast du Kummer? Kann ich dir nicht – »

«Kummer?» sagte sie. «Peter, dummer Kerl, ich soll wohl keinen Kummer haben? Hast du noch nicht gehört, daß man meinen Verlobten umgebracht und meinen Bruder ins Gefängnis geworfen hat? Ist das nicht Kummer genug?» Sie lachte, und Peter dachte plötzlich: Sie redet wie in einem Kitschroman. Jetzt sprach sie aber in normalerem Ton weiter. «Ist ja schon gut, Peter. Wirklich – aber mir tut der Kopf so weh. Ich weiß wirklich nicht mehr, was ich tue. Was suchst du da eigentlich? Du hast solchen Lärm gemacht, da bin ich herausgekommen. Ich hatte geglaubt, da sei eine Tür zugeschlagen.»

«Du kriechst mal besser wieder unter die Decke», sagte Lord Peter. «Sonst erkältest du dich noch. Warum müssen Frauen in diesem kalten Klima immer so spinnwebendünne Pyjamas tragen? Nun laß den Kopf nicht hängen. Ich schaue später mal rein, und dann halten wir beide ein gemütliches Schwätzchen, ja?»

«Heute nicht – bitte nicht heute, Peter. Ich werde noch verrückt.» (Wieder Kitschroman, dachte Peter.) «Machen sie Gerald heute den Prozeß?»

«Einen Prozeß nicht direkt», antwortete Peter, indem er sie sanft zu ihrem Zimmer schob. «Reine Formsache, verstehst du? So ein alter Friedensrichter hört sich die Klageschrift an, dann tritt Murbles auf und sagt, er möchte, bitte sehr, zur Sache nicht Stellung nehmen, da er den Verteidiger informieren muß. Das ist nämlich Biggy. Dann hören sie sich die Haftverfügung an, und Murbles sagt, daß Gerald sich seine Verteidigung vorbehält. Das ist alles bis zum Schwurgerichtsprozeß – alles nur Gewäsch. Der Prozeß dürfte Anfang nächsten Monats stattfinden. Bis dahin mußt du wieder obenauf sein.»

Mary schauderte.

«N-nein! Könnte ich davon nicht verschont bleiben? Ich kann das nicht noch einmal durchmachen. Ich würde krank. Ich fühle mich entsetzlich elend. Nein, komm nicht herein. Ich will nicht. Läute nach Ellen. Nein, laß mich; geh weg. Ich will dich nicht, Peter!»

Peter zögerte leicht erschrocken.

«Besser nicht, Mylord, wenn Sie mir die Bemerkung gestatten», hörte er Bunters Stimme an seinem Ohr. «Das gäbe nur einen hysterischen Anfall», fuhr er fort, während er seinen Gebieter sanft von der Tür wegführte. «Eine Qual für beide Beteiligten und vom Ergebnis her völlig unproduktiv. Warten wir lieber auf die Rückkehr Ihrer Gnaden, der Herzogin.»

«Völlig richtig», sagte Peter. Er drehte sich um und wollte seine Sachen nehmen, aber Bunter kam ihm geschickt zuvor. Noch einmal hob er den Deckel hoch und sah in die Truhe.

«Was sagten Sie noch, was Sie an diesem Rock gefunden haben, Bunter?»

«Kies, Mylord, und Silbersand.»

«Silbersand.»

Hinter Riddlesdale Lodge streckte sich endlos das dunkle Moor aufwärts. Das Heidekraut war braun und naß, und die kleinen Bäche dazwischen hatten keine Farbe. Es war sechs Uhr, aber einen Sonnenuntergang gab es nicht. Den ganzen Tag war nur ein blasser Schimmer hinter einem bedeckten Himmel langsam von Osten nach Westen gewandert. Lord Peter, der nach langer, fruchtloser Jagd nach Informationen über den Mann mit dem Motorrad heimwärts wanderte, gab dem dumpfen Leiden seines Herdentriebs lauten Ausdruck. «Wäre Parker nur hier», maulte er und stapfte weiter den sumpfigen Viehpfad hinunter.

Sein Ziel war nicht direkt das Jagdhaus, sondern ein Gehöft namens Grider's Hole, das rund zweieinhalb Meilen davon entfernt lag. Es befand sich fast genau nördlich von Riddlesdale, ein einsamer Vorposten am Rande des Moors in einem fruchtbaren Tal zwischen zwei ausgedehnten Moorhügeln. Der Pfad wand sich von Whemmeling Fell, so hieß die Höhe, hinunter, führte um einen tückischen Sumpf herum und überquerte etwa eine halbe Meile vor dem Gehöft das Bächlein Ridd. Peter hatte kaum Hoffnung, in Grider's Hole etwas Neues zu erfahren, aber er war nun einmal grimmig entschlossen, wirklich jeden Stein umzudrehen. Insgeheim war er überzeugt, daß der Mann mit dem Motorrad, Parkers Ermittlungen zum Trotz, über die Landstraße gekommen und vielleicht direkt durch King's Fenton gefahren war, ohne anzuhalten oder sonstwie Aufmerksamkeit zu erregen. Doch er hatte versprochen, die Nachbarschaft zu durchkämmen, und Grider's Hole lag in der Nachbarschaft. Er blieb kurz stehen, um seine ausgegangene Pfeife wieder anzuzünden, dann stapfte er unbeirrt weiter. Der Weg war in regelmäßigen Abständen zuerst mit kräftigen weißen Pfosten markiert, später mit Hürden eingezäunt. Den Grund dafür verstand man sofort, wenn man ins Tal kam, denn nur ein paar Meter links vom Weg begannen die vereinzelten Büschel groben, schilfigen Grases zwischen schwabbeligem schwarzem Moor, das alles, was schwerer war als eine Bachstelze, im Nu inmitten blubbernder Bläschen verschluckte. Wimsey bückte sich nach einer leeren Sardinenbüchse, die furchtbar verbeult zu seinen Füßen lag, und schleuderte sie achtlos in den Sumpf. Sie schlug mit einem Geräusch, das einem feuchten Kuß ähnelte, auf der Oberfläche auf und war im nächsten Augenblick verschwunden. Jenem Instinkt folgend, der einen immer, wenn man gedrückter Stimmung ist, in trüben Gedanken schwelgen läßt, lehnte Peter sich traurig an eine Hürde und ergab sich schwermütigen Betrachtungen über 1. die Eitelkeit menschlichen Strebens; 2. die Unbeständigkeit allen Seins; 3. die erste Liebe; 4. den Verfall der Ideale; 5. die Nachwehen des Weltkriegs; 6. Geburtenkontrolle und 7. den Trug des freien Willens. Damit war jedoch sein Nadir erreicht. Er merkte, daß seine Füße immer kälter wurden und sein Magen immer leerer, und da er noch ein paar Meilen vor sich hatte, überquerte er den Bach auf ein paar schlüpfrigen Steinen und näherte sich dem Tor zum Gehöft, das nicht aus den üblichen fünf

Stangen bestand, sondern solide und wehrhaft gebaut war. Ein Mann stand daran gelehnt, einen Strohhalm im Mund. Er machte keine Anstalten, sich vom Fleck zu rühren, als Wimsey näher kam.

«Guten Abend», sagte der Adelssproß munter und legte die Hand auf den Riegel. «Recht kühl, wie?»

Der Mann antwortete nicht, sondern lehnte sich noch schwerer ans Tor und atmete vor sich hin. Er trug einen Rock aus grobem Stoff und Breeches, und seine Gamaschen starrten von Kot.

«Natürlich der Jahreszeit angemessen», sagte Peter. «Gut für die Schafe, nicht? Macht die Wolle schön kraus und so.»

Der Mann nahm den Strohhalm aus dem Mund und spuckte in die Richtung von Peters rechtem Stiefel.

«Gehen Ihnen viele Tiere im Moor verloren?» fuhr Peter fort, indem er wie unabsichtlich den Riegel löste und sich von der anderen Seite ans Tor lehnte. «Ich sehe, Sie haben eine feste Mauer ums Haus. Muß ein bißchen gefährlich sein hier im Dunkeln, wenn Sie etwa einen kleinen Abendspaziergang mit Ihrer Freundin machen wollen, wie?»

Der Mann spuckte wieder aus, zog seinen Hut in die Stirn und meinte kurz angebunden:

«Was woll'n Sie?»

«Och», sagte Peter, «ich möchte nur Mr. – ich meine, dem Besitzer dieses Hofs einen kleinen Freundschaftsbesuch machen. So von Nachbar zu Nachbar. Einsame Gegend hier, nicht? Meinen Sie, ob er zu Hause ist?»

Der Mann grunzte.

«Freut mich zu hören», sagte Peter. «Ich finde es immer wieder erfreulich, wie nett und gastfreundlich die Leute hier in Yorkshire alle sind. Egal wer kommt, ein Plätzchen am Feuer ist immer für ihn da. Entschuldigen Sie, aber Sie lehnen so am Tor, daß ich es nicht aufkriege. Nur aus Versehen natürlich, aber zufällig haben Sie da, wo Sie stehen, den längsten Hebel. Ein bezaubernd schönes Haus, nicht? So herrlich fest und trutzig und so weiter. Kein Efeu, keine Rosenbögen und derlei Spießerkram. Wer wohnt denn hier?»

Der Mann betrachtete ihn ein paar Sekunden lang von oben bis unten und sagte dann: «Mr. Grimethorpe.»

«Ach nein, wirklich?» rief Lord Peter. «Wer hätte das gedacht? Genau der Mann, den ich kennenlernen möchte. Das Muster eines Bauern, wie? Überall, wohin ich in Nord-Yorkshire komme, landauf, landab höre ich Mr. Grimethorpes Lob. ‹Grimethorpes Butter ist die beste.› – ‹Grimethorpes Wolle reißt nie von der Rolle.› – ‹Freuden winken mit Grimethorpes

Schinken.› – ‹Für den Schlemmer Grimethorpes Lämmer.› – ‹Mit Grimethorpes Rinderbraten muß jedes Fest geraten.› Es ist der Traum meines Lebens, Mr. Grimethorpe einmal von Angesicht zu Angesicht kennenzulernen. Und Sie sind gewiß sein treuer Knecht und unentbehrlicher Gehilfe: Du springst vom Bett, noch eh' der Tag anbricht, die Küh' zu melken vor dem ersten Licht. Du, wenn das Abendrot die Erde kost, die sanften Schafe von dem Berge holst. Du, an des Herdes heimeligem Schein, von alter Zeit erzählst den Kindern fein. – Ein schönes Leben, obwohl im Winter vielleicht etwas eintönig. Erlauben Sie mir, Ihre ehrliche Hand zu drücken.»

Ob von dieser lyrischen Anwandlung gerührt, oder ob das schwindende Tageslicht noch nicht zu trübe war, um einen blassen Schimmer von dem runden Metallstück in Lord Peters Hand zurückzuwerfen, jedenfalls trat der Mann eine Winzigkeit vom Tor zurück.

«Herzlichen Dank, Gevatter», sagte Peter und drängte sich flink an ihm vorbei. «Vermute ich richtig, daß ich Mr. Grimethorpe im Haus antreffen werde?»

Der Mann sagte nichts, bis Wimsey ein Dutzend Schritte auf dem gepflasterten Weg weitergegangen war, dann rief er ihm nach, ohne sich jedoch umzudrehen:

«Mister!»

«Ja, mein Freund?» antwortete Peter liebenswürdig und ging zu ihm zurück.

«Kann sein, daß er die Hunde auf Sie hetzt.»

«Was Sie nicht sagen!» rief Lord Peter. «Der treue Hund begrüßt den verlorenen Sohn bei der Heimkehr. Szene familiärer Wiedersehensfreude. ‹Mein lange verirrtes Fleisch und Blut!› Tränen und lange Reden, Freibier für das beglückte Gesinde. Frohsinn und Lachen am Kamin, bis die Balken sich biegen und die Räucherschinken runterfallen, um mitzufeiern. Gute Nacht, mein Fürst, bis die Kühe heimkehren und die Hunde Isebel fressen in jenem Lande Israels, da des Lenzes Windspiele den Spuren des Winters folgen. Ich fürchte», sagte er zu sich selbst, «die Teezeit ist vorbei.»

Lord Peters Stimmung hob sich, während er sich der Haustür näherte. Solche Besuche liebte er. Obgleich er sich der Kriminalistik zugewandt hatte, wie er sich bei anderer Veranlagung auf Indischen Hanf verlegt haben würde – nämlich des Nervenkitzels wegen –, als sein Leben in Staub und Asche zu liegen schien, war seine Mentalität nicht in erster Linie die eines Kriminalisten. Von seinen Nachforschungen in Grider's Hole versprach er sich so gut wie nichts, und wenn, dann hätte er alles, was er wissen wollte, gegen eine im rechten

Augenblick gezückte Banknote auch von dem griesgrämigen Herrn am Tor erfahren können. So wäre Parker mit Sicherheit vorgegangen; er wurde dafür bezahlt, zu ermitteln und sonst nichts, und weder seine natürlichen Gaben noch seine Schulbildung (auf dem Gymnasium von Barrow-in-Furness) machten ihn geneigt, aus der Laune einer unbotmäßigen Phantasie heraus auf Nebenpfade auszuweichen. Für Lord Peter aber war die ganze Welt ein unterhaltsames Labyrinth von Nebenpfaden. Er hatte es in fünf bis sechs Sprachen zu einer beachtlichen Fertigkeit gebracht, war ein Musiker von einigem Geschick und noch mehr Verständnis, Giftexperte, Sammler seltener Buchausgaben, Salonlöwe und ein gewöhnlicher Naseweis. Man hatte ihn schon sonntags um halb eins in Frack und Zylinder durch den Hyde Park spazieren und die *News of the World* lesen sehen. Seine Leidenschaft für das Unerforschte ließ ihn im Britischen Museum obskure Pamphlete ausgraben, die Gefühlswelt von Steuerbeamten erforschen und herausfinden, wo seine eigene Abwasserleitung endete. Und jetzt führte für ihn kein Weg daran vorbei, in einem persönlichen Gespräch zu ergründen, warum ein Bauer in Nord-Yorkshire die Angewohnheit hatte, seine Hunde auf harmlose Besucher zu hetzen. Das Ergebnis war unvermutet.

Sein erstes Klopfen blieb unbeachtet, und er klopfte noch einmal. Diesmal war drinnen Bewegung zu vernehmen, und eine verdrießliche Männerstimme rief:

«Nun laß ihn schon rein, zum Teufel mit ihm – und mit dir», woraufhin man einen Gegenstand zu Boden fallen oder gegen die Wand fliegen hörte.

Die Tür wurde unverhofft von einem etwa siebenjährigen Mädchen geöffnet, das sehr dunkel und hübsch war und sich den Arm rieb, als ob es dort von dem Wurfgeschoß getroffen worden sei. Schüchtern stand die Kleine da und blockierte die Schwelle, bis dieselbe Stimme von neuem ungeduldig grollte:

«Na, wer ist's?»

«Guten Abend», sagte Wimsey und nahm den Hut ab. «Verzeihen Sie, wenn ich hier so hereinplatze. Ich wohne zur Zeit im Jagdhaus von Riddlesdale.»

«Na und?» rief die Stimme. Über den Kopf des Kindes hinweg erkannte Wimsey jetzt die Silhouette eines großen, schwer gebauten Mannes, der rauchend in der Ecke neben einem gewaltigen Kamin saß. Das Feuer spendete das einzige Licht, denn das Fenster war klein, und draußen war es schon ziemlich dunkel geworden. Es schien ein großer Raum zu sein, aber er wurde gleich hinterm Kamin von einer hohen eichenen Sitzbank abgeteilt, und dahinter herrschte undurchdringliche Finsternis.

«Darf ich eintreten?» fragte Wimsey.

«Wenn es sein muß», antwortete der Mann ungnädig. «Mach die Tür zu, Göre; was glotzt du so? Geh zu deiner Mutter und laß dir von ihr Manieren beibringen.»

Dies war nun wohl ein Fall von unsachgemäßem Umgang eines Glashausbewohners mit harten Gegenständen, doch das Mädchen verschwand eilig in der dunklen Höhle hinter der Bank, und Peter trat ein.

«Sind Sie Mr. Grimethorpe?» fragte er höflich.

«Und wenn?» erwiderte der Bauer. «*Ich* hab keinen Grund, mich für meinen Namen zu schämen.»

«Ganz gewiß nicht», sagte Lord Peter, «und schon gar nicht Ihres Hofes. Hübsch haben Sie's hier, wie? Übrigens, mein Name ist Wimsey – Lord Peter Wimsey, genauer gesagt; der Bruder des Herzogs von Denver. Ich möchte Sie wirklich nicht stören – Sie haben sicher viel zu tun, mit den Schafen und so – aber ich hab mir gedacht, ein kleiner Nachbarschaftsbesuch tut nicht weh. Einsame Gegend hier, nicht wahr? Ich weiß nun mal gern, wer meine Nachbarn sind. Von London her bin ich es gewöhnt, daß sich die Leute gegenseitig auf die Füße treten. Hier kommen wohl nicht viele Fremde vorbei, oder?»

«Gar keine», sagte Mr. Grimethorpe mit Nachdruck.

«Na ja, ist vielleicht auch ganz gut so», fuhr Lord Peter fort. «Da weiß man seine eigenen vier Wände zu schätzen, nicht? Ich denke oft, in der Stadt begegnet man viel zuviel Fremden. Nichts geht über die eigene Familie, wenn die Arbeit getan ist – so gemütlich. Sie sind verheiratet, Mr. Grimethorpe?»

«Was geht das Sie an?» knurrte der Bauer und drehte sich mit solcher Heftigkeit zu ihm um, daß Wimsey nervös nach den erwähnten Hunden Ausschau hielt.

«Natürlich nichts», antwortete er. «Ich dachte nur, dieses reizende kleine Mädchen sei vielleicht Ihr Töchterchen.»

«Und wenn ich dächte, daß sie nicht von mir wär», sagte Mr. Grimethorpe, «würde ich den Balg erwürgen, und die Mutter dazu. Na, was sagen Sie jetzt?»

Im Grunde ließ diese Bemerkung, wenn man sie als Beitrag zur Unterhaltung auffassen wollte, so vieles zu wünschen übrig, daß Wimseys natürliche Geschwätzigkeit einen schweren Rückschlag erlitt. Er rettete sich jedoch auf einen typisch männlichen Ausweg und bot Mr. Grimethorpe eine Zigarre an, wobei er dachte:

«Diese Frau muß die Hölle auf Erden haben.»

Der Bauer lehnte die Zigarre mit einem einzigen Wort ab und schwieg. Wimsey zündete sich seinerseits eine Zigarette an und betrachtete nachdenklich seinen Gesprächspartner. Dieser war ein Mann von etwa fünfundvierzig Jahren, derb, hart und wettergebräunt, mit kantigen Schultern und kurzen, dicken Schenkeln – ein bösartiger Bullterrier. Wimsey sah, daß zarte Andeutungen bei so einem Wesen verlorene Liebesmüh waren, und wählte eine offenere Methode.

«Ehrlich gesagt, Mr. Grimethorpe», sagte er, «ich bin nicht ganz und gar ohne Grund hier hereingeschneit. Es ist immer gut, sich mit einem Vorwand zu wappnen, nicht? Obwohl es mir natürlich ein reines Vergnügen ist, Sie kennenzulernen – ich meine, dazu bedürfte es keines Vorwands. Aber die Sache ist die, ich suche einen bestimmten jungen Mann, einen – äh – Bekannten von mir –, er hat gesagt, daß er sich um diese Zeit hier in der Gegend herumtreiben wird. Aber ich fürchte, ich habe ihn verpaßt. Sehen Sie, ich bin gerade erst aus Korsika zurückgekommen – interessantes Land, Mr. Grimethorpe, allerdings ein bißchen abgelegen –, und wenn ich meinen Freund richtig verstanden habe, muß er hier vor ungefähr einer Woche aufgekreuzt sein und mich ausfindig gemacht haben. Glück muß man haben. Aber er hat seine Karte nicht hinterlassen, und darum bin ich eben nicht ganz sicher, verstehen Sie? Sie sind ihm wohl nicht zufällig begegnet? Groß ist er, mit langen Füßen und einem Motorrad mit Beiwagen. Ich dachte, er hat sich vielleicht mal hier sehen lassen. Oh! Kennen Sie ihn etwa?»

Das Gesicht des Bauern war angeschwollen und fast schwarz vor Wut.

«Welcher Tag, sagen Sie?» fragte er gepreßt.

«Mittwoch abend oder Donnerstag morgen, würde ich meinen», sagte Peter, die Hand an seinem schweren Malakka-Stock.

«Hab ich's doch gewußt!» grollte Mr. Grimethorpe. «Diese Schlampe – diese verdammten Weiber allesamt. Sie, Mister, der Kerl ist ein Freund von Ihnen? Sie, ich war am Mittwoch und Donnerstag in Stapley – das haben Sie doch gewußt, oder? Und dieser Freund von Ihnen auch, wie? Und wenn ich nicht weg gewesen wäre, um so schlimmer für ihn. Im Peter's Pott läg er jetzt, wenn ich ihn erwischt hätte, und da landen Sie auch gleich, hol Sie der Teufel! Und wenn ich ihn noch mal hier herumschleichen sehe, breche ich ihm sämtliche Knochen im Leib und schicke ihn da nach Ihnen suchen!»

Und mit diesen erstaunlichen Worten wollte er Peter an die Kehle wie eine Bulldogge.

«So aber nicht», sagte Peter, indem er sich mit einer Behendigkeit, die seinen Gegner überraschte, aus dessen Griff befreite und mit unvermuteter Kraft sein Handgelenk schmerzhaft umspannte. «Das wäre unklug – auf diese Weise könnten Sie mal einen umbringen. Und Mord ist was Häßliches. Untersuchungsprozeß, vorwitzige Fragen vom Staatsanwalt, und zum Schluß legt man Ihnen noch einen Strick um den Hals. Außerdem ist Ihre Methode ein bißchen primitiv. Halten Sie still, Sie Narr, oder soll ich Ihnen den Arm brechen? Besser so? Dann ist es ja gut. Setzen Sie sich. Sie laden sich mal Ärger auf, wenn Sie auf höfliche Fragen immer so reagieren.»

«Raus aus meinem Haus», sagte Mr. Grimethorpe finster.

«Aber gern», sagte Lord Peter. «Ich muß mich noch für den sehr unterhaltsamen Abend bedanken, Mr. Grimethorpe. Schade, daß Sie mir nichts über meinen Freund sagen konnten – »

Mr. Grimethorpe sprang mit einem gotteslästerlichen Fluch auf, rannte zur Tür und schrie: «Jabez!» Lord Peter sah ihm noch kurz nach, dann schaute er sich im Zimmer um.

«Hier stinkt's», sagte er. «Der Kerl weiß etwas. Ein mordlüsterner Irrer. Ob er – »

Er warf einen Blick hinter die Sitzbank und sah sich einer Frau gegenüber – ein weißer Fleck in der tiefen Düsternis.

«Du?» stieß sie mit einem leisen, heiseren Keuchen hervor. «Du? Bist du verrückt, hierherzukommen? Mach schnell, daß du wegkommst! Er geht die Hunde holen.»

Sie legte ihm beide Hände auf die Brust und drängte ihn verzweifelt fort. Als aber dann der Feuerschein auf sein Gesicht fiel, stieß sie einen halberstickten Schrei aus und stand wie versteinert – ein Medusenhaupt des Schreckens.

Medusa war schön, heißt es in der Sage, und auch diese Frau war schön; breite weiße Stirn unter fülligem, schwärzlichem Haar, schwarze, glühende Augen unter geraden Brauen, breiter, leidenschaftlicher Mund – ein Anblick so wunderbar, daß sich selbst in diesem heiklen Augenblick sechzehn Generationen herrschaftlicher Privilegien in Lord Peter regten. Instinktiv faßten seine Hände nach den ihren, aber sie riß sich schnell von ihm los und wich zurück.

«Madam», sagte Wimsey, kaum daß er sich wieder gefangen hatte, «ich weiß nicht – »

Tausend Fragen gingen ihm durch den Kopf, aber bevor er auch nur eine davon formulieren konnte, erscholl hinterm Haus ein langgezogenes Heulen, und dann noch eines und noch eines.

«Laufen Sie, laufen Sie!» sagte sie. «Die Hunde! Mein Gott, mein

Gott, was soll aus mir werden? Gehen Sie, wenn Sie nicht wollen, daß er mich umbringt. Gehen Sie! Haben Sie Erbarmen!»

«Hören Sie», sagte Peter, «soll ich nicht lieber bleiben und Sie beschützen –?»

«Wenn Sie bleiben, ermorden Sie mich», sagte die Frau. «Gehen Sie!»

Peter ließ die Grundsätze seiner Erziehung fahren und ergriff die Flucht. Die Bestien waren ihm hart auf den Fersen. Der ersten versetzte er eins mit seinem Stock, und das Tier blieb knurrend auf Abstand. Am Tor lehnte immer noch der Mann, dem Grimethorpe jetzt mit heiserer Stimme zuschrie, er solle den Flüchtigen halten. Peter erreichte ihn; ein kurzes Getümmel von Menschen und Hunden, und plötzlich fühlte Peter sich gepackt und buchstäblich übers Tor geworfen. Als er sich aufrappelte und weiterlief, hörte der den Bauern auf den Mann einschimpfen und den Mann erwidern, daß er nichts dafür könne; dann die Stimme der Frau, hoch und angstvoll. Er sah über die Schulter zurück. Der Mann und die Frau und noch ein zweiter Mann, der jetzt hinzugekommen war, prügelten die Hunde zurück und schienen Grimethorpe zu beschwören, sie nicht vom Hof zu lassen. Offenbar hatten ihre Vorhaltungen einen gewissen Erfolg, denn der Bauer machte verdrossen kehrt, während der zweite Mann mit viel Geschrei und Peitschenknallen die Hunde zurückrief. Die Frau sagte etwas, und ihr Mann ging wutentbrannt auf sie los und schlug sie zu Boden.

Peter wollte schon wieder zurück, aber ein starkes inneres Gefühl sagte ihm, daß er alles nur noch schlimmer machen konnte, und so blieb er stehen und wartete, bis die Frau sich wieder erhoben hatte und ins Haus ging, unterwegs das Blut und den Schmutz mit dem Schal von ihrem Gesicht abwischend. Der Bauer drehte sich um, schüttelte noch einmal drohend die Faust nach ihm und folgte ihr ins Haus. Jabez hatte die Hunde wieder beisammen und trieb sie zurück, und Peters Freund lehnte sich wieder ans Tor.

Peter wartete, bis die Haustür hinter Mr. und Mrs. Grimethorpe zu war, dann zog er sein Taschentuch heraus und machte dem Mann im Halbdunkel vorsichtig ein Zeichen; dieser schlüpfte rasch durchs Tor und kam langsam zu ihm herunter.

«Vielen Dank», sagte Wimsey und drückte ihm eine Münze in die Hand. «Ich fürchte, da habe ich Unheil angerichtet, ohne es zu wollen.»

Der Mann sah das Geld und dann ihn an.

«So macht's der Bauer mit allen, die kommen und die Frau sehen wollen», sagte er. «Am besten bleiben Sie hier weg, sonst laden Sie sich noch ihr Blut aufs Gewissen.»

«Sagen Sie mal», meinte Wimsey, «haben Sie zufällig um den letzten Mittwoch herum einen jungen Mann mit Motorrad hier in der Gegend gesehen?»

«Nee. Mittwoch? Muß der Tag gewesen sein, als der Bauer in Stapley war, glaub ich, wegen der Maschinen. Nee, da hab ich nichts gesehen.»

«Na schön. Wenn Sie von jemandem hören, der ihn gesehen hat, sagen Sie mir Bescheid, ja? Hier steht mein Name drauf, und ich wohne im Jagdhaus Riddlesdale Lodge. Gute Nacht und nochmals vielen Dank.»

Der Mann nahm die Karte entgegen und schlurfte ohne ein Wort des Abschieds zurück.

Lord Peter ging langsam, den Mantelkragen hochgeschlagen und den Hut über die Augen gezogen. Diese kinoreife Episode sperrte sich gegen seine Logik. Mit Mühe brachte er ein wenig Ordnung in seine Überlegungen.

«Erstens», sagte er, «Mr. Grimethorpe. Ein Herr, der vor nichts zurückschreckt. Bärenstark. Unliebenswürdig. Ungastlich. Hervorstechendste Eigenschaft – Eifersucht auf seine erstaunlich hübsche Frau. War letzten Mittwoch und Donnerstag in Stapley, um Maschinen zu kaufen. (Hilfreicher Herr am Hoftor bestätigt das übrigens, so daß man es in diesem Stadium der Ermittlungen als brauchbares Alibi durchgehen lassen kann.) Hat darum unsern geheimnisvollen Freund mit dem Seitenwagengespann nicht gesehen, *falls* er da war. Ist aber geneigt, zu glauben, *daß* er da war, und zweifelt kaum am Grund seines Daseins. Was eine interessante Frage aufwirft. Wozu der Beiwagen? Ist doch lästig beim Fahren. Sehr gut. Aber wenn unser Freund wegen Mrs. G. hier war, hat er sie doch offenbar nicht mitgenommen. Wieder gut.

Zweitens, Mrs. Grimethorpe. Ein ganz besonderer Punkt, beim Zeus!» Er blieb meditierend stehen, um einen erregenden Augenblick zu rekonstruieren. «Geben wir unumwunden zu, daß Schuhgröße 45, wenn er ihretwegen gekommen war, jede Entschuldigung hat. Ja! Mrs. G. lebt in ständiger Todesangst vor ihrem Mann, der sich nichts dabei denkt, sie auf bloßen Verdacht hin niederzuschlagen. Ich wollte – aber ich hätte alles nur noch schlimmer gemacht. Bei so einer Bestie von Mann tut man einer Frau den größten Gefallen, wenn man sich von ihr fernhält. Hoffentlich gibt das nicht eines Tages noch einen

Mord. Einer genügt schon. Wo war ich stehengeblieben?

Aha, ja. Mrs. Grimethorpe weiß etwas – und kennt jemanden. Sie hat mich für jemanden gehalten, der allen Grund hatte, nicht nach Grider's Hole zu kommen. Wo mag sie nur gewesen sein, als ich mit Grimethorpe sprach? Im Zimmer nicht. Vielleicht hat das Kind sie gewarnt. Halt, nein, so geht's nicht. Dem Kind habe ich gesagt, wer ich bin. Aha, Moment! Geht mir ein Licht auf? Sie hat aus dem Fenster geschaut und einen Kerl in einem nicht mehr ganz neuen Burberry gesehen. Schuhgröße 45 ist ein Kerl in einem alten Burberry. Also, nehmen wir für einen Augenblick an, sie hält mich für Schuhgröße 45. Was macht sie? Vernünftigerweise bleibt sie außer Sichtweite – begreift nicht, wie ich so ein Narr sein und herkommen kann. Als Grimethorpe dann hinausrennt und nach den Hunden schreit, kommt sie unter Einsatz ihres Lebens heruntergeschlichen, um ihren – sagen wir kühn: Geliebten? zu warnen, daß er verschwinden soll. Sie entdeckt, daß er nicht ihr Geliebter ist, sondern nur ein blöd gaffender Esel von (wie ich fürchte) sehr entgegenkommendem Wesen. Neue peinliche Situation. Sie sagt dem Esel, er soll verschwinden, um sich und sie zu retten. Der Esel verschwindet – nicht eben anmutig. Die nächste Folge dieses berückenden Dramas sehen Sie demnächst in diesem Theater – wann? Das wüßte ich selbst nur zu gern.»

Er trottete eine Zeitlang weiter.

«Trotzdem», gab er sich selbst die Antwort, «wird aus alldem nicht klarer, was Schuhgröße 45 am Riddlesdale Lodge gewollt hat.»

Am Ende seiner Wanderung hatte er noch immer keine Lösung gefunden.

«Was auch geschieht», sagte er bei sich, «und wenn es geht, ohne ihr Leben in Gefahr zu bringen, muß ich Mrs. Grimethorpe wiedersehen.»

Die Rue St. Honoré und die Rue de la Paix

«Ich glaube, es war die Katze.»
H. M. S. Pinafore

Mr. Parker saß unglücklich in einem kleinen Appartement in der Rue St. Honoré. Es war drei Uhr nachmittags. Paris glänzte im Schein einer gedämpften, aber freundlichen Herbstsonne, doch das Zimmer lag nach Norden und wirkte bedrückend mit seinen dunklen, einfachen Möbeln und der Aura von Verlassenheit. Es war ein Männerzimmer, ganz im Stil eines diskreten Clubs eingerichtet; ein Zimmer, das unbeirrt das Geheimnis seines toten Bewohners wahrte. Zwei große, mit rotem Leder bezogene Sessel standen vor dem kalten Kamin. Auf dem Kaminsims stand eine bronzene Uhr, flankiert von zwei polierten deutschen Kartuschen, einem steinernen Tabakgefäß und einer orientalischen Messingschale, in der sich eine längst erkaltete Pfeife befand. An den Wänden hingen ein paar ausgezeichnete Stiche in schmalen Birnenholzrahmen und das Ölporträt einer ziemlich rosigen Dame aus der Zeit Karls II. Die Fenstervorhänge waren rot, und auf dem Boden lag ein solider türkischer Teppich. Gegenüber dem Kamin stand ein großer Mahagoni-Bücherschrank mit Glastüren, der einige englische und französische Klassiker nebst einer umfangreichen Sammlung von Büchern über Geschichte und internationale Politik enthielt, dazu ein paar französische Romane, eine Anzahl von Werken über militärische oder sportliche Themen und eine berühmte französische Ausgabe des *Decamerone* mit Illustrationen. Unter dem Fenster stand ein großer Schreibtisch.

Parker schüttelte den Kopf, nahm ein Blatt Papier und begann seinen Bericht zu schreiben. Er hatte um sieben gefrühstückt: Kaffee und Hörnchen; dann hatte er die Wohnung gründlich durchsucht; er hatte den Concierge ausgefragt, dann den Direktor des Crédit Lyonnais und den für diesen Stadtteil zuständigen Polizeipräfekten, und das Ergebnis war überaus mager.

Informationen aus Hauptmann Cathcarts Papieren:

Vor dem Krieg war Denis Cathcart zweifellos ein reicher Mann gewesen. Er besaß erhebliche Kapitalanlagen in Rußland und Deutschland und eine bedeutende Beteiligung an einem florierenden Weingut in der Champagne. Nachdem er mit einundzwanzig Jahren in den Besitz dieses Vermögens gelangt war, hatte er seinen dreijährigen Cambridge-Aufenthalt beendet und war viel gereist, hatte bedeutende Persönlichkeiten in verschiedenen Ländern aufgesucht und offenbar eine diplomatische Karriere angestrebt. In der Zeit zwischen 1913 und 1918 wurde die Geschichte, die die Bücher erzählten, immer interessanter, erstaunlicher und bedrückender. Bei Kriegsausbruch hatte er sich zum 15. ...shire-Regiment gemeldet. An Hand des Scheckbuchs konnte Parker das ganze Finanzgebaren eines jungen britischen Offiziers rekonstruieren – Kleidung, Pferde, Ausstattung, Reisen, Wein und Diners im Urlaub, Spielschulden, Miete für die Wohnung in der Rue St. Honoré, Clubbeiträge und was nicht sonst noch. Alle diese Ausgaben waren ausgesprochen mäßig und hielten sich im Rahmen seiner Einkünfte. Quittierte Rechnungen, säuberlich abgeheftet, füllten eine Schublade des Schreibtischs, und bei einem genauen Vergleich mit dem Scheckbuch und den Lastschriften ergaben sich keinerlei Diskrepanzen. Darüber hinaus aber scheint es noch einen anderen Kanal gegeben zu haben, in den Cathcarts Mittel flossen. Ab 1913 tauchten regelmäßig alle drei Monate, manchmal auch kürzer hintereinander, bestimmte hohe Barabhebungen auf, über deren Verwendung sich der Schreibtisch diskret ausschwieg: keine Quittungen, keine Notizen über Geldausgaben.

Der große Knall, der 1914 die Weltwirtschaft erschütterte, spiegelte sich verkleinert in Cathcarts Bankbuch wider. Die Gutschriften aus russischen und deutschen Quellen versiegten schlagartig. Die Renditen seiner französischen Geldanlagen sanken auf ein Viertel ihrer ursprünglichen Höhe, denn die Flut des Krieges überspülte auch die Weinberge und riß die Arbeiter mit sich fort. Im ersten Jahr flossen ihm noch ansehnliche Dividenden aus französischen Obligationen zu; dann erfolgte eine ominöse Gutschrift über 20000 Francs und sechs Monate später eine weitere über 30000 Francs. Danach ging es schnell bergab. Parker sah im Geiste die kurzen Mitteilungen von der Front, in denen der Verkauf staatlicher Sicherheiten angeordnet wurde, während die Ersparnisse der letzten sechs Jahre im Mahlstrom steigender Preise und zusammenbrechender Währungen immer rascher davonwirbelten. Die Dividenden wurden kleiner und kleiner und versiegten endlich ganz; und dann erfolgte eine noch bedenklichere Serie von Lastschriften, in Form von Spesen für Wechselprolongationen.

1918 spitzte die Lage sich zu, und einige Eintragungen zeugten von dem verzweifelten Versuch, sich durch Devisenspekulationen zu sanieren. Es fanden sich Bankaufträge für den Ankauf deutscher Mark, russischer Rubel und rumänischer Lei. Mr. Parker seufzte mitfühlend bei diesem Anblick, denn er dachte an die rund zwölf Pfund, die er selbst für solch trügerische Werke der Graveurkunst angelegt hatte und die jetzt nutz- und wertlos daheim in seinem Schreibtisch lagen. Er wußte, daß sie nur noch Altpapier waren, aber sein Ordnungssinn erlaubte ihm nicht, sie einfach zu vernichten. Offenbar hatten Mark und Rubel sich für Cathcart als sehr schwache Strohhalme erwiesen.

Etwa um diese Zeit tauchten in Cathcarts Bankbuch die ersten Bareinzahlungen auf, manchmal groß, manchmal klein, in unregelmäßigen zeitlichen Abständen und ohne erkennbaren Zusammenhang. Im Dezember 1919 waren es sogar einmal 35 000 Francs. Parker glaubte zuerst, es handle sich wohl um Dividenden aus Geldanlagen, die Cathcart nicht über die Bank abwickelte. Er durchsuchte noch einmal das ganze Zimmer in der Hoffnung, entweder die Wertpapiere selbst oder wenigstens einen Hinweis auf sie zu finden, aber die Suche war vergebens, und so mußte er annehmen, daß Cathcart diese Papiere entweder irgendwo an einem geheimen Ort aufbewahrte oder die fraglichen Einzahlungen aus einer völlig anderen Quelle stammten.

Cathcart hatte offenbar seine sofortige Entlassung aus dem Militärdienst erreicht (sicherlich dank seiner früheren häufigen Besuche bei hochgestellten Persönlichkeiten) und anschließend einen längeren Urlaub an der Riviera gemacht. Ein darauffolgender Besuch in London fiel mit dem Erwerb von 700 Pfund zusammen, die, nachdem sie in Francs umgewechselt worden waren, bei dem damaligen Wechselkurs einen ansehnlichen Betrag auf dem Konto ausmachten. Von da an boten die Ausgaben und Einnahmen ein einigermaßen gleichbleibendes Bild und waren mehr oder weniger ausgeglichen; die Barabhebungen wurden im Laufe der Zeit immer häufiger und höher, während ab 1921 die Einnahmen aus dem Weingut eine leichte Erholung zeigten.

Mr. Parker schrieb das alles gewissenhaft nieder, dann lehnte er sich im Sessel zurück und sah sich im Zimmer um. Er empfand – nicht zum erstenmal – eine gewisse Abneigung gegen seinen Beruf, der ihn aus der großen Männergesellschaft ausschloß, deren Mitglieder einander akzeptierten und die Privatsphäre achteten. Er zündete sich seine erloschene Pfeife wieder an und fuhr mit dem Bericht fort.

Die Aussagen Monsieur Turgeots, des Direktors von Crédit Lyonnais, bestätigten die aus dem Bankbuch gewonnenen Erkenntnisse in allen Einzelheiten. Monsieur Cathcart habe in letzter Zeit alle seine Einzahlungen in bar vorgenommen, meist in kleinen Noten. Ein paarmal habe er sein Konto überzogen, aber nie hoch, und er habe es stets innerhalb weniger Monate wieder ausgeglichen. Natürlich habe er Einkommenseinbußen erlitten, wie alle Leute, aber sein Konto habe der Bank nie Anlaß zur Sorge gegeben. Im Augenblick weise es ein Guthaben von rund 14000 Francs auf. Monsieur Cathcart sei immer sehr angenehm gewesen, aber nicht mitteilsam – *très correct.*

Informationen nach Aussagen des Concierge:

Man hat von Monsieur Cathcart nicht viel zu sehen bekommen, aber er war immer *très gentil.* Er versäumte es nie, beim Ein- oder Ausgehen *«Bonjour, Bourgois»* zu sagen. Manchmal hatte er Besuch – Herren im Abendanzug. Man hat auch Karten gespielt. Monsieur Bourgois hat nie Damen zu Cathcarts Wohnung führen müssen, außer einmal im letzten Februar, als Cathcart eine Einladung gegeben hatte für einige Damen, *très comme il faut*, darunter seine Verlobte, *une jolie blonde.* Monsieur Cathcart benutzte seine Wohnung als *pied-à-terre* und schloß sie oft für Wochen oder gar Monate ab, um zu verreisen. Er war *un jeune homme très rangé.* Einen Diener hatte er nie. Madame Leblanc, eine Kusine der verstorbenen Madame Bourgois, hielt sein Appartement sauber. Selbstverständlich könne Monsieur die Adresse von Madame Leblanc bekommen.

Informationen nach Aussage von Madame Leblanc:

Monsieur Cathcart war ein reizender junger Mann, für den man gern arbeitete. Sehr großzügig, interessierte sich sehr für ihre Familie. Madame Leblanc war untröstlich, zu hören, daß er tot sei, und das kurz vor seiner Verheiratung mit der Tochter der englischen Mylady. Madame Leblanc hatte Mademoiselle letztes Jahr gesehen, als sie Monsieur Cathcart in Paris besuchte. Sie fand, die junge Dame habe sich glücklich schätzen können. Wenige junge Männer seien so ernsthaft wie Monsieur Cathcart, besonders wenn sie so gut aussähen. Madame Leblanc habe Erfahrung mit jungen Männern und könnte allerhand Geschichten erzählen, wenn das ihre Art wäre, aber keine über Monsieur Cathcart. Er benutzte seine Wohnung nicht ständig; gewöhnlich ließ er sie wissen, wann er zu Hause sein werde, und dann ging sie hin und machte Ordnung. Er hielt sehr auf persönliche Ordnung; in dieser Beziehung war er anders als die englischen Herren. Madame Leblanc kenne viele von ihnen, die ihre Sachen *sens dessus dessous* hätten. Monsieur Cathcart war immer sehr gut gekleidet; er war sehr eigen mit dem Bad; in puncto Toilette war er wie eine Frau, der arme junge Herr. Und nun war er also tot. *Le pauvre garçon!* Es hatte Madame Leblanc wahrhaftig den Appetit verdorben.

Vom Polizeipräfekten erhaltene Informationen:

Keine. Monsieur Cathcart sei der Polizei nie in irgendeiner Weise aufgefallen. Zu den von Monsieur Parker erwähnten Geldsummen: Wenn Monsieur die Nummern einiger Geldscheine angeben könne, werde man sich bemühen, ihren Verbleib festzustellen.

Wohin war das Geld gegangen? Parker sah nur zwei Möglichkeiten: ein illegitimes Verhältnis oder Erpressung. Gewiß mochte ein gutaussehender Mann wie Cathcart im Laufe seines Lebens die eine oder andere Geliebte gehabt haben, auch ohne daß der Concierge davon wußte. Und gewiß konnte einer, der gewohnheitsmäßig beim Kartenspiel betrog – wenn das der Fall war –, jemandem in die Hände gefallen sein, der zuviel wußte. Es fiel auf, daß die geheimnisvollen Geldeingänge gerade in der Zeit begannen, als seine Ersparnisse erschöpft waren; es erschien durchaus plausibel, daß es sich dabei um irreguläre Gewinne handelte – aus Spielcasinos, durch Spekulationen oder, wenn an Denvers Geschichte etwas dran war, durch Falschspiel. Alles in allem neigte Parker mehr der Erpressungstheorie zu. Sie paßte auch besser zum Ablauf der Ereignisse, den er und Lord Peter in Riddlesdale rekonstruiert hatten.

Das eine oder andere aber machte Parker noch Kopfzerbrechen. Warum hätte der Erpresser mit einem Beiwagengespann in den Mooren Yorkshires herumkutschieren sollen? Wem gehörte die grünäugige Katze? Sie war ein kostbares Amulett. Hatte Cathcart es dem Erpresser in Zahlung geben wollen? Das wäre dumm gewesen. Man konnte nur annehmen, daß der Erpresser es verächtlich weggeworfen hatte. Parker hatte es jetzt bei sich, und schon kam ihm der Gedanke, daß es sich vielleicht lohnen konnte, zu einem Juwelier zu gehen und seinen Wert schätzen zu lassen. Aber der Beiwagen war ein Problem, die Katze war ein Problem, und vor allem, Lady Mary war ein Problem.

Warum hatte Lady Mary bei der Voruntersuchung gelogen? Denn *daß* sie gelogen hatte, stand für Parker zweifelsfrei fest. Er glaubte ihr die Geschichte von dem zweiten Schuß nicht, der sie geweckt haben sollte. Was hatte sie morgens früh um drei zur Wintergartentür geführt? Wem gehörte der Koffer – falls es ein Koffer war – , der versteckt hinter den Kakteen gestanden hatte? Warum dieser so lange anhaltende Nervenzusammenbruch ohne bestimmte Symptome, der Lady Mary daran hinderte, zum Haftprüfungstermin zu erscheinen oder wenigstens die Fragen ihres Bruders zu beantworten? Könnte Lady Mary bei dem Gespräch im Gebüsch zugegen gewesen sein? Aber dann hätten Wimsey und er doch ihre Fußabdrücke gefunden. Stand sie mit dem Erpresser im Bunde? Das war ein unerfreulicher Gedanke. Hatte sie ihrem Verlobten helfen wollen? Sie verfügte über eigene Einkünfte – und zwar recht ansehnliche, wie Parker von der Herzogin wußte. Hatte sie vielleicht versucht, Cathcart mit Geld zu unterstützen? Aber warum sollte sie in diesem Falle nicht sagen, was sie wußte? Das Übelste, was es über Cathcart zu erfahren gab – immer vorausgesetzt, daß dies die Falschspielerei war – , wußte inzwischen jeder, und der Mann selbst war tot. Wenn sie die Wahrheit kannte, warum kam sie nicht damit heraus, um ihren Bruder zu retten?

An diesem Punkt wurde er von einem noch unerfreulicheren Gedanken heimgesucht. Wenn es am Ende gar nicht Denver gewesen war, den Mrs. Marchbanks in der Bibliothek gehört hatte, sondern jemand anders – jemand, der ebenfalls eine Verabredung mit dem Erpresser hatte – jemand, der mit ihm gegen Cathcart unter einer Decke steckte – jemand, der wußte, daß die Begegnung gefährlich werden konnte? Hatte er, Parker, dem Rasenstück zwischen Haus und Gebüsch die gebührende Aufmerksamkeit gewidmet? Hätte er dort vielleicht am Donnerstagmorgen noch hier und da einen niedergetretenen Halm gefunden, den Regen und Wurzelsäfte inzwischen wieder aufgerichtet hatten? Waren ihm und Peter im Wald auch keine Fußspuren entgangen? Hatte eine vertraute Hand den Schuß aus nächster Nähe abgegeben? Noch einmal – *wem gehörte die grünäugige Katze?*

Vermutungen über Vermutungen, und eine häßlicher als die andere, jagten sich in Parkers Kopf. Er griff nach einem Foto von Cathcart, das Peter ihm mitgegeben hatte, und betrachtete es lange und aufmerksam. Es war ein dunkles, hübsches Gesicht; die Haare schwarz und leicht gewellt, die Nase kräftig und wohlgeformt, die großen dunklen Augen sympathisch und arrogant zugleich. Der Mund wirkte angenehm, wenn auch die Lippen ein wenig zu dick waren und mit ihren starken Bögen Sinnlichkeit andeuteten; das Kinn hatte eine Spalte. Auf Parker wirkte das Gesicht, wenn er ehrlich sein sollte, nicht attraktiv; er würde eher dazu neigen, den Mann als «byronesken Widerling» abzutun, aber aus Erfahrung wußte er, daß so ein Gesicht sehr auf Frauen wirken konnte, sei es aus Liebe oder Haß.

Zufälle erscheinen oft wie Lausbubenstreiche der Vorsehung. Mr. Parker sollte in Kürze mit einem solchen – wenn der Ausdruck angemessen ist – Beispiel olympischen Humors beglückt werden. In der Regel widerfuhren derlei Dinge nicht ihm; sie lagen mehr auf Wimseys Linie. Parker hatte seinen Weg von bescheidenen Anfängen bis zu einer respektablen Stellung beim CID durch harte Arbeit kombiniert mit Intelligenz und Umsicht gemacht, weniger mit Hilfe spektakulärer Glückstreffer oder durch die Gabe, auf Erfolgswogen mitzuschwimmen. Diesmal aber bekam er wahrlich einen «Fingerzeig von oben», und wie es wohl in der Natur von Dingen und Menschen liegt, war er ausgesprochen undankbar dafür.

Er schloß seinen Bericht ab, legte alles wieder ordentlich in den Schreibtisch zurück und ging zum Polizeirevier, um den Schlüssel abzugeben und mit dem Präfekten die Versiegelung der Wohnung zu regeln. Es war noch früh am Nachmittag und nicht zu kalt, und so beschloß er, seine trüben Gedanken mit einem Café-Cognac am Boul' Mich' zu vertreiben und danach einen Schaufensterbummel durch die Pariser Geschäftsstraßen zu machen. Als Mann von freundlicher Gemütsart und starkem Familiensinn erwog er sogar, für seine ältere Schwester, die unverheiratet war und in Barrow-in-Furness ein ziemlich freudloses Dasein fristete, etwas richtig Pariserisches zu kaufen. Er wußte, welch rührende Freude sie an hauchdünner Spitzenunterwäsche haben würde, die kein Mensch außer ihr selbst je zu sehen bekäme. Mr. Parker war auch nicht der Mann, der sich geniert hätte, in einer fremden Sprache nach Damenunterwäsche zu fragen; dazu mangelte es ihm an Phantasie. Er erinnerte sich, wie einmal ein Richter in der Verhandlung gefragt hatte, was ein Kamisol sei, und an der Beschreibung dieses Kleidungsstücks hatte er nichts Anstößiges gefunden. Also beschloß er, einen echt Pariser Laden aufzusuchen und ein Kamisol zu verlangen. Damit wäre ein Anfang gemacht, und Mademoiselle würde ihm dann schon noch andere Dinge zeigen, ohne daß er sie dazu erst auffordern müßte.

Gedacht, getan, und so sah man Mr. Parker gegen sechs Uhr mit einem kleinen Karton unterm Arm die Rue de la Paix entlangflanieren. Er hatte mehr Geld ausgegeben, als er eigentlich vorhatte, aber dafür hatte er seine Kenntnisse erweitert. Er wußte zum Beispiel jetzt genau, was ein Kamisol war und daß Crêpe de Chine für sein Volumen doch erstaunlich teuer ist. Die junge Dame war bezaubernd verständnisvoll gewesen und hatte ihrem Kunden, ohne dergleichen direkt anzudeuten, das Gefühl gegeben, ein kleiner Schwerenöter zu sein. Er fand auch, daß seine französische Aussprache immer besser wurde. Die Straße wimmelte von Menschen, die langsam an den strahlenden Schaufenstern entlangbummelten. Mr. Parker blieb wie selbstverständlich vor der prunkvollen Auslage eines Juweliergeschäfts stehen, als schwanke er zwischen einem Perlenhalsband für 80000 Francs und einem in Platin gefaßten Anhänger aus Diamanten und Aquamarinen.

Und da sah er unter einem Schildchen mit der Inschrift *«Bonne fortune»* eine grünäugige Katze hängen, die ihn boshaft anblinzelte.

Die Katze sah Mr. Parker an, und Mr. Parker sah die Katze an. Es war keine gewöhnliche Katze. Sie hatte Persönlichkeit. Ihr kleiner, gebuckelter Körper glitzerte von Diamanten, und die eng beieinanderstehenden Platinpfoten und der funkelnde, aufgerichtete Schwanz sprachen von katzenhaft sinnlicher Lust bei der Berührung mit einem Objekt der Liebe. Ihr leicht zur Seite geneigter Kopf schien geradezu auf einen kraulenden Finger unterm Kinn zu warten. Es war ein kleines Kunstwerk, keine Dutzendarbeit. Mr. Parker kramte in seiner Brieftasche. Er sah von der Katze in seiner Hand zu der Katze im Schaufenster. Sie waren gleich. Sie waren sich erstaunlich gleich. Sie waren identisch. Mr. Parker betrat den Laden.

«Ich habe hier», sagte er zu dem jungen Mann hinterm Ladentisch, «eine Brillantkatze, die einer Katze in Ihrem Schaufenster sehr ähnelt. Könnten Sie so freundlich sein und mir sagen, wieviel so eine Katze wert ist?»

Der junge Mann antwortete sofort:

«Gewiß, Monsieur. Die Katze kostet fünftausend Francs. Sie ist, wie Sie festgestellt haben werden, aus bestem Material. Außerdem ist sie ein Kunstwerk; sie ist viel kostbarer als der Marktwert der Steine.»

«Sie ist ein Talisman, nehme ich an?»

«Ja, Monsieur, sie bringt viel Glück, vor allem beim Kartenspiel. Viele Damen kaufen solche Glücksbringer. Wir haben hier noch andere, aber alle nach diesem Muster angefertigten sind in Qualität und Preis gleich. Monsieur können versichert sein, daß diese Katze einen reinen Stammbaum hat.»

«Ich denke doch, daß man solche Katzen überall in Paris bekommen kann?» warf Mr. Parker lässig hin.

«Aber nein, Monsieur. Wenn Sie Ihrer Katze eine Gefährtin geben wollen, empfehle ich Ihnen, es schnell zu tun. Monsieur Briquet hat von Anfang an nur zwanzig gehabt, und davon sind nur noch drei übrig, einschließlich der im Fenster. Ich glaube nicht, daß er noch mehr machen lassen wird. Wenn man etwas zu oft wiederholt, nimmt man ihm das Besondere. Natürlich werden wir andere Katzen hereinbekommen – »

«Ich will keine andere Katze», sagte Mr. Parker, plötzlich interessiert. «Verstehe ich Sie also richtig, daß solche Katzen wie diese ausschließlich von Monsieur Briquet verkauft werden? Daß meine Katze ursprünglich aus diesem Laden kommt?»

«Zweifellos, Monsieur; das ist eine von unseren Katzen. Die Tierchen werden von einem unserer Goldschmiede hergestellt – er ist ein Genie und hat schon viele unserer hübschesten Artikel angefertigt.»

«Es läßt sich wohl nicht feststellen, an wen diese Katze ursprünglich verkauft wurde?»

«Wenn sie bar bezahlt wurde, dürfte das schwierig sein, aber wenn sie durch die Bücher gegangen ist, kann man es vielleicht noch feststellen, falls Monsieur es wünscht.»

«Und wie ich es wünsche», sagte Parker und zückte seine Visitenkarte. «Ich bin Beamter der britischen Polizei, und es ist für mich überaus wichtig, zu erfahren, wem diese Katze zuerst gehört hat.»

«In diesem Falle», sagte der junge Mann, «sollte ich lieber dem Geschäftsinhaber Bescheid sagen.»

Er ging mit der Karte in ein Hinterzimmer und kam bald mit einem wohlbeleibten Herrn zurück, den er als Monsieur Briquet vorstellte.

In Monsieur Briquets Privatbüro wurden die Geschäftsbücher hervorgeholt und auf dem Schreibtisch ausgebreitet.

«Sie werden verstehen, Monsieur», sagte Monsieur Briquet, «daß ich Ihnen nur die Namen und Adressen derjenigen Käufer unserer Katzen nennen kann, die eine Rechnung geschickt bekommen haben. Es ist allerdings unwahrscheinlich, daß ein Objekt von diesem Wert gegen bar verkauft wurde. Aber immerhin, bei reichen Angelsachsen kann so etwas vorkommen. Wir brauchen nicht weiter zurückzugehen als bis zum Beginn dieses Jahres, als diese Katzen angefertigt wurden.» Er fuhr mit einem dicklichen Finger über die Seite eines Geschäftsbuchs. «Die erste wurde am 19. Februar verkauft.»

Mr. Parker schrieb sich ein paar Namen und Adressen auf, und nach einer halben Stunde sagte Monsieur Briquet in abschließendem Ton: «Das sind alle, Monsieur. Wie viele Namen haben wir jetzt?»

«Dreizehn», sagte Parker.

«Und drei sind noch da – die ursprüngliche Zahl war zwanzig – demnach müssen vier bar verkauft worden sein. Wenn Monsieur das bestätigt haben wollen, können wir im Journal nachsehen.»

Die Suche im Journal dauerte länger und war ermüdender, aber schließlich hatten sie die gesuchten Einträge. Eine Katze war am 31. Januar verkauft worden, eine am 6. Februar, die dritte am 17. Mai und die letzte am 9. August.

Mr. Parker war aufgestanden und begann soeben eine lange Dankesrede, als eine plötzliche Gedankenverbindung zwischen diesen Daten und seinen bisherigen Überlegungen ihn veranlaßte, Monsieur Briquet das Foto von Cathcart zu zeigen und zu fragen, ob er den Mann erkenne.

Monsieur Briquet schüttelte den Kopf.

«Ich kann mit Sicherheit sagen, daß er nicht zu unsern Stammkunden gehört», sagte er, «und ich habe ein gutes Gedächtnis für Gesichter. Ich lege Wert darauf, jeden mit Namen zu kennen, der bei uns ein größeres Konto hat. Und dieser Herr hat kein alltägliches Gesicht. Aber ich will meine Angestellten fragen.»

Die meisten Angestellten erkannten den Mann auf dem Foto nicht, und Parker wollte es gerade wieder wegstecken, als ein junges Mädchen, das einem dicken, älteren Herrn soeben einen Verlobungsring verkauft hatte, hinzukam und auf Anhieb sagte:

«*Mais oui, je l'ai vu, ce monsieur-là.* Das ist der englische Herr, der die Brillantkatze für *la jolie blonde* gekauft hat.»

«Mademoiselle», rief Parker eifrig, «ich beschwöre Sie, versuchen Sie sich an alle Einzelheiten zu erinnern.»

«*Parfaitement*», sagte sie. «So ein Gesicht vergißt man ja nicht, vor allem wenn man eine Frau ist. Der Herr hat die Brillantkatze gekauft und bar bezahlt – halt, nein. Die Dame hat sie gekauft, und ich weiß noch, wie ich mich gewundert habe, daß sie bar dafür bezahlte, denn gewöhnlich tragen Damen nicht so große Summen bei sich. Der Herr hat auch etwas gekauft. Er hat für die Dame einen Schildpattkamm mit Brillanten gekauft, und dann hat sie gesagt, sie muß ihm auch etwas schenken, *pour porter bonheur*, und hat mich nach einem Amulett gefragt, das seinem Träger beim Kartenspiel Glück bringt. Ich habe ihr ein paar Schmuckstücke gezeigt, die besser zu einem Herrn passen, aber dann hat sie die Katzen gesehen und sich sofort in sie verliebt und gesagt, er brauche so eine Katze und nichts anderes; sie war überzeugt, daß sie ihm gute Karten bringen würde. Sie hat mich gefragt, ob es nicht so sei, und ich habe gesagt: ‹Zweifellos, und Monsieur darf nie mehr ohne sie spielen›, und da hat er sehr gelacht und gesagt, daß er sie immer bei sich haben wird, wenn er Karten spielt.»

«Und wie sah diese Dame aus?»

«Blond, Monsieur, und sehr hübsch; ziemlich groß und schlank und sehr gut gekleidet. Großer Hut und dunkelblaues Kostüm. *Quoi encore?* Ach ja, sie war Ausländerin.»

«Engländerin?»

«Das weiß ich nicht. Sie hat sehr, sehr gut französisch gesprochen, fast wie eine Französin, aber sie hatte einen ganz, ganz leichten Akzent.»

«In welcher Sprache hat sie sich mit dem Herrn unterhalten?»

«Französisch, Monsieur. Sehen Sie, wir haben alle miteinander gesprochen, und sie haben sich immer an mich gewandt, und darum haben wir die ganze Zeit französisch gesprochen. Der Herr sprach französisch *à merveille*, und ich habe nur aus seiner Kleidung und einem *je ne sais quoi* in seiner Erscheinung geschlossen, daß er Engländer sein muß. Die Dame sprach auch fließend, aber von Zeit zu Zeit hörte man einen ganz kleinen Akzent. Natürlich bin ich ab und zu von ihnen weggegangen, um etwas aus dem Fenster zu holen, und dann haben sie auch miteinander gesprochen; in welcher Sprache, weiß ich nicht.»

«Nun, Mademoiselle, können Sie mir sagen, wie lange das her ist?»

«Ah, mon Dieu, ça c'est plus difficile. Monsieur sait que les jours se suivent et se ressemblent. Voyons.»

«Wir können im Journal nachsehen», warf Monsieur Briquet ein, «an welchem Tag ein Brillantkamm zusammen mit einer Brillantkatze verkauft worden ist.»

«Natürlich», sagte Parker eilig. «Versuchen wir's.»

Sie gingen ins Büro zurück und nahmen noch einmal das Januarjournal, das ihnen nicht weiterhalf. Am 6. Februar aber fanden sie die Eintragung:

Peigne en écaille et diamants . . . . f. 7500
Chat en diamants (Dessin C-5) . . . . f. 5000

«Das wär's», sagte Parker verdrießlich.

«Monsieur scheint nicht zufrieden zu sein», bemerkte der Juwelier.

«Monsieur», sagte Parker, «ich kann Ihnen gar nicht sagen, wie dankbar ich Ihnen für Ihr Entgegenkommen bin, aber ich gebe ehrlich zu, daß mir von allen zwölf Monaten des Jahres jeder andere lieber gewesen wäre.»

Parker fühlte sich durch die ganze Episode so in seinen Empfindungen verletzt, daß er sich zwei Witzblätter kaufte, sie mit zu Boudet an der Ecke Rue Auguste Léopold nahm und beim Abendessen mit ernster Miene las, um sein Gemüt zu besänftigen. Danach kehrte er in sein bescheidenes Hotel zurück, ließ sich etwas zu trinken bringen und setzte sich hin, um einen Brief an Lord Peter zu verfassen. Das Schreiben ging langsam, und es schien ihm keinen sonderlichen Spaß zu machen. Der letzte Absatz lautete:

«Ich habe das alles kommentarlos für Dich aufgezeichnet. Du wirst ebensogut Deine Schlüsse daraus ziehen können wie ich – bessere, hoffe ich, denn die meinen sind unerfreulich und bereiten mir unendlichen Kummer. Es kann aber auch alles blanker Unsinn sein – ich hoffe es; und ich glaube fest, daß sich drüben bei Dir noch etwas findet, was den Fakten eine völlig neue Deutung gibt. Auf jeden Fall müssen wir ihnen aber nachgehen. Ich würde ja anbieten, den Fall einem anderen zu übergeben, aber dieser andere könnte am Ende noch voreiligere Schlüsse ziehen als ich und alles restlos verderben. Falls Du es allerdings wünschst, werde ich auf der Stelle krank. Laß es mich wissen. Solltest Du es für besser halten, wenn ich weiter hier herumgrabe, könntest Du mir dann ein Foto von Lady Mary Wimsey besorgen und möglichst etwas über den Brillantkamm und die grünäugige Katze aus ihr herausbekommen – sowie die genauen Daten feststellen, wann Lady Mary im Februar in Paris war? Schreib mir bitte, wie Du drüben weiterkommst.

Stets Dein
Charles Parker»

Er las Brief und Bericht noch einmal sorgfältig durch und tat sie in einen Umschlag. Dann schrieb er noch einen Brief an seine Schwester, packte fein säuberlich sein Päckchen und läutete nach dem Hoteldiener.

«Dieser Brief soll sofort per Einschreiben abgehen», sagte er, «und das Päckchen morgen früh.»

Danach legte er sich ins Bett und las sich mit einem Kommentar zum Brief an die Hebräer in Schlaf.

Lord Peters Antwort kam postwendend:

«Lieber Charles,

zerbrich Dir nicht den Kopf. Mir gefällt der Stand der Dinge auch nicht so besonders, aber ich weiß lieber Dich mit dem Fall betraut als jeden anderen. Wie Du sagst, dem normalen Polizisten ist es gleichgültig, wen er verhaftet, Hauptsache, er verhaftet überhaupt jemanden, und es ist im großen und ganzen nicht sehr erquicklich, so einen in seinem Privatleben herumschnüffeln zu lassen. Ich werde alles daransetzen, meinen Bruder freizubekommen – das *ist* letztlich und endlich das wichtigste, und alles andere wäre besser, als wenn Jerry für ein Verbrechen gehängt würde, das er nicht begangen hat. Wer es auch immer war, es ist auf jeden Fall richtiger, den Schuldigen dafür zu hängen als einen Unschuldigen. Ermittle also weiter.

Ich lege Dir zwei Fotos bei – die einzigen, die ich zur Zeit auftreiben kann. Das eine in der Schwesterntracht ist ziemlich schlecht, und auf dem anderen ist unter dem großen Hut kaum etwas von ihr zu sehen.

Ich hatte hier am Mittwoch ein recht merkwürdiges Abenteuer, von dem ich Dir erzählen werde, wenn wir wieder zusammen sind. Ich habe eine Frau kennengelernt, die offensichtlich mehr weiß, als sie wissen dürfte, sowie einen vielversprechenden Schurken – allerdings fürchte ich, er hat ein Alibi. Außerdem habe ich eine dunkle Ahnung, was es mit Schuhgröße 45 auf sich haben könnte. In Northallerton ist nicht viel passiert, nur daß Jerry natürlich bis zum Prozeß in Untersuchungshaft bleibt. Meine Mutter ist hier, Gott sei Dank! Ich hoffe, sie kann Mary ein wenig zur Vernunft bringen, aber an den letzten beiden Tagen war es noch schlimmer mit ihr – mit Mary, meine ich, nicht mit meiner Mutter –, immer furchtbar übel und so weiter. Dr. Soundso – ein Esel, wie er im Buche steht – weiß nichts mit ihr anzufangen. Mutter sagt, ihr sei alles sonnenklar, und sie werde das in Ordnung bringen, wenn ich mich noch ein, zwei Tage gedulden könnte. Ich habe sie Mary nach dem Kamm und der Katze fragen lassen. Mary leugnet die Katze rundweg ab, gibt aber den in Paris gekauften Brillantkamm zu – sie will ihn selbst gekauft haben. Er ist in London – ich werde ihn besorgen und Dir schicken. Sie sagt, sie kann sich nicht erinnern, wo sie ihn gekauft hat; die Rechnung hat sie auch nicht mehr, aber er habe nicht annähernd 7500 Francs gekostet. In Paris ist sie vom 2. bis 20. Februar gewesen. Meine Hauptaufgabe ist es jetzt, zu Lubbock zu gehen und eine kleine Angelegenheit zu klären, die mit Silbersand zu tun hat.

Das Assisengericht wird in der ersten Novemberwoche tagen – also Ende nächster Woche. Das macht die Sache ein bißchen eilig, was aber keine Rolle spielt, weil ihm da gar nicht der Prozeß gemacht werden kann; wichtig ist erst das Große Geschworenengericht, denn das muß auf Grund der vorliegenden Fakten eine Anklageschrift formulieren. Danach können wir die Sache hinausziehen, so lange wir wollen. Das wird noch ein furchtbarer Trubel. Parlamentssitzung und so weiter. Der gute Biggs ist unter seiner glatten Oberfläche ganz schön in Aufruhr. Ich habe mir nie richtig klargemacht, was es für ein Theater ist, einem Peer den Prozeß zu machen. Das kommt anscheinend nur alle sechzig Jahre einmal vor, und das Verfahren geht wohl noch auf Königin Elisabeth zurück. Man muß eigens einen Großhofmeister ernennen und weiß Gott was noch alles. Bei der Ernennung müssen sie peinlichst darauf achten, daß sie nur für diesen einen Zweck gilt, denn irgendwann unter Richard III. hatten sie mal einen Großhofmeister, der so machthungrig war, daß sie ihn gar nicht mehr loswurden. Als Heinrich IV. auf den Thron kam und dieses Amt an die Krone fiel, hat er es darum vorsichtshalber behalten, und jetzt verleihen sie den Titel nur noch *pro tempore* für Krönungen und Veranstaltungen wie die mit Jerry. Der König tut immer so, als wüßte er gar nicht, daß er keinen Großhofmeister hat, und ist maßlos erstaunt, daß er sich jemanden für den Posten ausdenken muß. Hast Du das alles gewußt? Ich nicht. Ich hab's Biggy aus der Nase gezogen.

Kopf hoch. Tu so, als wüßtest Du nicht, daß es sich bei einigen der Beteiligten um Verwandte von mir handelt. Meine Mutter sendet Dir herzliche Grüße und was noch alles und hofft, Dich bald mal wiederzusehen. Bunter läßt Dir irgend etwas Korrektes und Respektvolles ausrichten; ich habe vergessen, was.

Schöne Grüße von Spürhund zu Spürhund
Dein
Peter Wimsey»

Es darf hier gleich erwähnt werden, daß die Fotos keinerlei neue Aufschlüsse erbrachten.

Kleine Schwester ärgerlich

«Ich will ins öffentliche Leben einbringen, was jedermann von seiner Mutter mitbekommt.»
Lady Astor

Am Eröffnungstag des Assisengerichts in York erhob die Geschworenenkammer Anklage wegen Mordes gegen Gerald Herzog von Denver. Nachdem Gerald Herzog von Denver demzufolge dem Gericht vorgeführt worden war, beliebte es dem Richter, festzustellen (was sämtliche Zeitungen des Landes allerdings schon seit vierzehn Tagen der Welt verkündeten), daß er als kleiner Feld-, Wald- und Wiesenrichter mitsamt seiner plebejischen Jury nicht zuständig war, einem Peer des Königreichs den Prozeß zu machen. Er fügte jedoch hinzu, daß er es nicht versäumen werde, den Lordkanzler (der sich ebenfalls schon seit vierzehn Tagen über die Besetzung der Königlichen Galerie und die Auswahl der Lords für den parlamentarischen Sonderausschuß insgeheim den Kopf zerbrach) zu informieren. Nachdem dies ordnungsgemäß protokolliert war, wurde der wohlgeborene Untersuchungsgefangene wieder abgeführt.

Einen oder zwei Tage später läutete Mr. Charles Parker im Dämmerlicht eines Londoner Nachmittags im zweiten Stock des Hauses Piccadilly 110 A. Die Tür wurde von Bunter geöffnet, der ihm freundlich lächelnd mitteilte, daß Lord Peter für ein paar Minuten ausgegangen sei, ihn aber erwarte, und ob er bitte eintreten und warten wolle.

«Wir sind erst heute morgen wieder hierhergekommen», fügte der Diener hinzu, «und haben uns noch nicht ganz eingerichtet, Sir, wenn Sie uns bitte entschuldigen wollen. Wäre Ihnen eine Tasse Tee angenehm?»

Parker nahm das Angebot an und ließ sich wohlig in eine Ecke des Chesterfieldsofas sinken. Nach der außerordentlichen Unbequemlichkeit französischer Möbel taten die einschläfernde Nachgiebigkeit unter ihm, die Kissen hinter seinem Kopf und Wimseys ausgezeichnete Zigaretten ihm besonders gut. Was Bunter mit «noch nicht ganz eingerichtet» meinte, blieb sein Geheimnis. Ein fröhlich flackerndes Holzfeuer spiegelte sich in der makellosen Politur des schwarzen

Stutzflügels; die weichen Kalbslederrücken von Lord Peters Sammlung seltener Bücher schimmerten sanft vor den schwarzen und blaßgelben Wänden; in den Vasen standen lohgelbe Chrysanthemen; auf dem Tisch lagen die neuesten Ausgaben sämtlicher Zeitungen – als ob der Inhaber der Wohnung nie fortgewesen wäre.

Während Mr. Parker den Tee trank, nahm er die Fotos von Lady Mary und Denis Cathcart aus seiner Brusttasche. Er lehnte sie an die Teekanne und starrte von einem zum andern, als wollte er mit Gewalt einen tieferen Sinn aus ihren leicht geziert lächelnden, etwas verlegenen Mienen herauslesen. Noch einmal nahm er sich seine Pariser Aufzeichnungen vor und hakte verschiedene Punkte mit einem Bleistift ab. «Verflixt», sagte Mr. Parker, den Blick fest auf Lady Mary geheftet. «Verflixt – verflixt – verflixt – »

Der Gedankengang, den er verfolgte, war außerordentlich interessant. In seinem Kopf jagten sich die Bilder, eines bedeutungsvoller als das andere. Natürlich konnte man in Paris nicht richtig denken – es war so unbequem dort, und die Häuser hatten Zentralheizung. Hier, wo schon so manches Rätsel entwirrt worden war, knisterte ein schönes Feuer im Kamin. Cathcart hatte vorm Feuer gesessen. Natürlich hatte er über ein Problem nachgegrübelt. Wenn Katzen vorm Feuer saßen und in die Flammen starrten, grübelten sie über Probleme nach. Wie eigenartig, daß er darauf nicht schon früher gekommen war. Wenn die grünäugige Katze vorm Feuer saß, versank man geradewegs in einen tiefen schwarzen, samtenen Beziehungsreichtum, der ungemein bedeutungsvoll war. Es war ein Genuß, so klar denken zu können, denn sonst wäre es schlimm gewesen, die Höchstgeschwindigkeit zu überschreiten – und die schwarzen Sümpfe drehten sich so schnell. Aber jetzt, da er die Formel wirklich gefunden hatte, würde er sie nie wieder vergessen. Der Zusammenhang war da – nah, voll und folgerichtig.

«Des Glasbläsers Katze ist bomstabel», sagte Mr. Parker laut und deutlich.

«Ich bin entzückt, das zu hören», antwortete Lord Peter mit freundlichem Grinsen. «Gut geschlafen, altes Haus?»

«Ich – wie?» sagte Mr. Parker. «He – was heißt hier geschlafen? Ich folge gerade einem äußerst wichtigen Gedanken, und jetzt hast du mich rausgebracht. Was war es noch? Katze – Katze – Katze – »

Er dachte angestrengt nach.

«Du hast gesagt: ‹Des Glasbläsers Katze ist bomstabel›», erwiderte Peter. «Ein hinreißendes Wort; ich weiß nur nicht, was es heißt.»

«Bomstabel?» meinte Mr. Parker leicht errötend. «Bom – na schön, du magst recht haben – vielleicht war ich wirklich eingenickt. Aber weißt du, mir war, als ob ich eben den Schlüssel zu dem ganzen Problem gefunden hätte. Dieser Satz erschien mir außerordentlich wichtig. Sogar jetzt – nein, wenn ich es mir richtig überlege, scheint mir der Gedankengang doch nicht mehr ganz folgerichtig zu sein. Schade drum. Ich war mir gerade so erleuchtet vorgekommen.»

«Macht ja nichts», sagte Lord Peter. «Eben erst zurück?»

«Heute nacht übergesetzt. Gibt's was Neues?»

«Jede Menge.»

«Was Gutes dabei?»

«Nein.»

Parkers Blick kehrte zu den Fotos zurück.

«Ich glaub's nicht», sagte er eigensinnig. «Ich will verflucht sein, wenn ich auch nur ein Wort davon glaube.»

«Ein Wort wovon?»

«Egal wovon.»

«Du wirst es glauben müssen, Charles – bis hierher», sagte sein Freund sanft, indem er mit energischen kleinen Stopfbewegungen der Finger seine Pfeife mit Tabak füllte. «Ich sag ja nicht» – stopf – «daß Mary» – stopf – «Cathcart erschossen hat» – stopf, stopf – «aber sie hat gelogen» – stopf – «immer und immer wieder» – stopf, stopf – «Sie weiß, wer es war» – stopf – «sie hat damit gerechnet» – stopf – «und jetzt spielt sie krank und lügt, um den Kerl zu decken» – stopf – «und wir müssen sie zum Reden bringen.» Damit riß er ein Streichholz an und setzte mit einer Serie zorniger Paffer die Pfeife in Brand.

«Wenn du glauben kannst», sagte Mr. Parker, nicht ohne Hitze, «daß diese Frau –» er zeigte auf die Fotos – «etwas mit dem Mord an Cathcart zu tun hat, dann können mir deine Beweise gestohlen bleiben, du – ach, zum Kuckuck. Wimsey, sie ist doch deine eigene Schwester.»

«Und Gerald ist mein Bruder», sagte Wimsey ruhig. «Du glaubst hoffentlich nicht, daß mir die Geschichte Spaß macht. Aber ich finde, wir kommen sehr viel weiter, wenn wir uns zu beherrschen versuchen.»

«Tut mir furchtbar leid», sagte Parker. «Ich weiß gar nicht, wieso ich mich so – danebenbenommen habe – nichts für ungut, altes Haus.»

«Das Beste, was wir tun können», sagte Wimsey, «ist, der Wahrheit ins Gesicht zu sehen, und wenn sie noch so häßlich ist. Ich gebe gern zu, daß sie mir zeitweise wie ein richtiges Scheusal vorkommt.

Meine Mutter ist am Freitag nach Riddlesdale gekommen. Sie ist schnurstracks nach oben gegangen und hat sich Mary vorgenommen, während ich mich in der Diele herumgedrückt und die Katze geärgert habe und allen auf die Nerven gefallen bin. *Du* kennst das ja. Kurz darauf kommt der alte Dr. Thorpe. Ich hab mich oben über der Treppe auf die Truhe gesetzt. Wenig später läutet es, und Ellen kommt herauf. Mutter und Thorpe kommen heraus und fangen sie vor Marys Zimmer ab. Sie diskutieren eine ganze Weile herum, und schon kommt meine Mutter mit stampfenden Absätzen und zornig tanzenden Ohrringen den Flur entlanggebraust, Richtung Bad. Ich schleiche hinterher, kann aber nichts sehen, weil sie alle in der Tür stehen, doch dann höre ich meine Mutter sagen: ‹Na, bitte, was hab ich gesagt?› Darauf Ellen: ‹Himmel, Euer Gnaden, wer hätte denn das gedacht?› Darauf wieder meine Mutter: ‹Ich kann nur sagen, wenn ich auf Leute wie euch angewiesen wäre, die aufpassen sollten, daß ich nicht mit Arsen vergiftet werde oder mit diesem anderen Zeug, das so ähnlich heißt wie Anemonen* – Sie wissen sicher, was ich meine –, womit dieser sehr gutaussehende Mann mit dem lächerlichen Bart seine Frau und seine Schwiegermutter beseitigt hat (die übrigens bei weitem die hübschere von beiden war, armes Ding), dann wäre ich jetzt wohl schon längst von Dr. Spilsbury aufgeschnitten und analysiert – eine schrecklich unangenehme Arbeit muß das sein für den armen Mann, und dann erst die armen Kaninchen.›» Wimsey machte eine Atempause, und Parker mußte trotz seiner Sorgen lachen.

«Die genauen Worte kann ich nicht beschwören», sagte Wimsey, «aber so was Ähnliches war's – du kennst ja den Redestil meiner Mutter. Der alte Thorpe versuchte würdevoll dreinzublicken, aber Mutter plusterte sich auf wie eine kleine Henne und meinte, indem sie ihn empört beäugte: ‹Zu *meiner* Zeit haben wir so etwas Hysterie und Ungezogenheit genannt. *Wir* haben uns von jungen Mädchen nicht derart hinters Licht führen lassen. Ich vermute, Sie nennen das jetzt Neurose oder unterdrückte Triebe oder einen Reflex und möchten es am liebsten hegen und pflegen. Sie hätten zugesehen, wie das dumme Kind sich noch wirklich krank gemacht hätte. Ihr seid allesamt einfach zum Lachen und könnt nicht besser auf euch aufpassen als kleine Kinder – wobei es ja genug solch arme kleine Dinger in den Slums gibt, die für die ganze Familie sorgen müssen und dabei mehr Verstand zeigen als ihr alle miteinander. Ich bin sehr böse auf Mary, weil sie sich so aufspielt, und man braucht gar kein Mitleid mit ihr zu haben.› Weißt du», sagte Wimsey, «ich glaube, oft ist an dem, was eine Mutter sagt, sehr viel Wahres.»

* Antimon? Die Herzoginwitwe muß an den Fall Dr. Pritchard gedacht haben.

«Ich glaub's dir», sagte Parker.

«Na ja, ich habe meine Mutter dann beiseite genommen und sie gefragt, was eigentlich los war. Sie sagt, Mary habe ihr nichts über sich oder ihre Krankheit sagen wollen und nur gebeten, in Ruhe gelassen zu werden. Dann kam Thorpe und sprach von einem Nervenschock – sagte, er könne diese Übelkeitsanfälle nicht erklären und verstehe nicht, warum Marys Temperatur immer so auf und ab gehe. Mutter hat sich das angehört und gesagt, er solle doch gleich noch einmal die Temperatur kontrollieren. Was er auch tat, und währenddessen rief sie ihn zu sich zur Kommode. Aber schlau, wie sie ist, beobachtete sie Mary dabei im Spiegel und drehte sich genau in dem Moment um, als Mary dem Thermometer mit der Wärmflasche auf die Sprünge half.»

«Ich werd verrückt!» sagte Parker.

«Das hat Thorpe auch gesagt. Und Mutter hat geantwortet, wer so naiv sei und auf so einen plumpen Trick noch hereinfalle, der solle sich nicht als alter, erfahrener Hausarzt aufspielen. Dann hat sie das Mädchen nach den Übelkeitsanfällen ausgefragt – wann sie aufträten und wie oft, und ob das vor oder nach den Mahlzeiten sei und so weiter, und schließlich kriegte sie heraus, daß es meist kurz nach dem Frühstück sei, gelegentlich auch zu anderen Zeiten. Mutter sagt, sie habe zuerst auch nichts damit anfangen können, denn sie habe schon das ganze Zimmer nach Flaschen und dergleichen durchsucht, aber schließlich habe sie gefragt, wer denn immer das Bett mache; sie dachte nämlich, Mary könne vielleicht etwas unter der Matratze versteckt haben. Ellen sagte, meist mache sie es, während Mary ihr Bad nehme. ‹Und wann ist das?› fragt meine Mutter. ‹Kurz vorm Frühstück›, plärrt das Mädchen. ‹Gott steh euch bei, ihr Einfaltspinsel›, sagt meine Mutter. ‹Warum habt ihr mir das nicht gleich gesagt?› Darauf gingen sie dann alle ins Bad, und da stand friedlich auf dem Regal, zwischen Badesalz, Elliman's Öl, Puder, Zahnbürsten und so weiter die Familienflasche mit Brechwurzelsaft, Ipecacuanha – dreiviertel leer! Mutter sagt – stimmt, das hab ich dir schon erzählt. Übrigens, wie schreibst du Ipecacuanha?»

Mr. Parker buchstabierte.

«Hol dich doch – !» sagte Lord Peter. «Dabei hatte ich wirklich gedacht, diesmal hätte ich dich erwischt. Aber du hast sicher nachgesehen, bevor du hierherkamst. Kein anständiger Mensch weiß auswendig, wie man Ipecacuanha schreibt. Jedenfalls, wie du sagst, man sieht gleich, von welcher Seite der Familie der kriminalistische Instinkt kommt.»

«Das hab ich gar nicht gesagt – »

«Weiß ich. Und warum nicht? Ich finde, die Talente meiner Mutter verdienen ab und zu ein bißchen Anerkennung. Ich hab's jedenfalls zu ihr gesagt, und sie hat mit den bemerkenswerten Worten geantwortet: ‹Mein lieber Junge, du kannst der Sache einen ellenlangen Namen geben, wenn du willst, aber als altmodische Frau, die ich bin, nenne ich es einfach Mutterwitz, und den hat ein Mann so selten, daß man, wenn er ihn hat, gleich Bücher über ihn schreibt und ihn Sherlock Holmes nennt.› Aber abgesehen davon hab ich zu meiner Mutter (unter vier Augen, versteht sich) auch noch gesagt: ‹Das ist ja alles gut und schön, nur kann ich nicht glauben, daß Mary sich solche Mühe gibt, scheußlich krank zu werden und uns allen einen Schrecken einzujagen, nur um sich wichtig zu machen. So eine ist sie doch nun wirklich nicht.› Meine Mutter fixierte mich wie eine Eule und zählte mir eine ganze Reihe Beispiele von Hysterie auf, endend mit einem Dienstmädchen, das einmal irgend jemandes Haus mit Paraffin vollgespritzt haben soll, damit alle glaubten, es spuke – und zum Schluß meinte sie, wenn schon diese ganzen neumodischen Ärzte alles daransetzten, solche Sachen wie Unterbewußtsein und Kleptomanie und Komplexe und alle möglichen anderen Phantasienamen zu erfinden, um zu erklären, warum Menschen sich schlecht benähmen, könne man sich das ja auch zunutze machen.»

«Wimsey», sagte Parker sehr erregt, «soll das heißen, daß sie einen Verdacht hatte?»

«Mein Lieber», antwortete Lord Peter, «was es über Mary zu wissen gibt, indem man zwei und zwei zusammenzählt, das weiß meine Mutter, da kannst du sicher sein. Ich habe ihr alles erzählt, was *wir* bis dahin wußten, und sie hat alles auf ihre ulkige Art aufgenommen, die du ja kennst – ohne auf irgend etwas direkt zu antworten, und zum Schluß hat sie den Kopf schiefgelegt und gemeint: ‹Wenn Mary auf mich gehört und etwas Nützlicheres getan hätte als in dieses Freiwilligenhilfskorps zu gehen, wobei nie viel herausgekommen ist, wenn du mich fragst – nicht daß ich etwas Grundsätzliches gegen das Freiwilligenhilfskorps hätte, aber diese dumme Frau, unter der sie arbeiten mußte, war doch die fürchterlichste Pute unter Gottes Himmel –, und dabei gab es so viele weitaus vernünftigere Dinge, die Mary richtig gut hätte tun können, aber sie war ja so versessen darauf, nach London zu kommen – und ich bleibe dabei, daß an allem nur dieser alberne Club schuld war – was kann man schon von so einem Loch erwarten, wo man so schreckliches Zeug zu essen bekommt und zusammengepfercht in einem Keller mit rot angestrichenen Wänden sitzt und wo alles aus Leibeskräften durcheinanderschreit, und nie ein Abendanzug – nur sowjetische Jumper und Koteletten. Jedenfalls habe ich diesem dummen alten Kerl schon klargemacht, was er zu sagen hat, und auf eine bessere Erklärung wären die von sich aus nie gekommen.› Und weißt du», sagte Peter, «ich glaube, wenn da einer anfangen sollte, neugierig zu werden, hätte er meine Mutter auf dem Hals wie eine Tonne Backsteine.»

«Was glaubst du selbst denn nun wirklich?» fragte Parker.

«Das Unerfreulichste habe ich dir ja noch gar nicht erzählt», sagte Peter. «Ich hab's eben erst gehört und muß sagen, daß es mir einen häßlichen Schrecken versetzt hat. Gestern kriegte ich einen Brief von Lubbock, daß er mich sprechen wolle, und da bin ich hergekommen und heute morgen zu ihm gegangen. Du erinnerst dich, daß ich ihm einen Blutfleck geschickt hatte, den Bunter für mich von einem von Marys Röcken abgeschnitten hat? Ich hatte selbst schon einen Blick darauf geworfen, und weil mir die Sache nicht gefiel, habe ich ihn zu Lubbock geschickt, *ex abundantia cautelae*; und leider muß ich sagen, daß er meine Meinung bestätigt. Es ist Menschenblut, Charles, und ich fürchte, es stammt von Cathcart.»

«Aber – jetzt habe ich ein bißchen den Faden verloren.»

«Also, der Rock muß den Blutfleck an dem Tag abbekommen haben, als Cathcart – starb, denn das war der letzte Tag, an dem die Jagdgesellschaft im Moor war, und wenn der Fleck schon früher dagewesen wäre, hätte Ellen ihn weggemacht. Hinterher hat Mary sich mit allen Mitteln gegen Ellens Versuche gewehrt, den Rock zum Reinigen abzuholen, und sogar den stümperhaften Versuch gemacht, den Fleck mit Wasser und Seife selbst zu entfernen. Daraus können wir, glaube ich, schließen, daß Mary um die Existenz des Flecks wußte und seine Entdeckung verhindern wollte. Sie hat Ellen erzählt, das Blut stamme von einem Waldhuhn – was eine bewußte Unwahrheit gewesen sein muß.»

«Vielleicht», sagte Parker in dem hoffnungslosen Bemühen, doch noch etwas für Lady Mary zu retten, «hat sie auch nur gesagt: ‹Ach, da muß so ein Vogel geblutet haben!› oder etwas in der Art.»

«Ich glaube nicht», sagte Peter, «daß man einen so großen Flecken Menschenblut an seine Kleider bekommen kann, ohne zu wissen, was es ist. Sie muß sich ja richtig hineingekniet haben. Der Fleck war acht bis zehn Zentimeter im Durchmesser.»

Parker schüttelte verzweifelt den Kopf und tröstete sich, indem er sich eine Notiz machte.

«Gut, also», fuhr Peter fort, «am Mittwochabend kommen alle

nach Hause, essen und gehen zu Bett, außer Cathcart, der aus dem Haus rennt und draußen bleibt. Um zehn vor zwölf hört Hardraw, der Wildhüter, einen Schuß, der durchaus auf der Lichtung gefallen sein könnte, auf der sich – nun gut, sagen wir das Unglück ereignet hat. Diese Zeit stimmt auch mit der Aussage des Arztes überein, wonach Cathcart schon drei bis vier Stunden tot war, als er ihn um halb fünf untersuchte. Schön. Nun kommt also um drei Uhr morgens Jerry von irgendwoher nach Hause und findet die Leiche. Während er sich darüberbeugt, kommt wie gerufen Mary aus dem Haus, angetan mit Mantel, Mütze und Straßenschuhen. Was erzählt sie nun? Sie sagt, sie sei um drei Uhr von einem Schuß geweckt worden. Nun hat aber außer ihr niemand diesen Schuß gehört, und wir haben die Aussage von Mrs. Pettigrew-Robinson, die im Zimmer nebenan schlief, nach uralter Gewohnheit bei offenem Fenster, und sie will ab zwei Uhr bis kurz nach drei, als Alarm geschlagen wurde, wachgelegen und keinen Schuß gehört haben. Laut Mary war der Schuß so laut, daß er sie auf der anderen Seite des Hauses aufgeweckt hat. Es ist doch merkwürdig, nicht wahr, daß jemand, der bereits wach war, mit solcher Bestimmtheit angibt, kein Geräusch vernommen zu haben, das laut genug gewesen wäre, um einen gesunden jungen Schläfer im Zimmer nebenan aufzuwecken. Jedenfalls, selbst *wenn* das der Schuß gewesen wäre, der Cathcart getötet hat, hätte er kaum schon tot sein können, als mein Bruder ihn fand – und in diesem Falle würde sich auch wieder die Frage stellen, wie dann noch Zeit geblieben wäre, ihn vom Gebüsch zum Wintergarten zu schleifen.»

«Das haben wir doch alles schon durchgekaut», sagte Parker mit allen Anzeichen des Widerwillens. «Und wir haben uns geeinigt, daß wir der Geschichte von dem Schuß keine Bedeutung beimessen können.»

«Ich fürchte aber, wir müssen ihr sehr viel Bedeutung beimessen», sagte Lord Peter ernst. «Also, und was tut nun Mary? Entweder hat sie den Schuß gehört – »

«Es ist kein Schuß gefallen.»

«Das weiß ich. Aber ich will den Unstimmigkeiten in ihrer Aussage auf den Grund gehen. Sie sagt, sie habe keinen Alarm geschlagen, weil sie geglaubt habe, es handle sich wahrscheinlich nur um Wilderer. Wenn es aber Wilderer gewesen wären, hätte es absolut keinen Sinn gehabt, hinunterzugehen und nachzusehen. Also sagt sie, sie habe geglaubt, es hätten auch Einbrecher sein können. Aber was zieht sie nun an, um hinunterzugehen und nach Einbrechern zu sehen? Was hättest du oder ich angezogen? Ich nehme an, wir hätten uns einen Morgenmantel übergeworfen und ein Paar leise Pantoffel über die Füße gestreift und vielleicht einen Feuerhaken oder einen Spazierstock in die Hand genommen – aber keine Straßenschuhe und Mantel und ausgerechnet auch noch eine Mütze!»

«Es hat in der Nacht geregnet», brummte Parker.

«Mein lieber Freund, wenn du nach Einbrechern sehen willst, rechnest du im allgemeinen nicht damit, hinausgehen und sie im Garten herumscheuchen zu müssen. Dein erster Gedanke ist doch, daß sie ins Haus dringen, und du gehst hinunter, um sie von der Treppe aus oder hinter der Eßzimmertür hervor zu beobachten. Außerdem, versuch dir doch mal ein Mädchen von heute vorzustellen, das bei Wind und Wetter barhäuptig herumrennt, sich aber wohl die Zeit nimmt, zur Einbrecherjagd erst eine Mütze aufzusetzen – hol's der Kuckuck, Charles, das reimt sich einfach nicht! Und dann geht sie geradewegs zur Wintergartentür und stößt auf die Leiche, als ob sie von vornherein gewußt hätte, wo sie danach suchen müßte.»

Parker schüttelte wieder den Kopf.

«Nun, und dann sieht sie Gerald, der über Cathcart gebeugt steht. Und was sagt sie? Fragt sie erst, was los ist? Fragt sie, wer das ist? Nein, sie ruft: ‹Mein Gott, Gerald, du hast ihn umgebracht›, und *dann* erst sagt sie, wie im Nachhinein: ‹Ach, das ist ja Denis! Was ist denn passiert? Ein Unfall?› Nun sag mal, ob dir das normal vorkommt.»

«Nein. Aber mir kommt es so vor, als ob sie eben nur nicht damit gerechnet hätte, Cathcart dort zu finden, sondern jemand anders.»

«So? Mir kommt es eher vor, als ob sie nur so getan hätte, als wüßte sie nicht, wer es war. Zuerst sagt sie: ‹Du hast ihn umgebracht!› Und dann fällt ihr ein, daß sie ja eigentlich nicht wissen dürfte, wer ‹er› ist, und sagt: ‹Ach, das ist ja Denis!›»

«Auf jeden Fall hat sie aber, falls ihr erster Ausruf echt war, *nicht* damit gerechnet, ihn tot anzutreffen.»

«Nein – nicht – das müssen wir uns merken. Der Tod *war* eine Überraschung. Sehr schön. Dann schickt Gerald sie Hilfe holen. Hier kommt nun ein Indiz ins Spiel, das du aufgeschnappt und mir mitgeteilt hast. Weißt du noch, was Mrs. Pettigrew-Robinson dir im Zug erzählt hat?»

«Meinst du das mit der zuschlagenden Tür auf dem Korridor?»

«Ja. Und nun will ich dir etwas erzählen, was mir neulich morgens passiert ist. Ich kam aus dem Bad gerauscht, wie ein Wirbelwind, du kennst mich ja, und knallte mit dem Schienbein gegen diese alte Truhe oben am Treppenaufgang – und *klapp*, ging der Deckel hoch und wieder zu. Das hat mich auf eine Idee gebracht, und ich hab mir gedacht, da sollte ich mal einen Blick hineinwerfen. Ich hatte gerade den Deckel hochgeklappt und besah mir die Laken und so weiter, die unten auf dem Boden der Truhe lagen, als ich plötzlich so etwas wie ein Ächzen hörte, und da stand Mary neben mir und starrte mich an, weiß wie ein Gespenst. Mein Gott, sie hat mir einen schönen Schrekken eingejagt, aber das war gar nichts gegen den Schrecken, den ich ihr eingejagt haben muß. Na ja, sie hat jedenfalls kein Wort mit mir reden wollen und prompt einen hysterischen Anfall bekommen, und ich hab sie wieder in ihr Zimmer bugsiert. Aber ich hatte auf diesen Laken etwas gesehen.»

«Was denn?»

«Silbersand.»

«Silber- ?»

«Erinnerst du dich noch an die Kakteen im Gewächshaus und die Stelle, wo jemand einen Koffer oder etwas dergleichen abgestellt hatte?»

«Ja.»

«Also, und da lag das Zeug massenhaft herum – du weißt ja, die Leute streuen das um bestimmte Zwiebeln herum und so.»

«Und dieser Sand war auch in der Truhe?»

«Ja. Aber warte mal ab. Nach dem Geräusch, das Mrs. Pettigrew-Robinson hörte, hat Mary zuerst Freddy und dann die Pettigrew-Robinsons aufgeweckt – und dann, was?»

«Dann hat sie sich in ihr Zimmer eingeschlossen.»

«Eben. Und kurz darauf ist sie zu den anderen hinuntergegangen in den Wintergarten, und von da an erinnern sich alle, gesehen zu haben, daß sie eine Mütze anhatte, einen Mantel über dem Pyjama und Straßenschuhe an den nackten Füßen.»

«Willst du etwa sagen», meinte Parker, «Lady Mary sei um drei Uhr schon wach und angezogen gewesen und mit ihrem Koffer zur Wintergartentür gegangen, um sich mit dem – dem Mörder ihres – zum Kuckuck, Wimsey!»

«Soweit brauchen wir gar nicht zu gehen», sagte Peter. «Wir haben uns ja schon geeinigt, daß sie *nicht* damit gerechnet hatte, Cathcart tot vorzufinden.»

«Richtig. Also, sie ist hinuntergegangen, vermutlich um jemanden zu treffen.»

«Sagen wir vorläufig, daß sie sich mit Schuhgröße 45 treffen wollte?» schlug Wimsey mit sanfter Stimme vor.

«Warum nicht? Und als sie die Taschenlampe anknipste und den

Herzog über Cathcart gebeugt stehen sah, hat sie gedacht – mein Gott, Wimsey, ich hatte also doch recht! Als sie sagte: ‹Du hast ihn umgebracht!›, da hat sie Schuhgröße 45 gemeint – sie hat geglaubt, der Tote sei Schuhgröße 45!»

«Natürlich!» rief Wimsey. «Ich Trottel! Ja doch. Dann sagte sie: ‹Das ist ja Denis – was ist denn passiert?› Vollkommen klar. Und was hat sie inzwischen mit dem Koffer gemacht?»

«Jetzt sehe ich alles vor mir», rief Parker. «Als sie sah, daß der Tote nicht Schuhgröße 45 war, ist ihr aufgegangen, daß Schuhgröße 45 der Mörder sein mußte. Es kam ihr also jetzt darauf an, niemanden merken zu lassen, daß Schuhgröße 45 dagewesen war. Darum hat sie den Koffer hinter die Kakteen geschoben. Und als sie dann nach oben ging, hat sie ihn wieder hervorgeholt und oben in der Eichentruhe versteckt. Sie konnte ihn natürlich nicht gut in ihr Zimmer bringen, denn wenn jemand sie die Treppe hätte heraufkommen hören, hätte es komisch ausgesehen, daß sie zuerst in ihr Zimmer rannte, bevor sie die anderen alarmierte. Dann hat sie Arbuthnot und die Pettigrew-Robinsons aufgeweckt – sie stand im Dunkeln, und in der Aufregung dürften sie sowieso nicht so genau gesehen haben, was sie anhatte. Dann machte sie sich von Mrs. P. los, lief in ihr Zimmer, zog den Rock aus, mit dem sie neben Cathcart gekniet hatte, auch die übrigen Kleider, zog den Pyjama und die Mütze an, die ja eventuell jemand bemerkt haben konnte, und den Mantel, den man *bestimmt* gesehen hatte, und schließlich die Schuhe, die wahrscheinlich schon Abdrücke hinterlassen hatten. Und dann erst konnte sie hinuntergehen und sich zeigen. Inzwischen hatte sie sich für den Untersuchungsrichter die Einbrechergeschichte ausgedacht.»

«So ungefähr war's wohl», sagte Peter. «Wahrscheinlich war sie so ängstlich darauf bedacht, uns von Schuhgröße 45 abzulenken, daß sie gar nicht auf die Idee gekommen ist, ihre Geschichte könnte mithelfen, ihren Bruder hineinzureißen.»

«Das ist ihr bei der Untersuchungsverhandlung klargeworden», sagte Parker eifrig. «Weißt du nicht mehr, wie schnell sie nach der Selbstmordtheorie gegriffen hat?»

«Und als sie entdeckte, daß sie damit zwar ihren – ich meine, Schuhgröße 45 – rettete, ihren Bruder aber an den Galgen brachte, hat sie den Kopf verloren, ist ins Bett geflüchtet und weigert sich seitdem, überhaupt noch etwas zu sagen. Ich habe den Eindruck, meine Familie ist überdurchschnittlich mit Narren gesegnet», sagte Peter düster.

«Aber was hätte das arme Mädchen denn tun sollen?» fragte Parker. Er war schon fast wieder guter Dinge. «Immerhin ist sie damit jetzt entlastet – »

«Gewissermaßen, ja», sagte Peter, «aber wir sind noch lange nicht über den Berg. Warum steckt sie mit Schuhgröße 45, der ja mindestens ein Erpresser, wenn nicht sogar ein Mörder ist, unter einer Dekke? Wie kam Geralds Revolver an den Schauplatz? Und die grünäugige Katze? Was wußte Mary über das Treffen zwischen Schuhgröße 45 und Denis Cathcart? Und wenn sie den Mann kannte und sich mit ihm traf, kann sie ihm jederzeit den Revolver in die Hand gedrückt haben.»

«Nein, nein», sagte Parker. «Wimsey, du darfst so etwas Häßliches nicht denken.»

«Himmel noch mal!» platzte es aus Peter heraus. «Ich kriege die Wahrheit in dieser widerlichen Geschichte heraus, und wenn wir alle miteinander zum Galgen gehen!»

In diesem Augenblick trat Bunter mit einem an Wimsey adressierten Telegramm ein. Lord Peter las:

«Gesuchte Person in London aufgespürt; Freitag in Marylebone gesehen. Näheres von Scotland Yard.

Gosling, Polizeichef Ripley»

«Guter Mann!» rief Wimsey. «Jetzt kommen wir voran. Sei so gut und bleib hier für den Fall, daß noch etwas kommt. Ich sause mal eben zu Scotland Yard. Man wird dir etwas zu essen schicken, und Bunter bringt dir eine Flasche Château Yquem – der ist ganz gut. Bis dann!»

Er sauste aus der Wohnung, und Sekunden später schnurrte sein Taxi den Piccadilly hinauf.

Der Club und die Kugel

Er ist tot, er starb durch meine Hand. Es wäre besser, ich wäre tot, ich elende, schuldbeladene Kreatur.
Adventures of Sexton Blake

Stunde um Stunde wartete Mr. Parker auf die Rückkehr seines Freundes. Wieder und wieder ging er den Fall Riddlesdale durch, prüfte hier seine Notizen, ergänzte sie dort und beschäftigte sein müdes Gehirn mit den phantastischsten Spekulationen. Er ging im Zimmer auf und ab, nahm da und dort ein Buch vom Regal, klimperte ein paar ungeübte Akkorde auf dem Piano, blätterte in den Magazinen und tat dies und jenes. Schließlich nahm er sich einen Band aus der kriminologischen Abteilung der Bücherregale und zwang sich, seine Aufmerksamkeit jenem faszinierendsten und dramatischsten aller Giftmorde zu widmen – dem Fall Seddon. Mit der Zeit schlug das Geschehen ihn wie immer in seinen Bann, und so erschrak er nicht schlecht, als ein langes, energisches Läuten der Hausglocke ihn aufschauen ließ und er feststellen mußte, daß es schon nach Mitternacht war.

Sein erster Gedanke war, daß Wimsey seinen Schlüssel vergessen haben mußte, und er bereitete sich schon darauf vor, ihn mit einer spöttischen Bemerkung zu empfangen, als die Tür aufging – genau wie am Anfang einer Sherlock-Holmes-Geschichte – und eine große, schöne junge Frau eintrat. Sie befand sich in einem Zustand höchster Erregung, das goldene Haar umkränzte ihren Kopf wie ein Heiligenschein, ihre Augen leuchteten veilchenblau, und ihre Kleidung vervollständigte die wirre Erscheinung, denn als sie den dicken Reisemantel zurückschlug, sah er, daß sie darunter ein Abendkleid, hellgrüne Seidenstrümpfe und schwere Wanderschuhe trug, die vor Dreck strotzten.

«Seine Lordschaft ist noch nicht wieder da, Mylady», sagte Mr. Bunter, «aber Mr. Parker wartet hier auf ihn, und wir rechnen jede Minute mit seiner Rückkehr. Haben Mylady einen Wunsch?»

«Nein, nein», sagte die Erscheinung hastig, «danke, nichts. Ich warte. Guten Abend, Mr. Parker. Wo ist Peter?»

«Er wurde fortgerufen, Lady Mary», sagte Parker. «Ich verstehe nicht, warum er noch nicht zurück ist. Nehmen Sie doch bitte Platz.»

«Wohin ist er gegangen?»

«Zu Scotland Yard – aber das war schon gegen sechs. Ich kann mir nicht vorstellen – »

Lady Mary machte eine verzweifelte Gebärde.

«Ich hab's gewußt! Oh, Mr. Parker, was soll ich nur tun?»

Mr. Parker war sprachlos.

«Ich *muß* Peter sprechen», rief Lady Mary. «Es geht um Leben und Tod. Könnten Sie nicht nach ihm schicken?»

«Aber ich weiß nicht, wo er ist», antwortete Parker. «Bitte, Lady Mary – »

«Er steht im Begriff, etwas Schreckliches zu tun – er *irrt* sich», rief die junge Dame und rang in äußerster Verzweiflung die Hände. «Ich muß ihn sprechen – ich muß es ihm sagen –, o Gott, ist je ein Mensch in so einer schrecklichen Lage gewesen? Ich – o nein!»

Hier begann die Dame plötzlich laut zu lachen und brach zugleich in Tränen aus.

«Lady Mary – ich flehe Sie an – bitte, nicht», rief Mr. Parker besorgt und mit dem starken Gefühl, der Situation nicht gewachsen zu sein und ziemlich lächerlich zu wirken. «Bitte setzen Sie sich, trinken Sie ein Glas Wein. Sie werden noch krank, wenn Sie weiter so weinen. Sofern es noch Weinen ist», ergänzte er bei sich. «Das klingt eher nach Schluckauf. Bunter!»

Mr. Bunter war nicht weit. Genauer gesagt, er stand schon mit einem kleinen Tablett vor der Tür. Mit einem respektvollen «Erlauben Sie, Sir», nahte er der sich windenden Lady Mary und hielt ihr ein Fläschchen unter die Nase. Die Wirkung war verblüffend. Die Patientin stieß ein, zwei angstvolle kleine Quiekser aus, dann setzte sie sich aufrecht, kerzengerade und wutschnaubend.

«Bunter, was fällt Ihnen ein!» sagte Lady Mary. «Verschwinden Sie, sofort!»

«Mylady sollten vielleicht ein Schlückchen Cognac trinken», sagte Mr. Bunter, indem er den Stöpsel wieder auf das Riechfläschchen tat, aber erst nachdem Parker den beißenden Ammoniakgeruch wahrgenommen hatte. «Das ist ein 1800er Napoléon, Mylady. Bitte schnauben Sie nicht so verächtlich, wenn ich mir den Rat erlauben darf. Seine Lordschaft wäre zutiefst gekränkt, wenn er glauben müßte, ich hätte etwas davon verschwendet. Haben Mylady auf dem Weg hierher schon gespeist? Nein? Sehr unklug, Mylady, so eine lange Reise mit leerem Magen zu unternehmen. Ich werde mir erlauben, Ihnen ein Omelette zu schicken. Vielleicht wünschen auch Sie einen kleinen Imbiß, Sir, da es schon so spät ist?»

«Ganz wie Sie wollen», sagte Mr. Parker, nur um ihn loszuwerden. «Nun, Lady Mary, fühlen Sie sich jetzt besser? Gestatten Sie, daß ich Ihnen den Mantel abnehme.»

Von nun an fiel kein aufregendes Wort mehr, bis das Omelette seiner Bestimmung zugeführt war und Lady Mary bequem auf dem Sofa saß. Sie hatte inzwischen ihre Fassung wiedergewonnen. Wenn Parker sie so ansah, fiel ihm auf, wie sehr ihre zurückliegende Krankheit (wodurch auch immer hervorgerufen) sie gezeichnet hatte. Ihrem Teint fehlte dieses Leuchten, an das er sich erinnerte; sie sah müde und blaß aus und hatte violette Ringe unter den Augen.

«Es tut mir leid, daß ich mich vorhin so albern aufgeführt habe, Mr. Parker», sagte sie, indem sie ihm mit entwaffnender Ehrlichkeit und voll Vertrauen in die Augen sah, «aber ich war so vollkommen verzweifelt und bin in solcher Eile von Riddlesdale hierhergekommen.»

«Keine Ursache», sagte Parker wegwerfend. «Kann ich in Abwesenheit Ihres Bruders etwas für Sie tun?»

«Sie und Peter tun alles gemeinsam, nicht?»

«Ich glaube sagen zu können, daß keiner von uns etwas in dieser Sache weiß, was er dem andern nicht mitgeteilt hat.»

«Es ist also dasselbe, wenn ich es Ihnen sage?»

«Vollkommen dasselbe. Wenn es Ihnen nichts ausmacht, mir die Ehre Ihres Vertrauens zu schenken – »

«Einen Augenblick noch, Mr. Parker. Ich bin in einer schwierigen Lage. Ich weiß nicht so recht, was ich – könnten Sie mir zuerst sagen, wie weit Sie sind – was Sie bisher schon herausbekommen haben?»

Mr. Parker war ein wenig bestürzt. Obwohl Lady Marys Gesicht seit der Untersuchungsverhandlung seine Phantasie beschäftigte, und obwohl der Aufruhr seiner Gefühle im Laufe dieses romantischen Zwiegesprächs auf den Siedepunkt gestiegen war, hatte sein Berufsinstinkt, der ihn zur Vorsicht mahnte, ihn doch noch nicht ganz verlassen. Immerhin hatte er Beweise für Lady Marys Mittäterschaft bei dem Verbrechen, wie auch immer diese aussah, und so weit vergaß er sich denn doch nicht, daß er gleich seine sämtlichen Karten aufgedeckt hätte.

«Ich fürchte», sagte er, «das kann ich Ihnen nicht alles sagen. Sehen Sie, vieles von dem, was wir in Händen haben, ist bisher nur ein Verdacht. Womöglich täte ich, ohne es zu wollen, einem Unschuldigen großes Unrecht.»

«Sie haben also gegen jemanden einen ganz bestimmten Verdacht?»

«Wir haben ganz bestimmt jemanden im Verdacht», antwortete Parker lächelnd. «Aber wenn Sie uns etwas sagen können, was Licht in die Sache bringt, bitte ich Sie, zu sprechen. Wir verdächtigen vielleicht einen ganz Falschen.»

«Das würde mich nicht wundern», meinte Lady Mary mit einem kurzen, nervösen Lachen. Ihre Hände gingen zum Tisch und begannen die orangefarbene Decke in Falten zu legen. «Was wollen Sie wissen?» fragte sie plötzlich in ganz anderem Ton.

Parker bemerkte deutlich eine Verhärtung in ihrem Wesen – eine gewisse Starre und Wachsamkeit.

Er klappte sein Notizbuch auf, und während er mit der Vernehmung begann, ließ auch seine Nervosität nach; die Amtshandlung gab ihm Rückhalt.

«Sie waren vorigen Februar in Paris?»

Lady Mary bejahte.

«Erinnern Sie sich, daß Sie mit Hauptmann Cathcart – ach, übrigens, ich nehme an, Sie sprechen Französisch?»

«Ja. Fließend.»

«So gut wie Ihr Bruder? Praktisch ohne Akzent?»

«So gut wie er. Wir hatten als Kinder immer französische Gouvernanten, und Mutter legte großen Wert darauf.»

«Aha. Nun, erinnern Sie sich also, am 6. Februar mit Hauptmann Cathcart in ein Juweliergeschäft in der Rue de la Paix gegangen zu sein und dort einen brillantbesetzten Schildpattkamm und eine Platinkatze mit Brillanten und Smaragdaugen gekauft zu haben – beziehungsweise von ihm kaufen zu lassen?»

Er bemerkte ein Lauern im Blick der jungen Frau.

«Ist das die Katze, nach der Sie sich in Riddlesdale erkundigt haben?» fragte sie.

Da es sich ohnehin nie auszahlte, Offenkundiges zu leugnen, antwortete Parker: «Ja.»

«Sie wurde im Gebüsch gefunden, nicht?»

«Haben Sie sie da verloren? Oder gehörte sie Cathcart?»

«Wenn ich nun sagte, es sei die seine gewesen – »

«Wäre ich bereit, Ihnen zu glauben. *War* es seine?»

«Nein – » ein tiefer Seufzer – «sie gehörte mir.»

«Wann ist sie Ihnen abhanden gekommen?»

«In der bewußten Nacht.»

«Wo?»

«Ich nehme an, im Gebüsch. Dort, wo Sie sie gefunden haben. Ich habe sie erst später vermißt.»

«Ist es dieselbe, die Sie in Paris gekauft haben?»
«Ja.»
«Warum haben Sie zuerst gesagt, es sei nicht die Ihre?»
«Ich hatte Angst.»
«Und jetzt?»
«Jetzt will ich die Wahrheit sagen.»
Parker sah sie wieder an. Sie begegnete seinem Blick ganz offen, hatte aber etwas Angespanntes in ihrer Art, das zeigte, wieviel Mühe sie dieser Entschluß gekostet haben mußte.
«Nun gut», sagte Parker, «darüber werden wir uns sicherlich alle freuen, denn ich glaube, bei der Untersuchungsverhandlung haben Sie in dem einen oder anderen Punkt nicht die Wahrheit gesagt, oder?»
«Das stimmt.»
«Glauben Sie mir», sagte Parker, «daß ich es bedaure, diese Fragen stellen zu müssen. Aber die schreckliche Lage, in der Ihr Bruder sich befindet – »
«Und in die ich ihn mit hineingebracht habe.»
«Das habe ich nicht gesagt.»
«Aber ich. Ich habe dazu beigetragen, daß er ins Gefängnis mußte. Streiten Sie es nicht ab, denn es ist so.»
«Nun gut», sagte Parker, «aber beruhigen Sie sich. Es ist ja noch Zeit, alles wieder in Ordnung zu bringen. Soll ich fortfahren?»
«Ja.»
«Also, Lady Mary, das mit dem Schuß um drei Uhr morgens stimmte doch nicht, oder?»
«Nein.»
«Haben Sie überhaupt einen Schuß gehört?»
«Ja.»
«Wann?»
«Um zehn vor zwölf.»
«Und was haben Sie im Wintergarten hinter den Pflanzen versteckt, Lady Mary?»
«Ich habe dort nichts versteckt.»
«Und in der Eichentruhe auf dem Korridor?»
«Meinen Rock.»
«Sie sind nach draußen gegangen – warum? Um Cathcart zu treffen?»
«Ja.»
«Wer war der andere Mann?»
«Welcher andere Mann?»

«Der Mann, der im Gebüsch war. Ein großer blonder Mann mit einem Regenmantel.»

«Da war kein anderer Mann.»

«Entschuldigen Sie, Lady Mary – wir haben seine Spuren auf dem ganzen Weg vom Gebüsch bis zum Wintergarten verfolgt.»

«Dann muß es ein Landstreicher gewesen sein. Ich weiß nichts von ihm.»

«Wir haben aber Beweise dafür, daß er da war – was er getan hat und auf welchem Weg er entkommen ist. Um Himmels willen – und um Ihres Bruders willen – Lady Mary, sagen Sie die Wahrheit, denn dieser Mann mit dem Regenmantel ist derjenige, der Cathcart erschossen hat.»

«Nein», sagte die junge Frau mit bleichem Gesicht, «das ist unmöglich.»

«Warum unmöglich?»

«Ich selbst habe Denis Cathcart erschossen.»

«So liegen die Dinge also, Lord Peter», sagte der Chef von Scotland Yard, indem er sich mit einer freundlichen Abschiedsgebärde erhob. «Der Mann wurde zweifelsfrei am Freitagmorgen in Marylebone gesehen, und wenn wir ihn auch leider im Moment wieder aus den Augen verloren haben, bin ich ganz sicher, daß wir ihn über kurz oder lang in die Finger bekommen werden. Die Verzögerung entstand durch die unglückliche Erkrankung des Schaffners Morrison, dessen Aussage so entscheidend war. Aber jetzt verlieren wir keine Zeit mehr.»

«Das kann ich wohl vertrauensvoll Ihnen überlassen, Sir Andrew», antwortete Wimsey, indem er ihm herzlich die Hand schüttelte. «Ich mache mich ebenfalls auf die Suche; zusammen dürften wir schon etwas finden – Sie in Ihrer Ecke und ich in der meinen, wie es irgendwo so schön heißt – wo eigentlich? Ich habe das als Kind mal irgendwo in einem Buch über Missionare gelesen. Wollten Sie als Junge auch immer Missionar werden? Ich ja. Ich glaube, die meisten wollen das irgendwann, was etwas eigenartig berührt, wenn man bedenkt, was bei den meisten von uns herauskommt.»

«Jedenfalls», sagte Sir Andrew Mackenzie, «wenn Sie dem Burschen selbst über den Weg laufen, sagen Sie uns Bescheid, ja? Ich gebe neidlos zu, daß Sie unwahrscheinliches Glück haben – oder vielleicht ist es nur ein gutes Gespür –, wenn es darum geht, Verbrechern über den Weg zu laufen, die wir suchen.»

«Wenn ich den Kerl erwische», sagte Lord Peter, «komme ich und mache unter Ihrem Fenster so lange Krach, bis Sie mich reinlassen, und wenn es mitten in der Nacht ist und Sie schon im Nachthemd sind. Apropos Nachthemd, wir werden Sie doch hoffentlich bald mal wieder in Denver sehen, sobald die Geschichte hier ausgestanden ist? Mutter läßt natürlich auch herzlich grüßen.»

«Vielen Dank», erwiderte Sir Andrew. «Ich hoffe, Sie sind wenigstens mit der Entwicklung der Dinge zufrieden. Heute morgen hatte ich Parker zum Bericht hier, und ich hatte den Eindruck, daß er nicht sehr angetan war.»

«Er hat viel unerfreulichen Routinekram machen müssen», sagte Wimsey, «und war die ganze Zeit derselbe feine, vernünftige Mensch wie immer. Mir ist er immer ein sehr guter Freund gewesen, Sir Andrew, und ich empfinde es richtig als Vorzug, mit ihm zusammenarbeiten zu dürfen. Also, bis demnächst, Chef.»

Er sah jetzt, daß sein Gespräch mit Sir Andrew Mackenzie sehr lange gedauert hatte und es mittlerweile fast acht Uhr war. Eben wollte er sich entscheiden, wo er zu Abend essen sollte, als er von einer jungen Frau mit rotem Bubikopf, kurzem, kariertem Rock, schillerndem Jumper, Kordjacke und einer flotten grünsamtenen Schottenmütze angesprochen wurde.

«Natürlich», sagte die junge Frau, indem sie eine wohlgeformte, unbehandschuhte Hand ausstreckte, «das ist doch Lord Peter Wimsey. Wie geht's? Und was macht Mary?»

«Himmel», rief Wimsey galant, «Miss Tarrant! Wie bezaubernd, Sie mal wiederzusehen. Einfach entzückend. Danke, aber Mary geht's nicht so gut, wie zu wünschen wäre – dieser Mord, verstehen Sie? Sie haben sicher schon gehört, daß wir, wie die Armen es so nett und taktvoll ausdrücken, in Schwierigkeiten sind, oder?»

«Na klar», antwortete Miss Tarrant voll Eifer, «und als gute Sozialistin kann ich es mir nicht verkneifen, meinen Spaß daran zu haben, wenn es einmal einem Peer an den Kragen geht, weil er dabei so lächerlich wirkt, und das ganze Oberhaus ist schließlich lächerlich, oder? Aber eigentlich wär's mir schon lieber, wenn es der Bruder von jemand anderm wäre. Mary und ich waren immer gute Freunde, und *Sie* tun schließlich auch etwas, wenn Sie Verbrechen aufklären statt von Ihren Gütern zu leben und Vögel totzuschießen. Das ist ja doch ein kleiner Unterschied.»

«Sehr nett von Ihnen», sagte Peter, «und wenn Sie es jetzt noch über sich bringen könnten, das Mißgeschick meiner Geburt und meine übrigen Fehler zu übersehen, geben Sie mir vielleicht die Ehre, mit mir irgendwo einen Happen essen zu gehen, ja?»

«Oh, das täte ich *schrecklich* gern», rief Miss Tarrant voll Überschwang, «aber ich habe versprochen, heute abend im Club zu sein. Da ist um neun eine Versammlung. Mr. Coke – der Labour-Führer, wissen Sie – will über die Bekehrung von Heer und Marine zum Kommunismus sprechen. Wir rechnen mit einer Razzia, und bevor wir anfangen, gibt es eine große Jagd nach Spionen. Aber wissen Sie was, kommen Sie doch mit und essen Sie dort mit mir, und wenn Sie Lust haben, versuche ich Sie auch in die Versammlung zu schmuggeln, und dann werden Sie geschnappt und rausgeschmissen. Ich glaube ja, ich hätte Ihnen gar nichts davon erzählen dürfen, denn eigentlich sind Sie doch ein Erzfeind, aber ich kann Sie nicht wirklich für gefährlich halten.»

«Ich denke, ich bin nur ein gewöhnlicher Kapitalist», meinte Peter. «Höchst anstößig.»

«Na ja, aber kommen Sie wenigstens zum Essen mit. Ich möchte so gern alle Neuigkeiten von Ihnen hören.»

Peter überlegte, daß das Essen im Sowjet-Club wohl mehr als ungenießbar sein würde, und wollte schon eine Ausrede finden, als ihm einfiel, daß Miss Tarrant ihm vielleicht einiges über seine Schwester erzählen konnte, was er selbst nicht wußte, aber eigentlich wissen sollte. Also machte er aus der höflichen Ablehnung eine höfliche Annahme und wurde von Miss Tarrant, die ihm voraneilte, in stürmischem Tempo durch eine Reihe schmuddeliger Gassen auf kürzestem Weg in die Gerrard Street geführt, wo eine orangefarbene Tür, flankiert von zwei Fenstern mit knallroten Vorhängen, unmißverständlich den Sowjet-Club ankündigte.

Der Sowjet-Club, mehr fürs freie Denken als fürs süße Leben eingerichtet, hatte jene merkwürdig amateurhafte Atmosphäre, die allen weltlichen Einrichtungen anhaftet, die von weltfremden Menschen erdacht werden. Peter konnte nicht genau sagen, warum ihn das Ganze an einen Missionstee erinnerte – es sei denn, daß alle Clubmitglieder so aussahen, als ob sie ein Ziel im Leben verfolgten, und daß die Bedienung ziemlich dürftig ausgebildet zu sein schien, dafür aber um so deutlicher in Erscheinung trat. Wimsey sagte sich, daß er in so einer demokratischen Institution kaum vom Personal jenen Ausdruck der Überlegenheit erwarten durfte, der die Bediensteten in einem Westend-Club auszuzeichnen pflegte. Zumindest waren sie bestimmt nicht solche Kapitalisten. Unten im Speisesaal wurde der Eindruck eines Missionstees noch verstärkt durch die überheizte Atmosphäre, das Stimmengewirr und die merkwürdige Unzweckmäßigkeit der Bestecke. Miss Tarrant ergatterte zwei Plätze an einem reichlich krümelbedeckten Tisch in der Nähe der Essensdurchreiche, und Peter zwängte sich mit einigen Schwierigkeiten neben einen sehr großen, kraushaarigen Mann in einer Samtjacke, der sich ernst mit einer mageren, lebhaften jungen Frau unterhielt, die zu einer russischen Bluse venezianische Perlen, einen ungarischen Schal und einen spanischen Kamm trug und aussah wie die personifizierte Einheitsfront der Internationale.

Lord Peter wollte seine Gastgeberin mit einer Frage nach dem großen Mr. Coke erfreuen, wurde aber mit einem erregten «Pssst!» zur Ordnung gerufen.

«*Bitte* nicht so laut», sagte Miss Tarrant und beugte sich so weit zu ihm herüber, daß ihr roter Haarschopf ihn an den Augenbrauen kitzelte. «Das ist doch *streng* geheim.»

«Tut mir furchtbar leid», entschuldigte sich Wimsey. «Passen Sie auf, Sie tunken ihre hübschen kleinen Perlen in die Suppe.»

«Nein, wirklich?» rief Miss Tarrant, indem sie sich eilig zurückzog. «Danke, danke vielmals. Dabei sind sie nicht einmal farbecht. Hoffentlich ist kein Arsen oder so etwas drin.» Dann beugte sie sich wieder vor und flüsterte heiser: «Die Frau neben mir ist Erica Heath-Warburton – die Schriftstellerin, Sie wissen schon.»

Wimsey betrachtete die Dame in der russischen Bluse mit neuem Respekt. Wenige Bücher hatten es bisher vermocht, ihm die Röte in die Wangen zu treiben, aber er erinnerte sich, daß einem von Miss Heath-Warburtons Büchern ebendies gelungen war. Die Autorin sagte gerade sehr eindrucksvoll zu ihrem Gesprächspartner:

« – je erlebt, daß eine ernste Gefühlsregung sich in einem Nebensatz ausdrückt?»

«Joyce hat uns vom Aberglauben der Syntax befreit», pflichtete der krausköpfige Mann ihr bei.

«Szenen, die emotionale Geschichte machen», fuhr Miss Heath-Warburton fort, «sollten idealerweise in einer Folge tierischer Schreie ausgedrückt werden.»

«Die D. H. Lawrence-Formel», sagte der andere.

«Oder sogar Dada», meinte die Schriftstellerin.

«Wir brauchen eine neue Notation», sagte der Krauskopf, wobei er beide Ellbogen so auf den Tisch stützte, daß er Wimseys Brot zu Boden stieß. «Hast du Robert Snoates schon einmal seine eigenen Verse zu Tamtam und Pennyflöte rezitieren hören?»

Lord Peter entzog mit Mühe seine Aufmerksamkeit dieser faszinierenden Diskussion, um gerade mitzubekommen, daß Miss Tarrant etwas über Mary sagte.

«Ihre Schwester wird hier sehr vermißt», sagte sie. «So etwas von Begeisterung. Sie hat auf den Versammlungen so gut gesprochen. Die hatte *wirklich* etwas für die Arbeiter übrig.»

«Das finde ich erstaunlich», sagte Wimsey, «wenn ich bedenke, daß Mary noch nie im Leben einen Finger krumm machen mußte.»

«Oh, aber sie *hat* gearbeitet», rief Miss Tarrant. «Für uns. Und wie großartig! Sie war fast ein halbes Jahr lang Sekretärin unserer Propagandagesellschaft. Und dann hat sie so fleißig für Mr. Goyles gearbeitet. Ganz zu schweigen von ihrer Zeit als Krankenschwester im Krieg. Natürlich billige ich Englands Haltung im Krieg nicht, aber keiner wird behaupten können, da sei nicht hart gearbeitet worden.»

«Wer ist Mr. Goyles?»

«Oh, das ist einer unserer führenden Redner – noch sehr jung, aber die Regierung hat richtig Angst vor ihm. Ich nehme an, er wird heute abend hier sein. Er hat im Norden Schulungen abgehalten, aber ich glaube, er ist wieder zurück.»

«Vorsicht!» rief Peter. «Ihre Perlen hängen schon wieder im Teller.»

«So? Na ja, vielleicht bringen sie ein bißchen Geschmack an den Hammel. Ich fürchte, die Küche ist hier wirklich nicht sehr gut, aber dafür sind die Beiträge so niedrig, verstehen Sie? Es wundert mich, daß Mary Ihnen nie von Mr. Goyles erzählt haben soll. Sie waren doch damals so sehr befreundet. Alle haben gedacht, sie wird ihn heiraten – aber daraus scheint nichts geworden zu sein. Und dann ist Ihre Schwester aus der Stadt weggezogen. Wissen Sie etwas darüber?»

«Ach, *der* war das also? Doch, ja – das haben meine Leute nicht so ganz begriffen, verstehen Sie? Sie hielten Mr. Goyles wohl nicht für den Schwiegersohn ihrer Wünsche. Familienkrach und so. War selbst nicht da; außerdem hat Mary sowieso nie auf *mich* gehört. Jedenfalls hab ich das so verstanden.»

«Wieder so ein Beispiel für die absurde, altmodische elterliche Tyrannei», sagte Miss Tarrant heftig. «Man sollte so etwas gar nicht mehr für möglich halten – in Nachkriegszeiten.»

«Ich weiß nicht», sagte Wimsey, «ob man es so nennen kann. Nicht direkt elterlich. Meine Mutter ist eine sehr ungewöhnliche Frau. Ich glaube nicht, daß sie sich da eingemischt hat. Soviel ich weiß, wollte sie Mr. Goyles sogar nach Denver einladen. Aber mein Bruder hat sich auf die Hinterbeine gestellt.»

«Na bitte, was kann man denn anderes erwarten?» meinte Miss Tarrant verächtlich. «Aber ich weiß gar nicht, was ihn das anging.»

«Oh, natürlich nichts», pflichtete Wimsey ihr bei. «Nur daß mein

Bruder nach den beschränkten Vorstellungen meines Vaters über das, was sich für eine Frau geziemt, Marys Geld so lange verwaltet, bis sie mit seiner Zustimmung heiratet. Ich finde das ja auch nicht gut – ich finde es sogar abscheulich. Aber so ist es nun mal.»

«Ungeheuerlich!» sagte Miss Tarrant und schüttelte dabei den Kopf so heftig, daß sie aussah wie ein Struwwelpeter. «Barbarisch! Eben rein feudalistisch. Aber was ist schon Geld?»

«Natürlich nichts», sagte Peter. «Aber wenn man dazu erzogen worden ist, immer welches zu haben, ist es ein bißchen hart, plötzlich darauf verzichten zu müssen. Das ist wie mit dem Baden.»

«Ich verstehe nicht, wie es Mary überhaupt etwas ausgemacht haben kann», beharrte Miss Tarrant betrübt. «Sie hat sich als Arbeiterin so wohl gefühlt. Einmal haben wir acht Wochen lang versucht, in einem Taglöhnerhaus zu leben, zu fünft, von achtzehn Shilling die Woche. Es war ein *herrliches* Erlebnis. Unmittelbar am Rande des New Forest.»

«Im Winter?»

«N-nein – wir hatten es für besser gehalten, nicht gleich im Winter *anzufangen.* Aber wir hatten neun Regentage, und der Kamin in der Küche hat immerzu gequalmt. Sehen Sie, das Holz kam eben aus dem Wald und war so naß.»

«Aha. Das muß ungemein interessant gewesen sein.»

«Es war ein Erlebnis, das ich *nie* vergessen werde», sagte Miss Tarrant. «Man fühlte sich der Erde und allem Ursprünglichen so nah. Wenn wir doch die Industrialisierung abschaffen könnten! Ich fürchte jedoch, daß wir das ohne eine blutige Revolution nie schaffen werden. Es ist schrecklich, versteht sich, aber heilsam und unausweichlich. Trinken wir noch Kaffee? Wir müssen ihn aber selbst nach oben tragen, wenn es Ihnen nichts ausmacht. Die Mädchen bringen ihn nach dem Essen nicht mehr rauf.»

Miss Tarrant ging ihre Rechnung begleichen, und als sie zurückkam, drückte sie ihm eine Tasse Kaffee in die Hand. Der Kaffee war schon auf die Untertasse übergeschwappt, und als er sich tastend seinen Weg um einen Wandschirm herum und eine steile, schiefe Treppe hinaufsuchte, wurde noch mehr verschüttet.

Sie tauchten aus dem Keller auf und wären fast mit einem blonden jungen Mann zusammengestoßen, der in einer Reihe kleiner Fächer nach Briefen suchte. Als er nichts fand, begab er sich in den Salon zurück. Miss Tarrant stieß einen Ruf des Entzückens aus.

«Hallo, da *ist* ja Mr. Goyles», rief sie.

Wimsey sah in die angegebene Richtung, und beim Anblick der

hochgewachsenen, leicht vornübergebeugten Gestalt mit dem unordentlichen Haar und einem Handschuh über der rechten Hand konnte er einen kleinen Erregungslaut nicht unterdrücken.

«Wollen Sie mich nicht vorstellen?» fragte er.

«Ich hole ihn», sagte Miss Tarrant. Sie bahnte sich einen Weg durch den Salon und sprach den jungen Agitator an, der zusammenschrak, zu Wimsey blickte, den Kopf schüttelte, sich zu entschuldigen schien, einen eiligen Blick auf seine Uhr warf und zur Tür hinausschoß. Wimsey setzte ihm nach.

«Na so was!» sagte Miss Tarrant mit verständnisloser Miene. «Er sagt, er hat eine Verabredung – aber er kann doch nicht einfach die Versammlung – »

«Entschuldigen Sie mich», sagte Peter. Schon war er draußen, gerade rechtzeitig, um eine dunkle Gestalt über die Straße verschwinden zu sehen. Er nahm die Jagd auf. Der Mann nahm die Beine in die Hand und schien sich in eine dunkle Gasse zu stürzen, die zur Charing Cross Road führt. Wimsey, der ihm folgte, wurde plötzlich geblendet von einem Blitz und einer Rauchwolke fast unmittelbar vor seinem Gesicht. Ein schwerer Schlag gegen die linke Schulter, ein ohrenbetäubender Knall, und die Welt drehte sich um ihn. Er taumelte und fiel auf ein altes, ehernes Bettgestell.

Mr. Parker notiert

«Ein Mann ging in den Zoo und ließ sich zur Giraffe führen. Nachdem er sie eine Weile stumm betrachtet hatte, sagte er: ‹Und ich glaub's nicht.›»

Parker war zuerst geneigt, an seinem eigenen Verstand zu zweifeln; dann an Lady Marys. Und nachdem sich endlich die Wolken aus seinem Gehirn verzogen hatten, entschied er, daß sie wohl lediglich nicht die Wahrheit sagte.

«Nun, Lady Mary», sagte er in aufmunterndem, zugleich aber auch tadelndem Ton wie zu einem Kind, das eine zu lebhafte Phantasie hat, «Sie erwarten doch nicht, daß wir Ihnen das glauben, oder?»

«Aber Sie müssen», sagte sie ernst, «es ist einfach wahr. Ich habe ihn erschossen. Ich war's wirklich. Es war nicht direkt meine Absicht, sondern – nun ja, eigentlich mehr ein Unfall.»

Mr. Parker stand auf und ging im Zimmer auf und ab.

«Sie bringen mich in eine schreckliche Lage, Lady Mary», sagte er. «Sehen Sie, ich bin Polizeibeamter. Ich hätte nie gedacht – »

«Das macht doch nichts», sagte Lady Mary. «Natürlich werden Sie mich verhaften müssen, oder festnehmen oder wie Sie das sonst nennen. Dazu bin ich ja hier. Ich bin vollkommen bereit, ohne Aufsehen mitzukommen – ist das der richtige Ausdruck? Trotzdem möchte ich zuerst alles erklären. Natürlich hätte ich das längst tun müssen, aber ich hatte eben den Kopf verloren, leider. Ich hatte nicht bedacht, daß man Gerald verdächtigen könnte. Ich hatte gehofft, man würde Selbstmord vermuten. Soll ich jetzt vor Ihnen meine Aussage machen? Oder besser im Polizeipräsidium?»

Parker stöhnte.

«Man wird – mich nicht so schwer bestrafen, wenn es ein Unfall war, nicht?» In ihrer Stimme lag ein Zittern.

«Nein – natürlich nicht. Aber wenn Sie doch nur schon früher den Mund aufgemacht hätten! Nein», sagte Parker plötzlich und hielt mitten im Schritt inne, um sich neben sie zu setzen. «Das ist unmöglich – vollkommen absurd.» Mit einemmal nahm er Lady Marys Hände in die seinen. «Davon kann mich nichts überzeugen», sagte er. «Es ist widersinnig. Das paßt nicht zu Ihnen.»

«Aber wenn es doch ein Unfall – »

«Das meine ich ja gar nicht – Sie wissen, daß ich das nicht meine. Aber daß Sie geschwiegen haben sollen – »

«Ich hatte Angst. Aber jetzt will ich reden.»

«Nein, nein, nein!» rief der Detektiv. «Sie lügen mir etwas vor. Aus ehrenwerten Motiven, das weiß ich; aber das ist es nicht wert. Kein Mann kann das wert sein. Lassen Sie ihn laufen, ich beschwöre Sie. Sagen Sie die Wahrheit. Decken Sie diesen Mann nicht. Wenn er Denis Cathcart ermordet hat – »

«Nein!» Die Frau sprang auf und entriß ihm ihre Hände. «Es war gar kein anderer Mann da. Wie können Sie so etwas überhaupt sagen oder denken! *Ich* habe Denis Cathcart getötet; ich sage es Ihnen, und Sie sollen es mir glauben. Ich schwöre, daß kein anderer Mann zugegen war.»

Parker nahm sich zusammen.

«Setzen Sie sich, bitte. Lady Mary, sind Sie fest entschlossen, diese Aussage zu machen?»

«Ja.»

«Obwohl Sie wissen, daß ich dann dementsprechend handeln muß?»

«Wenn Sie mich nicht anhören, gehe ich direkt zur Polizei.»

Parker zückte sein Notizbuch. «Fangen Sie an», sagte er.

Nur ihre Hände spielten nervös mit den Handschuhen, sonst aber verriet Lady Mary keinerlei Emotionen, als sie mit klarer, fester Stimme ihr Geständnis abzulegen begann, als rezitierte sie etwas auswendig Gelerntes.

«Am Mittwochabend, dem 13. Oktober, ging ich um halb zehn in mein Zimmer hinauf. Ich blieb noch auf, um einen Brief zu schreiben. Um Viertel nach zehn hörte ich meinen Bruder und Denis auf dem Flur streiten. Ich hörte, wie mein Bruder Denis einen Betrüger nannte und ihm verbot, jemals wieder mit mir zu sprechen. Dann hörte ich Denis aus dem Haus laufen. Ich lauschte eine Zeitlang, hörte ihn aber nicht zurückkommen. Um halb zwölf begann ich unruhig zu werden. Ich zog mich um und ging hinaus, um Denis zu suchen und ihn ins Haus zurückzuholen. Ich fürchtete, er könne irgendeine Verzweiflungstat begehen. Nach einer Weile fand ich ihn im Gebüsch. Ich bat ihn, mit mir zu kommen. Er weigerte sich und erzählte mir von den Vorwürfen meines Bruders und dem Streit. Ich war natürlich furchtbar entsetzt. Er meinte, es habe keinen Zweck, etwas zu leugnen, wenn Gerald ja doch entschlossen sei, ihn zu ruinieren, und er bat mich, mit ihm fortzugehen und ihn zu heiraten und im Ausland mit ihm zu leben. Ich sagte, ich sei erstaunt, daß er unter den Umständen so etwas vorschlage. Wir erregten uns beide sehr. Ich sagte: ‹Komm jetzt ins Haus. Du kannst morgen mit dem ersten Zug abreisen.› Er schien fast von Sinnen. Er zog eine Pistole und sagte, er sei am Ende, sein Leben sei ruiniert, wir alle wären eine Bande von Heuchlern, und mir hätte nie etwas an ihm gelegen, sonst wäre es mir gleich, was er getan habe. Jedenfalls, wenn ich nicht mit ihm käme, sagte er, sei alles aus, und wenn schon, denn schon – er werde zuerst mich und dann sich erschießen. Ich glaube, er hatte vollkommen den Verstand verloren. Er zog den Revolver; ich packte seine Hand; wir kämpften; ich drückte ihm die Mündung gegen die Brust und – entweder habe ich abgedrückt oder das Ding ist von selbst losgegangen – das weiß ich nicht genau. Es ging alles so schnell und durcheinander.»

Sie verstummte. Mr. Parkers Feder notierte die Worte, während sein Gesicht immer sorgenvoller wurde. Lady Mary fuhr fort:

«Er war nicht gleich tot. Ich habe ihm aufgeholfen. Wir haben es fast bis zum Haus geschafft. Einmal ist er gefallen – »

«Warum», fragte Parker, «haben Sie ihn nicht liegen gelassen und sind ins Haus gelaufen, um Hilfe zu holen?»

Lady Mary zögerte.

«Das ist mir nicht eingefallen. Es war wie ein Alptraum. Ich konnte nur daran denken, wie ich ihn fortbekäme. Ich glaube – *ich glaube, ich wollte, daß er starb.*»

Es folgte eine gequälte Pause.

«Er ist gestorben. Vor der Tür ist er gestorben. Ich bin in den Wintergarten gegangen und habe mich hingesetzt. Stundenlang habe ich dagesessen und versucht zu denken. Ich habe ihn gehaßt, weil er ein Betrüger und ein Schuft war. Ich war auf ihn hereingefallen, verstehen Sie – zum Narren gehalten worden von einem gemeinen Falschspieler. Ich war froh, daß er tot war. Ich muß stundenlang dagesessen haben, ohne einen zusammenhängenden Gedanken fassen zu können. Erst als mein Bruder kam, ist mir richtig klargeworden, was ich getan hatte und daß man mich verdächtigen könnte, ihn ermordet zu haben. Ich hatte einfach schreckliche Angst. Darum habe ich mich in einem Sekundenbruchteil entschlossen, so zu tun, als ob ich von nichts wüßte – als ob ich einen Schuß gehört hätte und heruntergekommen wäre. Sie wissen ja, was ich getan habe.»

«Nun, Lady Mary», sagte Parker in vollkommen ungerührtem Ton, «warum haben Sie dann zu Ihrem Bruder gesagt: ‹Mein Gott, Gerald, du hast ihn getötet›?»

Erneutes Zögern.

«Das habe ich nicht gesagt. Ich habe gesagt: ‹Mein Gott, Gerald, er ist also tot.› Ich hatte nie etwas anderes andeuten wollen als Selbstmord.»

«Sie haben diese Worte aber bei der Untersuchungsverhandlung bestätigt.»

«Ja – » Ihre Hände knautschten die Handschuhe in alle möglichen Formen. «Inzwischen hatte ich mir doch diese Einbrechergeschichte zurechtgelegt.»

Das Telefon klingelte, und Parker ging an den Apparat. Eine Stimme tönte dünn durch den Draht:

«Ist dort 110 A Piccadilly? Hier Krankenhaus Charing Cross. Heute nacht wurde hier ein Mann eingeliefert, der angibt, Lord Peter Wimsey zu sein. Er hat einen Schuß in die Schulter bekommen und sich beim Hinfallen den Kopf angeschlagen. Er ist eben erst wieder zu Bewußtsein gekommen. Man hat ihn um Viertel nach neun gebracht. Nein, jetzt geht es ihm wahrscheinlich wieder sehr gut. Doch, kommen Sie auf alle Fälle.»

«Peter ist angeschossen worden», sagte Parker. «Kommen Sie mit zum Krankenhaus Charing Cross? Sie sagen, er ist nicht in Lebensgefahr; trotzdem – »

«Schnell!» rief Lady Mary.

In der Diele schnappten sie sich schnell noch Mr. Bunter, dann rannten Polizist und Selbstbezichtigte auf den Piccadilly hinaus, erwischten an der Hyde Park Corner ein spätes Taxi und fuhren in rasendem Tempo durch die leeren Straßen.

Goyles

«Und die Moral davon ist – » sagte die Herzogin . . .
Alice im Wunderland

Vier Personen saßen am nächsten Morgen zu einem sehr späten Frühstück, oder einem sehr frühen Lunch, in Lord Peters Wohnung versammelt. Der fröhlichste von ihnen war, trotz schmerzender Schulter und entsetzlichem Kopfweh, zweifellos Lord Peter selbst, der zwischen weichen Kissen auf dem Sofa lag und Tee und Toast schlemmte. Nachdem man ihn im Krankenwagen nach Hause gebracht hatte, war er sofort in einen heilsamen Schlaf gesunken und um neun Uhr mit klarem Verstand und überaus unternehmungslustig aufgewacht. Daraufhin hatte er Mr. Parker, nur halb gesättigt und beladen mit der verheimlichten Erinnerung an die Enthüllungen des vergangenen Abends, auf schnellstem Wege zu Scotland Yard geschickt, um die Maschinerie in Gang zu setzen, die Peters Attentäter fangen sollte. «Aber sag nichts von dem Angriff auf mich», hatte Seine Lordschaft gesagt. «Sag ihnen nur, daß er als Zeuge im Fall Riddlesdale benötigt wird. Das ist alles, was die wissen müssen.» Jetzt war es elf, und Mr. Parker war zurückgekehrt, verdrießlich und hungrig, und ließ sich ein spätes Omelett zu einem Glas Rotwein schmecken.

Lady Mary Wimsey saß zusammengekauert am Fenster. Ihr goldblonder Haarschopf umgab ihr Gesicht im Schein der blassen Herbstsonne mit einem feinen Schimmer. Sie hatte schon vorher etwas zu frühstücken versucht; jetzt saß sie nur noch da und starrte auf den Piccadilly hinaus. Heute morgen war sie zunächst in Lord Peters Morgenmantel erschienen, aber inzwischen trug sie einen Rock aus Serge und einen jadegrünen Jumper; diese Kleidungsstücke hatte ihr die vierte im Bunde, die jetzt gelassen einen Mixed Grill verzehrte und sich mit Parker die Karaffe Rotwein teilte, nach London mitgebracht.

Es handelte sich um eine kleine, etwas pummelige, aber sehr energische ältere Dame mit funkelnden schwarzen Vogelaugen und sehr schönem, kunstvoll frisiertem weißem Haar. Man sah ihr nicht an, daß sie gerade eine lange Nachtfahrt hinter sich hatte; vielmehr war sie von den im Zimmer Anwesenden mit Abstand die ruhigste und frischeste. Was jedoch nicht ausschloß, daß sie sehr ärgerlich war und dies auch wortreich zum Ausdruck brachte. Es war die Herzoginwitwe von Denver.

«Es wäre ja nicht einmal das schlimmste, Mary, daß du gestern abend so plötzlich verschwunden bist – ausgerechnet vorm Abendessen –, diese Umstände und der Schrecken, den du uns eingejagt hast – der armen Helen hat nicht einmal mehr das Abendessen geschmeckt, und das war ihr so unangenehm, denn du weißt doch, wie großen Wert sie darauf legt, sich nie von irgend etwas aus der Ruhe bringen zu lassen – was ich nun wirklich nicht verstehe, denn von den größten Männern haben einige sich nie geniert, ihre Gefühle zu zeigen, wobei ich nicht einmal unbedingt an die Südländer denke, sondern wie Mr. Chesterton ganz richtig sagt – Nelson ja auch, und der war ja nun wirklich Engländer, wenn nicht Ire oder Schotte, das weiß ich nicht mehr, jedenfalls Vereinigtes Königreich (sofern das heutzutage noch etwas heißen will in einem Freistaat – so ein alberner Name, wo er einen doch immer an den Oranje-Freistaat erinnert, und damit wollen die doch bestimmt nicht verwechselt werden, wo sie selbst so grün sind). Und einfach ohne angemessene Kleidung loszuziehen und den Wagen mitzunehmen, so daß ich auf den Ein-Uhr-fünfzehn-Zug von Northallerton warten mußte – so eine unmögliche Zeit zum Aufbruch, und so ein schlechter Zug obendrein, der hier erst um 10 Uhr 30 ankommt. Außerdem, *wenn* du schon unbedingt in die Stadt fahren mußtest, warum so Hals über Kopf? Wenn du vorher wenigstens den Fahrplan studiert hättest, wäre dir nämlich aufgefallen, daß du in Northallerton eine halbe Stunde Aufenthalt haben würdest, so daß du ohne weiteres noch einen Koffer hättest packen können. Es ist soviel besser, gründlich und ordentlich zu Werke zu gehen – auch wenn man etwas Dummes vorhat. Und es war wirklich sehr dumm von dir, so einfach zu verschwinden und dem armen Mr. Parker mit solch dummem Geschwätz auf die Nerven zu gehen – obwohl ich annehme, daß du eigentlich zu Peter wolltest. Weißt du, Peter, wenn du dich schon in schlechten Lokalen herumtreibst, wo lauter Russen und unreife Sozialisten verkehren, solltest du eigentlich etwas Besseres wissen, als sie auch noch zu ermuntern, indem du ihnen nachläufst, und wenn sie alle noch so unwichtig sind und zuviel Kaffee trinken und Gedichte schreiben, an denen nichts dran ist, und sich überhaupt nur die Nerven ruinieren. Und eingebracht hat es sowieso nichts; ich hätte Peter alles selbst sagen können, falls er es nicht überhaupt schon weiß, was anzunehmen ist.»

Lady Mary wurde bei diesen Worten totenblaß und sah Parker an, der mehr zu ihr als zur Herzoginwitwe sagte:

«Nein. Lord Peter und ich hatten noch gar keine Zeit, über irgend etwas zu sprechen.»

«Auf daß er meine strapazierten Nerven nicht vollends zerrüttete und Fieberglut auf meine schmerzende Stirn brachte», ergänzte der Edelmann liebenswürdig. «Du bist eine freundliche Seele, Charles, und ich wüßte wirklich nicht, was ich ohne dich anfangen sollte. Wenn nur dieser elende Trödler seine Ware etwas früher für die Nacht von der Straße geholt hätte! Man sollte es nicht für möglich halten, wie viele Knöpfe so ein eisernes Bettgestell hat. Ich hab's ja auf mich zukommen sehen, konnte aber nicht mehr bremsen. Aber was ist schon ein armseliges, ehernes Bettgestell? Der große Detektiv, wiewohl zunächst betäubt und schwach nach dem rohen Überfall der fünfzehn maskierten und samt und sonders mit Hackmessern bewaffneten Mordbuben, erlangte dank seiner robusten Konstitution und gesunden Lebensführung bald seine Sinne wieder. Trotz der schweren Gasvergiftung, die er sich in diesem Kellerraum zugezogen hatte – was gibt's? Ein Telegramm? Oh, danke, Bunter.»

Lord Peter schien die Botschaft mit großer innerer Befriedigung zu lesen, denn sein breiter Mund zuckte an den Winkeln, und er steckte das Blatt Papier mit einem leisen Seufzer der Genugtuung in seine Brieftasche. Er rief Bunter nach, er solle den Frühstückstisch abräumen und den feuchten Wickel um seinen Kopf erneuern. Und nachdem dies geschehen war, ließ Lord Peter sich in die Kissen zurücksinken und stellte an Mr. Parker in boshaft vergnügtem Ton die Frage:

«Na, wie hast du dich denn gestern abend mit Mary vertragen? Polly, hast du ihm erzählt, daß du den Mord begangen hast?»

Es gibt kaum etwas Ärgerlicheres, als wenn man sich die größte Mühe gegeben hat, jemanden mit einer schmerzlichen Nachricht zu verschonen, und dann entdecken muß, daß der Betreffende längst alles weiß und es nicht annähernd so tragisch nimmt, wie er es geziemenderweise sollte. Jedenfalls ging Mr. Parker plötzlich der Gaul durch. Er sprang auf und rief ohne den allermindesten Grund: «Es ist doch vollkommen sinnlos, irgend etwas tun zu wollen!»

Lady Mary sprang von ihrem Fensterplatz hoch.

«Ja, das hab ich», sagte sie. «Und es ist auch wahr. Dein schöner Fall ist abgeschlossen, Peter.»

Die Herzoginwitwe entgegnete ihr völlig ungerührt: «Du mußt deinem Bruder schon zubilligen, daß er seine eigenen Angelegenheiten selbst am besten beurteilen kann, mein Kind.»

«Eigentlich», erwiderte Seine Lordschaft, «habe ich das Gefühl, daß Polly recht hat. Ich hoffe es wenigstens. Jedenfalls haben wir den Kerl ja jetzt und werden es bald wissen.»

Lady Mary schnappte hörbar nach Luft und trat einen Schritt vor, das Kinn gehoben und die Hände fest zu Fäusten geballt. Es griff Parker richtig ans Herz, zu sehen, wie sie der absoluten Katastrophe so tapfer ins Auge sah. Der Beamte in ihm war zutiefst bestürzt, aber der Mensch ergriff sofort Partei für diesen edlen Trotz.

«*Wen* habt ihr?» fragte er mit einer Stimme, die ihm gar nicht zu gehören schien.

«Diesen Goyles», antwortete Peter wegwerfend. «Erstaunlich schnelle Arbeit, was? Aber da ihm nichts Originelleres eingefallen war, als den Schiffszug nach Folkestone zu nehmen, war's nicht weiter schwierig.»

«Es ist nicht wahr», sagte Lady Mary. Sie stampfte mit dem Fuß auf. «Das ist gelogen. Er war nicht da. Er ist unschuldig. *Ich* habe Denis erschossen.»

«Bravo», dachte Parker, «bravo! Womit hat dieser Kerl das nur verdient?»

«Sei nicht albern, Mary», sagte Lord Peter.

«Jawohl», bekräftigte die Herzoginwitwe. «Ich wollte dir übrigens schon sagen, Peter, daß dieser Mr. Goyles – so ein schrecklicher Name, liebe Mary; ich muß sagen, der hat mir nie gefallen, auch wenn es sonst nichts gegen den Mann zu sagen gäbe – und dann unterschreibt er auch noch mit ‹Geo›. Geo. Goyles – das ‹Geo.› soll nämlich George heißen, Mr. Parker, und ich habe unwillkürlich immer ‹Gargoyl› gelesen – also, beinahe hätte ich dir nämlich geschrieben, mein Guter, und dich gefragt, ob du diesen Mr. Goyles nicht mal in London aufsuchen könntest, denn wenn ich es mir recht überlegte, hatte ich doch gleich das Gefühl, daß er mit diesem Ipecacuanha etwas zu tun hatte.»

«Aha», meinte Peter grinsend, «du meinst, weil zwischen ihm und einem Brechmittel kein großer – »

«Wie kannst du nur, Wimsey!» grollte Parker, ohne den Blick von Mary zu wenden.

«Lassen Sie ihn nur», sagte diese. «Wenn du kein Feingefühl hast, Peter – »

«Jetzt schlägt's aber doch dreizehn!» explodierte der Invalide. «Da jagt mir so ein Kerl ohne den geringsten Anlaß eine Kugel in die Schulter, bricht mir das Schlüsselbein, schmeißt mich kopfüber auf ein altes eisernes Bettgestell mit lauter Knöpfen dran und verduftet, und wenn ich ihn mit, wie ich finde, sehr gemäßigten, ja geradezu wohlerzogenen Worten ein Ekel nenne, sagt meine eigene Schwester, ich hätte kein Feingefühl. Sieh mich doch an! Hier sitze ich in meinen eigenen vier Wänden, habe gräßliches Kopfweh und muß mich mit Toast und Tee ernähren, während ihr es euch gutgehen laßt und euch an Mixed Grill, Omeletts und einem Roten vom besten Jahrgang gütlich tut – »

«Dummer Junge», sagte die alte Herzogin, «reg dich nicht so auf. Außerdem wird es Zeit für deine Medizin. Mr. Parker, würden Sie so freundlich sein und läuten?»

Mr. Parker gehorchte wortlos. Lady Mary kam langsam näher und sah auf ihren Bruder hinab.

«Peter», sagte sie, «wie kommst du darauf, daß *er* es war?»

«Daß er *was* war?»

«Der auf dich – geschossen hat.» Ihre Worte waren kaum hörbar.

Da in diesem Augenblick Mr. Bunter, begleitet von einem kühlen Luftzug, ins Zimmer trat, löste sich die gespannte Atmosphäre ein wenig. Lord Peter kippte seine Medizin hinunter, ließ seine Kissen aufschütteln, gestattete Bunter, ihm die Temperatur zu messen und den Puls zu fühlen, fragte, ob er zum Lunch nicht ein Ei haben dürfe und zündete sich eine Zigarette an. Mr. Bunter zog sich zurück, die Anwesenden verteilten sich auf die bequemeren Sessel und fühlten sich allgemein etwas wohler.

«Also, Polly, paß mal auf», sagte Peter, «und drück nicht so auf die Tränendrüsen. Ich bin diesem Goyles gestern abend in eurem Sowjet-Club zufällig über den Weg gelaufen. Ich bat Miss Tarrant, uns bekannt zu machen, aber kaum hatte Goyles meinen Namen gehört, haute er ab. Ich ihm nach, nur um mich mal mit ihm zu unterhalten, aber da bleibt der Trottel an der Ecke Newport Court stehen, knallt mich ab und zieht Leine. Das Dümmste, was er machen konnte. Ich kannte ihn doch jetzt. War doch klar, daß er geschnappt würde.»

«Peter – » sagte Mary mit hohler Stimme.

«Sieh doch her, Polly», sagte Wimsey. «Ich *hab* ja an dich gedacht. Großes Ehrenwort, wirklich. Ich habe den Mann nicht verhaften lassen. Ich habe nicht einmal Anzeige erstattet – oder hab ich das vielleicht, Parker? Was hast du denen heute morgen im Yard gesagt, was sie tun sollen?»

«Sie sollen Goyles zur Vernehmung vorführen, weil er als Zeuge im Fall Riddlesdale gebraucht wird», sagte Parker langsam.

«Darüber weiß er nichts», sagte Mary jetzt eigensinnig. «Er war nicht in der Nähe. In *dieser* Sache ist er unschuldig!»

«Meinst du?» fragte Lord Peter ernst. «Wenn du weißt, daß er unschuldig ist, warum lügst du uns dann etwas vor, um ihn zu schützen?

Das bringt nichts ein, Mary. Du weißt, daß er da war – und du glaubst, daß er es getan hat.»

«Nein!»

«Doch», sagte Wimsey und hielt sie mit seiner gesunden Hand fest, als sie vor ihm ausweichen wollte. «Mary, hast du dir überlegt, was du da tust? Du willst einen Meineid schwören und Gerald in Lebensgefahr bringen, um einen Mann vor der Justiz zu schützen, den du im Verdacht hast, deinen Verlobten ermordet zu haben, und der mit Sicherheit versucht hat, mich zu ermorden.»

«Mein Gott!» rief Parker gequält. «Dieses Verhör ist gegen alle Regeln.»

«Hör nicht auf ihn», sagte Peter. «Bist du wirklich überzeugt, das Richtige zu tun, Mary?»

Lady Mary sah ihren Bruder eine Zeitlang hilflos an. Peter schielte unter seinem Verband hervor flehend zu ihr auf. Der Trotz wich langsam aus ihrem Gesicht.

«Ich will die Wahrheit sagen», sagte Lady Mary.

«Braves Mädchen», sagte Lord Peter und streckte eine Hand aus. «Entschuldige. Ich weiß, daß du den Burschen gern hast, und darum wissen wir deinen Entschluß auch sehr zu schätzen. Wirklich, das tun wir. So, und nun schieß los, und du, Parker schreibst alles auf.»

«Also, angefangen hat das mit George eigentlich schon vor Jahren. Du warst damals an der Front, Peter, aber ich nehme an, man hat dir alles darüber berichtet – und alles in den häßlichsten Farben geschildert.»

«Das würde ich aber nicht behaupten, Kind», mischte sich die Herzoginwitwe ein. «Ich glaube, ich habe Peter nur gesagt, daß dein Bruder und ich von dem, was wir von dem jungen Mann zu sehen bekamen, nicht rundum begeistert waren – und gesehen haben wir ja nicht viel von ihm, wenn du dich erinnern möchtest. Er hat sich einmal zum Wochenende selbst eingeladen, als wir das Haus voller Gäste hatten, und anscheinend wollte er es sich sehr angelegen sein lassen, auf niemandes Wohlbefinden Rücksicht zu nehmen als auf sein eigenes. Und du wirst noch wissen, wie du selbst gemeint hast, er sei gegen den armen alten Lord Mountweazle unnötig garstig gewesen.»

«Er hat nur gesagt, was er dachte», sagte Mary. «Natürlich konnte der gute alte Lord Mountweazle nicht verstehen, daß die heutige Generation es gewöhnt ist, mit den Älteren zu diskutieren, statt vor ihnen auf die Knie zu fallen. Als George seine Meinung sagte, waren das für ihn nur Frechheiten.»

«Aber gewiß», sagte die Herzoginwitwe. «Wenn man rundweg alles bestreitet, was einer sagt, klingt das für Uneingeweihte vielleicht frech. Aber ich erinnere mich nur, zu Peter gesagt zu haben, daß Mr. Goyles' Manieren mir ein wenig ungeschliffen vorkämen und daß es seinen Ansichten an Unabhängigkeit mangele.»

«An Unabhängigkeit?» rief Mary mit weit aufgerissenen Augen.

«Nun, das war mein Eindruck. Was oft gedacht, und häufig besser ausgedrückt wurde, wie Pope schon sagt – oder war das wer anders? Aber je schlechter man sich heutzutage ausdrückt, für desto tiefgründiger halten einen die Leute – das ist allerdings nichts Neues. Wie Browning und diese komischen metaphysischen Leute, bei denen man nie weiß, ob sie nun ihre Geliebte oder die Staatskirche meinen, so bräutigämlich und biblisch – ganz zu schweigen vom lieben St. Augustin – den aus Hippo, meine ich, nicht den, der hier missioniert hat, obwohl ich den auch ganz ergötzlich finde, und damals hat man ja wohl noch keine jährlichen Basare und Teekränzchen im Gemeindesaal veranstaltet, demnach war das sicher noch was anderes, als was wir heute unter Mission verstehen – er hat sich da jedenfalls ausgekannt – du weißt ja noch, die Geschichte mit der Mandragora – oder war das vielleicht das Ding, wofür man einen großen schwarzen Hund brauchte? Richtig, Manichäer, das ist das Wort, das ich gesucht habe. Wie hieß der noch? Faust? Oder verwechsle ich den jetzt mit dem alten Mann in der Oper?»

«Jedenfalls», sagte Mary, ohne sich daran aufzuhalten, die Gedankenfäden ihrer Mutter zu entwirren, «war George der einzige Mensch, an dem mir wirklich etwas lag – und das ist er noch immer. Nur war eben alles so hoffnungslos. Vielleicht hast du nicht viel gegen ihn gesagt, Mutter, aber Gerald hat eine Menge gesagt. Und so *furchtbare* Dinge!»

«Ja», sagte die Herzoginwitwe. «Er hat eben gesagt, was er dachte. Das tut die heutige Generation nämlich. Ich gebe zu, mein Kind, daß Uneingeweihte das manchmal etwas rüde finden mögen.»

Peter grinste, aber Mary fuhr unbeirrt fort.

«George hatte einfach kein Geld. Er hatte buchstäblich alles auf die eine oder andere Art der Partei gegeben, und dann hatte er auch noch seine Stelle im Informationsministerium verloren; die waren der Meinung, er habe zuviel Sympathie für die Sozialisten im Ausland. Es war entsetzlich unfair. Jedenfalls konnte ich ihm unmöglich auf der Tasche liegen; und Gerald war so gemein, mir zu drohen, er werde mir meinen ganzen Unterhalt streichen, wenn ich George nicht den Laufpaß gäbe. Also hab ich das getan, aber auf unsere Gefühle füreinander hatte das natürlich gar keinen Einfluß. Ich will Mutter zugute halten, daß sie etwas anständiger war. Sie hat gesagt, sie wolle uns helfen, wenn George eine Arbeit fände; aber wie ich schon sagte, wenn George Arbeit gehabt hätte, wären wir auf keine Hilfe angewiesen gewesen!»

«Aber Kind, ich konnte doch Mr. Goyles nicht mit dem Ansinnen beleidigen, vom Geld seiner Schwiegermutter zu leben», sagte die Herzoginwitwe.

«Warum nicht?» meinte Mary. «George hält nichts von diesen altmodischen Eigentumsbegriffen. Außerdem, wenn du es mir gegeben hättest, wäre es *mein* Geld gewesen. Wir glauben an die Gleichheit von Mann und Frau. Warum soll immer der eine mehr der Brotverdiener sein als der andere?»

«Ich kann es mir nicht vorstellen, Kind», sagte die Herzoginwitwe. «Zumindest konnte ich doch von dem armen Mr. Goyles nicht verlangen, daß er von unverdientem Einkommen lebte, wo er doch von ererbten Gütern nichts hält.»

«Das ist ein Fehlschluß», sagte Mary ausweichend. «Jedenfalls», fügte sie hastig hinzu, «so war's. Nach dem Krieg ist George nach Deutschland gegangen, um dort den Sozialismus und Arbeiterfragen zu studieren, und alles schien aus zu sein. Und als dann Denis Cathcart kam, habe ich gesagt, daß ich ihn heiraten würde.»

«Warum?» fragte Peter. «Mir kam er nie als der richtige Mann für dich vor. Ich meine, soviel ich weiß war er doch ein Konservativer und geborener Diplomat und – na ja, eben so ein richtiger alter Reaktionär. Ich kann mir nicht vorstellen, daß ihr auch nur eine einzige gemeinsame Ansicht hattet.»

«Nein; aber dafür war es ihm auch vollkommen gleich, ob ich irgendwelche Ansichten hatte und was für welche. Ich habe ihm das Versprechen abgenommen, daß er mich nicht mit Diplomaten und dergleichen belästigen würde, und er hat gesagt, ich könne tun und lassen, was ich wolle, solange ich ihn nur nicht kompromittiere. Und wir wollten in Paris leben und jeder seine eigenen Wege gehen. Mir war alles lieber als hierzubleiben und jemanden aus den eigenen Kreisen zu heiraten und Basare zu eröffnen und zum Polo zu gehen und vom Prinzen von Wales empfangen zu werden. Also habe ich gesagt, ich heirate Denis, denn mir lag nichts an ihm, und ich bin sicher, daß ihm ebensowenig an mir lag, so daß wir einander bestimmt in Ruhe gelassen hätten. Ich wollte nichts weiter als in Ruhe gelassen zu werden!»

«War Jerry bereit, dir dein Geld zu geben?» fragte Peter.

«Doch, ja – er hat zwar gemeint, Denis sei kein großer Fang – ich wollte, Gerald wäre nicht so vulgär, auf diese platte, frühviktorianische Art –, aber er hat gesagt, nach George könne er nur seinen Sternen danken, daß es nicht noch schlimmer komme.»

«Notier dir das, Charles», sagte Wimsey.

«Na ja, zuerst schien auch alles gutzugehen, aber mit der Zeit wurde ich immer deprimierter. Weißt du, Denis hatte etwas an sich, was mich ein wenig erschreckte. Er war so außerordentlich reserviert. Ich weiß ja, ich wollte in Ruhe gelassen werden, aber – na ja, es war irgendwie unheimlich! Er war so korrekt. Sogar wenn er einmal aus sich herausging und leidenschaftlich wurde – was nicht oft vorkam –, auch dann verhielt er sich noch korrekt. Unglaublich! Wie in einem dieser komischen französischen Romane – du weißt ja, Peter: unwahrscheinlich heiße Sachen, aber vollkommen unpersönlich.»

«He, Charles!» sagte Lord Peter.

«Hm?»

«Das ist wichtig! Kapierst du, wie wichtig das ist?»

«Nein.»

«Macht auch nichts. Erzähl weiter, Polly.»

«Mache ich dir auch kein Kopfweh?»

«Abscheuliches; aber ich hab das gern. Erzähl nur weiter. Ich lasse mir schon keine Lilien wachsen aus Seelenpein und Fiebertau. Ich hänge gebannt an deinen Lippen. Was du mir eben erzählt hast, war aufschlußreicher als alles, was ich die ganze Woche zu hören bekommen habe.»

«Nanu!» Mary sah Peter mit großen Augen an, und alle Feindseligkeit war aus ihrem Blick gewichen. «Ich hätte nie gedacht, daß du das verstehst.»

«Du lieber Himmel», sagte Peter. «Wieso denn nicht?»

Mary schüttelte den Kopf. «Nun, ich habe also die ganze Zeit mit George in Briefverbindung gestanden, und Anfang des Monats schrieb er mir plötzlich, er komme aus Deutschland zurück und habe eine Stelle beim *Thunderclap* – das ist die sozialistische Wochenzeitung – für ein Anfangsgehalt von vier Pfund die Woche, und ich solle doch diese ganze Kapitalistenbrut sausen lassen und mit ihm als ehrliche Arbeiterfrau leben. Er könne mir einen Sekretärinnenposten bei der Zeitung verschaffen. Da könne ich für ihn tippen und so weiter und ihm helfen, seine Artikel zusammenzustellen. Und er hat gemeint, zusammen müßten wir dann etwa sechs bis sieben Pfund die Woche verdienen, was zum Leben mehr als genug sei. Inzwischen wurde Denis mir von Tag zu Tag unheimlicher, und so habe ich ja gesagt. Aber ich wußte, daß es fürchterlichen Krach mit Gerald geben würde. Und im Grunde habe ich mich auch ein bißchen geschämt, die Verlobung war doch schon bekanntgegeben, und dann das gräßliche Gerede und die Leute, die versuchen würden, es mir auszureden. Auch hätte Denis womöglich Gerald die Hölle heiß gemacht – er war so einer. Also haben wir beschlossen, daß wir am besten einfach durchbrennen und erst einmal heiraten sollten, um dem ganzen Knatsch zu entgehen.»

«Sehr richtig», meinte Peter. «Außerdem hätte sich das gut in der Zeitung gemacht, nicht? HERZOGSTOCHTER HEIRATET SOZIALISTEN – ROMANTISCHE FLUCHT IM BEIWAGEN – ‹6 £ DIE WOCHE SIND MEHR ALS GENUG›, SAGT IHRE LADYSCHAFT.»

«Ekel!» sagte Lady Mary.

«Danke», sagte Peter. «Ich hab verstanden. Und daraufhin sollte der romantische Goyles dich also in Riddlesdale abholen – warum Riddlesdale? Von London oder Denver aus wär's doppelt so leicht gewesen.»

«Nein. Erstens hatte er sowieso im Norden zu tun. Zweitens kennt einen in der Stadt jeder, und – überhaupt, wir wollten nicht länger warten.»

«Außerdem hätte man den Jung-Lochinvar-Anstrich vermißt. Na gut. Aber warum zu so gottloser Stunde um drei Uhr morgens?»

«Er hatte Mittwoch abend eine Versammlung in Northallerton. Von dort wollte er gleich kommen und mich holen, und dann wollten wir sofort nach London fahren und mit Sonderlizenz heiraten. Wir haben reichlich Zeit eingeplant. Schließlich mußte George am nächsten Tag wieder im Büro sein.»

«Aha. Gut, dann werde ich jetzt mal weitererzählen, und du unterbrichst mich, wenn ich etwas Falsches sage. Du bist am Mittwochabend um halb zehn nach oben auf dein Zimmer gegangen und hast deinen Koffer gepackt. Du – hast du auch daran gedacht, einen Trostbrief für deine trauernden Freunde und Angehörigen zu hinterlassen?»

«Ja, ich habe einen geschrieben, aber – »

«Versteht sich. Dann bist du zu Bett gegangen, denke ich, oder hast wenigstens die Decke zurückgeschlagen und dich etwas hingelegt.»

«Ja. Ich habe mich hingelegt. Und das war gut so, denn hinterher –»

«Eben. Du hättest nicht mehr viel Zeit gehabt, dem Bett morgens noch ein glaubhaftes Aussehen zu geben, und das wäre uns zu Ohren gekommen. Übrigens, Parker, als Mary dir gestern abend ihre Sünden beichtete, hast du dir da Notizen gemacht?»

«Ja», sagte Parker, «falls du meine Kurzschrift lesen kannst.»

«Und ob», sagte Peter. «Also, das zerwühlte Bett macht schon einmal einen Strich durch deine Geschichte, daß du überhaupt nicht zu Bett gegangen wärst, stimmt's?»

«Und ich hatte das für so eine gute Geschichte gehalten!»

«Dir fehlt nur die Übung», antwortete ihr Bruder freundlich. «Nächstes Mal machst du's besser. Eigentlich gut, daß es gar nicht so einfach ist, eine lange, hieb- und stichfeste Lüge zu erzählen, nicht? Da fällt mir ein, hast du Gerald um halb zwölf hinausgehen hören, wie Mr. Pettigrew-Robinson (daß ihm die Ohren abfallen!) behauptet?»

«Ich glaube, ich habe jemanden herumgehen hören», sagte Mary, «aber ich hab mir nicht viel dabei gedacht.»

«Eben», sagte Peter, «wenn ich mitten in der Nacht Leute im Haus herumgehen höre, bin ich viel zu taktvoll, um mir etwas dabei zu denken.»

«Natürlich», warf die Herzoginwitwe ein, «besonders in England, wo es als so ungehörig gilt, überhaupt zu denken. Das muß man Peter lassen – wenn es für irgend etwas eine kontinentaleuropäische Interpretation gibt, wird er es so interpretieren; wirklich sehr rücksichtsvoll von dir, mein Bester, wenigstens nachdem du anfingst, deine Beobachtungen für dich zu behalten und sie nicht herumzuerzählen, wie du es als kleiner Junge so intelligent gemacht hast. Du hattest schon immer eine ausgezeichnete Beobachtungsgabe.»

«Die hat er noch», sagte Mary, wobei sie Peter überraschend freundlich anlächelte.

«Schlechte Angewohnheiten haben ein zähes Leben», meinte Wimsey. «Aber weiter. Um drei Uhr bist du hinuntergegangen, um dich mit Goyles zu treffen. Warum ist er eigentlich den ganzen Weg bis zum Haus gekommen? Es wäre doch einfacher gewesen, wenn er dich am Feldweg erwartet hätte.»

«Ich wußte doch, daß ich nicht zum Tor hinausgekommen wäre, ohne Hardraw zu wecken, also hätte ich irgendwo über den Zaun steigen müssen. Allein hätte ich das vielleicht geschafft, aber nicht mit dem schweren Koffer. Da also George sowieso über den Zaun mußte, fanden wir es besser, wenn er gleich bis zum Haus kam und mir den Koffer tragen half. Und an der Wintergartentür konnten wir uns auch nicht verpassen. Ich hatte ihm einen Plan vom Weg geschickt.»

«War Goyles da, als du unten ankamst?»

«Nein – zumindest – nein, ich habe ihn nicht gesehen. Aber da lag der arme Denis und war tot, und Gerald stand über ihn gebeugt.

Mein erster Gedanke war, Gerald habe George umgebracht. Darum hab ich ja auch gerufen: ‹Mein Gott, Gerald, du hast ihn getötet!›» (Peter warf Parker einen Blick zu und nickte.) «Dann hat Gerald ihn umgedreht, und ich habe gesehen, daß es Denis war – und dann glaube ich sicher gehört zu haben, wie sich weit weg im Gebüsch etwas bewegte – es hörte sich an wie knackende Zweige –, und plötzlich kam es über mich: Wo war George? Peter, und dann habe ich alles so klar vor mir gesehen! Denis mußte mit George zusammengetroffen sein, der unten auf mich wartete, und hat ihn angegriffen – ich bin ganz sicher, daß Denis ihn angegriffen haben muß. Wahrscheinlich hat er ihn für einen Einbrecher gehalten. Oder er hatte herausbekommen, wer er war, und wollte ihn verjagen. Und bei dem Kampf muß George ihn erschossen haben. Es war schrecklich!»

Peter klopfte seiner Schwester auf die Schulter. «Armes Ding», sagte er.

«Ich hab nicht gewußt, was ich tun sollte», fuhr Mary fort. «Weißt du, ich hatte so schrecklich wenig Zeit. Mein einziger Gedanke war, daß niemand auf die Idee kommen durfte, es könnte jemand dagewesen sein. Also mußte ich mir schnell einen Grund ausdenken, warum ich selbst da war. Zuerst habe ich also rasch meinen Koffer hinter die Kakteen geschoben. Jerry war so mit dem Toten beschäftigt, daß er nichts gemerkt hat – du weißt ja, Jerry merkt nie etwas, solange man es ihm nicht vor die Nase hält. Aber ich wußte, wenn ein Schuß gefallen war, mußten Freddy und die Marchbanks ihn gehört haben, darum habe ich so getan, als ob ich ihn auch gehört hätte und nach unten gegangen wäre, um zu sehen, ob Einbrecher da waren. Es war eine ziemlich schlechte Ausrede, aber etwas Besseres fiel mir nicht ein. Gerald schickte mich ins Haus, um alle aufzuwecken, und bis ich die Treppe hinaufgegangen war, hatte ich meine Geschichte fix und fertig. Und ich war so stolz darauf, daß ich den Koffer nicht vergessen hatte!»

«Den hast du in die Truhe getan», sagte Peter.

«Ja. Und ich hab einen furchtbaren Schrecken bekommen, als ich dich neulich da hineingucken sah.»

«Das ist noch gar nichts gegen meinen Schrecken, als ich den Silbersand darin fand.»

«Silbersand?»

«Aus dem Wintergarten.»

«Mein Gott!» rief Mary.

«Nun gut, erzähl weiter. Du hast Freddy und die Pettigrew-Robinsons aufgeweckt. Und dann mußtest du schnell in dein

Zimmer, um den Abschiedsbrief zu vernichten und die Kleider auszuziehen.»

«Ja. Ich fürchte, wie ich das gemacht habe, das war nicht sehr glaubhaft. Aber ich konnte nicht gut jemandem weismachen wollen, daß ich voll angezogen, mit seidener Unterwäsche, sauber geknoteter Krawatte und einer goldenen Krawattennadel auf Einbrecherjagd gegangen sei.»

«Nein. Die Schwierigkeiten verstehe ich gut.»

«Es hat ja auch ganz gut geklappt, weil mir alle ohne weiteres glaubten, daß ich nur aus Mrs. Pettigrew-Robinsons Fängen entkommen wollte – außer natürlich Mrs. P. selbst.»

«O ja; sogar Parker hat das geschluckt, stimmt's, altes Haus?»

«Ja, ja», sagte Parker finster.

«Das mit dem Schuß war ein böser Fehler von mir», fuhr Lady Mary fort. «Sieh mal, ich hatte alles so schön erklärt – und dann mußte ich feststellen, daß sonst niemand einen Schuß gehört hatte. Und hinterher haben sie entdeckt, daß sich alles weit weg im Gebüsch abgespielt hatte – und die Zeit stimmte auch nicht. Bei der Voruntersuchung *mußte* ich natürlich bei meiner Geschichte bleiben – und es sah immer schlimmer und schlimmer aus –, und dann haben sie alles auf Gerald geschoben. In meinen schlimmsten Träumen wäre ich auf die Idee nicht gekommen. Natürlich sehe ich jetzt, wie ich mit meiner eigenen dummen Aussage dazu beigetragen habe.»

«Darum das Ipecacuanha», sagte Peter.

«Ich hatte mich so furchtbar verstrickt», sagte die arme Lady Mary, «daß ich es für besser hielt, ganz den Mund zu halten, damit ich alles nicht noch schlimmer machte.»

«Und hast du immer noch geglaubt, daß es Goyles war?»

«Ich – hab nicht mehr gewußt, was ich glauben sollte», sagte Mary. «Und jetzt weiß ich es auch nicht. Peter, wer könnte es denn *sonst* gewesen sein?»

«Ehrlich gesagt, mein Kind», sagte Seine Lordschaft, «wenn er es *nicht* war, weiß ich das auch nicht.»

«Immerhin ist er ja auch weggelaufen», sagte Lady Mary.

«Schießen und Weglaufen scheint seine Stärke zu sein», meinte Peter bissig.

«Wenn er das nicht mit dir gemacht hätte», sagte Mary langsam, «hätte ich dir das alles nie erzählt. Eher wäre ich gestorben. Aber bei seinen revolutionären Ideen – und wenn man an Rußland denkt und an all das Blut, das da in Aufständen und Kämpfen vergossen wird –, ich glaube, da lernt man ein Menschenleben verachten.»

«Mein Liebes», sagte die Herzoginwitwe, «ich habe den Eindruck, daß Mr. Goyles für sein eigenes Leben keine große Verachtung an den Tag legt. Du mußt versuchen, die Sache gerecht zu sehen. Auf Leute schießen und weglaufen ist nicht sehr heldenhaft – nach *unseren* Maßstäben.»

«Was ich nur nicht verstehe», warf Wimsey schnell dazwischen, «das ist, wie Geralds Revolver ins Gebüsch kam.»

«Und was *ich* gern wissen möchte», sagte die Herzoginwitwe, «das ist, ob Denis wirklich ein Falschspieler war.»

«Und worüber *ich* gern Bescheid wüßte», sagte Parker, «das ist die grünäugige Katze.»

«Denis hat mir nie eine Katze geschenkt», sagte Mary. «Das war geflunkert.»

«Waren Sie je mit ihm in einem Juwelierladen in der Rue de la Paix?»

«Das schon; etliche Male. Und er hat mir einen Schildpattkamm mit Brillanten geschenkt. Aber nie eine Katze.»

«Dann können wir das schöne Geständnis von gestern abend also endlich vergessen», sagte Lord Peter, indem er lächelnd Parkers Notizen durchblätterte. «Eigentlich gar nicht so schlecht, Polly, gar nicht schlecht. Du hast ein Talent für Schauerromane – doch, das meine ich wirklich! Hier und da noch ein bißchen mehr Liebe zum Detail. Zum Beispiel hättest du unmöglich diesen schwerverletzten Mann den ganzen Weg zum Haus schleifen können, ohne dich über und über mit Blut zu beschmieren. Übrigens, hat Goyles Cathcart überhaupt gekannt?»

«Nicht daß ich wüßte.»

«Parker und ich hatten nämlich schon eine andere Theorie, die Goyles wenigstens vom schlimmsten Verdacht befreit hätte. Erzähl's ihr, Alter; es war ja deine Idee.»

Nach dieser Aufforderung schilderte Parker seine Theorie von Erpressung und Selbstmord.

«Das klingt plausibel», sagte Mary, « – theoretisch zumindest; aber das sähe George überhaupt nicht ähnlich – ich meine, Erpressung ist doch so etwas *Gemeines.*»

«Na ja», meinte Peter, «ich glaube, am besten gehen wir und sehen uns Goyles einmal an. Das Rätsel dieser Mittwochnacht muß schließlich irgendeine Lösung haben, und wenn einer sie kennt, dann er. Parker, alter Freund, wir nähern uns dem Ende der Jagd.»

Nichts verweilet am Mittag

«Weh!» sagte Hiya, «die Empfindungen, die diese Person mit solch untadeliger Ehrbarkeit zum Ausdruck brachte, als die Sonne hoch am Himmel stand und die Wahrscheinlichkeit eines heimlichen Fortgehens aus sicherlich wohlbehütetem Hause so angenehm fern lag, scheinen plötzlich ganz andere zu sein bei Nacht in einem finstern Obstgarten und am Vorabend ihrer Erfüllung.»
The Wallet of Kai-Lung

«Ein Augenblick nach Mittag ist schon Nacht.»
Donne

Mr. Goyles wurde anderntags auf dem Polizeirevier verhört. Mr. Murbles war zugegen, und Mary bestand auf ihrer Anwesenheit. Der junge Mann versuchte sich zuerst ein bißchen aufzuspielen, aber der trockene Ton des Anwalts verfehlte seine Wirkung nicht.

«Lord Peter Wimsey identifiziert Sie», sagte Mr. Murbles, «als den Mann, der gestern abend einen Mordanschlag auf ihn verübt hat. Mit bemerkenswerter Großmut hat er bisher von einer Anzeige abgesehen. Nun wissen wir ferner, daß Sie in der Nacht, in der Hauptmann Cathcart erschossen wurde, in der Nähe des Jagdhauses von Riddlesdale waren. Sie werden in diesem Prozeß zweifellos als Zeuge geladen werden. Aber Sie würden der Gerechtigkeit einen großen Dienst erweisen, wenn Sie schon jetzt vor uns eine Aussage machten. Dies ist ein freundschaftliches und rein privates Gespräch, Mr. Goyles. Wie Sie sehen ist kein Vertreter der Polizei zugegen. Wir bitten Sie schlicht um Ihre Hilfe. Allerdings sollte ich Sie wohl warnen, daß Sie sich im Falle einer Aussageverweigerung, die natürlich Ihr unbestrittenes Recht ist, den schwersten Verdächtigungen aussetzen würden.»

«Mit anderen Worten, Sie drohen mir», sagte Mr. Goyles. «Wenn ich nichts sage, lassen Sie mich wegen Mordverdachts verhaften.»

«Um Himmels willen, nein, Mr. Goyles», antwortete der Anwalt. «Wir würden dann lediglich die Informationen, die wir besitzen, in die Hände der Polizei geben, die damit verfahren würde, wie sie es für richtig hielte. Gott bewahre, nein – alles, was auch nur nach Drohung aussähe, wäre höchst ungesetzlich. In der Frage des Anschlags auf Lord Peter wird Seine Lordschaft natürlich nach eigenem Gutdünken verfahren.»

«Schon gut», sagte Mr. Goyles mürrisch, «nennen Sie's, wie Sie wollen, aber es *ist* eine Drohung. Dabei macht es mir gar nichts aus, zu reden – zumal Sie ganz schön enttäuscht sein werden. Wahrscheinlich hast du mich verpfiffen, Mary.»

Mary errötete indigniert.

«Meine Schwester hat sich Ihnen gegenüber außerordentlich loyal verhalten, Mr. Goyles», sagte Lord Peter. «Ich kann sogar sagen, daß sie sich Ihretwegen größten Unannehmlichkeiten – um nicht zu sagen Gefahren – ausgesetzt hat. Ihr Weg nach London konnte deshalb verfolgt werden, weil Sie bei Ihrem überaus eiligen Rückzug eindeutige Spuren hinterlassen hatten. Als meine Schwester dann versehentlich ein Telegramm öffnete, das mir unter meinem Familiennamen nach Riddlesdale geschickt worden war, ist sie stehenden Fußes nach London geeilt, um Sie zu schützen, so gut sie konnte und ohne Rücksicht auf ihre eigene Person. Glücklicherweise war mir der Wortlaut des Telegramms auch in meine Londoner Wohnung übermittelt worden. Dennoch war ich mir Ihrer Identität so lange nicht sicher, bis ich Ihnen im Sowjet-Club zufällig begegnete. Da allerdings gaben mir Ihre energischen Bemühungen, einem Gespräch mit mir auszuweichen, nicht nur die völlige Gewißheit, sondern außerdem einen ausgezeichneten Grund, Sie festnehmen zu lassen. Ich muß sagen, ich bin Ihnen für Ihre Hilfe ausgesprochen dankbar.»

Mr. Goyles machte ein böses Gesicht.

«Ich weiß nicht, wie du denken konntest, George – » sagte Mary.

«Was ich denke, braucht dich nicht zu kümmern», sagte der junge Mann grob. «Mittlerweile wirst du ihnen ja sowieso alles erzählt haben. Nun gut, ich will Ihnen meine Geschichte so kurz wie möglich schildern, und Sie werden sehen, daß ich alles ganz genau weiß. Wenn Sie mir nicht glauben, kann ich's nicht ändern. Ich bin gegen Viertel vor drei angekommen und hab die Karre auf dem Feldweg abgestellt.»

«Wo waren Sie um elf Uhr fünfzig?»

«Auf der Straße von Northallerton. Meine Versammlung war erst Viertel vor elf zu Ende, und dafür kann ich Ihnen an die hundert Zeugen bringen.»

Wimsey notierte sich die Adresse, wo die Versammlung stattgefunden hatte, und nickte Goyles zu, fortzufahren.

«Ich bin über den Zaun gestiegen und durchs Gebüsch gegangen.»

«Sie haben niemanden gesehen, auch keine Leiche?»
«Keinen Menschen, weder lebendig noch tot.»
«Sind Ihnen irgendwelche Blutspuren oder Fußabdrücke auf dem Weg aufgefallen?»
«Nein, ich hab mich nicht getraut, meine Taschenlampe anzuknipsen, weil man mich dann aus dem Haus hätte sehen können. Es war gerade hell genug, um den Weg zu erkennen. Kurz vor drei war ich an der Wintergartentür. Und wie ich dort ankam, bin ich über etwas gestolpert. Ich hab's gefühlt, und es fühlte sich an wie ein Mensch. Ich bin böse erschrocken. Zuerst dachte ich nämlich, es sei Mary – krank oder ohnmächtig oder was weiß ich. Jedenfalls habe ich kurz meine Taschenlampe angeknipst. Und da sah ich, daß es Cathcart war, tot.»
«Sind Sie sicher, daß er tot war?»
«Mausetot.»
«Einen Augenblick», unterbrach der Anwalt. «Sie sagen, Sie hätten gesehen, daß es Cathcart war. Kannten Sie Cathcart denn überhaupt?»
«Nein, das nicht. Ich wollte sagen, ich sah, daß es ein toter Mann war, und hinterher habe ich erfahren, daß es Cathcart war.»
«Dann wissen Sie also auch jetzt nicht aus eigener Anschauung, daß es Cathcart war?»
«Doch – zumindest habe ich später die Fotos in der Zeitung wiedererkannt.»
«Es ist sehr wichtig, sich bei solchen Aussagen genau auszudrükken, Mr. Goyles. Eine Bemerkung wie die von vorhin könnte auf die Polizei oder die Geschworenen einen sehr unglücklichen Eindruck machen.»
Nach diesen Worten schneuzte Mr. Murbles sich die Nase und rückte seinen Kneifer gerade.
«Wie weiter?» fragte Lord Peter.
«Ich glaubte jemanden den Weg heraufkommen zu hören. Da habe ich es nicht für ratsam gehalten, mich bei dem Toten erwischen zu lassen, und ich bin getürmt.»
«Oh», machte Peter mit einem unbeschreiblichen Gesichtsausdruck. «Das war allerdings eine sehr einfache Lösung. Sie überließen das Mädchen, das Sie heiraten wollten, sich selbst und der unerfreulichen Entdeckung, daß im Garten ein Toter lag und ihr galanter Freier das Hasenpanier ergriffen hatte. Was haben Sie eigentlich erwartet, wie *sie* darüber denken würde?»
«Nun, ich hab gedacht, sie wird sich selbst zuliebe den Mund halten. Aber eigentlich habe ich überhaupt nicht so ausführlich nachge-

dacht. Ich wußte nur, daß ich irgendwo eingedrungen war, wo ich nichts zu suchen hatte, und daß es ziemlich böse für mich aussehen könnte, wenn ich bei einem Ermordeten angetroffen würde.»

«Mit anderen Worten», sagte Mr. Murbles, «Sie haben den Kopf verloren, junger Mann, und sind sehr unbedacht und feige davongerannt.»

«Sie brauchen das gar nicht so auszudrücken», erwiderte Mr. Goyles. «Ich befand mich zunächst in einer ausgesprochen unangenehmen und blöden Lage.»

«Ja, ja», meinte Lord Peter ironisch. «Drei Uhr morgens ist ja auch eine eklige, kalte Tageszeit. Wenn Sie demnächst mal wieder durchbrennen wollen, tun Sie's um sechs Uhr abends oder um Mitternacht. Sie scheinen sich auf die Planung von Verschwörungen besser zu verstehen als auf ihre Ausführung. Bei der kleinsten Kleinigkeit gehen Ihnen schon die Nerven durch. Wissen Sie, ich finde wirklich nicht, daß einer wie Sie auch noch Schußwaffen tragen sollte. Können Sie mir vielleicht mal sagen, Sie reinrassiges Eselsfohlen, welcher Teufel Sie geritten hat, gestern abend auf mich zu ballern? Wenn Sie mich in den Kopf oder ins Herz oder sonst an einer lebenswichtigen Stelle getroffen hätten, *dann* befänden Sie sich jetzt allerdings in einer unangenehmen Situation. Wenn Sie schon solche Angst vor Toten haben, warum laufen Sie dann herum und schießen auf die Leute? Warum, warum, warum? Das will mir nicht in den Kopf. Denn wenn Sie jetzt die Wahrheit gesagt haben, waren Sie doch nie in der allermindesten Gefahr. Mein Gott! Und wieviel Zeit und Ärger es uns gekostet hat, Sie einzufangen – Sie Esel! Und die arme Mary dreht durch und bringt sich fast um, weil sie denkt, Sie wären doch nicht weggelaufen, wenn Sie nicht wenigstens einen triftigen Grund gehabt hätten!»

«Man muß wohl einem nervösen Naturell einiges nachsehen», sagte Mary kalt.

«Wenn ihr wüßtet, wie das ist, beschattet und verfolgt und gehetzt zu werden –» begann Mr. Goyles.

«Ich dachte, ihr Leute vom Sowjet-Club genießt es geradezu, wenn man euch alles mögliche zutraut», sagte Lord Peter. «Also, ich finde, es hätte der stolzeste Augenblick Ihres Lebens sein müssen, als man Sie für einen wirklich gefährlichen Burschen hielt.»

«Und das hämische Geschwätz von Leuten wie Ihnen», entgegnete Goyles mit Leidenschaft, «sät mehr Haß zwischen den Klassen als – »

«Sparen wir uns das», unterbrach Mr. Murbles. «Gesetz ist Gesetz, für jeden, junger Mann, und Sie haben es fertiggebracht, sich in eine sehr unangenehme Lage zu bringen.» Er drückte eine Klingel auf dem

Tisch, woraufhin Parker in Begleitung eines Konstablers eintrat. «Wir wären Ihnen sehr verbunden», sagte Mr. Murbles, «wenn Sie diesen jungen Mann freundlicherweise im Auge behalten könnten. Wir erstatten keine Anzeige gegen ihn, solange er sich benimmt, aber er darf nicht versuchen, sich abzusetzen, bevor der Fall Riddlesdale zur Verhandlung kommt.»

«Gewiß nicht, Sir», sagte Mr. Parker.

«Einen Augenblick noch», sagte Mary. «Mr. Goyles, hier ist der Ring, den Sie mir einmal gegeben haben. Leben Sie wohl. Wenn Sie das nächste Mal eine öffentliche Rede halten und für entschiedenes Handeln eintreten, komme ich applaudieren. Sie können über derlei Dinge so gut sprechen. Ansonsten aber halte ich es für besser, wenn wir uns nicht wiedersehen.»

«Natürlich», sagte der junge Mann bitter, «deine Leute haben mich in diese Lage gebracht, und nun kehrst du dich gegen mich und verhöhnst mich auch.»

«Zu glauben, daß Sie ein Mörder wären, hat mich nicht gestört», sagte Lady Mary voller Verachtung, «aber es stört mich, daß Sie so ein Hampelmann sind.»

Ehe Mr. Goyles etwas erwidern konnte, bugsierte Mr. Parker, verlegen, aber nicht gerade mißvergnügt, seinen Schützling aus dem Zimmer. Mary trat ans Fenster, wo sie stehenblieb und sich auf die Lippen biß.

Wenig später ging Lord Peter zu ihr. «Du, Polly, der alte Murbles hat uns zum Lunch eingeladen. Kommst du mit? Sir Impey Biggs ist auch da.»

«Den möchte ich heute nicht sehen. Es ist sehr lieb von Mr. Murbles – »

«Na, komm schon, Mädchen. Biggs ist immerhim eine Berühmtheit und obendrein ein Anblick für die Götter – wie Marmor. Er wird dich gründlich über Kanarienvögel aufklären – »

Mary mußte trotz ihrer eigensinnigen Tränen kichern.

«Es ist furchtbar lieb von dir, Peter, daß du das Kindchen bei Laune zu halten versuchst. Aber ich kann nicht. Ich würde mich nur zum Narren machen. Und ich bin für heute schon genug zum Narren gemacht worden.»

«Quatsch», sagte Peter. «Gewiß hat Goyles sich heute nicht mit Ruhm bekleckert, aber er war ja auch in einer ekligen Situation. Komm doch mit.»

«Ich hoffe, Lady Mary kann sich entschließen, meine Junggesellenwohnung mit ihrer Gegenwart zu verschönern», sagte der Anwalt im

Näherkommen. «Ich würde die große Ehre sehr zu schätzen wissen. Ich glaube, ich habe schon zwanzig Jahre keine Dame mehr in meinen vier Wänden gehabt – mein Gott, es müssen tatsächlich schon zwanzig Jahre sein.»

«In diesem Falle», sagte Lady Mary, «kann ich wohl nicht absagen.»

Mr. Murbles besaß eine hübsche Wohnung in Staple Inn, deren Fenster auf einen gepflegten Garten mit reizenden kleinen Blumenbeeten und einem plätschernden Springbrunnen hinausblickten. Wie die Zimmer diese altmodische Rechtsgelehrtenatmosphäre wahrten, die er um sein sprödes Ich verbreitete, grenzte ans Wunderbare. Das Speisezimmer war mit Mahagonimöbeln, einem Orientteppich und roten Vorhängen ausgestattet. Auf dem Büfett standen ein paar hübsche Silberschalen, echte Sheffield-Arbeiten, und etliche Karaffen mit gravierten silbernen Etiketten um die Hälse. In einem Bücherregal sah man lauter dicke, in Kalbsleder gebundene Gesetzeswerke, und über dem Kaminsims hing ein streng dreinblickender Richter in Öl. Lady Mary war mit einemmal dankbar für diese diskrete viktorianische Atmosphäre.

«Ich fürchte, wir werden auf Sir Impey noch ein paar Sekunden warten müssen», sagte Mr. Murbles mit einem Blick auf seine Uhr. «Er hat die Sache Quangle & Hamper gegen *Die Wahrheit* übernommen, aber sie hoffen heute morgen damit fertig zu werden – Sir Impey selbst meint, bis Mittag wäre der Fall erledigt. Ein genialer Mann, unser Sir Impey. Er verteidigt *Die Wahrheit.*»

«Erstaunlich für einen Rechtsanwalt, wie?» meinte Peter.

«Die Zeitung», sagte Mr. Murbles, indem er den kleinen Scherz mit einem leichten Zucken der Mundwinkel belohnte, «gegen diese Leute, die von sich behaupten, neunundfünfzig verschiedene Krankheiten mit ein und derselben Pille heilen zu können. Quangle & Hamper haben einige ihrer Kunden vorladen lassen, die bezeugen sollen, wie gut das Mittel ihnen getan hat. Es war ein Festschmaus für den Intellekt, Sir Impey mit ihnen umgehen zu hören. Er kann ja mit alten Damen unendlich freundlich sein. Als er eine sogar bat, dem hohen Gericht ihr Bein zu zeigen, kochte die Stimmung im Gerichtssaal über.»

«Und hat sie's gezeigt?» wollte Lord Peter wissen.

«Sie konnte es gar nicht erwarten, mein lieber Lord Peter, gar nicht erwarten.»

«Daß die überhaupt den Nerv hatten, sie vorzuladen!»

«Den Nerv?» sagte Mr. Murbles. «Die Nerven solcher Leute wie Quangle & Hamper haben ihresgleichen nicht im Universum, um es einmal mit dem großen Shakespeare zu sagen. Aber einem Sir Impey tanzt man nicht auf der Nase herum. Wir können von großem Glück sagen, daß wir ihn für diesen Fall gewonnen haben. – Ah, ich glaube, ich höre ihn!»

Eilige Schritte auf der Treppe verkündeten in der Tat das Nahen des großen Strafverteidigers, der noch in Perücke und Robe hereingestürzt kam und sich wortreich entschuldigte.

«Tut mir furchtbar leid, Murbles», sagte Sir Impey. «Gegen Ende wurde es richtig ermüdend, dem Himmel sei's geklagt. Ich habe mein Bestes getan, aber der gute alte Dowson wird taub wie eine Nuß und immer tolpatschiger. – Und wie geht's Ihnen, Wimsey? Sie sehen aus, als ob Sie aus dem Krieg kämen. Können wir jemanden wegen tätlichen Angriffs verklagen?»

«Noch viel besser», warf Mr. Murbles ein. «Mordversuch, wenn es Ihnen recht ist.»

«Ausgezeichnet, ausgezeichnet», sagte Sir Impey.

«Aber wir haben beschlossen, keine Anzeige zu erstatten», sagte Mr. Murbles kopfschüttelnd.

«Aber, aber! Mein lieber Wimsey, so geht das wirklich nicht. Wir Anwälte müssen doch von etwas leben. Ihre Schwester? Ich hatte nicht das Vergnügen, Sie in Riddlesdale kennenzulernen, Lady Mary. Wieder auf den Beinen, hoffe ich?»

«Völlig geheilt, danke», sagte Lady Mary mit Nachdruck.

«Mr. Parker – Ihr Name ist mir natürlich ein Begriff. Unser guter Wimsey kann keinen Schritt ohne Sie gehen, soviel ich weiß. Murbles, stecken diese Herrschaften voll kostbarer Informationen? Ich interessiere mich nämlich ungemein für den Fall.»

«Aber jetzt im Moment nicht», sagte der alte Anwalt.

«Da haben Sie recht. Im Augenblick interessiert mich nichts so sehr wie dieser exzellente Hammelrücken. Verzeihen Sie mir meine Gier.»

«Nun, nun», machte Mr. Murbles mit verhaltenem Strahlen. «Dann wollen wir anfangen. Aber leider, meine lieben jungen Leute, bin ich altmodisch genug, mir diese neue Sitte des Cocktailtrinkens noch nicht angewöhnt zu haben.»

«Und das mit Recht», betonte Wimsey. «Verdirbt den Geschmack und bringt die Verdauung durcheinander. Keine englische Sitte zudem – ein absolutes Sakrileg in diesem ehrwürdigen Hause. Kommt aus Amerika – die Folge: Prohibition. So geht es Leuten, die nicht zu trinken verstehen. Gerechter Himmel, Sir, Sie geben uns von Ihrem berühmten Roten. In dessen Gegenwart auch nur von Cocktail zu sprechen ist schon Sünde.»

«Jawohl», sagte Mr. Murbles, «jawohl, das ist der 75er Lafite. Es kommt selten vor, sehr selten, daß ich ihn jemandem unter fünfzig anbiete – aber Sie, Lord Peter, verstehen ja mehr davon als einer, der doppelt so viele Jahre zählt wie Sie.»

«Vielen Dank, Sir; ein solches Lob weiß ich überaus zu schätzen. Darf ich die Flasche herumgehen lassen, Sir?»

«Bitte, bitte – wir bedienen uns alle selbst, Simpson, danke. Und nach dem Essen», fuhr Mr. Murbles fort, «lade ich Sie ein, etwas wirklich Denkwürdiges zu kosten. Ein wunderlicher alter Klient von mir ist neulich gestorben und hat mir ein Dutzend Flaschen 47er Portwein vermacht.»

«Mein Gott!» rief Peter. «Einen 47er! Der dürfte doch kaum noch trinkbar sein.»

«Das fürchte ich auch», antwortete Mr. Murbles. «Jammerschade darum. Aber ich finde, solch einer ehrwürdigen Antiquität sollte man irgendwie Respekt erweisen.»

«Es ist natürlich auch schon etwas, von sich sagen zu dürfen, daß man dergleichen gekostet hat», sagte Peter. «Wie wenn es einem vergönnt wäre, die göttliche Sarah zu sehen. Stimme hin, Jugend hin, Charme hin – aber sie ist ein Stück Klassik.»

«O ja», schwärmte Mr. Murbles. «Ich kann mich noch erinnern, sie in jungen Jahren gesehen zu haben. Wir alten Knaben haben immerhin den Trost einiger wunderschöner Erinnerungen.»

«Sehr richtig, Sir», meinte Peter, «und Sie werden noch viele, viele weitere sammeln. Aber was hat dieser alte Herr sich dabei gedacht, so einen Jahrgang über die Blüte hinaus reifen zu lassen?»

«Mr. Featherstone war ein sehr sonderbarer Mensch», sagte Mr. Murbles. «Und doch – ich weiß nicht. Vielleicht war er auch nur sehr, sehr weise. Er war berühmt für seinen extremen Geiz. Hat sich nie einen neuen Anzug gekauft, nie einen Tag Urlaub gemacht, nie geheiratet und sein Leben lang in derselben dunklen, engen Wohnung gehaust, in der er schon als blutjunger Anwalt wohnte. Dabei hatte er ein großes Vermögen von seinem Vater geerbt, aber das hat er nur immer weiter anwachsen lassen. Den Portwein hatte noch sein alter Herr, der 1860 gestorben ist, in den Keller gelegt, als mein Klient vierunddreißig Jahre alt war. Er – der Sohn, meine ich – war sechsundneunzig, als er verstarb. Er sagte immer, keine Freude reiche ja an die Vorfreude heran, und demzufolge lebte er wie ein Einsiedler – tat nie etwas, plante aber immerzu alle die Dinge, die er hätte tun können. Er hat ein ausführliches Tagebuch hinterlassen, in dem er Tag für Tag seines Phantasielebens festgehalten hat, ohne je zu wagen, dieses an der Wirklichkeit zu messen. In dem Tagebuch ist zum Beispiel ein glückliches Eheleben an der Seite der Frau seiner Träume genau beschrieben. Jedes Jahr zu Weihnachten und Ostern wurde eine Flasche von dem 47er feierlich aufgetischt und ebenso feierlich – und ungeöffnet – wieder abgeräumt, wenn das karge Mahl beendet war. Als gläubiger Christ genoß er auch die Vorfreude auf die Glückseligkeit nach dem Tode, aber wie Sie sehen, hat er auch dieses Vergnügen so lange wie möglich hinausgeschoben. Er starb mit den Worten: ‹Der ist treu, der verheißen hat› – bis ans Ende mußte er sich dessen versichern. Ein einzigartiger Mensch, wirklich einzigartig – vom Abenteuergeist der heutigen Generation trennten ihn Welten.»

«Wie absonderlich und rührend», meinte Mary.

«Vielleicht hatte er irgendwann einmal sein Herz an etwas Unerreichbares gehängt», sagte Parker.

«Nun, ich weiß nicht», sagte Mr. Murbles. «Es hieß, die Dame seiner Träume sei nicht immer nur ein Traum gewesen, er habe sich nur nie entschließen können, ihr einen Antrag zu machen.»

«Na ja», sagte Sir Impey entschieden, «je mehr ich vor Gericht zu sehen und zu hören bekomme, desto mehr neige ich zu der Ansicht, daß Mr. Featherstone den besseren Teil erwählt hat.»

«Und sind entschlossen, seinem Beispiel zu folgen – jedenfalls in dieser Hinsicht, nicht wahr, Sir Impey?» entgegnete Mr. Murbles mit nachsichtigem Lächeln.

Mr. Parker warf einen Blick zum Fenster. Es begann zu regnen.

Der 47er Portwein, daran war nicht zu zweifeln, war tot; von seinem früheren Feuer und Aroma war nur noch der ärmlichste Hauch zu spüren. Lord Peter hielt einen Augenblick sein Glas reglos in der Hand.

«Es ist wie der Nachgeschmack einer Leidenschaft, die den Zenit überschritten hat und müde geworden ist», sagte er mit plötzlichem Ernst. «Man kann nur noch tapfer anerkennen, daß er tot ist, und ihn beseitigen.» Und mit einer entschlossenen Bewegung schleuderte er den Inhalt seines Glases ins Feuer. Nun trat das spöttische Lächeln wieder in sein Gesicht.

«Was an Clive mir gefällt
Ist, daß er nicht mehr lebt auf der Welt –
Drum weiß ich wenig nur, das nicht
Fürs Totsein spricht.

Welch klassische Aussagekraft und Kürze in diesen vier Zeilen! – Um aber auf unsern Fall zurückzukommen, Sir, wir haben Ihnen eine Menge zu berichten.»

Mit Parkers Unterstützung erklärte er den beiden rechtskundigen Herren den ganzen bisherigen Gang der Ermittlungen, und Lady Mary steuerte brav ihre Version von den Ereignissen jener Nacht bei.

«Sie sehen also», sagte Peter, «daß dieser Mr. Goyles viel dadurch verloren hat, daß er *nicht* der Mörder ist. Wir finden, er hätte als finsterer Mitternachtsmörder eine gute Figur gemacht. Aber nachdem die Dinge nun so stehen, wie sie stehen, müssen wir aus ihm als Zeugen herausholen, was herauszuholen geht, nicht?»

«Nun, Lord Peter», sagte Mr. Murbles bedächtig, «ich muß Ihnen und Mr. Parker gratulieren zu dem Fleiß und der Findigkeit, mit denen Sie das so weit herausbekommen haben.»

«Ich finde, wir haben doch einige Fortschritte erzielt», meinte Parker.

«Wenn auch nur negative», ergänzte Peter.

«Genau», sagte Sir Impey, indem er sich mit einem überraschenden Ruck zu ihm umwandte. «Sehr negativ, das kann man wohl sagen. Und was gedenken Sie nun, nachdem Sie der Verteidigung einen dikken Knüppel zwischen die Beine geworfen haben, als nächstes zu tun?»

«Das ist mir aber ein schöner Dank dafür», rief Peter entrüstet, «daß wir so viele Fragen für Sie geklärt haben!»

«Allerdings», pflichtete der Verteidiger ihm bei, «aber es sind nun leider genau die Fragen, die wohl am besten ungeklärt geblieben wären.»

«Himmel noch mal, wir wollen die Wahrheit ergründen!»

«So?» meinte Sir Impey trocken. «Ich nicht. Die Wahrheit kann mir gestohlen bleiben. Ich brauche eine Linie für die Verteidigung. Wer Cathcart ermordet hat, ist mir egal, solange ich nur beweisen kann, daß es nicht Denver war. Es genügt sogar, wenn ich vernünftige Zweifel an seiner Täterschaft glaubhaft machen kann. Aber da habe ich nun einen Mandanten, der mir etwas von einem Streit erzählt, einen verdächtigen Revolver, eine Weigerung meines Mandanten, Beweise für seine Behauptungen beizubringen, und ein vollkommen unzulängliches und idiotisches Alibi. Ich bereite mich darauf vor, die Geschworenen mit geheimnisvollen Fußspuren, zeitlichen Unstimmigkeiten, einer jungen Frau mit einem Geheimnis und dunklen Andeutungen über ein Mittelding zwischen Einbruch und Verbrechen aus Leidenschaft einzuwickeln, und nun kommen Sie daher und erklären die Fußspuren, entlasten den Unbekannten, räumen die zeitlichen

Unstimmigkeiten aus, enthüllen die Motive des Mädchens und lenken mit großer Umsicht den Verdacht wieder genau dahin, wo er von vornherein lag. Was erwarten Sie da von mir?»

«Ich habe ja schon immer gesagt», grollte Peter, «daß Advokaten die unmoralischsten Gesellen unter Gottes Himmel sind, und jetzt weiß ich es genau.»

«Nun, nun», sagte Mr. Murbles, «das alles bedeutet ja nur, daß wir uns nicht auf unsern Lorbeeren ausruhen dürfen. Sie müssen weitermachen, mein Bester, und weitere Beweise beschaffen, aber diesmal positive. Wenn dieser Mr. Goyles nicht den armen Mr. Cathcart umgebracht hat, müssen wir doch imstande sein, den zu finden, der es getan hat.»

«Jedenfalls», sagte Biggs, «können wir noch um eines froh und dankbar sein – und zwar, daß Sie, Lady Mary –» Lady Mary errötete – «letzten Donnerstag noch nicht wieder kräftig genug waren, um vor der Geschworenenkammer zu erscheinen. Jetzt wird die Anklage von einem Schuß um drei Uhr morgens ausgehen. Beantworten Sie keine Fragen, wenn es geht, dann machen wir denen damit einen Strich durch die Rechnung.»

«Aber wird man ihr von da an überhaupt noch ein Wort glauben?» fragte Peter skeptisch.

«Um so besser, wenn man ihr nicht glaubt. Sie ist ja Zeugin der Anklage. Man wird Sie böse durch die Mangel drehen, Lady Mary, aber machen Sie sich da nichts draus. Das gehört zum Spiel. Bleiben Sie bei Ihrer Geschichte, und wir werden das Kind schon schaukeln. Kapiert?» Sir Impey hob drohend den Finger.

«Ich verstehe», sagte Mary. «Man wird mich rupfen wie ein Huhn, aber ich sage nur immer wieder stur: ‹Das ist jetzt die Wahrheit.› Entspricht das Ihrer Vorstellung?»

«Genau», sagte Biggs. «Übrigens, Denver will wohl über sein Tun und Lassen noch immer nicht reden, wie?»

«Er weigert sich ka-te-gorisch», antwortete Murbles. «Die Wimseys sind eine Familie von ausgesprochenen Dickköpfen», fuhr er fort, «und ich fürchte, es hat im Augenblick nicht viel Sinn, die Ermittlungen in dieser Richtung fortzusetzen. Wenn wir auf irgendeine andere Weise die Wahrheit herausbekommen und sie dem Herzog auf den Kopf zusagen könnten, wäre er vielleicht bereit, sie zu bestätigen.»

«Demnach», sagte Parker, «haben wir drei Möglichkeiten des Vorgehens. Erstens müssen wir versuchen, das Alibi des Herzogs von dritter Seite zu erhalten. Zweitens können wir die vorliegenden Ermittlungsergebnisse noch einmal mit dem Ziel überprüfen, den wirklichen Mörder zu finden. Und drittens könnte uns die Pariser Polizei vielleicht etwas über Cathcarts Vergangenheit sagen.»

«Und ich glaube zu wissen, wohin ich mich um Informationen zu Punkt zwei wenden muß», sagte Wimsey plötzlich. «Nach Grider's Hole.»

«Hui!» Parker stieß einen Pfiff aus. «Das hatte ich ganz vergessen. Da wohnt doch dieser blutrünstige Bauer, nicht wahr, der die Hunde auf dich gehetzt hat?»

«Mit seiner sehenswerten Frau, jawohl. Hört mal, was haltet ihr davon? Der Mann ist rasend eifersüchtig auf seine Frau und verdächtigt sofort jeden Mann, der in ihre Nähe kommt. Als ich neulich hinging und erwähnte, daß ein Freund von mir sich in der Woche zuvor dort herumgetrieben haben könnte, hat er sich furchtbar aufgeregt und gedroht, dem Burschen ans Leder zu gehen. Er schien zu wissen, von wem ich sprach. Nun hatte ich natürlich nur Schuhgröße 45 – nämlich Goyles – im Kopf und hab nie etwas anderes gedacht, als daß er der Mann sei. Aber wenn das nun Cathcart war? Wir wissen doch jetzt, daß Goyles vor Mitternacht gar nicht in der Gegend war, also konnte unser Mr. Dingsda – Grimethorpe – von ihm gar nichts wissen, aber Cathcart könnte durchaus irgendwann an Grider's Hole vorbeigekommen und gesehen worden sein. Und nun aufgepaßt! Dafür spricht nämlich noch etwas. Als ich dort war, hat Mrs. Grimethorpe mich offensichtlich mit jemandem verwechselt, den sie kannte, und ist schleunigst herbeigeeilt, um mich zu warnen. Ich hab natürlich die ganze Zeit gedacht, sie hat meinen alten Hut und Regenmantel durchs Fenster gesehen und mich für Goyles gehalten, aber wenn ich mir's jetzt überlege, habe ich dem Kind, das mir die Tür öffnete, gesagt, daß ich vom Jagdhaus kam. Wenn das Kind das der Mutter gesagt hat, muß sie geglaubt haben, ich sei Cathcart.»

«Nein, nein, Wimsey, das kann nicht sein», warf Parker dazwischen, «sie muß doch inzwischen gewußt haben, daß Cathcart tot war.»

«Hol's der Kuckuck! Richtig, das muß sie gewußt haben. Es sei denn, dieser bösartige alte Höllenhund hat ihr die Nachricht vorenthalten. Himmel – und genau das hätte er sicher getan, wenn er Cathcart selbst umgebracht hätte! Dann würde er ihr nie ein Wort davon gesagt haben – und ich kann mir nicht vorstellen, daß er sie je einen Blick in eine Zeitung werfen ließe, selbst wenn sie sich eine hielten. Es geht dort nämlich ein bißchen hinterwäldlerisch zu.»

«Aber sagst du nicht selbst, Grimethorpe habe ein Alibi?»

«Doch – aber das haben wir nicht überprüft.»

«Und woher hätte er wissen sollen, daß Cathcart sich in dieser Nacht im Gebüsch aufhalten würde?»

Peter überlegte.

«Vielleicht hat er nach ihm geschickt», meinte Mary.

«Richtig, richtig!» rief Peter eifrig. «Ihr wißt doch noch, wie wir gedacht haben, Cathcart müsse irgendwie von Goyles Nachricht bekommen und sich mit ihm verabredet haben – aber wenn nun diese Nachricht von Grimethorpe kam, der Cathcart gedroht hat, ihn bei Jerry zu verpfeifen?»

«Wollen Sie damit andeuten, Lord Peter», mischte sich Mr. Murbles in einem Ton ein, der darauf abzielte, Peters ungestüme Begeisterung abzukühlen, «daß Mr. Cathcart zur selben Zeit, während er mit Ihrer Schwester verlobt war, eine schändliche Affäre mit einer verheirateten Frau unterhielt, die gesellschaftlich tief unter ihm stand?»

«Entschuldige, Polly», sagte Wimsey.

«Macht nichts», sagte Mary. «Ich – genaugenommen würde es mich nicht einmal so sehr überraschen. Denis war immer – ich meine, er hatte in bezug auf Ehe und dergleichen immer sehr kontinentale Ansichten. Ich glaube nicht, daß er sich viel dabei gedacht hätte. Er hätte vermutlich gesagt, daß alles seine Zeit und seinen Platz hat.»

«Wieder so ein wasserdichtes Schubladengewissen», meinte Wimsey nachdenklich.

Mr. Parker, der von London her nun wirklich mit den dunkleren Seiten des Lebens seit langem vertraut war, hatte die Stirn in düstere Falten gelegt und machte aus seiner provinziellen Mißbilligung kein Hehl.

«Wenn Sie das Alibi dieses Grimethorpe erschüttern könnten», sagte Sir Impey, indem er die Fingerspitzen der rechten Hand bedächtig zwischen die Finger der linken Hand schob, «könnten wir eventuell etwas daraus machen. Was meinen Sie, Murbles?»

«Immerhin», sagte Murbles, «räumen sowohl Grimethorpe als auch sein Knecht ein, daß er Mittwoch nacht nicht in Grider's Hole war. Wenn er nicht beweisen kann, daß er in Stapley war, könnte er ebensogut in Riddlesdale gewesen sein.»

«Na klar!» rief Wimsey. «Allein weggefahren, irgendwo angehalten, Hottehü stehengelassen, zurückgeschlichen, Cathcart getroffen, ihn abgemurkst, anderntags nach Hause zurückgekehrt und irgendwas von Maschinen erzählt.»

«Vielleicht war er sogar in Stapley», warf Parker ein. «Früh weggefahren oder spät angekommen und unterwegs den Mord verübt. Wir werden die Zeiten einmal genau unter die Lupe nehmen müssen.»

«Hurra!» rief Wimsey. «Ich denke, ich mache mich mal gleich wieder auf den Weg nach Riddlesdale.»

«Ich bleibe besser hier», sagte Parker. «Es könnte vielleicht etwas aus Paris kommen.»

«Recht hast du. Laß es mich jedenfalls sofort wissen, wenn was kommt. Mensch, hör mal!»

«Ja?»

«Ist dir schon aufgefallen, daß dieser Fall an zu *vielen* Anhaltspunkten krankt? Da laufen Dutzende von Leuten mit Geheimnissen und Fluchtplänen in der Gegend – »

«Du bist ein Ekel, Peter», sagte Lady Mary.

Meriba

«Oho, mein Freund! Du bist wohl in die Grube gefallen!»
Jack the Giant-Killer

Lord Peter unterbrach seine Reise nach Norden in York, wohin man den Herzog von Denver nach der Sitzung des Assisengerichts gebracht hatte, da das Gefängnis von Northallerton geschlossen werden sollte. Mittels kluger Überredungskunst gelang es Peter, die Erlaubnis zu einem Gespräch mit seinem Bruder zu erwirken. Er traf den Herzog verdrießlich und von der Gefängnisatmosphäre niedergeschlagen, aber nach wie vor unbeugsam und störrisch an.

«Dumme Geschichte, alter Junge», sagte Peter, «aber du hältst dich wirklich prima. Furchtbar langweilig, dieser ganze Juristenkram, wie? Aber wir gewinnen dadurch Zeit, und das ist auch schon was.»

«Ein unerhörter Skandal ist das!» sagte Seine Gnaden. «Möchte wissen, was Murbles sich dabei denkt. Kommt hierher und versucht mich einzuschüchtern – so eine Unverschämtheit! Man sollte glauben, er hält mich für den Täter.»

«Nun paß mal auf, Jerry», sagte sein Bruder ernst, «warum gibst du nicht endlich dein Alibi preis? Es wäre so ungemein hilfreich. Denn immerhin, wenn einer nicht sagen will, was er getan hat – »

«Es ist nicht meine Aufgabe, etwas zu beweisen», erwiderte Seine Gnaden würdevoll. «*Die* müssen beweisen, daß ich da war und den Kerl umgebracht habe. Ich bin nicht verpflichtet, zu sagen, wo ich war. Schließlich habe ich als unschuldig zu gelten, bis man mir eine Schuld nachweist, oder? Ich nenne das eine Schande. Ein Mord wurde begangen, und die machen sich nicht die geringste Mühe, den wirklichen Mörder zu finden. Ich gebe ihnen mein Ehrenwort, von meinem Eid ganz zu schweigen, daß ich Cathcart nicht getötet habe – obwohl das Schwein es, wohlgemerkt, verdient hat –, aber die scheren sich nicht darum. Inzwischen kann der wirkliche Verbrecher entkommen, wohin er will. Wenn ich doch nur frei wäre, ich würde denen einheizen.»

«Nun, warum kürzt du die Geschichte dann nicht einfach ab?» drängte Peter. «Ich meine ja nicht hier und jetzt vor mir –» damit warf er einen Blick auf den Wärter, der in Hörweite saß – «sondern vor Murbles. Dann könnten wir an die Arbeit gehen.»

«Ich wollte, du würdest dich gefälligst heraushalten», knurrte der Herzog. «Ist es nicht so schon widerwärtig genug für die arme Helen und Mutter und alle andern, auch ohne daß du gleich wieder die Gelegenheit ergreifst, Sherlock Holmes zu spielen? Ich hatte wirklich geglaubt, du würdest den Anstand besitzen, dich der Familie zuliebe ruhig zu verhalten. Mag ja sein, daß ich mich in einer hundsmiserablen Lage befinde, aber ich mache mich wenigstens nicht noch zu einem öffentlichen Schauspiel!»

«Zum Kuckuck!» rief Peter mit solcher Heftigkeit, daß der stumpfsinnig dreinblickende Wärter richtig zusammenzuckte. «Wer hier ein öffentliches Schauspiel bietet, das bist doch gerade du! Ohne dich wär's gar nicht erst dazu gekommen. Meinst du vielleicht, *mir* macht es Spaß, meinen Bruder im Gefängnis sitzen und meine Schwester durch die Gerichtsinstanzen gezerrt zu sehen, auf Schritt und Tritt über Zeitungsreporter zu stolpern, mich an jeder Straßenecke von deinem Namen auf irgendeinem Zeitungsblatt anstieren zu lassen und dieses ganze scheußliche Theater miterleben zu müssen, mit großem Schlußakt im Oberhaus, wo sie dann alle in Purpur und Hermelin und dem ganzen Klimbim antanzen müssen? Im Club fangen die Leute schon an, mich komisch anzusehen, und ich kann sie förmlich flüstern hören, daß ‹an Denvers Verhalten weiß Gott was faul› ist! Mach endlich einen Punkt, Jerry.»

«Nun, wir können jetzt nicht mehr zurück», sagte sein Bruder, «und dem Himmel sei Dank, daß es unter den Peers noch ein paar anständige Männer gibt, die das Wort eines Edelmannes zu würdigen wissen, selbst wenn mein eigener Bruder nicht über seine erbärmlichen juristischen Beweise hinaussehen kann.»

Und wie sie einander so zornig anstarrten, schlüpfte plötzlich jene geheimnisvolle Blutsverbindung, die wir Familienähnlichkeit nennen, aus ihrem Versteck hervor und prägte ihre so grundverschiedenen Gesichter koboldhaft zu Karikaturen voneinander. Es war, als sähe ein jeder sich selbst in einem Zerrspiegel, während ihre Stimmen eine der anderen Echo hätten sein können.

«Also gut», sagte Peter, der sich als erster fing, «es tut mir aufrichtig leid. Ich wollte mich nicht so gehenlassen. Wenn du nichts sagen willst, dann eben nicht. Jedenfalls arbeiten wir alle wie die Irren und hoffen zuversichtlich, den Richtigen bald zu finden.»

«Du solltest das lieber der Polizei überlassen», meinte Denver. «Ich weiß ja, daß du gern Detektiv spielst, aber ich finde doch, du solltest irgendwo eine Grenze ziehen.»

«Das war nicht nett», sagte Wimsey. «Aber ich betrachte das nicht als ein Spiel und kann nicht einfach sagen, ich halte mich da heraus, denn ich weiß, daß ich wertvolle Arbeit leiste. Trotzdem verstehe ich deinen Standpunkt – doch, wirklich. Es tut mir leid, daß du mich als so aufdringlich empfinden mußt. Wahrscheinlich fällt es dir auch schwer, zu glauben, daß ich Gefühle habe. Aber ich habe welche, und ich werde dich hier herausholen, und wenn Bunter und ich alle beide dabei draufgehen. Also, mach's gut – der Wärter wacht soeben auf, um zu sagen: ‹Zeit, meine Herren.› Halt die Ohren steif. Und viel Glück!»

Draußen erwartete ihn Bunter.

«Bunter», fragte er, als sie zusammen durch die Straßen der alten Stadt gingen, «ist mein Benehmen wirklich aufreizend, auch wenn ich es gar nicht sein will?»

«Es ist möglich, Mylord – wenn Eure Lordschaft mir die Bemerkung erlauben –, daß die frische Art, mit der Eure Lordschaft zu Werke gehen, diesen falschen Eindruck auf Menschen mit beschränkter – »

«Vorsicht, Bunter!»

« – mit begrenzter Phantasie macht, Mylord.»

«Wohlerzogene Engländer haben keine Phantasie, Bunter.»

«Gewiß nicht, Mylord. Ich wollte auch nichts Geringschätziges damit gesagt haben.»

«Na schön, Bunter – o Gott, da läuft ein Reporter! Schnell, verstekken Sie mich irgendwo!»

«Hier hinein, Mylord.»

Mr. Bunter zog seinen Gebieter rasch in die kühle Leere einer Kathedrale.

«Ich möchte empfehlen, Mylord», beschwor er ihn im Flüsterton, «daß wir Haltung und äußeres Erscheinungsbild von Betenden annehmen, wenn Eure Lordschaft gestatten.»

Durch die Fingerritzen sah Lord Peter einen Küster auf sie zugeschossen kommen, strengen Tadel auf den Lippen. Im selben Augenblick aber kam der Verfolger hereingestürzt und zückte sein Notizbuch. Der Küster warf sich sofort auf die neue Beute.

«Die Wendeltreppe, unter der wir uns befinden», hob er mit ehrfurchtsvoll eintöniger Stimme an, «ist bekannt unter dem Namen ‹Die Sieben Schwestern von York›. Es heißt – »

Herr und Diener stahlen sich leise hinaus.

Für den Besuch des Marktstädtchens Stapley staffierte Lord Peter sich mit einem alten Gürtelanzug, sportlichen Socken, einem uralten Hut mit rundum heruntergezogener Krempe, derben Schuhen und einem schweren Eschenstock aus. Seinen Lieblingsstock – einen schönen Malakka mit Zolleinteilung für detektivische Zwecke, einem Degen in seinem Innern und einem Kompaß im Knauf – ließ er mit Bedauern zurück. Er fürchtete nämlich, dieser könne die Eingeborenen gegen ihn einnehmen, da er so etwas Städtisches, wenn nicht Eingebildetes an sich habe. Die Folgen dieser löblichen Hingabe an seine Arbeit sollten deutlich zeigen, wie recht Gertrude Rhead hatte mit ihrer Bemerkung: «Diese ganze Selbstverleugnung ist ein tragischer Fehler.»

Es war ein schläfriges Städtchen, in das sie mit einem Einspänner aus Riddlesdale einfuhren – Bunter neben Lord Peter, und auf dem Rücksitz Wilkes, der Untergärtner. Lieber wäre Wimsey an einem Markttag hierhergekommen, weil er da vielleicht Grimethorpe persönlich angetroffen hätte, aber die Zeit drängte, und er mochte keinen weiteren Tag verlieren. Es war ein rauher, kalter Morgen, der Regen verhieß.

«In welchem Gasthaus steigt man am besten ab, Wilkes?»

«Da wäre der ‹Ziegelstein›, Mylord – ein gutes, angesehenes Lokal, oder die ‹Zinnbrücke› am Markt, oder die ‹Rosenkrone› auf der andern Seite vom Marktplatz.»

«Wo gehen denn die Leute am Markttag meist hin?»

«Vielleicht ist die ‹Rosenkrone› am beliebtesten, würde ich sagen – der Wirt, Tim Watchett, ist sehr redselig. Greg Smith aus der ‹Zinnbrücke› gegenüber ist ziemlich mürrisch, aber dafür hat er gutes Bier.»

«Hm – Bunter, ich glaube, unser Mann würde sich eher von Verdrießlichkeit und gutem Bier angezogen fühlen als von einem geschwätzigen Wirt. Wir sollten uns mal die ‹Zinnbrücke› ansehen, und wenn wir dort eine Niete ziehen, gehen wir in die ‹Rosenkrone› und quetschen den redseligen Mr. Watchett aus.»

Und so bogen sie in den Hof eines großen, finster dreinblickenden Hauses ein, auf dessen lange nicht mehr renoviertem Schild gerade noch die Umrisse einer zinnenbewehrten Brücke zu erkennen waren, die der Volksmund (vielleicht in Anlehnung an die zinnernen Bierkrüge) im Laufe der Zeit zur ‹Zinnbrücke› gemacht hatte. Peter wandte sich in seinem leutseligsten Ton an den brummigen Stallknecht, der das Pferd in Empfang nahm:

«Scheußlich frischer Morgen, wie?»

«Hm.»

«Füttern Sie mir den Gaul gut. Ich bleibe ein Weilchen.»

«Hm.»
«Heute ist wohl nicht viel los hier, was?»
«Nee.»
«Aber an Markttagen haben Sie sicher viel zu tun?»
«Hm.»
«Da kommen wohl die Leute von weit her?»
«Hüah!» sagte der Stallknecht. Das Pferd machte drei Schritte vorwärts.
«Harr!» sagte der Stallknecht. Das Pferd blieb stehen; die Deichseln waren frei, und der Mann ließ sie auf den knirschenden Kies hinunter.
«Hüah!» rief der Stallknecht; er führte das Pferd gemächlich in den Stall und ließ Lord Peter einfach stehen. So hatte der Adelssproß sich schon lange nicht abgefertigt gefühlt.
«Ich bin mehr und mehr überzeugt», sagte Seine Lordschaft, «daß dies die gewohnte Absteige unseres Mr. Grimethorpe ist. Gehen wir mal an die Bar. Wilkes, ich brauche Sie vorerst nicht. Besorgen Sie sich was zu essen, wenn Sie Hunger haben. Ich weiß nicht, wie lange wir bleiben werden.»
«Sehr wohl, Mylord.»
In der Bar der ‹Zinnbrücke› fanden sie Mr. Greg Smith verdrießlich über eine lange Rechnung gebeugt. Lord Peter bestellte für sich und Bunter etwas zu trinken. Der Wirt schien dies als Dreistigkeit zu empfinden und verwies sie mit einer Kopfbewegung an die Kellnerin. Es war nur recht und billig, daß Bunter, nachdem er sich bei seinem Herrn geziemend für das Bier bedankt hatte, sofort eine Unterhaltung mit dem Mädchen anknüpfte, während Lord Peter seine Aufmerksamkeit Mr. Smith zuwandte.
«Ah!» sagte Seine Lordschaft. «Das ist mal ein guter Schluck, Mr. Smith. Man hat mir gesagt, für ein gutes Bier müsse ich mich hierher wenden, und weiß der Himmel, man hat mich an die richtige Stelle geschickt.»
«Hm!» machte Mr. Smith. «Ist auch nicht mehr, was es mal war. Was Gutes gibt's heute doch nicht mehr.»
«Also, ich könnte es mir nicht besser wünschen. Übrigens, ist Mr. Grimethorpe heute hier?»
«Was?»
«Ist Mr. Grimethorpe heute morgen in Stapley, wissen Sie das zufällig?»
«Wie soll ich das wissen?»
«Ich dachte, er kehrt immer hier ein.»

«Hm.»

«Vielleicht habe ich auch den Namen falsch verstanden. Aber ich hätte ihn für den Mann gehalten, der dahin geht, wo es das beste Bier gibt.»

«So?»

«Na gut, wenn Sie ihn nicht gesehen haben, wird er wohl heute nicht hierhergekommen sein.»

«Wohin?»

«Nach Stapley.»

«Wohnt er nicht hier? Kann doch kommen und gehen, ohne daß ich es weiß.»

«Natürlich!» Wimsey mußte den Schock erst einmal verdauen, dann begriff er das Mißverständnis. «Ich meine doch nicht Mr. Grimethorpe aus Stapley, sondern Mr. Grimethorpe von Grider's Hole.»

«Warum sagen Sie das nicht gleich? Den? Ja.»

«Ist er heute hier?»

«Nein. Weiß nichts von ihm.»

«Aber an Markttagen kommt er doch her, denke ich?»

«Manchmal.»

«Es ist ja ein ziemlich weiter Weg. Man kann doch hier übernachten?»

«Wollen Sie 'n Zimmer?»

«Nein, ich glaube nicht. Ich dachte mehr an meinen Freund Grimethorpe. Könnte mir denken, daß er oft hier über Nacht bleibt.»

«Kann sein.»

«Steigt er denn nicht hier ab?»

«Nee.»

«Oh!» machte Peter und dachte ungeduldig: «Wenn die hier alle so verschlossen sind wie die Austern, werde ich doch noch über Nacht bleiben müssen ... Na schön», fuhr er laut fort, «wenn er sich das nächste Mal hier sehen läßt, sagen Sie ihm bitte, daß ich nach ihm gefragt habe.»

«Und wer ist ‹ich›?» erkundigte Mr. Smith sich abweisend.

«Ach, nur Brooks aus Sheffield», meinte Lord Peter mit vergnügtem Grinsen. «Einen guten Morgen. Ich werde nicht vergessen, Ihr Bier weiterzuempfehlen.»

Mr. Smith grunzte. Lord Peter begab sich langsam hinaus, und bald folgte ihm Bunter forschen Schrittes und mit einem Ausdruck im Gesicht, den man bei jedem anderen für die Überreste eines Schmunzelns gehalten hätte.

«Nun?» erkundigte sich Seine Lordschaft. «Ich hoffe, die junge Dame war etwas mitteilsamer als dieser Tölpel.»

«Ich fand die junge Person» («Wieder eins drauf», dachte Lord Peter) «durch und durch liebenswürdig, Mylord, doch leider nicht gut informiert. Mr. Grimethorpe ist ihr nicht unbekannt, aber er pflegt nicht hier zu wohnen. Sie hat ihn manchmal in Gesellschaft eines gewissen Mr. Zedekiah Bone gesehen.»

«Nun gut», sagte Seine Lordschaft, «dann schlage ich vor, Sie machen sich auf die Suche nach Bone und kommen mir in ein paar Stunden berichten. Ich versuche mein Glück in der ‹Rosenkrone›. Wir treffen uns am Mittag unter diesem Ding.»

«Das Ding» war ein hohes Gebilde aus rosarotem Granit, das einen zerklüfteten Felsen darstellen sollte, bewacht von zwei steinernen Infanteristen mit Helm. Aus einem Bronzeknauf auf halber Höhe ergoß sich ein dünner Wasserstrahl, in den achteckigen Sockel war eine Ehrenliste gemeißelt, und vier Gaslaternen auf gußeisernen Ständern vervollkommneten dieses Monument der Disharmonie.

Mr. Bunter betrachtete es eingehend, um es nur ja wiederzuerkennen, und wollte sich respektvoll entfernen. Lord Peter machte zehn hurtige Schritte auf die ‹Rosenkrone› zu, als ihm plötzlich ein Gedanke kam.

«Bunter!»

Mr. Bunter eilte sofort an seine Seite zurück.

«Ach, nichts weiter», sagte Seine Lordschaft. «Mir ist nur eben ein Name dafür eingefallen.»

«Für – »

«Dieses Denkmal», sagte Lord Peter. «Ich habe mich entschlossen, es ‹Meriba› zu taufen.»

«Jawohl, Mylord. Das Haderwasser. Überaus zutreffend, Mylord. Es hat wirklich nichts Harmonisches an sich, wenn ich so sagen darf. Wünschen Sie sonst noch etwas, Mylord?»

«Nein, das wär's.»

Mr. Timothy Watchett von der ‹Rosenkrone› war gewiß das genaue Gegenteil von Mr. Greg Smith. Er war ein kleiner, dünner Mann von etwa fünfundfünfzig Jahren mit verschmitztem Blick und so wachen Bewegungen, daß Lord Peter auf den ersten Blick seine Herkunft erriet.

«Morgen, Herr Wirt», sagte er freundlich. «Und wann haben *Sie* zuletzt den Piccadilly Circus gesehen?»

«Schwer zu sagen, Sir. Wird wohl an die fünfunddreißig Jahre her sein. Ich hab schon so manches Mal zu meiner Frau gesagt: ‹Liz, dir zeig ich noch mal das Holborn Empire, bevor ich sterbe.› Aber dann kommt eins zum andern, und die Zeit zerrinnt einem unter den Fingern. Ein Tag gleicht so sehr dem andern – manchmal weiß ich nicht mal mehr, wie alt ich werde, Sir.»

«Na, na, noch haben Sie ja eine Menge Zeit», sagte Lord Peter.

«Hoffentlich, Sir. Ich hab mich nie, wie man so sagt, an diese Nordländer hier gewöhnt. So was von langsam, wie die sind, Sir – mich hat fast der Schlag getroffen, als ich zum erstenmal herkam. Und wie sie reden – daran mußte man sich auch erst mal gewöhnen. Wenn das Englisch sein soll, hab ich immer gesagt, dann sind mir die Franzosen in ihrem *Chantycleer*-Restaurant aber lieber, sag ich. Aber Gewohnheit ist alles. Manchmal erwisch ich mich dabei, wie ich schon selbst so rede. Ich!»

«Ich glaube, es besteht keine große Gefahr, daß Sie hier naturalisiert werden», sagte Lord Peter. «Hab ich Sie nicht auf Anhieb erkannt? ‹In Mr. Watchetts Bar›, hab ich zu mir gesagt, ‹steht dein Fuß auf heimischem Pflaster . . .›»

«Richtig, Sir. Und wenn Sie schon mal hier sind, womit darf ich das Vergnügen haben, Ihnen zu dienen? . . . Entschuldigen Sie mal, Sir, aber hab ich Ihr Gesicht nicht schon irgendwo gesehen?»

«Das glaube ich nicht», sagte Peter, «aber dabei fällt mir ein: Kennen Sie einen gewissen Mr. Grimethorpe?»

«Ich kenne fünf Grimethorpes. Welchen meinen Sie, Sir?»

«Mr. Grimethorpe aus Grider's Hole.»

Das freundliche Gesicht des Wirts verfinsterte sich.

«Freund von Ihnen, Sir?»

«Nicht unbedingt. Ein Bekannter.»

«Na also!» rief Mr. Watchett und ließ seine Hand auf die Theke sausen. «Ich hab doch gewußt, daß Ihr Gesicht mir bekannt vorkam! Wohnen Sie nicht drüben in Riddlesdale, Sir?»

«Zur Zeit ja.»

«Hab ich es doch gewußt», wiederholte Mr. Watchett triumphierend.

Er tauchte unter die Theke und brachte einen Packen Zeitungen zum Vorschein, woraufhin er mit gut angelecktem Daumen erregt die Seiten umblätterte. «Da! Riddlesdale! Natürlich, das war's!»

Er klatschte auf einen *Daily Mirror*, der wohl vierzehn Tage alt war. Auf der ersten Seite stand in dicker Balkenschrift: DER RIDDLESDALE-MORD. Darunter fand sich ein lebensechter Schnappschuß mit der Bildunterschrift: *Lord Peter Wimsey, der Sherlock Holmes vom*

Westend, wendet seine gesamte Zeit und Energie auf, um die Unschuld des Herzogs von Denver, seines Bruders, zu beweisen. Mr. Watchett strahlte.

«Ich darf Ihnen sicher sagen, wie stolz ich bin, Sie in meiner Bar zu haben, Mylord. – He, Jim, bedien mal die Herren da; du siehst doch, daß sie warten! – Alle Ihre Fälle hab ich verfolgt, Mylord, in den Zeitungen – die füllen ja schon ein ganzes Buch. Und wenn ich mir vorstelle – »

«Hören Sie mal, alter Freund», sagte Lord Peter, «könnten Sie, wenn's geht, etwas leiser sprechen? Und nachdem ja nun der Felix aus dem Sack ist, meinen Sie, es wäre Ihnen möglich, mir ein paar Informationen zu geben und nichts weiterzusagen, wie?»

«Kommen Sie mal mit nach hinten in den Salon, Mylord. Da hört uns keiner», sagte Mr. Watchett und hielt diensteifrig die Klappe hoch. «He, Jim! Bring uns eine Flasche – was möchten Sie denn trinken, Mylord?»

«Na, ich weiß nicht, wohin ich heute noch überall muß», meinte Seine Lordschaft skeptisch.

«Jim, bring uns mal 'nen Liter von dem alten Ale – das ist was Besonderes, Mylord. So was hab ich noch nirgends sonst getrunken, höchstens einmal vielleicht in Oxford. Danke, Jim. Und jetzt schleich dich, und kümmer dich um die Kunden. Also, Mylord.»

Mr. Watchetts Informationen liefen auf folgendes hinaus: Dieser Mr. Grimethorpe pflegte recht häufig in die ‹Rosenkrone› zu kommen, vor allem an Markttagen. Vor etwa zehn Tagen sei er ziemlich spät gekommen, schwer betrunken und streitsüchtig, zusammen mit seiner Frau, die wie immer in Höllenangst vor ihm zu leben schien. Grimethorpe habe Schnaps verlangt, aber Mr. Watchett habe sich geweigert, ihm welchen zu geben. Es habe Krach gegeben, und Mrs. Grimethorpe habe versucht, ihren Mann wegzubekommen. Grimethorpe habe sie prompt niedergeschlagen und sie mit Anzüglichkeiten über ihre Tugend beschimpft, und Mr. Watchett habe sofort die Knechte gerufen und Grimethorpe hinauswerfen lassen, wobei er ihm verboten habe, jemals wieder sein Lokal zu betreten. Er habe von allen Seiten gehört, daß Grimethorpes notorisch übler Charakter in letzter Zeit geradezu teuflisch geworden sei.

«Könnten Sie ungefähr angeben, wie lange das so geht oder seit wann?»

«Nun, wenn Sie so fragen, Mylord, würde ich sagen, besonders seit Mitte letzten Monats – vielleicht etwas länger.»

«Hm!»

«Nicht daß ich damit irgendwas unterstellen wollte, wie Sie ja sicher auch nicht, Mylord», sagte Mr. Watchett rasch.

«Gewiß nicht», sagte Lord Peter. «Was zum Beispiel?»

«Aha!» meinte Mr. Watchett. «Das ist es ja. Was?»

«Sagen Sie mal», fuhr Lord Peter fort, «können Sie sich vielleicht erinnern, ob Grimethorpe am 13. Oktober in Stapley war – an einem Mittwoch?»

«Das muß der Tag gewesen sein, als – aber klar! Ja, ich erinnere mich, denn ich weiß noch, wie ich es komisch gefunden habe, daß er hier war, weil doch kein Markttag war. Irgendwelche Maschinen wollte er sich ansehen, sagte er – Sämaschinen, jawohl. O ja, er war hier.»

«Wissen Sie noch, um welche Zeit er angekommen ist?»

«Also, ich meine, er wäre zum Lunch hiergewesen. Das weiß aber sicher die Kellnerin. He, Betty!» rief er durch die Nebentür. «Weißt du zufällig noch, ob Mr. Grimethorpe am 13. Oktober hier zum Lunch war – ein Mittwoch war das, der Tag, an dem dieser arme Mann drüben in Riddlesdale ermordet worden ist.»

«Grimethorpe von Grider's Hole?» fragte die Kellnerin, eine gutgewachsene junge Frau mit echtem Yorkshire-Tonfall. «Ja! Zu Mittag hat er gegessen, und dann ist er zum Schlafen wiedergekommen. Da irre ich mich bestimmt nicht, denn ich hab ihn bedient und ihm morgens das Wasser raufgetragen, und er hat mir nur zwei Pence gegeben.»

«Ungeheuerlich!» fand Lord Peter. «Hören Sie, Miss Elizabeth, sind Sie ganz sicher, daß es am dreizehnten war? Ich habe nämlich mit einem Freund darum gewettet, wissen Sie, und das Geld möchte ich nicht gern verlieren, wenn ich es verhindern kann. Wissen Sie genau, daß es die Mittwochnacht war, als er hier geschlafen hat? Ich hätte schwören mögen, es war Donnerstag.»

«Nee, Sir, das war Mittwoch, denn ich weiß noch, wie die Männer am nächsten Tag in der Bar über den Mord gesprochen und es Mr. Grimethorpe erzählt haben.»

«Klingt überzeugend. Was hat denn Mr. Grimethorpe dazu gesagt?»

«Na so was!» rief die junge Frau. «Das ist aber komisch, daß Sie das fragen; das haben nämlich alle gemerkt, wie eigenartig er sich benommen hat. Er ist so weiß geworden wie ein Bettlaken und hat seine beiden Hände angeguckt, erst die eine, dann die andere, und dann hat er sich die Haare aus der Stirn gestrichen – wie benommen. Wir haben alle gedacht, er hat das Trinken nicht vertragen. Er ist nämlich öfter betrunken als nüchtern. Dem seine Frau möcht ich nicht sein, nicht für fünfhundert Pfund.»

«Das glaube ich gern», sagte Peter. «Sie finden auch sicher was Besseres. Na, dann hab ich mein Geld wohl verloren. Übrigens, um welche Zeit ist denn Mr. Grimethorpe zum Schlafen gekommen?»

«Kurz vor zwei Uhr morgens», sagte die junge Frau und warf den Kopf zurück. «Wir hatten schon zugeschlossen, und Jim hat extra runtergemußt, um ihn reinzulassen.»

«Wenn das so ist», rief Peter, «dann kann ich mich vielleicht doch noch irgendwie herausmogeln, nicht wahr, Mr. Watchett? Zwei Uhr morgens ist doch schon Donnerstag, nicht? Jedenfalls werde ich's mal versuchen. Danke bestens. Mehr wollte ich nicht wissen.»

Betty grinste und entfernte sich kichernd, nachdem sie die Großzügigkeit dieses fremden Herrn mit Mr. Grimethorpes Knickrigkeit hatte vergleichen können. Peter stand auf.

«Ich bin Ihnen unendlich dankbar, Mr. Watchett», sagte er. «Jetzt möchte ich nur noch kurz ein Wort mit Jim reden. Übrigens, Sie sagen ja nichts davon weiter.»

«Ich bestimmt nicht», sagte Mr. Watchett. «Ich weiß, wo's langgeht. Viel Glück, Mylord.»

Jim bestätigte Bettys Aussage. Grimethorpe sei am 14. Oktober morgens um zehn vor zwei zurückgekommen, betrunken und völlig verdreckt. Er habe etwas von einem Watson gelallt, dem er begegnet sei.

Als nächstes wurde der Stallknecht befragt. Er glaube nicht, daß jemand ohne sein Wissen des Nachts mit einem Pferdegespann vom Hof herunterkomme. Diesen Watson kenne er. Das sei ein Fuhrmann, der in der Windon Street wohne. Lord Peter entlohnte seinen Informanten angemessen und machte sich auf den Weg zur Windon Street.

Eine Schilderung seiner dortigen Ermittlungen wäre jedoch zu weitschweifig. Um Viertel nach zwölf traf er Bunter am Meriba-Denkmal.

«Erfolg gehabt?»

«Ich habe gewisse Informationen erhalten, Mylord, die ich mir gewissenhaft notiert habe. An Bier für mich selbst und die Zeugen habe ich sieben Shilling und zwei Pence ausgelegt, Mylord.»

Lord Peter bezahlte wortlos die sieben Shilling, zwei Pence, und dann begaben sich beide in die ‹Rosenkrone›. Nachdem sie in einem Privatzimmer Platz genommen und ihr Mittagessen bestellt hatten, stellten sie folgenden Zeitplan zusammen:

GRIMETHORPES BEWEGUNGEN VON MITTWOCH, 13. OKTOBER, BIS DONNERSTAG, 14. OKTOBER

13. Oktober:

12.30 Ankunft ‹Rosenkrone›.
13.00 Mittagessen.
15.00 Bestellt bei einem Mr. Gooch im Trimmer's Lane zwei Sämaschinen.
16.30 Trinkt mit Mr. Gooch auf Geschäftsabschluß.
17.00 Spricht bei John Watson, Fuhrmann, wegen einer Lieferung Hundefutter vor. Watson nicht zu Hause. Mrs. Watson sagt, daß sie Watson abends zurückerwartet. G. verspricht, wiederzukommen.
17.30 Besucht Mark Dolby, Lebensmittelhändler, und beschwert sich über Dosenlachs.
17.45 Besucht Mr. Hewitt, Optiker, um Rechnung für Brille zu bezahlen und ihre Höhe anzuzweifeln.
18.00 Trinkt in der ‹Zinnbrücke› mit Zedekiah Bone.
19.00 G. wird von Konstabler Z15 im ‹Pfeifenden Eber› gesehen, wo er mit mehreren Männern trinkt. Stößt Drohungen gegen unbekannte Person aus.
19.20 Verläßt ‹Pfeifenden Eber› mit zwei Männern (noch nicht identifiziert).

14. Oktober:

1.15 Wird von Watson, Fuhrmann, etwa eine Meile vor Stapley an der Straße nach Riddlesdale aufgelesen; sehr schmutzig und schlechtgelaunt und nicht ganz nüchtern.
1.45 Wird von James Johnson, Schankknecht, in die ‹Rosenkrone› eingelassen.
9.00 Von Elizabeth Dobbin geweckt.
9.30 In der Bar der ‹Rosenkrone›. Erfährt von ermordetem Mann in Riddlesdale. Benimmt sich verdächtig.
10.15 Löst bei der Lloyds Bank einen Scheck über £ 129, 17 s. 8 d. ein.
10.30 Bezahlt Sämaschinen bei Gooch.
11.05 Verläßt ‹Rosenkrone› zur Rückkehr nach Grider's Hole.

Lord Peter besah sich diese Liste eine Weile und legte dann den Finger auf die große Lücke von sechs Stunden ab 19.20 Uhr.

«Wie weit ist es bis Riddlesdale, Bunter?»

«Knapp vierzehn Meilen, Mylord.»

«Und der Schuß wurde um 23.55 Uhr gehört. Zu Fuß wäre das nicht zu machen gewesen. Hat Watson erklärt, warum er erst um zwei Uhr morgens von seiner Fuhre zurückgekommen ist?»

«Ja, Mylord. Er sagte, er habe gegen elf Uhr zurück sein wollen, aber sein Pferd habe zwischen King's Fenton und Riddlesdale ein Hufeisen verloren. Er habe es langsam nach Riddlesdale führen müssen – etwa dreieinhalb Meilen weit –, wo er gegen zehn angekommen sei und den Schmied herausgeklopft habe. Er habe dann bis zur Polizeistunde im ‹Goldenen Ritter› gesessen und sei anschließend zu einem Freund mit nach Hause gegangen, wo sie noch ein paar getrunken hätten. Um 0.40 Uhr sei er nach Hause aufgebrochen und habe Grimethorpe etwa eine Meile vor Stapley aufgeladen, in der Nähe der Kreuzung.»

«Klingt plausibel. Der Schmied und der Freund müßten es bestätigen können. Aber wir müssen unbedingt diese Männer aus dem ‹Pfeifenden Eber› finden.»

Das Essen war gut. Aber damit schien ihr Glück sich für diesen Tag erschöpft zu haben, denn bis drei Uhr hatten sie die gesuchten Männer noch immer nicht identifiziert, und die Spur schien kalt zu sein.

Aber Wilkes, der Untergärtner, hatte auch etwas zu den Ermittlungen beizutragen. Er war beim Mittagessen einem Mann aus King's Fenton begegnet, und sie waren natürlich auf den geheimnisvollen Mord beim Jagdhaus zu sprechen gekommen, und bei der Gelegenheit hatte der Mann gesagt, er kenne einen alten Mann, der am Whemmeling-Moor wohne, und der habe ihm erzählt, er habe in der Mordnacht mitten in der Nacht einen Mann durchs Moor gehen sehen. «Und mir ist ganz plötzlich die Idee gekommen», schloß Wilkes strahlend, «daß es Seine Gnaden gewesen sein könnte.»

Weitere Nachforschungen ergaben, daß der alte Mann Groot hieß und daß Wilkes ohne weiteres Lord Peter und Bunter am Beginn des Viehpfades absetzen könne, der zu seiner Hütte führe.

Hätte Lord Peter nun seines Bruders Rat befolgt und sich mehr mit englisch-ländlichem Sport befaßt als mit Inkunabeln und Londoner Kriminellen – oder wäre Mr. Bunter in den Mooren aufgewachsen statt in einem Dörfchen in Kent – oder wäre Wilkes (der in Yorkshire geboren und aufgewachsen war und es hätte besser wissen müssen) nicht so unerhört eingebildet auf seine eigene Wichtigkeit gewesen, die er mit seinem Hinweis erlangt zu haben glaubte, und so ungeduldig darauf bedacht, daß diesem Hinweis unverzüglich nachgegangen wurde – oder hätte auch nur einer der drei seinen gesunden Menschenverstand gebraucht –, so wäre dieser ungeheuerliche Vorschlag nie gemacht, geschweige an einem Novembertag in Nord-Yorkshire auch noch ausgeführt worden. So aber stiegen Lord Peter und Bunter um zehn vor vier am Fuße des Moorpfades vom Wagen, entließen Wilkes und wanderten zu der kleinen Hütte am Rande des Moors hinauf.

Der alte Mann war stocktaub, und nach halbstündiger Befragung war das Ergebnis immer noch ziemlich mager. In einer Nacht im Oktober, die seiner Meinung nach die Mordnacht sein konnte, habe er an seinem Torffeuer gesessen – so gegen Mitternacht, schätzte er –, als plötzlich ein hochgewachsener Mann aus der Dunkelheit aufgetaucht sei. Er habe gesprochen wie ein Südengländer und gesagt, er habe sich im Moor verlaufen. Der alte Groots sei zur Tür gegangen und habe ihm den Pfad gezeigt, der nach Riddlesdale führe. Daraufhin habe der Fremde ihm einen Shilling in die Hand gedrückt und sei verschwunden. Die Kleidung des Fremden könne er nicht näher beschreiben, außer daß er einen weichen Hut und einen Mantel getragen habe, eventuell auch Gamaschen. Er sei einigermaßen sicher, daß es die Mordnacht gewesen sei, denn hinterher habe er noch darüber nachgedacht und sei zu dem Ergebnis gekommen, daß es vielleicht einer von den Leuten im Jagdhaus gewesen sei – möglicherweise der Herzog. Er sei erst nach langem Nachdenken auf diese Idee gekommen und habe sich nicht damit gemeldet, weil er nicht gewußt habe, wo oder bei wem.

Damit mußten die Frager sich zufriedengeben, und nachdem sie Groot mit einer halben Krone beschenkt hatten, traten sie kurz nach fünf Uhr wieder ins Moor hinaus.

«Bunter», sagte Lord Peter durch die Dämmerung, «ich bin absolut sicher, daß die Lösung der ganzen Geschichte in Grider's Hole liegt.»

«Sehr wohl möglich, Mylord.»

Lord Peter streckte einen Finger nach Südosten aus. «Da liegt Grider's Hole», sagte er. «Gehen wir.»

«Sehr wohl, Mylord.»

Und so machten sich Lord Peter und Bunter, ganz wie zwei ahnungslose Städter, munteren Schrittes den schmalen Moorpfad hinunter auf den Weg nach Grider's Hole, ohne auch nur einmal einen Blick über die Schulter zu werfen, um die große weiße Gefahr zu sehen, die sich aus der weiten Einsamkeit des Whemmeling-Moors lautlos durch die Novemberdämmerung heranwälzte.

«Bunter!»
«Hier, Mylord!»
Die Stimme war gleich neben seinem Ohr.
«Gott sei Dank! Ich dachte schon, jetzt wäre ich Sie für immer los. Menschenskind, das hätten wir aber wissen müssen.»
«Jawohl, Mylord.»
Es war von hinten gekommen, mit einem einzigen großen Schritt – dick, kalt und erstickend, so daß sie einander nicht mehr sehen konnten, obwohl sie kaum einen oder zwei Schritte voneinander entfernt waren.
«Ich bin ein Idiot, Bunter», sagte Lord Peter.
«Mitnichten, Mylord.»
«Nicht bewegen; sprechen Sie weiter.»
«Ja, Mylord.»
Peter tastete nach rechts und klammerte sich an den Ärmel des andern.
«Ah! Und was machen wir jetzt?»
«Ich wüßte es nicht zu sagen, Mylord, da ich damit keine Erfahrung habe. Hat das – äh – Phänomen irgendwelche Gewohnheiten, Mylord?»
«Keine festen, glaube ich. Manchmal zieht es weiter. Ein andermal bleibt es tagelang an einem Platz. Wir können hier die ganze Nacht stehenbleiben und warten, ob es bei Tagesanbruch besser wird.»
«Ja, Mylord. Nur ist es hier leider etwas klamm.»
«Etwas – wie Sie sagen», pflichtete Seine Lordschaft ihm mit einem kurzen Lachen bei.
Bunter nieste und entschuldigte sich höflich.
«Wenn wir weiter nach Südosten gehen», sagte Seine Lordschaft, «kommen wir schon nach Grider's Hole, und die werden uns gefälligst für die Nacht aufnehmen *müssen* – oder uns eine Begleitung mitgeben. Ich habe eine Taschenlampe bei mir, und wir können uns nach dem Kompaß richten – o verdammt!»
«Mylord?»
«Ich hab den falschen Stock. Diese widerliche Esche! Kein Kompaß, Bunter – jetzt sind wir aufgeschmissen.»
«Könnten wir uns nicht immerzu bergab halten, Mylord?»
Lord Peter zögerte. Erinnerungen an Gehörtes und Gelesenes gingen ihm durch den Kopf und sagten ihm, daß aufwärts oder abwärts im Nebel einerlei sei. Doch der Mensch wandelt in eitlem Schatten. Es fällt ihm schwer, zu glauben, daß er wirklich hilflos ist. Die Kälte war eisig. «Wir könnten es versuchen», sagte er schwach.

«Ich habe sagen hören, Mylord, daß man im Nebel immerzu im Kreise geht», sagte Mr. Bunter, von verspäteter Zagheit erfaßt.

«Aber doch nicht an einem Hang», entgegnete Lord Peter, der aus reinem Widerspruchsgeist heraus wieder mutig wurde.

Bunter fühlte sich außerhalb seines Elements und wußte einmal keinen Rat anzubieten.

«Na ja, schlimmer als jetzt kann es nicht mehr kommen», sagte Lord Peter. «Wir versuchen es einfach und werden zwischendurch immerzu rufen.»

Er ergriff Bunters Hand, und vorsichtig gingen sie weiter in den dicken, kalten Nebel hinein.

Wie lange dieser Alptraum dauerte, hätte keiner von ihnen sagen können. Es war, als ob die Welt um sie herum gestorben wäre. Ihre eigenen Rufe erschreckten sie; als sie zu rufen aufhörten, war die Totenstille noch erschreckender. Sie stolperten über dicke Büschel Heide. Es war erstaunlich, wie sehr sie, der Sicht beraubt, die Unebenheiten des Bodens zu spüren bekamen. Nur sehr unsicher vermochten sie zwischen bergauf und bergab zu unterscheiden. Sie waren bis auf die Knochen durchgefroren, und doch lief ihnen der Schweiß der Mühsal und Angst die Gesichter hinunter.

Plötzlich ertönte – unmittelbar vor ihnen, wie es schien, und nur ein paar Schritte entfernt – ein langgezogener, schrecklicher Schrei – und noch einer – und noch einer.

«Mein Gott! Was war das?»

«Ein Pferd, Mylord.»

«Natürlich.» Sie erinnerten sich, Pferde einmal so schreien gehört zu haben. Damals hatte irgendwo ein Stall gebrannt.

«Armes Vieh», sagte Peter. Impulsiv setzte er sich in die Richtung des Schreis in Bewegung und ließ Bunters Hand los.

«Kommen Sie zurück, Mylord!» rief der Diener in plötzlicher Verzweiflung. Und dann in angstvoller Erleuchtung:

«Um Gottes willen, bleiben Sie stehen, Mylord – das Moor!»

Ein heller Schrei in der undurchdringlichen Schwärze.

«Dableiben – rühren Sie sich nicht – es hat mich!»

Und dann ein schauriger, schlürfender Ton.

Das Alibi

> *«Wenn man erst wirklich im Rachen eines großen, gefräßigen wilden Tieres steckt, ist die Frage, wie wünschenswert der Verlust eines Körpergliedes sei, nicht mehr Gegenstand längerer Betrachtungen.»*
> The Wallet of Kai-Lung

«Ich bin mitten hineingetreten», sagte Wimseys Stimme ruhig aus der Dunkelheit. «Man sinkt sehr schnell. Kommen Sie lieber nicht näher, sonst versinken Sie mit. Wir wollen ein bißchen schreien. Ich glaube nicht, daß wir noch weit von Grider's Hole sind.»

«Wenn Eure Lordschaft weiter schreien möchten», entgegnete Mr. Bunter, «glaube ich – ich kann – zu Ihnen kommen», keuchte er, indem er mit den Zähnen den harten Knoten einer Rolle Schnur öffnete.

«Heda!» rief Lord Peter gehorsam. «Hilfe! Hallo! Hallo!»

Mr. Bunter tastete sich auf die Stimme zu, wobei er mit seinem Spazierstock gewissenhaft den Boden vor sich untersuchte.

«Sie sollten lieber wegbleiben, Bunter», sagte Lord Peter verstockt. «Was nützt es, wenn wir alle beide –?» Wieder versuchte er zu strampeln und zu rudern.

«Tun Sie das nicht, Mylord», rief sein Diener beschwörend. «Sie sinken nur noch tiefer ein.»

«Jetzt bin ich bis zu den Oberschenkeln drin», sagte Lord Peter.

«Ich komme», sagte Bunter. «Schreien Sie weiter. Ah, hier fängt es an weich zu werden.»

Er stocherte sorgsam im Boden herum, entschied sich für ein Grasbüschel, das ihm einigermaßen fest zu sein schien, und stieß seinen Stock tief hinein.

«Heda! Hallo! Hilfe!» schrie Lord Peter aus voller Brust.

Mr. Bunter band das eine Ende der Schnur an den Spazierstock, schnürte den Regenmantel fest um sich, legte sich vorsichtig auf den Bauch und schob sich, die Schnur in der Hand, voran wie ein sehr gotischer Theseus einer späten und degenerierten Schule.

Das Moor hob und senkte sich bedrohlich unter ihm, während er darüberkroch, und schlammiges Wasser schwappte ihm ins Gesicht. Er tastete mit den Händen nach Grasbüscheln und stützte sich darauf ab, wann immer er konnte.

«Rufen Sie noch einmal, Mylord!»

«Hier!» Die Stimme klang schwächer und kam von rechts. Bunter hatte beim Herumtasten ein wenig die Richtung verloren. «Ich kann es nicht wagen, schneller zu kommen», erklärte er. Ihm war, als krieche er schon seit Jahren.

«Gehen Sie raus hier, solange noch Zeit ist», sagte Peter. «Ich bin jetzt bis zur Hüfte drin. Mein Gott, das ist wirklich keine schöne Art, abzutreten!»

«Sie werden nicht abtreten», knurrte Bunter. Seine Stimme war plötzlich ganz nah. «Jetzt Ihre Hände.»

Ein paar quälende Minuten lang suchten zwei Paar Hände auf dem unsichtbaren Schlamm herum. Dann:

«Halten Sie die Ihren still», sagte Bunter. Er machte langsame, kreisende Bewegungen. Es war nicht einfach, das Gesicht aus dem Schlamm zu halten. Seine Hände glitten über die glitschige Fläche – und bekamen plötzlich einen Arm zu fassen.

«Gott sei Dank!» sagte Bunter. «Halten Sie sich daran fest, Mylord.»

Er tastete sich weiter vor. Die Arme waren schon gefährlich dicht über dem gefräßigen Schlamm. Lord Peters Hände krochen an seinen Armen empor und blieben auf seinen Schultern liegen. Er packte Wimsey unter den Achseln und zog. Dabei sanken seine eigenen Knie tief in den Morast. Hastig streckte er sich wieder flach aus. Ohne die Knie zu benutzen hatte er keine Kraft, aber sie zu benutzen bedeutete den sicheren Tod. Sie konnten hier nur verzweifelt ausharren, bis Hilfe kam – oder bis die Anstrengung zu groß wurde. Er konnte nicht einmal schreien; es ging schon fast über seine Kräfte, den Mund über Wasser zu halten. Die Muskelanspannung an seinen Schultern wurde unerträglich, und schon das bloße Atemholen verursachte ihm quälende Schmerzen im Nacken.

«Sie müssen weiter schreien, Mylord.»

Wimsey schrie. Seine Stimme war brüchig und schwach geworden.

«Bunter, alter Freund», sagte Lord Peter, «es tut mir so entsetzlich leid, daß ich Sie da mit hineingezogen habe.»

«Keine Ursache, Mylord», sagte Bunter, den Mund im Morast. Da fiel ihm plötzlich etwas ein.

«Wo ist Ihr Stock geblieben, Mylord?»

«Fallen gelassen. Er müßte ganz in der Nähe liegen, wenn er nicht versunken ist.»

Bunter ließ behutsam mit der linken Hand los und begann zu suchen.

«He! Holla! Hilfe!»

Bunters Hand fand den Stock, der wie durch ein Wunder auf einem halbwegs festen Grasbüschel gelandet war. Er zog ihn zu sich und legte ihn sich über die Arme, so daß er sein Kinn darauf stützen konnte. Die momentane Erleichterung für seine Nackenmuskeln war so groß, daß er wieder Mut faßte. Er glaubte jetzt auf ewig durchhalten zu können.

«Hilfe!»

Minuten vergingen wie Stunden.

«Da! Haben Sie das gesehen?»

Ein schwaches, flackerndes Leuchten irgendwo rechts. Beide schrien zugleich mit der Kraft der Verzweiflung.

«Hilfe! Hilfe! Heda! Hallo! Hilfe!»

Ein Schrei zur Antwort. Das Licht schwankte – kam näher – ein größer werdender Schimmer im Nebel.

«Wir *müssen* weitermachen», keuchte Wimsey. Sie riefen wieder.

«Wo seid ihr?»

«Hier!»

«Hallo!» Pause. Dann:

«Hier ist 'n Stock», sagte eine Stimme plötzlich ganz nah.

«Folgt der Schnur!» schrie Bunter. Sie hörten zwei Stimmen, die offenbar diskutierten. Dann wurde an der Schnur gezogen.

«Hier! Hier! Wir sind zu zweit! Beeilt euch!»

Weitere Beratungen.

«Könnt ihr euch noch halten?»

«Ja, wenn ihr euch beeilt.»

«Wir müssen 'ne Hürde holen. Zwei seid ihr?»

«Ja.»

«Tief drin?»

«Einer.»

«Ist gut. Da kommt Jim.»

Ein Platschen verkündete die Ankunft Jims mit einer Hürde. Dann folgte ein endloses Warten. Noch eine Hürde, ein Ruck an der Schnur, und das verschwommene Licht bewegte sich heftig hin und her. Eine dritte Hürde wurde abgeworfen, und plötzlich tauchte die Laterne aus dem Nebel auf. Eine Hand packte Bunter am Fußgelenk.

«Wo ist der andere?»

«Hier – fast bis zum Hals drin. Habt ihr ein Seil?»

«Klar. Jim! Das Seil!»

Das Seil kam durch den Nebel gezischt. Bunter packte es und schlang es seinem Gebieter um die Brust.

«Jetzt – komm du da raus und zieh mit.»

Bunter schob sich vorsichtig rückwärts auf die Hürde. Alle drei packten das Seil. Es war, als müßten sie die Erde aus ihrer Bahn ziehen.

«Ich glaube, ich bin an Australien festgewachsen», keuchte Peter in entschuldigendem Ton. Bunter schwitzte und schluchzte.

«Gut so – jetzt kommt er!»

Langsam, Zentimeter für Zentimeter, gab das Moor nach. Ihre Muskeln waren zum Zerreißen gespannt.

Plötzlich, mit einem lauten *Plop,* ließ das Moor sein Opfer los. Die drei am Seil flogen längelang auf die Hürden. Etwas Unkenntliches, Morastiges lag hilflos auf der Hürde und versuchte sich zu erheben. Sie zogen fast verzweifelt weiter an ihm, als fürchteten sie, er könne ihnen wieder vor der Nase weggeschnappt werden. Übler Moorgestank stieg ringsum hoch. Sie brachten die erste Hürde hinter sich – die zweite – die dritte – und richteten sich schwankend auf festem Boden auf.

«Ekelhafte Stelle hier», sagte Lord Peter schwach. «'tschuldigung, dumm von mir, das zu vergessen – wie heißt ihr?»

«Na, das war aber 'n Glück», sagte einer seiner Retter. «Wir ham gedacht, da schreit einer. Aus dem Peter's Pott kommen wenige wieder raus, glaub ich – tot oder lebendig.»

«Diesmal war Peter wirklich fast im Pott», sagte Seine Lordschaft und fiel in Ohnmacht.

Lord Peters Einzug ins Bauernhaus von Grider's Hole an diesem Abend sollte in seiner Erinnerung immer etwas Alptraumhaftes haben. Nebelschwaden begleiteten sie, als sie die Tür öffneten, und dazwischen dampfte der Feuerschein. Eine Hängelampe sorgte für trübes Licht. Mrs. Grimethorpes Medusenhaupt, erschreckend weiß zwischen ihrem schwarzen Haar, sah ihn von oben bis unten an. Eine haarige Pranke packte sie bei der Schulter und riß sie zur Seite.

«Schamlos! Ein Mann – irgendein Mann – was anders hast du nicht im Kopf. Warte gefälligst, bis du gerufen wirst. Was ist hier los?»

Stimmen – Stimmen – und so viele wild starrende Gesichter auf allen Seiten.

«Peter's Pott? Und was hattet ihr nachts um die Zeit im Moor zu

Einer der Männer, ein Landarbeiter mit verwachsenen Schultern und schmalem, boshaftem Gesicht, stimmte plötzlich ein unmelodisches Lied an:

«Ich wollt ein Mädchen freien gehn
im Ilkley-Moor ohn' Hut.»

«Halt die Schnauze!» schrie Grimethorpe in höchster Wut. «Du willst wohl, daß ich dir jeden Knochen im Leib einzeln breche, was?» Er wandte sich an Bunter. «Haut bloß hier ab, ihr beide, sag ich. Ihr seid auf nichts Gutes aus.»

«Aber William –» begann seine Frau. Er fuhr zu ihr herum wie ein bissiger Hund, und sie wich ängstlich zurück.

«Nun mal langsam, langsam», sagte ein Mann, den Wimsey undeutlich als den erkannte, mit dem er sich bei seinem ersten Besuch hier angefreundet hatte, «du mußt sie für die Nacht aufnehmen, glaub ich, sonst kriegst du 'n Haufen Ärger mit denen im Jagdhaus, und von der Polizei red ich erst gar nicht. *Wenn* der Mann hier was Unrechtes wollte, hat er sich selbst am meisten geschadet. Heute nacht tut der jedenfalls nichts mehr – guck ihn dir doch an. Bring ihn ans Feuer, Mann», fuhr er, an Bunter gewandt, fort und sprach dann wieder auf den Bauern ein. «Ins Kittchen kommst du, wenn der uns hier an Lungenentzündung oder Rheumatismus stirbt.»

Dieses Argument schien Grimethorpe teils einzuleuchten. Er gab brummend den Weg frei, und die beiden durchgefrorenen und erschöpften Männer wurden ans Feuer geführt. Jemand brachte ihnen zwei große, dampfende Becher Grog. Wimseys Kopf schien klar zu werden, dann verschwamm ihm alles wieder schläfrig und trunken vor den Augen.

Wenig später fühlte er sich eine Treppe hinaufgetragen und in ein Bett gelegt. Es war ein großes, altmodisches Zimmer mit einem Feuer im Kamin und einem großen, düsteren Himmelbett. Bunter half ihm aus den durchnäßten Kleidern und rieb ihn ab. Von Zeit zu Zeit erschien noch ein anderer Mann, um ihm zu helfen. Von unten ertönte Grimethorpes gotteslästerliches Gebrüll. Dann wieder der rauhe, blecherne Gesang des buckligen Mannes:

«Dann fressen dich die Würmer auf
Im Ilkley-Moor ohn' Hut ...

Dann fressen die Enten die Würmer auf
Im Ilkley-Moor ohn' Hut ...»

Lord Peter rollte ins Bett.

«Bunter – wo – wie geht's Ihnen überhaupt? Hab mich gar nicht bei Ihnen bedankt – weiß nicht mehr, was ich tue – nur noch schlafen – was?»

Er versank schnell ins Reich der Träume. Von unten drang höhnisch dieses alte Lied herauf und durchwob seinen Schlaf mit schaurigen Bildern:

Dann essen wir die Enten auf
Im Ilkley-Moor ohn' Hut ...

Und so essen wir – so essen wir – so ...

Als Wimsey als nächstes wieder die Augen aufschlug, zwängte sich eine blasse Novembersonne durchs Fenster herein. Der Nebel hatte sich offenbar nach erfüllter Mission zurückgezogen. Eine Zeitlang lag Wimsey da und wußte nicht genau, wie er dahingekommen war, wo er sich befand; dann traten die Umrisse der Erinnerungen deutlicher hervor, die schemenhaften Vorposten seiner Träume wurden zurückgerufen, die Bürde seiner eigentlichen Aufgabe legte sich auf ihn wie gewöhnlich. Er fühlte eine unerhörte körperliche Mattigkeit und einen ziehenden Schmerz in seinen überanstrengten Schultermuskeln. Er untersuchte sich flüchtig und entdeckte die Quetschungen und Hautabschürfungen, die das rettende Seil unter seinen Achselhöhlen und ringförmig um Brust und Rücken hinterlassen hatte. Jede Bewegung tat ihm weh, und so legte er sich wieder zurück und schloß die Augen.

Bald ging die Tür auf, und herein kam Bunter, korrekt angezogen und ein Tablett auf der Hand, von dem ein herrlicher Duft nach Schinken und Ei ausging.

«Hallo, Bunter!»

«Guten Morgen, Mylord! Ich hoffe, Eure Lordschaft haben wohl geruht.»

«Danke, ich fühle mich munter wie ein Fisch – wieso eigentlich Fisch? –, nur daß ich mir ganz allgemein so vorkomme, als hätte mich einer mit eisernen Fingern und knubbligen Gelenken massiert. Und wie geht's Ihnen?»

«Danke, Mylord, meine Arme sind ein wenig ermüdet, aber sonst kann ich zu meiner Freude sagen, daß ich keinerlei Nachwirkungen unseres Mißgeschicks verspüre. Gestatten, Mylord.» Er setzte das Tablett behutsam auf Lord Peters hochgezogene Knie.

«Ihre Arme müssen sich doch anfühlen wie ausgerissen», sagte Seine Lordschaft, «nachdem sie mich so entsetzlich lange haben halten müssen. Ich stehe schon so unverschämt tief in Ihrer Schuld, Bunter, daß jeder Versuch, sie zurückzuzahlen, von vornherein sinnlos wäre. Aber daß ich es Ihnen nie vergessen werde, wissen Sie ja, oder? Schon gut, ich will Sie nicht verlegen machen – jedenfalls tausend Dank. Das wär's. Wie? Hat man Ihnen auch einen anständigen Platz zum Schlafen gegeben? Ich habe wohl gestern abend überhaupt nichts mehr mitgekriegt.»

«Ich habe ausgezeichnet geschlafen, danke, Mylord.» Mr. Bunter zeigte auf eine Art Rollbett in einer Ecke des Zimmers. «Man hätte mir auch ein anderes Zimmer angewiesen, Mylord, aber unter den gegebenen Umständen habe ich es vorgezogen, in der Nähe Eurer Lordschaft zu bleiben, und hoffe, daß Sie mir diese Freiheit nicht übelnehmen. Ich habe den Leuten gesagt, daß ich ungünstige Auswirkungen des langen Aufenthalts im Moor auf Eurer Lordschaft Gesundheit befürchtete. Außerdem waren mir Mr. Grimethorpes Absichten nicht geheuer. Ich fürchtete, er sei vielleicht nicht allzu gastfreundlich aufgelegt und möchte sich womöglich zu einer übereilten Tat hinreißen lassen, wenn wir nicht zusammen wären.»

«Würde mich nicht wundern. So ein mordlüsternes Gesicht habe ich noch nie gesehen. Ich werde heute früh mal mit ihm reden müssen – oder mit Mrs. Grimethorpe. Möchte schwören, daß sie uns etwas erzählen kann, wie?»

«Ich würde sagen, daran dürfte kein Zweifel bestehen, Mylord.»

«Die Schwierigkeit ist nur», sagte Seine Lordschaft mit einem Mund voll Ei, «daß ich nicht weiß, wie ich an sie herankommen soll. Ihr fideler Ehemann scheint jeden in Hosen, der sich in diese Gegend verläuft, aufs Übelste zu verdächtigen. Wenn er herauskriegte, daß wir sozusagen unter vier Augen mit ihr gesprochen hätten, würde er sich vielleicht, wie Sie es ausdrücken, von seinen Gefühlen zu einer sehr bedauerlichen Handlung hinreißen lassen.»

«So ist es, Mylord.»

«Aber irgendwann muß der Kerl sich ja auch mal um seine blöde Wirtschaft kümmern, und dann können wir sie uns vielleicht vorknöpfen. Merkwürdige Sorte von Frau – irgendwie Klasse, wie? Möchte wissen, was sie von Cathcart gehalten hat», fügte er nachdenklich hinzu.

Mr. Bunter enthielt sich einer Stellungnahme zu diesem heiklen Thema.

«Nun, Bunter, ich glaube, ich werde jetzt mal aufstehen. Ich habe das Gefühl, daß wir hier nicht so ganz willkommen sind. Die Blicke unseres Gastgebers gestern abend haben mir nicht gefallen.»

«Mir auch nicht, Mylord. Und er hat sich sehr dagegen gesträubt, daß Eure Lordschaft dieses Zimmer hier bekommen sollten.»

«Warum? Wessen Zimmer ist das denn?»

«Seines und Mrs. Grimethorpes, Mylord. Es erschien am geeignetsten, da es eine Heizmöglichkeit hatte und das Bett bereits gemacht war. Mrs. Grimethorpe war sehr freundlich, Mylord, und der Knecht namens Jake hat Mr. Grimethorpe darauf hingewiesen, daß es sicherlich zu seinem finanziellen Vorteil wäre, Eure Lordschaft zuvorkommend zu behandeln.»

«Hm. Ein einnehmendes Wesen, wie? Na ja, wir machen uns jedenfalls davon. Mein Gott, bin ich steif! Sagen Sie, Bunter, hab ich überhaupt etwas zum Anziehen?»

«Ich habe Ihre Kleidung getrocknet und ausgebürstet, so gut es ging, Mylord. Sie ist nicht so geworden, wie ich es mir gewünscht hätte, Mylord, aber ich glaube, Eure Lordschaft können sie bis Riddlesdale tragen.»

«Nun, die Straßen werden ja nicht gerade von Menschen wimmeln», entgegnete Seine Lordschaft. «Aber was gäbe ich um ein heißes Bad! Wie steht's mit Rasierwasser?»

«Ich kann welches aus der Küche besorgen, Mylord.»

Bunter trollte sich, und Lord Peter trat, nachdem er sich unter Ächzen und Stöhnen mit Hemd und Hose bekleidet hatte, ans Fenster. Wie bei abgehärteten Landbewohnern üblich, war es fest verschlossen, und der Schiebeteil war mit einem dicken Papierkeil festgeklemmt, damit er nicht klapperte. Peter zog den Keil heraus und schob das Fenster hoch. Der Wind kam hereingetollt und brachte torfige Moorgerüche mit. Er sog sie dankbar ein. Es war schön, nach allem die gute alte Sonne wiederzusehen – er wäre nicht gern einen ekligen Tod im Peter's Pott gestorben. Ein paar Minuten blieb er so stehen und dankte still für die Vorzüge des Daseins. Dann zog er sich zurück, um sich fertig anzuziehen. Den Papierkeil hatte er noch in der Hand und schickte sich gerade an, ihn ins Feuer zu werfen, als ihm ein Wort ins Auge fiel. Er faltete das Papier auseinander. Während er las, zogen sich seine Augenbrauen hoch, und sein Mund spitzte sich zu einem unbeschreiblichen Ausdruck wunderlicher Erleuchtung. Bunter, der eben mit dem Wasser wiederkam, traf seinen Herrn wie verzaubert an, das Blatt Papier in der einen Hand, die Socken in der anderen und eine schwierige Passage von Bach auf tonlos pfeifenden Lippen.

«Bunter», sagte Seine Lordschaft, «ich bin, ohne Ausnahme, der größte Esel des Abendlandes. Wenn ich etwas unmittelbar vor der Nase habe, sehe ich es nicht. Ich nehme mir ein Teleskop und suche die Erklärung in Stapley. Man sollte mich mit dem Kopf nach unten ans Kreuz schlagen, um mich von meiner Gehirnanämie zu heilen. Jerry, Jerry! Aber klar doch, natürlich, du Obertrottel, liegt es denn nicht auf der Hand? So ein Dummkopf! Warum konnte er das denn nicht Murbles oder mir sagen?»

Mr. Bunter trat näher, ein Bild respektvoller Neugier.

«Sehen Sie sich das an – sehen Sie sich das an!» sagte Wimsey unter hysterischem Lachen. «Mein Gott, mein Gott! Klemmt ihn in den Fensterrahmen, damit ihn jeder finden kann! Echt Jerry. Setzt in mannsgroßen Buchstaben seinen Namen unter die Geschichte, läßt das Ganze sichtbar herumliegen, geht weg und hüllt sich galant in Schweigen.»

Mr. Bunter stellte den Wasserkrug auf den Waschständer, damit es kein Unglück damit gab, und nahm das Blatt.

Es war der verschwundene Brief von Tommy Freeborn.

Kein Zweifel. Da war er – der Beweis, der Denvers Aussage bestätigte. Mehr noch – er war zugleich sein Alibi für die Nacht vom 13. Juni.

Nicht Cathcart – Denver!

Denver hatte die Jagdgesellschaft im Oktober erneut nach Riddlesdale gebeten, wo sie im August die Saison eröffnet hatten. Denver hatte sich in einer Nacht, als Bauer Grimethorpe zum Maschinenkauf in Stapley war, um halb zwölf eilig aus dem Haus geschlichen und war zweieinhalb Meilen weit durch die Felder gewandert. Denver hatte in einer stürmischen Nacht ein klapperndes Fenster achtlos mit einem wichtigen Brief festgeklemmt, auf dem für jeden deutlich sein voller Titel stand. Denver war dann um drei Uhr morgens wie ein Kater wieder nach Hause getrottet und vor der Wintergartentür über die Leiche seines Gastes gestolpert. Denver mit seinen wohlgemeinten, dummen englisch-aristokratischen Ehrbegriffen war lieber eigensinnig ins Gefängnis gegangen, als seinem Anwalt zu sagen, wo er gewesen war. Denver hatte sie allesamt zu den abenteuerlichsten Spekulationen über die Lösung eines Rätsels veranlaßt, das jetzt so klar war wie sieben Sonnen. Denvers Stimme war es, die diese Frau an jenem denkwürdigen Tag zu erkennen geglaubt hatte, als sie sich in die Arme seines Bruders warf. Denver hatte in aller Seelenruhe die große, schwerfällige Maschinerie eines Verfahrens vor seinen noblen Standesgenossen in Gang gesetzt, um den Ruf einer Frau zu schützen.

Wahrscheinlich tagte eben heute ein Ausschuß von Oberhausmitgliedern, um «die Journale dieses hohen Hauses nach früheren Gerichtsverfahren gegen Mitglieder desselben zu sichten, damit die Verhandlung gegen den Herzog von Denver zügig vonstatten gehen und dem hohen Hause ein Bericht über die für geeignet gehaltenen Maßnahmen vorgelegt werden kann». Da saßen sie nun wohl und beschlossen, Seiner Majestät durch die Lords mit weißen Stäben eine Botschaft zu übersenden, in der Seine Majestät vom vorgesehenen Prozeßdatum in Kenntnis gesetzt werden solle; organisierten die Herrichtung der Königlichen Galerie in Westminster; baten untertänigst um die Gestellung ausreichender Polizeikräfte zum Schutz der Oberhauseingänge; ersuchten Seine Majestät, gnädigst einen Großhofmeister zu ernennen; verfügten in schafsgleicher Berufung auf Präzedenzfälle, daß alle Lords aufzufordern seien, in ihren Roben zu erscheinen; daß jeder Lord sein Urteil auf Ehre und Gewissen zu fällen und dies durch Auflegen der rechten Hand aufs Herz zu bekräftigen habe; daß der Zeremonienmeister im Hause zugegen sein solle, um im Namen des Königs um Ruhe zu bitten – und so weiter und so fort, ohne Ende. Und hier im Fensterrahmen steckte dieses angeschmutzte Stück Papier, das bei früherer Entdeckung die ganze pompöse Zeremonie überflüssig gemacht hätte.

Wimseys Abenteuer im Moor hatte seine Nerven angegriffen. Er setzte sich aufs Bett und lachte, während ihm die Tränen übers Gesicht strömten.

Mr. Bunter war sprachlos. Sprachlos holte er ein Rasiermesser hervor – und bis ans Ende seiner Tage hat Wimsey nie erfahren, wie oder von wem er es sich so schnell besorgt hatte – und begann es nachdenklich auf seinem Handteller abzustreichen.

Nach einer Weile nahm Wimsey sich zusammen und wankte zum Fenster, um sich von der Moorluft ein wenig abkühlen zu lassen. In diesem Augenglick schlug ein fürchterlicher Lärm an seine Ohren, und er erblickte unten im Hof Bauer Grimethorpe, der zwischen seinen Hunden auf und ab ging; wenn sie heulten, schlug er mit der Peitsche nach ihnen, und dann heulten sie von neuem. Plötzlich sah er zum Fenster empor, und ein solch unverhohlener Haß stand in seinem Gesicht, daß Wimsey, wie von einem Schlag getroffen, rasch einen Schritt zurückwich.

Während Bunter ihn rasierte, schwieg er.

Die Unterredung, die Lord Peter auf sich zukommen sah, war heikler Natur; die Situation, wie immer man sie sah, war unerquicklich. Er war seiner Gastgeberin sehr zu Dank verpflichtet; auf der anderen Seite ließ Denvers Lage solche Rücksichten in den Hintergrund treten. Dennoch war sich Seine Lordschaft noch nie im Leben so schäbig vorgekommen wie jetzt, als er in Grider's Hole die Treppe hinunterging.

In der großen Küche stand eine dicke Magd und rührte in einem Kessel mit Eintopf. Er fragte nach Mr. Grimethorpe und erhielt die Auskunft, daß er fortgegangen sei.

«Könnte ich dann wohl mit Mrs. Grimethorpe sprechen?»

Die Frau sah ihn skeptisch an, dann wischte sie sich die Hände an der Schürze ab, ging in die Spülküche und rief: «Mrs. Grimethorpe!» Von irgendwoher draußen antwortete eine Stimme.

«Der Herr will Sie sprechen.»

«Wo ist denn Mrs. Grimethorpe?» fragte Peter rasch.

«In der Käserei, glaub ich.»

«Ich gehe zu ihr hinaus», sagte Wimsey und war schon draußen. Er ging durch die gekachelte Spülküche und dann über einen Hof, gerade als Mrs. Grimethorpe gegenüber aus einem dunklen Eingang trat.

Wie sie da im Türrahmen stand, kaum daß die kalte Sonne ihr starres, totenbleiches Gesicht und das füllige dunkle Haar berührte, war sie schöner denn je. In den großen dunklen Augen und den geschwungenen Lippen war nicht die Spur von Yorkshire-Blut zu entdecken. Die Form der Nase und Wangenknochen sprach von einer unendlich fernen Herkunft; wie sie dort aus der Dunkelheit kam, hätte sie soeben ihrem Grabmal bei den Pyramiden entstiegen sein und sich die vertrockneten, balsamierten Mumientücher von den Händen gestreift haben können.

Lord Peter riß sich zusammen.

«Fremdländisch», sagte er ruhig bei sich. «Leichter jüdischer – oder spanischer? – Einschlag. Bemerkenswerter Typ. Kann es Jerry nicht verdenken. Würde es ja selbst nicht bei Helen aushalten. Und jetzt los.»

Er trat schnell auf sie zu.

«Guten Morgen», sagte sie. «Geht es Ihnen jetzt besser?»

«Danke, ausgezeichnet – dank Ihrer Güte, von der ich nicht weiß, wie ich sie Ihnen vergelten soll.»

«Sie vergelten mir jede Güte am besten, indem Sie sofort gehen», antwortete sie mit ihrer wie abwesend klingenden Stimme. «Mein Mann mag keine Fremden, und Ihre erste Begegnung ist sehr unglücklich verlaufen.»

«Ich gehe auch gleich. Aber zuerst muß ich Sie um ein kurzes Wort bitten.» Er sah an ihr vorbei in die Düsternis der Käserei. «Vielleicht da drinnen?»

«Was wollen Sie von mir?»

Trotzdem trat sie zurück und gestattete ihm, ihr zu folgen.

«Mrs. Grimethorpe, ich befinde mich in einer äußerst peinlichen Lage. Sie wissen, daß mein Bruder, der Herzog von Denver, im Gefängnis sitzt und wegen eines Mordes angeklagt werden soll, der in der Nacht des 13. Oktober geschehen ist?»

Ihr Gesicht zeigte keine Regung. «Ich weiß davon.»

«Er weigert sich auf das entschiedenste, zu sagen, wo er in der betreffenden Nacht zwischen elf und drei Uhr war. Seine Weigerung bringt ihn in große Lebensgefahr.»

Sie sah ihn fest an.

«Er fühlt sich bei seiner Ehre verpflichtet zu schweigen, aber ich weiß, daß er einen Entlastungszeugen beibringen könnte, wenn er spräche.»

«Es scheint ein Mann von Ehre zu sein.» Ihre kalte Stimme schwankte ein wenig, fing sich aber gleich wieder.

«Ja. Zweifellos tut er aus seiner Sicht das Richtige. Sie werden jedoch verstehen, daß ich als sein Bruder natürlich darauf bedacht bin, die Dinge ins rechte Licht zu rücken.»

«Ich weiß nicht, warum Sie mir das sagen. Wenn es etwas Ehrenrühriges ist, will er es wahrscheinlich nicht bekannt werden lassen.»

«So sieht es aus. Aber für uns – seine Frau und seinen kleinen Sohn sowie seine Schwester und mich – stehen sein Leben und seine Sicherheit an erster Stelle.»

«Noch vor seiner Ehre?»

«Das Geheimnis ist zwar auf gewisse Weise entehrend und wird seiner Familie unangenehm sein. Aber es wäre noch unendlich entehrender, wenn er wegen Mordes hingerichtet würde. In diesem Falle würde die Schande auf alle fallen, die seinen Namen tragen. Die Schande der Wahrheit wird, wie ich fürchte, in dieser unserer höchst ungerechten Gesellschaft mehr auf diejenige fallen, die sein Alibi bezeugt, als auf ihn selbst.»

«Können Sie dann von dieser Zeugin erwarten, daß sie sich meldet?»

«Um die Verurteilung eines Unschuldigen zu verhindern? Ja, ich glaube sogar das erwarten zu dürfen.»

«Ich frage noch einmal – warum erzählen Sie das alles mir?»

«Weil Sie, Mrs. Grimethorpe, besser wissen als ich, wie unschuldig mein Bruder an diesem Mord ist. Glauben Sie mir, es schmerzt mich sehr, Ihnen das sagen zu müssen.»

«Ich weiß nichts von Ihrem Bruder.»

«Verzeihung, aber das ist nicht wahr.»

«Ich weiß nichts. Und vor allem sollten Sie, wenn der Herzog nicht reden will, seine Gründe respektieren.»

«Ich bin in keiner Weise gebunden.»

«Ich fürchte, da kann ich Ihnen auch nicht helfen. Sie verschwenden Ihre Zeit. Wenn Sie Ihren fehlenden Zeugen oder die Zeugin nicht aufbieten können, warum versuchen Sie dann nicht, den wirklichen Mörder zu finden? Wenn Sie das tun, brauchen Sie sich um dieses Alibi gewiß nicht zu kümmern. Wo Ihr Bruder war, ist allein seine Sache.»

«Ich wollte», sagte Wimsey, «Sie würden sich nicht auf diesen Standpunkt stellen. Glauben Sie mir, ich hätte alles in meinen Kräften Stehende getan, um Sie zu schonen. Ich habe mir die allergrößte Mühe gegeben, den wirklichen Mörder zu finden, wie Sie mir raten, aber ohne Erfolg. Der Prozeß wird voraussichtlich Ende dieses Monats stattfinden.»

Ihre Lippen zuckten bei dieser Mitteilung ein wenig, aber sie sagte nichts.

«Ich hatte gehofft, wir könnten uns mit Ihrer Hilfe auf irgendeine Erklärung einigen – es müßte vielleicht nicht die ganze Wahrheit sein, aber immerhin so viel, daß mein Bruder entlastet würde. Nach Lage der Dinge fürchte ich allerdings, daß ich den Beweis, den ich habe, vorlegen muß, und dann wird alles seinen Lauf nehmen.»

Das endlich wirkte. Ihre Wangen liefen dunkelrot an; ihre eine Hand krallte sich um den Griff des Butterfasses.

«Was meinen Sie mit Beweis?»

«Ich kann beweisen, daß mein Bruder in der Nacht des 13. Oktober in dem Zimmer gewesen ist, in dem ich letzte Nacht geschlafen habe», sagte Wimsey mit wohlberechneter Brutalität.

Sie zuckte zusammen. «Das ist gelogen. Sie können das nicht beweisen. Er wird es abstreiten. Ich werde es abstreiten.»

«Er war also nicht da?»

«Nein.»

«Wie kommt dann das hier in den Rahmen Ihres Schlafzimmerfensters?»

Beim Anblick des Briefes brach sie zusammen und taumelte gegen den Tisch. Ihre starren Gesichtszüge verzerrten sich zu einer Maske blanken Entsetzens.

«Nein, nein, nein! Das ist nicht wahr! Gott steh mir bei!»

«Still doch!» sagte Wimsey gebieterisch. «Sonst hört Sie noch einer.» Er half ihr auf die Beine. «Sagen Sie die Wahrheit, und wir wollen sehen, ob es nicht einen Ausweg gibt. Es ist wahr – er war in dieser Nacht hier?»

«Sie wissen es doch.»

«Wann ist er gekommen?»

«Viertel vor zwölf.»

«Wer hat ihn ins Haus gelassen?»

«Er hatte die Schlüssel.»

«Wann hat er Sie verlassen?»

«Kurz nach zwei.»

«Ja, das paßt. Eine Dreiviertelstunde für den Hinweg und eine Dreiviertelstunde für den Rückweg. Das hier hat er zwischen die Fenster geklemmt, nehme ich an, damit sie zu klappern aufhörten?»

«Es war so ein starker Wind – ich war nervös. Bei jedem Geräusch habe ich gedacht, das ist mein Mann, der zurückkommt.»

«Wo war Ihr Mann?»

«In Stapley.»

«Hatte er einen Verdacht?»

«Eine Zeitlang ja.»

«Seit mein Bruder im August hiergewesen war?»

«Ja. Aber er konnte nichts beweisen. Wenn er einen Beweis gefunden hätte, er hätte mich umgebracht. Sie haben ihn ja erlebt. Er ist ein Teufel.»

«Mhm.»

Wimsey schwieg. Die Frau sah ihm angstvoll ins Gesicht und schien dort eine gewisse Hoffnung zu lesen, denn sie umklammerte seinen Arm.

«Wenn Sie mich als Zeugin aufrufen», sagte sie, «dann weiß er es. Dann *wird* er mich umbringen. Haben Sie doch um Gottes willen Mitleid! Dieser Brief ist mein Todesurteil. Bei der Mutter, die Sie geboren hat, haben Sie Erbarmen mit mir. Mein Leben ist schon die Hölle, und wenn ich sterbe, werde ich zur Hölle fahren für meine

Sünde. Finden Sie einen anderen Ausweg – Sie können es – Sie müssen es.»

Wimsey machte sich sanft von ihr los.

«Nicht, Mrs. Grimethorpe. Man könnte uns sehen. Es tut mir außerordentlich leid um Sie, und wenn ich meinen Bruder da herausholen kann, ohne Sie mit hineinzuziehen, verspreche ich Ihnen, das zu tun. Aber Sie sehen, wie schwierig es ist. Warum verlassen Sie diesen Mann nicht einfach? Jeder weiß doch, wie brutal er Sie behandelt.»

Sie lachte.

«Glauben Sie, er würde mich am Leben lassen, bis das Gesetz mich endlich von ihm befreit hätte? Sie kennen ihn doch. Glauben Sie das?»

Wimsey glaubte es wirklich nicht.

«Ich verspreche Ihnen eines, Mrs. Grimethorpe. Ich will mit allen Mitteln zu vermeiden versuchen, daß ich auf Sie als Zeugin zurückgreifen muß. Wenn es aber nicht anders gehen sollte, werde ich dafür sorgen, daß Sie vom Augenblick der Vorladung an unter Polizeischutz stehen.»

«Bis an mein Lebensende?»

«Wenn Sie erst in London sind, werden wir zusehen, daß Sie von diesem Mann freikommen.»

«Nein. Sowie Sie mich hinzuziehen, bin ich verloren. Aber Sie werden einen anderen Weg finden?»

«Ich will es versuchen, aber versprechen kann ich nichts. Ich werde alles tun, was möglich ist, um Sie zu schützen. Wenn Ihnen an meinem Bruder irgend etwas liegt – »

«Das weiß ich nicht. Ich habe so schreckliche Angst. Er war gut und freundlich zu mir. Er war – so anders. Aber ich habe Angst – Angst.»

Wimsey drehte sich um. Ihre entsetzten Augen hatten den Schatten über die Schwelle huschen sehen. Grimethorpe stand in der Tür und funkelte sie beide böse an.

«Ah, Mr. Grimethorpe», rief Wimsey fröhlich, «da sind Sie ja! Freut mich außerordentlich, Sie noch zu sehen und Ihnen danken zu können, daß Sie mich aufgenommen haben. Das habe ich eben zu Ihrer Frau gesagt und sie gebeten, Ihnen in meinem Namen auf Wiedersehen zu sagen. Ich muß jetzt leider fort. Bunter und ich sind Ihnen beiden überaus dankbar für Ihre Freundlichkeit. Ach ja, und könnten Sie mir diese kräftigen Jungs mal herbringen, die uns gestern nacht aus Ihrem Moorloch herausgezogen haben – falls es Ihres ist? Häßliche Sache, so was vor seiner Haustür zu haben, wie? Ich möchte den Herren danken.»

«Aber gut für unwillkommene Gäste», entgegnete der Mann wütend. «Und Sie verschwinden hier lieber, bevor ich Sie rausschmeiße.»

«Bin schon weg», sagte Peter. «Nochmals auf Wiedersehen, Mrs. Grimethorpe, und tausend Dank.»

Er rief Bunter zu sich, entlohnte seine Retter angemessen, nahm liebevollen Abschied von dem tobenden Bauern und ging seines Weges, wund am Körper und zutiefst verwirrt im Herzen.

Manon

«Dieses eine Wort, mein lieber Watson, hätte mir die ganze Geschichte erzählen müssen, wenn ich dieser reine Verstandesmensch wäre, als den du mich so gern schilderst.»
Memoirs of Sherlock Holmes

«Gott sei Dank», sagte Parker. «Nun, damit wäre ja alles klar.»

«Ist es – und doch wieder nicht», erwiderte Lord Peter. Er ließ sich nachdenklich auf das dicke Kissen in der Sofaecke zurücksinken.

«Natürlich ist es nicht schön, diese Frau bloßstellen zu müssen», sagte Parker verständnisvoll und mitfühlend, «aber daran läßt sich nun einmal nichts ändern.»

«Ich weiß. So einfach und nett ist das alles. Und an Jerry, der die arme Frau in den ganzen Schlamassel hineingerissen hat, gilt es ja auch zuerst zu denken. Und wenn wir Grimethorpe nicht sehr erfolgreich an die Kette legen und er der Frau die Kehle durchschneidet, hat Jerry zeitlebens etwas furchtbar Lustiges, woran er denken kann ... Jerry! Sag mal, was sind wir eigentlich für Trottel, daß wir die Wahrheit nicht gleich gesehen haben? Ich meine – natürlich ist meine Schwägerin eine schrecklich gute Frau und so weiter, aber Mrs. Grimethorpe – hui! Ich hab dir ja erzählt, wie sie mich mit Jerry verwechselt hat. Das war ein Augenblick, kann ich dir sagen! Aber da hätte ich Bescheid wissen müssen. Unsere Stimmen ähneln sich natürlich, und sehen konnte sie aus der dunklen Küche nichts. Ich glaube ja nicht, daß in dieser Frau auch nur noch ein Funken Gefühl steckt, außer der nackten Angst – aber bei allen Göttern! Diese Augen, diese Haut! Na ja, vergessen wir's. Das größte Glück haben oft die, die es am wenigsten verdienen. Kennst du ein paar gute Witze? Nein? Dann erzähle ich dir mal einen – zur Erweiterung deines Horizonts und so. Kennst du den von dem jungen Mann im Kriegsministerium?»

Mr. Parker ließ mit lobenswerter Geduld fünf Anekdoten über sich ergehen, dann konnte er sich plötzlich nicht mehr halten.

«Hurra!» rief Wimsey. «Bist doch ein feiner Kerl! Wie gern ich von Zeit zu Zeit ein verhaltenes Schmunzeln auf deinen Lippen sehe! Dann will ich dich mal mit der wirklich haarsträubenden Geschichte von der jungen Hausfrau und dem Vertreter in Fahrradpumpen verschonen. Sieh mal, Charles, ich möchte ja *wirklich* wissen, wer nun

Cathcart umgebracht hat. Juristisch genügt es zwar, zu beweisen, daß Jerry unschuldig ist, aber Mrs. Grimethorpe hin oder Mrs. Grimethorpe her, unserem Ruf als Detektive wäre das nicht gerade zuträglich. Der Vater lenkt ein, aber der Fürst bleibt hart; das heißt, als Bruder bin ich zufrieden – man könnte sogar sagen froh –, aber als Detektiv fühle ich mich am Boden zerstört, gedemütigt, in die Schranken gewiesen, ein Ochse vorm Scheunentor. Außerdem ist von allen Verteidigungsmöglichkeiten ein Alibi am schwersten glaubhaft zu machen, sofern man nicht ein ganzes Heer von unabhängigen und unbeteiligten Zeugen aufbietet, die es bestätigen. Wenn Jerry bei seinem Nein bleibt, wissen sie mit Sicherheit nur, daß entweder er oder Mrs. Grimethorpe sich ritterlich verhält.»

«Du hast doch den Brief.»

«Schon. Aber wie sollen wir beweisen, daß er an dem fraglichen Abend angekommen ist? Der Umschlag ist vernichtet. Fleming kann sich an nichts erinnern. Jerry könnte ihn schon Tage vorher bekommen haben. Oder er könnte überhaupt gefälscht sein. Und wer kann beschwören, daß ich ihn nicht selbst in den Fensterrahmen geklemmt und dann so getan habe, als hätte ich ihn gefunden? Immerhin kann man mich schwerlich als unbefangenen Zeugen bezeichnen.»

«Bunter hat gesehen, wie du ihn gefunden hast.»

«Hat er nicht, Charles. In dem fraglichen Augenblick war er nicht im Zimmer, weil er Rasierwasser holen ging.»

«Ach, so war das?»

«Und außerdem kann nur Mrs. Grimethorpe allein das beschwören, was eigentlich der springende Punkt ist – wann Jerry bei ihr angekommen und wann er wieder gegangen ist. Wenn er nicht spätestens um halb eins in Grider's Hole war, ist es vollkommen unerheblich, ob er da war oder nicht.»

«Aber», sagte Parker, «könnten wir uns Mrs. Grimethorpe nicht wenigstens warmhalten, wie man so sagt –?»

«Klingt ein bißchen frivol», meinte Lord Peter, «aber halten wir sie uns mit dem größten Vergnügen warm, wenn du willst.»

« – und inzwischen», fuhr Mr. Parker unbeirrt fort, «alles daransetzen, den richtigen Täter zu finden?»

«O ja», sagte Lord Peter. «Und da fällt mir etwas ein. Ich habe im Jagdhaus eine Entdeckung gemacht – ich glaub's wenigstens. Ist dir aufgefallen, daß eines der Arbeitszimmerfenster mit Gewalt geöffnet worden war?»

«Nein, wirklich?»

«Ja. Ich habe eindeutige Spuren gefunden. Natürlich war das lange nach dem Mord, aber es waren unübersehbare Kratzer am Riegel – wie sie zum Beispiel ein Taschenmesser hinterlassen würde.»

«Wie dumm von uns, damals nicht darauf geachtet zu haben!»

«Warum hätten wir das eigentlich tun sollen? Jedenfalls habe ich Fleming danach gefragt, und er sagt, jetzt wo er darüber nachdenkt, kann er sich erinnern, daß er am Donnerstagmorgen das Fenster offen vorgefunden hat und nicht wußte, wieso. Und noch etwas. Ich habe einen Brief von meinem Freund Tim Watchett erhalten. Hier ist er:

‹Mylord – ich komme auf unser Gespräch zurück. Ich habe einen Mann gefunden, der am Abend des 13. letzten Monats mit dem Betreffenden im Pfeifenden Eber war, und er sagt, daß der Betreffende sich von ihm ein Fahrrad ausgeliehen hat, welchselbiges später mit verbogener Lenkstange und verbeulten Rädern an der Stelle, wo der Betreffende aufgelesen wurde, im Graben gefunden worden war.

Ihrem geschätzten Wohlwollen empfiehlt sich weiterhin

Ihr
Timothy Watchett›

Was hältst du davon?»

«Dem lohnt sich nachzugehen», meinte Parker. «Wenigstens hemmen uns jetzt keine häßlichen Zweifel mehr.»

«Nein. Und wenn Mary auch meine Schwester ist, muß ich doch sagen, daß sie von allen dummen Puten die dümmste ist. Erst läßt sie sich mit diesem entsetzlichen Flegel ein – »

«Da hat sie sich wunderbar verhalten», sagte Mr. Parker und wurde ziemlich rot. «Nur weil sie deine Schwester ist, kannst du gar nicht ermessen, wie wunderbar sie war. Wie sollte denn so eine reine und edle Seele wie ihre diesen Menschen durchschauen? Wo sie selbst so ernsthaft und durch und durch ehrlich ist, beurteilt sie doch jeden nach demselben Maßstab. Daß ein Mensch so windig und wankelmütig sein könnte wie dieser Goyles, hat sie erst geglaubt, als es ihr *bewiesen* wurde. Und selbst dann hat sie sich nicht dazu durchringen können, schlecht von ihm zu denken, bis er sich durch seine eigenen Worte bloßgestellt hat. Es war großartig, wie sie für ihn gekämpft hat. Stell dir doch nur einmal vor, was es eine so großartige, grundehrliche Frau gekostet haben muß, zu – »

«Schon gut, schon gut!» rief Peter, der seinen Freund starr vor Staunen angeglotzt hatte. «Steigere dich nicht so hinein. Ich glaub's dir ja. Verschone mich. Ich bin ja nur ein Bruder. Alle Brüder sind Narren. Alle Verliebten sind Irre – meint Shakespeare. Hast du ein Auge auf Mary geworfen, altes Haus? Du siehst mich erstaunt – aber ich glaube, darüber staunen Brüder immer. Gott sei mit euch, liebe Kinder!»

«Zum Teufel aber auch, Wimsey», sagte Parker sehr zornig, «du hast kein Recht, so mit mir zu reden! Ich habe nur gesagt, wie sehr ich deine Schwester bewundere – und jeder muß solchen Mut und solche Festigkeit bewundern. Da brauchst du gar nicht gleich beleidigend zu werden. Ich weiß, daß sie Lady Mary Wimsey ist und verflixt reich, und ich bin nur ein kleiner Polizist mit null Komma nichts *per annum* und Aussicht auf eine Pension, aber darüber brauchst du nicht auch noch Witze zu reißen.»

«Ich reiße keine Witze», versetzte Wimsey entrüstet. «Ich kann mir nur nicht vorstellen, warum einer meine Schwester heiraten möchte; aber du bist mein Freund, und ein sehr guter dazu, und meinen Segen hast du, falls der was nützt. Außerdem – hol's der Kuckuck, Mann – um es mal platt auszudrücken, sieh dir doch an, was sonst hätte kommen können! Ein sozialistischer Neinsager ohne Mumm und Manieren oder ein undurchsichtiger Falschspieler mit mysteriöser Vergangenheit! Mutter und Jerry müßten an dem Punkt angelangt sein, wo sie einen anständigen, gottesfürchtigen Klempner willkommen heißen würden, nicht zu reden von einem Polizisten. Ich fürchte einzig und allein, daß Mary mit ihrem schauderhaften Geschmack in puncto Männer einen richtig anständigen Kerl wie dich gar nicht zu würdigen wüßte, altes Haus.»

Mr. Parker entschuldigte sich bei seinem Freund für seine unwürdigen Verdächtigungen, und dann saßen sie ein Weilchen schweigend da. Parker schlürfte langsam seinen Portwein und sah in dessen rosigen Tiefen unvorstellbare Bilder warm aufleuchten. Wimsey zückte seine Brieftasche und blätterte gedankenabwesend in ihrem Inhalt, warf alte Briefe ins Feuer, faltete Notizen auseinander und wieder zusammen und sortierte eine gemischte Sammlung von Visitenkarten anderer Leute. Endlich kam er auch an das Löschblatt aus dem Arbeitszimmer in Riddlesdale, an dessen fragmentarische Tintenspuren er seitdem kaum einen Gedanken verschwendet hatte.

Parker, der seinen Portwein ausgetrunken und sich einen Ruck gegeben hatte, fiel soeben ein, daß er Peter etwas hatte sagen wollen, bevor der Name Lady Mary alle andern Gedanken aus seinem Kopf verjagt hatte. Er drehte sich zu seinem Gastgeber um und hatte schon den Mund geöffnet, um zu reden, aber was er sagen wollte, gedieh nicht über ein einleitendes Zungenschnalzen hinaus, das sich anhörte wie das Klicken eines Uhrwerks, bevor es die Stunde schlägt, denn im selben Moment, als er sich umdrehte, knallte Lord Peters Faust auf das Tischchen, daß die Karaffen klirrten, und er rief mit der lauten Stimme völliger und plötzlicher Erleuchtung:

«Manon Lescaut!»

«Wie?» machte Mr. Parker.

«Man sollte mein Gehirn in Salz kochen!» sagte Lord Peter. «Kochen und zerstampfen und mit Butter als Rübeneintopf servieren, das ist das einzige, wozu es taugt! Sieh mich an!» (Mr. Parker bedurfte kaum dieser Aufforderung.) «Da zerbrechen wir uns den Kopf über Jerry, machen uns Sorgen um Mary, jagen einem Goyles und einem Grimethorpe und weiß der Himmel wem noch nach – und die ganze Zeit habe ich dieses Stückchen Papier wohlverwahrt in meiner Tasche. Die Kleckse auf des Löschblatts Rand, als Kleckse hat er nur erkannt, und waren sie nicht mehr. Aber Manon, Manon! Charles, wenn ich nur die grauen Zellen einer Holzlaus hätte, dieses Buch würde mir die ganze Geschichte erzählt haben. Und stell dir vor, was uns alles erspart geblieben wäre!»

«Nun erreg dich doch nicht so», sagte Parker. «Es muß ja ein herrliches Gefühl für dich sein, alles so klar zu sehen, aber ich habe *Manon Lescaut* nie gelesen, und das Löschblatt hast du mir nicht gezeigt, ich habe nicht die verschwommenste Ahnung, was du entdeckt hast.»

Lord Peter überreichte ihm das Souvenir ohne Kommentar.

«Ich sehe», sagte Parker, «daß dieses Stück Papier ziemlich zerknüllt und schmutzig ist und stark nach Tabak und russischem Leder riecht, und daraus schließe ich, daß du es in deiner Brieftasche hattest.»

«Nein!» rief Wimsey ungläubig. «Und das, nachdem du es mich da hast herausnehmen sehen! Holmes, wie machst du das?»

«An einer Ecke», fuhr Parker fort, «sehe ich zwei Tintenkleckse, einen größeren und einen kleineren. Da muß wohl jemand die Feder ausgeklopft haben. Ist an diesen Flecken etwas faul?»

«Ich habe nichts bemerkt.»

«Ein Stückchen unter den Flecken hat der Herzog ein paarmal seinen Namenszug hingesetzt – oder sogar seinen Titel. Das bedeutet, daß die Briefe nicht an Vertraute gingen.»

«Dieser Schluß ist zulässig, glaube ich.»

«Oberst Marchbanks hat eine saubere Unterschrift.»

«Der Mann kann kaum Böses im Schilde führen», meinte Peter. «Er unterschreibt wie ein ehrlicher Mensch! Weiter.»

«Da steht etwas hingekritzelt über fünf irgendwas schöne irgendwas. Siehst du daran etwas Geheimnisvolles?»

«Die Zahl Fünf könnte eine kabbalistische Bedeutung haben, aber ich gebe zu, ich weiß nicht welche. Man hat fünf Sinne, fünf Finger, fünf große chinesische Lehren, fünf Bücher Mose, ganz zu schweigen von diesen fünf Wesenheiten im Dilly-Lied – ‹Fünf sind der Grellen unter dem Mast›. Ich muß gestehen, daß ich stets danach gelechzt habe, zu wissen, was Grellen sind. Aber da ich es nicht weiß, helfen sie mir in diesem Fall auch nicht weiter.»

«Tja, und das ist alles, bis auf ein paar Bruchstücke von einem ‹oe› in einer Zeile und ‹is f.u› darunter.»

«Was stellst du dir darunter vor?»

«‹Ist faul› oder so was.»

«So?»

«Das scheint mir die einfachste Deutung zu sein. Oder vielleicht auch ‹ist fluchwürdig› – zwischen dem ‹f› und ‹u› ist die Tinte ein bißchen dick geflossen – das kann alles sein. Meinst du, es heißt ‹fluchwürdig›? Hat der Herzog etwas über Cathcarts fluchwürdige Tat geschrieben? Meinst du das vielleicht?»

«Nein, das lese ich da nicht heraus. Außerdem ist das nicht Jerrys Handschrift.»

«Wessen denn?»

«Weiß ich nicht. Aber ich kann es mir denken.»

«Und bringt uns das weiter?»

«Es erzählt uns die ganze Geschichte.»

«Na, nun spuck's schon aus, Wimsey. Sogar Dr. Watson würde irgendwann die Geduld verlieren.»

«Ts, ts! Schau dir mal die Zeile darüber an.»

«Da sehe ich nur ein ‹oe›.»

«Und?»

«Ich weiß nicht. ‹Poesie› vielleicht, ‹Goethe›, ‹Citroën›, ‹Hors-d'œuvre› – das kann vieles heißen.»

«Ich weiß nicht. Aber mit deinem letzten Wort kommst du der Sache schon näher – das ‹o› und ‹e› stehen sehr dicht zusammen, fast wie im Französischen.»

«Du meinst, es ist vielleicht ein französisches Wort?»

«Genau! Vielleicht ein französisches Wort.»

«Oder der Text ist überhaupt französisch?»

«Du hast es erfaßt. Französische Wörter mit ‹œ› bitte.»

«Sœur – œuvre – œuf – bœuf –»

«Nein, nein, das erste Wort war näher dran.»

«Sœur – cœur!»

«*Cœur.* Einen Moment. Sieh dir mal das Gekritzel davor an.»

«Warte mal – *er - cer* –»

«Wie wär's mit *percer*?»

«Ich glaube, du hast recht. ‹*Percer le cœur.*›»

«Ja. Oder ‹*perceras le cœur*›.»

«Das klingt besser. Es sieht auch so aus, als ob da noch ein, zwei Buchstaben hineingehörten.»

«Und jetzt noch einmal die Zeile mit dem ‹is – f.u›.»

«*Fou!*»

«Wer?»

«Ich habe keinen Namen genannt; ich habe ‹*fou*› gesagt.»

«Ich weiß, was du gesagt hast. Und ich habe gefragt, wer?»

«Wer was?»

«Wer ist *fou*?»

«Ach so – ‹is›. Himmel, klar doch, ‹*suis*›! ‹*Je suis fou.*›»

«*A la bonne heure!* Und ich schlage vor, daß die nächsten beiden Wörter ‹*de douleur*› oder so etwas heißen.»

«Könnte sein.»

«Du bist ziemlich vorsichtig. Ich sage, sie heißen so!»

«Na schön, und wenn sie so heißen?»

«Dann sagen sie uns alles.»

«Überhaupt nichts!»

«Alles, sage ich. Denk mal nach. Geschrieben wurde das an dem Tag, als Cathcart starb. So, und wer im Haus könnte wohl solche Worte geschrieben haben – ‹*perceras le cœur je suis fou de douleur*›? Geh mal alle durch. Ich weiß, daß es nicht Jerrys Schrift ist, außerdem würde er nie solche Ausdrücke verwenden. Oberst oder Mrs. Marchbanks? Eher bin ich Pygmalion! Freddy? Der könnte keine leidenschaftlichen Briefe auf französisch schreiben, wenn's um sein Leben ginge.»

«Nein, natürlich. Es müßte also Cathcart gewesen sein – oder Lady Mary.»

«Quatsch! Mary kann's nicht gewesen sein.»

«Warum nicht?»

«Weil sie dann ihr Geschlecht geändert haben müßte, nicht?»

«Stimmt ja. Dann müßte da stehen: ‹*Je suis folle.*› Also Cathcart – »

«Eben. Er hat sein ganzes Leben in Frankreich zugebracht. Denk an sein Bankbuch. Denk an – »

«Mein Gott! Wimsey, wir waren blind.»

«Richtig.»

«Paß mal auf! Das wollte ich dir nämlich vorhin sagen. Die Sûreté hat mir geschrieben, daß sie eine von Cathcarts Banknoten hat aufspüren können.»

«Bei wem?»

«Bei einem Monsieur François, dem etliche Häuser am Étoile gehören.»

«Und in denen er Appartements vermietet!»

«Zweifellos.»

«Wann geht der nächste Zug? Bunter!»

«Mylord?»

Mr. Bunter kam auf den Ruf hin zur Tür geeilt.

«Der nächste Schiffszug nach Paris?»

«Acht Uhr zwanzig, Mylord.»

«Packen Sie meine Zahnbürste ein und rufen Sie mir ein Taxi.»

«Gewiß, Mylord.»

«Aber, Wimsey, was bedeutet das in bezug auf den Mord an Cathcart? Hat etwa diese Frau – »

«Keine Zeit», sagte Wimsey hastig. «Aber ich bin in ein, zwei Tagen wieder da. Inzwischen – »

Er suchte eilig auf einem Bücherregal herum.

«Lies das mal.»

Er warf seinem Freund das Buch zu und stürzte ins Schlafzimmer.

Um elf Uhr, als der Streifen schmutzigen, von Öl und Papierfetzen verunzierten Wassers zwischen der *Normannia* und dem Kai immer breiter wurde, während abgehärtete Passagiere ihre Seemägen mit kaltem Schinken und eingelegten Gürkchen stärkten und die nervöseren sich die Schwimmwesten in ihren Kabinen anschauten, während die Hafenlichter blinkten und rechts und links vorüberzogen und Lord Peter in der Bar eine flüchtige Bekanntschaft mit einem zweitklassigen Filmschauspieler anknüpfte, saß Charles Parker mit verwundert gerunzelter Stirn vor dem Kaminfeuer in Piccadilly 110 A und machte seine erste Bekanntschaft mit jenem delikaten Meisterwerk des Abbé Prévost.

Des Beiles Schneide gegen ihn gerichtet

Szene 1: Westminster-Halle. Die geistlichen Lords zur Rechten des Throns, die weltlichen Lords zur Linken, die Gemeinen unterhalb. Bolingbroke, Aumerle, Surrey, Northumberland, Percy, Fitzwater, ein andrer Lord, Bischof von Carlisle, Abt von Westminster und Gefolge. Im Hintergrund Gerichtsbediente mit Bagot.

Bolingbroke: Ruft Bagot vor! Nun, Bagot, rede frei heraus,
Was du vom Tod des edlen Gloster weißt:
Wer trieb den König an, und wer vollbrachte
Den blut'gen Dienst zu seinem frühen Ende?
Bagot: So stellt mir vors Gesicht den Lord Aumerle.
König Richard II.

Der historische Prozeß gegen den Herzog von Denver wegen Mordes begann mit der ersten Sitzung des Parlaments nach den Weihnachtsferien. Die Zeitungen trugen Aufmacher wie «Prozeß vor seinesgleichen», von einer Rechtsanwältin, oder «Das Privileg der Peers; abschaffen oder nicht?», von einem Studenten der Geschichte. Der *Evening Banner* handelte sich mit einem Artikel unter der Überschrift «Die seidene Schlinge» (von einem Antiquar), der als voreingenommen erachtet wurde, Ärger wegen Mißachtung des Gerichts ein, und die *Daily Trumpet* – das Organ der Arbeiterpartei – fragte ironisch, warum bei einem Prozeß gegen einen Peer nur die paar einflußreichen Persönlichkeiten, die eine Karte für die Königliche Galerie ergattern konnten, den Spaß des Zuschauens haben durften.

Mr. Murbles und Kriminalinspektor Parker, die engen Kontakt miteinander hielten, liefen mit sorgenvollen Gesichtern herum, während Sir Impey Biggs, umkreist von Mr. Glibbery, Kronanwalt, Mr. Brownrigg-Fortescue, Kronanwalt, und einigen unbedeutenderen Planeten, drei Tage lang Sonnenfinsternis spielte. Die Pläne der Verteidigung wurden in der Tat im dunkeln gehalten – um so mehr, als sie sich am Vorabend der Schlacht noch ihres Hauptzeugen beraubt sah und nicht wußte, ob er sein Entlastungsmaterial überhaupt würde beibringen können.

Lord Peter war nach vier Tagen aus Paris zurückgekommen und wie ein Wirbelwind in die Great Ormond Street gefahren. «Ich hab's», sagte er, «aber es hängt am seidenen Faden. Hör zu!»

Eine Stunde lang hatte Parker zugehört und sich fieberhaft Notizen gemacht.

«Du kannst darauf schon mal aufbauen», sagte Wimsey. «Und sag Murbles Bescheid. Ich muß weg.»

Als nächstes kreuzte er in der amerikanischen Botschaft auf. Der Botschafter aber war nicht da, denn er war zu einem königlichen Diner befohlen worden. Wimsey wünschte das Diner zum Teufel, ließ die höflichen, hornbebrillten Sekretäre stehen, sprang in sein Taxi und verlangte, zum Buckingham-Palast gefahren zu werden. Dort brachte eine lange Diskussion mit pikierten Höflingen zunächst einen höheren Höfling, dann einen ganz hohen Höfling auf den Plan, und schließlich erschienen der amerikanische Botschafter und ein Mitglied des Königshauses, noch mit dem letzten Bissen im Mund.

«O ja», sagte der Botschafter, «natürlich läßt sich das machen – »

«Gewiß, gewiß», sagte die Hoheit huldvoll, «wir können keine Verzögerung brauchen. Das könnte zu internationalen Mißverständnissen führen und einen großen Schriftwechsel wegen Ellis Island zur Folge haben. Ärgerlich, wenn wir den Prozeß verschieben müßten – schreckliches Theater, nicht? Unsere Sekretäre schleppen uns ständig neue Schriftstücke wegen weiterer Polizeikräfte und Sitzgelegenheiten zur Unterschrift an. Viel Glück, Wimsey! Kommen Sie, essen Sie einen Happen, während Ihre Papiere fertig gemacht werden. Wann legt Ihr Schiff ab?»

«Morgen früh, Sir. Ich will in einer Stunde den Zug nach Liverpool erreichen – wenn ich kann.»

«Sie werden», sagte der Botschafter wohlwollend, während er ein Schriftstück unterschrieb. «Und da heißt es, die Engländer hätten es nie eilig.»

So stach Seine Lordschaft, versehen mit allen notwendigen Papieren, andern Morgens von Liverpool aus in See und überließ es derweil den Juristen, alternative Verteidigungsstrategien auszuarbeiten.

«Dann die Peers, zu zwei und zwei in ihrer Reihenfolge, beginnend mit dem jüngsten Baron.»

Der Erste Wappenherold, erhitzt und verwirrt, sprang unglücklich zwischen den rund dreihundert britischen Peers herum, die sich verlegen in ihre Roben zwängten, während die Herolde ihr Möglichstes taten, die Versammelten aufzustellen und davon abzuhalten, wieder durcheinander zu laufen, wenn sie einmal standen.

«So eine Farce!» grollte Lord Attenbury verärgert. Er war ein sehr kleiner, untersetzter Herr von cholerischem Temperament, und es ärgerte ihn, daß er ausgerechnet neben dem Graf von Strathgillan und Begg zu stehen kam, einem ungewöhnlich hochgewachsenen, hageren Edelmann mit entschiedenen Ansichten zur Prohibition und zur Legitimationsfrage.

«Sagen Sie mal, Attenbury», ließ sich ein freundlicher Peer mit rotem Gesicht und fünf Reihen Hermelin auf der Schulter vernehmen, «stimmt es, daß Wimsey noch nicht wieder da ist? Meine Tochter erzählt mir, daß er in die Staaten gereist ist, um Beweise aufzutreiben? Wieso in die Staaten?»

«Weiß ich nicht», sagte Attenbury, «aber Wimsey ist ein blitzgescheiter Bursche. Als er diese Smaragde von mir wiederfand, wissen Sie, da habe ich gesagt – »

«Euer Gnaden, Euer Gnaden!» rief einer der Herolde verzweifelt und stürzte sich ins Gewühl. «Euer Gnaden sind wieder aus der Reihe.»

«Wie, was?» fragte der rotgesichtige Peer. «Menschenskind! Muß wohl Anweisungen befolgen, wie?» Und damit wurde er von den schlichten Earls fortgezogen und neben den Herzog von Wiltshire gestellt, der stocktaub und mit Denver entfernt verschwägert war.

Die Königliche Galerie war zum Bersten gefüllt. Auf den Plätzen unterhalb der Gerichtsschranke, die für die Damen der Peers reserviert waren, saß die Herzoginwitwe von Denver, wundervoll gekleidet und trotzig. Sie litt sehr unter der unmittelbaren Nähe ihrer Schwiegertochter, deren Unglück es war, unausstehlich zu werden, wenn sie Kummer hatte – vielleicht der schwerste Fluch für den Menschen, der zum Leiden geboren ist.

Unten im Saal, hinter einem imponierenden Aufgebot von Verteidigern in Allongeperücken, waren Plätze für die Zeugen reserviert, und dort war auch Mr. Bunter untergebracht – um auszusagen, falls die Verteidigung es für nötig hielt, das Alibi vorzubringen –, während die meisten Zeugen in der Königlichen Garderobe zusammengepfercht saßen, sich auf die Finger bissen und einander anstarrten. Oberhalb der Gerichtsschranke befanden sich auf beiden Seiten die Bänke für die Peers, von denen jeder *de facto* und *de jure* ein Richter war, während auf dem hohen Podest der große Staatssessel für den Großhofmeister bereit stand.

Die Reporter an ihrem kleinen Tischchen begannen schon unruhig zu werden und auf die Uhr zu sehen. Durch Mauern und Stimmengesumm gedämpft fielen elf langsame Schläge des Big Ben in die Spannung. Eine Tür ging auf. Die Reporter sprangen von ihren Sitzen; die Verteidiger erhoben sich; alle standen auf; die Herzoginwitwe konnte sich nicht enthalten, ihrer Nachbarin zuzuflüstern, das Ganze erinnere sie an die Stimme, die über Eden wehte; und die Prozession strömte langsam herein, angeleuchtet von den Strahlen der Wintersonne, die durch die hohen Fenster hereindrangen.

Das Verfahren wurde eröffnet mit einem Aufruf um Ruhe durch den Zeremonienmeister, wonach der Königliche Gerichtsschreiber, am Fuße des Throns kniend, dem Großhofmeister* seine Ernennung unter dem Großsiegel überreichte, der nichts damit anzufangen wußte und sie dem Königlichen Gerichtsschreiber mit großer Feierlichkeit zurückreichte. Dieser las das langatmige und umständliche Schriftstück den Versammelten vor und gab ihnen so Gelegenheit, festzustellen, wie schlecht die Akustik in diesem Raum war. Der Zeremonienmeister antwortete mit einem volltönenden *«God Save the King»*, woraufhin der Erste Wappenherold und der Erste Meister des Hosenbandordens, wiederum kniend, dem Großhofmeister seinen Amtsstab überreichten. («So malerisch, nicht?» meinte die Herzoginwitwe. «Ganz Hochkirche.»)

Es folgte die Prozedur der Aktenvorlage in einer langen und eintönigen Litanei, die sich, beginnend mit Georg V. von Gottes Gnaden, auf sämtliche Richter und Oberrichter des Old Bailey berief, den Oberbürgermeister von London, den Stadtrichter und eine Anzahl anderer Ratsherren und Richter zitierte, zurückkam auf unseren Herrn den König, dann die Londoner City und die Grafschaften von London und Middlesex, Essex, Kent und Surrey durchstreifte, unseren verstorbenen Herrn und König Wilhelm IV. erwähnte, abschweifte ins Kommunalverwaltungsgesetz 1888, sich verlor in einer Aufzählung sämtlicher Verrätereien, Morde, Verbrechen und Vergehen, von wem auch immer und in welcher Weise auch immer begangen, vollbracht oder durchgeführt und an wem auch immer und in welcher Weise, sowie aller sonstigen Artikel und Umstände, die alle zusammen und jeder für sich inwiefern und in welcher Weise das Obenerwähnte beträfen, und zuletzt, nachdem sie die Namen der ganzen Großen Geschworenenkammer aufgezählt hatte, triumphierend und mit plötzlicher, brutaler Kürze auf den Anklagepunkt zurückkam:

«Die vereidigten Juroren für unseren Herrn und König erheben Anklage gegen den wohledlen und mächtigen Fürsten Gerald Christian Wimsey, Viscount St. George, Herzog von Denver, Peer des

* Dieses Amt war, wie üblich, an den Lordkanzler gefallen.

Vereinigten Königreichs von Großbritannien und Irland, am 13. Oktober im Jahre des Herrn 1923 in der Gemeinde Riddlesdale in der Grafschaft Yorkshire den Hauptmann Denis Cathcart getötet und ermordet zu haben.»

«Danach* wurde vom Zeremonienmeister an den Ersten Meister des Hosenbandordens die Aufforderung gerichtet, Gerald Christian Wimsey, Viscount St. George, Herzog von Denver, vor die Gerichtsschranke zu rufen, damit er auf diese Anklage antworte, woraufhin dieser, nachdem er vor die Schranke getreten war, niederkniete, bis der Großhofmeister ihn belehrte, daß er sich erheben dürfe.»

Der Herzog von Denver wirkte sehr klein und nackt und einsam in seinem blauen Straßenanzug, das einzige unbedeckte Haupt unter allen Peers, aber er war nicht ohne eine gewisse Würde, als er zu dem «Stuhl innerhalb der Gerichtsschranken» geleitet wurde, der für wohlgeborene Angeklagte als angemessen gilt, und er hörte dort die Wiederholung der Anklage durch den Großhofmeister mit schlichtem Ernst an, der ihm gut zu Gesicht stand.

«Dann wurde der Herzog von Denver auf die übliche Weise vom Kanzlisten der Parlamente zur Anklage gehört und gefragt, ob er sich schuldig oder nicht schuldig bekenne, woraufhin er sich als ‹nicht schuldig› bezeichnete.»

Nun erhob sich Sir Wigmore Wrinching, der Ankläger, um den Fall aus der Sicht der Krone zu schildern.

Nach den üblichen Einleitungsfloskeln des Inhalts, daß der Fall ein sehr schmerzlicher und das Ereignis ein sehr ernstes sei, rollte Sir Wigmore das Geschehen von Anfang an auf: den Streit, den Schuß um drei Uhr morgens, die Pistole, die Entdeckung der Leiche, das Verschwinden des Briefs und die ganzen übrigen bereits bekannten Einzelheiten. Er kündigte ferner Zeugenaussagen an, die zeigen sollten, daß der Streit zwischen Denver und Cathcart andere als die vom Angeklagten behaupteten Gründe gehabt habe und daß letzterer, wie man sehen werde, «guten Grund zu der Befürchtung gehabt» habe, «von Cathcart bloßgestellt zu werden». Bei diesen Worten sah man den Angeklagten einen besorgten Blick zu seinem Anwalt werfen. Die Darlegung des Falles nahm nur kurze Zeit in Anspruch, und danach bat Sir Wigmore, seine Zeugen aufrufen zu dürfen.

Da die Anklage nun nicht gut den Herzog von Denver aufrufen konnte, war die erste wichtige Zeugin Lady Mary Wimsey. Nachdem

* Siehe die Protokolle des Oberhauses für die betreffenden Tage.

sie ihre Beziehungen zu dem Ermordeten dargelegt und den Streit geschildert hatte, fuhr sie fort: «Um drei Uhr morgens stand ich auf und ging nach unten.»

«Aus welchem Anlaß taten Sie das?» fragte Sir Wigmore und sah sich mit der Miene eines Mannes im Gerichtssaal um, der seinen großen Auftritt einleitet.

«Wegen einer Verabredung, die ich mit einem Freund getroffen hatte.»

Alle Reporter sahen plötzlich auf wie Hunde in Erwartung eines Stücks Kuchen, und Sir Wigmore schrak so heftig zusammen, daß er seine Akte vom Tisch stieß und diese dem unter ihm sitzenden Sekretär des Oberhauses auf den Kopf fiel.

«Ich darf doch bitten! Zeugin, bedenken Sie, daß Sie unter Eid stehen, und sehen Sie sich vor. Was hat Sie um drei Uhr aufgeweckt?»

«Ich habe gar nicht geschlafen. Ich wartete auf den Zeitpunkt meiner Verabredung.»

«Und während Sie warteten, haben Sie da etwas gehört?»

«Nein, nichts.»

«Aber, Lady Mary, ich habe hier Ihre beeidete Aussage vor dem Untersuchungsrichter. Ich lese sie Ihnen vor. Hören Sie bitte gut zu. Sie sagen: ‹Um drei Uhr wurde ich durch einen Schuß geweckt. Ich glaubte, es seien Wilddiebe. Es klang sehr laut und nah beim Haus. Ich ging hinunter, um nachzusehen, was es war.› Erinnern Sie sich, diese Aussage gemacht zu haben?»

«Ja, aber das war nicht die Wahrheit.»

«Nicht die Wahrheit?»

«Nein.»

«Wollen Sie angesichts dieser Aussage noch immer behaupten, Sie hätten um drei Uhr nichts gehört?»

«Ich habe gar nichts gehört; ich bin hinuntergegangen, weil ich eine Verabredung hatte.»

«Meine Lords», sagte Sir Wigmore, sehr rot im Gesicht, «ich muß Sie um Ihre Erlaubnis bitten, diese Zeugin als Zeugin der Gegenseite zu behandeln.»

Aber auch die heftigsten Angriffe Sir Wigmores brachten kein anderes Ergebnis als die immer wiederholte Feststellung, daß zu keiner Zeit ein Schuß gehört worden sei. Auf die Entdeckung der Leiche angesprochen, sagte Lady Mary, sie habe, als sie sagte: ‹Mein Gott, Gerald, du hast ihn getötet›, unter dem Eindruck gestanden, daß der Tote der Freund gewesen sei, mit dem sie verabredet war. Hier entspann sich nun ein hitziges Wortgefecht zu der Frage, ob die näheren

Umstände dieser Verabredung für den Prozeß erheblich seien. Die Lords entschieden, daß sie eigentlich erheblich seien; und somit kam die ganze Goyles-Geschichte heraus, verbunden mit der Mitteilung, daß Mr. Goyles anwesend sei und als Zeuge aufgerufen werden könne. Schließlich übergab Sir Wigmore Wrinching die Zeugin mit einem vernehmlichen Schnauben an Sir Impey Biggs, der sich, schön wie er war, mit freundlicher Miene erhob und die Diskussion wieder auf einen weit zurückliegenden Punkt brachte.

«Verzeihen Sie mir die Art dieser Frage», sagte Sir Impey mit einer höflichen Verbeugung, «aber wollen Sie uns bitte sagen, ob Ihrer Ansicht nach der verstorbene Hauptmann Cathcart sehr in Sie verliebt war?»

«Nein, ich bin sogar sicher, daß er es nicht war; es war ein Arrangement zu unserem beiderseitigen Vorteil.»

«Soweit Sie ihn kannten, glauben Sie, daß er einer sehr tiefen Zuneigung fähig war?»

«Das halte ich für möglich – bei der richtigen Frau. Ich würde sagen, er war sehr leidenschaftlich veranlagt.»

«Danke. Sie haben uns erzählt, daß Sie Hauptmann Cathcart mehrere Male getroffen haben, als Sie letzten Februar in Paris waren. Erinnern Sie sich, mit ihm in ein Juweliergeschäft gegangen zu sein – zu Monsieur Briquet in der Rue de la Paix?»

«Kann sein; aber das weiß ich nicht sicher.»

«Das Datum, auf das ich Ihre Aufmerksamkeit lenken möchte, ist der 6. Februar.»

«Ich weiß es nicht.»

«Erkennen Sie dieses Amulett?»

Damit wurde der Zeugin die grünäugige Katze übergeben.

«Nein; ich habe es nie gesehen.»

«Hat Hauptmann Cathcart Ihnen je etwas in der Art geschenkt?»

«Nein, nie.»

«Haben Sie je so ein Schmuckstück besessen?»

«Nein, da bin ich völlig sicher.»

«Meine Lords, ich darf diese Platinkatze mit Brillanten zu den Beweisstücken legen. Danke, Lady Mary.»

James Fleming, eingehend nach der Postzustellung befragt, blieb ausweichend und vergeßlich und hinterließ insgesamt beim Gericht den Eindruck, daß der Herzog überhaupt nie einen Brief bekommen habe. Sir Wigmore, der in seiner Eröffnungsrede schon düster auf Versuche angespielt hatte, den Charakter des Opfers anzuschwärzen, lächelte hämisch und überließ den Zeugen Sir Impey. Dieser begnügte sich damit, dem Zeugen das Zugeständnis zu entlocken, daß er sich mit Sicherheit weder so noch so erinnere, und ging dann sofort auf einen anderen Punkt über.

«Erinnern Sie sich, ob mit derselben Post noch Briefe für andere Mitglieder der Jagdgesellschaft gekommen sind?»

«Ja, ich habe drei oder vier Briefe ins Billardzimmer gebracht.»

«Können Sie sagen, an wen sie adressiert waren?»

«Ein paar waren für Oberst Marchbanks und einer für Hauptmann Cathcart.»

«Hat Hauptmann Cathcart seinen Brief an Ort und Stelle geöffnet?»

«Das weiß ich nicht, Sir. Ich habe das Zimmer sofort wieder verlassen, um die Post für Seine Gnaden ins Arbeitszimmer zu bringen.»

«Könnten Sie uns nun einmal erzählen, auf welche Weise die Post, die morgens fortgehen soll, im Jagdhaus eingesammelt wird?»

«Die Briefe werden in den Postsack geworfen, der verschlossen ist. Seine Gnaden hat einen Schlüssel, den anderen hat die Post. Die Briefe werden oben durch einen Schlitz gesteckt.»

«Wurden an dem Morgen nach Hauptmann Cathcarts Tod die Briefe wie gewöhnlich zur Post gebracht?»

«Ja, Sir.»

«Von wem?»

«Ich habe den Sack selbst hingebracht, Mylord.»

«Hatten Sie eine Gelegenheit, zu sehen, was für Briefe sich darin befanden?»

«Als die Postmeisterin den Sack leerte, habe ich gesehen, daß es mehrere Briefe waren, aber ich könnte nicht sagen, an wen sie adressiert waren oder sonst etwas.»

«Ich danke Ihnen.»

Hier sprang Sir Wigmore vom Stuhl auf wie ein sehr verärgerter Kastenteufel.

«Ist dies das erste Mal, daß Sie diesen Brief erwähnen, den Sie in der Mordnacht angeblich Hauptmann Cathcart ausgehändigt haben?»

«Meine Lords», rief Sir Impey. «Ich erhebe Einspruch gegen diese Formulierung. Bisher liegt noch kein Beweis dafür vor, daß ein Mord begangen wurde.»

Dies war der erste Hinweis auf die Verteidigungsstrategie, die Sir Impey einzuschlagen gedachte, und er verursachte ein leises Raunen der Erregung.

«Meine Lords», fuhr der Verteidiger auf eine Frage des Großhofmeisters fort, «ich stelle fest, daß bisher noch nicht versucht worden ist, den Tatbestand des Mordes zu beweisen, und daß ein solches Wort einem Zeugen nicht in den Mund gelegt werden darf, solange die Anklage den Tatbestand des Mordes nicht bewiesen hat.»

«Es wäre wohl besser, Sir Wigmore, wenn Sie einen anderen Ausdruck wählten.»

«Für unseren Fall hat dies keinerlei Bedeutung, Mylord. Ich beuge mich der Entscheidung Eurer Lordschaft. Der Himmel weiß, daß ich nie den Versuch machen würde, auch nicht durch das kleinste und unbedeutendste Wort, die Verteidigung bei so einer schwerwiegenden Anklage zu behindern.»

«Meine Lords», rief Sir Impey dazwischen, «wenn der Herr Anklagevertreter das Wort ‹Mord› als unbedeutend bezeichnet, wäre es interessant zu wissen, welchen Worten er Bedeutung beimißt.»

«Der Herr Anklagevertreter hat sich bereit gefunden, das Wort durch ein anderes zu ersetzen», sagte der Großhofmeister beschwichtigend und nickte Sir Wigmore zu, fortzufahren. Sir Impey, dem es somit gelungen war, dem Angriff des Anklagevertreters auf den Zeugen die ursprüngliche Wucht zu nehmen, setzte sich wieder, und Sir Wigmore wiederholte seine Frage.

«Ich habe ihn vor ungefähr drei Wochen zum erstenmal gegenüber Mr. Murbles erwähnt.»

«Mr. Murbles ist der juristische Vertreter des Angeklagten, nehme ich an?»

«Ja, Sir.»

«Und wie kommt es», fragte Sir Wigmore grimmig, indem er den Kneifer auf seiner recht ansehnlichen Nase zurechtrückte und den Zeugen böse anfunkelte, «daß Sie den Brief nicht schon bei der Untersuchungsverhandlung oder in einem früheren Stadium der Untersuchung erwähnt haben?»

«Weil mich niemand danach gefragt hat, Sir.»

«Was hat Sie plötzlich zu dem Entschluß gebracht, Mr. Murbles davon zu erzählen?»

«Er hat mich gefragt, Sir.»

«So, er hat Sie gefragt; und Sie haben sich entgegenkommenderweise daran erinnert, als Ihnen dieser Gedanke nahegelegt wurde?»

«Nein, Sir. Ich habe mich die ganze Zeit daran erinnert. Das heißt, ich habe dem keine besondere Bedeutung beigemessen, Sir.»

«So, Sie haben sich die ganze Zeit daran erinnert, obwohl Sie ihm weiter keine Bedeutung beimaßen. Und jetzt sage ich Ihnen auf den Kopf zu, daß Sie sich überhaupt nie daran erinnert haben, bis es Ihnen von Mr. Murbles nahegelegt wurde.»

«Mr. Murbles hat mir nichts nahegelegt, Sir. Er hat mich gefragt, ob mit derselben Post noch weitere Briefe gekommen seien, und da ist es mir eingefallen.»

«Genau! Als es Ihnen nahegelegt wurde, haben Sie sich erinnert, vorher aber nicht.»

«Nein, Sir. Das heißt, wenn ich früher gefragt worden wäre, hätte ich mich auch früher daran erinnert und den Brief erwähnt, aber da ich nicht danach gefragt wurde, habe ich ihn nicht für wichtig gehalten, Sir.»

«Sie haben es also nicht für wichtig gehalten, daß dieser Mann wenige Stunden, bevor – vor seinem Tod – einen Brief erhielt?»

«Nein, Sir. Ich habe gedacht, wenn er wichtig gewesen wäre, hätte die Polizei mich danach gefragt, Sir.»

«Nun, James Fleming, ich halte Ihnen noch einmal vor, daß die Idee, Hauptmann Cathcart könne an dem Abend, bevor er starb, noch einen Brief erhalten haben, Ihnen nie gekommen ist, bevor sie Ihnen von der Verteidigung in den Kopf gesetzt wurde.»

Der Zeuge, verwirrt von diesem etwas umständlichen Satz, gab eine konfuse Antwort, und Sir Wigmore sah sich im Saal um, als wollte er sagen: «Na bitte, seht euch diesen unsicheren Kantonisten an.»

«Ich nehme an, daß Sie auch nicht auf den Gedanken gekommen sind, der Polizei etwas von den Briefen im Postsack zu sagen?»

«Nein, Sir.»

«Warum nicht?»

«Ich habe nicht geglaubt, daß mir dies zukommt, Sir.»

«Haben Sie überhaupt daran gedacht?»

«Nein, Sir.»

«Denken Sie überhaupt jemals?»

«Nein, Sir – ich meine, ja, Sir.»

«Dann denken Sie jetzt bitte gut darüber nach, was Sie sagen.»

«Ja, Sir.»

«Sie sagen, daß Sie diese ganzen wichtigen Briefe aus dem Haus getragen haben, ohne dazu ermächtigt gewesen zu sein und ohne die Polizei zu benachrichtigen?»

«Ich hatte meine Anweisungen, Sir.»

«Von wem?»

«Es war ein Befehl von Seiner Gnaden, Sir.»

«Ach! Ein Befehl von Seiner Gnaden. Wann haben Sie diesen Befehl bekommen?»

«Es gehörte zu meinen ständigen Pflichten, Sir, jeden Morgen den Sack zur Post zu bringen.»

«Und Sie sind nicht auf den Gedanken gekommen, daß in so einem Fall eine ordnungsgemäße Benachrichtigung der Polizei wichtiger sein könnte als die Befolgung Ihrer Anweisungen?»

«Nein, Sir.»

Sir Wigmore nahm mit angewiderter Miene wieder Platz, und Sir Impey übernahm den Zeugen.

«Ist Ihnen die Sache mit dem Brief, den Sie Mr. Cathcart ausgehändigt hatten, zwischen dem Todestag und dem Tag, an dem Mr. Murbles mit Ihnen darüber sprach, nie durch den Kopf gegangen?»

«Nun, durch den Kopf gegangen ist sie mir gewissermaßen schon, Sir.»

«Wann war das?»

«Vor der Geschworenenkammer, Sir.»

«Und warum haben Sie da nichts davon gesagt?»

«Der Herr dort hat gesagt, ich solle mich auf die Beantwortung der Fragen beschränken und nichts von mir aus sagen, Sir.»

«Wer war denn dieser sehr gebieterische Herr?»

«Der Vertreter der Anklage, Sir.»

«Danke», sagte Sir Impey befriedigt, setzte sich und lehnte sich zu Mr. Glibbery hinüber, um ihm etwas offenbar sehr Erheiterndes mitzuteilen.

Der Frage nach dem Brief wurde im Verhör des Ehrenwerten Freddy weiter nachgegangen. Sir Wigmore Wrinching legte großes Gewicht auf die Versicherung des Zeugen, daß der Verstorbene am Mittwochabend beim Zubettgehen in ausgezeichneter Verfassung und bester Laune gewesen sei und von seiner bevorstehenden Heirat gesprochen habe.

«Er kam mir besonders heißa vor, wissen Sie», sagte der Ehrenwerte Freddy.

«Besonders was?» erkundigte sich der Großhofmeister.

«Heißa, Mylord», sagte Sir Wigmore mit einer spöttischen Verbeugung.

«Nun, ich weiß nicht, ob man dieses Wort so verwenden kann», sagte Seine Lordschaft, indem er es mit besonderer Sorgfalt seinen Notizen einverleibte, «aber ich nehme an, es soll hier ein Synonym für heiter sein.»

Der um seine Zustimmung gebetene Ehrenwerte Freddy meinte, er habe wohl mehr als heiter damit ausdrücken wollen, mehr lustig und strahlend, nicht wahr?

«Können wir also annehmen, daß er vergnügten Geistes war?» riet der Verteidiger.

«Nehmen Sie welchen Geist Sie wollen», murmelte der Zeuge und ergänzte noch eine Spur fröhlicher: «Nimm 'nen Klaren von John MacLaren.»

«Der Verstorbene war also ganz besonders fröhlich und guter Dinge, als er zu Bett ging», sagte Sir Wigmore, die Stirn in furchtbare Falten gelegt, «und freute sich auf seine in naher Zukunft bevorstehende Heirat. Wäre das eine zutreffende Beschreibung seiner Verfassung?»

Der Ehrenwerte Freddy stimmte dem zu.

Sir Impey verzichtete auf ein Kreuzverhör des Zeugen hinsichtlich des Streites und kam gleich zur Sache.

«Haben Sie noch irgendeine Erinnerung an die Briefe, die am Abend seines Todes ankamen?»

«Ja; für mich war einer von meiner Tante dabei. Der Oberst kriegte ein paar, glaube ich, und einer war für Cathcart.»

«Hat Hauptmann Cathcart seinen Brief an Ort und Stelle gelesen?»

«Nein, das weiß ich genau. Sehen Sie, ich habe meinen geöffnet, und dann sah ich, wie er seinen in die Tasche steckte, und hab gedacht – »

«Was Sie gedacht haben, ist nicht wichtig», sagte Sir Impey. «Was haben Sie getan?»

«Ich habe gesagt: ‹Entschuldigung, stört Sie's?› Und er hat gesagt: ‹Nein, nicht im mindesten.› Aber er hat seinen Brief noch immer nicht gelesen, und ich weiß noch, wie ich gedacht habe – »

«Wir können das hier nicht brauchen», sagte der Großhofmeister.

«Aber daher weiß ich doch so genau, daß er ihn nicht geöffnet hat», entgegnete der Ehrenwerte Freddy beleidigt. «Sehen Sie, ich hab mir damals nämlich gesagt, was ist der Kerl doch für ein Geheimniskrämer, und daher weiß ich das noch.»

Sir Wigmore, der schon mit geöffnetem Mund aufgesprungen war, setzte sich wieder.

«Danke sehr, Mr. Arbuthnot», sagte Sir Impey lächelnd.

Oberst und Mrs. Marchbanks bestätigten, gegen halb zwölf etwas im Arbeitszimmer des Herzogs gehört zu haben. Einen Schuß oder sonstige Geräusche hätten sie nicht gehört. Sie wurden nicht ins Kreuzverhör genommen.

Mr. Pettigrew-Robinson wartete mit einer lebhaften Schilderung des Streits auf und versicherte sehr bestimmt, daß eine akustische Verwechslung der herzoglichen Schlafzimmertür ausgeschlossen sei.

«Wir wurden dann kurz nach drei Uhr von Mr. Arbuthnot geweckt», fuhr der Zeuge fort, «und gingen in den Wintergarten hinunter, wo ich den Angeklagten und Mr. Arbuthnot das Gesicht des Verstorbenen waschen sah. Ich habe sie darauf hingewiesen, wie unklug das von ihnen sei, da sie damit wichtige Spuren für die Polizei vernichten könnten, aber sie haben sich nicht um mich gekümmert. Um die Tür herum befanden sich viele Fußspuren, die ich untersuchen wollte, weil nach meiner Theorie – »

«Meine Lords», rief Sir Impey, «wir können den Zeugen hier keine Theorien entwickeln lassen.»

«Gewiß nicht!» sagte der Großhofmeister. «Beantworten Sie die Fragen, die Ihnen gestellt werden, und fügen Sie von sich aus nichts hinzu.»

«Sehr wohl», sagte Mr. Pettigrew-Robinson. «Ich wollte damit auch nicht sagen, daß daran etwas faul gewesen sei, aber ich hatte mir gedacht – »

«Behalten Sie bitte für sich, was Sie gedacht haben. Hören Sie mir zu. Als Sie den Toten sahen, wie lag er da?»

«Auf dem Rücken, und Denver und Arbuthnot wuschen ihm das Gesicht. Er war offensichtlich umgedreht worden, denn – »

«Sir Wigmore», unterbrach der Großhofmeister, «Sie müssen Ihren Zeugen bei der Sache halten.»

«Beschränken Sie sich freundlicherweise auf das, was Sie gesehen haben», sagte Sir Wigmore leicht erhitzt. «Ihre Schlußfolgerungen interessieren uns nicht. Sie sagen, als Sie den Toten sahen, lag er auf dem Rücken. Ist das richtig?»

«Und Denver und Arbuthnot wuschen ihn.»

«Ja. Und jetzt möchte ich auf etwas anderes zu sprechen kommen. Erinnern Sie sich an einen Lunch im Königlichen Automobilclub?»

«Ja. Ich war dort Mitte August einmal zum Lunch – es muß, soviel ich weiß, der sechzehnte oder siebzehnte gewesen sein.»

«Wollen Sie uns bitte erzählen, was da geschah?»

«Ich war nach dem Lunch in den Rauchsalon gegangen und saß dort in einem hochlehnigen Sessel und las, als ich den Angeklagten mit dem seligen Hauptmann Cathcart hereinkommen sah. Das heißt, ich sah sie in dem großen Spiegel über dem Kaminsims. Sie selbst merkten nicht, daß jemand im Salon war, sonst wären sie wohl mit dem, was sie sagten, etwas vorsichtiger gewesen. Sie nahmen in meiner Nähe Platz und begannen sich zu unterhalten, und nach einiger Zeit lehnte Cathcart sich zum Herzog hinüber und sagte leise etwas, was ich nicht verstehen konnte. Daraufhin sprang der Angeklagte mit entsetztem Gesicht auf und rief: ‹Um Gottes willen, Cathcart, verrate mich bloß nicht – ich hätte die Hölle auf Erden.› Cathcart antwortete etwas in besänftigendem Ton – ich konnte nicht hören, was er sagte, er hatte so eine heimlichtuerische Stimme –, und der Angeklagte sagte darauf: ‹Also, laß das jedenfalls. Ich kann mir nicht leisten, daß jemand davon erfährt.› Der Angeklagte wirkte sehr erschrocken. Hauptmann Cathcart lachte. Dann sprachen sie leise weiter, und ich habe sonst nichts gehört.»

«Danke.»

Sir Impey übernahm den Zeugen mit mephistophelischer Höflichkeit.

«Sie sind ein Mann mit ausgezeichneten Beobachtungs- und Kombinationsgaben, Mr. Pettigrew-Robinson», begann er, «und zweifellos machen Sie bei der Beurteilung der Charaktereigenschaften und Motive anderer Menschen gern von Ihrer einfühlsamen Vorstellungskraft Gebrauch?»

«Ich glaube, ich kann mich als Kenner der menschlichen Natur bezeichnen», antwortete Mr. Pettigrew-Robinson sehr besänftigt.

«Man zieht Sie sicherlich gern ins Vertrauen?»

«Gewiß. Ich darf mich als einen Mann bezeichnen, dem sehr viel Menschliches zu Ohren kommt.»

«In der Nacht, als Hauptmann Cathcart starb, war Ihre große Welterfahrung für die Familie sicher Trost und Hilfe?»

«Sie hat sich meine Erfahrungen leider nicht zunutze gemacht, Sir», sagte Mr. Pettigrew-Robinson, und plötzlich brach es aus ihm heraus: «Man hat mich völlig ignoriert! Wenn man doch damals nur auf meinen Rat gehört hätte – »

«Danke, vielen Dank», sagte Sir Impey, um einem erregten Zwischenruf des Anklägers zuvorzukommen, der daraufhin aufstand und fragte:

«Wenn Hauptmann Cathcart irgendein Geheimnis oder irgendwelche Sorgen im Leben gehabt hätte, würden Sie von ihm erwartet haben, daß er sie Ihnen anvertraute?»

«Das würde ich von jedem rechtschaffenen jungen Mann ganz gewiß erwarten», sagte Mr. Pettigrew-Robinson großmäulig, «aber Hauptmann Cathcart war ein unangenehm verschlossener Mensch. Das einzige Mal, als ich ein freundliches Interesse an seinen Angelegenheiten zeigte, war er sehr ungezogen. Er nannte mich – »

«Das genügt», unterbrach Sir Wigmore ihn hastig, als er sah, daß die Beantwortung seiner Frage nicht so ausfiel wie erwartet. «Wie der Verstorbene Sie genannt hat, ist unerheblich.»

Mr. Pettigrew-Robinson trat ab und hinterließ den Eindruck eines schwer Gekränkten – ein Eindruck, der die Herren Glibbery und Brownrigg-Fortescue so zu freuen schien, daß sie während des Verhörs der nächsten beiden Zeugen unablässig still in sich hineinlachten.

Mrs. Pettigrew-Robinson hatte ihrer Aussage bei der Untersuchungsverhandlung wenig hinzuzufügen. Miss Cathcart wurde von Sir Impey nach Cathcarts Elternhaus gefragt und erklärte mit hörbarer Mißbilligung in der Stimme, daß ihr Bruder, obwohl schon in den besten Jahren und ein sehr erfahrener Mann von Welt, sich von einer neunzehnjährigen italienischen Sängerin habe «einwickeln» lassen, sie zu heiraten. Achtzehn Jahre später seien beide Eltern gestorben. «Kein Wunder», sagte Miss Cathcart, «bei dem Lebenswandel, den sie führten», und der Junge sei in ihre Obhut gegeben worden. Sie erklärte, wie Denis sich ihrem Einfluß immer entzogen und mit Männern Umgang gepflogen habe, von denen sie nichts gehalten habe, und schließlich sei er nach Paris gegangen, um auf eigene Faust eine diplomatische Laufbahn zu beginnen. Seitdem habe sie kaum etwas von ihm gesehen.

Ein interessanter Punkt kam beim Kreuzverhör Inspektor Craikes' zur Sprache. Ein Taschenmesser wurde ihm gezeigt, und er identifizierte es als dasjenige, das er bei Cathcart gefunden hatte.

Frage von Mr. Glibbery: «Fällt Ihnen an der Klinge irgend etwas auf?»

«Ja, in der Nähe des Griffs ist eine kleine Kerbe.»

«Könnte die Kerbe daher stammen, daß versucht wurde, mit diesem Taschenmesser eine Fensterverriegelung gewaltsam zu öffnen?»

Inspektor Craikes räumte ein, daß dies der Fall sein könne, zweifelte aber, ob ein so kleines Messer für diesen Zweck geeignet sei.

Dann wurde der Revolver vorgelegt und die Frage nach dem Eigentümer gestellt.

«Meine Lords», sagte Sir Impey, «wir bestreiten nicht, daß der Revolver dem Herzog gehört.»

Die Richter machten erstaunte Gesichter, und nachdem Hardraw, der Wildhüter, zu dem Schuß gehört worden war, den er um zehn vor zwölf gehört hatte, kam das ärztliche Gutachten an die Reihe.

Sir Impey Biggs: «Könnte der Verstorbene sich die Wunde selbst beigebracht haben?»

«Das wäre gewiß möglich.»

«Wäre die Wunde sofort tödlich gewesen?»

«Nein. Aus der Menge Blut zu schließen, die auf dem Pfad gefunden wurde, war sie offensichtlich nicht sofort tödlich.»

«Lassen sich die gefundenen Spuren Ihrer Ansicht nach mit der

Möglichkeit in Einklang bringen, daß der Verstorbene sich noch zum Haus geschleppt hat?»

«Ja. Dazu hätte er durchaus noch die Kraft haben können.»

«Könnte eine solche Wunde Fieber hervorrufen?»

«Das ist ohne weiteres denkbar. Er könnte für einige Zeit das Bewußtsein verloren haben und sich durch das Herumliegen in der Nässe eine Erkältung und Fieber zugezogen haben.»

«Lassen die äußeren Anzeichen die Möglichkeit zu, daß er noch einige Stunden nach seiner Verwundung gelebt hat?»

«Sie sprechen sogar sehr für diese Möglichkeit.»

Bei nochmaliger Befragung stellte Sir Wigmore heraus, daß die Wunde und die äußeren Anzeichen ebenfalls mit der Theorie in Einklang zu bringen seien, daß der Schuß aus nächster Nähe von jemand anderem abgegeben und der Verstorbene zum Haus geschleppt worden sei, bevor sein Leben verlosch.

«Schießen Selbstmörder sich nach Ihrer Erfahrung öfter in den Kopf oder in die Brust?»

«Wohl öfter in den Kopf.»

«Soviel öfter, daß eine Wunde in der Brust schon fast auf Mord schließen läßt?»

«Soweit würde ich nicht gehen.»

«Aber bei sonst gleichen Umständen würden auch Sie sagen, daß eine Kopfwunde eher die Vermutung eines Selbstmordes nahelegt als eine Körperwunde?»

«Das ist richtig.»

Sir Impey Biggs: «Aber Selbstmord durch Herzschuß ist keineswegs unmöglich?»

«O nein, nein!»

«Es hat solche Fälle schon gegeben?»

«Ja, gewiß; sehr viele.»

«Aus ärztlicher Sicht schließt also nichts die Möglichkeit eines Selbstmordes aus?»

«Überhaupt nichts.»

Damit war die Beweisaufnahme der Anklage abgeschlossen.

Tendenz fallend

Copyright by Reuter, Press Association Exchange Telegraph und Central News

Als Sir Impey Biggs sich am zweiten Verhandlungstag erhob, um das Eröffnungsplädoyer für die Verteidigung zu halten, fiel allgemein auf, daß er ein wenig sorgenvoll wirkte – bei ihm ein sehr ungewöhnlicher Zug. Seine Ausführungen waren sehr kurz, und doch vermochte er mit den wenigen Worten der großen Versammlung einen Schauer den Rücken hinunterzujagen.

«Meine Lords, Sie sehen mich zu Beginn der Verteidigung in einer mehr als üblich schwierigen Situation. Nicht daß ich am Urteil Eurer verehrten Lordschaften im geringsten zweifelte. Selten, vielleicht noch nie war es möglich, die Unschuld eines Angeklagten so eindeutig zu beweisen wie im Falle meines edlen Mandanten. Aber ich möchte Ihnen, meine Lords, von vornherein erklären, daß ich mich genötigt sehen könnte, um eine Vertagung zu bitten, denn zur Zeit fehlen uns noch ein wichtiger Zeuge und ein entscheidendes Beweisstück. Meine Lords, ich habe hier ein Telegramm von diesem Zeugen in den Händen – ich will Ihnen seinen Namen nennen: Es ist Lord Peter Wimsey, der Bruder des Angeklagten. Das Telegramm wurde gestern in New York aufgegeben. Ich lese es Ihnen vor. Es lautet: ‹Beweisstück gesichert. Fliege heute abend mit Pilot Grant. Beglaubigte Abschrift und beeidete Aussagen folgen mit *S. S. Lucarnia* falls Unglück. Erhoffte Ankunft Donnerstag.› Meine Lords, in ebendiesem Augenblick durchschneidet dieser entscheidende Zeuge die Lüfte hoch über dem weiten Atlantik. Bei diesem Winterwetter trotzt er einer Gefahr, vor der eines jeden Menschen Herz, außer dem seinen und dem des weltberühmten Fliegers, dessen Hilfe er sich versichert hat, verzagen würde, um bei der Befreiung seines Bruders von diesem furchtbaren Verdacht keine Sekunde zu verlieren. Meine Lords, das Barometer fällt.»

Eine unermeßliche Stille, wie nach einem schweren Frost, hatte sich über den prunkvollen Saal gelegt. Die Lords in ihrem Purpur und Hermelin, die Damen in ihren kostbaren Pelzen, die Anwälte in ihren Allongeperücken und wehenden Roben, der Großhofmeister auf seinem hohen Stuhl, die Gerichtsdiener und Herolde und Wappenträger standen und saßen starr an ihren Plätzen. Nur der Angeklagte warf einen verwirrten Blick zuerst zu seinem Verteidiger, dann zum Großhofmeister, und die Reporter kritzelten wie verzweifelt letzte Meldungen für die nächste Ausgabe – düstere Schlagzeilen, malerische Beiworte und alarmierende Wettervorhersagen, die das Londoner Leben zum Stillstand bringen sollten: «HERZOGSSOHN ÜBERFLIEGT DEN ATLANTIK», «BRUDERLIEBE», «KOMMT WIMSEY NOCH RECHTZEITIG?», «MORDFALL RIDDLESDALE: VERBLÜFFENDE WENDE». Das war Zeitungsfutter. Millionen Fernschreiber tickerten die Geschichte in Büros und Clubräume, wo Angestellte und Botenjungen sich darüber hermachten und Wetten auf den Ausgang abschlossen; Tausende von Monsterpressen saugten sie in sich hinein, zerkochten sie zu Blei, stampften Druckplatten daraus, würgten sie in ihre großen Mägen, schieden sie auf Papier wieder aus und schleuderten sie mit starken Klauen zurück in die Welt; und ein abgerissener Veteran mit blaugefrorener Nase, der einst geholfen hatte, den verschütteten Major Wimsey bei Caudry aus einem Granattrichter zu graben, murmelte leise vor sich hin: «Gott steh ihm bei, er ist wirklich 'n anständiger kleiner Bengel.» Und damit steckte er seine Zeitungen in den Drahtständer an einem Baum in Kingsway und stellte sein Plakat im günstigsten Winkel auf.

Nach der kurzen Feststellung, daß er nicht nur die Unschuld seines edlen Mandanten zu beweisen beabsichtige, sondern (als Zugabe gewissermaßen) auch die Tragödie in allen Einzelheiten aufklären wolle, rief Sir Impey Biggs ohne weiteren Verzug seine Zeugen auf.

Unter den ersten war Mr. Goyles, der bestätigte, daß er Cathcart um drei Uhr morgens bereits tot vorgefunden habe, mit dem Kopf neben dem Wassertrog, der sich beim Brunnen befinde. Ellen, das Stubenmädchen, bestätigte als nächstes James Flemings Aussage hinsichtlich des Postsacks und erklärte, daß sie täglich das Löschpapier auf der Schreibunterlage im Arbeitszimmer wechsle.

Die Aussage Kriminalinspektor Parkers rief mehr Interesse und einige Verwirrung hervor. Sein Bericht über den Fund der Brillantkatze fand interessierte Zuhörer. Er sprach ausführlich über die Fuß- und Schleifspuren, besonders über den Handabdruck auf dem Blumenbeet. Dann wurde das bewußte Löschblatt vorgelegt und ein Satz Fotografien davon unter den Peers herumgereicht. An beiden Punkten entspann sich jeweils eine lange Diskussion, wobei Sir Impey Biggs sich zu zeigen bemühte, daß der Abdruck auf dem Blumenbeet von den Bemühungen des verwundeten Mannes herrühren müsse, sich aus der Bauchlage aufzurichten, während Sir Wigmore Wrinching es darauf anlegte, das Zugeständnis zu erzwingen, daß der Verwundete den Abdruck ebensogut bei dem Versuch hinterlassen haben könne, sich dem Wegschleppen zu widersetzen.

«Steht nicht die Stellung der Finger, die zum Haus zeigen, der Annahme entgegen, daß der Mann geschleift wurde?» fragte Sir Impey.

Sir Wigmore hielt dagegen, daß der Verwundete ebensogut mit dem Kopf voran fortgeschleift worden sein konnte.

«Wenn ich Sie», sagte Sir Wigmore, «beim Kragen packen und fortschleifen müßte – Eure Lordschaften werden verstehen, was ich meine – »

«Mir scheint», bemerkte der Großhofmeister, «daß dies ein Fall von *solvitur ambulando* ist.» (Gelächter.) «Ich schlage vor, daß einige von uns, wenn das hohe Haus in die Mittagspause geht, die Frage experimentell zu klären versuchen, indem sie unter sich jemanden von etwa gleicher Größe und gleichem Gewicht aussuchen.» (Die edlen Lords sahen einer den andern an und suchten nach einem geeigneten Opfer für diese Rolle.)

Dann erwähnte Inspektor Parker die Kratzspuren am Arbeitszimmerfenster.

«Könnte Ihrer Meinung nach die Verriegelung mit dem Messer geöffnet worden sein, das bei dem Toten gefunden wurde?»

«Ich weiß, daß es möglich ist, denn ich habe das Experiment mit einem genau gleichen Messer selbst durchgeführt.»

Danach wurde die Botschaft auf dem Löschblatt vorwärts und rückwärts gelesen und auf jede nur denkbare Weise interpretiert, wobei die Verteidigung darauf beharrte, daß die Worte französisch seien und *«Je suis fou de douleur»* bedeuteten, während die Anklage dies als weit hergeholt bezeichnete und einfachere Deutungen anbot. Dann wurde ein Handschriftenexperte aufgerufen, der die Schrift mit einem authentischen Brief Cathcarts verglich und daraufhin von der Anklagevertretung unsanft angefaßt wurde.

Nachdem diese kniffligen Punkte den Lords zur Beurteilung anheimgegeben worden waren, rief die Verteidigung noch eine ermüdend lange Reihe von Zeugen auf: den Direktor der Cox-Bank und Monsieur Turgeot vom Crédit Lyonnais, der sich detailliert mit Cathcarts Geldangelegenheiten auseindersetzte; den Concierge und Madame Leblanc aus der Rue St. Honoré; und die edlen Lords begannen zu gähnen, mit Ausnahme einiger Industrie-Lords, die auf ihren Notizblöcken herumzurechnen begannen und einander wissende Blicke von Finanzmann zu Finanzmann zuwarfen.

Dann kam Monsieur Briquet, der Juwelier aus der Rue de la Paix, und nach ihm seine Verkäuferin, die ihre Geschichte von der großen, blonden, ausländischen Dame und dem Kauf der grünäugigen Katze erzählte – woraufhin plötzlich alle wieder aufwachten. Sir Impey erinnerte die Versammelten daran, daß dieser Vorfall sich im Februar ereignet habe, als Cathcarts Verlobte in Paris gewesen sei, und bat dann die Verkäuferin, sich umzusehen und zu sagen, ob sie die betreffende Dame im Hause sehe. Dies erwies sich als eine langwierige Prozedur, doch das Ergebnis war am Ende negativ.

«Ich möchte, daß hier kein Zweifel bestehen bleibt», sagte Sir Impey, «und werde dieser Zeugin jetzt mit Erlaubnis des verehrten Anklagevertreters Lady Mary Wimsey gegenüberstellen.»

Daraufhin wurde also Lady Mary vor die Zeugin gestellt, die unverzüglich und mit großer Bestimmtheit antwortete: «Nein, das ist nicht die Dame; diese Dame habe ich in meinem ganzen Leben noch nie gesehen. Sie sieht ihr in Größe, Haarfarbe und Frisur zwar ein wenig ähnlich, aber sonst – nein, nicht im mindesten. Sie ist nicht einmal der gleiche Typ. Mademoiselle ist eine bezaubernde englische Lady, und der Mann, der sie heiratet, wird sehr glücklich sein, aber die andere war *belle à se suicider* – eine Frau, für die man sich umbringt, für die man alles zum Teufel schickt, und glauben Sie mir, meine Herren» (dies mit einem breiten Lächeln für ihr distinguiertes Publikum), «in meinem Beruf sehe ich so manche.»

Die Zeugin trat inmitten allgemeiner Erregung ab, und Sir Impey kritzelte etwas auf einen Zettel und schob ihn Mr. Murbles zu. Es stand nur ein Wort darauf: «Großartig!» Mr. Murbles schrieb zurück:

«Habe ihr kein Wort gesagt. Können Sie das überbieten?» Und damit lehnte er sich, schmunzelnd wie eine hübsche kleine Groteske an einem gotischen Kapitell, behaglich zurück.

Der nächste Zeuge war Professor Hérbert, eine anerkannte Kapazität für internationales Recht, der Cathcarts vielversprechende Karriere als aufstrebender junger Diplomat im Vorkriegs-Paris schilderte. Ihm folgten mehrere Offiziere, die Cathcart aus dem Krieg kannten und ihm ein ausgezeichnetes Zeugnis ausstellten. Dann trat ein Zeuge auf, der sich mit dem aristokratischen Namen du Bois-Gobey Houdin vorstellte und sich genau an einen sehr peinlichen Disput anläßlich eines Kartenspiels mit le Capitaine Cathcart erinnerte, worüber er dann später mit Monsieur Thomas Freeborn, dem bekannten englischen Ingenieur, gesprochen habe. Parkers Fleiß hatte diesen Zeugen zutage gefördert, und jetzt blickte er mit unverhohlenem Grinsen zu dem geschlagenen Sir Wigmore Wrinching hinüber. Bis Mr. Glibbery die Zeugen alle vorgeführt hatte, war der Nachmittag schon weit vorangeschritten, und der Großhofmeister fragte also die Lords, ob es ihnen genehm sei, die Sitzung bis zum nächsten Vormittag um Glokkenschlag halb elf zu vertagen, worauf sie in mustergültigem Chor «Aye» riefen, und die Sitzung war vertagt.

Eilige schwarze Wolken mit gezackten Rändern jagten drohend westwärts, als sie auf den Parliament Square hinausströmten, und vom Fluß her kreisten kreischende Möwen stadteinwärts. Charles Parker schlug seinen alten Burberry fest um sich, als er in einen Bus stieg, um nach Hause in die Great Ormond Street zu fahren. Es war nur ein weiterer Tropfen in seinen Wermutbecher, als ihn der Schaffner mit einem knappen «Nur oben!» begrüßte und schon die Klingel zog, bevor er wieder aussteigen konnte. Er stieg aufs Oberdeck, nahm Platz und hielt seinen Hut fest. Mr. Bunter kehrte traurig nach 110 A Piccadilly zurück und wanderte bis sieben Uhr ruhelos in der Wohnung umher, dann ging er ins Wohnzimmer und schaltete das Radio ein.

«Hier London», sagte die unsichtbare Stimme teilnahmslos. «2 LO meldet sich mit der Wettervorhersage. Ein starkes Tiefdruckgebiet überquert den Atlantik, während ein Ausläufer über den britischen Inseln verweilt. Heftige, im Süden und Südwesten orkanartige Winde bringen Regen- und Schneeschauer . . .»

«Man kann nie wissen», sagte Bunter. «Ich sollte lieber das Feuer in seinem Schlafzimmer anmachen.»

«Weitere Aussichten unverändert.»

Die zweite Sehne

Und als er kam zur gebroch'nen Brück',
Spannt' er die Sehne und schwamm;
Und als er kam an den grünen Rain,
Löst' er die Schuh' und sprang.

Und als er kam an Lord Williams Tor,
Da hielt er nicht lange inne;
Er spannte die Sehne ein zweites Mal
Und schwang sich über die Zinne.
Die Ballade von Lady Maisry

Lord Peter spähte angestrengt durch die kalten, eiligen Wolkenfetzen. Die dünnen, unglaublich zerbrechlichen Stahlstreben zogen langsam über das glitzernde, funkelnde Land dahin, das sich neblig unter ihnen ausbreitete wie eine bewegliche Landkarte. Vor ihm wölbte sich trotzig und regennaß der glatte Lederrücken seines Gefährten. Er konnte nur hoffen, daß Grant noch guten Muts war. Das Brüllen des Motors ertränkte die Worte, die er seinem Passagier gelegentlich zurief, während sie von Bö zu Bö weiterschaukelten.

Er riß seine Gedanken von den gegenwärtigen Unbilden los und ließ sich noch einmal diese letzte, denkwürdige Szene durch den Kopf gehen. Bruchstücke ihrer Unterredung klangen ihm noch in den Ohren nach.

«Mademoiselle, ich habe auf der Suche nach Ihnen zwei Kontinente durchstreift.»

«*Voyons,* dann ist es wohl wichtig. Aber beeilen Sie sich, sonst kommt gleich der große Bär und brummt, und ich hasse *des histoires.*»

Auf dem niedrigen Tischchen hatte eine Lampe gestanden; er erinnerte sich, wie ihr Licht durch das kurzgeschnittene blonde Haar schimmerte. Sie war groß, aber schlank und hatte von den dicken schwarz-goldenen Kissen zu ihm aufgesehen.

«Mademoiselle, es ist mir unbegreiflich, wie Sie je mit einem Menschen, der van Humperdinck heißt – äh – speisen und tanzen können.»

Was hatte ihn nur bewogen, das zu sagen – wo doch die Zeit so knapp war und nichts wichtiger sein konnte als Jerrys Angelegenheiten?

«Monsieur Humperdinck tanzt nicht. Haben Sie mich über zwei Kontinente verfolgt, um mir das zu sagen?»

«Nein, es ist ernst.»

«*Eh bien,* setzen Sie sich.»

Sie hatte ganz offen mit ihm darüber gesprochen.

«Ja, die arme Seele. Aber das Leben ist sehr kostspielig seit dem Krieg. Ich habe ein paar gute Angebote abgelehnt. Aber immerzu *des histoires.* Und so wenig Geld. Man muß ja vernünftig sein, nicht wahr? An sein Alter denken. Dafür muß man doch vorsorgen, nicht?»

«Gewiß.» Sie sprach mit einem ganz leichten Akzent – der ihm sehr bekannt vorkam. Zuerst konnte er ihn allerdings nirgends unterbringen. Dann fiel es ihm ein. Wien vor dem Krieg; diese Hauptstadt der unglaublichsten Verrücktheiten.

«Ja, ja, ich habe ihm geschrieben. Ich war sehr freundlich, sehr vernünftig. Ich habe geschrieben: ‹*Je ne suis pas femme à supporter des gros ennuis.*› *Cela se comprend, n'est-ce pas*?»

Das verstand sich nur zu leicht. Das Flugzeug sackte plötzlich in ein Luftloch, hilflos wirbelte der Propeller, dann fing er sich, und die Maschine stieg langsam wieder.

«Ich habe es in der Zeitung gelesen – ja. Armer Junge! Warum kann ihn nur jemand erschossen haben?»

«Mademoiselle, gerade deswegen bin ich zu Ihnen gekommen. Mein Bruder, den ich sehr liebe, ist des Mordes angeklagt. Womöglich wird er gehängt.»

«Brrr!»

«Für einen Mord, den er nicht begangen hat.»

«*Mon pauvre enfant* – »

«Mademoiselle, ich bitte Sie herzlich, bleiben Sie ernst. Mein Bruder steht vor Gericht und bekommt den Prozeß gemacht – »

Nachdem er einmal ihre Aufmerksamkeit besaß, war sie ganz Mitgefühl. Ihre blauen Augen hatten eine merkwürdige, aber attraktive Eigenheit – ein volles Unterlid, mit dem sie die Augen zu funkelnden Schlitzen verschloß.

«Mademoiselle, ich flehe Sie an, versuchen Sie sich zu erinnern, was in seinem Brief stand.»

«Aber, *mon pauvre ami,* wie könnte ich? Ich habe ihn nicht gelesen. Er war sehr lang, sehr ermüdend, voller *histoires.* Die Sache war aus – ich kümmere mich nie um etwas, das nicht mehr zu ändern ist, Sie vielleicht?»

Aber seine echte Verzweiflung ob dieses Fehlschlags rührte sie doch.

«Also hören Sie; alles ist vielleicht noch nicht verloren. Vielleicht liegt der Brief noch irgendwo herum. Oder wir fragen Adèle. Meine Zofe. Sie sammelt Briefe, um Leute damit zu erpressen – o ja, ich weiß! Aber sie ist *habile comme tout pour la toilette.* Warten Sie – wir suchen zuerst selbst ein bißchen.»

Briefe, Schmuckstücke und aller möglicher parfümierter Krimskrams flogen aus dem verspielten kleinen Sekretär, aus Schubladen voller Wäsche («Ich bin so unordentlich – ich treibe Adèle zur Verzweiflung»), aus Tüten – Hunderten von Tüten –, und schließlich Adèle, dünnlippig und scharfäugig, die alles abstritt, bis ihre Herrin ihr in der Wut plötzlich eine Ohrfeige versetzte und sie auf französisch und deutsch mit allen möglichen Schimpfnamen bedachte.

«Dann hat es also keinen Zweck», sagte Lord Peter. «Ein Jammer, daß Mademoiselle Adèle den Brief nicht finden kann, wo er für mich soviel wert ist.»

Das Wörtchen «wert» gab Adèle mit einemmal einen Gedanken ein. Sie hätten ja noch gar nicht in Mademoiselles Schmuckkästchen gesucht! Sie wolle es holen.

«C'est cela que cherche monsieur?»

Dann erschien plötzlich Mr. Cornelius van Humperdinck, sehr reich und dick und argwöhnisch, und Adèle wurde diskret und unauffällig am Fahrstuhl entlohnt.

Grant schrie etwas, aber die Worte wehten kraftlos vorbei in die Finsternis und waren verloren. «Was?» brülle Wimsey ihm ins Ohr. Er schrie noch einmal, und diesmal klang ein Wort wie «Saft», bevor es davonwehte. Aber ob es eine gute oder schlechte Nachricht war, hätte Lord Peter nicht sagen können.

Mr. Murbles wurde kurz nach Mitternacht von einem donnernden Klopfen an seiner Tür aus dem Schlaf gerissen. Als er besorgt den Kopf zum Fenster hinausstreckte, sah er den Pförtner, dessen Laterne im Regen dampfte, und hinter ihm eine unförmige Gestalt, die Mr. Murbles im ersten Augenblick nicht erkannte.

«Was ist los?» fragte der Anwalt.

«Eine junge Dame will Sie dringend sprechen, Sir.»

Die unförmige Gestalt sah auf, und er sah die goldblonden Strähnen unter dem fest sitzenden kleinen Hut.

«Mr. Murbles, kommen Sie bitte! Bunter hat mich angerufen. Da ist eine Frau gekommen, um eine Aussage zu machen. Bunter will sie nicht alleinlassen – sie hat solche Angst –, aber er sagt, es ist *furchtbar* wichtig, und Bunter hat ja immer recht, wie Sie wissen.»

«Hat er ihren Namen genannt?»

«Eine Mrs. Grimethorpe.»

«Mich trifft der Schlag! Einen kleinen Augenblick, meine Liebe, ich lasse Sie sofort ein.»

Und tatsächlich, schneller als man es ihm zugetraut hätte, erschien Mr. Murbles in einem Morgenmantel aus Jägerwolle an der Haustür.

«Treten Sie ein, meine Liebe. Ich bin in wenigen Minuten angezogen. Es war ganz richtig von Ihnen, zu mir zu kommen. Darüber bin ich sehr, sehr froh. Was für eine scheußliche Nacht! Perkins, könnten Sie freundlicherweise Mr. Murphy wecken und ihn fragen, ob ich sein Telefon benutzen darf?»

Mr. Murphy – ein lauter irischer Rechtsanwalt von herzlicher Art – brauchte nicht geweckt zu werden. Er hatte Freunde zu Besuch und war gerne zu Diensten.

«Sind Sie das, Biggs? Hier Murbles. Dieses Alibi – »

«Ja?»

«Ist ganz von selbst gekommen.»

«Mein Gott! Was Sie nicht sagen!»

«Können Sie gleich zum Piccadilly 110 A kommen?»

«Schon unterwegs.»

Es war eine merkwürdige kleine Gesellschaft, die da um Lord Peters Kaminfeuer versammelt saß – die bleiche Frau, die bei jedem Geräusch zusammenzuckte; die Herren Juristen mit ihren erwartungsvollen, beherrschten Gesichtern; Lady Mary und Bunter, der Tüchtige. Mrs. Grimethorpes Geschichte war simpel genug. Sie lebte in ständigen Gewissensqualen, seit Lord Peter mit ihr gesprochen hatte. Dann hatte sie die Gelegenheit genutzt, als ihr Mann betrunken im ‹Goldenen Ritter› saß, hatte das Pferd angespannt und war nach Stapley gefahren.

«Ich kann es nicht länger für mich behalten. Lieber soll mich mein Mann umbringen, denn ich bin wirklich unglücklich, und schlechter kann es mir in Gottes Händen gewiß nicht gehen. Aber man soll ihn nicht aufhängen für etwas, was er gar nicht getan hat. Er war gut zu mir, und ich war so elend dran, das ist die Wahrheit, und ich hoffe nur, daß seine Frau ihm nicht zu hart zusetzt, wenn sie alles erfährt.»

«Nein, nein», sagte Mr. Murbles und räusperte sich. «Entschuldigen Sie mich einen Augenblick, gnädige Frau. Sir Impey – »

Die beiden Anwälte flüsterten am Fenster miteinander.

«Sehen Sie», sagte Sir Impey, «sie hat alle Brücken ziemlich gründlich hinter sich abgerissen, indem sie hierherkam. Die große Frage für uns lautet: Ist es das Risiko wert? Immerhin wissen wir nicht, was Wimseys Beweismaterial uns bringt.»

«Eben, und darum neige ich ja mehr dazu – trotz des Risikos –, diese Zeugin zu präsentieren», sagte Mr. Murbles.

«Ich bin bereit, das Risiko auf mich zu nehmen», warf Mrs. Grimethorpe ruhig dazwischen.

«Dafür danken wir Ihnen», antwortete Sir Impey. «Aber in erster Linie müssen wir an das Risiko für unsern Mandanten denken.»

«Risiko?» rief Mary. «Aber das entlastet ihn doch!»

«Können Sie beschwören, um welche Zeit Seine Gnaden in Grider's Hole angekommen ist, Mrs. Grimethorpe?» fuhr der Anwalt fort, als habe er sie gar nicht gehört.

«Es war Viertel nach zwölf auf der Küchenuhr – und das ist eine sehr gute Uhr.»

«Und fortgegangen ist er um – »

«Ungefähr fünf nach zwei.»

«Und wie lange würde ein Mann, der gut zu Fuß ist, von Ihnen bis zum Jagdhaus Riddlesdale brauchen?»

«Nun ja, knapp eine Stunde. Es ist nicht gut zu gehen und führt steil rauf und runter am Bach.»

«Sie dürfen sich vom Gegenanwalt in diesen Punkten nicht durcheinanderbringen lassen, Mrs. Grimethorpe, denn er wird zu beweisen versuchen, daß der Herzog Zeit genug hatte, Cathcart zu töten, entweder bevor er zu Ihnen ging oder nachdem er zurückgekommen war, und wenn wir zugeben, daß es im Leben des Herzogs etwas gab, was er geheimhalten wollte, liefern wir dem Anklagevertreter genau das, was ihm noch fehlt – *das Motiv, um jemanden zu ermorden, der ihm auf die Schliche gekommen war.*»

Es herrschte betroffene Stille.

«Darf ich fragen, gnädige Frau», sagte Sir Impey, «ob irgend jemand einen Verdacht hatte?»

«Ja, mein Mann», antwortete sie heiser. «Ich bin ganz sicher. Er hat es immer gewußt. Aber er konnte nichts beweisen. In dieser Nacht – »

«Welcher Nacht?»

«In der Mordnacht – da hatte er mir eine Falle gestellt. Er ist in der Nacht aus Stapley zurückgekommen, um uns auf frischer Tat zu ertappen und zu ermorden. Aber er hatte zuviel getrunken, bevor er losfuhr, und hat die ganze Nacht im Graben gelegen, sonst müßten Sie sich jetzt auch mit Geralds und meinem Tod befassen, nicht nur mit dem andern.»

Es versetzte Mary einen sonderbaren Schock, so von ihrem Bruder sprechen zu hören – von dieser Frau und in dieser Gesellschaft. Sie fragte plötzlich aus blauem Himmel heraus: «Ist Mr. Parker nicht hier?»

«Nein, meine Liebe», antwortete Mr. Murbles mit mildem Vorwurf, «das ist ist keine Sache für die Polizei.»

«Das beste ist, glaube ich», sagte Sir Impey, «wir präsentieren dieses Alibi und sorgen nötigenfalls für den Schutz dieser Dame. Inzwischen – »

«Sie fährt mit mir zu meiner Mutter», erklärte Lady Mary entschieden.

«Meine liebe Lady Mary», begehrte Mr. Murbles auf, «das wäre doch unter den gegebenen Umständen höchst unpassend. Ich glaube, Sie erfassen kaum – »

«Mutter will es so», versetzte ihre Ladyschaft. «Bunter, rufen Sie ein Taxi.»

Mr. Murbles rang hilflos die Hände, während Sir Impey sich eher zu amüsieren schien. «Nützt nichts, Murbles», sagte er. «Zeit und Mühen werden eine moderne junge Frau schon zähmen, aber eine moderne alte Frau ist von keiner irdischen Macht zu zügeln.»

Und so ergab es sich, daß Lady Mary vom Stadthaus der Herzoginwitwe aus Mr. Charles Parker anrief, um ihm die Neuigkeiten zu berichten.

Die beredten Toten

«Je connaissais Manon; pourquoi m'affliger tant d'un malheur que j'avais dû prévoir.»
Manon Lescaut

Der Sturm hatte sich ausgetobt, und es folgte ein wunderbar frischer Tag mit Flecken freien Himmels zwischen dicken Kumuluswolken, die sich lawinengleich in großer Höhe über luftige blaue Hänge wälzten.

Der Angeklagte hatte eine Stunde lang mit seinen Beratern gerungen, und als sie endlich in den Gerichtssaal traten, war Sir Impeys klassisches Gesicht zwischen den Locken seiner Perücke leicht gerötet.

«Und ich werde nichts sagen», blieb der Herzog störrisch bei seiner Weigerung. «Das wäre eine Gemeinheit. Ich kann Sie wohl nicht hindern, sie aufzurufen, wenn sie selbst darauf besteht – ist ja hochanständig von ihr –, ich komme mir richtig erbärmlich vor.»

«Lassen Sie's lieber dabei», sagte Mr. Murbles. «Macht einen guten Eindruck, wissen Sie? Lassen Sie ihn ruhig in den Zeugenstand treten und sich als vollkommener Gentleman gebärden. Das gefällt.»

Sir Impey, der bis in die frühen Morgenstunden an seinem Plädoyer herumgefeilt hatte, nickte.

Die erste Zeugin dieses Tages war eine gelinde Überraschung. Sie gab ihren Namen mit Eliza Briggs an, bekannt als Madame Brigette aus der New Bond Street, und als Beruf Schönheitsspezialistin. Sie hatte einen großen, aristokratischen Kundenkreis beiderlei Geschlechts und eine Filiale in Paris.

Der Verstorbene sei in beiden Städten seit Jahren ihr Kunde gewesen – Massage und Maniküre. Nach dem Krieg sei er wegen ein paar kleiner Narben zu ihr gekommen, die von Schrapnellsplittern stammten. Er habe überaus großen Wert auf sein Äußeres gelegt, und wenn man das bei einem Mann Eitelkeit nennen wolle, so sei er mit Sicherheit eitel gewesen. Vielen Dank. Sir Wigmore Wrinching nahm diese Zeugin erst gar nicht ins Kreuzverhör, und die edlen Lords fragten einander verwundert, was ihr Auftritt überhaupt sollte.

An diesem Punkt beugte Sir Impey Biggs sich vor, klopfte vielsagend auf seine Akte und sprach:

«Meine Lords, die Verteidigung ist sich ihrer Sache so sicher, daß wir es bisher nicht für nötig erachtet haben, ein Alibi –» als an der Tür ein kleiner Tumult entstand und ein Gerichtsdiener angerannt kam, um ihm aufgeregt einen Zettel in die Hand zu drücken. Sir Impey las ihn, errötete, schaute sich um, legte seine Akte hin, faltete die Hände darüber und sagte mit plötzlich lauter Stimme, die sogar in die tauben Ohren des Herzogs von Wiltshire drang:

«Meine Lords, ich freue mich, Ihnen sagen zu dürfen, daß unser bisher fehlender Zeuge eingetroffen ist. Ich rufe auf – Lord Peter Wimsey!»

Alle Hälse verdrehten sich auf einmal, und aller Augen richteten sich auf die von Schmutz und Öl starrende Gestalt, die mit liebenswürdigem Lächeln durch den langgestreckten Saal nach vorn schritt. Sir Impey Biggs schob den Zettel weiter zu Mr. Murbles, wandte sich an den Zeugen, der fürchterlich gähnte, wenn er nicht gerade einen seiner vielen Bekannten angrinste, und verlangte seine Vereidigung.

Der Zeuge sagte wie folgt aus:

«Ich bin Peter Death Bredon Wimsey, der Bruder des Angeklagten. Ich wohne 110 A Piccadilly. Auf Grund dessen, was ich auf diesem Löschblatt gelesen habe, das ich hiermit identifiziere, bin ich nach Paris geflogen, um eine bestimmte Dame ausfindig zu machen. Ihr Name ist Mademoiselle Simone Vonderaa. Wie ich feststellen mußte, hatte sie Paris in Begleitung eines Herrn namens van Humperdinck verlassen. Ich bin ihr gefolgt und habe sie schließlich in New York gefunden. Ich bat sie, mir den Brief zu geben, den Cathcart ihr am Abend seines Todes geschrieben hatte. (Aufsehen.) Ich lege diesen Brief hier vor, von Mademoiselle Vonderaa in einer Ecke signiert, damit er identifiziert werden kann, falls Wiggy uns damit aufs Kreuz zu legen versucht. (Allgemeine Heiterkeit, in der die erzürnten Proteste des Anklägers untergingen.) Es tut mir ja leid, daß ich so kurzfristig damit ankomme, altes Haus, aber ich hab ihn selbst erst vorgestern bekommen. Wir sind so schnell hergekommen, wie es ging, aber wir mußten bei Whitehaven mit einem Motorschaden notlanden, und wenn das eine halbe Meile früher passiert wäre, stände ich jetzt nicht hier.» (Applaus, der vom Großhofmeister eilig unterdrückt wurde.)

«Meine Lords», sagte Sir Impey, «Sie alle sind Zeugen, daß ich diesen Brief nie zuvor gesehen habe. Sein Inhalt ist mir völlig unbekannt; und doch glaube ich so fest an seine entlastende Wirkung für meinen Mandanten, daß ich bereit bin – nein, daß ich sogar großen Wert darauf lege, dieses Dokument unverzüglich, und ohne es auch nur flüchtig gelesen zu haben, so wie es ist, als Beweisstück vorzulegen und mit seinem Inhalt zu stehen oder zu fallen.»

«Zuerst muß die Handschrift als die des Verstorbenen identifiziert werden», wandte der Großhofmeister ein.

Die gierigen Bleistifte der Reporter rasten übers Papier. Der schmächtige junge Mann, der für die *Daily Trumpet* arbeitete, witterte einen Skandal bei den Oberen Zehntausend und leckte sich die Lippen, ohne zu ahnen, ein wieviel saftigerer Skandal ihm wegen einer knappen Minute entgangen war.

Miss Lydia Cathcart wurde erneut aufgerufen, um die Handschrift zu identifizieren, und der Brief wurde dem Großhofmeister überreicht, der erklärte:

«Der Brief ist französisch geschrieben. Wir müssen einen Dolmetscher vereidigen.»

«Sie werden sehen», sagte der Zeuge plötzlich, «daß die beiden Wortfragmente auf dem Löschblatt sich im Brief wiederfinden. Wenn Sie mir die Bemerkung gestatten.»

«Steht dieser Zeuge als Sachverständiger hier?» fragte Sir Wigmore grämlich.

«Ganz recht», sagte Lord Peter. «Nur sehen Sie, es kam doch für den guten Biggy sozusagen alles etwas plötzlich.

Biggy und Wiggy,
zwei schöne Männer,
gingen zum Kadi
mitten im –»

«Sir Impey, ich muß Sie wirklich bitten, Ihren Zeugen zur Ordnung zu rufen!»

Lord Peter grinste, und es trat eine Pause ein, in der ein Dolmetscher herbeigeholt und vereidigt wurde. Dann endlich wurde inmitten atemloser Stille der Brief verlesen:

«Riddlesdale Lodge
Stapley, N. E. Yorks.
le 13 Octobre, 1923

Simone – Je viens de recevoir ta lettre. Que dire? Inutiles, les prières ou les reproches. Tu ne comprendras – tu ne liras même pas.

N'ai-je pas toujours su, d'ailleurs, que tu devais infailliblement me trahir? Depuis dix ans déjà je souffre tous les tourments que puisse infliger la jalousie. Je comprends bien que tu n'as jamais voulu me faire de la peine. C'est tout justement cette insouciance, cette légèreté, cette façon séduisante d'être malhonnête, que j'adorais en toi. J'ai tout su, et je t'ai aimée.

Ma foi, non, ma chère, jamais je n'ai eu la moindre illusion. Te rappelles-tu cette première rencontre, un soir au Casino? Tu avais dix-sept ans, et tu étais jolie à ravir. Le lendemain tu fus à moi. Tu m'as dit, si gentiment, que tu m'aimais bien, et que j'étais, moi, le premier. Ma pauvre enfant, tu en as menti. Tu riais, toute seule, de ma naiveté – il y avait bien de quoi rire! Dès notre premier baiser, j'ai prévu ce moment.

Mais écoute, Simone. J'ai la faiblesse de vouloir te montrer exactement ce que tu as fait de moi. Tu regretteras peut-être en peu. Mais, non – si tu pouvais regretter quoi que ce fût, tu ne serais plus Simone.

Il y a dix ans, la veille de la guerre, j'étais riche – moins riche que ton Américain, mais assez riche pour te donner l'établissement qu'il te fallait. Tu étais moins exigeante avant la guerre, Simone – qui est-ce qui, pendant mon absence, t'a enseigné le goût du luxe? Charmante discrétion de ma part de ne jamais te le demander! Eh bien, une grande partie de ma fortune se trouvant placée en Russie et en Allemagne, j'en ai perdu plus de trois-quarts. Ce que m'en restait en France a beaucoup diminué en valeur. Il est vrai que j'avais mon traitement de capitaine dans l'armée britannique, mais c'est peu de chose, tu sais. Avant même la fin de la guerre, tu m'avais mangé toutes mes économies. C'était idiot, quoi? Un jeune homme qui a perdu les trois-quarts de ses rentes ne se permet plus une maîtresse et un appartement Avenue Kléber. Ou il congédie madame, ou bien il lui demande quelques sacrifices. Je n'ai rien osé demander. Si j'étais venu un jour te dire, ‹Simone, je suis pauvre› – que m'aurais-tu répondu?

Sais-tu ce que j'ai fait? Non – tu n'as jamais pensé à demander d'où venait cet argent. Qu'est-ce que cela pouvait te faire que j'ai tout jeté – fortune, honneur, bonheur – pour te posséder? J'ai joué, désespérément, éperdument – j'ai fait pis: j'ai triché au jeu. Je te vois hausser les épaules – tu ris – tu dis, ‹Tiens, c'est malin, ça!› Oui, mais cela ne se fait pas. On m'aurait chassé du régiment. Je devenais le dernier des hommes.

D'ailleurs, cela ne pouvait durer. Déjà un soir à Paris on m'a fait une scène désagréable, bien qu'on n'ait rien pu prouver. C'est alors que je me suis fiancé avec cette demoiselle dont je t'ai parlé, la fille du duc anglais. Le beau projet, quoi! Entretenir ma maîtresse avec l'argent de ma femme! Et je l'aurais fait – et je le ferais encore demain, si c'était pour te reposséder.

Mais tu me quittes. Cet Américain est riche – archiriche. Depuis longtemps tu me répètes que ton appartement est trop petit et que tu t'ennuies à mourir. Cet ‹ami bienveillant› t'offre les autos, les diamants, les mille-et-une nuits, la lune! Auprès de ces merveilles, évidemment, que valent l'amour et l'honneur?

Enfin, le bon duc est d'une stupidité très commode. Il laisse traîner son révolver dans le tiroir de son bureau. D'ailleurs, il vient de me demander une explication à propos de cette histoire de cartes. Tu vois qu'en tout cas la partie était finie. Pourquoi t'en vouloir? On mettra sans doute mon suicide au compte de cet exposé. Tant mieux; je ne veux pas qu'on affiche mon histoire amoureuse dans les journaux.

Adieu, ma bien-aimée – mon adorée, mon adorée, ma Simone. Sois heureuse avec ton nouvel amant. Ne pense plus à moi. Qu'est-ce tout cela peut bien te faire? Mon Dieu, comme je t'ai aimée – comme je t'aime toujours, malgré moi. Mais c'en est fini. Jamais plus tu ne me perceras le coeur. Oh! J'enrage – je suis fou de douleur! Adieu.

Denis Cathcart»

ÜBERSETZUNG

«Liebe Simone, soeben erhielt ich Deinen Brief. Was soll ich sagen? Sinnlos, Dir mit Bitten oder Vorwürfen zu kommen. Du wirst sie nicht verstehen – nicht einmal lesen.

Habe ich nicht außerdem immer gewußt, daß Du mich eines Tages verraten müßtest? Seit zehn Jahren leide ich alle Qualen, die Eifersucht bereiten kann. Ich weiß sehr wohl, daß Du mir nie hast weh tun wollen. Gerade Deine Sorglosigkeit und Leichtigkeit, diese bezaubernde Art, unehrlich zu sein, habe ich doch so an Dir geliebt. Ich wußte alles, und doch habe ich Dich geliebt.

Wirklich, meine Liebe, ich habe mir nie die kleinste Illusion gemacht. Erinnerst Du Dich noch an unsere erste Begegnung eines Abends im Casino? Du warst siebzehn und hinreißend schön. Schon am nächsten Tag warst Du mein. Du hast mir so reizend gesagt, daß Du mich liebtest und daß ich der erste sei. Armes kleines Mädchen, wie hast Du gelogen! Heimlich hast Du über meine Naivität gelacht – dabei gab es gar nichts zu lachen! Seit unserm ersten Kuß habe ich diesen Augenblick vorausgesehen.

Aber gib acht, Simone. Ich bin schwach genug, Dir genau aufzeigen zu wollen, was Du aus mir gemacht hast. Vielleicht wird es Dir ein wenig leid tun. Aber nein – wenn Du je etwas bereuen könntest, wärst Du nicht mehr Simone.

Vor zehn Jahren, am Vorabend des Krieges, war ich reich – nicht so reich wie Dein Amerikaner, aber reich genug, um Dir das Leben zu bieten, das Du brauchtest. Vor dem Krieg warst Du noch nicht so anspruchsvoll, Simone – wer hat Dir in meiner Abwesenheit den Geschmack am Luxus beigebracht? Es war doch sehr diskret von mir, Dich nie danach zu fragen! Nun denn, ein großer Teil meines Vermögens war in Rußland und Deutschland angelegt, und so habe ich mehr als drei Viertel davon verloren. Was mir in Frankreich noch geblieben war, verlor erheblich an Wert. Natürlich hatte ich mein Gehalt als Hauptmann in der britischen Armee, aber Du weißt, das war nicht die Welt. Noch ehe der Krieg zu Ende war, hattest Du alle meine Ersparnisse aufgezehrt. Es war heller Wahnsinn. Ein junger Mann, der drei Viertel seines Einkommens verloren hat, hält sich keine Maitresse mehr und kein Appartement in der Avenue Kléber. Entweder gibt er Madame auf, oder er bittet sie um ein wenig Selbstbeschränkung. Ich aber wagte nicht, um etwas zu bitten. Denn wäre ich eines Tages zu Dir gekommen und hätte gesagt: ‹Simone, ich bin arm› – was hättest Du geantwortet?

Weißt Du, was ich getan habe? Nein – Du wärst nie auf den Gedanken gekommen, zu fragen, woher das Geld kam. Was hätte es Dich gekümmert, daß ich alles weggeworfen habe – mein Geld, meine Ehre, mein Glück –, nur um Dich zu behalten? Ich habe gespielt, verzweifelt und rücksichtslos. Schlimmer noch, ich habe beim Spiel betrogen! Ich sehe Dich mit den Achseln zucken – du lachst – du sagst: ‹Na, na, das war aber unartig!› O ja, aber so etwas tut man nicht. Man hätte mich aus dem Regiment ausgestoßen. Ich war so tief gesunken, wie man tiefer nicht mehr sinken kann.

Außerdem konnte das nicht lange gutgehen. Eines Abends hat man mir in Paris schon eine sehr unschöne Szene gemacht, obwohl man mir nichts beweisen konnte. Daraufhin habe ich mich dann mit dieser jungen Dame verlobt, von der ich Dir erzählt habe, der Tochter des englischen Herzogs. Ein schöner Plan, was? Meine Maitresse mit dem Geld meiner Frau auszuhalten! Und ich hätte es getan – ich täte es noch morgen, wenn ich Dich damit zurückgewinnen könnte.

Aber nun hast Du mich verlassen. Dieser Amerikaner ist reich – steinreich. Schon lange liegst Du mir in den Ohren, daß Dein Appartement zu klein sei und Du Dich zu Tode langweilst. Dein ‹wohlwollender Freund› bietet Dir Autos und Edelsteine, tausendundeine Nacht, den Mond! Bitte, was sind gegenüber solchen Herrlichkeiten schon Liebe und Ehre!

Nun, zum Glück ist der gute Herzog von einer Dummheit, die mir sehr gelegen kommt. Er läßt seinen Revolver in der Schreibtischschublade herumliegen. Außerdem war er vorhin hier und wollte von mir eine Erklärung über die Kartenspielerei haben. Du siehst, das Spiel war in jedem Falle aus. Warum sollte ich Dir böse sein? Man wird meinen Selbstmord mit dieser Bloßstellung begründen. Um so besser. Ich möchte nicht, daß man meine Liebesangelegenheiten in den Zeitungen breittritt.

Lebe wohl, meine Liebste – mein Alles, mein Alles, meine Simone! Sei glücklich mit Deinem neuen Geliebten. Denke nicht mehr an mich. Was geht Dich das überhaupt alles an? Mein Gott – wie ich Dich geliebt habe – wie ich Dich noch immer liebe, trotz allem! Aber das ist nun zu Ende. Du wirst mir nie mehr das Herz durchbohren. Ich bin rasend – ich bin wahnsinnig vor Schmerz! Lebe wohl.»

Das Plädoyer der Verteidigung

«Niemand... ich selbst... leb wohl!»
Othello

Nach der Verlesung von Cathcarts Brief konnte selbst der Auftritt des Angeklagten im Zeugenstand nur noch enttäuschen. Im Kreuzverhör durch den Ankläger blieb er beharrlich dabei, daß er stundenlang im Moor herumgewandert sei, ohne einer Menschenseele zu begegnen, obschon er zugeben mußte, daß er schon um halb zwölf und nicht, wie er in der Untersuchungsverhandlung gesagt hatte, erst um halb drei nach unten gegangen war. Sir Wigmore Wrinching stellte diesen Punkt groß heraus und setzte Denver in dem verzweifelten Bemühen, nachzuweisen, daß Cathcart ihn erpreßt habe, so hart mit seinen Fragen zu, daß Sir Impey Biggs, Mr. Murbles, Lady Mary und Bunter das mulmige Gefühl hatten, des Anklägers Blicke drängen durch die Wände in jenes Nebenzimmer, wo getrennt von den übrigen Zeugen Mrs. Grimethorpe saß und wartete. Nach der Mittagspause erhob sich Sir Impey Biggs, um das Plädoyer der Verteidigung zu halten.

«Meine Lords – Eure Lordschaften haben nun gehört – und ich, der ich während dieser drei schweren Tage hier dabei war und plädiert habe, weiß, mit welch wachem Interesse und stetem Mitgefühl Sie zugehört haben – , was mein edler Mandant hier vorgebracht hat, um sich gegen den schrecklichen Vorwurf des Mordes zu verteidigen. Sie haben gehört, wie der Tote selbst, gleichsam aus seinem engen Grab, seine Stimme erhoben hat, um Ihnen die Geschichte jener schicksalhaften Nacht des 13. Oktober zu erzählen, und ich bin sicher, Sie hegen in Ihren Herzen keinen Zweifel an der Wahrheit dieser Geschichte. Wie Eure Lordschaften wissen, war mir der Inhalt dieses Briefes völlig unbekannt, bis ich ihn soeben vor Gericht verlesen hörte, und an seiner tiefen Wirkung auf mich selbst kann ich ermessen, wie ungemein schmerzlich er Eure Lordschaften berührt haben muß. In meiner langen Erfahrung als Strafverteidiger habe ich, wie ich glaube, noch nie eine melancholischere Geschichte vernommen als die Geschichte dieses jungen Mannes, den eine tödliche Leidenschaft – denn hier dürfen wir dieses abgenutzte Wort einmal wirklich in seiner vollen Bedeutung gebrauchen – den eine wahrhaft tödliche Leidenschaft in eine Erniedrigung nach der andern und schließlich in den gewaltsamen Tod von eigner Hand trieb.

Der edle Peer auf der Anklagebank wurde vor Ihnen, meine Lords, des Mordes an diesem jungen Mann bezichtigt. Daß er dieses Verbrechens nicht schuldig ist, muß Euren Lordschaften im Lichte dessen, was wir gehört haben, so klar sein, daß jedes weitere Wort von mir überflüssig erscheinen möchte.

In der Mehrzahl der Fälle dieser Art ist die Beweislage wirr und widersprüchlich; hier aber ist der Gang der Ereignisse so klar und in sich geschlossen, daß wir, wenn wir dabeigewesen wären und das Drama vor unsern eigenen Augen wie vor dem alles sehenden Auge Gottes hätten ablaufen sehen, kaum eine lebendigere und genauere Vorstellung von den Begebenheiten jener Nacht haben könnten. Ja, wäre Denis Cathcarts Tod das einzige Ereignis dieser Nacht gewesen, ich möchte sogar behaupten, daß die Wahrheit auch nicht einen Augenblick in Zweifel hätte stehen können. Da jedoch infolge einer Kette unerhörter Zufälle die Geschichte des Denis Cathcart mit so vielen anderen Geschehnissen verwoben wurde, will ich sie nun noch einmal von Anfang an erzählen, damit im Nebel so vieler Indizien auch nicht ein einziger Punkt im dunkeln bleibt.

Lassen Sie mich also noch einmal an den Anfang zurückkehren. Sie haben gehört, daß Denis Cathcart aus einer Mischehe stammt – aus der Vereinigung einer jungen, hübschen Südländerin mit einem Engländer, der zwanzig Jahre älter war als sie: herrisch, leidenschaftlich und zynisch. Bis zum Alter von achtzehn Jahren lebt er mit seinen Eltern auf dem Kontinent, reist von Ort zu Ort, bekommt mehr von der Welt zu sehen als selbst ein durchschnittlicher junger Franzose seines Alters und erlernt den Kodex der Liebe in einem Land, wo das *crime passionel* verstanden und verziehen wird, wie es hierzulande niemals möglich wäre.

Mit achtzehn Jahren erleidet er einen furchtbaren Verlust. In sehr kurzen Zeitabständen verliert er beide Eltern – seine schöne, angebetete Mutter und seinen Vater, der es, wenn er am Leben geblieben wäre, vielleicht verstanden hätte, diesen ungestümen jungen Mann zu leiten, den er da in die Welt gesetzt hatte. Doch der Vater stirbt, nachdem er zwei letzte Wünsche geäußert hat, die sich beide, so natürlich sie sonst waren, unter den gegebenen Umständen als verhängnisvoll unklug erwiesen. Er gab den Sohn in die Obhut seiner Schwester, die er viele Jahre nicht gesehen hatte, und verfügte, daß der Junge auf seine eigene alte Universität geschickt werden solle.

Meine Lords, Sie haben Miss Lydia Cathcart gesehen und ihre Aussage gehört. Sie haben erkannt, wie aufrecht, wie gewissenhaft, mit welch christlicher Selbstverleugnung sie die ihr anvertraute Aufgabe erfüllt hat, und wie unausweichlich sie es dennoch nicht vermochte, zwischen sich und ihrem jungen Schützling ein echtes Vertrauensverhältnis herzustellen. Er, der arme Junge, der seine Eltern auf Schritt und Tritt vermißte, wurde in Cambridge in eine Gesellschaft junger Männer geworfen, die gänzlich anders erzogen waren als er. Einem jungen Mann von seiner weltstädtischen Erfahrung muß die Jugend von Cambridge mit ihrem Sport und Spiel, ihren naiven abendlichen Exkursionen in die Philosophie unvorstellbar kindisch vorgekommen sein. Sie alle werden sich dank Ihrer eigenen Erinnerungen an Ihre Alma Mater sehr gut Denis Cathcarts Leben in Cambridge vorstellen können, seine äußerliche Unbeschwertheit, seine innere Leere.

Da er eine diplomatische Karriere anstrebte, suchte Cathcart die Bekanntschaft der Söhne reicher und einflußreicher Familien. Aus weltlicher Sicht kam er gut zurecht, und als er mit einundzwanzig Jahren ein hübsches Vermögen erbte, schien der Weg zum Erfolg ihm weit offenzustehen. Sowie er seinen Bakkalaureus hatte, schüttelte er den akademischen Staub von Cambridge von den Füßen, ging nach Frankreich, ließ sich in Paris nieder und machte sich still und zielstrebig daran, sich ein Eckchen in der Welt der internationalen Politik einzurichten.

Nun aber tritt dieser schreckliche Einfluß in sein Leben, der ihn seines Vermögens, seiner Ehre, ja seines Lebens selbst berauben sollte. Er verliebt sich in eine schöne junge Frau von jenem erlesenen, unwiderstehlichen Charme, für den die Hauptstadt Österreichs ja weltberühmt ist. Wie ein zweiter Chevalier des Grieux verfällt er dieser Simone Vonderaa mit Leib und Seele.

Beachten Sie, daß er in dieser Angelegenheit dem strengen kontinentalen Kodex folgt: völlige Hingabe, völlige Diskretion. Sie haben gehört, was für ein ruhiges Leben er führte, wie *‹rangé›* er wirkte. Wir haben hier gehört, wie diskret er seine Geldangelegenheiten regelte, wie er hohe Schecks auf sich selbst ausstellte und die Beträge in nicht zu großen Scheinen abhob, und wie sich von Quartal zu Quartal regelmäßig wieder ausreichende ‹Ersparnisse› ansammelten. Das Leben zeigte sich für Denis Cathcart von der schönsten Seite. Er war reich und ehrgeizig, hatte eine schöne, entgegenkommende Geliebte, und die Welt lag offen vor ihm.

Und dann, meine Lords, schlägt mitten in diese vielversprechende Laufbahn der Weltkrieg ein wie ein Blitz – erbarmungslos zerschmettert er seine Sicherheiten, reißt das Gebäude seiner Hoffnungen ein, zerstört und verwüstet hier wie anderswo alles, was das Leben schön und lebenswert macht.

Sie haben Denis Cathcarts glänzende militärische Karriere kennengelernt. Darauf brauche ich nicht näher einzugehen. Wie Tausende anderer junger Männer hat er diese fünf Jahre der Mühsal und Desillusionierung tapfer hinter sich gebracht, an deren Ende er zwar Leben und Gesundheit noch besaß und insofern weit besser dran war als viele seiner Kameraden, und doch lag sein Leben in Scherben.

Von seinem großen Vermögen – das samt und sonders in russischen und deutschen Werten angelegt war – ist buchstäblich nichts mehr übrig. Was aber, werden Sie sagen, konnte das einem jungen Mann anhaben, der so gut ausgebildet war, solch ausgezeichnete Verbindungen hatte, dem alle Türen offenstanden? Er brauchte doch nur ein paar Jahre zu warten und hätte vieles von dem Verlorenen wieder aufbauen können. Aber ach, meine Lords – er konnte es sich nicht leisten, zu warten! Er war in Gefahr, etwas zu verlieren, das ihm teurer war als Geld und Karriere; er brauchte Geld, viel Geld, und zwar sofort.

Meine Lords, in diesem ergreifenden Brief, der uns heute morgen vorgelesen wurde, ist nichts Rührenderes und Schrecklicheres enthalten als dieses Geständnis: Ich wußte, daß du nicht anders konntest als mich betrügen. Während dieser ganzen Zeit des scheinbaren Glücks wußte er genau, daß sein Haus auf Sand gebaut war. Ich habe mir nie Illusionen gemacht, sagt er. Vom ersten Augenblick ihrer Bekanntschaft an hat sie ihn belogen, und er wußte es, und doch war dieses Wissen machtlos, die Bande seiner tödlichen Faszination zu lösen. Wenn einer von Ihnen, meine Lords, die Macht der Liebe je in dieser unwiderstehlichen – ich möchte sagen, schicksalhaften – Weise kennengelernt hat, so mag diese Erfahrung Ihnen seine Lage besser verdeutlichen, als meine armseligen Worte es könnten. Ein großer französischer Dichter und ein großer englischer Dichter haben dies in wenigen Worten zusammengefaßt. Racine sagt über solche Faszination:

C'est Venus tout entière à sa proie attaché.

Und Shakespeare hat den verzweifelten Starrsinn des Liebenden in den zwei rührenden Zeilen wiedergegeben:

Wenn sie mir schwört, aus Wahrheit zu bestehen,
So glaub ich ihr, wiewohl ich weiß, sie lügt.

Meine Lords, Denis Cathcart ist tot; es steht uns nicht an, ihn zu verurteilen, sondern nur, ihn zu verstehen und zu bedauern.

Meine Lords, ich brauche Ihnen nicht noch einmal alle die Gemeinheiten im einzelnen zu erklären, zu denen dieser Offizier und Gentleman sich erniedrigte. Sie haben die Geschichte in all ihren kalten, häßlichen Details aus dem Munde von Monsieur du Bois-Gobey Houdin vernommen, sowie auch, begleitet von vergeblichen Worten der Scham und Reue, aus den letzten Äußerungen des Verstorbenen selbst. Sie wissen, wie er gespielt hat, ehrlich zuerst – dann unehrlich. Sie wissen, woher er diese großen Geldsummen bezog, die in unregelmäßigen Abständen auf geheimnisvolle Weise und in bar eingingen, um ein Konto aufzufüllen, das stets gefährlich nah am Rande der Leere war. Meine Lords, wir brauchen auch nicht zu hart über diese Frau zu urteilen. Nach ihren Begriffen hat sie ihn nicht unfair behandelt. Sie mußte ihre eigenen Interessen wahren. Solange er für sie bezahlen konnte, gab sie ihm Schönheit und Leidenschaft und Spaß und – in Grenzen – sogar Treue dafür. Als er nicht mehr bezahlen konnte, fand sie es nur vernünftig, sich nach etwas anderem umzusehen. Das hat Cathcart verstanden. Er brauchte Geld, auf Biegen oder Brechen. Und so fand er sich am Ende dieses unaufhaltsamen Niedergangs im tiefsten Sumpf der Ehrlosigkeit wieder.

An diesem Punkt, meine Lords, treten nun Denis Cathcart und sein unglückliches Geschick in das Leben meines edlen Mandanten und seiner Schwester. Von da an beginnen alle jene Verwicklungen, die zu der Tragödie vom 14. Oktober führen, und die zu entwirren wir hier an dieser erhabenen historischen Stätte zusammengekommen sind.

Vor ungefähr achtzehn Monaten begegnete Cathcart, immer noch auf der verzweifelten Suche nach einer sicheren Einnahmequelle, dem Herzog von Denver, dessen Vater vor langer Zeit mit seinem, Cathcarts, Vater befreundet gewesen war. Die Bekanntschaft vertiefte sich, und Cathcart wurde Lady Mary Wimsey vorgestellt, die gerade (wie sie uns sehr offen berichtet hat) ‹in der Luft hing›, ‹die Nase voll hatte› und unter der Trennung von ihrem Verlobten, Mr. Goyles, litt. Lady Mary empfand das Bedürfnis, auf eigenen Füßen zu stehen, und so akzeptierte sie Denis Cathcart unter der Bedingung, daß sie ein freier Mensch sein und ihr eigenes Leben führen dürfe, ohne daß er sich mehr als nötig einmische. Welches Ziel Cathcart dabei verfolgte, hat er uns mit seinen eigenen bitteren Worten gesagt, und ich könnte es nicht besser ausdrücken: Ein schöner Plan – meine Maitresse mit dem Geld meiner Frau auszuhalten.

So geht es weiter bis letzten Oktober. Cathcart ist jetzt genötigt, recht lange Zeit bei seiner Verlobten in England zu verbringen, und muß Simone Vonderaa unbeaufsichtigt in der Avenue Kléber zurücklassen. Er scheint sich soweit ganz sicher gefühlt zu haben; der einzige Fehler war, daß Lady Mary, die eine natürliche Scheu hatte, sich einem Mann in die Hände zu geben, den sie nicht wirklich lieben konnte, bisher der Festsetzung eines Heiratsdatums immer ausgewichen war. In der Avenue Kléber wird das Geld knapper denn je, und die Kosten für Kleider, Putz, Amüsements und so weiter werden derweil nicht kleiner. Und inzwischen hat Mr. Cornelius van Humperdinck, der amerikanische Millionär, Simone im Bois de Boulogne, beim Rennen, in der Oper – und in Denis Cathcarts Wohnung gesehen.

Aber Lady Mary bekommt wegen ihrer Verlobung mehr und mehr Bedenken. In diesem kritischen Augenblick sieht Mr. Goyles plötzlich die Chance, eine bescheidene, aber sichere Stellung zu bekommen, von der er eine Frau ernähren könnte. Lady Mary trifft ihre Wahl. Sie ist bereit, mit Mr. Goyles zu fliehen, und ein unglückseliger Zufall will es, daß sie den Zeitpunkt ihrer Flucht auf den 14. Oktober um drei Uhr morgens legen.

Am Mittwochabend, dem 13. Oktober, begibt sich die Jagdgesellschaft gegen halb zehn nach und nach zu Bett. Der Herzog von Denver ist noch in der Waffenkammer, die anderen Männer sind im Billardzimmer, die Damen haben sich schon zurückgezogen, als Fleming, der Diener, mit der Abendpost aus dem Dorf kommt. Dem Herzog von Denver bringt er einen Brief, in dem etwas sehr Bestürzendes und Unangenehmes steht. Denis Cathcart bringt er ebenfalls einen Brief – einen, den wir nie zu sehen bekommen werden, dessen Inhalt jedoch leicht zu erraten ist.

Sie haben Mr. Arbuthnots Aussage gehört, daß Cathcart, bevor er den Brief las, guter Dinge und hoffnungsvoll nach oben ging und erwähnte, er gedenke bald den Hochzeitstermin festsetzen zu können. Kurz nach zehn, als der Herzog von Denver zu ihm hinaufging, traf er ihn sehr verändert an. Noch ehe Seine Gnaden auf den Grund seines Besuchs zu sprechen kommen konnte, fuhr Cathcart ihn grob und rüde an, schien mit den Nerven am Ende zu sein und verlangte in Ruhe gelassen zu werden. Meine Lords, ist es angesichts dessen, was wir heute hier vernommen haben – angesichts unseres Wissens, daß Mademoiselle Vonderaa am 15. Oktober mit der *Berengaria* nach New York übergesetzt ist –, wirklich schwer zu erraten, welche Nachricht Denis Cathcart in der Zwischenzeit erhalten hatte, die seinen Ausblick auf das Leben so völlig veränderte?

In diesem unglücklichen Augenblick, als Cathcart sich gerade vor die vernichtende Tatsache gestellt sieht, daß seine Geliebte ihn verlassen hat, kommt der Herzog von Denver und erhebt einen furchtbaren Vorwurf gegen ihn. Er konfrontiert Cathcart mit der häßlichen Wahrheit – daß der Mann, der an seinem Tisch gegessen und unter seinem Dach gewohnt hat, der im Begriff steht, seine Schwester zu heiraten, nichts mehr und nichts weniger ist als ein Falschspieler. Und als Cathcart den Vorwurf nicht einmal abstreitet – als er, in höchst unverschämter Weise, wie es aussieht, auch noch erklärt, daß er die edle Dame, mit der er verlobt ist, nicht mehr zu heiraten gedenkt – ist es da zu verwundern, daß der Herzog diesem Hochstapler die Meinung sagt und ihm verbietet, Lady Mary Wimsey jemals wieder anzurühren oder anzusprechen? Ich sage Ihnen, meine Lords, daß ein Mann mit einem Funken Ehrgefühl nicht anders hätte handeln können. Mein Mandant begnügt sich damit, Cathcart zu sagen, daß er am nächsten Tag sein Haus zu verlassen habe; und als Cathcart in seiner Wut ins Unwetter hinausrennt, ruft er ihm nach, er solle zurückkommen, ja er weist sogar den Diener an, die Tür des Wintergartens für Cathcart offen zu lassen. Es ist wahr, daß er Cathcart einen gemeinen Halunken geheißen und gesagt hat, er gehöre aus seinem Regiment ausgestoßen, aber da war er ja im Recht; und als er Cathcart aus dem Fenster nachrief – ‹Komm zurück, du Idiot›, oder sogar, wie ein Zeuge aussagte, ‹du verdammter Idiot›, da hatten seine Worte doch fast schon wieder etwas Versöhnliches. (Heiterkeit.)

Und nun möchte ich Euren Lordschaften aufzeigen, auf wie ungemein schwachen Füßen die Anklage gegen meinen edlen Mandanten hinsichtlich des Motivs steht. Es wurde angedeutet, der Grund für den Streit zwischen beiden sei nicht der, den der Herzog von Denver in seiner Aussage genannt hat, sondern etwas, das die beiden persönlicher betraf. Für diese Unterstellung wurde nicht die Spur, nicht ein Hauch, nicht der Schatten eines Beweises vorgebracht, abgesehen von der Aussage dieses merkwürdigen Zeugen Pettigrew-Robinson, der einen Groll gegen seinen ganzen Bekanntenkreis zu hegen scheint und eine nichtige Anspielung zu etwas ungeheuer Bedeutendem aufbläht. Eure Lordschaften haben diese Person im Zeugenstand erlebt und können sich selbst ein Urteil darüber bilden, wieviel Gewicht seinen Beobachtungen beizumessen ist. Dagegen haben wir seitens der Verteidigung nachweisen können, daß der vom Herzog behauptete Streitgrund sich sehr wohl auf Tatsachen gründet.

Cathcart rennt also hinaus in den Garten. Achtlos läuft er im strömenden Regen umher, eine Zukunft vor Augen, die mit einemmal der Liebe, des Reichtums, der Ehre beraubt ist.

Und inzwischen geht eine Zimmertür auf, und leise Füße schleichen die Treppe hinunter. Wir wissen jetzt, wer das war – Mrs. Pettigrew-Robinson hat das Knarren der Tür nicht verkannt. Es war der Herzog von Denver.

Das wird zugegeben. Aber von diesem Punkt an sind wir mit der Meinung des verehrten Anklagevertreters uneins. Es wird unterstellt, der Herzog sei bei längerem Nachdenken über diese Geschichte zu dem Schluß gekommen, daß Cathcart eine Gefahr für die Gesellschaft darstelle und besser tot sei – oder daß die Beleidigung, die er dem Hause Denver zugefügt habe, nur mit Blut zu tilgen sei. Und man will uns glauben machen, daß der Herzog die Treppe hinunterschleicht, seinen Revolver aus dem Schreibtisch holt und in die Nacht hinausgeht, um Cathcart zu suchen und kaltblütig zu erschießen.

Meine Lords, habe ich es wirklich nötig, die dieser Unterstellung innewohnende Absurdität aufzuzeigen? Welchen begreiflichen Grund hätte denn der Herzog von Denver haben können, auf so kaltblütige Weise einen Menschen umzubringen, von dem ein einziges Wort ihn für immer befreite? Es wurde Ihnen suggeriert, daß der Herzog die Kränkung beim Nachgrübeln als immer größer empfunden habe – daß sie gigantische Ausmaße angenommen habe. Zu dieser Unterstellung, meine Lords, kann ich nur sagen, daß ein fadenscheinigerer Vorwand, einem Unschuldigen ein Mordmotiv anzuhängen, nie erdacht wurde, nicht einmal vom Erfindungsreichtum eines Advokaten. Ich möchte weder meine Zeit damit vertun noch Sie damit beleidigen, daß ich darauf überhaupt näher eingehe. Wieder wurde angedeutet, der Streitgrund sei nicht der genannte, vielmehr habe der Herzog Grund gehabt, Böses von Cathcarts Hand zu fürchten. Dieser Unterstellung haben wir, wie ich glaube, schon den Boden entzogen; es ist eine völlig aus der Luft gegriffene Annahme, mit deren Hilfe eine Reihe von Umständen erklärt werden soll, die der verehrte Anklagevertreter nicht im Einklang mit den bekannten Tatsachen zu erklären vermocht hat. Allein die Zahl und Vielfalt der von der Anklage herbeigezogenen Motive beweist, daß sie um die Dürftigkeit ihrer Argumentation selbst weiß. Verzweifelt schnappt sie nach jeder nur denkbaren Erklärung, um diesem unsinnigen Vorwurf ein wenig Farbe zu geben.

Und hier möchte ich nun Ihre Aufmerksamkeit, meine Lords, auf die sehr wichtige Aussage Inspektor Parkers hinsichtlich des Arbeitszimmerfensters lenken. Er hat uns gesagt, daß es von außen geöffnet wurde, indem die Verriegelung mit Hilfe eines Taschenmessers beiseite geschoben wurde. Wenn es der Herzog von Denver gewesen wäre, der um halb zwölf im Arbeitszimmer war, wozu hätte er das Fenster aufbrechen müssen? Er war doch schon im Haus. Wenn wir außerdem sehen, daß Cathcart ein Messer in der Tasche hatte und sich auf der Klinge dieses Messers Kratzer befinden, wie sie vom gewaltsamen Beiseiteschieben einer metallenen Verriegelung stammen könnten, so ist doch daraus klar ersichtlich, daß nicht der Herzog, sondern Cathcart selbst das Fenster von außen geöffnet hat und hineingestiegen ist, um sich die Pistole zu holen, denn er wußte ja nicht, daß die Wintergartentür eigens für ihn offengelassen worden war.

Aber wir brauchen dieses Indiz nicht einmal zu sehr zu bemühen – wir *wissen* ja, daß Hauptmann Cathcart zu dieser Zeit im Arbeitszimmer war, denn wir haben hier das Löschblatt gesehen, mit dem er seinen Brief an Simone Vonderaa abgelöscht hat, und Lord Peter Wimsey hat uns berichtet, daß er selbst dieses Löschblatt wenige Tage nach Cathcarts Tod von der Schreibunterlage im Arbeitszimmer gelöst hat.

Und nun richten Sie bitte Ihre Aufmerksamkeit auf die Bedeutung eines bestimmten Punktes in der Beweisaufnahme. Der Herzog von Denver hat uns gesagt, daß er den Revolver kurz vor dem schicksalhaften 13. Oktober in der Schreibtischschublade gesehen habe, als er und Cathcart zusammen im Arbeitszimmer waren.»

Der Großhofmeister: «Einen Augenblick, Sir Impey, das stimmt nicht ganz mit meinen Aufzeichnungen überein.»

Verteidiger: «Ich bitte Eure Lordschaft um Verzeihung, wenn ich mich irre.»

Großhofmeister: «Ich lese Ihnen vor, was bei mir steht: ‹Ich suchte ein altes Foto von Mary, um es Cathcart zu geben, als ich ihn dort fand.› Kein Wort davon, daß Cathcart dabei war.»

Verteidiger: «Wenn Eure Lordschaft auch noch den nächsten Satz lesen wollten – »

Großhofmeister: «Gewiß. Der nächste Satz lautet: ‹Ich weiß noch, wie ich gesagt habe, daß er schon rostig werde.›»

Verteidiger: «Und der nächste?»

Großhofmeister: «‹Wem gegenüber haben Sie diese Bemerkung gemacht?› Antwort: ‹Das weiß ich wirklich nicht mehr, aber ich weiß noch genau, daß ich es gesagt habe.›»

Verteidiger: «Ich bin Eurer Lordschaft sehr verbunden. Als mein edler Mandant diese Worte sprach, suchte er gerade nach Fotos, die er Cathcart geben wollte. Ich glaube, wir dürfen vernünftigerweise unterstellen, daß die Bemerkung an den Verstorbenen gerichtet war.»

Großhofmeister (an das Haus gewandt): «Meine Lords, Eure Lordschaften werden sich über die Stichhaltigkeit dieser Vermutung natürlich ein eigenes Urteil bilden.»

Verteidiger: «Wenn Eure Lordschaften akzeptieren können, daß Cathcart von der Existenz des Revolvers gewußt haben kann, ist es unerheblich, wann genau er ihn gesehen hat. Und wie Sie gehört haben, steckte in der Schreibtischschublade immer der Schlüssel. Er kann den Revolver jederzeit darin gesehen haben, wenn er nach einem Briefumschlag oder Siegellack oder was auch immer suchte. Jedenfalls behaupte ich, daß die Bewegungen, die Oberst Marchbanks und seine Gemahlin Mittwochnacht gehört haben, von Denis Cathcart stammten. Während er seinen Abschiedsbrief schrieb, vielleicht mit der Pistole vor sich auf dem Tisch – ja, genau in diesem Augenblick schlich der Herzog von Denver die Treppe hinunter und zur Wintergartentür hinaus. Und das ist das Unglaubliche an dieser Geschichte – daß wir immer und immer wieder zwei Ketten von Ereignissen finden, die miteinander nichts zu tun haben, sich aber zur gleichen Zeit abspielen und dadurch ein heilloses Durcheinander stiften. Ich habe das Wort ‹unglaublich› gewählt, nicht weil Zufälle grundsätzlich unglaublich wären – denn wir erleben im Alltag erstaunlichere Beispiele dafür, als ein Schriftsteller sich auszudenken wagen würde –, sondern lediglich, um es dem verehrten Anklagevertreter aus dem Mund zu nehmen, der sich bereits anschickt, es wie einen Bumerang auf mich zurückfallen zu lassen. (Gelächter.)

Meine Lords, das ist der erste dieser unglaublichen – ich scheue mich nicht, das Wort zu gebrauchen – Zufälle. Um halb zwölf geht der Herzog die Treppe hinunter, und Cathcart dringt ins Arbeitszimmer ein. Der Ankläger hat im Kreuzverhör meines edlen Mandanten mit Recht versucht, so viel Kapital wie möglich aus der Diskrepanz zwischen seiner Aussage bei der Untersuchungsverhandlung – nämlich daß er erst um halb drei das Haus verlassen habe – und seiner jetzigen Aussage zu schlagen, wonach er schon um halb zwölf fortgegangen ist. Meine Lords, wie Sie auch immer die Motive des edlen Herzogs für sein Verhalten interpretieren mögen, lassen Sie sich von mir noch einmal sagen, daß zu der Zeit, als diese erste Aussage gemacht wurde, alle Welt noch annahm, der Schuß sei um drei Uhr gefallen, so daß diese unrichtige Aussage damals für die Konstruktion eines Alibis völlig ungeeignet war.

Sehr hervorgehoben wurde auch, daß der Herzog sich nicht imstande sah, für die Stunden von halb zwölf bis drei Uhr ein Alibi beizubringen. Aber, meine Lords, wenn es nun die Wahrheit ist, daß er die ganze Zeit im Moor herumlief, ohne einem Menschen zu begegnen, welches Alibi könnte er dann vorweisen? Er ist nicht verpflichtet, für jede Nebensächlichkeit, die er in diesen vierundzwanzig Stunden getan hat, ein Motiv anzugeben. Es wurde hier nichts vorgetragen, was seine Angaben widerlegen könnte. Und es ist vollkommen vernünftig, daß er, als er nach dem Streit mit Cathcart nicht einschlafen konnte, einen Spaziergang machte, um sich zu beruhigen.

Inzwischen hat Cathcart seinen Brief fertig geschrieben und in den Postsack gesteckt. Es gibt nichts Ironischeres an dem ganzen Fall als diesen Brief. Während die Leiche des Erschossenen auf der Schwelle des Hauses lag und Detektive und Ärzte überall nach Hinweisen suchten, ging die Routine eines normalen englischen Haushalts weiter, als ob nichts geschehen sei. Der Brief, der die ganze Geschichte enthielt, lag unbehelligt im Postsack und wurde ganz normal fortgebracht und aufgegeben, um zwei Monate später unter hohen Kosten, großem Zeitaufwand, sogar unter Lebensgefahr zurückgebracht zu werden, zu Ehren des großen englischen Mottos: ‹Die Geschäfte laufen weiter wie gewohnt›.

Oben in ihrem Zimmer packt Lady Mary Wimsey gerade ihren Koffer und schreibt einen Abschiedsbrief für ihre Angehörigen. Cathcart hat seinen Brief schließlich fertig und setzt seinen Namen darunter; er nimmt den Revolver und eilt hinaus ins Gebüsch. Aber noch geht er auf und ab, mit den Gedanken Gott weiß wo – wahrscheinlich läßt er seine Vergangenheit an sich vorüberziehen, leidet die Qualen vergeblicher Reue und hegt vor allem bittere Gefühle gegenüber der Frau, die ihn ruiniert hat. Er besinnt sich auf das kleine Liebespfand, die Platinkatze mit Brillanten, die seine Geliebte ihm als Glücksbringer geschenkt hat! *Das* will er jedenfalls nicht auf dem Herzen tragen, wenn er stirbt. Mit einer wütenden Geste schleudert er es von sich. Dann setzt er die Pistole an den Kopf.

Aber etwas hält ihn zurück. Das nicht! Das nicht! Er sieht im Geiste seinen häßlich entstellten Körper – sein zerschmettertes Gesicht – die geplatzten Augäpfel, alles über und über mit Blut und Gehirn bespritzt. Nein! Soll die Kugel ihm sauber ins Herz dringen. Nicht einmal im Tode erträgt er den Gedanken, *so* auszusehen.

Er hält sich den Revolver an die Brust und drückt ab. Mit leisem Ächzen sinkt er auf den durchweichten Boden. Die Waffe fällt ihm aus der Hand; er greift sich mit den Händen an die Brust.

Der Wildhüter, der den Schuß gehört hat, wundert sich, daß Wilddiebe sich so nah heranwagen. Warum sind sie nicht draußen im Moor? Er denkt an die Hasen in der Schonung. Er nimmt seine Laterne und sucht im dichten Regen eine Weile herum. Nichts. Nur durchnäßtes Gras und tropfende Bäume. Er ist ein Mensch. Er sagt sich, daß seine Ohren ihn getäuscht haben müssen, und kehrt zurück ins warme Bett. Mitternacht vergeht. Ein Uhr geht vorbei.

Der Regen hat jetzt etwas nachgelassen. Da, im Gebüsch – was war das? Eine Bewegung. Der Erschossene bewegt sich – stöhnt ein wenig – versucht auf die Beine zu kommen. Durchgefroren bis auf die Knochen, schwach vom Blutverlust, zitternd vom Fieber seiner Verwundung erinnert er sich nur noch schwach an sein Vorhaben. Seine tastenden Hände suchen die Wunde an seiner Brust. Er nimmt sein Taschentuch und preßt es darauf. Mühsam erhebt er sich, taumelnd. Das Taschentuch entgleitet ihm und fällt zu Boden, wo es neben dem Revolver im gefallenen Laub liegenbleibt.

Etwas in seinem schmerzenden Kopf befiehlt ihm, sich zum Haus zurückzuschleppen. Er ist krank, leidet Schmerzen; abwechselnd wird ihm kalt und heiß, und einen entsetzlichen Durst hat er. Dort wird ihn jemand einlassen und gut zu ihm sein – ihm zu trinken geben. Schwankend und stockend, jetzt auf Hände und Knie niedersinkend, jetzt wieder hin und her torkelnd, tritt er diesen schrecklichen, alptraumhaften Weg zum Haus an. Teils geht er aufrecht, teils kriecht er und schleift die müden Glieder nach. Endlich – die Wintergartentür! Hier wird er Hilfe finden. Und Wasser für sein Fieber im Trog beim Brunnen. Auf allen vieren schleppt er sich hin, versucht sich daran hochzuziehen. Das Atmen wird ihm sehr schwer – ein erdrückendes Gewicht droht ihm die Brust zu zerquetschen. Er zieht sich hoch – ein furchtbarer Hustenkrampf befällt ihn – Blut schießt ihm aus dem Mund. Er stürzt. Nun ist wirklich alles vorüber.

Wieder vergehen Stunden. Drei Uhr, die Stunde des Rendezvous, rückt heran. Ungeduldig überspringt der junge Liebhaber die Umzäunung und kommt durchs Gebüsch geeilt, um seine zukünftige Braut zu holen. Es ist naß und kalt, aber sein Glück läßt ihm keine Zeit, sich um seine Umgebung zu kümmern. Achtlos durchquert er das Gebüsch. Er erreicht die Wintergartentür, durch die jeden Moment Liebe und Glück zu ihm herauskommen werden. Und in diesem Augenblick stolpert er – über einen Toten!

Angst ergreift ihn. Von ferne hört er Schritte nahen. Mit nur einem Gedanken – zu fliehen vor diesem Schrecken aller Schrecken – rennt er ins Gebüsch zurück, gerade als der Herzog von Denver, ein wenig müde vielleicht, aber nach seiner Wanderung doch etwas ruhiger geworden, schnellen Schrittes den Weg heraufkommt, um die ungeduldige Braut über der Leiche ihres Verlobten anzutreffen.

Meine Lords, der Rest ist klar. Lady Mary Wimsey, durch den schrecklichen äußeren Anschein gezwungen, ihren Geliebten als Mörder zu verdächtigen, unternahm den Versuch – mit welchem Mut, wird jeder Mann unter Ihnen erkennen –, zu verbergen, daß Goyles jemals am Schauplatz des Geschehens war. Diese ihre unbedachte Handlungsweise hat viele Fragen und Mißverständnisse verursacht. Aber, meine Lords, wo Ritterlichkeit obsiegt, wird niemand unter uns auch nur ein Wort des Vorwurfs gegen diese tapfere junge Dame erheben. Denn wie es in dem alten Lied heißt:

Gott gebe jedem Mann am End
Solche Falken, solche Hunde und solch einen Freund.

Ich glaube, meine Lords, daß es für mich nicht mehr zu sagen gibt. Ihnen überlasse ich nun die erhabene und beglückende Aufgabe, diesen edlen Peer, der einer der Ihren ist, von der ungerechten Anklage freizusprechen. Sie sind nur Menschen, meine Lords, und mancher unter Ihnen wird darüber gemurrt, mancher gespottet haben, daß Sie in diesem mittelalterlichen Gepränge, in Purpur und Hermelin, hier erscheinen mußten, die dem Geschmack unserer nüchternen Zeit so fremd sind. Sie wissen sehr wohl,

Es ist der Balsam nicht, der Ball und Zepter
Das Schwert, der Stab, die hohe Herrscherkrone,
Das eingewirkte Kleid mit Gold und Perlen,
Der Titel, strotzend vor dem König her,
Der Thron, auf dem er sitzt, des Pompes Flut,
Die anschlägt an den hohen Strand der Welt,

die edlem Blut Würde verleihen kann. Und doch, das Haupt eines der ältesten und edelsten Häuser Englands Tag für Tag hier stehen zu sehen, ausgeschlossen aus Ihrem Kreise, seiner historischen Würden beraubt, gekleidet nur in die Gerechtigkeit seiner Sache – dieser Anblick kann es nicht verfehlt haben, Ihr Mitleid und Ihre Empörung zu erregen.

Meine Lords, es ist Ihr schönes Privileg, Seiner Gnaden dem Herzog von Denver diese traditionellen Symbole seines hohen Ranges wiederzugeben. Wenn der Sekretär dieses hohen Hauses nun jedem einzelnen von Ihnen die feierliche Frage stellen wird: Befinden Sie

Gerald Herzog von Denver, Viscount St. George, schuldig oder nicht schuldig des furchtbaren Verbrechens des Mordes, so kann ein jeder von Ihnen aus voller Überzeugung, auf der auch nicht der Schatten eines Zweifels ruht, die Hand aufs Herz legen und sprechen: ‹Nicht schuldig, bei meiner Ehre.›»

Wer will nach Hause?

«Betrunken wie ein Lord? Als Klasse gesehen sind sie eigentlich sehr nüchtern.»
Richter Cluer, in der Verhandlung

Während der Anklagevertreter sich der undankbaren Aufgabe unterzog, zu verdunkeln, was nicht nur klar war, sondern auch jedermanns Gefühlen entgegenkam, entführte Lord Peter seinen Freund Parker in ein Lyons-Restaurant gegenüber und hörte sich über einer Riesenportion Speck und Ei einen kurzen Bericht über Mrs. Grimethorpes Flucht nach London und einen langen über Lady Marys Kreuzverhör an.

«Was grinst du die ganze Zeit?» fuhr der Erzähler ihn an.

«Angeborener Schwachsinn», sagte Lord Peter. «Der arme Cathcart, kann ich nur sagen. Das *war* eine Frau! Das heißt, ich nehme an, sie ist es noch. Wieso rede ich von ihr, als ob sie in dem Augenblick gestorben wäre, als ich den Blick von ihr wandte?»

«Du bist eben ein schrecklicher Egozentriker», knurrte Parker.

«Ich weiß. Das war ich schon als Kind. Was mir Sorgen macht ist meine Empfänglichkeit für so was in letzter Zeit. Als Barbara mir weglief – »

«Davon bist du geheilt», unterbrach sein Freund ihn roh. «Wenn du's genau wissen willst, das merke ich schon seit einiger Zeit.»

Lord Peter seufzte schwer. «Deine Aufrichtigkeit in Ehren, Charles», sagte er, «aber ich wollte, du hättest nicht so eine unfreundliche Art, die Dinge auszudrücken. Außerdem – he, kommen die etwa schon raus?»

Die Menge auf dem Parliament Square geriet in Bewegung. Menschengruppen lösten sich auf und verteilten sich in dünnen Rinnsalen über die Straße. Ein Flecken Purpur erschien vor dem grauen Gestein von St. Stephen. Plötzlich kam Mr. Murbles' Sekretär zur Tür hereingerannt.

«Alles in Ordnung, Mylord – Freispruch – einstimmig –, und ob Sie bitte herüberkommen möchten, Mylord?»

Sie liefen hinaus. Bei Lord Peters Anblick brachen ein paar aufgeregte Umstehende in Jubelrufe aus. Ein heftiger Wind fegte plötzlich über den Platz und blähte die blutroten Roben der herauskommenden

Peers. Lord Peter wurde von einem zum andern geschubst, bis er den Mittelpunkt des Gedränges erreichte.

«Entschuldigen Sie, Euer Gnaden.»

Es war Bunter. Bunter, wunderbarerweise mit einem Bündel Purpur und Hermelin über den Armen, um den schändlichen blauen Straßenanzug zu verhüllen, dieses Brandmal der Unehre.

«Erlauben Sie mir, Ihnen meine untertänigsten Glückwünsche auszusprechen, Euer Gnaden.»

«Bunter!» rief Lord Peter. «Großer Gott, der Mann ist wahnsinnig geworden! Zum Teufel, Mann, tun Sie das Ding weg», fügte er hinzu und warf sich einem hochgewachsenen Fotografen mit Kaufhauskrawatte entgegen.

«Zu spät, Mylord», antwortete der Missetäter strahlend und schob die Platte ein.

«Peter», sagte der Herzog. «Äh – vielen Dank, alter Junge.»

«Schon gut», antwortete Seine Lordschaft. «Vergnügliche Reise und so. Du siehst blendend aus. O nein, gib mir jetzt nicht die Hand – da, ich hab's doch gewußt! Da hat dieser Kerl schon wieder seinen Verschluß klicken lassen.»

Sie bahnten sich durch das immer dichter werdende Gedränge einen Weg zu den Wagen. Die beiden Herzoginnen stiegen ein, und der Herzog folgte, als eine Kugel durchs Fenster platzte, Denvers Kopf um Zentimeter verfehlte und von der Windschutzscheibe mitten in die Menge zurücksprang.

Ein erregter Aufschrei. Ein großer, bärtiger Mann rang einen kurzen Augenblick mit drei Konstablern; es folgte eine Serie ungezielter Schüsse, ein mächtiger Satz – die Menge teilte sich, dann setzte sie nach wie die Meute dem Fuchs, an den Parlamentsgebäuden vorbei in Richtung Westminster Bridge.

«Er hat eine Frau erschossen – da unter dem Bus ist er – nein, doch nicht – heda! Mörder! – Haltet ihn!» Rufe gellten – Polizeipfeifen schrillten – aus allen Ecken kamen Konstabler angerannt – tauchten in Taxis – liefen.

Der Fahrer eines Taxis, das gerade über die Brücke kam, sah plötzlich das wilde Gesicht genau vor seiner Motorhaube und trat hart auf die Bremse, als der Verrückte zum letztenmal den Finger um den Abzug krümmte. Schuß und Reifen explodierten fast gleichzeitig; das Taxi schleuderte hilflos nach rechts, riß den Flüchtigen mit sich und raste mit furchtbarem Krach gegen einen Straßenbahnwagen, der leer an der Endstation Embankment stand.

«Ich kann nichts dafür!» schrie der Taxifahrer. «Er hat auf mich geschossen. Mein Gott, ich kann nichts dafür!»

Lord Peter und Parker trafen keuchend beide gleichzeitig ein.

«Heda, Konstabler», japste Seine Lordschaft, «ich kenne den Mann. Er hat etwas gegen meinen Bruder. Hat irgendwas mit Wilderei zu tun – oben in Yorkshire. Sagen Sie dem Untersuchungsrichter, er soll sich um nähere Informationen an mich wenden.»

«Sehr wohl, Mylord.»

«Fotografieren Sie *das* doch nicht!» sagte Lord Peter zu dem Mann mit der Kamera, den er plötzlich neben sich stehen sah.

Der Fotograf schüttelte den Kopf.

«Das sehen die Leute nicht gern, Mylord. Nur den Unfallort und den Krankenwagen. Schöne interessante Bildchen, verstehen Sie? Nichts Grausiges –» er deutete erklärend mit dem Kopf auf die großen dunklen Flecken auf der Straße – «das macht sich nicht bezahlt.»

Von irgendwoher aus dem Nichts erschien ein rothaariger Reporter mit einem Notizbuch.

«Kommen Sie her», sagte Seine Lordschaft, «wollen Sie die Geschichte hören? Ich erzähle sie Ihnen sofort.»

Die Angelegenheit mit Mrs. Grimethorpe löste sich schließlich ohne die allermindesten Schwierigkeiten. Wohl selten hat eine herzogliche Eskapade mit weniger Peinlichkeit ihr Ende gefunden. Seine Gnaden, ganz Gentleman, hatte sich bereits tapfer für eine traurig-rührselige Aussprache gewappnet. Bei allen Dummheiten, die er im Leben begangen hatte, war er noch nie einfach davongelaufen oder einem Tränenstrom mit diesem aufreizenden «Also, ich sollte jetzt wohl gehen» begegnet, das schon so oft zu Verzweiflung, mitunter zu kaltblütigem Mord geführt hat. Diesmal aber fiel die ganze Szene überhaupt ins Wasser. Die Dame war nicht interessiert.

«Ich bin jetzt frei», sagte sie. «Ich werde zu meinen Angehörigen nach Cornwall zurückgehen. Ich brauche nichts, jetzt, nachdem er tot ist.» Des Herzogs pflichtschuldige Liebkosung war ein höchst uninteressanter Fehlschlag.

Lord Peter begleitete sie zu einem ordentlichen kleinen Hotel in Bloomsbury. Sie genoß die Taxifahrt, die großen, prunkvollen Läden, die Lichtreklamen. Am Piccadilly Circus hielten sie an, um den Bonzo-Hund seinen Glimmstengel paffen und das Nestlé-Baby sein Milchfläschchen nuckeln zu sehen. Sie war sehr erstaunt, daß die Preise für die Waren im Schaufenster von Swan & Edgar eher vernünftiger waren als derzeit in Stapley.

«Einen von diesen blauen Schals hätte ich gern», sagte sie, «aber ich glaube, für mich als Witwe wäre er nicht ganz passend.»

«Sie können ihn sich ja jetzt kaufen und später tragen», riet Seine Lordschaft. «In Cornwall, verstehen Sie?»

«Ja.» Sie sah an ihren groben braunen Sachen hinunter. «Ob ich meine Trauerkleidung hier kaufen kann? Ich brauche ja welche für die Beerdigung. Nur ein Kleid und einen Hut – und vielleicht einen Mantel.»

«Ich fände die Idee ganz gut.»

«Jetzt gleich?»

«Warum nicht?»

«Ich habe Geld», sagte sie. «Ich hab's aus seinem Schreibtisch genommen. Jetzt gehört es ja wohl mir. Nicht daß ich ihm irgendwie etwas verdanken möchte. Aber so sehe ich es gar nicht an.»

«An Ihrer Stelle würde ich mir darüber keine Gedanken machen», sagte Lord Peter.

Sie trat vor ihm in den Laden – endlich ihre eigene Herrin.

In den frühen Morgenstunden erblickte Inspektor Sugg, der zufällig über den Parliament Square kam, einen Taxifahrer, der allem Anschein nach dem Denkmal Lord Palmerstons eine leidenschaftliche Standpauke hielt. Entrüstet ob dieses widersinnigen Tuns ging Inspektor Sugg näher, als er bemerkte, daß der Staatsmann seinen Sockel mit einem Herrn im Abendanzug teilte, der sich mit einer Hand in waghalsiger Pose festklammerte und mit der andern eine leere Champagnerflasche vors Auge hielt, mit der er die umliegenden Straßen absuchte.

«He», rief der Polizist, «was machen Sie da? Kommen Sie da runter!»

«Hallo!» rief der vornehme Herr, indem er plötzlich das Gleichgewicht verlor und ziemlich Hals über Kopf seinen Aussichtspunkt verließ. «Ham Sie nich mein Freund gesehen? Komische Sache – gans komisch. Sie wissen doch bestimp, wo er is, wasch? Wenn du nich weiterweischt, immer Polischei fragen. Is mein Freund. Gans vornehmer Mann mit Schylinder. Freddy – guter oller Freddy. Hört immer auf sein Namen – wie liebes Hundchen.» Er rappelte sich auf und strahlte den Beamten an.

«Aber – wenn das nicht Seine Lordschaft ist», sagte Inspektor Sugg, der Lord Peter schon bei anderer Gelegenheit kennengelernt hatte. «Sie sollten lieber nach Hause fahren, Mylord. Die Nacht ist kühl. Sie holen sich noch eine Erkältung. Hier ist Ihr Taxi – kommen Sie, steigen Sie ein.»

«Nein», sagte Lord Peter. «Nein. Kann isch nich machen. Nich ohne mein Freund. Guter oller Freddy. Freund – nie – verlassen! Lieber oller Schugg. Kann Freddy nich verlassen.» Er wollte mit großer Pose den Fuß aufs Trittbrett des Taxis stellen, verschätzte sich aber in der Distanz, trat schwerfällig in den Rinnstein und bestieg somit unerwartet das Taxi mit dem Kopf voran.

Mr. Sugg versuchte seine Beine nachzuschieben und die Tür zu schließen, aber Seine Lordschaft durchkreuzte dieses Vorhaben mit unvorhergesehener Behendigkeit und setzte sich entschieden aufs Trittbrett.

«Nich mein Takschi», erklärte er feierlich. «Freddys Takschi. Nich recht – mit Takschi von Freund abschuhauen. Komisch. Bin nur um die Ecke gegangen, Freddys Takschi holen – und Freddy is um die Ecke gegangen, *mein* Takschi holen – für Freund Takschi holen – Freundschaft is wunderschön – mein Sie nich, Schugg? Kann mein Freund nich im Stich lassen. Auscherdem – da is der gute olle Parker.»

«Mr. Parker?» fragte Inspektor besorgt. «Wo?»

«Pscht!» machte Seine Lordschaft. «Nich Baby wecken, schön lieb sein. Neschle-Baby – guck mal, wie es neschelt – neschelt es nich süß?»

Dem Blick Seiner Lordschaft folgend, entdeckte der entsetzte Sugg seinen amtlichen Vorgesetzten friedlich an die andere Seite des Palmerston-Denkmals gekuschelt, ein seliges Lächeln auf dem schlafenden Gesicht. Mit einem Schreckensruf beugte er sich über den Schläfer und schüttelte ihn.

«Gemeinheit!» rief Lord Peter mit lauter, vorwurfsvoller Stimme. «Armen Kerl stören – armer Polischischt, muß so schwer arbeiten. Steht nie auf, bevor der Wecker klingelt ... Na scho wasch!» fuhr er fort, wie von einer neuen Idee befallen. «Warum hat der Wecker nich geklingelt, Schugg?» Er zeigte mit unsicherem Finger auf den Big Ben. «Die ham vergessen, ihn aufschuschiehen. Schlamperei. Muß isch an die *Timesch* schreim.»

Mr. Sugg verlor keine Worte, sondern packte den schlummernden Parker und verfrachtete ihn ins Taxi.

«Nie – nie – verlassen –» begann Lord Peter und widersetzte sich allen Bemühungen, ihn vom Trittbrett hochzuziehen, als von Whitehall ein zweites Taxi angefahren kam, aus dessen Fenster der Ehrenwerte Freddy Arbuthnot laut krakeelte.

«Sieh mal, w-wer da ist!» quietschte der Ehrenwerte Freddy. «Der gute, gute, alte Sugg. Jetzt f-fahren wir alle m-miteinander nach Hause.»

«Das ist *mein* Takschi», widersprach Seine Lordschaft würdevoll, indem er darauf zu stolzierte. Die beiden verhedderten sich kurz ineinander, dann flog der Ehrenwerte Freddy in Suggs Arme, während Seine Lordschaft, jetzt die Zufriedenheit selbst, dem neuen Taxifahrer «Nach Hause!» zurief und prompt in einer Ecke des Gefährts einschlief.

Mr. Sugg kratzte sich am Kopf, nannte Lord Peters Adresse und sah dem abfahrenden Taxi nach. Dann wies er, den Ehrenwerten Freddy immer noch an seiner breiten Brust, den anderen Taxifahrer an, Mr. Parker in die Great Ormon Street 12 a zu fahren.

«B-bringt mich nach Hause!» schrie der Ehrenwerte Freddy und brach in Tränen aus. «Jetzt sind sie alle weg und haben mich v-verlassen!»

«Überlassen Sie das nur mir, Sir», sagte der Inspektor. Er warf einen Blick über die Schulter in Richtung St. Stephen, von wo soeben ein paar Unterhausabgeordnete von einer Nachtsitzung kamen.

«Auch noch Mr. Parker», sagte Inspektor Sugg und fügte inbrünstig hinzu: «Gott sei Dank gibt's wenigstens keine Zeugen.»

Inhalt

Dorothy L. Sayers

Ärger im Bellona-Club

«The Unpleasantness
at the Bellona Club»

Deutsch von
Otto Bayer

I

Moosgesicht

«Wimsey, was in aller Welt suchen Sie denn in dieser Leichenhalle?» fragte Hauptmann Fentiman und warf, wie von einer lästigen Pflicht erlöst, seinen *Evening Banner* beiseite.

«Na, eine Leichenhalle würde ich das nicht gerade nennen», versetzte Wimsey liebenswürdig. «Bestattungssalon wäre das mindeste. Sehen Sie sich doch nur den Marmor an, die Palmen, das Mobiliar und den keuschen bronzenen Nackedei da in der Ecke.»

«Ja, und die Leichname. Ich fühle mich hier immer an diesen Witz im *Punch* erinnert – ‹Ober, nehmen Sie Lord Dingsda mit hinaus, er ist schon zwei Tage tot.› Sehen Sie nur mal den alten Ormsby da drüben – schnarcht wie ein Nilpferd. Oder meinen hochverehrten Herrn Großpapa – jeden Morgen Punkt zehn kommt er hier hereingeschlurft, beschlagnahmt die *Morning Post* und den Ohrensessel am Kamin und gehört dann bis abends einfach zum Inventar. Armer Teufel! Aber so enden wir wohl eines Tages alle. Hätten die Deutschen mich doch gleich mit den andern umgelegt! Wozu am Leben bleiben, wenn es zum Schluß so aussieht? Was trinken Sie?»

«Einen trockenen Martini», sagte Wimsey. «Und Sie? Zwei trockene Martini bitte, Fred. Kopf hoch. Dieser ganze Gedenktagsrummel geht einem schon auf die Nerven, nicht? Ich bin überzeugt, die meisten Leute würden diese Massenhysterie am liebsten abschaffen, wenn die Sache nur von den Zeitungen nicht so auf Teufel komm raus hochgespielt würde. Na ja, aber so etwas sagt man eben nicht. Man würde mich hier achtkantig rauswerfen, wenn ich es nur laut dächte.»

«Schon dafür, daß Sie etwas *laut* sagen, würden Sie rausfliegen, egal was Sie sagen», meinte Fentiman düster. «Aber was *machen* Sie nun eigentlich hier?»

«Ich warte auf Oberst Marchbanks. Zum Wohl.»

«Sind Sie mit ihm zum Essen verabredet?»

«Ja.»

Fentiman nickte stumm. Er wußte, daß der junge Marchbanks auf Höhe Sechzig gefallen war und der Oberst seitdem die engsten Freunde seines Sohnes am Waffenstillstandstag zu einem informellen Essen einzuladen pflegte.

«Der alte Marchbanks geht ja noch», sagte er nach einer Pause. «Ganz netter Kerl.»

Wimsey stimmte ihm zu. «Und wie geht's Ihnen?» fragte er.

«Bescheiden wie immer. Magen verkorkst und kein Geld. Wozu soll das alles gut sein, Wimsey? Da geht man hin und kämpft für sein Vaterland, läßt sich die Innereien vergasen, verliert seine Stellung und erwirbt dafür das Recht, einmal im Jahr am Heldendenkmal vorbeizumarschieren und auf jedes Pfund Einkommen vier Shilling Steuern zu bezahlen. Und Sheila nörgelt auch – sie arbeitet sich kaputt, das arme Ding. Ganz schön demütigend für einen Mann, wenn er vom Verdienst seiner Frau leben muß. Aber ich kann doch nichts dafür, Wimsey. Sowie ich mich krank melde, bin ich meine Arbeit wieder los. Geld – vor dem Krieg hätte ich keinen Gedanken daran verschwendet, aber ich schwör's Ihnen, heute würde ich jedes Verbrechen begehen, nur um an genug Geld zu kommen.»

Fentimans Stimme hatte sich in eine nervöse Erregung gesteigert. Ein schockierter Veteran, bis dahin unsichtbar in einem benachbarten Lehnsessel, reckte den mageren Hals vor wie eine Schildkröte und ließ ein giftiges «Schsch» vernehmen.

«Na, das täte ich aber nicht», sagte Wimsey leichthin. «Verbrechen wollen gelernt sein. Selbst ein relativ Schwachsinniger wie ich kommt einem Möchtegern-Moriarty allemal auf die Schliche. Sollten Sie mit dem Gedanken spielen, sich einen falschen Bart anzukleben und einem Millionär den Schädel einzuschlagen, lassen Sie's lieber bleiben. Diese abscheuliche Angewohnheit, Ihre Zigaretten immer bis auf den letzten Millimeter herunterzurauchen, würde Sie immer und überall verraten. Ich brauchte nur mit meiner Lupe und einer Schieblehre zu kommen und zu sagen: ‹Der Mörder ist mein lieber alter Freund George Fentiman. Verhaftet den Mann!› Sie mögen es nicht glauben, aber ich bin bereit, meinen Allernächsten zu opfern, um mich bei der Polizei lieb Kind zu machen und in die Zeitung zu kommen.»

Fentiman lachte und drückte den anstößigen Zigarettenstummel im nächststehenden Aschenbecher aus.

«Mich wundert, daß überhaupt noch jemand mit Ihnen verkehrt», sagte er. Die Anspannung und Bitterkeit war aus seiner Stimme gewichen, und sie klang jetzt nur mehr amüsiert.

«Das täte auch keiner», sagte Wimsey, «wenn sie nicht alle dächten, daß ich viel zu reich bin, um Verstand zu haben. Das ist so, wie wenn man hört, daß der Graf von Soundso in irgendeinem Stück die Hauptrolle spielt. Alle halten es für ausgemacht, daß er ein miserabler Schauspieler ist. Ich verrate Ihnen mal mein Geheimnis. Alle meine kriminalistischen Taten vollbringt ein Double für drei Pfund pro Woche, während ich in die Schlagzeilen komme und im Savoy mit bekannten Journalisten die Zeit totschlage.»

«Ich finde Sie richtig erfrischend, Wimsey», sagte Fentiman matt. «Sie sind nicht im mindesten witzig, aber Sie haben so einen offenen Humor, der mich immer an weniger anspruchsvolles Varieté erinnert.»

«Das ist der Selbstschutz des erstklassigen Geistes gegen den Stärkeren», sagte Wimsey. «Aber sagen Sie, das mit Sheila tut mir leid. Ich will Sie nicht kränken, alter Freund, aber wie wär's, wenn Sie von mir –»

«Das ist verdammt nett von Ihnen», sagte Fentiman, «aber ich mag nicht. Es bestände wirklich nicht die mindeste Aussicht, daß ich es je zurückzahlen könnte, und an dem Punkt bin ich noch nicht angelangt, daß ich –»

«Da kommt Oberst Marchbanks», unterbrach ihn Wimsey. «Wir reden ein andermal darüber. Guten Abend, Oberst.»

«Guten Abend, Peter. Abend, Fentiman. War ein schöner Tag. Nein – nein, keinen Cocktail, danke. Ich bleibe beim Whisky. Tut mir leid, daß ich Sie habe warten lassen, aber ich mußte noch was mit dem armen alten Grainger da oben besprechen. Es geht ihm leider nicht besonders. Unter uns gesagt, Penberthy glaubt nicht, daß er den Winter überlebt. Guter Mann, dieser Penberthy – eigentlich ein Wunder, daß er den Alten so lange am Leben gehalten hat bei den schwachen Lungen. Ach Gott, da ist ja auch Ihr Großvater, Fentiman. Noch so eines von Penberthys Wundern. Er muß mindestens neunzig sein. Entschuldigen Sie mich einen kleinen Augenblick? Ich muß ihm kurz guten Tag sagen.»

Wimseys Blick folgte der drahtigen Gestalt des älteren Herrn, wie er den großen Rauchsalon durchquerte und da und dort kurz stehenblieb, um mit anderen Mitgliedern des Bellona-Clubs ein Wort zu wechseln. Dicht an den Kamin gerückt stand ein alter Ohrensessel aus viktorianischer Zeit. Zwei auf einen Schemel gestützte, ordentlich geschnürte Schuhe und spindeldürre Waden waren das einzige, was man von General Fentiman sah.

«Komisch», flüsterte sein Enkel, «wenn man sich vorstellt, daß für das alte Moosgesicht der Krimkrieg immer noch *der* Krieg ist und er im Burenkrieg schon zu alt war, um ins Feld zu ziehen. Er ist ja schon mit siebzehn in die Armee eingetreten, bei Majuba verwundet –»

Er unterbrach sich. Wimsey hörte ihm nicht zu. Er sah immer noch Oberst Marchbanks nach.

Der Oberst kam zu ihnen zurück. Sein Schritt war ruhig und sicher. Wimsey stand auf und ging ihm entgegen.

«Peter», sagte der Oberst, das freundliche Gesicht in sorgenvolle Falten gelegt, «kommen Sie doch rasch mal mit. Ich glaube, es ist etwas Unangenehmes passiert.»

Fentiman sah zu ihnen hin, und etwas in ihrem Benehmen ließ ihn aufstehen und ihnen zum Kamin folgen.

Wimsey beugte sich über General Fentiman und nahm behutsam die *Morning Post* aus den knorrigen alten Händen, die zusammengefaltet über der schmalen Brust lagen. Er legte die Hand auf die Schulter – schob sie unter den weißen Kopf, der gegen die Seite des Sessels lehnte. Der Oberst sah ihm besorgt zu. Dann hob Wimsey mit einem schnellen Ruck die reglose Gestalt an. Sie kam an einem Stück hoch, steif wie eine Holzpuppe.

Fentiman lachte. Ein hysterischer Lachanfall nach dem andern schüttelte seine Kehle. Überall im Rauchsalon erhoben sich erschütterte Bellonier mit gichtknarrenden Gelenken, schockiert ob des ungehörigen Lärms.

«Bringt ihn raus!» rief Fentiman. «Bringt ihn raus, er ist schon zwei Tage tot! Und Sie auch! Und ich! Wir sind alle tot und haben es nur noch nicht gemerkt!»

2

Die Dame ist gefallen

Es ist schwer zu sagen, was den älteren Mitgliedern des Bellona-Clubs peinlicher war – der aberwitzige Tod General Fentimans in ihrer Mitte oder die ungehörige Nervenschwäche seines Enkels. Nur die jüngeren nahmen keinen Anstoß: sie wußten zuviel. Dick Challoner – seinen engsten Freunden als Eisenbauch-Challoner bekannt, weil ihm nach der zweiten Schlacht an der Somme ein Ersatzteil eingepflanzt worden war – brachte den keuchenden George Fentiman in die menschenleere Bibliothek und flößte ihm eine Stärkung ein. Der Clubmanager kam in Frackhemd und Hosen herbeigeeilt, den halb eingetrockneten Rasierschaum noch an den Wangen. Nach einem kurzen Blick schickte er einen aufgeregten Kellner nachsehen, ob Dr. Penberthy noch im Club war. Oberst Marchbanks legte pietätvoll ein großes seidenes Taschentuch auf das starre Gesicht im Lehnsessel und blieb still daneben stehen. Ein kleiner Kreis bildete sich um den Kaminvorleger, und man wußte nicht recht, wie man sich verhalten sollte. Hin und wieder erweiterte sich der Kreis der Neuankömmlinge, denen die Neuigkeit schon beim Betreten der Eingangshalle entgegengekommen war. Aus der Bar kam eine kleine Gruppe hinzu. «Was, der alte Fentiman?» fragten sie. «Mein Gott, was Sie nicht sagen! Der arme Kerl. Da hat wohl doch zuletzt das Herz nicht mehr mitgemacht.» Und sie drückten ihre Zigarren und Zigaretten aus und stellten sich dazu, denn fortgehen mochte keiner so recht.

Dr. Penberthy hatte sich gerade zum Abendessen umgezogen. Er kam in aller Eile herunter, nachdem man ihn im letzten Moment abgefangen hatte, ehe er zu einem Gedenktagsessen ausging; er hatte den Zylinder in den Nacken geschoben und Mantel und Schal nur lose umgehängt. Er war ein schmaler, dunkler Mann mit der kurz angebundenen Art, die den Militärarzt vom

Inhaber einer Westend-Praxis unterscheidet. Die Gruppe um den Kamin machte ihm Platz, bis auf Wimsey, der etwas albern über den großen Ohrensessel gebeugt stand und hilflos die Leiche ansah.

Penberthys erfahrene Hände glitten schnell über Hals, Handgelenke und Knie des Toten.

«Schon seit mehreren Stunden tot», meldete er schneidig. «*Rigor mortis* weit fortgeschritten – beginnt schon wieder abzuklingen.» Zur Demonstration bewegte er das linke Bein des Toten; es baumelte lose am Kniegelenk. «Ich hatte schon damit gerechnet. Herz sehr schwach. Konnte jeden Augenblick passieren. Hat jemand heute mit ihm gesprochen?»

Er blickte fragend in die Runde.

«Ich habe ihn nach dem Lunch hier gesehen», ließ jemand sich vernehmen. «Aber gesprochen habe ich nicht mit ihm.»

«Ich dachte, er schliefe», sagte ein anderer.

Niemand konnte sich erinnern, mit ihm gesprochen zu haben. Sie waren es so gewohnt, daß General Fentiman vor dem Kamin schlummerte.

«Na schön», sagte der Arzt. «Wieviel Uhr ist es? Sieben?» Er schien rasch ein paar Berechnungen anzustellen. «Sagen wir, fünf Stunden bis zum Einsetzen der Leichenstarre – muß ziemlich schnell gegangen sein – wahrscheinlich ist er um die gewohnte Zeit hierhergekommen, hat sich hingesetzt und ist auf der Stelle gestorben.»

«Er ist immer von der Dover Street aus zu Fuß gekommen», mischte ein älterer Mann sich ein. «Ich habe ihm schon gesagt, daß die Anstrengung in seinem Alter zu groß ist. Sie haben gehört, wie ich das gesagt habe, Ormsby.»

«O ja, durchaus», sagte der puterrote Ormsby. «Du lieber Gott. Einfach so.»

«Na ja, da kann man nichts machen», sagte der Arzt. «Im Schlaf gestorben. Gibt es hier ein leeres Zimmer, in das wir ihn legen können, Culyer?»

«Ja, natürlich», sagte der Clubmanager. «James, holen Sie den Schlüssel zu Nummer sechzehn aus meinem Büro und sagen Sie Bescheid, man soll das Bett in Ordnung bringen. Ich nehme an – nicht wahr, Doktor? – wenn die Leichenstarre abklingt, werden wir ihn auch – äh – richtig –»

«Ja, ja, Sie werden alles Erforderliche tun können. Ich schicke Ihnen die richtigen Leute, die ihn für Sie aufbahren. Jetzt sollte wohl jemand seine Familie benachrichtigen – aber von denen kommt besser keiner hierher, bevor wir ihn etwas präsentabler machen können.»

«Hauptmann Fentiman weiß es schon», sagte Oberst Marchbanks. «Und Major Fentiman wohnt im Club – er dürfte bald hier sein. Dann hatte er, glaube ich, noch eine Schwester.»

«Ja, die alte Lady Dormer», sagte Penberthy, «sie wohnt am Portman Square. Sie haben seit Jahren nicht mehr miteinander gesprochen. Trotzdem wird sie's erfahren müssen.»

«Ich rufe sie an», sagte der Oberst. «Hauptmann Fentiman können wir das nicht zumuten, er ist nicht in der Verfassung für so etwas, der arme Kerl. Sie werden ihn sich mal kurz ansehen müssen, Doktor, wenn Sie hier fertig sind. Wieder einer seiner alten Anfälle – die Nerven, Sie wissen schon.»

«Gut. Ah, ist das Zimmer fertig, Culyer? Dann tragen wir ihn da mal rein. Könnte ihn jemand an den Schultern nehmen? Nein, nicht Sie, Culyer» (denn der Clubmanager hatte nur noch einen gesunden Arm), «Lord Peter, ja danke – vorsichtig anheben.»

Wimsey schob seine kräftigen Hände unter die steifen Arme; der Arzt nahm die Beine; sie gingen. Sie sahen aus wie eine makabere kleine Guy Fawkes-Prozession, die verkrümmte, würdelos schaukelnde und baumelnde kleine Gestalt zwischen sich.

Die Tür ging hinter ihnen zu, und die Anspannung schien sich zu verflüchtigen. Der Zuschauerkreis löste sich in Grüppchen auf. Jemand zündete sich eine Zigarette an. Gevatter Tod, der Welttyrann, hatte ihnen für einen kurzen Augenblick den grauen Spiegel vorgehalten und sie die Zukunft sehen lassen. Aber jetzt war er wieder fort. Die Peinlichkeit war beseitigt. Es war wirklich ein Glück, daß Penberthy der Hausarzt des alten Mannes gewesen war. Er wußte alles über ihn. Er konnte den Totenschein ausstellen. Keine gerichtliche Untersuchung. Nichts Unerfreuliches. Die Mitglieder des Bellona-Clubs konnten zum Essen gehen.

Oberst Marchbanks ging auf die hintere Tür zu, die zur Bibliothek führte. In dem kleinen Vorzimmer zwischen den beiden Räumen befand sich eine bequeme kleine Telefonzelle für solche Mitglieder, die sich nicht in die Halböffentlichkeit der Eingangshalle begeben mochten.

«Halt, Oberst, nicht der da! Der Apparat ist außer Betrieb», rief ein Mann namens Wetheridge, der ihn gehen sah. «Eine Schande nenne ich das! Den ganzen Morgen hab ich schon telefonieren wollen und – oh! Nanu! Das Schild ist ja weg! Dann wird es wohl wieder in Ordnung sein. Das könnten die einem aber auch sagen.»

Oberst Marchbanks kümmerte sich nicht weiter um Wetheridge. Er war der Nörgler des Clubs, ein Mann, der selbst in dieser Gesellschaft der Verdrießlichen und Herrischen noch unangenehm auffiel – der immerzu drohte, sich beim Vorstand zu beschweren, den Clubmanager plagte und den übrigen Mitgliedern ein ewiger Stachel im Fleische war. Er zog sich maulend zu seinem Sessel und der Abendzeitung zurück, und der Oberst trat in die Telefonzelle, um Lady Dormers Haus am Portman Square anzurufen.

Bald kam er durch die Bibliothek in die Eingangshalle heraus und begegnete Penberthy und Wimsey, die soeben die Treppe herunterkamen.

«Haben Sie Lady Dormer die Neuigkeit beigebracht?»fragte Wimsey.

«Lady Dormer ist tot», sagte der Oberst. «Ihr Mädchen hat mir mitgeteilt, daß sie heute morgen um halb elf sanft entschlafen ist.»

3

Herz ist Trumpf

Etwa zehn Tage nach diesem denkwürdigen Waffenstillstandstag saß Lord Peter Wimsey in seiner Bibliothek und las in einer seltenen Handschrift des Justinian aus dem 14. Jahrhundert. Sie bereitete ihm einen besonderen Genuß, denn sie war ausgeschmückt mit einer großen Zahl von Sepiazeichnungen, ungewöhnlich kunstvoll in der Ausführung, wenn auch nicht unbedingt im Thema. Neben ihm stand auf einem praktischen Tischchen eine langhalsige Karaffe mit unbezahlbar altem Portwein. Hin und wieder stimulierte er sein Interesse mit ein paar kleinen Schlückchen, wobei er andächtig die Lippen spitzte und langsam den milden Nachgeschmack auskostete.

Ein Läuten an der Wohnungstür ließ ihn zuerst «Hol's der Teufel!» ausrufen und dann die Ohren spitzen. Das Ergebnis schien jedoch erfreulich zu sein, denn er klappte den Justinian zu und hatte, bis die Tür aufging, ein freundliches Begrüßungslächeln auf sein Gesicht gezaubert.

«Mr. Murbles, Mylord.»

Der ältliche kleine Herr, der ins Zimmer trat, war so ein vollkommener Familienanwalt, daß er schon gar keine erkennbare Eigenpersönlichkeit mehr besaß, abgesehen von einer großen Herzensgüte und einer Vorliebe für Pfefferminzpastillen.

«Ich störe Sie hoffentlich nicht, Lord Peter?»

«Aber nein, Sir. Ich freue mich immer über Ihren Besuch. Bunter, ein Glas für Mr. Murbles. Wirklich sehr schön, daß Sie gekommen sind, Sir. Der 86er Cockburn schmeckt viel besser in Gesellschaft – in kundiger Gesellschaft, heißt das. Ich kannte mal einen, der ihn mit Tonicwasser panschte. Er wurde nie mehr eingeladen. Acht Monate später beging er Selbstmord. Ich will nicht behaupten, daß er es aus diesem Grunde getan hat. Aber es mußte ein böses Ende mit ihm nehmen, nicht?»

«Sie erschrecken mich», sagte Mr. Murbles ernst. «Ich habe schon manchen Mann für ein Verbrechen zum Galgen gehen sehen, für das ich mehr Verständnis aufbrachte. Danke, Bunter, danke. Es geht Ihnen gut, hoffe ich?»

«Vielen Dank, Sir, ich erfreue mich ausgezeichneter Gesundheit.»

«Das ist schön. Fotografieren Sie noch?»

«Ein wenig, Sir. In letzter Zeit habe ich jedoch nur Aufnahmen künstlerischer Art gemacht, wenn ich es so ausdrücken darf. An kriminalistischem Material herrscht im Augenblick ein beklagenswerter Mangel.»

«Vielleicht hat Mr. Murbles uns etwas mitgebracht», meinte Wimsey.

«Nein», sagte Mr. Murbles, indem er den 86er Cockburn unter die Nase hielt und das Glas behutsam schwenkte, um das Aroma freizusetzen, «nein, das kann man so direkt nicht sagen. Ich will nicht verhehlen, daß ich hierhergekommen bin, weil ich hoffe, aus Ihrer hochentwickelten Beobachtungs- und Kombinationsgabe Nutzen zu ziehen, aber ich fürchte – das heißt, ich hoffe – im Grunde bin ich sogar zuversichtlich –, daß hier nichts im Spiel ist, was unerfreulicher Natur wäre. Es hat sich nämlich», fuhr er fort, als die Tür hinter Bunter zuging, «ein nicht alltägliches Problem im Zusammenhang mit General Fentimans traurigem Tod im Bellona-Club ergeben, dessen Zeuge Sie meines Wissens waren.»

«Wenn Sie das wissen, Murbles», sagte Seine Lordschaft geheimnisvoll, «wissen Sie sehr viel mehr als ich. Ich war nicht Zeuge seines Todes – ich war Zeuge der Entdeckung seines Todes – und das ist ein sehr, sehr großer Unterschied.»

«Ein *wie* großer Unterschied?» fragte Mr. Murbles eifrig. «Genau das möchte ich nämlich wissen.»

«Wie neugierig von Ihnen», meinte Wimsey. «Ich glaube, es wäre besser –» er hob sein Glas und neigte es bedächtig, so daß der Wein sich in feinen Blütenmustern vom Rand bis zum Stengel kräuselte – «wenn Sie mir genauer sagten, was Sie wissen wollen... und warum. Schließlich... ich bin Mitglied des Clubs... hauptsächlich wohl durch Familienbeziehungen... aber ich bin es nun einmal.» Mr. Murbles sah ruckartig auf, aber Wimseys Aufmerksamkeit schien ausschließlich dem Portwein zu gelten.

«Ganz recht», sagte der Anwalt. «Also schön. Hier sind die

Fakten. General Fentiman hatte, wie Sie wissen, eine Schwester namens Felicity, zwölf Jahre jünger als er. Sie war als Mädchen sehr schön und sehr eigenwillig und hätte eigentlich eine recht gute Partie machen müssen, wenn die Fentimans nicht – trotz ausgesprochen guter Familie – alles andere als wohlhabend gewesen wären. Wie zu dieser Zeit üblich, wurde alles vorhandene Geld in die Erziehung des Sohnes gesteckt – man kaufte ihm ein Offizierspatent in einem hochvornehmen Regiment und unterstützte ihn so, daß er den Lebensstil pflegen konnte, den man bei einem Fentiman für unverzichtbar hielt. Folglich blieb für Felicitys Aussteuer nichts mehr übrig, und so etwas hatte vor sechzig Jahren noch katastrophale Folgen für ein junges Mädchen.

Nun, Felicity wurde es allmählich leid, sich in ihrem geflickten Musselinkleid und einem Paar Handschuhen, das schon in der Reinigung gewesen war, durch die Gesellschaft zerren zu lassen – und sie hatte den Mut, sich den Verheiratungsstrategien ihrer Mutter zu widersetzen. Da gab es zum Beispiel einen tattrigen alten, von Krankheit und Ausschweifungen zerfressenen Vicomte, der nur zu gern mit so einem knusprigen jungen Ding von achtzehn Jahren zum Altar gewatschelt wäre, und zu meinem Kummer muß ich sagen, daß die Eltern des Mädchens alles darangesetzt haben, sie zur Annahme dieses schändlichen Antrags zu zwingen. Man hatte sogar schon die Verlobung bekanntgegeben und den Hochzeitstermin festgesetzt, als Felicity eines schönen Morgens der darob maßlos entsetzten Familie gelassen mitteilte, sie sei vor dem Frühstück ausgegangen und habe in höchst ungehöriger Heimlichkeit und Eile geheiratet, und zwar einen Mr. Dormer, einen Mann in den besten Jahren, überaus ehrlich, ungeheuer reich und – die Zunge sträubt sich, es auszusprechen – seines Zeichens ein erfolgreicher Fabrikant. Knöpfe – aus Pappmaché oder so etwas Ähnlichem gemacht, mit unzerbrechlichem Patentstiel – waren die abscheulichen Ahnen, mit denen diese eigensinnige junge Viktorianerin einen Bund eingegangen war.

Natürlich gab es einen fürchterlichen Skandal, und die Eltern unternahmen alles, um die Heirat – Felicity war schließlich noch minderjährig – zu annullieren. Felicity aber durchkreuzte diese Absicht sehr nachhaltig, indem sie aus ihrem Zimmer flüchtete – ich fürchte, sie ist zu diesem Zweck sogar einen Baum hinterm Haus hinuntergeklettert, mit Reifrock und allem Drum und Dran

– und mit ihrem Gatten durchbrannte. Woraufhin die alten Herrschaften, als sie sahen, daß es bereits zum Schlimmsten gekommen war – Mr. Dormer war ein Mann der entschlossenen Tat und hat nicht lange gefackelt, bevor er seine Braut zur Mutter machte –, in großer viktorianischer Manier das Gesicht zu wahren trachteten. Das heißt, sie stimmten der Heirat zu, schickten der Tochter alle persönliche Habe in ihr neues Heim in Manchester und verboten ihr, jemals wieder ihren Schatten auf ihre Schwelle zu werfen.»

«Ganz wie es sich gehört», meinte Wimsey. «Ich bin fest entschlossen, nie den Elternberuf zu ergreifen. Moderne Sitten und der Zusammenbruch der schönen alten Traditionen haben schlicht das Geschäft ruiniert. Ich werde mein Leben und Geld der Erforschung geeigneter Methoden widmen, wie man menschliche Lebewesen sittsam und bescheiden aus Eiern züchten kann. Alle elterliche Verantwortung ginge damit auf den Brutapparat über.»

«Das will ich nicht hoffen», sagte Mr. Murbles. «Mein Berufsstand lebt weitgehend von häuslichen Zwistigkeiten. Aber weiter: Der junge Arthur Fentiman scheint die Ansichten der Familie geteilt zu haben. Es kränkte ihn zutiefst, einen Schwager in der Knopfbranche zu haben, und die Sticheleien im Kasino waren wohl auch nicht dazu angetan, seine Gefühle für seine Schwester zu steigern. Er wurde zu einem unnahbaren Militaristen, verkrustete vorzeitig und weigerte sich sein Leben lang, die Existenz eines Mr. Dormer anzuerkennen. Wohlgemerkt, der alte Knabe war ein hervorragender Soldat und ging völlig in seinen Offizierskreisen auf. Er heiratete dann auch standesgemäß – keine sehr gute Partie, denn er hatte nicht das Geld, das ihm ein Anrecht auf eine Frau aus hohem Adel gegeben hätte, und er würde sich nie dazu erniedrigt haben, Geld zu heiraten wie die unmögliche Felicity. Er heiratete also eine geeignete Frau aus niederem Adel. Sie starb (wohl hauptsächlich an der militärischen Regelmäßigkeit, mit der ihr Mann sie ihren Mutterpflichten nachkommen ließ) und hinterließ ihm eine große, aber schwächliche Kinderschar. Von diesen Kindern erreichte nur ein Sohn das Erwachsenenalter, und das war der Vater der beiden Fentimans, die Sie kennen – Major Robert Fentiman und Hauptmann George Fentiman.»

«Ich kenne Robert nicht besonders gut», warf Wimsey dazwischen. «Ich habe ihn mal kennengelernt. Furchtbar herzlich und so – Soldat vom Scheitel bis zur Sohle.»

«Ja, er ist ein Fentiman vom alten Schlag. Der arme George hat, wie ich fürchte, einen schwächlichen Zug von seiner Großmutter geerbt.»

«Ja, die Nerven», sagte Wimsey, der die körperlichen und seelischen Strapazen, denen George Fentiman ausgesetzt gewesen war, besser kannte als der alte Rechtsanwalt. Der Krieg lastete schwer auf dem Gemüt sensibler Menschen in verantwortungsvoller Position. «Und dann ist er auch noch in einen Gasangriff geraten», fügte er zu Georges Entschuldigung hinzu.

«Richtig», sagte Murbles. «Robert ist, wie Sie wissen, unverheiratet und noch in der Armee. Er lebt natürlich nicht besonders üppig, denn kein Fentiman hat je einen krummen Penny gehabt, wie man, glaube ich, heutzutage sagt. Aber er hat sein Auskommen. George –»

«Ach ja, der arme George! Sie brauchen mir nichts von ihm zu erzählen, Sir. Die alte Geschichte. Brauchbarer Beruf – unkluge Heirat – läßt 1914 alles stehen und liegen, um einzurücken – kommt als Invalide zurück – Stelle futsch, Gesundheit futsch – kein Geld – tapfere Frau sorgt dafür, daß Ofen raucht – Nase voll bis oben hin. Schonen wir unsere Gefühle. Setzen wir das als bekannt voraus.»

«Richtig, damit brauche ich mich nicht weiter zu befassen. Der Vater ist tot, und bis vor zehn Tagen gab es von der älteren Generation nur noch diese beiden Fentimans. Der alte General lebte von einem bescheidenen festen Einkommen, das sich aus der Hinterlassenschaft seiner Frau und seiner Pension zusammensetzte. Er hatte eine kleine Wohnung in der Dover Street und einen älteren Diener und wohnte praktisch im Bellona-Club. Und außer ihm gab es noch seine Schwester Felicity.»

«Wie ist sie überhaupt *Lady* Dormer geworden?»

«Nun, damit kommen wir auf den interessanten Teil der Geschichte. Henry Dormer –»

«Der Knöpfemacher?»

«Der Knöpfemacher. Er wurde wirklich schwerreich – so reich, daß er in der Lage war, einer bestimmten hochgestellten Persönlichkeit, die wir nicht beim Namen zu nennen brauchen, finanzielle Hilfe anzubieten, und so wurde er zu gegebener Zeit und in Würdigung seiner nicht näher bezeichneten Verdienste ums Vaterland Sir Henry Dormer. Sein einziges Kind – ein Mädchen –

war gestorben, weiterer Nachwuchs stand nicht in Aussicht, und so gab es keinen Grund, ihn für seine Mühen nicht zum Baronet zu machen und damit in den erblichen Adelsstand zu erheben.»

«Was sind Sie für ein bissiger Mensch!» sagte Wimsey. «Kein Respekt, kein schlichter Glaube, nichts. Kommen Juristen manchmal in den Himmel?»

«Mir liegen diesbezüglich keine Informationen vor», antwortete Mr. Murbles trocken. «Lady Dormer –»

«Ist die Ehe ansonsten gutgegangen?» wollte Wimsey wissen.

«Ich glaube, sie war sogar sehr glücklich», antwortete der Anwalt, «was auf eine Art ein Nachteil war, da es die Möglichkeit einer Aussöhnung mit der Familie gänzlich ausschloß. Lady Dormer, die eine herzensgute, großmütige Frau war, machte laufend Friedensangebote, aber der General blieb starr auf Abstand. Sein Sohn tat es ihm gleich – teils wohl aus Respekt vor den Wünschen des alten Herrn, hauptsächlich aber, wie ich glaube, weil er in einem Indienregiment diente und meist im Ausland war. Robert Fentiman hingegen brachte der alten Dame eine gewisse Aufmerksamkeit entgegen, besuchte sie gelegentlich und so weiter, und dasselbe tat George eine Zeitlang. Natürlich ließen sie den alten General nie etwas davon wissen, sonst hätte ihn der Schlag getroffen. Nach dem Krieg ließ George dann seine Großtante sozusagen fallen – warum, weiß ich nicht.»

«Ich kann es mir denken», sagte Wimsey. «Keine Arbeit – kein Geld, verstehen Sie? Wollte nicht wie ein Bettler aussehen. So ähnlich.»

«Möglich. Oder es könnte auch Streit gegeben haben. Ich weiß es nicht. Jedenfalls sind das die Fakten. Ich will übrigens nicht hoffen, daß ich Sie langweile, nein?»

«Ich fasse mich in Geduld», sagte Wimsey, «und harre des Augenblicks, da das Geld ins Spiel kommt. Ich sehe ein ehernes Blitzen in Euerm Juristenauge, Sir, aus dem ich schließe, daß es bald aufregend wird.»

«Völlig richtig», sagte Mr. Murbles. «Ich komme jetzt – danke – o ja – ich nehme gern noch ein Gläschen. Gott sei Dank habe ich keine Veranlagung zu Gicht. Ja. Ah! – Nun kommen wir also zu dem traurigen Ereignis am elften November, und da muß ich Sie bitten, mir mit der größten Aufmerksamkeit zu folgen.»

«Selbstverständlich», antwortete Wimsey höflich.

«Lady Dormer», fuhr Mr. Murbles fort, indem er sich mit ernstem Gesicht nach vorn beugte und jeden Satz mit gestochenen, kurzen Bewegungen der rechten Hand unterstrich, zwischen deren Daumen und Zeigefinger er seine Goldrandbrille hielt, «war eine alte Frau und schon lange bei schwacher Gesundheit. Aber noch immer war sie so eigensinnig und lebenslustig, wie sie schon als junges Mädchen gewesen war, und am fünften November hatte sie es sich plötzlich in den Kopf gesetzt, abends auszugehen und sich ein Feuerwerk beim Kristallpalast anzusehen – es könnte auch woanders gewesen sein, Hampstead Heath oder White City – das weiß ich nicht mehr, und es ist auch nicht wichtig. Wichtig ist nur, daß es ein kühler, unfreundlicher Abend war. Sie bestand dennoch auf dieser kleinen Expedition, genoß den Abend wie ein kleines Kind, setzte sich dabei unklugerweise der Nachtluft aus und holte sich eine schwere Erkältung, die sich im Verlaufe von zwei Tagen zur Lungenentzündung entwickelte. Am zehnten November ging es so rapide mit ihr abwärts, daß niemand mehr damit rechnete, sie werde die Nacht überleben. Aus diesem Grunde schickte die junge Dame, die als Gesellschafterin bei ihr wohnte – eine entfernte Verwandte, Miss Ann Dorland – eine Nachricht an General Fentiman: Wenn er seine Schwester noch einmal lebend sehen wolle, müsse er auf der Stelle kommen. Um unserer gemeinsamen menschlichen Natur willen freue ich mich sagen zu dürfen, daß diese Nachricht endlich die Schranken von Stolz und Starrsinn brach, die den alten Herrn so lange von ihr ferngehalten hatten. Er kam, traf Lady Dormer gerade noch bei Bewußtsein an, wenn auch schon sehr schwach, blieb eine halbe Stunde bei ihr und ging dann, immer noch steif wie ein Ladestock, aber sichtlich besänftigt. Das war gegen vier Uhr nachmittags. Kurz danach wurde Lady Dormer bewußtlos und schlief, ohne noch einmal zu sich zu kommen, am nächsten Morgen um halb elf friedlich hinüber.

Vielleicht war die Aufregung und Anspannung ob des Wiedersehens mit der Schwester, die ihm so lange entfremdet gewesen war, zuviel für die angegriffene Gesundheit des alten Generals, denn wie Sie wissen, starb er am selben Tag, dem elften November, zu irgendeinem – noch nicht genau festgestellten – Zeitpunkt im Bellona-Club.

Und nun endlich – ich muß wirklich sagen, Sie hatten große

Geduld mit meiner umständlichen Art, das alles zu erklären – kommen wir zu dem Punkt, an dem ich Ihre Hilfe brauche.»

Mr. Murbles stärkte sich mit einem Schlückchen Portwein und nahm nach einem leicht besorgten Blick auf Wimsey, der die Augen geschlossen hatte und kurz vorm Einschlafen zu sein schien, den Faden wieder auf.

«Ich habe, glaube ich, noch nicht erwähnt, wie ich selbst nun in diese Geschichte verwickelt wurde. Mein Vater war der Familienanwalt der Fentimans, eine Stellung, in die ich selbstverständlich nachrückte, als ich nach seinem Tode seine Praxis übernahm. General Fentiman gehörte, obwohl er nicht viel zu vererben hatte, nicht zu der unordentlichen Sorte Menschen, die sterben, ohne geeignete testamentarische Verfügungen getroffen zu haben. Seine Pension ist natürlich mit ihm gestorben, aber sein kleines Privatvermögen wurde in angemessener Weise testamentarisch aufgeteilt. Eine kleine Summe – fünfzig Pfund – geht an seinen Diener (einen sehr treuen und tüchtigen Menschen); ein paar weitere Kleinigkeiten (Ringe, Orden, Waffen und ein paar winzige Geldbeträge von jeweils ein paar Pfund) wurden alten Kriegskameraden und den Bediensteten des Bellona-Clubs vermacht. Dann war da der Hauptanteil seines Vermögens, rund 2000 Pfund, investiert in solide Wertpapiere, die ihm ein Jahreseinkommen von etwas über 100 Pfund einbrachten. Diese Papiere, alle sorgfältig aufgeführt, sollte Hauptmann George Fentiman, der jüngere Enkel, bekommen. Dies wird in einer ausführlichen Testamentsklausel verfügt, in der es heißt, der Erblasser beabsichtige keinerlei Affront gegen seinen älteren Enkel, Major Robert Fentiman, indem er diesen übergehe, aber George sei als Invalide und verheirateter Mann und so weiter stärker auf finanzielle Hilfe angewiesen, während Robert doch seinen Beruf habe und ungebunden sei, und so habe George infolge größerer Bedürftigkeit ein größeres Anrecht auf das vorhandene Geld. Robert wurde schließlich als Testamentsvollstrecker eingesetzt und bekommt somit alles an Sach- und Geldwerten, was nicht an anderer Stelle ausdrücklich erwähnt wurde. Ist das klar?»

«Glockenklar. War Robert mit dieser Regelung einverstanden?»

«O ja, natürlich; vollkommen. Er kannte das Testament im voraus und fand es richtig und angebracht.»

«Trotzdem», sagte Wimsey, «erscheint mir die Sache auf den ersten Blick so klein und geringfügig, daß ich glaube, Sie haben noch etwas richtig Niederschmetterndes im Ärmel. Heraus damit, Verehrtester, heraus damit! Mag der Schock noch so groß sein, ich bin bereit, ihn zu ertragen.»

«Der Schock», sagte Mr. Murbles, «wurde mir persönlich vorigen Freitag von Lady Dormers Anwalt – Mr. Pritchard aus Lincoln's Inn – versetzt. Er schrieb mir und bat mich, ihm General Fentimans genaue Todeszeit mitzuteilen. Ich antwortete natürlich, daß ich ihm auf Grund der besonderen Umstände, unter denen das Ereignis stattfand, diese Frage nicht so genau beantworten könne, wie ich es gern täte, daß aber Dr. Penberthy meines Wissens gemeint habe, der General sei irgendwann am Vormittag des 11. November gestorben. Mr. Pritchard fragte dann, ob er mir unverzüglich seine Aufwartung machen dürfe, denn die Angelegenheit, die er mit mir zu besprechen habe, sei von höchster Wichtigkeit. Ich habe ihm also einen Termin für Montag nachmittag gegeben, und als Mr. Pritchard dann kam, setzte er mich von folgendem in Kenntnis:

Etliche Jahre vor ihrem Tod hatte Lady Dormer – die, wie ich schon sagte, eine überaus großherzige Frau war – ihr Testament gemacht. Ihr Mann und ihre Tochter waren damals schon tot. Henry Dormer hatte nur eine kleine Verwandtschaft – und das waren alles recht wohlhabende Leute. In seinem Testament hatte er für diese Personen in ausreichender Weise vorgesorgt, und den Rest seines Vermögens, der sich auf ungefähr siebenhunderttausend Pfund belief, hatte er seiner Frau vermacht, und zwar mit der ausdrücklichen Verfügung, daß sie es als ihr Eigentum betrachten und damit machen könne, was sie wolle, ohne irgendwelche Einschränkungen. Dementsprechend wird dieses sehr ansehnliche Vermögen in Lady Dormers Letztem Willen – bis auf ein paar karitative und persönliche Vermächtnisse, mit denen ich Sie nicht behelligen möchte – zwischen den Menschen aufgeteilt, die aus dem einen oder anderen Grund das größte Anrecht auf ihre Wertschätzung hatten. Zwölftausend Pfund sollten an Miss Ann Dorland gehen. Den ganzen Rest sollte ihr Bruder, General Fentiman, bekommen, wenn er bei ihrem Hinscheiden noch lebte. Für den Fall aber, daß er vor ihr starb, sollte genau das Umgekehrte gelten. Dann sollte der Löwenanteil an Miss Dorland fallen, und fünfzehntausend Pfund sollten zu gleichen Teilen an Major Robert Fentiman und seinen Bruder George gehen.»

Wimsey stieß einen leisen Pfiff aus.

«Ganz meine Meinung», sagte Mr. Murbles. «Es ist eine ausgesprochen heikle Situation. Lady Dormer ist am 11. November Punkt 10 Uhr 37 gestorben. General Fentiman ist irgendwann am selben Morgen gestorben, vermutlich nach zehn Uhr, weil das seine gewöhnliche Ankunftszeit im Club war, und mit Sicherheit vor 19 Uhr, als sein Tod entdeckt wurde. Wenn er sofort nach seiner Ankunft im Club gestorben ist, oder wenigstens bis spätestens 10 Uhr 36, ist Miss Dorland eine reiche Erbin, und meine Klienten, die Fentimans, bekommen jeder lediglich etwas über siebentausend Pfund. Wenn andererseits sein Tod auch nur wenige Sekunden nach 10 Uhr 37 eingetreten ist, erhält Miss Dorland nur zwölftausend Pfund, George Fentiman bleibt nur das kleine Taschengeld nach dem Testament seines Großvaters – während Robert Fentiman als Nachvermächtnisnehmer ein erkleckliches Sümmchen von weit über einer halben Million erbt.»

«Und was wünschen Sie in dieser Angelegenheit von mir?» fragte Wimsey.

«Nun», erwiderte der Anwalt mit leisem Hüsteln, «mir ist der Gedanke gekommen, daß Sie mit Ihrer – wenn ich so sagen darf – außergewöhnlichen Beobachtungs- und Kombinationsgabe vielleicht das ungeheuer schwierige und delikate Problem zu lösen imstande sind, zu welchem genauen Zeitpunkt General Fentiman gestorben ist. Sie waren im Club, als der Tod entdeckt wurde, Sie haben die Leiche gesehen, Sie kennen die Örtlichkeiten und die betroffenen Personen, und Sie sind auf Grund Ihres Standes und Ihrer Persönlichkeit geeignet wie kein zweiter, um die nötigen Ermittlungen anzustellen, ohne irgendwelches – äh – Aufsehen oder – äh – einen Skandal oder überhaupt ein öffentliches Interesse zu erregen, was wohl, wie ich nicht eigens erwähnen muß, für alle Beteiligten höchst unangenehm wäre.»

«Peinlich», sagte Wimsey, «ausgesprochen peinlich.»

«Allerdings», sagte der Anwalt mit einigem Nachdruck, «denn nach dem gegenwärtigen Stand der Dinge ist es nicht möglich, weder das eine noch das andere Testament zu erfüllen oder – oder mit einem Wort, überhaupt etwas zu tun. Es ist bedauerlich, daß alle diese Umstände nicht schon allgemein bekannt waren, als der

– äh – Leichnam des Generals noch zur Begutachtung zur Verfügung stand. Natürlich hatte Mr. Pritchard von der ungewöhnlichen Situation keine Ahnung, und da ich meinerseits nichts von Lady Dormers Testament wußte, konnte ich nicht ahnen, daß einmal mehr benötigt würde als nur Dr. Penberthys Totenschein.»

«Könnten Sie die Parteien nicht zu einem Vergleich bewegen?» regte Wimsey an.

«Wenn wir hinsichtlich des Todeszeitpunkts nicht zu einem schlüssigen Ergebnis kommen, wird das wahrscheinlich der einzige Ausweg aus der Klemme sein. Aber im Augenblick gibt es da gewisse Hindernisse –»

«Da kann einer nicht genug kriegen, wie? Etwas Genaueres möchten Sie dazu wohl nicht sagen. Nein? Na ja, auch gut. Aus der Distanz betrachtet, erscheint mir das als ein ausgesprochen hübsches kleines Problemchen.»

«Sie versuchen also, es für uns zu lösen, Lord Peter?»

Wimseys Finger trommelten eine schwierige Fuge auf der Sessellehne.

«Wenn ich Sie wäre, Murbles, würde ich es noch einmal mit einer gütlichen Einigung versuchen.»

«Heißt das», fragte Mr. Murbles, «Sie halten den Fall für aussichtslos im Sinne meiner Klienten?»

«Nein – das kann ich nicht behaupten. Wer ist denn übrigens Ihr Klient, Murbles – Robert oder George?»

«Nun, die Familie Fentiman im allgemeinen. Ich weiß natürlich, daß Roberts Gewinn Georges Verlust wäre. Aber keiner der Beteiligten wünscht etwas anderes, als daß die wahre Rechtslage an den Tag kommt.»

«Aha. Und Sie würden alles, was ich da eventuell ausgrabe, hinnehmen?»

«Aber selbstverständlich!»

«Ganz gleich, wie günstig oder ungünstig es auch sein mag?»

«Zu etwas anderem würde ich mich nie bereit finden», versetzte Mr. Murbles steif.

«Das weiß ich, Sir. Aber – na ja! – ich meine ja nur ... Schauen Sie, Sir, sind Sie als kleiner Junge auch manchmal herumgelaufen und haben mit Stöcken in friedlichen, geheimnisvollen Tümpeln herumgestochert, nur um zu sehen, was auf dem Grund war?»

«Oft sogar», antwortete Mr. Murbles. «Ich hatte ein großes

Interesse an der Natur und besaß (soweit ich das aus dem großen zeitlichen Abstand noch sagen kann) eine recht stattliche Sammlung einheimischer Wasserfauna.»

«Haben Sie bei Ihren Forschungen manchmal auch eine fürchterliche Schweinerei aufgerührt?»

«Mein lieber Lord Peter – Sie erschrecken mich!»

«Nun, ich weiß nicht, ob dazu Grund besteht. Ich will Sie nur ganz allgemein warnen, verstehen Sie? Wenn Sie es wünschen, werde ich der Sache natürlich unverzüglich nachgehen.»

«Das ist sehr freundlich von Ihnen», sagte Mr. Murbles.

«Keineswegs. *Ich* werde bestimmt meinen Spaß haben. Wenn etwas Komisches dabei herauskommt, ist das Ihr Bier. Man kann ja nie wissen, wie?»

«Wenn Sie zu dem Schluß kommen, daß ein befriedigendes Ergebnis nicht zu erzielen ist», sagte Mr. Murbles, «können wir immer noch auf eine gütliche Einigung zurückkommen. Ich bin überzeugt, daß alle Beteiligten einen Rechtsstreit vermeiden möchten.»

«Damit die Kosten das Vermögen nicht aufzehren? Sehr weise. Ich hoffe, es läßt sich machen. Haben Sie schon irgendwelche Vorermittlungen betrieben?»

«Nichts Nennenswertes. Es wäre mir lieber, Sie würden das von Anfang an in die Hand nehmen.»

«Na schön. Dann fange ich morgen an und werde Sie wissen lassen, wie ich vorankomme.»

Der Anwalt dankte ihm und verabschiedete sich. Wimsey blieb noch kurze Zeit grübelnd sitzen, dann läutete er nach seinem Diener.

«Bunter, bitte ein neues Notizbuch. Schreiben Sie ‹Fentiman› darauf und halten Sie sich bereit, mich morgen in den Bellona-Club zu begleiten, ausgerüstet mit Kamera und allem Zubehör.»

«Sehr wohl, Mylord. Ich nehme an, Eure Lordschaft haben einen neuen Fall an der Hand?»

«Ja, Bunter – einen ganz neuen.»

«Darf ich mir die Frage erlauben, ob es ein vielversprechender Fall ist, Mylord?»

«Er hat schon seine Reize – und seine Tücken. Na ja. Dahin, eitle Sorge! Versuchen Sie das Leben aus der Distanz zu betrachten, Bunter. Nehmen Sie sich ein Beispiel am Bluthund, der mit dem gleichen unvoreingenommenen Eifer die Fährte eines Muttermörders oder einer Flasche Anisett verfolgt.»

«Ich werde es beherzigen, Mylord.»

Wimsey ging langsam an den kleinen schwarzen Stutzflügel, der in einer Ecke der Bibliothek stand.

«Nein, heute abend keinen Bach», sagte er leise zu sich selbst. «Bach ist für morgen, wenn die grauen Zellen zu arbeiten beginnen.» Unter seinen Fingern gestaltete sich schmeichelnd eine Melodie von Parry. «Sie gehen daher wie ein Schatten...Sie sammeln und wissen nicht, wer es kriegen wird.» Plötzlich lachte er auf und stürzte sich in eine schrill disharmonische Etüde eines modernen Komponisten, gesetzt mit sieben Kreuzen.

4

Lord Peter spielt aus

«Sind Sie auch ganz sicher, daß dieser Anzug richtig ist, Bunter?» fragte Lord Peter besorgt.

Es war ein leichter Straßenanzug von tweedartiger Qualität und ein wenig auffälliger in Farbe und Muster, als Wimsey sich normalerweise gestattete. Er war für die Stadt nicht direkt ungeeignet, und doch verströmte er einen Hauch von Bergen und Meer.

«Ich möchte ansprechbar wirken», fuhr er fort, «aber um keinen Preis aufdringlich. Ich kann mir nicht helfen, aber ich meine, dieser Streifen unsichtbaren Grüns wäre vielleicht doch besser ein blasses Purpurrot.»

Diese Äußerung schien Bunter unsicher zu machen. Es trat eine kurze Pause ein, in der er sich die Streifen in blassem Purpurrot vorzustellen versuchte. Doch mit der Zeit kam sein schwankendes seelisches Gleichgewicht wieder zur Ruhe.

«Nein, Mylord», sagte er bestimmt, «ich glaube *nicht,* daß Purpurrot besser wäre. Interessant – ja; aber, wenn ich mir den Ausdruck gestatten darf, entschieden weniger freundlich.»

«Dem Himmel sei Dank», sagte Seine Lordschaft. «Sie haben sicherlich recht. Sie haben ja immer recht. Und es wäre so umständlich gewesen, ihn jetzt noch umzutauschen. Sie haben hoffentlich alle Spuren von Neuheit beseitigt? Ich kann neue Anzüge nicht leiden.»

«Ganz bestimmt. Ich kann Eurer Lordschaft versichern, daß dieser Anzug in jeder Beziehung so wirkt, als ob er schon Monate alt sei.»

«Dann ist es ja gut. Bringen Sie mir also meinen Malakka, den mit der Zolleinteilung – und wo ist meine Lupe?»

«Hier, Mylord.» Bunter reichte ihm ein harmlos aussehendes Monokel, das in Wirklichkeit ein starkes Vergrößerungsglas war.

«Und das Pulver für Fingerabdrücke ist in Eurer Lordschaft rechter Jackentasche.»

«Danke. Das ist dann wohl alles, glaube ich. Ich gehe jetzt, und Sie kommen in ungefähr einer Stunde mit den Sachen nach.»

Der Bellona-Club befindet sich im Stadtteil Piccadilly, nur wenige hundert Meter entfernt von Wimseys Wohnung, aus der man über den Green Park blickte. Der Portier begrüßte ihn mit erfreutem Lächeln.

«Morgen, Rogers, wie geht's?»

«Danke, Mylord, sehr gut.»

«Wissen Sie zufällig, ob Major Fentiman im Club ist?»

«Nein, Mylord. Major Fentiman weilt zur Zeit nicht bei uns. Ich glaube, er bewohnt das Appartement des verstorbenen Generals Fentiman, Mylord.»

«Ah, ja – traurige Geschichte, nicht?»

«Ja, sehr betrüblich, Mylord. Nicht sehr angenehm, wenn so etwas hier im Club passiert. Richtig schockierend, Mylord.»

«Ja – aber schließlich war er schon sehr alt. Irgendwann mußte es wohl so kommen. Schon komisch, sich vorzustellen, wie alle da herumsitzen und keiner etwas merkt.»

«Meine Frau war ganz entsetzt, als ich ihr das erzählte.»

«Man möchte es fast nicht glauben, wie? Sitzt die ganzen Stunden da – es müssen ja etliche Stunden gewesen sein, wenn ich den Arzt richtig verstanden habe. Ich nehme an, der alte Herr ist um seine gewohnte Zeit hier hereinmarschiert, nicht?»

«Oh, der General war pünktlich wie die Uhr. Immer um Punkt zehn. ‹Guten Morgen, Rogers›, hat er immer gesagt, ein bißchen steif, aber freundlich. Und meist hat er dann noch gesagt: ‹Schöner Tag heute›, und manchmal hat er sich sogar nach meiner Frau und der Familie erkundigt. Ein feiner Mann, Mylord. Er wird uns allen sehr fehlen.»

«Ist Ihnen aufgefallen, ob er an diesem Morgen besonders schwach und müde wirkte?» erkundigte Wimsey sich beiläufig, indem er eine Zigarette auf dem Handrücken aufklopfte.

«Ich? O nein, Mylord. Ich bitte um Verzeihung, aber ich dachte, das wüßten Sie schon. Ich hatte an dem Tag keinen Dienst, Mylord. Man hatte mir freundlicherweise erlaubt, die Festtagsparade am Heldendenkmal zu sehen. Ein großartiger Anblick, Mylord. Meine Frau war ganz gerührt.»

«Ach ja, natürlich, Rogers – das hatte ich vergessen. Ist doch klar, daß Sie da waren. Sie haben sich also vom General sozusagen gar nicht mehr verabschieden können. Aber die Parade am Heldendenkmal zu verpassen, wäre natürlich nicht angegangen. Dann hat sicher Matthews Ihren Dienst übernommen?»

«Nein, Mylord. Matthews lag mit Grippe im Bett, leider. Weston hat den ganzen Morgen an der Tür gestanden, Mylord.»

«Weston? Wer ist denn das?»

«Er ist neu hier, Mylord. Hat die Stelle von Briggs übernommen. Sie wissen ja noch – Briggs' Onkel ist gestorben und hat ihm sein Fischgeschäft vermacht.»

«Ach ja, stimmt! Wann kommt denn Weston zum Dienst? Ich muß ihn mal kennenlernen.»

«Um eins wird er hier sein, Mylord, wenn ich zum Mittagessen gehe.»

«Ah, gut, um die Zeit bin ich wohl noch hier. Hallo, Penberthy! Sie sind genau der Mann, den ich suche. Hatten Sie schon Ihre morgendliche Inspiration? Oder wollten Sie hier danach suchen?»

«Immer direkt an der Quelle. Leisten Sie mir dabei Gesellschaft.»

«Recht haben Sie, mein Lieber – eine halbe Sekunde, ich muß nur rasch noch meine Außenhülle abstreifen. Komme gleich nach.»

Er warf einen unentschlossenen Blick zum Empfang, aber als er sah, daß dort schon einige Leute standen, die etwas wissen wollten, stürzte er sich unvermittelt in die Garderobe, wo ein fixer Londoner mit Sam-Weller-Gesicht und Beinprothese Dienst tat, der nur zu gern mit ihm über General Fentiman zu plaudern bereit war.

«Wissen Sie, Mylord, das ist schon komisch, daß Sie mich danach fragen», sagte er, nachdem Wimsey geschickt auf die Frage nach der genauen Ankunftszeit des Generals im Bellona-Club übergeleitet hatte. «Dr. Penberthy hat mich nämlich dasselbe gefragt. Richtig rätselhaft ist das. Ich kann nämlich die Tage, an denen ich den General nicht habe reinkommen sehen, an den Fingern einer Hand abzählen. Er war doch immer so ungeheuer pünktlich, der General, und weil er doch schon so ein alter Herr war, hab ich immer besonders darauf geachtet, daß ich da war und ihm aus dem Mantel helfen konnte und so. Aber bitte, gerade an dem Morgen muß er ein bißchen später gekommen sein, denn da hab ich ihn nicht gesehen, und ich hab noch um die Mittagszeit gedacht: ‹Der General muß wohl krank sein.› Aber wie ich hier rumgehe, sehe ich seinen Mantel am selben Haken hängen wie immer. Da muß ich ihn also verpaßt haben. Es sind ja an dem Morgen so viele Herren hier ein und aus gegangen, Mylord, weil doch Waffenstillstandstag war. Da waren so viele Clubmitglieder vom Land hier, die alle wollten, daß ich mich um ihre Hüte und Stiefel kümmere, Mylord, und so ist es dann wohl passiert, daß ich ihn nicht gesehen habe.»

«Kann schon sein. Jedenfalls war er vor dem Mittagessen hier.»

«O ja, Mylord. Um halb eins bin ich weggegangen, und da waren sein Mantel und Hut noch am Haken, weil ich sie nämlich gesehen habe.»

«Das gibt uns zumindest einen *terminus ad quem*», sagte Wimsey halb bei sich.

«Bitte, Mylord?»

«Ich wollte nur sagen, das zeigt, daß er vor halb eins hier angekommen ist – und später als zehn Uhr, meinen Sie?»

«Ja, Mylord. Auf die Sekunde genau kann ich es nicht sagen, aber wenn er früher als Viertel nach zehn gekommen wäre, hätte ich ihn bestimmt gesehen. Danach hatte ich sehr viel zu tun, und da muß er dann hineingeschlüpft sein, ohne daß ich ihn gesehen habe.»

«Aha – der arme Kerl! Trotzdem, er hätte sich bestimmt gewünscht, so ruhig aus dem Leben zu scheiden. Nicht der schlechteste Tod, Williamson.»

«Ein sehr schöner Tod sogar, Mylord. Ich habe jedenfalls schon Schlimmeres erlebt. Und was ist jetzt? Alle sagen, so was ist ärgerlich für den Club, aber *ich* sage, was soll's? Es gibt nicht viele Häuser, in denen nicht irgendwann mal jemand gestorben ist. Wir denken deswegen nicht schlechter von den Häusern, warum soll also jetzt jemand schlecht von diesem Club denken?»

«Sie sind ein Philosoph, Williamson.» Wimsey stieg eine kurze Marmortreppe hinauf und wandte sich in die Bar. «Der Kreis verengt sich», murmelte er vor sich hin. «Zwischen Viertel nach zehn und halb eins. Sieht aus, als ob es ein knappes Rennen um den Dormer-Preis geben sollte. Aber – ach, was soll's! Hören wir, was Penberthy zu sagen hat.»

Der Arzt stand bereits an der Bar und hatte einen Whisky-Soda vor sich. Wimsey verlangte ein Worthington und kam ohne Umschweife zum Thema.

«Hören Sie mal», sagte er, «mit Ihnen hätte ich gern ein Wörtchen über den armen Fentiman gesprochen. Streng vertraulich, versteht sich. Aber es scheint so, als ob der genaue Todeszeitpunkt des alten Knaben eine wichtige Rolle spielen sollte. Frage der Erbfolge. Verstehen Sie? Man will kein Aufsehen. Darum hat man mich als Freund der Familie und so weiter gebeten, mich ein bißchen umzuhören. Da sind Sie natürlich der erste, an den man sich wendet. Was ist Ihre Meinung? Die ärztliche Meinung, von allem anderen abgesehen?»

Penberthy zog die Augenbrauen hoch. «So, da gibt es also eine Frage? Hab ich mir doch schon gedacht. Dieser Rechtsanwalt, ich weiß nicht mehr, wie er heißt, war neulich hier und wollte mich festnageln. Der schien zu glauben, man kann den genauen Todeszeitpunkt eines Menschen durch einen bloßen Blick auf seine Backenzähne feststellen. Ich habe ihm gesagt, das ist nicht möglich. Wenn man diesen Leuten nur schon seine persönliche Meinung verrät, steht man als nächstes als Zeuge vor Gericht.»

«Ich weiß. Aber eine ungefähre Vorstellung hat man doch.»

«Das schon. Aber man muß seine Vorstellung dann an anderen Dingen messen – an Tatsachen zum Beispiel. Man kann da nicht ins Blaue spekulieren.»

«Spekulationen sind immer gefährlich. Zum Beispiel – nehmen wir diesen Fall. Ich habe in meinem kurzen Leben schon die eine oder andere Leiche gesehen, und wenn ich hier zu spekulieren anfangen wollte, nur vom Aussehen der Leiche her, wissen Sie, was ich da gesagt hätte?»

«Weiß der Himmel, was ein Laie zu einer medizinischen Frage sagen würde», versetzte der Arzt mit mißmutigem Grinsen.

«Hört, hört! Jedenfalls hätte ich gesagt, daß er schon lange tot war.»

«Das ist sehr ungenau.»

«Sie haben selbst gesagt, daß die Totenstarre schon sehr weit fortgeschritten war. Geben wir ihr sechs Stunden zum Einsetzen und – wann ist sie übrigens abgeklungen?»

«Sie war schon im Abklingen – das habe ich damals gleich gesagt.»

«Stimmt. Und ich dachte, der *Rigor mortis* dauert gewöhnlich etwa vierundzwanzig Stunden.»

«Ja, manchmal. Manchmal geht es auch schneller vorbei. Die Faustregel heißt: Schnell gekommen, schnell gegangen. Aber ich bin ganz Ihrer Meinung und würde den Todeszeitpunkt in Ermangelung anderer Hinweise auf früher als zehn Uhr festgesetzt haben.»

«Das geben Sie zu?»

«Ja. Aber wir wissen, daß er frühestens Viertel nach zehn hier angekommen sein kann.»

«Sie haben also auch mit Williamson gesprochen?»

«Aber ja. Ich hielt es für besser, alles so weit wie möglich zu klären. Ich kann also nur vermuten, daß durch den plötzlich eingetretenen Tod und die Wärme im Raum – er saß ja, wie Sie wissen, nah beim Feuer – die Totenstarre sehr schnell eingesetzt hat und auch wieder sehr schnell abgeklungen ist.»

«Hm. Sie kannten den Gesundheitszutand des alten Herrn natürlich sehr gut.»

«Doch, ja. Er war sehr schwach. Das Herz zeigt Verschleißerscheinungen, wenn das Alter erst mit einer Neun anfängt. Ich hätte mich schon seit einiger Zeit nicht mehr gewundert, wenn er irgendwo tot umgefallen wäre. Und dann hatte er ja auch einen kleinen Schock hinter sich.»

«In welcher Form?»

«Er hatte am Nachmittag zuvor seine Schwester besucht. Ich nehme an, das hat man Ihnen schon erzählt, da Sie ja auch sonst alles wissen. Hinterher ist er zu mir in die Harley Street gekommen. Ich habe ihm geraten, sich zu Bett zu legen und zu ruhen. Der Kreislauf war sehr geschwächt, und sein Puls ging unregelmäßig. Er war natürlich aufgeregt. Er hätte völlige Ruhe gebraucht. Aber wie ich sehe, muß er trotz allem aufgestanden sein, obwohl er sich so schwach fühlte, und hierhergekommen sein – sieht ihm ähnlich – und dann ist er gleich zusammengebrochen.»

«Schön und gut, Penberthy – aber wann – wann *genau* ist das passiert?»

«Das mag der Himmel wissen. Ich jedenfalls nicht. Noch einen?»

«Danke, nein; im Augenblick nicht. Sagen Sie – ich nehme an, Sie sind sich in alledem vollkommen sicher, ja?»

«Sicher?» Der Arzt sah ihn groß an. «Ja, natürlich. Wenn Sie meinen, was die Todesursache angeht – ja, da bin ich sicher. Wenn ich nicht sicher wäre, hätte ich keinen Totenschein ausgestellt.»

«Und an der Leiche ist Ihnen nichts komisch vorgekommen?»

«Was zum Beispiel?»

«Sie wissen so gut wie ich, was ich meine», sagte Wimsey, indem er dem andern plötzlich voll in die Augen sah. Die Veränderung in seinem Gesicht war geradezu erschreckend. Es war, als ob eine stählerne Klinge plötzlich aus ihrem samtenen Futteral geschossen wäre. Penberthy hielt seinem Blick stand und nickte langsam.

«Ja, ich weiß, was Sie meinen. Aber nicht hier. Gehen wir lieber in die Bibliothek. Dort ist bestimmt niemand.»

5

– und findet die Farbe blockiert

In der Bibliothek des Bellona-Clubs war nie jemand. Es war ein großer, stiller, gemütlicher Raum, mit nischenförmig angeordneten Bücherregalen. In jeder dieser Nischen standen ein Schreibtisch und drei, vier Stühle. Hin und wieder kam hier jemand herein, um etwas im *Times Atlas* nachzusehen oder in einem Buch etwas über Strategie und Taktik nachzulesen oder nach einer alten Regimentsliste zu suchen, aber meist war die Bibliothek leer. Wenn man in der entferntesten Nische saß, ummauert von Büchern und Stille, konnte man eine vertrauliche Unterhaltung so ungestört führen wie in einem Beichtstuhl.

«Nun», sagte Wimsey, «was ist damit?»

«Mit –?» erkundigte sich der Arzt mit professioneller Vorsicht.

«Mit dem Bein.»

«Ich möchte nur wissen, ob das sonst noch jemand gemerkt hat», sagte Penberthy.

«Das glaube ich kaum. Ich selbst hab's natürlich gemerkt. Aber schließlich ist so etwas mein Steckenpferd. Kein populäres vielleicht – ‹ein übel aussehend Ding, Herr, aber mein eigen›. Ich habe überhaupt so eine Vorliebe für Leichen. Aber da ich nicht so recht wußte, was es zu bedeuten hatte, und weil ich sah, daß Sie offenbar die Aufmerksamkeit nicht darauf lenken wollten, habe ich mich nicht aufgedrängt.»

«Ja – ich wollte zuerst selbst darüber nachdenken. Es bedeutete ja auf den ersten Blick etwas ziemlich –»

«Unerfreuliches», sagte Wimsey. «Wenn Sie wüßten, wie oft ich dieses und ähnliche Worte in den letzten beiden Tagen schon gehört habe! Aber sehen wir den Dingen ins Gesicht. Gestehen wir ohne Umschweife, daß eine einmal eingesetzte Totenstarre bleibt, bis sie abzuklingen beginnt, und daß sie, *wenn* sie abzuklingen beginnt, damit für gewöhnlich im Gesicht und am Kinn anfängt und nicht plötzlich in einem Kniegelenk. Nun waren Fentimans Gesicht und Kinn aber noch so starr wie Holz – ich hab's gefühlt. Das linke Bein hing dagegen locker, vom Knie abwärts. Wie erklären Sie das?»

«Es ist ausgesprochen rätselhaft. Wie Sie zweifellos wissen, ist die nächstliegende Erklärung die, daß jemand oder etwas das Gelenk mit Gewalt gelockert hat, nachdem die Totenstarre eingesetzt hatte. In diesem Falle wäre es natürlich nicht wieder steif geworden. Es wäre locker geblieben, bis der ganze Körper sich entspannt hätte. Aber wie das gekommen ist –»

«Das ist genau die Frage. Tote laufen nicht herum und klemmen ihre Beine irgendwo ein, um ihre steifen Knie zu lockern. Und wenn jemand den Toten so gefunden hätte, würde er es doch sicher gemeldet haben. Oder können Sie sich vorstellen, daß zum Beispiel einer der Kellner, wenn er einen alten Herrn steif wie einen Schürhaken im besten Lehnsessel des Clubs findet, ihm einen Tritt gegen das Knie versetzt und ihn dann so liegen läßt?»

«Das einzige, was ich mir vorstellen kann», sagte Penberthy, «ist, daß ein Kellner oder sonst jemand ihn gefunden und versucht hat, ihn von der Stelle zu bewegen – und dann hat er Angst bekommen und ist weggerannt, ohne etwas zu sagen. Das klingt natürlich absurd. Aber die Leute tun absurde Dinge, besonders wenn sie erschrocken sind.»

«Aber wovor hätte hier einer erschrecken sollen?»

«Ein nervöser Mensch kann da schon erschrecken. Wir haben hier einige Fälle von Bombenneurose, für die ich im Ernstfall nicht die Hand ins Feuer legen möchte. Es wäre vielleicht angezeigt, sich zu erinnern, ob sich jemand an diesem Tag besonders erregt oder verängstigt gegeben hat.»

«Das ist eine Idee», sagte Wimsey langsam. «Nehmen wir an – nehmen wir an, es gab jemanden, der zum General in irgendeiner Beziehung stand und sich in einem labilen Gemütszustand befand – und angenommen, er ist plötzlich über diese Leiche gestolpert. Meinen Sie, er könnte – eventuell – den Kopf verloren haben?»

«Möglich ist das gewiß. Ich könnte mir vorstellen, daß er hysterisch, sogar gewalttätig reagiert und versucht hätte, das Knie hinunterzudrücken, irgendwie mit der verschwommenen Absicht, ihm ein würdevolleres Aussehen zu geben. Und dann könnte er einfach weggelaufen sein und so getan haben, als ob das Ganze überhaupt nicht geschehen wäre. Wohlgemerkt, ich sage nicht, daß es so war, aber ich kann es mir leicht vorstellen. Und aus diesem Grunde hielt ich es für besser, nichts zu sagen. Es wäre sehr unan – – peinlich gewesen, das auch noch in die Öffentlichkeit zu zerren. Und es hätte für den Betreffenden verheerende Folgen haben können, darauf angesprochen zu werden. Ich wollte lieber keine schlafenden Hunde wecken. Mit dem Tod selbst war jedenfalls alles in Ordnung, das stand fest. Was das übrige angeht – unsere Pflicht gilt den Lebenden; den Toten können wir nicht mehr helfen.»

«Richtig. Ich will Ihnen trotzdem etwas sagen – ich werde herauszubekommen versuchen, ob – wir können auch gleich sagen, was wir meinen – ob George Fentiman an diesem Tag irgendwann allein im Rauchsalon war. Einer von den Bediensteten hat das vielleicht mitbekommen. Mir erscheint es als die einzig mögliche Erklärung. Vielen Dank jedenfalls für Ihre Hilfe. Ach, Sie sagten übrigens damals, die Totenstarre sei im Abklingen gewesen, als wir die Leiche fanden – war das nur Tarnung, oder gilt es immer noch?»

«Sie begann tatsächlich an Gesicht und Kinn abzuklingen. Bis Mitternacht war sie ganz vorbei.»

«Danke. Das ist immerhin wieder etwas Handgreifliches. Ich liebe handgreifliche Tatsachen, und von denen gibt es in diesem Fall enttäuschend wenige. Trinken Sie nicht noch einen Whisky?»

«Nein danke. Ich muß in meine Praxis. Auf ein andermal. Bis dann!»

Wimsey blieb noch ein paar Augenblicke, nachdem Penberthy fort war, und rauchte nachdenklich. Dann drehte er seinen Stuhl zum Tisch, nahm ein Blatt Papier vom Regal und machte sich mit seinem Füllfederhalter ein paar Notizen zu dem Fall. Er war aber noch nicht weit damit, als einer der Clubdiener eintrat und nacheinander in alle Nischen sah, als suchte er jemanden.

«Suchen Sie mich, Fred?»

«Ihr Diener ist da, Mylord, und sagt, Sie möchten vielleicht von seiner Ankunft unterrichtet werden.»

«Ganz recht, ich komme.» Wimsey nahm den Löschblock, um seine Notizen abzulöschen. Da änderte sich plötzlich sein Gesichtsausdruck. Die Ecke von einem Blatt Papier schaute aus dem Block hervor. Getreu dem Grundsatz, daß nichts zu unbedeutend ist, um es sich anzusehen, schob Wimsey einen neugierigen Finger zwischen die Seiten des Blocks und zog das Blatt hervor. Es trug ein paar achtlos und unsicher hingekritzelte Angaben über Geldsummen. Wimsey betrachtete sie eine Weile aufmerksam, dann schüttelte er den Löschblock, ob nicht noch mehr darin steckte. Er faltete das Blatt Papier, indem er es vorsichtig nur an den Ecken anfaßte, steckte es in einen Umschlag und legte diesen in seine Brieftasche. Als er aus der Bibliothek kam, sah er Bunter mit Kamera und Stativ in der Eingangshalle stehen.

«Ah, da sind Sie ja, Bunter. Einen Augenblick noch, ich muß rasch mal den Manager sprechen.» Er warf einen Blick ins Büro und fand Culyer in ein paar Abrechnungen vertieft.

«Ach, sagen Sie, Culyer – guten Morgen und so weiter – ja, danke, ekelhaft gesund, wie immer – sagen Sie, erinnern Sie sich noch, wie der alte Fentiman neulich auf so rücksichtslose Weise das Zeitliche gesegnet hat?»

«Das vergesse ich so schnell nicht», sagte Culyer mit schmerzlich verzogenem Gesicht. «Ich habe schon drei Beschwerden von Wetheridge hier – eine, weil die Dienstboten die Sache nicht früher gemerkt haben, unaufmerksame Bande und so; die zweite, weil die Leute vom Beerdigungsinstitut die Leiche an seinem Zimmer vorbeitragen mußten und ihn gestört haben; die dritte, weil irgend jemandes Anwalt hier war und ihm Fragen gestellt hat – dazu düstere Andeutungen über defekte Telefone und fehlende Seife im Waschraum. Ein Clubmanager ist nicht zu beneiden.»

«Sie tun mir ja so leid», meinte Wimsey grinsend. «Ich bin jedenfalls nicht hier, um Ihnen Ärger zu machen. *Au contraire,* wie der Mann in der Biskaya auf die Frage antwortete, ob er schon gegessen habe. Tatsache ist, es gibt ein kleines Durcheinander hinsichtlich der genauen Minute, wann der alte Knabe seinen Geist ausgehaucht hat – wohlgemerkt, das ist streng vertraulich –, und ich kümmere mich ein bißchen darum. Ich will hier nicht groß Unruhe stiften, nur ein paar Fotos von den Räumlichkeiten machen, damit ich sie mir daheim in Ruhe ansehen kann und immer das Gelände richtig unter meiner falkengleichen Optik habe, nicht? Ich habe meinen Diener mit einer Kamera hier. Würde es Ihnen was ausmachen, so zu tun, als wenn's einer vom *Twaddler* oder den *Picture News* wäre, und ihm Ihren offiziellen Segen geben, solange er mit dem Zeug hier herumläuft?»

«Alter Geheimniskrämer – na klar, wenn Sie wollen. Allerdings, wie Sie aus den Fotos von den Räumlichkeiten die Todeszeit eines vor zehn Tagen Verstorbenen herauslesen wollen, versuche ich erst gar nicht zu begreifen. Aber hören Sie – das geht doch alles sauber und mit rechten Dingen zu? Wir wollen hier keine –»

«Natürlich nicht. Das ist doch der Sinn des Ganzen. Strengste Vertraulichkeit – jede Summe bis zu 50 000 Pfund sofort, Unterschrift genügt, Lieferung erfolgt in neutralen Lastwagen, keine Referenzen erforderlich. Haben Sie Vertrauen zu Onkel Peter.»

«Schon gut, schon gut. Was wollen Sie also von mir?»

«Ich möchte nicht selbst mit Bunter hier herumlaufen. Das würde alles verraten. Kann man ihn mal hereinrufen?»

«Gewiß.»

Ein Diener wurde geschickt, um Bunter zu holen, der adrett und wie aus dem Ei gepellt wie immer erschien.

«Bedaure, Bunter, aber Sie haben nicht die mindeste Ähnlichkeit mit dem Fotoreporter vom *Twaddler*. Der dunkelgraue Anzug ist ja ganz recht, aber Sie lassen diese verwegene Heruntergekommenheit ganz und gar vermissen, die das Markenzeichen der Giganten von Fleet Street ist. Wenn es Ihnen nichts ausmacht, stecken Sie die ganzen Filmplatten mal in die eine Jackentasche und noch ein paar Vorsatzlinsen und so weiter in die andere, und dann zerzausen Sie Ihre männliche Mähne ein bißchen. So ist es besser. Warum haben Sie keine Pyrogallolflecken am rechten Daumen und Zeigefinger?»

«Ich schreibe es hauptsächlich dem Umstand zu, Mylord, daß ich zum Zwecke des Entwickelns Metol-Hydrochinon bevorzuge.»

«Na schön, aber Sie können von Laien nicht erwarten, daß sie so etwas begreifen. Augenblick mal. Culyer, Sie scheinen da eine schön verteerte Pfeife herumliegen zu haben. Geben Sie uns mal einen Reiniger.»

Wimsey stieß den Pfeifenreiniger entschlossen in den Stiel und holte ein gehöriges Quantum von einer eklig braunen, öligen Masse heraus.

«Nikotinvergiftung, Culyer – daran werden Sie noch mal sterben, wenn Sie nicht aufpassen. Hier, Bunter. Wenn Sie das geschickt auf die Fingerspitzen verteilen, erzielen Sie genau den richtigen Effekt. Jetzt passen Sie auf. Mr. Culyer wird Sie herumführen. Ich möchte eine Aufnahme vom Rauchsalon, und zwar von der Tür her, eine Nahaufnahme vom Kamin, auf der General Fentimans gewohnter Sessel zu sehen ist, und noch eine Aufnahme aus Richtung des Vorzimmers, das zur Bibliothek führt. Dann einen Blick durchs Vorzimmer in die Bibliothek und ein paar genaue Studien von der hintersten Nische in der Bibliothek, und zwar aus allen möglichen Blickwinkeln. Abschließend möchte ich ein paar Ansichten von der Eingangshalle und eine von der Garderobe; lassen Sie sich vom Garderobier zeigen, welchen Kleiderhaken General Fentiman gewöhnlich benutzte, und sehen Sie zu, daß Sie den mit aufs Bild bekommen. Das ist im Augenblick alles, aber Sie können sonst noch aufnehmen, was Sie wollen, wenn es Ihnen zum Zwecke der Tarnung ratsam erscheint. Und ich möchte alle Details haben, die Sie nur bekommen können, also kümmern Sie sich um alles, und lassen Sie sich so viel Zeit, wie Sie wollen. Mich finden Sie hier schon irgendwo, wenn Sie fertig sind, und besorgen Sie sich am besten noch ein paar Filmplatten, denn wir gehen anschließend noch woandershin.»

«Sehr wohl, Mylord.»

«Oh, Culyer, da fällt mir noch was ein. Dr. Penberthy hat doch eine Frau geschickt, um den General aufzubahren, nicht? Wissen Sie zufällig noch, wann sie hier angekommen ist?»

«Am nächsten Morgen gegen neun, glaube ich.»

«Wissen Sie auch zufällig, wie sie hieß?»

«Ich glaube nicht. Aber ich weiß, daß sie vom Bestattungsinstitut Merritt kam – in der Nähe vom Shepherd Market. Die können Ihnen wahrscheinlich die Adresse geben.»

«Herzlichen Dank, Culyer. Ich werde mich jetzt verziehen. Schießen Sie los, Bunter.»

Wimsey dachte ein Weilchen nach; dann schlenderte er hinüber in den Rauchsalon, wechselte einen stummen Gruß mit dem einen oder anderen der dort versammelten Veteranen, nahm die *Morning Post* und sah sich nach einem Platz um. Der große Ohrensessel stand noch immer vorm Feuer, aber ein unbestimmtes Gefühl der Ehrfurcht vor dem Toten hatte dafür gesorgt, daß er leer blieb. Wimsey ging lässig hin und ließ sich bequem in seine weichen Tiefen sinken. Ein Veteran, der in der Nähe saß, sah zornig zu ihm herüber und raschelte laut mit seiner *Times.* Wimsey ignorierte diese Signale und verbarrikadierte sich hinter seiner Zeitung. Der

Veteran ließ sich wieder zurücksinken und murmelte etwas von «jungen Männern» und «kein Anstand». Wimsey blieb ungerührt sitzen und kümmerte sich auch nicht darum, als der Mann vom *Twaddler* hereinkam, eskortiert vom Clubmanager, um Fotos vom Rauchsalon zu machen. Ein paar empfindliche Seelen wichen diesem Angriff aus. Wetheridge trollte sich maulend in die Bibliothek. Es bereitete Wimsey keine geringe Genugtuung, zu sehen, wie die unbarmherzige Kamera ihn in diese Festung hinein verfolgte.

Es war schon halb eins, als ein Kellner sich Lord Peter näherte, um ihm zu sagen, daß Mr. Culyer ihn gern für einen Augenblick sprechen möchte. Im Büro meldete Bunter ihm, daß er seinen Auftrag ausgeführt habe, und wurde entlassen, um zu Mittag zu essen und sich neue Filmplatten zu besorgen. Wimsey ging bald darauf in den Speisesaal hinunter, wo Wetheridge bereits am Tisch saß und so die erste Scheibe vom Braten bekam, während er sich mißbilligend über den Wein ausließ. Wimsey ging zielstrebig hinüber, begrüßte ihn herzlich und setzte sich zu ihm an denselben Tisch.

Wetheridge stellte fest, daß draußen abscheuliches Wetter sei. Wimsey pflichtete ihm liebenswürdig bei. Wetheridge sagte, es sei ein Skandal, was man hier für sein Essen bezahlen müsse, und dafür bekomme man nicht einmal etwas Anständiges vorgesetzt. Wimsey, der gute Küche zu schätzen wußte und sich daher bei Küchenchef und Kellnern gleichermaßen großer Beliebtheit erfreute, hatte, ohne darum zu bitten, das zarteste Stück vom Braten gebracht bekommen und gab Wetheridge auch in diesem Punkte recht. Wetheridge klagte, er sei heute den ganzen Vormittag von so einem teuflischen Fotografen durch den Club gescheucht worden und man finde bei diesem Öffentlichkeitsrummel heutzutage überhaupt nirgendwo mehr seine Ruhe. Wimsey sagte, das geschehe alles nur aus Reklamegründen, und Reklame sei der Fluch des Jahrhunderts. Man brauche sich nur die Zeitungen anzusehen – nichts als Reklame von vorn bis hinten. Wetheridge sagte, zu seiner Zeit habe ein anständiger Club, weiß Gott, Reklame verschmäht, und er könne sich noch an die Zeit erinnern, als Zeitungen von Gentlemen für Gentlemen gemacht wurden. Wimsey sagte, es sei überhaupt nichts mehr so wie früher; daran müsse wohl der Krieg schuld sein.

«Verdammte Laschheit ist das, nichts sonst», sagte Wetheridge. «Die Bedienung in diesem Haus ist ein Skandal. Dieser Culyer versteht seine Arbeit nicht. Diese Woche ist es die Seife. Ob Sie's glauben oder nicht, gestern war keine – wirklich gar keine – im Waschraum. Ich mußte danach klingeln. Dadurch bin ich zu spät zum Abendessen gekommen. Vorige Woche war's das Telefon. Da wollte ich jemanden in Norfolk anrufen. Sein Bruder war ein Freund von mir – am letzten Kriegstag gefallen, eine halbe Stunde bevor die Kanonen verstummten – eine Affenschande – am Waffenstillstandstag rufe ich immer an und sage ein paar Worte, na ja – hrrrm!»

Nachdem Wetheridge diese unvermutete weichere Seite seines Charakters gezeigt hatte, verfiel er in mürrisches Schweigen.

«Sind Sie nicht durchgekommen, Sir?» erkundigte Wimsey sich teilnahmsvoll. Alles, was sich am Waffenstillstandstag im Club ereignet hatte, war für ihn von Interesse.

«Durchgekommen bin ich schon», schnaubte Wetheridge. «Aber hol's der Henker, ich mußte doch tatsächlich zur Garderobe hinunter und dort aus einer der Zellen anrufen. Dabei wollte ich mich doch nicht in der Eingangsdiele herumtreiben. Zu viele Schwachköpfe, die da ein und aus gingen. Mußten sich alle ihre Anekdötchen erzählen. Wieso ein ernster Nationalfeiertag all diesen Narren zum Vorwand dienen soll, sich zu treffen und Mist zu erzählen, weiß ich auch nicht.»

«Richtig ärgerlich. Aber warum haben Sie nicht gesagt, man soll Ihnen das Gespräch in die Zelle neben der Bibliothek legen?»

«Sage ich Ihnen das nicht gerade? Das verdammte Ding war außer Betrieb. Ein großes Schild hing dran, als ob es weiter nichts wäre – ‹Apparat außer Betrieb›. Einfach so. Keine Entschuldigung. Nichts. Abscheulich finde ich das. Ich habe dem Burschen in der Vermittlung gesagt, daß so was eine Schande ist. Darauf antwortet der nur, er hat das Schild nicht hingehängt, aber er will sich darum kümmern.»

«Am Abend war das Telefon in Ordnung», sagte Wimsey, «denn da habe ich gesehen, wie Oberst Marchbanks es benutzt hat.»

«Das weiß ich. Und dann hat das Ding, der Teufel soll es holen, den ganzen nächsten Vormittag gebimmelt und gebimmelt. Zum Verrücktwerden, dieser Lärm. Als ich zu Fred gesagt habe, er soll das abstellen, hat er nur gemeint, das mache die Telefongesellschaft, um die Leitung zu prüfen. Müssen die deswegen so einen Lärm machen? Können sie die Leitung nicht leise prüfen? Das würde ich doch gern mal wissen.»

Wimsey sagte, Telefone seien eine Erfindung des Teufels. Wetheridge maulte noch, bis das Essen vorbei war, dann ging er. Wimsey ging in die Eingangshalle zurück, wo er den zweiten Portier auf dem Posten fand, und stellte sich vor.

Aber Weston konnte ihm nicht weiterhelfen. Er hatte von General Fentimans Ankunft am 11. November nichts gemerkt. Er kannte noch nicht viele der Mitglieder, weil er die Stelle erst vor kurzem angenommen hatte. Er fand es schon eigenartig, daß ihm so ein altehrwürdiger Herr nicht aufgefallen war, aber an der Tatsache ließ sich nun einmal nichts ändern. Er bedauerte das wirklich sehr. Wimsey verstand Weston dahingehend, daß es ihn wurmte, sich diese Chance auf ein bißchen Berühmtheit aus zweiter Hand entgehen gelassen zu haben. Er hatte, wie die Zeitungsleute sagen, einen Knüller verpaßt.

Auch der Empfangschef konnte Wimsey nicht weiterhelfen. Am Vormittag des Elften hatte er sehr viel zu tun gehabt. Er hatte ständig seine Loge verlassen müssen, um Gästen ihr Zimmer zu zeigen und sie zu den Leuten zu führen, die sie sprechen wollten, Post zu verteilen und sich mit Mitgliedern vom Lande zu unterhalten, die den Bellona-Club nur selten aufsuchten und, wenn sie kamen, gern «ein bißchen mit Piper plauderten». Er konnte sich ebenfalls nicht erinnern, den General gesehen zu haben. Wimsey konnte sich des Gefühls nicht erwehren, daß es eine regelrechte Verschwörung gegeben haben mußte, den alten Herrn am letzten Tag seines Lebens zu übersehen.

«Langsam glaube ich, er war gar nicht hier, nicht wahr, Bunter?» sagte er. «Oder er ist unsichtbar hier herumgelaufen und hat die ganze Zeit vergebens versucht, sich bemerkbar zu machen, wie der unglückselige Geist in jener Geschichte.»

Bunter war geneigt, dieser parapsychologischen Betrachtungsweise des Falles zu widersprechen.

«Der General muß leiblich zugegen gewesen sein, Mylord, denn die Leiche war ja da.»

«Stimmt auch wieder», sagte Wimsey. «Ich fürchte, seinen Korpus können wir nicht wegdiskutieren. Das heißt dann wohl, daß ich jedes Mitglied dieses vermaledeiten Clubs einzeln verhören muß. Aber jetzt gehen wir am besten mal in die Wohnung des Generals und sprechen mit Robert Fentiman. Weston, besorgen Sie mir bitte ein Taxi.»

6

Der Führungsstich

Die Tür zu der kleinen Wohnung in der Dover Street wurde ihnen von einem ältlichen Diener geöffnet, in dessen Gesicht das Leid über den Tod seines Herrn geschrieben stand. Er sagte, Major Fentiman sei zu Hause und werde Lord Peter Wimsey gern empfangen. Während er noch sprach, kam aus einem der Zimmer ein hochgewachsener, etwa fünfundvierzigjähriger Mann von soldatischer Haltung heraus und begrüßte die Besucher erfreut.

«Oh, Wimsey? Murbles hat mich schon auf Ihr Kommen vorbereitet. Treten Sie ein. Hab Sie schon eine Ewigkeit nicht mehr gesehen. Wie ich höre, entwickeln Sie sich zu einem regelrechten Sherlock Holmes. War schon ein sauberes Stück Arbeit, wie Sie Ihrem Bruder aus dieser dummen Situation herausgeholfen haben. Was ist denn das da? Eine Kamera? Mein Gott, Sie wollen an unser kleines Problem aber richtig professionell herangehen, was? Woodward, sorgen Sie dafür, daß Lord Peters Diener alles hat, was er braucht. Haben Sie schon gegessen? Eine Kleinigkeit nehmen Sie doch sicher zu sich, bevor Sie anfangen, Fußspuren zu vermessen. Kommen Sie weiter. Hier sieht's ein bißchen drunter und drüber aus, aber das stört Sie gewiß nicht.»

Er führte Wimsey in ein kleines, karg eingerichtetes Wohnzimmer.

«Ich fand es besser, für ein Weilchen meine Zelte gleich hier aufzuschlagen, solange ich die Hinterlassenschaft des alten Herrn sichten muß. Aber eine höllische Arbeit wird das noch sein bei diesem gräßlichen Theater wegen des Testaments. Na ja, aber ich bin nun mal der Testamentsvollstrecker, da wäre das sowieso an mir hängengeblieben. Riesig nett von Ihnen, daß Sie uns helfen wollen. Großtante Dormer war schon eine komische Sorte. Sie hat's natürlich gut gemeint, aber was sie uns allen für Scherereien damit bereitet hat! Wie kommen Sie denn weiter?»

Wimsey schilderte ihm seine erfolglosen Bemühungen im Bellona-Club.

«Da dachte ich, man könnte das Ganze jetzt vielleicht einmal von hier aus angehen», sagte er. «Wenn wir genau wissen, wann er hier am Morgen fortgegangen ist, müßten wir daraus ungefähr schließen können, wann er im Bellona-Club angekommen ist.»

Fentiman spitzte den Mund zu einem Pfiff.

«Aber mein Verehrtester, hat Murbles Ihnen denn nicht gesagt, daß die Sache einen Haken hat?»

«Nichts hat er mir gesagt. Er hat einfach alles mir überlassen. Was für ein Haken soll das sein?»

«Ja, wissen Sie denn nicht, daß der alte Knabe abends gar nicht nach Hause gekommen ist?»

«Nicht nach Hause gekommen? Wo war er denn?»

«Keine Ahnung. Das ist es ja. Wir wissen lediglich – einen Augenblick, das erzählt Woodward Ihnen am besten selbst. Woodward!»

«Ja, Sir?»

«Erzählen Sie Lord Peter doch mal die Geschichte, die Sie mir erzählt haben – von dem Anruf, Sie wissen schon.»

«Ja, Sir. Gegen neun Uhr –»

«Einen Augenblick», sagte Wimsey. «Ich hab's gern, wenn eine Geschichte am Anfang beginnt. Fangen wir mit dem Morgen an – dem Morgen des 10. November. Fehlte dem General an diesem Morgen noch nichts? Körperlich und geistig da, wie immer?»

«Ganz und gar, Mylord. General Fentiman war es gewöhnt, früh aufzustehen, Mylord, denn er hatte einen leichten Schlaf, was in seinem hohen Alter ganz natürlich war. Um Viertel vor acht nahm er sein Frühstück im Bett zu sich – Tee und Toast mit Butter und ein weichgekochtes Ei, wie an jedem Tag des Jahres. Dann stand er auf, und ich half ihm beim Anziehen – das muß zwischen halb neun und neun Uhr gewesen sein, Mylord. Dann hat er nach der Anstrengung des Anziehens eine kleine Verschnaufpause eingelegt, und um Viertel vor zehn habe ich seinen Hut, Mantel, Schal und Stock geholt und ihn zum Club gehen sehen. Das war sein normaler Tagesablauf. Er schien guter Dinge zu sein – und gesund wie immer. Das heißt, er hatte natürlich schon seit langem ein schwaches Herz, Mylord, aber er kam mir eben nicht anders vor als sonst.»

«Aha. Und für gewöhnlich saß er dann nur die ganze Zeit im Club herum und kam wieder nach Hause – wann genau?»

«Ich war es gewohnt, sein Abendessen für Punkt halb acht vorzubereiten, Mylord.»

«Kam er immer zur gleichen Zeit?»

«Ohne Ausnahme, Mylord. Immer so pünktlich wie zur Parade. So war der General eben. Gegen drei Uhr nachmittags klingelte dann das Telefon. Das Telefon hatten wir wegen seines Herzens installieren lassen, Mylord, damit wir im Notfall immer sofort einen Arzt rufen konnten.»

«Und das war auch gut so», warf Robert Fentiman ein.

«Ja, Sir. General Fentiman war so liebenswürdig, Sir, zu sagen, er wolle nicht, daß ich im Krankheitsfalle die alleinige schwere Verantwortung für ihn tragen müsse. Er war ein sehr freundlicher, rücksichtsvoller Herr.» Die Stimme des Dieners versagte.

«Eben», sagte Wimsey. «Es ist sicher ein schwerer Verlust für Sie, Woodward. Aber damit mußte man doch rechnen, oder? Ich bin überzeugt, daß Sie ganz hervorragend für ihn gesorgt haben. Was ist also um drei Uhr geschehen?»

«Der Anruf kam aus Lady Dormers Haus, Mylord. Die Dame sei sehr krank, und General Fentiman möchte bitte sofort kommen, wenn er sie noch einmal lebend sehen möchte. Ich bin daraufhin persönlich in den Club gegangen. Telefonieren wollte ich nämlich nicht gern, weil der General doch ein wenig schwer hörte – obwohl er sonst für einen Herrn in seinem Alter noch in sehr guter Verfassung war – und er konnte das Telefon noch nie leiden. Außerdem machte ich mir Sorgen wegen des Schocks, den das für ihn bedeuten konnte, wo doch sein Herz so schwach war – was in seinem Alter natürlich kaum hätte anders sein können – und darum bin ich also selbst hingegangen.»

«Das war sehr fürsorglich von Ihnen.»

«Danke, Mylord. Nun, ich habe also den General aufgesucht und ihm die Nachricht übermittelt – natürlich habe ich es ihm schonend beigebracht. Ich sah, daß er ein wenig erschrocken war, aber er hat nur dagesessen und eine Weile überlegt, und dann hat er gesagt: ‹Gut, Woodward, ich werde hingehen. Das ist wohl meine Pflicht.›Ich habe ihm also was Warmes zum Anziehen geholt und ein Taxi für ihn gerufen, und er hat gesagt: ‹Sie brauchen nicht mitzukommen, Woodward. Ich weiß nämlich nicht genau, wie lange ich dort bleiben werde. Man wird schon dafür sorgen, daß ich sicher wieder nach Hause komme.› Ich habe also dem Taxifahrer gesagt, wohin er ihn bringen soll, und bin wieder in die Wohnung zurückgekehrt. Und das, Mylord, war das letzte Mal, daß ich ihn gesehen habe.»

Wimsey gab ein paar mitfühlende Laute von sich.

«Ja, Mylord. Als General Fentiman um die gewohnte Zeit nicht nach Hause kam, dachte ich, er sei zum Essen bei Lady Dormer geblieben, und habe mir keine weiteren Sorgen gemacht. Aber um halb neun bekam ich doch Bedenken wegen der kalten Abendluft; es war sehr kalt an dem Tag, wenn Sie sich erinnern, Mylord. Um neun Uhr hatte ich mich gerade entschlossen, bei Lady Dormer anzurufen und zu fragen, wann der General zu Hause zu erwarten sei, da klingelte das Telefon.»

«Um Punkt neun?»

«Ungefähr um neun. Es kann ein wenig später gewesen sein, aber höchstens Viertel nach. Ein Herr war am Apparat. Er sagte: ‹Ist das die Wohnung von General Fentiman?› Ich sagte: ‹Ja, wer spricht dort bitte?› Er: ‹Sind Sie Woodward?› Er nannte einfach so meinen Namen, und ich sagte: ‹Ja.› Darauf er: ‹Hören Sie, Woodward, der General läßt Ihnen ausrichten, daß Sie nicht auf ihn zu warten brauchen, weil er heute nacht bei mir bleibt.› Ich fragte: ‹Verzeihen Sie, Sir, aber wer sind Sie, bitte?› Da sagte er nur: ‹Mr. Oliver.› Ich bat ihn, den Namen zu wiederholen, denn ich hatte ihn noch nie gehört, und er sagte: ‹Oliver› – es war jetzt ganz deutlich zu verstehen – ‹Mr. Oliver›, sagte er. ‹Ich bin ein alter Freund von General Fentiman, und er verbringt die Nacht bei mir, da wir über etwas Geschäftliches zu reden haben.› Ich fragte: ‹Benötigt der General irgend etwas, Sir?› Ich dachte nämlich, Mylord, er könnte vielleicht Schlafanzug, Zahnbürste und dergleichen haben wollen, aber der Herr sagte, nein, er habe alles Nötige da und ich solle mir keine Umstände machen. Nun, Mylord, wie ich Major Fentiman schon erklärt habe, mochte ich nicht gern noch weitere Fragen stellen, denn ich bin ja nur ein Diener und wollte nicht den Anschein erwecken, als ob ich mir Freiheiten herausnähme. Ich machte mir aber große Sorgen, daß die Aufregung und das lange Aufbleiben zuviel für den General sein könnten, und bin darum so weit gegangen, zu sagen, ich hoffte, der General sei bei guter Gesundheit und überanstrenge sich nicht, und Mr. Oliver lachte und sagte, er werde gut auf ihn aufpassen und ihn sofort zu Bett schicken. Und als ich mich gerade erkühnen wollte zu fragen, wo er wohne, legte er auf. Mehr habe ich dann nicht mehr gehört, Mylord, bis ich am nächsten Tag erfuhr, daß der General tot sei, Mylord.»

«Na bitte», sagte Robert Fentiman. «Was halten Sie davon?»

«Eigenartig», sagte Wimsey, «und sehr bedauerlich, wie sich gezeigt hat. Ist der General oft über Nacht fortgeblieben?»

«Nie, Mylord. Ich kann mich nicht erinnern, daß dies in den letzten fünf bis sechs Jahren auch nur einmal vorgekommen wäre. Früher hat er vielleicht hin und wieder Freunde besucht, aber in letzter Zeit nicht mehr.»

«Und von diesem Mr. Oliver haben Sie noch nie gehört?»

«Nein, Mylord.»

«Seine Stimme kam Ihnen nicht bekannt vor?»

«Ich könnte nicht behaupten, ich hätte sie noch nie zuvor gehört, Mylord, denn es fällt mir immer schwer, am Telefon Stimmen zu erkennen. Damals dachte ich jedoch, es sei vielleicht einer von den Herren aus dem Club.»

«Wissen *Sie* etwas über den Mann, Fentiman?»

«O ja – ich habe ihn einmal kennengelernt. Zumindest nehme ich an, daß es derselbe Mann war. Aber ich weiß nichts Näheres über ihn. Soviel ich weiß, bin ich ihm einmal bei irgendeinem offiziellen Anlaß begegnet, einem Essen oder so, mit vielen Leuten, und da hat er gesagt, er kennt meinen Großvater. Und dann habe ich ihn schon bei Gatti essen sehen und sonst noch ein paarmal. Aber ich habe nicht die mindeste Ahnung, wo er wohnt und was er treibt.»

«Soldat?»

«Nein – Ingenieur oder so etwas, glaube ich.»

«Wie sieht er aus?»

«Nun ja – groß, dünn, graue Haare und Brille. Dem Aussehen nach um die fünfundsechzig. Könnte auch älter sein – muß wohl, wenn er ein alter Freund von Großvater ist. Soweit ich ihn verstanden habe, ging er seiner Arbeit – was das auch immer war – nicht mehr nach und wohnte irgendwo in einer Vorstadt, aber ich will tot umfallen, wenn ich noch weiß, in welcher.»

«Das ist nicht sehr hilfreich», sagte Wimsey. «Wissen Sie, manchmal finde ich, es geht doch nichts über die Frauen.»

«Was haben denn die damit zu tun?»

«Nun, ich meine, diese oberflächliche Art der Männer, Bekanntschaften zu machen, ohne die mindeste Neugier, ist ja ganz schön und ehrenwert und alles – aber sehen Sie doch mal, wie unpraktisch das ist! Bitte sehr, da sitzen Sie und geben zu, daß Sie dem Mann schon ein paarmal begegnet sind, und alles, was Sie über ihn sagen können, ist, daß er groß und dünn ist und sich in irgendeine nicht näher bezeichnete Vorstadt zurückgezogen hat. Eine Frau hätte bei den gleichen Gelegenheiten erfahren, wo er wohnt, was er tut, ob er verheiratet ist, wie viele Kinder er hat – mitsamt deren Namen und Berufen –, wer sein Lieblingsschriftsteller ist, was er am liebsten ißt, wie sein Schneider, sein Zahnarzt und sein Schuhmacher heißen, seit wann er Ihren Großvater kennt und was er von ihm hält – eine Fülle nützlicher Informationen!»

«Das stimmt allerdings», meinte Fentiman grinsend. «Darum habe ich ja auch nicht geheiratet.»

«Ganz meine Meinung», sagte Wimsey, «aber Tatsache bleibt, daß Sie als Informationsquelle ein glatter Reinfall sind. Reißen Sie sich um Gottes willen mal zusammen und versuchen Sie sich an Genaueres über den Kerl zu erinnern. Es kann für Sie eine halbe Million bedeuten zu wissen, um welche Zeit Großpapa am Morgen von Tooting Bec oder Finchley oder sonstwo aufgebrochen ist. Wenn es ein abgelegener Vorort war, würde das erklären, warum er ziemlich spät im Club angekommen ist – was für Sie von Vorteil wäre, nebenbei bemerkt.»

«Das glaube ich gern. Ich werde mir Mühe geben, mich zu erinnern. Aber ich bin nicht sicher, ob ich es je gewußt habe.»

«Es ist eine heikle Situation», sagte Wimsey. «Die Polizei könnte sicher für uns herausfinden, wer der Kerl ist, aber das ist ja kein Fall für die Polizei. Und ich glaube auch nicht, daß Sie gern eine Annonce aufgeben möchten.»

«Nun – vielleicht müssen wir das noch tun. Aber wir sind natürlich nicht scharf auf öffentliches Aufsehen, wenn es sich vermeiden läßt. Wenn ich mich doch nur noch genau erinnern könnte, was er über die Arbeit gesagt hat, der er nachging!»

«Eben – oder was das für ein Anlaß war, bei dem Sie ihn zum erstenmal kennengelernt haben. Dann könnte man sich eventuell eine Gästeliste besorgen.»

«Mein lieber Wimsey – das war vor zwei, drei Jahren!»

«Oder vielleicht kennt man ihn bei Gatti.»

«Das ist ein Gedanke. Dort habe ich ihn verschiedentlich gesehen. Ich sag Ihnen mal was. Ich gehe hin und erkundige mich, und wenn man ihn dort nicht kennt, werde ich von jetzt an ziemlich regelmäßig dort essen. Irgendwann muß er ja wieder auftauchen.»

«Richtig. Tun Sie das. Und in der Zwischenzeit haben Sie vielleicht nichts dagegen, wenn ich mich in der Wohnung ein bißchen umsehe?»

«Natürlich nicht. Brauchen Sie mich dazu? Oder wäre Ihnen Woodward lieber? Er kennt sich nämlich hier viel besser aus.»

«Danke. Dann nehme ich Woodward. Kümmern Sie sich einfach nicht um mich. Ich stöbere nur herum.»

«Tun Sie das ruhig. Ich muß hier noch ein paar Schubladen Papiere durchgehen. Wenn ich auf etwas stoße, was mit diesem Oliver zu tun hat, schreie ich nach Ihnen.»

«Gut.»

Wimsey verließ das Zimmer, damit Fentiman weiter arbeiten konnte, und gesellte sich zu Woodward und Bunter, die sich im Zimmer nebenan unterhielten. Ein Blick sagte Wimsey, daß es sich um das Schlafzimmer des Generals handelte. Auf einem Tisch neben einem schmalen Eisenbett stand ein altmodisches Schreibpult. Wimsey hob es hoch, wog es kurz in der Hand und ging damit zu Fentiman.

«Haben Sie das schon geöffnet?» fragte er.

«Ja – nur alte Briefe und dergleichen.»

«Sie sind dabei nicht zufällig auf Olivers Adresse gestoßen?»

«Nein. Darauf habe ich natürlich geachtet.»

«Haben Sie sonst schon überall nachgesehen? Gibt es noch Schubladen, Schränke, irgend etwas in der Art?»

«Bisher nicht», sagte Fentiman ziemlich kurz angebunden.

«Auch kein Telefonverzeichnis oder so etwas – im Telefonbuch werden Sie ja sicher schon nachgesehen haben?»

«Hm, nein – ich kann ja nicht gut irgendwelche wildfremden Leute anrufen und –»

«Und ihnen die Biertrinkerhymne vorsingen? Mann Gottes, man sollte meinen, Sie sind hinter einem verlorenen Regenschirm her und nicht hinter einer halben Million Pfund! Der Mann hat Sie angerufen, also hat er höchstwahrscheinlich selbst Telefon. Lassen Sie da nur mal Bunter ran. Er ist am Telefon unübertrefflich.

Es ist den Leuten ein ausgesprochenes Vergnügen, von ihm dr-r-rangsaliert zu werden.»

Robert Fentiman quittierte den etwas müden Scherz mit einem nachsichtigen Lächeln und holte das Telefonbuch, dem Bunter sich unverzüglich widmete. Er fand zweieinhalb Spalten Olivers, nahm den Hörer von der Gabel und schickte sich an, sie der Reihe nach anzurufen. Wimsey ging ins Schlafzimmer zurück. Es war tipptopp aufgeräumt – das Bett ordentlich gemacht, der Waschständer gebrauchsfertig hergerichtet, als ob der Wohnungsinhaber jeden Augenblick zurückkommen könnte, jedes Stäubchen weggewischt – ein gutes Zeichen für Woodwards ehrfürchtige Zuneigung, aber ein deprimierender Anblick für einen Detektiv. Wimsey setzte sich und ließ den Blick langsam über den Kleiderschrank mit den polierten Türen, die säuberlich im Schuhregal aufgereihten Schuhe und Stiefel, den Frisiertisch, den Waschständer, das Bett und die Kommode gleiten, die zusammen mit dem Nachttischchen und ein paar Stühlen schon das ganze Mobiliar bildeten.

«Hat der General sich selbst rasiert, Woodward?»

«Nein, Mylord, in letzter Zeit nicht mehr. Das war meine Aufgabe, Mylord.»

«Hat er sich selbst die Zähne geputzt, oder sein Gebiß gereinigt oder was er hatte?»

«O ja, Mylord. General Fentiman hatte für sein Alter noch ausgezeichnete Zähne.»

Wimsey klemmte sich sein starkes Monokel ins Auge und ging mit der Zahnbürste ans Fenster. Das Ergebnis der Untersuchung war unbefriedigend. Er sah sich wieder um.

«Ist das sein Spazierstock?»

«Ja, Mylord.»

«Darf ich ihn ansehen?»

Woodward brachte ihm den Stock, den er, ganz nach Art eines wohlerzogenen Dieners, in der Mitte anfaßte. Lord Peter nahm ihn auf die gleiche Weise an, wobei er ein begeistertes Grinsen unterdrückte. Es war ein schwerer Malakka mit einem kräftigen Griff aus poliertem Elfenbein, so recht geeignet, um den schwachen Schritt des Alters zu stützen. Wieder trat das Monokel in Aktion, und diesmal ließ sein Besitzer ein zufriedenes kleines Lachen ertönen.

«Ich möchte demnächst ein Foto von diesem Stock machen, Woodward. Könnten Sie bitte achtgeben, daß ihn bis dahin niemand anfaßt?»

«Gewiß, Mylord.»

Wimsey stellte den Stock vorsichtig wieder in die Ecke, dann ging er, als ob ihm plötzlich ein völlig neuer Gedanke gekommen wäre, zum Schuhständer.

«Welche von diesen Schuhen hat General Fentiman an seinem Todestag getragen?»

«Diese, Mylord.»

«Sind sie seitdem geputzt worden?»

Woodward machte ein etwas verlegenes Gesicht.

«Nicht geputzt, Mylord. Ich habe sie nur mit einem Staubtuch kurz abgewischt. Sie waren nicht sehr schmutzig, und irgendwie – ich hatte nicht das Herz – wenn Sie mir verzeihen wollen, Mylord.»

«Das ist aber ein Glück!»

Wimsey drehte die Schuhe um und inspizierte die Sohlen sehr genau, sowohl mit der Lupe wie mit dem bloßen Auge. Mit einer kleinen Pinzette, die er aus der Jackentasche nahm, entfernte er behutsam eine kleine Veloursfaser – offenbar von einem dicken Teppich –, die an einem vorstehenden Nagel hing, und tat sie behutsam in einen Briefumschlag. Dann legte er den rechten Schuh weg und unterzog den linken einer längeren Begutachtung, besonders die Sohleninnenkante. Schließlich bat er um einen Bogen Papier und wickelte den Schuh so liebevoll darin ein, als ob er ein Gegenstand aus unbezahlbarem Waterford-Glas wäre.

«Ich möchte gern alle Kleidungsstücke sehen, die General Fentiman an dem Tag getragen hat – die äußeren Kleidungsstükke, meine ich – Hut, Anzug, Mantel und so weiter.»

Die Sachen wurden hervorgeholt, und Wimsey untersuchte sie, von Woodward mit schmeichelhafter Aufmerksamkeit beobachtet, mit großer Sorgfalt Zoll für Zoll.

«Sind sie ausgebürstet worden?»

«Nein, Mylord – nur ausgeschüttelt.» Diesmal wartete Woodward nicht mit einer Entschuldigung auf; er hatte allmählich begriffen, daß Putzen und Bürsten unter diesen ungewöhnlichen Umständen keine mit Beifall bedachten Handlungen waren.

«Wissen Sie», sagte Wimsey, indem er einen Augenblick über

einem winzigen Fädchen verweilte, das am linken Hosenbein aus dem Stoff ragte, «wir könnten nämlich aus dem Staub auf der Kleidung, sofern vorhanden, gewisse Rückschlüsse ziehen – zum Beispiel, wo der General die Nacht verbracht hat. Wenn wir – um einmal ein ziemlich unwahrscheinliches Beispiel zu nennen – etwa eine größere Menge Sägemehl an der Kleidung fänden, könnten wir daraus schließen, daß er einen Schreiner besucht hat. Oder ein welkes Blatt würde auf einen Gärtner oder auf einen Park hindeuten oder etwas in der Art. Spinnweben hingegen könnten auf einen Weinkeller schließen lassen – oder einen Schuppen – und so weiter. Verstehen Sie?»

«Ja, Mylord.» (Nicht sehr überzeugt.)

«Sie erinnern sich nicht zufällig an diesen kleinen Riß – das heißt, einen Riß kann man es eigentlich nicht nennen – nur eine aufgerauhte Stelle. Könnte von einem vorstehenden Nagel sein.»

«Nicht daß ich wüßte, Mylord. Aber das könnte ich auch übersehen haben.»

«Natürlich. Es ist wahrscheinlich auch nicht wichtig. Na ja – schließen Sie den Anzug mal gut weg. Es wäre möglich, daß ich irgendwann den Staub herausholen und analysieren lassen will. Ist aus diesen Kleidungsstücken irgend etwas herausgenommen worden? Ich nehme an, Sie haben die Taschen geleert, ja?»

«Ja, Mylord.»

«Da war nichts Ungewöhnliches drin?»

«Nein, Mylord. Nur was der General immer so bei sich hatte. Taschentuch, Schlüssel, Geld und Zigarrenetui.»

«Hm. Wieviel Geld?»

«Nun, Mylord – genau kann ich das nicht sagen. Major Fentiman hat es an sich genommen. Ich weiß noch, daß in der Brieftasche zwei Pfundnoten waren. Ich glaube, er hatte zweieinhalb Pfund bei sich, als er fortging, und noch etwas Kleingeld in der Hosentasche. Er wird das Taxi und sein Essen im Club mit der Halbpfundnote bezahlt haben.»

«Das zeigt also, daß er keine ungewöhnlichen Ausgaben getätigt hat, zum Beispiel für Eisenbahnfahrten oder weite Taxifahrten hin und her, oder fürs Abendessen oder einen Barbesuch.»

«Nein, Mylord.»

«Aber für das alles wird natürlich dieser Oliver gesorgt haben. Besaß der General einen Füllfederhalter?»

«Nein, Mylord. Er hat sehr wenig geschrieben, Mylord. Ich war es gewohnt, die notwendige Korrespondenz mit Händlern und so weiter zu führen.»

«Was für eine Feder benutzte er, *wenn* er schrieb?»

«Stärke J, Mylord. Sie finden eine im Wohnzimmer. Aber seine Briefe hat er, wie ich glaube, meist im Club geschrieben. Er hatte nur eine sehr geringe Privatkorrespondenz – höchstens einmal einen Brief an seine Bank oder seinen Sachwalter, Mylord.»

«Aha. Haben Sie sein Scheckheft?»

«Das hat Major Fentiman, Mylord.»

«Erinnern Sie sich, ob der General es bei sich hatte, als er zum letztenmal ausging?»

«Nein, Mylord. Es lag für gewöhnlich in seinem Schreibtisch. Er schrieb seine Schecks für die Haushaltungskosten hier aus und gab sie mir. Oder gelegentlich nahm er das Scheckheft auch mit in den Club.»

«Aha! Nun, es sieht also nicht so aus, als ob es sich bei dem geheimnisvollen Mr. Oliver um eines jener unerfreulichen Individuen gehandelt hätte, die Geld haben wollen. In Ordnung, Woodward: Und Sie sind ganz sicher, daß Sie von den Kleidungsstücken nichts entfernt haben als den Tascheninhalt?»

«Vollkommen sicher, Mylord.»

«Das ist aber sehr merkwürdig», sagte Wimsey halb bei sich. «Ich weiß nicht, ob das nicht überhaupt das Merkwürdigste an der ganzen Sache ist.»

«So, Mylord? Darf ich fragen, warum?»

«Warum?» meinte Wimsey. «Ich hätte erwartet –» Er besann sich. Major Fentiman schaute gerade zur Tür herein.

«Was ist merkwürdig, Wimsey?»

«Ach, mir ist da nur etwas eingefallen», sagte Wimsey ausweichend. «Ich hatte etwas zwischen diesen Kleidungsstücken zu finden erwartet, was nicht da ist. Weiter nichts.»

«Alter Geheimniskrämer», meinte der Major lachend. «Worauf wollen Sie hinaus?»

«Finden Sie es selbst heraus, mein lieber Watson», sagte Seine Lordschaft grinsend. «Sie haben alle Informationen. Finden Sie es selbst heraus, und nennen Sie mir dann die Lösung.»

Woodward, ein wenig pikiert ob des frivolen Tons, sammelte die Kleidungsstücke ein und tat sie in den Schrank zurück.

«Wie kommt Bunter mit den Anrufen weiter?»

«Bisher hatte er noch kein Glück.»

«Oh! Na ja, er soll jetzt lieber hierherkommen und ein paar Fotos machen. Die Telefonaktion kann er zu Hause fortsetzen. Bunter! Ach so, Woodward – hätten Sie etwas dagegen, wenn wir Ihre Fingerabdrücke nehmen?»

«Fingerabdrücke, Mylord?»

«Mein Gott, Sie werden doch Woodward nichts anhängen wollen!»

« *Was* anhängen?»

«Nun – ich meine – ich dachte, man nimmt Fingerabdrücke immer nur von Einbrechern und solchen Leuten.»

«Nicht unbedingt. Nein – ich will in Wirklichkeit die Fingerabdrücke des Generals haben, um sie mit einigen zu vergleichen, die ich im Club gefunden habe. Auf dem Spazierstock ist eine schöne Serie von Fingerabdrücken, und nun möchte ich die von Woodward haben, damit ich sie nicht mit denen des Generals verwechsle. Am besten nehme ich die Ihren auch gleich. Es könnte ja sein, daß Sie den Stock in der Hand gehabt haben, ohne sich dessen bewußt zu sein.»

«Ach so, ich kapiere. Ich glaube zwar nicht, daß ich das Ding angefaßt habe, aber sicher ist sicher, wie Sie sagen. Lustige Beschäftigung ist das ja. Richtig Scotland Yard. Wie machen Sie so was eigentlich?»

«Bunter wird's Ihnen zeigen.»

Bunter brachte sofort ein kleines Stempelkissen zum Vorschein und legte ein paar Stücke glattes weißes Papier zurecht. Die Finger der beiden Kandidaten wurden mit einem sauberen Tuch gut abgewischt und dann zuerst auf das Stempelkissen, danach auf das Papier gedrückt. Die so erhaltenen Abdrücke wurden gekennzeichnet und in Umschläge gesteckt, dann der Spazierstockgriff mit einem grauen Pulver eingestäubt, worauf ein hervorragender Satz Abdrücke von Fingern der rechten Hand zum Vorschein kam, hier und da durch andere überlagert, aber gut identifizierbar. Fentiman und Woodward beobachteten das unterhaltsame Schauspiel fasziniert.

«Sind die in Ordnung?»

«Vollkommen, Sir; sie sind den beiden anderen Mustern absolut unähnlich.»

«Dann sind es vermutlich die des Generals. Machen Sie schnell mal ein Foto.»

Bunter stellte die Kamera auf und richtete sie auf den Griff.

«Es könnte höchstens sein», meinte Major Fentiman, «daß sie diesem Mr. Oliver gehören. Das wäre ein guter Witz, wie?»

«Allerdings», sagte Wimsey, ein wenig entgeistert. «Ein sehr guter Witz – auf irgend jemandes Kosten. Und im Augenblick, Fentiman, weiß ich nicht, wer von uns beiden darüber lachen könnte.»

7

Schottlands Fluch

Es war abzusehen, daß Bunter mit der Telefonaktion und dem Entwickeln der Bilder den ganzen Nachmittag beschäftigt sein würde, weshalb sein Herr ihm rücksichtsvoll die Wohnung in Piccadilly überließ und selbst ausging, um sich auf seine Art zu vergnügen.

Sein Weg führte ihn als erstes in eines jener Büros, die es sich zur Aufgabe machten, Annoncen in Zeitungen zu plazieren. Hier entwarf er eine Anzeige, die sich an Taxifahrer richtete, und sorgte dafür, daß sie zum frühestmöglichen Termin in allen Zeitungen erschien, die von den Angehörigen dieser Zunft wohl am ehesten gelesen wurden. Drei Taxifahrer wurden gebeten, sich bei Mr. J. Murbles, Rechtsanwalt in Staple Inn, zu melden, der sie für ihre Zeit und Mühen reichlich entlohnen werde: erstens der Taxifahrer, der sich erinnern konnte, am Nachmittag des 10. November einen betagten Herrn vor Lady Dormers Haus am Portman Square oder in der Nähe aufgenommen zu haben; zweitens der Taxifahrer, der sich erinnern konnte, am Nachmittag oder frühen Abend des 10. November einen betagten Herrn vor (oder in der Nähe von) Dr. Penberthys Haus in der Harley Street aufgenommen zu haben; drittens der Taxifahrer, der am Vormittag des 11. November zwischen 10 Uhr und 12.30 Uhr einen ebenso betagten Herrn vor dem Bellona-Club abgesetzt hatte.

«Obwohl», dachte Wimsey, während er die Rechnung für diese Annonce beglich, die vorbehaltlich seines Widerrufs an drei aufeinanderfolgenden Tagen erscheinen sollte, «obwohl dieser Oliver wahrscheinlich ein Auto besitzt und den alten Herrn selbst hingefahren hat. Aber einen Versuch ist es wert.»

Er hatte ein Päckchen unterm Arm, und als nächstes rief er ein Taxi herbei und ließ sich zu Sir James Lubbock fahren. Sir James, der bekannte Chemiker, war zum Glück zu Hause und freute sich über Lord Peters Besuch. Er war ein vierschrötiger Mann mit rötlichem Gesicht und sehr krausem grauem Haar, und er empfing seinen Gast im Labor, wo er soeben eine Marshsche Arsenprobe beaufsichtigte.

«Könnten Sie noch einen Augenblick Platz nehmen, bis ich hier fertig bin?»

Wimsey nahm Platz und sah interessiert zu, wie die Flamme des Bunsenbrenners um die Glasröhre züngelte und sich am verjüngten Ende langsam die dunkelbraune Ablagerung bildete und verdichtete. Von Zeit zu Zeit gab der Chemiker durch den Tropftrichter ein wenig von einer eklig aussehenden Flüssigkeit aus einem verschraubten Fläschchen dazu; einmal kam sein Assistent und gab noch ein paar Tropfen von etwas anderem hinein: Salzsäure, soviel Wimsey wußte. Bald war die eklige Flüssigkeit vollständig in der Glasröhre, und als die Ablagerung sich an der dichtesten Stelle beinahe schwarz verfärbt hatte, wurde das Gefäß von der Flamme genommen und der Brenner gelöscht, und Sir James Lubbock wandte sich, nachdem er noch eine kurze Notiz geschrieben und unterzeichnet hatte, Wimsey zu und begrüßte ihn herzlich.

«Störe ich Sie auch wirklich nicht, Lubbock?»

«Kein bißchen. Wir sind gerade fertig. Das war der letzte Zaubertrick. Wir werden rechtzeitig für unsern Auftritt vor Gericht bereit sein. Allzu große Zweifel gibt es ohnehin nicht. Die Dosis hätte für einen Elefanten gereicht. Wenn man bedenkt, wie liebevoll unsere Strafverfolgungsbehörden sich bemühen, die Öffentlichkeit immer wieder darüber aufzuklären, daß ein zehntel bis ein fünftel Gramm Arsen vollauf genügt, um sich eines unliebsamen Zeitgenossen nachhaltig zu entledigen, und sei er noch so zäh, kann man sich nur wundern, wie verschwenderisch die Leute mit ihrem Gift umgehen. Es ist ihnen nicht beizubringen. Einen Büroboten, der so unfähig wäre wie ein durchschnittlicher Mörder, würde man mit einem Tritt in den Hintern auf die Straße setzen. Nun, und was haben Sie für ein Problemchen?»

«Nur eine Kleinigkeit», sagte Wimsey, indem er sein Päckchen auswickelte und General Fentimans linken Schuh herausnahm. «Es ist ein bißchen unverschämt von mir, mit so etwas zu Ihnen zu kommen, aber ich möchte zu gern wissen, was das hier ist, und da die Sache streng vertraulich ist, habe ich mir die Freiheit genommen, Ihnen einen Freundschaftsbesuch abzustatten. Hier an der Innenkante der Sohle – ganz am Rand.»

«Blut?» meinte der Chemiker grinsend.

«Hm, nein – da muß ich Sie leider enttäuschen. Sieht mir mehr nach Farbe aus.»

Sir James besah sich die Ablagerung eingehend mit einer starken Lupe.

«Ja; irgendeine Art brauner Lack. Könnte von einem Fußboden oder einem Möbelstück stammen. Wollen Sie es analysiert haben?»

«Wenn es Ihnen nicht zu viele Umstände macht.»

«Keineswegs. Ich glaube, wir können Saunders bitten, das zu machen; er hat so etwas zu seiner Spezialität entwickelt. Saunders, könnten Sie das mal abkratzen und sehen, was es ist? Nehmen Sie ein Präparat davon und analysieren Sie den Rest, wenn es geht. Wie bald brauchen Sie das Ergebnis?»

«Nun, so schnell wie möglich. Natürlich nicht in den nächsten fünf Minuten.»

«Na, dann trinken Sie erst mal mit uns eine Tasse Tee, bis dahin haben wir dann wohl schon was für Sie. Etwas besonders Ausgefallenes scheint es nicht zu sein. Aber da ich Ihren Geschmack kenne, wundere ich mich doch, daß es kein Blut ist. Auch kein Blut zu erwarten?»

«Nicht daß ich wüßte. Ich bleibe gern zum Tee, wenn ich Ihnen auch ganz bestimmt nicht lästig bin.»

«Das sind Sie nie. Und außerdem könnten Sie mir, wenn Sie schon mal hier sind, Ihre Meinung über ein paar alte medizinische Bücher sagen, die ich hier habe. Ich glaube nicht, daß sie besonders wertvoll sind, aber kurios. Kommen Sie mal mit.»

Wimsey verbrachte ein paar angenehme Stunden in Lady Lubbocks Gesellschaft bei Teegebäck und einem runden Dutzend antiquierter anatomischer Werke. Dann kam Saunders mit seinem Bericht. Die Ablagerung war nicht mehr und nicht weniger als gewöhnliche braune Farbe mit Firnis, bei Zimmerleuten und Möbelschreinern bestens bekannt. Es war ein modernes Fabrikat ohne besondere Eigenschaften und überall zu finden. Es war eigentlich keine Fußbodenfarbe – man erwartete sie eher an Türen oder Trennwänden. Es folgte die chemische Formel.

«Ich fürchte, das hilft Ihnen auch nicht viel weiter», meinte Sir James.

«Man kann nie wissen, ob man nicht doch mal Glück hat», antwortete Wimsey. «Wären Sie wohl so freundlich, das Präparat zu beschriften und zu signieren, desgleichen die Analyse, und hier aufzubewahren, für den Fall, daß sie gebraucht werden?»

«Natürlich. Was soll ich draufschreiben?»

«Nun – schreiben Sie: ‹Lack von General Fentimans linkem Schuh› und ‹Analyse des Lacks von General Fentimans linkem Schuh›, dazu das Datum, und dann werde ich das signieren, und Sie und Saunders können es signieren, und alles dürfte seine Ordnung haben, nicht?»

«Fentiman? Ist das nicht der alte Herr, der neulich so plötzlich gestorben ist?»

«Derselbe. Aber Sie brauchen mich nicht gleich mit großen, neugierigen Kinderaugen anzusehen, ich habe Ihnen wirklich kein Seemannsgarn anzubieten. Es geht nur um die Frage, wo der alte Herr die Nacht verbracht hat, wenn Sie es schon wissen müssen.»

«Ülkiger und ülkiger. Macht aber nichts, es geht mich ja nichts an. Wenn alles vorbei ist, erzählen Sie es mir vielleicht. Inzwischen kleben wir mal die Etiketten darauf. Sie sind, wenn ich Sie recht verstanden habe, bereit, die Identität des Schuhs zu bezeugen, und ich kann bezeugen, daß ich die Farbe auf dem Schuh gesehen habe, und Saunders kann bezeugen, daß er den Lack von dem Schuh genommen und analysiert hat und daß dies der Lack ist, den er analysiert hat. Alles genau nach Vorschrift. Bitte sehr. Unterschreiben Sie hier, und das macht dann achteinhalb Shilling, bitte schön.»

«Achteinhalb Shilling ist noch recht preiswert», sagte Wimsey. «Womöglich wären achteinhalb Pfund oder auch achteinhalb Tausend Pfund sogar noch preiswert.»

Sir James Lubbocks Miene drückte angemessene Spannung aus.

«Sie tun das doch aus reiner Bosheit, weil Sie wissen, wie Sie mich ärgern können. Na ja, wenn Sie die Sphinx spielen müssen, kann man wohl nichts machen. Ich werde diese Sachen für Sie hinter Schloß und Riegel halten. Wollen Sie den Schuh wiederhaben?»

«Ich glaube nicht, daß der Testamentsvollstrecker Wert darauf legt. Und man sieht so albern aus, wenn man mit einem Schuh unterm Arm herumläuft. Tun Sie ihn zu den andern Sachen, bis er gebraucht wird, seien Sie so lieb.»

Somit wanderte der Schuh in einen Schrank, und Lord Peter hatte die Hände frei, um weiter seinem Nachmittagsvergnügen nachzugehen.

Sein erster Gedanke war, nach Finsbury Park zu fahren und der Familie George Fentiman einen Besuch abzustatten. Ihm fiel aber noch rechtzeitig ein, daß Sheila noch nicht von der Arbeit zurück sein würde – sie arbeitete als Kassiererin in einer vornehmen Teestube –, und des weiteren fiel ihm (mit einer bei den Wohlhabenden seltenen Weitsichtigkeit) ein, daß man sich bei einem zu frühen Eintreffen verpflichtet fühlen würde, ihn zum Abendessen einzuladen, und daß sehr wenig zum Abendessen da sein würde und daß Sheila darüber unglücklich und George böse sein würde. Also kehrte er in einem seiner zahlreichen Clubs ein, verspeiste eine delikate Seezunge à la Colbert bei einer Flasche Liebfrauenmilch, gefolgt von Apfel-Charlotte und würzigem Käse, schwarzem Kaffee und einem vorzüglichen alten Cognac zum Abschluß – ein schlichtes, sättigendes Mahl, das ihn zufrieden und bester Dinge seine Aufgabe fortsetzen ließ.

George und Sheila Fentiman bewohnten zwei Zimmer zu ebener Erde mit Küchen- und Badbenutzung in einer Doppelhaushälfte, mit einer Lünette aus blaugelbem Glas über der Tür und Madrasvorhängen vor den Fenstern. Eigentlich handelte es sich um möblierte Appartements, aber die Hauswirtin sprach immer von einer Wohnung, denn das hieß, daß die Mieter selbst saubermachen und sich selbst versorgen mußten. Ein traniger Geruch empfing Lord Peter beim Betreten des Hauses, denn in der Nähe briet gerade jemand Fisch in Öl, und dann gab es gleich zu Beginn noch ein kleines Ärgernis, weil er nur einmal geläutet und so den Bewohner des Kellergeschosses an die Tür gerufen hatte, wohingegen ein besser informierter Besucher zweimal geläutet haben würde, um anzuzeigen, daß sein Besuch dem Erdgeschoß galt.

George, der den Wortwechsel in der Diele gehört hatte, schaute aus dem Eßzimmer und rief: «Oh, hallo!»

«Hallo!» sagte Wimsey und versuchte auf einem überladenen Garderobenständer noch Platz für seine Sachen zu finden.

Schließlich lud er sie auf der Griffstange eines Kinderwagens ab. «Ich dachte, ich schaue mal kurz bei Ihnen rein. Störe ich auch nicht?»

«Natürlich nicht. Riesig nett von Ihnen, daß Sie den Weg in dieses Elendsloch gefunden haben. Treten Sie ein. Hier sieht's fürchterlich aus wie immer, aber wenn man arm ist, muß man eben leben wie die Schweine. Sheila, hier ist Lord Peter Wimsey – du kennst ihn schon, ja?»

«Natürlich. Wie nett von Ihnen, daß Sie uns besuchen kommen. Haben Sie schon zu Abend gegessen?»

«Ja, danke.»

«Kaffee?»

«Nein, danke – wirklich, ich habe eben erst einen Kaffee getrunken.»

«Tja», sagte George, «dann kann ich Ihnen nur noch einen Whisky anbieten.»

«Vielleicht später, vielen Dank, altes Haus. Aber jetzt nicht. Ich habe einen Cognac getrunken. Korn und Traube vertragen sich schlecht.»

«Sehr weise», sagte George, und seine Miene hellte sich auf, denn in Wahrheit hätte der Whisky erst aus dem nächsten Wirtshaus geholt werden müssen, was eine Ausgabe von mindestens sechseinhalb Shilling bedeutet hätte, von der Mühsal, ihn zu besorgen, ganz zu schweigen.

Sheila Fentiman zog einen Sessel vor und nahm selbst auf einem niedrigen Sitzpolster Platz. Sie war fünfunddreißig Jahre alt und wäre sehr hübsch gewesen, wenn nicht Sorgen und schlechte Gesundheit sie hätten älter aussehen lassen, als sie war.

«Das ist ja ein miserables Feuer», sagte George verdrießlich. «Ist das alles, was an Kohlen hier ist?»

«Tut mir leid», sagte Sheila. «Aber sie hat heute morgen nicht richtig aufgefüllt.»

«Kannst du denn nicht dafür sorgen, daß sie es tut? Es ist immer dasselbe. Wenn der Kohlenkasten nicht vollkommen leer ist, glaubt sie anscheinend, sie kann sich die Mühe sparen, ihn aufzufüllen.»

«Ich hole welche.»

«Nein, es ist ja schon gut. *Ich* gehe. Aber du solltest ihr das mal sagen.»

«Tu ich – ich sag's ihr ja dauernd.»

«Die Frau hat nicht mehr Verstand als eine Henne. Nein – du gehst nicht, Sheila – ich lasse dich nicht Kohlen schleppen.»

«Quatsch!» versetzte seine Frau bissig. «Tu doch nicht so, George. Nur weil jemand da ist, brauchst du nicht plötzlich den Kavalier zu spielen.»

«Ach bitte, darf ich?» rief Wimsey verzweifelt. «Ich hole gern Kohlen. Schon als Kind mochte ich Kohlen so gern. Alles, was schmutzig und laut ist. Wo liegen sie? Führen Sie mich hin.»

Mrs. Fentiman ließ den Kohleneimer los, um den sich George und Wimsey höflich balgten. Schließlich gingen alle drei zusammen hinaus zu dem unbequem gelegenen Kohlenschuppen im Hinterhof. Wimsey schaufelte Kohlen, George empfing sie im Eimer, und die Dame leuchtete ihnen mit einer langen Kerze, die wacklig auf einem viel zu großen emaillierten Kerzenhalter befestigt war.

«Und sag Mrs. Crickett», quengelte George, «daß sie jeden Tag den Kohlenkasten richtig zu füllen hat.»

«Ich werd's versuchen. Aber sie kann es nicht leiden, wenn man was sagt. Ich habe immer Angst, sie kündigt.»

«Na und? Es gibt noch mehr Zugehfrauen, oder?»

«Mrs. Crickett ist sehr ehrlich.»

«Ich weiß; aber darauf kommt es ja nicht allein an. Du würdest mit ein bißchen Mühe leicht eine neue finden.»

«Gut, ich werde mal sehen. Aber warum sprichst *du* eigentlich nicht mit Mrs. Crickett? Ich bin meist schon fort, wenn sie kommt.»

«Ach ja, ich weiß. Du brauchst es mir nicht immerzu reinzureiben, daß du arbeiten gehen mußt. Meinst du vielleicht, mir macht das Spaß? Wimsey kann dir sagen, wie mir deswegen zumute ist.»

«Sei doch nicht albern. Wie kommt es eigentlich, Lord Peter, daß Männer solche Angst haben, mit Dienstboten zu reden?»

«Mit den Dienstboten zu reden ist Aufgabe der Frau», sagte George, «damit habe ich nichts zu tun.»

«Also gut – ich werde mit ihr reden, und du wirst dich mit den Konsequenzen abfinden müssen.»

«Es wird *keine* Konsequenzen geben, meine Liebe, wenn du es taktvoll anfängst. Ich weiß gar nicht, weswegen du so ein Theater machen willst.»

«Gut, gut! Ich werde so taktvoll wie möglich sein. Sie haben wohl nicht unter Zugehfrauen zu leiden, Lord Peter?»

«Du lieber Gott, nein!» unterbrach George. «Wimsey lebt wie ein anständiger Mensch. In Piccadilly kennt man die erhabenen Freuden der Armut nicht.»

«Ich bin in einer glücklichen Lage», sagte Wimsey im abbittenden Ton dessen, den man zu großen Wohlstands bezichtigt und der sich dafür entschuldigen zu müssen glaubt. «Ich habe einen außerordentlich treuen und intelligenten Diener, der für mich sorgt wie eine Mutter.»

«Er wird wohl wissen, wo's ihm gut geht», meinte George gereizt.

«Ich weiß nicht. Ich glaube, Bunter würde unter allen Umständen bei mir bleiben. Er war im Krieg eine Zeitlang mein Unteroffizier, und wir haben zusammen manch brenzlige Situation durchgestanden. Nachdem das dann alles vorbei war, habe ich ihn ausfindig gemacht und bei mir eingestellt. Er war natürlich schon vorher in Stellung gewesen, aber sein früherer Herr war gefallen, und die Familie hatte sich aufgelöst, und da ist er ganz gern mitgekommen. Mittlerweile wüßte ich nicht mehr, was ich ohne Bunter anfangen sollte.»

«Ist das der Mann, der für Sie die Fotografien macht, wenn Sie Verbrecher jagen?»fragte Sheila rasch, um auf ein in ihren Augen unverfängliches Thema zu kommen.

«O ja. Er versteht großartig mit der Kamera umzugehen. Der einzige Nachteil ist, daß er sich hin und wieder in der Dunkelkammer einschließt und ich mich dann selbst versorgen muß. Ich habe ein Haustelefon bei ihm installieren lassen. ‹Bunter?› – ‹Ja, Mylord?› – ‹Wo sind meine Manschettenknöpfe?› – ‹Im Mittelteil der dritten kleinen Schublade rechts im Toilettentisch, Mylord.› –‹Bunter!› – ‹Ja, Mylord?› – ‹Wo habe ich mein Zigarettenetui hingelegt?› – ‹Ich glaube es zuletzt auf dem Piano bemerkt zu haben, Mylord.› – ‹Bunter!› – ‹Ja, Mylord?› – ‹Ich komme mit meiner weißen Krawatte nicht zurecht.› – ‹Unmöglich, Mylord!› – ‹Doch. Können Sie da nichts machen?› – ‹Verzeihung, Mylord, ich bin gerade mit dem Entwickeln eines Films beschäftigt.› – ‹Zum Teufel mit dem Film!› – ‹Sehr wohl, Mylord.› – ‹Bunter – halt! – nicht so überstürzt – entwickeln Sie zuerst den Film fertig und kommen Sie mir dann die Krawatte binden.› – ‹Gewiß,

Mylord.› Und dann sitze ich in meinem Elend da und warte, bis der verdammte Film fixiert oder sonstwas ist. Der perfekte Sklave im eigenen Haus – das bin ich.»

Sheila lachte.

«Sie sehen aber aus wie ein recht glücklicher und gut behandelter Sklave. Sind Sie im Augenblick wieder hinter etwas her?»

«Ja. Und bitte, da haben wir's wieder – Bunter hat sich für den Abend ins Fotografenleben zurückgezogen. Ich habe kein Dach überm Kopf. Ich irre umher wie dieser komische Vogel ohne Füße –»

«Tut mir leid, daß Sie zu einer solchen Verzweiflungstat getrieben wurden, Asyl in unserm ärmlichen Schuppen zu suchen», sagte George mit bitterem Lachen.

Wimsey wünschte allmählich, er wäre nicht hergekommen. Mrs. Fentiman blickte gequält drein.

«Darauf brauchen Sie nicht zu antworten», sagte sie, verzweifelt um einen leichten Konversationston bemüht. «Darauf gibt es keine Antwort.»

«Ich werde das Problem an Tante Judiths Kummerkasten einschicken», meinte Wimsey. «A macht eine Bemerkung, auf die es keine Antwort gibt. Was muß B jetzt tun?»

«Entschuldigung», sagte George. «Meine Beiträge zur Unterhaltung sind wohl nicht ganz angemessen. Mir sind alle zivilisierten Gewohnheiten abhanden gekommen. Am besten kümmern Sie sich gar nicht um mich.»

«Um was geht es denn diesmal?» erkundigte sich Sheila, ihren Gatten beim Wort nehmend.

«Tja, genaugenommen geht es um die komische Geschichte mit dem Testament des alten Generals», sagte Wimsey. «Murbles hat mich gefragt, ob ich mich nicht ein bißchen um die Frage kümmern kann, wer nun eigentlich wen überlebt hat.»

«Oh, glauben Sie das wirklich klären zu können?»

«Ich hoffe es sehr. Aber es ist eine ziemlich knifflige Geschichte – könnte am Ende um bloße Sekunden gehen. Übrigens, Fentiman, waren Sie am Waffenstillstandstag vormittags mal im Rauchsalon des Bellona-Clubs?»

«Ach, *deswegen* sind Sie hier! Warum haben Sie das nicht gleich gesagt? Nein, ich war nicht da. Und ich weiß nicht das allermindeste. Und warum diese verrückte alte Dormer nicht gleich ein anständiges Testament machen konnte, verstehe ich schon gar nicht. Was soll das, den ganzen Haufen Geld dem alten Mann zu vermachen, wo sie doch genau wußte, daß er jeden Moment ins Gras beißen würde? Und dann noch für den Fall, daß er vor ihr starb, alles dieser Dorland zu geben, die nicht den klitzekleinsten Anspruch darauf hat! Sie hätte doch soviel Anstand besitzen und auch ein wenig an Robert und uns denken können.»

«Wenn man bedenkt, wie häßlich du zu ihr und Miss Dorland warst, George, wundere ich mich, daß sie dir überhaupt die siebentausend vermacht hat.»

«Was sind für sie schon siebentausend Pfund? Soviel wie eine Fünfpfundnote für einen gewöhnlichen Sterblichen. Eine Beleidigung ist das. Ja, ich weiß, daß ich grob zu ihr war, aber ich wollte schließlich auf keinen Fall, daß sie dachte, ich machte mich ihres Geldes wegen an sie heran.»

«Wie inkonsequent du bist, George. Wenn du das Geld nicht haben wolltest, warum maulst du dann jetzt, daß du es nicht bekommst?»

«Du mußt mich immer ins Unrecht setzen. Du weißt, daß ich es nicht so meine. Ich *wollte* das Geld nicht, aber diese Dorland hat immer darauf angespielt, *daß* ich es wollte, und da habe ich ihr mal Bescheid gesagt. Ich wußte überhaupt nichts von dem dämlichen Vermächtnis und wollte auch nichts davon wissen. Ich will auch jetzt nur sagen, wenn sie Robert und mir schon etwas vermachen wollte, hätte sie ein bißchen mehr springen lassen können als mickrige siebentausend pro Nase.»

«Na, tu doch nicht so. Im Moment könnten wir das Geld ungemein gut brauchen.»

«Ich weiß – sage ich das nicht die ganze Zeit? Und dann macht die alte Schachtel so ein dämliches Testament, daß ich jetzt nicht mal weiß, ob ich das Geld bekomme oder nicht. Ich komme ja nicht mal an die zweitausend von Großvater heran. Dasitzen darf ich und Däumchen drehen, während Wimsey mit dem Bandmaß und einem dressierten Fotografen in der Gegend herumschwirrt, um festzustellen, ob ich Anspruch auf das Geld meines eigenen Großvaters habe.»

«Ich weiß ja, wie furchtbar ärgerlich das ist, George, aber es wird sich doch bestimmt bald klären. Ohne diesen Dougal MacStewart wäre es ja auch gar nicht so wichtig.»

«Wer ist Dougal MacStewart?» fragte Wimsey, plötzlich hellhörig. «Aus altem schottischem Geschlecht, dem Namen nach. Ich glaube, ich habe schon von ihm gehört. Ist das nicht so ein entgegenkommender, hilfsbereiter Mensch mit einem reichen Freund in der City?»

«Und wie entgegenkommend!» sagte Sheila bitter. «Er zwingt einem sein Entgegenkommen geradezu auf. Er –»

«Halt den Mund, Sheila», unterbrach ihr Mann sie barsch. «Lord Peter will über unsere Privatangelegenheiten gar nicht so genau in allen häßlichen Einzelheiten Bescheid wissen.»

«Wie ich Dougal kenne», meinte Wimsey, «kann ich mir schon das eine oder andere denken. Vor einiger Zeit haben Sie von unserm Freund MacStewart ein freundliches Hilfsangebot bekommen. Sie haben das Angebot angenommen, und zwar in der geringfügigen Höhe von – wieviel war's?»

«Fünfhundert», sagte Sheila.

«Fünfhundert. Die sich dann als dreihundertfünfzig in bar und hundertfünfzig in Gestalt eines kleinen Honorars für seinen Freund in der City entpuppten, der das Geld ganz uneigennützig und ohne jede Sicherheit vorgestreckt hat. Wann war das?»

«Vor drei Jahren – als ich diese Teestube in Kensington aufmachte.»

«Ach ja. Und als Sie die sechzig Prozent monatlich – oder was weiß ich, wieviel es war – nicht mehr aufbringen konnten, weil die Geschäfte schlecht gingen, war der Freund in der City so zuvorkommend, die Zinsen unter großen persönlichen Opfern dem Ursprungskapital zuzuschlagen – und so weiter. Die MacStewart-Masche ist mir sehr vertraut. Auf wieviel beläuft sich das Ganze inzwischen, Fentiman – aus reiner Neugier gefragt?»

«Am dreißigsten sind's fünfzehnhundert, wenn Sie's schon wissen müssen», knurrte George.

«Ich habe George gewarnt –» begann Sheila unbesonnen.

«O ja, du weißt ja immer alles besser. Jedenfalls war es *deine* Teestube. Ich hab dir ja gesagt, daß daran nichts zu verdienen ist, aber heutzutage meinen die Frauen ja immer, sie könnten alles auf ihre Art machen.»

«Ich weiß, George. Aber MacStewarts Zinsen waren es, die den Gewinn aufgefressen haben. Du weißt, ich wollte, daß du dir das Geld bei Lady Dormer borgst.»

«Nun, und das wollte ich eben nicht, basta. Ich hab's dir damals gleich gesagt.»

«Aber nun schauen Sie doch mal her», sagte Wimsey. «Mit MacStewarts fünfzehnhundert Pfund kommen Sie auf jeden Fall klar, egal wie es ausgeht. Wenn General Fentiman vor seiner Schwester gestorben ist, bekommen Sie siebentausend; wenn er nach ihr gestorben ist, sind Ihnen seine zweitausend nach dem Testament sicher. Außerdem wird dann Ihr Bruder zweifellos eine vernünftige Regelung treffen und das Geld, das er als Resterbe bekommt, mit Ihnen teilen. Worüber machen Sie sich Sorgen?»

«Worüber? Darüber, daß die Sache auf Grund der ganzen Paragraphenreiterei jetzt Gott weiß wie lange in der Luft hängt und ich an keinen Penny herankomme.»

«Ich weiß, ich weiß», sagte Wimsey geduldig, «aber Sie brauchen doch nur mal zu Murbles zu gehen und sich den Betrag auf Grund Ihrer Erwartungen vorschießen zu lassen. Weniger als zweitausend Pfund bekommen Sie auf gar keinen Fall, also wird er Ihnen die jederzeit geben. Er ist sogar mehr oder weniger verpflichtet, Ihre Schulden zu bezahlen, wenn er dazu aufgefordert wird.»

«Das sage ich dir doch auch schon die ganze Zeit, George», rief Sheila erregt.

«Natürlich, du sagst mir *immer* alles. Du machst ja nie etwas falsch, wie? Und wenn die Geschichte nun vor Gericht kommt und wir müssen Tausende für Gerichts- und Anwaltskosten hinlegen, Mrs. Schlaumeier, was dann?»

«Ich würde es Ihrem Bruder überlassen, vor Gericht zu gehen, wenn es nötig wird», schlug Wimsey nüchtern vor. «Wenn er gewinnt, hat er genug Geld, um die Anwaltskosten zu bezahlen, und wenn er verliert, haben Sie immer noch Ihre siebentausend. Gehen Sie zu Murbles – er regelt das schon für Sie. Oder passen Sie mal auf! Ich kaufe mir unsern Freund MacStewart und versuche die Schulden auf mich übertragen zu bekommen. Er wird davon natürlich nichts wissen wollen, wenn er weiß, daß ich dahinterstecke, aber das kann ich wahrscheinlich über Murbles arrangieren. Dann drohen wir, ihn wegen Zinswuchers und so weiter zu verklagen. Das wird noch lustig.»

«Verdammt nett von Ihnen, aber das möchte ich lieber nicht, danke.»

«Wie Sie wollen. Gehen Sie aber wenigstens zu Murbles. Er bringt das für Sie ins reine. Außerdem glaube ich nicht einmal, daß es wegen dieses Testaments zum Prozeß kommt. Wenn wir der Frage, wer wen überlebt hat, nicht auf den Grund kommen, glaube ich, daß sowohl Sie wie Miss Dorland sehr viel besser beraten sind, sich außergerichtlich zu einigen. Es wäre in jedem Falle die anständigste Lösung. Warum tun Sie das nicht?»

«Warum? Weil diese Dorland ihr Pfund Fleisch haben will, darum.»

«So? Was ist das eigentlich für eine Frau?»

«Eine von diesen modernen Frauen aus Chelsea. Häßlich wie die Sünde und hart wie Stein. Sie malt – häßliche, magere Prostituierte mit grünen Leibern und nichts an. Ich glaube, sie denkt, wenn sie schon als Frau nichts zu bieten hat, muß sie wenigstens so eine halbgare Intellektuelle sein. Kein Wunder, daß ein Mann heutzutage keinen anständigen Posten mehr bekommt, wenn diese zigarettenqualmenden Weiber überall dazwischenfunken und sich als Genies und Geschäftsfrauen und alles mögliche aufspielen.»

«Nun sei nicht ungerecht, George! Miss Dorland nimmt niemandem seine Arbeit weg. Sie kann ja nicht gut den ganzen Tag herumsitzen und Lady Dormers Gesellschafterin spielen. Wem schadet es, wenn sie ein bißchen malt?»

«Und warum kann sie nicht einfach Gesellschafterin sein? Früher waren haufenweise unverheiratete Frauen Gesellschafterinnen, und ich will dir mal sagen, mein liebes Kind, die hatten mehr davon als heute, wo sie alle Jazz hören und kurze Röcke tragen und Karriere machen müssen. Die moderne Frau hat keinen Funken Anstandsgefühl und Vernunft mehr im Leib. Geld – Geld – und Berühmtheit – das ist das einzige, worauf sie aus ist. Dafür haben wir im Krieg gekämpft – und dafür sind wir zurückgekommen.»

«George, bleib doch beim Thema. Miss Dorland spielt keinen Jazz –»

«Ich bin beim Thema! Ich rede von der modernen Frau im allgemeinen. Ich habe nicht von Miss Dorland im besonderen gesprochen. Aber du mußt ja wieder alles persönlich sehen. Typisch Frau. Ihr könnt nicht allgemein über etwas diskutieren – ihr müßt immer alles auf den kleinen Einzelfall reduzieren. Immer vom Thema ablenken.»

«Ich habe nicht vom Thema abgelenkt. Wir waren von vornherein bei Miss Dorland.»

«Du hast gesagt, eine Frau könne nicht nur irgend jemandes Gesellschafterin sein, und ich habe gesagt, daß früher viele anständige Frauen Gesellschafterinnen waren und sich dabei wohl fühlten –»

«Da bin ich nicht so sicher.»

«Aber ich. Es war so. Und dabei haben sie auch gelernt, ihren Männern anständige Gefährtinnen zu sein. Nicht immerzu in Büros und Clubs und auf Parties zu flitzen wie heutzutage. Und wenn du glaubst, daß den Männern so was gefällt, meine Liebe, dann muß ich dir ganz ehrlich sagen, es gefällt ihnen nicht. Sie finden es abstoßend.»

«Macht das etwas? Ich meine, man muß sich heutzutage nicht mehr so bemühen, unbedingt unter die Haube zu kommen.»

«O nein! Ehemänner sind für euch fortschrittliche Frauen wohl überhaupt nicht mehr wichtig. Jeder Mann ist recht, wenn er nur Geld hat –»

«Warum sagst du ‹ihr› fortschrittlichen Frauen? Ich habe nicht gesagt, daß das *meine* Meinung ist. Ich gehe nicht arbeiten, weil ich das *will* –»

«Da, bitte sehr! Alles nimmst du persönlich. Ich *weiß*, daß du nicht aus freien Stücken arbeiten gehst. Ich weiß, daß du es nur tust, weil ich in so einer hundsmiserablen Lage bin. Du brauchst nicht ständig darauf herumzureiten. Ich weiß, daß ich ein Versager bin. Danken Sie Ihren Sternen, Wimsey, daß Sie, wenn Sie mal heiraten, in der Lage sein werden, Ihre Frau zu ernähren.»

«George, du hast kein Recht, so zu reden. Ich habe das überhaupt nicht so gemeint. Du hast gesagt –»

«Ich weiß, was ich gesagt habe, du hast es nur in den falschen Hals gekriegt. Wie immer. Mit Frauen zu diskutieren hat gar keinen Zweck. Nein – das reicht jetzt. Fang um Himmels willen nicht wieder von vorn an. Ich möchte jetzt was trinken. Wimsey, Sie trinken auch einen mit. Sheila, sag der Kleinen von Mrs. Munns, sie soll uns eine halbe Flasche Johnny Walker holen gehen.»

«Könntest du sie nicht selbst holen, George? Mrs. Munns sieht es nicht gern, wenn wir ihre Kleine schicken. Sie ist letztes Mal sehr unfreundlich geworden.»

«Wie soll ich denn gehen? Ich hab die Stiefel schon ausgezogen. Du machst immer so ein Theater wegen nichts und wieder nichts. Soll doch die alte Munns sich aufregen! Fressen kann sie dich nicht.»

«Das nicht», mischte Wimsey sich ein, «aber denken Sie mal an den demoralisierenden Einfluß, den so ein Wirtshaus auf Mrs. Munns' Töchterchen hat. Ich bin ganz Mrs. Munns' Meinung. Sie hat ein Mutterherz in der Brust. Ich werde selbst den heiligen George spielen, der Mrs. Munns' kleine Tochter vor dem ‹Blauen Drachen› rettet. Nichts kann mich aufhalten. Nein, Sie brauchen mir den Weg nicht zu zeigen. Zu Kneipen führt mich ein besonderer Instinkt. Die finde ich mit verbundenen Augen, im dicksten Londoner Nebel, mit auf den Rücken gefesselten Händen.»

Mrs. Fentiman folgte ihm zur Haustür.

«Sie dürfen das nicht ernst nehmen, was George heute abend sagt. Er hat wieder solche Magenschmerzen, und dann ist er immer reizbar. Und er macht sich wirklich große Sorgen wegen dieser Geldgeschichte.»

«Ist schon gut», sagte Wimsey. «Ich weiß genau Bescheid. Sie sollten mich mal erleben, wenn mein Magen streikt. Hab neulich eine junge Frau zum Essen ausgeführt – Hummermayonnaise, Baiser mit Schlagsahne und süßen Champagner hatte sie sich ausgesucht – mein Gott!»

Er schnitt eine beredte Grimasse und entfernte sich in Richtung Kneipe.

Als er wiederkam, stand George Fentiman auf der Schwelle. «Hören Sie, Wimsey – ich muß mich für meine Ungezogenheit entschuldigen. Mir ist der Gaul durchgegangen. Gehört sich nicht. Die arme Sheila ist heulend zu Bett gegangen. Ausschließlich meine Schuld. Wenn Sie wüßten, wie so eine ekelhafte Situation einem auf die Nerven gehen kann – obwohl das keine Entschuldigung ist –»

«Ist schon in Ordnung», sagte Wimsey. «Kopf hoch. Das geht alles beim Waschen raus.»

«Meine Frau –» begann George von neuem.

«Ihre Frau ist fabelhaft, mein Lieber. Sie beide brauchten nur mal einen Urlaub.»

«Ja, dringend. Na ja, nur nicht aufgeben! Ich gehe zu Murbles, wie Sie mir geraten haben, Wimsey.»

Bunter empfing seinen Herrn an diesem Abend mit einem hochzufriedenen Lächeln.

«Einen schönen Tag gehabt, Bunter?»

«Sehr befriedigend, vielen Dank, Mylord. Die Fingerabdrücke auf dem Spazierstock sind ohne jeden Zweifel mit denen auf dem Blatt Papier identisch, das Sie mir gegeben haben.»

«Sind sie, ja? Das ist immerhin etwas. Ich sehe sie mir aber erst morgen an, Bunter – ich habe einen anstrengenden Abend hinter mir.»

8

Lord Peter bekommt ein starkes Blatt

Am nächsten Morgen um elf Uhr stand Lord Peter in einem unaufdringlichen marineblauen Anzug mit dunkelgrauer Krawatte, wie es sich für den Besuch in einem Trauerhaus geziemte, am Portman Square vor der Tür der verstorbenen Lady Dormer.

«Ist Miss Dorland zu Hause?»

«Ich werde mich erkundigen, Sir.»

«Überbringen Sie ihr bitte meine Karte und fragen Sie, ob sie ein paar Augenblicke Zeit für mich hat.»

«Gewiß, Mylord. Wenn Eure Lordschaft die Güte haben und Platz nehmen möchten?»

Der Diener zog sich zurück und ließ Seine Lordschaft derweil in einem hohen, abweisenden Raum mit langen, blutroten Vorhängen, dickem rotem Teppich und Mahagonimöbeln von abstoßendem Aussehen warten. Nach fast einer Viertelstunde kam der Diener mit einem Tablett wieder, auf dem er eine Mitteilung trug. Sie war kurz und lautete:

> «Miss Dorland empfiehlt sich Lord Peter Wimsey und bedauert, ihn nicht zu einem Gespräch empfangen zu können. Wenn Lord Peter, wie sie annimmt, als Abgesandter von Major und Hauptmann Fentiman gekommen ist, läßt Miss Dorland ihn bitten, sich an Mr. Pritchard, Rechtsanwalt, wohnhaft in Lincoln's Inn, zu wenden, der von ihr beauftragt ist, alle mit dem Testament der verstorbenen Lady Dormer zusammenhängenden Fragen zu regeln.»

«Du lieber Himmel!» sagte Wimsey bei sich. «Das sieht mir fast nach einem Korb aus. Tut mir zweifellos gut. Aber nun möchte ich doch nur wissen –» Er las die Mitteilung noch einmal. «Murbles muß doch ziemlich redselig gewesen sein. Wahrscheinlich hat er

Pritchard erzählt, daß er mich einschalten will. Sehr indiskret von Murbles, und das sieht ihm gar nicht ähnlich.»

Der Diener stand immer noch stumm da, einen Ausdruck im Gesicht, als müsse er sich mit Gewalt jeglichen Kommentar verkneifen.

«Danke», sagte Wimsey. «Wären Sie bitte so freundlich, Miss Dorland mitzuteilen, daß ich ihr für diese Information überaus verbunden bin?»

«Sehr wohl, Mylord.»

«Und vielleicht hätten Sie die Güte, mir ein Taxi zu bestellen.»

«Gewiß, Mylord.»

Wimsey bestieg das Taxi mit aller Würde, die er aufbringen konnte, und ließ sich nach Lincoln's Inn fahren.

Mr. Pritchard war beinahe so verschlossen und abweisend in seiner Art wie Miss Dorland. Er ließ Lord Peter zwanzig Minuten warten und empfing ihn eisig in Gegenwart eines knopfäugigen Angestellten.

«Ah, guten Morgen», sagte Wimsey leutselig. «Entschuldigen Sie, daß ich Sie so überfalle. Wäre wohl richtiger gewesen, Murbles einzuschalten – netter Mensch, unser Mr. Murbles, nicht? Aber ich bin immer dafür, so gerade wie möglich auf ein Ziel loszugehen. Spart Zeit, wie?»

Mr. Pritchard neigte den Kopf und erkundigte sich, womit er das Vergnügen haben dürfe, Seiner Lordschaft zu dienen.

«Nun, es geht um die Sache Fentiman. Die Frage, wer wen überlebt hat und so. Beinahe hätte ich Überlebensfrage gesagt. Paßt doch auch, oder? Man könnte den alten General direkt ein Überlebsel nennen, wie?»

Mr. Pritchard wartete ungerührt ab.

«Ich darf annehmen, Murbles hat Ihnen schon gesagt, daß ich mich um die Angelegenheit kümmere? Mich sozusagen des Stundenplans annehme?»

Mr. Pritchard sagte dazu weder ja noch nein, sondern legte die Fingerspitzen aneinander und wartete geduldig.

«Das ist nämlich ganz schön problematisch. Darf ich rauchen? Nehmen Sie auch eine?»

«Danke verbindlichst, aber ich rauche nie während der Bürostunden.»

«Sehr schicklich. Vor allem sehr eindrucksvoll. Schüchtert die

Klienten ein, wie? Nun denn, ich wollte Sie nur davon in Kenntnis setzen, daß es wahrscheinlich eine knappe Angelegenheit werden dürfte. Sehr schwer, sich da auf die Minute festzulegen. Es kann so oder so ausgehen – oder auch eine völlig überraschende Wendung nehmen. Verstehen Sie?»

«So?»

«Ja, durchaus möglich. Vielleicht möchten Sie mal hören, wie weit ich bisher gekommen bin.» Und Wimsey berichtete über seine Nachforschungen im Bellona-Club, soweit es um die Aussagen der Portiers und des Empfangschefs ging. Von seinem Gespräch mit Penberthy erwähnte er nichts, auch nicht von den sonderbaren Begleitumständen, die mit dem unbekannten Mr. Oliver zusammenhingen, sondern beschränkte sich darauf, den geringen zeitlichen Spielraum zu betonen, innerhalb dessen der General vermutlich im Club angekommen war. Mr. Pritchard hörte ihm ohne Kommentar zu. Am Schluß fragte er:

«Und nun sind Sie gekommen, um was genau vorzuschlagen?»

«Wissen Sie, ich will sagen – fänden Sie es nicht auch ganz gut, wenn die Parteien sich gütlich einigen könnten? Leben und leben lassen, verstehen Sie – brüderlich teilen und gemeinsam profitieren. Immerhin ist eine halbe Million ein schönes Sümmchen – davon können drei Leute ganz angenehm leben, finden Sie nicht? Und es würde eine Menge Scherereien und – äh – Anwaltskosten und so weiter sparen.»

«Aha!» sagte Mr. Pritchard. «Ich darf sagen, daß ich dies erwartet habe. Ein ähnlicher Vorschlag wurde mir bereits von Mr. Murbles unterbreitet, und ich habe ihm damals schon gesagt, daß meine Klientin es vorzieht, diesem Vorschlag nicht zu folgen. Ich darf mit Ihrer Erlaubnis hinzufügen, Lord Peter, daß die Wiederholung dieses Vorschlags durch Sie, nachdem Sie im Auftrag und Interesse der anderen Partei die Fakten ermitteln, mir sehr vielsagend erscheint. Sie werden es mir vielleicht verzeihen, wenn ich Sie des weiteren darauf aufmerksam mache, daß Ihre ganze Vorgehensweise in dieser Angelegenheit mir zu höchst unerfreulichen Schlußfolgerungen Anlaß geben könnte.»

Wimsey errötete.

«Sie werden vielleicht *mir* gestatten, Mr. Pritchard, Sie darauf hinzuweisen, daß ich in niemandes ‹Auftrag› handle. Mr. Murbles hat mich gebeten, die Fakten festzustellen. Diese sind sehr schwierig festzustellen. Aber ich habe heute etwas sehr Wichtiges von Ihnen erfahren. Ich danke Ihnen sehr für Ihre Unterstützung. Guten Morgen.»

Der knopfäugige Angestellte öffnete ihm die Tür mit erlesenster Höflichkeit.

«Guten Morgen», sagte Mr. Pritchard.

«Von wegen im Auftrag», knurrte Seine Lordschaft zähneknirschend. «Von wegen unerfreuliche Schlußfolgerungen. Dem werde ich was schlußfolgern! Der alte Knacker weiß was, und wenn er etwas weiß, ist damit erwiesen, daß es etwas zu wissen gibt. Vielleicht kennt er Oliver; wundern würde es mich nicht. Wäre mir doch nur eingefallen, ihm den Namen einfach an den Kopf zu werfen und zu sehen, wie er darauf reagiert! Zu spät. Aber das macht nichts. Diesen Oliver kriegen wir schon. Bunter hatte mit seiner Telefonaktion wohl kein Glück. Ich wende mich am besten mal an Charles.»

Er trat ins nächste Telefonhäuschen und nannte die Nummer von Scotland Yard. Kurz darauf meldete sich eine amtliche Stimme, von der Wimsey Auskunft erbat, ob Inspektor Parker zu sprechen sei. Ein mehrmaliges Klicken meldete ihm, daß man ihn mit Mr. Parker verband, der wenig später sagte: «Hallo!»

«Hallo, Charles! Hier Peter Wimsey. Paß mal auf, du mußt etwas für mich tun. Es ist kein Fall für die Kriminalpolizei, aber wichtig. Ein Mann, der sich Oliver nannte, hat am Abend des zehnten November kurz nach neun Uhr eine Nummer in Mayfair angerufen. Meinst du, du könntest diesen Anruf für mich ermitteln?»

«Wahrscheinlich. Wie lautete die Nummer?»

Wimsey diktierte sie ihm.

«Gut, mein Lieber. Ich lasse anfragen und gebe dir Bescheid. Wie geht's denn so? Tut sich was?»

«Ja – ein hübsches kleines Problemchen – nichts für euch – das heißt, soviel ich bisher weiß. Komm doch mal an einem Abend bei mir vorbei, dann erzähle ich es dir – inoffiziell.»

«Vielen Dank. Aber die nächsten Tage nicht. Wir haben uns in dem Kistenfall ein bißchen festgefahren.»

«Ach, ich weiß – das ist der Mann, den sie in einer Kiste von Sheffield nach Euston geschickt haben, getarnt als Räucherschinken. Hervorragend. Arbeite fleißig – sich regen bringt Segen.

Nein, vielen Dank, mein Kind, ich will nicht für zwei Pence verlängern – dafür kaufe ich mir lieber Süßigkeiten. Adieu, Charles.»

Den Rest des Tages mußte Wimsey in Untätigkeit verbringen, soweit es um die Bellona-Club-Affäre ging. Am nächsten Morgen rief ihn Parker an.

«Hör zu – der Anruf, den ich für dich ermitteln sollte.»

«Ja?»

«Er wurde um 21 Uhr 13 von einer öffentlichen Telefonzelle in der U-Bahn-Station Charing Cross aus getätigt.»

«Hol's der Teufel! – Bei der Vermittlung hat sich den Kerl wohl niemand gemerkt?»

«Es wurde nichts vermittelt. Es war eines von diesen automatischen Dingern.»

«Ach! – Den Kerl, der die erfunden hat, sollte man in Öl braten. Hab trotzdem herzlichen Dank. Immerhin gibt uns das einen Hinweis auf die ungefähre Richtung.»

«Tut mir leid, daß ich nicht mehr für dich erreichen konnte. Adieu.»

«Ja, adieu – verdammt noch mal!» versetzte Wimsey verärgert und knallte den Hörer auf die Gabel. «Was gibt's, Bunter?»

«Ein Bote, Mylord, mit einer Nachricht.»

«Ah – von Mr. Murbles. Gut. Das könnte etwas sein. Ja, sagen Sie dem Boten, er soll warten; er bekommt eine Antwort mit.» Er schrieb schnell. «Bei Mr. Murbles haben sich zwei Leute auf die Annonce nach den Taxifahrern gemeldet, Bunter. Um sechs kommen sie zu ihm. Und ich habe vor, hinzugehen und mich mit ihnen zu unterhalten.»

«Sehr wohl, Mylord.»

«Hoffentlich bedeutet das einen Schritt nach vorn. Holen Sie mir Hut und Mantel – ich will noch kurz in die Dover Street.»

Robert Fentiman war da, als Wimsey klingelte, und begrüßte ihn herzlich.

«Schon weitergekommen?»

«Vielleicht heute abend ein wenig. Ich habe diese Taxifahrer an der Angel. Jetzt bin ich nur hergekommen, um zu fragen, ob ich eine Probe von General Fentimans Handschrift haben kann.»

«Natürlich. Nehmen Sie sich, was Sie wollen. Viel hat er davon nicht hinterlassen. Es ist nicht die Feder eines geübten Schreibers.

Ein paar interessante Aufzeichnungen über seine früheren Feldzüge, aber die sind inzwischen natürlich ziemlich alt.»

«Ich hätte lieber etwas aus neuerer Zeit.»

«Hier ist ein Packen entwerteter Schecks, wenn Ihnen die genügen.»

«Oh, die kommen mir gerade recht – ich brauche nach Möglichkeit etwas mit Zahlen darauf. Vielen Dank, die nehme ich.»

«Verraten Sie mir um alles in der Welt, wie seine Handschrift Ihnen sagen soll, wann er den Geist aufgegeben hat.»

«Das ist mein Geheimnis, verstanden? Waren Sie bei Gatti?»

«Ja. Man scheint Oliver dort vom Sehen ganz gut zu kennen, aber das ist auch alles. Er hat ziemlich oft da zu Mittag gegessen, so einmal die Woche, aber seit dem Elften können sie sich nicht erinnern, ihn noch einmal gesehen zu haben. Vielleicht ist er in Deckung gegangen. Ich werde mich jedenfalls dort ein bißchen herumtreiben und warten, ob er nicht wieder aufkreuzt.»

«Das wäre mir recht. Sein Anruf kam aus einer öffentlichen Zelle. In dieser Richtung kommen wir also nicht weiter.»

«Pech!»

«Sie haben in den Papieren des Generals noch nichts über ihn gefunden?»

«Keine Silbe, und dabei habe ich mir alle Schriftstücke in dieser Wohnung vorgenommen. Übrigens, haben Sie George in letzter Zeit noch mal gesehen?»

«Vorgestern abend.»

«Er scheint mir in einer komischen Verfassung zu sein. Ich war gestern abend da, und da hat er sich beklagt, ihm würde nachspioniert oder so was.»

«Nachspioniert?»

«Er würde verfolgt. Beobachtet. Wie im Kriminalroman. Ich fürchte, diese Geschichte geht ihm an die Nerven. Hoffentlich dreht er nur nicht durch. Es ist so schon schlimm genug für Sheila. Eine feine Frau.»

«Und wie», pflichtete Wimsey ihm bei, «und sie hat ihn sehr gern.»

«Ja. Arbeitet sich tot, um den Haushalt beieinanderzuhalten. Ehrlich gesagt, ich weiß nicht, wie sie es mit George noch aushält. Gewiß, Eheleute kabbeln sich immer ein bißchen und so, aber er könnte sich doch wenigstens vor andern benehmen. Es ist einfach ungehörig, seine Frau in der Öffentlichkeit runterzuputzen. Ich würde ihm am liebsten mal die Meinung sagen.»

«Er ist aber auch in einer scheußlichen Lage», sagte Wimsey. «Sie ist seine Frau und muß ihn ernähren. Ich weiß, daß ihm das sehr nahegeht.»

«Meinen Sie? Mir kommt es eher so vor, als wenn er sich damit abgefunden hätte. Und immer wenn die arme kleine Frau ihn daran erinnert, meint er, sie reibt es ihm unter die Nase.»

«Natürlich kann er es nicht leiden, daran erinnert zu werden. Und ich habe Mrs. Fentiman auch ein paar ziemlich harte Sachen zu ihm sagen hören.»

«Das glaube ich gern. Der Kummer mit George ist, daß er sich nicht in der Gewalt hat. Das hatte er noch nie. Ein Mann sollte sich zusammenreißen und auch ein bißchen Dankbarkeit zeigen können. Anscheinend meint er, weil Sheila arbeiten muß wie ein Mann, braucht sie nicht die Höflichkeit und – nun, eben die Zärtlichkeit und so weiter, die man einer Frau entgegenbringen sollte.»

«Mir stellen sich immer die Haare auf», sagte Wimsey, «wenn ich sehe, wie ungezogen die Leute miteinander umgehen, wenn sie erst verheiratet sind. Das scheint unvermeidlich zu sein. Aber die Frauen sind schon komisch. Anscheinend legen sie nicht halb soviel Wert darauf, daß ein Mann ehrlich und treu ist – und ich bin überzeugt, das ist Ihr Bruder alles – wie darauf, daß er ihnen die Tür aufhält und ‹Danke› und ‹Bitte› sagt. Das ist mir schon so oft aufgefallen.»

«Ein Mann sollte nach der Heirat noch genauso zuvorkommend sein wie vorher», erklärte Robert Fentiman tugendhaft.

«Sollte er, ist er aber nie. Vielleicht gibt es dafür irgendeinen Grund, den wir nicht kennen», meinte Wimsey. «Ich habe nämlich schon Leute ausgefragt – meine bekannte Neugier –, und meist brummeln sie nur was vor sich hin und sagen, daß *ihre* Frauen verständig sind und ihre Zuneigung als selbstverständlich voraussetzen. Aber ich glaube nicht daran, daß Frauen je verständig werden, nicht einmal durch längeren Umgang mit ihren Männern.»

Die beiden Junggesellen schüttelten ernst die Köpfe.

«Ich finde jedenfalls, daß George sich benimmt wie die Axt im Wald», sagte Robert, «aber vielleicht urteile ich zu hart. Wir haben uns nie besonders verstanden. Und ich gebe sowieso nicht vor, etwas von Frauen zu verstehen. Aber dieser Verfolgungswahn, oder was das ist, steht auf einem andern Blatt. Er sollte mal zum Arzt gehen.»

«Das auf jeden Fall. Wir müssen ein Auge auf ihn haben. Wenn ich ihn das nächstemal im Bellona-Club sehe, muß ich mit ihm reden und versuchen herauszubekommen, was los ist.»

«Im Bellona-Club finden Sie ihn bestimmt nicht. Den meidet er, seitdem der Ärger dort anfing. Ich glaube, er ist jetzt auf Arbeitssuche. Er hat mir etwas erzählt, daß irgendein Automobilsalon in der Great Portland Street einen Verkäufer sucht. Sie wissen ja, daß er ganz gut mit Autos umgehen kann.»

«Hoffentlich kriegt er die Stelle. Selbst wenn er da nicht gut verdient, wird es ihm unendlich guttun, etwas mit sich anfangen zu können. So, und jetzt sollte ich mich mal wieder trollen. Vielen Dank auch. Und sagen Sie mir Bescheid, wenn Sie Oliver zu fassen kriegen.»

«Auf jeden Fall!»

Wimsey überlegte auf der Schwelle ein paar Sekunden, dann fuhr er geradewegs zu New Scotland Yard, wo man ihn bald in Kriminalinspektor Parkers Büro führte.

Parker, ein athletisch gebauter Enddreißiger mit so unscheinbarem Gesicht, wie ein Kriminalbeamter es sich für seine Arbeit nur wünschen kann, war vermutlich Lord Peters engster, in gewissem Sinne vielleicht sogar sein einziger enger Freund. Die beiden hatten schon viele Fälle gemeinsam gelöst, und jeder respektierte die Qualitäten des anderen, obwohl ihre Charaktere nicht verschiedener hätten sein können. Wimsey war in diesem Gespann der Roland – flink, impulsiv, unbekümmert, ein artistischer Alleskönner. Parker war der Oliver – vorsichtig, verläßlich, genau, mit wenig Sinn für Kunst und Literatur, dafür beschäftigte er sich in seiner spärlichen Freizeit mit evangelischer Theologie. Er war der einzige Mensch, den Wimseys gespreiztes Benehmen nie aus der Ruhe brachte, und Wimsey vergalt ihm das mit einer echten Zuneigung, die seiner sonst so reservierten Art völlig fremd war.

«Na, wie geht's?»

«Nicht übel. Du mußt mir einen Gefallen tun.»

«Das darf doch nicht wahr sein!»

«Ist es aber, du Witzbold. Hast du je erlebt, daß ich nichts von dir wollte? Ich möchte, daß du dir einen von deinen Handschriftenexperten greifst, der mir sagen kann, ob diese beiden Klauen dieselben sind.»

Er legte den Packen entwerteter Schecks auf die eine Seite des Tischs, das Blatt, das er in der Bibliothek des Bellona-Clubs gefunden hatte, auf die andere.

Parker zog die Brauen hoch.

«Das ist ein hübscher Satz Fingerabdrücke, den du da drauf hast. Worum geht's? Urkundenfälschung?»

«Nein. Überhaupt nichts dergleichen. Ich möchte nur wissen, ob diese Schecks und diese Notizen von ein und demselben Menschen geschrieben wurden.»

Parker drückte auf einen Klingelknopf und ließ einen Mr. Collins zu sich bitten.

«Wie es aussieht, geht es da um hübsche runde Sümmchen», fuhr er fort, indem er anerkennend die Zahlen studierte. «£ 150 000 an R., £ 300 000 an G. – G. wie Glückspilz. Wer ist das? £ 20 000 hier und £ 50 000 da. Wer ist dein reicher Freund, Peter?»

«Das ist die lange Geschichte, die ich dir mal erzählen will, wenn du dein Kistenproblem gelöst hast.»

«Ach so? Na, dann will ich das Kistenproblem unverzüglich lösen. Genaugenommen erwarte ich in Kürze etwas darüber zu hören. Darum bin ich hier und hüte das Telefon. Ah, Collins, das ist Lord Peter Wimsey, der sehr gern wissen möchte, ob diese beiden Handschriften identisch sind.»

Der Experte nahm das Blatt und die Schecks und betrachtete sie eingehend.

«Kein Zweifel, würde ich sagen, falls es sich nicht um eine ausgezeichnete Fälschung handelt. Besonders die Ziffern sind zum Teil höchst charakteristisch. Zum Beispiel die Fünfen, die Dreien, die Vieren – alle in einem Zug geschrieben, mit je zwei kleinen Schlaufen. Es ist eine sehr altmodische Handschrift; der Schreiber ist ein sehr alter Mann, der nicht bei allzu guter Gesundheit ist. Das sieht man vor allem an diesen Notizen hier. Ist das der alte Fentiman, der neulich gestorben ist?»

«Ja, das ist er, aber Sie brauchen es nicht überall herumzuposaunen. Das ist eine reine Privatangelegenheit.»

«Meinetwegen. Aber Sie brauchen an der Echtheit dieses Zettels nicht zu zweifeln, falls es das war, was Sie wissen wollten.»

«Danke. Es ist haargenau das, was ich wissen wollte. Ich glaube nicht, daß hier im mindesten der Verdacht einer Fälschung besteht. Nein, es geht mehr um die Frage, ob wir aus diesen groben Aufzeichnungen einen Hinweis auf seine Wünsche entnehmen können. Weiter nichts.»

«Na ja, wenn Sie eine Fälschung ausschließen, lege ich jederzeit die Hand dafür ins Feuer, daß die Schrift auf den Schecks und auf dem Notizzettel von ein und derselben Person stammt.»

«Schön. Das stimmt auch mit der Prüfung der Fingerabdrücke überein. Ich kann dir ohne weiteres verraten, Charles», fuhr er fort, nachdem Collins gegangen war, «daß dieser Fall ganz schön interessant wird.»

In diesem Augenblick klingelte das Telefon, und nachdem Parker eine Weile zugehört hatte, rief er: «Gut gemacht!» – und dann, an Wimsey gewandt: «Das ist unser Mann, wir haben ihn. Entschuldige, wenn ich mich jetzt ganz schnell verziehe. Unter uns gesagt, wir haben das recht gut hingekriegt. Das kann für mich allerlei bedeuten. Für dich können wir jetzt wohl nichts mehr tun, oder? Ich muß nämlich nach Sheffield. Morgen oder übermorgen melde ich mich bei dir.»

Er schnappte sich Hut und Mantel und war schon draußen. Wimsey durfte sich selbst den Weg zum Ausgang suchen. Zu Hause setzte er sich hin, breitete Bunters Fotos vom Bellona-Club vor sich aus und dachte lange nach.

Um sechs Uhr meldete er sich bei Mr. Murbles in Staple Inn. Die beiden Taxifahrer waren schon da; sie saßen verlegen auf der vordersten Sesselkante und ließen sich von dem Anwalt einen alten Sherry kredenzen.

«Aha!» sagte Mr. Murbles. «Das ist der Herr, der sich für unsere Erkundigungen interessiert. Vielleicht wären die Herren so freundlich, vor ihm zu wiederholen, was Sie mir schon berichtet haben? Ich habe bereits die Gewißheit gewonnen», fügte er, an Wimsey gewandt, hinzu, «daß es sich um die richtigen Fahrer handelt, aber ich möchte, daß Sie selbst alle Fragen stellen, die Sie für notwendig halten. Dieser Herr ist Mr. Swain, und seine Geschichte sollte zuerst kommen, meine ich.»

«Also, Sir», sagte Mr. Swain, ein untersetzter Vertreter des älteren Taxifahrertyps, «Sie wollten wissen, ob einer am Tag vor dem Waffenstillstandstag, irgendwann am Nachmittag, einen alten Herrn am Portman Square aufgenommen hat. Nun, Sir, ich fuhr an dem Tag so gegen halb fünf – könnte auch schon Viertel vor fünf gewesen sein – langsam über den Portman Square, da kam ein Diener aus einem Haus – welche Nummer, kann ich nicht genau sagen, aber es war auf der Ostseite des Platzes, ziemlich in der Mitte – und machte mir Zeichen. Ich hielt an, und dann kam ein sehr alter Herr aus dem Haus. Sehr mager war er und ganz dick eingepackt, aber ich hab seine Beine gesehen, und die waren furchtbar dünn, und dem Gesicht nach war er über hundert Jahre alt, und er ging am Stock. Kerzengerade war er noch für so einen alten Herrn, aber er ging ganz langsam. Ich würde sagen, das war ein alter Offizier – er redete so, wenn Sie verstehen. Und der Diener hat mir gesagt, ich soll ihn in die Harley Street fahren.»

«Wissen Sie die Nummer noch?»

Swain nannte die Nummer, die Wimsey als Penberthys Hausnummer erkannte.

«Da hab ich ihn also hingefahren, und er hat mich gebeten, für ihn zu läuten und den jungen Mann, der aufmachen kommt, zu fragen, ob der Doktor Zeit hat, General Fenton – oder Fennimore oder so ähnlich, Sir – zu empfangen.»

«Könnte es auch Fentiman gewesen sein?»

«Ja, Fentiman könnte es auch gewesen sein. Ich glaube sogar, so hieß er. Und der junge Mann kommt also zurück und sagt: ‹Ja, gewiß› – und ich hab dann dem alten Herrn aus dem Wagen geholfen. Ganz schwach kam er mir vor, und eine ungesunde Farbe hat er gehabt, Sir, und blau um die Lippen war er und hat ganz schwer geatmet. Armes Schw…, hab ich gedacht, Verzeihung, Sir. Der macht's nicht mehr lange, hab ich gedacht. Wir haben ihm also die Treppen zum Haus hinaufgeholfen, und er hat mir das Fahrgeld und einen Shilling Trinkgeld gegeben, und seitdem hab ich ihn nicht mehr gesehen, Sir.»

«Das stimmt mit dem überein, was Penberthy sagt», meinte Wimsey. «Den General hatte das Gespräch mit seiner Schwester sehr mitgenommen, und er hat ihn gleich danach aufgesucht. Schön. Und wie geht's nun am anderen Ende weiter?»

«Tja», sagte Mr. Murbles, «ich glaube, dieser Herr, mit Namen – Augenblick, mal sehen – Hinkins – ja. Ich glaube, Mr. Hinkins hat den General dann gefahren, als er die Harley Street wieder verließ.»

«Ja, Sir», bestätigte der zweite Fahrer, ein intelligent aussehender Mann mit scharfgeschnittenem Gesicht und stechendem Blick. «Ein sehr alter Herr, auf den die Beschreibung von vorhin paßt, hat um halb sechs vor dieser Hausnummer in der Harley Street mein Taxi genommen. Ich kann mich an den Tag noch sehr gut erinnern, Sir; es war der zehnte November, und ich erinnere mich noch daran, weil kurz nach der Fahrt, von der ich gerade spreche, mein Magnetzünder Ärger machte, so daß ich die Karre am Waffenstillstandstag nicht zur Verfügung hatte, was ein großer Verlust für mich war, denn das ist immer ein guter Tag. Also, dieser alte Herr, der richtig militärisch wirkte, stieg ein, mit Stock und so weiter, genau wie Swain ihn beschreibt, nur ist mir nicht aufgefallen, daß er besonders krank ausgesehen hätte, aber daß er sehr alt war, das sah man schon. Vielleicht hatte der Doktor ihm irgendwas gegeben, daß er sich besser fühlte.»

«Das ist anzunehmen», sagte Mr.Murbles.

«Eben, Sir. Also, er steigt ein und sagt: ‹Fahren Sie mich zur Dover Street›, sagt er, aber wenn Sie mich nach der Nummer fragen, an die erinnere ich mich leider nicht mehr, denn wir sind ja dann doch nicht hingefahren.»

«Wieso nicht hingefahren?» rief Wimsey.

«Eben nicht hingefahren, Sir. Wie wir nämlich auf den Cavendish Square kommen, streckt der alte Herr den Kopf zum Fenster raus und sagt ‹Anhalten!› Ich halte also an und sehe, wie er einem Herrn auf dem Trottoir zuwinkt. Der andere kommt her, sie reden ein paar Worte miteinander, und –»

«Einen Moment. Was war dieser andere für einer?»

«Dunkelhaarig und schmal, Sir, und dem Aussehen nach etwa vierzig. Er hatte einen grauen Anzug und einen Mantel an und einen Hut auf und ein dunkles Tuch um den Hals. Ach ja, und einen kleinen schwarzen Schnurrbart hatte er. Und der alte Herr sagt zu mir: ‹Fahrer› – einfach so – ‹Fahrer›, sagt er, ‹kehren Sie um zum Regent's Park und fahren Sie dort immer rund, bis ich anhalten lasse.› Der andere Herr steigt also zu ihm ein, und ich kehre um und fahre um den Park herum, ziemlich langsam, weil ich mir denken kann, daß die beiden miteinander reden wollen. Ich fahre also zweimal rum, und bei der dritten Runde streckt der jüngere Herr den Kopf raus und sagt: ‹Setzen Sie mich am Gloucester Gate ab.› Da hab ich ihn dann abgesetzt, und der alte

Herr sagte: ‹Wiedersehen, George, und vergiß nicht, was ich dir gesagt habe›, worauf der andere sagt: ‹Jawohl, Sir›, und ich sehe ihn noch über die Straße gehen, als wenn er die Park Street hinauf wollte.»

Mr. Murbles und Wimsey sahen sich an.

«Und wohin sind Sie dann gefahren?»

«Dann hat der Fahrgast zu mir gesagt: ‹Kennen Sie den Bellona-Club in Piccadilly?› Worauf ich sagte: ‹Ja, Sir.›»

«Den Bellona-Club?»

«Ja, Sir.»

«Um wieviel Uhr war das?»

«Es muß so auf halb sieben zugegangen sein, Sir. Ich war sehr langsam gefahren, wie ich schon sagte, Sir. Ich hab ihn also zu dem Club gefahren, wie er verlangt hatte, und er ist reingegangen, und seitdem habe ich nichts mehr von ihm gesehen.»

«Vielen herzlichen Dank», sagte Wimsey. «Kam er Ihnen irgendwie erregt oder erbost vor, während er mit diesem Mann sprach, den er George nannte?»

«Nein, Sir, das kann man nicht sagen. Aber ich meine, er hat schon ein bißchen scharf gesprochen. Man könnte vielleicht sagen, er hat dem anderen die Meinung gesagt.»

«Aha. Wann sind Sie beim Bellona-Club angekommen?»

«Ich schätze, das war so um zwanzig Minuten vor sieben, Sir, oder vielleicht auch ein bißchen später. Es war ziemlich starker Verkehr. Zwischen zwanzig und zehn vor sieben, soweit ich mich erinnern kann.»

«Ausgezeichnet. Nun, meine Herren, Sie haben uns beide sehr geholfen. Für heute ist das alles, aber ich wäre Ihnen dankbar, wenn Sie Ihre Namen und Adressen bei Mr. Murbles hinterlassen könnten, falls wir von einem von Ihnen später noch so etwas wie eine Aussage brauchen. Und – äh –»

Ein paar Banknoten knisterten. Mr. Swain und Mr. Hinkins bedankten sich, hinterließen ihre Adressen und gingen.

«Dann ist er also in den Bellona-Club gefahren. Ich möchte nur wissen, wozu.»

«Ich glaube, das weiß ich», sagte Wimsey. «Er war es gewohnt, Schriftliches und Geschäftliches im Club zu erledigen, und ich nehme an, er ist hingefahren, um sich dort zu notieren, was er mit dem Geld machen wollte, das seine Schwester ihm hinterließ.

Sehen Sie sich mal dieses Blatt Papier an, Sir. Es ist die Handschrift des Generals, wie ich mir heute nachmittag habe bestätigen lassen, und das sind seine Fingerabdrücke. Und die Initialen ‹R› und ‹G› stehen wahrscheinlich für Robert und George, und die Zahlen für die verschiedenen Summen, die er ihnen vermachen wollte.»

«Das hört sich plausibel an. Wo haben Sie das gefunden?»

«In der Bibliothek vom Bellona-Club, Sir. In den Löschblock hineingeschoben.»

«Die Schrift ist sehr schwach und zittrig.»

«Ja – und verflacht dann so. Als wenn er einen Schwächeanfall bekommen hätte, so daß er nicht mehr weiterschreiben konnte. Oder vielleicht war er auch nur müde. Ich muß noch einmal hin und fragen, ob ihn an dem Abend jemand dort gesehen hat. Aber Oliver – hol ihn der Kuckuck! – Oliver ist der Mann, der es wissen muß. Wenn ich doch nur an diesen Oliver herankäme!»

«Auf unsere dritte Frage in der Annonce hat sich noch niemand gemeldet. Ich habe mehrere Zuschriften von Taxifahrern bekommen, die an dem Morgen alte Herren zum Bellona-Club gefahren haben, aber deren Beschreibungen passen alle nicht auf den General. Die einen hatten karierte Mäntel an, andere hatten Backenbärte, manche hatten Melonen auf oder trugen Vollbart – dabei hat man doch den General noch nie ohne seinen Seidenhut und den altmodischen langen Militär-Schnurrbart gesehen.»

«Ich hatte mir davon auch nicht viel versprochen. Wir könnten noch eine Annonce aufgeben, falls jemand ihn am Abend des Zehnten vom Bellona-Club abgeholt hat, aber ich habe das dumme Gefühl, daß dieser niederträchtige Mr. Oliver ihn im eigenen Wagen abgeholt hat. Wenn alle Stricke reißen, müssen wir Scotland Yard auf Oliver ansetzen.»

«Erkundigen Sie sich mal vorsichtig im Club, Lord Peter. Es wird jetzt immer wahrscheinlicher, daß jemand diesen Oliver dort gesehen und beobachtet hat, wie die beiden zusammen fortgingen.»

«Natürlich. Ich gehe sofort hin. Und eine Annonce gebe ich auch noch auf. Den Rundfunk sollten wir vielleicht nicht einschalten. Der ist so scheußlich öffentlich.»

«Und das», sagte Mr. Murbles mit allen Anzeichen des Entsetzens, «wäre *ausgesprochen* unerwünscht.»

Wimsey verabschiedete sich, aber der Anwalt hielt ihn an der Tür zurück.

«Noch etwas sollten wir in Erfahrung zu bringen versuchen», sagte er, «nämlich, was der General zu George gesagt hat.»

«Das habe ich nicht vergessen», meinte Wimsey mit leichtem Unbehagen. «Wir werden – o ja – gewiß – natürlich – das müssen wir in Erfahrung bringen.»

9

Der Bube steht hoch

«Hören Sie mal, Wimsey», sagte Hauptmann Culyer vom Bellona-Club, «werden Sie denn nun nie mehr mit Ihren Nachforschungen, oder was das sonst ist, fertig? Die Mitglieder beschweren sich schon, wirklich, und ich kann es ihnen nicht verdenken. Man findet Ihre unablässige Fragerei unerträglich, mein Lieber, und ich kann nicht verhindern, daß man allmählich mehr dahinter vermutet. Man beschwert sich darüber, daß man kaum noch die Bediensteten und die Kellner in Anspruch nehmen kann, weil Sie andauernd ein Schwätzchen mit ihnen halten, und wenn nicht, dann lungern Sie an der Bar herum und spitzen die Ohren. Wenn das Ihre Art ist, Nachforschungen taktvoll zu betreiben, wäre es mir lieber, Sie versuchten es einmal taktlos. Mit der Zeit wird das ausgesprochen lästig. Und sowie Sie aufhören, fängt dieser andere damit an.»

«Welcher andere?»

«Dieser unangenehme kleine Leisetreter, der immerzu am Dienstboteneingang aufkreuzt und das Personal ausfragt.»

«Von *dem* weiß ich nichts», erwiderte Wimsey. «Ich habe auch noch nie etwas von ihm gehört. Tut mir leid, wenn ich mich unbeliebt mache, obwohl ich schwören möchte, daß ich in der Beziehung auch nicht schlimmer bin als so manches Musterexemplar hier, aber ich bin einfach an einen Haken geraten. Diese Geschichte – ganz unter uns gesagt, alter Freund – ist nicht ganz so astrein, wie sie auf den ersten Blick aussieht. Dieser Oliver, von dem ich schon einmal gesprochen habe –»

«Den kennt man hier nicht, Wimsey.»

«Das nicht, aber er könnte hier gewesen sein.»

«Wenn ihn keiner gesehen hat, kann er nicht hier gewesen sein.»

«Nun, wohin ist General Fentiman dann gegangen, als er von

hier wegging? Und wann ist er gegangen? Genau das möchte ich wissen. Menschenskind, Culyer, der alte Knabe war doch nicht zu übersehen. Wir wissen, daß er am Abend des 10. November hierher zurückgekommen ist – der Taxifahrer hat ihn zur Tür gebracht, Rogers hat ihn hereinkommen sehen, und zwei Mitglieder haben ihn kurz vor sieben im Rauchsalon gesehen. Ich habe gewisse Beweise dafür, daß er in die Bibliothek gegangen ist. Und lange kann er nicht geblieben sein, denn er hatte seinen Mantel gleich anbehalten. Jemand *muß* ihn weggehen gesehen haben. Das ist doch lächerlich. Die Dienstboten können nicht alle blind sein. Ich sag's nicht gern, Culyer, aber ich habe mehr und mehr den Eindruck, daß jemand bestochen wurde, damit er den Mund hält...Natürlich, ich wußte, daß Sie das ärgern würde, aber was können Sie schließlich dafür? Was ist das denn für ein Kerl, von dem Sie sagen, daß er ständig am Kücheneingang herumlungert?»

«Ich bin ihm eines Morgens über den Weg gelaufen, als ich aus dem Keller kam, wo ich nach dem Wein gesehen hatte. Da ist übrigens eine Kiste Margaux angekommen, über den ich demnächst mal gern Ihre Meinung hören würde. Der Kerl sprach mit Babcock, dem Kellermeister, und ich habe ihn ziemlich scharf gefragt, was er hier will. Er bedankte sich und sagte, er komme von der Eisenbahngesellschaft, um sich nach irgendeinem fehlgeleiteten Stückgut zu erkundigen, aber Babcock, der ein recht anständiger Kerl ist, hat mir hinterher gesagt, daß er ihn nach dem alten Fentiman ausgefragt hat, und soviel ich verstanden habe, muß er ziemlich freigebig mit dem Kleingeld gewesen sein. Ich dachte, das wäre wieder eine von Ihren Maschen.»

«Sieht der Kerl nach etwas Besserem aus?»

«Du lieber Himmel, nein! Wie ein Anwaltsgehilfe oder so was. Ein widerlicher kleiner Schnüffler.»

«Gut, daß Sie mir das gesagt haben. Vielleicht ist er der Haken, an dem ich festhänge. Wahrscheinlich versucht Oliver, seine Spur zu verwischen.»

«Glauben Sie denn, daß dieser Oliver was ausgefressen hat?»

«Ich habe eigentlich das Gefühl. Aber hol mich der Kuckuck, wenn ich eine Ahnung habe, was. Ich glaube, er weiß etwas über den alten Fentiman, was wir nicht wissen. Und natürlich weiß er, wie er die Nacht verbracht hat, und genau das will ich herausbekommen.»

«Zum Teufel, was nützt es Ihnen, wenn Sie wissen, wie er die Nacht verbracht hat? Er kann wohl in seinem Alter nicht allzusehr über die Stränge geschlagen haben.»

«Es könnte etwas Licht auf die Frage werfen, wann er morgens hier im Club angekommen ist, nicht?»

«Oh! – Na ja, ich kann nur sagen, hoffentlich beeilen Sie sich und sind bald damit fertig. Dieser Club verkommt noch zu einem regelrechten Rummelplatz. Da hätte ich ja schon fast lieber die Polizei hier.»

«Geben Sie die Hoffnung nicht auf – das kann noch kommen.»

«Das meinen Sie doch nicht ernst?»

«Ich meine nie etwas ernst. Das ist es ja, was meine Freunde so an mir stört. Ehrlich, ich will versuchen, so wenig Aufsehen wie möglich zu machen. Aber wenn dieser Oliver seine Spione hierher schickt und mir in meine Ermittlungen hineinpfuscht, kann es noch haarig werden. Sie könnten mir einen Gefallen tun und mir Bescheid geben, wenn er sich wieder sehen läßt. Ich möchte gern mal ein Auge auf ihn werfen.»

«Gut, das tue ich. Und jetzt seien Sie ein lieber Junge und verschwinden Sie hier.»

«Ich gehe ja schon», sagte Wimsey, «den Schwanz fest zwischen die Beine geklemmt und in jedem Ohr einen Floh. Ach, übrigens –»

«*Ja?*» (In gereiztem Ton.)

«Wann haben Sie George Fentiman zuletzt gesehen?»

«Eine Ewigkeit nicht mehr. Seitdem das passiert ist.»

«Hab ich mir gedacht. Ach ja, und übrigens –»

«*Ja?*»

«Robert Fentiman wohnte doch um die Zeit fest hier im Club, nicht?»

«Um welche Zeit?»

«Als es passierte, Sie Trottel.»

«Ja, aber jetzt wohnt er in der Wohnung des alten Herrn.»

«Ich weiß, danke. Ich hab mich nur gefragt, ob – wo wohnt er eigentlich, wenn er nicht in der Stadt ist?»

«Draußen in Richmond, glaube ich. Möbliert oder so.»

«Ach ja? Vielen Dank. Doch, ich gehe jetzt wirklich. Eigentlich bin ich sogar schon weg.»

Er ging. Er ging und ging, bis er nach Finsbury Park kam.

George war nicht zu Hause, und Mrs. Fentiman natürlich auch nicht, aber die Zugehfrau sagte, sie habe den Hauptmann sagen hören, er wolle in die Great Portland Street. Wimsey nahm die Verfolgung auf. Nachdem er sich ein paar Stunden in den Ausstellungsräumen herumgetrieben und sich mit Autoverkäufern unterhalten hatte, die fast alle auf irgendeine Weise seine guten alten Kumpel waren, erfuhr er, daß George Fentiman bei einem Walmisley-Hubbard-Vertragshändler für ein paar Wochen angenommen worden war, um zu zeigen, was er konnte.

«Oh, der macht das schon», sagte Wimsey. «Er ist ein ausgezeichneter Fahrer. Mein Gott, ja! *Der* kommt schon zurecht.»

«Sieht ein bißchen nervös aus», bemerkte der besonders gute alte Kumpel bei Walmisley-Hubbard. «Braucht wohl eine kleine moralische Aufrichtung, wie? Dabei fällt mir ein – wie wär's mit einem Kurzen?»

Wimsey ließ sich zu einem Kurzen herbei und ging dann mit zurück, um eine neuartige Kupplung zu inspizieren. Er konnte diese interessante Demonstration so lange ausdehnen, bis einer der Walmisley-Hubbard-Vorführwagen zurückkam – mit Fentiman am Steuer.

«Hallo!» sagte Wimsey. «Kleine Probefahrt gemacht?»

«Ja. Jetzt hab ich das Ding im Griff.»

«Meinen Sie, Sie können den Schlitten an den Mann bringen?» fragte der gute alte Kumpel.

«O doch. Ich werd's bald heraushaben, wie man ihn von der besten Seite zeigt. Ist schon ein guter Wagen.»

«Schön. Na, dann können Sie jetzt sicher einen Kurzen vertragen. Wie ist es mit Ihnen, Wimsey?»

Sie tranken noch einen Kurzen zusammen. Dann fiel dem guten alten Kumpel ein, daß er losbrausen mußte, weil er versprochen hatte, einen Kunden aufzusuchen.

«Dann kommen Sie also morgen?» fragte er George. «Irgendwer in Maldon will eine Probefahrt machen. Ich kann nicht hin. Sie können es mal bei ihm versuchen. Alles klar?»

«Vollkommen.»

«Prima. Ich lasse den Schlitten bis elf Uhr für Sie fertigmachen. Wunderschönen guten Tag allerseits. Bis bald.»

«Kleines Sonnenstrählchen, was?» meinte Wimsey.

«Doch, schon. Noch einen?»

«Ich wollte gerade fragen, wie's mit Mittagessen steht. Kommen Sie mit, wenn Sie nichts Besseres zu tun haben.»

George nahm an und schlug ein paar Restaurants vor.

«Nein», sagte Wimsey, «ich wollte heute lieber mal bei Gatti essen, wenn Sie nichts dagegen haben.»

«Keineswegs. Mir paßt das gut. Ich war übrigens bei Murbles. Er will das mit diesem MacStewart erledigen. Er meint, daß er ihn hinhalten kann, bis die Sache geregelt ist – *wenn* sie je geregelt wird.»

«Gut», sagte Wimsey geistesabwesend.

«Und ich bin ganz schön froh, daß ich diese Chance auf eine Stelle bekommen habe», fuhr George fort. «Wenn das klappt, wird alles erheblich leichter sein – in jeder Hinsicht.»

Wimsey sagte, davon sei er überzeugt, dann verfiel er in ein bei ihm völlig ungewohntes Schweigen, das den ganzen Weg bis zur Strand andauerte.

Bei Gatti ließ er George in einer Ecke sitzen, während er selbst hinging und sich mit dem Oberkellner unterhielt. Als er von diesem Gespräch zurückkam, hatte er einen verwunderten Ausdruck im Gesicht, der sogar Georges Neugier erregte, so sehr dieser doch mit eigenen Sorgen beschäftigt war.

«Was ist los? Gibt's hier vielleicht nichts Anständiges zu essen?»

«Schon gut. Ich habe nur überlegt, ob ich mir *Moules marinières* bestellen soll oder nicht.»

«Gute Idee.»

Wimseys Miene hellte sich auf, und eine Zeitlang aßen sie schweigend, wenn auch nicht völlig lautlos, die Muscheln aus ihren Schalen.»

«Übrigens», sagte Wimsey plötzlich, «Sie haben mir gar nicht gesagt, daß Sie Ihren Großvater noch am Nachmittag vor seinem Tod gesehen haben.»

George errötete. Er kämpfte gerade mit einer besonders zähen Muschel, die fest in ihrer Schale verwurzelt war, und konnte im Augenblick nicht antworten.

«Wie haben Sie denn das nur – zum Teufel, Wimsey, stecken *Sie* hinter diesem Wachhund, der mir dauernd nachschleicht?»

«Wachhund?»

«Ja, ich sagte Wachhund. Es ist hundsgemein. Ich hätte keine Sekunde gedacht, daß Sie etwas damit zu tun haben könnten.»

«Hab ich auch nicht. Wer läßt Sie überwachen?»

«Mir läuft ständig so ein Kerl nach. Ein Spion. Ich sehe ihn immer wieder. Ich weiß nicht, ob er ein Detektiv ist oder was. Sieht eher wie ein Ganove aus. Heute morgen ist er mit mir im selben Bus von Finsbury Park gekommen. Gestern war er den ganzen Tag hinter mir her. Wahrscheinlich treibt er sich jetzt da draußen herum. Ich kann das nicht leiden. Wenn ich ihn noch einmal sehe, schlage ich ihm den dreckigen Schädel ein. Wieso verfolgt man mich und spioniert mir nach? Ich habe nichts verbrochen. Und jetzt fangen Sie auch noch an.»

«Ich schwöre Ihnen, daß ich nichts damit zu tun habe, wenn Sie einer verfolgt. Ehrlich nicht. Ich würde sowieso niemanden beschäftigen, der sein Opfer merken läßt, daß er ihm folgt. Nein. Wenn ich anfangen sollte, Ihnen nachzustellen, würde es so still und heimlich geschehen wie ein Gasrohrbruch. Wie sieht dieser unfähige Spürhund denn aus?»

«Wie ein Spitzel. Klein, dünn, den Hut über die Augen gezogen und einen alten Regenmantel mit hochgestelltem Kragen an. Und mit einem sehr blauen Kinn.»

«Klingt nach einem echten Bühnendetektiv. Jedenfalls ist er ein Dummkopf.»

«Er geht mir auf die Nerven.»

«Na, schon gut. Wenn Sie ihn das nächstemal sehen, schlagen Sie ihm den Schädel ein.»

«Aber was will er von mir?»

«Wie soll ich das wissen? Was haben Sie getrieben?»

«Natürlich nichts. Ich sage Ihnen, Wimsey, ich glaube, da ist eine Art Verschwörung im Gange, mich in Schwierigkeiten zu bringen oder mich umzulegen oder sonstwas. Ich halte das nicht mehr aus. Es ist einfach widerlich. Stellen Sie sich doch nur vor, dem Kerl fällt es ein, vor dem Autosalon herumzulungern. Das wird denen sicher gefallen, wenn einem ihrer Verkäufer ein Schnüffler auf Schritt und Tritt folgt. Gerade wie ich zu hoffen anfange, daß alles in Ordnung kommt –»

«Quatsch!» sagte Wimsey. «Lassen Sie sich doch nicht ins Bockshorn jagen. Wahrscheinlich ist das alles sowieso nur Einbildung, oder blanker Zufall.»

«Keineswegs. Ich wette mit Ihnen, daß er jetzt wieder draußen auf der Straße steht.»

«Na, dann werden wir ihm die Suppe versalzen, wenn wir hinausgehen. Wir lassen ihn einbuchten, weil er Sie belästigt. Schauen Sie, vergessen Sie ihn doch mal für ein Weilchen. Erzählen Sie mir vom alten General. Wie kam er Ihnen vor, als Sie ihn zum letztenmal sahen?»

«Völlig in Ordnung. Und zänkisch wie immer.»

«Zänkisch? Weswegen?»

«Privatangelegenheiten», sagte George mürrisch.

Wimsey hätte sich ohrfeigen können, daß er seine Fragerei so taktlos begonnen hatte. Jetzt konnte er nur noch versuchen, zu retten, was zu retten war.

«Ich bin mir nicht so sicher», sagte er, «ob man Verwandte nicht generell nach dem Siebzigsten schmerzlos beseitigen sollte. Oder wenigstens absondern. Oder ihre Zungen sterilisieren lassen, damit sie nicht mehr überall ihr Gift dazwischenspritzen können.»

«Das wünschte ich auch», knurrte George. «Der Alte – hol's der Henker, ich weiß, daß er im Krimkrieg war, aber er hat doch keine Ahnung, was ein richtiger Krieg überhaupt ist. Er meint, alles kann einfach so weitergehen wie vor einem halben Jahrhundert. Ich glaube gern, daß er sich nie so benommen hat wie ich. Aber ich weiß auch, daß er sich nie bei seiner Frau sein Taschengeld erbetteln gehen mußte, geschweige daß man ihm mit Gasbomben das Innere nach außen gekehrt hat. Kommt daher und hält mir eine Predigt – und ich konnte nicht einmal etwas dagegen sagen, weil er doch schon so elend alt war.»

«Sehr ärgerlich», äußerte Wimsey mitfühlend.

«Das ist alles so verdammt ungerecht!» sagte George. «Können Sie sich vorstellen», brach es plötzlich aus ihm heraus, als hätte der Schmerz des Unrechts doch noch die Oberhand über den verletzten Stolz gewonnen, «daß dieses alte Ekel mir tatsächlich angedroht hat, mir auch noch das bißchen Geld zu streichen, das er mir zu hinterlassen hatte, wenn ich ‹mein häusliches Betragen nicht änderte›? So hat er es ausgedrückt. Als ob ich es mit einer anderen Frau triebe oder sonstwas. Ich weiß, daß ich einmal mit Sheila einen fürchterlichen Krach hatte, aber ich meinte es natürlich nicht halb so ernst, wie es rauskam. Sie weiß das, aber der Alte hat es vollkommen ernst genommen.»

«Eine halbe Sekunde», unterbrach ihn Wimsey. «Hat er Ihnen das alles an dem Tag im Taxi gesagt?»

«Ja. Eine lange Vorlesung über die Reinheit und Tapferkeit einer guten Frau, während wir immerzu um den Regent's Park herumfuhren. Ich mußte ihm versprechen, ein neues Leben anzufangen und so weiter. Wie ein Schuljunge.»

«Aber hat er nichts von dem Geld erwähnt, das Lady Dormer ihm hinterlassen wollte?»

«Kein Wort. Ich glaube nicht, daß er davon etwas wußte.»

«Das glaube ich doch. Er kam nämlich gerade von ihr, und ich habe guten Grund anzunehmen, daß sie ihm da alles erklärt hat.»

«So? Na, das würde ja einiges erklären. Ich fand nämlich das, was er sagte, ein bißchen geschwollen und übertrieben. Er hat mir erklärt, welch große Verantwortung Geld bedeutet und wie gern er die Gewißheit hätte, daß ich von allem, was er mir hinterlasse, richtigen Gebrauch machen würde und so weiter. Und er hat es mir wieder gehörig reingerieben, daß ich nicht imstande sei, für mich selbst aufzukommen – das hat mich so gewurmt – und wegen Sheila. Ich soll mich dankbarer erweisen für die Liebe einer guten Frau und sie in Ehren halten und so weiter. Als ob ich ihn dazu brauchte, mir das klarzumachen. Wenn er allerdings wußte, daß diese halbe Million auf ihn wartete, sieht es schon wieder anders aus. Mein Gott, ja! Die Vorstellung, das alles einem Kerl zu hinterlassen, den er als Taugenichts ansah, muß ihm ein bißchen Angst gemacht haben.»

«Es wundert mich, daß er nichts davon gesagt hat.»

«Sie kannten meinen Großvater nicht. Ich wette, er hat insgeheim mit dem Gedanken gespielt, meinen Anteil Sheila zu geben, und wollte mich ein bißchen ausloten, um zu sehen, wie ich dazu stand. Dieser alte Fuchs! Nun, ich habe mich natürlich bemüht, mich von der besten Seite zu zeigen, denn gerade jetzt wollte ich es nicht riskieren, diese zweitausend von ihm zu verlieren. Aber ich glaube nicht, daß er mit mir zufrieden war. Wissen Sie», fuhr George mit leicht verlegenem Lachen fort, «vielleicht war es ganz gut, daß er noch rechtzeitig die Kurve gekratzt hat, sonst hätte er mich womöglich mit einem Taschengeld abgespeist, wie?»

«Ihr Bruder hätte doch in jedem Fall für Sie vorgesorgt.»

«Das nehme ich an. Robert ist schon ein anständiger Kerl, wenn er mir auch ganz schön auf die Nerven geht.»

«So?»

«Er ist so dickfellig. So ein richtiger stumpfer Brite. Ich glaube,

Robert würde ohne weiteres noch einmal fünf Jahre Krieg mitmachen und alles für einen Mordsspaß halten. Robert war ja schon immer sprichwörtlich dafür bekannt, daß ihn nie etwas erschüttern konnte. Ich weiß noch, wie er in so einem gräßlichen Loch bei Carency, wo die ganze Gegend mit Leichen zugedeckt war – puh – diese dicken, vollgefressenen Ratten gefangen hatte, für einen Penny das Stück, und dabei hat er noch gelacht. Ratten! Lebend und stinkend von dem, was sie gefressen hatten. O ja. Robert galt als hervorragender Soldat.»

«Welch ein Glück für ihn», meinte Wimsey.

«Ja, er ist vom selben Schlag wie Großvater. Sie mochten sich ja auch. Aber immerhin, mir gegenüber hat Großvater sich anständig benommen. Eine Bestie, wie wir als Schuljungen sagten, aber eine gerechte Bestie. Und Sheila war ja sein großer Liebling.»

«Jeder muß sie einfach gern haben», sagte Wimsey höflich.

Das Essen endete in freundlicherer Atmosphäre als es angefangen hatte. Als sie auf die Straße hinaustraten, blickte George Fentiman sich jedoch unruhig um. Ein kleiner Mann mit hochgeschlagenem Mantelkragen und weichem, bis über die Augen hinuntergezogenem Hut starrte in ein nahegelegenes Schaufenster.

George ging auf ihn zu.

«Hören Sie mal», sagte er, «was zum Teufel soll das, daß Sie mir immer nachrennen? Hauen Sie ab, verstanden?»

«Ich glaube, Sie befinden sich in einem Irrtum, Sir», sagte der Mann durchaus ruhig. «Ich habe Sie noch nie gesehen.»

«Ach nein, Sie haben mich noch nie gesehen! Aber *ich* sehe *Sie* ständig in meiner Nähe herumlungern, und wenn ich Sie noch einmal sehe, können Sie was erleben, was Sie nie vergessen, haben Sie mich verstanden?»

«Hallo!» sagte Wimsey, der stehengeblieben war, um sich mit dem Portier zu unterhalten. «Was gibt's? – He, Sie, warten Sie mal einen Moment!»

Aber bei Wimseys Anblick hatte der Mann sich wie ein Aal durch den brausenden Verkehr auf der Strand geschlängelt und war nicht mehr zu sehen.

George Fentiman wandte sich triumphierend seinem Gefährten zu.

«Haben Sie das gesehen? Diese kleine Laus! Ist abgehauen wie der Blitz, als ich ihm gedroht habe. Das war der Kerl, der mir seit drei Tagen immerzu nachschleicht.»

«Bedaure», sagte Wimsey, «aber das war nicht Ihr Heldenmut, Fentiman. Mein furchtbarer Anblick allein hat ihn verscheucht. Was habe ich an mir? Habe ich Jovis hohe Stirn, zum Drohn und zum Gebieten? Oder trage ich eine besonders abstoßende Krawatte?»

«Er ist jedenfalls weg.»

«Ich wollte, ich hätte ihn mir etwas genauer ansehen können. Ich habe nämlich so ein Gefühl, als ob ich seine lieblichen Züge schon einmal gesehen hätte, und das ist noch nicht einmal so lange her. War dies das Antlitz, Ziel den tausend Schiffen? Nein, das kann ich mir nicht vorstellen.»

«Ich kann nur eins sagen», meinte George. «Wenn ich ihn noch einmal erwische, richte ich sein Gesicht so zu, daß seine eigene Mutter ihn nicht wiedererkennt.»

«Tun Sie das nicht. Sie vernichten womöglich ein Beweisstück. Ich – Augenblick mal – ich habe eine Idee. Ich glaube, das muß derselbe Kerl sein, der sich beim Bellona-Club herumtreibt und Fragen stellt. O Hades! – und wir haben ihn laufenlassen. Und ich hatte ihn für Olivers Spitzel gehalten. Wenn Sie ihn noch einmal zu Gesicht bekommen, Fentiman, klammern Sie sich an ihn wie der grimme Tod! Ich muß mit ihm reden.»

10

Lord Peter spielt einen Impasse

«Hallo!»

«Sind Sie das, Wimsey? Hallo! Hören Sie, sind Sie Lord Peter Wimsey? Hallo! Ich muß Lord Peter Wimsey sprechen! Hallo!»

«Schon gut, ich habe ja ‹Hallo› gesagt. Wer sind Sie? Und was soll die Aufregung?»

«Ich bin's, Major Fentiman. Hören Sie – *ist* dort Wimsey?»

«Ja. Hier Wimsey. Was gibt's?»

«Ich kann Sie nicht hören.»

«Natürlich können Sie mich nicht hören, wenn Sie immer so schreien. Hier Wimsey. Guten Morgen. Halten Sie mal eine Handbreit Abstand von der Sprechmuschel und reden Sie mit normaler Stimme. Sagen Sie nicht immer ‹Hallo›! Wenn Sie die Vermittlung wieder haben wollen, drücken Sie ein paarmal sanft auf die Gabel.»

«Mann, seien Sie nicht so albern! Ich habe Oliver gesehen.»

«Was? Wo denn?»

«Wie er am Charing Cross in einen Zug stieg.»

«Haben Sie mit ihm gesprochen?»

«Nein – es ist zum Verrücktwerden. Ich kaufte mir gerade meine Fahrkarte, da sah ich ihn durch die Sperre gehen. Ich bin ihm sofort nach, aber da liefen mir so ein paar dämliche Leute in den Weg. Auf dem Gleis stand ein Zug der Circle Line. Er ist hineingesprungen, und dann haben sie die Türen geschlossen. Ich bin hingerannt und habe gewinkt und geschrien, aber der Zug ist ausgefahren. Ich habe ganz schön geflucht.»

«Kann ich mir denken. So was Ärgerliches.»

«Ja, nicht? Ich habe den nächsten Zug genommen –»

«Wozu?»

«Ach, ich weiß nicht. Ich habe wohl gedacht, ich erwische ihn noch irgendwo auf dem Bahnsteig.»

«Welch große Hoffnung! Sie sind nicht auf die Idee gekommen zu fragen, wohin er gelöst hat?»

«Nein. Außerdem hatte er seine Fahrkarte wahrscheinlich aus einem Automaten.»

«Schon möglich. Na, da kann man einfach nichts machen. Er wird wohl wieder mal auftauchen. Sind Sie sicher, daß er es war?»

«Aber ja! Ich kann mich nicht geirrt haben. Ich würde ihn überall wiedererkennen. Ich wollte Ihnen das nur gleich mitteilen.»

«Vielen Dank. Das gibt mir unwahrscheinlichen Auftrieb. Charing Cross scheint einer seiner gewohnten Jagdgründe zu sein. Von da hat er nämlich am Abend des zehnten November angerufen.»

«Allerdings.»

«Ich sage Ihnen mal, was wir am besten machen, Fentiman. Die Sache wird langsam ziemlich ernst. Ich schlage vor, Sie behalten die Charing Cross Station im Auge. Ich werde uns einen Detektiv besorgen –»

«Von der Polizei?»

«Nicht unbedingt. Ein Privatdetektiv tut's auch. Sie und er können auf dem Bahnhof Wache halten, sagen wir, eine Woche lang. Sie müssen ihm Oliver so gut wie möglich beschreiben, dann können Sie sich abwechseln.»

«Mein Gott, Wimsey – das kostet so viel Zeit! Ich bin nämlich wieder in meine Wohnung in Richmond gezogen. Außerdem habe ich ja auch eigene Pflichten.»

«Ja – na gut, während Sie Dienst haben, muß eben der Detektiv Wache schieben.»

«Das ist ja eine entsetzliche Tortur, Wimsey.» Fentimans Stimme klang gar nicht begeistert.

«Es geht immerhin um eine halbe Million. Natürlich, wenn Sie nicht scharf darauf sind –»

«Ich *bin* scharf darauf. Ich glaube nur nicht, daß etwas dabei herauskommt.»

«Wahrscheinlich nicht, aber einen Versuch ist es wert. Inzwischen postiere ich bei Gatti jemand anderen.»

«Bei Gatti?»

«Ja. Man kennt ihn dort. Ich schicke jemanden –»

«Aber er kommt doch überhaupt nicht mehr dorthin.»

«Er könnte wiederkommen. Warum nicht? Wir wissen ja jetzt, daß er in der Stadt ist und nicht das Land verlassen hat oder so etwas. Der Geschäftsführung sage ich, daß er in einer dringenden geschäftlichen Angelegenheit gesucht wird, damit es keine Unannehmlichkeiten gibt.»

«Behagen wird das denen trotzdem nicht.»

«Sie werden sich damit abfinden müssen.»

«Na ja, gut. Aber hören Sie – *ich* mache das bei Gatti.»

«Das geht nicht. Wir brauchen Sie, um den Mann am Charing Cross zu identifizieren. Bei Gatti kann das einer von den Kellnern machen. Sie sagen doch, daß er dort bekannt ist?»

«Ja, natürlich ist er dort bekannt. Aber –»

«Aber was? – Übrigens, mit welchem Kellner haben Sie gesprochen? Ich habe mich gestern mit dem Oberkellner unterhalten, und der schien von nichts zu wissen.»

«Nein – der Oberkellner war es nicht. Einer von den andern. Der dicke, dunkelhaarige.»

«Na gut. Ich finde den richtigen schon noch. Also, kümmern Sie sich um Charing Cross?»

«Natürlich – wenn Sie wirklich glauben, daß es was nützt.»

«O ja, das glaube ich. Gut. Ich besorge also den Detektiv und schicke ihn zu Ihnen, dann können Sie sich absprechen.»

«Schön.»

«Adieu.»

Lord Peter legte auf und grinste noch eine Weile still vor sich hin. Dann wandte er sich an Bunter.

«Bunter, ich wage nicht oft Prophezeiungen, aber jetzt tue ich's. Die Karten – oder Handlinien – lügen nicht. Hüten Sie sich vor dem dunklen Fremden. So was in der Art.»

«Wahrhaftig, Mylord?»

«Ja. Silber auf der Zigeunerin Hand. Ich sehe Mr. Oliver. Ich sehe ihn eine Reise machen, die übers Wasser führt. Ich sehe Unheil. Ich sehe das Pik-As, Bunter – die Schippe nach unten.»

«Und was weiter, Mylord?»

«Nichts. Ich blicke in die Zukunft und sehe eine große Leere. Die Zigeunerin hat gesprochen.»

«Ich werde es beherzigen, Mylord.»

«Tun Sie das. Wenn meine Prophezeiung sich nicht erfüllt, schenke ich Ihnen eine neue Kamera. Und jetzt begebe ich mich zu diesem Menschen, der sich ‹Spürhund-GmbH› nennt, und sorge dafür, daß er am Charing Cross einen guten Mann hinstellt. Und dann fahre ich nach Chelsea und weiß noch nicht, wann ich zurück sein werde. Nehmen Sie sich heute nachmittag frei. Stellen Sie mir ein paar Sandwichs hin und warten Sie nicht auf mich, wenn es spät wird.»

Wimsey erledigte rasch sein Geschäft bei der «Spürhund-GmbH» und begab sich von dort zu einem hübschen, am Fluß gelegenen kleinen Atelier in Chelsea. Die Tür, auf der in säuberlicher Schrift «Miss Marjorie Phelps» stand, wurde ihm von einer gutaussehenden jungen Frau mit lockigen Haaren geöffnet, die einen dick tonverschmierten Overall trug.

«Lord Peter! Wie nett! Kommen Sie doch rein.»

«Bin ich Ihnen auch nicht im Weg?»

«Kein bißchen. Wenn es Sie nicht stört, daß ich weiterarbeite.»

«Natürlich nicht.»

«Sie könnten den Wasserkessel aufsetzen und etwas zu essen zusammensuchen, wenn Sie sich wirklich nützlich machen wollen. Ich möchte diese Figur noch fertig machen.»

«Recht so. Ich war so frei, einen Topf Hybla-Honig mitzubringen.»

«Was Sie für süße Ideen haben! Ich glaube, Sie sind wirklich einer der nettesten Menschen, die ich kenne. Sie reden keinen Unsinn über Kunst, wollen nicht die Händchen gehalten haben und kommen mit Ihren Gedanken immer wieder auf Essen und Trinken zurück.»

«Nicht so voreilig. Ich will zwar nicht die Händchen gehalten haben, aber ich bin zu einem bestimmten Zweck hier.»

«Sehr vernünftig. Die meisten Leute kommen ohne.»

«Und bleiben dann ewig.»

«So ist es.»

Miss Phelps legte den Kopf auf die Seite und begutachtete kritisch die kleine Tänzerin, die sie gerade modellierte. Sie hatte in diesen Tonfigürchen ihren eigenen Stil entwickelt, und ihre Arbeiten verkauften sich gut und waren ihren Preis wert.

«Das ist recht hübsch», meinte Wimsey.

«Ein bißchen süßlich. Aber es ist eine Sonderbestellung, und da kann man nicht wählerisch sein. Ich habe übrigens ein Weihnachtsgeschenk für Sie gemacht. Schauen Sie es sich lieber erst mal an, und wenn es Ihnen nicht gefällt, schmeißen wir es zusammen kaputt. Es steht da im Schrank.»

Wimsey öffnete den Schrank und nahm eine gut zwanzig Zentimeter hohe Figur heraus. Sie stellte einen jungen Mann im wallenden Morgenmantel dar, in ein großes Buch vertieft, das auf seinem Schoß lag. Es war lebensecht. Wimsey mußte lachen.

«Großartig. Wunderbare Arbeit. Darauf freue ich mich. Sie machen aber nicht zu viele davon, hoffe ich? Man wird es nicht bei Selfridge kaufen können?»

«Das will ich Ihnen ersparen. Ich hatte nur daran gedacht, Ihrer Mutter eins zu schenken.»

«Das wird ihr eine Riesenfreude machen. Vielen Dank. Da kann ich mich ja diesmal wirklich auf Weihnachten freuen. Soll ich Toast machen?»

«Gern.»

Wimsey ging vergnügt vor dem Gasofen in die Hocke, während die Modelliererin mit ihrer Arbeit fortfuhr. Tee und Tänzerin waren fast gleichzeitig fertig, und Miss Phelps riß sich den Overall herunter und ließ sich wohlig in einen schon arg mitgenommenen Sessel vor dem Kamin fallen.

«Und was kann ich für Sie tun?»

«Sie können mir erzählen, was Sie über Miss Ann Dorland wissen.»

«Ann Dorland? Du lieber Himmel! Sie haben sich doch nicht etwa in Ann Dorland verliebt? Ich höre, daß sie ziemlich viel Geld zu erwarten hat.»

«Miss Phelps, Sie haben eine ausgesprochen schmutzige Phantasie. Nehmen Sie noch einen Toast. Entschuldigung, wenn ich mir die Finger ablecke. Nein, ich habe mich nicht in die Dame verliebt. Sonst käme ich ohne fremde Hilfe zurecht. Ich habe sie noch nicht einmal gesehen. Wie ist sie?»

«Sie meinen, wie sie aussieht?»

«Unter anderem.»

«Nun ja, ziemlich unscheinbar. Sie hat dunkles, glattes Haar, kurzgeschnitten, mit Pony – wie ein flandrischer Page. Breite Stirn, eckiges Gesicht, gerade Nase – ganz gut. Ihre Augen sind auch recht nett – grau, mit schönen dichten Brauen, kein bißchen modisch. Aber sie hat eine häßliche Haut und ziemlich vorstehende Zähne. Und rundlich ist sie.»

«Sie ist Malerin, ja?»

«Hm – ja! Sie malt.»

«Aha. Wohlhabende Dilettantin mit eigenem Atelier.»

«Ja. Man muß es der alten Lady Dormer lassen, daß sie sehr anständig zu ihr war. Ann Dorland ist nämlich eine weit entfernte Verwandte von der mütterlichen Seite der Familie Fentiman, und als Lady Dormer zum erstenmal von ihr hörte, war sie eine Vollwaise und unvorstellbar arm. Die alte Dame wollte gern ein bißchen junges Leben um sich haben und hat sich ihrer angenommen, und das Wunderbare ist, daß sie nie versucht hat, sie für sich allein zu beschlagnahmen. Sie hat ihr ein schönes großes Atelier zur Verfügung gestellt, und sie durfte Freunde mit nach Hause bringen und tun und lassen, was sie wollte – in Grenzen, natürlich.»

«Lady Dormer hatte in ihrer Jugend selbst unter einer tyrannischen Verwandtschaft zu leiden», sagte Wimsey.

«Ich weiß. Aber das scheinen die meisten alten Leute zu vergessen. Und Lady Dormer hatte dafür gewiß Zeit genug. Sie muß eine recht ungewöhnliche Frau gewesen sein. Wohlgemerkt, ich habe sie kaum gekannt, und ich kenne auch eigentlich Ann Dorland nicht besonders gut. Ich war natürlich mal da. Sie pflegte Parties zu geben – ziemlich stümperhaft übrigens. Und hin und wieder läßt sie sich in einem unserer Ateliers blicken. Aber sie ist eigentlich keine von uns.»

«Dazu muß man wahrscheinlich richtig arm und ein Arbeitstier sein.»

«O nein. Sie zum Beispiel passen ganz gut zu uns, wenn Sie uns ab und zu einmal das Vergnügen geben. Und es macht auch nichts, wenn einer nicht malen kann. Sehen Sie sich Bobby Hobart und seine entsetzlichen Schmierereien an – er ist so ein richtig netter Kerl, und alle mögen ihn. Ich nehme an, daß Ann Dorland irgendeinen Komplex hat. Komplexe erklären so vieles, wie das schöne Wort Hippopotamus.»

Wimsey bediente sich ausgiebig vom Honig und machte ein erwartungsvolles Gesicht.

«Ich finde», fuhr Miss Phelps fort, «daß Ann Dorland eigentlich in die City gehört. Sie hat nämlich Grips. Und sie kann wunderbar organisieren. Aber schöpferisch ist sie nicht. Und dann gibt es in unserm kleinen Haufen natürlich ständig irgendwelche Liebesaf-

Warum…

... denken manche Leute eigentlich, ein Mann könne gar nicht anders, als sich in eine reiche Erbin zu verlieben? Nur um an das Geld heranzukommen? Aber wenn die Erbin nun so unscheinbar ist wie Ann Dorland? Und wenn sie unter Umständen sogar in ein Verbrechen verwickelt ist? Oder vielleicht längst einen anderen liebt?

Wenn jemand seine finanzielle Zukunft sichern möchte, gibt es sicherlich auch andere Möglichkeiten; ertragreich und ohne Risiko.

fären, und diese leidenschaftsgeladene Atmosphäre kann ziemlich frustrierend sein für jemanden, der nicht selbst daran teilhat.»

«Miss Dorland ist demnach über Leidenschaften erhaben?»

«Hm, nein, ich würde sagen, sie möchte da schon gern mittun – aber es ergibt sich nie. Wozu wollen Sie Ann Dorland analysiert haben?»

«Das erzähle ich Ihnen ein andermal. Es ist nicht nur ordinäre Neugier.»

«Nein, Sie sind ja normalerweise ein anständiger Kerl, sonst würde ich Ihnen das alles auch gar nicht erzählen. Ich glaube eigentlich, Ann hat so etwas wie eine fixe Idee, daß sie auf niemanden anziehend wirken kann, und darum ist sie dann entweder sentimental und langweilig oder schroff und abweisend, und unsereiner kann Sentimentalität nun einmal nicht ausstehen und läßt sich schon gar nicht gern abweisen. Im Grunde ist sie ein armes Ding. Ich glaube, sie hat sich jetzt überhaupt ein wenig von der Kunst zurückgezogen. Als ich zuletzt von ihr hörte, muß sie jemandem erzählt haben, sie wolle in die Sozialarbeit oder Krankenpflege gehen oder etwas Ähnliches. Das finde ich sehr vernünftig. Wahrscheinlich würde sie mit Leuten, die so etwas machen, viel besser auskommen. Die sind viel solider und höflicher.»

«Aha. Hören Sie mal, angenommen, ich wollte Miss Dorland gern einmal zufällig begegnen – wo würde ich sie am ehesten finden?»

«Sie scheint es Ihnen aber *wirklich* angetan zu haben! Nun, ich glaube, dann würde ich es bei den Rushworths versuchen. Die haben es mit Wissenschaft und Weltverbesserung und so weiter. Ich nehme zwar an, daß Ann jetzt in Trauer ist, aber das wird sie wohl nicht von den Rushworths fernhalten. Deren Zusammenkünfte sind ja nicht unbedingt frivol zu nennen.»

«Vielen Dank. Sie sind eine Goldgrube wertvoller Informationen. Und für eine Frau stellen Sie nicht viele Fragen.»

«Ich danke für diese wenigen freundlichen Worte, Lord Peter.»

«Jetzt bin ich frei, meine kostbare Aufmerksamkeit *Ihren* Sorgen zu widmen. Was gibt's Neues? Wer ist in wen verliebt?»

«Ach, das Leben ist ein Jammertal. Kein Mensch ist in mich verliebt, und die Schlitzers hatten einen so schlimmen Krach wie noch nie und haben sich getrennt.»

«Nein!»

«Doch. Nur müssen sie aus finanziellen Gründen weiterhin dasselbe Atelier benutzen – Sie wissen doch, dieses große Zimmer über dem Pferdestall. Es muß ein bißchen schwierig sein, mit jemandem im selben Raum essen, schlafen und arbeiten zu müssen, von dem man getrennt lebt. Sie reden nicht einmal miteinander, und es ist ziemlich peinlich, wenn man einen von ihnen besucht und der andere so tun muß, als ob er einen nicht sehen und hören könnte.»

«Ich kann mir kaum vorstellen, daß man das unter solchen Umständen durchhält.»

«Es ist nicht leicht. Ich hätte Olga ja hier bei mir aufgenommen, aber sie ist so furchtbar launisch. Außerdem will keiner dem anderen das Atelier überlassen.»

«Ach so. Aber existiert in diesem Spiel nicht noch ein Dritter?»

«Doch – Ulric Fiennes, der Bildhauer. Aber er kann sie wegen seiner Frau nicht zu sich nehmen, und er ist ja ziemlich von seiner Frau abhängig, weil seine Bildhauerei nichts einbringt. Außerdem arbeitet er an dieser kolossalen Gruppe für die Ausstellung, und die kann er nicht woandershin bringen, weil sie an die zwanzig Tonnen wiegt. Und wenn er mit Olga durchbrennt, sperrt seine Frau ihn aus. Bildhauer zu sein ist sehr unpraktisch. Wie wenn man Kontrabaß spielt; man ist durch sein Gepäck so behindert.»

«Stimmt. Dagegen könnten wir, wenn Sie mit mir wegliefen, die ganzen tönernen Schäfer und Schäferinnen in einer Handtasche mitnehmen.»

«Eben. Und was wir für einen Spaß hätten! Wohin fliehen wir?»

«Wenn wir sofort aufbrechen, schaffen wir es bis zum ‹Oddenino› und können anschließend ins Theater gehen – wenn Sie nichts anderes vorhaben.»

«Sie sind ein lieber Kerl, und von jetzt an sage ich Peter zu Ihnen. Sehen wir uns *Zwischen zwei Stühlen* an?»

«Das Stück, das nur mit Mühe durch die Zensur ging? Wenn Sie wollen. Ist es sehr obszön?»

«Sie werden schon keinen Schaden nehmen.»

«Nun gut, einverstanden. Aber ich warne Sie, ich werde Sie bei allen Zweideutigkeiten vernehmlich fragen, was das heißt.»

«Das ist so Ihre Art, sich zu amüsieren, wie?»

«O ja. Es macht die Leute rasend. Sie rufen dauernd ‹Pst!› und kichern, und wenn wir Glück haben, gibt's hinterher an der Bar einen herrlichen Krach.»

«Dann lasse ich es lieber nicht darauf ankommen. Nein, wissen Sie, was ich wirklich gern möchte? Wir sehen uns *George Barnwell* im ‹Elephant› an und gehen hinterher irgendwo Fisch mit Pommes frites essen.»

Darauf einigte man sich, und es wurde ein rundum gelungener Abend, der in den frühen Morgenstunden im Atelier von Freunden bei gegrillten Bücklingen endete. Als Lord Peter nach Hause kam, lag in der Diele ein Zettel auf dem Tisch:

«Mylord,
die Person von der ‹Spürhund-GmbH› rief heute an und sagte, er neige zu Eurer Lordschaft Ansicht, wolle aber die Zielperson weiterhin beobachten und sich morgen wieder melden. Die Sandwichs befinden sich auf dem Eßzimmertisch, falls Eure Lordschaft eine Stärkung zu sich nehmen möchten.

Gehorsamst,
Ihr
M. Bunter.»

«Silber auf der Zigeunerin Hand», sagte Seine Lordschaft gutgelaunt und ließ sich ins Bett fallen.

11

Lord Peter zieht die Trümpfe

Der Bericht der «Spürhund-GmbH», der dann kam, ließ sich mit den Worten zusammenfassen: «Es tut sich nichts, und Major Fentiman ist überzeugt, daß sich auch weiter nichts tun wird; diese Überzeugung wird von der ‹Spürhund-GmbH› geteilt.» Lord Peters Antwort lautete: «Beobachten Sie weiter, und noch in dieser Woche passiert etwas.»

Seine Lordschaft sollte recht behalten.

Am vierten Abend berichtete die ‹Spürhund-GmbH› wieder. Der diensthabende Spürhund war um sechs Uhr abends ordnungsgemäß von Major Fentiman abgelöst worden und zum Abendessen gegangen. Als er eine Stunde später auf seinen Posten zurückkehrte, erwartete ihn beim Fahrkartenkontrolleur oben an der Treppe eine Nachricht. Sie lautete:

«Habe soeben Oliver in ein Taxi steigen sehen. Folge ihm. Werde mich in der Imbißstube melden.

Fentiman.»

Der Spürhund mußte notgedrungen in den Imbißraum zurückgehen, um dort die nächste Meldung abzuwarten. «Aber die ganze Zeit, Mylord, ist der zweite Mann, den ich Ihren Instruktionen gemäß eingesetzt hatte, dem Major ohne dessen Wissen gefolgt.» Bald kam ein Anruf von der Waterloo Station: «Oliver im Zug nach Southampton. Ich folge.» Der Spürhund eilte zur Waterloo Station, wo der Zug jedoch schon abgefahren war, und fuhr mit dem nächsten hinterher. In Southampton erkundigte er sich nach einem Herrn, auf den die Beschreibung Fentimans paßte, und erfuhr, daß ein solcher Herr einen Zwischenfall inszeniert hatte, als das Schiff nach Le Havre gerade ablegen wollte, und auf Verlangen eines älteren Herrn, den er wohl in irgendeiner Weise belästigt oder angegriffen hatte, kurz und bündig hinausgeworfen worden war. Weitere Nachforschungen bei der Hafenbehörde ergaben, daß Fentiman jenem Mann gefolgt war, ihn im Zug belästigt hatte, vom Eisenbahnpersonal verwarnt worden war, sich sein Opfer auf der Gangway zum Schiff wieder gegriffen und versucht hatte, es an der Einschiffung zu hindern. Der fragliche Herr hatte seine Ausweispapiere vorgelegt, aus denen hervorging, daß er ein Unternehmer im Ruhestand war, der auf den Namen Postlethwaite hörte und in Kew wohnte. Fentiman hatte dagegen behauptet, der Mann heiße Oliver, Adresse und persönliche Verhältnisse unbekannt, und man benötige seine Aussage in einer Familienangelegenheit. Da Fentiman keinen Paß bei sich hatte und auch keine offizielle Befugnis besaß, Reisende anzuhalten und zu verhören, und da seine Geschichte wenig überzeugend klang und sein Wesen erregt schien, hatte die örtliche Polizei ihn festgenommen. Postlethwaite hatte seine Reise fortsetzen dürfen, nachdem er seine Adresse in England sowie sein Reiseziel angegeben hatte, das nach seinen Behauptungen, bestätigt durch die vorgelegten Papiere und Korrespondenz, Venedig war.

Der Spürhund begab sich zur Polizei, wo er einen wutschnaubenden Fentiman antraf, der die Polizisten wegen Freiheitsberaubung zu verklagen drohte. Der Spürhund konnte jedoch seine Freilassung erwirken, indem er für Fentimans Identität und gute Absicht bürgte und ihn zu dem Versprechen bewegte, sich friedlich zu verhalten. Dann belehrte er Fentiman, daß Privatpersonen nicht das Recht hätten, friedfertige Menschen anzugreifen oder gar festzunehmen, ohne ihnen etwas zur Last legen zu können, und wies ihn darauf hin, daß er sich richtiger verhalten hätte, wenn er Oliver, als dieser seine Identität leugnete, in aller Stille gefolgt wäre und sich mit Wimsey oder Mr. Murbles oder der «Spürhund-GmbH» in Verbindung gesetzt hätte. Er fügte hinzu, daß er nun seinerseits in Southampton auf weitere Anweisungen von Lord Peter warte. Ob er selbst nach Venedig nachreisen oder seinen Mitarbeiter schicken und nach London zurückkehren solle? Mr. Postlethwaites offenes Auftreten lasse vermuten, daß tatsächlich eine Verwechslung vorliege, aber Fentiman bleibe dabei, daß er sich bestimmt nicht geirrt habe.

Lord Peter hielt die Fernverbindung aufrecht und überlegte kurz. Dann lachte er.

«Wo ist Major Fentiman?» fragte er.

«Er wird nach London zurückkehren, Mylord. Ich habe ihm klargemacht, daß ich jetzt über alle notwendigen Informationen verfüge, um weitermachen zu können, so daß seine Anwesenheit in Venedig mich nur behindern würde, nachdem er der Zielperson jetzt bekannt sei.»

«Richtig. Nun, ich finde, Sie sollten Ihren Mann ruhig nach Venedig schicken, falls nämlich doch was dran ist. Und hören Sie zu ...» Er gab weitere Anweisungen, die mit den Worten endeten: «Und bitten Sie Major Fentiman, gleich nach seiner Rückkehr zu mir zu kommen.»

«Gewiß, Mylord.»

«Wie steht es nun mit den Worten der Zigeunerin?» meinte Lord Peter, als er Bunter die Neuigkeiten mitteilte.

Major Fentiman kam am Nachmittag zu ihm in die Wohnung und wußte sich nicht genug zu entschuldigen und zu entrüsten.

«Es tut mir so leid, alter Freund. Das war entsetzlich dumm von mir, aber mir ist der Gaul durchgegangen. Als ich hörte, wie dieser Kerl in aller Seelenruhe abstritt, mich oder meinen armen alten Großvater je gesehen zu haben, und als er auch noch mir nichts dir nichts seine Papiere vorzeigte – da haben sich mir die Haare aufgestellt. Natürlich sehe ich jetzt ein, daß ich einen Fehler gemacht habe. Mir ist völlig klar, daß ich ihm unbemerkt hätte folgen müssen. Aber woher hätte ich wissen sollen, daß er seinen eigenen Namen verleugnen würde?»

«Als er das tat, hätten Sie sich aber denken müssen, daß Sie sich entweder geirrt hatten oder daß er einen sehr triftigen Grund hatte, von hier fortkommen zu wollen.»

«Ich habe ihm doch gar nichts vorgeworfen.»

«Natürlich nicht, aber das schien er anzunehmen.»

«Aber wieso? – Ich meine, als ich ihn zum erstenmal ansprach, habe ich nur gesagt: ‹Mr. Oliver, nicht wahr?› Worauf er sagte: ‹Sie müssen sich irren.› Ich sagte: ‹Bestimmt nicht. Mein Name ist Fentiman, und Sie haben meinen Großvater gekannt, den alten General Fentiman.› Er meinte darauf, er habe nicht das Vergnügen. Ich habe ihm dann erklärt, daß wir nur wissen wollen, wo der alte Mann die Nacht vor seinem Tod verbracht hat, und er hat mich angesehen wie einen Irren. Das hat mich geärgert, und als ich sagte, ich wüßte genau, daß er Oliver ist, da hat er sich beim

Zugführer beschwert. Als er dann Anstalten machte, einfach zu verschwinden, ohne uns zu helfen, mußte ich an die halbe Million denken, und da hat mich so die Wut gepackt, daß ich ihn mir kurzerhand gegriffen habe. ‹O nein, Sie machen sich hier nicht so einfach aus dem Staub›, habe ich gesagt, und damit ging der Zirkus dann los, verstehen Sie?»

«*Ich* verstehe», sagte Wimsey. «Aber verstehen *Sie* denn nicht, daß dieser Mann, wenn er wirklich Oliver ist und sich so gut, mit falschem Paß und allem, auf die Flucht vorbereitet hat, etwas Wichtiges zu verbergen haben muß?»

Fentiman riß den Mund auf.

«Sie meinen doch nicht – Sie wollen nicht sagen, daß an dem Tod etwas nicht stimmt? Das kann doch wohl nicht wahr sein!»

«Jedenfalls muß an diesem Oliver etwas komisch sein, oder? Wie aus Ihrer eigenen Darstellung hervorgeht.»

«Ja, so gesehen stimmt das schon. Wissen Sie was? Wahrscheinlich hat er sich in irgendwelche Schwierigkeiten gebracht und verdrückt sich jetzt. Schulden oder Frauengeschichten oder dergleichen. Natürlich, so muß es sein. Und als ich dann aufkreuzte, kam ihm das furchtbar ungelegen. Also hat er mich abgewimmelt. Jetzt verstehe ich das alles. Na ja, in diesem Falle schreiben wir ihn lieber gleich ab. Den kriegen wir nicht zurück, und vermutlich kann er uns ja doch nicht weiterhelfen.»

«Das ist natürlich möglich. Aber wenn Sie bedenken, daß er sich seit dem Tod des Generals nie mehr bei Gatti hat blicken lassen, wo Sie ihn früher öfter gesehen hatten – sieht das nicht so aus, als ob er mit diesem Vorfall nicht gern in Verbindung gebracht werden möchte?»

Fentiman wand sich verlegen.

«Ach, hol's der Henker! Was kann er schließlich mit dem Tod des alten Herrn zu tun gehabt haben?»

«Das weiß ich nicht. Aber wir könnten versuchen, es zu erfahren.»

«Wie?»

«Indem wir zum Beispiel eine Exhumierung beantragen.»

«Ihn ausgraben?» rief Fentiman entsetzt.

«Ja. Die Leiche wurde ja nicht obduziert, wie Sie wissen.»

«Das nicht, aber Penberthy wußte schließlich genau Bescheid und hat den Totenschein ausgestellt.»

«Schon, aber um die Zeit gab es ja auch noch keinen Grund, Unregelmäßigkeiten zu vermuten.»

«Den gibt es auch jetzt nicht.»

«Es gibt doch etliche merkwürdige Umstände, um es vorsichtig auszudrücken.»

«Es gibt nur diesen Oliver – und letztlich könnte ich mich da doch auch getäuscht haben.»

«Ich denke, Sie waren so sicher.»

«War ich auch. Aber das ist doch grotesk, Wimsey! Und denken Sie mal an den Skandal, den das geben würde!»

«Wieso? Sie sind der Testamentsvollstrecker. Sie können die Exhumierung privat beantragen, und dann kann sie in aller Stille vorgenommen werden.»

«Gewiß, aber das Innenministerium würde bei so einem windigen Verdacht doch nie seine Zustimmung geben.»

«Dafür werde ich schon sorgen. Die wissen, daß ich mich nicht dafür interessieren würde, wenn nichts daran wäre. Mit Windeiern habe ich mich noch nie abgegeben.»

«Bleiben Sie doch mal ernst. Welchen Grund könnten wir denn angeben?»

«Von Oliver abgesehen, einen sehr guten. Wir können sagen, daß wir den Inhalt seines Verdauungstraktes untersuchen lassen wollen, um zu sehen, wie lange nach seiner letzten Mahlzeit der General gestorben ist. Das könnte für die Feststellung des Todeszeitpunktes sehr nützlich sein. Und das Gesetz nimmt es, allgemein gesprochen, mit der ordnungsgemäßen Erbschaftsregelung sehr genau.»

«Hören Sie auf! Sie wollen doch nicht sagen, daß Sie den Todeszeitpunkt eines Menschen feststellen können, indem Sie ihm in den Bauch gucken!»

«Natürlich nicht genau. Aber eine ungefähre Vorstellung bekommt man. Wenn wir feststellen, daß er unmittelbar vorher erst sein Frühstück zu sich genommen hat, wissen wir, daß er sehr kurz nach seiner Ankunft im Club gestorben sein muß.»

«Großer Gott! – Das wären ja schlechte Aussichten für mich.»

«Es könnte auch umgekehrt sein.»

«Mir gefällt das nicht, Wimsey. Das ist eine sehr unerfreuliche Vorstellung. Ich wünschte wahrhaftig, wir könnten uns auf einen Kompromiß einigen.»

«Die fragliche Dame ist nicht zum Kompromiß bereit. Das wissen Sie doch. Irgendwie müssen wir an die Fakten herankommen. Ich werde natürlich Murbles veranlassen, Pritchard die Exhumierung vorzuschlagen.»

«Mein Gott! und was wird *der* tun?»

«Pritchard? Wenn er ein ehrlicher Mensch ist und seine Klientin eine ehrliche Frau, werden sie das Gesuch unterstützen. Wenn nicht, werde ich annehmen, daß sie etwas zu verbergen haben.»

«Ich würd's ihnen zutrauen. Das ist ein ziemlich gemeines Volk. Aber ohne meine Zustimmung können sie nichts machen, oder?»

«Nicht direkt – zumindest nicht ohne eine Menge Scherereien und viel Aufsehen. Aber wenn *Sie* ein ehrlicher Mensch sind, werden Sie die Zustimmung geben. *Sie* haben doch nichts zu verbergen, oder?»

«Natürlich nicht. Trotzdem sieht das ziemlich –»

«Man verdächtigt uns sowieso schon übler Machenschaften», fuhr Wimsey unbeirrt fort. «Dieser niederträchtige Pritchard hat es mir gewissermaßen ins Gesicht gesagt. Ich rechne tagtäglich damit, daß er von sich aus eine Exhumierung vorschlagen wird. Mir wäre es lieber, wir kämen ihm damit zuvor.»

«Wenn das so ist, müssen wir wohl. Aber ich kann mir nicht vorstellen, daß es auch nur das allermindeste nützt, und mit Sicherheit wird es sich herumsprechen und für großes Aufsehen sorgen. Gibt es keine andere Möglichkeit – Sie sind doch sonst so schlau –»

«Hören Sie mal, Fentiman. Wollen Sie an die Wahrheit heran? Oder wollen Sie nur unter allen Umständen an das Geld heran? Sie können es mir ganz ehrlich sagen.»

«Natürlich will ich die Wahrheit wissen.»

«Na schön; ich habe Ihnen ja gesagt, was dann als nächstes zu tun ist.»

«Hol's der Teufel», sagte Fentiman unzufrieden; «dann muß es wohl sein. Aber ich habe keine Ahnung, an wen ich mich da wenden soll und wie das geht.»

«Setzen Sie sich nur hin, dann diktiere ich Ihnen den Brief.»

Es gab kein Ausweichen mehr, und murrend tat Fentiman, wie er geheißen wurde.

«George ist auch noch da. Ich müßte ihn fragen.»

«Es betrifft George höchstens indirekt. Das ist schon in Ordnung. Schreiben Sie jetzt auch noch an Murbles, sagen Sie ihm, was Sie vorhaben, und tragen Sie ihm auf, die andere Seite zu informieren.»

«Sollten wir nicht über das Ganze zuerst einmal mit Murbles sprechen?»

«Ich habe bereits mit Murbles gesprochen, und er findet auch, daß es das einzig Richtige ist.»

«Diese Leute sind für alles, was Unruhe stiftet und Honorare einbringt.»

«Richtig. Trotzdem sind Anwälte nun mal ein notwendiges Übel. Sind Sie fertig?»

«Ja.»

«Dann geben Sie die Briefe mir; ich sorge dafür, daß sie zur Post kommen. Sie brauchen sich jetzt um nichts mehr zu kümmern. Murbles und ich werden alles in die Wege leiten, und unser Detektiv hat ein Auge auf Oliver. Sie dürfen rausgehen und spielen.»

«Sie –»

«Sie wollten sicher sagen, wie nett es von mir ist, mir alle diese Mühe zu machen. Es ist mir ein reines Vergnügen. Wirklich, keine Ursache. Ich mach's gern. Kann ich Ihnen etwas zu trinken anbieten?»

Der verdatterte Offizier lehnte das Angebot ziemlich brüsk ab und schickte sich an, zu gehen.

«Sie dürfen nicht meinen, ich wäre Ihnen nicht dankbar, Wimsey. Es kommt mir nur so häßlich vor.»

«Bei Ihren Erfahrungen», meinte Wimsey, «sollten Sie gegenüber Leichen nicht so empfindlich sein. Wir haben doch schon viel Häßlicheres gesehen als so eine stille kleine Wiederauferstehung auf einem respektablen Friedhof.»

«Ach, die Leiche ist mir völlig egal», versetzte der Major, «aber es sieht einfach nicht gut aus, sonst nichts.»

«Denken Sie an das Geld», meinte Wimsey grinsend und machte die Wohnungstür hinter ihm zu.

Er ging in die Bibliothek zurück, die beiden Briefe in der Hand. «So mancher Mann geht heute am Bettelstab», sagte er, «nur weil er nicht rechtzeitig die Trümpfe gezogen hat. Bringen Sie diese beiden Briefe zur Post, Bunter. Und Mr. Parker wird heute abend mit mir hier essen. Wir möchten Rebhuhn *aux choux* und hinterher einen scharfen Käse, und Sie können zwei Flaschen Chambertin heraufbringen.»

«Sehr wohl, Mylord.»

Wimseys nächste Handlung war ein vertrauliches Briefchen an einen Beamten des Innenministeriums, den er sehr gut kannte. Nachdem dies geschehen war, ging er ans Telefon und verlangte Dr. Penberthys Nummer.

«Sind Sie das, Penberthy?... Hier Wimsey... Hören Sie mal, Sie wissen doch über die Geschichte mit dem alten Fentiman Bescheid?... Ja – also, wir beantragen jetzt eine Exhumierung.»

«Eine *was*?»

«Eine Exhumierung. Mit Ihrem Totenschein hat das nichts zu tun. Daß der in Ordnung ist, wissen wir. Wir wollen nur ein wenig mehr darüber zu erfahren versuchen, wann der arme Kerl gestorben ist.»

Er schilderte kurz sein Vorhaben.

«Meinen Sie, damit wäre etwas zu gewinnen?»

«Könnte natürlich sein.»

«Freut mich, daß Sie das sagen. Ich bin in solchen Dingen ja ein Laie, aber ich fand die Idee ganz gut.»

«Geradezu genial.»

«Ich war eben schon immer ein schlaues Kerlchen. Sie müssen natürlich dabei sein.»

«Soll ich etwa die Autopsie machen?»

«Wenn Sie wollen. Lubbock wird die Analysen vornehmen.»

«Was für Analysen?»

«Des Magen- und Darminhalts. Ob er zum Beispiel Nieren auf Toast oder Speck mit Ei gegessen hat und so weiter.»

«Ach so, verstehe. Ich bezweifle aber, daß dabei nach so langer Zeit noch etwas rauskommt.»

«Vielleicht nicht. Aber es ist besser, Lubbock schaut sich das mal an.»

«Ja, Gewiß. Da ich den Totenschein ausgestellt habe, ist es besser, wenn mein Befund von jemandem nachgeprüft wird.»

«Genau. Ich wußte, daß Sie es so sehen würden. Sie verstehen das also?»

«Voll und ganz. Wenn wir auch nur geahnt hätten, daß es all diese Ungewißheiten geben würde, hätte ich damals sofort eine Autopsie gemacht.»

«Selbstverständlich. Aber da ist jetzt nichts mehr zu machen. So was kommt vor. Ich gebe Ihnen Bescheid, wenn es soweit ist. Vermutlich wird das Innenministerium jemanden schicken. Ich dachte nur, ich sollte Ihnen schon mal Bescheid sagen.»

«Nett von Ihnen. Doch, ich bin froh, daß ich es weiß. Hoffentlich kommt nichts Unerfreuliches dabei heraus.»

«Sie denken an Ihren Totenschein?»

«Hm – nein – deswegen mache ich mir eigentlich keine Sorgen. Aber man weiß natürlich nie. Ich dachte eigentlich mehr an diesen *Rigor.* Haben Sie Hauptmann Fentiman in letzter Zeit gesehen?»

«Ja, ich habe aber nichts davon erwähnt –»

«Ist auch besser, solange es nicht unbedingt sein muß. Na ja, ich höre dann also später von Ihnen, ja?»

«Ganz recht. Wiederhören.»

Es war ein ereignisreicher Tag.

Gegen vier Uhr kam ein keuchender Bote von Mr. Murbles. (Mr. Murbles weigerte sich standhaft, seine Kanzlei durch ein Telefon zu entweihen.) Mr. Murbles ließ grüßen, und ob Lord Peter so freundlich sein könne, diese Mitteilung zu lesen und Mr. Murbles sofort eine Antwort zukommen zu lassen?

Die Mitteilung lautete:

«*In re* Fentiman †

Lieber Lord Peter,

Mr. Pritchard war hier. Er teilt mir mit, daß seine Klientin jetzt doch bereit ist, einer Teilung des Geldes zuzustimmen, sofern das Nachlaßgericht dies erlaubt. Bevor ich meinen Klienten, Major Fentiman, dazu höre, würde ich es sehr begrüßen, Ihre Ansicht über den gegenwärtigen Stand der Ermittlungen zu erfahren.

Ihr sehr ergebener
JNO Murbles.»

Lord Peter antwortete folgendermaßen:

«*In re* Fentiman†

Lieber Mr. Murbles, zu spät für einen Kompromiß, wenn Sie nicht Komplize eines Betrugs sein wollen. Ich habe Sie ja gleich gewarnt. Robert hat eine Exhumierung beantragt. Möchten Sie um acht Uhr mit mir essen?

P. W.»

Nachdem dieses Schreiben fort war, läutete Seine Lordschaft nach Bunter.

«Bunter, wie Sie wissen, trinke ich selten Champagner. Jetzt aber steht mir der Sinn danach. Bringen Sie auch ein Glas für sich selbst mit.»

Der Korken knallte, und Lord Peter erhob sich.

«Bunter», sagte er, «ich bringe einen Trinkspruch aus: Auf den Triumph des Gefühls über den Verstand!»

12

Lord Peter macht einen Stich

Kriminalinspektor Parker erschien zum Abendessen, umgeben von einem netten kleinen Glorienschein. Der Kistenfall war gut ausgegangen, und der Polizeipräsident hatte in seinen anerkennenden Worten etwas von Beförderung in naher Zukunft anklingen lassen. Parker ließ dem Essen Gerechtigkeit angedeihen, und nachdem die kleine Gesellschaft sich in die Bibliothek begeben hatte, lauschte er Lord Peters Bericht über die Bellona-Affäre mit der Hingabe eines Kenners bei der Weinprobe. Mr. Murbles hingegen wurde immer schwermütiger, je tiefer sie in die Geschichte eindrangen.

«Und was halten die Herren nun davon?» fragte Wimsey.

Parker öffnete schon den Mund, um zu antworten, aber Mr. Murbles kam ihm zuvor.

«Dieser Oliver scheint eine sehr schwer zu fassende Person zu sein», sagte er.

«Nicht wahr?» pflichtete Wimsey ihm trocken bei. «Fast wie die berühmte Mrs. Harris. Würde es Sie eigentlich überraschen zu hören, daß ich bei meinen diskreten Erkundigungen bei Gatti niemanden gefunden habe, der sich im entferntesten an einen Mr. Oliver erinnern kann, und daß sich nicht einmal einer erinnern kann, von Major Fentiman nach ihm gefragt worden zu sein?»

«Ach du meine Güte!» sagte Mr. Murbles.

«Du hast Fentiman sehr raffiniert das Heft aus der Hand genommen, indem du ihn mit deinem Privatdetektiv zum Charing Cross schicktest», bemerkte Parker beifällig.

«Ja, weißt du, ich hatte das dumme Gefühl, daß Oliver jedesmal auftauchte und wieder verschwand wie die Edamer Katze, sooft unsere Ermittlungen eine unerfreuliche Wendung zu nehmen schienen, und dagegen mußte einmal energisch vorgegangen werden.»

«Sie wollen also, wenn ich Sie recht verstehe, andeuten», sagte Mr. Murbles, «daß es diesen Oliver in Wirklichkeit gar nicht gibt?»

«Oliver war die Mohrrübe vor der Nase des Esels», sagte Peter. «Wobei meiner noblen Wenigkeit die Rolle des Esels zugedacht war. Da mir die Rolle nicht sonderlich lag, habe ich mir selbst eine Mohrrübe einfallen lassen, und zwar in Gestalt der ‹Spürhund-GmbH›. Und kaum war mein getreuer Spürhund zum Mittagessen gegangen, siehe, da setzte die Jagd nach Oliver von neuem ein. Auf und davon ist Freund Fentiman – und auf und davon ist Spürhund Nummer zwei, der – gut getarnt – die ganze Zeit da war, um ein Auge auf Fentiman zu haben. Warum allerdings Fentiman so weit gegangen ist, sich auf einen Wildfremden zu stürzen und ihm vorzuhalten, er sei Oliver, weiß ich nicht. Ich nehme an, daß sein Hang zur Gründlichkeit ihn in diesem Punkt ein wenig übertreiben ließ.»

«Aber was hat Major Fentiman denn nun genau getan?» fragte Mr. Murbles. «Das ist eine sehr schmerzliche Geschichte, Lord Peter. Ich bin über die Maßen bestürzt. Haben Sie ihn im Verdacht, daß er – äh –?»

«Nun», sagte Wimsey, «*daß* etwas Komisches passiert war, wußte ich, kaum daß ich die Leiche des Generals gesehen hatte – als ich ihm die *Morning Post* so leicht aus den Händen nehmen konnte. Wenn er wirklich mit der Zeitung in der Hand gestorben wäre, hätten sich seine Finger in der Totenstarre so hineingekrallt, daß ich sie ihm mit Gewalt hätte öffnen müssen, damit sie die Zeitung losließen. Und dann das Kniegelenk!»

«Da komme ich nicht ganz mit.»

«Nun, Sie wissen doch, daß nach dem Tode eines Menschen früher oder später der *Rigor mortis* einsetzt, je nach Todesursache, Raumtemperatur und einigen anderen Bedingungen. Er beginnt an Gesicht und Kinn und breitet sich nach und nach über den ganzen Körper aus. Meist hält er etwa vierundzwanzig Stunden an und klingt dann allmählich wieder in derselben Reihenfolge ab, in der er begonnen hat. Wenn man aber während der Starreperiode ein Gelenk mit Gewalt löst, wird es nicht wieder steif, sondern bleibt locker. Aus diesem Grunde ruft man in Krankenhäusern, wenn die Schwestern unachtsam einen Patienten mit angezogenen Knien haben sterben und steif werden lassen, den Dicksten vom ganzen Personal, damit er sich auf die Knie des Toten setzt und die Gelenke wieder losbricht.»

Mr. Murbles schüttelte sich angewidert. «Wenn man also dieses Kniegelenk und den allgemeinen Zustand der Leiche betrachtete, war von Anfang an klar, daß jemand sich am General zu schaffen gemacht haben mußte. Penberthy wußte das natürlich auch, aber als Arzt wollte er nicht unbedingt für Aufsehen sorgen, wenn es sich vermeiden ließ. So etwas zahlt sich nämlich nicht aus.»

«Wahrscheinlich nicht.»

«Nun, und dann kamen Sie zu mir, Sir, und bestanden darauf, Aufsehen zu erregen. Ich habe Sie ja gewarnt, daß man schlafende Hunde nicht wecken sollte.»

«Ich wünschte, Sie hätten sich deutlicher ausgedrückt.»

«Wären Sie dann bereit gewesen, die Sache zu vertuschen?»

«Hm», machte Mr. Murbles und putzte seine Brille.

«Eben. Der nächste Schritt war also der Versuch, festzustellen, was in der Nacht vom 10. auf den 11. November und am Morgen des 11. November eigentlich mit dem General passiert war. Und kaum kam ich in seine Wohnung, sah ich mich zwei einander völlig widersprechenden Indizien gegenüber. Das erste war die Geschichte mit diesem Oliver, die im ersten Moment mehr oder weniger plausibel klang. Und das zweite war Woodwards Aussage bezüglich seiner Kleidung.»

«Was war denn damit?»

«Ich habe ihn doch gefragt, ob er irgend etwas aus oder von der Kleidung entfernt habe, nachdem er diese aus der Garderobe des Bellona-Clubs abgeholt hatte, und das verneinte er. Sein Gedächtnis erschien mir in anderen Punkten recht zuverlässig, und von seiner Ehrlichkeit und Geradheit war ich überzeugt. Somit sah ich mich zu der Schlußfolgerung gezwungen, daß der General, egal wo er die Nacht verbracht hatte, am nächsten Morgen mit Sicherheit keinen Fuß auf die Straße gesetzt hat.»

«Wieso?» fragte Mr. Murbles. «Was hatten Sie an seiner Kleidung zu finden erwartet?»

«Aber, Sir, bedenken Sie doch, was für ein Tag das war! Der 11. November. Ist es vorstellbar, daß der alte Herr, wenn er am Waffenstillstandstag als freier Mensch durch die Straße gegangen wäre, den Bellona-Club ohne seine Mohnblume betreten hätte? Ein Patriot und Militarist wie er? Das war wirklich undenkbar.»

«Wo war er denn? Und wie ist er in den Club gekommen? Denn dort war er schließlich.»

«Stimmt. Er *war* da – im Zustand eines fortgeschrittenen *Rigor mortis.* Nach Penberthys Aussage – die ich mir übrigens von der Frau, die den Leichnam aufgebahrt hat, später habe bestätigen lassen – war die Totenstarre sogar schon wieder im Abklingen. Selbst wenn man nun die Wärme des Zimmers und alles mögliche sonst berücksichtigt, muß er lange vor zehn Uhr morgens, seiner gewohnten Ankunftszeit im Club, tot gewesen sein.»

«Aber mein lieber Junge, das ist doch nun weiß Gott unmöglich! Es kann ihn niemand tot hineingetragen haben. Das hätte doch jemand bemerkt.»

«Allerdings. Und das komische ist, daß ihn überhaupt niemand hat ankommen sehen. Mehr noch, am Abend zuvor hat ihn auch niemand weggehen sehen. General Fentiman – eine der bekanntesten Figuren im Club. Und der scheint plötzlich unsichtbar geworden zu sein. Wissen Sie, das geht nicht an.»

«Wie erklären Sie sich das denn? Daß er in dieser Nacht im Club geschlafen hat?»

«Ich glaube, daß er in dieser Nacht sehr tief und friedlich geschlafen hat – im Club.»

«Sie erschrecken mich unsäglich», sagte Mr. Murbles. «Wenn ich Sie richtig verstehe, wollen Sie sagen, daß er bereits –»

«– am Abend zuvor gestorben ist. Jawohl.»

«Aber er kann nicht die ganze Nacht im Salon gesessen haben. Die Dienstboten hätten ihn doch dann bemerken müssen.»

«Natürlich. Aber es lag in jemandes Interesse, dafür zu sorgen, daß sie ihn nicht bemerkten. Dieser Jemand wollte den Anschein erwecken, er sei erst am nächsten Tag gestorben – nach Lady Dormer.»

«Robert Fentiman.»

«Genau.»

«Aber woher wußte Robert Fentiman von Lady Dormer?»

«Tja! Das ist der Punkt, mit dem ich noch nicht ganz glücklich bin. George hat nach dem Besuch des alten Herrn bei seiner Schwester mit dem General gesprochen. George streitet ab, daß der General ihm gegenüber etwas von dem Testament erwähnt habe, aber wenn George an dem Komplott beteiligt ist, muß er das natürlich leugnen. Ich mache mir richtige Sorgen um George.»

«Was hatte er zu gewinnen?»

«Nun, wenn Georges Informationen für Robert eine halbe Million bedeuteten, konnte er wohl damit rechnen, einen Teil der Beute abzubekommen, meinen Sie nicht?»

Mr. Murbles stöhnte.

«Paß mal auf», mischte Parker sich ein, «das ist ja eine ganz nette Theorie, Peter, aber angenommen, der General ist wirklich, wie du sagst, am Abend des 10. November gestorben – wo war dann die Leiche? Wie Mr. Murbles schon sagt, sie wäre ein bißchen augenfällig gewesen, wenn sie einfach irgendwo herumgelegen hätte.»

«Nein, nein!» rief Mr. Murbles, den eine Idee gepackt hatte. «So sehr diese Vorstellung mich auch abstößt, aber eine Schwierigkeit sehe ich darin nicht. Robert Fentiman wohnte um diese Zeit im Club. Zweifellos ist der General in Roberts Zimmer gestorben und wurde dort bis zum nächsten Morgen versteckt gehalten.»

Wimsey schüttelte den Kopf. «Das geht nicht. Ich glaube, daß der Hut und Mantel des Generals in Roberts Zimmer waren, aber die Leiche kann dort nicht gut gewesen sein. Überlegen Sie mal, Sir. Hier ist ein Foto von der Eingangshalle mit der großen Treppe nach oben, die vom Eingang und von der Rezeption und der Bar her voll einzusehen ist. Würden Sie es wagen, am hellichten Vormittag, während ständig Dienstboten und Clubmitglieder dort herumlaufen, eine Leiche diese Treppe hinunterzutragen? Und die Personaltreppe wäre noch schlimmer gewesen. Die befindet sich genau auf der anderen Seite des Hauses, und dort herrscht ein ständiges Kommen und Gehen. Nein, die Leiche war nicht in Roberts Zimmer.»

«Wo denn dann?»

«Ja, wo denn, Peter? Schließlich muß die Geschichte Hand und Fuß haben.»

Wimsey breitete die übrigen Fotos vor ihnen auf dem Tisch aus.

«Sehen Sie selbst», sagte er. «Hier ist die hinterste Nische der Bibliothek, wo der General gesessen und sich Notizen zu dem Geld gemacht hat, das er erben sollte. Ein hübsches, abgeschiedenes Plätzchen, von der Tür aus nicht einzusehen, und alles Nötige vorhanden: Tinte, Löschblock, Schreibpapier und alle modernen Annehmlichkeiten, einschließlich der elegant in Saffianleder gebundenen Werke von Charles Dickens. Hier ist ein Foto von der Bibliothek, aufgenommen vom Rauchsalon aus, mit Vorzimmer und Mittelgang – wieder ein Tribut an die zweckmäßige Einrichtung des Bellona-Clubs. Sehen Sie nur, wie praktisch die Telefonzelle placiert ist für den Fall, daß –»

«Die Telefonzelle?»

«Die, wie Sie sich vielleicht erinnern, zum allseitigen Ärger ‹Außer Betrieb› war, als Wetheridge telefonieren wollte. Ich kann übrigens niemanden finden, der sich erinnert, dieses Schild aufgehängt zu haben.»

«Mein Gott, Wimsey! Das ist nicht möglich. Bedenken Sie das Risiko!»

«Welches Risiko? Wenn jemand die Tür aufgemacht hätte, wäre nur der alte General Fentiman darin gewesen, der hineingegangen war, ohne das Schild zu sehen, und vor Wut starb, weil er keine Verbindung bekam. Erregung bei schwachem Herzen und so weiter. *So* riskant war das gar nicht. Höchstens wenn jemand daran gedacht hätte, sich nach dem Schild zu erkundigen, aber auf die Idee wäre wohl in der Aufregung niemand gekommen.»

«Sie sind ein durchtriebener Bursche, Wimsey.»

«Nicht wahr? Aber wir können es sogar beweisen. Wir gehen jetzt gleich zum Bellona-Club und beweisen es. Halb zwölf. Da ist es dort schön ruhig. Soll ich euch sagen, was wir in der Telefonzelle finden werden?»

«Fingerabdrücke?» rief Mr. Murbles eifrig.

«Ich fürchte, darauf können wir nach so langer Zeit nicht mehr hoffen. Was meinst du, Charles?»

«Ich sage, wir finden einen langen Kratzer im Lack», sagte Parker, «wo der Fuß der Leiche gelegen hat und in dieser Position erstarrt ist.»

«Mit dem ersten Schuß ins Schwarze getroffen, Charles. Und darum mußte das Knie des Toten mit Gewalt gebeugt werden, damit man ihn wieder herausbekam.»

«Und da sich die Leiche in sitzender Haltung befand», fuhr Parker fort, «werden wir natürlich in der Zelle eine Sitzgelegenheit finden.»

«Ja, und wenn wir Glück haben, finden wir auch noch einen vorstehenden Nagel, an dem das Hosenbein des Generals hängengeblieben ist, als man die Leiche herausholte.»

«Und womöglich ein Stückchen Teppich.»

«Passend zu dem Fussel, den ich vom rechten Schuh der Leiche genommen habe? Hoffentlich!»

«Du meine Güte», sagte Mr. Murbles. «Gehen wir sofort. Das ist ja furchtbar aufregend. Das heißt, ich bin aufs schmerzlichste berührt. Hoffentlich ist es nicht so, wie Sie sagen.»

Sie eilten die Treppe hinunter und warteten kurz auf ein vorbeikommendes Taxi. Plötzlich machte Wimsey einen Satz und hechtete in eine dunkle Nische neben dem Hauseingang. Nach kurzem Kampf kam ein kleiner Mann zum Vorschein, dick in einen Mantel eingemummt und den Hut bis zu den Augen hinuntergezogen wie ein Bühnendetektiv. Wimsey nahm ihm den Hut vom Kopf wie ein Zauberkünstler, der ein Kaninchen aus dem Zylinder holt.

«Ach, *Sie* sind das? Ihr Gesicht kam mir doch gleich so bekannt vor. Was soll das gefälligst heißen, den Leuten so nachzuschleichen, he?»

Der Mann gab seinen Widerstand auf und sah aus dunklen Knopfaugen scharf zu ihm auf.

«Halten Sie es für klug, Gewalt anzuwenden, Mylord?»

«Wer ist das?» fragte Parker.

«Pritchards Sekretär. Zuerst ist er tagelang George Fentiman nachgeschlichen. Jetzt schleicht er mir nach. Wahrscheinlich ist das auch der Kerl, der immer beim Bellona-Club herumlungert. Wenn Sie so weitermachen, mein Lieber, finden Sie sich dieser Tage noch mal ganz woanders wieder. Und nun hören Sie zu. Wollen Sie, daß ich Sie in Gewahrsam gebe?»

«Das steht ganz in Eurer Lordschaft Belieben», antwortete der Sekretär mit listigem Grinsen. «Gleich um die Ecke steht ein Polizist, wenn Sie unbedingt Aufsehen erregen möchten.»

Wimsey sah ihn ein paar Sekunden an, dann lachte er plötzlich.

«Wann haben Sie eigentlich Mr. Pritchard zuletzt gesehen? Los, heraus damit! Gestern? Heute vormittag? Haben Sie ihn nach dem Mittagessen noch einmal gesehen?»

Ein Schatten von Unsicherheit huschte über das Gesicht des Mannes.

«Nein? Ich bin sicher, daß Sie ihn nicht gesehen haben. Oder doch?»

«Und warum nicht, Mylord?»

«Gehen Sie mal schön zu Mr. Pritchard zurück», sagte Wimsey mit Nachdruck, wobei er seinen Gefangenen zur Unterstreichung seiner Worte sanft am Kragen schüttelte, «und wenn er seine Anordnungen nicht zurückzieht und Sie von Ihrem Schnüffelauftrag zurückpfeift (bei dem Sie sich, nebenbei bemerkt, sehr dilettantisch anstellen), schenke ich Ihnen fünf Pfund. Verstanden? Und jetzt hauen Sie ab. Ich weiß, wo ich Sie finde, und Sie wissen, wo Sie mich finden. Gute Nacht, und möge Morpheus über Ihrem Bette schweben und Ihren Schlummer segnen. Da kommt unser Taxi.»

13

Schippen sind Trumpf

Es war kurz vor ein Uhr, als die drei Männer aus dem erhabenen Portal des Bellona-Clubs traten. Mr. Murbles war sehr bedrückt. Wimsey und Parker trugen die feierlich-zufriedene Miene derer zur Schau, deren Rechnungen aufgegangen sind. Sie hatten den Kratzer gefunden. Sie hatten auch den Nagel in der Bank gefunden. Ja, selbst den Teppich hatten sie gefunden. Und darüber hinaus hatten sie Mr. Olivers Herkunft ergründet. Bei der Rekonstruktion der Tat hatten sie sich in die hinterste Nische der Bibliothek gesetzt, wie Robert Fentiman dort gesessen haben mochte, die Blicke um sich schweifen lassend, während er fieberhaft überlegte, wie er diesen höchst ungelegenen Todesfall verbergen und vertuschen könne. Sie hatten bemerkt, wie die vergoldeten Buchstaben auf einem Buchrücken das Licht der abgedunkelten Leselampe reflektierten: *Oliver Twist.* Der Name, zunächst nur unbewußt wahrgenommen, hatte sich dann eine Stunde später wie von selbst angeboten, als Fentiman von der Charing Cross Station aus angerufen hatte und aus dem Stegreif schnell einen Namen erfinden mußte.

Und schließlich hatten sie den widerstrebenden Mr. Murbles in die Telefonzelle gepfercht, und Parker hatte demonstriert, daß ein einigermaßen großer, kräftiger Mann den leichten, dürren Leichnam ohne weiteres aus der Zelle herausholen, in den Rauchsalon tragen und in den Ohrensessel am Kamin hatte legen können, alles zusammen in knapp vier Minuten.

Mr. Murbles unternahm einen letzten Rettungsversuch für seinen Klienten.

«Mein lieber Lord Peter, den ganzen Morgen waren Leute im Rauchsalon. Wenn es so gewesen wäre, wie Sie meinen, wie hätte Fentiman sichergehen können, daß er die vier oder auch nur drei Minuten unbeobachtet war, während er die Leiche brachte?»

«Waren den *ganzen* Morgen Leute da, Sir? Wirklich? Gab es nicht einen Zeitraum, zu dem man sicher sein konnte, daß alle entweder draußen auf der Straße oder auf dem großen Balkon sein würden, der unterhalb der Fenster im ersten Stock entlangläuft, um zu sehen – und zu hören? Sie wissen, daß Waffenstillstandstag war.»

Mr. Murbles wurde von Entsetzen gepackt.

«Die zwei Schweigeminuten? – Gott sei meiner Seele gnädig! Wie abscheulich! Wie – blasphemisch! Wahrhaftig, ich finde keine Worte. Das ist das Schändlichste, was ich je gehört habe. In einem Augenblick, da unser aller Gedanken bei den tapferen Männern sein sollten, die ihr Leben für uns hingegeben haben – einen solchen Betrug zu begehen – ein solch ehrfurchtsloses Verbrechen –»

«Eine halbe Million ist recht viel Geld», meinte Parker nachdenklich.

«Entsetzlich!» sagte Mr. Murbles.

«Trotzdem», meinte Wimsey, «was gedenken Sie nun zu tun?»

«Zu tun?» entfuhr es dem Anwalt entrüstet. «Zu tun? Robert Fentiman wird sich auf der Stelle zu diesem schändlichen Komplott bekennen. Bei meiner Seele! Sich vorzustellen, daß ich in so etwas hineingezogen wurde! Er wird sich für die Zukunft einen anderen Anwalt suchen müssen. Wir müssen Pritchard alles erklären und uns entschuldigen. Ich weiß wirklich kaum, wie ich ihm so etwas beibringen soll.»

«Mir kommt es so vor, als ob er schon einiges davon ahnte», sagte Parker gelassen. «Warum hätte er sonst seinen Sekretär geschickt, um Wimsey und George Fentiman nachzuspionieren? Und ich bin sicher, daß er Robert auch im Auge behält.»

«Wundern würde mich das nicht», sagte Wimsey. «Mich hat er jedenfalls als Mitverschwörer behandelt, als ich ihn aufsuchte. Ich verstehe jetzt nur nicht ganz, warum er so plötzlich doch noch einen Kompromiß anbietet.»

«Wahrscheinlich hat Miss Dorland die Geduld verloren, oder sie haben es aufgegeben, etwas beweisen zu wollen», meinte Parker. «Solange Robert an diesem Märchen mit Oliver festhielt, war es schwer, irgend etwas zu beweisen.»

«Genau», sagte Wimsey. «Darum mußte ich ja auch so lange darauf herumreiten und Robert so unter Druck setzen. Ich mochte ja den Verdacht haben, daß Oliver gar nicht existierte, aber man kann ein Negativum schlecht beweisen.»

«Und wenn er nun immer noch an diesem Märchen festhält?»

«Oh, ich glaube, wir werden ihm schon die Hölle heiß machen können», sagte Wimsey. «Wenn wir erst unsere Beweise vor ihm ausbreiten und ihm auf den Kopf zusagen, was er am 10. und 11. November getrieben hat, wird er verzagen wie die Königin von Saba.»

«Das muß sofort geschehen», sagte Mr. Murbles. «Und natürlich muß diese Exhumierung gestoppt werden. Ich werde morgen früh gleich hingehen und Robert Fentiman aufsuchen – das heißt, heute früh.»

«Sagen Sie ihm lieber, er soll zu Ihnen kommen», sagte Wimsey. «Ich bringe dann alle Beweise mit und werde inzwischen auch den Lack aus der Telefonzelle analysiert bekommen und bewiesen haben, daß er mit dem an General Fentimans Schuhen identisch ist. Richten Sie es für zwei Uhr ein, und hinterher gehen wir zu Pritchard.»

Parker unterstützte diesen Vorschlag. Mr. Murbles war so außer sich, daß er am liebsten an Ort und Stelle hingegangen wäre und Robert Fentiman zur Rede gestellt hätte. Nachdem man ihm jedoch klargemacht hatte, daß Fentiman in Richmond wohnte, daß ein Überfall um diese unchristliche Stunde ihn zu einer Verzweiflungstat treiben könne und daß außerdem alle drei Detektive der Ruhe bedürften, gab der alte Herr nach und ließ sich willig nach Staple Inn bringen.

Wimsey ging mit in Parkers Wohnung in der Great Ormond Street, um vor dem Zubettgehen noch ein Gläschen zu trinken, und die Sitzung zog sich in die Länge, bis aus dem frühen Morgen ein heller Morgen wurde und die ersten Frühharbeiter auf den Straßen waren.

Nachdem Lord Peter so seine Schlingen ausgelegt hatte, schlief er den Schlaf der Gerechten bis kurz vor elf Uhr morgens. Er wurde durch Stimmen von draußen aufgeweckt, und kurz darauf flog seine Schlafzimmertür auf, und herein stürzte niemand anders als Mr. Murbles im Zustand höchster Erregung, gefolgt von einem protestierenden Bunter.

«Hallo, Sir!» sagte Seine Lordschaft aufs äußerste erstaunt. «Was gibt's?»

«Wir sind hereingelegt worden», rief Mr. Murbles und fuchtelte mit seinem Regenschirm, «man ist uns zuvorgekommen! Wir hätten heute nacht gleich zu Major Fentiman gehen sollen. Ich wollte es ja, habe mich aber gegen mein besseres Wissen davon abbringen lassen. Es wird mir eine Lehre sein.»

Er nahm schwer atmend Platz.

«Aber mein lieber Mr. Murbles», sagte Lord Peter liebenswürdig, «Ihre Art, einen ans trostlose Alltagsgeschäft zu erinnern, ist ebenso erfrischend wie unerwartet. Etwas Besseres, um diese träge Mattigkeit zu verscheuchen, kann ich mir kaum vorstellen. Aber – verzeihen Sie, Sie scheinen etwas außer Atem zu sein. Bunter! Einen Whisky-Soda für Mr. Murbles.»

«Auf keinen Fall!» stieß der Anwalt hastig hervor. «Ich bekäme keinen Tropfen hinunter. Lord Peter –»

«Ein Gläschen Sherry?» schlug Seine Lordschaft hilfsbereit vor.

«Nein, nein – gar nichts, danke. Etwas Schockierendes ist geschehen. Wir stehen –»

«Das wird ja immer besser. Ein Schock ist genau das, was ich jetzt brauche. Meinen *café au lait,* Bunter – und Sie können das Bad einlaufen lassen. Nun, Sir – heraus damit. Ich bin für alles gewappnet.»

«Robert Fentiman», verkündete Mr. Murbles pathetisch, «ist verschwunden.»

Er stieß seinen Schirm auf den Boden.

«Du lieber Gott!» sagte Wimsey.

«Er ist weg», wiederholte der Anwalt. «Heute morgen um zehn Uhr begab ich mich persönlich – *persönlich* – zu seiner Wohnung in Richmond, damit ich ihm um so eindrucksvoller seine Situation vor Augen führen konnte. Ich läutete. Ich fragte nach ihm. Das Mädchen sagte, er sei in der Nacht abgereist. Ich fragte, wohin. Sie sagte, das wisse sie nicht. Er habe einen Koffer mitgenommen. Ich fragte die Wirtin. Sie sagte mir, Major Fentiman habe im Laufe des Abends eine dringende Nachricht erhalten und zu ihr gesagt, daß er fort müsse. Er habe nicht erwähnt, wohin, auch nicht, wann er zurückkommen werde. Ich habe ein Briefchen an ihn hinterlassen und bin in die Dover Street geeilt. Die Wohnung dort war verschlossen und niemand da. Der Diener Woodward war nirgendwo zu finden. Daraufhin bin ich sofort zu Ihnen gekommen. Und nun finde ich Sie –»

Mr. Murbles wies mit einer beredten Geste auf Wimsey, der soeben von Bunter ein stilechtes silbernes Tablett mit einer Queen-Anne-Kaffeekanne nebst Milchkännchen und einen kleinen Stapel Briefe in Empfang nahm.

«Ja, ich weiß», sagte Wimsey. «Ein schändlicher Anblick, fürchte ich. Hm! Es sieht demnach ganz so aus, als ob Robert Unrat gerochen hätte und nun nicht gern die Suppe auslöffeln möchte.»

Er schlürfte genüßlich seinen *café au lait,* das etwas vogelartige Gesicht seitlich abgewandt. «Aber wozu sich aufregen? Er kann noch nicht weit gekommen sein.»

«Vielleicht hat er das Land verlassen.»

«Möglich. Um so besser. Die andere Seite wird da drüben nicht gerichtlich gegen ihn vorgehen wollen. Es würde zu viele Umstände machen – bei aller Rachsucht, die sie empfinden mögen. Hallo! Diese Schrift hier kenne ich doch. O ja! Das ist mein Spürhund von der ‹Spürhund GmbH›. Was will denn *der*? Ich habe ihm gesagt, er soll nach Hause gehen und mir die Rechnung schicken. – Hui!»

«Was ist?»

«Das ist der Mann, der Robert Fentiman nach Southampton nachgefahren ist. Nicht der andere, der den unschuldigen Mr. Postlethwaite nach Venedig begleitet hat. Er schreibt aus Paris. Hören Sie mal zu:

‹Mylord,

als ich im Verfolg der mir von Eurer Lordschaft übertragenen Ermittlungen› (*was für einen herrlichen Stil diese Leute zu schreiben verstehen – fast so schön wie die Polizei*) ‹in Southampton noch diverse Erkundigungen einzog, stieß ich fast zufällig› (*«fast» ist gut*) ‹auf einen kleinen Hinweis, der mich zu der Vermutung führte, daß die Person, die ich auf Eurer Lordschaft Anweisung unter Beobachtung halten sollte, doch nicht so sehr im Irrtum war, wie wir zunächst anzunehmen uns veranlaßt sahen, sondern lediglich durch eine Verwechslung, wie sie bei einem Herrn, der in der Kunst der Verfolgung verdächtiger Personen nicht wissenschaftlich ausgebildet ist, nur natürlich erscheint, irregeführt wurde. Kurz gesagt› (*Gott sei Dank*) ‹– kurz gesagt, ich glaube, daß ich selbst auf die Spur von O. gestoßen bin.› (*Diese Burschen sind so unglaublich vor-*

sichtig; er hätte ebensogut Oliver schreiben können und basta.) ‹Ich bin dem fraglichen Individuum bis hierher gefolgt. Dann habe ich Ihrem Bekannten› (*das soll wohl Fentiman sein*) ‹ein Telegramm geschickt, er möge bitte sofort zu mir kommen, damit er den Betreffenden identifizieren könne. Selbstverständlich werde ich Eure Lordschaft über alle weiteren Entwicklungen auf dem laufenden halten und bin mit vorzüglicher –› (*und so weiter.*)

Na, ich werde verrückt!»

«Der Mann muß sich irren, Lord Peter.»

«Das will ich hoffen», sagte Wimsey, dessen Gesicht sich leicht gerötet hatte. «Es wäre schon ein bißchen ärgerlich, wenn dieser Oliver jetzt plötzlich auftauchte, nachdem wir gerade so schlüssig bewiesen haben, daß es ihn gar nicht gibt. Paris! Vermutlich will er sagen, daß Fentiman in der Waterloo Station doch den richtigen Mann gesichtet hat, ihn dann aber im Zug oder im Gedränge vor dem Schiff aus den Augen verloren hat und statt dessen an Postlethwaite geraten ist. Komisch. Und inzwischen ist Fentiman ab nach Frankreich. Wahrscheinlich mit dem Halb-elf-Uhr-Schiff ab Folkestone. Ich weiß nicht, wie wir ihn noch zurückholen könnten.»

«Wie empörend!» sagte Mr. Murbles. «Von wo schreibt dieser Detektiv?»

«Da steht nur Paris», sagte Wimsey. «Schlechtes Papier, noch schlechtere Tinte und ein kleiner Fleck *vin ordinaire.* Wahrscheinlich gestern nachmittag in einem Café geschrieben. Nicht sehr hoffnungsvoll. Aber er wird mich sicher wissen lassen, wohin sie sich begeben.»

«Wir müssen sofort jemanden nach Paris schicken, um sie suchen zu lassen», erklärte Mr. Murbles.

«Warum?»

«Um Major Fentiman zurückzuholen.»

«Schon, aber sehen Sie einmal, Sir, wenn es nun doch einen Oliver gibt, wirft das unsere ganzen Kalkulationen über den Haufen, nicht?»

Mr. Murbles ließ sich das durch den Kopf gehen.

«Ich wüßte nicht, was es unseren Schlußfolgerungen über die Todesstunde des Generals anhaben könnte» sagte er.

«Das vielleicht nicht. Aber unsere Meinung über Fentiman ändert es ganz erheblich.»

«J-a. Doch, das stimmt. Trotzdem», sagte Mr. Murbles streng, «bin ich der Meinung, daß diese Geschichte der sorgfältigen Aufklärung bedarf.»

«Einverstanden. Also, passen Sie auf. Ich fahre selbst nach Paris und sehe zu, was ich dort machen kann. Und Sie versuchen inzwischen bei Pritchard Zeit zu gewinnen. Sagen Sie ihm, daß Ihrer Ansicht nach keine Notwendigkeit für einen Kompromiß besteht und wir demnächst im Besitz der genauen Fakten zu sein hoffen. Das wird ihm zeigen, daß wir mit unsauberen Machenschaften nichts zu tun haben wollen. Den werde ich lehren, mir Gemeinheiten an den Kopf zu werfen.»

«Und – o Gott, da ist ja noch etwas! Wir müssen an Fentiman heranzukommen versuchen, um diese Exhumierung zu verhindern.»

«Ach du liebes bißchen – ja! Das ist schon ein wenig peinlich. Können Sie die nicht von sich aus verhindern?»

«Das glaube ich kaum, Major Fentiman hat sie als Testamentsvollstrecker beantragt, und ich wüßte wirklich nicht, was ich ohne seine Unterschrift in dieser Angelegenheit unternehmen könnte. Das Innenministerium würde kaum –»

«Ja. Ich sehe vollkommen ein, daß Sie dem Innenministerium nicht ins Handwerk pfuschen können. Na ja, aber das ist eine Kleinigkeit. Robert war von dieser Wiederauferstehungsidee von vornherein nie sehr angetan. Sowie wir seine Adresse haben, wird er Ihnen nur zu gern ein Briefchen schicken, in dem er Sie bittet, die Sache abzublasen. Überlassen Sie das nur mir. Und schließlich – selbst wenn wir Robert in den nächsten Tagen nicht finden und der alte Knabe doch noch ausgegraben werden muß, wird dadurch nichts verschlimmert, oder?»

Das gab Mr. Murbles zögernd zu.

«Dann werde ich jetzt mal meine alten Knochen aufrappeln», sagte Wimsey fröhlich, indem er die Bettdecke zurückwarf und aufsprang. «Und dann nichts wie los, in die Lichterstadt! Sie entschuldigen mich einen Augenblick, Sir? Das Bad erwartet mich. Bunter, werfen Sie ein paar Sachen in den Koffer und machen Sie sich bereit, mit mir nach Paris zu fahren.»

Im nachhinein beschloß Wimsey dann doch, bis zum nächsten Tag zu warten, weil er, wie er erklärte, noch von dem Detektiv zu hören hoffte. Als dann aber nichts kam, nahm er die Verfolgung auf. In der Zentrale der «Spürhund-GmbH» hinterließ er die Anweisung, alle erhaltenen Informationen telegraphisch nach Paris ins Hotel Meurice weiterzuleiten. Die nächste Nachricht, die von ihm kam, war eine Karte an Mr. Murbles, geschrieben im Paris-Lyon-Expreß, die schlicht besagte:

«Gesuchter nach Rom weitergereist. Bleibe auf der Spur. – P. W.»

Am darauffolgenden Tag kam ein Auslandstelegramm:

«Auf dem Weg nach Sizilien. Erschöpft, aber hartnäckig – P. W.»

Zur Antwort kabelte Mr. Murbles zurück:

«Exhumierung für übermorgen angesetzt. Bitte beeilen.»

Worauf Wimsey antwortete:

«Komme zur Exhumierung zurück. – P. W.»

Er kam allein zurück.

«Wo ist Robert Fentiman?» fragte Mr. Murbles aufgeregt.

Wimsey, dem die Haare noch feucht und wirr in das von der ununterbrochenen Tag-und-Nachtfahrt blasse Gesicht hingen, grinste schwach.

«Ich glaube fast», sagte er mit müder Stimme, «daß dieser Oliver wieder seine alten Tricks abzieht.»

«Schon wieder?» rief Mr. Murbles außer sich. «Aber dieser Brief von Ihrem Detektiv war doch echt.»

«O ja – der war schon echt. Aber auch Detektive kann man bestechen. Jedenfalls haben wir von unseren Freunden nicht Haut noch Haar gesehen. Sie waren uns immer um eine Nasenlänge voraus. Wie der Heilige Gral, wissen Sie: ‹Schwächer am Tage, doch allzeit blutrot in der Nacht, glitt er dahin übers schwarze Moor, blutrot› – es ist schon eine Gemeinheit. Aber so ist das nun mal. Wann findet die Feierlichkeit statt? In aller Stille vermutlich. Keine Blumen?»

Die «Feierlichkeit» fand, wie bei solchen Feierlichkeiten üblich, im diskreten Schutz der Dunkelheit statt. George Fentiman, der in Roberts Abwesenheit als Vertreter der Familie zugegen war, zeigte sich nervös und bedrückt. Es ist schon schlimm genug, dem Begräbnis eines Freundes oder Verwandten beizuwohnen, inmitten dieses aberwitzigen Pomps gläserner Leichenwagen mit schwarzen Pferden, der Kränze und passenden Gesänge, «erhebend» vorgetragen von gut bezahlten Choristen; doch, wie George gereizt bemerkte, wissen die Leute, die über Begräbnisse schimpfen, gar nicht, was sie für ein Glück haben. So bedrückend es sein mag, wenn die Erdklumpen auf den Sargdeckel poltern, ist dies doch Musik gegen das Knirschen der Spaten im Kies, das eine vorzeitige und unehrerbietige Auferstehung ankündigt, von Formalinwolken umweht und ohne priesterlichen Beistand.

Dr. Penberthy wirkte ebenfalls geistesabwesend und schien die Geschichte schnell hinter sich bringen zu wollen. Er hatte auf der Fahrt zum Friedhof in der hintersten Ecke der großen Limousine gesessen und sich mit Dr. Horner, Sir James Lubbocks Assistenten, der gekommen war, um bei der Autopsie zu helfen, über Schilddrüsenanomalien unterhalten. Mr. Murbles war natürlich in Trübsal versunken. Wimsey widmete sich seiner angesammelten Korrespondenz, von der nur ein einziger Brief eine Beziehung zu dem Fall Fentiman hatte. Er war von Marjorie Phelps und lautete:

«Wenn Du Ann Dorland treffen willst, könntest Du dann am Mittwoch in einer Woche zu einer Einladung bei den Rushworths kommen? Es wird wohl eine tödlich langweilige Angelegenheit werden, weil Naomi Rushworths neuester Verehrer einen Vortrag über ‹endokrine Drüsen› halten wird, wovon kein Mensch etwas versteht. Es scheint allerdings, als ob ‹endokrine Drüsen› in nächster Zeit die große Mode werden sollten – sie sind soviel zeitgemäßer als Vitamine –, daher sind die Rushworths zur Zeit ganz scharf auf Drüsen – in übertragenem Sinne, meine ich. Ann D. wird mit Sicherheit da sein, denn wie ich Dir schon sagte, begeistert sie sich seit neuestem für diese

‹Gesundheit-für-alle›-Masche oder was das ist. Du solltest also kommen – dann bin ich auch nicht so allein, und ich werde sowieso hingehen müssen, weil ich als Freundin von Naomi gelte. Außerdem sagt man, daß jemand, der malt oder modelliert, sich unbedingt in Drüsen auskennen muß, weil sie das Kinn so vergrößern oder das Gesicht verändern können oder so ähnlich. Komm bitte, denn wenn Du nicht da bist, wird man mir irgend so einen Langweiler andrehen – und ich muß mir Naomis Schwärmereien über diesen Mann anhören. Das wäre schrecklich.»

Wimsey nahm sich vor, diesem aufregenden Fest beizuwohnen, und als er sich umschaute, sah er, daß sie soeben bei der Nekropolis ankamen – so groß, so funkelnd von Glasperlenkränzen, so wuchtig mit ihren himmelhohen Grabsteinen, daß kein geringerer Name gepaßt hätte. Am Tor trafen sie Mr. Pritchard persönlich (mit säuerlicher Miene, aber ausgesucht höflich gegenüber Mr. Murbles) und den Abgesandten des Innenministeriums (verbindlich und zuvorkommend und dazu neigend, hinter jedem Grabstein einen Reporter zu wittern). Ein Dritter, der hinzukam, entpuppte sich als Beamter der Friedhofsverwaltung, der die Gesellschaft in seine Obhut nahm und sie über die säuberlichen Kieswege zu der Stelle führte, wo die Ausgrabungen bereits im Gange waren.

Der Sarg, der schließlich zum Vorschein kam und anhand des Messingschilds identifiziert wurde, wurde dann vorsichtig zu einem in der Nähe befindlichen kleinen Gebäude getragen, das normalerweise als Gärtnerschuppen zu dienen schien, jetzt aber mit Hilfe von ein paar Schragen und einem großen Brett zu einer behelfsmäßigen Leichenhalle umgebaut worden war. Hier gab es einen kurzen Moment der Verwirrung, weil die Ärzte in aufdringlich fröhlichem Ton mehr Licht und mehr Platz zum Arbeiten verlangten. Der Sarg wurde auf einer Bank abgestellt; jemand kam mit einem Gummituch und breitete es auf dem Behelfstisch aus; Lampen wurden gebracht und an geeigneten Stellen postiert. Daraufhin traten die Arbeiter ein wenig zögernd näher, um den Sarg aufzuschrauben, den Dr. Penberthy zuvor mit Formalin aus einem Zerstäuber besprühte, fast wie ein höllischer Rauchfaßträger bei einem besonders unheiligen Opferritus.

«Ah, sehr schön, wirklich!» sagte Dr. Horner anerkennend, als sie die Leiche aus dem Sarg hoben und auf den Tisch verfrachteten. «Ausgezeichnet. Das macht nicht viel Arbeit. Das ist der Vorteil, wenn man so etwas sofort macht. Was sagen Sie, wie lange er schon begraben war? Drei bis vier Wochen? Sieht man ihm nicht an. Wollen Sie die Autopsie vornehmen, oder soll ich? Wie Sie wollen. Schön. Wo haben Sie meine Tasche hingestellt? Ah! Danke, Mr. – äh – äh –»(Eine peinliche Pause entstand, in der George Fentiman mit der Bemerkung, er wolle draußen ein Pfeifchen rauchen gehen, entfloh). «Zweifellos herzkrank, natürlich. Ich sehe nichts Ungewöhnliches, oder Sie vielleicht?... Unter den gegebenen Umständen schlage ich vor, wir nehmen den Magen heraus... Reichen Sie mir mal den Faden, ja? Danke. Macht es Ihnen was aus, ihn festzuhalten, während ich abbinde? So.» (*Schnipp, schnipp.*) «Die Gefäße stehen hinter Ihnen. Danke. Vorsicht! Sie schmeißen es um. Haha! Das ist noch mal gutgegangen. Erinnert mich an Palmer, wissen Sie noch? – und Cooks Magen – die Geschichte fand ich schon immer komisch, haha! – Ich nehme nicht die ganze Leber, nur eine Probe – ist ja nur eine Formsache – und kleine Stückchen von allem anderen – ja – wir sollten uns auch das Gehirn mal ansehen, wenn wir schon dabei sind. Haben Sie die große Säge mit?»

«Wie gefühllos diese Mediziner sind», flüsterte Mr. Murbles.

«Für die ist das nichts Besonderes», sagte Wimsey. «Horner macht so etwas mehrere Male die Woche.»

«Schon, aber er muß doch nicht so laut dabei sein. Dr. Penberthy besitzt mehr Anstand.»

«Penberthy hat eine Praxis», meinte Wimsey mit verstohlenem Grinsen. «Er muß sich ein bißchen zusammennehmen. Außerdem kannte er den alten Fentiman und Horner nicht.»

Nachdem schließlich wichtige Teile der Anatomie des alten Generals in den entsprechenden Gläsern und Flaschen waren, wurde der Leichnam wieder in den Sarg gelegt und der Deckel zugeschraubt. Penberthy kam zu Wimsey und nahm ihn am Arm.

«Ich denke, wir werden ziemlich genau feststellen können, was Sie wissen wollen», sagte er. «Die Verwesung ist erst sehr wenig fortgeschritten, dank dem ausgesprochen guten Sarg. Übrigens –» er ließ die Stimme sinken – «das mit dem Bein – Sie wissen schon –

ist Ihnen je der Gedanke gekommen – oder vielmehr, ist Ihnen dafür eine Erklärung eingefallen?»

«Ich *hatte* eine Theorie», gab Wimsey zu, «aber ich weiß noch nicht, ob sie richtig ist. In ein, zwei Tagen werde ich es vermutlich genau wissen.»

«Sie glauben, daß an der Leiche manipuliert wurde?» fragte Penberthy, indem er ihm fest ins Gesicht sah.

«Ja, genau wie Sie», antwortete Wimsey und erwiderte den Blick.

«Ich hatte natürlich die ganze Zeit einen Verdacht. Das habe ich Ihnen ja auch gesagt. Ich frage mich jetzt – meinen Sie, daß es falsch von mir war, den Totenschein auszustellen?»

«Solange der Tod selbst Ihnen nicht verdächtig vorkam, nein», meinte Wimsey. «Haben Sie und Horner irgend etwas Auffälliges festgestellt?»

«Nein. Aber – ach was! Es macht mich immer nervös, wenn Patienten von mir wieder ausgegraben werden. Man kann so leicht mal einen Fehler machen, und dann steht man vor Gericht so dumm da. Gerade jetzt möchte ich mich nicht gern zum Narren machen», fügte der Arzt mit nervösem Lachen hinzu. «Ich denke an – Mein Gott, haben Sie mich erschreckt!»

Dr. Horner hatte ihm eine große, knochige Hand auf die Schulter gelegt. Er war ein rotgesichtiger, leutseliger Mann und hielt lächelnd seine Tasche vor sich hoch.

«Alles gut versorgt und eingepackt», verkündete er. «Muß jetzt wieder zurück, ja! Muß wieder zurück.»

«Haben die Zeugen die Beschriftungen bestätigt?» fragte Penberthy ziemlich kurz.

«Ja, ja, alles klar. Beide Rechtsverdreher haben unterschrieben. *Deswegen* können sie sich vor Gericht schon nicht mehr streiten», antwortete Horner. «Kommen Sie bitte – ich muß jetzt gehen.»

Sie fanden George Fentiman draußen, auf einem Grabstein sitzend, wo er an einer leeren Pfeife nuckelte.

«Alles vorbei?»

«Ja.»

«Hat man was gefunden?»

«Hab noch nicht geschaut», mischte Horner sich jovial ein. «Das heißt, noch nicht auf den Teil, der *Sie* interessiert. Das überlasse ich nämlich meinem Kollegen Lubbock. Sie bekommen bald Antwort – sagen wir, in einer Woche.»

George fuhr sich mit dem Taschentuch über die Stirn, auf der kleine Schweißperlen standen.

«Mir gefällt das nicht», sagte er. «Aber es mußte wohl sein. Was war das? Ich glaubte – ich möchte schwören, da drüben hat sich was bewegt.»

«Wahrscheinlich eine Katze», sagte Penberthy; «kein Grund, zu erschrecken.»

«Nein», sagte George, «aber wenn man hier so sitzt – bildet man sich Dinge ein.» Er zog den Kopf ein und schielte mit verdrehten Augen über die Schulter nach hinten. «Dinge», sagte er; «Leute – laufen hin und her... gehen auf und ab. Schleichen einem nach.»

14

Groß-Schlemm in Schippen

Am siebten Morgen nach der Exhumierung – es war zufällig ein Dienstag – trat Lord Peter, gefolgt von Kriminalinspektor Parker, eilig in Mr. Murbles' Kanzlei in Staple Inn.

«Guten Morgen», sagte Mr. Murbles überrascht.

«Guten Morgen», sagte Wimsey. «Horcht, horcht, die Lerche singt am Himmelstor. Er kommt, der Meine, der Süße, leicht wie der Wind, auf sanften Füßen. In einer Viertelstunde ist er hier.»

«Wer?» fragte Mr. Murbles ein wenig heftig.

«Robert Fentiman.»

Mr. Murbles stieß einen kleinen Überraschungsruf aus.

«Die Hoffnung hatte ich schon fast aufgegeben», sagte er.

«Ich nicht. Ich habe mir gesagt, er ist nicht verloren, nur vorausgegangen. Und so war es. Charles, wir werden die *pièces de conviction* auf dem Tisch ausbreiten. Die Schuhe. Die Fotos. Die Objektträger mit den verschiedenen Proben. Das Notizblatt aus der Bibliothek. Mantel und Anzug des Verstorbenen. Recht so. Und *Oliver Twist.* Schön. Und nun werden wir, wie Sherlock Holmes sagt, imposant genug aussehen, um Angst und Schrecken in der schuldigen Brust zu erregen, und sei sie mit dreifachem Stahl gepanzert.»

«Ist Fentiman aus freien Stücken zurückgekommen?»

«Nicht ganz. Er wurde, wenn ich mich so ausdrücken darf, geführt. Beinahe genasführt, wenn man es genau nimmt. Über Heide und Moor, über Schluchten und Sturzbach und so weiter. Was ist das für ein Lärm im Vorzimmer? Es ist – es ist der Kanonen erstes Donnergrollen.»

Es war in der Tat Robert Fentimans Stimme, und sie klang nicht eben gutgelaunt. Sekunden später wurde er eingelassen. Er nickte Murbles knapp zu, der mit einer steifen Verbeugung antwortete, und ging sofort wütend auf Wimsey los.

«Sagen Sie mal, was soll das alles heißen? Da führt mich dieser verdammte Detektiv von Ihnen in einem Teufelstanz durch ganz Europa und wieder zurück, und dann kommt er heute morgen plötzlich an und sagt, Sie erwarten mich hier mit Neuigkeiten von Oliver. Was wissen Sie, zum Teufel, über Oliver?»

«Oliver?» sagte Wimsey. «Ach ja – Oliver ist eine schwer zu fassende Person. In Rom fast genauso wie in London. War es nicht merkwürdig, Fentiman, daß er immer augenblicklich auftauchte, sowie Sie den Rücken gekehrt hatten? War es nicht komisch, daß er augenblicklich überall dort verschwand, wo Sie den Fuß hinsetzten? Fast genauso, wie er immerzu bei Gatti herumlungerte und dann jedesmal Ihnen und mir das Nachsehen gab. Hatten Sie eine schöne Zeit im Ausland, altes Haus? Ich nehme an, Sie mochten Ihrem Reisegefährten nicht gern sagen, daß Sie und er hinter einem Irrlicht herjagten, wie?»

Robert Fentimans Gesicht ging durch alle Ausdrucksphasen von Wut bis Bestürzung und wieder zurück. Mr. Murbles mischte sich ein.

«Hat dieser Detektiv schon geruht, eine Erklärung für sein empörendes Verhalten abzugeben, daß er uns fast zwei Wochen lang über seine Schritte im dunkeln gelassen hat?»

«Ich fürchte, ich schulde Ihnen eine Erklärung», sagte Wimsey vergnügt. «Sehen Sie, ich fand es an der Zeit, die Mohrrübe einmal vor der Nase des anderen Esels baumeln zu lassen. Ich wußte, wenn wir so taten, als ob wir Oliver in Paris gesichtet hätten, würde Fentiman sich verpflichtet fühlen, ihm nachzujagen. Wahrscheinlich war er sogar hocherfreut, von hier wegzukommen – stimmt's, Fentiman?»

«Wollen Sie damit sagen, daß Sie diese ganze Oliver-Geschichte erfunden haben, Lord Peter?»

«So ist es. Natürlich nicht den ursprünglichen Oliver, aber den Pariser Oliver. Ich habe den Detektiv gebeten, von Paris aus ein Telegramm zu schicken und unsern Freund wegzulocken und von hier fernzuhalten.»

«Aber warum?»

«Das erkläre ich später. Und Sie mußten natürlich hin, nicht wahr, Fentiman? Sie konnten sich ja nicht gut weigern, hinzufahren, ohne gleichzeitig zuzugeben, daß es diese Person namens Oliver gar nicht gab.»

«Verdammt noch mal!» platzte Fentiman los, und plötzlich mußte er lachen. «Sie raffinierter Halunke! Wissen Sie, ich hab mir ja schon allmählich gedacht, daß da etwas faul war. Als dieses erste Telegramm kam, war ich begeistert. Ich dachte, dieser Detektiv hätte sich da einen geradezu schicksalhaften Schnitzer geleistet. Und je länger wir durch Europa zogen, desto mehr freute ich mich. Aber als der Hase plötzlich kehrtmachte und wieder in Richtung Heimat rannte, kamen mir die ersten Bedenken, daß mich da jemand an der Nase herumführte. Ist das übrigens die Erklärung dafür, daß ich alle meine Visa mit solch unheimlicher Leichtigkeit, zur unchristlichsten Stunde, sozusagen über Nacht bekam?»

«Ganz recht», bemerkte Wimsey bescheiden.

«Ich hätte mir denken müssen, daß da etwas nicht mit rechten Dingen zuging. Sie Teufelskerl! Ja – und was nun? Wenn Sie Oliver auf die Schliche gekommen sind, haben Sie alles übrige wohl auch durchschaut, wie?»

«Wenn Sie damit meinen», sagte Mr. Murbles, «daß wir Ihren betrügerischen und schändlichen Versuch entdeckt haben, die wahre Todeszeit des Generals zu vertuschen, heißt die Antwort: Ja, das haben wir. Und ich darf sagen, daß dies für mich ein äußerst schmerzliches Erlebnis war.»

Fentiman warf sich in einen Sessel, schlug sich auf die Schenkel und brüllte vor Lachen.

«Ich hätte mir denken können, daß Sie dahinterkommen würden», japste er. «Aber es war doch ein prima Witz, nicht? Mein Gott! Ich habe mir kaum das Lachen verbeißen können. Sich vorzustellen, wie alle diese verknöcherten alten Trottel da feierlich im Club herumsitzen und reinkommen und dem alten Herrn zunicken wie die Mandarine, und dabei ist er die ganze Zeit schon mausetot! Das mit dem Bein war natürlich eine dumme Panne, aber das war versehentlich passiert. Haben Sie eigentlich herausbekommen, wo er die ganze Zeit war?»

«O ja – ziemlich genau. Sie haben nämlich in der Telefonzelle Spuren hinterlassen.»

«Ach, wirklich? Verflixt!»

«Ja – und als Sie dann den Mantel des alten Herrn wieder an seinen Haken in der Garderobe hängten, haben Sie vergessen, ihm eine Mohnblume anzustecken – am Waffenstillstandstag!»

«Ach Gott – das war ein böser Patzer! Auf den Gedanken bin ich, ehrlich gesagt, nicht gekommen. Na ja, ich hätte wahrscheinlich nicht hoffen dürfen, damit durchzukommen, wenn ein Bluthund wie Sie mir auf der Fährte war. Aber es hat Spaß gemacht. Ich könnte sogar jetzt noch wiehern vor Vergnügen, wenn ich mir vorstelle, wie Bunter mit feierlicher Stimme zweieinhalb Spalten Olivers angerufen hat. Das ist fast so gut, als wenn ich die halbe Million gekriegt hätte.»

«Da fällt mir noch etwas ein», sagte Wimsey. «Ich weiß als einziges noch nicht, woher Sie von der halben Million wußten. Hat Lady Dormer Ihnen von ihrem Testament erzählt? Oder haben Sie es von George erfahren?»

«Von George? Himmel, nein! George hatte keine Ahnung davon. Der alte Herr hat es mir selbst gesagt.»

«General Fentiman?»

«Natürlich. Als er an dem Abend in den Club zurückkam, ist er sofort zu mir raufgekommen.»

«Und auf die Idee sind wir nicht gekommen», rief Wimsey zerknirscht. «Es lag wohl zu sehr auf der Hand.»

«Auch Sie können schließlich nicht an alles denken», meinte Robert herablassend. «Im großen und ganzen haben Sie das schon gut gemacht, finde ich. Doch – der alte Herr ist zu mir heraufgekommen und hat mir alles erzählt. Er hat gemeint, ich soll George nichts davon sagen, weil er mit George nicht ganz zufrieden sei – wegen Sheila, das wissen Sie ja – und er wollte sich noch überlegen, was er da am besten machen könnte, ich meine, bezüglich eines neuen Testaments.»

«Eben. Und dazu ist er dann in die Bibliothek hinuntergegangen.»

«Richtig. Und ich bin hinuntergegangen und habe was gegessen. Na ja, und danach ist mir dann der Gedanke gekommen, ich hätte mich vielleicht nicht genug für George eingesetzt. Ich meine, man hätte dem alten Herrn klarmachen müssen, daß George doch hauptsächlich nur deshalb so komisch ist, weil er von Sheila lebt und so, und wenn er selbst ein bißchen was hätte, wäre er ja gleich ganz anders – Sie verstehen? Also bin ich dann in die Bibliothek gegangen, um ihn zu suchen – und da saß er – tot.»

«Um wieviel Uhr war das?»

«Irgendwann um acht Uhr herum, soviel ich weiß. Also, ich war wie vor den Kopf geschlagen. Natürlich war mein erster Gedanke, Hilfe zu rufen, aber das wäre zu nichts gut gewesen. Er war mausetot. Und dann ist mir plötzlich erst richtig aufgegangen, wie schändlich knapp wir den Zug verpaßt hatten. Als ich mir vorstellte, wie diese schreckliche Dorland jetzt alle die vielen Tausender einheimsen würde – ich sage Ihnen, das hat mich so wild gemacht, daß ich hätte hingehen und die ganze Bude in die Luft jagen können!... Na ja, und dann beschlich mich so ein merkwürdiges Gefühl – ich dort so allein mit der Leiche, und sonst kein Mensch in der Bibliothek. Von aller Welt abgeschnitten, wie die Dichter sagen. Und dann wollte mir einfach die Frage nicht mehr aus dem Kopf, warum er denn gerade *so* gestorben sein sollte. Ein paar Minuten lang hoffte ich, die alte Dame habe vielleicht doch zuerst den Geist aufgegeben, und ich wollte gerade zum Telefon gehen, um das in Erfahrung zu bringen, als – bei dem Gedanken an die Telefonzelle, verstehen Sie? – plötzlich der ganze Plan sozusagen fix und fertig vor mir stand. Drei Minuten später hatte ich ihn dann schon hingeschleppt und auf die Bank gesetzt; danach bin ich zurückgerannt und habe das Schild für die Tür geschrieben. Ich fand es übrigens ziemlich schlau von mir, daß ich dieses Schild nicht auf dem Löschblock in der Bibliothek abgelöscht habe.»

«Sie dürfen mir glauben», sagte Wimsey, «daß ich diesen Punkt bereits zu würdigen wußte.»

«Gut. Freut mich. Na ja, und dann ging alles wie geschmiert. Ich hab die Klamotten des Alten aus der Garderobe geholt und auf mein Zimmer gebracht, und dann fiel mir Woodward ein, der zu Hause sitzen und auf ihn warten würde. Also bin ich davongeschlichen und zur Charing Cross Station gefahren – was meinen Sie wohl, wie?»

«Mit dem Bus?»

«Nicht ganz so schlimm. Mit der U-Bahn. Denn daß es nicht gut wäre, ein Taxi zu nehmen, war mir klar.»

«Sie haben Talent zum Betrüger, Fentiman.»

«Ja, nicht? – Aber das war ja alles noch leicht. Ich muß nur sagen, besonders gut habe ich in der Nacht nicht geschlafen.»

«Das nächstemal nehmen Sie's nicht mehr so tragisch.»

«Eben – es waren meine ersten kriminellen Gehversuche. Am andern Morgen –»

«Junger Mann», sagte Mr. Murbles mit furchtbarer Stimme,

«über den nächsten Morgen wollen wir den Schleier des Vergessens ausbreiten. Ich habe mir Ihren schamlosen Bericht mit einem Ekel angehört, den Worte nicht auszudrücken vermögen. Aber ich kann und werde nicht dasitzen und zuhören, wie Sie mit einem Zynismus, der Sie erröten machen müßte, auch noch damit prahlen, daß Sie diese geheiligten Sekunden, in denen unser aller Gedanken bei ...»

«Ach, so ein Käse!» unterbrach Robert ihn ungezogen. «Meinen alten Kameraden tut's nicht mehr weh, daß ich ein bißchen zur Selbsthilfe gegriffen habe. Ich weiß, daß Betrug nicht ganz die feine Art ist, aber zum Kuckuck noch mal, wir hatten das größere Anrecht auf das Geld als diese Frau. *Die* hat im Krieg ganz bestimmt keinen Finger gerührt, meine Herrschaften! Na ja, es ist jetzt schiefgegangen – aber einen Heidenspaß hat's mir doch die ganze Zeit gemacht.»

«Ich erkenne», erwiderte Mr. Murbles eisig, «daß jeglicher Appell an Ihr Ehrgefühl reine Zeitverschwendung wäre. Ihnen ist aber, wie ich hoffe, wenigstens klar, daß Betrug eine strafbare Handlung ist.»

«Ja – wie ärgerlich, nicht? Was machen wir denn nun? Muß ich zu Pritchard gehen und Asche auf mein Haupt streuen? Oder will Wimsey uns erzählen, daß er bei einem Blick auf die Leiche irgend etwas fürchterlich Ungereimtes entdeckt hat? Ach Gott, was ist denn übrigens aus diesem vermaledeiten Exhumierungszirkus geworden? Daran habe ich keine Sekunde mehr gedacht. Sagen Sie, Wimsey, war das Ihre Absicht? Wußten Sie damals schon, daß ich diesen Trick abziehen würde, und wollten Sie mich vielleicht auf diese Weise rausboxen?»

«Zum Teil.»

«Verdammt anständig von Ihnen. Wissen Sie, mir ist ja der Gedanke gekommen, daß Sie mich durchschaut hatten, als Sie mich mit diesem Detektiv zum Charing Cross schickten. Und beinahe hätten Sie mich da erwischt! Ich hatte mir vorgenommen, so zu tun, als ob ich Oliver nachreisen wollte – und dann entdeckte ich Ihren zweiten Spürhund mit mir im selben Zug. Da ist es mir vielleicht kalt den Rücken hinuntergelaufen! Mir fiel nichts Besseres ein – wenn ich nicht gleich aufgeben wollte –, als irgendeinem harmlosen alten Knacker vorzuwerfen, er sei Oliver, als Zeichen meines guten Glaubens, verstehen Sie?»

«Ach so. Ich hab mir doch gedacht, daß Sie dafür einen Grund hatten.»

«Eben – und als ich dann diesen Ruf nach Paris erhielt, hab ich gedacht, ich hab Sie doch noch alle miteinander reingelegt. Aber das war wohl alles so geplant, wie? Warum haben Sie das eigentlich gemacht, Wimsey? Nur um sich zu revanchieren oder was? Warum wollten Sie mich aus England fort haben?»

«Ja, wirklich, Lord Peter», sagte Mr. Murbles ernst, «ich glaube, zu diesem Punkt schulden Sie zumindest *mir* eine Erklärung.»

«Verstehen Sie das denn nicht?» meinte Wimsey. «Fentiman war der Testamentsvollstrecker seines Großvaters. Wenn ich ihn aus dem Weg schaffte, konnten Sie die Exhumierung nicht verhindern.»

«So ein Ghoul!» rief Robert. «Ich glaube fast, Sie mästen sich mit Leichen.»

Wimsey lachte, und es klang ziemlich erregt.

«Fentiman», sagte er, «was würden Sie in diesem Augenblick für Ihre Chance auf die halbe Million geben?»

«Chance?» rief Fentiman. «So eine Chance gibt es nicht. Was meinen Sie damit?»

Wimsey zog langsam einen Brief aus der Tasche.

«Das ist gestern abend gekommen», sagte er, «und beim Zeus, mein Lieber, Sie können von Glück reden, daß Sie durch den Tod des alten Herrn einiges zu verlieren hatten. Das hier schreibt Lubbock:

‹Lieber Lord Peter,
ich schicke Ihnen schon mal vorab ein paar Zeilen, damit Sie wissen, was bei der Autopsie der Leiche Fentimans herausgekommen ist. Hinsichtlich des erklärten Zwecks der Untersuchung darf ich sagen, daß keine Nahrungsreste im Magen gefunden wurden und die letzte Mahlzeit etliche Stunden vor dem Tod eingenommen worden sein muß. Das Wichtige aber ist, daß ich auf Grund Ihrer dunkel angedeuteten Empfehlung die Eingeweide auf Giftspuren untersucht und dabei Spuren einer starken Dosis Digitalin, kurz vor dem Tode eingenommen, gefunden habe. Wie Sie wissen, konnte bei einer Person, deren Herz sich bereits in einem geschwächten Zustand befand, die Folge einer solchen Dosis nichts anderes als tödlich

sein. Die Symptome sind in einem solchen Falle eine Verlangsamung der Herztätigkeit und schließlich Herzstillstand – von einem schweren Herzanfall praktisch nicht zu unterscheiden.

Ich weiß natürlich nicht, auf welcher Seite Sie in diesem Fall stehen, aber ich gratuliere Ihnen zu dem Scharfblick, der Sie die Analyse vorschlagen ließ. Indessen wissen Sie natürlich, daß ich verpflichtet bin, das Ergebnis dieser Autopsie den Strafverfolgungsbehörden mitzuteilen.›»

Mr. Murbles saß wie versteinert da.

«Mein Gott!» rief Fentiman. Und noch einmal: «Mein Gott! – Wimsey – wenn ich gewußt hätte – wenn ich auch nur die leiseste Ahnung gehabt hätte – ich hätte die Leiche nicht für zwanzig Millionen angefaßt. Gift! Der arme Kerl! So etwas Gemeines! Jetzt erinnere ich mich auch wieder, daß er an dem Abend gesagt hat, er fühle sich nicht ganz wohl, aber ich hätte nie gedacht – hören Sie, Wimsey, Sie glauben mir doch, daß ich wirklich nicht den leisesten Schimmer hatte? Also – dieses entsetzliche Weib – ich hab doch immer gewußt, daß sie eine falsche Katze ist – aber Gift! Das geht zu weit! Du lieber Gott!»

Parker, der bis dahin die distanzierte Miene des wohlwollenden Zuhörers zur Schau gestellt hatte, strahlte jetzt plötzlich. «Gut gemacht, Junge!» rief er und ließ seine Hand auf Peters Rücken klatschen. Die Begeisterung des Fachmanns überkam ihn. «Ein echter Fall», sagte er, «und du hast ihn sehr gut aufgebaut, Peter. Ich wußte gar nicht, daß du das Zeug hast, so geduldig an etwas zu arbeiten. Diese Exhumierung durchzusetzen, indem du Major Fentiman die Hölle heiß machtest, das war einfach meisterlich! Saubere Arbeit! Saubere Arbeit!»

«Danke, Charles», sagte Wimsey trocken. «Freut mich, daß wenigstens einer das zu würdigen weiß. Jedenfalls», fügte er gehässig hinzu, «dürfte Pritchard jetzt ganz schön das Nachsehen haben.»

Und bei dieser Bemerkung kam sogar in Mr. Murbles' Gesicht wieder ein wenig Leben.

15

Die Karten gemischt und neu verteilt

Eine eilige Konferenz mit den waltenden Mächten bei Scotland Yard brachte den Fall Fentiman in Kriminalinspektor Parkers Hände, und dieser ging unverzüglich mit Wimsey zu Rate.

«Wie bist du auf Gift gekommen?» fragte er.

«Hauptsächlich durch Aristoteles», antwortete Wimsey. «Er sagt nämlich, daß man stets dem wahrscheinlichen Unmöglichen den Vorzug vor dem unwahrscheinlichen Möglichen geben soll. Sicher war es möglich, daß der General so mir nichts dir nichts im ungelegensten Augenblick gestorben war. Aber wieviel hübscher und wahrscheinlicher war es doch, daß da jemand nachgeholfen hatte! Selbst wenn es noch viel unmöglicher ausgesehen hätte, wäre ich nicht davon abzubringen gewesen, daß es Mord war. Und so sehr unmöglich war es ja gar nicht. Dann kamen Pritchard und diese Dorland. Warum hätten sie so strikt gegen jeden Kompromiß und von vornherein so mißtrauisch sein sollen, wenn sie nicht von irgendwoher Genaueres wußten? Schließlich hatten sie im Gegensatz zu Penberthy und mir die Leiche nicht gesehen.»

«Das führt uns weiter zu der Frage, wer es getan hat. Der erste Verdacht fällt natürlich auf Miss Dorland.»

«Sie hatte das stärkste Motiv.»

«Eben. Aber gehen wir methodisch vor. Der alte Fentiman war offenbar noch gesund und munter bis gegen halb vier, als er sich auf den Weg zum Portman Square machte, so daß ihm das Mittel demnach zwischen halb vier und etwa acht Uhr gegeben worden sein muß, als Robert Fentiman ihn tot fand. So, und wer alles hat ihn nun in diesem Zeitraum gesehen?»

«Moment, das ist nicht ganz richtig. Er muß das Zeug in diesem Zeitraum *eingenommen* haben, aber *gegeben* wurde es ihm möglicherweise schon früher. Nehmen wir mal an, jemand hat ihm das Gift in sein gewohntes Fläschchen Natrontabletten geschmuggelt, oder was er sonst einzunehmen pflegte. Das kann zu jeder Zeit geschehen sein.»

«Nun – aber auch wieder nicht zu früh, Peter. Wenn er nämlich allzufrüh gestorben wäre und Lady Dormer es erfahren hätte –»

«Hätte das gar nichts geändert. Sie hätte weder ihr Testament abzuändern brauchen noch sonst etwas. Das Vermächtnis an Miss Doland wäre so oder so gültig gewesen.»

«Stimmt. Da habe ich falsch gedacht. Also, dann sollten wir als erstes feststellen, ob er irgend etwas in der Art regelmäßig einnahm. Wenn ja, wer hätte die Möglichkeit gehabt, die Pille hineinzuschmuggeln?»

«Penberthy zum Beispiel.»

«Der Arzt? – Gewiß, er gehört zu denen, die dazu die Möglichkeit hatten, aber er hatte sicher nicht das allerkleinste Motiv. Trotzdem setzen wir seinen Namen einmal in die Rubrik ‹Gelegenheit›.»

«Recht so, Charles. Deine methodische Art gefällt mir.»

«Gegensätze ziehen sich an», meinte Parker, während er ein Blatt in seinem Notizbuch in drei senkrechte Spalten aufteilte. «Gelegenheit: 1. Dr. Penberthy. Wenn er ihm die Tabletten oder Kapseln oder was weiß ich selbst gegeben hat, hatte er sogar eine besonders gute Gelegenheit. Dagegen nicht, wenn es ein Medikament war, das man in versiegelten Fläschchen fix und fertig vom Apotheker bekommt.»

«Ach was! Dann hätte er jederzeit bitten können, einen Blick darauf werfen zu dürfen, um zu sehen, ob es die richtigen waren. Ich bestehe darauf, daß Penberthy da stehenbleibt. Außerdem gehört er zu den Personen, die den General zwischen den beiden entscheidenden Zeitpunkten gesehen haben – im Verabreichungszeitraum, wenn man ihn mal so nennen will; damit hatte er also noch Gelegenheit zusätzlich.»

«Stimmt. Also gut, ich schreibe ihn auf. Obwohl er doch offenbar keinen Grund –»

«Von so kleinlichen Einwänden lasse ich mich nicht beirren. Er hatte die Gelegenheit, also bleibt er da drinstehen. So, und dann käme als nächstes Miss Dorland.»

«Ja. Sie fällt unter ‹Gelegenheit› wie auch unter ‹Motiv›. Sie hatte auf jeden Fall das größte Interesse daran, den alten Mann zu beseitigen; sie hat ihn im Verabreichungszeitraum gesehen, und sehr wahrscheinlich hat sie ihm etwas zu essen oder zu trinken angeboten, während er im Haus war. Also ist sie höchst verdächtig. Die einzige Schwierigkeit ist bei ihr, daß sie nicht ohne weiteres an das Medikament herangekommen wäre. Digitalin bekommt man nämlich nicht so einfach auf Verlangen.»

«N-nein. Zumindest nicht für sich allein. Aber mit anderen Mitteln gemischt bekommt man es leicht. Erst heute morgen habe ich eine Anzeige in den *Daily Views* gesehen, in der eine Pille angeboten wird, die dreißig Milligramm Digitalin enthält.»

«So? Worin? – ach so, das! Ja, aber da ist auch Brechnuß drin, die ein Gegenmittel sein soll. Jedenfalls putscht sie das Herz auf, indem sie die Nerven anregt, was die verlangsamende Wirkung von Digitalin aufhebt.»

«Hm. Also, dann schreib Miss Dorland unter ‹Mittel› auf und setze ein Fragezeichen dahinter. Ach so, und Penberthy gehört natürlich auch unter ‹Mittel›. Er ist derjenige, der ohne die geringsten Schwierigkeiten an das Zeug herankommen konnte.»

«Richtig. Also, Mittel: 1. Dr. Penberthy. Gelegenheit: 1. Dr. Penberthy, 2. Miss Dorland. Wir müssen das Personal in Lady Dormers Haus auch mit dazunehmen, meinst du nicht? Jedenfalls jeden, der ihm etwas zu essen oder zu trinken gebracht hat.»

«Schreib die Dienstboten in jedem Fall dazu. Sie könnten mit Miss Dorland im Bunde stehen. Und wie steht es mit Lady Dormer selbst?»

«Nun hör aber auf, Peter. Welchen Sinn sollte das denn haben?»

«Wer weiß? Vielleicht hat sie die ganzen Jahre den Plan gehegt, sich an ihrem Bruder zu rächen, und ihre Gefühle hinter scheinbarer Großzügigkeit versteckt. Es wäre doch ein ziemlicher Spaß gewesen, jemandem, den man verachtet, eine große Erbschaft zu vermachen und ihn dann, wenn er sich gerade so schön darauf freut und voll Dankbarkeit ist und es kaum noch erwarten kann, rasch zu vergiften, damit er sie nur ja nicht kriegt. Wir müssen Lady Dormer einfach mit aufnehmen. Setz sie unter ‹Gelegenheit› und ‹Motiv›.»

«Ich setze sie höchstens unter ‹Gelegenheit›, und unter ‹Motiv› mit Fragezeichen.»

«Wie du willst. Also – als nächstes kämen unsere Freunde, die Taxifahrer.»

«Ich glaube nicht, daß ich dir damit dienen kann. Es wäre nämlich gar nicht so einfach, einen Fahrgast zu vergiften.»

«Das fürchte ich auch. Paß mal auf. Ich habe gerade eine hinreißende Idee, wie man umgekehrt einen Taxifahrer vergiften könnte. Man gibt ihm eine gefälschte halbe Krone, und wenn er draufbeißt –»

«– stirbt er an Bleivergiftung. Der hat schon einen Bart.»

«Pech gehabt. Man vergiftet die halbe Krone mit Blausäure.»

«Ausgezeichnet! Und er bricht mit Schaum vor dem Mund zusammen. Einfach genial. Würde es dir etwas ausmachen, dich wieder dem Thema zuzuwenden?»

«Die Taxifahrer können wir weglassen?»

«Ich glaube, ja.»

«Einverstanden. Ich schenke sie dir. Damit kommen wir, fürchte ich, zu George Fentiman.»

«Du hast eine Schwäche für George Fentiman, nicht?»

«Ja – ich mag den guten George. Er ist in mancher Hinsicht ein ausgemachtes Ferkel, aber ich mag ihn.»

«Na ja, ich kenne George nicht, also schreibe ich ihn bedenkenlos hin. Er wäre ‹Gelegenheit› Nr. 3.»

«Dann muß er aber auch unter ‹Motiv› stehen.»

«Wieso? Was hätte er dadurch zu gewinnen gehabt, daß Miss Dorland das Geld bekäme?»

«Nichts – falls er das wußte. Aber Robert schwört Stein und Bein, daß er nichts davon wußte, und George ebenfalls. Und siehst du, wenn er nichts wußte, bedeutete der Tod des Generals für ihn, daß er sofort an die zweitausend Pfund herankam, mit denen Dougal MacStewart ihn so unter Druck setzte.»

«MacStewart? – Ach ja – dieser Geldverleiher. Ein Punkt für dich, Peter; den hatte ich vergessen. Damit reiht sich George auf alle Fälle in die Liste der Verdächtigen ein. Er hatte auch alles ziemlich satt, nicht?»

«Und wie. Und ich erinnere mich, wie er am Tag, an dem der Mord – oder zumindest der Todesfall – entdeckt wurde, im Club wenigstens *eine* unbedachte Bemerkung fallengelassen hat.»

«Das würde höchstens *für* ihn sprechen», meinte Parker gutgelaunt. «Es sei denn, er wäre ganz besonders kaltschnäuzig.»

«Bei der Polizei würde das nicht für ihn sprechen», knurrte Wimsey.

«Na hör mal!»

«Entschuldige. Das hatte ich im Moment vergessen. Ich fürchte, du wächst zur Zeit ein bißchen über deinen Beruf hinaus, Charles. So viel Intelligenz kann nur zu Beförderung oder Verbannung führen, wenn du nicht aufpaßt.»

«Das riskiere ich. Aber nun komm – weiter im Text. Wen haben wir sonst noch?»

«Woodward. Niemand hätte sich leichter am Pillenschächtelchen des Generals zu schaffen machen können als er.»

«Und sein kleines Vermächtnis wäre dann wohl das Motiv gewesen?»

«Oder er stand im Sold des Feindes. Das ist bei finsteren Lakaien oft der Fall, wie du weißt. Sieh dir doch nur an, wie die kriminellen Butler und diebischen Musterdiener in letzter Zeit ins Kraut schießen.»

«Stimmt. Und wie steht es nun mit den Leuten im Bellona-Club?»

«Da wäre Wetheridge. Ein ausgesprochen unangenehmer Mensch. Und er hat schon immer begehrlich nach dem Ohrensessel des Generals vor dem Kamin geschielt. Ich hab's gesehen.»

«Bleib mal ernst, Peter.»

«Ich bin vollkommen ernst. Ich kann Wetheridge nicht leiden. Und dann dürfen wir natürlich Robert nicht vergessen.»

«Robert? Hör mal, er ist der einzige, den wir mit absoluter Sicherheit ausschließen können. Er wußte, daß es in seinem Interesse war, den alten Herrn am Leben zu erhalten. Sieh doch nur, welche Arbeit er sich gemacht hat, um seinen Tod zu vertuschen.»

«Eben. Er ist von allen Tatverdächtigen der unwahrscheinlichste, und aus eben diesem Grunde würde Sherlock Holmes ihn sofort verdächtigen. Er war nach eigener Aussage der letzte, der General Fentiman lebend gesehen hat. Nehmen wir an, er hat Krach mit dem alten Herrn bekommen und ihn getötet, und hinterher hat er dann von der Erbschaft erfahren.»

«Du sprühst ja heute nur so von brillanten Ideen, Peter. Wenn sie sich gestritten hätten, könnte er eventuell seinen Großvater niedergeschlagen haben – obwohl ich mir nicht vorstellen kann, daß er so etwas Niederträchtiges und Unsportliches fertiggebracht hätte – aber mit Sicherheit hätte er ihn nicht vergiftet.»

Wimsey seufzte.

«So ganz unrecht hast du da nicht», räumte er ein. «Trotzdem weiß man nie. So – erscheint nun einer der Namen, die uns bisher eingefallen sind, in allen drei Spalten unserer Liste?»

«Nein, nicht einer. Aber einige kommen zweimal vor.»

«Dann fangen wir am besten bei denen an. Miss Dorland kommt natürlich als erste in Betracht, und nach ihr George, meinst du nicht?»

«Doch. Ich werde alle Apotheken abklappern lassen, in denen sie sich das Digitalin vielleicht besorgt haben könnte. Wer ist ihr Hausarzt?»

«Keine Ahnung. Das ist deine Sache. Ich soll sie übrigens morgen auf einer Kakaoparty oder so was treffen. Nimm sie nach Möglichkeit nicht vorher in die Zange.»

«Nein, aber mir scheint, wir werden ihr schon noch ein paar Fragen stellen müssen. Und ich möchte mich gern in Lady Dormers Haus ein wenig umsehen.»

«Zertritt mir dort um Himmels willen kein Porzellan, Charles. Sei taktvoll!»

«Verlaß dich auf Väterchen. Ach ja, und du könntest mich mal ebenso taktvoll mit in den Bellona-Club nehmen. Ich würde auch dort gern ein paar Fragen stellen.»

Wimsey stöhnte.

«Wenn das so weitergeht, wird man mir den Austritt nahelegen. Nicht daß es ein großer Verlust wäre. Aber Wetheridge würde sich so freuen, mich von hinten zu sehen. Na ja, was soll's. Ich mache mich zum Märtyrer. Komm.»

Am Eingang des Bellona-Clubs herrschte ungehöriger Aufruhr. Hauptmann Culyer debattierte hitzig mit einer Gruppe von Männern, und ein paar Mitglieder des Clubvorstands standen mit gewitterdrohenden Mienen daneben. Als Wimsey eintrat, wurde er von einem der Störenfriede mit einem kleinen Freudenschrei erkannt.

«Wimsey – Wimsey, alter Junge! Seien Sie ein anständiger Kerl und erzählen Sie uns was. Wir müssen hierüber doch demnächst was bringen, und Sie wissen sicher genau Bescheid, Sie altes Ekel.»

Es war Salcombe Hardy vom *Daily Yell*, groß und ungepflegt und leicht betrunken wie immer. Er sah Wimsey mit großen blauen Kinderaugen an. Barton vom *Banner*, rothaarig und kampflustig, fuhr sofort herum.

«Ah, Wimsey, das ist schön. Klären Sie uns mal hierüber auf, ja? Machen Sie denen klar, daß wir nur unsere Geschichte haben wollen, dann sind wir auch schön brav und gehen wieder.»

«Großer Gott!» sagte Wimsey. «Wie kommen solche Sachen nur in die Zeitung?»

«Das liegt doch wohl ziemlich auf der Hand», bemerkte Culyer.

«Ich war's nicht», sagte Wimsey.

«Nein, nein», warf Hardy ein, «das dürfen Sie nicht denken. Das war meine gute Nase. Ich habe nämlich den ganzen Zirkus in der Nekropolis beobachtet. Auf einer Familiengruft hab ich gestanden, als Engel mit dem spitzen Bleistift.»

«Das sieht Ihnen ähnlich», sagte Wimsey. «Einen Augenblick mal, Culyer.» Er nahm den Clubmanager beiseite. «Hören Sie, mir tut das alles entsetzlich leid, aber da kann man nichts machen. Wenn diese Burschen hinter einer Geschichte her sind, kann nichts sie aufhalten. Und überhaupt kommt demnächst alles an die Öffentlichkeit. Die Polizei hat den Fall in der Hand. Das ist Kriminalinspektor Parker von Scotland Yard.»

«Aber was ist denn los?» wollte Culyer wissen.

«Mord ist los. Leider.»

«Verdammt!»

«Tut mir ja auch furchtbar leid. Aber machen Sie jetzt am besten gute Miene. Charles, erzähl den Leutchen soviel du für ratsam hältst, damit wir's hinter uns haben. Und Sie, Salcombe, wenn Sie Ihre Aasgeier zurückpfeifen, bekommen Sie ein Interview und einen Satz Fotos.»

«Das ist ein Wort», sagte Salcombe.

«Ich weiß ja», sagte Parker liebenswürdig zu den Reportern, «daß Sie uns nicht im Weg sein wollen, darum sage ich Ihnen alles, was im Moment zu sagen ist. Zeigen Sie uns ein Zimmer, Hauptmann Culyer, damit ich eine kurze Erklärung abgeben kann, und anschließend lassen Sie uns an die Arbeit gehen.»

So einigte man sich, und nachdem Parker ein paar passende Sätze von sich gegeben hatte, entfernte sich die Fleet-Street-Bande, Wimsey wie eine geraubte Sabinerin mit sich schleppend, um in der nächstgelegenen Bar einen zu trinken und wohl auch in der Hoffnung, von ihm die malerischen Einzelheiten zu erfahren.

«Aber ich wünschte, Sie hätten die Finger davon gelassen, Sally», klagte Peter.

«Ach ja», meinte Salcombe, «keiner liebt uns. Als armer kleiner Reporter steht man ganz allein und verlassen da.» Und er warf eine dünne schwarze Haarlocke aus der Stirn zurück und weinte.

Parkers erster und nächstliegender Schritt war eine Unterredung mit Dr. Penberthy, den er nach der Sprechstunde in der Harley Street aufsuchte.

«Ich will Sie jetzt nicht wegen dieses Totenscheins behelligen», begann er freundlich. «Wir alle machen nun einmal Fehler, und soviel ich weiß, sieht ein Tod durch eine Überdosis Digitalin einem Tod durch Herzversagen sehr ähnlich.»

«Es *ist* ein Tod durch Herzversagen», berichtigte der Arzt ihn geduldig. Ärzte sind es im allgemeinen müde, immer wieder erklären zu müssen, daß Herzversagen keine spezifische Krankheit ist wie Mumps oder Knieschleimbeutelentzündung. Diese Unvereinbarkeit der Betrachtungsweisen zwischen Laien und Medizinern ist es, die Juristen und medizinische Sachverständige zuweilen vor Gericht in einem Nebel von Mißverständnissen und gegenseitiger Verärgerung umherirren läßt.

«Ganz recht», sagte Parker. «Nun war General Fentiman ja schon herzkrank, nicht wahr? Ist Digitalin ein Medikament gegen Herzkrankheiten?»

«Ja – bei bestimmten Herzkrankheiten kann Digitalin ein sehr wertvolles Stimulans sein.»

«Stimulans? Ich dachte, es sei ein Beruhigungsmittel.»

«Zuerst wirkt es stimulierend; später dämpft es dann die Herztätigkeit.»

«Ah, ich verstehe.» Parker verstand nicht viel, denn wie die meisten Menschen lebte er in der vagen Vorstellung, daß jedem Medikament nun einmal eine bestimmte Wirkung zukomme und es folglich stets ein spezifisches Heilmittel für dies oder jenes sei. «Es beschleunigt also zuerst den Herzschlag und verlangsamt ihn dann.»

«Nicht ganz. Es stärkt die Herztätigkeit, indem es den Herzschlag verlangsamt, so daß die Hohlräume vollständiger geleert werden können und der Druck vermindert wird. Wir verabreichen es bei bestimmten Gefäßerkrankungen – selbstverständlich unter gebührenden Vorsichtsmaßnahmen.»

«Haben Sie General Fentiman Digitalin gegeben?»

«Ich habe es ihm von Zeit zu Zeit gegeben.»

«Am Nachmittag des 10. November – Sie erinnern sich, daß er da nach einem Herzanfall zu Ihnen in die Praxis kam. Haben Sie ihm da Digitalin gegeben?»

Dr. Penberthy schien ein paar Sekunden lang mit sich zu kämpfen. Dann drehte er sich zu seinem Schreibtisch um und holte ein dickes Buch heraus.

«Ich spreche am besten ganz offen mit Ihnen», sagte er. «Ja, ich habe ihm welches gegeben. Als er zu mir kam, ließen die Schwäche seiner Herztätigkeit und seine schwere Atemnot mir die Verabreichung eines Herzstimulans dringend notwendig erscheinen. Ich habe ihm etwas gegeben, worin eine geringe Menge Digitalin enthalten war, um ihm Erleichterung zu verschaffen. Hier ist das Mittel. Ich schreibe Ihnen die Zusammensetzung auf.»

«Eine geringe Menge?» wiederholte Parker.

«Sehr gering, und kombiniert mit anderen Substanzen, um den Nachwirkungen zu begegnen.»

«Die Dosis war nicht so groß wie die, die man hinterher im Körper gefunden hat?»

«Du lieber Himmel, nein – nicht annähernd. In einem Fall wie dem des Generals muß man Digitalin mit der allergrößten Vorsicht verabreichen.»

«Es ist wohl nicht möglich, daß Sie bei der Zusammensetzung einen Fehler gemacht haben? Daß Sie ihm irrtümlich eine Überdosis gegeben haben?»

«Diese Möglichkeit ist mir sofort in den Sinn gekommen, aber sowie ich Sir James Lubbocks Zahlen hörte, wußte ich, daß daran überhaupt nicht zu denken war. Die Dosis, die er verabreicht bekommen hatte, war enorm – über ein zehntel Gramm. Um aber ganz sicher zu gehen, habe ich meinen Digitalinvorrat genau überprüfen lassen, und es war über alles genau abgerechnet.»

«Wer hat das für Sie gemacht?»

«Meine Sprechstundenhilfe, eine ausgebildete Krankenschwester. Ich gebe Ihnen die Bücher und die Apothekerquittungen.»

«Danke. Hat Ihre Sprechstundenhilfe das Mittel für General Fentiman zusammengestellt?»

«Aber nein! Solche Mittel stelle ich selbst zusammen und halte sie fertig bei mir unter Verschluß. Wenn Sie die Sprechstundenhilfe fragen möchten, zeigt sie Ihnen das.»

«Vielen Dank. Nun, als General Fentiman zu Ihnen kam, hatte er gerade einen schweren Herzanfall gehabt. Könnte der durch Digitalin hervorgerufen worden sein?»

«Sie meinen, ob er vergiftet wurde, bevor er zu mir kam? Nun ja, bei Digitalin läßt sich das nicht so leicht sagen.»

«Wie lange würde so eine große Dosis brauchen, um zu wirken?»

«Ich würde mit einer recht baldigen Wirkung rechnen. Normalerweise besteht sie aus Übelkeit und Schwindelgefühl. Aber bei so einem starken Herzstimulans wie Digitalin ist die Hauptgefahr, daß jede plötzliche Bewegung, zum Beispiel unvermitteltes Aufspringen aus einer Ruhelage, einen plötzlichen Kollaps und Tod hervorrufen könnte. Ich nehme an, daß dies bei General Fentiman der Fall war.»

«Und das könnte zu jeder Zeit nach Einnahme der Dosis passiert sein?»

«Ja.»

«Nun, dann bin ich Ihnen sehr zu Dank verpflichtet, Dr. Penberthy. Ich werde noch rasch Ihren Apotheker aufsuchen und mir die Eintragungen in Ihren Büchern abschreiben, wenn ich darf.»

Nachdem dies geschehen war, begab Parker sich zum Portman Square, immer noch ein wenig wirr im Kopf, was die Wirkungen des gemeinen Fingerhuts bei innerer Anwendung betrifft – eine Verwirrung, die in keiner Weise dadurch behoben wurde, daß er anschließend in den *Materia Medica*, in den *Pharmacopoeia*, bei Dixon Mann, Taylor, Glaister und anderen Autoren nachschlug, die ihre Erkenntnisse aus der Toxikologie so freundlich und hilfsbereit der Öffentlichkeit zugänglich gemacht haben.

16

Quadrille

«Mrs. Rushworth, das ist Lord Peter Wimsey. Naomi, das ist Lord Peter. Er interessiert sich ungemein für Drüsen und dergleichen, darum habe ich ihn mitgebracht. Und du, Naomi, mußt mir das Neueste von dir erzählen. Wer ist es? Kenne ich ihn?»

Mrs. Rushworth war eine lange, ungepflegte Frau mit langem, ungepflegtem Haar, das sie über den Ohren zu Schnecken zusammengeflochten hatte. Sie strahlte Peter kurzsichtig an.

«Freut mich sehr, Sie kennenzulernen. Drüsen sind doch etwas Wunderbares, nicht? Dr. Voronoff, Sie wissen ja, und diese wunderbaren alten Schafe. So eine Hoffnung für uns alle. Allerdings ist der liebe Walter an Verjüngungen ja nicht so interessiert. Vielleicht ist das Leben auch so schon lang und schwer genug, nicht wahr? – so voll von Problemen der einen oder anderen Art. Und die Versicherungsgesellschaften sind ja ganz strikt dagegen, soviel ich weiß, zumindest. Ganz natürlich, wenn man es sich überlegt. Aber der Einfluß auf den Charakter ist ja so interessant. Haben Sie zufällig etwas mit jugendlichen Kriminellen zu tun?»

Wimsey sagte, jugendliche Kriminelle stellten ein sehr verwickeltes Problem dar.

«Wie wahr! So verwickelt. Und wenn man bedenkt, wie wir ihnen Tausende von Jahren Unrecht getan haben. Ausgepeitscht und auf Brot und Wasser gesetzt und zur Heiligen Kommunion geschickt, und dabei wäre nur ein bißchen Kaninchendrüse oder so etwas nötig gewesen, um die bravsten Kinder aus ihnen zu machen. Richtig schrecklich, nicht? Und alle diese armen Krüppel auf Jahrmärkten – Zwerge und Riesen und das alles –, nur ein bißchen Hypophyse oder Epiphyse, und alles wäre in Ordnung gewesen. Allerdings muß ich sagen, daß sie so, wie sie sind, viel mehr Geld verdienen, und das wirft ein sehr unerfreuliches Licht auf die Arbeitslosigkeit, nicht wahr?»

Wimsey sagte, daß jeder Vorteil eben auch seinen Nachteil habe.

«O ja, so ist es», pflichtete Mrs. Rushworth ihm bei. «Aber ich finde es unendlich viel ermutigender, es andersherum zu sehen. Jeder Nachteil hat auch seinen Vorteil, nicht wahr? Es ist so wichtig, daß man die Dinge in ihrem richtigen Licht sieht. Es wird für Naomi so eine große Freude sein, wenn sie den lieben Walter bei seinem großen Werk unterstützen kann. Ich hoffe, Sie wollen auch unbedingt einen Beitrag zur Errichtung der neuen Klinik leisten.»

Wimsey fragte, was für eine neue Klinik das sei.

«Ach, hat Marjorie Ihnen davon noch nichts gesagt? Die neue Klinik, in der mit Drüsen alle Menschen gut gemacht werden. Darüber will doch der liebe Walter heute abend sprechen. Er ist so davon begeistert, und Naomi ebenfalls. War das eine Freude für mich, als Naomi mir sagte, daß sie sich wirklich verlobt haben. Natürlich habe ich alte Mutter ja schon so etwas vermutet», fügte Mrs. Rushworth kokett hinzu. «Aber die jungen Leute sind ja heute so komisch und behalten immer alles für sich.»

Wimsey sagte, er glaube, daß man beiden Seiten nur herzlich gratulieren könne. Und was er von Naomi Rushworth gesehen hatte, überzeugte ihn, daß *sie* zumindest den Glückwunsch verdiente, denn sie war ein einzigartig häßliches junges Mädchen mit einem Gesicht wie ein Wiesel.

«Sie entschuldigen mich gewiß, wenn ich mich jetzt auch den anderen Leuten widme, ja?» fuhr Mrs. Rushworth fort. «Sie werden sich bestimmt gut unterhalten. Sicher haben Sie viele Freunde in unserer kleinen Gesellschaft.»

Wimsey sah sich um und wollte sich gerade dazu beglückwünschen, daß er niemanden kannte, als ihm doch ein wohlbekanntes Gesicht ins Auge fiel.

«Nanu», sagte er, «da ist ja Dr. Penberthy.»

«Der liebe Walter!» rief Mrs. Rushworth und wandte sich prompt in die angegebene Richtung. «Ja, wirklich, da ist er. Ah, schön – dann können wir ja jetzt anfangen. Er hätte schon früher hier sein sollen, aber ein Arzt ist ja nie Herr seiner Zeit.»

«Penberthy!» sagte Wimsey halblaut. «Du lieber Gott!»

«Recht vernünftiger Mensch», sagte eine Stimme hinter ihm. «Denken Sie nicht gering von seiner Arbeit, nur weil er in dieser

Gesellschaft ist. Bettler in einer guten Sache dürfen nicht wählerisch sein, das wissen wir Priester nur zu gut.»

Wimsey drehte sich um und sah sich einem großen, hageren Mann mit angenehmen, humorvollen Zügen gegenüber, den er als einen wohlbekannten Armenpriester erkannte.

«Pater Whittington, ja?»

«Derselbe. Und Sie sind Lord Peter Wimsey, das weiß ich. Wir haben ein gemeinsames Interesse an der Kriminalität, nicht wahr? Mich interessiert diese Drüsentheorie. Sie könnte ein helles Licht auf manche unserer herzzerreißendsten Probleme werfen.»

«Freut mich zu hören, daß da keine Feindschaft zwischen Religion und Wissenschaft besteht», sagte Wimsey.

«Natürlich nicht. Warum auch? Wir sind alle Wahrheitssucher.»

«Und die hier?» fragte Wimsey, indem er mit einer Handbewegung die ganze Versammlung der Neugierigen erfaßte.

«Auf ihre Weise auch. Sie meinen es gut. Sie tun, was sie können, wie die Frau im Evangelium, und sie sind erstaunlich großherzig. Da ist Penberthy. Er sucht Sie, glaube ich. Nun, Dr. Penberthy, wie Sie sehen, bin ich gekommen, um zu hören, wie Sie die Erbsünde ausrotten wollen.»

«Sehr aufgeschlossen», sagte Penberthy mit etwas gezwungenem Lächeln. Hoffentlich sind Sie nicht als Feind gekommen. Sie wissen, wir haben nichts gegen die Kirche, solange sie sich um ihre Aufgaben kümmert und uns die unsern überläßt.»

«Mein Lieber, wenn Sie die Sünde mit einer Spritze kurieren können, soll es mich nur freuen. Aber geben Sie acht, daß Sie bei der Gelegenheit nicht noch etwas viel Schlimmeres injizieren. Sie kennen doch das Gleichnis vom gekehrten und geschmückten Haus?»

«Ich werde mich so gut wie möglich vorsehen», sagte Penberthy. «Entschuldigen Sie mich einen Augenblick. Hören Sie mal, Wimsey, ich nehme an, Sie wissen über Lubbocks Analyseergebnis Bescheid, ja?»

«Ja. Das kam ein bißchen wie ein Blitz aus heiterem Himmel, nicht?»

«Das bringt mich in eine sehr schwierige Situation, Wimsey. Wenn Sie mir doch nur damals gleich einen Hinweis gegeben hätten! Aber auf so eine Idee bin ich nie gekommen.»

«Wieso auch? Sie hatten damit gerechnet, daß der alte Knabe an Herzschwäche sterben würde, und daran ist er gestorben. Keiner kann Ihnen einen Vorwurf machen.»

«Nein? Da kennen Sie Geschworene schlecht. Ich würde ein Vermögen darum geben, wenn das nicht gerade jetzt passiert wäre. Es hätte nicht ungelegener kommen können.»

«Das geht vorüber, Penberthy. Solche Fehler passieren hundertmal die Woche. Übrigens, ich muß Ihnen wohl gratulieren. Wann haben Sie sich denn dazu entschlossen? Sie haben es aber gut für sich behalten.»

«Ich wollte es Ihnen schon bei dieser vermaledeiten Exhumierung sagen, aber dann hat jemand dazwischengequasselt. Ja, also vielen Dank. Wir haben das vor etwa – zwei bis drei Wochen – geregelt. Kennen Sie Naomi schon?»

«Ich habe sie heute abend nur ganz kurz gesehen. Meine Freundin, Miss Phelps, hat sie gleich entführt, um alles über Sie zu erfahren.»

«Ach so. Aber Sie müssen mal mitkommen und sich mit ihr unterhalten. Sie ist ein nettes Ding und sehr intelligent. Die alte Dame ist schon eine ziemliche Plage, das will ich zugeben, aber sie hat das Herz am rechten Fleck. Und fest steht, daß sie an Leute heranzukommen weiß, die zu kennen sehr nützlich ist.»

«Ich wußte gar nicht, daß Sie so eine Autorität in Drüsen sind.»

«Wenn ich es mir doch nur leisten könnte, eine zu sein! Ich habe unter Professor Sligo einiges an experimenteller Arbeit geleistet. Es ist die Wissenschaft der Zukunft, wie es in der Presse heißt. Daran gibt's auch eigentlich keinen Zweifel. Sie rückt die Biologie in ein völlig neues Licht. Wir stehen an der Schwelle zu einigen hochinteressanten Entdeckungen, das steht fest. Aber angesichts der Vivisektionsgegner und Pfaffen und anderer alter Weiber macht man eben nicht die Fortschritte, die nötig wären. O Gott – man wartet, daß ich anfange. Bis später dann.»

«Halbe Sekunde noch. Ich bin eigentlich gekommen – ach was, das ist ungezogen! Aber ich hatte keine Ahnung, daß Sie der Redner sind, bis ich Sie sah. Ich bin ursprünglich hierhergekommen (das klingt besser), um mir einmal die berüchtigte Miss Dorland von Fentimanschem Ruhme anzusehen. Aber meine traute Führerin hat mich verlassen. Kennen Sie Miss Dorland? Können Sie mir sagen, welche sie ist?»

«Ich kenne sie nur beiläufig. Aber heute abend habe ich sie noch nicht gesehen. Vielleicht kommt sie ja auch gar nicht.»

«Ich dachte, sie sei so ungemein an – an Drüsen und dergleichen interessiert.»

«Das ist sie auch, glaube ich – oder bildet es sich jedenfalls ein. Diesen Frauen ist ja alles recht, wenn's nur neu ist – besonders wenn's noch mit Sexualität zu tun hat. Ich habe übrigens nicht die Absicht, über Sexualität zu reden.»

«Sehr verdienstvoll. Na ja, vielleicht kommt Miss Dorland später noch.»

«Vielleicht, aber – wissen Sie, Wimsey, sie ist ja in einer ziemlich unangenehmen Situation, nicht? Vielleicht hat sie nicht die Courage, sich dem allen zu stellen. Es steht ja, wie Sie wissen, in den Zeitungen.»

«Zum Kuckuck, und ob ich das weiß! Salcombe Hardy, diese alte Schnapsdrossel, hat da irgendwie die Nase drangekriegt. Ich glaube, er besticht die Friedhofsverwaltung, damit sie ihn über bevorstehende Exhumierungen im voraus unterrichtet. Er ist dem *Daily Yell* sein Lebendgewicht in Pfundnoten wert. Adieu! Sagen Sie hübsch Ihr Sprüchlein auf. Es macht Ihnen nichts, wenn ich nicht in der ersten Reihe sitze, oder? Ich suche mir immer ein strategisch günstiges Plätzchen nahe der Tür zum Buffet.»

Wimsey fand Penberthys Referat originell und gut vorgetragen. Das Thema war ihm nicht gänzlich unvertraut, denn er hatte etliche hervorragende Wissenschaftler zu Freunden, die in ihm stets einen guten Zuhörer fanden, aber einige der erwähnten Experimente waren ihm neu, und die Schlußfolgerungen erschienen ihm vielversprechend. Getreu seinen Prinzipien stürzte Wimsey sich ins Speisezimmer, während höfliche Hände noch applaudierten. Er war trotzdem nicht der erste. Eine große Gestalt in arg strapaziert aussehendem Abendanzug war bereits mit einem Stapel köstlicher Sandwichs und einem Whisky-Soda beschäftigt. Bei seinem Näherkommen drehte diese Gestalt sich um und sah ihn aus wäßrigen blauen Unschuldsaugen an. Sally Hardy – nie ganz betrunken und nie ganz nüchtern – war auf dem Posten wie immer. Er hielt ihm einladend den Sandwichteller hin.

«Die sind verdammt gut», sagte er. «Was machen Sie denn hier?»

«Ich könnte Sie dasselbe fragen», sagte Wimsey.

Hardy legte ihm eine dicke Hand auf den Ärmel.

«Zwei Fliegen mit einer Klappe», sagte er großspurig. «Gescheiter Bursche, dieser Penberthy. Drüsen sind der Knüller, müssen Sie wissen. Er weiß es. Nicht mehr lange, dann ist er einer von diesen Modeärzten.» Sally wiederholte diesen letzten Satz noch zwei-, dreimal, da er ihm mit dem Whisky-Soda durcheinandergeraten zu sein schien. «Wird uns arme kleine Journalisten brotlos machen wie ... und ...» (Er erwähnte zwei Herren, deren namentlich gezeichnete Beiträge in vielgelesenen Tageszeitungen der Ärztekammer ein ständiger Dorn im Auge waren.)

«Vorausgesetzt, sein Ruf leidet nicht unter dieser Fentiman-Affäre», entgegnete Wimsey mit gemäßigter Brüllstimme, die in der lärmenden Stampede, die ihnen inzwischen ans Buffet gefolgt war, den Dienst eines Flüsterns tat.

«Bitte, da haben Sie's!» sagte Hardy. «Penberthy hat seinen eigenen Nachrichtenwert. Er gibt was her. Natürlich müssen wir noch ein bißchen auf dem Zaun sitzen bleiben und warten, auf welcher Seite die Katze runterspringt. Ich werde am Ende einen Absatz darüber bringen und erwähnen, daß er der Arzt des alten Fentiman war. Demnächst können wir auf der Magazinseite ein bißchen darauf eingehen, wie ratsam eine Autopsie bei allen plötzlichen Todesfällen ist. Sie wissen schon – auch erfahrene Ärzte können sich täuschen. Wenn er im Kreuzverhör schlecht wegkommt, können wir etwas darüber bringen, daß Spezialisten nicht immer vertrauenswürdig sind – ein freundliches Wort über die armen kleinen praktischen Ärzte, auf denen alles herumtrampelt. Jedenfalls ist er einen Artikel wert. Es spielt keine Rolle, *was* man über ihn schreibt, Hauptsache ist, man schreibt überhaupt etwas über ihn. Sie könnten uns nicht ein paar Zeilen – wirklich nur ein paar – über *Rigor mortis* oder so was bringen? Es müßte nur schnell gehen.»

«Könnte ich nicht», sagte Wimsey. «Ich habe nicht die Zeit und brauche das Geld nicht. Warum sollte ich auch? Ich bin weder Hochschulprofessor noch Schauspielerin.»

«Nein, aber Sie sind ein Thema für die Zeitungen. Das Geld können Sie mir ja geben, wenn Sie so elend reich sind. Sagen Sie mal, was wissen Sie überhaupt über den Fall? Ihr Freund von der Polizei hat uns ja nichts verraten. Ich möchte was darüber bringen, bevor eine Verhaftung stattfindet, denn danach wär's Eingriff in ein schwebendes Verfahren. Ich nehme an, es ist die Frau, hinter der Sie her sind. Können Sie mir über die was sagen?»

«Nein – ich bin heute abend hergekommen, um sie mir anzusehen, aber sie hat sich nicht blicken lassen. Könnten Sie nicht mal ihre trübe Vergangenheit für mich ausgraben? Die Rushworths wissen sicher etwas über sie. Sie hat gemalt oder so was. Könnten Sie da mal rangehen?»

Hardys Miene hellte sich auf.

«Waffles Newton weiß da wahrscheinlich etwas», meinte er. «Mal sehen, was ich ausbuddeln kann. Vielen Dank auch, alter Schwede. Das hat mich auf eine Idee gebracht. Wir könnten auf der Rückseite eines ihrer Bilder bringen. Die alte Dame scheint ja eine komische Marke gewesen zu sein. Das Testament soll so merkwürdig sein, nicht?»

«Oh, darüber kann ich Sie genauestens aufklären», sagte Wimsey. «Ich dachte nur, das wüßten Sie wahrscheinlich schon.»

Er erzählte Hardy die Geschichte Lady Dormers, wie er selbst sie von Mr. Murbles gehört hatte. Der Journalist war begeistert.

«Das ist ja prima!» rief er. «Das geht ans Herz. Romantik mit allem Drum und Dran. Das wird ein Knüller für den *Yell.* Entschuldigen Sie mich. Ich will das schnell durchtelefonieren, bevor jemand anders die Nase drankriegt. Erzählen Sie's keinem von den andern.»

«Die können es aber auch von Robert oder George Fentiman erfahren», warnte Wimsey.

«Einen Dreck können sie», erwiderte Salcombe Hardy im Brustton der Überzeugung. «Robert Fentiman hat heute morgen erst dem Barton vom *Banner* so eine gescheuert, daß er hinterher zum Zahnarzt mußte. Und George hat sich in den Bellona-Club verzogen, und die lassen keinen rein. Hier funkt mir keiner dazwischen. Wenn ich mal irgendwas für Sie tun kann, können Sie sich auf mich verlassen. Adieu!»

Er verzog sich. Peter fühlte eine Hand auf seinem Arm.

«Du vernachlässigst mich ganz abscheulich», sagte Marjorie Phelps. «Und ich habe schrecklichen Hunger. Ich habe mir alle Mühe gegeben, für dich etwas herauszubekommen.»

«Das ist lieb. Paß auf, wir setzen uns draußen in die Diele, da ist es ruhiger. Ich stibitze uns was zu essen und bring's raus.»

Er häufte einige gefüllte Hörnchen, vier Tortenstückchen nebst etwas zweifelhafter Rotweinbowle und Kaffee auf ein Tablett, das er hinter dem Rücken der Bedienung entwendete, und trug es nach draußen.

«Danke», sagte Marjorie. «Das habe ich mir mehr als redlich verdient, indem ich mich mit Naomi Rushworth unterhalten habe. Ich kann sie nicht ausstehen. Sie macht immer Andeutungen, weißt du?»

«Was für welche zum Beispiel?»

«Na ja, als ich mich nach Ann Dorland erkundigte, sagte sie, Ann komme nicht. Und als ich fragte, warum nicht, antwortete sie: ‹Sie *sagt,* es geht ihr nicht gut.› »

«Wer soll das gesagt haben?»

«Naomi Rushworth sagte, Ann Dorland habe gesagt, sie könne nicht kommen, weil es ihr nicht gut gehe. Aber sie hat gesagt, das sei natürlich nur eine Ausrede.»

«Wer?»

«Naomi. Wieso denn das, hab ich gefragt, und sie hat gemeint, sie will sich wahrscheinlich nicht vor den Leuten blicken lassen. ‹Aber ich denke, ihr seid so gute Freundinnen›, hab ich gesagt. ‹Ja, das schon›, meinte sie darauf, ‹aber du weißt doch, Ann war schon immer ein bißchen unnormal.› Ich sagte, das hörte ich zum erstenmal, und da sah sie mich so richtig gehässig an und meinte: ‹Nun, dann denk doch mal an Ambrose Ledbury. Aber damals hattest du natürlich andere Dinge im Kopf, nicht wahr?›Dieses Biest! Sie meinte Komski. Und dabei weiß doch jeder, wie sie diesem Penberthy nachgelaufen ist.»

«Ich fürchte, ich komme nicht ganz mit.»

«Na ja, ich war ziemlich verliebt in Komski. Und ich hatte schon so gut wie versprochen, mit ihm zusammenzuleben, bis ich erfuhr, daß seine letzten drei Frauen alle nach einer Weile die Nase voll hatten und ihn verlassen haben, und da hab ich mir gedacht, mit einem Mann, der dauernd verlassen wird, kann ja wohl was nicht stimmen, und seitdem habe ich dann auch erfahren, daß er ein schrecklicher Tyrann ist, wenn er erst mal seinen rührenden treuen Hundeblick ablegt. Ich bin also noch einmal davongekommen. Aber wenn man sich ansieht, wie Naomi das letzte Jahr immer um Penberthy herumgeschlichen ist wie eine Spanielhündin, die fürchtet, daß sie verprügelt wird, frage ich mich, wie sie dazu kommt, mir Komski vorzuwerfen. Und was Ambrose Ledbury angeht, in dem hätte sich ja nun jede täuschen können.»

«Wer war Ambrose Ledbury?»

«Ach, das war der Mann, der sein Atelier über Boulters Pferdestall hatte. Seine große Masche war Kraft und Über-den-weltlichen-Dingen-Stehen. Er war ungehobelt und grob und malte ungeschlachte Schlafzimmerszenen, aber farblich hervorragend. Er konnte wirklich malen, und dafür sahen wir ihm vieles nach, aber er war ein professioneller Herzensbrecher. Er schloß einen so richtig hungrig in seine großen Arme, und das ist ja immer ziemlich unwiderstehlich. Aber er war kein bißchen wählerisch. Es war bei ihm bloße Gewohnheit, und seine Affären dauerten auch nie lange. Aber Ann Dorland war geradezu überwältigt. Sie versuchte sich selbst in diesem ungeschlachten Stil, aber der lag ihr überhaupt nicht – sie hat keinen Sinn für Farben, und so war eben nichts da, was ihre schlechte Technik ausgeglichen hätte.»

«Sagtest du nicht, sie hatte keine Affären?»

«Das war auch keine Affäre. Ich nehme an, Ledbury hat sie sich mal geangelt, als gerade niemand anders zur Hand war, aber für etwas Ernsthaftes verlangte er schon gutes Aussehen. Vor einem Jahr ist er mit irgendeiner Natascha Dingsda nach Polen gegangen. Darauf hat Ann Dorland dann die Malerei nach und nach an den Nagel gehängt. Das dumme war, daß sie alles zu ernst nahm. Ein paar kleine Flirts hätten sie zu einem normalen Menschen gemacht, aber sie war nicht der Typ, mit dem ein Mann gern geflirtet hätte. So linkisch. Ich glaube nicht, daß sie sich wegen Ledbury so sehr den Kopf zerbrochen hätte, wenn das nicht die erste und einzige Episode in ihrem Leben gewesen wäre. Denn, wie schon gesagt, ein paar Versuche hat sie ja gemacht, es aber nie geschafft.»

«Aha.»

«Aber das ist für Naomi kein Grund, sich so aufzuspielen. Die kleine Kröte ist nämlich so stolz darauf, einen Mann an Land gezogen zu haben – *und* einen Verlobungsring –, daß sie jetzt am liebsten auf alle andern herabgucken möchte.»

«So?»

«Ja. Außerdem sieht man von jetzt an alles mit Walters Augen, und natürlich ist Walter zur Zeit nicht gut auf Ann Dorland zu sprechen.»

«Warum nicht?»

«Mein Lieber, du bist wieder die Diskretion persönlich. Natürlich sagt alle Welt, daß sie es war.»

«Ach ja?»

«Wer soll es sonst gewesen sein?»

Wimsey sah ein, daß dies wirklich jedermann denken mußte. Er neigte ja selbst nur zu sehr zu dieser Ansicht.

«Wahrscheinlich ist sie deswegen nicht gekommen.»

«Natürlich. Sie ist ja nicht dumm. Sie weiß es doch.»

«Stimmt. Hör mal, könntest du etwas für mich tun? Noch etwas, meine ich.»

«Was?»

«Nach allem, was du sagst, sieht es so aus, als ob Miss Dorland in nächster Zeit nur wenige Freunde haben würde. Wenn sie zu dir kommt –»

«Ich werde sie nicht aushorchen. Und wenn sie fünfzig alte Generäle vergiftet hätte.»

«Das verlange ich auch nicht von dir. Aber ich möchte, daß du unvoreingenommen bist und mir sagst, welchen Eindruck du hast. Ich will da nämlich keinen Fehler machen. Und ich selbst bin nicht unvoreingenommen. Ich will Miss Dorland als die Schuldige sehen. Das bringt die Gefahr mit sich, daß ich mir einrede, sie war's, während sie es in Wirklichkeit nicht war. Verstehst du das?»

«Warum willst du sie als die Schuldige sehen?»

«Ich hätte das vielleicht nicht sagen sollen. Natürlich will ich sie nicht als schuldig ansehen, wenn sie es nicht ist.»

«Na schön. Ich will nicht in dich dringen. Und ich werde versuchen, mit Ann in Verbindung zu kommen. Aber ich werde nicht versuchen, ihr etwas herauszulocken. Das ist mein letztes Wort. Ich stehe zu Ann.»

«Meine Liebe», sagte Wimsey, «du bist nicht unvoreingenommen. Du glaubst, daß sie es getan hat.»

Marjorie Phelps errötete.

«Nein. Wie kommst du darauf?»

«Weil du so sehr betonst, daß du nichts aus ihr herauslocken willst. Einem Unschuldigen kann man nichts herauslocken.»

«Peter Wimsey! Du sitzt da wie ein wohlerzogener Schwachsinniger, und dann bringst du die Leute ganz hintenherum dazu, Dinge zu tun, für die sie schamrot werden müßten. Kein Wunder, daß du immer alles herauskriegst. Ich werde *nicht* für dich spionieren.»

«Nun, wenn nicht, dann erfahre ich aber wenigstens deine Meinung, ja?»

Marjorie schwieg eine Weile. Dann sagte sie:

«Das ist alles so gemein.»

«Giftmord ist auch ein gemeines Verbrechen, findest du nicht?» meinte Wimsey.

Er stand rasch auf. Pater Whittington näherte sich mit Penberthy.

«Nun», fragte Lord Peter, «stehen die Altäre noch?»

«Dr. Penberthy hat mir soeben erklärt, daß sie keinen Boden haben, auf dem sie stehen können», antwortete der Pater lächelnd. «Wir haben eine anregende Viertelstunde damit verbracht, Gut und Böse abzuschaffen. Leider begreife ich seine Lehre ebensowenig wie er die meine. Aber ich habe mich in christlicher Demut geübt und gesagt, daß ich gern bereit bin, zu lernen.»

Penberthy lachte.

«Sie haben also nichts dagegen, wenn ich die Teufel mit der Injektionsnadel austreibe», fragte er, «nachdem sie sich gegenüber Beten und Fasten als resistent erwiesen haben?»

«Keineswegs. Warum auch? Solange sie nur wirklich ausgetrieben werden. Und vorausgesetzt, daß Sie sich Ihrer Diagnose sicher sind.»

Penberthy wurde puterrot und wandte sich abrupt ab.

«O Gott!» sagte Wimsey. «Das war ein Tiefschlag. Und das von einem christlichen Priester!»

«Was habe ich denn gesagt?» rief Pater Whittington, zutiefst bestürzt.

«Sie haben», sagte Wimsey, «soeben die Wissenschaft daran erinnert, daß nur der Papst unfehlbar ist.»

17

Parker macht ein Spiel

«Nun, Mrs. Mitcham», sagte Inspektor Parker liebenswürdig. Er pflegte stets «Nun, Mrs. Soundso» zu sagen, und immer liebenswürdig. Das gehörte zur Routine.

Die Haushälterin der verstorbenen Lady Dormer verneigte sich kühl, um anzudeuten, daß sie bereit war, sich dem Verhör zu unterwerfen.

«Wir möchten nur in allen Einzelheiten wissen, was General Fentiman an dem Tag, bevor man ihn tot auffand, alles widerfahren ist. Sie werden uns dabei gewiß helfen wollen. Erinnern Sie sich noch genau, um welche Zeit er hier ankam?»

«Das muß ungefähr um Viertel vor vier gewesen sein – später nicht. Auf die Minute genau kann ich es jedenfalls nicht sagen.»

«Wer hat ihn eingelassen?»

«Der Diener.»

«Haben Sie ihn da gesehen?»

«Ja, er wurde in den Salon gebeten, und dann bin ich heruntergekommen und habe ihn ins Zimmer der gnädigen Frau geführt.»

«Miss Dorland hat ihn da nicht gesehen?»

«Nein, sie saß bei der gnädigen Frau. Sie hat sich durch mich entschuldigen lassen und den General gebeten, heraufzukommen.»

«Erschien der General Ihnen wohlauf?»

«Soweit ich das sehen konnte, ja – wobei man natürlich berücksichtigen muß, daß er sehr alt war und gerade eine schlimme Nachricht erhalten hatte.»

«Er war nicht bläulich um die Lippen, atmete nicht schwer oder irgend etwas in dieser Art?»

«Nun, das Treppensteigen hat ihn ziemlich angestrengt.»

«Natürlich.»

«Auf dem Treppenabsatz ist er ein paar Minuten stehengeblieben, um wieder zu Atem zu kommen. Ich habe ihn gefragt, ob ich ihm etwas bringen könnte, aber er hat gesagt, nein, er brauche nichts.»

«So! Es wäre aber sicher gut gewesen, wenn er Ihren klugen Rat angenommen hätte, Mrs. Mitcham.»

«Das wußte er zweifellos selbst am besten», antwortete die Haushälterin steif. Sie fand, daß der Polizist mit dieser Bemerkung seine Kompetenzen überschritt.

«Und dann haben Sie ihn ins Zimmer geführt. Waren Sie bei der Begrüßung zwischen ihm und Lady Dormer zugegen?»

«O nein!» (Mit Nachdruck.) «Miss Dorland stand auf und sagte: ‹Guten Tag, General Fentiman›, und hat ihm die Hand gereicht, und ich habe daraufhin das Zimmer verlassen, wie es mir zukam.»

«Eben. War Miss Dorland allein bei Lady Dormer, als der General gemeldet wurde?»

«Nein – die Schwester war da.»

«Die Schwester – ach ja, natürlich. Sind Miss Dorland und die Schwester die ganze Zeit im Zimmer geblieben, während der General dort war?»

«Nein. Miss Dorland kam ungefähr fünf Minuten später herunter. Sie kam zu mir ins Zimmer und war ganz traurig. ‹Die armen Altchen›, hat sie gesagt – genau so.»

«Hat sie noch etwas gesagt?»

«Ja, sie hat gesagt: ‹Sie hatten sich zerstritten, Mrs. Mitcham; vor Menschengedenken, als sie noch ganz jung waren, und seitdem haben sie sich nie mehr gesehen.› Natürlich wußte ich das schon, denn ich war ja die ganze Zeit bei der gnädigen Frau gewesen, genau wie Miss Dorland.»

«Einer jungen Dame wie Miss Dorland muß das alles wohl sehr nahegegangen sein, nicht wahr?»

«Sicher. Sie ist eine junge Dame mit Gefühlen; nicht wie so manche, die man heutzutage so sieht.»

Parker wackelte verständnisvoll mit dem Kopf.

«Und dann?»

«Dann ist Miss Dorland wieder fortgegangen, nachdem sie sich kurz mit mir unterhalten hatte, und bald darauf kam Nellie herein – das ist das Hausmädchen.»

«Wie lange danach war das?»

«Ach, einige Zeit. Ich hatte gerade meine Tasse Tee getrunken, die ich immer um vier Uhr trinke. Es muß also etwa halb fünf gewesen sein. Sie kam und wollte einen Cognac für den General haben, weil es ihm nicht gut ging. Die Spirituosen sind nämlich bei mir, und ich habe den Schlüssel dazu.»

Parker ließ sich von seinem besonderen Interesse an dieser Neuigkeit nichts anmerken.

«Haben Sie den General gesehen, als Sie ihm den Cognac brachten?»

«Ich habe ihn nicht hinaufgebracht.» Mrs. Mitchams Ton ließ erkennen, daß Servieren nicht zu ihren Aufgaben gehörte. «Ich habe Nellie damit geschickt.»

«Aha. Dann haben Sie den General also nicht mehr gesehen, bevor er fortging?»

«Nein. Miss Dorland hat mir später berichtet, daß er einen Herzanfall gehabt hatte.»

«Ich bin Ihnen sehr verbunden, Mrs. Mitcham. Jetzt würde ich gern ein paar Fragen an Nellie richten.»

Mrs. Mitcham drückte auf einen Klingelknopf. Zur Antwort erschien ein junges Mädchen mit frischem Gesicht und angenehmem Aussehen.

«Nellie, dieser Polizeibeamte möchte von dir gern etwas über die Zeit hören, als General Fentiman hier war. Du mußt ihm sagen, was er wissen möchte, aber denk daran, daß er zu tun hat, und rede nicht so viel. Sie können sich hier mit Nellie unterhalten.»

Damit segelte sie hinaus.

«Ein bißchen unnahbar, wie?» flüsterte Parker, von Scheu ergriffen.

«Ach, sie ist eine von der altmodischen Sorte, das kann man wohl sagen», antwortete Nellie lachend.

«Mich hat sie richtig eingeschüchtert. Nun, Nellie», begann er wieder mit der gewohnten Floskel, «ich höre, Sie wurden geschickt, um einen Cognac für den alten Herrn zu holen. Wer hat Ihnen den Auftrag gegeben?»

«Also, das war so. Wie der alte Herr so ungefähr eine Stunde bei der gnädigen Frau war, da ging die Klingel aus Lady Dormers Zimmer. Bei so was muß immer ich hinauf, und Schwester Armstrong schaute zur Tür raus und sagte: ‹Hol mal ein bißchen Cognac, Nellie, schnell, und sag Miss Dorland, sie möchte herkommen. General Fentiman fühlt sich nicht recht wohl.› Da bin ich also für den Cognac zu Mrs. Mitcham gegangen, und wie ich damit nach oben ging, hab ich an die Tür zum Atelier geklopft, wo Miss Dorland drin war.»

«Wo ist das, Nellie?»

«Das ist ein großer Raum im ersten Stock, genau über der Küche. Früher war's mal das Billardzimmer, mit einem Glasdach. Miss Dorland malt da und fummelt mit Flaschen und anderen Sachen herum, und als Wohnzimmer benutzt sie es auch.»

«Fummelt mit Flaschen?»

«Ja, lauter so'n Chemiezeug. Damen müssen ja irgendein Stekkenpferd haben, denn arbeiten müssen sie ja nicht. Da gibt's immer was zum Aufräumen!»

«Das glaub ich gern. Nellie, ich wollte Sie nicht unterbrechen.»

«Also, ich habe Miss Dorland das von Schwester Armstrong ausgerichtet, und sie hat gemeint: ‹Ach Gott, Nellie, der arme alte Mann! Das war sicher zuviel für ihn. Gib mir den Cognac; ich nehme ihn mit. Und lauf du zum Telefon und ruf Dr. Penberthy an.› Also hab ich ihr den Cognac gegeben, und sie hat ihn nach oben gebracht.»

«Einen kleinen Moment. Haben Sie gesehen, wie sie ihn nach oben gebracht hat?»

«Also – nein, ich glaube nicht, daß ich sie hab raufgehen sehen – aber ich habe es eben angenommen. Ich bin ja runter zum Telefon gelaufen, und da hab ich also nicht direkt darauf geachtet.»

«Eben – warum auch?»

«Ich mußte natürlich erst Dr. Penberthys Nummer im Telefonbuch nachsehen. Da standen zwei Nummern, und zuerst hab ich es bei ihm zu Hause versucht, aber da hat man mir gesagt, er ist in der Harley Street. Wie ich noch versuchte, die zweite Nummer zu bekommen, rief Miss Dorland von der Treppe herunter nach mir. Sie fragte: ‹Hast du den Arzt schon, Nellie?›Ich hab zurückgerufen: ‹Nein, Miss, noch nicht, der Doktor ist in der Harley Street.› Da hat sie gemeint: ‹Aha. Wenn du ihn hast, sag ihm, daß General Fentiman einen Anfall gehabt hat und jetzt gleich zu ihm kommt.› Ich hab gefragt: ‹Soll denn der Doktor nicht herkommen, Miss?› – ‹Nein›, sagt sie, ‹dem General geht es schon wieder besser, und er sagt, er möchte lieber selbst hin. Sag Williams, er soll ein Taxi rufen.› Dann ist sie wieder zurückgegangen, und gerade in dem Moment bin ich zur Praxis durchgekommen und habe zu Dr. Penberthys Diener gesagt, der Doktor soll jeden Moment General Fentiman erwarten. Und dann kam er die Treppe herunter, gestützt von Miss Dorland und Schwester Armstrong, und er sah aus wie der Tod, der arme alte Mann. William – das ist der Diener – kam in dem Moment und sagte, daß er ein Taxi hat; da hat er General Fentiman hineingesetzt, und dann sind Miss Dorland und die Schwester wieder nach oben gegangen, und damit war es zu Ende.»

«Aha. Wie lange arbeiten Sie schon hier, Nellie?»

«Drei Jahre – Sir.» Das «Sir» war eine Konzession an Parkers freundlichen Ton und gebildete Sprechweise. «Ein richtiger Herr», wie Nellie hinterher zu Mrs. Mitcham sagte, die darauf erwiderte: «Nein, Nellie – er mag wie ein Herr auftreten, das will ich nicht leugnen, aber ein Polizist ist eine ‹Person›, und ich hoffe, dich nicht noch einmal daran erinnern zu müssen.»

«Drei Jahre? Das ist heutzutage eine lange Zeit. Ist es eine angenehme Stelle?»

«Nicht schlecht. Von Mrs. Mitcham einmal abgesehen, aber mit der werde ich schon fertig. Und die gnädige Frau – also, die war wirklich in jeder Beziehung eine Dame.»

«Und Miss Dorland?»

«Ach, die macht keinen Ärger, außer wenn man hinter ihr aufräumen muß. Aber sie redet immer nett mit einem und sagt ‹bitte› und ‹danke›. Ich kann mich nicht beklagen.»

«Begeisterung mit Vorbehalten», dachte Parker. Offenbar hatte Ann Dorland nicht die Gabe, stürmische Liebe zu entfachen. «Das ist ja kein sehr lustiges Haus hier, für ein junges Mädchen wie Sie.»

«Stinklangweilig», gab Nellie freimütig zu. «Miss Dorland hat manchmal sogenannte Atelierparties gegeben, aber die waren nicht aufregend, fast nur junge Damen – Künstlerinnen und so.»

«Und seitdem Lady Dormer tot ist, ist es sicher noch viel stiller geworden. Hat ihr Tod Miss Dorland sehr mitgenommen?»

Nellie zögerte.

«Es hat ihr natürlich sehr leid getan; die gnädige Frau war der einzige Mensch, den sie auf der Welt hatte. Und dann hat sie sich Sorgen gemacht wegen dieser ganzen Anwaltsgeschichte – irgendwas mit dem Testament. Das wissen Sie wahrscheinlich, Sir?»

«Ja, darüber weiß ich Bescheid. Sie hat sich also Sorgen gemacht?»

«Ja, und wütend war sie – das können Sie sich nicht vorstellen. Eines Tages war Mr. Pritchard da, daran erinnere ich mich besonders, denn an dem Tag hab ich in der großen Eingangshalle Staub gewischt, und sie sprach so schnell und so laut, daß ich es gar nicht überhören konnte. ‹Ich kämpfe mit allen Mitteln›, hat sie gesagt, und ‹Das ist – äh – irgendwas zum Betrug.› Was war das jetzt noch für ein Wort?»

«Ein Komplott?» schlug Parker vor.

«Nein, eine – eine Konspiration, das war's. Eine Konspiration zum Betrug. Und dann hab ich weiter nichts mehr gehört, bis Mr. Pritchard herauskam und zu ihr sagte: ‹Also, Miss Dorland, wir werden unabhängige Ermittlungen führen.› Und Miss Dorland sah so entschlossen und wütend aus,daß ich mich nur wundern konnte. Aber das scheint dann alles irgendwie wieder verraucht zu sein. Sie war die letzte Woche wie umgewandelt.»

«Wie meinen Sie das?»

«Haben Sie denn das noch nicht selbst bemerkt, Sir? Sie ist so still geworden, fast als ob sie Angst hätte. Als wenn sie einen Schock gehabt hätte. Und sie weint so furchtbar viel. Das hat sie anfangs nicht getan.»

«Seit wann ist sie so?»

«Also, ich glaube, das fing an, als diese schreckliche Sache herauskam, daß der arme alte Mann ermordet worden war. Ist das nicht furchtbar, Sir? Glauben Sie, daß Sie den erwischen, der es getan hat?»

«Ich nehme es an», sagte Parker gutgelaunt. «Das hat Miss Dorland also einen Schock versetzt, ja?»

«Also, ich würde sagen, ja. Es stand was in der Zeitung darüber, Sir, über Sir James Lubbock, der herausgefunden hatte, daß er vergiftet worden war, und als ich am Morgen Miss Dorland rufen gegangen bin, hab ich mir herausgenommen, etwas darüber zu sagen, Sir. Ich hab gesagt: ‹Das ist doch eine merkwürdige Geschichte, nicht wahr, Miss, daß General Fentiman vergiftet worden ist.› Nur so hab ich das gesagt, und sie: ‹Vergiftet, Nellie? Du mußt dich irren.› Da hab ich ihr die Zeitung gezeigt, und ganz elend hat sie da ausgesehen.»

«Na ja», meinte Parker, «es ist ja auch schrecklich, wenn man so etwas von einem Menschen hört, den man kannte. Das würde jeden aus der Fassung bringen.»

«Ja, Sir. Ich und Mrs. Mitcham waren ja auch ganz erschlagen. ‹Der arme alte Mann!› hab ich gesagt. ‹Warum sollte ihn nur einer ermordet haben? Er muß den Kopf verloren und es selbst getan haben›, hab ich gesagt. Meinen Sie, so kann es gewesen sein, Sir?»

«Es ist natürlich möglich», sagte Parker freundlich.

«Vielleicht hat ihn der Tod seiner Schwester so mitgenommen, meinen Sie nicht? Das hab ich auch zu Mrs. Mitcham gesagt, aber sie hat gemeint, ein Herr wie General Fentiman bringt sich nicht einfach um und läßt seine Angelegenheiten so in Unordnung zurück. Ich hab gefragt: ‹Waren seine Angelegenheiten denn so in Unordnung?› Und da hat sie gesagt: ‹Es sind nicht unsere Angelegenheiten, Nellie, du hast also auch nicht darüber zu reden.› Und was meinen Sie selbst, Sir?»

«Ich bin noch nicht zu einem Schluß gekommen», sagte Parker, «aber Sie haben mir sehr geholfen. Könnten Sie jetzt bitte mal zu Miss Dorland laufen und sie fragen, ob sie ein paar Minuten Zeit für mich hat?»

Ann Dorland empfing ihn im hinteren Salon. Er fand sie mit ihrer mürrischen Art und ihren uneleganten Bewegungen ausnehmend unattraktiv. Sie saß zusammengesunken in einer Sofaecke und hatte ein schwarzes Kleid an, das ihre fahle, fleckige Haut noch unvorteilhaft betonte. Sicher hat sie geweint, dachte Parker, und als sie sprach, war sie kurz angebunden, und ihre Stimme klang rauh und heiser und sonderbar leblos.

«Es tut mir leid, daß ich Sie belästigen muß», sagte Parker höflich.

«Sie können wohl nichts dafür.» Sie wich seinem Blick aus und zündete sich am Stummel der letzten Zigarette eine neue an.

«Ich möchte von Ihnen so viele Einzelheiten wie möglich über General Fentimans Besuch bei seiner Schwester erfahren. Mrs. Mitcham hat ihn in Lady Dormers Zimmer geführt, wie ich höre?»

Sie nickte verdrießlich.

«Waren Sie dort?»

Sie antwortete nicht.

«Waren Sie bei Lady Dormer?» wiederholte er in etwas schärferem Ton.

«Ja.»

«Und die Schwester war auch da?»

«Ja.»

Sie wollte ihm in keiner Weise helfen.

«Was geschah dann?»

«Nichts. Ich habe ihn ans Bett geführt und gesagt: ‹Tantchen, hier ist General Fentiman.›»

«Dann war Lady Dormer also bei Bewußtsein?»

«Ja.»

«Aber natürlich sehr schwach?»

«Ja.»

«Hat sie etwas gesagt?»

«Sie hat gesagt: ‹Arthur!› – sonst nichts. Und er hat gesagt: ‹Felicity!› Darauf habe dann ich gesagt: ‹Sie möchten sicher allein sein› und bin hinausgegangen.»

«Und die Schwester blieb dort?»

«Ich konnte der Schwester keine Anweisungen geben. Sie mußte sich um ihre Patientin kümmern.»

«Richtig. Ist sie während des ganzen Gesprächs im Zimmer geblieben?»

«Ich habe keine Ahnung.»

«Nun ja», sagte Parker geduldig, «aber Sie können mir sagen, ob die Schwester im Zimmer war, als Sie den Cognac brachten, ja?»

«Ja, da war sie drin.»

«Nun zu diesem Cognac. Nellie sagt, sie hat ihn zu Ihnen ins Atelier gebracht.»

«Ja.»

«Ist sie damit ins Atelier hineingegangen?»

«Ich verstehe die Frage nicht.»

«Ist sie ins Atelier getreten, oder hat sie an die Tür geklopft und Sie sind zu ihr hinausgegangen?»

Das rüttelte sie ein wenig auf.

«Wohlerzogene Dienstboten klopfen nicht an», sagte sie in verächtlich barschem Ton. «Natürlich ist sie hereingekommen.»

«Ich bitte um Verzeihung», antwortete Parker pikiert. «Ich dachte, an Ihrem Privatzimmer hätte sie vielleicht angeklopft.»

«Nein.»

«Was hat sie zu Ihnen gesagt?»

«Könnten Sie diese Fragen nicht ihr selbst stellen?»

«Das habe ich bereits getan. Aber Dienstboten sind nicht immer so zuverlässig mit ihren Antworten; ich möchte sie von Ihnen bestätigt haben.» Parker hatte sich wieder in der Gewalt und sprach vollkommen höflich.

«Sie sagte, Schwester Armstrong habe sie nach einem Glas Cognac für General Fentiman geschickt, weil er sich unwohl fühle, und ihr gesagt, sie solle nach mir rufen. Also habe ich gesagt, sie soll zum Telefon gehen und Dr. Penberthy anrufen, während ich den Cognac hinaufbrächte.»

Das alles wurde schnell und mit so leiser Stimme dahingemurmelt, daß der Kriminalbeamte kaum mitkam.

«Und dann haben Sie den Cognac sofort hinaufgebracht?»

«Natürlich.»

«So, wie Sie ihn Nellie aus der Hand nahmen? Oder haben Sie ihn zuerst noch auf den Tisch oder sonstwohin gestellt?»

«Wie zum Teufel soll ich denn das noch wissen?»

Parker konnte es nicht leiden, wenn Frauen fluchten, aber er gab sich alle Mühe, sich davon nicht beeinflussen zu lassen.

«Sie erinnern sich also nicht – aber jedenfalls wissen Sie noch, daß Sie sofort damit hinaufgegangen sind? Sie haben nicht zuerst noch etwas anderes getan?»

Sie schien sich zusammenzureißen und in ihrem Gedächtnis zu kramen.

«Wenn es so wichtig ist – ich glaube, ich habe zuerst noch etwas abgestellt, was gerade kochte.»

«Kochte? Auf dem Feuer?»

«Auf dem Gasbrenner», sagte sie ungeduldig.

«Was war das?»

«Ach, nichts – irgendwas.»

«Tee, Kakao oder sonst etwas in der Art, ja?»

«Nein – irgendwelche Chemikalien.» Sie sprach die Worte widerstrebend aus.

«Machten Sie vielleicht chemische Experimente?»

«Ja – ich habe da ein bißchen gearbeitet – zum Spaß – als Steckenpferd. Das mache ich jetzt nicht mehr. Ich habe den Cognac nach oben gebracht –»

Ihr Bemühen, das Thema Chemie in den Hintergrund zu drängen, schien endlich ihre Unlust zu besiegen, mit der Geschichte fortzufahren.

«Sie machten also chemische Experimente – obwohl Lady Dormer so krank war?» fragte Parker heftig.

«Nur um mich mit etwas zu beschäftigen», murmelte sie.

«Was für ein Experiment war das?»

«Das weiß ich nicht mehr.»

«Sie erinnern sich überhaupt nicht?»

«*Nein!*» Sie schrie ihn fast an.

«Na schön. Dann haben Sie den Cognac nach oben getragen?»

«Ja – das heißt, man kann eigentlich nicht sagen, nach oben. Es ist alles auf derselben Etage, aber zu Tantes Zimmer muß man noch sechs Stufen hinaufgehen. Schwester Armstrong kam mir an der Tür entgegen und sagte: ‹Es geht ihm schon wieder besser›, und als ich hineinging, saß General Fentiman in einem Sessel und sah ganz eigenartig und grau aus. Er saß hinter einer spanischen Wand, wo Tantchen ihn nicht sehen konnte, sonst wäre es ein schwerer Schock für sie gewesen. Die Schwester sagte: ‹Ich habe ihm seine Tropfen gegeben, und ich glaube, ein Schlückchen Cognac bringt ihn wieder hoch.› Wir haben ihm also den Cognac gegeben – es war nur ganz wenig –, und danach sah er nicht mehr so totenblaß aus und schien auch leichter Luft zu bekommen. Ich sagte ihm, daß wir den Arzt rufen wollten, und er sagte, er wolle lieber selbst in die Harley Street fahren. Ich fand das etwas unbesonnen, aber Schwester Armstrong sagte, er sehe wirklich besser aus, und es sei falsch, ihn zu etwas zu überreden, was er nicht wolle. Also habe ich Nellie gerufen, sie soll dem Doktor nur Bescheid sagen und William nach einem Taxi schicken. General Fentiman schien dann wirklich wieder bei Kräften zu sein, und wir haben ihm die Treppe hinuntergeholfen, und er ist im Taxi fortgefahren.»

Aus diesem Wortschwall pickte Parker sich das eine heraus, das er noch nicht gehört hatte.

«Was für Tropfen waren das, die ihm die Schwester gegeben hat?»

«Seine eigenen. Er hatte sie in der Tasche.»

«Halten Sie es für möglich, daß sie ihm vielleicht zuviel gegeben hat? War die Dosis auf dem Fläschchen vermerkt?»

«Keine Ahnung. Die Frage sollten Sie lieber ihr selbst stellen.»

«Ja, ich möchte mit ihr sprechen, wenn Sie mir freundlicherweise sagen, wo ich sie finden kann.»

«Ich habe die Adresse oben. Ist das alles, was Sie von mir wollen?»

«Ich möchte nur noch, wenn ich darf, Lady Dormers Zimmer und das Atelier sehen.»

«Wozu denn das?»

«Nur eine Routinesache. Wir sind angewiesen, uns alles anzusehen, was es zu sehen gibt», antwortete Parker in beruhigendem Ton.

Sie gingen nach oben. Eine Tür im ersten Stock, der Treppe genau gegenüber, führte in ein hübsches, geräumiges Zimmer mit altmodischen Schlafzimmermöbeln.

«Das ist das Zimmer meiner Tante. Sie war natürlich nicht wirklich meine Tante, aber ich habe sie so genannt.»

«Verstehe. Wohin führt diese zweite Tür?»

«Ins Ankleidezimmer. Schwester Armstrong hat dort geschlafen, solange Tantchen krank war.»

Parker warf einen Blick ins Ankleidezimmer, sah sich im Schlafzimmer um und sagte, das genüge ihm.

Sie ging wortlos an ihm vorbei, während er ihr die Tür aufhielt. Sie war kräftig gebaut, bewegte sich aber mit einer Trägheit, die einen entmutigenden Anblick bot – krumm und mit einer geradezu aggressiven Reizlosigkeit.

«Sie wollen das Atelier sehen?»

«Ja, bitte.»

Sie führte ihn die sechs Stufen hinunter und über einen kleinen Gang in das Zimmer, von dem Parker bereits wußte, daß es nach hinten hinaus über der Küche lag. Im Gehen berechnete er stumm die Entfernung.

Das Atelier war groß und durch sein Glasdach gut beleuchtet. Die eine Seite war wie ein Wohnzimmer eingerichtet; die andere diente der «Fummelei», wie Nellie es ausdrückte. Ein (in Parkers Augen) sehr häßliches Bild stand auf einer Staffelei. An den Wänden lehnten weitere Bilder. In einer Ecke stand ein mit einem Wachstuch bedeckter Tisch mit einem Gaskocher darauf, den eine Blechplatte abdeckte, und einem Bunsenbrenner.

«Ich suche mal schnell die Adresse heraus», sagte Miss Dorland gleichgültig. «Sie muß hier irgendwo sein.»

Das häßliche Bild auf der Staffelei war frisch gemalt; der Geruch sagte ihm das, und die Farbkleckse auf der Palette waren noch weich und klebrig. Er war überzeugt, daß hier in den letzten beiden Tagen noch gearbeitet worden war. Die Pinsel standen wahllos in einem Döschen Terpentin. Er nahm sie heraus; sie waren noch von Farbe verklebt. Das Bild selbst stellte seiner Ansicht nach eine Landschaft dar, grob gezeichnet und grell und unruhig in den Farben. Parker verstand nichts von Kunst; er hätte gern Wimseys Meinung gehört. Er forschte weiter. Der Tisch mit dem Bunsenbrenner war leergeräumt, aber in einem Schrank daneben entdeckte er etliche Apparaturen, wie er sie aus dem Chemieunterricht in der Schule kannte. Alles war ordentlich gesäubert und eingeräumt. Vermutlich Nellies Arbeit. In Gläsern und Schachteln, die auf einem Regal standen, fanden sich einige bekannte und einfache chemische Substanzen. Wahrscheinlich würde man sie analysieren müssen, dachte er, um zu sehen, ob sie wirklich waren, was sie vorgaben. So ein nutzloser Unsinn, dachte er bei sich; alles Verdächtige würde sie doch schon vor Wochen vernichtet haben. Aber so war das nun mal. Ein mehrbändiges Werk auf dem obersten Regal erregte seine Aufmerksamkeit: Quains *Lexikon der Medizin.* Er nahm einen Band herunter, in dem er ein Lesezeichen hatte stecken sehen. Als er es an der betreffenden Stelle aufschlug, fiel sein Blick auf das Wort *«Rigor mortis»* und wenig weiter auf «Wirkung bestimmter Gifte». Er wollte gerade mehr darüber lesen, als er hinter sich Miss Dorlands Stimme hörte.

«Das ist alles nichts», sagte sie. «So was mache ich nicht mehr. Es war nur ein vorübergehender Fimmel. Eigentlich male ich. Was halten Sie hiervon?» Sie zeigte auf die unerfreuliche Landschaft.

Parker sagte, das Bild sei sehr gut. «Sind das nicht auch Ihre Werke?» fragte er, indem er auf die übrigen Bilder zeigte.

«Doch», sagte sie.

Er drehte einige von ihnen ins Licht und bemerkte dabei, wie staubig sie waren. Um diese Arbeit hatte Nellie sich offenbar gedrückt – oder sie hatte die Anweisung, die Finger davon zu lassen. Miss Dorland wirkte, während sie ihm die Bilder zeigte, etwas lebendiger als bis dahin. Landschaften schienen ein ziemlich neues Thema für sie zu sein; die meisten Bilder waren Porträtstudien. Mr. Parker fand, daß die Künstlerin im großen und ganzen gut daran getan hatte, auf Landschaften umzusatteln. Er war mit den neuen Schulen der Malerei nicht vertraut und hatte Schwierigkeiten, seine Meinung über diese merkwürdigen Figuren mit Gesichtern gleich Eiern und Gliedern wie aus Gummi auszudrükken.

«Das ist *Das Urteil des Paris*», sagte Miss Dorland.

«Aha», sagte Parker. «Und das?»

«Ach, nur eine Studie von einer Frau beim Ankleiden. Nicht sehr gut. Aber dieses Porträt von Mrs. Mitcham finde ich ganz gelungen.»

Parker riß entsetzt die Augen auf. Möglicherweise sollte das Bild Mrs. Mitchams Charakter symbolisieren, denn es war sehr hart und spitz; aber mit der dreieckigen Nase, die wie ein scharfkantiger Holzkeil im Gesicht steckte, und den die Augen darstellenden Klecksen über gelbbraunen, gedunsenen Wangen sah es mehr nach einer Holländerpuppe aus.

«Es sieht ihr nicht sehr ähnlich», meinte er unsicher.

«Soll es auch nicht.»

«Das hier scheint besser zu sein – ich meine, mir gefällt es besser», sagte Parker, indem er rasch das nächste Bild umdrehte.

«Ach, das ist nichts weiter – nur ein Phantasiekopf.»

Offenbar verachtete sie dieses Bild; es war der Kopf eines totenblassen Mannes mit düsterem Lächeln und leicht schielendem Blick – ein Rückfall ins Spießertum, fast einem menschlichen Wesen ähnlich. Also wurde es wieder weggestellt, und Parker versuchte sich auf eine *Madonna mit Kind* zu konzentrieren, die für seine von schlichter Frömmigkeit geprägten Begriffe eine abscheuliche Blasphemie war.

Zum Glück wurde Miss Dorland bald darauf sogar selbst ihrer Malerei überdrüssig und stellte die Bilder alle zurück in die Ecke.

«Wollen Sie sonst noch etwas?» fragte sie unvermittelt. «Hier ist die Adresse.»

«Nur noch eine Frage», sagte er, wobei er ihr fest in die Augen sah. «Bevor Lady Dormer starb – ehe General Fentiman sie besuchen kam –, war Ihnen da bekannt, was sie für Sie und ihn in ihrem Testament vorgesehen hatte?»

Die Frau erwiderte seinen Blick, und plötzlich sah er furchtbare Angst in ihren Augen. Sie schien über sie hinwegzuspülen wie eine Welle. Sie krampfte die Hände an den Seiten zusammen und wich mit gequältem Gesichtsausdruck seinem Blick aus, als suchte sie nach einem Ausweg.

«Nun?» fragte Parker.

«Nein!» sagte sie. «Nein! Natürlich nicht. Wieso auch?» Dann schoß überraschend eine knallige Röte in ihr fades Gesicht und wich ebenso schnell wieder zurück. Jetzt sah sie aus wie der Tod.

«Gehen Sie», sagte sie wütend. «Sie widern mich an!»

18

Lauter Bilder

«Ich habe also einen Mann geschickt und alle die Sachen aus dem Schrank zur Untersuchung abholen lassen», sagte Parker.

Lord Peter schüttelte den Kopf.

«Ich wollte, ich wäre dabeigewesen», sagte er. «Diese Gemälde hätte ich mir gern einmal angesehen. Aber –»

«Dir hätten sie vielleicht etwas gesagt», meinte Parker. «Du verstehst ja etwas von Kunst. Natürlich kannst du jederzeit mit mir hingehen und sie dir ansehen. Aber was mich stört, ist der Zeitfaktor. Angenommen, sie hätte ihm das Digitalin in seinen Cognac getan – warum hätte die Wirkung so lange auf sich warten lassen sollen? Nach dem Lehrbuch hätte es nach etwa einer Stunde losgehen müssen. Laut Lubbock war es ja eine ziemlich hohe Dosis.»

«Ich weiß. Ich glaube, die Sache hat wirklich einen Haken. Darum hätte ich ja auch gern einmal die Bilder gesehen.»

Parker dachte ein paar Sekunden über dieses scheinbare *non sequitur* nach, dann gab er es auf.

«George Fentiman –» begann er.

«Ja», sagte Wimsey, «George Fentiman. Ich glaube, ich werde auf meine alten Tage noch rührselig, Charles, denn ich habe eine unbezwingliche Abneigung dagegen, der Frage nachzugehen, ob George Gelegenheit hatte.»

«Außer Robert», fuhr Parker unbeirrt fort, «war er von allen interessierten Personen der letzte, der General Fentiman gesehen hat.»

«Ja – übrigens haben wir nur Roberts unbewiesenes Wort für das, was in seiner letzten Unterredung mit dem alten Herrn gesprochen wurde.»

«Hör auf, Wimsey – du wirst mir doch nicht erzählen wollen, daß Robert auch nur das geringste Interesse daran gehabt haben könnte, seinen Großvater vor Lady Dormer sterben zu sehen. Im Gegenteil.»

«Das nicht – aber er könnte ein Interesse daran gehabt haben, daß er starb, bevor er ein Testament machte. Denk mal an die Notizen auf diesem Zettel. Der größere Teil sollte an George gehen. Das stimmt nicht ganz mit dem überein, was Robert uns gesagt hat. Und solange es kein Testament gab, bekam Robert alles.»

«Stimmt. Aber indem er dann den General umbrachte, hätte er zugleich dafür gesorgt, daß er gar nichts bekam.»

«Das war sein Dilemma. Falls er nicht davon ausgegangen ist, daß Lady Dormer bereits tot war. Aber ich wüßte nicht, warum er das hätte annehmen sollen. Oder es könnte höchstens sein –»

«Was?»

«Es könnte höchstens sein, daß er seinem Großvater eine Pille oder dergleichen gegeben hat, die er irgendwann später nehmen sollte, und der alte Knabe hat sie versehentlich zu früh genommen.»

«Diese Möglichkeit einer Pille mit verzögerter Wirkung ist das ärgerlichste an dem Fall. Dadurch würde nahezu alles möglich.»

«Selbstverständlich auch, daß Miss Dorland sie ihm gegeben haben könnte.»

«Genau das will ich die Krankenschwester fragen, sobald ich an sie herankomme. Aber wir sind von George abgekommen.»

«Du hast recht. Nehmen wir uns George vor. Obwohl ich nicht mag. Wie diese Frau bei Maeterlinck, die um den Tisch herumrennt, während ihr Mann sie mit dem Beil zu erschlagen versucht, bin ich gar nicht vergnügt. Zeitlich gesehen ist George am nächsten dran. Er paßt sogar sehr gut ins Zeitschema. Um halb sieben hat er sich von General Fentiman verabschiedet, und gegen acht fand Robert den General tot. Vorausgesetzt also, daß ihm das Zeug in Form einer Pille gegeben wurde –»

«Wie es in einem Taxi hätte geschehen müssen», warf Parker dazwischen ein.

«Du sagst es – in einer Pille, die etwas länger braucht, als wenn man dasselbe Mittel in gelöster Form zu sich nimmt –, also, dann hätte der General ohne weiteres zuerst noch in den Bellona-Club gehen und mit Robert sprechen können, bevor er zusammenbrach.»

«Sehr schön. Aber wie ist George an das Mittel herangekommen?»

«Ja, ich weiß, das ist die erste Schwierigkeit.»

«Und wie kam es, daß er es zur fraglichen Zeit zufällig bei sich hatte? Er konnte ja unmöglich wissen, daß er dem General gerade in diesem Augenblick begegnen würde. Selbst wenn er gewußt hätte, daß er bei Lady Dormer war, konnte er nicht damit rechnen, daß er von dort in die Harley Street fahren würde.»

«Er könnte das Zeug stets bei sich gehabt und auf eine gute Gelegenheit gewartet haben, es ihm zu geben. Und als ihn der alte Herr dann zu sich rief und ihm Vorhaltungen wegen seines Benehmens und so weiter machte, hat er gedacht, er macht's am besten gleich, bevor er aus dem Testament gestrichen wird.»

«Hm! – Aber warum hätte George dann so dumm sein und zugeben sollen, daß er von Lady Dormers Testament noch nie etwas gehört hatte? Wenn er es nämlich kannte, geriet er doch gar nicht so leicht in Verdacht. Er hätte nur zu sagen brauchen, der General habe ihm im Taxi davon erzählt.»

«Er hat es wohl nicht in diesem Licht gesehen.»

«Dann wäre George ein noch größerer Esel, als ich ihm zugetraut hatte.»

«Vielleicht ist er das», meinte Parker trocken. «Jedenfalls habe ich einen Mann abgestellt, der bei ihm zu Hause einige Nachforschungen anstellt.»

«So, hast du? Ich will dir mal was sagen: Ich wollte, ich hätte die Finger von diesem Fall gelassen. Zum Teufel auch, was macht's denn schon, wenn der alte Fentiman ein bißchen vor der Zeit schmerzlos beseitigt wurde. Er war doch einfach unanständig alt.»

«Mal abwarten, ob du in sechzig Jahren auch noch so redest», meinte Parker.

«Bis dahin bewegen wir uns hoffentlich in anderen Kreisen. Ich werde dort sein, wo die Mörder hinkommen, und du wirst an dem viel tieferen und heißeren Ort sein, der für die bestimmt ist, die andere dazu treiben, sie umzubringen. Ich wasche jetzt meine Hände in Unschuld, Charles. Nachdem du auf den Plan getreten bist, geht der Fall mich sowieso nichts mehr an. Er langweilt und ärgert mich. Reden wir von etwas anderem.»

Wimsey mochte seine Hände in Unschuld waschen, aber wie Pontius Pilatus sah er sich von der Gesellschaft wider alle Vernunft gezwungen, sich weiter mit einem ärgerlichen und unbefriedigenden Fall zu befassen.

Um Mitternacht klingelte sein Telefon.

Er war eben zu Bett gegangen und stieß einen Fluch aus. «Sagen Sie, ich bin ausgegangen», rief er Bunter zu und fluchte erneut, als er seinen Diener dem unbekannten Anrufer versichern hörte, er werde nachsehen, ob Seine Lordschaft bereits zurückgekommen sei. Wenn Bunter ungehorsam war, mußte es sich um etwas ungemein Wichtiges handeln.

«Nun?»

«Es ist Mrs. George Fentiman, Mylord. Sie scheint in großer Aufregung zu sein. Wenn Eure Lordschaft nicht zu Hause sei, solle ich Eure Lordschaft bitten, sich gleich nach Ihrer Rückkehr mit ihr in Verbindung zu setzen.»

«Quatsch! Die haben doch gar kein Telefon.»

«Nein, Mylord.»

«Hat sie gesagt, was los ist?»

«Sie hat als erstes gefragt, ob Mr. George Fentiman hier sei, Mylord.»

«Hölle und Schwefel!»

Bunter nahte höflich mit seines Herrn Morgenmantel und Pantoffeln. Wimsey zog sie sich wütend an und schlurfte zum Telefon. «Hallo!»

«Ist dort Lord Peter? – Ah, *gut!*» Die Leitung seufzte vor Erleichterung – ein rasselnder Ton, wie ein Todesröcheln. «Wissen Sie, wo George ist?»

«Keine Ahnung. Ist er nicht nach Hause gekommen?»

«Nein – und ich – habe Angst. Heute morgen waren Leute hier...»

«Die Polizei.»

«Ja... George... sie haben etwas gefunden... ich kann das am Telefon nicht sagen... aber George ist mit dem Wagen zu Walmisley-Hubbard gefahren... und die sagen, er ist nicht dorthin zurückgekommen... und... Sie wissen doch, daß er schon einmal so komisch war... und vermißt wurde...»

«Ihre sechs Minuten sind um», dröhnte die Stimme von der Vermittlung dazwischen. «Wollen Sie ein neues Gespräch?»

«Ja, bitte... nein, nicht trennen!... Augenblick... o Gott, ich hab kein Kleingeld mehr... Lord Peter...»

«Ich komme sofort zu Ihnen», sagte Wimsey stöhnend.

«Danke – vielen, vielen Dank!»

«Moment noch – wo ist Robert?»

«Ihre sechs Minuten sind um», sagte die Stimme in abschließendem Ton, und mit einem metallischen Klicken brach die Verbindung ab.

«Bringen Sie mir meine Sachen», sagte Wimsey griesgrämig. «Geben Sie mir diese abscheulichen, verhaßten Klamotten, die ich für immer abzulegen gehofft hatte. Rufen Sie mir ein Taxi. Bringen Sie mir was zu trinken. Macbeth hat den Schlaf gemordet. Ach ja, und schaffen Sie mir zuerst eine Verbindung mit Robert Fentiman.»

Major Fentiman sei nicht in der Stadt, sagte Woodward. Er sei wieder nach Richmond zurückgekehrt. Wimsey versuchte nach Richmond durchzukommen. Nach langer Zeit meldete sich eine weibliche Stimme, halb erstickt von Schläfrigkeit und Wut. Major Fentiman sei noch nicht nach Hause gekommen. Major Fentiman pflege immer spät zu kommen. Ob sie Major Fentiman etwas ausrichten würde, wenn er zurückkomme? Nein, das könne sie nicht. Sie habe Besseres zu tun als die ganze Nacht wachzubleiben und Anrufe entgegenzunehmen und Major Fentiman Nachrichten zu übermitteln. Dies sei heute nacht schon das zweitemal, und sie habe der anderen Anruferin schon gesagt, daß man ihr nicht auftragen könne, Major Fentiman dies und jenes auszurichten. Ob sie Major Fentiman denn einen Zettel hinlegen und ihn bitten würde, unverzüglich zum Haus seines Bruders zu kommen? Also, das könne man ja wohl nicht von ihr verlangen, daß sie in einer bitterkalten Nacht aufbleibe und Briefe schreibe. Natürlich nicht, aber es handle sich um einen schweren Krankheitsfall. Das sei überaus freundlich von ihr – ja, nur das – er solle zum Haus seines Bruders kommen, und der Anruf komme von Lord Peter Wimsey.

«Von wem?»

«Lord Peter Wimsey.»

«Ja, Sir, und entschuldigen Sie, daß ich ein bißchen kurz war, aber es ist wirklich –»

«Du warst nicht kurz, du eingebildete alte Hexe, du warst gottserbärmlich lang», raunte Seine Lordschaft unhörbar. Er bedankte sich und legte auf.

Sheila Fentiman erwartete ihn schon ungeduldig auf der

Schwelle, so daß ihm die Verlegenheit erspart blieb, sich erst erinnern zu müssen, wie oft er klingeln sollte. Sie ergriff ungestüm seine Hand und zog ihn ins Haus.

«Das ist ja so lieb von Ihnen! Ich mache mir solche Sorgen. Ach, bitte, machen Sie keinen Lärm. Das gibt sonst Klagen.» Sie sprach in gehetztem Flüsterton.

«Pah, sollen die sich doch beschweren», erwiderte Wimsey seelenruhig. «Warum sollten Sie keinen Krach machen, wenn George aus dem Tritt ist? Außerdem, wenn wir flüstern, denken sie nachher noch was ganz anderes. Also, mein Kind, was ist nun los? Sie sind ja so kalt wie ein ‹Pfirsich Melba›. Das geht nicht an. Das Feuer ist halb aus – wo ist der Whisky?»

«Still doch! Mir fehlt nichts. Aber George –»

«Und ob Ihnen was fehlt. Und mir auch. Wie schon George Robey sagte: Dieses Aufstehen aus dem warmen Bett und Hinausgehen in die kalte Nachtluft bekommt mir nicht.» Er schaufelte reichlich Kohlen aufs Feuer und stieß den Schürhaken in den Rost. «Und gegessen haben Sie auch nichts. Kein Wunder, daß Sie sich elend fühlen.»

Auf dem Tisch lagen zwei Gedecke – unberührt. Sie hatte auf George gewartet. Wimsey ging ohne Umschweife in die Küche, gefolgt von Sheila, die erregt protestierte. Er fand ein paar unappetitliche Speisereste – einen wäßrigen Eintopf, kalt und zerkocht; eine halbvolle Schüssel mit irgendwelcher Dosensuppe; auf einem Regal stand kalter Pudding.

«Kocht Ihre Haushälterin für Sie? Ich nehme es an, weil Sie ja tagsüber beide fort sind. Jedenfalls kann sie nicht kochen, mein Kind. Egal, hier ist noch etwas Rindfleischextrakt – das kann sie nicht verdorben haben. Setzen Sie sich jetzt mal hin, und ich mache Ihnen was zurecht.»

«Mrs. Munns –»

«Mrs. Munns kann uns gestohlen bleiben!»

«Ich muß Ihnen von George berichten.»

Er sah sie an und verstand, daß sie ihm wirklich von George berichten mußte.

«Entschuldigung. Ich wollte nicht so über Sie bestimmen. Man hat so eine überkommene Vorstellung, daß man Frauen in Krisensituationen wie Schwachsinnige behandeln muß. Das macht dieses jahrhundertelange ‹Frauen-und-Kinder-zuerst›. Arme Teufel!»

«Wer – die Frauen?»

«Ja. Kein Wunder, daß sie manchmal den Kopf verlieren. Wenn man sie dauernd in die Ecke stellt, ihnen nie sagt, was los ist, sie dazu verdammt, still dazusitzen und nichts zu tun – darüber würden starke Männer ja wahnsinnig werden. Das wird wohl auch der Grund sein, warum wir uns stets das Privileg gesichert haben, in der Welt herumzugondeln und Heldentaten zu vollbringen.»

«Das stimmt allerdings. Geben Sie mir den Kessel.»

«Nein, nein, das mache ich. Sie setzen sich hin und – ach, entschuldigen Sie. Bitte, *nehmen* Sie den Kessel. Füllen Sie ihn und stellen Sie ihn aufs Gas. Und erzählen Sie mir von George.»

Es schien beim Frühstück angefangen zu haben. Seit die Geschichte mit dem Mord herausgekommen war, hatte George sich nervös und zappelig gezeigt, und zu Sheilas Entsetzen hatte er auch wieder zu «murmeln» angefangen. «Murmeln» war, wie Wimsey sich erinnerte, schon einmal der Auftakt zu einem von Georges «wunderlichen Anfällen» gewesen. Diese waren eine Erscheinungsform der Bombenneurose, manchmal verbunden mit partiellem, gelegentlich sogar totalem Gedächtnisverlust, und meist hatten sie damit geendet, daß er fortging und tagelang ziellos umherirrte. Einmal hatte man ihn gefunden, wie er nackt auf einer Wiese mitten in einer Herde Schafe tanzte und ihnen etwas vorsang. Dies war in seiner Lächerlichkeit noch um so peinlicher gewesen, als George ganz und gar ohne musikalisches Gehör war, so daß sein Gesang bei aller Lautstärke wie das heisere Heulen des Windes im Kamin klang. Dann hatte es diesen bedrükkenden Vorfall gegeben, als George mit voller Absicht in ein Lagerfeuer getreten war. Das war während eines Aufenthalts auf dem Lande. Er hatte schwere Verbrennungen davongetragen, und Schreck und Schmerzen hatten ihn wieder zu sich gebracht. Hinterher konnte er sich nie erinnern, warum er so etwas getan hatte, und wußte kaum noch, *daß* er es überhaupt getan hatte. Seine nächste Eskapade konnte noch beängstigendere Formen annehmen.

Jedenfalls hatte George wieder «gemurmelt».

Sie hatten morgens beim Frühstück gesessen, als sie zwei Männer aufs Haus zukommen sahen. Sheila, die dem Fenster gegenübersaß, sah sie zuerst und sagte achtlos: «Nanu, was sind denn das für welche? Sehen aus wie Polizisten in Zivil.» George sah kurz nach draußen, sprang auf und rannte aus dem Zimmer. Sie rief ihm nach, was denn los sei, doch er antwortete ihr nicht, und sie hörte ihn im Hinterzimmer, das ihr Schlafzimmer war, «herumwühlen». Sie wollte gerade zu ihm gehen, als sie hörte, wie Mr. Munns den Polizisten die Haustür öffnete und diese sich nach George erkundigten. Mr. Munns geleitete die Herren mit grimmiger Miene, auf der in Großbuchstaben POLIZEI geschrieben zu stehen schien, ins Vorderzimmer. George –

An dieser Stelle kochte das Wasser im Kessel. Sheila nahm ihn vom Gas, um die Rindfleischbrühe zuzubereiten, als Wimsey eine Hand an seinem Mantelkragen fühlte. Er sah sich um und blickte in das Gesicht eines Herrn, der sich seit Tagen nicht rasiert zu haben schien.

«Nanu», sagte die Erscheinung, «was hat denn das hier zu bedeuten?»

«Aha», fügte eine entrüstete Stimme an der Tür hinzu, «hab ich mir doch gleich gedacht, daß so was hinter dem Gerede stecken muß, der Hauptmann wär verschwunden. Haben Sie wohl gar nicht mit gerechnet, daß er verschwindet, was, Madam? Und Ihr vornehmer Freund sicher auch nicht, der hier im Taxi anschleicht und schon an der Tür erwartet wird, damit mein Mann und ich nichts merken sollen. Aber das sag ich Ihnen, das ist ein anständiges Haus hier, Lord Was-weiß-ich, oder wie Sie sich sonst nennen – in Wahrheit wohl nur ein ganz gemeiner Schwindler, nehme ich an. Mit Monokel auch noch, genau wie der Mann, von dem wir neulich in der Zeitung gelesen haben. Und dann auch noch mitten in der Nacht in meiner Küche sitzen und meine Fleischbrühe trinken – so eine Unverfrorenheit! Gar nicht zu reden von dem ewigen Raus und Rein den ganzen Tag, und dem Türenschlagen und daß die Polizei heute morgen hier war. Sie meinen, ich weiß das nicht? Irgendwas ausgefressen, die beiden Herrschaften, und Hauptmann will er sein – aber das mag ja sein, wie es will. Ich kann mir schon denken, daß er einen Grund hatte, zu verschwinden, und je eher Sie auch verschwinden, Sie feines Dämchen, Sie, desto besser, das sag ich Ihnen.»

«Ganz recht», sagte Mr. Munns – «Au!»

Lord Peter hatte die aufdringliche Hand mit einem scharfen Ruck, dessen schmerzhafte Wirkung in keinem Verhältnis zum

Kraftaufwand zu stehen schien, von seinem Mantelkragen abgeschüttelt.

«Ich bin froh, daß Sie gekommen sind», sagte er. «Eigentlich wollte ich sogar gerade nach Ihnen rufen. Haben Sie übrigens etwas zu trinken im Haus?»

«Zu trinken?» kreischte Mrs. Munns in den höchsten Tönen. «So eine Unverschämtheit! Und wenn ich erlebe, Joe, daß du Dieben und Schlimmeren mitten in der Nacht in meiner Küche was zu trinken anbietest, kannst du von mir was zu hören bekommen. Kommt hier reinspaziert, frech wie Oskar, während der Hauptmann weg ist, und will auch noch was zu trinken haben –»

«Ich vermute nämlich», sagte Wimsey, indem er mit seiner Brieftasche hantierte, «die Wirtshäuser haben in dieser soliden Gegend natürlich schon geschlossen. Ansonsten wäre eine Flasche Scotch –»

Mr. Munns schien zu zögern.

«Sei ein Mann!» rief Mrs. Munns.

«Na ja, das heißt», sagte Mr. Munns, «wenn ich als Freund zu Jimmy Rowe im *Drachen* gehe und frage, ob er mir nicht eine Flasche Johnnie Walker geben kann, so von Freund zu Freund, und solange dabei kein Geld zwischen ihm und mir –»

«Eine gute Idee», sagte Wimsey verständnisinnig.

Mrs. Munns stieß einen lauten Schrei aus.

«Frauen», sagte Mr. Munns, «sind manchmal ein bißchen nervös.» Er zuckte mit den Schultern.

«Ich denke, ein Schlückchen Scotch würde Mrs. Munns' Nerven auch nicht schaden», meinte Wimsey.

«Wenn du dich unterstehst, Joe Munns», sagte die Wirtin, «wenn du dich unterstehst, zu so nachtschlafender Zeit wegzugehen und dich mit Jimmy Rowe gemein zu machen und dich vor Einbrechern und so was –»

Mr. Munns' Sinneswandel war spektakulär.

«Halt den Mund!» schrie er. «Immer mußt du deine Nase in Sachen reinstecken, wo sie nichts verloren hat.»

«Sprichst du mit mir?»

«Ja. Halt den Mund!»

Mrs. Munns ließ sich umgehend auf einen Küchenstuhl sinken und begann zu schluchzen.

«Ich springe jetzt schnell mal rüber in den *Drachen*, Sir», sagte

Mr. Munns, «bevor Jimmy zu Bett geht. Und dann reden wir mal über die Sache.»

Er trat ab. Möglicherweise hatte er schon vergessen, was er über das Bezahlverbot gesagt hatte, denn jedenfalls nahm er den Geldschein, den Wimsey ihm geistesabwesend hinhielt.

«Ihre Brühe wird kalt», sagte Wimsey zu Sheila.

Sie kam zu ihm.

«Könnten wir diese Leute nicht loswerden?»

«Gleich. Es hat keinen Sinn, Streit mit ihnen anzufangen. Es würde mich zwar sehr reizen, aber Sie müssen ja noch eine Weile hier bleiben, falls George zurückkommt.»

«Natürlich. Entschuldigen Sie dieses Theater, Mrs. Munns», fügte sie ein wenig steif hinzu, «aber ich mache mir solche Sorgen um meinen Mann.»

«Ihren Mann?» schnaubte Mrs. Munns. «Um alle Ehemänner muß man sich Sorgen machen! Sehen Sie sich doch Joe an. Schon ist er weg, zum *Drachen,* egal was ich sage. Ein Haufen Dreck sind die Ehemänner, alle miteinander. Da kann einer sagen, was er will.»

«So?» meinte Wimsey. «Na schön, ich bin kein Ehemann – noch nicht – zu mir können Sie also ruhig alles sagen.»

«Ist doch alles dasselbe», antwortete die Dame giftig. «Ehemänner oder Hausfreunde, dazwischen besteht kein Deut Unterschied. Nur daß Hausfreunde sowieso nicht anständig sind – aber dafür wird man sie leichter los.»

«Oho!» rief Wimsey. «Aber ich bin auch kein Hausfreund – jedenfalls nicht Mrs. Fentimans Hausfreund, das kann ich Ihnen versichern. Hallo, da ist ja Joe. Haben Sie's gekriegt, ja? Schön. Gut gemacht. Also, Mrs. Munns, trinken Sie ein Schlückchen mit uns. Dann fühlen Sie sich gleich besser. Und könnten wir nicht ins Wohnzimmer gehen, wo es wärmer ist?»

Mrs. Munns fügte sich. «Also gut», sagte sie, «wir sind ja unter Freunden. Aber daß das alles ein bißchen komisch aussah, das müssen Sie schon zugeben, nicht? Und die Polizei heute morgen, die alles mögliche gefragt und den ganzen Mülleimer auf dem Hinterhof ausgeleert hat.»

«Was wollten die denn mit dem Mülleimer?»

«Weiß der Himmel. Und dann guckt noch diese Cummins die ganze Zeit über die Mauer. Ich kann Ihnen sagen, ich hatte eine

Wut! ‹Nanu, Mrs. Munns›, sagt sie, ‹haben Sie jemanden vergiftet?› sagt sie. ‹Ich hab Ihnen ja schon immer gesagt, daß an Ihrer Küche noch mal jemand stirbt›. Diese falsche Katze.»

«So etwas Gemeines sagt man aber auch nicht», pflichtete Wimsey ihr mitfühlend bei. «Wahrscheinlich nichts als Eifersucht. Aber was hat die Polizei denn im Mülleimer gefunden?»

«Gefunden? Die sollen was finden? Den möcht ich sehen, der in meinem Mülleimer was findet. Je weniger ich von denen und ihren neugierigen Nasen sehe, desto lieber ist es mir. Das hab ich ihnen auch gesagt. Ich hab gesagt: ‹Wenn Sie in meinem Mülleimer herumwühlen wollen›, hab ich gesagt, ‹dann kommen Sie gefälligst mit einem Durchsuchungsbefehl.› Das ist nämlich Gesetz, das konnten sie nicht abstreiten. Da haben sie gesagt, Mrs. Fentiman hat ihnen erlaubt zu suchen, und ich hab ihnen gesagt, daß Mrs. Fentiman ihnen nichts zu erlauben hat. Das ist mein Mülleimer, nicht ihrer. Und da sind sie abgezogen wie begossene Pudel.»

«So muß man mit diesen Burschen umgehen, Mrs. Munns.»

«Glauben Sie aber nicht, daß ich nicht weiß, was sich gehört. Wenn die Polizei zu mir kommt und anständig fragt, helfe ich ihr, so gut ich kann. Ich will ja keinen Ärger haben, nicht für noch so viele Hauptmänner. Aber wenn sie eine freie Bürgerin so überfallen, und das ohne Durchsuchungsbefehl, das kann ich nicht leiden. Die sollen entweder zu mir kommen, wie sich das gehört, oder sie können sich ihr Fläschchen schnitzen.»

«Was für ein Fläschchen?» fragte Wimsey rasch.

«Das Fläschchen, das sie in meinem Mülleimer gesucht haben – das der Hauptmann nach dem Frühstück hineingeworfen hat.»

Sheila stieß einen schwachen Schrei aus.

«Was war das für ein Fläschchen, Mrs. Munns?»

«So eines von diesen kleinen Tablettenfläschchen», sagte Mrs. Munns, «wie Sie eins auf dem Waschständer stehen haben, Mrs. Fentiman. Als ich sah, wie der Hauptmann das Fläschchen auf dem Hof mit einem Schürhaken zerschlug –»

«Nun mal langsam, Primrose», sagte Mr. Munns, «siehst du denn nicht, daß Mrs. Fentiman sich nicht wohl fühlt?»

«Es ist schon in Ordnung», sagte Sheila rasch und strich die Haarsträhne zurück, die ihr in der Stirn klebte. «Was hat mein Mann getan?»

«Ich hab gesehen», sagte Mrs. Munns, «wie er auf den Hof gerannt ist – gleich nach dem Frühstück war das, denn ich weiß noch, daß mein Mann gerade die Beamten ins Haus gelassen hat. Ich wußte da natürlich noch nicht, wer sie waren, denn ich war gerade – entschuldigen Sie – draußen auf dem Abort, und darum hab ich ja auch den Hauptmann gesehen. Denn den Mülleimer kann man ja sonst vom Haus her nicht sehen – Mylord, muß ich wohl sagen, wenn Sie wirklich einer sind, aber man lernt ja heute so viele schlechte Menschen kennen, daß man gar nicht vorsichtig genug sein kann –, weil nämlich der Abort etwas vorsteht und den Blick sozusagen versperrt.»

«Aha», sagte Wimsey.

«Und wie ich also den Hauptmann die Flasche zerschlagen sah, wie gesagt, und die Scherben in den Mülleimer werfen, da hab ich gesagt: ‹Hoppla, das ist aber komisch›, und dann bin ich hingegangen und hab nachgesehen, was es war, und hab alles in einen Umschlag getan, weil ich nämlich dachte, es könnte ja was Giftiges sein, und unser Kater ist doch so ein diebisches Vieh, der ist nicht aus dem Mülleimer rauszuhalten. Und wie ich reinkam, fand ich drinnen die Polizei. Nach einer Weile sah ich sie dann draußen auf dem Hof herumstöbern, und da hab ich gefragt, was sie da wollten. Was die für eine Schweinerei gemacht haben, das stellen Sie sich nicht vor! Da haben sie mir also einen kleinen Schraubdeckel gezeigt, den sie gefunden hatten, genau so einen wie von dem Tablettenfläschchen. Ob ich wüßte, wo der Rest davon ist, haben sie gefragt, und ich hab zurückgefragt, was sie mein Mülleimer überhaupt angeht. Da haben sie gesagt –»

«Ja, ich weiß», sagte Wimsey. «Ich glaube, Sie haben sehr vernünftig gehandelt, Mrs. Munns. Und was haben Sie mit dem Umschlag und den Sachen dann gemacht?»

«Behalten», sagte Mrs. Munns kopfnickend. «Behalten. Denn *wenn* die ja mit einem Durchsuchungsbefehl wiederkommen und ich hab das Fläschchen vernichtet, wie stehe ich dann da?»

«Völlig richtig», sagte Wimsey, mit einem Blick auf Sheila.

«Man muß immer die Gesetze achten», stimmte Mr. Munns mit ein, «dann kann einem auch keiner was anhaben. Das sage ich immer. Ich bin ein Konservativer, jawohl. Ich hab nichts für diese sozialistischen Spielereien übrig. Noch einen?»

«Im Moment nicht», sagte Wimsey. «Und wir dürfen Sie und

Ihre Frau jetzt auch nicht länger aufhalten. Aber passen Sie mal auf. Sehen Sie, Hauptmann Fentiman hat aus dem Krieg eine Bombenneurose mitgebracht, und es kommt vor, daß er manchmal so komische Dinge tut – Sachen kaputtschlägt und sein Gedächtnis verliert und herumirrt. Da macht Mrs. Fentiman sich natürlich Sorgen, weil er heute abend nicht zurückgekommen ist.»

«Ah, ja», sagte Mr. Munns genießerisch, «so einen hab ich auch mal gekannt. Der ist eines Nachts vollkommen durchgedreht. Hat seine Familie mit einer Ramme erschlagen – war nämlich Steinsetzer von Beruf, daher hatte er so'n Ding zu Hause – hat sie richtig zu Brei geschlagen, und dann ist er hingegangen und wollte sich im Regent's Canal ertränken. Und was das schönste war; wie sie ihn da rausgezogen haben, wußte er nichts mehr davon, überhaupt nichts. Da haben sie ihn nach – wie heißt das noch? Dartmoor? Nein, Broadmoor ist das, wohin sie Ronnie True mit seinem Spielzeug und allem gebracht haben.»

«Still, Sie Narr!» fuhr Wimsey ihn heftig an.

«Hast du denn gar kein Gefühl?» fragte seine Frau.

Sheila stand auf und versuchte blind die Tür zu erreichen.

«Kommen Sie, legen Sie sich hin», sagte Wimsey, «Sie sind völlig erschöpft. Hallo, ich glaube, da ist Robert. Ich habe ihm ausrichten lassen, er soll sofort hierherkommen, sowie er nach Hause kommt.»

Mr. Munns ging auf das Klingeln hin öffnen.

«Wir bringen sie am besten schnellstens zu Bett», sagte Wimsey zur Hauswirtin. «Haben Sie so etwas wie eine Wärmeflasche hier?»

Mrs. Munns ging eine holen, und Sheila ergriff Wimseys Hand.

«Können Sie nicht an dieses Fläschchen herankommen? Lassen Sie es sich von ihr geben. Sie können das. Sie können doch alles. Zwingen Sie sie dazu.»

«Lieber nicht», sagte Wimsey. «Das sähe verdächtig aus. Sagen Sie, Sheila – was *ist* das für ein Fläschchen?»

«Meine Herzmedizin. Ich hab sie schon vermißt. Es ist etwas mit Digitalin darin.»

«Großer Gott!» sagte Wimsey, gerade als Robert eintrat.

«Ein schöner Schlamassel», meinte Robert.

Er stocherte mürrisch im Feuer herum. Es brannte schlecht,

denn der Rost war von der Asche eines Tages und einer Nacht völlig verstopft.

«Ich hatte eine Unterredung mit Frobisher», fuhr er fort. «Dieses ganze Gerede im Club – und die Zeitungen – darüber konnte er natürlich nicht hinwegsehen.»

«Hat er sich anständig verhalten?»

«Sehr. Aber ich konnte ihm das natürlich nicht erklären. Ich reiche meinen Abschied ein.»

Wimsey nickte. Oberst Frobisher konnte einen versuchten Betrug natürlich nicht übersehen – schon gar nicht nach den Andeutungen in den Zeitungen.

«Wenn ich den Alten doch nur in Frieden gelassen hätte. Na ja, zu spät. Er wäre begraben worden, und niemand hätte irgendwelche Fragen gestellt.»

«Ich *wollte* mich ja nicht einmischen», sagte Wimsey wie zur Verteidigung gegen einen unausgesprochenen Vorwurf.

«Ja, ich weiß. Ich sage ja auch nichts gegen Sie. Menschen... Geld dürfte nicht vom Tod anderer Menschen abhängen... alte Menschen, deren Leben keinen Sinn mehr hat... das ist eine teuflische Versuchung. Sagen Sie, Wimsey, was machen wir jetzt mit dieser Frau?»

«Mit der Munns?»

«Ja. Es ist aber auch zum Heulen, daß sie das Zeug in die Finger gekriegt hat. Wenn die rausbekommen, was es ist, werden wir bis an unser Lebensende erpreßt.»

«Nein», sagte Wimsey, «so leid es mir tut, alter Freund, aber das muß der Polizei gemeldet werden.»

Robert sprang auf.

«Mein Gott! Sie werden doch nicht –»

«Setzen Sie sich, Fentiman. Doch, ich muß. Verstehen Sie denn nicht, daß ich muß? Wir können das nicht vertuschen. So etwas bringt immer nur Scherereien. Die haben doch schon ein Auge auf uns. Sie sind mißtrauisch –»

«Eben, und warum?» fuhr Robert ihn heftig an. «Wer hat ihnen diesen Floh ins Ohr gesetzt?... Fangen Sie jetzt um Himmels willen nicht an, von Recht und Gesetz zu reden! Recht und Gesetz! Sie würden doch für einen sensationellen Auftritt im Zeugenstand Ihren besten Freund verkaufen, Sie gemeiner kleiner Polizeispitzel!»

«Nehmen Sie das zurück, Fentiman!»

«Ich nehme nichts zurück! Sie würden hingehen und einen Menschen der Polizei ausliefern – auch wenn Sie genau wüßten, daß er nicht verantwortlich ist – nur weil Sie es sich nicht leisten können, sich in Unannehmlichkeiten verwickeln zu lassen. Ich kenne Sie! Nichts ist so schmutzig, daß Sie nicht darin herumrühren würden, solange Sie nur als der hingebungsvolle Freund von Recht und Gesetz posieren können. Sie widern mich an!»

«Ich habe versucht, mich da herauszuhalten –»

«Versucht! – Seien Sie nicht auch noch so ekelhaft scheinheilig! Lassen Sie jetzt die Finger davon, und zwar für immer – verstanden?»

«Aber hören Sie doch mal einen Augenblick zu –»

«Raus!» sagte Robert.

Wimsey stand auf.

«Ich weiß, wie Ihnen zumute ist, Fentiman –»

«Stehen Sie nicht so selbstgerecht und nachsichtig herum, Sie ekelhafter Tugendbold! Zum letztenmal – werden Sie den Mund halten, oder werden Sie zu Ihrem Freund bei der Polizei laufen und sich den ewigen Dank des Vaterlandes verdienen, indem Sie George ans Messer liefern? Heraus damit! Was von beidem?»

«Sie tun George keinen Gefallen –»

«Das lassen Sie meine Sorge sein. Werden Sie den Mund halten?»

«Seien Sie vernünftig, Fentiman.»

«Zum Teufel mit der Vernunft. Gehen Sie zur Polizei? Reden Sie nicht drum herum! Ja oder nein?»

«Ja.»

«Sie dreckiger kleiner Wichtigtuer!» sagte Robert und schlug voller Wut zu. Wimseys Konter erwischte ihn genau am Kinn und ließ ihn im Papierkorb landen.

«Und jetzt hören Sie mal zu», sagte Wimsey, mit Hut und Stock in der Hand über ihm stehend. «Es ist mir völlig egal, was Sie sagen oder tun. Sie glauben, Ihr Bruder hat Ihren Großvater umgebracht. Ich weiß nicht, ob er's getan hat oder nicht. Aber das Schlimmste, was Sie für ihn tun könnten, wäre der Versuch, Beweise zu vernichten. Und das Schlimmste, was Sie seiner Frau antun könnten, wäre, sie zur Komplizin so eines Versuchs zu machen. Und wenn Sie nächstesmal jemandem die Zähne einschlagen wollen, vergessen Sie nicht, Ihr Kinn zu decken. Das wär's. Ich finde selbst hinaus. Wiedersehen.»

Er fuhr zur Great Ormond Street Nr. 12 und klingelte Parker aus dem Bett.

Parker hörte nachdenklich an, was er ihm zu berichten hatte.

«Ich wollte, wir hätten uns Fentiman gegriffen, bevor er das Weite suchte», sagte er.

«Eben. Warum habt ihr's nicht getan?»

«Nun, Dykes scheint die Sache ziemlich vermasselt zu haben. Ich war nicht selbst dort. Aber alles schien soweit in Ordnung zu sein. Fentiman wirkte ein bißchen nervös, aber das ist bei vielen Leuten so, wenn sie von der Polizei vernommen werden – wahrscheinlich denken sie an ihre dunkle Vergangenheit und fragen sich, was nachkommt. Oder es ist einfach Lampenfieber. Er hat dieselbe Geschichte erzählt wie schon dir – sagte, er sei ganz sicher, daß der General im Taxi keine Pillen oder sonst etwas zu sich genommen hätte – hat auch gar nicht erst versucht, so zu tun, als ob er von Lady Dormers Testament etwas gewußt hätte. Es gab keinen Grund, ihn festzuhalten. Er sagte, er müsse in die Great Portland Street, zur Arbeit. Da haben sie ihn gehen lassen. Dykes hat ihm einen Mann nachgeschickt, und er ist richtig zu Walmisley-Hubbard gefahren. Dykes hat dann gefragt, ob er sich ein bißchen umsehen darf, bevor er geht, und Mrs. Fentiman hat es ihm erlaubt. Er hatte eigentlich nicht damit gerechnet, etwas zu finden. Es war reiner Zufall, daß er auf den Hinterhof ging und dort eine kleine Glasscherbe fand. Dann hat er sich weiter umgesehen und im Mülleimer den Verschluß eines Tablettenfläschchens gefunden. Na ja, dann ist natürlich seine Neugier erwacht, und gerade wollte er die weiteren Reste davon suchen, da erschien die alte Munns und sagte, der Mülleimer sei ihr Eigentum. Da mußten sie wieder verschwinden. Aber Dykes hätte Fentiman nicht gehen lassen sollen, bevor sie mit dem Suchen fertig waren. Er hat sofort bei Walmisley-Hubbard angerufen und erfahren, Fentiman sei angekommen und sofort mit dem Wagen weggefahren, um einen eventuellen Kunden in Hertfordshire zu besuchen. Der Mann, der Fentiman folgen sollte, bekam kurz hinter St. Albans Schwierigkeiten mit dem Vergaser, und bis der Fehler behoben war, hatte er Fentiman verloren.»

«Ist Fentiman bei dem Kunden angekommen?»

«Von wegen! Völlig von der Bildfläche verschwunden. Den Wagen werden wir natürlich finden – das ist nur eine Frage der Zeit.»

«Ja», sagte Wimsey. Seine Stimme klang müde und gepreßt.

«Jetzt sehen die Dinge ein wenig anders aus, nicht?» meinte Parker.

«Doch.»

«Sag mal, was hast du eigentlich mit deinem Gesicht gemacht?»

Wimsey warf einen Blick in den Spiegel und sah einen flammendroten Streifen auf der Wange.

«Ich hatte eine kleine Meinungsverschiedenheit mit Robert», sagte er.

«Oho!»

Parker fühlte, wie ein dünner Schleier von Feindseligkeit sich zwischen ihn und den geschätzten Freund schob. Er wußte, daß Wimsey zum erstenmal in ihm den Polizisten sah. Wimsey schämte sich, und seine Scham beschämte auch Parker.

«Du solltest etwas frühstücken», sagte Parker. Seine Stimme klang ihm in den eigenen Ohren gepreßt.

«Nein – nein, danke, alter Freund. Ich fahre nach Hause, nehme ein Bad und rasiere mich.»

«Bitte, auch gut.»

Eine Pause entstand.

«Also, dann gehe ich jetzt lieber», sagte Wimsey.

«Ja», sagte Parker wieder. «Gut.»

«Äh – Adieu!» sagte Wimsey an der Tür.

«Adieu!» sagte Parker.

Die Schlafzimmertür ging zu. Die Wohnungstür ging zu. Die Haustür ging zu.

Parker zog das Telefon heran und rief Scotland Yard an.

Die Atmosphäre im Büro munterte Parker wieder auf. Als erstes nahm ein Freund ihn beiseite und gratulierte ihm in vertraulichem Flüsterton.

«Ihre Beförderung ist durch», sagte der Freund. «Todsicher. Der Alte ist hochzufrieden. Das bleibt natürlich unter uns. Aber Sie haben Ihren Chefinspektor in der Tasche. Prima.»

Um zehn Uhr traf dann die Nachricht ein, daß der vermißte

Walmisley-Hubbard gefunden worden war. Er war in Hertfordshire auf einem abgelegenen Feldweg abgestellt worden. Er war in bester Ordnung, der Ganghebel stand im Leerlauf, und der Tank war voll. Offensichtlich hatte Fentiman ihn einfach stehengelassen und war fortgegangen, aber er konnte nicht weit weg sein. Parker leitete die notwendigen Maßnahmen für eine Suchaktion ein. Die Hektik und der Betrieb beruhigten ihn innerlich. Ob schuldig oder verrückt oder beides, George Fentiman mußte gefunden werden; das war eine Aufgabe, die es zu erledigen galt.

Der Mann, den man geschickt hatte, um Mrs. Munns zu vernehmen (diesmal mit Durchsuchungsbefehl), kehrte mit den Flaschenscherben und den Tabletten zurück. Einer der Detektive, die Miss Dorland beschatteten, rief an, um zu melden, daß sie Besuch von einer jungen Frau bekommen habe und die beiden dann mit einem Koffer herausgekommen und in einem Taxi weggefahren seien. Maddison, der andere Detektiv, folgte ihnen. Parker sagte: «Gut, bleiben Sie vorerst, wo Sie sind», und ließ sich die neue Entwicklung durch den Kopf gehen. Das Telefon klingelte wieder. Er dachte, es werde Maddison sein, aber es war Wimsey – diesmal ein entschieden forscher und fröhlicher Wimsey.

«Paß auf, Charles, ich brauche etwas.»

«Was?»

«Ich möchte Miss Dorland besuchen.»

«Das geht nicht. Sie ist irgendwohin weggefahren. Mein Detektiv hat sich noch nicht gemeldet.»

«Oh! Das macht aber gar nichts. Eigentlich möchte ich nämlich nur ihr Atelier sehen.»

«So? Nun, ich wüßte nicht, was dich daran hindern sollte.»

«Wird man mich reinlassen?»

«Wahrscheinlich nicht. Wir treffen uns dort, und ich nehme dich mit hinein. Ich wollte sowieso gerade weggehen. Ich muß mit der Schwester sprechen. Wir haben sie soeben erreicht.»

«Heißen Dank. Hast du auch wirklich Zeit für mich?»

«Ja. Ich würde gern deine Meinung hören.»

«Freut mich, daß einer sie hören will. Ich fühle mich langsam wie ein Pelikan in der Wüste.»

«Quatsch! Ich bin in zehn Minuten da.»

«Natürlich», erklärte Parker, als er Wimsey ins Atelier geleitete, «haben wir alle Chemikalien und so weiter abtransportiert. Hier gibt's wirklich nicht mehr viel zu sehen.»

«Na ja, das ist dein Geschäft. Mich interessieren die Bücher und Bilder. Hm! Weißt du, Charles, Bücher sind wie Hummerschalen. Wir umgeben uns damit, dann entwachsen wir ihnen und lassen sie hinter uns zurück, als Zeugen unserer früheren Entwicklungsstadien.»

«Das stimmt», sagte Parker. «Ich habe noch reihenweise Schuljungenbücher zu Hause – die ich jetzt natürlich nicht mehr anrühre. Und W.J. Locke – hab früher alles gelesen, was er geschrieben hat. Und Le Queux, und Conan Doyle und das alles.»

«Und jetzt liest du theologische Abhandlungen. Was sonst noch?»

«Nun, einiges von Hardy. Und wenn ich nicht zu müde bin, versuche ich mich an Henry James.»

«Die subtilen Selbstbeobachtungen des unendlich Kultivierten. Hm. Also, fangen wir mal mit den Regalen neben dem Kamin an. Dorothy Richardson – Virginia Woolf – E.B.C. Jones – May Sinclair – Katherine Mansfield – die modernen Schriftstellerinnen sind gut vertreten, was? Galsworthy. Ja. Kein J.D. Beresford – kein Wells – kein Bennett. Mein Gott, eine ganze Reihe D.H. Lawrence. Ob sie den sehr oft liest?»

Er griff sich wahllos *Liebende Frauen* heraus und klappte es auf und wieder zu.

«Nicht gut abgestaubt, wie? Aber gelesen. Compton Mackenzie – Storm Jameson – ja – aha.»

«Die medizinischen Sachen sind hier drüben.»

«Oh! – Ein paar Lehrbücher – erste Schritte in der Chemie. Was liegt da hinten im Bücherschrank? Louis Berman, ja? *Das innere Gleichgewicht.* Und hier ist *Warum wir uns wie Menschen verhalten.* Und Julian Huxleys Essays. Ein energischer Versuch zur Selbsterziehung, wie?»

«Die Frauen stürzen sich heutzutage auf so etwas.»

«Ja – gar nicht nett, wie? Hallo!»

«Was ist?»

«Hier drüben bei der Couch. Das sind wohl die jüngsten Hummerschalen. Austin Freeman – Austin Freeman – Austin Freeman – heilige Neune! Die muß sie am Meter bestellt haben. *Durch die*

Wand – das ist ein guter Kriminalroman, Charles – alles über Folterverhöre – Isabel Ostrander – dreimal Edgar Wallace – das Mädchen hat geradezu in Verbrechen geschwelgt!»

«Würde mich nicht wundern», sagte Parker mit Nachdruck. «Bei diesem Freeman kann man allerlei über Giftmord und Testamente und so weiter nachlesen.»

«Stimmt.» Wimsey wog *Ein stummer Zeuge* leicht in der Hand und legte ihn wieder weg. «In dem hier geht es zum Beispiel um diesen Kerl, der jemanden ermordet und kühl gelagert hat, bis er die Leiche loswerden konnte. Das wäre was für Robert Fentiman.»

Parker grinste.

«Ein bißchen umständlich für den Normalverbrecher. Aber ich könnte mir vorstellen, daß jemand aus solchen Büchern seine Ideen bezieht. Möchtest du dir die Bilder anschauen? Sie sind ziemlich schrecklich.»

«Bring mir's nicht so schonend bei. Zeig mir die schrecklichsten zuerst... O Gott!»

«Also, *mir* tut das weh», sagte Parker, «aber ich dachte, das läge vielleicht an meinem mangelnden Kunstverstand.»

«Es ist dein natürlicher guter Geschmack. Was für gräßliche Farben, und noch gräßlichere Formen!»

«Um Formen kümmert sich doch heutzutage kein Mensch mehr, oder?»

«Ha, aber es gibt doch einen Unterschied zwischen dem, der Formen malen kann, aber nicht will, und dem, der es gar nicht erst kann. Weiter. Sehen wir uns die übrigen an.»

Parker zeigte sie ihm eins nach dem andern. Wimsey sah sie sich alle kurz an. Er hatte den Pinsel und die Palette zur Hand genommen und befühlte sie, während er sprach.

«Diese Gemälde», sagte er, «stammen von einer gänzlich unbegabten Person, die außerdem noch versucht, den Manierismus einer sehr fortschrittlichen Schule zu imitieren. Übrigens, du hast natürlich selbst schon gemerkt, daß sie in den letzten Tagen noch gemalt und dann plötzlich angewidert damit aufgehört hat. Sie hat die Farben auf der Palette gelassen, und die Pinsel stehen immer noch im Terpentin, wo sich allmählich die Borsten hochbiegen, so daß sie völlig unbrauchbar werden. Das läßt tief blicken. Der – Moment! Laß mich das noch einmal ansehen.»

Parker hatte ihm den Kopf des hohlwangigen, schielenden Mannes gezeigt, von dem er Wimsey schon erzählt hatte.

«Stell das mal auf die Staffelei. Das ist ja sehr interessant. Die anderen sind, wie du siehst, lauter Versuche, den Stil anderer zu imitieren, aber das hier – das ist ein Versuch, die Natur nachzuahmen. Warum? Es ist ein schlechter Versuch, aber das war für jemanden gedacht. Und es wurde viel daran gearbeitet. Was hat sie wohl dazu gebracht?»

«Nun, seine Schönheit bestimmt nicht.»

«Nein? Aber es muß einen Grund gehabt haben. Dante hat, wie du dich vielleicht erinnerst, einmal einen Engel gemalt. Kennst du den Limerick von dem alten Mann aus Athen?»

«Was hat er gemacht?»

«Hatt zwei Schafe im Wohnzimmer stehn. Sie erinnern mich sehr an zwei Freunde (sprach er), doch wußte er nicht mehr, an wen.»

«Wenn dich das an jemanden erinnert, den du kennst, möchte ich mit deinen Freunden nichts zu tun haben. So eine häßliche Fratze habe ich mein Lebtag noch nicht gesehen.»

«Schön ist er wirklich nicht. Aber ich glaube, der finstere Blick kommt von der Unfähigkeit des Künstlers. Wenn man nicht zeichnen kann, kriegt man es selten hin, daß die Augen in dieselbe Richtung gucken. Deck mal ein Auge zu, Charles – nein, nicht deins, auf dem Porträt.»

Parker tat wie geheißen.

Wimsey schaute wieder hin und schüttelte den Kopf.

«Ich komme im Moment nicht darauf», sagte er. «Wahrscheinlich ist es auch niemand, den ich kenne. Aber wer es auch ist, dir sagt doch sicher dieses Zimmer etwas.»

«Mir sagt es», antwortete Parker, «daß die Frau ein größeres Interesse an Verbrechen und Chemie an den Tag gelegt hat, als unter den herrschenden Umständen gut für sie ist.»

Wimsey sah ihn eine Zeitlang an.

«Ich wollte, ich könnte so denken wie du.»

«Was denkst *du* denn?» verlangte Parker ungeduldig zu wissen.

«Nein», sagte Wimsey, «ich habe dir heute früh die Sache mit George berichtet, denn Medizinfläschchen sind Fakten, und Fakten darf man nicht verschweigen. Ich bin aber nicht verpflichtet, dir zu sagen, was ich denke.»

«Du glaubst also nicht, daß Ann Dorland den Mord begangen hat?»

«Das weiß ich nicht, Charles. Ich bin in der Hoffnung hierhergekommen, daß dieses Zimmer mir das gleiche sagen würde wie dir. Tut es aber nicht. Es sagt mir etwas anderes. Es sagt mir, was ich schon die ganze Zeit gedacht habe.»

«Also, ich geb dir einen Penny, wenn du mir sagst, was du denkst», versuchte Parker das Gespräch verzweifelt in der scherzhaften Bahn zu halten.

«Nicht einmal für dreißig Silberlinge», antwortete Wimsey traurig.

Parker stellte die Bilder ohne ein weiteres Wort wieder an die Wand.

19

Lord Peter spielt Strohmann

«Möchtest du mit mir zu dieser Schwester Armstrong kommen?»

«Könnte ich eigentlich», sagte Wimsey. «Man weiß ja nie.»

Schwester Armstrong gehörte zu einem teuren Pflegeheim in der Great Wimpole Street. Sie war bisher noch nicht vernommen worden, denn sie war erst am Abend zuvor aus Italien zurückgekommen, wohin sie einen Invaliden begleitet hatte. Sie war groß, sah gut aus und hatte etwas Unnahbares an sich, etwa wie die Venus von Milo, und sie beantwortete Parkers Fragen so gelassen und sachlich, als handle es sich um Verbände und Fieberkurven.

«O ja, Konstabler, ich erinnere mich noch ganz genau, wie der arme alte Herr ins Zimmer geführt wurde.»

Parker hatte von Natur aus etwas dagegen, Konstabler genannt zu werden, aber ein Kriminalbeamter darf sich von solchen Kleinigkeiten nicht aus der Ruhe bringen lassen.

«War Miss Dorland während des Gesprächs zwischen Ihrer Patientin und deren Bruder zugegen?»

«Nur ein paar Sekunden. Sie hat den alten Herrn begrüßt, ihn ans Bett geführt und sich dann, als sie sah, daß die beiden miteinander zurechtkommen würden, zurückgezogen.»

«Was verstehen Sie unter ‹miteinander zurechtkommen›?»

«Nun ja, die Patientin nannte den alten Herrn beim Namen, und er antwortete, und dann nahm er ihre Hand und sagte: ‹Es tut mir so leid, Felicity; vergib mir›, oder so etwas Ähnliches, und sie sagte: ‹Es gibt nichts zu vergeben. Quäl dich nicht, Arthur.› Geweint hat er, der arme alte Mann. Dann hat er sich auf den Stuhl neben ihrem Bett gesetzt, und Miss Dorland ist hinausgegangen.»

«Von dem Testament wurde nicht gesprochen?»

«Solange Miss Dorland im Zimmer war, nicht, falls Sie das meinen.»

«Angenommen, jemand habe später an der Tür gelauscht – könnte man draußen gehört haben, was gesprochen wurde?»

«O nein! Die Patientin war sehr schwach und sprach sehr leise. Ich habe selbst die Hälfte von dem, was sie sagte, nicht mitbekommen.»

«Wo waren Sie denn?»

«Nun, ich bin hinausgegangen, weil ich dachte, die beiden wollten allein sein. Aber ich war in meinem Zimmer, und die Tür dazwischen war offen, so daß ich sie die meiste Zeit im Auge behalten konnte. Sie war schließlich so krank, und auch der alte Herr sah so schwach aus, da wollte ich nicht gern außer Hörweite sein. Sehen Sie, in unserm Beruf bekommen wir oft Dinge zu hören und zu sehen, über die wir nicht sprechen.»

«Natürlich, Schwester – Sie haben bestimmt genau das Richtige getan. Nun, als Miss Dorland den Cognac brachte – da fühlte sich der General sehr elend?»

«Ja – es ging ihm sehr schlecht. Ich habe ihn in den großen Sessel gesetzt und ihn vornübergebeugt, bis der Krampf nachließ. Er bat um seine Medizin, und ich habe sie ihm gegeben – nein, das waren keine Tropfen – es war Amylnitrit; das inhaliert man. Dann habe ich geläutet und das Mädchen nach dem Cognac geschickt.»

«Amylnitrit – sind Sie sicher, daß er sonst nichts genommen hat?»

«Vollkommen sicher; sonst war gar nichts da. Natürlich bekam Lady Dormer Strychnininjektionen, um ihr Herz in Gang zu halten, und wir hatten auch schon Sauerstoff versucht, aber ihm haben wir davon lieber nichts gegeben.»

Sie lächelte selbstbewußt und herablassend.

«Sie sagen also, Lady Dormer habe verschiedene Mittel bekommen. Lagen vielleicht Medikamente herum, die General Fentiman versehentlich in die Hand genommen und geschluckt haben könnte?»

«Du lieber Himmel, nein!»

«Keine Tropfen oder Tabletten, nichts dergleichen?»

«Ganz bestimmt nicht; die Medikamente befanden sich in meinem Zimmer.»

«Es lag nichts auf dem Nachttisch oder auf dem Kaminsims?»

«Neben dem Bett stand ein Becher Listerinlösung, um der Patientin dann und wann den Mund auszuspülen, das war alles.»

«Und Listerin enthält kein Digitalin – nein, natürlich nicht. Na schön, und wer brachte den Cognac?»

«Das Mädchen ist zu Mrs. Mitcham gegangen, um welchen zu holen. Ich hätte natürlich welchen oben bei mir haben müssen, aber die Patientin konnte ihn nicht bei sich behalten. Manche können das nämlich nicht.»

«Hat das Mädchen ihn sofort zu Ihnen gebracht?»

«Nein – sie hat unterwegs Miss Dorland verständigt. Natürlich hätte sie sofort den Cognac bringen und dann erst zu Miss Dorland gehen sollen – aber mit diesen Mädchen hat man ja immerzu Ärger, wie Sie wahrscheinlich selbst wissen.»

«Hat Miss Dorland den Cognac sofort gebracht –» begann Parker, aber Schwester Armstrong unterbrach ihn.

«Wenn Sie glauben, daß sie das Digitalin in den Cognac getan hat, Konstabler, das können Sie sich aus dem Kopf schlagen. Wenn er um halb vier so eine große Dosis – auch noch in gelöster Form – eingenommen hätte, wäre er viel früher zusammengebrochen.»

«Sie scheinen mit dem Fall sehr gut vertraut zu sein, Schwester.»

«O ja. Das hat mich natürlich interessiert, wo Lady Dormer doch meine Patientin gewesen ist.»

«Selbstverständlich. Trotzdem: *Hat* Miss Dorland den Cognac sofort zu Ihnen gebracht?»

«Ich glaube, ja. Ich hörte Nellie auf dem Gang entlangkommen und wollte nach ihr rufen, aber als ich die Tür aufmachte, sah ich Miss Dorland schon mit dem Cognac in der Hand aus ihrem Atelier kommen.»

«Und wo war Nellie da?»

«Sie war gerade wieder am Ende des Ganges und wollte zum Telefon hinuntergehen.»

«Jedenfalls könnte Miss Dorland nicht länger als zehn Sekunden mit dem Cognac allein gewesen sein», sagte Peter bedächtig. «Und wer hat ihn dem General gegeben?»

«Ich. Ich habe ihn Miss Dorland an der Tür aus der Hand genommen und ihm sofort gegeben. Es schien ihm da schon besser zu gehen, und er hat nur ein bißchen davon genippt.»

«Haben Sie ihn dann wieder allein gelassen?»

«Nein. Miss Dorland ist auf den Gang hinausgegangen, um zu sehen, ob das Taxi bald käme.»

«Sie war also nie mit ihm allein?»

«Keine Sekunde.»

«Mochten Sie Miss Dorland, Schwester? Ich meine, ist sie ein netter Mensch?» Peter hatte so lange Zeit nichts gesagt, daß Parker richtig erschrak.

«Sie war immer sehr nett zu mir», sagte Schwester Armstrong. «Eine attraktive Frau würde ich sie nicht nennen, nicht für meinen Geschmack.»

«Hat sie je in Ihrer Nähe über Lady Dormers Testamentsverfügungen gesprochen?» griff Parker Wimseys vermeintlichen Gedankengang auf.

«Nein – nicht direkt. Aber ich erinnere mich, wie sie einmal über ihre Malerei gesprochen hat, und da hat sie gesagt, sie mache das nur aus Liebhaberei, denn ihre Tante würde schon dafür sorgen, daß sie immer genug zum Leben habe.»

«Das stimmt allerdings», sagte Parker. «Ungünstigstenfalls würde sie zwölftausend Pfund bekommen, die ihr, klug angelegt, zwischen sechs- und siebenhundert im Jahr einbringen würden. Sie hat nichts davon gesagt, daß sie damit rechne, einmal sehr reich zu werden?»

«Nein.»

«Auch nie etwas über den General?»

«Kein Wort.»

«War sie glücklich?»

«Sie hat sich natürlich Sorgen gemacht, weil ihre Tante so krank war.»

«Das meine ich nicht. Sie gehören zu den Menschen, die viel beobachten – Krankenschwestern haben da ein geübtes Auge, wie ich bemerkt habe. Ist sie Ihnen vorgekommen wie jemand, der – sozusagen mit sich und der Welt im reinen war?»

«Sie gehörte zu der stilleren Sorte. Aber – doch, ich würde schon sagen, daß sie zufrieden war.»

«Schlief sie gut?»

«O ja, sie hatte einen gesunden Schlaf. Es war nicht einfach, sie zu wecken, wenn man nachts etwas brauchte.»

«Hat sie viel geweint?»

«Sie hat über den Tod der alten Dame geweint. Sie war sehr traurig darüber.»

«Sie hat also ganz natürliche Tränen vergossen und so, aber

nicht herumgelegen und Heulkrämpfe bekommen und dergleichen?»

«Du lieber Himmel, nein!»

«Wie war ihr Gang?»

«Ihr Gang?»

«Ja, ihr Gang. Würden Sie ihn vielleicht schlaff nennen?»

«Nein – flink und munter.»

«Was hatte sie für eine Stimme?»

«Nun, die Stimme gehörte zu ihren angenehmen Seiten. Ziemlich tief für eine Frau, aber – klangvoll würde ich sie nennen. Melodiös», sagte Schwester Armstrong mit leisem Kichern, «wie man so etwas in Romanen beschreibt.»

Parker öffnete den Mund und schloß ihn wieder.

«Wie lange sind Sie nach Lady Dormers Tod noch im Haus geblieben?» setzte Wimsey die Befragung fort.

«Bis kurz nach dem Begräbnis, denn es hätte ja sein können, daß Miss Dorland jemanden brauchte.»

«Haben Sie, bevor Sie fortgingen, etwas von Anwälten und diesem Streit wegen des Testaments gehört?»

«Unten wurde darüber gesprochen. Miss Dorland selbst hat mir nichts darüber erzählt.»

«Wirkte sie beunruhigt?»

«Davon habe ich nichts gemerkt.»

«Hatte sie irgendwelche Bekannte bei sich um diese Zeit?»

«Nicht im Haus. Sie ist mal einen Abend fortgegangen, um Freunde zu besuchen. Ich glaube – das war an dem Abend, bevor ich ging. Sie hat nicht gesagt, was das für Freunde waren.»

«Aha. Ich danke Ihnen, Schwester.»

Parker hatte keine Fragen mehr, und so verabschiedeten sie sich.

«Also», sagte Parker, «wie einem Menschen nur die Stimme dieser Frau gefallen kann –»

«Ist dir das aufgefallen? Charles, meine Theorie bestätigt sich. Das ist mir gar nicht lieb. Ich hätte mich lieber geirrt. Mir wär's lieber, du würdest mich mitleidig ansehen und zu mir sagen: ‹Ich hab's dir ja gesagt.› Stärker kann ich es nicht mehr ausdrücken.»

«Deine Theorien soll der Teufel holen!» sagte Parker. «Für mich sieht es so aus, als ob wir die Idee fahrenlassen müßten, daß General Fentiman das Gift am Portman Square bekommen hat.

Sagtest du übrigens nicht, du hättest die Dorland bei den Rushworths getroffen?»

«Nein, ich habe gesagt, ich hoffte sie dort zu treffen, aber sie war nicht da.»

«Ach so. Na ja, das reicht im Moment. Wie wär's mit Mittagessen?»

Gerade in diesem Augenblick bogen sie um die Straßenecke und rannten Salcombe Hardy, der soeben aus der Harley Street kam, mitten in die Arme. Wimsey packte plötzlich Parkers Arm. «Ich hab's!» sagte er.

«Was?»

«Ich weiß jetzt, an wen mich das Porträt erinnert. Das sage ich dir aber später.»

Auch Sally schien mit den Gedanken beim Essen zu sein. Er war sogar mit Waffles Newton im *Falstaff* verabredet. Und so gingen sie alle drei zusammen ins *Falstaff*.

«Und wie läuft's denn so?» fragte Sally, nachdem er Rindfleisch mit Karotten bestellt hatte.

Er sah Parker offen an, aber der schüttelte den Kopf.

«Ihr Freund ist ein verschwiegener Mensch», sagte Sally zu Peter. «Ich schließe daraus, daß die Polizei einer konkreten Spur nachgeht – oder sind wir am Punkt völliger Ratlosigkeit angekommen? Oder sollen wir gar sagen, daß eine Verhaftung unmittelbar bevorsteht?»

«Erzählen Sie uns Ihre Version, Sally. Ihre Meinung ist soviel wert wie jede andere.»

«Ach was, meine Meinung! Die gleiche wie Ihre – wie die von allen. Die Frau war natürlich mit dem Doktor im Bunde. Liegt doch auf der Hand, oder nicht?»

«Vielleicht», sagte Parker vorsichtig. «Aber das ist schwer zu beweisen. Wir wissen natürlich, daß sie beide manchmal bei den Rushworths waren, aber es gibt keinen Beweis dafür, daß sie sich gut kannten.»

«Aber du Dummkopf, sie –» platzte es aus Wimsey heraus. Dann klappte er den Mund vernehmlich wieder zu. «Nein, ich sag's nicht. Kriegt das gefälligst selbst heraus.»

Die Erleuchtung überkam ihn in großen Wellen. Jedes Lichtpünktchen löste Myriaden anderer aus. Jetzt wurde ein Datum erhellt, dann ein Satz. Seine innere Erleichterung wäre überwältigend gewesen, hätte es nicht im Allerinnersten noch diese eine nagende Unsicherheit gegeben. Am meisten plagte ihn das Porträt. Gemalt als Erinnerung, gemalt, um ein geliebtes Gesicht festzuhalten – dann mit dem Gesicht zur Wand gestellt und dem Staub überlassen.

Sally und Parker unterhielten sich.

«...moralische Gewißheit ist nicht dasselbe wie ein Beweis.»

«Höchstens wenn wir beweisen können, daß sie die Testamentsbestimmungen kannte...»

«... warum bis zum letzten Moment warten? Es wäre jederzeit gefahrlos möglich gewesen...»

«Sie hielten es wahrscheinlich nicht für notwendig. Es sah doch so aus, als ob die alte Dame ihn mit Leichtigkeit überleben würde. Wenn sie nicht diese Lungenentzündung bekommen hätte...»

«Trotzdem hatten sie fünf Tage Zeit.»

«Schon – aber vielleicht hat sie es erst an Lady Dormers Todestag erfahren...»

«Sie könnte es ihr da gesagt haben. Erklärt... als sie sah, daß es tatsächlich dahin kommen konnte...»

«Und die Dorland hat den Besuch in der Harley Street arrangiert...»

«Klar wie Kloßbrühe.»

Hardy mußte lachen.

«Die werden einen Mordsschrecken bekommen haben, als die Leiche am nächsten Morgen im Bellona-Club auftauchte. Ich nehme an, Sie haben Penberthy das mit der Totenstarre schön unter die Nase gerieben?»

«Und ob. Er hat sich natürlich auf professionelle Vorsicht herausgeredet.»

«Im Zeugenstand werden sie's ihm schon geben. Gibt er eigentlich zu, die Frau gekannt zu haben?»

«Er sagt, er habe sie nur beiläufig gekannt. Aber man muß erst jemanden finden, der die beiden zusammen gesehen hat. Sie erinnern sich an den Fall Thompson. Erst die Unterhaltung in der Teestube hat alles geklärt.»

«Ich möchte nur wissen», sagte Wimsey, «warum –»

«Warum was?»

«Warum sie keinen Kompromiß schließen wollten.» Es war nicht das, was er eigentlich hatte sagen wollen, aber er fühlte sich geschlagen, und diese Worte beendeten den Satz ebensogut wie andere.

«Was heißt das?» fragte Hardy schnell.

Peter erklärte es ihm. «Als die Frage des Überlebens aufkam, waren die Fentimans bereit, einen Kompromiß zu schließen und das Geld zu teilen. Warum war Miss Dorland damit nicht einverstanden? Wenn eure Theorie stimmt, wäre das am sichersten gewesen. Aber sie war es doch, die auf einer Klärung bestand.»

«Das wußte ich nicht», sagte Hardy. Er war verärgert. Heute erfuhr er die schönsten Geschichten, und morgen würde es wahrscheinlich eine Verhaftung geben, und dann konnte er sie nicht mehr ausschlachten.

«Sie *haben* sich schließlich zum Kompromiß bereit erklärt», sagte Parker. «Wann war das?»

«Nachdem ich Penberthy gesagt hatte, daß eine Exhumierung beantragt sei», sagte Wimsey, als ob es ihn Überwindung kostete.

«Bitte sehr! Da sahen sie, daß es gefährlich wurde.»

«Weißt du noch, wie nervös Penberthy bei der Exhumierung war?» fragte Parker. «Dieser Mann – wie hieß er noch? – sein Witz über Palmer und das umgestoßene Gefäß.»

«Was war das?» wollte Hardy wieder wissen. Parker erzählte es ihm, und er lauschte zähneknirschend. Wieder was verpaßt! Aber es würde ja alles beim Prozeß herauskommen, und dann war es auch noch eine Schlagzeile wert.

«Robert Fentiman hätte einen Orden verdient», meinte Hardy. «Wenn er nicht dazwischengefunkt hätte –»

«Robert Fentiman?» fragte Parker gedehnt.

Hardy grinste.

«Wenn er die Leiche nicht vor den Kamin gesetzt hat, wer dann? Ein bißchen Scharfsinn dürfen Sie uns schon zutrauen.»

«Ich sage weder ja noch nein», sagte Parker, «aber –»

«Aber alle sagen, daß er's war. Lassen wir's dabei. Jemand hat es jedenfalls getan. Und wenn der Jemand nicht dazwischengefunkt hätte, wäre es für die Dorland ein Zuckerlecken gewesen.»

«Doch, ja. Der alte Fentiman wäre nach Hause gegangen und in aller Stille gestorben – und Penberthy hätte den Totenschein ausgestellt.»

«Ich möchte wissen, wie viele unbequeme Leute auf diese Weise beseitigt werden. Verdammt – es ist ja so leicht.»

«Ich frage mich, auf welche Weise Penberthy seinen Anteil bekommen sollte.»

«Ich nicht», meinte Hardy. «Schauen Sie – da ist die Frau. Nennt sich Künstlerin. Malt schlechte Bilder. Schön. Dann lernt sie diesen Doktor kennen. Er hat es mit Drüsen. Gescheiter Bursche – weiß, daß mit Drüsen Geld zu machen ist. Jetzt interessiert *sie* sich für Drüsen. Warum?»

«Das war vor einem Jahr.»

«Genau. Penberthy ist nicht reich. Militärarzt außer Dienst, mit einem Messingschild und einem Konsultationszimmer in der Harley Street – das Haus teilt er sich mit anderen notleidenden Messingschildbesitzern. Lebt von ein paar alten Tattergreisen aus dem Bellona-Club. Er hat eine Idee: Wenn er so eine Verjüngungsklinik aufmachen könnte, wäre er bald Millionär. Alle diese närrischen alten Böcke, die wieder mal gern einen draufmachen möchten – bitte, da kann einer mit ein bißchen Anfangskapital und einer gehörigen Portion Frechheit ein Vermögen machen. Dann kommt diese Frau daher – Erbin einer reichen alten Dame – und er macht sich an sie heran. Die Sache wird abgemacht. Er soll für sie das Hindernis auf dem Weg zum Reichtum beseitigen, sie steckt zum Dank das Geld in seine Klinik. Damit es nicht so auffällt, muß sie so tun, als ob sie sich Gott weiß wie für Drüsen interessierte. Also gibt sie die Malerei auf und wendet sich der Medizin zu. Kann etwas noch klarer sein?»

«Aber das hieße», warf Wimsey dazwischen, «daß sie seit mindestens einem Jahr von dem Testament gewußt hätte.»

«Warum nicht?»

«Nun, das bringt uns wieder auf die alte Frage zurück: Warum der Aufschub?»

«Und es gibt uns auch die Antwort», sagte Parker. «Sie wollten warten, bis das Interesse an Drüsen so verbreitet und selbstverständlich war, daß es niemand mit dem Tod des Generals in Verbindung bringen würde.»

«Natürlich», sagte Wimsey. Er hatte das Gefühl, daß die Dinge in atemberaubendem Tempo an ihm vorbeirauschten. Aber George war jetzt wenigstens außer Gefahr.

«Was glauben Sie, wann Sie soweit sind, daß Sie handeln können?» fragte Hardy. «Ich nehme an, Sie hätten gern noch ein paar handfeste Beweise, bevor Sie ihn wirklich verhaften?»

«Ich müßte die Gewißheit haben, daß sie sich nicht mehr herauswinden können», sagte Parker. «Es genügt nicht, zu beweisen, daß sie sich kannten. Natürlich könnten wir Briefe finden, wenn wir bei der Frau suchten. Oder bei Penberthy – obwohl er kaum der Mann ist, der kompromittierende Dokumente herumliegen läßt.»

«Haben Sie Miss Dorland nicht festgenommen?»

«Nein, wir lassen sie frei herumlaufen – an einer Leine. Eines kann ich Ihnen aber gern sagen: Sie hat sich noch in keiner Weise mit Penberthy in Verbindung gesetzt.»

«Natürlich nicht», sagte Wimsey. «Schließlich haben sie Streit.»

Die anderen sahen ihn mit großen Augen an.

«Woher weißt du das?» fragte Parker ärgerlich.

«Ach was – spielt ja keine Rolle – ich *glaube* es, weiter nichts. Und überhaupt würden sie sich schön hüten, Verbindung miteinander aufzunehmen, nachdem jetzt die Katze aus dem Sack ist.»

«Hallo!» unterbrach Hardy. «Da ist Waffles. Wieder mal zu spät, Waffles – was hast du nur getrieben?»

«Interview mit den Rushworths», sagte Waffles, indem er sich neben Hardy auf einen Platz zwängte. Er war ein hagerer Mann mit rötlichem Haar und müden Bewegungen. Hardy stellte ihn Wimsey und Parker vor.

«Hast du deinen Artikel im Kasten?»

«Klar. Diese Frauen, das sind vielleicht zwei Katzen! Mama Rushworth – das ist so eine von der rührseligen Sorte, die immerzu mit dem Kopf in den Wolken herumlaufen und nie etwas merken, bis man es ihnen direkt unter die Nase hält – die tut natürlich so, als ob ihr Ann Dorland noch nie ganz geheuer gewesen wäre. Ich hätte sie fast gefragt, warum sie sie dann immer eingeladen hat; hab's aber gelassen. Jedenfalls sagt Mrs. Rushworth, sie hätte sie nicht besonders gut gekannt. Natürlich nicht. Es ist doch herrlich, wie diese seelenvollen Menschen beim kleinsten Hauch von Unrat auf Abstand gehen.»

«Hast du etwas über Penberthy herausbekommen?»

«Ja, hab ich.»

«Was Gutes?»

«Ja.»

Hardy unterließ es mit der taktvollen Zurückhaltung der Fleet Street gegenüber dem Kollegen mit der Exklusivgeschichte, weiter zu bohren. Die Unterhaltung wandte sich wieder dem ursprünglichen Thema zu. Waffles Newton schloß sich Salcombe Hardys Theorie an.

«Die Rushworths wissen bestimmt etwas. Vielleicht nicht die Mutter – aber die Tochter. Wenn sie mit ihm verlobt ist, wird sie gemerkt haben, ob zwischen ihm und einer anderen Frau irgendein geheimes Einverständnis bestand. Frauen merken so etwas.»

«Du glaubst doch nicht, daß sie es zugeben würden, wenn der liebe Dr. Penberthy je ‹ein geheimes Einverständnis› mit einer anderen als der lieben Naomi gehabt hätte», entgegnete Newton. «Außerdem sind sie nicht dumm genug, um nicht zu wissen, daß Penberthys Beziehungen zu der Dorland um jeden Preis unter den Teppich gekehrt werden müssen. Sie wissen natürlich, daß sie es getan hat, aber ihn werden sie nicht kompromittieren.»

«Natürlich nicht», sagte Parker ziemlich unwirsch. «Die Mutter weiß wahrscheinlich sowieso nichts. Etwas anderes ist es, wenn wir die Tochter in den Zeugenstand holen –»

«Daraus wird nichts», sagte Waffles Newton. «Zumindest müßten Sie sehr, sehr schnell sein.»

«Wieso?»

Newton winkte resigniert ab.

«Weil sie morgen heiraten», sagte er. «Sondergenehmigung. Aber das erzählst du nicht weiter, Sally!»

«Ist doch klar, Mann.»

«Heiraten?» sagte Parker. «Großer Gott! Das zwingt uns zum Handeln. Ich mache mich am besten gleich auf die Socken. Adieu – und vielen Dank für diesen Tip, altes Haus.»

Wimsey folgte ihm auf die Straße.

«Wir müssen dieser Heirat einen Riegel vorschieben, und zwar schnell», sagte Parker, indem er verzweifelt einem Taxi zuwinkte, das vorbeirauschte und ihn ignorierte. «Ich wollte im Augenblick noch nichts unternehmen, weil wir noch nicht soweit sind, aber wir kommen in Teufels Küche, wenn die kleine Rushworth erst Penberthys Angetraute ist und wir sie nicht mehr als Zeugin auftreten lassen können. Das schlimme ist, wenn sie sich nicht davon abbringen läßt, können wir die Heirat nicht verhindern, ohne Penberthy zu verhaften. Und das ist sehr gefährlich, wenn man keine eigentlichen Beweise hat. Ich glaube, wir bestellen ihn am besten zur Vernehmung zum Yard und halten ihn fest.»

«Ja», sagte Wimsey. «Aber – hör doch mal, Charles.»
Ein Taxi fuhr vor.

«Was?» sagte Parker ungeduldig, den Fuß auf dem Trittbrett. «Mann, ich habe keine Zeit. Was ist?»

«Ich – hör mal, Charles – das ist völlig verkehrt», flehte Wimsey. «Du hast vielleicht die richtige Lösung, aber der Rechengang stimmt nicht. Wie es mir in der Schule immer ergangen ist, wenn ich die Lösung in der Klatsche nachgeguckt hatte und dann den Mittelteil frisieren mußte. Ich war ein Dummkopf. Das mit Penberthy hätte ich wissen müssen. Aber daran, daß man ihn bestochen oder korrumpiert hätte, damit er den Mord beging, glaube ich nicht. Das paßt nicht.»

«Paßt nicht wozu?»

«Zu dem Porträt. Oder den Büchern. Oder zu der Beschreibung, die Schwester Armstrong uns von Miss Dorland gegeben hat. Oder zu deiner eigenen Beschreibung von ihr. Die Erklärung ist äußerlich einwandfrei, aber ich könnte schwören, daß sie völlig falsch ist.»

«Wenn sie äußerlich einwandfrei ist», sagte Parker, «reicht mir das. Nicht jede Erklärung kann das für sich in Anspruch nehmen. Dir hat es nun mal dieses Porträt angetan. Das kommt wohl von deiner künstlerischen Veranlagung.»

Aus irgendeinem Grunde führt das Wort «künstlerisch» oft zu den erschreckendsten Reaktionen bei Menschen, die von Kunst etwas verstehen.

«Laß mich mit ‹künstlerisch› in Ruhe!» fauchte Wimsey wütend. «Ich bin ein ganz gewöhnlicher Mensch und habe Frauen kennengelernt und wie mit ganz normalen Menschen mit ihnen gesprochen –»

«Du und deine Frauen», unterbrach Parker ihn rüde.

«Schön – ich und meine Frauen, na und? Man lernt dabei etwas. Du bist bei dieser Frau auf dem Holzweg.»

«Ich habe schon mit ihr gesprochen und du nicht», begehrte Parker auf. «Oder verschweigst du mir etwas? Du machst immerzu solche Andeutungen. Jedenfalls habe ich schon mit ihr gesprochen, und auf mich macht sie den Eindruck, als ob sie schuldig wäre.»

«Und ich habe sie noch nicht gesprochen, und ich möchte beschwören, daß sie unschuldig ist.»

«Du mußt es natürlich wissen.»

«Zufällig kenne ich mich in so etwas aus.»

«Ich fürchte, deine auf nichts gestützte Ansicht wird kaum ausreichen, um das Gewicht der Beweise aufzuheben.»

«Richtige Beweise hast du ja gar keine, davon abgesehen. Du weißt nicht, ob die beiden je miteinander allein waren; du weißt nicht, ob Ann Dorland das Testament kannte; du kannst nicht beweisen, daß Penberthy das Gift verabreicht hat –»

«Ich lasse mir keine grauen Haare darüber wachsen, daß ich die erforderlichen Beweise nicht noch bekommen werde», erwiderte Parker gelassen, «sofern du mich hier nicht noch den *ganzen* Tag festhältst.» Er knallte die Taxitür zu.

«Was ist das doch für ein abscheulicher Fall», dachte Wimsey. «Das war nun heute schon der zweite dumme, unerfreuliche Streit. Was mag als nächstes kommen?» Er überlegte eine Weile.

«Ich brauche Balsam für meine Seele», entschied er. «Weibliche Gesellschaft ist angezeigt. In allen Ehren. Keine Emotionen. Ich werde mich bei Marjorie Phelps zum Tee einladen.»

20

Ann Dorland spielt Misère

Die Ateliertür wurde ihm von einer Frau geöffnet, die er nicht kannte. Sie war nicht groß, eher gedrungen und etwas üppig. Noch ehe er ihr Gesicht sah, nahm er die breiten Schultern und den kräftigen Schwung ihrer Hüften wahr. Infolge des starken Lichts, das durch das vorhanglose Fenster hinter ihr fiel, blieb ihr Gesicht im Schatten; er sah nur das dichte schwarze Haar, das zu einem viereckigen Bubikopf mit Pony über der Stirn geschnitten war.

«Miss Phelps ist nicht da.»

«Oh – bleibt sie lange fort?»

«Weiß ich nicht. Zum Abendessen wird sie zurück sein.»

«Meinen Sie, ich dürfte hereinkommen und warten?»

«Vermutlich ja, wenn Sie ein Freund von ihr sind.»

Die Frau trat vom Eingang zurück und ließ ihn vorbei. Er legte seinen Hut und Stock auf den Tisch und drehte sich zu ihr um. Sie nahm keine Notiz von ihm, sondern ging zum Kamin und blieb dort stehen, eine Hand auf dem Sims. Da Wimsey sich nicht setzen konnte, solange sie stand, ging er zum Modelliertisch hinüber und hob das nasse Tuch hoch, das den kleinen Tonklumpen zudeckte.

Er betrachtete mit der Miene größten Interesses die halbfertige Figur einer Blumenverkäuferin, als die Frau sagte:

«Hören Sie mal!»

Sie hatte das Figürchen, das Marjorie Phelps von ihm gemacht hatte, in die Hand genommen und drehte es zwischen den Fingern.

«Sind Sie das?»

«Ja – ist doch gut gelungen, finden Sie nicht?»

«Was wollen Sie?»

«Wollen?»

«Sie sind doch hierhergekommen, um mich zu begutachten, oder?»

«Ich wollte Miss Phelps besuchen kommen.»

«Dann will der Polizist dort an der Ecke wohl auch nur Miss Phelps besuchen?»

Wimsey sah zum Fenster hinaus. Da stand wirklich ein Mann an der Ecke – ein betont unauffälliger Müßiggänger.

«Entschuldigung», sagte Wimsey, dem plötzlich ein Licht aufging. «Ich bedaure es aufrichtig, so einen dummen und aufdringlichen Eindruck gemacht zu haben. Aber ich hatte wirklich bis zu diesem Augenblick keine Ahnung, wer Sie waren.»

«Nein? Na ja, spielt auch keine Rolle.»

«Soll ich gehen?»

«Sie können tun, was Ihnen beliebt.»

«Wenn Sie das wirklich ernst meinen, Miss Dorland, dann möchte ich lieber bleiben. Ich wollte Sie nämlich schon lange einmal kennenlernen.»

«Wie nett von Ihnen», höhnte sie. «Zuerst wollten Sie mich betrügen, und jetzt versuchen Sie mich –»

«Was?»

Sie zuckte mit den breiten Schultern.

«Ihr Steckenpferd ist nicht sehr erfreulich, Lord Peter Wimsey.»

«Werden Sie mir glauben», fragte Wimsey, «wenn ich Ihnen versichere, daß ich mit dem Betrugsversuch nichts zu tun hatte? *Ich* habe ihn sogar aufgedeckt. Wirklich.»

«Meinetwegen. Das spielt jetzt sowieso keine Rolle mehr.»

«Aber glauben Sie es mir bitte.»

«Na schön. Wenn Sie es sagen, muß ich es wohl glauben.»

Sie setzte sich auf die Couch am Kamin.

«So ist es besser», sagte Wimsey. «Napoleon oder sonst jemand hat einmal gesagt, daß man aus einer Tragödie immer eine Komödie machen kann, indem man sich hinsetzt. Stimmt vollkommen, nicht wahr? Reden wir über irgend etwas ganz Gewöhnliches, bis Miss Phelps zurückkommt. Sollen wir?»

«Worüber möchten Sie reden?»

«Hm, ja – das ist jetzt ein bißchen schwierig. Bücher.» Er machte eine unbestimmte Geste. «Was haben Sie in letzter Zeit so gelesen?»

«Nicht viel.»

«Ich wüßte nicht, was ich ohne Bücher machen sollte. Eigentlich frage ich mich immer, was die Leute früher getan haben. Stellen Sie sich das doch nur mal vor. Man hat allen möglichen Ärger – Ehestreit und Liebesaffären – verlorene Söhne und Dienstboten und Sorgen – und keine Bücher, in die man sich verkriechen kann.»

«Dafür haben die Leute mit den Händen gearbeitet.»

«Ja – das ist auch furchtbar schön für Leute, die das können. Die beneide ich selbst. Sie malen, nicht wahr?»

«Ich versuche es.»

«Porträts?»

«N-nein – hauptsächlich Figuren und Landschaften.»

«Aha! ... Ein Freund von mir – ach was, wozu soll ich drumherumreden? – er ist ein Kriminalbeamter – Sie haben ihn einmal kennengelernt, glaube ich.»

«Ach der? O ja. Ein ziemlich höflicher Kriminalbeamter.»

«Er hat mir erzählt, daß er ein paar von Ihren Werken gesehen hat. Er war, glaube ich, ziemlich überrascht. Er ist nicht gerade ein Anhänger der modernen Malerei. Ihre Porträts schien er für Ihre besten Arbeiten zu halten.»

«Es gab nicht viele Porträts zu sehen. Ein paar Figurenstudien ...»

«Die haben ihm einiges Kopfzerbrechen bereitet.» Wimsey lachte. «Das einzige, was er verstand, war ein Männerkopf in Öl, sagt er.»

«Ach der! Nur ein Experiment – ein Phantasiekopf. Meine besten Arbeiten sind ein paar Studien von den Wiltshire Downs, die ich vor ein, zwei Jahren gemacht habe. Direkt gemalt, ohne vorherige Zeichnung.»

Sie beschrieb ihm einige von diesen Werken.

«Klingt verlockend», sagte Wimsey. «Wunderbar. Ich wollte, ich könnte so etwas auch. Aber wie gesagt, wenn ich entfliehen will, muß ich auf Bücher zurückgreifen. Lesen *ist* für mich Flucht. Für Sie auch?»

«Wie meinen Sie das?»

«Nun – für die meisten Menschen ist es das, glaube ich. Dienstmädchen und Fabrikarbeiterinnen lesen von schönen jungen Mädchen, in die sich schöne, geheimnisvolle Männer verlieben und die mit Juwelen behängt durch vergoldete Paläste schreiten. Leidenschaftlich veranlagte alte Jungfern lesen Ethel M. Dell. Und langweilige Büroangestellte lesen Kriminalromane. Das täten sie nicht, wenn Mord und Polizei in ihrem wirklichen Leben vorkämen.»

«Das weiß ich nicht», sagte sie. «Als Crippen und Le Neve auf dem Dampfer verhaftet wurden, lasen sie Edgar Wallace.» Ihre Stimme verlor die stumpfe Härte; sie klang jetzt fast interessiert.

«Le Neve las darin», sagte Wimsey, «aber ich habe auch nie geglaubt, daß sie etwas von dem Mord wußte. Ich glaube, sie bemühte sich verzweifelt, nichts davon zu wissen – sie las von Schreckenstaten und redete sich ein, daß nichts dergleichen ihr widerfahren sei oder jemals widerfahren könnte. Ich halte so etwas für möglich – Sie nicht?»

«Ich weiß es nicht», sagte Ann Dorland. «So ein Kriminalroman beschäftigt natürlich den Geist. Etwa wie Schach. Spielen Sie Schach?»

«Nicht gut. Ich spiele gern – aber dann denke ich immer an die Geschichte der einzelnen Figuren und das Malerische der Züge. Dann verliere ich. Ich bin kein Spieler.»

«Ich auch nicht. Ich wäre es gern.»

«Ja – das würde die Gedanken von Dingen fernhalten, die einem unangenehm sind. Dame oder Domino oder Patience wären noch besser. Sie erinnern einen an nichts. Ich weiß noch», fuhr Wimsey fort, «wie mir einmal etwas absolut Niederschmetterndes und Häßliches passiert war. Da habe ich den ganzen Tag Patiencen gelegt. Ich war in einem Krankenhaus – mit einer Bombenneurose – und anderem. Ich habe immer nur ein und dasselbe Spiel gemacht, das allereinfachste ... ein ganz stupides Spiel, ohne jede Idee dahinter. Immerzu die Karten ausgelegt und wieder eingesammelt ... hundertmal an einem Abend ... nur um nicht denken zu müssen.»

«Dann haben Sie auch ...»

Wimsey wartete, aber sie beendete den Satz nicht.

«Es ist natürlich eine Art Droge. Das ist eine furchtbar triviale Feststellung, aber sie stimmt.»

«Doch, ja.»

«Kriminalromane habe ich auch gelesen. Sie waren ungefähr das einzige, was ich lesen konnte. In allen anderen Büchern kam der Krieg vor – oder die Liebe ... oder sonst irgend etwas, woran ich nicht denken wollte.»

Sie wurde nervös.

«Sie haben auch so was durchgemacht, nicht wahr?» fragte Wimsey freundlich.

«Ich? ... Nun ja ... das alles ... es ist nicht angenehm ... die Polizei ... und ... überhaupt alles.»

«Wegen der Polizei brauchen Sie sich aber eigentlich gar keine Sorgen zu machen, oder?»

Sie hätte allen Grund dazu gehabt, wenn sie es nur gewußt hätte, aber er behielt dieses Wissen ganz für sich und hütete sich, etwas davon zu zeigen.

«Es ist alles ziemlich widerlich, finden Sie nicht?»

«Etwas hat Sie verletzt ... schon gut ... sprechen Sie nicht darüber, wenn Sie nicht wollen ... ist es ein Mann?»

«Es ist doch meist ein Mann, oder?»

Ihr Blick war von ihm abgewandt, und sie antwortete ihm mit einer Art verschämtem Trotz.

«So gut wie immer», sagte Wimsey. «Zum Glück kommt man über so etwas hinweg.»

«Kommt darauf an, was es ist.»

«Man kommt über alles hinweg», wiederholte Wimsey fest. «Besonders wenn man mit jemandem darüber spricht.»

«Man kann nicht über alles reden.»

«Ich kann mir nichts vorstellen, worüber man absolut nicht reden könnte.»

«Manches ist so brutal.»

«O ja – recht vieles. Die Geburt ist brutal – und der Tod – und die Verdauung auch, davon abgesehen. Wenn ich mir manchmal vorstelle, was in mir mit einer herrlichen *suprême de sole* passiert, mit Kaviar in Schiffchen, *croûtons* oder diesen wunderhübschen kleinen Kartoffelscheibchen und all den anderen schönen Dingen, könnte ich heulen. Aber so ist das Leben.»

Ann Dorland mußte plötzlich lachen.

«So ist es besser», sagte Wimsey. «Passen Sie mal auf, Sie haben das die ganze Zeit mit sich herumgeschleppt und sehen es nicht mehr im richtigen Maßstab. Wollen wir einmal ganz praktisch und furchtbar ordinär sein: Ist es ein Baby?»

«O nein!»

«Aha – das ist schon einmal gut, denn Babies sind ja auf ihre Art zweifellos etwas Wunderbares, aber es dauert lange, bis man sie wieder los ist, und sie sind kostspielig. Erpressung?»

«Um Gottes willen, nein!»

«Gut! Denn Erpressung dauert meist noch länger und ist noch kostspieliger als ein Baby. Ist es etwas Freudsches oder Sadistisches, oder sonst eine Variante dieser beliebten modernen Vergnügungen?»

«Ich glaube, Sie würden nicht mit der Wimper zucken, wenn es so wäre.»

«Warum sollte ich auch? Noch Schlimmeres kann ich Ihnen jetzt kaum noch anbieten, höchstens, was Rose Macaulay als ‹unbeschreibliche Orgien› bezeichnet. Oder natürlich Krankheiten. Es handelt sich nicht um Lepra oder dergleichen?»

«Was Sie für eine Phantasie haben!» rief sie und mußte wieder lachen. «Nein, es ist auch nicht Lepra.»

«Also, was *hat* Ihnen der Kerl denn nun getan!»

Ann Dorland lächelte schwach. «Es ist eigentlich gar nichts.»

Wenn doch der Himmel nur verhindert, daß Marjorie Phelps jetzt reinkommt! dachte Wimsey. Gleich hab ich's heraus... «Es muß schon etwas gewesen sein, wenn es Sie so aus dem Gleichgewicht bringt», fuhr er laut fort. «Sie sind nicht die Frau, die sich von nichts aus der Bahn werfen läßt.»

«Meinen Sie nicht?» Sie stand auf und sah ihm offen ins Gesicht. «Er hat gesagt... er hat gesagt... ich bildete mir Sachen ein... Er hat gesagt... ich sei sexbesessen. Ich nehme an, Sie würden es tatsächlich als etwas Freudsches bezeichnen», fügte sie hastig hinzu, bevor sie zu einem häßlichen Purpurrot anlief.

«Ist das alles?» fragte Wimsey. «Ich kenne Leute genug, die das als Kompliment auffassen würden... Das tun Sie aber offensichtlich nicht. Hat er sich genauer über die Art dieser Besessenheit ausgelassen?»

«O ja! Er hat mich mit diesen Gänsen verglichen, die um Kirchentüren schleichen und Pfarrern auflauern», brach es zornig aus ihr hervor. «Das ist eine Lüge. Er hat – *er* hat so getan, als wenn er – mich wollte und so weiter. Der gemeine Lump!... Ich kann Ihnen gar nicht wiederholen, was er gesagt hat... und ich habe mich so zum Narren gemacht...»

Sie saß wieder auf der Couch und weinte – große, häßliche

Tränen in Strömen – und schluchzte in die Kissen. Wimsey setzte sich neben sie.

«Arme Kleine», sagte er. Das steckte also hinter Marjories geheimnisvollen Andeutungen und Naomi Rushworth' hämischen Bemerkungen. Diese Frau hatte Liebesabenteuer gesucht, das war sicher; sich manche wohl auch nur eingebildet. Da war dieser Ambrose Ledbury gewesen. Normal und Unnormal trennt eine tiefe Schlucht, aber sie ist so schmal, daß Fehldeutungen leicht sind.

«Passen Sie mal auf.» Er legte tröstend den Arm um Anns bebende Schulter. «Dieser Kerl – war es übrigens Penberthy?»

«Woher wissen Sie das?»

«Oh – das Porträt und noch so einige Dinge. Dinge, die Sie einmal geliebt haben und dann verstecken und vergessen wollten. Er ist jedenfalls ein Schweinehund, wenn er so etwas zu Ihnen gesagt hat – selbst wenn es wahr wäre, was es nicht ist. Sie haben ihn, soviel ich weiß, bei den Rushworths kennengelernt – wann war das?»

«Vor fast zwei Jahren.»

«Waren Sie da schon in ihn verliebt?»

«Nein, ich – nun, ich war in jemand andern verliebt. Aber das war ein Fehler. Er – das war einer von denen, Sie wissen schon.»

«Die können nicht aus ihrer Haut», versuchte Wimsey sie zu trösten. «Wann hat der Tausch dann stattgefunden?»

«Der andere Mann zog fort. Und später ist Dr. Penberthy – ach, ich weiß nicht! Er hat mich ein paarmal nach Hause gebracht, und dann hat er mich einmal zum Essen eingeladen – in Soho.»

«Hatten Sie um diese Zeit schon jemandem von Lady Dormers merkwürdigem Testament erzählt?»

«Natürlich nicht. Wie sollte ich? Das habe ich doch selbst erst erfahren, nachdem sie tot war.» Ihr Erstaunen klang durchaus echt.

«Was dachten Sie denn? Daß Sie das Geld bekämen?»

«Ich wußte, daß ich etwas bekommen würde. Tantchen hatte mir gesagt, sie werde für mich sorgen.»

«Natürlich waren auch die Enkel noch da.»

«Ja, und ich dachte, sie würde ihnen das meiste hinterlassen. Schade, daß sie es nicht getan hat, die Ärmste. Dann hätte es all dieses schreckliche Theater nicht gegeben.»

«So viele Leute verlieren den Kopf, wenn sie ihr Testament machen. Sie waren also um diese Zeit noch quasi ein Außenseiter. Hm! Hat der feine Dr. Penberthy Ihnen einen Heiratsantrag gemacht?»

«Ich hatte es so aufgefaßt. Aber er streitet es ab. Wir hatten über die Gründung seiner Klinik gesprochen. Ich sollte ihm dabei helfen.»

«Und da haben Sie die Malerei aufgegeben und sich auf Bücher und Erste-Hilfe-Kurse gestürzt. Wußte Ihre Tante von dieser Verlobung?»

«Er wollte nicht, daß ich es ihr sagte. Es sollte unser Geheimnis bleiben, bis er besser dastand. Er fürchtete, sie könnte denken, er sei hinter dem Geld her.»

«War er wohl auch.»

«Er hat so getan, als ob er mich gern hätte», sagte sie in kläglichem Ton.

«Aber natürlich, mein liebes Kind; Ihr Fall ist nicht einmalig. Haben Sie es keiner von Ihren Freundinnen erzählt?»

«Nein.» Wimsey überlegte, daß die Ledbury-Episode wahrscheinlich eine Narbe hinterlassen hatte. Außerdem – erzählten Frauen so etwas anderen Frauen? Er zweifelte daran seit langem.

«Sie waren demnach also noch verlobt, als Lady Dormer starb?»

«So verlobt wie vorher. Natürlich hat er mir gesagt, daß mit der Leiche etwas nicht stimmte. Er sagte, Sie und die Fentimans versuchten, mich um mein Geld zu prellen. Meinetwegen wäre mir das egal gewesen – es war soviel Geld, daß ich gar nicht gewußt hätte, was ich damit anfangen sollte. Aber es ging um die Klinik, verstehen Sie?»

«Ja. Mit einer halben Million könnte man eine ganz hübsche Klinik auf die Beine stellen. Darum haben Sie mich so vor die Tür gesetzt.»

Er grinste – dann überlegte er ein paar Augenblicke.

«Hören Sie mal zu», sagte er, «ich glaube, ich muß Ihnen jetzt einen ziemlichen Schock versetzen, aber früher oder später muß das sowieso sein. Ist Ihnen je der Gedanke gekommen, daß es Penberthy war, der General Fentiman ermordet hat?»

«Ich – habe daran gedacht», sagte sie langsam. «Ich konnte mir nicht vorstellen – wer sonst. Aber Sie wissen doch, daß man *mich* im Verdacht hat?»

«Nun ja – *cui bono* und so weiter – man konnte schlecht an Ihnen vorbeisehen. Die Polizei muß nämlich jede in Frage kommende Person verdächtigen.»

«Das kann ich ihr in keiner Weise verdenken. Aber ich war's nicht.»

«Natürlich nicht. Es war Penberthy. Ich sehe das so: Penberthy wollte zu Geld kommen; er hatte das Armsein satt und wußte, daß Sie zumindest *etwas* von Lady Dormers Geld bekommen würden. Wahrscheinlich kannte er über den General die Geschichte des Familienstreits und rechnete sogar mit dem *ganzen* Geld. Daraufhin hat er Ihre Bekanntschaft gesucht. Aber er war vorsichtig. Er bat Sie, es für sich zu behalten – für alle Fälle. Das Geld konnte ja so festgelegt sein, daß Sie es ihm nicht geben konnten, oder Sie konnten es im Falle der Heirat wieder verlieren, oder es war nur eine kleine Jahresrente – in welchem Falle er sich dann nach einer Reicheren umgesehen hätte.»

«Wir haben uns über diese Möglichkeiten unterhalten, als wir über die Klinik sprachen.»

«Eben. Ja, und dann wurde Lady Dormer krank. Der General ging hin und hörte von der Erbschaft, die ihm zufallen sollte. Und dann fuhr er zu Penberthy, weil er sich so elend fühlte, und erzählte ihm prompt alles. Man kann sich förmlich vorstellen, wie er zu ihm sagte: ‹Sie müssen mich lange genug über Wasser halten, damit ich das Geld kriege.› Das muß für Penberthy ein schwerer Tiefschlag gewesen sein.»

«War es auch. Von meinen zwölftausend hat er nämlich gar nichts erfahren.»

«Oho!»

«Nein. Anscheinend hat der General gesagt: ‹Wenn ich nur die arme Felicity überlebe, dann geht das ganze Geld an mich. Sonst bekommt es dieses Mädchen, und meine Jungen kriegen nur jeder siebentausend.› Darum hat er ja –»

«Einen Augenblick. Wann hat Penberthy mit Ihnen darüber gesprochen?»

«Nun, später eben – als er mir sagte, ich solle mich mit den Fentimans einigen.»

«Damit ist das erklärt. Ich hatte mich schon gewundert, warum Sie so plötzlich nachgaben. Da dachte ich, daß Sie – Na ja, jedenfalls erfährt Penberthy davon und faßt den genialen Plan,

General Fentiman aus dem Weg zu räumen. Also gibt er ihm irgendeine langsam wirkende Pille und –»

«Wahrscheinlich ein Pulver in einer sehr widerstandsfähigen Kapsel, die lange braucht, bis sie sich auflöst.»

«Gute Idee. Ja, sehr wahrscheinlich. Und dann begibt sich der General, statt geradewegs nach Hause zu fahren, wie er erwartet hatte, in den Club und stirbt dort. Und Robert...»

Er erklärte ihr in allen Einzelheiten, was Robert getan hatte, und fuhr fort:

«Ja, und nun saß Penberthy in einer bösen Zwickmühle. Wenn er damals auf das Besondere am Zustand der Leiche aufmerksam gemacht hätte, wäre es ihm nicht möglich gewesen, einen Totenschein auszustellen, und in diesem Falle hätte es eine Autopsie mit allem Drum und Dran gegeben und das Digitalin wäre gefunden worden. Hielt er aber den Mund, so ging vielleicht das Geld verloren, und seine ganze Mühe war umsonst. Zum Verrücktwerden, nicht? Er tat also, was er konnte. Er setzte den Todeszeitpunkt so früh wie eben möglich fest und hoffte das Beste.»

«Er hat mir gesagt, es solle offenbar vorgetäuscht werden, daß der General später gestorben sei, als er in Wirklichkeit gestorben ist. Ich dachte, *Sie* wären derjenige, der das alles inszenierte. Und ich war darüber so wütend, daß ich natürlich zu Mr. Pritchard gesagt habe, er soll eine entsprechende Untersuchung einleiten und auf keinen Fall einem Vergleich zustimmen.»

«Was ein Glück war», sagte Wimsey.

«Warum?»

«Ich sag's Ihnen gleich. Aber um wieder auf Penberthy zurückzukommen – ich verstehe nicht, warum *er* Sie nicht zu einem Vergleich überredet hat. Dann wäre er doch vollkommen in Sicherheit gewesen.»

«Aber das hat er doch! Damit hat ja unser erster Streit angefangen. Kaum hatte er davon gehört, da sagte er zu mir, ich sei verrückt, keinen Kompromiß einzugehen. Ich konnte das gar nicht verstehen, weil er doch selbst gesagt hatte, daß etwas nicht stimmte. Wir hatten einen fürchterlichen Krach. Bei der Gelegenheit habe ich ihm von den zwölftausend berichtet, die ich ja sowieso bekommen würde.»

«Was hat er darauf gesagt?»

«‹Das wußte ich nicht.› Nur so. Und dann hat er sich entschuldigt und gemeint, die Rechtsprechung sei so eine unsichere Sache, und es sei immer noch am besten, sich das Geld irgendwie zu teilen. Daraufhin habe ich Mr. Pritchard angerufen und ihn gebeten, nichts weiter zu unternehmen. Nachher haben wir uns wieder vertragen.»

«War es am Tag danach, daß Penberthy Ihnen – äh – diese Vorwürfe machte?»

«Ja.»

«Aha. Dann kann ich Ihnen eines sagen: Er wäre nie so brutal gewesen, wenn er nicht in Todesangst gelebt hätte. Wissen Sie, was in der Zwischenzeit passiert war?»

Sie schüttelte den Kopf.

«Ich hatte mit ihm telefoniert und ihm gesagt, daß eine Autopsie stattfinden würde.»

«Oh!»

«Ja – hören Sie – Sie brauchen sich darüber nicht mehr den Kopf zu zermartern. Er wußte, daß das Gift gefunden würde, und wenn es dann bekannt geworden wäre, daß er mit Ihnen verlobt war, wäre er mit Sicherheit verdächtigt worden. Also hat er schleunigst die Beziehungen zu Ihnen abgebrochen – in reiner Selbstverteidigung.»

«Aber warum mußte er es so brutal tun?»

«Weil er wußte, meine Liebe, daß gerade diese Anschuldigung das Letzte wäre, worüber eine Frau wie Sie mit anderen Menschen reden würde. Er wollte es Ihnen unmöglich machen, öffentliche Ansprüche an ihn zu stellen. Und zur Sicherheit hat er sich dann auch noch schnell mit dieser Rushworth verlobt.»

«Es war ihm völlig egal, wie *ich* darunter litt.»

«Er steckte in einer ekelhaften Klemme», versuchte Wimsey ihn zu entschuldigen. «Wohlgemerkt, was er getan hat, war teuflisch. Ich könnte mir vorstellen, daß er sich deswegen in Grund und Boden schämt.»

Ann Dorland krampfte die Hände zusammen.

«*Ich* habe mich so entsetzlich geschämt –»

«Aber jetzt hoffentlich nicht mehr.»

«Nein – aber –» Plötzlich schien ihr ein Gedanke zu kommen. «Lord Peter – ich kann von alledem kein Wort *beweisen.* Alle werden denken, ich sei mit ihm im Bunde. Und sie werden denken, daß unser Streit und seine Verlobung mit Naomi zwischen uns abgekartet sei, um uns beide aus dieser Klemme zu befreien.»

«Sie sind ein kluges Kind», sagte Wimsey bewundernd. «Und *jetzt* verstehen Sie wohl auch, warum ich vorhin sagte, es sei ein Glück, daß Sie anfangs so energisch auf einer Untersuchung bestanden haben. Pritchard kann jedenfalls mit Sicherheit bezeugen, daß Sie vorher nichts davon gewußt haben.»

«Natürlich – das stimmt! Mein Gott, was bin ich froh! Was *bin* ich froh!» Sie brach in ein erregtes Schluchzen aus und umklammerte Wimseys Hände. «Ich habe ihm geschrieben – gleich zu Anfang – und gesagt, ich hätte einmal von einem Fall gelesen, in dem man irgend jemandes Todeszeit festgestellt habe, indem man seinen Magen untersucht hat – und ich habe ihn gefragt, ob man General Fentiman nicht exhumieren lassen könne.»

«Das haben Sie? Hervorragend! Sie haben wirklich einen Kopf auf den Schultern!... Nein, ich stelle fest, daß er auf *meiner* Schulter ist. Nur weiter. Heulen Sie sich mal kräftig aus. Mir ist selbst zum Heulen zumute. Mir hat das alles sehr zu schaffen gemacht. Aber jetzt ist es wieder gut, ja?»

«Ich bin so dumm... aber ich bin Ihnen dankbar, daß Sie gekommen sind.»

«Ich auch. Hier, nehmen Sie mein Taschentuch. Armes Ding! ... Hallo, da kommt Marjorie.»

Er ließ sie los und ging hinaus, um Marjorie Phelps an der Tür zu begrüßen.

«Lord Peter! Herr im Himmel!»

«Soweit bin ich noch nicht, Marjorie», antwortete Wimsey trocken.

«Nein, aber hör mal – hast du Ann gesehen? Ich hab sie zu mir geholt. Sie ist in einer derartigen Verfassung – und draußen steht ein Polizist. Aber was sie auch getan hat, ich konnte sie nicht so allein in diesem schrecklichen Haus lassen. Du bist nicht gekommen, um – um –»

«Marjorie!» sagte Wimsey. «Rede du mir nie wieder von weiblicher Intuition! Du hast die ganze Zeit gedacht, sie leidet unter ihrem schlechten Gewissen. Das war keineswegs der Fall. Es war ein Mann, mein Kind – ein *Mann!*»

«Woher weißt du das?»

«Mein erfahrenes Auge hat mir das auf den ersten Blick gesagt.

Es ist jetzt alles wieder gut. Leid und Tränen sind entflohen. Ich werde deine Freundin zum Abendessen einladen.»

«Aber warum hat sie mir nicht gesagt, was los war?»

«Weil es etwas war», meinte Lord Peter geziert, «was eine Frau keiner anderen Frau erzählt.»

21

Lord Peter blufft

«Es ist ein ganz neues Gefühl für mich», sagte Lord Peter, indem er aus dem Rückfenster des Taxis nach dem anderen Taxi sah, das ihnen folgte, «von der Polizei beschattet zu werden, aber denen macht es Spaß, und uns tut es nicht weh.»

In Gedanken wälzte er die verschiedenen Beweismöglichkeiten hin und her. Dummerweise waren alle Indizien zugunsten von Ann Dorland zugleich auch Indizien gegen sie – außer dem Brief an Pritchard allerdings. Zum Teufel mit Penberthy! Jetzt konnte man höchstens noch hoffen, daß sie beim Prozeß mit einem Freispruch aus Mangel an Beweisen davonkam. Selbst wenn sie freigesprochen wurde, ja selbst wenn erst gar keine Anklage gegen sie erhoben wurde, würde der Verdacht immer an ihr klebenbleiben. Es handelte sich hier nicht um eine Frage, die mit genialer kriminalistischer Logik oder anhand eines blutigen Daumenabdrucks fein säuberlich zu lösen war. Es war ein Streitfall für die Anwälte – ein Fall, in dem zwölf brave, rechtschaffene Geschworene die emotionale Situation abwägen mußten. Wahrscheinlich ließ sich die Verbindung zwischen den beiden beweisen – sie waren zusammen essen gewesen; wahrscheinlich ließ sich auch ihr Streit beweisen – aber was dann? Würden die Geschworenen an den Grund dieses Streits glauben? Würden sie ihn vielleicht für ein abgekartetes Spiel halten – oder ihn als Auseinandersetzung zweier Komplizen mißverstehen? Was würden sie von dieser unattraktiven, mürrischen, wortungewandten Frau halten, die nie echte Freunde besessen hatte und deren unbeholfene, zögernde Bemühungen um Liebe so schwer verständlich gewesen und so unglücklich verlaufen waren?

Und dann Penberthy – aber Penberthy war leichter zu verstehen. Penberthy, zynisch und der Armut überdrüssig, begegnete dieser Frau, die eines Tages reich sein konnte. Und als Arzt hatte er sicher den Liebeshunger erkannt, der eine Frau so leicht gefügig machte. Also hatte er die Beziehung fortgesetzt – obwohl sie ihm natürlich auf die Nerven ging – hatte aber alles schön im Geheimen gehalten, um erst einmal abzuwarten, wohin die Kugel rollte. Dann der alte Mann – die Wahrheit über das Testament – die Gelegenheit. Und dann zum großen Ärger Robert... würden die Geschworenen es so sehen?

Wimsey lehnte sich aus dem Taxifenster und wies den Fahrer an, zum *Savoy* zu fahren. Als sie ankamen, ließ er Miss Dorland zu treuen Händen bei der Garderobiere. «Ich gehe mich umziehen», sagte er und hatte, als er sich umdrehte, das Vergnügen, den Polizisten am Eingang mit dem Portier diskutieren zu sehen.

Der zuvor telefonisch alarmierte Bunter wartete bereits mit dem Abendanzug seines Herrn und Gebieters. Nachdem Wimsey sich umgezogen hatte, ging er wieder in die Halle hinunter. Der Polizist saß geduldig wartend da. Wimsey grinste und bot ihm etwas zu trinken an.

«Ich kann nichts dafür, Mylord», sagte der Beamte.

«Natürlich nicht. Ich nehme an, Sie haben schon nach einem Kollegen im Frack telefoniert, der Sie ablöst?»

«Ja, Mylord.»

«Hoffentlich hat er mehr Erfolg.»

Er holte seinen Schützling ab, und sie gingen zusammen in den Speisesaal. In ihrem grünen Kleid, das ihr nicht stand, war sie gewiß keine Schönheit. Aber sie besaß Charakter. Und er schämte sich ihrer nicht. Er reichte ihr die Speisekarte.

«Was soll es denn sein?» fragte er. «Hummer und Champagner?»

Sie lachte ihn aus.

«Marjorie behauptet, Sie seien in puncto Essen eine Autorität. Ich glaube nicht, daß eine Autorität jemals Hummer mit Champagner nehmen würde. Außerdem mag ich Hummer sowieso nicht besonders. Es gibt hier doch sicher eine Spezialität, nicht? Nehmen wir das.»

«Das ist die richtige Einstellung», sagte Wimsey. «Ich werde ein Menü für Sie zusammenstellen.»

Er rief den Oberkellner zu sich und ging diese Frage wissenschaftlich an.

«*Huîtres Musgrave* – ich bin zwar aus Prinzip dagegen, Austern zu kochen, aber dieses Gericht ist so ausgezeichnet, daß man ihm zuliebe ruhig einmal von der Regel abweichen darf. In den Schalen gebraten, Miss Dorland, mit kleinen Speckstreifen. Sollen wir das versuchen? Als Suppe natürlich *tortue vraie.* Der Fisch – ach, nur ein *filet de sole,* ein bloßes Häppchen, ein Gedankenstrich zwischen Prolog und Hauptthema.»

«Das klingt alles köstlich. Und was soll das Hauptthema sein?»

«Ich denke *faison rôti* mit *pommes Byron.* Und einen Salat zur Förderung der Verdauung. Ach ja, Ober, und sorgen Sie dafür, daß der Salat trocken und frisch ist. Zum Abschluß dann ein *soufflé glacé.* Und bringen Sie mir die Weinkarte.»

Sie unterhielten sich. Wenn Ann Dorland nicht in der Defensive war, hatte sie eine ganz angenehme Art; vielleicht ein bißchen zu direkt und aggressiv in ihren Ansichten, aber das war nur eine Frage der Reife.

«Was halten Sie von dem *Romanée Conti?*» fragte er plötzlich.

«Ich verstehe nicht viel von Wein. Er ist gut. Nicht süß wie ein Sauterne. Er ist ein bißchen – nun – herb. Aber er ist herb, ohne zugleich dünn zu sein – ganz anders als dieser schreckliche Chianti, den die Leute in Chelsea immer auf Parties trinken.»

«Sie haben recht; er ist noch ein wenig unfertig, hat aber schon eine schöne Blume – in zehn Jahren wird es ein großer Wein sein. Es ist ein 1915er. Nun, mal sehen. Ober, nehmen Sie diese Flasche wieder mit und bringen Sie mir eine Flasche von dem 1908er.»

Er beugte sich zu seiner Begleiterin vor.

«Miss Dorland – darf ich unverschämt sein?»

«Wie denn? Warum?»

«Kein Künstler, kein Bohemien, auch kein Akademiker: ein Mann von Welt.»

«Was wollen Sie mit diesen geheimnisvollen Worten sagen?»

«Für Sie. So sieht der Mann aus, der Sie einmal sehr gern haben wird. Sehen Sie – dieser Wein, den ich habe zurückgehen lassen, taugt nicht für diese Hummer-mit-Champagner-Liebhaber, auch nicht für sehr junge Leute – er ist zu groß und zu herb. Aber er hat alles in sich, worauf es ankommt. Wie Sie. Nur ein recht erfahrener Gaumen weiß ihn zu schätzen. Aber eines Tages werden dieser Wein und Sie zu Ehren kommen. Verstehen Sie?»

«Glauben Sie das?»

«Ja. Aber Ihr Mann wird ganz anders sein, als Sie ihn sich jetzt vorstellen. Sie haben sich immer einen vorgestellt, zu dem Sie aufblicken können, nicht?»

«Nun –»

«Aber Sie werden feststellen, daß *Sie* die Dominierende von beiden sind. Er wird darauf sehr stolz sein. Und Sie werden den Mann zuverlässig und nett finden, und es wird sich alles zum Guten entwickeln.»

«Ich wußte gar nicht, daß Sie Prophet sind.»

«Bin ich aber.»

Wimsey nahm dem Kellner die Flasche 1908er ab und sah über Miss Dorlands Kopf hinweg zur Tür. Ein Mann im Abendanzug kam herein, begleitet vom Geschäftsführer.

«Ich bin ein Prophet», sagte Wimsey. «Hören Sie, es wird gleich etwas Unangenehmes passieren – jetzt gleich. Aber machen Sie sich keine Sorgen. Trinken Sie Ihren Wein und haben Sie Vertrauen.»

Der Geschäftsführer hatte den Mann an ihren Tisch geführt. Es war Parker.

«Aha», sagte Wimsey vergnügt. «Nimm es uns nicht übel, daß wir schon ohne dich angefangen haben, alter Freund. Setz dich. Ich glaube, du kennst Miss Dorland schon.»

Parker machte eine Verbeugung und setzte sich.

«Sind Sie gekommen, um mich zu verhaften?» fragte Ann.

«Nur um Sie zu bitten, mit mir zum Yard zu kommen», sagte Parker, indem er mit einem liebenswürdigen Lächeln seine Serviette entfaltete.

Ann sah mit bleichem Gesicht zu Wimsey und trank einen großen Schluck Wein.

«Gut», sagte Wimsey. «Miss Dorland hat dir eine ganze Menge zu erzählen. Nach dem Essen paßt es uns ausgezeichnet. Was möchtest du haben?»

Parker, der über nicht viel Phantasie verfügte, bestellte ein Grillsteak.

«Werden wir beim Yard noch andere Bekannte treffen?» fragte Wimsey weiter.

«Möglich», sagte Parker.

«Hör mal, mach ein freundlicheres Gesicht. Mit so einer Leichenbittermiene verdirbst du mir den Appetit. Hallo! Ja, Ober, was gibt's?»

«Verzeihung, Mylord – ist dieser Herr Kriminalinspektor Parker?»

«Ja, ja», sagte Parker, «was ist los?»

«Sie werden am Telefon verlangt, Sir.»

Parker zog sich zurück.

«Ist schon in Ordnung», sagte Wimsey zu Miss Dorland. «Ich weiß, daß Sie unschuldig sind, und ich werde Sie da auf jeden Fall herausboxen.»

«Was soll ich tun?»

«Die Wahrheit sagen.»

«Die hört sich so albern an.»

«Bei der Polizei hat man schon viel albernere Sachen gehört.»

«Aber – ich möchte nicht – diejenige sein –»

«Sie haben ihn also immer noch gern?»

«*Nein!* – Aber es wäre mir lieber, nicht ich müßte es tun.»

«Ich will offen mit Ihnen reden. Meiner Meinung nach wird der Verdacht entweder Sie oder ihn treffen.»

«In diesem Falle –» sie biß die Zähne zusammen – «soll er haben, was er verdient.»

«Dem Herrn sei Dank! Ich dachte, jetzt wollten Sie edel und selbstaufopfernd und lästig sein. Sie wissen ja, wie die Leute, deren edle Motive im ersten Kapitel mißverstanden werden und die dann Dutzende von Leuten in ihre jämmerlichen Geschichten mit hineinziehen, bis der Familienanwalt auf der drittletzten Seite alles aufklärt.»

Parker war vom Telefonieren zurückgekommen.

«Augenblick, bitte!» Er flüsterte Peter etwas ins Ohr.

«Wie?»

«Paß mal auf; eine peinliche Geschichte. George Fentiman –»

«Ja?»

«Man hat ihn in Clerkenwell gefunden.»

«Clerkenwell?»

«Ja. Muß mit dem Bus oder sonst irgendwie zurückgefahren sein. Er ist auf dem Revier; genauer gesagt, er hat sich gestellt.»

«Großer Gott!»

«Wegen des Mordes an seinem Großvater.»

«Den Teufel hat er!»

«Es ist ärgerlich. Natürlich muß der Sache nachgegangen werden. Ich überlege, ob es nicht vielleicht besser wäre, Penberthys und Miss Dorlands Vernehmung zu verschieben. Was hast du mit der Frau übrigens vor?»

«Erkläre ich dir später. Hör zu – ich bringe Miss Dorland zu Miss Phelps zurück und komme dann zu dir. Sie läuft nicht weg, das weiß ich. Und außerdem hast du ja jemanden abgestellt, der auf sie aufpaßt.»

«Ja, es wäre mir schon lieber, wenn du mitkämst; Fentiman benimmt sich recht sonderbar. Wir haben nach seiner Frau geschickt.»

«Gut. Dann schieß du schon mal los, und ich komme in – sagen wir – einer dreiviertel Stunde nach. Wohin? Aha, ja, alles klar! Schade, daß dir dein Essen entgeht.»

«Das gehört mit zum Beruf», knurrte Parker und verabschiedete sich.

George Fentiman begrüßte ihn mit einem müden, blassen Lächeln.

«Pst!» sagte er. «Ich habe ihnen alles erzählt. *Er* schläft jetzt. Weckt ihn nicht auf.»

«Wer schläft, Lieber?» fragte Sheila.

«Ich darf den Namen nicht sagen», antwortete George verschmitzt. «Er würde ihn hören – sogar im Schlaf – auch wenn man ihn nur flüstert. Aber er ist müde, und darum ist er eingenickt. Da bin ich schnell hierhergelaufen und habe ihnen alles erzählt, solange er schnarcht.»

Der Polizeichef tippte sich hinter Sheilas Rücken bedeutungsvoll an die Stirn.

«Hat er eine Aussage gemacht?» fragte Parker.

«Ja. Er wollte sie unbedingt selbst schriftlich niederlegen. Hier ist sie. Natürlich ...» Der Polizeichef hob die Schultern.

«Ja, das stimmt», sagte George. «Ich werde jetzt auch müde. Ich habe ihn nämlich einen Tag und eine Nacht lang beobachtet. Ich gehe zu Bett. Sheila – Zeit zum Zubettgehen.»

«Ja, Lieber.»

«Wir werden ihn wohl heute nacht hierbehalten müssen», brummte Parker. «Hat der Arzt ihn schon gesehen?»

«Wir haben nach ihm geschickt, Sir.»

«Nun, Mrs. Fentiman, ich glaube, es wäre am besten, wenn Sie Ihren Mann in das Zimmer bringen, das der Beamte Ihnen zeigen wird. Und wenn der Arzt kommt, schicken wir ihn zu Ihnen hinein. Vielleicht wäre es auch ganz gut, wenn er seinen eigenen Arzt zu sehen bekäme. Wen sollen wir für Sie rufen?»

«Dr. Penberthy hat ihn, glaube ich, von Zeit zu Zeit behandelt», warf Wimsey schnell ein. «Warum schicken wir nicht nach ihm?»

Parker schnappte unwillkürlich nach Luft.

«Er könnte uns vielleicht die Symptome erklären», fuhr Wimsey mit unbewegter Stimme fort.

Parker nickte.

«Gute Idee», stimmte er zu. Er ging zum Telefon.

George lächelte, als seine Frau ihm den Arm um die Schulter legte.

«Müde», sagte er. «Sehr müde. Ab ins Bett, Mädchen.»

Ein Konstabler öffnete ihnen die Tür, und sie gingen zusammen hinaus. George stützte sich schwer auf Sheila, er zog die Füße nach.

«Werfen wir mal einen Blick auf seine Aussage», meinte Parker.

Sie war mit unsicherer Handschrift geschrieben, mit vielen Klecksen und Streichungen, fehlenden oder da und dort wiederholten Wörtern:

«Ich mache diese Aussage schnell, solange er schläft, denn wenn ich warte, erwacht er vielleicht und hindert mich daran. Sie werden sagen, daß ich von ihm angestachelt und verführt wurde, aber sie verstehen nicht, daß er ich ist und ich er bin. Ich habe meinen Großvater getötet, indem ich ihm Digitalin gegeben habe. Ich habe mich nicht mehr daran erinnert, bis ich den Namen auf dem Fläschchen sah, aber seitdem sind sie hinter mir her, und daher weiß ich, daß er es getan hat. Darum sind sie mir überallhin gefolgt, aber er ist sehr schlau und führt sie in die Irre. Wenn er wach ist. Wir haben die ganze Nacht getanzt, darum ist er müde. Er hat mir gesagt, ich soll das Fläschchen zerschlagen, damit ihr es nicht herauskriegt, aber sie wissen, daß ich der letzte war, der ihn gesehen hat. Er ist sehr listig, aber wenn ihr euch jetzt schnell an ihn heranschleicht, solange er schläft, könnt ihr ihn in Ketten legen und in den Abgrund werfen, und dann werde ich schlafen können.

George Fentiman»

«Den Verstand verloren, der arme Teufel», sagte Parker. «Wir können darauf nicht allzuviel geben. Was hat er zu Ihnen gesagt?» wandte er sich an den Polizeichef.

«Er ist nur hereingekommen, Sir, und hat gesagt: ‹Ich bin George Fentiman und bin gekommen, um Ihnen zu sagen, wie ich meinen Großvater ermordet habe.› Ich habe ihn also verhört, und er hat ziemlich viel herumgeschwafelt und dann um Feder und Papier gebeten, um seine Aussage zu machen. Ich dachte mir, man sollte ihn festhalten, und habe beim Yard angerufen, Sir.»

«Vollkommen richtig», sagte Parker.

Die Tür ging auf, und Sheila kam herein.

«Er ist eingeschlafen», sagte sie. «Das ist wieder die alte Geschichte. Er bildet sich nämlich ein, der Teufel zu sein. So war er schon zweimal», fügte sie ruhig hinzu. «Ich gehe wieder zu ihm, bis die Ärzte kommen.»

Der Polizeiarzt kam zuerst und ging hinein; dann, nach einer Viertelstunde, kam Penberthy. Er machte ein besorgtes Gesicht und begrüßte Wimsey nur ganz knapp. Dann ging auch er weiter ins Nebenzimmer. Die andern standen untätig in der Gegend herum, und nach einiger Zeit kam auch Robert Fentiman, den ein dringender Anruf in der Wohnung eines Freundes erreicht hatte.

Kurz darauf kamen die beiden Ärzte wieder heraus.

«Nervenschock mit deutlichen Wahnvorstellungen», sagte der Polizeiarzt knapp. «Ist morgen wahrscheinlich wieder in Ordnung. Schläft das jetzt aus. Ist nicht das erstemal, wie ich höre. Na ja. Vor hundert Jahren hätte man gesagt, er ist vom Teufel besessen, aber *wir* wissen's besser.»

«Ja», sagte Parker, «aber halten Sie es auch für eine Wahnvorstellung, daß er behauptet, seinen Großvater ermordet zu haben? Oder hat er ihn unter dem Einfluß dieser teuflischen Wahnvorstellung tatsächlich ermordet? Das ist nämlich die Frage.»

«Kann ich im Augenblick nicht sagen. Das eine ist möglich wie das andere. Warten wir lieber ab, bis der Anfall vorbei ist. Sie werden das dann besser beurteilen können.»

«Sie glauben also nicht, daß er für immer – verrückt ist?» fragte Robert mit vor Sorgen schroffer Stimme.

«Nein – glaube ich nicht. Ich halte es für einen sogenannten Nervenzusammenbruch. Das ist, glaube ich, auch Ihre Meinung?» fügte er, an Penberthy gewandt, hinzu.

«Ja, das ist auch meine Meinung.»

«Und was halten Sie von dieser Wahnvorstellung, Dr. Penberthy?» fragte Parker. «Hat er die Wahnsinnstat begangen?»

«Er bildet es sich jedenfalls ein», sagte Penberthy. «Ich kann unmöglich mit Sicherheit sagen, ob er zu dieser Einbildung einen konkreten Grund hat. Von Zeit zu Zeit bekommt er diese Anfälle und glaubt, der Teufel habe sich seiner bemächtigt, und es ist natürlich schwer zu sagen, wozu ein Mensch unter dem Einfluß einer solchen Wahnvorstellung fähig ist oder nicht.»

Er mied Roberts gequälten Blick und richtete seine Worte ausschließlich an Parker.

«Mir scheint», sagte Wimsey, «wenn Sie entschuldigen, daß ich mich hier mit meiner Meinung aufdränge – mir scheint, daß es sich hier um ein Faktum handelt, das unabhängig von Fentiman und seinen Wahnvorstellungen geklärt werden kann. Es gab nur eine Gelegenheit, zu der er die Pille hätte verabreichen können – würde sie dann die eingetretene Wirkung zu ebendiesem Zeitpunkt hervorgerufen haben oder nicht? Wenn die Wirkung nicht um acht Uhr eintreten konnte, dann konnte sie eben nicht und basta.»

Er hielt den Blick fest auf Penberthy gerichtet und sah, wie dieser sich mit der Zunge über die trockenen Lippen fuhr, bevor er sprach.

«Das kann ich so ohne weiteres nicht beantworten», sagte er.

«Die Pille könnte zu irgendeiner anderen Zeit unter General Fentimans normale Pillen geschmuggelt worden sein», mutmaßte Parker.

«Ja, das wäre möglich», stimmte Penberthy zu.

«Hatte sie die gleiche Form und das gleiche Aussehen wie seine normalen Pillen?» fragte Wimsey, wieder den Blick fest auf Penberthy gerichtet.

«Da ich die fragliche Pille nicht gesehen habe, kann ich das nicht sagen», antwortete dieser.

«Jedenfalls», sagte Wimsey, «enthielt die Pille, die aus Mrs. Fentimans Vorrat stammte, soviel ich weiß, außer Digitalin auch noch Strychnin. Bei der Analyse des Mageninhalts wäre das Strychnin sicher gefunden worden, wenn es dagewesen wäre. Das läßt sich ja feststellen.»

«Natürlich», sagte der Polizeiarzt. «Nun, meine Herren, ich

glaube nicht, daß wir hier heute nacht noch viel tun können. Ich habe mit Dr. Penberthys voller Zustimmung ein Rezept für den Patienten ausgestellt.» Er verbeugte sich; Penberthy verbeugte sich. «Ich lasse das Medikament herrichten, und Sie werden zweifellos dafür sorgen, daß er es bekommt. Morgen früh komme ich hierher.»

Er sah fragend zu Parker, der nickte.

«Danke, Doktor, wir werden Sie morgen früh um eine weitere Stellungnahme bitten. Sie stellen sicher», sagte er zum Polizeichef, «daß für Mrs. Fentiman in angemessener Weise gesorgt wird. Wenn Sie hierbleiben und sich um Ihren Bruder und Mrs. Fentiman kümmern wollen, Major, können Sie das natürlich, und der Polizeichef wird Sie unterbringen, so gut das möglich ist.»

Wimsey nahm Penberthy beim Arm.

«Kommen Sie für ein paar Augenblicke mit mir in den Club, Penberthy», sagte er. «Ich habe ein Wort mit Ihnen zu reden.»

22

Die Karten auf den Tisch

In der Bibliothek des Bellona-Clubs war niemand; es war nie jemand dort. Wimsey führte Penberthy in die hinterste Nische und schickte einen Kellner nach zwei doppelten Whisky.

«Zum Wohl!» sagte er.

«Zum Wohl», antwortete Penberthy. «Was gibt's?»

«Hören Sie», sagte Wimsey. «Sie waren Soldat. Ich halte Sie für einen anständigen Kerl. Sie haben George Fentiman gesehen. Es ist ein Jammer, nicht?»

«Was ist damit?»

«Wenn George Fentiman nicht mit dieser Wahnvorstellung aufgekreuzt wäre», sagte Wimsey, «wären Sie heute abend für den Mord verhaftet worden. Nun ist die Sache die: Wenn Sie verhaftet werden, ist es nach Lage der Dinge nicht zu verhindern, daß Miss Dorland aus dem gleichen Grund verhaftet wird. Sie ist ein sehr anständiges Mädchen, und Sie haben sich ihr gegenüber nicht sehr nett verhalten, oder? Finden Sie nicht, Sie sollten das wieder an ihr gutmachen, indem Sie klipp und klar die Wahrheit sagen?»

Penberthy saß mit bleichem Gesicht da und sagte nichts.

«Sehen Sie», fuhr Wimsey fort, «wenn sie erst einmal auf der Anklagebank sitzt, wird sie immer unter Verdacht stehen. Selbst wenn die Geschworenen ihr glauben – und darauf ist kein Verlaß, denn Geschworene sind oft ziemlich dumm –, werden die Leute immer glauben, daß doch ‹etwas dran› war. Sie werden sagen, daß sie mit Glück davongekommen ist. Das wäre schrecklich für eine Frau, nicht wahr? Und sie könnte sogar schuldig gesprochen werden. Sie und ich wissen, daß sie es nicht ist – aber – Sie wollen das Mädchen doch nicht hängen sehen, Penberthy, oder?»

Penberthy trommelte auf dem Tisch.

«Was wollen Sie von mir?» fragte er endlich.

«Schreiben Sie ein Geständnis, in dem Sie klar schildern, wie es sich wirklich zugetragen hat», sagte Wimsey. «Machen Sie reinen Tisch für die andern. Stellen Sie klar, daß Miss Dorland nichts damit zu tun hatte.»

«Und dann?»

«Dann tun Sie, was Sie wollen. Ich an Ihrer Stelle wüßte, was ich täte.»

Penberthy stützte das Kinn auf die Hände und saß reglos da, den Blick auf die in Leder gebundenen, goldgeprägten Dickens-Bände geheftet. «Gut», sagte er. «Sie haben recht. Ich hätte das schon früher tun sollen. Aber – zum Teufel auch! – wenn je ein Mensch Pech hatte... Wenn Robert Fentiman doch nur nicht so ein Gauner gewesen wäre! Es ist schon ein Witz, nicht? Oder Ihre schöne ausgleichende Gerechtigkeit. Wenn Robert Fentiman ein ehrlicher Kerl gewesen wäre, hätte ich meine halbe Million bekommen. Ann Dorland hätte einen ordentlichen Mann gehabt, und ganz nebenbei wäre die Welt zu einer schönen Klinik gekommen. Aber weil nun Robert ein Gauner war – na bitte...

Ich hatte mich gegenüber der Dorland nicht so gemein benehmen wollen. Ich wäre anständig zu ihr gewesen und hätte sie geheiratet. Gewiß, sie ist mir ein bißchen auf die Nerven gegangen. Sie war so sentimental. Es ist schon wahr, was ich zu ihr gesagt habe – der Sex hat es ihr arg angetan. Das ist bei vielen so. Auch bei Naomi Rushworth. Darum habe ich ihr ja einen Heiratsantrag gemacht. Ich mußte mich schnell mit irgendwem verloben, und ich wußte, daß sie jeden nehmen würde, der sie fragte...

Es war so fürchterlich leicht, wenn Sie verstehen... das war das Teuflische daran. Der alte Mann kam und gab sich ganz in meine Hände. Erzählte mir, daß ich nicht die Spur einer Chance auf das Geld hätte, und im selben Atemzug bat er mich um ein Medikament. Ich brauchte das Zeug nur in ein paar Kapseln zu füllen und ihm zu sagen, er soll sie um sieben Uhr einnehmen. Er hat sie in sein Brillenetui getan, um es nur ja nicht zu vergessen. Es gab nicht einmal einen Fetzen Papier, der mich verraten hätte. Und am nächsten Tag brauchte ich mir nur einen neuen Vorrat zu besorgen und das Fläschchen wieder aufzufüllen. Ich kann Ihnen die Adresse des Apothekers geben, der es mir verkauft hat. Leicht? – Es war lachhaft leicht... die Leute geben uns so große Macht in die Hände...

Ich hatte nie die Absicht, mich so häßlich zu benehmen – das war reiner Selbstschutz. Es tut mir noch immer kein bißchen leid, daß ich den alten Mann umgebracht habe. Ich hätte mit dem Geld etwas Besseres anfangen können als Robert Fentiman. Er hat nicht für zwei Penny Grütze im Kopf und ist vollkommen glücklich da, wo er ist – obwohl er die Armee ja jetzt wohl verlassen wird ... Und Ann, die sollte mir auf eine Art dankbar sein. Immerhin habe ich ihr das Geld gesichert.»

«Aber nur, wenn Sie ganz klar herausstellen, daß sie an dem Verbrechen nicht beteiligt war», erinnerte Wimsey ihn.

«Stimmt. Also gut. Ich bringe das alles für Sie zu Papier. Geben Sie mir eine halbe Stunde, ja?»

«Geht in Ordnung», sagte Wimsey.

Er verließ die Bibliothek und begab sich in den Rauchsalon. Oberst Marchbanks war dort und begrüßte ihn freundlich lächelnd.

«Ich bin froh, daß Sie hier sind, Oberst. Kann ich mich einmal kurz mit Ihnen unterhalten?»

«Aber natürlich, mein lieber Junge. Ich hab's nicht eilig, nach Hause zu gehen. Meine Frau ist nicht da. Was kann ich für Sie tun?»

Wimsey berichtete ihm mit leiser Stimme. Der Oberst war erschüttert.

«Nun ja», sagte er, «ich finde, Sie haben Ihr Bestes getan. Natürlich sehe ich die Sache mit den Augen des Soldaten. Es ist immer besser, reinen Tisch zu machen. Meine Güte! Wissen Sie, Lord Peter, manchmal glaube ich, der Krieg hatte einen sehr schlechten Einfluß auf manche unserer jungen Männer. Aber es ist natürlich nicht jeder von Grund auf Soldat, das ist der große Unterschied. Ich stelle jedenfalls ein allgemein nachlassendes Ehrgefühl gegenüber früher fest, als wir jung waren. Damals gab es nicht so viele Entschuldigungen für alles mögliche; es gab Dinge, die man tat, und Dinge, die man nicht tat. Heutzutage lassen sich die Männer – und leider auch die Frauen, muß ich sagen – in einer Weise gehen, die ich gar nicht begreifen kann. Ich kann einen Mann verstehen, der in der Hitze der Gefühle einen Mord begeht – aber Giftmord – und dann dieses brave, vornehme Mädchen in so eine zwielichtige Situation zu bringen – nein! Dafür fehlt mir jedes Verständnis. Aber wie Sie sagen, ist zu guter Letzt doch noch der richtige Weg eingeschlagen worden.»

«Ja», sagte Wimsey.

«Entschuldigen Sie mich einen Augenblick», sagte der Oberst und ging hinaus.

Als er wiederkam, ging er mit Wimsey in die Bibliothek. Penberthy war mit Schreiben fertig und las sein Geständnis noch einmal durch.

«Genügt das?» fragte er.

Wimsey las es, und Oberst Marchbanks überflog mit ihm zusammen die Seiten.

«Das ist in Ordnung», sagte er. «Oberst Marchbanks wird mit mir zusammen als Zeuge unterschreiben.»

So geschah es. Wimsey sammelte die Blätter ein und steckte sie in seine Brusttasche. Dann wandte er sich stumm dem Oberst zu, als erteilte er ihm das Wort.

«Dr. Penberthy», sagte der alte Herr, «nachdem dieses Schreiben nun in Lord Peter Wimseys Händen ist, wissen Sie, daß er nicht anders kann, als sich mit der Polizei in Verbindung setzen. Da dies aber viele Unannehmlichkeiten für Sie und andere bedeuten kann, möchten Sie vielleicht einen anderen Ausweg aus dieser Situation wählen. Als Arzt ziehen Sie es vielleicht vor, eigene Maßnahmen zu ergreifen. Wenn nicht –»

Er nahm aus seiner Jackentasche das Ding, das er geholt hatte.

«Wenn nicht, habe ich dies hier zufällig aus meinem Privatschließfach mitgebracht. Ich lege sie hier in die Schublade, da ich sie morgen mit aufs Land nehmen will. Sie ist geladen.»

«Danke», sagte Penberthy.

Der Oberst schob die Schublade langsam zu, trat ein paar Schritte zurück und verbeugte sich ernst. Wimsey legte Penberthy kurz die Hand auf die Schulter, dann nahm er den Oberst am Arm. Ihre Schatten bewegten sich, wurden länger, kürzer, verdoppelten und kreuzten sich, als sie die sieben Lampen der sieben Nischen passierten. Die Bibliothekstür schloß sich hinter ihnen.

«Trinken wir noch einen, Oberst?» fragte Wimsey.

Sie gingen in die Bar, die gerade schließen wollte. Ein paar andere Männer saßen noch da und sprachen über ihre Weihnachtspläne.

«Ich setze mich nach Süden ab», sagte «Eisenbauch» Challoner. «Mir hängt dieses Klima und dieses Land zum Hals heraus.»

«Wäre schön, wenn Sie uns mal besuchen kämen, Wimsey»,

sagte ein anderer Mann. «Sie könnten da auf die Jagd gehen. Wir haben ein paar Freunde eingeladen; meine Frau, wissen Sie, muß immer diese jungen Leute um sich haben – das ganze Haus voller Frauen. Aber ich besorge mir ein paar Männer, die Bridge spielen und mit einem Gewehr umgehen können, und es wäre wirklich ein Akt der Nächstenliebe, wenn Sie kämen, um mir beizustehen. Eine todlangweilige Zeit, dieses Weihnachten. Ich weiß nicht, wozu sie das erfunden haben.»

«Ist doch ganz nett, wenn man Kinder hat», unterbrach ein großer, rotgesichtiger Mann mit Glatze. «Den Kleinen macht das Spaß. Sie sollten eine Familie gründen, Anstruther.»

«Ist ja alles schön und gut», sagte Anstruther, «Sie sind wohl von Natur aus der Typ, den Weihnachtsmann zu spielen. Aber ich sage Ihnen, wie die Dinge so stehen, mit Gesellschaften und dergleichen und den Dienstboten, die wir in einem Haus wie dem unsern halten müssen, da hat man alle Hände voll zu tun, damit der Schornstein raucht. Wenn Sie mal was Gutes wissen, können Sie mir Bescheid geben. Es ist nicht so, daß –»

«Hoppla», sagte Challoner, «was war denn das?»

«Wahrscheinlich ein Motorrad», sagte Anstruther. «Was ich sagen wollte, es ist nicht so, daß –»

«Da ist was passiert», unterbrach ihn der Rotgesichtige, indem er sein Glas hinstellte.

Man hörte Stimmen und Hin- und Hergerenne. Die Tür wurde aufgestoßen. Überraschte Gesichter drehten sich um. Wetheridge kam hereingestürzt, blaß und wütend.

«Also, Leute», schrie er, «jetzt gibt's schon wieder Ärger hier! Penberthy hat sich in der Bibliothek erschossen. Die Leute sollten doch etwas mehr Rücksicht auf andere Mitglieder nehmen. Wo ist Culyer?»

Wimsey drängte sich in die Empfangshalle durch. Dort fand er, wie erwartet, den Kriminalbeamten, der die Aufgabe hatte, Penberthy zu beschatten.

«Schicken Sie nach Inspektor Parker», sagte er. «Ich habe ihm ein Schreiben zu übergeben. Ihre Arbeit ist beendet, der Fall ist erledigt.»

Post mortem

«Und George ist wieder in Ordnung?»

«Dem Himmel sei Dank, ja – es geht ihm blendend. Der Arzt sagt, er hat sich da hineingesteigert, nur aus Angst, daß man ihn verdächtigen könnte. Ich bin nie auf die Idee gekommen – aber George zählt sehr schnell zwei und zwei zusammen.»

«Er wußte natürlich, daß er einer der letzten gewesen war, die seinen Großvater gesehen hatten.»

«Ja, und als er den Namen auf dem Fläschchen sah – und die Polizei kam –»

«Das hat gereicht. Und Sie sind ganz sicher, daß er wieder obenauf ist?»

«O ja, ziemlich. Sowie er erfuhr, daß sich alles aufgeklärt hatte, schien er wie unter einer Decke hervorzukriechen. Er läßt Ihnen übrigens alles mögliche bestellen.»

«Nun, sowie er wieder auf den Beinen ist, müssen Sie einmal kommen und mit mir zu Abend essen ...»

«... natürlich ein leichter Fall, nachdem du die Sache mit Robert geklärt hattest.»

«Ein ausgesprochen unbefriedigender Fall, Charles. Nicht die Art, die ich liebe. Kein eigentlicher Beweis.»

«Für uns war da natürlich nichts drin. Ist ganz gut, daß es gar nicht erst zu einem Prozeß gekommen ist. Bei Geschworenen weiß man nie.»

«Eben, womöglich hätten sie Penberthy laufenlassen oder beide verurteilt.»

«Genau. Wenn du mich fragst, ich finde, Ann Dorland kann sehr von Glück reden.»

«O Gott! Das *mußte* kommen ...»

«... Ja natürlich. Es tut mir schon leid für Naomi Rushworth. Aber sie brauchte auch nicht so gehässig zu sein. Jetzt läuft sie herum und läßt Andeutungen fallen, daß der liebe Walter von dieser Dorland verleitet wurde und sich geopfert hat, um sie zu retten.»

«Na ja, das ist wohl nur natürlich. Du hast ja selbst eine Zeitlang geglaubt, Miss Dorland sei es gewesen, weißt du noch, Marjorie?»

«Da wußte ich nichts davon, daß sie mit Penberthy verlobt gewesen war. Und ich finde, er hat bekommen, was er verdiente ... Ja, ich weiß, er ist tot, aber es war eine Gemeinheit, wie er das Mädchen behandelt hat, und Ann ist für so etwas wirklich ein viel zu netter Mensch. Die Leute haben das absolute Recht, sich nach Liebe zu sehnen. Ihr Männer meint immer –»

«Ich nicht, Marjorie. Ich meine nicht.»

«Ach du. Du bist ja auch fast ein Mensch. Ich würde dich beinahe selbst nehmen, wenn du mich fragtest. Du hättest wohl nicht zufällig in dieser Richtung –?»

«Liebes Kind – wenn große Zuneigung und Freundschaft dir genügten – ich wäre da wie der Blitz. Aber damit wärst du wohl nicht ganz zufrieden, oder?»

«Damit wärst *du* nicht zufrieden, Peter. Entschuldige. Vergiß es.»

«Vergessen werde ich das nie. Es ist das größte Kompliment, das mir je gemacht wurde. Heilige Neune! Ich wollte –»

«Halt, ist ja schon gut! Du brauchst nicht gleich eine Rede zu halten. Und du wirst dich nicht taktvoll für immer zurückziehen, nein?»

«Wenn du es nicht von mir verlangst, nein.»

«Und es wird dir auch nicht peinlich sein?»

«Nein, mir nicht. Bildnis eines jungen Mannes, der mit dem Schürhaken die Glut zerkleinert, um völlige Freiheit von Peinlichkeit anzuzeigen. Gehen wir irgendwo essen, ja? ...»

«... Na, wie sind Sie denn nun mit der Erbin und den Anwälten und der ganzen Bande verblieben?»

«Ach, das war ein langes Palaver. Miss Dorland bestand darauf, das Geld zu teilen, und ich habe nein gesagt, daran sei überhaupt nicht zu denken. Sie sagte, es sei ja nur infolge eines Verbrechens jetzt *ihr* Geld, und Pritchard und Murbles sagten, sie sei doch nicht für anderer Leute Verbrechen verantwortlich zu machen, und ich habe gemeint, es würde ja so aussehen, als ob ich von meinem eigenen Betrugsversuch noch profitierte, aber sie meinte, das sei ganz und gar nicht so, und so ging das hin und her und was weiß ich. Wirklich ein verdammt anständiges Mädchen, Wimsey.»

«Ja, das weiß ich. Kaum erfuhr ich, daß sie lieber Burgunder als Champagner mochte, da hatte ich die höchste Meinung von ihr.»

«Nein, wirklich – sie hat etwas sehr Feines und Aufrichtiges an sich.»

«O ja – sie ist wirklich nicht schlecht. Ich hätte nur nicht gedacht, daß sie Ihr Typ wäre.»

«Warum nicht?»

«Nun – Künstlerin und so. Und ihr Aussehen ist ja nicht ihre starke Seite.»

«Sie brauchen nicht beleidigend zu werden, Wimsey. Ich werde doch noch eine Frau von Intelligenz und Charakter zu schätzen wissen dürfen. Ich bin vielleicht kein Intellektueller, aber vielleicht denke auch ich ab und zu ein *bißchen* über die erste Reihe im Ballett hinaus. Und wenn ich daran denke, was die Frau mit diesem Ekel Penberthy durchgemacht hat, könnte ich jetzt noch an die Decke gehen.»

«Ach, das haben Sie also auch schon gehört?»

«O ja. Sie hat es mir erzählt, und dafür ziehe ich den Hut vor ihr. Ich fand das sehr tapfer von ihr. Es wird höchste Zeit, daß mal jemand ein bißchen Freude in das Leben dieser armen Kleinen bringt. Sie machen sich keine Vorstellung, wie verzweifelt einsam sie war. Sie mußte mit dieser Malerei anfangen, um wenigstens *etwas* zu haben, das arme Kind, aber eigentlich ist sie für ein ganz normales, vernünftiges Frauenleben geschaffen. Sie mit Ihren Vorstellungen verstehen das vielleicht nicht, aber sie hat einen wirklich feinen Charakter.»

«Entschuldigung, Fentiman.»

«Sie hat mich beschämt mit der Art, wie sie das Ganze aufgenommen hat. Wenn ich daran denke, was ich ihr für Scherereien gemacht habe mit meiner schändlichen Manipulation an der – Sie wissen schon –»

«Mein Lieber, das war geradezu ein Akt der Vorsehung. Wenn Sie nicht, wie Sie sagen, herummanipuliert hätten, wäre sie jetzt mit Penberthy verheiratet.»

«Das stimmt – und das macht es so unfaßbar für mich, daß sie mir verzeiht. Sie hat den Kerl *geliebt*, Wimsey! Sie verstehen das nicht. Es ist die reine Tragödie.»

«Nun, dann müssen Sie jetzt alles tun, um es sie vergessen zu machen.»

«Das sehe ich als meine Pflicht an, Wimsey.»

«Eben. Haben Sie heute abend schon was vor? Oder sollen wir zusammen wohin gehen?»

«Tut mir leid – bin schon verabredet. Ich gehe mit Miss Dorland in das neue Stück im Palladium, damit Sie's wissen. Ich fand, das würde ihr guttun – sie wieder aufrichten und so.»

«Aha! Gut gemacht. Viel Glück...»

«... und die Küche hier ist inzwischen eine wahre Schande. Ich hab erst gestern mit Culyer darüber gesprochen. Aber er tut nichts. Ich weiß nicht, wozu eigentlich der Vorstand da ist. Dieser Club ist längst nicht mehr, was er mal war. Wirklich, Wimsey, ich hätte Lust, auszutreten.»

«Bitte, tun Sie das nicht, Wetheridge. Ohne Sie wäre der Club nicht mehr derselbe.»

«Sehen Sie sich doch nur an, was es in letzter Zeit alles für Ärger gegeben hat. Polizei und Reporter – und dann jagt Penberthy sich in der Bibliothek auch noch eine Kugel durch den Kopf. Und die Kohle ist nur Schiefer. Erst gestern ist im Feuer etwas explodiert wie eine Granate – ich kann Ihnen sagen, wie eine Granate – im Kartenzimmer; und um ein Haar wär's mir ins Auge geflogen. Ich habe zu Culyer gesagt: ‹So etwas darf nicht wieder vorkommen.› Sie lachen vielleicht, aber ich kenne einen, der ist durch so ein Stück, das ihm plötzlich ins Auge flog, erblindet. Solche Dinge sind vor dem Krieg nie vorgekommen, und – du lieber Himmel. Du lieber Himmel, William! Sehen Sie sich diesen Wein mal an! Riechen Sie daran! Kosten Sie! Korken? Ja, ich würde sagen, das *ist* Korken. Mein Gott! Wohin ist es mit diesem Club nur gekommen!»

Inhalt

Dorothy L. Sayers

Ein Toter zuwenig

«Whose Body?»

Deutsch von
Otto Bayer

An M. J.

Lieber Jim,
an diesem Buch sind nur Sie schuld. Ohne Ihr unbarmherziges Drängen hätte Lord Peter nie und nimmer bis zum Ende dieses Falles durchgehalten. Nehmen Sie bitte seinen mit gewohnter Artigkeit formulierten Dank entgegen.

Ihre
D. L. S.

Biographische Notiz

Mitgeteilt von Paul Austin Delagardie

Wimsey, Peter Death Bredon, Kriegsverdienstorden D.S.O.; geboren 1890 als zweiter Sohn des Mortimer Gerald Bredon Wimsey, 15. Herzog von Denver, und seiner Ehefrau Honoria Lucasta geb. Delagardie, Tochter des Francis Delagardie von Bellingham Manor, Hampshire.

Schulen: Eton College und Balliol College, Oxford (Fakultät für neuere Geschichte, Abschluß 1912 summa cum laude); *Militärdienst* im Königlichen Heer 1914–18 (Major, Schützenbrigade). *Autor* von: *Bemerkungen über das Sammeln von Inkunabeln; Das Mörder-Vademecum* u. a.; *Hobbies:* Kriminologie, Bibliophilie, Musik, Cricket.

Clubs: Marlborough, Egotist. *Wohnsitze:* 110 A Piccadilly, London; Bredon Hall, Duke's Denver, Norfolk.

Wappen: Drei Mäuse, laufend, Silber auf schwarzem Schild; Krone: eine zum Sprung geduckte Hauskatze in natürlichen Farben; Wahlspruch: *As my Whimsy takes me* (Wie mich die Laune lenkt).

Miss Sayers hat mich gebeten, einige Lücken in dem von ihr beschriebenen Lebenslauf meines Neffen Peter zu füllen und ein paar kleine Irrtümer zu berichtigen. Ich tue dies mit Vergnügen. Einmal gedruckt zu werden ist jedermanns Ehrgeiz, und indem ich zu meines Neffen Triumph diesen Kärrnerdienst leiste, stelle ich nur die meinem fortgeschrittenen Alter zukommende Bescheidenheit unter Beweis.

Die Wimseys sind eine alte Familie – zu alt, wenn Sie mich fragen. Das einzig Vernünftige, das Peters Vater je getan hat, war die Liierung seines ausgelaugten Stammbaums mit dem lebensvollen französisch-englischen Zweig der Delagardies. Dessenungeachtet ist mein Neffe Gerald, der jetzige Herzog von Denver, doch nichts als ein engstirniger englischer Landjunker, und meine Nichte Mary war, bevor sie diesen Polizisten heiratete und häuslich wurde, die Flatterhaftigkeit und Albernheit in Person. Peter aber schlägt, wie ich mit Genugtuung sagen darf, mehr nach seiner Mutter und mir. Gewiß, er besteht vorwiegend aus Nerven und Nase – aber das ist immer noch besser als Muskeln ohne Hirn, wie sein Vater und Bruder, oder ein Gefühlsbündel wie Geralds Sohn Saint George. Er hat wenigstens den Verstand der Delagardies geerbt, sozusagen als Schutzvorrichtung gegen das unglückselige Wimsey-Temperament.

Peter kam 1890 zur Welt. Seiner Mutter bereitete damals das Betragen ihres Gatten großen Kummer (Denver war schon immer ziemlich unausstehlich gewesen; zu dem großen Skandal kam es jedoch erst im Jubiläumsjahr der Königin), und ihre Sorgen mögen sich auf den Jungen übertragen haben. Er war ein farbloser kleiner Wicht, sehr unruhig und boshaft und stets viel zu schlau für sein Alter. Von Geralds robuster körperlicher Schönheit besaß er nichts, aber das glich er durch etwas aus, was ich am besten als physische Schläue bezeichne – mehr Geschicklichkeit als Kraft. Er hatte ein flinkes Auge für den Ball und eine glückliche Hand mit Pferden. Und er besaß des Teufels eigenen Schneid: diesen intelligenten Schneid, der das Risiko sieht, bevor er es eingeht. Als Kind hatte er sehr unter Alpträumen zu leiden. Und sehr zum Leidwesen seines Vaters entwickelte er eine leidenschaftliche Liebe zu Büchern und Musik.

Seine Schulzeit war anfangs gar nicht glücklich. Er war ein verwöhntes Kind, und es konnte wohl nicht ausbleiben, daß seine Mitschüler ihn bald nur noch «Flimsy» – Zimperliese – nannten und mehr eine Witzfigur in ihm sahen. Vielleicht hätte er aus reinem Selbstschutz diese Rolle auch angenommen und wäre zum Hofnarren verkommen, hätte ein Sportlehrer am Eton College nicht seine Naturbegabung für das Cricketspiel entdeckt. Von da an galten alle seine Verschrobenheiten natürlich als geistreich, und es war ein heilsamer Schock für Gerald, mit ansehen zu müssen, wie sein verachteter jüngerer Bruder ihn im Ansehen weit überflügelte. Mit Erreichen der sechsten Klasse war Peter dann endlich alles das, was von ihm erwartet wurde – Sportler, Musterschüler, *arbiter elegantiarum – nec pluribus impar.* Cricket spielte dabei sicher eine große Rolle – viele ehemalige Eton-Schüler werden sich noch an den «Großen Flim» und sein Spiel gegen Harrow erinnern –, aber ich schmeichle mir, daß ich es war, der ihn zu einem guten Schneider brachte, ihn in die Gesellschaft einführte und ihn lehrte, zwischen gutem und schlechtem Wein zu unterscheiden. Denver kümmerte sich herzlich wenig um ihn – er war zu sehr mit seinen eigenen Affären und mit Gerald beschäftigt, der sich um diese Zeit gerade in Oxford nach Kräften blamierte. Peter hat sich mit seinem Vater überhaupt nie verstanden; er war ein erbarmungsloser Kritiker der väterlichen Eskapaden, und sein Mitgefühl für seine Mutter wirkte sich auf seinen Humor verheerend aus.

Es versteht sich von selbst, daß Denver der Letzte gewesen wäre, der die eigenen Fehler bei seinen Sprößlingen geduldet hätte. Es kostete ihn ein hübsches Sümmchen, Gerald aus der Oxford-Affäre herauszupauken, und er war nur zu gern bereit, seinen zweiten Sohn mir anzuvertrauen. Mit siebzehn Jahren kam Peter sogar aus eigenem Antrieb zu mir. Ich habe ihn in vertrauenswürdige Hände in Paris gegeben und ihn angewiesen, seine Affären stets auf eine gesunde, geschäftliche Grundlage zu stellen und immer dafür zu sorgen, daß sie in gutem, gegenseitigem Einvernehmen und mit Großzügigkeit seinerseits endeten. Er hat mein Vertrauen voll gerechtfertigt. Ich glaube, daß nie eine Frau Anlaß hatte, sich über Peters Verhalten ihr gegenüber zu beklagen; mindestens zwei von ihnen haben später irgendwelche königlichen Hoheiten geheiratet (obskure Hoheiten, zugegeben, aber immerhin Hoheiten). Und auch hier nehme ich wieder einen Teil des Verdienstes für mich in Anspruch; mag das Material, mit dem man zu arbeiten hat, noch so gut sein, so wäre es doch lächerlich, die gesellschaftliche Erziehung eines jungen Mannes dem Zufall zu überlassen.

Der Peter aus dieser Zeit war wirklich bezaubernd: von

offenem Wesen, bescheiden, wohlerzogen und auf angenehme Art geistreich. 1909 nahm er am Balliol College das Studium der Geschichte auf, und hier wurde er nun eingestandenermaßen recht unausstehlich. Die Welt lag ihm zu Füßen, und das stieg ihm in den Kopf. Er entwickelte Allüren, legte sich ein übertriebenes Oxford-Gehabe und ein Monokel zu und posaunte seine Ansichten in die Welt hinaus, und das nicht nur im Debattierclub, aber ich muß zu seiner Ehre sagen, daß er nie versuchte, seine Mutter oder mich von oben herab zu behandeln. Er studierte im zweiten Jahr, als Denver sich bei der Jagd das Genick brach und der Herzogstitel auf Gerald überging. Gerald zeigte bei der Verwaltung seiner Güter mehr Verantwortungsgefühl, als ich ihm je zugetraut hätte; sein ärgster Fehler war die Heirat mit seiner Kusine Helen, einer knochigen, überzüchteten Puritanerin, Gräfin vom Scheitel bis zu den Zehen. Sie und Peter waren einander in herzlicher Abneigung verbunden, aber er konnte ja jederzeit bei seiner Mutter Zuflucht suchen.

Doch dann, im letzten Oxford-Jahr, verliebte Peter sich in ein siebzehnjähriges Gänschen und vergaß schlagartig alles, was er je gelernt hatte. Er behandelte das Mädchen, als ob es zerbrechlich wäre, und in mir sah er ein gefühlloses Ungeheuer an Verderbtheit, das ihn ihrer zarten Reinheit unwürdig gemacht hatte. Ich leugne nicht, daß die beiden ein wunderschönes Paar waren, zwei Königskinder – Mondprinz und Mondprinzessin, wie die Leute sagten; Mondkälber wäre allerdings treffender gewesen. Was Peter in zwanzig Jahren noch mit einer Frau anfangen sollte, die weder Verstand noch Charakter besaß, das zu fragen schien niemandem außer seiner Mutter und mir der Mühe wert zu sein, und er selbst war natürlich hoffnungslos vernarrt. Zum Glück fanden Barbaras Eltern, sie sei noch zu jung zum Heiraten, und Peter nahm sein Examen in Angriff wie Sir Eglamore seinen ersten Drachen, legte der Dame sein *summa cum laude* zu Füßen wie ein Drachenhaupt und richtete sich auf eine tugendhafte Probezeit ein.

Dann kam der Krieg. Natürlich wollte der junge Tölpel

unbedingt heiraten, bevor er einrückte, aber seine eigene Ehrpusseligkeit machte ihn zu Wachs in anderer Leute Händen. Man machte ihm klar, daß es unfair gegenüber dem Mädchen wäre, wenn er womöglich als Krüppel zurückkäme. Daran hatte er nicht gedacht, und so beeilte er sich nun in einem Rausch der Selbstverleugnung, sie von ihrem Treueversprechen zu entbinden. Ich hatte damit allerdings nichts zu tun; so sehr mich das Ergebnis freute, so wenig gefielen mir die Mittel.

In Frankreich machte er sich ganz ordentlich; er wurde ein guter Offizier, den seine Leute liebten. Und als er 1916 als frischgebackener Hauptmann in Urlaub kam, bitte sehr, da war das Mädchen verheiratet – mit irgendeinem Wüstling von einem Major, den sie im Lazarett gepflegt hatte und der im Umgang mit Frauen dem Motto huldigte: entschlossen zupacken und schlecht behandeln. Es war eine Roßkur für Peter, denn sie hatte nicht einmal den Mut gehabt, ihm vorher etwas mitzuteilen. Sie hatten in aller Eile geheiratet, als sie hörten, daß er nach Hause kommen sollte, und bei der Landung erwartete ihn nur ein Brief, der ihn vor die vollendete Tatsache stellte und darauf verwies, daß er sie ja selbst freigegeben habe.

Ich will zu Peters Ehre sagen, daß er schnurstracks zu mir kam und zugab, ein Trottel gewesen zu sein. «Na schön», sagte ich, «du hast deine Lektion bekommen, und nun geh nicht hin und mach dich auf anderen Gebieten zum Narren.» Er kehrte also zur Truppe zurück, und ich bin überzeugt, daß er fest entschlossen war, den Heldentod zu sterben. Statt dessen wurde er zum Major befördert und erhielt den Kriegsverdienstorden für irgendein waghalsiges Geheimdienstunternehmen hinter den deutschen Linien. 1918 wurde er bei Caudry in einem Bombentrichter verschüttet, was einen bösen Nervenzusammenbruch zur Folge hatte, der ihm zwei Jahre lang immer wieder zu schaffen machte. Danach nahm er sich eine Wohnung am Piccadilly und machte sich mit Hilfe seines Dieners Bunter, der als Sergeant unter ihm gedient hatte und ihm sehr zugetan ist, an seine allmähliche Wiederherstellung.

Ich will gern zugeben, daß ich auf nahezu alles gefaßt war. Seine ganze schöne Offenheit war dahin, und er ließ niemanden in sein Vertrauen ein, nicht einmal seine Mutter und mich; er legte sich eine undurchdringliche Frivolität und eine dilettantische Pose zu und wurde zum vollendeten Clown. Da er reich war, konnte er tun und lassen, was er wollte, und es bereitete mir ein boshaftes Vergnügen, zu beobachten, welche Anstrengungen die Nachkriegs-Londoner Damenwelt unternahm, um ihn einzufangen. «Es kann doch», sagte eine selbstlos besorgte Matrone einmal, «sicher nicht gut für den armen Peter sein, wenn er wie ein Eremit lebt.» – «Madam», antwortete ich, «wenn er das täte, wäre es wirklich nicht gut.» Nein, in dieser Hinsicht brauchte ich mich nicht um ihn zu sorgen. Aber ich mußte es wohl oder übel als gefährlich ansehen, daß ein Mann von seinen Gaben nichts zu tun hatte, was seinen Geist beschäftigte, und das habe ich ihm auch gesagt.

Dann passierte 1921 die Geschichte mit den Attenbury-Smaragden. Über diesen Vorfall wurde nie geschrieben, aber er sorgte für beträchtlichen Lärm, selbst in dieser lärmendsten aller Zeiten. Der Prozeß gegen den Dieb war eine Kette heißester Sensationen, und die größte Sensation war Lord Peter Wimseys Auftritt vor Gericht als Hauptzeuge der Anklage.

Das Aufsehen war ungeheuer. Im Grunde glaube ich, daß die Aufklärung des Falles für einen erfahrenen Geheimdienstoffizier nichts Besonderes war, aber ein adliger Detektiv war eben etwas Neues. Denver raste vor Wut; mir persönlich war es gleich, was Peter tat, Hauptsache, er tat überhaupt etwas. Ich fand, daß diese Arbeit ihn glücklicher machte, und der Kriminalinspektor von Scotland Yard, den er dabei kennenlernte, gefiel mir. Charles Parker ist ein stiller, vernünftiger und gesitteter junger Mann und war Peter stets ein guter Freund und Schwager. Er hat die angenehme Eigenschaft, jemanden gern haben zu können, ohne ihn umkrempeln zu wollen.

Das einzige, was an Peters neuem Steckenpferd störte, war, daß es mehr als ein Steckenpferd sein müßte, um als Steckenpferd für einen Gentleman zu genügen. Man kann Mörder nicht zu seinem Privatvergnügen an den Galgen bringen. Peters Intellekt zog ihn in die eine Richtung, seine Nerven in die andere, bis ich allmählich fürchtete, sie würden ihn noch in Stücke reißen. Nach Abschluß eines jeden Falles fingen die Alpträume und diese Schützengrabenneurose wieder von vorn an. Und dann mußte Denver – ausgerechnet Denver, dieser Obertölpel, der stets am lautesten gegen Peters entehrende Detektivspielerei gewettert hatte – sich eine Anklage wegen Mordes einhandeln und sich in einem Prozeß vor dem Oberhaus rechtfertigen, und gegen den öffentlichen Feuerzauber, den das gab, waren Peters sämtliche bisherigen Bemühungen in dieser Richtung nur nasse Knallfrösche.

Peter paukte seinen Bruder aus dieser Bedrängnis heraus und war zu meiner großen Erleichterung menschlich genug, sich danach einen anzutrinken. Inzwischen räumt er ein, daß sein «Steckenpferd» ein legitimer Dienst an der Allgemeinheit ist, und er zeigt immerhin wieder so viel Interesse am öffentlichen Wohl, daß er dann und wann für das Außenministerium kleine diplomatische Missionen unternimmt. In jüngster Zeit ist er auch eher bereit, Gefühle zu zeigen, und scheint nicht mehr solche Angst davor zu haben, welche zeigen zu müssen.

Zuletzt hatte er den exzentrischen Einfall, sich in diese Frau zu verlieben, die er von dem Verdacht befreite, ihren Geliebten vergiftet zu haben. Sie hat als Frau von Charakter seinen Heiratsantrag abgelehnt. Dankbarkeit und ein demütigender Minderwertigkeitskomplex sind kein Fundament für eine Ehe; die Ausgangslage war von vornherein falsch. Diesmal hatte Peter aber soviel Verstand, meinen Rat anzunehmen. «Mein Junge», habe ich zu ihm gesagt, «was vor zwanzig Jahren falsch von dir war, ist heute genau richtig. Nicht die unschuldigen jungen Dinger muß man behutsam anfassen – wohl aber die, denen angst gemacht und weh getan wurde. Fang doch einmal ganz von vorn an – aber laß dir sagen, daß du dazu alle Selbstdisziplin brauchen wirst, die du je gelernt hast.»

Nun, er hat es versucht. Ich glaube, ich habe noch nie so etwas von Geduld erlebt. Die Frau hat Verstand und Charakter und ist aufrichtig; aber er muß sie lehren, zu Nehmen, was ungleich schwerer zu lernen ist als Geben. Ich glaube, eines Tages werden sie zueinander finden, wenn sie es vermeiden können, daß ihre Gefühle ihrem Wollen davonlaufen. Ich weiß, er hat verstanden, daß ein Ja hier nur aus freiem Willen kommen darf oder gar nicht.

Peter ist jetzt 45 Jahre alt und sollte langsam seßhaft werden. Wie Sie sehen, war ich einer der wichtigen formenden Einflüsse für seinen Werdegang, und alles in allem finde ich, daß ich stolz auf ihn sein kann. Er ist ein echter Delagardie und hat kaum etwas von den Wimseys an sich, außer (um gerecht zu sein) diesem tief wurzelnden Gefühl der Verantwortung für die Allgemeinheit, das dem englischen Landadel als einziges noch eine gewisse Daseinsberechtigung gibt (bildlich gesprochen). Detektiv oder nicht, Peter ist jedenfalls ein Gentleman und Gelehrter, und ich werde amüsiert zusehen, wie er seine Rolle als Ehemann und Vater spielt. Ich bin ein alter Mann und habe keinen eigenen Sohn (soviel ich weiß); ich würde mich freuen, Peter glücklich zu sehen. Aber wie seine Mutter sagt: «Peter hatte immer alles, nur nicht das, was er wirklich wollte.» Und ich glaube, er ist besser daran als die meisten.

1. Kapitel

«O verflixt!» rief Lord Peter Wimsey am Piccadilly Circus. «He, Fahrer!»

Der Taxifahrer, der sich bei dem schwierigen Manöver, zum Abbiegen in die Lower Regent Street die Wege eines Omnibusses der Linie 19, einer Straßenbahn der Linie 38 B und eines Fahrrads zu kreuzen, durch diesen Anruf irritiert fühlte, lieh ein unwilliges Ohr.

«Ich habe meinen Katalog vergessen», sagte Lord Peter abbittend. «So etwas Liederliches! Könnten Sie wohl noch einmal umkehren?»

«Zum *Savile Club,* Sir?»

«Nein – 110 A Piccadilly – gleich dahinter – danke.»

«Ich dachte, Sie hätten's eilig», antwortete der Fahrer leicht gekränkt.

«Ein bißchen schwierig zum Wenden hier», entschuldigte sich Lord Peter, mehr auf die Gedanken des Fahrers als auf seine Worte eingehend. Sein langes, liebenswürdiges Gesicht wirkte wie von selbst aus dem Zylinder gewachsen, gleich den weißen Maden im Gorgonzola.

Das Taxi wendete mit langsamen, ruckartigen Bewegungen, und es klang, als knirschte es mit den Zähnen.

Der große Neubau, in dem Lord Peter im zweiten Stock eine der vollkommenen, teuren Wohnungen innehatte, stand unmittelbar gegenüber dem Green Park an der Stelle, wo sich jahrelang das Gerippe eines bankrotten Unternehmens befunden hatte. Als Lord Peter die Wohnungstür aufschloß, hörte er in der Bibliothek seinen Diener in jenem gedämpft durchdringenden Ton reden, der gut geschulten Menschen beim Telefonieren eigen ist.

«Ich glaube, da kommt Seine Lordschaft soeben zurück –

wenn Euer Gnaden freundlicherweise einen Augenblick am Apparat bleiben wollen.»

«Was gibt's, Bunter?»

«Ihre Gnaden ruft gerade aus Denver an, Mylord. Ich sagte ihr schon, daß Eure Lordschaft zur Auktion gegangen seien, da hörte ich Eurer Lordschaft Schlüssel im Schloß.»

«Danke», sagte Lord Peter. «Sie könnten mir derweil meinen Katalog suchen. Ich muß ihn im Schlafzimmer oder auf dem Schreibtisch liegengelassen haben.»

Er setzte sich mit einer Miene lässiger Höflichkeit ans Telefon, als ob ein Bekannter auf ein Schwätzchen zu ihm gekommen wäre.

«Hallo, Mutter – bist du's?»

«Ah, da bist du ja, mein Junge», antwortete die Stimme der Herzoginwitwe. «Ich dachte schon, ich hätte dich um ein Haar verpaßt.»

«Nun, das hattest du eigentlich auch. Ich war gerade auf dem Weg zur Brocklebury-Auktion, um das eine oder andere Buch zu ergattern, aber dann mußte ich noch einmal zurückkommen, um den Katalog zu holen. Was gibt's denn?»

«Eine recht merkwürdige Geschichte», sagte die Herzogin. «Die wollte ich dir lieber mal erzählen. Du kennst doch den kleinen Mr. Thipps?»

«Thipps?» fragte Lord Peter. «Thipps? Ach ja, der kleine Architekt, der unser Kirchendach macht. Ja. Was ist mit ihm?»

«Mrs. Throgmorton war gerade hier, ganz außer sich.»

«Entschuldige, Mutter, ich höre dich schlecht. Mrs. Wer?»

«Throgmorton – Throgmorton – die Frau des Vikars.»

«Ah, Throgmorton! Ja?»

«Mr. Thipps hat sie heute morgen angerufen. Er sollte nämlich heute kommen.»

«Ja?»

«Er rief an, um zu sagen, daß er nicht kann. Er war so aufgeregt, der Arme. Er hatte nämlich in seinem Bad eine Leiche gefunden.»

«Entschuldige, Mutter, ich habe nicht richtig gehört; was hat er gefunden? Und wo?»

«Eine Leiche, Peter. Im Bad.»

«Was? – Nein, nein, wir sind noch nicht fertig. Bitte nicht trennen. Hallo! Hallo! Bist du noch da, Mutter? Hallo! Mutter! – Ach ja – entschuldige, die Vermittlung wollte uns trennen. Was für eine Leiche?»

«Die Leiche eines Mannes, und nur mit einem Kneifer bekleidet. Mrs. Throgmorton wurde richtig rot, als sie es mir erzählte. Ich fürchte, in diesen ländlichen Pfarreien werden die Leute ein bißchen engstirnig.»

«Na ja, es klingt auch etwas ungewöhnlich. War es jemand, den er kannte?»

«Nein, ich glaube nicht, Peter, aber er konnte ihr natürlich auch nicht alle Einzelheiten erzählen. Sie sagt, seine Stimme klang sehr verstört. Er ist doch so ein wohlanständiger kleiner Mann – und daß er nun die Polizei im Haus hat und so weiter, das setzt ihm arg zu.»

«Armer Thipps! Muß ihm ausgesprochen peinlich sein. Mal sehen – er wohnt in Battersea, nicht?»

«Ja, mein Lieber: Queen Caroline Mansions 59; gleich gegenüber dem Park. Dieser große Häuserblock, vom Krankenhaus gleich um die Ecke. Ich dachte, du könntest vielleicht mal hinfahren und sehen, ob wir etwas für ihn tun können. Ich fand ihn immer so nett.»

«O ja, gewiß», sagte Lord Peter und grinste das Telefon an. Die Herzogin unterstützte sein kriminalistisches Hobby immer so schön, obwohl sie es nie mit einem Wort erwähnte und höflicherweise stets so tat, als gäbe es das gar nicht.

«Wann ist es passiert, Mutter?»

«Ich glaube, er hat die Leiche am frühen Morgen gefunden, aber zuerst hat er natürlich gar nicht daran gedacht, den Throgmortons das zu sagen. Sie kam kurz vor dem Mittagessen damit zu mir – so lästig, denn nun mußte ich sie bitten, zu bleiben. Zum Glück war ich allein. Mir persönlich macht es ja nichts aus, mich langweilen zu lassen, aber ich lasse ungern meine Gäste langweilen.»

«Du Ärmste! Na ja, schönen Dank jedenfalls, daß du mir das gesagt hast. Ich glaube, ich schicke Bunter zur Auktion und wackle selbst mal gleich zum Battersea Park, um das arme Kerlchen zu trösten. Mach's gut.»

«Auf Wiedersehen, mein Junge.»

«Bunter!»

«Ja, Mylord?»

«Ihre Gnaden erzählt mir soeben, daß ein angesehener Architekt aus Battersea eine Leiche in seinem Bad gefunden hat.»

«Wahrhaftig, Mylord? Wie überaus erfreulich.»

«Überaus, Bunter! Ihre Wortwahl ist unfehlbar. Hätten Eton und Balliol mir das doch auch beigebracht! Haben Sie den Katalog gefunden?»

«Hier ist er, Mylord.»

«Danke. Ich begebe mich sofort nach Battersea. Gehen Sie für mich zur Auktion. Und verlieren Sie keine Zeit – ich möchte nicht, daß mir der Folio-Dante* entgeht, oder der de Voragine – hier stehen sie – ja? *Golden Legend* – Wynkyn de Worde, 1493 – haben Sie das? Und nun passen Sie auf, bemühen Sie sich ganz besonders um das Caxton-Folio von den *Four Sons of Aymon* – das ist der Folioband von 1489, der existiert nur einmal. Sehen Sie! Ich habe alles angestrichen, was ich haben will, und gehen Sie jedesmal bis zu meinem Höchstgebot. Tun Sie, was Sie können. Ich bin zum Abendessen wieder da.»

«Sehr wohl, Mylord.»

«Nehmen Sie mein Taxi und sagen Sie dem Mann, er soll sich beeilen. Für Sie tut er's vielleicht, mich kann er nicht besonders leiden.» Ob ich, dachte Lord Peter bei sich, indem er sich in dem Spiegel aus dem 18. Jahrhundert, der über dem

* Das ist die erste Florentiner Ausgabe von 1481 von Niccolò di Lorenzo. Lord Peters Sammlung von Dante-Werken ist des Ansehens wert. Sie enthält außer dem berühmten achtbändigen Aldine von 1502 den Neapolitaner Folioband von 1477 – laut Colomb eine «edizione rarissima». Diese Ausgabe hat keine Vorgeschichte, und Mr. Parker ist privat der Ansicht, daß ihr derzeitiger Besitzer sich irgendwo durch Diebstahl in ihren Besitz gebracht hat. Nach Lord Peters eigener Darstellung hat er sie während eines Wanderurlaubs in Italien «in irgendeinem Nest in den Bergen ergattert».

Kamin hing, betrachtete, ob ich wohl so herzlos sein und den verdatterten Thipps noch mehr in Verlegenheit bringen kann – das ist in der Eile sehr schwer zu sagen –, indem ich in Frack und Zylinder erscheine? Ich glaube nicht. Möchte zehn gegen eins wetten, daß er meine Hose übersieht und mich für den Bestattungsunternehmer hält. Ein ordentlicher und unauffälliger grauer Anzug mit passendem Hut ist meinem anderen Ich wahrscheinlich besser angemessen. Büchernarr geht ab; neues Grundmotiv, eingeführt von Fagottsolo; Auftritt Sherlock Holmes, als Spaziergänger verkleidet. Da geht Bunter. Unbezahlbar, der Mann – beruft sich nie auf seine Arbeit, wenn man ihm etwas anderes zu tun gibt. Hoffentlich läßt er sich die *Four Sons of Aymon* nicht entgehen. Und es gibt *doch* noch eine andere Ausgabe davon – im Vatikan.* Vielleicht ist sie eines Tages zu haben, wer weiß – wenn die römische Kirche bankrott geht oder die Schweiz nach Italien einmarschiert – dagegen findet man höchstens einmal im Leben in einem Londoner Vorort eine fremde Leiche im Badezimmer – glaube ich zumindest – aber daß sie auch noch einen *Kneifer* auf der Nase hat, dies kann man bestimmt an den Fingern einer Hand abzählen. Meine Güte, ich glaube, es ist doch ein Fehler, zwei Steckenpferde auf einmal zu haben!

Er war über den Flur in sein Schlafzimmer gehuscht und zog sich mit einer Behendigkeit um, die man einem Mann von seinem gekünstelten Auftreten gar nicht zugetraut hätte. Er wählte eine dunkelgrüne Krawatte passend zu den Socken aus und knotete sie akkurat, ohne eine Sekunde zu zögern oder auch nur die Lippen zusammenzupressen; die schwarzen Schuhe tauschte er gegen ein Paar braune, dann steckte er sich ein Monokel in die Brusttasche und nahm seinen schönen Malakka mit schwerem Silberknauf zur Hand.

«Das wär's, glaube ich», sagte er leise bei sich. «Halt – dich

* Hier sind Lord Peters Gedanken nicht ganz bei der Sache. Das Buch ist in Earl Spencers Besitz. Die Brockleberry-Ausgabe ist unvollständig, insgesamt fehlen die letzten fünf Signaturen, aber einzigartig ist sie durch den darin enthaltenen Kolophon.

kann ich auch noch mitnehmen, vielleicht brauche ich dich – man kann nie wissen.» Er vervollständigte seine Ausstattung mit einem flachen silbernen Streichholzdöschen, und als er sah, daß es schon Viertel vor drei war, eilte er rasch nach unten, winkte ein Taxi herbei und ließ sich zum Battersea Park bringen.

Mr. Alfred Thipps war ein kleiner, nervöser Mann, dessen flachsblondes Haar den ungleichen Kampf mit dem Lauf der Zeit aufzugeben begonnen hatte. Man könnte sagen, daß der einzige bemerkenswerte Zug an ihm eine dicke Beule über der linken Augenbraue war, die ihm ein etwas liederliches, zu seiner übrigen Erscheinung wenig passendes Aussehen gab. Fast in einem Atemzug mit der Begrüßung entschuldigte er sich verlegen dafür und murmelte etwas davon, daß er im Dunkeln gegen die Eßzimmertür gelaufen sei. Er war ob Lord Peters Aufmerksamkeit und der Herablassung, die er durch seinen Besuch bewies, fast zu Tränen gerührt.

«Es ist ja so liebenswürdig von Eurer Lordschaft», wiederholte er zum dutzendstenmal, wobei er nervös mit den unscheinbaren Lidern zwinkerte. «Ich weiß das wirklich sehr zu schätzen, wirklich sehr, und meine Mutter würde es ebenso zu würdigen wissen, aber sie ist so schwerhörig, daß ich Ihnen nicht zumuten möchte, sich ihr verständlich zu machen. Es war ein sehr schlimmer Tag», fügte er hinzu, «mit der Polizei im Haus und all der Aufregung. So etwas sind meine Mutter und ich nicht gewöhnt, wo wir immer so zurückgezogen leben; es ist wirklich sehr bedrückend für einen Menschen, der ein geregeltes Leben führt, Mylord, und ich bin fast dankbar dafür, daß meine Mutter nichts hört, denn es würde sie bestimmt furchtbar aufregen, wenn sie etwas davon wüßte. Sie war zuerst sehr aufgebracht, aber inzwischen hat sie sich eine eigene Erklärung zurechtgelegt, und das ist gewiß am besten so.»

Die alte Dame, die strickend beim Feuer saß, erwiderte den Blick ihres Sohnes mit einem kurzen, grimmigen Nicken.

«Ich hab dir ja schon immer gesagt, du sollst dich mal wegen des Badezimmers beschweren, Alfred», sagte sie plötzlich mit hoher, schriller Stimme, wie sie für Schwerhörige so charakteristisch ist, «und jetzt soll sich der Hauswirt mal endlich darum kümmern; ich finde zwar, es wäre auch ohne die Polizei gegangen, aber bitte sehr! Du hast ja schon immer wegen Kleinigkeiten ein großes Theater gemacht, das war schon bei den Windpocken so.»

«Na bitte», sagte Mr. Thipps entschuldigend, «da sehen Sie, wie es steht. Es ist natürlich gut, daß sie auf diese Erklärung verfallen ist, denn jetzt begreift sie wenigstens, daß wir das Bad zugesperrt haben, und versucht nicht mehr hineinzugehen. Aber für mich war es ein furchtbarer Schock, Sir – Mylord sollte ich wohl sagen, aber da sehen Sie, wie ich mit den Nerven am Ende bin. So was ist mir mein Leben – mein Lebtag noch nicht passiert. Ich war heute morgen völlig fertig – wußte gar nicht mehr, wo oben und unten war – wirklich nicht, und da mein Herz ja auch nicht das stärkste ist, weiß ich gar nicht mehr, wie ich aus diesem schrecklichen Bad herausgekommen bin und die Polizei angerufen habe. Es hat mich sehr mitgenommen, wirklich sehr mitgenommen, Sir – ich habe zum Frühstück keinen Bissen hinuntergebracht, zum Mittagessen auch nicht, und dann die ganze Telefoniererei, und ich mußte Kunden absagen und den ganzen Morgen mit Leuten reden – ich wußte kaum noch, wo mir der Kopf stand.»

«Es muß wirklich sehr bedrückend für Sie gewesen sein», sagte Lord Peter mitfühlend, «vor allem, wenn so etwas vor dem Frühstück passiert. Ich hasse Unannehmlichkeiten vor dem Frühstück. Da trifft es einen genau im falschen Augenblick, nicht?»

«So ist es, so ist es ganz genau», pflichtete Mr. Thipps ihm eifrig bei. «Als ich dieses abscheuliche Ding da in meiner Badewanne liegen sah, splitternackt dazu, bis auf den Kneifer auf der Nase – ich kann Ihnen versichern, Mylord, da hat es mir regelrecht den Magen umgedreht, wenn Sie den Ausdruck entschuldigen wollen. Ich bin nicht sehr stark, Sir, und habe morgens manchmal so ein Schwächegefühl, und als nun das noch hinzukam, mußte ich doch tatsächlich das Mädchen nach einem kräftigen Schluck Brandy schicken, Sir – Mylord, sonst wüßte ich nicht, wie es mir ergangen wäre. Mir war so komisch, und dabei halte ich normalerweise ja nichts von Alkohol. Aber ich habe es mir zur Regel gemacht, nie ohne Brandy im Haus zu sein, falls mal etwas passiert, Sie verstehen?»

«Sehr weise», sagte Lord Peter gutgelaunt, «Sie sind ein weitblickender Mann, Mr. Thipps. Ein Schlückchen wirkt im Notfall Wunder, und je weniger man daran gewöhnt ist, desto besser tut es einem. Ihr Mädchen ist hoffentlich eine vernünftige Person, ja? Es ist so ärgerlich, wenn einem Frauen dauernd in Ohnmacht fallen und immerzu herumkreischen.»

«Oh, Gladys ist ein gutes Mädchen», sagte Mr. Thipps, «und wirklich sehr vernünftig. Sie war natürlich schockiert, das ist nur zu verständlich. Ich war ja selbst schockiert, und es wäre geradezu ungehörig für ein junges Mädchen, unter solchen Umständen nicht schockiert zu sein, aber wenn Not am Mann ist, kann sie sehr stark sein und ist mir eine große Hilfe, wenn Sie verstehen. Ich schätze mich glücklich, heutzutage so ein braves, anständiges Mädchen für meine Mutter und mich zu haben, obwohl sie in Kleinigkeiten manchmal etwas nachlässig und vergeßlich ist, aber das ist nur natürlich. Es hat ihr sehr leid getan, daß sie das Badezimmerfenster offen gelassen hatte, wirklich, und wenn ich zuerst auch böse deswegen war, nachdem ich sah, was dabei herausgekommen war, hätte man doch normalerweise kein Wort darüber zu verlieren brauchen, meine ich. Junge Mädchen vergessen eben manchmal etwas, Mylord, und sie war dann derart außer sich, daß ich ihr keine großen Vorhaltungen mehr machen wollte. Ich habe nur gesagt: ‹Es hätten auch Einbrecher sein können, denken Sie daran, wenn Sie das nächste Mal ein Fenster die ganze Nacht offenstehen lassen›, habe ich gesagt. ‹Diesmal war es ein Toter, und das ist schon unangenehm genug, aber das nächste Mal könnten es Einbrecher sein›, habe ich gesagt, ‹und dann liegen wir womöglich alle ermordet in unseren Betten.› Aber der Polizeiinspektor – Inspektor Sugg nannten sie ihn, von Scotland Yard, der hat sie sehr hart angefaßt, das arme Ding.

Richtig erschreckt hat er sie und ihr das Gefühl gegeben, daß er sie für irgendwas verdächtigt, obwohl ich mir nun wirklich nicht vorstellen kann, was ein Mädchen wie sie von einem Toten haben soll, und das habe ich dem Inspektor auch gesagt. Er war auch zu mir sehr ungezogen, Mylord – ich muß sagen, seine Art gefiel mir gar nicht. ‹Wenn Sie Gladys oder mir etwas Konkretes vorzuwerfen haben, Inspektor›, habe ich gesagt, ‹dann sprechen Sie es aus, das ist Ihre Pflicht, aber ich wüßte nicht, daß Sie dafür bezahlt werden, gegenüber einem Menschen in seinem eigenen Haus ungezogen zu sein›, habe ich gesagt. Wirklich», sagte Mr. Thipps und wurde ganz rot auf dem Kopf, «er hat mich richtig in Wut gebracht, richtig in Wut gebracht, Mylord, und ich bin eigentlich ein friedfertiger Mensch.»

«Das ist Sugg wie er leibt und lebt», sagte Lord Peter. «Ich kenne ihn. Wenn er nichts anderes mehr zu sagen weiß, wird er unverschämt. Man kann sich doch denken, daß Sie und Ihr Mädchen nicht in der Gegend herumlaufen und Leichen zusammentragen. Wer lädt sich schon gern eine Leiche auf? Normalerweise ist es schwierig genug, sie loszuwerden. Sind Sie diese Leiche übrigens schon losgeworden?»

«Sie liegt noch im Bad», sagte Mr. Thipps. «Inspektor Sugg hat gesagt, es darf nichts angerührt werden, bevor seine Leute hier waren, um sie abzuholen. Ich erwarte sie jeden Augenblick. Falls Eure Lordschaft sich dafür interessieren, einmal einen Blick darauf zu werfen –»

«Herzlichen Dank», sagte Lord Peter, «das täte ich sehr gern, wenn es Ihnen keine Umstände macht.»

«Keineswegs», antwortete Mr. Thipps. Seine ganze Haltung, wie er über den Korridor voranging, überzeugte Lord Peter von zweierlei – erstens, daß er bei aller Schaurigkeit dessen, was er zu zeigen hatte, durchaus die Wichtigkeit genoß, die ihm und seiner Wohnung dadurch zukam, und zweitens, daß Inspektor Sugg ihm strikt verboten hatte, die Leiche jemandem zu zeigen. Letztere Annahme bestätigte Mr. Thipps selbst, indem er rasch noch den Schlüssel aus dem Schlafzimmer holen ging und dabei erklärte, die Polizei habe den andern mitgenommen, doch er habe es sich zur Regel gemacht, zu jeder Tür immer zwei Schlüssel im Haus zu haben, falls einmal etwas passierte.

Das Bad war in keiner Weise bemerkenswert. Es war lang und schmal, und das Fenster befand sich genau über dem Kopfende der Badewanne. Die Scheibe war aus Milchglas, der Rahmen weit genug, daß ein Männerkörper hindurchpaßte. Lord Peter ging rasch hin, öffnete es und sah hinaus.

Die Wohnung lag in der obersten Etage und etwa in der Mitte des Blocks. Das Badezimmerfenster blickte auf die Hinterhöfe hinaus, die ein paar Geräte- und Kohleschuppen, Garagen und dergleichen beherbergten. Dahinter schlossen sich die Hinterhöfe eines parallelen Häuserblocks an. Rechts erhob sich der ausgedehnte Bau des St. Luke's-Krankenhauses von Battersea mit dazugehörigem Gelände, und von dort führte ein überdachter Verbindungsgang zur Residenz des berühmten Chirurgen Sir Julian Freke, der die Chirurgie in diesem prächtigen neuen Krankenhaus unter sich hatte und außerdem in der Harley Street als hervorragender Neurologe mit höchst eigenen Ansichten bekannt war.

Diese Informationen bekam Lord Peter ausführlich von Mr. Thipps ins Ohr geblasen, der von der Nachbarschaft so eines berühmten Mannes offenbar den Abglanz eines Heiligenscheins auf die Queen Caroline Mansions fallen sah.

«Wir hatten ihn heute morgen hier», sagte er, «wegen dieser scheußlichen Geschichte. Inspektor Sugg meinte, einer der jungen Krankenhausärzte könnte die Leiche zum Scherz hierhergebracht haben, denn die haben doch immer Leichen im Seziersaal. Darum ist Inspektor Sugg heute morgen zu Sir Julian gegangen, um ihn zu fragen, ob ihm eine Leiche fehlte. Sir Julian war sehr freundlich, wirklich sehr freundlich, obwohl er doch im Seziersaal mitten in der Arbeit steckte, als sie hinkamen. Er hat in den Büchern nachgesehen, ob dort alle Leichen nachgewiesen waren, und ist dann sehr entgegenkommenderweise sogar noch hierhergekommen, um sich das da –» er deutete auf die Badewanne – «anzusehen, und dann hat er gesagt, er kann uns leider nicht helfen – im Krankenhaus fehle keine Leiche, und die hier sähe auch keiner der Leichen, die sie dort hätten, ähnlich.»

«Hoffentlich auch keinem der Patienten», bemerkte Lord Peter obenhin.

Mr. Thipps erbleichte ob dieser grausigen Anspielung.

«Danach habe ich Inspektor Sugg nicht fragen hören», sagte er ziemlich erregt. «Das wäre ja ganz fürchterlich. Gott steh uns bei, Mylord, auf den Gedanken bin ich gar nicht gekommen.»

«Na ja, wenn dort ein Patient fehlte, hätte man es inzwischen wohl bemerkt», sagte Lord Peter. «Nun sehen wir uns diese Leiche hier mal an.»

Er klemmte sich sein Monokel vors Auge und fuhr fort: «Wie ich sehe, weht Ihnen hier der Ruß herein. Sehr ärgerlich, nicht? Bei mir ist das auch so – macht mir alle Bücher kaputt. Lassen Sie, bemühen Sie sich nicht, wenn Sie lieber nicht hinsehen möchten.»

Er nahm das Laken, das man über die Wanne gelegt hatte, aus Mr. Thipps' zögernder Hand, und schlug es zurück.

Der Tote in der Badewanne war ein großer, kräftiger Mann von etwa fünfzig Jahren. Sein dichtes schwarzes, natürlich gewelltes Haar war von Meisterhand geschnitten und gescheitelt und strömte einen leichten Veilchenduft aus, der in der stickigen Luft im Badezimmer deutlich wahrzunehmen war. Das Gesicht war dick, fleischig und markant; es hatte vorstehende dunkle Augen und eine lange, zu einem kräftigen Kinn hinabgebogene Nase. Die bartlosen Lippen waren voll und sinnlich, und der heruntergeklappte Unterkiefer entblößte tabakfleckige Zähne. Ein goldener Kneifer auf der Nase des Toten spottete des Todes mit seiner grotesken Eleganz; das dünne Goldkettchen lag in einem Bogen auf der nackten Brust. Die Beine lagen steif ausgestreckt nebeneinander; die Arme ruhten fest am Körper; die Finger waren ganz natürlich gekrümmt. Lord Peter hob einen Arm hoch und besah sich die Hand mit leicht gerunzelter Stirn.

«Ganz schön eitel, Ihr Besucher, wie?» brummelte er. «Parmaveilchen und Maniküre.» Er bückte sich wieder und schob seine Hand unter den Kopf des Toten. Die komischen Augengläser rutschten herunter und fielen klappernd in die Wanne, ein Geräusch, das dem immer nervöser werdenden Mr. Thipps den letzten Rest gab.

«Entschuldigen Sie mich», flüsterte er, «mir wird ganz schwach, wirklich ganz schwach.»

Er verzog sich, und kaum war er fort, hob Lord Peter flink und vorsichtig die Leiche hoch, drehte sie um und inspizierte sie mit schiefgelegtem Kopf, wobei er das Monokel ins Spiel brachte wie der selige Joseph Chamberlain bei der Begutachtung einer seltenen Orchidee. Dann schob er den Arm unter den Kopf des Toten, nahm das silberne Streichholzdöschen aus der Tasche und schob es dem Toten in den offenen Mund. Mit einer Äußerung, die man meist «Ts-ts» schreibt, legte er anschließend die Leiche wieder hin, nahm den mysteriösen Kneifer zur Hand, betrachtete ihn, setzte ihn sich auf die Nase und sah hindurch, gab erneut die oben beschriebenen Laute von sich und setzte den Kneifer wieder dem Toten auf, um nur ja keine Spuren seines unbefugten Eingreifens zu hinterlassen, über die Inspektor Sugg sich nur ärgern würde; er legte die Leiche in ihre ursprüngliche Lage zurück, dann ging er wieder ans Fenster, beugte sich hinaus und tastete mit dem unpassenderweise hierher mitgebrachten Spazierstock aufwärts und seitwärts. Nachdem dabei offenbar nichts herauskam, zog er den Kopf wieder zurück, schloß das Fenster und ging zu Mr. Thipps auf den Flur.

Mr. Thipps, den dieses teilnahmsvolle Interesse eines Herzogssohns zutiefst rührte, nahm sich die Freiheit, ihm ein Täßchen Tee anzubieten, nachdem sie wieder ins Wohnzimmer zurückgegangen waren. Lord Peter, der ans Fenster getreten war, um den Ausblick auf den Battersea Park zu bewundern, wollte schon annehmen, als plötzlich am Ende der Prince of Wales Road ein Krankenwagen in Sicht kam. Der Anblick erinnerte Lord Peter an eine wichtige Verabredung, und mit einem hastig hervorgestoßenen «Um Gottes willen!» verabschiedete er sich von Mr. Thipps.

«Meine Mutter läßt schön grüßen und so weiter», sagte er,

während er ihm kräftig die Hand schüttelte. «Sie hofft, daß Sie bald wieder nach Denver kommen können. Auf Wiedersehen, Mrs. Thipps!» brüllte er der alten Dame freundlich ins Ohr. «Nein, danke, mein Lieber, bemühen Sie sich nicht, mich nach unten zu begleiten.»

Er war keine Sekunde zu früh. Als er vor die Haustür trat und den Weg zum Bahnhof einschlug, kam aus der anderen Richtung der Krankenwagen vorgefahren, und Inspektor Sugg stieg mit zwei Konstablern aus. Der Inspektor sprach mit dem für dieses Viertel zuständigen Straßenpolizisten und schickte einen argwöhnischen Blick hinter Lord Peters sich entfernendem Rücken her.

«Guter alter Sugg», sagte der Gentleman liebevoll, «mein lieber, guter Alter, wie mußt du mich doch hassen!»

2. *Kapitel*

«Ausgezeichnet, Bunter», sagte Lord Peter und ließ sich seufzend in einen luxuriösen Sessel fallen. «Das hätte ich selbst nicht besser gekonnt. Der Gedanke an den Dante macht mir den Mund wäßrig – und die *Four Sons of Aymon*! Und dann haben Sie mir noch 60 Pfund gespart – hervorragend. Wofür wollen wir die ausgeben, Bunter? Denken Sie mal nach – sie gehören ganz uns, wir können damit machen, was wir wollen, denn wie Harold Skimpole so richtig sagt: 60 Pfund gespart sind 60 Pfund verdient, und ich hatte ja damit gerechnet, sie ausgeben zu müssen. Es ist Ihre Ersparnis, Bunter, also sind es genaugenommen Ihre 60 Pfund. Was brauchen wir? Etwas in Ihrem Metier? Möchten Sie in der Wohnung etwas verändert haben?»

«Nun, Mylord, wenn Eure Lordschaft so gütig sind –» Der Diener hielt inne, um einen alten Cognac einzuschenken.

«Los, heraus damit, Bunter, Sie undurchschaubarer Heuchler. Sie brauchen gar nicht erst in einem Ton zu reden, als ob Sie das Abendessen ankündigen wollten – Sie verschütten den Cognac. Was fehlt in Ihrer geheiligten Dunkelkammer?»

«Es gibt da jetzt einen Doppel-Anastigmat mit einem Satz Zusatzlinsen, Mylord», sagte Bunter in einem Ton beinahe religiösen Eifers. «Wenn wir zum Beispiel einen Fall von Urkundenfälschung hätten – oder Fußabdrücke –, könnte ich sie direkt in der Kamera vergrößern. Oder das Weitwinkelobjektiv wäre auch sehr nützlich. Es ist, als ob die Kamera hinten Augen hätte, Mylord. Sehen Sie – ich habe es hier.»

Er zog einen Katalog aus der Tasche und legte ihn, vor Aufregung zitternd, seinem Arbeitgeber vor.

Lord Peter las langsam die Beschreibung durch. Die Winkel seines breiten Mundes hoben sich zu einem feinen Lächeln.

«Das ist für mich Chinesisch», sagte er, «und 50 Pfund für ein paar Stückchen Glas kommen mir lächerlich viel vor. Aber Sie, Bunter, würden wahrscheinlich sagen, daß 750 Pfund für ein schmutziges altes Buch in einer toten Sprache auch ein bißchen viel sind, nicht?»

«Es stände mir nicht an, so etwas zu sagen, Mylord.»

«Nein, Bunter, ich zahle Ihnen 200 Pfund im Jahr, damit Sie Ihre Ansichten für sich behalten. Sagen Sie, Bunter, finden Sie das in diesen demokratischen Zeiten nicht ein bißchen ungerecht?»

«Nein, Mylord.»

«Nein? Dann sagen Sie mir mal ganz ehrlich, warum Sie das nicht ungerecht finden.»

«Offen gesagt, Mylord, beziehen Eure Lordschaft die Einkünfte eines Edelmannes, damit Sie Lady Worthington zum Essen einladen und es sich versagen, dabei von Eurer Lordschaft Schlagfertigkeit Gebrauch zu machen.»

Lord Peter ließ sich das durch den Kopf gehen.

«So sehen Sie das, Bunter? *Noblesse oblige* – für gutes Geld. Wahrscheinlich haben Sie recht. Dann geht es Ihnen besser als mir, denn ich müßte mich gegenüber Lady Worthington auch dann benehmen, wenn ich keinen Penny besäße. Bunter, wenn ich Sie auf der Stelle feuerte, würden Sie mir dann sagen, was Sie von mir halten?»

«Nein, Mylord.»

«Sie hätten alles Recht dazu, mein Lieber, und wenn ich Ihnen kündigte, obwohl ich Ihren Kaffee trinke, würde ich sogar alles verdienen, was Sie mir an den Kopf zu werfen hätten. Sie sind ein Kaffeezauberer, Bunter – ich will gar nicht wissen, wie Sie ihn machen, denn ich halte es für Hexerei und habe keine Lust, im ewigen Feuer zu schmoren. Also, kaufen Sie sich Ihre schielende Kamera.»

«Vielen Dank, Mylord.»

«Sind Sie im Eßzimmer schon fertig?»

«Nicht ganz, Mylord.»

«Dann kommen Sie wieder, wenn Sie fertig sind. Ich habe Ihnen viel zu erzählen. Hallo! Wer ist denn das?»

Es hatte laut an der Wohnungstür geklingelt.

«Wenn es niemand Interessantes ist, bin ich nicht zu Hause.»

«Sehr wohl, Mylord.»

Lord Peters Bibliothek war eines der hübschesten Junggesellenzimmer in ganz London. Sie war in Schwarz und Primelgelb gehalten; ihre Wände bedeckten seltene Bücher, und in den Polstern ihrer Sessel und des Chesterfield-Sofas fühlte man sich wie in Abrahams Schoß. In einer Ecke stand ein schwarzer Stutzflügel, auf einem großen, altmodischen Rost züngelte ein Holzfeuer, und die Sèvres-Vasen auf dem Kaminsims waren mit rötlichen und goldenen Chrysanthemen gefüllt. Für die Augen des jungen Mannes, der soeben aus dem kalten Novembernebel hereingeführt wurde, wirkte das alles nicht nur einmalig und unerreichbar, sondern auch freundlich und vertraut wie ein farbenfrohes und vergoldetes Paradies auf einem mittelalterlichen Gemälde.

«Mr. Parker, Mylord.»

Lord Peter sprang mit ungespielter Freude auf.

«Parker, mein Bester, wie schön, daß du kommst. Widerlich nebliger Abend, wie? Bunter, bringen Sie noch etwas von Ihrem wunderbaren Kaffee und noch ein Glas und Zigarren. Parker, du steckst hoffentlich bis obenhin voll mit schönen Verbrechen – unter Brandstiftung und Mord tun wir's heute abend nicht. ‹In solcher Nacht wie diese –› Bunter und ich wollten uns gerade zu einem Zechgelage hinsetzen. Ich habe auf Sir Ralph Brockleburys Auktion einen Dante und einen praktisch einmaligen Caxton-Folioband erstanden. Bunter, der den Handel durchgeführt hat, bekommt eine Kamera, die mit geschlossenen Augen alle möglichen Wunderdinge tun kann, und

Wir haben im Bad eine Leiche gefunden,
Wir haben im Bad eine Leiche gefunden.
Drum soll man uns verschonen
Mit billigen Sensationen,
Denn wir haben im Bad eine Leiche gefunden.

Drunter tun wir beide es nicht, Parker. Im Moment gehört sie noch mir, aber wir werden teilen. Firmeneigentum. Möchtest du nicht einsteigen? Ein *bißchen* wirst du aber in die Kasse einzahlen müssen. Vielleicht hast du auch eine Leiche? Bitte, hab eine Leiche! Uns ist jede Leiche recht.

Jede Leiche kommt uns recht,
Keine Leiche ist zu schlecht,
Solange nur die Leiche weiß,
Wer sie zur Leiche gemacht hat und daß
der alte Sugg völlig auf dem falschen Dampfer ist.
Doch muß sie uns das erst sagen?

Mitnichten, Sie zwinkert dir mit glasigem Auge zu, und schon kennst du die Wahrheit.»

«Aha», sagte Parker, «ich wußte schon, daß du bei den Queen Caroline Mansions warst. Ich war nämlich auch da und habe Sugg getroffen, und er hat mir erzählt, daß er dich dort gesehen hat. Und wütend war er. Spricht von unbefugter Einmischung.»

«Dachte ich mir», sagte Lord Peter. «Ich bringe den guten alten Sugg so gern auf die Palme, er wird dann so schön grob. Ich lese im *Star*, daß er sich hervorgetan und das Mädchen, diese Gladys Dingsda, in Gewahrsam genommen hat. Suggchen, du bist mein Augenstern. Aber was wolltest *du* denn dort?»

«Um ehrlich zu sein», antwortete Parker, «ich war da, um zu sehen, ob der semitisch aussehende Fremde in Mr. Thipps' Badezimmer rein zufällig Sir Reuben Levy war. Aber er war es nicht.»

«Sir Reuben Levy? Moment, darüber habe ich doch auch was gelesen. Ich weiß! Eine Schlagzeile: ‹Bekannter Finanzmann auf rätselhafte Weise verschwunden.› Worum geht's denn da? Ich hab's nicht so genau gelesen.»

«Na ja, ein bißchen komisch ist das schon, aber ich glaube eigentlich nicht, daß was dran ist – der alte Knabe hat sich vielleicht aus Gründen, die er selbst am besten kennt, davongemacht. Es ist erst heute morgen passiert, und niemand hätte sich das allermindeste dabei gedacht, wenn es nicht gerade der Tag gewesen wäre, an dem er zu einer sehr wichtigen Geschäftsbesprechung gehen und irgendeinen Millionenhandel abschließen wollte – die Einzelheiten kenne ich nicht alle. Aber ich weiß, daß er Feinde hat, denen es ganz recht wäre, wenn aus dem Geschäft nichts würde, und als ich dann von dem Kerl in der Badewanne hörte, bin ich gleich hingeflitzt und hab mir den angesehen. Es war natürlich nicht sehr wahrscheinlich, aber in unserem Gewerbe hat es schon unwahrscheinlichere Sachen gegeben. Das Komische ist, daß Sugg sich an der Vorstellung festgebissen hat, er sei es doch, und jetzt jagt er Telegramme an Lady Levy, sie soll herkommen und ihn identifizieren. Aber in Wahrheit ist der Mann in der Badewanne sowenig Sir Reuben Levy wie Adolf Beck, der arme Teufel, John Smith war. Dabei würde er, und das ist das Komische, Sir Reuben wirklich ungemein ähnlich sehen, wenn er einen Bart hätte, und da Lady Levy mit der Familie irgendwo im Ausland ist, sagt womöglich irgendwer, er ist es, und Sugg baut darauf eine wunderschöne Theorie, so hoch wie der Turm von Babel und ebenso zum Einsturz verdammt.»

«Sugg ist ein reinrassiger, brüllender Esel», stellte Lord Peter fest. «Wie im Kriminalroman. Also, über Levy weiß ich nichts, aber ich habe die Leiche gesehen und würde auf den ersten Blick sagen, daß diese Vermutung lächerlich ist. Wie findest du den Cognac?»

«Unglaublich, Wimsey – man glaubt im Himmel zu sein. Aber ich würde gern deine Meinung hören.»

«Hast du was dagegen, wenn Bunter auch zuhört? Bunter ist unbezahlbar – mit der Kamera ein wahrer Zauberer. Und komischerweise ist er immer zur Stelle, wenn ich ein Bad oder meine Schuhe haben will. Ich weiß nicht, wann er seine Bilder entwickelt – ich glaube, das macht er im Schlaf. Bunter!»

«Ja, Mylord?»

«Hören Sie auf, da drinnen herumzukramen, holen Sie sich alles Nötige zum Trinken und mischen Sie sich unters Volk.»

«Sehr wohl, Mylord.»

«Mr. Parker hat einen neuen Zaubertrick: Der verschwundene Finanzier. Ohne Netz und doppelten Boden. Abrakadabra simsalabim – wo ist er? Möchte jemand aus dem Publikum freundlicherweise auf die Bühne kommen und in der Kiste nachsehen? Danke, Sir. Geschwindigkeit ist keine Hexerei.»

«Ich fürchte nur, so interessant ist meine Geschichte gar nicht», sagte Parker. «Es ist nur einer dieser Fälle, bei denen man nicht recht weiß, wo man anfangen soll. Sir Reuben Levy hat gestern abend mit drei Bekannten im *Ritz* gespeist. Nach dem Essen sind seine Freunde ins Theater gegangen. Er wollte nicht mitgehen, weil er, wie er sagte, eine Verabredung hatte. Ich habe noch nicht herausfinden können, mit wem er verabredet war, aber er ist jedenfalls um 24 Uhr nach Hause gekommen – Park Lane 9 A.»

«Wer hat ihn gesehen?»

«Die Köchin, die gerade auf ihr Zimmer gegangen war, hat ihn vor der Haustür stehen sehen und hereinkommen hören. Er ist die Treppe hinaufgegangen, hat seinen Mantel an die Garderobe gehängt und den Schirm in den Ständer gesteckt – du erinnerst dich, wie es gestern abend geregnet hat. Er hat sich ausgezogen und ist zu Bett gegangen. Am nächsten Morgen war er nicht mehr da. Das ist schon alles», schloß Parker unvermittelt mit einer entsprechenden Handbewegung.

«Nicht alles, nicht alles! Weiter, Papi, das war erst die *halbe* Geschichte», bettelte Lord Peter.

«Nein, es ist die *ganze.* Als sein Diener ihn wecken wollte, war er nicht mehr da. Im Bett war geschlafen worden. Sein Schlafanzug und seine sämtlichen Kleider waren da, und das einzig Merkwürdige daran ist, daß sie ziemlich unordentlich auf die Ottomane am Fußende des Betts geworfen waren, nicht ordentlich zusammengefaltet auf einem Stuhl, wie Sir Reuben es für gewöhnlich hält – demnach muß er ziemlich erregt gewesen sein oder hat sich unwohl gefühlt. Es fehlte keine frische Kleidung, kein Anzug, keine Schuhe – nichts. Die Schuhe, die er angehabt hatte, standen wie gewöhnlich im Ankleidezimmer. Er hatte sich gewaschen und die Zähne geputzt und all das Übliche getan. Das Hausmädchen war um halb sieben Uhr früh unten, um die Diele zu wischen, und kann beschwören, daß seitdem niemand aus oder ein gegangen ist. Also ist man doch zu der Annahme gezwungen, daß ein geachteter, an Jahren reifer jüdischer Finanzier entweder zwischen 24 und 6 Uhr morgens verrückt geworden und in einer Novembernacht still und heimlich im Adamskostüm aus dem Haus gegangen ist, oder daß er fortgezaubert wurde wie die Dame in den Ingoldsby-Legenden, verschwunden mit Haut und Haaren, und nur ein Häufchen zerknüllter Kleider bleibt zurück.»

«War die Haustür verriegelt?»

«Das ist so eine von den Fragen, die *du* sofort stellst; mir ist sie erst nach einer Stunde eingefallen. Nein; ganz gegen alle Gepflogenheiten war die Tür nur zugezogen. Andererseits hatten einige der Mädchen den Abend frei gehabt, um ins Theater zu gehen, und Sir Reuben könnte die Tür in der Meinung unverriegelt gelassen haben, daß sie noch nicht zurück waren. So etwas ist ja schon vorgekommen.»

«Und das ist wirklich alles?»

«Wirklich alles. Bis auf eine winzige Kleinigkeit.»

«Ich liebe winzige Kleinigkeiten», sagte Lord Peter mit kindlichem Vergnügen. «So manchen hat schon eine winzige Kleinigkeit an den Galgen gebracht. Worum geht's?»

«Sir Reuben und Lady Levy, die eine sehr gute Ehe führen, schlafen immer im selben Zimmer. Lady Levy ist, wie ich schon erwähnt habe, zur Zeit in Mentone, der Gesundheit wegen. In ihrer Abwesenheit schläft Sir Reuben wie immer im Doppelbett, und zwar stets auf seiner Seite – der Außenseite. Letzte Nacht hat er beide Kissen aufeinandergelegt und in der Mitte geschlafen, eher sogar noch ein Stückchen näher zur Wand als nach außen. Das Hausmädchen, ein sehr intelligentes Ding, hat das gemerkt, als sie hinaufging, um das Bett zu machen, und daraufhin hat sie sich mit bewundernswertem kriminalistischem Gespür geweigert, das Bett anzurühren oder es von jemand anderem anrühren zu lassen, obwohl man erst einige Zeit später nach der Polizei geschickt hat.»

«War außer Sir Reuben und dem Personal niemand im Haus?»

«Nein; Lady Levy war mit Tochter und Zofe fort. Der Diener, die Köchin, das Stubenmädchen, Hausmädchen und Küchenmädchen waren die einzigen Leute im Haus und haben natürlich zuerst mal ein bis zwei Stunden mit Klatsch und Tratsch vertan. Ich war dann um 10 Uhr dort.»

«Was hast du seitdem unternommen?»

«Ich habe herauszufinden versucht, mit wem Sir Reuben gestern abend verabredet war, denn mit Ausnahme der Köchin war der Betreffende der letzte, der ihn vor seinem Verschwinden gesehen hat. Es mag eine ganz simple Erklärung für das alles geben, aber du kannst mich totschlagen, mir fällt im Augenblick keine ein. Zum Kuckuck noch mal, ein Mensch kommt doch nicht nach Hause, legt sich schlafen und geht dann mitten in der Nacht ‹mit nichts an› wieder weg.»

«Er könnte sich verkleidet haben.»

«Daran habe ich auch schon gedacht – es scheint überhaupt die einzig mögliche Erklärung zu sein. Aber es ist schon arg komisch, Wimsey. Ein bedeutender Geschäftsmann schleicht sich am Vorabend einer bedeutenden Transaktion mitten in der Nacht davon, ohne irgend jemandem ein Sterbenswörtchen zu sagen, verkleidet bis auf die Haut und unter Zurücklassung seiner Uhr, Geldbörse, seines Scheckhefts und – das ist das Rätselhafteste und Wichtigste – seiner Brille, ohne die er die Hand nicht vor Augen sieht, weil er extrem kurzsichtig ist. Er –»

«Das ist allerdings wichtig», unterbrach ihn Wimsey. «Bist du sicher, daß er keine zweite mitgenommen hat?»

«Sein Diener schwört, daß er nur zwei Brillen besitzt; die eine lag auf der Frisierkommode, die andere in der Schublade, wo sie immer liegt.»

Lord Peter stieß einen Pfiff aus.

«Jetzt siehst du mich in der Klemme, Parker. Selbst wenn er fortgegangen wäre, um sich umzubringen, hätte er seine Brille mitgenommen.»

«Sollte man meinen – sonst wäre der Selbstmord mit dem ersten Schritt auf die Straße schon passiert gewesen. Aber ich habe diese Möglichkeit nicht übersehen. Ich habe mir eine

Aufstellung aller Verkehrsunfälle von heute besorgt und kann die Hand dafür ins Feuer legen, daß keines der Opfer Sir Reuben war. Außerdem hat er seinen Hausschlüssel mitgenommen, woraus man schließen könnte, daß er zurückkommen wollte.»

«Hast du die Leute gesprochen, mit denen er gegessen hat?»

«Zwei von ihnen habe ich im Club angetroffen. Sie sagen, er habe gesund und munter ausgesehen und davon gesprochen, später – vielleicht zu Weihnachten – Lady Levy nachzufahren; er habe auch mit großer Befriedigung von dem Geschäft gesprochen, das er heute morgen abschließen wollte und an dem einer von ihnen – ein gewisser Anderson aus dem Hause Wyndham – selbst beteiligt war.»

«Dann hatte er also bis spätestens 21 Uhr noch nicht die Absicht oder damit gerechnet, plötzlich zu verschwinden.»

«Nein – falls er nicht ein ganz hervorragender Schauspieler ist. Das Ereignis, das ihn seine Absichten hat ändern lassen, muß also entweder während des Treffens mit dem geheimnisvollen Unbekannten nach dem Essen stattgefunden haben oder zwischen 24 und 5 Uhr 30, als er im Bett lag.»

«Nun, Bunter», sagte Lord Peter, «was halten Sie davon?»

«Das fällt nicht in mein Metier, Mylord. Es ist höchstens eigenartig, daß ein Gentleman, der zu erregt oder zu krank war, um seine Kleidung wie gewohnt zusammenzulegen, daran gedacht haben soll, sich die Zähne zu putzen und seine Schuhe hinauszustellen. Gerade diese beiden Dinge werden häufig vergessen, Mylord.»

«Wenn das persönlich gemeint war, Bunter», sagte Lord Peter, «kann ich nur sagen, daß ich Ihre Bemerkung höchst unangebracht finde. Das ist ein hübsches Problemchen, mein lieber Parker. Hör zu, ich will mich ja nicht einmischen, aber ich würde liebend gern morgen einmal dieses Schlafzimmer sehen. Ich mißtraue dir ja nicht, mein Bester, aber ich möchte es eben um mein Leben gern sehen. Sag nicht nein – trink noch ein Schlückchen Cognac und nimm dir eine Villar y Villar, aber sag bitte, bitte nicht nein!»

«Natürlich kannst du mitkommen und es dir ansehen – wahrscheinlich findest du eine Menge Dinge, die ich übersehen habe», erwiderte der andere ruhig und akzeptierte das gastfreundliche Angebot.

«Parker, mein Herzblatt, du bist die Zierde des Scotland Yard. Ich sehe dich an, und Sugg wird zu einem Mythos, einem Fabeltier, einem Hanswurst, in einer Mondnacht gezeugt von einem phantasievollen Dichterhirn. Sugg ist zu vollkommen, um wahr zu sein. Was fängt er übrigens mit der Leiche an?»

«Sugg sagt», erwiderte Parker knapp und klar, «daß der Mann an einem Schlag in den Nacken gestorben ist. Das hat ihm der Arzt gesagt. Er meint, er sei schon ein bis zwei Tage tot. Auch das hat ihm der Arzt gesagt. Er sagt, es sei die Leiche eines etwa fünfzigjährigen, wohlhabenden Juden. Das hätte ihm jeder sagen können. Er findet die Annahme lächerlich, daß die Leiche durchs Badezimmerfenster hereingekommen sei, ohne daß einer etwas davon gewußt hätte. Er sagt, der Mann sei wahrscheinlich lebend zur Tür hereingekommen und im Haus ermordet worden. Er hat das Mädchen verhaftet, weil sie klein und schwächlich ist und gar nicht in der Lage wäre, einen großen, kräftigen Mann mit einem Schürhaken zu erschlagen. Er würde Thipps verhaften, aber Thipps war den ganzen gestrigen und vorgestrigen Tag in Manchester und ist erst spätabends zurückgekommen – er wollte ihn trotzdem verhaften, bis ich ihn daran erinnerte, daß der kleine Thipps den Mann nicht erst nach gestern abend halb elf erschlagen haben kann, wenn dieser schon ein bis zwei Tage tot ist. Er wird ihn aber morgen noch als Mitwisser verhaften – und die alte Dame mit dem Strickzeug womöglich auch, mich würd's nicht wundern.»

«Da bin ich aber froh, daß unser Kleiner so ein gutes Alibi hat», meinte Lord Peter. «Wenn man sich allerdings zu sehr auf Leichenblässe, Leichenstarre und sonstige Leichendinge verläßt, muß man damit rechnen, daß ein ungläubiger Anklagevertreter einem querbeet durch das ganze medizinische Gutachten trampelt. Erinnerst du dich an Impey Biggs' Verteidigungsrede in dem Teestubenfall von Chelsea? Sechs Medizinmänner widersprechen einander lustig in ihren Gutachten, und Freund Impey zitiert aus Glaister und Dixon Mann anomale Fälle, bis den Geschworenen Hören und Sehen vergeht. ‹Sind Sie in der Lage, zu beschwören, Dr. Kieferzange, daß der Beginn des *rigor mortis* die Todeszeit ohne die Möglichkeit eines Irrtums belegt?› – ‹Soweit meine Erfahrung reicht, in der Mehrzahl der Fälle ja›, antwortet der Doktor pikiert. ‹Ah!› ruft Biggs. ‹Aber das ist hier ein Strafprozeß, keine Parlamentswahl, Doktor. Ohne Minderheitsvotum kommen wir hier nicht weiter. Das Gesetz, Dr. Kieferzange, achtet das Recht der Minderheit, ob lebend oder tot.› Irgendein Trottel lacht, und Biggs wirft sich in die Brust und macht auf eindrucksvoll. ‹Meine Herren, diese Angelegenheit ist nicht zum Lachen. Bei meinem Mandanten – einem aufrechten, ehrbaren Bürger – geht es hier um Leben oder Tod – *sein* Leben, meine Herren –, und es ist die Aufgabe der Anklagevertretung, ihm sein Verschulden – wenn sie das kann – ohne den Schatten eines Zweifels nachzuweisen. Also, Dr. Kieferzange, ich frage Sie noch einmal, können Sie feierlich und ohne den Schatten eines Zweifels – jeden möglichen, denkbaren Schatten eines Zweifels – beschwören, daß die unglückliche Frau nicht früher und nicht später als am Donnerstagabend zu Tode gekommen ist? Wahrscheinlich? Meine Herren, wir sind keine Jesuiten, wir sind aufrechte, ehrliche Engländer. Man kann von britischen Geschworenen nicht verlangen, daß sie auf Grund einer bloßen Wahrscheinlichkeit einen Menschen zum Tode verurteilen.› Beifälliges Gemurmel.»

«Biggs' Mandant war trotzdem schuldig», entgegnete Parker.

«Natürlich. Aber er wurde trotzdem freigesprochen, und was du da eben gesagt hast, ist üble Nachrede.» Wimsey ging ans Bücherregal und nahm ein gerichtsmedizinisches Werk herunter. «‹*Rigor mortis* – kann nur sehr allgemein festgestellt werden – viele Faktoren beeinflussen das Ergebnis.› Ganz schön vorsichtig der Kerl. ‹Durchschnittlich aber setzt die Starre nach fünf bis sechs Stunden an Hals und Unterkiefer ein› – hm – ‹ist aller Wahrscheinlichkeit nach in den meisten

Fällen nach 36 Stunden wieder abgeklungen. Unter gewissen Umständen kann sie jedoch ungewöhnlich früh beginnen oder ungewöhnlich lange anhalten.› Sehr hilfreich, nicht wahr, Parker? ‹Brown-Séquard hat festgestellt ... dreieinhalb Minuten nach Eintritt des Todes ... in bestimmten Fällen erst 16 Stunden nach Eintritt des Todes ... Dauer danach bis zu 21 Tagen.› Großer Gott! ‹Modifizierende Faktoren – Alter – Muskelzustand – fiebrige Erkrankungen – hohe Umgebungstemperatur –› und so weiter und so fort, man kann es sich aussuchen. Macht nichts. Du kannst das ja mal Sugg vortragen, falls es was nützt. *Er* wird es auch nicht besser wissen.» Er warf das Buch hin. «Kommen wir auf die Tatsachen zurück. Was hältst *du* von der Leiche?»

«Nun», meinte der Detektiv, «sehr viel kann ich noch nicht damit anfangen – ich war ehrlich gesagt ein bißchen ratlos. Ich würde sagen, der Mann war wohlhabend, aber ein Emporkömmling, der erst vor relativ kurzer Zeit sein Glück gemacht hat.»

«Aha, du hast also die Schwielen an den Händen nicht übersehen – hab ich mir gedacht.»

«An beiden Füßen waren dicke Blasen – er hat zu enge Schuhe getragen.»

«Und ist sehr weit darin gelaufen», sagte Lord Peter, «sonst hätte er solche Blasen nicht bekommen. Ist dir das nicht eigenartig vorgekommen – bei einem offenbar wohlhabenden Mann?»

«Nun, ich weiß nicht. Die Blasen waren zwei bis drei Tage alt. Er könnte einmal nachts in einem Vorort steckengeblieben sein – letzter Zug weg und kein Taxi – und mußte zu Fuß nach Hause gehen.»

«Möglich.»

«Auf dem ganzen Rücken und an einem Bein hatte er kleine rote Flecken, die ich nicht zu erklären weiß.»

«Die habe ich gesehen.»

«Was hältst du davon?»

«Das sage ich dir später. Mach weiter.»

«Er war sehr weitsichtig – merkwürdig weitsichtig für einen

Menschen in der Blüte seiner Jahre; die Brillengläser hätten zu einem sehr alten Mann gepaßt. Übrigens hat der Kneifer ein sehr schönes und nicht alltägliches goldenes Kettchen aus flachen Gliedern mit Ziselierungen. Ich habe mich schon gefragt, ob man daran nicht seine Identität feststellen könnte.»

«Ich habe vorhin ein entsprechendes Inserat in die *Times* gesetzt», sagte Lord Peter. «Weiter.»

«Er hatte die Brille schon länger – das Gestell war zweimal repariert.»

«Sehr schön, Parker, sehr schön. Ist dir auch klar, was das bedeutet?»

«Leider nicht ganz – warum?»

«Egal – weiter.»

«Er war vermutlich ein launischer, reizbarer Mensch – seine Fingernägel waren bis zum Nagelbett abgefeilt, als ob er sie für gewöhnlich abgeknabbert hätte, und seine Finger waren auch angeknabbert. Er hat Unmengen Zigaretten geraucht, ohne Spitze. Und seine äußere Erscheinung war ihm sehr wichtig.»

«Hast du dir das Badezimmer überhaupt angesehen? Dazu hatte ich kaum Gelegenheit.»

«An Fußabdrücken habe ich nicht viel gefunden. Sugg & Co. waren schon überall herumgetrampelt, ganz zu schweigen von Mr. Thipps und dem Mädchen, aber mir ist ein undeutlicher Fleck gleich hinter dem Kopfende der Wanne aufgefallen, als ob dort etwas Feuchtes gestanden hätte. Einen Abdruck konnte man das kaum nennen.»

«Es hat eben letzte Nacht stark geregnet.»

«Eben; und ist dir aufgefallen, daß im Ruß auf der Fensterbank irgendwelche Spuren waren?»

«Ja», sagte Wimsey, «und ich habe sie mir mit meinem Freund hier sehr genau angesehen, konnte aber nichts damit anfangen, nur daß dort irgend etwas gelegen haben muß.» Er zückte sein Monokel und reichte es Parker.

«Wahrhaftig, das ist ein starkes Glas!»

«Stimmt», sagte Wimsey, «und sehr nützlich, wenn man sich irgend etwas einmal genauer ansehen will und dabei nur wie ein eingebildeter Affe aussehen möchte. Es ist nur nicht ratsam, das Ding ständig zu tragen – wenn die Leute einen direkt von vorn sehen, sagen sie: ‹Mein Gott, muß der Mann schlechte Augen haben!› Aber nützlich ist es schon.»

«Sugg und ich haben uns den Boden an der Hinterseite des Hauses angesehen», fuhr Parker fort, «aber dort waren keine Spuren.»

«Interessant. Hast du mal auf dem Dach nachgesehen?»

«Nein.»

«Das machen wir morgen. Die Dachrinne ist nur ein kurzes Stück über der Fensteroberkante. Ich habe mit meinem Stock nachgemessen – des Gentleman-Detektivs Vademecum –, er hat nämlich eine Zolleinteilung. Ein ungemein nützlicher Begleiter mitunter. Innen steckt ein Degen, und im Knauf ist ein Kompaß untergebracht. Hab ich mir eigens anfertigen lassen. Sonst noch etwas?»

«Leider nein. Nun laß mal deine Version hören, Wimsey.»

«Na ja, ich finde, das meiste hast du schon genannt. Es gibt da nur noch ein paar kleine Widersprüche. Zum Beispiel haben wir es mit einem Mann zu tun, der einen teuren Goldrandkneifer trägt und ihn schon so lange hat, daß er zweimal repariert werden mußte. Trotzdem sind seine Zähne nicht nur fleckig, sondern auch in sehr schlechtem Zustand und sehen aus, als ob er sie noch nie im Leben geputzt hätte. Auf einer Seite fehlen vier Backenzähne, auf der anderen drei, und ein Schneidezahn ist abgebrochen. Er ist aber ein Mann, der Wert auf sein Äußeres legt, wie seine Haare und Hände beweisen. Was sagst du dazu?»

«Ach, solche neureichen Leute niedriger Herkunft machen sich über ihre Zähne meist nicht viele Gedanken und haben eine Heidenangst vor dem Zahnarzt.»

«Stimmt; aber ein Backenzahn hatte eine abgebrochene Kante, die so scharf war, daß er sich die Zunge daran wundgescheuert hat. Etwas Schmerzhafteres gibt es nicht. Willst du mir etwa sagen, das würde jemand ertragen, wenn er es sich leisten könnte, zum Zahnarzt zu gehen und die Kante abschleifen zu lassen?»

«Weißt du, die Menschen sind komisch. Ich habe schon

Dienstboten gekannt, die lieber Höllenqualen erduldet als eine Zahnarztpraxis betreten hätten. Woher weißt du das überhaupt, Wimsey?»

«Hab hineingesehen; elektrisches Taschenlämpchen», sagte Lord Peter. «Ausgesprochen praktische Erfindung. Sieht aus wie eine Streichholzdose. Also – das stimmt ja wahrscheinlich alles, ich wollte dich nur darauf aufmerksam machen. Zweiter Punkt: Ein Herr mit manikürten Händen und nach Veilchen duftendem Haar und so weiter wäscht sich nie die Ohren. Voller Schmalz. Ekelhaft.»

«Da hast du mich erwischt, Wimsey; das ist mir nicht aufgefallen. Aber – schlechte Angewohnheiten sterben schwer.»

«Stimmt auch wieder! Schieben wir's darauf. Punkt drei: Ein Herr mit manikürten Händen und Brillantine und dergleichen hat Flöhe.»

«Himmel noch mal, du hast recht! Flohbisse. Auf die Idee bin ich nicht gekommen.»

«Gar kein Zweifel möglich, mein Lieber. Die Bisse waren verblaßt und alt, aber nicht zu verkennen.»

«Natürlich, jetzt wo du's sagst. Trotzdem, das kann eigentlich jedem passieren. Ich habe vorletzte Woche erst so einen Hüpfer im besten Hotel von Lincoln springen lassen. Hoffentlich hat er den nächsten Gast gebissen!»

«Gewiß, alle diese Dinge *könnten* jedem passieren – jedes für sich allein. Punkt vier: Ein Herr mit Veilchenduft im Haar etcetera wäscht sich den Korpus mit starker Karbolseife – so stark, daß man es 24 Stunden später noch riecht.»

«Um die Flöhe loszuwerden.»

«Eines muß man dir lassen, Parker, du hast auf alles eine Antwort. Punkt fünf: Sorgfältig herausgeputzter Herr mit manikürten, wenngleich abgeknabberten Fingernägeln hat unverschämt schmutzige Zehennägel, die aussehen, als ob sie seit Jahren nicht mehr geschnitten worden wären.»

«Paßt alles zu den bereits erwähnten Angewohnheiten.»

«Ja, ich weiß, aber *was* für Angewohnheiten! Nun zum sechsten und letzten Punkt: Besagter Herr mit teilweise vornehmen Angewohnheiten kommt mitten in einer regnerischen

Nacht, nachdem er schon 24 Stunden tot ist, offenbar durchs Fenster herein und legt sich, unjahreszeitgemäß nur mit einem Kneifer bekleidet, still in Mr. Thipps' Badewanne. Seine Frisur ist kein bißchen durcheinander – die Haare wurden erst vor so kurzer Zeit geschnitten, daß an seinem Hals und in der Badewanne noch jede Menge kurzer Härchen kleben –, und er hat sich erst vor so kurzer Zeit rasiert, daß er sogar noch angetrocknete Seife an der Wange –»

«Wimsey!»

«Augenblick – und *angetrocknete Seife im Mund* hat.»

Bunter war aufgestanden und stand plötzlich, ganz der respektvolle Diener, neben dem Kriminalbeamten.

«Noch einen Cognac, Sir?» flüsterte er.

«Wimsey», sagte Parker, «du machst mir eine Gänsehaut.» Er leerte sein Glas in einem Zug – starrte es an, als wunderte er sich, wieso es leer war, stellte es hin, stand auf, ging zum Bücherschrank, drehte sich um, stellte sich mit dem Rücken davor und sagte:

«Hör mal, Wimsey – du hast Kriminalromane gelesen und faselst Unsinn.»

«Keineswegs», antwortete Lord Peter schläfrig. «Es wäre allerdings ein ungemein guter Stoff für einen Kriminalroman, wie? Wir werden einen schreiben, Bunter, und Sie illustrieren ihn mit Fotos.»

«Seife im – Quatsch!» sagte Parker. «Es muß etwas anderes gewesen sein – irgendeine Verfärbung –»

«Nein», sagte Lord Peter, «es waren sogar Haare darin. Borstige. Der Mann hatte einen Bart gehabt.»

Er zog seine Uhr aus der Tasche und entnahm ihr ein paar längere, steife Haare, die er zwischen Innen- und Außendeckel gesteckt hatte.

Parker drehte sie ein paarmal zwischen den Fingern, hielt sie gegen das Licht, begutachtete sie unter einer Lupe, reichte sie dem ungerührten Bunter und sagte:

«Willst du mir etwa erzählen, Wimsey, daß irgendein Mensch auf der Welt –» er lachte schroff – «sich mit offenem Mund den Bart rasieren und dann hingehen und sich mit dem

Mund voller Haare umbringen lassen würde? Du bist ja verrückt.»

«*Ich* erzähle so etwas nicht», sagte Wimsey. «Ihr Polizisten seid doch alle gleich - ihr habt nur einen Gedanken unter der Schädeldecke. Ich möchte wirklich mal wissen, wofür man euch bezahlt. Der Mann wurde rasiert, nachdem er schon tot war. Hübsch, nicht? Nette Beschäftigung für den Barbier. Komm, setz dich wieder, Mann, und trample hier nicht wie ein Esel im Zimmer herum. Im Krieg passieren schlimmere Sachen. Das hier ist doch nur ein billiges Gruselgeschichtchen. Aber ich will dir mal etwas sagen, Parker – wir haben es mit einem Verbrecher zu tun – *dem* Verbrecher –, dem wahren Künstler, einem Bösewicht mit Phantasie. Das ist echtes Kunstwerk, eine runde Sache. Ich habe meinen Spaß daran, Parker.»

3. Kapitel

Lord Peter beendete eine Sonate von Scarlatti, blieb sitzen und betrachtete nachdenklich seine Hände. Die Finger waren lang und muskulös und hatten breite, flache Gelenke und eckige Spitzen. Wenn er spielte wurden seine sonst recht harten grauen Augen weicher, dafür verhärtete sich sein breiter, unentschlossener Mund. Zu keiner anderen Zeit hätte er gutes Aussehen für sich in Anspruch genommen, und ein solcher Anspruch wäre auch durch das lange, schmale Kinn und die lange, fliehende Stirn, die durch das glatt zurückgekämmte flachsblonde Haar noch betont wurde, jederzeit zunichte gemacht worden. Sozialistische Zeitungen pflegten dieses Kinn noch etwas weicher zu machen und ihn als typischen Aristokraten zu karikieren.

«Ein wunderbares Instrument», sagte Parker.

«Nicht schlecht jedenfalls», antwortete Lord Peter, «aber Scarlatti verlangt ein Spinett. Klavier ist zu modern – zu viele Vibrationen und Obertöne. Taugt nichts für unsere Arbeit. Bist du schon zu einem Schluß gekommen?»

«Der Mann in der Badewanne», zählte Parker methodisch auf, «war *kein* wohlhabender Mann, der auf sein Äußeres bedacht war. Er war ein stellungsloser ungelernter Arbeiter, der aber seine Stelle erst vor kurzem verloren hatte. Er zog auf Arbeitssuche durch die Gegend, als ihn sein Schicksal ereilte. Jemand hat ihn getötet und dann gewaschen, parfümiert und rasiert, um ihn unkenntlich zu machen und ihn danach in Thipps' Badewanne zu deponieren, ohne eine Spur zu hinterlassen. Folgerung: Der Mörder war ein kräftiger Mann, da er ihn mit einem einzigen Schlag ins Genick getötet hat; ein Mann mit kühlem Kopf und meisterlichem Verstand, weil er dieses ganze gruslige Werk vollbracht hat, ohne eine Spur zu hinterlassen; ein Mann von Wohlstand und Bildung, da er alle notwenigen Toilettengegenstände zur Hand hatte, und ein Mann von bizarrer, fast perverser Phantasie, was man daran erkennt, daß er sein Opfer erstens in die Badewanne gelegt und zweitens noch mit einem Kneifer geschmückt hat.»

«Ein Poet unter den Verbrechern», sagte Wimsey. «Übrigens ist das Rätsel um den Kneifer gelöst. Er hat dem Toten offenbar nie gehört.»

«Das gibt uns aber nur ein neues Rätsel auf. Man kann wohl nicht davon ausgehen, daß der Mörder ihn entgegenkommenderweise als Hinweis auf seine Identität hinterlegt hat.»

«Das wohl kaum; ich fürchte, dieser Mann besitzt etwas, was den meisten Kriminellen fehlt – Humor.»

«Einen ziemlich makaberen Humor.»

«Richtig. Aber wer sich unter solchen Umständen überhaupt noch Humor leisten kann, der muß schon ein Kerl sein. Ich möchte wissen, was er mit dem Toten gemacht hat, nachdem er ihn ermordet hatte und bevor er ihn bei Thipps einquartierte. Dann ergeben sich weitere Fragen. Wie hat er ihn dorthin bekommen? Und warum? Kam er zur Tür herein, wie unser herzallerliebster Sugg meint? Oder durchs Fenster, wie wir glauben, und zwar auf Grund des recht unzulänglichen Indizes eines Schmierflecks auf der Fensterbank? Hatte der Mörder Komplicen? Steckt der kleine Thipps vielleicht wirklich mit drin, oder sein Hausmädchen? Man kann diese Möglichkeit ja nicht von vornherein ausschließen, nur weil Sugg an sie glaubt. Auch Idioten haben hin und wieder versehentlich recht. Wenn nicht, warum fiel die Wahl für diesen abscheulichen Streich ausgerechnet auf Thipps? Hat jemand etwas gegen Thipps? Wer sind die Leute in den anderen Wohnungen? Das müssen wir herausfinden. Spielt Thipps um Mitternacht über ihren Köpfen Klavier, oder bringt er das Haus in Verruf, indem er Damen von zweifelhaftem Ansehen mitbringt? Dürsten erfolglose Kollegen nach seinem Blut? Hol's der Kuckuck, Parker, es muß doch irgendwo ein Motiv geben. Ein Verbrechen ohne Motiv gibt es nun einmal nicht.»

«Ein Irrer –» meinte Parker skeptisch.

«Ein Irrer, in dessen Tollheit allerhand Methode steckt. Er hat keinen Fehler gemacht, nicht einen einzigen – sofern man es nicht als Fehler bezeichnet, daß er Haare im Mund des Toten gelassen hat. Na ja, aber Levy ist es jedenfalls nicht – da hast du vollkommen recht. Hör mal zu, altes Haus. Weder dein Mann noch meiner hat irgendeine Spur hinterlassen, nicht? Motive liegen ebenfalls keine in der Gegend herum. Und bei der ganzen Geschichte von gestern abend fehlen uns zwei Anzüge. Sir Reuben verduftet ohne auch nur ein Feigenblatt, und ein rätselhaftes Individuum tritt mit einem Kneifer auf, der für die Belange von Sitte und Anstand höchst unzureichend ist. Beim Henker! Wenn ich doch nur einen guten Vorwand hätte, diesen Fall mit der Leiche offiziell zu übernehmen –»

Das Telefon klingelte. Der schweigsame Bunter, den die beiden anderen nahezu vergessen hatten, ging hin.

«Eine ältere Dame, Mylord», sagte er. «Ich glaube, sie ist taub – ich kann mich ihr nicht verständlich machen, aber sie fragt nach Eurer Lordschaft.»

Peter schnappte sich den Hörer und schrie ein «Hallo!» hinein, von dem die Isolierungen hätten platzen können. Er hörte einige Minuten mit ungläubigem Lächeln zu, das sich nach und nach zu einem freudigen Grinsen erweiterte. Endlich brüllte er: «Ist gut! Ist gut!» und legte auf.

«Beim Zeus!» verkündete er strahlend. «Wie nett von der Alten! Das war Mrs. Thipps. Taub wie ein Laternenpfahl. Hat noch nie im Leben telefoniert. Ist aber zu allem entschlossen. Der reinste Napoleon. Unser unvergleichlicher Sugg hat etwas entdeckt und den kleinen Thipps verhaftet. Die alte Dame sitzt allein in der Wohnung. Thipps' letzter Schrei war: ‹Sag Lord Peter Wimsey Bescheid.› Alte Dame kämpft unerschrocken mit dem Telefonbuch. Weckt die Leutchen in der Vermittlung auf. Gibt sich mit einem Nein nicht zufrieden (weil sie es gar nicht hört), wird verbunden und fragt, ob ich tun will, was ich kann. Sie sagt, bei einem echten Gentleman fühlt sie sich gut aufgehoben. O Parker, Parker! Ich könnte sie küssen, wahrhaftig. Aber statt dessen werde ich ihr schreiben – ach was, hol's der Kuckuck, Parker, wir gehen hin. Bunter, holen Sie

Ihre Höllenmaschine und das Magnesium. Weißt du was, wir tun uns als Partner zusammen – schmeißen unsere beiden Fälle zusammen und lösen sie gemeinsam. Du kriegst heute abend meine Leiche zu sehen, Parker, und ich suche morgen nach deinem wanderlustigen Juden. Ich könnte platzen vor Glück. Sugg, Sugg, wie bist du so sugglich! Bunter, meine Schuhe. Hör zu, Parker, deine Schuhe haben doch Gummisohlen? Nein? Ts, ts, so solltest du nicht ausgehen. Wir werden dir ein Paar leihen. Handschuhe? Hier. Mein Stock, Taschenlampe, Lampenruß, Pinzette, Messer, Schächtelchen – alles da?»

«Selbstverständlich, Mylord.»

«Machen Sie nicht so ein beleidigtes Gesicht, Bunter! Ich mein's doch nicht böse. Ich glaube an Sie, ich vertraue Ihnen – was habe ich an Geld dabei? Das reicht. Ich habe mal einen Mann gekannt, Parker, der mußte einen weltberühmten Giftmörder entwischen lassen, weil der Automat in der U-Bahn-Station nur Pennystücke annahm. Am Schalter stand eine Schlange, und der Mann an der Sperre wollte ihn nicht durchlassen, und während sie sich noch herumstritten, ob er die Zwei-Penny-Fahrt zur Baker Street mit einer Fünf-Pfund-Note bezahlen könne (kleiner hatte er's nicht bei sich), war der Verbrecher in einen Zug der Circle-Linie gesprungen, und man hörte als nächstes von ihm aus Konstantinopel, wo er als Pfarrer posierte, der mit seiner Nichte auf Reisen war. Sind wir alle fertig? Los!»

Sie gingen hinaus und Bunter löschte gewissenhaft die Lichter hinter ihnen.

Als sie auf den Piccadilly hinaustraten, der in Glanz und Düsternis lag, hielt Wimsey mit einem leisen Schreckensruf mitten im Schritt inne.

«Augenblick», sagte er, «mir ist da etwas eingefallen. Wenn Sugg dort ist, macht er Ärger. Ich muß ihn kurzschließen.»

Er lief zurück, und die beiden anderen benutzten die paar Minuten seiner Abwesenheit, um ein Taxi anzuhalten.

Inspektor Sugg und ein ihm unterstellter Zerberus hielten vor Queen Caroline Mansions Nr. 59 Wache und zeigten wenig Neigung, die inoffiziellen Fahnder einzulassen. Parker konnten sie ja nicht so einfach zurückweisen, aber Lord Peter sah sich mit mürrischen Gesichtern und, wie Lord Beaconsfield es einmal nannte, meisterlicher Trägheit konfrontiert. Vergeblich versuchte er geltend zu machen, daß er von Mrs. Thipps im Namen ihres Sohnes beauftragt worden sei.

«Beauftragt!» schnaubte Inspektor Sugg. «Wenn sie nicht aufpaßt, wird sie bald jemanden für sich selbst beauftragen müssen. Mich würd's nicht wundern, wenn sie auch beteiligt wäre, aber sie ist ja so taub, daß gar nichts mehr mit ihr anzufangen ist.»

«Hören Sie doch, Inspektor», sagte Lord Peter, «was haben Sie davon, wenn Sie sich so querlegen? Sie sollten mich lieber hineinlassen – Sie wissen, daß ich am Ende sowieso hineinkomme. Himmel noch mal, ich nehme Ihnen und Ihren Kindern doch nicht das Brot aus dem Mund. Mir hat noch niemand etwas dafür bezahlt, daß ich für Sie Lord Attenburys Smaragde wiedergefunden habe.»

«Es ist meine Pflicht, dieses Haus für die Öffentlichkeit zu sperren», erwiderte Inspektor Sugg verdrießlich, «und es bleibt gesperrt.»

«Ich habe ja nichts dagegen, wenn Sie öffentliche Häuser sperren», meinte Lord Peter freundlich, indem er sich auf die Treppe setzte, um die Sache in aller Ruhe auszufechten, «obwohl ich finde, daß man die Enthaltsamkeit auch übertreiben kann. Die goldene Mitte, mein lieber Sugg, bewahrt Sie davor, als Esel dazustehen, wie schon Aristoteles sagt. Haben Sie schon mal als Esel dagestanden, Sugg? Ich ja. Und es hätte eines ganzen Rosengartens bedurft, mich zu heilen, Sugg –

Du bist mein Garten voll schöner Rosen,
Meine Rose, meine einzige Rose bist du!»

«Ich unterhalte mich nicht länger mit Ihnen», sagte der gequälte Inspektor, «es ist schon schlimm genug – ach, zum Teufel mit dem Telefon! He, Cawthorn, gehen Sie mal ran und sehen Sie, was das ist, falls der alte Drachen Sie ins Zimmer läßt. Schließt sich ein und schreit herum», sagte der Inspektor. «Da hätte man die größte Lust, den Beruf aufzugeben und Gärtner zu werden.»

Der Konstabler kam zurück.

«Vom Yard, Sir», sagte er mit bedauerndem Hüsteln. «Der Chef sagt, Lord Peter Wimsey sind alle Mittel zur Verfügung zu stellen, Sir. Äh!» Er trat verbindlich beiseite und setzte eine undurchdringliche Miene auf.

«Fünf Asse», sagte Lord Peter gutgelaunt. «Der Chef ist ein guter Freund meiner Mutter. Hilft alles nichts, Sugg, Sie brauchen nicht zu bluffen, als ob Sie ein volles Haus hätten. Ich mache es gleich noch etwas voller.»

Er ging mit seinem Gefolge in die Wohnung.

Die Leiche war ein paar Stunden zuvor abgeholt worden, und nachdem das Bad und die ganze Wohnung sowohl mit dem bloßen Auge als auch mit der Kamera des tüchtigen Bunter erkundet waren, zeigte sich deutlich, daß die alte Mrs. Thipps das eigentliche Problem in diesem Haus war. Sohn und Dienstmädchen waren beide fortgeholt worden, und wie sich zeigte, hatten sie keinerlei Freunde in der Stadt, nur ein paar geschäftliche Bekannte von Thipps, deren Adressen die alte Dame nicht einmal kannte. Die übrigen drei Wohnungen im Haus wurden bewohnt von einer siebenköpfigen Familie, die zur Zeit im Ausland überwinterte, einem indischen Oberst von forschem Auftreten, der allein mit einem indischen Diener hier lebte, und einer hochwohlanständigen Familie im zweiten Stock, die ob der Unruhe über ihren Köpfen aufs höchste erzürnt war. Der Haushaltsvorstand zeigte zwar, von Lord Peter angesprochen, eine gewisse menschliche Regung, doch Mrs. Appledore, die plötzlich in einem warmen Morgenmantel hinzukam, holte ihn schnell wieder aus der Schlinge, in der er sich da unvorsichtig zu verfangen drohte.

«Bedaure», sagte sie, «wir müssen uns da leider heraushalten. Es ist eine sehr unangenehme Geschichte, Mr. – ich habe Ihren Namen leider nicht verstanden, und wir haben es schon immer für besser gehalten, nichts mit der Polizei zu tun zu haben. Gewiß, wenn die Thipps unschuldig sind, was ich wirklich hoffen will, ist das Ganze für sie sehr bedauerlich, aber ich muß sagen, daß mir die Umstände höchst verdächtig vorkommen, das findet Theophilus auch, und ich möchte uns nicht gern nachsagen lassen, wir hätten Mördern geholfen. Womöglich würde man uns sogar noch für Komplicen halten. Sie sind natürlich noch jung, Mr. –»

«Das ist Lord Peter Wimsey, meine Liebe», belehrte Theophilus sie sanft.

Mrs. Appledore war keineswegs beeindruckt.

«Aha», sagte sie, «da sind Sie, glaube ich, ein entfernter Verwandter meines verstorbenen Vetters, des Bischofs von Carisbrooke. Ein armer Mann! Immer wieder ist er auf Schwindler hereingefallen; bis zu seinem Tode hat er nichts hinzugelernt. Ich könnte mir vorstellen, daß Sie nach ihm sind, Lord Peter.»

«Das bezweifle ich», antwortete Lord Peter. «Soviel ich weiß ist er nur ein angeheirateter Verwandter, obschon man ja sagt, es sei ein kluges Kind, das seinen Vater kennt. Ihnen, werte Dame, möchte ich gratulieren, daß Sie der anderen Seite der Familie nachschlagen. Sie werden mir verzeihen, daß ich mitten in der Nacht so zu Ihnen hereingeplatzt bin, aber es bleibt ja, wie Sie sagen, in der Familie, und ich bin Ihnen jedenfalls sehr verbunden, auch für die Ehre, diesen ungemein anziehenden Mantel bewundern zu dürfen, den Sie da anhaben. Also, machen Sie sich keine Sorgen, Mr. Appledore. Ich glaube, es ist das beste für die alte Dame, wenn ich sie zu meiner Mutter bringe, dann ist sie Ihnen aus dem Weg, sonst könnte es Ihnen eines Tages noch passieren, daß Ihre christlichen Gefühle die Oberhand gewinnen, und nichts kann die häusliche Gemütlichkeit so sehr stören wie christliche Gefühle. Gute Nacht, Sir – gute Nacht, verehrte Dame – es war einfach bezaubernd von Ihnen, mich so bei Ihnen hereinplatzen zu lassen.»

«Also!» sagte Mrs. Appledore, als die Tür hinter ihm ins Schloß fiel.

Und –

«Ich danke allen guten Feen,
die mir an der Wiege gelächelt»,

sagte Lord Peter, «und mich gelehrt haben, bei Bedarf auch hübsch unverschämt zu werden. Diese Katze!»

Um zwei Uhr morgens sah man Lord Peter Wimsey im Wagen eines Freundes vor dem Haus der Herzoginwitwe auf Schloß Denver vorfahren, begleitet von einer tauben, betagten Dame und einem uralten Handkoffer.

«Wie schön, dich zu sehen, mein Lieber», sagte die Herzoginwitwe freundlich. Sie war eine kleine, rundliche Frau mit schneeweißem Haar und wunderschönen Händen. Äußerlich war sie ihrem zweiten Sohn so unähnlich, wie sie ihm charakterlich ähnlich war; ihre schwarzen Augen blitzten fröhlich, und ihr Auftreten und ihre Bewegungen sprachen von einer klaren, raschen Entschiedenheit. Sie trug einen bezaubernden Liberty-Umhang, und während Lord Peter sich kalten Braten und Käse munden ließ, sah sie ihm zu, als ob sein Kommen unter so ungewöhnlichen Umständen und in so ungewöhnlicher Begleitung das Normalste auf der Welt wäre – was es in seinem Falle auch war.

«Hast du die alte Dame zu Bett gebracht?» fragte Lord Peter.

«Aber ja, mein Lieber. Eine erstaunliche Person, nicht? Und so tapfer. Sie sagt, sie hat in ihrem Leben noch nie in einem Auto gesessen. Aber sie findet, daß du ein sehr netter junger Mann bist, Peter – du hast dich so lieb um sie gekümmert, daß du sie an ihren eigenen Sohn erinnerst. Der arme kleine Mr. Thipps – wie kommt dein Freund, der Inspektor, nur auf die Idee, daß er jemanden umgebracht haben könnte?»

«Mein Freund der Inspektor – nein, danke, Mutter, nichts mehr – ist fest entschlossen, zu beweisen, daß die aufdringliche Person in Mr. Thipps' Badewanne niemand anders als Sir Reuben Levy ist, der gestern nacht auf geheimnisvolle Weise aus seinem Haus verschwunden ist. Seine Logik lautet so: Uns ist ein unbekleideter, reiferer Herr im Park Lane abhanden gekommen, dafür haben wir in Battersea einen unbekleideten, reiferen Herrn gefunden, ergo sind sie ein und dieselbe Person, und darum sperren wir den kleinen Thipps ein.»

«Du drückst dich nicht sehr klar aus, mein Lieber», antwortete die Herzogin sanft. «Warum müßte Mr. Thipps eingesperrt werden, selbst wenn die beiden ein und dieselbe Person wären?»

«Sugg muß doch jemanden einsperren», sagte Lord Peter, «aber es hat sich eine Kleinigkeit ergeben, die Suggs Theorie weitgehend stützen würde, wenn ich nicht auf Grund eigenen Augenscheins wüßte, daß sie nicht stimmt. Gestern abend um Viertel nach neun spazierte eine junge Frau aus Gründen, die ihr selbst wohl am besten bekannt sind, die Battersea Park Road hinauf, als sie einen Herrn in Pelzmantel und Zylinder erspähte, der unter einem Schirm dahinschlenderte und nach allen Straßenschildern sah. Er wirkte ein bißchen fehl am Platz, und die junge Dame, nicht schüchtern, ging auf ihn zu und sagte: ‹Guten Abend.› – ‹Können Sie mir bitte sagen›, antwortete der geheimnisvolle Fremde, ‹ob diese Straße zur Prince of Wales Road führt?› Sie bejahte und fragte ihn scherzhaft, was er denn Schönes vorhabe und so weiter, nur hat sie diesen Teil der Unterhaltung nicht so ausführlich geschildert, denn sie schüttete ihr Herz Inspektor Sugg aus, den das dankbare Vaterland dafür bezahlt, daß er sehr reine und edle Ideale hat, nicht wahr? Jedenfalls antwortete der alte Knabe, er könne sich ihr zur Zeit nicht widmen, da er eine Verabredung habe. ‹Ich muß einen Mann treffen, meine Liebe›, lautete ihre Version seiner Antwort, und damit ging er die Alexandra Avenue hinauf in Richtung Prince of Wales Road. Sie sah ihm noch immer ziemlich erstaunt nach, als eine Freundin von ihr hinzukam und sagte: ‹Bei dem brauchst du deine Zeit nicht zu verschwenden – das ist Levy, den kenne ich noch aus der Zeit, als ich im West End wohnte; die Mädchen nannten ihn dort den ‹Meergrünen Unnahbaren› – den Namen der Freundin verschwieg sie wegen der weiteren Verflechtungen der Geschichte, aber den Inhalt des Gesprächs beschwört sie. Sie hat dann nicht weiter an den Vorfall gedacht, bis ihr der

Milchmann heute morgen von der Aufregung in den Queen Caroline Mansions erzählte; da ist sie, obwohl sie der Polizei sonst nicht sehr zugetan ist, hingegangen und hat den diensthabenden Beamten gefragt, ob der Tote einen Bart und eine Brille gehabt habe. Als sie hörte, Brille ja, Bart nein, entfuhr es ihr unbedacht: ‹Oh, dann ist er es nicht›, worauf der Beamte fragte: ‹Ist nicht wer?› und sie am Schlafittchen packte. Das ist ihre Geschichte. Sugg ist natürlich begeistert und hat daraufhin gleich Thipps verhaftet.»

«Meine Güte», sagte die Herzogin. «Hoffentlich bekommt das arme Mädchen keinen Ärger.»

«Das glaube ich nicht», meinte Lord Peter. «Thipps ist derjenige, der es wird ausbaden müssen. Außerdem hat er etwas Dummes angestellt. Das habe ich auch aus Sugg herausbekommen, obwohl er mit Informationen nicht eben freigebig war. Anscheinend hat Thipps sich in dem Zug geirrt, mit dem er aus Manchester zurückgekommen sein will. Zuerst hat er gesagt, er sei um halb elf nach Hause gekommen. Dann haben sie Gladys Horrocks ausgequetscht, die sich dahingehend ausließ, daß er erst um Viertel vor zwölf gekommen sei. Thipps wird gebeten, die Unstimmigkeit zu erklären, und verwickelt sich in Widersprüche. Zuerst will er den Zug verpaßt haben. Dann zieht Sugg am St. Pancras-Bahnhof Erkundigungen ein und entdeckt, daß er um zehn Uhr einen Koffer in der Gepäckaufbewahrung aufgegeben hat. Thipps, erneut um eine Erklärung gebeten, verhaspelt sich noch mehr und sagt, er sei ein paar Stunden herumgelaufen – habe einen Freund getroffen – könne nicht sagen wen – habe keinen Freund getroffen – könne nicht sagen, wie er die Zeit totgeschlagen habe – könne nicht erklären, warum er seinen Koffer nicht abgeholt habe – könne nicht sagen, *wann* er angekommen sei – könne nicht erklären, woher die Beule an seiner Stirn stamme. Im Grunde kann er überhaupt nichts sagen. Gladys Horrocks wird wieder verhört. Diesmal sagt sie, Thipps sei um halb elf nach Hause gekommen. Dann gibt sie zu, daß sie ihn gar nicht gehört hat. Sie kann nicht sagen, warum sie ihn nicht gehört hat. Kann nicht sagen, warum sie zuerst gesagt hat, sie *habe* ihn gehört.

Bricht in Tränen aus. Widerspricht sich. Man wird hellhörig. Beide werden eingelocht.»

«Wie du das erklärst», sagte die Herzogin, «klingt es ziemlich verwirrend und nicht sehr solide. Der arme kleine Mr. Thipps würde sich über alles Unsolide sehr ereifern.»

«Ich möchte nur wissen, was er getrieben hat», sagte Lord Peter nachdenklich. «Daß er einen Mord begangen hat, glaube ich nun wirklich nicht. Außerdem glaube ich, daß der Mann schon ein bis zwei Tage tot war, obwohl man auf die Aussage des Arztes nicht allzuviel geben darf. Es ist ein unterhaltsames Problemchen.»

«Sehr sonderbar, mein Lieber. Und so traurig, was Sir Reuben angeht. Ich muß Lady Levy ein paar Zeilen schreiben; damals in Hampshire, als sie noch ein junges Mädchen war, kannte ich sie nämlich ganz gut. Christine Ford hieß sie, und ich kann mich noch lebhaft erinnern, was für ein fürchterliches Theater es gab, als sie einen Juden heiraten wollte. Das war natürlich, bevor er mit diesen Ölgeschäften in Amerika zu seinem Geld kam. Die Familie wollte, daß sie Julian Freke heiratete, der später so gut herauskam und um ein paar Ecken mit der Familie verwandt ist, aber sie verliebte sich nun einmal in diesen Mr. Levy und brannte mit ihm durch. Er war damals nämlich ein sehr gutaussehender Mann, ein bißchen fremdländisch, besaß aber nichts, und die Familie hatte etwas gegen seine Religion. Natürlich sind wir heutzutage alle selbst Juden, und es hätte die Leute auch gar nicht so sehr gestört, wenn er sich als etwas anderes ausgegeben hätte, wie dieser Mr. Simons, den wir bei Mrs. Porchester kennengelernt haben und der allen Leuten erzählt, er habe seine Nase aus der italienischen Renaissance und stamme auf irgendeiner Linie von La Bella Simonetta ab – so etwas Albernes, als ob ihm das einer glaubte; und ich finde einige Juden ja auch sehr nett, und mir persönlich ist es lieber, die Leute glauben überhaupt etwas, obwohl es natürlich sehr unpraktisch sein muß, samstags nicht arbeiten zu dürfen und die kleinen Kinder zu beschneiden und sich immer nach dem Neumond zu richten, und dann das komische Fleisch, das sie essen, mit so einem rotwelsch klingenden Namen, und niemals Speck zum Frühstück. Aber so war das nun mal, und es war doch viel besser für das Mädchen, ihn zu heiraten, wenn sie ihn wirklich gern hatte, obwohl ich ja glaube, daß der junge Freke ihr aufrichtig zugetan war, und sie sind ja auch immer noch gute Freunde. Eine richtige Verlobung hat es ja auch eigentlich nie gegeben, nur so eine Art Übereinkommen mit dem Vater, aber er hat nie geheiratet und wohnt ganz für sich allein in diesem großen Haus neben der Klinik, obwohl er jetzt so reich und berühmt ist, und ich kenne viele, die ihn gern gekapert hätten – Lady Mainwaring hätte ihn zum Beispiel gern für ihre älteste Tochter gehabt, aber ich weiß noch, wie ich damals gesagt habe, man könne von einem Chirurgen schlecht erwarten, daß er sich für eine Figur begeistert, die nur aus Watte besteht – in seinem Beruf hat er ja viele Vergleichsmöglichkeiten, nicht?»

«Lady Levy scheint es verstanden zu haben, den Männern den Kopf zu verdrehen», meinte Peter. «Man denke nur an Levy, den ‹Meergrünen Unnahbaren›.»

«Das ist ganz richtig, mein Lieber; sie war ein sehr hübsches Mädchen, und es heißt, ihre Tochter sei ganz nach ihr. Ich habe sie ein wenig aus den Augen verloren, als sie heiratete, und du weißt ja, daß dein Vater nicht viel für Geschäftsleute übrig hatte, aber ich weiß, daß immer alle gesagt haben, sie führten eine Musterehe. Es ging sogar das Sprichwort um, Sir Reuben werde zu Hause so geliebt, wie er draußen in der Welt gehaßt werde. Mit ‹draußen in der Welt› meine ich nicht ‹im Ausland› – das ist nur so eine Redensart, wie wenn man sagt, daß einer in der Fremde ein Engel und ein Satan daheim ist – oder umgekehrt, jedenfalls erinnert es einen an *Des Pilgers Wanderschaft.*»

«Ja», sagte Lord Peter, «ich könnte mir denken, daß der alte Knabe sich ein paar Feinde gemacht hat.»

«Dutzende, mein Lieber – die City ist wirklich kein angenehmes Pflaster. Alles mauschelt und schachert und ismaelt – wobei ich nicht glaube, daß Sir Reuben es gern hören würde, wenn man ihn Ismael nennt, nicht? Heißt das nicht soviel wie unehelich, oder wenigstens kein richtiger Jude? Ich bringe diese Gestalten aus dem Alten Testament immer durcheinander.»

Lord Peter mußte lachen und gähnen.

«Ich glaube, ich lege mich ein paar Stündchen aufs Ohr», sagte er. «Um acht muß ich wieder in der Stadt sein – Parker kommt zum Frühstück.»

Die Herzogin sah auf die Uhr, auf der es fünf Minuten vor drei war.

«Ich schicke dir um halb sieben dein Frühstück hinauf, mein Lieber», sagte sie. «Hoffentlich findest du alles in Ordnung. Ich habe dir eine Wärmflasche ins Bett legen lassen, diese Leinenlaken sind so kalt; du kannst sie ja wegtun, wenn sie dich stört.»

4. Kapitel

«So sieht es also aus, Parker», sagte Lord Peter, indem er seine Kaffeetasse fortschob und sich nach dem Frühstück sein Pfeifchen anzündete. «Dich bringt es am Ende vielleicht weiter, aber mir und meinem Badezimmerproblem nützt es nicht viel. Hast du dort noch etwas erreicht, nachdem ich fort war?»

«Nein, aber ich war heute früh auf dem Dach.»

«Nicht zu glauben – was bist du doch für ein Energiebündel, Parker! Hör mal, ich glaube, diese Partnerschaftsidee ist sehr gut. Es ist viel leichter, anderer Leute Aufgaben zu lösen als die eigenen – es gibt einem das schöne Gefühl, sich in Sachen einzumischen, die einen nichts angehen, und den Lehrmeister zu spielen, verbunden mit der herrlichen Vorstellung, daß jemand anders einem die eigene Arbeit voll und ganz abnimmt. Hast du etwas gefunden?»

«Nicht sehr viel. Ich habe selbstverständlich nach Fußspuren gesucht, aber bei dem Regen war nichts mehr davon zu sehen. Im Kriminalroman hätte es natürlich genau eine Stunde vor dem Verbrechen einmal kräftig geregnet, so daß eine hübsche Fußspur zurückgeblieben wäre, die nur zwischen zwei und drei Uhr früh entstanden sein konnte, aber da wir es im wirklichen Leben mit echtem Londoner Novemberwetter zu tun haben, könnte man ebensogut Fußspuren auf dem Niagarafall erwarten. Ich habe die ganzen Dächer abgesucht und bin zu dem erfreulichen Schluß gekommen, daß jeder Bewohner aus jeder dieser hübschen Wohnungen in der ganzen hübschen Häuserreihe es gewesen sein könnte. Sämtliche Treppen führen aufs Dach, das ganz flach ist; man kann darauf spazierengehen wie auf der Shaftesbury Avenue. Immerhin habe ich ein Indiz dafür gefunden, daß die Leiche tatsächlich da entlangspaziert ist.»

«Welcher Art?»

Parker zückte sein Notizbuch und entnahm ihm ein paar Stoffäden, die er vor seinen Freund hinlegte.

«Einer davon war in der Dachrinne direkt über Thipps' Badezimmerfenster hängengeblieben, ein anderer in einer Ritze in der steinernen Brüstung oberhalb davon, und die übrigen stammen vom Schornsteinkasten darüber, wo sie sich an einer eisernen Runge verfangen hatten. Was hältst du davon?»

Lord Peter betrachtete sie eingehend mit der Lupe.

«Interessant», sagte er, «hochinteressant. Haben Sie die Bilder schon entwickelt, Bunter?» fuhr er fort, als der diskrete Diener mit der Post hereinkam.

«Ja, Mylord.»

«Etwas darauf?»

«Ich weiß nicht, ob ich es ‹etwas› nennen soll oder nicht, Mylord», antwortete Bunter skeptisch. «Ich werde Ihnen die Abzüge bringen.»

«Bitte, ja», sagte Wimsey. «Hallo! Hier ist unsere Anzeige wegen des goldenen Kettchens in der *Times* – sieht sehr hübsch aus: ‹Melden Sie sich persönlich, schriftlich oder telefonisch im Piccadilly 110 A.› Vielleicht wäre ein Postfach sicherer gewesen, obwohl ich ja immer finde, je ehrlicher man zu den Leuten ist, desto leichter kann man sie täuschen; so ungewohnt sind der modernen Welt die offene Hand und das arglose Herz.»

«Aber du wirst doch nicht annehmen, daß der Kerl, der dieses Kettchen bei der Leiche gelassen hat, sich selbst verrät, indem er herkommt und danach fragt!»

«Natürlich nicht, du Dummkopf», erwiderte Lord Peter mit der lässigen Liebenswürdigkeit der wahren Aristokratie, «darum versuche ich ja auch den Juwelier zu finden, der es verkauft hat. Siehst du?» Er zeigte auf den entsprechenden Absatz. «Es ist keine alte Kette – kaum getragen. Oh, danke, Bunter. Nun sieh mal her, Parker, das sind die Fingerabdrücke, die du gestern am Fensterrahmen und auf dem hinteren Wannenrand entdeckt hast. Die hatte ich übersehen. Ich gestehe dir das volle Verdienst an dieser Entdeckung zu; ich krieche vor dir im Staub, mein Name ist Watson, und du brauchst gar nicht auszusprechen, was du gerade sagen wolltest, denn ich gestehe alles. Und nun werden wir – hallo, hallo!»

Die drei Männer starrten die Fotos an.

«Der Verbrecher», sagte Lord Peter bitter, «ist bei Nässe über die Dächer gestiegen und hat, was nicht unnatürlich ist, dabei Ruß an die Finger bekommen. Er hat die Leiche in die Wanne gelegt und alle seine eigenen Spuren beseitigt, bis auf diese beiden, die er freundlicherweise hinterlassen hat, um uns zu zeigen, wie wir vorzugehen haben. Wir ersehen aus dem Fleck auf dem Fußboden, daß er Schuhe mit Kreppgummisohlen trug, und aus den herrlichen Fingerabdrücken auf dem Badewannenrand, daß er die üblichen fünf Finger hatte und Gummihandschuhe trug. So einer ist das. Schafft das Narrengesicht weg, Leute.»

Er legte die Bilder fort und wandte sich wieder der Prüfung der Textilfetzen zu, die er noch in der Hand hielt. Plötzlich stieß er einen leisen Pfiff aus.

«Kannst du etwas damit anfangen, Parker?»

«Mir kommen sie vor wie ausgezupfte Fäden von einem groben Baumwollstoff – einem Bettlaken vielleicht, oder einem improvisierten Seil.»

«Ja», sagte Lord Peter, «ja. Es könnte ein Fehler sein – *unser* Fehler. Das überlege ich gerade. Sag mal, meinst du, diese kleinen Fädchen wären lang und stark genug, um einen Mann aufzuhängen?»

Er verstummte, und seine Augen verengten sich hinter dem Rauch seiner Pfeife zu langen, schmalen Schlitzen.

«Was schlägst du für heute morgen vor?» fragte Parker.

«Nun», meinte Lord Peter, «ich finde es langsam an der Zeit, daß ich mir deine Arbeit vorknöpfe. Gehen wir mal zum Park Lane und sehen, was Sir Reuben Levy gestern nacht in seinem Bett für Possen getrieben hat.»

«So, Mrs. Pemming, und wenn Sie nun so freundlich wären, mir eine Decke zu geben», sagte Mr. Bunter, als er in die Küche hinunterkam, «und wenn Sie mir gestatten wollten, ein Laken vor die untere Hälfte dieses Fensters zu hängen und den Wandschirm hierher zu stellen, so – damit es keine Spiegelung gibt, verstehen Sie? – könnten wir mit der Arbeit anfangen.»

Sir Reuben Levys Köchin, deren Blick wohlgefällig auf Mr. Bunters eleganter, tadellos gekleideter Erscheinung ruhte, beeilte sich, das Benötigte zu besorgen. Ihr Besucher stellte einen Korb auf den Tisch, der eine Wasserflasche, eine Haarbürste mit silbernem Rückteil, ein Paar Schuhe, eine kleine Rolle Linoleum und ein in glattes Leder gebundenes Buch – *Briefe eines emporgekommenen Kaufmanns an seinen Sohn* – enthielt. Er holte noch einen Schirm unterm Arm hervor und legte ihn zu der Sammlung. Dann brachte er einen gewichtigen fotografischen Apparat zum Vorschein und stellte ihn in der Nähe des Küchenherdes auf; als nächstes breitete er eine Zeitung auf der hellen, blankgescheuerten Tischplatte aus, rollte die Ärmel hoch und begann sich ein Paar Gummihandschuhe überzustreifen. Sir Reuben Levys Diener, der in diesem Moment hereinkam und ihn bei diesem Tun antraf, schob das Küchenmädchen beiseite, das dem Geschehen von einem Logenplatz folgte, und beäugte kritisch den Apparat. Mr. Bunter nickte ihm strahlend zu und öffnete ein Fläschchen mit grauem Pulver.

«Ein komischer Kauz, Ihr Brötchengeber, wie?» erkundigte der Diener sich obenhin.

«Sehr ungewöhnlich, ja», sagte Mr. Bunter. «Und nun, meine Liebe», wandte er sich in schmeichelndem Ton an das Stubenmädchen, «möchte ich mal sehen, ob Sie ein wenig von diesem grauen Pulver auf den Flaschenrand streuen können, während ich die Flasche halte – und dasselbe bei diesem Schuh – hier oben – vielen Dank, Miss – wie heißen Sie? Price? Oh, aber Sie haben doch außer Price noch einen anderen Namen, oder? Mabel, so? Das ist ein Name, den ich besonders liebe – sehr schön gemacht, Sie haben eine ruhige Hand, Miss Mabel – sehen Sie das? Das sind Fingerabdrücke – drei hier und zwei dort, und an beiden Stellen verwischt. Nein, nicht anrühren, meine Liebe, sonst wischen Sie das Pulver ab. Wir stellen sie hierher, bis sie soweit sind, daß wir ein Porträt von ihnen nehmen können. So, und nun nehmen wir als nächstes die Haarbürste. Vielleicht könnten Sie, Mrs. Pemming, sie einmal ganz vorsichtig an den Borsten hochnehmen?»

«An den Borsten, Mr. Bunter?»

«Ja, bitte, Mrs. Pemming – und dann legen Sie sie hierher. Und nun, Miss Mabel, noch eine Probe Ihrer Geschicklichkeit, wenn ich bitten darf. Nein – diesmal versuchen wir's mit Lampenruß. Ausgezeichnet. Hätte ich selbst nicht besser gekonnt. Aha! Da hätten wir einen schönen Satz. Und diesmal nicht verwischt. Das wird Seine Lordschaft interessieren. Jetzt das Büchlein – nein, das nehme ich selbst hoch – mit den Handschuhen, sehen Sie, und nur bei den Kanten – ich bin ein vorsichtiger Verbrecher, Mrs. Pemming, ich möchte keine Spuren hinterlassen. Jetzt stäuben Sie den Deckel ganz ein, Miss Mabel; und diese Seite auch – so wird's gemacht, jawohl. Jede Menge Fingerabdrücke, und nichts verwischt. Genau nach Plan. Oh, bitte, Mr. Graves, das dürfen Sie nicht anfassen – es kann mich meine Stelle kosten, wenn ich etwas anfassen lasse.»

«Müssen Sie so was oft machen?» erkundigte sich Mr. Graves von einer höheren Warte aus.

«O ja, ziemlich», antwortete Mr. Bunter mit einem Seufzer, der an Mr. Graves' Herz appellieren und sein Vertrauen gewinnen sollte. «Wenn Sie freundlicherweise dieses Stückchen Linoleum an einem Ende festhalten könnten, Mrs. Pemming, halte ich es am anderen Ende hoch, während Miss Mabel ihr Werk vollbringt. Ja, Mr. Graves, es ist ein hartes Leben – tagsüber bedienen und nachts Bilder entwickeln – Morgentee zu allen beliebigen Zeiten zwischen halb sieben und elf Uhr, und kriminalistische Ermittlungen zu jeder Tages- und Nachtzeit. Es ist schon erstaunlich, auf was für Ideen diese reichen Herren kommen, die nichts zu tun haben.»

«Ich wundere mich, wie Sie das durchstehen», erklärte Mr. Graves. «So was gibt es hier also nicht. Ein ruhiges, geordnetes Familienleben, Mr. Bunter, hat so manches für sich. Essen zu geregelten Zeiten; ordentliche, angesehene Familien zu Gast –

keine von diesen angemalten Frauen –, und keine Bedienung in der Nacht – das hat *vieles* für sich, Mr. Bunter. Ich halte im allgemeinen nicht viel von Juden, Mr. Bunter, und ich verstehe auch, daß Sie es vielleicht als einen Vorteil für sich betrachten, in einer adligen Familie angestellt zu sein, aber das bedeutet heutzutage nicht mehr soviel, und ich muß sagen, obwohl Sir Reuben ein Neureicher ist, kann keiner behaupten, daß er ordinär sei, und die gnädige Frau ist sowieso eine feine Dame – Miss Ford hieß sie früher, eine von den Fords aus Hampshire, und beide sind immer ausgesprochen rücksichtsvoll.»

«Ich stimme Ihnen zu, Mr. Graves – Seine Lordschaft und ich haben es nie mit der Engstirnigkeit gehalten – wie? O ja, meine Liebe, natürlich ist das ein Fußabdruck, das ist ja das Linoleum vor dem Waschbecken. Ein guter Jude kann auch ein guter Mensch sein, das habe ich schon immer gesagt. Und geregelte Arbeitszeit und Rücksichtnahme haben manchen Vorzug. Aber einen sehr schlichten Geschmack hat Sir Reuben, nicht? Für so einen reichen Mann, meine ich.»

«Wirklich sehr schlicht», bestätigte die Köchin. «Die Mahlzeiten, die er und Ihre Ladyschaft zu sich nehmen, wenn sie mit Miss Rachel allein sind – also, wenn es nicht die Abendgesellschaften gäbe, die immer gut sind, wären mein Talent und mein Können hier verschwendet, wenn Sie verstehen, Mr. Bunter.»

Mr. Bunter fügte seiner Sammlung noch den Schirmgriff hinzu und heftete, assistiert vom Hausmädchen, ein Laken vors Fenster.

«Vorzüglich», sagte er. «Und wenn ich nun die Decke auf dem Tisch haben könnte und eine zweite auf einem Handtuchständer oder etwas Ähnlichem, als Hintergrund sozusagen – sehr lieb von Ihnen, Mrs. Pemming ... Ach ja! Ich wünschte, Seine Lordschaft würde auch des Nachts nicht mehr bedient werden wollen. Wie oft mußte ich schon bis um drei oder vier Uhr morgens aufbleiben, und dann wieder raus, um ihn früh zu wecken, weil er irgendwo am anderen Ende des Landes Detektiv spielen mußte. Und was er für einen Schmutz an seinen Kleidern und Schuhen mit nach Hause bringt!»

«Es ist wirklich eine Schande, Mr. Bunter», sagte Mrs. Pemming verständnisvoll. «Das nenne ich sogar gemein. In meinen Augen ist Detektivarbeit keine angemessene Beschäftigung für einen Herrn, geschweige für einen Lord.»

«Und er macht es einem auch noch so schwer», opferte Mr. Bunter edelmütig den Ruf seines Arbeitgebers sowie seine eigenen Gefühle für die gute Sache. «Die Schuhe in eine Ecke geschmissen, die Kleider am Boden aufgehängt, wie man so schön sagt –»

«Das ist bei Leuten, die mit einem goldenen Löffel im Mund geboren sind, ja oft der Fall», sagte Mr. Graves. «Aber Sir Reuben, der hat seine altmodischen Gewohnheiten nie abgelegt. Kleider ordentlich gefaltet, Schuhe ins Ankleidezimmer gestellt, damit man sie sich morgens holen kann – überhaupt alles so leicht gemacht wie möglich.»

«Aber vorletzte Nacht hat er das vergessen.»

«Die Kleider, aber nicht die Schuhe. Sir Reuben nimmt immer Rücksicht auf andere. Ach ja, wenn ihm nur nichts zugestoßen ist!»

«Hoffentlich nicht, der arme gnädige Herr», stimmte die Köchin ein. «Und was da erzählt wird, daß er sich leise aus dem Haus geschlichten hätte, um etwas zu tun, was sich nicht gehört, also, das glaube ich nie, Mr. Bunter, das möchte ich noch auf dem Totenbett beschwören.»

«Ah!» sagte Mr. Bunter, indem er seine Bogenlampen aufstellte und an der Steckdose anschloß. «Das kann man wirklich nicht von jedem behaupten, der unsereinen bezahlt.»

«Höchstens einsachtzig», sagte Lord Peter, «keinen Zentimeter mehr.» Er betrachtete skeptisch die Einbuchtung im Bettzeug und maß ein zweites Mal mit seinem «Vademecum» nach. Parker trug die Information in ein kleines Notizbuch ein.

«Ich nehme an», sagte er, «daß ein fast einsneunzig großer Mann, wenn er sich zusammenkrümmt, auch eine einsachtzig lange Mulde im Bett hinterlassen *könnte.*»

«Hast du schottisches Blut in den Adern, Parker?» erkundigte sein Kollege sich verbittert.

«Nicht daß ich wüßte», antwortete Parker. «Warum?»

«Weil du von allen vorsichtigen, kleinlichen, genauen und kaltherzigen Teufeln, die ich kenne, der vorsichtigste, kleinlichste, genaueste und kaltherzigste bist», sagte Lord Peter. «Hier stehe ich und schwitze mir das Gehirn aus, um deine faden, niedrigen polizeilichen Ermittlungen mit einer wirklich sensationellen Entdeckung anzureichern, und du weigerst dich standhaft, auch nur ein Fünkchen Begeisterung zu zeigen.»

«Es hat nun einmal keinen Sinn, voreilige Schlüsse zu ziehen.»

«Voreilig? Bis du einen Schluß ziehst, hat er sich längst von selbst gezogen. Ich glaube, du könntest die Katze mit der Nase in der Sahneschüssel erwischen und würdest es noch für denkbar halten, daß die Schüssel schon leer war, als sie ihre Nase hineinsteckte.»

«Nun, das *wäre* ja auch immerhin denkbar, nicht?»

«Scher dich zum Kuckuck», sagte Lord Peter. Er klemmte sich sein Monokel ins Auge und beugte sich, schwer durch die Nase atmend, über das Kopfkissen. «Hier, reich mir mal die Pinzette», sagte er wenig später. «Mann Gottes, puste nicht so, du bist doch kein Wal!» Er pflückte einen fast unsichtbaren Gegenstand vom Leinen.

«Was ist das?» fragte Parker.

«Ein Haar», antwortete Wimsey grimmig, wobei seine harten Augen noch härter wurden. «Komm, wir sehen uns mal Levys Hüte an, und du könntest nach dem Herrn mit dem Friedhofsnamen läuten, ja?»

Mr. Graves erschien und traf Lord Peter im Ankleidezimmer auf dem Boden hockend an, die umgedrehten Hüte vor sich aufgereiht.

«Da sind Sie ja», rief dieser fröhlich. «Also, Mr. Graves, wir machen hier ein Ratespiel – den Dreihütetrick sozusagen. Hier liegen neun Hüte, darunter drei Zylinder. Identifizieren Sie alle neun Hüte als Sir Reuben Levys Eigentum? Ja? Sehr schön. Jetzt darf ich dreimal raten, welchen Hut er in der Nacht trug, in der er verschwand, und wenn ich richtig rate, habe ich gewonnen; wenn nicht, haben Sie gewonnen. Verstanden? Fertig? Los. Übrigens, ich nehme doch an, daß Sie die richtige Lösung kennen?»

«Habe ich richtig verstanden, daß Eure Lordschaft fragen, welchen Hut Sir Reuben trug, als er am Montagabend ausging, Mylord?»

«Nein, Sie haben gar nichts verstanden», sagte Lord Peter. «Ich habe gefragt, ob *Sie es wissen* – sagen Sie es mir aber nicht, ich will ja raten.»

«Ich weiß es, Mylord», antwortete Mr. Graves vorwurfsvoll.

«Gut», sagte Lord Peter. «Da er zum Essen ins *Ritz* ging, trug er einen Zylinder. Hier sind drei Zylinder. Bei dreimaligem Raten muß ich also den richtigen erwischen, nicht? Das ist nicht sehr sportlich. Ich rate also nur einmal. Es war der hier.»

Er zeigte auf den Hut, der dem Fenster am nächsten lag.

«Habe ich recht, Graves – steht mir der Preis zu?»

«Das *ist* der fragliche Hut, Mylord», antwortete Mr. Graves ohne Begeisterung.

«Danke», sagte Lord Peter, «das ist alles, was ich wissen wollte. Schicken Sie Bunter mal zu mir rauf, ja?»

Mr. Bunter erschien mit gekränkter Miene, die sonst so gepflegte Frisur vom Kameratuch zerzaust.

«Ah, da sind Sie, Bunter», sagte Lord Peter. «Passen Sie mal auf –»

«Hier bin ich, Mylord», antwortete Mr. Bunter mit respektvollem Tadel, «aber wenn Sie mir die Bemerkung gestatten, Mylord, gehöre ich eigentlich nach unten, wo alle diese jungen Frauen herumlaufen – damit sie nicht mit den Beweisstücken herumhantieren, Mylord.»

«Ich flehe um Gnade», sagte Lord Peter, «aber ich habe mich schon hoffnungslos mit Mr. Parker zerstritten und mir den ehrenwerten Mr. Graves zum Feind gemacht, und nun möchte ich von Ihnen wissen, was Sie für Fingerabdrücke gefunden haben. Ich finde keine Ruhe, bis ich es weiß, also seien Sie nicht so hart mit mir, Bunter.»

«Nun, Mylord, Eure Lordschaft werden verstehen, daß ich sie noch gar nicht alle fotografiert habe, aber ich will nicht leugnen, daß sie auf den ersten Blick recht interessant aussehen, Mylord. Das Büchlein vom Nachttisch, Mylord, weist nur Fingerabdrücke von *einer* Hand auf – mit einer kleinen Narbe am rechten Daumen, die sie leicht erkennbar macht. Auf der Haarbürste, Mylord, finden sich die gleichen Fingerabdrücke wieder. Am Schirm, dem Zahnglas und den Schuhen dagegen befinden sich *zwei* Arten von Abdrücken: von der Hand mit der Narbe am Daumen, die ich für Sir Reubens Hand halte, Mylord, und diese überlagert von einem Satz Schmierflecken, wenn ich sie so nennen darf, Mylord, wobei es sich um dieselbe Hand mit Gummihandschuhen handeln könnte oder auch nicht. Ich könnte Ihnen das genauer sagen, Mylord, wenn ich sie erst fotografiert hätte, um sie messen zu können. Das Linoleum vor der Waschschüssel ist auch sehr ergiebig, Mylord, wenn ich das sagen darf. Außer den Abdrücken von Sir Reubens Schuhen, auf die Eure Lordschaft mich aufmerksam machten, befindet sich darauf der Abdruck eines nackten Männerfußes – viel kleiner, Mylord, höchstens Größe Vierzig würde ich sagen, wenn man mich fragen sollte.»

Ein sanftes, fast mystisches Strahlen ergoß sich über Lord Peters Gesicht.

«Ein Fehler», hauchte er, «ein Fehler, nur ein kleiner, aber den kann er sich nicht leisten. Wann wurde das Linoleum zuletzt gewischt, Bunter?»

«Am Montagmorgen, Mylord. Das Hausmädchen hat es abgewischt und mir das erfreulicherweise gesagt. Es ist das einzige, was sie bisher gesagt hat, und das traf gleich ins Schwarze. Das übrige Personal –»

Seine Miene drückte Verachtung aus.

«Was habe ich gesagt, Parker? Höchstens einsachtzig und keinen Zentimeter länger. Und er hat sich nicht getraut, die Haarbürste zu benutzen. Wunderschön. Aber den Zylinder *mußte* er riskieren. Ein Gentleman kann schließlich nicht spätabends ohne Hut durch den Regen nach Hause gehen, Parker. Also, wie erklärst du dir das? Zwei Sorten Fingerabdrücke auf allem außer dem Buch und der Bürste, und zwei Sorten Füße auf dem Linoleum und zwei Sorten Haare im Hut!»

Er hob den Zylinder ans Licht und pflückte mit der Pinzette das Beweisstück heraus.

«Stell dir nur vor, Parker – an die Haarbürste zu denken und den Hut zu vergessen, die ganze Zeit auf seine Finger zu achten, und dann der eine unvorsichtige Tritt auf das verräterische Linoleum. Hier sind sie, siehst du – schwarzes Haar und rotbraunes Haar – schwarzes Haar in der Melone und dem Panamahut, schwarzes und rotbraunes Haar in dem Zylinder von gestern nacht. Und dann, damit wir nur ja wissen, daß wir auf der richtigen Fährte sind, ein einziges kleines rotbraunes Haar auf diesem Kissen, Parker, das nicht ganz an seinem richtigen Platz liegt. Mir kommen fast die Tränen.»

«Willst du etwa sagen –?» begann der Polizist langsam.

«Ich will sagen», erklärte Lord Peter, «daß es nicht Sir Reuben Levy war, den die Köchin gestern nacht vor der Tür gesehen hat. Ich sage, daß es ein anderer Mann war, vielleicht einen halben Kopf kleiner, der in Levys Kleidung hierherkam und mit Levys Schlüssel die Tür aufschloß. Oh, er war kühn und schlau, Parker. Er hatte Levys Schuhe an und Levys sämtliche Klamotten bis hinunter auf die Haut. Er hatte Gummihandschuhe an den Händen, die er nicht ein einziges Mal auszog. und er hat alles getan, um uns glauben zu machen, Levy hätte in dieser Nacht hier geschlafen. Er hat alles auf eine Karte gesetzt und gewonnen. Er ist nach oben gegangen, hat sich ausgezogen, sich sogar gewaschen und die Zähne geputzt, obwohl er die Haarbürste nicht zu benutzen wagte, um keine rotbraunen Haare darin zurückzulassen. Was Levy mit seinen Kleidern und Schuhen zu tun pflegte, mußte er raten; zufällig hat er dann einmal falsch und einmal richtig geraten. Das Bett mußte so aussehen, als ob darin geschlafen worden wäre, also legte er sich im Schlafanzug seines Opfers hinein. Irgendwann im Laufe des Morgens, wahrscheinlich zur stillsten Stunde zwischen zwei und drei, stand er dann auf, zog sich seine eigenen Sachen an, die er in einem Koffer mitgebracht hatte, und schlich die Treppe hinunter. Sollte jemand aufwachen, wäre er verloren, aber er ist kühn und geht aufs Ganze. Er weiß, daß Leute um diese Zeit in aller Regel nicht aufwachen –

und es wacht auch niemand auf. Er öffnet die Haustür, die er beim Hereinkommen unverschlossen gelassen hat – er lauscht nach zufälligen Passanten oder dem Polizisten auf seinem Rundgang. Er schlüpft hinaus. Mit Hilfe des Schlüssels zieht er die Tür leise zu. Er entfernt sich rasch auf weichen Gummisohlen – er ist die Sorte Verbrecher, die ohne Gummisohlen nicht komplett ist. Wenige Minuten später ist er an der Hyde Park Corner. Danach –»

Er schwieg einen Augenblick, dann fuhr er fort: «Das alles hat er getan, und es zeigt, daß er entweder gar nichts oder alles zu verlieren hatte. Sir Reuben Levy wurde von der Bildfläche weggezaubert, und entweder ist das nur ein dummer Streich oder der Herr mit dem rotbraunen Haar hat sich einen Mord aufs Gewissen geladen.»

«Mein Gott!» rief der Kriminalbeamte. «Du dramatisierst ganz schön.»

Lord Peter fuhr sich müde mit den Fingern durchs Haar.

«Mein lieber Freund», sagte er leise, und in seiner Stimme schwangen Emotionen mit, «du rufst in mir Erinnerungen an die Kinderreime meiner Jugend wach – die heilige Pflicht der Frivolität:

Ein alter Mann aus Cranwellster
Tanzte Polka mit einer Elster
Da sagten die Leute, wie dumm!
Man hopst nicht mit Elstern herum,
Und erschlugen den Mann aus Cranwellster.

Das ist die richtige Einstellung, Parker. Da läßt einer diesen armen alten Knaben verschwinden – welch ein Witz! –, und dabei glaube ich, daß er selbst keiner Fliege etwas zuleide getan hätte – das macht es noch komischer. Weißt du was, Parker? Ich habe doch keinen so großen Spaß an dem Fall.»

«An welchem – meinem oder deinem?»

«An beiden. Paß mal auf, Parker, sollen wir nicht in aller Stille nach Hause gehen, zu Mittag essen und danach das *Coliseum* besuchen?»

«Du kannst das ja, wenn du willst», antwortete der Polizist, «aber du vergißt, daß ich von dieser Arbeit lebe.»

«Und diese Ausrede habe ich nicht einmal», klagte Lord Peter. «Na schön, worin besteht unser nächster Schritt? Was tätest du in meinem Fall?»

«Ich würde mich hinsetzen und arbeiten», sagte Parker. «Ich würde allem mißtrauen, was Sugg bisher getan hat, und mir die Familiengeschichte jedes Mieters in jeder Wohnung in den Queen Caroline Mansions vornehmen. Ich würde mir ihre sämtlichen Speicher und die Falltüren zum Dach ansehen und sie in Gespräche verwickeln und plötzlich die Wörter ‹Leiche› und ‹Kneifer› fallenlassen, um zu sehen, ob sie dabei zusammenzucken, genau wie diese modernen Psycho-sonst-noch-Was es machen.»

«Das tätest du wirklich?» meinte Lord Peter grinsend. «Schön, du weißt ja, daß wir unsere Fälle getauscht haben, also zieh nur los. Ich gehe inzwischen ins *Wyndham* und mache mir ein paar schöne Stunden.»

Parker verzog das Gesicht.

«Na ja», sagte er, «du tätest es wahrscheinlich sowieso nicht, also mache ich's lieber gleich selbst. Du wirst nie ein echter Detektiv, wenn du nicht lernst, auch mal ein bißchen zu arbeiten, Wimsey. Wie wär's mit Mittagessen?»

«Ich bin schon eingeladen», antwortete Lord Peter großspurig. «Ich fahre nur schnell in den Club und ziehe mich um. Kann ja nicht in diesen Säcken mit Freddy Arbuthnot zum Essen gehen. Bunter!»

«Ja, Mylord?»

«Packen Sie ein, sowie Sie fertig sind, und dann kommen Sie mit mir in den Club, um mir Gesicht und Hände zu waschen.»

«Ich habe hier noch zwei Stunden zu tun, Mylord. Unter 30 Minuten Belichtung geht es nicht. Der Strom ist zu schwach.»

«Siehst du, wie mich mein eigener Diener tyrannisiert, Parker? Na ja, ich muß es wohl ertragen. Adios!»

Er ging pfeifend die Treppe hinunter.

Der gewissenhafte Mr. Parker setzte sich stöhnend hin und

nahm sich, gestärkt durch einen Teller Schinkensandwichs und eine Flasche Bier, Sir Reubens sämtliche Papiere vor.

Lord Peter und der Ehrenwerte Freddy Arbuthnot, die nebeneinander aussahen wie eine Werbung für Herrenmode, traten lässig in den Speisesaal des *Wyndham.*

«Hab dich eine Ewigkeit nicht mehr gesehen», sagte der Ehrenwerte Freddy. «Was treibst du bloß?»

«Ich schlage die Zeit tot», antwortete Lord Peter träge.

«Legiert oder klar, Sir?» erkundigte der Kellner sich beim Ehrenwerten Freddy.

«Wie ist es dir lieber, Wimsey?» gab dieser die Qual der Wahl an seinen Gast weiter. «Beide sind gleich giftig.»

«Nun, klar läßt sich leichter vom Löffel lecken», meinte Lord Peter.

«Klar», sagte der Ehrenwerte Freddy.

«Consommé Polonais», bestätigte der Kellner. «Sehr wohl, Sir.»

Die Unterhaltung schleppte sich mühsam dahin, bis der Ehrenwerte Freddy eine Gräte im Seezungenfilet entdeckte und den Oberkellner kommen ließ, um sich ihr Vorhandensein erklären zu lassen. Als diese Angelegenheit geregelt war, raffte Lord Peter sich auf, zu sagen:

«Tut mir leid, was ich über deinen Vater höre, Freddy.»

«Ach ja, der arme Alte», antwortete der Ehrenwerte Freddy. «Man sagt jetzt, er macht's nicht mehr lange. Wie? Ach ja, den Montrachet 08. In diesem Laden gibt es nichts Anständiges zu trinken», fügte er düster hinzu.

Nach dieser absichtlichen Beleidigung eines edlen Jahrgangs stockte die Unterhaltung wieder, bis Lord Peter sagte: «Was macht die Börse?»

«Mies», antwortete der Ehrenwerte Freddy.

Er bediente sich übelgelaunt vom Wildragout.

«Kann ich etwas tun?» fragte Lord Peter.

«O nein, danke – sehr nett von dir, aber das bügelt sich mit der Zeit von selbst wieder aus.»

«Dieses Ragout ist nicht schlecht», meinte Lord Peter.

«Hab schon Schlimmeres gegessen», räumte sein Freund ein.

«Was ist mit diesen Argentiniern los?» erkundigte sich Lord Peter. «Hallo, Kellner, in meinem Glas ist Korken.»

«Korken?» rief der Ehrenwerte Freddy mit einem Mienenspiel, das man fast lebhaft nennen konnte. «Sie hören noch von mir, Kellner; ich muß mich schon wundern, wenn einer, der für diese Arbeit bezahlt wird, nicht einmal einen Korken aus der Flasche holen kann. Was hattest du gefragt? Die Argentinier? Erledigt. Levys Verschwinden hat dem Markt den Boden entzogen.»

«Was du nicht sagst», fand Lord Peter. «Hast du eine Ahnung, was dem alten Knaben zugestoßen sein könnte?»

«Keinen Schimmer», antwortete der Ehrenwerte Freddy. «Die Baissiers werden ihm eines über den Schädel gegeben haben.»

«Vielleicht hat er sich auch nur selbständig gemacht», meinte Lord Peter. «Doppelleben, verstehst du? Manche von diesen Leuten aus der City sind ja ganz schön fidel.»

«O nein», rief der Ehrenwerte Freddy leicht entrüstet. «Nein, hol's der Kuckuck, Wimsey, aber so was würde ich nicht sagen. Der Alte ist ein anständiger Kerl, und seine Tochter ist sehr charmant. Außerdem ist er dafür zu geradeheraus – er würde dich jederzeit fertigmachen, aber nie im Stich lassen. Der alte Anderson sitzt deswegen ganz schön in der Patsche.»

«Wer ist Anderson?»

«Einer, der da unten Grundbesitz hat. Er gehört hierher. Wollte Levy am Dienstag treffen. Jetzt fürchtet er, wenn die Eisenbahnleute dort einsteigen, geht alles kaputt.»

«Wer vertritt die Eisenbahner hier drüben?» fragte Lord Peter.

«So ein Ami, ein gewisser John P. Milligan. Er hat eine Option, behauptet er wenigstens. Diesen Gaunern kann man ja nicht trauen.»

«Kann Anderson nicht die Stellung halten?»

«Anderson ist nicht Levy. Er hat die nötigen Drachmen nicht. Außerdem ist er allein. Levy hat eine beherrschende

Stellung – er könnte Milligans vermaledeite Eisenbahn boykottieren, wenn er wollte, sitzt also am längeren Hebel, verstehst du?»

«Ich glaube, ich habe diesen Milligan mal irgendwo kennengelernt», sagte Lord Peter bedächtig. «Ist das nicht so ein ungeschlachter Mensch mit schwarzen Haaren und Bart?»

«Du mußt jemand anderen im Kopf haben», entgegnete der Ehrenwerte Freddy. «Milligan ist nicht größer als ich – oder nennst du einsachtundsiebzig schon ungeschlacht? –, und kahl ist er auch.»

Lord Peter ließ sich das beim Gorgonzola durch den Kopf gehen. Schließlich meinte er:

«Ich wußte gar nicht, daß Levy so ein reizendes Töchterchen hat.»

«O doch», sagte der Ehrenwerte Freddy mit allzu deutlichem Desinteresse. «Hab sie und ihre Mama letztes Jahr im Ausland kennengelernt. So bin ich ja auch an den Alten gekommen. Er war sehr nett. Hat mich schön in dieses Argentinien-Geschäft einsteigen lassen.»

«Na ja», meinte Lord Peter, «du könntest schlechter fahren. Geld ist Geld, nicht? Und Lady Levy ist ein mildernder Umstand. Zumindest kannte meine Mutter ihre Familie.»

«O ja, *sie* ist völlig in Ordnung», erklärte der Ehrenwerte Freddy, «und für den alten Herrn braucht man sich heutzutage auch nicht mehr zu schämen. Schon, er ist ein Emporkömmling, aber er versucht auch gar nichts anderes zu sein. Gibt kein bißchen an. Fährt jeden Morgen mit einem Bus der Linie 96 ins Geschäft. ‹Ich kann mich nicht für Taxis erwärmen, mein Junge›, sagt er. ‹Als junger Mann mußte ich jeden halben Penny zweimal umdrehen, und das kann ich mir jetzt nicht mehr abgewöhnen.› Wenn er allerdings seine Familie ausführt, ist ihm nichts zu gut und zu teuer. Rachel – das ist die Tochter – lacht immer über die kleinen Knausereien des Alten.»

«Man hat doch sicher nach Lady Levy geschickt», meinte Lord Peter.

«Das denke ich auch», pflichtete der andere bei. «Ich müßte wohl mal hin und meine Anteilnahme zeigen oder so, was meinst du? Würde sonst einen schlechten Eindruck machen, wie? Aber ziemlich peinlich ist es schon, was soll ich nur sagen?»

«Ich glaube, darauf kommt es nicht so sehr an», antwortete Lord Peter hilfsbereit. «Ich würde fragen, ob ich was tun könnte.»

«Danke», sagte der Verliebte. «Das mache ich. Tatkräftiger junger Mann. Können sich ganz auf mich verlassen. Immer zu Ihren Diensten. Rufen Sie mich zu jeder Tages- und Nachtzeit an. Das dürfte der richtige Ton sein, wie?»

«So ist es», sagte Lord Peter.

Mr. John P. Milligan, der Londoner Repräsentant der großen Milligan Eisenbahn- und Transportgesellschaft, diktierte seinem Sekretär gerade in einem Büro in der Lombard Street ein paar verschlüsselte Telegramme, als ihm eine Visitenkarte gebracht wurde, auf der nur stand:

LORD PETER WIMSEY
Marlborough Club

Mr. Milligan ärgerte sich über die Störung, aber wie viele seiner Landsleute hatte er eine Schwäche für den britischen Adel. Er verschob die Tilgung einer Farm von der Landkarte um ein paar Minuten und befahl, seinen Besucher hereinzuführen.

«Guten Tag», sagte der Edelmann, indem er leutselig hereinspaziert kam, «es ist ungemein liebenswürdig von Ihnen, mich zu empfangen und sich von mir die Zeit stehlen zu lassen. Ich will versuchen, Sie nicht zu lange aufzuhalten, obwohl es mir immer schwerfällt, bei der Sache zu bleiben. Mein Bruder hat mich nie für die Grafschaft kandidieren lassen – er sagt, ich rede so weitschweifig, daß niemand mitkriegt, was ich überhaupt sagen will.»

«Freut mich, Sie kennenzulernen, Lord Wimsey», sagte Mr. Milligan. «Bitte, nehmen Sie doch Platz.»

«Danke», sagte Lord Peter, «aber ich bin kein Peer, müssen

Sie wissen – das ist mein Bruder Denver. Mein Name ist Peter. Ein alberner Name, finde ich, so altmodisch und brav und so weiter, aber dafür sind wohl offiziell meine Taufpaten verantwortlich – was ein bißchen ungerecht gegen sie ist, denn sie haben den Namen ja nicht eigentlich ausgesucht. Wir haben schon immer einen Peter in der Familie, seit dem dritten Herzog, der im Krieg der Rosen fünf Könige hereingelegt hat, was allerdings bei näherer Betrachtung auch wieder kein Grund zum Stolz ist. Aber man muß das Beste daraus machen.»

Mr. Milligan, durch seine Unwissenheit in Nachteil gebracht, versuchte verlorenen Boden zurückzugewinnen, indem er seinem Gast eine Corona Corona anbot.

«Herzlichen Dank», sagte Lord Peter, «aber Sie dürfen mich nicht in Versuchung führen, hier den ganzen Nachmittag herumzuschwatzen. Beim Zeus, Mr. Milligan, wenn Sie Ihren Besuchern so bequeme Sessel und solche Zigarren anbieten, wundere ich mich, daß sie nicht herkommen und gleich in Ihrem Büro wohnen.» Und im Geiste fügte er hinzu: Wollte Gott, ich könnte dir mal diese langen, spitzen Schuhe ausziehen. Wie soll man da die Größe deiner Füße abschätzen? Und ein Kopf wie eine Kartoffel. Da soll der Mensch nicht fluchen.

«Nun sagen Sie mir, Lord Peter», sagte Mr. Milligan, «was ich für Sie tun kann.»

«Also, wissen Sie», begann Lord Peter, «das frage ich mich gerade selbst. Es ist geradezu unverschämt von mir, Sie darum zu bitten, aber eigentlich ist es ja meine Mutter. Eine wundervolle Frau, aber sie begreift nicht ganz, was es heißt, einem vielbeschäftigten Mann wie Ihnen die Zeit zu nehmen. Wir haben es hier drüben nämlich nicht so eilig, Mr. Milligan.»

«Aber ich bitte Sie», antwortete Mr. Milligan, «ich würde mit Freuden alles tun, um der Herzogin gefällig zu sein.»

Einen Augenblick war er sich nicht sicher, ob die Mutter eines Herzogs auch wirklich eine Herzogin war, doch atmete er auf, als Lord Peter fortfuhr:

«Vielen Dank – das ist ungeheuer liebenswürdig von Ihnen. Also, die Sache ist die: Meine Mutter – die eine sehr energische, aufopferungsvolle Frau ist, nicht wahr? – möchte diesen

Winter in Denver so eine Art Wohltätigkeitsbasar organisieren, um Geld für die Reparatur des Kirchendachs zusammenzubekommen, verstehen Sie? Ein trauriger Fall, Mr. Milligan – so eine schöne, alte, antike Kirche –, frühenglische Fenster und wunderhübsches Engeldach und so weiter – und das alles verfällt, es regnet hinein –, beim Frühgottesdienst holt der Vikar sich jedesmal einen Schnupfen wegen der Zugluft über dem Altar – Sie kennen das ja. Man hat schon jemanden für diese Arbeit gewonnen – einen kleinen Architekten namens Thipps – lebt mit seiner betagten Mutter in Battersea –, ziemlich gewöhnlicher Mensch – aber wie man hört, versteht er sich recht gut auf Engeldächer und dergleichen.»

Bei diesen Worten behielt Lord Peter seinen Gesprächspartner scharf im Auge, aber als seine lange Rede offenbar nur höfliches Interesse hervorrief, verbunden mit einem Hauch von Ratlosigkeit, gab er diese Taktik auf und fuhr fort:

«Wissen Sie, ich muß mich wirklich bei Ihnen entschuldigen – leider rede ich wieder mal viel zu lange um die Sache herum. Nun, meine Mutter will also diesen Basar aufziehen und findet, ein paar Vorträge im Rahmenprogramm – kleine Plaudereien sozusagen – von herausragenden Geschäftsleuten aus aller Welt wären bei dieser Gelegenheit recht interessant. ‹Wie ich es geschafft habe›, etwas in dieser Art. ‹Ein Tropfen Öl für einen Benzinkönig› – ‹Geld, Gewissen und Kakao› und dergleichen. Das würde die Leute dort ungeheuer interessieren. Sehen Sie, alle Bekannten meiner Mutter würden dasein, und wir haben ja alle kein Geld – nicht was Sie unter Geld verstehen würden, meine ich –, unsere Einkünfte zusammen dürften kaum für Ihre Telefonrechnung reichen, wie? – aber wir hören furchtbar gern Geschichten von Leuten, die wissen, wie man zu Geld kommt. Irgendwie gibt uns das so ein erhebendes Gefühl. Also, ich will sagen, meine Mutter wäre Ihnen jedenfalls über die Maßen dankbar, Mr. Milligan, wenn Sie zu uns kommen und als Vertreter Amerikas ein paar Worte an uns richten könnten. Es brauchen natürlich nicht mehr als zehn Minuten zu sein, denn die Leute dort kennen sowieso nicht viel außer Schießen und Jagen, und gerade die Freunde meiner

Mutter können sich nie länger als zehn Minuten an einem Stück auf etwas konzentrieren, aber wir würden es bestimmt sehr begrüßen, wenn Sie zu uns kämen und ein, zwei Tage blieben, um uns ein paar passende Worte über den allmächtigen Dollar zu sagen.»

«Hm, ja», sagte Mr. Milligan, «das tue ich gern, Lord Peter. Sehr freundlich von der Herzogin, so etwas anzuregen. Es ist so schade, wenn solche schönen alten Antiquitäten vor die Hunde gehen. Ich werde mit dem größten Vergnügen kommen. Und vielleicht wären Sie so freundlich, eine kleine Spende für den Restaurierungsfonds entgegenzunehmen.»

Diese unerwartete Entwicklung riß Lord Peter fast aus dem Gleichgewicht. So einen gastfreundlichen Herrn unter einem raffinierten Vorwand auszuhorchen, weil man ihn eines besonders heimtückischen Mordes verdächtigt, und dabei auch noch einen großen Scheck für eine gute Sache von ihm anzunehmen, so etwas bringt nur der abgebrühteste Geheimagent über sich. Lord Peter versuchte Zeit zu gewinnen.

«Das ist ungeheuer nett von Ihnen», sagte er. «Die Leute werden sich bestimmt maßlos freuen. Aber den Scheck geben Sie bitte lieber nicht mir. Ich würde ihn womöglich ausgeben oder verlieren. Leider bin ich da nicht sehr verläßlich. Der Vikar wäre die richtige Adresse – Hochwürden Constantine Throgmorton, Vikariat St. John-before-the-Latin-Gate, Duke's Denver – wenn Sie ihn dahin schicken könnten.»

«Wird gemacht», sagte Mr. Milligan. «Stellen Sie gleich einen Scheck über 1000 Pfund aus, Scoot, damit ich es später nicht vergesse.»

Der Sekretär, ein rötlichblonder junger Mann mit langem Kinn und unsichtbaren Augenbrauen, gehorchte schweigend. Lord Peter blickte von Mr. Milligans Kahlschädel zum Rotschopf des Sekretärs, verhärtete sein Herz und nahm einen neuen Anlauf.

«Also, ich bin Ihnen unendlich dankbar, Mr. Milligan, und meiner Mutter wird es nicht anders gehen, wenn sie das erfährt. Ich werde Sie wissen lassen, wann der Basar stattfindet – der Termin steht noch nicht fest, und ich muß auch noch ein paar andere Geschäftsleute aufsuchen, nicht wahr? Ich hatte daran gedacht, jemanden aus einem der großen Zeitungskonzerne zu bitten, als Vertreter der britischen Werbewirtschaft aufzutreten – und ein Freund von mir hat mir einen führenden deutschen Finanzier versprochen –, sehr interessant, falls da draußen auf dem Lande keine allzu großen Widerstände dagegen bestehen, und dann möchte ich noch jemanden finden, der die jüdische Seite vertritt. Eigentlich hatte ich Levy ansprechen wollen, aber der ist ja nun auf so ungelegene Weise verschwunden.»

«Ja», sagte Mr. Milligan, «das ist eine merkwürdige Geschichte, obwohl ich gern zugebe, Lord Peter, daß sie *mir* ziemlich gelegen kommt. Er hatte meinen Eisenbahnkonzern in der Zange, aber ich hatte nie etwas gegen ihn persönlich, und wenn er wieder auftaucht, *nachdem* ich ein gewisses Geschäft abgeschlossen habe, werde ich ihm gern die Hand zum Willkommensgruß entgegenstrecken.»

Im Geiste stellte Lord Peter sich vor, wie Sir Reuben irgendwo gefangengehalten wurde, bis eine bestimmte finanzielle Krise überwunden war. Das war ausgesprochen gut möglich und viel erfreulicher als seine erste Mutmaßung; und es paßte auch besser zu dem Bild, das er sich inzwischen von Mr. Milligan gemacht hatte.

«Hm, ja, das ist schon eine dumme Geschichte», sagte er. «Aber er wird wohl seine Gründe haben. Man sollte die Leute lieber nicht nach ihren Gründen fragen, wie? Zumal ein Freund von mir, der bei der Polizei ist und mit dem Fall zu tun hat, sagt, der alte Knabe habe sich, bevor er wegging, die Haare gefärbt.»

Aus dem äußersten Augenwinkel beobachtete Lord Peter, wie der rothaarige Sekretär fünf Zahlenreihen gleichzeitig addierte und die Ergebnisse niederschrieb.

«Die Haare gefärbt?» fragte Mr. Milligan.

«Ja, rot», antwortete Lord Peter. Der Sekretär sah auf. «Komisch ist nur», fuhr Lord Peter fort, «daß man das Farbfläschchen nicht findet. Irgend etwas ist da faul.»

Das Interesse des Sekretärs schien verflogen zu sein. Er legte ein neues Blatt in seinen Hefter ein und übertrug eine Reihe Ziffern von der vorigen Seite.

«Ich glaube ja, es steckt nichts weiter dahinter», sagte Lord Peter, indem er aufstand, um zu gehen. «Es war jedenfalls ungemein liebenswürdig von Ihnen, sich mit mir abzugeben, Mr. Milligan, und meine Mutter wird sich riesig freuen. Sie wird Ihnen den Termin schriftlich mitteilen.»

«Die Freude ist ganz auf meiner Seite», antwortete Mr. Milligan. «Es war schön, Ihre Bekanntschaft zu machen.»

Mr. Scoot erhob sich stumm, um ihm die Tür zu öffnen; dabei kam ein Paar Beine von beträchtlicher Länge zum Vorschein, von denen man, solange er hinter dem Schreibtisch saß, nichts gesehen hatte. Mit einem innerlichen Seufzer schätzte Lord Peter den Mann auf über einsneunzig.

Schade, daß ich Scoots Kopf nicht auf Milligans Schultern setzen kann, dachte Lord Peter, als er wieder ins hektische Getriebe der City hinaustrat, und was *wird* nur meine Mutter sagen?

5. Kapitel

Mr. Parker lebte als Junggeselle in einer georgianischen, aber ungemütlichen Wohnung in der Great Ormond Street 12 A, wofür er eine Miete von einem Pfund die Woche bezahlte. Seine Verdienste um die Zivilisation wurden nicht mit Diamantengeschenken, Ringen von Kaiserinnen oder großzügigen Schecks von dankbaren Premierministern vergolten, sondern mit einem bescheidenen, aber ausreichenden Gehalt aus der Tasche des britischen Steuerzahlers. Nach einem langen Tag ebenso anstrengender wie fruchtloser Arbeit weckte ihn am nächsten Morgen der Geruch angebrannten Haferbreis. Durch das Schlafzimmerfenster, das aus Gründen der Hygiene oben und unten geöffnet war, wälzte sich langsam ein kalter Nebel herein, und der Anblick einer winterlichlangen Unterhose, die er gestern abend hastig über einen Stuhl geworfen hatte, kränkte ihn, indem er ihm die ganze Lächerlichkeit der menschlichen Gestalt vor Augen führte. Das Telefon klingelte, und er kroch mißmutig aus dem Bett und ging ins Wohnzimmer, wo Mrs. Munns, die ihm tagsüber den Haushalt führte, niesend den Frühstückstisch deckte.

Mr. Bunter war am Apparat. «Seine Lordschaft läßt Ihnen ausrichten, Sir, daß er sich sehr freuen würde, wenn Sie es einrichten könnten, zum Frühstück hierherzukommen.»

Wenn der Duft gebratener Nieren und Speck über die Leitung zu ihm gedrungen wäre, hätte Mr. Parker sich nicht getrösteter fühlen können.

«Sagen Sie Seiner Lordschaft, ich bin in einer halben Stunde da», erwiderte er dankbar und ging ins Bad, das zugleich als Küche diente. Mrs. Munns, die soeben aus einem Kessel Wasser, das gar nicht mehr kochte, den Tee aufgoß, teilte er mit, daß er zum Frühstücken ausgehe.

«Sie können den Haferbrei für die Kinder mit nach Hause nehmen», sagte er boshaft und warf mit solcher Entschiedenheit den Morgenmantel ab, daß Mrs. Munns nichts weiter übrig blieb, als sich mit einem Schnauben zurückzuziehen.

Ein Bus der Linie 19 setzte ihn nur eine Viertelstunde später, als sein sanguinisches Temperament ihn hatte ankündigen lassen, am Piccadilly ab, und Bunter servierte ihm vor einem flackernden Holz- und Kohlenfeuer ein herrliches Frühstück mit unvergleichlichem Kaffee nebst der *Daily Mail.* Von ferne verkündete eine singende Stimme mit dem «Et iterum venturus est» aus Bachs h-Moll-Messe, daß Reinlichkeit und Frömmigkeit für den Besitzer dieser Wohnung wenigstens einmal am Tag zusammenkamen, und bald darauf trat auch Lord Peter selbst, dampfend und nach Verbena-Öl duftend, in einem Bademantel mit unnatürlich farbenfrohem Pfauenmuster ins Zimmer.

«Morgen, altes Haus», sagte Seine Lordschaft, «scheußlicher Tag, wie? Nett von dir, daß du bei dem Wetter herkommst, aber ich habe hier einen Brief, den ich dir mal zeigen wollte, und konnte mich nicht aufraffen, damit zu dir zu kommen. Bunter und ich haben die Nacht durchgemacht.»

«Was ist das für ein Brief?» fragte Parker.

«Rede nie mit vollem Mund über Geschäfte», versetzte Lord Peter tadelnd. «Koste noch von der guten Orangenmarmelade, dann zeige ich dir zuerst mal meinen Dante; man hat ihn mir gestern abend gebracht. Was müßte ich heute morgen lesen, Bunter?»

«Die Sammlung von Lord Erith wird verkauft, Mylord. In der *Morning Post* steht etwas darüber. Ich meine auch, Eure Lordschaft sollten sich die Besprechung des neuen Buchs von Sir Julian Freke über *Die physiologischen Grundlagen des Gewissens* in der Literaturbeilage der *Times* ansehen. Dann steht im *Chronicle* etwas über einen einzigartigen Einbruch, Mylord, und im *Herald* ein Angriff auf Adelsfamilien – ziemlich schlecht geschrieben, wenn ich das sagen darf, aber nicht ohne unfreiwilligen Humor, den Eure Lordschaft sicher zu schätzen wissen.»

«Gut, geben Sie mir das und den Einbruch», sagte Seine Lordschaft.

«Ich habe auch die anderen Zeitungen durchgesehen», fuhr Mr. Bunter fort, wobei er auf einen ansehnlichen Stapel zeigte, «und angestrichen, was Eure Lordschaft *nach* dem Frühstück lesen sollten.»

«Reden Sie jetzt bitte nicht davon», sagte Lord Peter, «sonst verderben Sie mir noch den Appetit.»

Man schwieg, und es war nur noch das Knirschen von Toast und das Rascheln von Papier zu hören.

«Ich sehe, man hat die Untersuchung vertagt», sagte Parker nach einer Weile.

«Blieb ihnen ja auch nichts anderes übrig», antwortete Lord Peter, «aber Lady Levy ist gestern abend angekommen und wird heute morgen hingehen müssen, um Sugg zur Freude die Leiche nicht identifizieren zu können.»

«Wird auch Zeit», sagte Mr. Parker knapp.

Es wurde wieder still.

«Von Ihrem Einbruch halte ich nicht viel, Bunter», sagte Lord Peter. «Gute Arbeit, aber phantasielos. Ich wünsche Phantasie bei einem Verbrecher. Wo ist die *Morning Post*?»

Nach weiterem Schweigen sagte Lord Peter: «Sie könnten uns den Katalog kommen lassen, Bunter; dieser Apollonios Rhodios* könnte einen Blick lohnen. Nein, ich habe keine Lust, mich durch diese Rezension zu quälen, aber Sie können das Buch auf die Anschaffungsliste setzen, wenn Sie wollen. Sein Buch über Kriminalität war ja soweit ganz unterhaltsam, aber der Kerl hat einfach einen Vogel. Er hält Gott für eine Sekretion der Leber – einmal ist das ja ganz nett, aber man muß es nicht immerzu wiederholen. Es gibt nichts, was du nicht beweisen kannst, wenn nur dein Horizont beschränkt genug ist. Sieh dir Sugg an.»

* Apollonios Rhodios. Lorenzobodi Alopa. Florenz. 1496. Quarto. Die Aufregungen, die mit der Lösung des Falles von Battersea einhergingen, konnten Lord Peter nicht davon abhalten, sich vor seiner Abreise nach Korsika noch dieses seltene Werk zu sichern.

«Entschuldigung», sagte Parker, «aber ich habe nicht zugehört. Die argentinischen Aktien haben sich ein wenig stabilisiert, wie ich sehe.»

«Milligan», sagte Lord Peter.

«Öl steht schlecht. Da wirkt Levy sich aus. Dieser merkwürdige kleine Höhenflug der Peruaner kurz vor seinem Verschwinden ist schon wieder vorbei. Ob er da wohl die Finger darin hatte? Weißt du was darüber?»

«Ich werd's feststellen», sagte Lord Peter. «Worum ging's?»

«Ach, ein absolut unbedeutendes Unternehmen, von dem man jahrelang nichts gehört hat. Vorige Woche kam ein bißchen Leben hinein. Mir ist das deshalb aufgefallen, weil meine Mutter vor langer Zeit einmal mit ein paar hundert Anteilen da einsteigen konnte. Es hat nie Dividende abgeworfen. Jetzt ist es wieder in der Versenkung verschwunden.»

Wimsey schob seinen Teller fort und zündete sich eine Pfeife an.

«Da wir fertig sind, hätte ich jetzt nichts dagegen, ein bißchen zu arbeiten», meinte er. «Wie bist du gestern vorangekommen?»

«Gar nicht», antwortete Parker. «Ich habe mir alle Wohnungen in dieser Reihe höchstpersönlich und in zwei verschiedenen Verkleidungen vorgenommen, einmal als Gasmann und dann als Spendensammler für ein Tierheim. Etwas Greifbares ist nicht dabei herausgekommen; nur ein Dienstmädchen in der obersten Wohnung des letzten Hauses an der Battersea Bridge Road glaubt, eines Nachts einen Bums auf dem Dach gehört zu haben. In welcher Nacht das war, konnte sie nicht genau sagen. Als ich fragte, ob es Montagnacht gewesen sei, meinte sie, wahrscheinlich ja. Als ich fragte, ob es nicht auch während des Sturms in der Samstagnacht gewesen sein könne, bei dem mir der Kaminaufsatz weggeweht wurde, meinte sie, das könne auch sein. Auf die Frage, ob sie sicher sei, daß es auf dem Dach und nicht in der Wohnung war, räumte sie ein, daß sie am nächsten Morgen ein von der Wand gefallenes Bild gefunden hätten. Sie ließ sich jede Antwort in den Mund legen. Dann habe ich deine Freunde besucht, Mr. und Mrs. Appledore, die mich sehr kühl empfingen, aber nichts Konkretes gegen die Familie Thipps sagen konnten, außer daß die alte Mrs. Thipps allzu londonerisch spricht und Mr. Thipps sie einmal ungebeten mit einem Flugblatt gegen die Vivisektion aufgesucht habe. Der indische Oberst im ersten Stock war sehr laut, aber unverhofft freundlich. Er hat mir ein indisches Currygericht und einen guten Whisky zum Abendessen angeboten, aber er führt ein ziemliches Einsiedlerleben und wußte mir nur zu sagen, daß er seinerseits Mrs. Appledore nicht ausstehen kann.»

«Hast du im Haus nichts gefunden?»

«Nur Levys Privattagebuch. Ich hab's mitgebracht. Hier ist es. Es sagt einem aber nicht viel. Voller Eintragungen wie ‹Tom und Annie zum Abendessen› und ‹Geburtstag meiner lieben Frau; habe ihr einen Opalring geschenkt›; ‹Mr. Arbuthnot zum Tee; er möchte Rachel heiraten, aber mir wäre für meinen Schatz etwas Solideres lieber.› Aber ich habe mir gedacht, man kann dem Tagebuch immerhin entnehmen, wer im Haus verkehrt und so weiter. Er hat seine Eintragungen offenbar immer erst abends gemacht. Für Montag steht nichts darin.»

«Ich nehme an, es wird uns noch nützlich sein», meinte Lord Peter. «Armer Kerl. Übrigens bin ich nicht mehr so sicher, daß er umgebracht wurde.»

Er erzählte Mr. Parker, was er unternommen hatte.

«Arbuthnot?» fragte Parker. «Ist das der Arbuthnot aus dem Tagebuch?»

«Anzunehmen. Ich habe ihn mir mal geschnappt, weil ich weiß, daß er gern ein bißchen an der Börse spielt. Was diesen Milligan angeht, der *scheint* soweit in Ordnung zu sein, aber ich halte ihn im Geschäftsleben für ziemlich skrupellos, und man kann nie wissen. Zudem hat er einen rothaarigen Sekretär – ein Rechengenie mit Fischgesicht, schweigt sich beharrlich aus –, ich glaube, er hat irgendwo eine dunkle Haut im Stammbaum. Milligan hätte ein prächtiges Motiv, Levy wenigstens für ein paar Tage aus dem Verkehr zu ziehen. Und dann wäre da die neue Figur.»

«Was für eine neue Figur?»

«Der mit dem Brief, von dem ich gesprochen habe. Wo habe ich ihn nur hingetan? Ah, da ist er. Gutes Pergamentpapier, Briefkopf eines Anwaltsbüros in Salisbury, entsprechender Poststempel. Fein säuberlich mit spitzer Feder von älterem Geschäftsmann mit altmodischen Gepflogenheiten geschrieben.»

Parker nahm den Brief und las:

CRIMPLESHAM & WICKS
Anwälte

Milford Hill, Salisbury
17. November

Sir,

bezugnehmend auf Ihr heutiges Inserat in den persönlichen Anzeigen der *Times* sehe ich mich zu der Annahme veranlaßt, daß es sich bei der genannten Brille mit Kette um diejenige handelt, die ich am vergangenen Montag während eines London-Aufenthalts in einem Zug der London-Brighton & Southcoast-Eisenbahngesellschaft verloren habe. Ich bin um 17 Uhr 45 vom Victoria-Bahnhof abgefahren und habe den Verlust erst bei meiner Ankunft in Balham bemerkt. Diese Angabe sowie die beigefügte augenärztliche Spezifikation der Gläser dürften für die Identifizierung sowie als Beweis für meinen guten Glauben ausreichen. Sollte es sich bei der Brille tatsächlich um die meine handeln, wäre ich Ihnen sehr verbunden, wenn ich sie freundlicherweise per eingeschriebener Post zurückbekommen könnte, da die Kette ein Geschenk von meiner Tochter und somit eine der größten Kostbarkeiten ist, die ich besitze.

Mit verbindlichem Dank im voraus für Ihre Freundlichkeit, sowie aufrichtigem Bedauern für die Umstände, die ich Ihnen verursache, bin ich

Ihr sehr ergebener
Thos. Crimplesham

(Anlage)

«Meine Güte», sagte Parker, «das nenne ich unerwartet.»

«Entweder ist das Ganze ein krasses Mißverständnis», meinte Lord Peter, «oder dieser Mr. Crimplesham ist ein ausgesprochen tollkühner und raffinierter Schurke. Oder es könnte natürlich auch die falsche Brille sein. Diesen Punkt können wir wohl auf der Stelle klären. Die Brille ist, wie ich annehme, bei Scotland Yard. Ruf doch bitte mal dort an und laß die Gläser sofort von einem Optiker vermessen – und frag bei der Gelegenheit, ob es alltägliche Gläser sind.»

«Recht hast du», sagte Parker und nahm den Hörer von der Gabel.

«Und nun», sagte sein Freund, nachdem die Anweisungen durchgegeben waren, «komm mal kurz mit in die Bibliothek.»

Auf dem Bibliothekstisch hatte Lord Peter eine Serie von Fotoabzügen ausgebreitet, manche schon trocken, manche noch feucht, manche sogar erst halb gewässert.

«Diese kleinen hier sind die Originalabzüge von den Platten», erklärte Lord Peter, «und das hier sind Vergrößerungen, alle im selben Maßstab angefertigt. Dieses eine hier stellt den Fußabdruck auf dem Linoleum dar; das legen wir fürs erste beiseite. Und nun können wir diese Fingerabdrücke in fünf Gruppen einteilen. Ich habe sie gleich auf den Bildern selbst bezeichnet – siehst du? – und eine Liste zusammengestellt:

A: Die Fingerabdrücke von Levy selbst, gefunden an dem Buch auf seinem Nachttisch und der Haarbürste – der und der – die kleine Narbe am Daumen ist nicht zu verkennen.

B: Die Kleckse von den behandschuhten Fingern des Mannes, der Montag nacht in Levys Zimmer geschlafen hat. Sie zeigen sich deutlich auf der Wasserflasche und den Schuhen – und sie überlagern die von Levy. Sehr deutlich zu erkennen sind sie an den Schuhen – erstaunlich deutlich für Handschuhe, woraus ich schließe, daß es Gummihandschuhe waren, die sich kurz zuvor noch in Wasser befunden hatten.

Hier ist noch ein interessanter Punkt. Levy ist, wie wir wissen, Montag nacht im Regen herumgelaufen, und diese dunklen Flecken sind Dreckspritzer. Du siehst, daß sie in allen Fällen *über* Levys Fingerabdrücken liegen. Nun sieh·her: Auf dem linken Schuh sind diese Schmutzspritzer auf dem Leder oberhalb des Absatzes von den Daumenabdrücken des Fremden überlagert. Das ist schon eine eigenartige Stelle für einen Daumenabdruck – das heißt, wenn Levy sich die Schuhe selbst ausgezogen hätte, nicht? Aber an dieser Stelle würde man Daumenabdrücke nur erwarten, wenn ihm jemand anders die Schuhe mit Gewalt ausgezogen hätte. Nochmals, die Fingerabdrücke des Fremden liegen über den Dreckspritzern, aber hier ist *ein* Dreckspritzer, der die Abdrücke des Fremden überlagert. Das führt mich zu der Annahme, daß der Fremde mit einem Taxi, einer Kutsche oder eigenem Wagen in Levys Schuhen in den Park Lane gekommen ist, aber an irgendeiner Stelle ist er ein Stück zu Fuß gegangen – gerade weit genug, um in eine Pfütze zu treten und einen Spritzer auf den Schuh zu bekommen. Was sagst du dazu?»

«Sehr hübsch», meinte Parker. «Ein bißchen kompliziert allerdings, und die Abdrücke sind auch nicht gerade das, was ich von Fingerabdrücken erwarte.»

«Nun gut, ich will ihnen ja auch keine allzu große Bedeutung beimessen. Aber sie passen zu unseren ursprünglichen Überlegungen. Weiter jetzt.

C: Die Abdrücke, die mein höchstpersönlicher Bösewicht so entgegenkommend auf dem hinteren Rand von Thipps' Badewanne hinterlassen hat, wo du sie entdeckt hast, und ich hätte Prügel dafür verdient, daß ich sie übersehen habe. Es ist die linke Hand, wie du siehst, Handwurzel und Finger, nicht aber die Fingerspitzen, was so aussieht, als ob er sich auf den Badewannenrand gestützt hätte, um unten irgend etwas zurechtzukramen – vielleicht die Brille und das Kettchen. Auch Handschuhe, wie man sieht, aber ohne Nähte und Säume – ich sage Gummi, du sagst Gummi. Soweit, so gut. Nun sieh mal her:

D und E stammen von einer meiner Visitenkarten. Dieses Ding hier in der Ecke, das mit F gekennzeichnet ist, kannst du außer acht lassen; auf dem Original ist das ein klebriger Fleck, den der Junge, der die Karte entgegennahm, mit dem Daumen darauf hinterlassen hat, nachdem er sich einen Kaugummi mit den Fingern aus den Zähnen geklaubt hatte, um mir zu sagen, daß Mr. Milligan vielleicht frei sei, vielleicht aber auch nicht. D und E sind die Daumenabdrücke von Milligan und seinem rothaarigen Sekretär. Ich weiß nicht, welcher von wem stammt, aber ich habe gesehen, wie der Junge mit der Kaugummihand die Karte dem Sekretär gegeben hat, und als ich ins Allerheiligste kam, sah ich sie in John P. Milligans Hand, also gehören sie zu den beiden, und es ist im Augenblick unwesentlich für unsere Zwecke, welcher wem gehört. Ich habe mir im Hinausgehen die Karte wieder vom Tisch geangelt.

So, mein lieber Parker, und nun will ich dir sagen, was Bunter und mich bis in die frühen Morgenstunden auf Trab gehalten hat. Ich habe alles hin und her vermessen, bis mir der Kopf rauchte, und auf die Bilder gestarrt, bis ich fast blind war, aber der Teufel soll mich holen, wenn ich etwas daraus entnehmen kann. Frage eins: Ist C mit B identisch? Frage zwei: Ist D oder E mit B identisch? Man kann natürlich nur nach der Größe und Form gehen, und die Abdrücke sind so schwach – was meinst du?»

Parker schüttelte skeptisch den Kopf.

«Ich meine, E steht praktisch völlig außer Frage», sagte er. «Dieser Daumen kommt mir übermäßig lang und schmal vor. Aber ich finde, es besteht eine entschiedene Ähnlichkeit zwischen den Abständen von B auf der Wasserflasche und C auf dem Badewannenrand. Und ich sehe keinen Grund, warum D nicht derselbe sein sollte wie B; man hat nur kaum etwas, woran man sich halten kann.»

«Deine unverbildete Meinung und meine Messungen haben uns also beide zu demselben Schluß geführt – wenn man das einen Schluß nennen kann», stellte Lord Peter verbittert fest.

«Noch etwas anderes», sagte Parker. «Warum in aller Welt müssen wir überhaupt versuchen, B mit C in Verbindung zu bringen? Daraus, daß wir beide zufällig Freunde sind, folgt noch nicht notwendigerweise, daß die beiden Fälle, an denen wir jeweils interessiert sind, in irgendeiner Beziehung zueinander stehen. Warum sollten sie? Der einzige, der das glaubt, ist Sugg, und er hat nichts in der Hand, was dafür spricht. Anders sähe das aus, wenn an der Vermutung etwas daran wäre, daß der Mann in der Badewanne Levy ist, aber wir wissen ja mit Sicherheit, daß er es nicht ist. Es ist lächerlich, anzunehmen, daß ein und derselbe Mensch in ein und derselben Nacht zwei völlig voneinander unabhängige Verbrechen begangen hat, eines in Battersea, das andere im Park Lane.»

«Ich weiß», sagte Wimsey, «obwohl wir natürlich nicht vergessen dürfen, daß Levy um die Zeit in Battersea *war*, und nachdem wir jetzt wissen, daß er nicht, wie angenommen, um 24 Uhr nach Hause gekommen ist, haben wir keinen Grund mehr zu der Annahme, daß er Battersea überhaupt je verlassen hat.»

«Richtig. Aber es gibt in Battersea nicht nur Thipps' Badezimmer. Überhaupt ist das bei Licht betrachtet der einzige Ort, an dem er nach unserem sicheren Wissen *nicht* gewesen ist. Was hat also Thipps' Badezimmer noch damit zu tun?»

«Ich weiß es nicht», sagte Lord Peter. «Na ja, vielleicht bekommen wir heute ein paar bessere Anhaltspunkte in die Hand.»

Er lehnte sich in seinen Sessel zurück und blätterte eine Weile rauchend in den Zeitungen, die Bunter schon für ihn angezeichnet hatte.

«Dich haben sie schön ins Rampenlicht gestellt», sagte er. «Gott sei Dank haßt Sugg mich zu sehr, um auch noch Reklame für mich zu machen. Was ist das für eine ausnehmend langweilige Kleinanzeigenspalte! ‹Liebste Pipsey, komm bald zurück zu Deinem verzweifelten Popsey› – und der übliche junge Mann in Geldnöten sowie der übliche Aufruf ‹Gedenke deines Schöpfers in den Tagen deiner Jugend›. Hallo! Da hat's geläutet. Aha, die Antwort von Scotland Yard.»

Der Bericht von Scotland Yard enthielt eine Spezifikation der Brillengläser, die mit der von Mr. Crimplesham übersandten identisch war, zudem die Anmerkung, daß es eine ungewöhnliche Brille sei, erstens wegen der besonderen Stärke der Gläser und zweitens wegen der Unterschiedlichkeit auf beiden Augen.

«Das dürfte genügen», sagte Parker.

«Ja», sagte Wimsey. «Damit schließt Möglichkeit Nummer

drei also aus. Bleiben die Möglichkeiten Nummer eins: Zufall oder Mißverständnis, und Nummer zwei: ein besonders bösartiges Verbrechen, das Kühnheit und Raffinesse verrät – zwei Eigenschaften übrigens, die für den oder die Urheber unserer beiden Probleme charakteristisch sind. Nach der Methode, die man uns an der Universität, wo zu studieren ich die Ehre hatte, eingeimpft hat, werden wir also nun die verschiedenen aus Möglichkeit Nummer zwei sich ergebenden Überlegungen getrennt voneinander betrachten. Diese Möglichkeit kann man wiederum in zwei oder mehr Hypothesen unterteilen. Nach Hypothese eins (die mein distinguierter Kollege Professor Snupshed bevorzugt) ist der Verbrecher, den wir als X bezeichnen wollen, nicht mit Chrimplesham identisch, sondern hat dessen Namen als Aushänge- oder Schutzschild benutzt. Diese Hypothese kann man weiterhin unterteilen in zwei Alternativen. Alternative A: Crimplesham ist ein unschuldiger und unwissender Komplice, und X steht in seinen Diensten. X schreibt in Crimpleshams Namen und auf Crimpleshams Geschäftspapier und erreicht, daß der fragliche Gegenstand, das heißt die Brille, an Crimpleshams Adresse geschickt wird. Er ist in einer Position, die es ihm erlaubt, das Päckchen abzufangen, bevor es Crimplesham erreicht. Die Voraussetzung dafür ist, daß es sich bei X um Crimpleshams Putzfrau, Büroboten, Schreiber, Sekretär oder Diener handelt. Das eröffnet den Ermittlungen ein weites Feld. Die Ermittlungsmethode wird darin bestehen, mit Crimplesham zu sprechen und herauszubekommen, ob er diesen Brief geschrieben hat oder, wenn nicht, wer Zugang zu seiner Korrespondenz hat. Alternative B: Crimplesham steht unter dem Einfluß von X und wurde zur Abfassung dieses Briefes durch a) Bestechung, b) falsche Vorspiegelungen oder c) Drohungen genötigt. X könnte in diesem Falle ein redegewandter Freund oder Angehöriger sein oder ein Gläubiger, Erpresser oder Mörder; Crimplesham auf der anderen Seite ist dann entweder käuflich oder dumm. Als Ermittlungsmethode schlage ich in diesem Falle wiederum zögernd eine Unterredung mit Crimplesham vor, bei der ihm die Fakten glasklar unterbreitet werden und ihm in den beeindruckendsten Worten klargemacht wird, daß ihn als Mitwisser in einem Mordfall eine längere Freiheitsstrafe erwartet – ähäm! Im Vertrauen darauf, meine Herren, daß Sie mir bis hierher gefolgt sind, werden wir uns nun der Hypothese Nummer zwei zuwenden, zu der ich persönlich neige und wonach X mit Crimplesham identisch ist.

In diesem Falle wird Crimplesham, der, um es mit den Worten eines englischen Klassikers zu sagen, ein Mann von unerschöpflichem Einfallsreichtum und Mut ist, sich völlig zu Recht gesagt haben, daß wir eine Reaktion auf unser Inserat zuallerletzt vom Verbrecher selbst erwarten würden. Also versucht er kühn zu bluffen. Er denkt sich eine Gelegenheit aus, bei der ihm der Kneifer sehr leicht abhanden gekommen sein könnte, und erhebt Anspruch darauf. Mit der Wahrheit konfrontiert, wird niemand erstaunter sein als er, zu erfahren, wo die Brille wiedergefunden wurde. Er wird Zeugen aufbieten, die bestätigen, daß er um 17 Uhr 45 am Victoria-Bahnhof abgefahren und planmäßig in Balham wieder ausgestiegen ist und den ganzen Montagabend mit einem in ganz Balham bekannten und wohlangesehenen Herrn Schach gespielt hat. In diesem Falle sieht der Gang der Ermittlungen eine Vernehmung des wohlangesehenen Herrn aus Balham vor, und sollte es sich um einen alleinstehenden Herrn mit einer taubstummen Haushälterin handeln, so dürfte es schwierig sein, das Alibi zu widerlegen, denn außer in Kriminalromanen merken die wenigsten Zug- oder Omnibusschaffner sich gewissenhaft sämtliche Passagiere zwischen Balham und London.

Schließlich, meine Herren, will ich auch ganz offen auf die Schwachstelle aller dieser Hypothesen hinweisen, nämlich daß keine von ihnen eine Erklärung dafür bietet, warum der inkriminierende Gegenstand überhaupt so augenfällig auf der Leiche zurückgelassen wurde.»

Mr. Parker hatte diesen akademischen Ausführungen mit löblicher Geduld zugehört.

«Könnte X nicht auch ein Feind von Crimplesham sein», meinte er dann, «der ihn auf diese Weise in Verdacht bringen wollte?»

«Das könnte er. In diesem Falle müßte er leicht zu entdecken sein, denn offensichtlich steht er Crimplesham und seinem Kneifer sehr nahe, und Crimplesham, der um sein Leben fürchtet, wird der Anklagevertretung ein wertvoller Zeuge sein.»

«Und wie steht es mit unserer ersten Annahme – Zufall oder Mißverständnis?»

«Hm! Also zur Diskussion trägt diese Möglichkeit gar nichts bei, da es daran einfach nichts zu diskutieren gibt.»

«Auf jeden Fall», sagte Parker, «liegt jetzt ein Besuch in Salisbury auf der Hand.»

«Er scheint mir ratsam», antwortete Lord Peter.

«Na schön», sagte der Kriminalbeamte. «Wer fährt hin? Du, ich oder beide?»

«Ich», antwortete Lord Peter, «und zwar aus zwei Gründen. Erstens, falls Crimplesham (gemäß Möglichkeit Nummer zwei, erste Hypothese, Alternative A) ein unschuldiges Werkzeug ist, sollte derjenige, der die Anzeige aufgegeben hat, ihm auch sein Eigentum persönlich zurückgeben. Zweitens dürfen wir, wenn wir von der zweiten Hypothese ausgehen, die finstere Möglichkeit nicht außer acht lassen, daß Crimplesham/X eine raffinierte Falle für die Person aufgestellt hat, die ihr Interesse an der Lösung des Falles von Battersea so unvorsichtig in der Tagespresse bekanntgegeben hat.»

«Das scheint mir eher ein Argument dafür zu sein, daß wir beide hinfahren sollten», widersprach der Polizist.

«Weit gefehlt», antwortete Lord Peter. «Warum sollten wir Crimplesham/X in die Hände arbeiten, indem wir ihm die beiden einzigen Männer in London ausliefern, die über die Beweismittel und, wie ich sagen darf, die Intelligenz verfügen, um ihn mit der Leiche von Battersea in Verbindung zu bringen?»

«Aber wenn wir beim Yard Bescheid sagen, wo wir sind, und bekommen beide eins aufs Dach», sagte Mr. Parker, «wäre dies ein überzeugendes Indiz für Crimpleshams Schuld, und wenn er schon nicht für den Mord an dem Mann in der Badewanne gehängt würde, dann wenigstens für den Mord an uns.»

«Nun», meinte Lord Peter, «wenn er nur mich ermordet, kannst du ihn ja immer noch aufhängen – wozu einen gesunden, ehetauglichen Mann wie dich opfern? Und wie steht's außerdem um den alten Levy? Glaubst du vielleicht, daß jemand anders ihn findet, wenn du aus dem Rennen ausscheidest?»

«Aber wir könnten Crimplesham einschüchtern, indem wir ihm mit Scotland Yard drohen.»

«Du lieber Himmel, wenn's nur darum geht, kann *ich* ihn einschüchtern, indem ich ihm mit *dir* drohe, was noch viel wirkungsvoller wäre, weil du die bisher vorhandenen Beweise in Händen hast. Und dann stell dir doch nur mal vor, das Ganze entpuppt sich als ein Windei, dann hättest du Zeit vertan, in der du in dem Fall hättest weiterkommen können. Es gibt ja so einiges zu tun.»

«Hm, na ja», meinte Parker halb überzeugt, doch immer noch widerstrebend, «aber warum kann dann nicht ich hinfahren?»

«Quatsch!» sagte Lord Peter. «Ich bin beauftragt (und zwar von der alten Mrs. Thipps, vor der ich den allergrößten Respekt habe), mich mit diesem Fall zu befassen, und es ist ein reines Entgegenkommen von mir, wenn ich dir gestatte, dich da einzumischen.»

Mr. Parker stöhnte.

«Nimmst du wenigstens Bunter mit?» fragte er.

«Mit Rücksicht auf deine Empfindungen», antwortete Lord Peter, «werde ich Bunter mitnehmen, obwohl es viel nützlicher wäre, wenn er hier fotografieren oder sich um meine Garderobe kümmern könnte. Wann geht ein guter Zug nach Salisbury, Bunter?»

«Es fährt ein ausgezeichneter Zug um 10 Uhr 50, Mylord.»

«Dann sorgen Sie freundlicherweise dafür, daß ich ihn bekomme», sagte Lord Peter, indem er seinen Morgenmantel abwarf und ihn hinter sich her ins Schlafzimmer schleifte. «Und du, Parker, wenn du nichts anderes zu tun hast, könntest du Verbindung mit Levys Sekretär aufnehmen und dich mit dem peruanischen Öl befassen.»

Als leichte Reiselektüre nahm Lord Peter Sir Reubens Tagebuch mit. Es entpuppte sich als ein schlichtes, im Lichte der jüngsten Ereignisse rührendes Dokument. Der gefürchtete Börsenhai, der mit einem Kopfnicken den brummigen Bär zum Tanzen brachte oder den wütenden Bullen zwang, ihm aus der Hand zu fressen, er, dessen Odem ganze Landstriche mit Hungersnot verwüstete oder Geldmagnaten von ihren Thronen fegte, erwies sich im Privatleben als freundlich, häuslich, unschuldig stolz auf sich und das Seine, vertrauensselig, großzügig und ein bißchen langweilig. Seine eigenen bescheidenen Aufwendungen waren getreulich neben extravaganten Geschenken an seine Frau und Tochter aufgeführt. Kleine häusliche Vorkommnisse lasen sich so: «Jemand war da, um das Wintergartendach zu reparieren» oder: «Der neue Butler (Simpson) ist gekommen, empfohlen von den Goldbergs. Scheint brauchbar zu sein.» Alle Besucher und Gesellschaften waren gewissenhaft aufgeführt, von einem großartigen Mittagessen für Lord Dewsbury, den Außenminister, und Dr. Jabez K. Wort, den amerikanischen Gesandten, über etliche diplomatische Abendessen für große Finanziers bis hinunter zu kleinen familiären Zusammenkünften mit Leuten, die nur mit ihrem Vor- oder Spitznamen genannt waren. Im Mai wurde erstmals Lady Levys Nervenverfassung erwähnt, und in den darauffolgenden Monaten wurde noch öfter darauf Bezug genommen. Im September hieß es: «Freke war hier, um nach meiner lieben Frau zu sehen. Er empfiehlt völlige Ruhe und Luftveränderung. Sie hat vor, mit Rachel ins Ausland zu gehen.» Der Name des berühmten Nervenspezialisten tauchte etwa einmal monatlich auf der Gästeliste für Abendgesellschaften auf, und das brachte Lord Peter auf den Gedanken, daß Freke die geeignete Person sein könnte, bei der man sich nach Levy selbst erkundigen könnte. Manchmal erzählen die Leute ihrem Arzt etwas, sagte er bei sich. Und beim Zeus! Wenn Levy am Montagabend womöglich nur bei Freke war, hätte sich der Fall von Battersea weitgehend erledigt. Er nahm sich vor, Sir Julian aufzusuchen, und blätterte weiter. Am 18. September waren Lady Levy und Tochter dann nach Südfrankreich aufgebrochen. Und plötzlich, unter dem Datum des 5. Oktober, fand Lord Peter endlich, wonach er gesucht hatte: «Goldberg, Skriner und Milligan zum Abendessen.»

Da war der Beweis, daß Milligan schon im Haus gewesen war. Es war eine formelle Einladung gewesen – wie ein Zusammentreffen zweier Duellanten vor dem Kampf. Skriner war ein wohlbekannter Kunsthändler; Lord Peter malte sich aus, wie sie nach dem Essen nach oben gegangen waren, um im Salon die beiden Corots und das Porträt der ältesten, mit sechzehn Jahren gestorbenen Levy-Tochter zu sehen. Augustus John hatte es gemalt, und es hing im Schlafzimmer. Der rothaarige Sekretär wurde nirgends namentlich erwähnt, es sei denn, daß sich die Abkürzung S., die in einem anderen Eintrag auftauchte, auf ihn bezog. Während der Monate September und Oktober war Anderson (aus dem Hause Wyndham) ein häufiger Gast gewesen.

Lord Peter klappte kopfschüttelnd das Tagebuch zu und wandte sich wieder seinen Überlegungen zum Fall von Battersea zu. Während es im Falle Levy ein leichtes war, ein Motiv für das Verbrechen zu nennen, sofern es ein Verbrechen war, und die Schwierigkeit darin bestand, die Methode seiner Durchführung und den Verbleib der Leiche herauszufinden, war in dem anderen Fall das Haupthindernis für die Ermittlungen das völlige Fehlen eines denkbaren Motivs. Es war doch eigenartig, daß der Fall von sämtlichen Zeitungen des Landes gemeldet und eine Beschreibung des Toten an alle Polizeidienststellen gegangen war und sich trotzdem noch niemand gemeldet hatte, um den geheimnisvollen Gast in Mr. Thipps' Badewanne zu identifizieren. Gewiß war diese Beschreibung, in der von einem glattrasierten Kinn, elegantem Haarschnitt und Kneifer die Rede war, ziemlich irreführend, doch andererseits hatte die Polizei die Zahl der fehlenden Backenzähne, Größe, Hautfarbe und andere Daten korrekt angegeben, auch die vermutliche Todeszeit. Es schien jedoch, als ob der Mann sich aus der menschlichen Gesellschaft verabschiedet hätte, ohne irgendwo eine Lücke oder auch nur den kleinsten Wellenschlag zu hinterlassen. Bei einem Menschen, der weder Verwandte noch

Vorfahren zu haben schien, ja nicht einmal Kleider anhatte, glich das Nachdenken über ein Mordmotiv dem Versuch, sich die vierte Dimension vorzustellen – eine hervorragende Übung für die Phantasie, aber mühsam und fruchtlos. Selbst wenn das heutige Gespräch dunkle Flecken in Mr. Crimpleshams Vergangenheit oder Gegenwart zutage fördern sollte, wie wären diese mit einer Person, die offenbar keine Vergangenheit besaß und deren Gegenwart auf den engen Rand einer Badewanne und das polizeiliche Leichenschauhaus beschränkt war, in Verbindung zu bringen?

«Bunter», sagte Lord Peter, «ich wünsche, daß Sie mich künftig davon abhalten, zwei Hasen gleichzeitig auf die Bahn zu schicken. Diese beiden Fälle beginnen an meiner Konstitution zu zehren. Der eine Hase hat kein Woher, der andere kein Wohin. Es ist gewissermaßen ein geistiges Delirium tremens, Bunter. Wenn das vorbei ist, werde ich unter die Abstinenzler gehen, allen Polizeinachrichten abschwören und mir als beruhigende Diät nur noch die Werke des seligen Charles Garvice zu Gemüte führen.»

Es war nur die relative Nähe zum Milford Hill, die Lord Peter verleitete, sein Mittagessen im *Münster-Hotel* und nicht im *Weißen Hirsch* oder irgendeinem anderen malerisch gelegenen Gasthaus einzunehmen. Das Essen war nicht dazu angetan, seine Stimmung zu heben; wie in allen Domstädten durchdringt die Atmosphäre der frommen Stätte alle Ecken und Winkel von Salisbury, und alles Essen in der Stadt schmeckt leicht nach Gebetbuch. Während er betrübt dasaß und jene langweilige gelbliche Masse verzehrte, die den Engländern als «Käse» ohne nähere Bezeichnung bekannt ist (denn es gibt auch Käse, der sich offen mit seinem Namen zu erkennen gibt, wie Stilton, Camembert, Gruyère, Wensleydale oder Gorgonzola, wohingegen «Käse» eben Käse und überall dasselbe ist), fragte er den Kellner nach dem Weg zu Mr. Crimpleshams Kanzlei.

Der Kellner beschrieb ihm ein Haus ein Stückchen weiter die Straße hinauf auf der gegenüberliegenden Seite und fügte hinzu: «Aber das kann Ihnen jeder sagen, Sir; Mr. Crimplesham ist hier überall gut bekannt.»

«Dann ist er wohl ein guter'Anwalt, ja?» fragte Lord Peter.

«O ja, Sir», antwortete der Kellner, «Sie könnten gar nichts Besseres tun, als sich Mr. Crimplesham anzuvertrauen, Sir. Es gibt zwar Leute, die Mr. Crimplesham altmodisch nennen, aber ich würde meine Geschäfte lieber von Mr. Crimplesham besorgen lassen als von einem dieser leichtfertigen jungen Männer. Es ist zwar so, daß Mr. Crimplesham sich wohl bald zur Ruhe setzen dürfte, Sir, denn er muß schon fast achtzig sein, aber dann könnte der junge Mr. Wicks die Kanzlei ja weiterführen, und das ist ein sehr netter, solider junger Mann.»

«Ist Mr. Crimplesham wirklich schon so alt?» fragte Lord Peter. «Du meine Güte! Dann muß er aber für sein Alter noch sehr agil sein. Ein Freund von mir hatte erst vorige Woche in London geschäftlich mit ihm zu tun.»

«Er ist noch wunderbar agil, Sir», bestätigte ihm der Kellner, «und das mit seinem lahmen Bein, Sir, man kann sich nur wundern. Aber wissen Sie, Sir, oft glaube ich, wenn ein Mann erst ein bestimmtes Alter überschritten hat, wird er um so zäher, je älter er wird, und mit den Frauen ist es mehr oder weniger genauso.»

«Das kann wohl sein», meinte Lord Peter, indem er sich vorzustellen versuchte, wie ein Achtzigjähriger mit lahmem Bein um Mitternacht eine Leiche über das Dach eines Wohnhauses in Battersea schleppte. Er verwarf den Gedanken jedoch gleich wieder. «‹Aber zäh ist Joey Bagstock, Sir, zäh und teuflisch schlau›», fügte er gedankenlos hinzu.

«Ach ja, Sir?» fragte der Kellner. «Dazu kann ich nun wirklich nichts sagen.»

«Entschuldigung», sagte Lord Peter, «ich habe nur aus einem Buch zitiert. Sehr albern von mir. Das habe ich mir schon auf dem Mutterschoß angewöhnt und kann einfach nicht davon lassen.»

«Aha, Sir», sagte der Kellner, indem er ein großzügiges Trinkgeld einsteckte. «Vielen Dank, Sir. Sie finden das Haus ganz leicht. Kurz bevor Sie zur Penny-farthing Street kommen, Sir, der zweiten Querstraße, rechts auf der gegenüberliegenden Seite.»

«Damit scheidet Crimplesham/X wohl aus, fürchte ich», sagte Lord Peter. «Schade; ich hatte ihn mir schon so schön als finstere Gestalt ausgemalt. Aber er könnte immerhin noch das Hirn sein, das den Händen befiehlt – die alte Spinne im Zentrum des zitternden Netzes, Bunter.»

«Ja, Mylord», sagte Bunter.

Sie gingen zusammen die Straße hinauf.

«Da drüben ist die Kanzlei», fuhr Lord Peter fort. «Ich glaube, Bunter, Sie gehen am besten mal da in das Lädchen und kaufen sich eine Sportzeitung, und wenn ich nicht – sagen wir in einer Dreiviertelstunde – wieder aus der Höhle des Bösewichts auftauche, können Sie alle Schritte unternehmen, die Ihr Scharfsinn Ihnen anrät.»

Mr. Bunter wandte sich, wie gewünscht, in den Laden, und Lord Peter überquerte die Straße und drückte entschlossen auf die Klingel zur Anwaltskanzlei.

«Die Wahrheit, die ganze Wahrheit und nichts als die Wahrheit sollte hier mein Begehr sein», sagte er leise, und als ihm die Tür von einem Schreiber geöffnet wurde, reichte er ihm mit selbstsicherer Miene seine Karte.

Er wurde unverzüglich in ein intim wirkendes Zimmer geführt, das offenbar in den ersten Jahren der Regentschaft Königin Victorias eingerichtet und seitdem nie mehr verändert worden war. Ein hagerer, gebrechlich aussehender alter Herr erhob sich bei seinem Eintreten geschäftig von seinem Stuhl und kam ihm zur Begrüßung entgegengehumpelt.

«Mein werter Sir!» rief der Anwalt. «Wie überaus gütig von Ihnen, gleich persönlich zu kommen! Ich muß mich wahrhaftig schämen, Ihnen solche Umstände gemacht zu haben. Aber ich hoffe, Sie hatten ohnehin diesen Weg und meine Brille hat Ihnen keine allzu großen Ungelegenheiten bereitet. Bitte, nehmen Sie doch Platz, Lord Peter.» Er musterte dankbar den jungen Mann über den Rand eines Kneifers hinweg, der offensichtlich das Gegenstück zu dem war, der jetzt eine Akte bei Scotland Yard zierte.

Lord Peter setzte sich. Der Anwalt setzte sich. Lord Peter nahm einen gläsernen Briefbeschwerer vom Tisch und wog ihn nachdenklich in der Hand. Im Unterbewußtsein dachte er daran, was für einen wunderschönen Satz Fingerabdrücke er darauf hinterließ. Er setzte ihn mit Nachdruck mitten auf einen Stapel Briefe.

«Von Umständen keine Rede», sagte er. «Ich hatte hier geschäftlich zu tun. Es freut mich, daß ich Ihnen zu Diensten sein konnte. Es ist ja sehr ärgerlich, wenn man seine Brille verliert, Mr. Crimplesham.»

«O ja», antwortete der Anwalt, «ich kann Ihnen versichern, daß ich mir ohne die Brille völlig verloren vorkomme. Ich habe zwar noch diese hier, aber sie paßt nicht so gut auf meine Nase – außerdem hat dieses Kettchen für mich einen großen persönlichen Wert. Ich war sehr betroffen, als ich bei meiner Ankunft in Balham ihren Verlust bemerkte. Ich habe gleich bei der Eisenbahngesellschaft nachgefragt, aber ohne Ergebnis. Da fürchtete ich schon, sie sei mir gestohlen worden. Es war ein solches Gedränge auf dem Victoria-Bahnhof, und das Abteil war bis Balham restlos überfüllt. Haben Sie die Brille im Zug gefunden?»

«Hm, nein», antwortete Lord Peter. «Ich habe sie an einem ziemlich unerwarteten Ort gefunden. Könnten Sie mir vielleicht sagen, ob Sie einen Ihrer damaligen Mitreisenden kannten?»

Der Anwalt sah ihn groß an.

«Nicht einen», erwiderte er. «Warum fragen Sie?»

«Nun», sagte Lord Peter, «ich dachte schon, die – Person, bei der ich die Brille fand, hätte sie Ihnen vielleicht zum Scherz gestohlen.»

Der Anwalt machte ein verwundertes Gesicht.

«Behauptet diese Person mit mir bekannt zu sein?» fragte er. «Ich kenne praktisch niemanden in London, außer dem Freund in Balham, bei dem ich gewohnt habe, Dr. Philpots, und ich wäre doch sehr erstaunt, wenn er mir solche Streiche spielte. Er wußte sehr gut, wie bestürzt ich über den Verlust meiner Brille war. Der geschäftliche Anlaß für meine Reise nach London war eine Aktionärsversammlung des Bankhauses Medlicott, aber die übrigen dort anwesenden Herren waren mir alle persönlich unbekannt, und ich kann mir nicht vorstellen, daß einer von ihnen sich solche Freiheiten herausnehmen würde. Jedenfalls», fügte er hinzu, «will ich nun, nachdem die Brille wieder da ist, gar nicht so genau wissen, wie sie wiedergefunden wurde. Ich bin Ihnen für Ihre Mühe zutiefst verbunden.»

Lord Peter zögerte.

«Bitte verzeihen Sie mir meine scheinbare Neugier», sagte er, «aber ich muß Ihnen noch eine Frage stellen. Sie klingt leider ein wenig theatralisch, aber hier ist sie: Ist Ihnen bekannt, ob Sie einen Feind haben – ich meine jemanden, der durch Ihr – äh – Ableben oder Ihren Ruin etwas zu gewinnen hätte?»

Mr. Crimplesham saß wie zu Stein erstarrt vor Erstaunen und Mißbilligung.

«Darf ich wissen, was diese seltsame Frage zu bedeuten hat?» erkundigte er sich steif.

«Nun, die Umstände sind ein wenig ungewöhnlich», antwortete Lord Peter. «Sie erinnern sich vielleicht, daß mein Inserat sich an den Juwelier wandte, der das Kettchen verkauft hat.»

«Ja, das hat mich gleich gewundert», sagte Mr. Crimplesham, «aber allmählich finde ich Ihr Benehmen ebenso merkwürdig wie Ihr Inserat.»

«Das ist es auch», antwortete Lord Peter. «Ich hatte nämlich in Wahrheit nicht damit gerechnet, daß der Besitzer der Brille sich bei mir melden würde. Mr. Crimplesham, Sie haben gewiß in der Zeitung über den Fall vom Battersea Park gelesen. Es ist *Ihre* Brille, die bei der Leiche gefunden wurde, und sie befindet sich zur Zeit in den Händen von Scotland Yard, wie Sie hieran feststellen können.» Er legte die Spezifikation der Brille sowie den amtlichen Bericht vor Crimplesham hin.

«Du lieber Gott!» rief der Anwalt. Er warf einen Blick auf das Schriftstück, dann sah er Lord Peter mit zusammengekniffenen Augen an.

«Arbeiten Sie für die Polizei?» erkundigte er sich.

«Nicht offiziell», antwortete Lord Peter. «Ich ermittle privat in dieser Angelegenheit – im Auftrage einer Partei.»

Mr. Crimplesham erhob sich.

«Mein lieber Mann», sagte er, «dies ist ein höchst unverschämter Versuch, aber Erpressung ist ein strafbares Vergehen, und ich rate Ihnen, meine Kanzlei zu verlassen, bevor ich Sie anzeige.» Er läutete.

«Ich hatte gefürchtet, daß Sie es so aufnehmen würden», sagte Lord Peter. «Anscheinend hätte Kriminalinspektor Parker, der mein Freund ist, diese Aufgabe doch besser übernommen.» Er legte Mr. Parkers Karte neben die Brillenbeschreibung auf den Tisch und fuhr fort: «Sollten Sie mich vor morgen früh noch einmal zu sprechen wünschen, Mr. Crimplesham, finden Sie mich im *Münster-Hotel.*»

Mr. Crimplesham versagte sich eine weitere Antwort, sondern wies nur den eintretenden Sekretär an, «dem Herrn den Weg zur Tür» zu zeigen.

Am Eingang stieß Lord Peter fast mit einem hochgewachsenen jungen Mann zusammen, der soeben hereinkam und ihn mit einem Blick überraschten Erkennens ansah. Sein Gesicht weckte jedoch in Lord Peter keine Erinnerung, und so rief er seinen Diener aus dem Zeitungsladen und begab sich ins Hotel, um ein Ferngespräch mit Mr. Parker anzumelden.

Inzwischen wurde Mr. Crimplesham in seiner Kanzlei durch das Eintreten seines Juniorpartners in seinen empörten Betrachtungen unterbrochen.

«Sagen Sie nur», rief dieser, «hat hier endlich mal jemand etwas richtig Schlimmes verbrochen? Oder was führt so einen berühmten Privatdetektiv über unsere bescheidene Schwelle?»

«Ich wurde das Opfer eines gemeinen Erpressungsversuchs», sagte der Anwalt. «Ein Individuum, das sich als Lord Peter Wimsey ausgab –»

«Aber das *ist* Lord Peter Wimsey», sagte Mr. Wicks. «Jede Verwechslung ist ausgeschlossen. Ich habe ihn im Prozeß wegen des Diebstahls der Attenbury-Smaragde als Zeuge auftreten sehen. Er ist ein ziemlich großes Tier in seinem Metier und geht mit dem Chef von Scotland Yard angeln.»

«Ach du lieber Gott», stöhnte Mr. Crimplesham.

Das Schicksal wollte es, daß Mr. Crimpleshams Nerven an diesem Nachmittag noch hart geprüft wurden. Als er in Mr. Wicks' Begleitung das *Münster-Hotel* betrat, wurde ihm vom Portier mitgeteilt, Lord Peter Wimsey habe das Hotel zu einem Spaziergang verlassen und dabei erwähnt, er wolle vielleicht die Vesper besuchen. «Aber sein Diener ist da», fügte er hinzu, «falls Sie eine Nachricht hinterlassen wollen.»

Mr. Wicks fand es im großen und ganzen angebracht, eine Nachricht zu hinterlassen. Man erkundigte sich nach Mr. Bunter und traf ihn neben dem Telefon sitzend an, wo er auf sein Ferngespräch nach London wartete. Als Mr. Wicks ihn gerade ansprach, klingelte das Telefon, und Mr. Bunter entschuldigte sich höflich und nahm den Hörer ab.

«Hallo!» sagte er. «Ist dort Mr. Parker? Oh, danke! Vermittlung! Vermittlung! Entschuldigen Sie, können Sie mich mit Scotland Yard verbinden? Verzeihen Sie, meine Herren, wenn ich Sie warten lassen muß – Vermittlung! Jawohl, Scotland Yard – hallo! Ist dort Scotland Yard? Ist Inspektor Parker da? – Kann ich ihn sprechen? – Ich bin gleich soweit, meine Herren. – Hallo! Sind Sie es, Mr. Parker? Lord Peter wäre Ihnen sehr verbunden, Sir, wenn es Ihnen genehm wäre, nach Salisbury zu kommen. O nein, Sir, er erfreut sich ausgezeichneter Gesundheit, Sir – er ist eben in die Vesper gegangen, Sir – o nein, ich glaube, morgen früh würde ausgezeichnet passen, Sir, danke, Sir.»

6. *Kapitel*

Es war Inspektor Parker im Grunde gar nicht genehm, London verlassen zu sollen. Er hatte am Spätvormittag zu Lady Levy gehen müssen, und danach waren seine Pläne für den Tag des weiteren durcheinandergebracht und er in seiner Arbeit behindert worden, weil ausgerechnet an diesem Nachmittag die vertagte gerichtliche Voruntersuchung wegen Thipps' unbekanntem Besucher stattfinden sollte, denn Inspektor Suggs Ermittlungen förderten offenbar nichts Greifbares zutage. Also hatte man die Geschworenen und Zeugen für heute nachmittag drei Uhr einbestellt. Mr. Parker hätte das Ereignis womöglich sogar noch verpaßt, wenn er heute morgen im Yard nicht zufällig Sugg über den Weg gelaufen wäre und ihm diese Information herausgezogen hätte wie einen widerspenstigen Zahn. Inspektor Sugg fand Mr. Parkers Einmischung letzten Endes ziemlich aufdringlich; außerdem war der Mann dicke Freund mit Lord Peter Wimsey, und für die Aufdringlichkeit eines Lord Peter hatte Inspektor Sugg schon gar keine Worte. Er konnte jedoch auf die direkte Frage nicht gut leugnen, daß heute nachmittag eine gerichtliche Untersuchung stattfinden sollte, und ebensowenig konnte er verhindern, daß Mr. Parker das unveräußerliche Recht eines jeden interessierten britischen Bürgers in Anspruch nahm, dabeizusein. Kurz vor drei Uhr saß Mr. Parker also auf seinem Platz und beobachtete amüsiert die Bemühungen jener, die erst kamen, nachdem der Saal schon überfüllt war, durch Schmeichelei, Bestechung oder Einschüchterung noch einen günstigen Platz zu ergattern. Der Untersuchungsrichter, ein Mediziner mit pedantischen Gewohnheiten und phantasieloser Lebensanschauung, kam pünktlich, blickte grämlich über die dichtgedrängte Versammlung und ließ als erstes alle Fenster öffnen, woraufhin ein Strom neblig-feuchter Luft die Köpfe jener Unglücklichen umwehte, die auf der Fensterseite saßen. Das löste einige Bewegung und den einen oder anderen Mißfallensruf aus, was der Untersuchungsrichter jedoch mit dem gestrengen Hinweis unterband, daß ein ungelüfteter Saal bei der zur Zeit wieder umgehenden Grippe eine Todesfalle sei; wer etwas gegen geöffnete Fenster habe, dem stehe es schließlich frei, den Saal zu verlassen, und wenn noch irgendwelche weiteren Störungen vorkämen, würde er ihn sowieso räumen lassen. Daraufhin schob er sich ein Hustenbonbon in den Mund und rief nach den üblichen Einleitungsfloskeln vierzehn brave, gesetzestreue Bürger auf und ließ sie schwören, alle Fakten in bezug auf den Tod des Herrn mit dem Kneifer gewissenhaft zu prüfen und ehrlich zu erwägen sowie auf der Grundlage der vorgetragenen Zeugnisse einen gerechten Spruch zu fällen, so wahr ihnen Gott helfe. Nachdem ein Protest von einer Geschworenen – einer älteren Dame mit Brille, die einen Süßwarenladen betrieb und sich offenbar wünschte, wieder dort zu sein – vom Untersuchungsrichter in Bausch und Bogen verworfen worden war, verließen die Geschworenen den Saal, um die Leiche zu besichtigen. Mr. Parker schaute sich erneut um und sah, wie der unglückliche Mr. Thipps und das Hausmädchen namens Gladys unter strenger Polizeibewachung in einen Nebenraum geführt wurden. Ihnen folgte bald eine hagere alte Dame in Häubchen und Umhang. Mit ihr kam in einem prächtigen Pelzmantel und einem Autohäubchen von faszinierendem Zuschnitt die Herzoginwitwe von Denver, deren flinke dunkle Augen über der Versammlung hin und her huschten. Einen Augenblick blieb ihr Blick auf Mr. Parker ruhen, der schon mehrmals bei ihr zu Besuch gewesen war, und sie nickte ihm zu und sprach mit einem Polizisten. Nicht lange, und wie von Zauberhand öffnete sich eine Gasse im Gedränge, und Mr. Parker sah sich mit einem Sitz in den vorderen Reihen beehrt, gleich hinter der Herzogin, die ihn liebenswürdig begrüßte und fragte: «Was ist nur aus unserem armen Peter geworden?» Parker begann zu erklären, und der Untersuchungsrichter warf ärgerliche Blicke in ihre Richtung. Jemand ging zu ihm und flüsterte ihm etwas ins Ohr, worauf er hustete und sich ein neues Bonbon in den Mund schob.

«Wir sind mit dem Auto gekommen», sagte die Herzogin. «Das war so anstrengend – solch schlechte Straßen zwischen Denver und Gunbury St. Walters –, und wir hatten doch Leute zum Essen eingeladen – ich mußte ihnen absagen, konnte ja die alte Dame nicht allein fahren lassen, oder? Übrigens ist da etwas ganz Merkwürdiges mit dem Restaurierungsfonds für die Kirche – der Vikar –, o Gott, da kommen diese Leute schon wieder; nun gut, das erzähle ich Ihnen später – sehen Sie sich doch nur einmal an, was diese Frau für ein schockiertes Gesicht macht, und das Mädchen im Tweedrock versucht so zu tun, als ob sie es alle Tage mit unverhüllten Herren zu tun hätte – ich meinte natürlich Leichen –, aber man ist ja heutzutage immer wieder so elisabethanisch – ist dieser Untersuchungsrichter nicht ein schrecklicher kleiner Kerl? Wenn Blicke töten könnten – meinen Sie, er wagt es, mich hinauszuwerfen oder mir irgendeine Ordnungsstrafe aufzuerlegen oder wie das heißt?»

Der erste Teil der Zeugenanhörung war für Mr. Parker nicht von großem Interesse. Der unglückselige Mr. Thipps, der sich im Gefängnis erkältet hatte, erklärte jämmerlich krächzend unter Eid, er habe die Leiche um acht Uhr morgens entdeckt, als er sein Bad habe nehmen wollen. Es sei so ein großer Schock für ihn gewesen, daß er sich habe hinsetzen und das Mädchen nach einem Brandy schicken müssen. Er habe den Toten nie zuvor gesehen. Er habe keine Ahnung, wie er dorthin gekommen sei.

Ja, er sei den Tag zuvor in Manchester gewesen. Um zehn Uhr sei er am St. Pancras-Bahnhof angekommen. Seinen Koffer habe er bei der Gepäckaufbewahrung aufgegeben. An diesem Punkt wurde Mr. Thipps ganz rot, druckste verlegen herum und sah sich nervös im Gerichtssaal um.

«Nun, Mr. Thipps», sagte der Untersuchungsrichter kurz angebunden, «wir müssen über Ihr Tun und Lassen genau Bescheid wissen. Es muß Ihnen klar sein, wie wichtig das alles ist. Sie haben sich zur Aussage entschlossen, was Sie nicht hätten tun müssen, aber nachdem Sie nun aussagen wollen, sollten Sie am besten auch kein Blatt vor den Mund nehmen.»

«Ja», sagte Mr. Thipps matt.

«Haben Sie den Zeugen belehrt, Inspektor?» wandte der Untersuchungsrichter sich barsch an Inspektor Sugg.

Der Inspektor erwiderte, er habe Mr. Thipps erklärt, daß alles, was er aussage, vor Gericht gegen ihn verwendet werden könne. Mr. Thipps wurde aschfahl und sagte mit kläglicher Stimme, er habe nicht die Absicht gehabt, etwas zu tun, was nicht recht sei.

Diese Bemerkung sorgte für gelindes Aufsehen, und der Untersuchungsrichter wurde noch bissiger, als er so schon war.

«Vertritt hier irgend jemand Mr. Thipps?» fragte er gereizt. «Nein? Haben Sie ihm nicht erklärt, daß er sich einen Anwalt nehmen kann – nehmen sollte? Nein? Wirklich, Inspektor! Mr. Thipps, wußten Sie nicht, daß Sie das Recht haben, sich von einem Anwalt vertreten zu lassen?»

Mr. Thipps mußte sich auf einen Stuhlrücken stützen und sagte kaum hörbar: «Nein.»

«Es ist doch unglaublich», sagte der Untersuchungsrichter, «daß sogenannte gebildete Menschen so wenig über die Prozeßvorschriften in ihrem eigenen Land Bescheid wissen. Das bringt uns jetzt in eine sehr schwierige Position. Ich bezweifle, Inspektor, ob ich dem Gefangenen – Mr. Thipps – überhaupt die Aussage erlauben darf. Das ist eine sehr heikle Lage.»

Auf Mr. Thipps' Stirn standen Schweißperlen.

«Schütze uns vor unseren Freunden», flüsterte die Herzogin Parker zu. «Wenn diese bonbonlutschende Kreatur diesen vierzehn Leuten – und was die alle für leere Gesichter haben, so typisch, finde ich immer, für die untere Mittelschicht, beinahe wie Schafe, oder Kalbsköpfe (gekocht, meine ich) –, wenn er ihnen klipp und klar geraten hätte, gegen den armen kleinen Kerl auf Mord zu erkennen, hätte er sich nicht deutlicher ausdrücken können.»

«Er darf aber nicht zulassen, daß er sich selbst belastet», sagte Parker.

«Ach, Unfug!» erwiderte die Herzogin. «Wie könnte der

Mann sich denn belasten, wenn er sein Lebtag nie etwas verbrochen hat? Ihr Männer denkt immer nur an eure Paragraphen.»

Inzwischen hatte Mr. Thipps, nachdem er sich mit einem Taschentuch die Stirn abgewischt hatte, seinen Mut zusammengerafft. Er richtete sich mit der ganzen Würde seiner Schwächlichkeit auf wie ein kleines weißes Karnickel, das sich in die Enge getrieben sieht.

«Ich möchte es Ihnen ja sagen», erklärte er, «obwohl das für einen Mann in meiner Position wirklich sehr unangenehm ist. Aber ich kann natürlich nicht einen Augenblick zulassen, daß jemand glaubt, ich hätte dieses furchtbare Verbrechen begangen. Ich versichere Ihnen, meine Herren, das *könnte* ich nicht ertragen. Nein! Lieber sage ich Ihnen die Wahrheit, obwohl ich fürchte, daß mich das in eine sehr unangenehme – also gut, ich sage es Ihnen.»

«Und Sie verstehen voll und ganz die Folgenschwere einer solchen Aussage, Mr. Thipps?» fragte der Untersuchungsrichter.

«Ja», sagte Mr. Thipps. «Es ist schon gut – ich – könnte ich bitte einen Schluck Wasser haben?»

«Lassen Sie sich nur Zeit», sagte der Untersuchungsrichter und nahm dieser Bemerkung durch einen ungeduldigen Blick auf die Uhr sofort alle Glaubwürdigkeit.

«Danke, Sir», sagte Mr. Thipps. «Also, ja, es stimmt, daß ich um zehn Uhr am St. Pancras angekommen bin. Aber da war noch ein Mann mit mir im Zug gewesen. Er war in Leicester zugestiegen. Ich hatte ihn zuerst nicht erkannt, aber dann zeigte sich, daß er ein alter Schulkamerad von mir war.»

«Wie heißt dieser Herr?» fragte der Untersuchungsrichter mit gezücktem Bleistift.

Mr. Thipps schrumpfte sichtlich in sich zusammen.

«Das kann ich Ihnen leider nicht sagen», sagte er. «Sehen Sie – das heißt, Sie *werden* es sehen –, das würde ihn in Schwierigkeiten bringen, und das könnte ich nicht tun – nein, das könnte ich wirklich nicht tun, und wenn mein Leben davon abhinge. Nein!» fügte er hinzu, als ihm aufging, wie unheilvoll zutreffend dieser letzte Satz war. «Das könnte ich wahrhaftig nicht tun.»

«Nun, nun», meinte der Untersuchungsrichter.

Die Herzogin lehnte sich wieder zu Parker zurück. «Ich fange an, das kleine Kerlchen richtig zu bewundern», sagte sie.

Mr. Thipps fuhr fort: «Als wir am St. Pancras ankamen, wollte ich nach Hause, aber mein Freund sagte nein. Wir hätten uns so lange nicht gesehen und sollten – einen draufmachen, wie er sich ausdrückte. Ich fürchte, ich war zu schwach und ließ mich überreden, mit ihm in eine seiner Spelunken zu gehen. Ich gebrauche dieses Wort bewußt, Sir», sagte Mr. Thipps, «und ich kann Ihnen versichern, wenn ich vorher gewußt hätte, wohin wir gingen, ich hätte nie einen Fuß in dieses Lokal gesetzt.

Ich gab meinen Koffer auf, weil ich dadurch nicht behindert sein wollte, und wir stiegen in ein Taxi und fuhren zur Ecke Tottenham Court Road und Oxford Street. Von dort gingen wir ein Stückchen zu Fuß und bogen in ein Nebensträßchen ein (ich weiß nicht mehr, in welches), bis wir an eine offene Tür kamen, aus der Licht schien. An einem Schalter saß ein Mann, bei dem mein Freund ein paar Karten kaufte, und ich hörte den Mann am Schalter so etwas wie ‹Ihr Freund› sagen, womit er mich meinte, und mein Freund sagte: ‹O ja, der war schon hier, nicht wahr, Alf?› (So hat man mich nämlich in der Schule genannt.) Aber ich versichere Ihnen, Sir –» und hier wurde Mr. Thipps nun sehr ernst – «ich war nie dort, und nichts auf der Welt könnte mich dazu bringen, so einen Ort noch einmal aufzusuchen.

Also wir gingen dann in einen Raum im Kellergeschoß, wo getrunken wurde, und mein Freund trank mehrere Cocktails und drängte mir auch einen oder zwei auf – obwohl ich normalerweise Abstinenzler bin – und sprach mit ein paar anderen Männern und Frauen, die dort waren – sehr ordinäre Leute, fand ich, obwohl ich nicht verschweigen will, daß einige von den jungen Damen recht hübsch anzusehen waren. Eine von ihnen setzte sich bei meinem Freund auf den Schoß und nannte ihn einen alten Schleicher und sagte, er solle mitkommen – also gingen wir weiter in einen anderen Raum, wo viele Leute waren, die diese modernen Tänze tanzten. Mein Freund ging hin und tanzte, und ich setzte mich auf ein Sofa. Eine der jungen Damen kam zu mir und fragte, ob ich nicht tanzen wolle, und ich sagte nein, da fragte sie, ob ich ihr dann nicht etwas zu trinken spendieren wolle. ‹Dann spendier uns was zu trinken, Schätzchen›, sagte sie nur, worauf ich fragte: ‹Ist denn nicht schon Sperrstunde?› Aber sie sagte, das mache nichts. Ich bestellte also etwas zu trinken – Gin und Bitter –, denn nein sagen mochte ich nicht, weil sie es von mir zu erwarten schien, und ich fand, als Kavalier dürfe ich das nicht abschlagen, wenn sie schon darum bat. Aber es ging mir gegen das Gewissen – das Mädchen war noch so jung, und sie legte mir danach die Arme um den Hals und küßte mich, ganz als ob sie für das Getränk bezahlen wollte – was mir wirklich zu Herzen ging», sagte Mr. Thipps ein bißchen doppeldeutig, aber mit ungewöhnlichem Nachdruck.

Hier ließ sich jemand aus dem Hintergrund mit einem «Prosit» und einem Geräusch wie von schmatzenden Lippen vernehmen.

«Entfernen Sie die Person, die diese unanständigen Töne von sich gibt», befahl der Untersuchungsrichter indigniert. «Fahren Sie bitte fort, Mr. Thipps.»

«Also», fuhr Mr. Thipps fort, «etwa um halb eins war es, soviel ich weiß, da fing es an, ein bißchen hoch herzugehen, und ich sah mich nach meinem Freund um, weil ich ihm gute Nacht sagen wollte, denn ich wollte dort nicht länger bleiben, wie Sie verstehen werden; da sah ich ihn mit einer der jungen Damen, und die beiden kamen alles in allem ein bißchen zu gut miteinander aus, wenn Sie mir folgen können – mein Freund zupfte ihr die Bänder von der Schulter, und die junge Dame lachte – und so weiter», sagte Mr. Thipps eilig, «und ich dachte gerade, ich mache mich am besten still davon, als ich plötzlich ein Getrappel und einen Ruf hörte – und bevor ich wußte, was los war, stand auf einmal ein Dutzend Polizisten da, und das Licht ging aus, und alles rannte durcheinander und schrie herum – es war ganz fürchterlich. Ich wurde in dem Gedränge umgeworfen und stieß mir den Kopf ziemlich böse an einem Stuhl an – daher habe ich diese Beule, nach der Sie mich gefragt haben –, und ich hatte furchtbare Angst, daß ich nie mehr da herauskommen würde, und alles würde auffliegen und mein Foto womöglich in der Zeitung erscheinen – da packte mich plötzlich jemand –, ich glaube, es war die junge Dame, der ich den Gin bezahlt hatte – und sie sagte: ‹Hier geht's lang›, und stieß mich einen Gang entlang und an der Hinterseite irgendwo hinaus. Von da bin ich dann durch ein paar Straßen gelaufen und schließlich in der Goodge Street herausgekommen. Dort habe ich mir ein Taxi genommen und bin nach Hause gefahren. Ich habe den Bericht über die Razzia später in der Zeitung gelesen und gesehen, daß mein Freund auch davongekommen war, und darum habe ich nichts davon gesagt, weil das ja nichts war, was man gern bekannt werden lassen möchte, und ich wollte meinen Freund nicht in Schwierigkeiten bringen. Das ist die Wahrheit.»

«Nun, Mr. Thipps», sagte der Untersuchungsrichter, «wir werden einen gewissen Teil dieser Geschichte ja nachprüfen können. Der Name Ihres Freundes –»

«Nein», erklärte Mr. Thipps eigensinnig, «um keinen Preis.»

«Na schön», sagte der Untersuchungsrichter. «Können Sie uns nun wenigstens sagen, um welche Zeit Sie nach Hause gekommen sind?»

«Ungefähr um halb zwei, glaube ich. Aber ich war eigentlich so aufgeregt –»

«Ganz recht. Sind Sie sofort zu Bett gegangen?»

«Ja. Zuerst habe ich noch ein Sandwich gegessen und ein Glas Milch getrunken. Ich dachte, das würde mich etwas beruhigen, sozusagen», fügte der Zeuge entschuldigend hinzu, «weil ich doch Alkohol zu so später Stunde und auf nüchternen Magen nicht gewöhnt bin, wie man so sagt.»

«Eben. Ist niemand Ihretwegen aufgeblieben?»

«Niemand.»

«Wie lange haben Sie denn ungefähr gebraucht, um ins Bett zu kommen?»

Mr. Thipps meinte, es könne eine halbe Stunde gewesen sein.

«Sind Sie noch ins Bad gegangen, bevor Sie zu Bett gingen?»

«Nein.»

«Und in der Nacht haben Sie nichts gehört?»

«Nein. Ich bin ganz fest eingeschlafen. Da ich so aufgeregt war, habe ich eine Schlaftablette genommen, und durch die Müdigkeit und die Milch und die Schlaftablette bin ich dann sofort eingeschlafen und erst wieder aufgewacht, als Gladys mich wecken kam.»

Im weiteren Verhör war wenig aus Mr. Thipps herauszuholen. Ja, das Badezimmer sei offen gewesen, als er morgens hineinging, dessen sei er sicher, und er habe das Mädchen deswegen scharf ins Gebet genommen. Er sei bereit, jede Frage zu beantworten; er werde nur zu glücklich sein, wenn diese schreckliche Geschichte bis auf den Grund geklärt werde.

Gladys Horrocks sagte aus, sie stehe seit etwa drei Monaten in Mr. Thipps' Diensten. Ihre vorigen Arbeitgeber könnten ihr ein Charakterzeugnis ausstellen. Es sei ihre Pflicht, abends noch einmal die Runde durch die Wohnung zu machen, nachdem sie Mrs. Thipps um zehn zu Bett gebracht habe. Ja, sie erinnere sich, das am Montagabend auch getan zu haben. Sie habe in alle Zimmer gesehen. Ob sie sich erinnern könne, an diesem Abend das Badezimmerfenster geschlossen zu haben? Hm, nein, das könne sie nicht beschwören, nicht mit Sicherheit, aber als Mr. Thipps sie am Morgen ins Badezimmer gerufen habe, sei es auf jeden Fall offen gewesen. Sie sei nicht im Badezimmer gewesen, bevor Mr. Thipps hineinging. Doch, ja, es sei schon vorgekommen, daß sie das Fenster offen gelassen habe, wenn jemand abends ein Bad genommen und die Jalousie untengelassen habe. Mrs. Thipps habe am Montagabend ein Bad genommen, denn der Montag sei einer ihrer regelmäßigen Badeabende. Sie müsse sehr befürchten, daß sie das Fenster am Montagabend nicht geschlossen habe, obwohl sie sich lieber den Kopf abschlagen lassen wolle, als so vergeßlich zu sein.

Hier brach die Zeugin in Tränen aus, und man gab ihr etwas Wasser zu trinken, während der Untersuchungsrichter sich mit einem dritten Hustenbonbon erfrischte.

Nachdem die Zeugin wieder zu sich gekommen war, sagte sie, sie habe ganz bestimmt in alle Zimmer gesehen, bevor sie zu Bett gegangen sei. Nein, es sei ganz und gar unmöglich, daß in der Wohnung eine Leiche hätte versteckt liegen können, ohne daß sie etwas davon gemerkt hätte. Sie sei den ganzen Abend in der Küche gewesen, und es sei kaum Platz genug da, um das beste Eßservice irgendwo unterzubringen, geschweige eine Leiche. Die alte Mrs. Thipps habe im Wohnzimmer gesessen. Ja, sie sei sicher, daß sie auch ins Eßzimmer geschaut habe. Warum? Weil sie die Milch und Sandwichs für Mr. Thipps hingestellt habe. Dort sei nichts gewesen, das könne sie beschwören. Auch nicht in ihrem eigenen Schlafzimmer und auch nicht in der Diele. Ob sie den Schlafzimmerschrank und den Speicher durchsucht habe? Hm, nein, durchsucht nicht, das könne man nicht sagen. Sie sei es nicht gewöhnt, ein Haus jeden Abend nach Leichen zu durchsuchen. Demnach hätte sich also ein Mensch auf dem Speicher oder in einem Schrank versteckt halten können? Das sei wohl möglich.

Auf die Frage einer Geschworenen – nun ja, sie habe einen Freund. Williams heiße er, Bill Williams – ja, William Williams, wenn man es genau nehme. Er sei Glaser von Beruf. Ja, schon, er sei manchmal auch in der Wohnung gewesen. Ja, man könne vielleicht auch sagen, daß er mit der Wohnung vertraut sei. Ob sie je – nein, das habe sie nicht, und wenn sie gewußt hätte, daß man einem anständigen jungen Mädchen so eine Frage stellen würde, hätte sie sich nie zur Aussage bereit gefunden. Der Pfarrer von St. Mary könne ihr und Mr. Williams ein Charakterzeugnis ausstellen. Das letzte Mal sei Mr. Williams vor vierzehn Tagen in der Wohnung gewesen.

Nein, es sei nicht gerade das letzte Mal gewesen, daß sie Mr. Williams gesehen habe. Ja, gewiß, das letzte Mal sei Montag gewesen – ja doch, Montag abend. Nun ja, wenn sie die Wahrheit sagen müsse, dann müsse sie eben. Ja, der Polizeibeamte habe sie belehrt, doch das sei ganz harmlos gewesen, und sie verliere immer noch besser ihre Stelle, als gehängt zu werden, aber es sei schon eine schändliche Grausamkeit, wenn ein Mädchen nicht einmal ein bißchen Spaß haben könne, ohne daß gleich eine gräßliche Leiche durchs Fenster hereinkomme und sie in Schwierigkeiten bringe. Nachdem sie Mrs. Thipps zu Bett gebracht habe, sei sie davongeschlichen und auf den Ball der Glaser und Klempner im *Schwarzen Hammel* gegangen. Mr. Williams habe sie abgeholt und wieder zurückgebracht. Er könne bezeugen, wo sie gewesen sei und daß daran nichts Schlimmes gewesen sei. Sie sei vor Ende des Balls wieder weggegangen. Es sei vielleicht zwei Uhr morgens gewesen, als sie nach Hause gekommen sei. Sie habe sich den Schlüssel zur Wohnung aus Mrs. Thipps' Schublade genommen, als diese gerade nicht hingeschaut habe. Sie habe darum gebeten, den Abend frei zu bekommen, aber sie habe nicht frei bekommen, weil Mr. Thipps diesen Abend nicht zu Hause gewesen sei. Es tue ihr furchtbar leid, daß sie sich so benommen habe, und sie sei ja gewiß auch dafür bestraft worden. Sie habe beim Nachhausekommen nichts Verdächtiges gehört. Sie sei geradewegs zu Bett gegangen, ohne zuerst noch die Wohnung zu kontrollieren. Sie möchte am liebsten tot sein.

Nein, Mr. und Mrs. Thipps hätten sehr selten Besuch. Sie lebten für sich und sehr zurückgezogen. Sie habe die Haustür am Morgen wie üblich verriegelt gefunden. Von Mr. Thipps würde sie nie etwas Böses denken. Danke, Miss Horrocks. Rufen Sie Georgiana Thipps auf, und der Herr Untersuchungsrichter meint, wir sollten besser die Gaslampen anzünden.

Mrs. Thipps' Vernehmung gestaltete sich mehr unterhaltsam als aufschlußreich und bot ein hervorragendes Beispiel für das Spielchen namens «gerade Fragen, krumme Antworten». Nachdem der Untersuchungsrichter fünfzehn Minuten lang seine Stimme und Geduld strapaziert hatte, gab er den Kampf auf und überließ der Dame das letzte Wort.

«Sie brauchen mich nicht so anzufahren, junger Mann», sagte die Achtzigjährige resolut. «Sitzt die ganze Zeit da und verdirbt sich den Magen mit diesen gräßlichen Lutschbonbons.»

An dieser Stelle erhob sich ein junger Mann im Gerichtssaal und bat, aussagen zu dürfen. Nachdem er erklärt hatte, sein Name sei William Williams, von Beruf Glaser, wurde er vereidigt und bestätigte Gladys Horrocks' Aussage hinsichtlich ihrer Anwesenheit im *Schwarzen Hammel* am Montagabend. Sie seien noch vor zwei Uhr zur Wohnung zurückgekehrt, glaube er, aber auf jeden Fall später als halb eins. Es tue ihm leid, daß er Miss Horrocks überredet habe, mit ihm zu kommen, obwohl sie eigentlich nicht gedurft hätte. Er habe bei beiden Besuchen nichts Verdächtiges in der Prince of Wales Road bemerkt.

Inspektor Sugg ließ sich dahingehend aus, daß er am Dienstagmorgen gegen halb neun gerufen worden sei. Er habe das Auftreten des Mädchens verdächtig gefunden und sie festgenommen. Nachdem er weitere Informationen erhalten habe, die ihm die Vermutung nahegelegt hätten, daß der Tote in der betreffenden Nacht ermordet worden sei, habe er Mr. Thipps verhaftet. Für einen Einbruch in die Wohnung habe er keine Hinweise gefunden. Gewisse Spuren auf der Fensterbank des Badezimmers deuteten darauf hin, daß jemand auf diesem Weg hereingekommen sei. Auf dem asphaltierten Hof hätten sich keine Leiter- oder Fußspuren gefunden. Er habe das Dach in Augenschein genommen, dort aber nichts entdeckt. Seiner Ansicht nach sei die Leiche schon vorher von jemandem in die Wohnung gebracht und bis zum Abend dort versteckt worden, und der Betreffende sei dann während der Nacht unter Mithilfe des Mädchens durchs Badezimmerfenster hinausgestiegen. Warum habe das Mädchen den Betreffenden in diesem Falle nicht zur Tür hinausgelassen? Nun, das wäre sicher auch gegangen. Ob er irgendwelche Hinweise darauf gefunden habe, daß eine Leiche oder ein lebender Mensch oder beides in der Wohnung versteckt gewesen sei? Welche Informationen hätten ihn zu der Annahme geführt, daß der Tod erst in der betreffenden Nacht eingetreten sei?

Bei dieser Frage schien Inspektor Sugg unsicher zu werden und versuchte sich auf seine Berufsehre zurückzuziehen. Auf weiteres Bohren räumte er aber ein, daß die fraglichen Hinweise nicht weitergeführt hätten.

Frage eines Geschworenen: Habe der Verbrecher vielleicht Fingerabdrücke hinterlassen?

Im Bad seien einige Abdrücke gefunden worden, doch der Verbrecher habe Handschuhe getragen.

Untersuchungsrichter: Ziehen Sie aus diesem Umstand Schlüsse hinsichtlich der Erfahrung des Verbrechers?

Inspektor Sugg: Er scheint mit allen Wassern gewaschen zu sein, Sir.

Der Geschworene: Verträgt sich das mit dem Verdacht gegen Mr. Thipps?

Der Inspektor schwieg.

Untersuchungsrichter: Halten Sie angesichts der soeben getroffenen Feststellungen an Ihrem Verdacht gegen Alfred Thipps und Gladys Horrocks fest?

Inspektor Sugg: Ich halte die ganzen Umstände für höchst verdächtig. Thipps' Geschichte ist unbewiesen, und was die Horrocks angeht, woher wollen wir wissen, daß dieser Williams nicht auch mit drinsteckt?

William Williams: Jetzt machen Sie aber mal 'nen Punkt! Ich kann Hunderte Zeugen beibringen –

Untersuchungsrichter: Ruhe bitte! Ich muß mich wundern, Inspektor, daß Sie in dieser Weise einen solchen Verdacht aussprechen. Das ist höchst ungehörig. Können Sie uns übrigens sagen, ob am Montagabend in irgendeinem Nachtclub in der Nähe des St. Giles Circus wirklich eine Polizeirazzia stattgefunden hat?

Inspektor Sugg: Ich glaube, da war so etwas Ähnliches.

Untersuchungsrichter: Sie werden sich diesbezüglich zweifellos noch vergewissern. Ich glaube mich zu erinnern, eine entsprechende Meldung in einer Zeitung gelesen zu haben. Danke, Inspektor, das genügt.

Nachdem mehrere Zeugen aufgetreten waren und über Mr. Thipps' und Gladys Horrocks' Charakter ausgesagt hatten, erklärte der Untersuchungsrichter seine Absicht, nunmehr auf die medizinischen Gutachten einzugehen.

«Sir Julian Freke.»

Es ging eine erhebliche Unruhe durch den Gerichtssaal, als der große Spezialist in den Zeugenstand trat. Er war nicht nur ein berühmter Mann, sondern auch eine eindrucksvolle

Erscheinung mit seinen breiten Schultern, der aufrechten Haltung und der Löwenmähne. Die Art, wie er die Bibel küßte, die ihm von einem Gerichtsbeamten mit dem üblichen unterwürfigen Gemurmel gereicht wurde, war die eines Paulus, der sich herabläßt, den furchtsamen Hokuspokus abergläubischer Korinther mitzumachen.

«So ein gutaussehender Mann, finde ich immer», flüsterte die Herzogin Mr. Parker zu, «ganz wie William Morris, mit diesem buschigen Haar und dem Bart und diesen aufregenden Augen, die daraus hervorschauen – wie schön, wenn diese braven Männer sich immer für irgendeine Sache einsetzen –, nicht daß ich den Sozialismus nicht für einen Fehler halte – natürlich funktioniert er bei all diesen netten Menschen, die so gut und glücklich sind mit ihrem Kunsthandwerk, und das Wetter ist auch immer vollkommen – ich spreche natürlich von Morris –, aber im wirklichen Leben ist das so schwierig. Mit der Wissenschaft ist das etwas anderes – wenn ich es mit den Nerven hätte, würde ich ganz bestimmt zu Sir Julian gehen, allein um ihn anzuschauen, solche Augen geben einem schon etwas, woran man denken kann, und das brauchen doch die meisten Menschen nur – aber ich hatte eben noch nie welche – Nerven, meine ich. Finden Sie das nicht auch?»

«Sie sind Sir Julian Freke», sagte der Untersuchungsrichter, «und wohnen im St. Luke's-Haus in der Prince of Wales Road in Battersea, wo Sie Chefarzt der chirurgischen Abteilung im St. Luke's-Krankenhaus sind?»

Sir Julian bestätigte diese Personenbeschreibung.

«Sie waren der erste Arzt, der den Verstorbenen zu sehen bekam?»

«Ja.»

«Und Sie haben den Toten inzwischen zusammen mit Dr. Grimbold von Scotland Yard untersucht?»

«Ja.»

«Sind Sie sich hinsichtlich der Todesursache einig?»

«Im großen und ganzen ja.»

«Könnten Sie Ihre Erkenntnisse den Geschworenen mitteilen?»

«Am Montagmorgen gegen neun Uhr war ich im Seziersaal des St. Luke's-Krankenhauses mit Forschungsarbeiten beschäftigt, als mir mitgeteilt wurde, daß Inspektor Sugg mich zu sprechen wünsche. Er sagte mir, man habe in den Queen Caroline Mansions Nr. 59 unter mysteriösen Umständen die Leiche eines Mannes entdeckt. Er fragte, ob es denkbar wäre, daß sich da einer unserer Medizinstudenten einen Scherz erlaubt habe. Ich konnte ihm jedoch, nachdem ich in den Büchern des Krankenhauses nachgesehen hatte, versichern, daß uns keine Leiche aus dem Seziersaal abhanden gekommen sei.»

«Wer ist für solche Leichen zuständig?»

«William Watts, der die Aufsicht über den Seziersaal hat.»

«Ist William Watts hier anwesend?» fragte der Untersuchungsrichter den Gerichtsbeamten.

William Watts war anwesend und konnte aufgerufen werden, sofern der Untersuchungsrichter es wünschte.

«Ich nehme an, daß keine Leiche ohne Ihr Wissen ins Krankenhaus gebracht werden kann, Sir Julian?»

«Mit Bestimmtheit nicht.»

«Danke. Könnten Sie mit Ihrer Aussage fortfahren?»

«Inspektor Sugg fragte mich dann, ob ich einen Arzt senden könne, der sich den Toten einmal ansehe. Ich antwortete, ich würde selbst kommen.»

«Warum taten Sie das?»

«Ich gestehe, daß mir, wie jedem normalen Menschen, Neugier nicht fremd ist, Sir.»

In den hinteren Reihen lachte ein Medizinstudent.

«Als ich in der Wohnung ankam, fand ich die Leiche auf dem Rücken liegend in der Badewanne. Ich untersuchte den Toten und kam zu dem Ergebnis, daß der Tod durch einen Schlag ins Genick herbeigeführt worden war, der den vierten und fünften Nackenwirbel dislozierte, das Rückenmark verletzte und innere Blutungen und eine teilweise Gehirnlähmung hervorrief. Nach meinem Eindruck war der Mann schon mindestens zwölf Stunden tot, möglicherweise auch länger. Sonst fand ich an der Leiche keine weiteren Spuren von Gewalteinwirkung.

Der Tote war ein kräftiger, wohlgenährter Mann von etwa 55 Jahren.»

«Könnte der Tote sich Ihrer Ansicht nach die Verletzung selbst beigebracht haben?»

«Bestimmt nicht. Der Schlag war mit einem schweren, stumpfen Gegenstand von hinten geführt worden, und zwar mit erheblicher Kraft und großer Zielgenauigkeit. Es ist völlig ausgeschlossen, daß er ihn selbst geführt hat.»

«Könnte die Verletzung die Folge eines Unfalls gewesen sein?»

«Das ist natürlich möglich.»

«Wenn der Verstorbene zum Beispiel aus dem Fenster geschaut hätte und das Fenster ihm mit großer Wucht in den Nacken gefallen wäre?»

«Nein, in diesem Falle hätte man Würgemale und Verletzungen auch an der Kehle gefunden.»

«Aber der Mann könnte durch einen schweren Gegenstand umgekommen sein, der unvorhergesehen auf ihn fiel?»

«Das wäre denkbar.»

«Ist Ihrer Ansicht nach der Tod sofort eingetreten?»

«Das ist schwer zu sagen. Ein solcher Schlag könnte durchaus den sofortigen Tod herbeiführen, der Verletzte könnte aber auch in einem teilgelähmten Zustand noch eine Zeitlang weiterleben. Im vorliegenden Falle neige ich zu der Ansicht, daß er noch ein paar Stunden gelebt hat. Ich begründe diese Annahme mit dem Zustand des Gehirns, wie es sich uns bei der Obduktion präsentierte. Ich darf jedoch hinzufügen, daß Dr. Grimbold und ich uns in diesem Punkt nicht ganz einig sind.»

«Wie ich gehört habe, wurde hinsichtlich der Identität des Toten eine Vermutung geäußert. *Sie* sind nicht zufällig in der Lage, ihn zu identifizieren?»

«Keinesfalls. Ich habe ihn nie zuvor gesehen. Die Vermutung, auf die Sie sich beziehen, ist einfach lächerlich und hätte nie geäußert werden dürfen; hätte ich schon früher davon gehört, so hätte ich entsprechend darauf zu antworten gewußt, und ich möchte meine schärfste Mißbilligung darüber zum Ausdruck bringen, daß eine Dame, mit der ich die Ehre habe, bekannt zu sein, einem solch unnötigen Schock und Kummer ausgesetzt wurde.»

Untersuchungsrichter: Das war nicht meine Schuld, Sir Julian; ich hatte nichts damit zu tun; ich bin mit Ihnen der Meinung, daß es ein bedauerlicher Fehler war, Sie nicht zu Rate zu ziehen.

Die Reporter schrieben eifrig mit, und im Gerichtssaal fragte man sich, wovon die Rede war, während die Geschworenen so zu tun versuchten, als ob sie es wüßten.

«Nun zu der Brille, die bei der Leiche gefunden wurde, Sir Julian: Sagt diese einem Arzt etwas?»

«Die Gläser sind reichlich ungewöhnlich; ein Augenarzt könnte Ihnen dazu Genaueres sagen, aber ich kann von mir aus feststellen, daß ich sie eher bei einem älteren Menschen vermutet hätte, als der Tote einer war.»

«Konnten Sie als Arzt, der gewiß schon viele Menschenkörper zu sehen Gelegenheit hatte, aus dem Erscheinungsbild des Toten auf seine Lebensgewohnheiten schließen?»

«Ich würde sagen, daß es sich um einen Mann in guten Verhältnissen handelte, der allerdings erst kürzlich zu Geld gekommen war. Seine Zähne waren in einem schlechten Zustand, und seine Hände verrieten, daß er vor nicht langer Zeit noch körperlicher Arbeit nachgegangen sein muß.»

«Möglicherweise etwa ein australischer Kolonist, der zu Geld gekommen war?»

«In dieser Art, ja. Das kann ich natürlich nicht mit Bestimmtheit sagen.»

«Selbstverständlich nicht. Vielen Dank, Sir Julian.»

Dr. Grimbold wurde aufgerufen und bestätigte die Aussagen seines berühmten Kollegen in allen Einzelheiten, mit der einzigen Ausnahme, daß seiner Ansicht nach der Tod erst mehrere Tage nach dem Schlag eingetreten sei. Er wagte es nur mit dem größten Zögern, Sir Julian Freke zu widersprechen, und betonte, daß er sich natürlich irren könne. Es sei in jedem Falle schwer zu sagen, und als er den Leichnam gesehen habe, sei dieser schon mindestens 24 Stunden tot gewesen – nach seiner Ansicht.

Inspektor Sugg wurde von neuem aufgerufen. Ob er den Geschworenen sagen könne, welche Schritte er zur Identifizierung des Toten unternommen habe?

Eine Beschreibung sei an alle Polizeidienststellen geschickt und in allen Zeitungen veröffentlicht worden. Im Hinblick auf die von Sir Julian Freke geäußerte Vermutung: Ob auch in allen Häfen nachgefragt worden sei? Ja. Und ohne Ergebnis? Ohne jedes Ergebnis. Es habe sich niemand gemeldet, um den Toten zu identifizieren? Viele Leute hätten sich gemeldet, aber keiner habe den Toten identifizieren können. Habe man etwas unternommen, um den durch die Brille gegebenen Anhaltspunkten nachzugehen? Inspektor Sugg bat im Interesse der Aufklärung des Falles, diese Frage nicht beantworten zu müssen. Ob die Geschworenen die Brille sehen könnten? Die Brille wurde den Geschworenen übergeben.

William Watts wurde aufgerufen und bestätigte die Aussage Sir Julian Frekes bezüglich der im Seziersaal vorhandenen Studienobjekte. Er erklärte, nach welchem System sie aufgenommen und registriert würden. Meist kämen sie aus den Armenhäusern und freien Hospitälern. Sie befänden sich unter seiner alleinigen Aufsicht. Die jungen Herren könnten unmöglich an die Schlüssel herankommen. Ob Sir Julian Freke oder die anderen Krankenhausärzte ebenfalls Schlüssel hätten? Nein, nicht einmal Sir Julian Freke. Die Schlüssel seien Montagabend in seinem Besitz geblieben? Ja. Außerdem seien diese Fragen ohnehin ohne Bedeutung, denn es fehle ja keine Leiche. Ob auch nie eine gefehlt habe? So sei es.

Der Untersuchungsrichter wandte sich dann an die Geschworenen und ermahnte sie mit einiger Schärfe, daß sie nicht dazu hier seien, sich lang und breit darüber zu unterhalten, wer der Tote sein könne oder wer nicht, sondern um ihre Meinung hinsichtlich der Todesursache zu sagen. Er erinnerte sie daran, daß es hier um die Frage gehe, ob laut dem medizinischen Gutachten der Tod durch einen Unfall oder von eigener Hand herbeigeführt worden sein könne, oder ob es sich um Mord oder Totschlag handle. Wenn sie die vorliegenden Erkenntnisse zur Beantwortung dieser Frage für unzureichend hielten, könnten sie ihr Urteil auch offenlassen. In jedem Falle dürfe durch ihren Spruch niemand vorverurteilt werden; wenn sie auf Mord entschieden, müsse die ganze Beweisaufnahme noch einmal vor dem ordentlichen Gericht ablaufen. Er entließ sie dann mit der unausgesprochenen Ermahnung, sich ein bißchen zu beeilen.

Sir Julian Freke hatte schon während seiner Zeugenaussage einen Blick der Herzogin erhascht und kam sie jetzt begrüßen.

«Ich habe Sie ja schon seit Ewigkeiten nicht mehr gesehen», sagte diese. «Wie geht's Ihnen denn?»

«Viel zu tun», antwortete der Facharzt. «Habe soeben mein neues Buch herausgebracht. Mit dergleichen Dingen hier vertut man seine Zeit. Haben Sie Lady Levy schon gesehen?»

«Nein, die Ärmste», sagte die Herzogin. «Ich bin erst heute morgen gekommen, wegen dieser Verhandlung. Mrs. Thipps ist ja zur Zeit bei mir zu Gast – eine von Peters Exzentrizitäten, Sie wissen ja. Arme Christine! Ich muß mal zu ihr. Das ist Mr. Parker», fügte sie hinzu. «Er untersucht diesen Fall.»

«Oh», sagte Sir Julian und zögerte kurz. «Wissen Sie was?» sagte er dann leise zu Parker. «Es freut mich sehr, Sie kennenzulernen. Haben Sie schon Lady Levy aufgesucht?»

«Heute früh.»

«Hat sie darum gebeten, daß Sie diese Untersuchung weiterführen?»

«Ja», sagte Parker. «Sie glaubt», fuhr er fort, «daß Sir Reuben vielleicht irgendwo in den Händen eines Konkurrenten ist und festgehalten wird oder daß irgendwelche Lumpen ein Lösegeld für ihn erpressen wollen.»

«Und ist das auch Ihre Meinung?» fragte Sir Julian.

«Ich halte es für ziemlich wahrscheinlich», antwortete Parker ehrlich.

Sir Julian zögerte wieder.

«Könnten Sie mich vielleicht auf dem Rückweg begleiten, wenn das hier vorbei ist?» fragte er dann.

«Mit Vergnügen», antwortete Parker.

In diesem Augenblick kamen die Geschworenen zurück und nahmen ihre Plätze ein, und es gab ein allgemeines Rascheln und Raunen. Der Untersuchungsrichter wandte sich an den Obmann und fragte ihn, ob sie sich auf einen Spruch hätten einigen können.

«Wir haben entschieden, Herr Untersuchungsrichter, daß der Verstorbene an der Wirkung eines Schlags ins Genick gestorben ist, aber wie ihm diese Verletzung zugefügt wurde, geht unseres Erachtens aus der Beweisaufnahme nicht hervor.»

Mr. Parker und Sir Julian Freke gingen zusammen die Straße hinauf.

«Ich hatte», sagte der Arzt, «bevor ich heute morgen Lady Levy sah, absolut keine Ahnung, daß irgend jemand daran dachte, diese Angelegenheit könne mit Sir Reubens Verschwinden zusammenhängen. Der Gedanke war so vollkommen abwegig, daß er nur dem Gehirn dieses lächerlichen Polizeibeamten entsprungen sein konnte. Wenn ich die allermindeste Ahnung gehabt hätte, was in seinem Kopf vorging, hätte ich ihn entsprechend zurechtweisen und das alles verhindern können.»

«Ich habe mir alle Mühe gegeben, das zu tun», sagte Parker, «sowie ich zu dem Fall Levy hinzugezogen wurde –»

«Wer hat Sie hinzugezogen, wenn ich fragen darf?» erkundigte sich Sir Julian.

«Nun, zuerst das Hauspersonal und dann Sir Reubens Onkel, Mr. Levy vom Portman Square, der mir schrieb, ich solle die Ermittlungen fortsetzen.»

«Und hat Lady Levy diesen Auftrag jetzt bekräftigt?»

«Gewiß», sagte Parker einigermaßen überrascht.

Sir Julian schwieg eine Weile.

«Ich muß leider annehmen, daß ich es war, der Sugg diese Idee zuerst in den Kopf gesetzt hat», sagte Parker zerknirscht. «Als Sir Reuben verschwand, habe ich mich fast als erstes nach sämtlichen Verkehrsunfällen und Selbstmorden und so weiter erkundigt, die im Laufe des Tages bekannt geworden waren, und dabei habe ich mir diese Leiche vom Battersea Park auch angesehen, das gehörte eben dazu. Natürlich sah ich gleich, als ich hinkam, daß der Gedanke absurd war, aber Sugg hat sich an der Idee festgebissen – und es bestand ja auch eine gewisse Ähnlichkeit zwischen diesem Toten und den Bildern, die ich bis dahin von Sir Reuben gesehen hatte.»

«Eine starke oberflächliche Ähnlichkeit», sagte Sir Julian. «Die obere Gesichtshälfte weist Merkmale auf, die nicht selten sind, und da Sir Reuben einen dichten Bart trug, so daß es nicht möglich war, einen Vergleich zwischen den Mund- und Kinnpartien zu ziehen, kann ich schon verstehen, daß jemand zunächst auf diese Idee kommen konnte. Aber nur, um sie sofort zu verwerfen. Ich bedaure das um so mehr», fügte er hinzu, «als diese Angelegenheit für Lady Levy sehr schmerzlich war. Sie dürfen ruhig wissen, Mr. Parker, daß ich ein alter, wenngleich ich nicht sagen kann ein intimer, Freund der Familie Levy bin.»

«Davon habe ich schon gehört.»

«Ja. Als junger Mann – mit einem Wort, Mr. Parker, ich hatte Lady Levy früher einmal zu heiraten gehofft.» (Mr. Parker gab die üblichen mitfühlenden Laute von sich.) «Ich habe, wie Sie wissen, nie geheiratet», fuhr Sir Julian fort. «Wir sind gute Freunde geblieben. Ich habe immer alles getan, was ich konnte, um ihr Kummer zu ersparen.»

«Glauben Sie mir, Sir Julian», sagte Parker, «daß ich sehr mit Ihnen und Lady Levy fühle und daß ich getan habe, was ich konnte, um Inspektor Sugg von dieser Idee abzubringen. Leider hat aber der zufällige Umstand, daß Sir Reuben an diesem Abend in der Battersea Park Road gesehen worden war –»

«Ach ja», sagte Sir Julian. «Meine Güte, hier sind wir schon zu Hause. Vielleicht kommen Sie noch einen Augenblick mit herein, Mr. Parker, und trinken ein Täßchen Tee mit mir oder einen Whisky – oder was Sie wollen.»

Parker nahm die Einladung prompt an. Er hatte das Gefühl, daß es hier noch einiges zu erfahren gab.

Die beiden Männer traten in eine altmodisch, aber hübsch eingerichtete Eingangsdiele mit einem Kamin an der Türseite und einer Treppe gegenüber. Rechts stand die Tür zum Eßzimmer offen, und als Sir Julian läutete, erschien von der anderen Seite ein Diener.

«Was möchten Sie trinken?» fragte der Arzt.

«Nach der Kälte im Gerichtssaal», sagte Parker, «wäre mir am liebsten ein ganzer Eimer heißer Tee, falls Sie als Nervenspezialist bei dieser Vorstellung nicht das Grausen packt.»

«Sofern Sie ihn aus Tassen zu trinken bereit sind», antwortete Sir Julian im gleichen Ton, «habe ich keine Einwände. Tee in der Bibliothek, jetzt gleich», fuhr er an den Diener gewandt fort und ging seinem Gast voran die Treppe hinauf.

«Die unteren Räume benutze ich kaum, außer dem Eßzimmer», erklärte er, als er Parker in eine kleine, aber freundliche Bibliothek im ersten Stock führte. «Von hier aus geht es gleich weiter in mein Schlafzimmer, und das ist sehr bequem. Ich lebe hier nur zeitweise, aber es ist so praktisch für meine Forschungsarbeiten im Krankenhaus. Das ist nämlich meine Hauptbeschäftigung. Es ist ein schwerer Fehler, Mr. Parker, wenn ein Theoretiker die praktische Arbeit vernachlässigt. Die Sektion ist das A und O jeder gesunden Theorie und jeder richtigen Diagnose. Man muß Hand und Auge in Übung halten. Diese Arbeit hier ist mir sehr viel wichtiger als meine Praxis in der Harley Street, und eines Tages werde ich die Praxis überhaupt schließen und mich ganz hier niederlassen, um meine Studienobjekte zu zerschneiden und in Ruhe meine Bücher zu schreiben. Mit so vielen Dingen im Leben verschwendet man nur seine Zeit, Mr. Parker.»

Mr. Parker stimmte dem zu.

«Sehr oft», sagte Sir Julian, «komme ich zu meinen Forschungsarbeiten – die natürlich höchste Konzentration und den Vollbesitz aller geistigen und körperlichen Kräfte erfordern – erst in den Abendstunden, nach einem langen Arbeitstag und bei Kunstlicht, das, so hervorragend die Beleuchtung hier im Seziersaal auch ist, die Augen doch viel mehr anstrengt als Tageslicht. Sie müssen Ihre Arbeit sicher oft unter noch schwierigeren Bedingungen tun.»

«Ja, manchmal», sagte Parker. «Aber», fügte er hinzu, «schließlich sind die Umstände sozusagen teil meiner Arbeit.»

«Ganz recht, ganz recht», sagte Sir Julian. «Sie meinen, daß zum Beispiel der Einbrecher seine Arbeitsmethoden nicht bei

Tageslicht demonstriert oder Ihnen zuliebe eigens einen vollkommenen Fußabdruck in einem feuchten Sandfleck hinterläßt.»

«In aller Regel nicht», antwortete der Kriminalist, «aber ich bin sicher, daß viele Ihrer Krankheiten ebenso hinterlistig vorgehen wie ein Einbrecher.»

«O ja, allerdings», lachte Sir Julian, «und ich setze wie Sie meinen Stolz darein, sie zum Wohle der Gesellschaft dennoch dingfest zu machen. Neurosen zum Beispiel sind besonders schlaue Verbrecher – sie treten in so vielen Verkleidungen auf wie –»

«Wie Leon Kestrel, der Verwandlungskünstler», half Parker nach, denn er las in seiner Freizeit gern die an Bahnhofskiosken erhältlichen Detektivgeschichten – wie die Katze, die das Mausen nicht lassen kann.

«Zweifellos», antwortete Sir Julian, der dies nicht tat, «und sie verstehen es großartig, ihre Spuren zu verwischen. Aber wenn man der Sache wirklich auf den Grund gehen kann, Mr. Parker, und den Toten – oder besser noch den Lebenden – mit dem Skalpell öffnet, findet man immer die Fußabdrücke – die kleine Zerstörungsspur, die Irrsinn oder Krankheit oder Alkohol oder etwas ähnlich Unangenehmes hinterlassen hat. Schwierig ist es hingegen, ihnen an Hand der oberflächlichen Symptome auf die Spur zu kommen – Hysterie, Kriminalität, Religiosität, Angst, Schüchternheit, Gewissen oder was Sie wollen; genau wie Sie, wenn Sie einen Diebstahl oder Mord untersuchen und nach den Fußspuren des Übeltäters Ausschau halten, beobachte ich einen Anfall von Hysterie oder einen Ausbruch von Frömmigkeit und gehe auf die Suche nach der kleinen physischen Störung, die sie hervorgerufen hat.»

«Sie halten alle diese Erscheinungen für körperlich bedingt?»

«Zweifellos. Mir ist das Aufkommen einer anderen Schule nicht unbekannt, Mr. Parker, aber ihre bedeutendsten Vertreter sind größtenteils Scharlatane oder Selbstbetrüger. ‹Sie haben sich so weit darin eingeheimnißt›, daß sie, wie Sludge das Medium, allmählich schon ihren eigenen Unsinn zu glauben beginnen. Ich würde so gern mal die Gehirne einiger dieser Leute untersuchen, Mr. Parker; dann würde ich Ihnen die kleinen Webfehler und Erdrutsche in den Zellen zeigen – die Fehlzündungen und Kurzschlüsse der Nerven, die diese Ideen und diese Bücher hervorbringen. Zumindest», fuhr er fort, indem er seinen Gast ernst musterte, «zumindest würde ich sie Ihnen, wenn nicht heute, so doch morgen zeigen können, oder in einem Jahr – oder bevor ich sterbe.»

Er saß eine Weile stumm da und starrte ins Feuer, während der rote Schein auf seinem rötlichen Bart flackerte und von seinen zwingenden Augen zurückgeworfen wurde.

Parker trank schweigend seinen Tee und beobachtete ihn. Im großen und ganzen war er aber an den Ursachen nervlicher Phänomene nach wie vor wenig interessiert, und seine Gedanken wanderten zu Lord Peter, der sich da unten in Salisbury mit dem zwielichtigen Mr. Crimplesham auseinandersetzte. Lord Peter hatte ihn gebeten, zu kommen; das bedeutete entweder, daß Mr. Crimplesham sich störrisch stellte oder daß irgendeinem Hinweis nachgegangen werden mußte. Aber Bunter hatte gemeint, morgen würde es auch noch reichen, und das war gut so. Schließlich war die Battersea-Geschichte nicht Parkers Fall; er hatte schon kostbare Zeit damit vertan, einer Untersuchungsverhandlung beizuwohnen, bei der nichts herausgekommen war, und nun mußte er wirklich mit seiner eigentlichen Arbeit weiterkommen. Er hatte noch Levys Sekretär aufzusuchen und sollte sich mit den peruanischen Ölaktien befassen. Er sah auf die Uhr.

«Es tut mir sehr leid – wenn Sie mich bitte entschuldigen wollten –» murmelte er.

Sir Julian kehrte mit einem kleinen Erschrecken zur Aktualität zurück. «Die Arbeit ruft?» fragte er lächelnd. «Nun, das kann ich verstehen. Ich möchte Sie auch nicht aufhalten. Aber ich hatte Ihnen etwas im Zusammenhang mit Ihren derzeitigen Ermittlungen sagen wollen – nur weiß ich nicht recht – mag nicht recht –»

Parker setzte sich wieder und verbannte sogleich jeden Anschein von Eile aus seiner Haltung und seiner Miene.

«Ich werde Ihnen für jede Hilfe, die Sie mir geben können, sehr dankbar sein», sagte er.

«Nun, ich fürchte, Sie werden es eher hinderlich als hilfreich finden», antwortete Sir Julian mit einem kurzen Lachen. «Ihnen zerschlage ich nämlich ein Indiz, und meinerseits ist es ein Verstoß gegen die ärztliche Schweigepflicht. Aber nachdem – durch Zufall – ein gewisser Teil der Wahrheit schon heraus ist, sollte besser auch der Rest zum Vorschein kommen.»

Mr. Parker gab einen ermutigenden Laut von sich, der unter Laien die Funktion des priesterlichen «Ja, mein Sohn?» hat.

«Sir Reubens Besuch am Montagabend galt nämlich mir», sagte Sir Julian.

«So?» machte Mr. Parker unbewegt.

«Er glaubte Grund zu gewissen schlimmen Befürchtungen im Hinblick auf seine Gesundheit zu haben», sagte Sir Julian langsam, als müsse er abwägen, wieviel er einem Fremden guten Gewissens offenbaren könne. «Er kam damit lieber zu mir als zu seinem Hausarzt, weil ihm besonders daran lag, daß seine Frau nichts von der Sache erfuhr. Wie ich Ihnen schon sagte, kannte er mich recht gut, und Lady Levy hatte mich im Sommer wegen einer Nervengeschichte aufgesucht.»

«Hatte er sich bei Ihnen angemeldet?»

«Wie bitte?» fragte der andere geistesabwesend.

«Hatte er sich angemeldet?»

«Angemeldet? O nein! Er kam einfach abends nach dem Essen plötzlich an, als ich nie mit ihm gerechnet hätte. Ich habe ihn hier heraufgeführt und ihn untersucht, und gegen zehn Uhr ist er dann wieder fortgegangen, soviel ich weiß.»

«Darf ich fragen, welches Ergebnis Ihre Untersuchung hatte?»

«Warum wollen Sie das wissen?»

«Es könnte Licht – ich meine, es könnte eine mögliche Erklärung für sein anschließendes Verhalten bieten», antwortete Parker vorsichtig. Diese Begebenheit schien wenig mit der übrigen Geschichte zu tun zu haben, und er fragte sich allmählich, ob es nicht doch reiner Zufall gewesen sein könnte, daß

Sir Reuben in derselben Nacht verschwand, nachdem er den Arzt aufgesucht hatte.

«Aha», sagte Sir Julian. «Hm, ja, dann will ich Ihnen im Vertrauen sagen, daß ich triftige Gründe für schwerwiegende Befürchtungen gefunden habe, vorerst aber keine absolute Gewißheit.»

«Danke. Sir Reuben hat Sie also um zehn Uhr verlassen?»

«So um zehn herum. Ich habe zunächst nichts davon gesagt, da es Sir Reubens ausdrücklicher Wunsch war, seinen Besuch bei mir geheimzuhalten, und es ging ja auch nicht um einen Verkehrsunfall oder irgend etwas in dieser Art, denn schließlich ist er gegen Mitternacht unversehrt zu Hause angekommen.»

«Eben», sagte Parker.

«Es wäre ein Vertrauensbruch gewesen – und ist es auch jetzt noch», sagte Sir Julian, «und ich sage es Ihnen auch nur, weil Sir Reuben nun einmal zufällig gesehen wurde, und ich es Ihnen lieber unter vier Augen anvertraue, als daß Sie herkommen und mein Personal ausfragen, Mr. Parker. Verzeihen Sie mir meine Offenheit.»

«Gewiß», sagte Parker. «Ich finde meinen Beruf auch nicht immer angenehm, Sir Julian. Jedenfalls bin ich Ihnen sehr dankbar, daß Sie es mir gesagt haben. Sonst hätte ich mit der Verfolgung einer falschen Fährte womöglich kostbare Zeit vertan.»

«Ich brauche Sie nun gewiß nicht zu bitten, Ihrerseits mein Vertrauen zu respektieren», sagte der Arzt. «Diese Geschichte an die Öffentlichkeit zu bringen, könnte nur Sir Reuben schaden und seiner Frau Kummer bereiten; außerdem könnte es mich bei meinen Patienten ins Zwielicht bringen.»

«Ich verspreche Ihnen, die Sache für mich zu behalten», sagte Parker, um gleich hinzuzufügen: «Außer daß ich natürlich meinen Kollegen informieren muß.»

«Sie arbeiten mit einem Kollegen an dem Fall?»

«Ja.»

«Was für eine Sorte Mensch ist das?»

«Er wird absolut verschwiegen sein, Sir Julian.»

«Ist er Polizeibeamter?»

«Sie brauchen nicht zu fürchten, daß Ihre vertrauliche Mitteilung in die Akten von Scotland Yard Eingang findet.»

«Ich sehe schon, daß Sie sich auf Verschwiegenheit verstehen, Mr. Parker.»

«Wir haben eben auch unser Berufsethos, Sir Julian.»

Als Mr. Parker in die Great Ormond Street zurückkam, erwartete ihn ein Telegramm, das lautete: «Brauchst nicht zu kommen. Alles klar. Rückkehre morgen. Wimsey.»

7. Kapitel

Als Lord Peter am nächsten Tag kurz vor dem Mittagessen, nachdem er sich zuvor in Balham und um den Victoria-Bahnhof herum ein paar Bestätigungen für die Ergebnisse seiner Nachforschungen geholt hatte, in seine Wohnung zurückkehrte, wurde er an der Tür von Mr. Bunter (der vom Waterloo-Bahnhof schnurstracks nach Hause gefahren war) mit einer telefonischen Nachricht sowie einem gestrengen Kindermädchenblick empfangen.

«Lady Swaffham hat angerufen, Mylord, und läßt Ihnen sagen, Eure Lordschaft hätten doch hoffentlich nicht vergessen, daß Sie bei ihr zum Mittagessen verabredet sind.»

«Ich hab's vergessen, Bunter, und ich will es auch vergessen. Sie haben ihr hoffentlich gesagt, daß ich plötzlich einer Encephalitis lethargica zum Opfer gefallen bin und wir von Blumenspenden abzusehen bitten.»

«Lady Swaffham sagt, sie rechne mit Ihnen, Mylord. Sie hat gestern die Herzogin von Denver getroffen –»

«Wenn meine Schwägerin da ist, gehe ich sowieso nicht hin, das ist mein letztes Wort», sagte Lord Peter.

«Ich bitte um Verzeihung, Mylord, die Herzoginwitwe.»

«Was tut *sie* denn in London?»

«Ich nehme an, daß sie bei der Untersuchungsverhandlung war, Mylord.»

«Ach ja – die haben wir verpaßt, Bunter.»

«Ja. Ihre Gnaden ist bei Lady Swaffham zum Essen.»

«Bunter, ich kann aber nicht. Ich kann wirklich nicht. Sagen Sie, ich liege mit Keuchhusten im Bett, und bitten Sie meine Mutter, nach dem Essen zu mir zu kommen.»

«Sehr wohl, Mylord. Mrs. Tommy Frayle wird ebenfalls bei Lady Swaffham sein, Mylord, und Mr. Milligan –»

«Mr. *Wer*?»

«Mr. John P. Milligan, Mylord, und –»

«Mein guter Bunter, warum haben Sie das nicht gleich gesagt? Habe ich noch Zeit, vor ihm da zu sein? Gut. Bin schon unterwegs. Mit einem Taxi kann ich es gerade –»

«Nicht in dieser Hose, Mylord», sagte Mr. Bunter und verstellte ihm mit ehrerbietiger Bestimmtheit den Weg zur Tür.

«Bitte, Bunter», flehte Seine Lordschaft, «nur dieses eine Mal. Sie wissen nicht, wie wichtig das ist.»

«Um keinen Preis, Mylord. Und wenn es mich meine Stellung kostet.»

«Die Hose ist doch gut, Bunter.»

«Nicht für Lady Swaffham, Mylord. Außerdem vergessen Eure Lordschaft den Mann, der in Salisbury mit einer Milchkanne gegen Sie gerannt ist.»

Und Mr. Bunter legte einen anklagenden Finger auf einen leichten Fettfleck auf dem hellen Tuch.

«Hätte ich Sie doch nie zu so einem privilegierten Familientyrannen werden lassen, Bunter!» sagte Lord Peter verbittert, indem er seinen Spazierstock in den Schirmständer knallte. «Sie können sich ja gar nicht ausmalen, was für Fehler meine Mutter in diesem Augenblick machen kann.»

Mr. Bunter führte mit grimmigem Lächeln sein Opfer ab.

Als ein makelloser Lord Peter – ein wenig verspätet zum Mittagessen – in Lady Swaffhams Salon geführt wurde, saß die Herzoginwitwe von Denver auf dem Sofa und war ganz in ein trautes Gespräch mit Mr. John P. Milligan aus Chicago vertieft.

«Sehr erfreut, Sie kennenzulernen, Herzogin», waren die Eröffnungsworte des Finanziers gewesen, «damit ich Ihnen für Ihre ungemein freundliche Einladung danken kann. Ich versichere Ihnen, daß ich dieses Kompliment sehr zu schätzen weiß.»

Die Herzogin strahlte ihn an, während sie ihre sämtlichen geistigen Kräfte mobil machte.

«Setzen Sie sich doch zu mir, Mr. Milligan, damit wir uns ein wenig unterhalten können», sagte sie. «Ich rede ja so gern mit großen Geschäftsleuten – mal überlegen, sind Sie ein Eisenbahnkönig oder hat es sonst etwas mit Kämmerchenvermieten zu tun . . . das ist natürlich nicht wörtlich gemeint, sondern ein Kartenspiel, bei dem es immer um Weizen und Hafer geht, und ein Stier und ein Bär sind auch dabei – oder ist es ein Pferd? –, nein, ein Bär, denn ich weiß noch, daß man immer versuchen mußte, ihn loszuwerden, und durch das viele Herumreichen war der arme Kerl so abgegriffen und geknickt, daß man ihn immer schon von hinten erkannte, und dann mußte man wieder neue Karten kaufen – das kommt Ihnen sicher albern vor, weil Sie so etwas ja im Ernst betreiben, und es geht so laut dabei zu, aber es ist ein großartiges Spiel, um bei steifen Leuten, die sich nicht kennen, das Eis zu brechen – ich finde es richtig schade, daß es aus der Mode gekommen ist.»

Mr. Milligan setzte sich.

«Tja, also», sagte er, «es ist für uns amerikanische Geschäftsleute bestimmt genauso interessant, britische Aristokraten kennenzulernen, wie es für Sie interessant ist, amerikanische Eisenbahnkönige kennenzulernen, Herzogin. Und wahrscheinlich werde ich dabei in ebenso viele Fettnäpfchen treten, wie Sie Fehler machen würden, wenn Sie versuchten, in Chicago einen Weizencorner aufzuziehen. Stellen Sie sich vor, da habe ich doch neulich Ihren Sohn, diesen prächtigen Jungen, mit Lord Wimsey angeredet, und er dachte, ich hätte ihn mit seinem Bruder verwechselt. Ich bin mir ganz ungebildet vorgekommen.»

Das war ein unverhoffter Fingerzeig. Die Herzogin sah sich vor.

«Er ist ein guter Junge, Mr. Milligan», sagte sie. «Es freut mich, daß Sie ihn kennengelernt haben. Meine *beiden* Söhne machen mir natürlich viel Freude, aber Gerald ist eben etwas konventioneller – gerade richtig fürs Oberhaus, verstehen Sie, und ein hervorragender Landwirt. Peter kann ich mir in Denver nicht halb so gut vorstellen, aber in der Stadt ist er natürlich immer genau richtig, und sehr amüsant kann er manchmal sein, der Ärmste.»

«Ich war sehr angetan von Lord Peters Vorschlag», fuhr Mr.

Milligan fort, «für den ja, wie ich höre, Sie verantwortlich sind, und es wird mir auf jeden Fall eine Freude sein, zu Ihnen zu kommen, an welchem Tag Sie auch immer wünschen, obwohl ich das Gefühl habe, daß Sie mir da etwas zu sehr schmeicheln.»

«Je nun», meinte die Herzogin, «ich weiß nicht, ob Sie dafür der richtige Richter sind, Mr. Milligan. Nicht daß ich selbst die allerkleinste Ahnung von Geschäften hätte», fügte sie hinzu. «Ich bin nämlich ziemlich altmodisch für die heutige Zeit und kann nicht von mir behaupten, daß ich mehr könnte als nur sehen, ob jemand ein netter Mensch ist; in jeder anderen Beziehung muß ich mich ganz auf meinen Sohn verlassen.»

Sie hatte das in so schmeichelndem Ton vorgetragen, daß Mr. Milligan geradezu hörbar schnurrte, als er sagte:

«Nun, Herzogin, ich glaube, genau an diesem Punkt ist eine echte Dame mit einer schönen, altmodischen Seele gegenüber diesen modernen jungen Plappermäulern im Vorteil – es dürfte kaum einen Mann geben, der nicht nett zu ihr wäre – und selbst wenn, würde sie ihn sofort durchschauen, sofern er nicht ganz und gar hartgesotten ist.»

Aber damit bin ich noch immer kein Stück weiter, dachte die Herzogin bei sich. «Ich glaube», sagte sie laut, «ich muß Ihnen noch im Namen des Vikars von Duke's Denver für einen großzügigen Scheck danken, den er gestern für den Restaurierungsfonds der Kirche erhalten hat. Er war ja so überrascht und erfreut, der Gute.»

«Oh, keine Ursache», sagte Mr. Milligan. «Wir haben drüben bei uns eben keine so schönen alten, verkrusteten Häuser wie Sie, da ist es uns eine Ehre, wenn wir mal einen Tropfen Öl in die Wurmlöcher geben dürfen, sowie uns bekannt wird, daß in der alten Heimat so ein Ding steht und an Altersschwäche leidet. Als Ihr Sohn mir das von Duke's Denver erzählte, habe ich mir erlaubt, gleich etwas zu spenden und nicht erst den Basar abzuwarten.»

«Das war jedenfalls sehr liebenswürdig von Ihnen», sagte die Herzogin. «Dann kommen Sie also zum Basar?» fuhr sie mit einem erwartungsvollen Blick in sein Gesicht fort.

«Aber klar», antwortete Mr. Milligan wie aus der Pistole geschossen. «Lord Peter sagt, Sie wollen mich wissen lassen, wann es ist, aber für ein gutes Werk habe ich sowieso immer ein bißchen Zeit. Ich hoffe natürlich auch die Zeit zu finden und Ihrer freundlichen Einladung zu einem kurzen Aufenthalt Folge zu leisten, aber wenn ich zu sehr in Eile sein sollte, finde ich auf alle Fälle die Zeit, rasch mal rüberzukommen, mein Sprüchlein aufzusagen und wieder zu verschwinden.»

«Ich hoffe es so sehr», sagte die Herzogin. «Ich muß nur mal sehen, wie ich das mit dem Datum mache – natürlich kann ich mich da noch nicht festlegen –»

«Aber nicht doch!» rief Mr. Milligan aus voller Brust. «Ich weiß, was es heißt, so etwas zu organisieren. Und dann geht es ja nicht nur um mich – es müssen ja auch noch die ganz Großen aus der europäischen Prominenz konsultiert werden.»

Die Herzogin erbleichte bei der Vorstellung, daß einer aus diesen illustren Kreisen in irgend jemandes Salon aufkreuzen könnte, aber inzwischen hatte sie sich gut verschanzt und begann sich sogar schon ein wenig einzuschießen.

«Ich kann Ihnen gar nicht sagen, wie dankbar wir Ihnen sind», sagte sie. «Es wird uns so eine Freude sein. Erzählen Sie mir doch schon einmal, was Sie sagen werden.»

«Nun –» begann Mr. Milligan.

Plötzlich stand alles auf, und eine reumütige Stimme ließ sich vernehmen:

«Es tut mir wirklich furchtbar leid – Sie können mir hoffentlich verzeihen, Lady Swaffham? Aber Verehrteste, wie könnte ich eine Einladung von Ihnen vergessen? Nein, ich mußte unbedingt jemanden in Salisbury besuchen – das ist die reine Wahrheit, Ehrenwort –, und dieser Kerl ließ mich einfach nicht weg. Ich werfe mich Ihnen zu Füßen, Lady Swaffham. Soll ich mich in die Ecke stellen und dort mein Tellerchen leer essen?»

Lady Swaffham verzieh dem Missetäter huldvoll.

«Ihre liebe Mutter ist auch hier», sagte sie.

«Wie geht's, Mutter?» fragte Lord Peter voll Unbehagen.

«Guten Tag, mein Lieber», antwortete die Herzogin. «Du hättest aber wirklich nicht gerade jetzt kommen dürfen. Mr.

Milligan wollte mir soeben erzählen, was für eine aufregende Rede er beim Basar halten will, da kamst du und hast uns gestört.»

Beim Essen kam man zwangsläufig auf den Fall von Battersea und die Untersuchungsverhandlung zu sprechen, und die Herzogin spielte gekonnt Mrs. Thipps beim Verhör durch den Untersuchungsrichter.

«‹Haben Sie nachts etwas Ungewöhnliches gehört?› fragt der Kleine und beugt sich ganz weit vor und brüllt, bis er ganz rot im Gesicht ist und seine Ohren ganz weit abstehen – wie so ein Cherub in dem Gedicht von Tennyson – oder ist ein Cherub blau? – vielleicht meine ich auch einen Seraph – Sie wissen jedenfalls, was ich meine – nichts als Augen und Flügel auf dem Kopf. Und die gute alte Mrs. Thipps antwortet: ‹Natürlich, und das schon seit achtzig Jahren›, und war *das* eine Aufregung im Gerichtssaal, bis sie merkten, daß sie verstanden hatte, ob sie nachts ohne Licht schlafe, worauf alles lachte und der Untersuchungsrichter ganz laut sagte: ‹Zum Teufel mit der Alten›, und das verstand sie, ich weiß auch nicht warum, und sagte: ‹Fangen Sie hier nicht an zu fluchen, junger Mann, Sie sitzen sozusagen im Angesicht Gottes. Ich weiß nicht, wohin das mit den jungen Leuten von heute noch führen soll› – und dabei ist er mindestens sechzig», endete die Herzogin.

Eine natürliche Gedankenverbindung brachte Mrs. Tommy Frayle nun auf den Mann zu sprechen, der gehängt worden war, weil er seine drei Bräute in der Badewanne umgebracht hatte.

«Das fand ich richtig genial», sagte sie mit einem seelenvollen Blick auf Lord Peter, «und wissen Sie, zufällig hatte Tommy gerade um diese Zeit eine Lebensversicherung für mich abgeschlossen, und ich bekam es derart mit der Angst zu tun, daß ich mir das morgendliche Bad abgewöhnte und dafür nachmittags eines nahm, wenn er im Unterhaus war – oder jedenfalls, wenn er nicht zu Hause war.»

«Aber meine Teuerste», sagte Lord Peter vorwurfsvoll, «ich erinnere mich noch genau, daß diese Frauen alle ausgesprochen unansehnlich waren. Aber es war wirklich ein ungewöhnlich genialer Platz – beim erstenmal –, er hätte sich nur nicht wiederholen dürfen.»

«Man erwartet eben heute ein bißchen Originalität, selbst bei Mördern», meinte Lady Swaffham. «Wie bei den Dramatikern, nicht wahr – zu Shakespeares Zeiten war das soviel leichter, nicht? Immer dasselbe Mädchen als Mann verkleidet, und das meist noch von Boccaccio oder Dante oder sonst jemandem ausgeliehen. Ich glaube, wenn ich ein Shakespeare-Held gewesen wäre, ich hätte beim Anblick eines dünnbeinigen jungen Pagen auf Anhieb gesagt: ‹Potztausend, da ist doch dieses Mädchen schon wieder!›»

«Genauso war es ja dann auch, Lady Swaffham», sagte Lord Peter. «Sehen Sie, wenn Sie je einen Mord begehen wollen, müssen Sie in erster Linie zu verhindern suchen, daß die Leute ihre Gedanken miteinander verknüpfen. Die meisten tun das sowieso nie – ihre Gedanken kullern einfach in der Gegend herum wie Erbsen auf dem Teller, was einen Heidenlärm macht, aber zu nichts führt; doch wenn Sie zulassen, daß sie ihre Erbsen zu einer Kette aufreihen, kann ein Strick daraus werden, an dem man Sie aufhängt.»

«Du lieber Himmel!» rief Mrs. Tommy Frayle ein wenig erschrocken. «Welch ein Segen, daß meine Freunde überhaupt nie denken!»

«Sehen Sie mal», sagte Lord Peter, indem er ein Stückchen Ente auf der Gabel balancierte und die Stirn in Falten legte, «es kommt ja nur in Sherlock Holmes-Geschichten und dergleichen vor, daß die Leute etwas logisch zu Ende denken. Wenn Ihnen irgend jemand etwas Ausgefallenes erzählt, sagen Sie meist doch nur: ‹Donnerwetter aber auch!› oder ‹So etwas Trauriges!› und lassen es dabei bewenden, und sofern nicht hinterher etwas passiert, was es Ihnen wieder unter die Nase reibt, vergessen Sie es meist wieder. Zum Beispiel habe ich Ihnen, Lady Swaffham, vorhin, als ich ankam, erzählt, daß ich in Salisbury war, und das stimmt auch, aber ich glaube nicht, daß es großen Eindruck auf Sie gemacht hat; es würde wohl auch noch keinen großen Eindruck auf Sie machen, wenn Sie morgen in der Zeitung läsen, daß man in Salisbury unter tragischen Umständen die Leiche eines Rechtsanwalts entdeckt hat, aber wenn ich nächste Woche wieder nach Salisbury führe, und anderntags fände man in Salisbury einen toten Arzt, würden Sie vielleicht das Gefühl bekommen, daß ich für die Bevölkerung von Salisbury ein Unglücksbringer bin; und wenn ich dann eine Woche später wieder hinführe und Sie am nächsten Tag hörten, daß der Bischofsthron plötzlich verwaist wäre, würden Sie sich vielleicht fragen, was mich eigentlich immerzu nach Salisbury führt und warum ich nie etwas davon gesagt habe, daß ich dort Freunde habe, und Sie könnten auf die Idee kommen, selbst einmal nach Salisbury zu fahren und alle möglichen Leute zu fragen, ob sie vielleicht einen jungen Mann in pflaumenblauen Socken um den Bischofssitz haben herumlungern sehen.»

«Das täte ich wahrscheinlich», sagte Lady Swaffham.

«Eben. Und wenn Sie dann feststellen, daß der Anwalt und der Arzt früher einmal in Poggleton-on-the-Marsh praktiziert haben, als der Bischof dort noch Pfarrer war, würden Sie sich nach und nach erinnern, gehört zu haben, daß ich vor langer Zeit einmal in Poggleton-on-the-Marsh gewesen bin, und Sie würden das dortige Kirchenregister durchsehen und entdecken, daß ich damals unter einem angenommenen Namen vom Pfarrer mit der Witwe eines wohlhabenden Bauern getraut wurde, die dann plötzlich, laut dem von dem Arzt ausgestellten Totenschein, an Bauchfellentzündung starb, kurz nachdem der Anwalt ein Testament verfaßt hatte, in dem sie mir ihr ganzes Geld vermachte, und *dann* würden Sie sich Gedanken darüber zu machen beginnen, daß ich vielleicht gute Gründe gehabt haben könnte, mir solch verheißungsvolle Erpresser wie den Anwalt, den Arzt und den Bischof vom Hals zu schaffen. Aber wenn ich diese Gedankenverbindung nicht in Ihnen ausgelöst hätte, indem ich alle drei am selben Ort beseitigte, wären Sie nie auf den Gedanken gekommen, nach Poggleton-on-the-Marsh zu fahren, und hätten sich nicht einmal daran erinnert, daß ich jemals dort war.»

«*Waren* Sie denn je dort, Lord Peter?» fragte Mrs. Tommy Frayle besorgt.

«Ich glaube nicht», antwortete Lord Peter. «Der Ort reiht in mir keine Erbsen zu einer Kette. Aber das könnte noch irgendwann kommen.»

«Aber wenn Sie ein Verbrechen untersuchen», sagte Lady Swaffham, «müssen Sie doch erst einmal mit dem Üblichen anfangen, meine ich – feststellen, was der Betreffende getan hat, wer bei ihm zu Besuch war, ein Motiv finden –, oder nicht?»

«O ja», antwortete Lord Peter, «aber fast jeder Mensch hat gleich ein paar Dutzend Motive, um alle möglichen harmlosen Leute umzubringen. Ich kenne einen Haufen Leute, die ich gern ermorden würde – Sie nicht?»

«Massenhaft», bekannte Lady Swaffham. «Da ist dieser entsetzliche – vielleicht nenne ich den Namen doch lieber nicht, sonst erinnern Sie sich später womöglich daran.»

«Ich an Ihrer Stelle würde ihn jedenfalls für mich behalten», meinte Lord Peter liebenswürdig. «Man kann nie wissen. Es wäre furchtbar peinlich, wenn der Betreffende morgen plötzlich das Zeitliche segnete.»

«Das Schwierige an dem Fall von Battersea», meinte Mr. Milligan, «ist wahrscheinlich, daß es anscheinend niemanden gibt, der irgendwann einmal etwas mit dem Herrn in der Badewanne zu tun gehabt hat.»

«Es war schon hart für den armen Inspektor Sugg», sagte die Herzogin. «Mir hat der Mann richtig leid getan, wie er da stand und die vielen Fragen beantworten sollte, wo er doch überhaupt nichts zu sagen wußte.»

Lord Peter widmete sich der Ente, denn er war ein wenig ins Hintertreffen geraten. Bald darauf hörte er jemanden die Herzogin fragen, ob sie schon Lady Levy gesehen habe.

«Sie lebt in größter Sorge», sagte die Frau, die gefragt hatte, eine Mrs. Freemantle, «obwohl sie sich ja noch an die Hoffnung klammert, daß er wieder auftaucht. Sie kannten ihn doch sicher, Mr. Milligan – kennen ihn, sollte ich wohl lieber sagen, denn ich hoffe ja, daß er noch lebt.»

Mrs. Freemantle war die Frau eines prominenten Eisenbahndirektors und berühmt für ihre vollkommene Unbedarftheit in der Welt der Hochfinanz. Ihre Fauxpas auf diesem Gebiet gaben den Teekränzchen der Damen aus jenen Kreisen laufend Gesprächsstoff.

«Na ja, ich habe mal mit ihm gegessen», sagte Mr. Milligan gutmütig. «Ich glaube, er und ich haben unser Bestes getan, uns gegenseitig zu ruinieren, Mrs. Freemantle. Wenn wir in den Staaten wären», fügte er hinzu, «wäre ich drauf und dran, mich selbst zu verdächtigen, Sir Reuben irgendwo in Gewahrsam genommen zu haben. Aber hier in der alten Heimat kann man Geschäfte ja nicht auf diese Art abwickeln; nein, Madam.»

«Es muß richtig aufregend sein, in Amerika Geschäfte zu machen», bemerkte Lord Peter.

«Ist es auch», antwortete Mr. Milligan. «Ich denke, daß es bei meinen Kollegen drüben zur Zeit recht lustig zugeht. In Kürze werde ich mich wieder zu ihnen gesellen, sobald ich hier noch die eine oder andere Kleinigkeit für sie geregelt habe.»

«Aber Sie dürfen erst nach meinem Basar fort», sagte die Herzogin.

Lord Peter verbrachte den Nachmittag mit der vergeblichen Suche nach Mr. Parker. Schließlich bekam er ihn in der Great Ormond Street zu fassen.

Parker saß in einem betagten, aber anheimelnden Lehnstuhl, die Füße auf dem Kaminsims, und entspannte sich mit einem zeitgenössischen Kommentar zum Brief an die Galater. Er empfing Lord Peter mit stiller Freude, aber ohne überschäumende Begeisterung und bot ihm einen Whisky mit Soda an. Peter nahm das Buch zur Hand, das sein Freund hingelegt hatte, und blätterte in den Seiten herum.

«Diese Leute gehen alle voreingenommen an eine Sache heran», sagte er. «Sie finden genau, was sie suchen.»

«Ja, das stimmt schon», gab der Kriminalist zu, «aber darüber lernt man fast automatisch hinwegzusehen. Auf dem College stand ich ja noch ganz auf der anderen Seite – Conybeare und Robertson und Drews und wie sie alle heißen, du weißt schon, bis ich feststellte, daß sie alle so eifrig nach einem Einbrecher Ausschau hielten, den niemand je gesehen hatte, daß sie sozusagen die Fußspuren der Hausangehörigen nicht mehr erkannten. Dann habe ich zwei Jahre lang gelernt, vorsichtig zu sein.»

«Hm», machte Lord Peter, «dann muß Theologie ja eine gute Übung fürs Gehirn sein, denn du bist mit Abstand der vorsichtigste Mensch, den ich kenne. Aber hör mal – lies ruhig weiter; es ist eine Unverschämtheit von mir, dir hier in deiner Freizeit ins Haus zu fallen.»

«Das macht doch nichts», sagte Parker.

Die beiden Männer saßen eine Weile da und schwiegen, bis Lord Peter auf einmal fragte:

«Gefällt dir eigentlich dein Beruf?»

Der Kriminalist ließ sich diese Frage erst einmal durch den Kopf gehen, dann antwortete er:

«Ja – doch, er gefällt mir. Ich weiß, daß er nützlich ist und ich mich dafür eigne. Ich mache meine Arbeit ganz ordentlich – vielleicht nicht begnadet, aber gut genug, um stolz darauf zu sein. Er ist abwechslungsreich und zwingt einen, bei der Sache zu bleiben und nie nachlässig zu werden. Und er hat Zukunft. Doch, er gefällt mir. Warum fragst du?»

«Ach, nichts», sagte Peter. «Für mich ist er nur ein Steckenpferd, das ich ergriffen habe, als mir der Boden unter den Füßen abhanden gekommen war, denn es war so ungemein aufregend, und das Schlimmste ist, daß es mir Spaß macht – bis zu einem gewissen Punkt. Wenn das alles nur auf dem Papier stattfände, würde ich es bis zum Letzten genießen. Ich liebe vor allem den Beginn einer Ermittlung – wenn man noch keinen von den beteiligten Menschen kennt und alles nur aufregend und amüsant findet. Aber wenn es dazu kommt, einen lebendigen Menschen wirklich zur Strecke zu bringen und an den Galgen zu liefern – oder auch nur ins Kittchen, den armen Teufel –, dann habe ich immer das Gefühl, gar kein Recht für mein Eingreifen gehabt zu haben, weil ich ja nicht davon lebe. Und dann finde ich, daß ich auch nie Spaß daran hätte haben dürfen. Aber den habe ich.»

Parker hatte dieser Rede sehr aufmerksam zugehört.

«Ich verstehe, was du meinst», sagte er.

«Da ist zum Beispiel dieser Milligan», sagte Lord Peter. «Auf dem Papier wäre nichts lustiger, als den alten Milligan zur Strecke zu bringen. Aber wenn man so mit ihm redet, ist er eigentlich ein recht anständiger Kerl. Meine Mutter mag ihn. Und an mir hat er einen Narren gefressen. Es ist ein herrlicher Spaß, hinzugehen und ihn mit einem Basar und Kirchenreparaturen hinters Licht zu führen und dabei auszuhorchen, aber wenn er sich dann auch noch so darüber freut, komme ich mir vor wie ein Wurm. Stell dir doch nur vor, Milligan hätte Levy den Hals durchgeschnitten und die Leiche in die Themse geworfen! Damit will ich nichts zu tun haben.»

«Du hast ebensoviel damit zu tun wie jeder andere», erwiderte Parker. «Und dadurch, daß man es für Geld tut, wird es nicht besser.»

«O doch», versetzte Peter eigensinnig. «Von etwas leben zu müssen ist das einzige, womit man das entschuldigen kann.»

«Na schön, aber nun paß mal auf», sagte Parker. «Wenn Milligan dem armen Levy die Kehle durchgeschnitten hat, nur um noch reicher zu werden, verstehe ich nicht, wieso er sich mit einer Spende von 1000 Pfund für das Kirchendach von Duke's Denver loskaufen dürfen soll, oder warum man ihm verzeihen sollte, nur weil er von so einer kindlichen Eitelkeit oder einem ebenso kindlichen Snobismus ist.»

«Das saß», sagte Lord Peter.

«Oder, wenn du willst, nur weil er einen Narren an dir gefressen hat.»

«Das nicht, aber –»

«Hör mal, Wimsey – glaubst du, daß er Levy umgebracht *hat*?»

«Er könnte es gewesen sein.»

«Aber glaubst du, daß er's war?»

«Ich möchte es nicht glauben.»

«Weil er einen Narren an dir gefressen hat?»

«Nun, das nimmt mich natürlich für ihn ein –»

«Das halte ich auch für ganz legitim. Du glaubst nicht, daß ein hartgesottener Mörder einen Narren an dir fressen könnte?»

«Nun ja – außerdem habe ich einen Narren an ihm gefressen.»

«Das würde ich auch für völlig legitim halten. Du hast ihn beobachtet und unbewußt Schlüsse aus deinen Beobachtungen gezogen, und das Ergebnis ist, daß du ihn nicht für den Missetäter hältst. Gut, warum auch nicht? Du darfst so etwas jederzeit in Rechnung stellen.»

«Aber vielleicht irre ich mich, und er war es doch.»

«Warum solltest du dann zulassen, daß dein eitler Stolz auf deine Menschenkenntnis die Entlarvung des kaltblütigen Mörders eines liebenswerten alten Herrn verhindert?»

«Ich weiß ja – aber ich habe irgendwie das Gefühl, mich nicht an die Spielregeln zu halten.»

«Hör mal, Peter», sagte der andere jetzt mit einigem Ernst, «wie wär's, wenn du dir diesen Fairnesskomplex von Etons Spielwiesen ein für allemal abgewöhnen könntest? Es ist kaum noch zu bezweifeln, daß Sir Reuben Levy etwas sehr Häßliches zugestoßen ist. Nennen wir's Mord, um die Sache zu verdeutlichen. Wenn Sir Reuben ermordet wurde, ist das vielleicht ein Spiel? Und ist es sportlich, es als ein Spiel anzusehen?»

«Das ist ja eigentlich genau das, weswegen ich mich schäme», antwortete Lord Peter. «Für mich *ist* es zunächst ein Spiel, und ich spiele fröhlich drauflos, bis ich plötzlich sehe, daß bei dem Spiel jemand zu Schaden kommt, und dann möchte ich aussteigen.»

«Ja, ja, ich weiß», sagte der Kriminalist, «aber gerade deswegen denkst du ja über deine Einstellung nach. Du möchtest konsequent sein, du möchtest einen guten Eindruck hinterlassen, du möchtest anmutig durch eine Marionettenkomödie tänzeln oder andererseits großspurig durch eine menschliche Tragödie schreiten. Aber das ist kindisch. Wenn du eine Verpflichtung gegenüber der Gesellschaft hast, etwa dergestalt, daß du die Wahrheit über einen Mord ergründen sollst, mußt du das auf die Art tun, die sich gerade anbietet. Du möchtest anmutig und gelassen sein? Gut, wenn du auf diese Weise an die Wahrheit herankommst, aber die Anmut und Gelassenheit hat keinen Wert in sich selbst. Du möchtest würdevoll und konsequent aussehen – aber was hat das damit zu tun? Du möchtest einen Mörder rein um des Sports willen zur Strecke bringen und ihm dann die Hand geben und sagen: ‹Gut gespielt – Pech gehabt – du bekommst morgen Revanche!› Aber so geht das eben nicht. Das Leben ist kein Fußballspiel. Du möchtest ein Sportsmann sein. Du kannst aber kein Sportsmann sein. Du bist ein Mensch mit Verantwortung.»

«Ich finde, du solltest nicht soviel Theologie lesen», sagte Lord Peter. «Das hat eine brutalisierende Wirkung.»

Er stand auf und ging im Zimmer auf und ab, wobei sein Blick ziellos über die Bücherregale schweifte. Dann setzte er sich wieder, stopfte sich eine Pfeife, zündete sie an und sagte:

«Also, ich sollte dir wohl etwas über den bösen, hartgesottenen Mr. Crimplesham erzählen.»

Er schilderte seinen Besuch in Salisbury in allen Einzelheiten. Nachdem Mr. Crimplesham einmal von seinen guten Absichten überzeugt gewesen war, hatte er ihm genauestens über seine Reise nach London berichtet.

«Und ich habe alles nachgeprüft und bestätigt gefunden», stöhnte Lord Peter, «und falls er nicht halb Balham bestochen hat, kann kein Zweifel mehr daran bestehen, daß er dort wirklich genächtigt hat. Und den Nachmittag hat er wirklich bei den Bankleuten verbracht. Und die halbe Einwohnerschaft von Salisbury hat ihn am Montag vor dem Mittagessen von dort abreisen sehen. Und niemand außer seiner Familie und dem jungen Wicks scheint durch seinen Tod etwas zu gewinnen zu haben. Und selbst wenn der junge Wicks ihn aus dem Weg haben wollte, wäre es ein bißchen abwegig gewesen, hinzugehen und in Thipps' Wohnung einen unbekannten Mann zu ermorden, nur um ihm Mr. Crimpleshams Brille auf die Nase zu setzen.»

«Wo war der junge Wicks am Montag?» fragte Parker.

«Auf einer Tanzveranstaltung, die der Kantor gab», antwortete Lord Peter wütend. «David – so heißt er nämlich – tanzte im Angesicht des Herrn und vor den Augen der versammelten Pfarrgemeinde.»

Er war eine Weile still.

«Erzähl du mir mal von der Untersuchungsverhandlung», sagte Wimsey.

Parker kam der Aufforderung mit einer Zusammenfassung der Zeugenaussagen nach.

«Glaubst du, daß die Leiche am Ende in der Wohnung versteckt gewesen sein könnte?» fragte er abschließend. «Ich weiß, daß wir nachgesehen haben, aber möglicherweise haben wir etwas übersehen.»

«Möglich. Aber Sugg hat ja auch gesucht.»

«Sugg!»

«Da tust du Sugg unrecht», sagte Lord Peter. «Wenn es irgendein Indiz für Thipps' Mitwirkung bei dem Verbrechen gegeben hätte, wäre es Sugg nicht entgangen.»

«Warum?»

«Warum? Weil er danach suchte. Das ist wie mit deinen Kommentatoren zum Brief an die Galater. Er glaubt, daß es entweder Thipps oder Gladys Horrocks oder deren Freund war. Darum hat er Spuren auf der Fensterbank gefunden, wo der Freund möglicherweise hätte einsteigen oder Gladys etwas hätte hereinreichen können. Auf dem Dach hat er keine Spuren gefunden, weil er danach nicht gesucht hat.»

«Aber er war vor mir auf dem Dach.»

«Schon, aber nur, um zu beweisen, daß dort keine Spuren waren. Seine Überlegungen gehen folgendermaßen: Gladys Horrocks' Freund ist Glaser. Glaser kommen mit Leitern. Glaser haben immer Leitern zur Hand. Folglich kam Gladys Horrocks' Freund mit einer Leiter. Folglich werden Spuren auf der Fensterbank zu finden sein, aber keine auf dem Dach. Er findet keine Spuren unten vor dem Fenster, glaubt aber, daß er sicher welche gefunden hätte, wenn der Hof nicht zufällig asphaltiert gewesen wäre. Ähnlich glaubt er, daß Mr. Thipps die Leiche auf dem Speicher oder sonstwo versteckt haben könnte. Darum kannst du sicher sein, daß er den Speicher und alle anderen geeigneten Orte nach entsprechenden Spuren untersucht hat. Wenn welche dagewesen wären, hätte er sie gefunden, weil er danach suchte. Wenn er also keine gefunden hat, liegt das nur daran, daß keine da waren.»

«Gut, gut», sagte Parker, «hör schon auf. Ich glaub's dir ja.»
Dann schilderte er die Aussagen der Ärzte.

«Übrigens», sagte Lord Peter, «um einmal kurz auf den anderen Fall einzugehen – ist dir je der Gedanke gekommen, daß Levy am Montagabend womöglich Freke aufgesucht hat?»

«Ja, das hat er», sagte Parker ziemlich unerwartet und berichtete über sein Gespräch mit dem Nervenspezialisten.

«Hoppla!» sagte Lord Peter. «Sag mal, Parker, findest du die beiden Fälle nicht recht ulkig? Jede Spur, die wir verfolgen, scheint im Sande zu verlaufen. Bis zu einem bestimmten Punkt ist alles furchtbar aufregend, verstehst du, und dann geht's nicht weiter. Es ist wirklich, wie wenn ein Fluß im Sand versickert.»

«Ja», sagte Parker, «und heute morgen ist mir wieder einer versickert.»

«Was für einer?»

«Ich habe Levys Sekretär nach seinen Geschäften ausgefragt. Ich habe nicht viel erfahren, was weiter wichtig schien, außer ein paar zusätzlichen Einzelheiten über das Argentinien-Geschäft und so weiter. Dann dachte ich, ich erkundige mich in der City mal nach den peruanischen Ölaktien, aber soweit ich feststellen konnte, hatte Levy von denen noch nicht einmal gehört. Ich habe die Makler ausgequetscht und bin dabei auf eine Menge Geheimniskrämerei und Versteckspiel gestoßen, wie das ja immer der Fall ist, wenn jemand die Kurse künstlich heraufzuschrauben versucht, und schließlich stieß ich auf einen Namen, der hinter allem stand. Aber es war nicht Levy.»

«Nein? Wer denn?»

«Merkwürdigerweise Freke. Das kommt mir sehr mysteriös vor. Er hat vorige Woche ein ansehnliches Aktienpaket gekauft, ganz still und heimlich, ein paar davon auf seinen eigenen Namen, und dann hat er sie am Dienstag mit bescheidenem Gewinn – nur ein paar hundert Pfund, also gar nicht der Mühe wert, wie man meinen sollte – ebenso still und heimlich wieder verkauft.»

«Ich hätte nie gedacht, daß er sich auf solche Spielchen einlassen würde.»

«Tut er normalerweise auch nicht. Das ist ja das Komische daran.»

«Na ja, man kann nie wissen», sagte Lord Peter. «Manchmal tun Leute so was einfach nur, um sich selbst oder jemand anderem zu beweisen, daß sie auf diese Weise ein Vermögen machen könnten, wenn sie nur wollten. Das habe ich im kleinen Maßstab schon selbst getan.»

Er klopfte seine Pfeife aus und schickte sich an, zu gehen.

«Hör mal, Alter», sagte er plötzlich, als Parker ihm die Tür öffnete, «ist dir aufgefallen, daß Frekes Erzählung gar nicht recht zu dem paßt, was Anderson gesagt hat, nämlich daß Levy am Montagabend so guter Dinge gewesen sein soll? Wärst du guter Dinge, wenn du glauben müßtest, so etwas zu haben?»

«Nein», sagte Parker, «aber», fuhr er mit der gewohnten Vorsicht fort, «manche Leute erzählen ja sogar im Wartezimmer des Zahnarztes noch Witze. Du zum Beispiel.»

«Stimmt auch wieder», sagte Lord Peter und ging die Treppe hinunter.

8. *Kapitel*

Lord Peter kam gegen Mitternacht nach Hause und fühlte sich ungewöhnlich wach und aufgekratzt. Etwas summte und schwirrte in seinem Kopf herum – es war, wie wenn jemand mit einem Stock in einem Bienenkorb herumgestochert hätte. Er hatte das Gefühl, vor einem schwierigen Rätsel zu sitzen, dessen Lösung ihm einmal jemand genannt hatte, aber sie fiel ihm jetzt nicht ein, obwohl er ganz nah daran war, sich zu erinnern.

«Irgendwo», sagte Lord Peter bei sich, «irgendwo habe ich den Schlüssel zu diesen beiden Fällen. Ich weiß, daß ich ihn habe, aber ich weiß nicht mehr, wie er aussieht. Jemand hat es mir gesagt. Vielleicht war ich es sogar selbst. Ich weiß zwar nicht, wo ich ihn habe, aber ich habe ihn. Gehen Sie ruhig zu Bett, Bunter, ich bleibe noch ein bißchen auf. Ich werfe mir nur rasch den Morgenmantel über.»

Er setzte sich, in grellbunte Pfauen gehüllt, mit seiner Pfeife vors Feuer und überdachte noch einmal alle Spuren, denen sie bisher nachgegangen waren – Flüsse, die im Sand versickerten.

Sie nahmen ihren Ausgang bei dem Gedanken an Levy, den man zuletzt um zehn Uhr abends in der Prince of Wales Road gesehen hatte.

Dann rannen sie rückwärts von dem grotesken Anblick des Toten in Mr. Thipps' Badezimmer – liefen übers Dach und verloren sich – verliefen im Sand. Flüsse, die im Sand versickerten – unterirdische Flüsse, tief unter der Erde –

Wo Alph, der Fluß des Heiles, rann
Durch Höhlen, die kein Mensch ermessen kann,
In sonnenloses Meer.

Wenn Lord Peter den Kopf nach unten neigte, glaubte er sie zu hören, ganz schwach, wie sie durch die Dunkelheit dahingurgelten und plätscherten. Aber wo? Er war ganz sicher, daß es ihm irgendwann einmal jemand gesagt hatte, doch er hatte es vergessen.

Er rappelte sich hoch, warf ein Holzscheit ins Feuer und nahm ein Buch zur Hand, das der unermüdliche Bunter, mitten in den Aufregungen seiner verschiedenen Sonderaufgaben brav seine Alltagspflichten erfüllend, aus dem *Times*-Buchklub mitgebracht hatte. Es war Sir Julian Frekes *Physiologische Grundlagen des Gewissens*, das Buch, von dem er neulich eine Rezension gesehen hatte.

«Das dürfte einen wohl einschläfern», sagte Lord Peter. «Wenn ich diese Probleme jetzt nicht meinem Unterbewußtsein überlasse, bin ich morgen so ausgewrungen wie ein Waschlappen.»

Er schlug das Buch langsam auf und überflog das Vorwort.

Ich möchte nur wissen, ob es wirklich stimmt, daß Levy krank war, dachte er, indem er das Buch wieder hinlegte. Es kommt mir nicht sehr wahrscheinlich vor. Und trotzdem – hol's der Kuckuck, ich will jetzt nicht mehr daran denken!

Er las entschlossen ein Weilchen weiter.

Ich glaube nicht, daß Mutter noch viel Verbindung mit den Levys hatte, war der nächste aufmüpfige Gedanke. Mein Vater hat diese Emporkömmlinge immer gehaßt und hätte sie nie nach Denver eingeladen. Und Gerald hält die Tradition aufrecht. Ob sie Freke damals gut gekannt hat? Mit Milligan scheint sie sich bestens zu verstehen. Ich gebe viel auf Mutters Menschenkenntnis. Mit dem Basar, das hat sie ja großartig gedeichselt. Ich hätte sie vorher warnen müssen. Einmal hat sie etwas gesagt –

Ein paar Minuten lang verfolgte er eine flüchtige Erinnerung, bis diese mit einem höhnischen Schwanzschlag gänzlich verschwand.

Bald meldete sich wieder ein neuer Gedanke, ausgelöst durch ein Foto von irgendeinem chirurgischen Experiment.

Wenn Freke und dieser Watts nicht so überzeugend sicher

ausgesagt hätten, dachte er bei sich, wäre ich nicht abgeneigt, der Sache mit diesen Baumwollfetzen am Kamin nachzugehen.

Er dachte kurz nach, schüttelte den Kopf und las weiter.

Geist und Materie waren ein und dasselbe, das war das Generalthema des Physiologen. Materie konnte sich sozusagen in Gedanken umwandeln. Man konnte Leidenschaften mit dem Skalpell aus dem Gehirn schneiden. Man konnte Phantasien mit Drogen bekämpfen und überlebte Konventionen wie eine Krankheit heilen. «Das Wissen um Gut und Böse ist ein bekanntes Phänomen, zusammenhängend mit einer bestimmten Verfassung der Gehirnzellen und behebbar.» Das war so ein Satz; und dann wieder:

«Das Gewissen des Menschen läßt sich im Grunde mit dem Stachel der Biene vergleichen, der alles andere als dem Wohl seiner Besitzerin dient und nicht ein einziges Mal seine Aufgabe erfüllen kann, ohne ihren Tod herbeizuführen. Sein Überlebenswert ist somit rein sozial; und sollte die Menschheit sich aus der jetzigen Phase ihrer sozialen Entwicklung zu einer Stufe größeren Individualismus weiterbewegen, wie einige unserer Philosophen bereits geäußert haben, so könnten wir davon ausgehen, daß dieses interessante geistige Phänomen nicht weiter in Erscheinung treten würde, wie die Nerven und Muskeln, die einst unsere Ohren und Kopfhaut bewegten, inzwischen bei allen Menschen, außer ein paar rückständigen Individuen, verkümmert und nur noch für den Physiologen von Interesse sind.»

Beim Zeus! dachte Lord Peter. Das ist die ideale Doktrin für einen Verbrecher. Ein Mensch, der das glaubt, würde nie –

Und da geschah es – es geschah genau das, was er halb im Unterbewußtsein erwartet hatte. Es geschah plötzlich, so natürlich und unverwechselbar wie ein Sonnenaufgang. Er erinnerte sich – nicht an das eine, nicht an das andere, nicht an eine logische Folge von diesem und jenem, sondern an alles – das vollkommene, vollständige Ganze, schlagartig in allen seinen Dimensionen; es war, als ob er außerhalb dieser Welt stände und sie in der Unendlichkeit des Raums hängen sähe. Er brauchte überhaupt nicht mehr zu überlegen, gar nicht darüber nachzudenken. Er wußte es.

Es gibt ein Spiel, bei dem man aus einem wahllosen Durcheinander von Buchstaben ein Wort bilden soll, etwa so:

WABSELCH

Der langsame Weg zur Lösung des Problems besteht darin, nacheinander sämtliche möglichen Kombinationen durchzuprobieren und sinnlose Ergebnisse wie

SWEBCHAL

oder

BLACHWES

auszusondern. Eine andere Möglichkeit wäre, so lange auf die ungeordnete Buchstabenfolge zu schauen, bis sich ohne einen erkennbaren, bewußten logischen Prozeß oder durch einen zufälligen äußerlichen Anstoß die Kombination

SCHWALBE

ganz von selbst und mit unbezweifelbarer Gewißheit anbietet. Danach braucht man die Buchstaben nicht einmal mehr in der richtigen Reihenfolge hinzuschreiben. Die Sache ist klar.

Ebenso fügten sich die verstreuten Elemente zweier verdrehter Vexierrätsel, die bis dahin wild in Lord Peters Kopf herumgeschossen waren, mit einemmal zusammen und ließen ab sofort keine Frage mehr offen. Ein Bums auf dem Dach des letzten Reihenhauses – Levy in einem kalten Regenguß auf der Battersea Park Road im Gespräch mit einer Prostituierten – ein einzelnes rötliches Haar – Baumwollfusseln – Inspektor Sugg, der den großen Chirurgen aus dem Seziersaal des Krankenhauses fortrief – Lady Levys angegriffene Nerven – der Karbolgeruch – die Worte der Herzogin – «keine eigentliche Verlobung, nur so eine Art Übereinkommen mit dem Vater» – peruanische Ölaktien – die dunkle Haut und das gebogene, fleischige Profil des Mannes in der Badewanne – Dr. Grimbolds Aussage: «Meines Erachtens ist der Tod erst einige Tage nach dem Schlag eingetreten» – Gummihandschuhe – ganz schwach sogar Mr. Appledores Stimme: «Er kam einmal mit einem Flugblatt gegen die Vivisektion zu mir, Sir» – alle diese und noch viele andere Dinge klangen jetzt zusammen in einem einzigen Akkord wie Glocken in einem Kirchturm, und durch den Lärm tönte unablässig die große Baßglocke:

«Das Wissen um Gut und Böse ist ein Phänomen des Gehirns, das behebbar ist, behebbar ist, behebbar ist. Das Wissen um Gut und Böse ist behebbar.»

Lord Peter Wimsey gehörte nicht zu den jungen Männern, die sich gewöhnlich sehr ernst nahmen, doch diesmal war er aufrichtig entsetzt. Es ist unmöglich, sagte sein Verstand kleinlaut. *Credo quia impossibile*, sagte seine innere Gewißheit mit unbeirrbarer Selbstsicherheit. Also gut, sagte sein Gewissen, das sich augenblicklich mit dem blinden Glauben verbündete, und was willst du nun machen?

Lord Peter stand auf und ging im Zimmer auf und ab. «Mein Gott», sagte er, «mein Gott!» Er nahm das *Who's Who* von dem kleinen Regal über dem Telefon und suchte Trost in seinen Seiten.

«Freke, Sir Julian; geadelt 1916; Großkreuz des Victoria-Ordens 1919; Komtur des Victoria-Ordens 1917; Komtur des Bathordens 1918; Dr. med.; Mitglied der Königlichen Ärztekammer; Mitglied der Königlichen Chirurgenkammer; Dr. en Méd. Paris; Doktor scientium Cambridge; Ritter des Johanniterordens; Beratender Arzt am St. Luke's-Krankenhaus, Battersea. *Geb.* in Gryllingham am 16. März 1872, einziger Sohn von Edward Curzon Freke aus Gryll Court, Gryllingham. *Ausbildung:* Harrow und Trinity College, Cambridge; Oberstarzt; ehemaliges Mitglied im Beraterstab des Heeressanitätsdienstes. *Veröffentlichungen:* Anmerkungen über die pathologischen Aspekte des Genies, 1892; Statistische Beiträge zum Studium der Kinderlähmung in England und Wales, 1894; Funktionelle Störungen des Nervensystems, 1899; Cerebrospinale Krankheiten, 1904; Grenzgebiete des Irrsinns, 1906; Eine Untersuchung der Behandlung in den Heil- und Pflegeanstalten für Mittellose im Vereinigten Königreich, 1906; Moderne Entwicklungen in der Psychotherapie – eine Kritik, 1910; Kriminelle Geistesgestörtheit, 1914; Die Anwendung der Psychotherapie bei der Behandlung der Bombenneurose, 1917; Eine Antwort auf Professor Freud, mit einer Beschreibung einiger Experimente im Kriegslazarett von Amiens, 1919; Strukturelle Abwandlungen im Zusammenhang mit größeren Neurosen, 1920. *Clubs:* White's, Oxford und Cambridge; Alpine etc. *Freizeitbeschäftigungen:* Schach, Bergsteigen, Angeln. *Adresse:* 282 Harley Street und St. Luke's-Haus, Prince of Wales Road, Battersea Park, S.W. 11.

Er warf das Buch fort. «Das ist die Bestätigung!» stöhnte er. «Als ob ich die noch gebraucht hätte!»

Er setzte sich wieder hin und vergrub sein Gesicht in den Händen. Ganz plötzlich erinnerte er sich, wie er vor vielen Jahren einmal im Schloß Denver vor dem Frühstückstisch gestanden hatte – ein kleiner, magerer Junge mit blauen Knickerbockern und wild klopfendem Herzen. Die Familie war noch nicht heruntergekommen; auf dem Tisch standen eine große silberne Teekanne auf einem kleinen Spirituskocher und eine herrliche Kaffeekanne, die unter einer Glasglocke brodelte. Er hatte an einer Ecke des Tischtuchs gezupft – etwas stärker, und die Teekanne hatte sich schwerfällig in Bewegung gesetzt, während die Teelöffel dazu klapperten. Dann hatte er das Tischtuch fest gepackt und mit voller Kraft daran gerissen – er fühlte noch jetzt den herrlichen Nervenkitzel, als die Teekanne, die Kaffeemaschine und das ganze Sèvres-Service mit ohrenbetäubendem Krachen zu Boden stürzten und in tausend Stücke zersprangen –, er erinnerte sich an das entsetzte Gesicht des Butlers und das Kreischen einer zu Besuch weilenden Dame.

Ein Holzscheit brach in der Mitte entzwei und sank in ein Kissen weißer Asche. Ein verspäteter Lastwagen rumpelte am Fenster vorbei.

Mr. Bunter, der den Schlaf des gerechten und treuen Dieners schlief, wurde in den frühen Morgenstunden von einem heiseren Flüstern geweckt. «Bunter!»

«Ja, Mylord?» sagte Bunter, indem er sich aufrichtete und das Licht anknipste.

«Licht aus, verdammt noch mal!» sagte die Stimme. «Hören Sie – da drüben – hören Sie das?»

«Da ist nichts, Mylord», sagte Mr. Bunter, indem er aus dem Bett sprang und seinen Herrn rasch packte. «Es ist ja gut; Sie gehen jetzt schnell zu Bett, und ich bringe Ihnen einen Tropfen Bromid. Nanu, Sie zittern ja am ganzen Körper – Sie sind zu lange aufgeblieben.»

«Still! Nein, nein – es ist das Wasser», sagte Lord Peter mit klappernden Zähnen. «Es steht ihnen bis an die Hüften, den armen Teufeln. Aber hören Sie! Hören Sie es denn nicht? Tapp, tapp, tapp – sie graben sich zu uns durch –, aber ich weiß nicht wo – ich kann's nicht hören. Da! Da ist es wieder – wir müssen es finden – wir müssen das verhindern . . . Hören Sie! O mein Gott! Ich höre es nicht mehr – ich höre überhaupt nichts mehr vor lauter Kanonen. Können die ihre Kanonen nicht mal schweigen lassen?»

«O je!» sagte Mr. Bunter halb bei sich. «Nein, nein – es ist alles in Ordnung, Herr Major – keine Sorge.»

«Aber ich hör's doch!» begehrte Peter auf.

«Ich auch», antwortete Mr. Bunter beherzt, «und es freut mich zu hören, Mylord. Das sind nämlich unsere eigenen Sappeure bei der Arbeit im Verbindungsgraben. Machen Sie sich deswegen nur keine Sorgen, Sir.»

Lord Peter packte mit fiebrigen Fingern seinen Arm.

«Unsere Sappeure?» fragte er. «Ganz bestimmt?»

«Ganz bestimmt», sagte Mr. Bunter zuversichtlich.

«Sie werden die Feste niederreißen», sagte Lord Peter.

«Darauf können Sie sich verlassen», bestätigte Mr. Bunter, «und das soll uns nur freuen. Kommen Sie mit, legen Sie sich ein bißchen hin, Sir – diesen Abschnitt haben jetzt die anderen übernommen.»

«Meinen Sie, man kann hier beruhigt fort?» fragte Lord Peter.

«Ganz beruhigt, Sir», sagte Mr. Bunter, indem er den Arm seines Herrn unter den seinen schob und ihn ins Schlafzimmer führte.

Lord Peter nahm willig das Schlafmittel und ließ sich widerstandslos ins Bett legen. Mr. Bunter, der in seinem gestreiften Pyjama, den dichten schwarzen Haarschopf ganz zerwühlt, gar nicht mehr nach Bunter aussah, setzte sich grimmig hin und betrachtete die spitzen Wangenknochen des Jüngeren und die roten Flecken unter seinen Augen.

«Ich dachte, diese Anfälle wären endlich vorbei», sagte er. «Er hat sich überanstrengt. Schläft er?» Er musterte ihn sorgenvoll, und ein zärtlicher Ton schlich sich in seine Stimme. «Dummer kleiner Kerl!» sagte Sergeant Bunter.

9. Kapitel

Mr. Parker, der am nächsten Morgen in den Piccadilly 110 A gerufen wurde, traf bei seiner Ankunft die Herzoginwitwe schon als Herrin der Lage an. Sie begrüßte ihn liebenswürdig.

«Ich werde diesen dummen Jungen fürs Wochenende mit nach Denver nehmen», sagte sie, wobei sie auf Peter zeigte, der schreibend dasaß und die Ankunft seines Freundes nur mit einem knappen Kopfnicken zur Kenntnis nahm. «Er hat zuviel getan – diese Herumreiserei nach Salisbury und sonstwohin, und bis in die Nacht aufgeblieben –, Sie sollten ihn dazu wirklich nicht noch ermuntern, Mr. Parker, das ist sehr unartig von Ihnen – weckt den armen Bunter mitten in der Nacht, weil er vor den Deutschen Angst hat, als ob das nicht alles schon Jahre her wäre, und er hat diese Anfälle schon seit Ewigkeiten nicht mehr gehabt, aber bitte! Die Nerven sind eben etwas Komisches, und Peter hatte schon als kleiner Junge immer Alpträume – obwohl er ja in den meisten Fällen nur eine kleine Beruhigungspille brauchte; aber 1918 ging's ihm furchtbar schlecht, und wir dürfen wohl nicht erwarten, daß so ein großer Krieg in ein, zwei Jahren vergessen ist, und dabei muß ich wirklich noch dankbar sein, daß meine beiden Söhne unversehrt heimgekommen sind. Trotzdem glaube ich, daß ihm ein bißchen Ruhe und Frieden in Denver nicht schaden werden.»

«Tut mir leid, daß es dir schlechtgeht, Alter», sagte Parker vage mitfühlend. «Du siehst ein bißchen elend aus.»

«Charles», sagte Lord Peter mit einer Stimme, in der keinerlei Ausdruck lag, «ich gehe ein paar Tage fort, weil ich mich hier in London nicht mehr nützlich machen kann. Was im Augenblick zu tun ist, kannst du viel besser als ich. Ich möchte, daß du das hier –» er faltete das beschriebene Blatt Papier zusammen und steckte es in einen Umschlag – «sofort mit zu Scotland Yard nimmst und dafür sorgst, daß es an alle Armenhäuser, Krankenhäuser, Polizeireviere, Jugendherbergen und so weiter in London verteilt wird. Es ist eine Beschreibung von Mr. Thipps' ungebetenem Gast, wie er aussah, bevor er rasiert und herausgeputzt wurde. Ich möchte wissen, ob in den letzten vierzehn Tagen irgendwo ein Mann, auf den diese Beschreibung paßt, lebend oder tot aufgenommen wurde. Geh zu Sir Andrew Mackenzie persönlich und laß die Beschreibung in seinem Namen sofort hinausgehen; sag ihm, du hast den Mord an Levy und das Geheimnis vom Battersea Park gelöst –» Mr. Parker gab einen Laut des Erstaunens von sich, den sein Freund jedoch nicht beachtete. «Und bitte ihn, Leute mit einem Haftbefehl in Bereitschaft zu halten, um einen sehr gefährlichen und bedeutenden Verbrecher festzunehmen, sowie du Bescheid gibst. Wenn die Antworten auf dieses Schreiben eintreffen, sieh nach, ob irgendwo das St. Luke's-Krankenhaus erwähnt ist, oder eine Person, die mit dem St. Luke's-Krankenhaus zu tun hat, und dann schicke sofort nach mir.

In der Zwischenzeit mach bitte – egal wie – die Bekanntschaft eines der Medizinstudenten am St. Luke's. Geh aber nicht hin und erzähle was von Mord und Haftbefehl, sonst bekommst du nur Scherereien. Ich komme wieder nach London, sobald ich von dir höre, und dann erwarte ich einen netten, treuherzigen Knochensäger anzutreffen.» Er grinste matt.

«Willst du sagen, daß du der Sache auf den Grund gekommen bist?» fragte Parker.

«Ja. Ich könnte mich allerdings irren. Ich hoffe es sogar, aber ich weiß, daß ich mich *nicht* irre.»

«Und du willst es mir nicht sagen?»

«Weißt du», sagte Peter, «das möchte ich, ehrlich gesagt, nicht. Ich sagte, ich *könnte* mich irren – und dann würde ich mir vorkommen, als ob ich den Erzbischof von Canterbury verleumdet hätte.»

«Nun, dann sag mir wenigstens – ist es *ein* Rätsel oder sind es zwei?»

«Eines.»

«Du hast von dem Mord an Levy gesprochen. Ist Levy tot?»

«Mein Gott – ja!» sagte Peter schaudernd.

Die Herzogin, die in einer Ecke saß und den *Tatler* las, sah auf.

«Peter», sagte sie, «ist das wieder dein Schüttelfrost? Dann solltet ihr beide aufhören, über dieses Thema zu reden, wenn es dich so aufregt. Außerdem ist es Zeit zum Aufbruch.»

«Schon gut, Mutter», sagte Peter. Er wandte sich an Bunter, der mit Mantel und Koffer respektvoll an der Tür stand. «Sie wissen, was Sie zu tun haben, ja?» fragte er.

«Genau, Mylord, vielen Dank. Soeben fährt der Wagen vor, Euer Gnaden.»

«Mit Mrs. Thipps darin», sagte die Herzogin. «Sie wird sich freuen, dich wiederzusehen, Peter. Du erinnerst sie so an Mr. Thipps. Guten Morgen, Bunter.»

«Guten Morgen, Euer Gnaden.»

Parker begleitete sie nach unten.

Als sie fort waren, starrte er mit leerem Blick auf das Blatt Papier in seiner Hand, dann fiel ihm ein, daß Samstag war und er sich beeilen mußte. Er winkte ein Taxi heran.

«Scotland Yard!» rief er.

Am Dienstagmorgen sah man Lord Peter in Begleitung eines Mannes in Wildhüterjacke hurtig über einen Rübenacker schreiten, dessen Blätter schon vom frühen Frost angegilbt waren. Ein Stückchen vor ihnen verriet eine wellenförmige Bewegung der Blätter die unsichtbare Nähe eines jungen Setters aus dem Zwinger des Herzogs von Denver. Plötzlich flog ein Rebhuhn mit einem Lärm wie von einer Polizeischnarre auf, und Lord Peter erlegte es beachtlich sicher für einen Mann, der nur ein paar Nächte zuvor noch imaginären deutschen Sappeuren gelauscht hatte. Der Setter jagte wie verrückt übers Rübenfeld und apportierte den toten Vogel.

«Braver Hund», sagte Lord Peter.

Der dadurch ermutigte Hund machte plötzlich einen Freudensprung und fing an zu bellen.

«Bei Fuß!» befahl der Mann in Wildhüterjacke scharf. Das Tier kam beschämt an seine Seite.

«Das ist vielleicht ein alberner Köter», sagte der Mann, «kann die Schnauze nicht halten. Zu nervös, Mylord. Stammt aus einem Wurf von Black Lass.»

«Meine Güte», sagte Peter, «ist diese alte Hündin immer noch auf den Beinen?»

«Nein, Mylord; wir mußten sie im Frühjahr töten.»

Peter nickte. Er behauptete stets von sich, das Landleben zu hassen und froh zu sein, daß er mit dem Familiensitz nichts zu tun hatte, aber heute morgen genoß er die herbe Luft und die nassen Blätter, die um seine polierten Stiefel strichen. Auf Denver ging alles seinen ordentlichen Gang; hier starb außer alten Settern – und Rebhühnern, nicht zu vergessen – niemand eines plötzlichen Todes. Er sog dankbar den Herbstduft durch die Nase ein. In seiner Tasche steckte ein Brief, der mit der Morgenpost gekommen war, aber er wollte ihn jetzt nicht gleich lesen. Parker hatte noch nicht telegrafiert, also bestand kein Grund zur Eile.

Er las ihn nach dem Mittagessen im Rauchsalon. Sein Bruder war auch da und döste über der *Times* – ein braver, sauberer Engländer, robust und konventionell, etwa wie Heinrich VIII. in seiner Jugend: Gerald, 16. Herzog von Denver. Der Herzog fand seinen jüngeren Bruder ziemlich degeneriert und nicht sehr geschmackvoll; er hatte eine Abneigung gegen sein Interesse an Polizeiberichten.

Der Brief war von Mr. Bunter.

110 A Piccadilly, W.1

Mylord,

ich schreibe Ihnen [Mr. Bunter war gut erzogen worden und wußte, daß nichts vulgärer ist, als einen Briefbeginn in der ersten Person Singular um jeden Preis zu vermeiden] wie gewünscht, um Eure Lordschaft über das Ergebnis meiner Ermittlungen zu informieren.

Es fiel mir nicht schwer, mit Sir Julian Frekes Diener eine

Bekanntschaft anzuknüpfen. Er ist Mitglied im selben Club wie der Diener des Ehrenwerten Frederick Arbuthnot, der ein Freund von mir ist und mich ihm gern vorstellte. Er hat mich gestern [Sonntag] abend mit in den Club genommen, und wir haben dort mit dem Mann, dessen Name John Cummings ist, gegessen, und hinterher habe ich Cummings auf ein Gläschen und eine Zigarre mit in die Wohnung genommen. Eure Lordschaft werden mir das verzeihen, da Sie ja wissen, daß dies nicht meine Gewohnheit ist, aber nach meiner Erfahrung gewinnt man das Vertrauen eines Dieners immer am besten, wenn man ihm das Gefühl gibt, man hintergehe seine Herrschaft.

[Ich hatte Bunter schon immer im Verdacht, die menschliche Natur gründlich studiert zu haben.]

Ich habe ihm vom besten alten Portwein angeboten [«Den Teufel hast du getan», sagte Lord Peter], nachdem ich Sie und Mr. Arbuthnot davon hatte reden hören. [«Hm!» machte Lord Peter.]

Die Wirkung entsprach ganz meinen Erwartungen hinsichtlich meines eigentlichen Vorhabens, aber ich bedaure sagen zu müssen, daß der Mann so wenig verstand, was ihm da angeboten wurde, daß er eine Zigarre dazu rauchte (eine von Eurer Lordschaft Villar y Villars). Eure Lordschaft werden verstehen, daß ich mich darob eines Kommentars enthielt, doch werden Eure Lordschaft sicher mit mir fühlen. Darf ich diese Gelegenheit benutzen, um meine dankbare Anerkennung für Eurer Lordschaft ausgezeichneten Geschmack in puncto Essen, Trinken und Kleidung zum Ausdruck zu bringen? Es ist, mit Verlaub gesagt, mehr als ein Vergnügen – es ist eine hervorragende Schule, in Eurer Lordschaft Diensten zu stehen.

Lord Peter neigte gemessen den Kopf.

«Kannst du mir mal sagen, was du da treibst, Peter?» fragte der Herzog, der plötzlich von einem Nickerchen erwachte. «Du sitzt da so herum und nickst und grinst vor dich hin wie sonst was. Schreibt dir jemand Nettigkeiten?»

«Bezaubernde Nettigkeiten», sagte Lord Peter.

Der Herzog musterte ihn skeptisch.

«Ich will nur hoffen, daß du nicht eines Tages hingehst und ein Ballettmädchen heiratest», brummelte er bei sich und wandte sich wieder seiner *Times* zu.

Während des Essens legte ich es darauf an, etwas über Cummings' Geschmack herauszubekommen, der, wie sich zeigte, in Richtung Varieté geht. Beim ersten Glas fühlte ich ihm in dieser Richtung auf den Zahn, da Eure Lordschaft mir ja freundlicherweise Gelegenheit gegeben haben, sämtliche Vorstellungen in London zu besuchen, und ich sprach offener, als ich es unter normalen Umständen für schicklich gehalten hätte, nur um mich ihm angenehm zu machen. Ich darf sagen, daß seine Ansichten über Frauen und die Bühne genauso waren, wie ich es bei einem Mann erwartet hätte, der zu Eurer Lordschaft Portwein raucht.

Beim zweiten Glas kam ich auf die Dinge zu sprechen, über die Eure Lordschaft gern Bescheid wüßten. Aus Gründen der Zeitersparnis werde ich unser Gespräch in Dialogform wiedergeben, möglichst so, wie es stattgefunden hat.

Cummings: Sie scheinen ja viel Gelegenheit zu haben, etwas vom Leben mitzubekommen, Mr. Bunter.

Bunter: Gelegenheit dazu findet man immer, wenn man nur weiß, wie.

Cummings: Ha, Sie haben gut reden, Mr. Bunter. Sie sind zum Beispiel nicht verheiratet.

Bunter: Ich weiß was Besseres, Mr. Cummings.

Cummings: Ich auch – *jetzt*, wo's zu spät ist. (Er seufzte schwer, und ich füllte sein Glas noch einmal nach.)

Bunter: Wohnt Ihre Frau bei Ihnen in Battersea?

Cummings: Ja, sie und ich führen zusammen den Haushalt für meine Herrschaft. Ist das ein Leben! Tagsüber kommt zwar noch eine Putzfrau, aber was ist schon eine Putzfrau? Ich kann Ihnen sagen, es ist ganz schön langweilig, so ganz für uns allein in diesem elenden Battersea zu hausen.

Bunter: Wenn man mal ins Varieté will, ist das natürlich nicht so praktisch.

Cummings: Das kann man wohl sagen. Für Sie hier in Piccadilly ist das schon was anderes, Sie sitzen sozusagen mittendrin. Und Ihre Herrschaft ist sicher oft die ganze Nacht fort.

Bunter: O ja, laufend, Mr. Cummings.

Cummings: Und Sie lassen sich die Gelegenheit wohl nicht entgehen, hin und wieder mal zu verschwinden, wie?

Bunter: Was glauben Sie denn sonst, Mr. Cummings?

Cummings: Na bitte, sehen Sie! Aber was soll ein Mann anfangen, wenn er eine nörgelnde Frau daheim hat und so einen vermaledeiten Wissenschaftler als Herrn, der die ganze Nacht auf ist und Leichen zerschneidet und mit Fröschen herumexperimentiert?

Bunter: Aber er geht doch sicher manchmal aus.

Cummings: Nicht oft. Und immer ist er vor zwölf zurück. Und was er für ein Theater macht, wenn er die Glocke läutet, und man ist nicht da! Ich *kann* Ihnen sagen, Mr. Bunter!

Bunter: Wird er grob?

Cummings: Nnnein – aber er guckt so häßlich durch einen hindurch, wie wenn er einen auf dem Tisch liegen hätte und aufschneiden wollte. Es ist eigentlich nichts, worüber man sich beklagen könnte, wenn Sie verstehen, Mr. Bunter – nur dieser gräßliche Blick. Damit will ich nicht sagen, daß er nicht äußerst korrekt ist. Entschuldigt sich immer, wenn er mal rücksichtslos war. Aber was nützt einem das noch, wenn er einem erst die Nachtruhe gestohlen hat?

Bunter: Wie macht er das? Sie meinen, er hält Sie lange auf den Beinen?

Cummings: Er nicht; ganz im Gegenteil. Um halb elf wird die Haustür abgeschlossen, und alles geht zu Bett. Das will er so haben. Natürlich bin ich meist froh, wegzukommen, weil alles so trostlos ist. Aber *wenn* ich zu Bett gehe, will ich auch *schlafen.*

Bunter: Was treibt er denn? Läuft er im Haus herum?

Cummings: Und ob! Die ganze Nacht. Und ständig raus und rein durch den Privateingang zum Krankenhaus.

Bunter: Wollen Sie etwa sagen, Mr. Cummings, daß ein großer Facharzt wie Sir Julian Freke im Krankenhaus Nachtdienst macht?

Cummings: Nein, nein – er macht da seine eigene Arbeit; Forschungen sozusagen. Schneidet Leute auf. Er soll ja darin sehr fix sein. Könnte Sie im Handumdrehen auseinanderschneiden und wieder zusammensetzen, Mr. Bunter.

Bunter: Schlafen Sie denn im Erdgeschoß, daß Sie ihn so gut hören?

Cummings: Nein, unser Schlafzimmer ist oben! Aber mein Gott, was nützt das schon! Er schlägt die Türen, daß man ihn im ganzen Haus hört.

Bunter: Ach ja, manchesmal habe ich auch Lord Peter schon darauf hinweisen müssen! Und dann die ganze Nacht hindurch reden. Und baden.

Cummings: Baden? Das kann man wohl sagen, Mr. Bunter. Baden! Meine Frau und ich schlafen gleich neben dem Raum, in dem der Wasserspeicher ist. Ein Lärm, der Tote aufwecken könnte! Zu jeder Tages- und Nachtzeit. Was glauben Sie, wann er erst letzten Montag nachts ein Bad genommen hat, Mr. Bunter?

Bunter: Also, ich habe so etwas schon um zwei Uhr nachts erlebt, Mr. Cummings.

Cummings: So, um zwei Uhr? Also, und das war um drei Uhr. Um drei Uhr morgens wurden wir aus dem Schlaf gerissen. Das können Sie mir aufs Wort glauben.

Bunter: Was Sie nicht sagen, Mr. Cummings.

Cummings: Sehen Sie, Mr. Bunter, er schneidet ja immer an Krankheiten herum, und dann will er nicht zu Bett gehen, ohne vorher die ganzen Bazillen abgewaschen zu haben, verstehen Sie? Das finde ich ja auch ganz natürlich. Ich meine auch nur, daß ein Herr sich nicht noch um Mitternacht mit Krankheiten beschäftigen sollte.

Bunter: Diese großen Herren haben eben alle ihre eigene Art.

Cummings: Na ja, da kann ich nur sagen, meine Art wäre das nicht.

(Das glaubte ich ihm aufs Wort, Mylord. Cummings hat wirklich nichts von einem großen Mann an sich, und seine Beinkleider sind auch nicht das, was ich bei einem Mann in seinem Beruf erwarten würde.)

Bunter: Ist er denn gewöhnlich so spät noch auf?

Cummings: Hm, nein, Mr. Bunter, gewöhnlich nicht, das will ich nicht sagen. Er hat sich auch morgens entschuldigt und gesagt, er will den Wasserspeicher mal nachsehen lassen – und dafür wird es meines Erachtens auch höchste Zeit, denn dauernd kommt Luft in die Leitungen, und das ist immer ein Quietschen und Gurgeln, daß man es nicht aushält. Wie der Niagarafall, wenn Sie verstehen, Mr. Bunter; da können Sie mich beim Wort nehmen.

Bunter: Na ja, das mag schon sein, Mr. Cummings. Aber man läßt sich schon einiges gefallen von einem Herrn, der wenigstens so anständig ist, sich zu entschuldigen. Und manchmal kann einer natürlich auch gar nichts dafür. Da kommt vielleicht mal unerwartet Besuch und hält ihn lange auf.

Cummings: Das stimmt schon, Mr. Bunter. Jetzt, da Sie's sagen, fällt mir ein, daß am Montagabend wirklich ein Herr da war. Er kam zwar nicht sehr spät, ist dann aber eine Stunde geblieben, und das hat Sir Julian vielleicht bei der Arbeit zurückgeworfen.

Bunter: Sehr gut möglich. Kann ich Ihnen noch ein Gläschen Portwein einschenken, Mr. Cummings, oder vielleicht etwas von Lord Peters altem Cognac?

Cummings: Ein Schlückchen Cognac, danke, Mr. Bunter. Sie haben hier anscheinend den Kellerschlüssel, wie? (Dabei zwinkerte er mir zu.)

«Darauf können Sie sich verlassen», sagte ich und holte den Napoléon. Ich kann Eurer Lordschaft versichern, daß es mir im Herzen weh tat, ihn so einem Menschen vorzusetzen. Aber da wir gerade beim richtigen Thema waren, fand ich, daß er nicht verschwendet war.

«Ich wünschte jedenfalls, es wären immer nur Herren, die nachts hierher zu Besuch kommen», sagte ich. (Eure Lordschaft werden diese Anzüglichkeit verzeihen.)

[«Lieber Gott», sagte Lord Peter, «könnte Bunter nicht ein bißchen weniger gründlich in seinen Methoden sein?»]

Cummings: Ach, so einer ist Seine Lordschaft, wie? (Er kicherte und stieß mich in die Rippen. Ich will einen Teil der Unterhaltung an dieser Stelle verschweigen, weil er für Eure Lordschaft ebenso kränkend sein müßte wie er für mich war. Er fuhr fort:) Nein, bei Sir Julian gibt es nichts dergleichen. Ganz wenige Besucher bei Nacht, und dann immer nur Herren. Und in aller Regel gehen sie auch früh wieder, wie der Herr, den ich vorhin erwähnte.

Bunter: Um so besser. Ich finde ja nichts lästiger, Mr. Cummings, als aufbleiben zu müssen, um den Besuch hinauszulassen.

Cummings: Oh, den brauchte ich nicht hinauszulassen. Das hat Sir Julian selbst getan, so gegen zehn Uhr. Ich habe ihn noch «Gute Nacht» rufen hören, dann war er weg.

Bunter: Tut Sir Julian das immer?

Cummings: Na ja, das kommt drauf an. Wenn er den Besuch unten empfängt, läßt er ihn auch selbst hinaus; wenn er ihn oben in der Bibliothek empfängt, läutet er nach mir.

Bunter: Dann hatte er diesen Besuch also unten?

Cummings: O ja. Sir Julian hat ihm sogar selbst die Tür geöffnet, wie mir jetzt einfällt. Er war zufällig unten in der Diele. Aber wenn ich jetzt zurückdenke, fällt mir ein, daß sie danach doch in die Bibliothek gegangen sind. Das ist komisch. Ich weiß, daß sie oben waren, denn als ich frische Kohlen in die Diele brachte, konnte ich sie oben hören. Außerdem hat Sir Julian mich ein paar Minuten später in die Bibliothek kommen lassen. Na ja, jedenfalls habe ich ihn um zehn Uhr fortgehen hören, vielleicht auch ein bißchen früher. Er war nur etwa eine Dreiviertelstunde da. Aber wie gesagt, danach ist Sir Julian die ganze Nacht türenschlagend durch den Privatzugang aus und ein gegangen, und dann um drei Uhr morgens das Bad und um acht wieder raus zum

Frühstück – das ist mir zu hoch. Wenn ich sein Geld hätte, würde ich was drauf pfeifen, mich mitten in der Nacht mit Toten abzugeben. Da wüßte ich mit meiner Zeit was Besseres anzufangen, was, Mr. Bunter –?

Ich brauche von dieser Unterhaltung nichts weiter wiederzugeben, denn sie wurde jetzt unerfreulich und zusammenhanglos, und ich konnte Mr. Cummings auch nicht mehr auf die Ereignisse des Montagabends zurückbringen. Ich wurde ihn dann erst um drei Uhr morgens los. Er fiel mir weinend um den Hals und sagte, ich sei ein feiner Kerl, und Eure Lordschaft wären der richtige Herr für ihn. Er sagte, Sir Julian werde sehr böse mit ihm sein, weil er so spät nach Hause komme, aber der Sonntagabend sei sein freier Abend, und wenn auch nur ein Wort falle, werde er kündigen. Ich glaube, damit wäre er schlecht beraten, denn an Sir Julian Frekes Stelle könnte ich diesen Mann nicht guten Gewissens weiterempfehlen. Ich sah noch, daß seine Schuhabsätze ein wenig schief waren.

Ich möchte noch zum Lob für Eurer Lordschaft Weinkeller anfügen, daß ich, obwohl ich doch eine beträchtliche Menge sowohl von dem 68er Cockburn als auch von dem 1800er Napoléon trinken mußte, heute morgen weder Kopfschmerzen noch andere üble Nachwirkungen verspürte.

In der Hoffnung, daß Eure Lordschaft sich in der Landluft wirklich gut erholen und daß die Informationen, die ich beschaffen konnte, zu Eurer Lordschaft Zufriedenheit ausgefallen sind, verbleibe ich mit einer respektvollen Empfehlung an die ganze Familie

Ihr gehorsamer Diener
Mervyn Bunter.

«Weißt du», sagte Lord Peter nachdenklich zu sich selbst, «manchmal habe ich das Gefühl, daß Mervyn Bunter mich auf den Arm nimmt. Was gibt es, Soames?»

«Ein Telegramm, Mylord.»

«Parker», sagte Lord Peter und riß das Telegramm auf. Es lautete:

Beschreibung im Armenhaus Chelsea wiedererkannt. Unbekannter Nichtseßhafter, Mittwoch vor einer Woche bei Verkehrsunfall verletzt. Montag im Armenhaus gestorben. Am selben Abend auf Frekes Anforderung an das St. Luke's geliefert. Ziemlich ratlos. PARKER.

«Hurra!» rief Lord Peter und strahlte plötzlich übers ganze Gesicht. «Freut mich, Parker einmal ratlos zu sehen. Das stärkt mein Selbstvertrauen. Ich fühle mich wie Sherlock Holmes. ‹Ganz einfach, Watson.› Aber hol's der Kuckuck, es ist eine ekelhafte Geschichte. Immerhin macht sie Parker ratlos.»

«Was gibt's?» fragte der Herzog, indem er sich gähnend erhob.

«Marschbefehl», antwortete Peter. «Zurück in die Stadt. Vielen Dank für die Gastfreundschaft, altes Haus – mir geht's schon sehr viel besser. Jetzt würde ich es ohne weiteres mit einem Professor Moriarty oder Leon Kestrel oder irgendeinem von der Sorte aufnehmen.»

«Ich wollte, du würdest die Finger von der Polizeiarbeit lassen», knurrte der Herzog. «Es ist manchmal richtig peinlich für mich, wenn mein Bruder solches Aufsehen von sich macht.»

«Tut mir leid, Gerald», erwiderte der andere. «Ich weiß, daß ich ein Schandfleck auf dem Familienwappen bin.»

«Könntest du nicht heiraten, seßhaft werden, ein ruhiges Leben führen und etwas Nützliches tun?» fragte der Herzog unversöhnt.

«Du weißt genau, daß ich damit schon mal eine Pleite erlebt habe», sagte Peter, «und außerdem», fuhr er gutgelaunt fort, «bin ich unendlich nützlich. Vielleicht brauchst du mich eines Tages sogar selbst; man kann nie wissen. Wenn dich einmal jemand erpressen sollte, Gerald, oder deine erste verlassene Frau kommt aus Westindien unerwartet hierher, dann wirst du feststellen, wie vorteilhaft es ist, einen Privatdetektiv in der Familie zu haben. ‹Heikle Privatangelegenheiten werden mit

Takt und Diskretion erledigt. Ermittlungen aller Art. Beweissicherung in Scheidungsfällen unsere Spezialität. Volle Garantie!› Laß schon gut sein.»

«Esel!» sagte Lord Denver und warf die Zeitung heftig auf seinen Sessel. «Wann willst du den Wagen haben?»

«Eigentlich sofort. Hör mal, Jerry, ich nehme übrigens Mutter mit.»

«Warum willst du sie da mit hineinziehen?»

«Weil ich ihre Hilfe brauche.»

«Ich nenne das sehr unpassend», sagte der Herzog.

Die Herzoginwitwe hingegen hatte keine Einwände.

«Ich kannte sie mal ganz gut», sagte sie. «Damals, als sie noch Christine Ford hieß. Warum, mein Lieber?»

«Weil man ihr», sagte Lord Peter, «eine schreckliche Nachricht über ihren Mann beibringen muß.»

«Ist er tot?»

«Ja. Und sie wird kommen und ihn identifizieren müssen.»

«Arme Christine.»

«Unter sehr widerwärtigen Umständen, Mutter.»

«Ich komme mit dir, Lieber.»

«Danke, Mutter, du bist großartig. Könntest du wohl jetzt gleich deine Sachen packen und mitkommen? Ich erzähle dir dann im Auto mehr davon.»

10. Kapitel

Mr. Parker, ein getreuer, wenn auch ungläubiger Thomas, hatte sich auftragsgemäß an seinen Medizinstudenten herangemacht: einen jungen Mann mit langen Gliedern wie ein zu groß geratener Welpe, Unschuldsaugen und sommersprossigem Gesicht. Er saß jetzt in Lord Peters Bibliothek auf dem Chesterfield-Sofa vor dem Kamin und war zu gleichen Teilen verwirrt ob seines Hierseins, seiner Umgebung und des köstlichen Trunks, den er zu sich nahm. Sein zwar ungeschulter, aber von Natur aus gut entwickelter Gaumen sagte ihm, daß es ein Sakrileg wäre, diesen Tropfen mit den Flüssigkeiten zu vergleichen, die er sonst zu trinken gewohnt war – billigem Whisky, Nachkriegsbier oder dubiosem Rotwein in den Restaurants von Soho; was er hier vor sich stehen hatte, lag außerhalb normaler Erfahrung: ein leibhaftiger Flaschengeist.

Dieser Mr. Parker, dem er gestern abend in einem Lokal an der Ecke Prince of Wales Road zufällig begegnet war, schien ja ein ganz netter Kerl zu sein. Er hatte unbedingt darauf bestanden, ihn hierher mitzubringen und seinem Freund vorzustellen, der hier so herrlich und in Freuden am Piccadilly lebte. Parker war ein Mensch wie du und ich; er schätzte ihn als Staatsdiener ein, vielleicht auch als einen Angestellten aus der City. Aber aus diesem Freund wurde man nicht schlau: Erstens war er nämlich ein Lord, und seine Kleidung war geradzu ein Vorwurf an die gesamte Menschheit. Gewiß, er redete den herrlichsten Unsinn, aber auch das auf eine beunruhigende Weise. Er ritt nicht so lange auf seinen Witzen herum, bis der letzte Tropfen Spaß herausgequetscht war, nein, er machte sie sozusagen im Vorübergehen und war schon längst wieder bei einem anderen Thema, bevor einem endlich eine Replik eingefallen war. Und er hatte einen wahrhaft furchterregenden

Diener – einen von der Sorte, die man in Büchern beschrieben fand –, dessen stumme Kritik einem das Mark in den Knochen gefrieren ließ. Parker schien dieser Tortur ja ganz gut gewachsen zu sein, und das ließ Parker noch ein Stückchen höher in der Achtung steigen; er mußte doch mehr in den Kreisen der Großen verkehren, als man ihm vom Aussehen her zugetraut hätte. Man fragte sich, was dieser Teppich wohl gekostet haben mochte, auf den Parker so achtlos seine Zigarrenasche fallen ließ. Wenn man einen Dekorateur zum Vater hatte – Mr. Piggott von der Firma Piggott & Piggott in Liverpool –, verstand man immerhin genug von Teppichen, um zu wissen, daß es hier sinnlos war, den Preis auch nur erraten zu wollen. Und wenn man auf dem dicken Seidenkissen in der Ecke dieses Sofas den Kopf bewegte, wünschte man unwillkürlich, man hätte sich öfter und sorgfältiger rasiert. Das Sofa war ein Monstrum – und trotzdem schien es kaum groß genug zu sein, um einen aufzunehmen. Dieser Lord Peter war nicht groß – eigentlich war er sogar eher klein, aber er wirkte nicht wie ein Zwerg. Er wirkte gerade richtig und gab einem das Gefühl, mit den eigenen einsneunzig geradezu vulgär und anmaßend zu sein; man kam sich vor wie Mutters neue Wohnzimmervorhänge – lauter große, dicke Kleckse. Aber alle waren hier sehr nett zu einem, keiner sagte etwas, was man nicht verstand, und keiner grinste über einen. Auf den Regalen ringsum stand eine Reihe erschreckend tiefschürfend aussehender Bücher, und man hatte einen Blick auf einen herrlichen Dante-Folioband tun können – aber der Gastgeber sprach ganz normal und vernünftig über die Bücher, die man selbst gern las, tolle Liebesromane und Detektivgeschichten. Davon hatte man eine Menge gelesen, da konnte man mitreden, und die anderen hörten zu, was man zu sagen hatte, obschon Lord Peter auch wieder so eine merkwürdige Art hatte, über Bücher zu reden, als ob sich ihm der Autor im vorhinein anvertraut und ihm gesagt hätte, wie der Roman aufgebaut war und welchen Teil er zuerst geschrieben hatte. Man fühlte sich daran erinnert, wie der alte Freke eine Leiche auseinandernahm.

«Was mich bei Detektivgeschichten immer stört», sagte Mr.

Piggott, «ist, wie sich die Leute immer an jede lächerliche Kleinigkeit erinnern, die sie in den letzten sechs Monaten erlebt haben. Sie haben immer die genaue Tageszeit parat und wissen genau, ob es geregnet hat oder nicht und was sie an dem und dem Tag gemacht haben. Das rasseln sie alles herunter wie ein Gedicht. Aber im wirklichen Leben ist das doch nicht so, was meinen Sie, Lord Peter?» Lord Peter lächelte, und der junge Mr. Piggott wurde prompt verlegen und wandte sich hilfesuchend an seinen früheren Bekannten. «Sie wissen, was ich meine, Mr. Parker. Also, ein Tag ist doch so sehr wie der andere, da könnte ich mich jedenfalls nicht erinnern – na schön, ich würde mich vielleicht noch an gestern erinnern, aber ich könnte Ihnen niemals mit Sicherheit sagen, was ich vorige Woche gemacht habe, und wenn ich dafür erschossen würde.»

«Nein», sagte Parker, «und die Aussagen, die später in den Polizeiberichten wiedergegeben werden, klingen ebenso unmöglich. Aber so kommt man da auch eigentlich nicht heran. Ich meine, da kommt nicht einer her und sagt: ‹Vorigen Freitag bin ich um 10 Uhr aus dem Haus gegangen, um ein Hammelkotelett zu kaufen. Als ich in die Mortimer Street einbog, sah ich ein Mädchen von etwa 22 Jahren mit schwarzen Haaren, grünem Pullover und kariertem Rock, das mit etwa 15 Stundenkilometern auf einem Fahrrad Royal Sunbeam auf der falschen Straßenseite um die Ecke bei der Kirche St. Simon und St. Jude fuhr.› Darauf läuft es letzten Endes hinaus, aber es wird ihm natürlich erst durch eine Reihe von Fragen aus der Nase gezogen.»

«Und in Kurzgeschichten», sagte Lord Peter, «wird so etwas als zusammenhängende Aussage wiedergegeben, weil das eigentliche Gespräch zu lang und weitschweifig und mühsam wäre und niemand die Geduld hätte, das zu lesen. Schriftsteller müssen auch an ihre Leser denken.»

«Schon», sagte Mr. Piggott, «aber ich wette mit Ihnen, daß die meisten Menschen ganz schöne Schwierigkeiten hätten, sich zu erinnern, selbst wenn man ihnen Fragen stellt. Mir fiele das jedenfalls schwer – natürlich, ich weiß, ich bin auch ziemlich dumm, aber das sind schließlich die meisten Menschen, oder? Sie wissen, was ich meine. Zeugen sind eben keine Detektive, sondern ganz normale Tröpfe wie Sie und ich.»

«Richtig», sagte Lord Peter und mußte lächeln, als dem armen Tropf aufging, was er da eben von sich gegeben hatte. «Sie meinen, wenn ich Sie so allgemein fragte, was Sie – sagen wir heute vor einer Woche gemacht haben, könnten Sie mir aus sich heraus überhaupt nichts sagen?»

«Nein – das könnte ich sicher nicht.» Er überlegte. «Nein. Ich war wohl wie gewöhnlich im Krankenhaus, und weil Dienstag war, hat wohl auch irgendeine Lehrveranstaltung stattgefunden – aber hol mich der Kuckuck, wenn ich noch weiß, was das war –, und abends bin ich mit Tommy Pringle ausgegangen – nein, das muß Montag gewesen sein – oder Mittwoch? Ich sage Ihnen ja, ich könnte nichts beschwören.»

«Da tun Sie sich selbst unrecht», antwortete Lord Peter gemessen. «Ich bin zum Beispiel sicher, daß Sie sich noch erinnern können, was Sie an diesem Tag im Seziersaal gemacht haben.»

«Himmel, nein! Jedenfalls nicht mit Bestimmtheit. Ich meine, es könnte mir vielleicht wieder einfallen, wenn ich Zeit zum Nachdenken hätte, aber ich würde es vor Gericht nie beschwören.»

«Ich wette mit Ihnen um eine halbe Krone gegen einen Sixpence, daß Sie sich in fünf Minuten erinnern werden.»

«Bestimmt nicht.»

«Wir werden ja sehen. Führen Sie eigentlich Buch über Ihre Arbeit, wenn Sie sezieren? Fertigen Sie Zeichnungen an und dergleichen?»

«Aber ja.»

«Dann denken Sie einmal daran. Was war das letzte, was Sie da eingetragen haben?»

«Das ist leicht, weil ich es erst heute morgen gemacht habe. Beinmuskeln.»

«Aha. Wer war die Leiche?»

«Irgendeine alte Frau. An Lungenentzündung gestorben.»

«Aha. Dann blättern Sie jetzt einmal im Geiste in Ihrem Notizbuch zurück. Was kam vor den Beinmuskeln?»

«Ach, irgendwelche Tiere – auch Beine; ich mache zur Zeit Bewegungsmuskulatur. Ja. Das war Cunninghams Vorlesung über vergleichende Anatomie. Ich habe da ganz gut an einem Hasenbein gearbeitet und Froschbeinen, und an den rudimentären Beinen einer Schlange.»

«So. An welchem Tag hält Mr. Cunningham Vorlesung?»

«Freitags.»

«Freitags, so. Gehen Sie weiter zurück. Was kam davor?»

Mr. Piggott schüttelte den Kopf.

«Beginnen Ihre Beinzeichnungen auf einer rechten oder einer linken Seite in Ihrem Buch? Können Sie sich die erste Zeichnung vorstellen?»

«Ja – ja, ich sehe sogar das Datum darüber. Es ist ein Stück Hinterbein von einem Frosch, auf der rechten Seite.»

«Gut. Nun stellen Sie sich einmal das aufgeschlagene Heft vor. Was ist auf der anderen Seite?»

Das erforderte eine gewisse geistige Konzentration.

«Etwas Rundes – Buntes – ach ja – eine Hand.»

«Gut, dann sind Sie also von Hand- und Armmuskeln weitergegangen zu Bein- und Fußmuskeln?»

«Ja, stimmt. Ich habe Zeichnungen von Armen.»

«So. Haben Sie die am Donnerstag gemacht?»

«Nein, donnerstags bin ich nie im Seziersaal.»

«Dann vielleicht am Mittwoch?»

«Ja, ich muß sie wohl am Mittwoch gemacht haben. O ja, stimmt. Ich bin hingegangen, nachdem wir uns morgens diese Tetanuspatienten angesehen hatten. Das habe ich am Mittwochnachmittag gemacht. Ich weiß noch, daß ich hingegangen bin, um sie fertig zu machen. Ich habe ziemlich fleißig gearbeitet – für meine Verhältnisse. Darum kann ich mich daran erinnern.»

«Sie sind also hingegangen, um eine Arbeit fertig zu machen. Wann hatten Sie denn damit angefangen?»

«Nun, am Tag davor.»

«Am Tag davor. Also am Dienstag, nicht?»

«Ich habe nicht mehr mitgezählt – ja, am Tag vor Mittwoch – eben, am Dienstag.»

«Eben. Waren es die Arme eines Mannes oder einer Frau?»

«Oh, eines Mannes.»

«Aha. Dann waren Sie also am Dienstag, das heißt heute vor einer Woche, im Seziersaal und haben die Arme eines Mannes seziert. Einen Sixpence, bitte.»

«Himmel!»

«Moment noch. Sie wissen noch viel mehr darüber als nur das. Sie haben gar keine Ahnung, was Sie alles wissen. Sie wissen zum Beispiel, was das für ein Mann war.»

«Oh, ich habe ihn nie vollständig gesehen. Ich weiß noch, daß ich an dem Tag ein bißchen spät hingekommen war. Ich hatte eigens um einen Arm gebeten, weil ich in Armen ein bißchen schwach bin, und Watts – das ist der Saalaufseher – hatte versprochen, mir einen aufzuheben.»

«So. Sie sind also zu spät gekommen, und da wartete Ihr Arm schon auf Sie. Sie sezierten ihn – nahmen Ihre Schere und schlitzten die Haut auf und zogen sie zurück. War es junge, helle Haut?»

«O nein – nein. Normale Haut, glaube ich, mit dunklen Härchen – ja, so war es.»

«Schön. Vielleicht ein trainierter, sehniger Arm, ohne überflüssiges Fett?»

«O nein – darüber habe ich mich noch ein bißchen geärgert. Ich hatte einen schönen, muskulösen Arm haben wollen, aber der, den ich bekam, war schlecht entwickelt, und dauernd kam mir das Fett in die Quere.»

«So. Also ein Mann mit sitzender Tätigkeit, der nicht viel mit den Händen zu arbeiten hatte.»

«Stimmt.»

«Schön. Nun haben Sie zum Beispiel die Hand seziert und eine Zeichnung davon gemacht. Wären Ihnen irgendwelche Schwielen aufgefallen?»

«Also davon konnte gar keine Rede sein.»

«Also nicht. Aber Sie würden sagen, es war der Arm eines jungen Mannes? Festes junges Fleisch und geschmeidige Gelenke?»

«Nein – nein.»

«Nein? Also vielleicht alt und sehnig?»

«Nein, mittleres Alter – mit Rheumatismus. Ich meine, da waren ein paar Kalkablagerungen in den Gelenken und die Finger waren ein bißchen geschwollen.»

«Also ein Mann von etwa fünfzig Jahren?»

«Ungefähr.»

«Aha. Nun haben auch noch andere Studenten an derselben Leiche gearbeitet, nicht?»

«O ja.»

«Eben. Und sie haben so die üblichen Witze gemacht.»

«Anzunehmen – o ja!»

«An einige davon können Sie sich noch erinnern. Wer ist denn bei Ihnen sozusagen der Spaßmacher vom Dienst?»

«Tommy Pringle.»

«Woran hat Tommy Pringle gearbeitet?»

«Daran kann ich mich nicht erinnern.»

«*Wo* hat denn Tommy Pringle gearbeitet?»

«Beim Instrumentenschrank – neben Becken C.»

«Schön. Versuchen Sie sich jetzt einmal Tommy Pringles Gesicht vorzustellen.»

Piggott begann zu lachen. «Jetzt fällt es mir wieder ein. Tommy hat gesagt, der alte Itzig –»

«Warum nannte er ihn so?»

«Das weiß ich nicht. Aber ich weiß, daß er es gesagt hat.»

«Vielleicht sah er so aus. Haben Sie den Kopf gesehen?»

«Nein.»

«Wer hatte den Kopf?»

«Ich weiß nicht – oh, doch, ich weiß. Der alte Freke hat sich den Kopf selbst geschnappt, und der kleine Binns war darüber ziemlich wütend, weil man ihm einen Kopf versprochen hatte, den er mit Scrooger machen wollte.»

«Verstehe. Und was wollte Sir Julian mit dem Kopf?»

«Er hat uns zusammengerufen und uns was von Rückenmarksblutungen und Nervenverletzungen erzählt.»

«Aha. Nun zurück zu Tommy Pringle.»

Tommy Pringles Witz wurde wiederholt, nicht ohne eine gewisse Peinlichkeit.

«Aha. War das alles?»

«Nein. Der andere, der mit Tommy gearbeitet hat, meinte, so was komme vom zu guten Essen.»

«Ich schließe daraus, daß Tommys Partner am Verdauungstrakt interessiert war.»

«Ja, und Tommy sagte, wenn er wüßte, daß man im Armenhaus so gut gefüttert wird, würde er selbst hineingehen.»

«Dann war der Mann also ein Armenhäusler?»

«Hm, muß er wohl.»

«Sind Armenhäusler gewöhnlich fett und wohlgenährt?»

«Hm, nein – wenn ich mir's überlege, in der Regel nicht.»

«Jedenfalls fanden Tommy Pringle und sein Freund, daß da etwas für einen Armenhäusler ziemlich ungewöhnlich war?»

«Ja.»

«Und wenn der Verdauungstrakt für diese Herren so unterhaltsam war, könnte ich mir vorstellen, daß Ihr Arbeitsobjekt kurz nach einer vollen Mahlzeit zu Tode gekommen sein muß.»

«Hm, ja – doch, muß er wohl, nicht?»

«Nun, *ich* weiß das nicht», sagte Lord Peter, «das liegt mehr auf Ihrem Gebiet. Würden Sie das also aus dem, was die beiden sagten, schließen?»

«Ja – zweifellos.»

«Aha. Sie würden also mit einer solchen Bemerkung nicht rechnen, wenn der Patient längere Zeit krank gewesen wäre und von Wassersuppe gelebt hätte?»

«Natürlich nicht.»

«Na bitte, Sie wissen doch wirklich eine ganze Menge. Dienstag vor einer Woche haben Sie also die Armmuskulatur eines rheumatischen, etwa fünfzigjährigen Juden von sitzenden Lebensgewohnheiten seziert, der kurz nach einer guten Mahlzeit an irgendeiner Verletzung gestorben war, die zu Rückenmarksblutungen und Nervenschädigungen geführt hatte und so weiter. Und der Mann kam angeblich aus dem Armenhaus. Richtig?»

«Ja.»

«Und das könnten Sie nötigenfalls beschwören?»

«Hm, wenn Sie es so ausdrücken – ich glaube, ja.»

«Natürlich könnten Sie.»

Mr. Piggott saß eine Weile in Betrachtungen versunken da.

«Hören Sie mal», sagte er endlich, «ich habe das doch alles gewußt, nicht?»

«O ja, Sie wußten es durchaus – wie Sokrates' Sklave.»

«Wer ist das?»

«Eine Figur aus einem Buch, das ich als Junge gelesen habe.»

«Oh – kommt er in *Die letzten Tage von Pompeji* vor?»

«Nein, in einem anderen Buch – ich würde sagen, es ist Ihnen erspart geblieben. Ziemlich langweilig.»

«Ich habe nie viel gelesen, außer Henty und Fenimore Cooper in der Schule . . . Aber – habe ich denn nun eigentlich ein besonders gutes Gedächtnis?»

«Sie haben ein besseres Gedächtnis, als Sie sich selbst zutrauen.»

«Warum kann ich mir dann dieses ganze medizinische Zeug nicht merken? Das geht alles aus meinem Kopf wieder heraus wie durch ein Sieb.»

«Hm, ja, warum wohl?» meinte Lord Peter, der auf dem Kaminvorleger stand und auf seinen Gast hinunterlächelte.

«Tja», machte der junge Mann, «die Leute, die einen prüfen, stellen einem eben nicht solche Fragen wie Sie.»

«Nein?»

«Nein – da muß man sich an alles ganz allein erinnern. Und das ist elend schwer. Nichts, woran man sich festhaken kann, verstehen Sie? Aber sagen Sie mal – woher wußten Sie, daß Tommy Pringle unser Witzbold vom Dienst ist und –»

«Das wußte ich nicht, bevor Sie es mir sagten.»

«Ja, ich weiß. Aber woher wußten Sie, daß er dasein würde, wenn Sie danach fragten? Ich meine – sehen Sie», sagte Mr. Piggott, der sich allmählich durch gewisse Einflüsse, die ihrerseits auch wieder etwas mit dem Verdauungstrakt zu tun hatten, etwas wohler zu fühlen begann – «Hören Sie, sind Sie nun eigentlich besonders schlau, oder bin ich besonders dumm?»

«Nein, nein», sagte Lord Peter, «das bin ich. Ich stelle immer so dumme Fragen, daß jeder glaubt, es müsse etwas dahinterstecken.»

Das war für Mr. Piggott zu kompliziert.

«Denken Sie sich nichts dabei», sagte Parker tröstend, «so ist er immer. Sie dürfen das gar nicht zur Kenntnis nehmen. Er kann nichts dafür. Das ist vorzeitiger Altersverfall, wie man ihn oft bei alten Herrschergeschlechtern beobachtet. Geh, Wimsey, spiel uns die *Dreigroschenoper* vor oder so was.»

«Das dürfte reichen, wie?» meinte Lord Peter, nachdem man den seligen Mr. Piggott nach einem wirklich ergötzlichen Abend nach Hause entlassen hatte.

«Ich fürchte, ja», sagte Parker. «Aber es kommt mir fast unglaublich vor.»

«In der Natur des Menschen ist nichts unglaublich», sagte Lord Peter, «zumindest in der Natur des gebildeten Menschen nicht. Hast du die Exhumierungsanordnung?»

«Ich bekomme sie morgen. Ich wollte das mit der Armenhausverwaltung für morgen nachmittag ansetzen. Zuerst muß ich noch hin und mit ihnen reden.»

«Da hast du recht. Ich sage meiner Mutter Bescheid.»

«Mir geht es allmählich wie dir, Wimsey. Mir gefällt diese Aufgabe nicht.»

«Mir gefällt sie jetzt schon viel besser als vorher.»

«Und du bist wirklich ganz sicher, daß wir keinen Fehler begehen?»

Lord Peter war zum Fenster geschlendert. Der Vorhang war nicht ganz zugezogen, und er stand vor dem Spalt und sah hinaus auf den erhellten Piccadilly. Bei dieser Frage drehte er sich um.

«Wenn wir im Irrtum sind», sagte er, «werden wir es morgen wissen, und dann ist niemandem geschadet. Aber ich glaube fast, du wirst auf dem Heimweg schon eine gewisse Bestätigung erfahren. Hör mal zu, Parker – wenn ich du wäre, würde ich heute nacht hierbleiben. Wir haben ein Zimmer frei; ich kann dich ohne weiteres unterbringen.»

Parker sah ihn groß an.

«Du meinst – ich muß mit einem Überfall rechnen?»

«Das halte ich wirklich für sehr wahrscheinlich.»

«Treibt sich dort jemand auf der Straße herum?»

«Im Moment nicht; aber vor einer halben Stunde.»

«Als Piggott ging?»

«Ja.»

«Menschenskind – hoffentlich ist der Junge nicht in Gefahr!»

«Das wollte ich ja sehen, darum bin ich mit hinuntergegangen. Ich glaube nicht. Überhaupt glaube ich nicht, daß jemand annimmt, wir hätten den Jungen ins Vertrauen gezogen. Aber ich glaube, du und ich sind in Gefahr. Bleibst du?»

«Den Teufel werde ich tun, Wimsey. Warum sollte ich weglaufen?»

«Quatsch!» sagte Peter. «Du würdest ohne weiteres weglaufen, wenn du mir glaubtest. Warum auch nicht? Aber du glaubst mir eben nicht. Du bist überhaupt noch nicht sicher, daß ich auf der richtigen Fährte bin. Geh hin in Frieden, aber sag nicht, ich hätte dich nicht gewarnt.»

«Keine Bange; ich werde mit dem letzten Atemzug eine Mitteilung an dich diktieren, daß ich jetzt überzeugt bin.»

«Na, aber geh wenigstens nicht zu Fuß – nimm ein Taxi.»

«Na schön, das tue ich.»

«Und laß niemanden zusteigen.»

«Nein.»

Es war ein kalter, unfreundlicher Abend. Ein Taxi setzte eine Ladung Theaterheimkehrer vor dem Wohnblock nebenan ab, und Parker nahm es gleich in Beschlag. Er nannte dem Fahrer gerade seine Adresse, da kam ein Mann atemlos aus einer Seitenstraße angerannt. Er war in Abendanzug und Mantel und kam wild fuchtelnd angeschossen.

«Sir – Sir! – Ach Gott, das ist ja Mr. Parker! Was für ein Glück! Wenn Sie so freundlich wären – ich bin aus dem Club gerufen worden – ein kranker Freund – kann kein Taxi finden – alles ist auf dem Heimweg vom Theater – könnte ich das Taxi mit Ihnen teilen? Sie sind auf dem Heimweg nach Bloomsbury? Ich will zum Russell Square – wenn ich so frei sein darf – es geht auf Leben und Tod.»

Er sprach in kurzen Stößen, als ob er schnell und weit gelaufen wäre. Parker stieg prompt aus dem Taxi.

«Es ist mir eine Freude, Ihnen zu Diensten zu sein, Sir Julian», sagte er. «Nehmen Sie mein Taxi. Ich selbst will zur Craven Street, aber ich bin nicht in Eile. Bitte, nehmen Sie mein Taxi.»

«Das ist ungemein freundlich von Ihnen», sagte der Arzt. «Ich bin richtig beschämt –»

«Schon gut», sagte Parker gutgelaunt. «Ich kann warten.» Er half Freke ins Taxi. «Welche Nummer? Russell Square 24, Fahrer, und legen Sie einen Zahn zu.»

Das Taxi fuhr davon. Parker stieg wieder die Treppe hinauf und läutete an Lord Peters Wohnungstür.

«Danke, altes Haus», sagte er. «Ich bleibe doch heute nacht hier.»

«Komm rein», sagte Wimsey.

«Hast du das gesehen?» fragte Parker.

«Ich habe etwas gesehen. Was ist genau passiert?»

Parker erzählte seine Geschichte. «Ehrlich», sagte er, «ich hatte dich für ein bißchen verrückt gehalten, aber jetzt bin ich da nicht mehr so sicher.»

Peter lachte.

«Selig die nicht sehen und doch glauben. Bunter, Mr. Parker bleibt heute nacht hier.»

«Paß mal auf, Wimsey, sehen wir uns diese Geschichte noch einmal an. Wo ist dieser Brief?»

Lord Peter brachte Bunters Dialog-Essay zum Vorschein. Parker studierte ihn eine Weile stumm.

«Weißt du, Wimsey, ich habe ja noch so viele Einwände gegen diese Theorie wie ein Hund Flöhe.»

«Ich auch, alter Freund. Darum möchte ich unseren Armenhäusler von Chelsea ja ausgraben lassen. Aber laß deine Einwände ruhig hören.»

«Also –»

«Hör zu, ich gebe ja gar nicht vor, alle Lücken schon füllen zu können. Aber wir haben hier zwei mysteriöse Ereignisse in einer Nacht und eine komplette Kette, die beide über eine bestimmte Person miteinander verbindet. Es ist teuflisch, aber nicht unvorstellbar.»

«Ja, das weiß ich alles. Aber es gibt da auch noch ein paar unübersehbare Stolpersteine.»

«Das weiß ich selbst. Aber sieh mal. Auf der einen Seite verschwindet Levy, nachdem er zuletzt gesehen wurde, wie er abends um neun Uhr nach der Prince of Wales Road Ausschau hielt. Am nächsten Morgen wird um acht ein Toter, der ihm oberflächlich nicht unähnlich sieht, in einem Bad in den Queen Caroline Mansions gefunden. Levy war laut Frekes eigener Einlassung bei Freke gewesen. Wir haben also Levy sozusagen mit einer Vergangenheit, aber ohne Zukunft, und einen unbekannten Landstreicher mit einer Zukunft (auf dem Friedhof), aber ohne Vergangenheit, und Freke steht genau zwischen ihrer Zukunft und ihrer Vergangenheit.»

«Das sieht ja soweit ganz richtig aus –»

«Eben. Nun weiter: Freke hat ein Motiv, Levy aus dem Weg zu räumen – eine alte Eifersucht.»

«Eine sehr alte – und das ist kein besonderes Motiv.»

«So etwas hat es schon gegeben.* Du glaubst, jemand schleppe eine alte Eifersucht nicht zwanzig Jahre lang mit sich herum? Vielleicht nicht. Jedenfalls nicht die primitive, rohe Eifersucht – die wäre mit einem Wort und einem Schlag

* Lord Peter hatte diese Behauptung nicht aus der Luft gegriffen: «Hinsichtlich des behaupteten Motivs ist es von großer Bedeutung, zu sehen, ob es ein Motiv für die Begehung eines solchen Verbrechens gab oder nicht, oder ob eine so große Unwahrscheinlichkeit gegen seine Begehung spricht, daß diese nicht durch positive Beweise entkräftet werden kann. *Wenn es aber irgendein Motiv gibt, das hier zur Geltung kommen kann, muß ich Ihnen sagen, daß die Unzulänglichkeit dieses Motivs von sehr geringer Bedeutung ist.* Wir wissen aus der Erfahrung der Strafgerichtsbarkeit, daß schon abscheuliche Verbrechen dieser Art aus sehr geringen Motiven begangen wurden; *nicht nur aus Bosheit oder Rache,* sondern auch um eines kleinen finanziellen Vorteils willen oder um drückenden Problemen vorübergehend aus dem Weg zu gehen.» L. C. J. Campbell, Zusammenfassung im Fall *Regina versus Palmer,* Stenogramm S. 308, Gerichtsumlauf Mai 1856, Sitzungsprotokoll Absatz 5. (Hervorhebungen von mir. D. L. S.)

abgetan. Nein, aber was wirklich wurmt ist die verletzte Eitelkeit. Die hält lange vor. Demütigung. Wir haben alle irgendwo eine wunde Stelle, an die wir nicht rühren lassen wollen. Ich habe sie. Du hast sie. Irgendwer hat einmal gesagt, die Hölle kennt nicht solche Wut wie eine verschmähte Frau. Da hat man's wieder den Frauen angehängt, den armen Ludern. Die Sexualität ist auch bei jedem Mann der Dollpunkt – da brauchst du gar nicht das Gesicht zu verziehen, du weißt genau, daß es stimmt –, eine Enttäuschung nimmt er hin, aber keine Demütigung. Ich habe mal einen Mann gekannt, der von dem Mädchen, mit dem er verlobt war, den Laufpaß bekam, und nicht gerade auf die feine Art. Er sprach sehr anständig über sie. Ich fragte, was aus ihr geworden sei. ‹Ach ja›, sagte er, ‹sie hat einen anderen geheiratet.› Und dann brach es aus ihm heraus; er hatte sich nicht mehr in der Gewalt. ‹Mein Gott, ja!› schrie er. ‹Das muß man sich vorstellen – sitzengelassen wegen einem Schotten!› Ich weiß nicht, was er gegen die Schotten hatte, aber das hatte ihn genau am wunden Punkt getroffen. Nun sieh dir Freke an. Ich habe seine Bücher gelesen. Seine Angriffe auf seine Widersacher sind einfach wüst. Dabei ist er Wissenschaftler. Aber er kann keinen Widerspruch ertragen, nicht einmal auf seinem Arbeitsgebiet, wo jeder wirklich erstklassige Mann vernünftig und aufgeschlossen ist. Würdest du ihm da zutrauen, daß er sich auf einem Nebengebiet einem anderen geschlagen geben würde? Auf dem empfindlichsten Nebengebiet, das ein Mann hat? Gerade auf ihren Nebengebieten sind die Menschen am überheblichsten. Ich sehe rot, wenn jemand mein Urteil über ein Buch in Frage stellt. Und Levy – der vor zwanzig Jahren noch ein Niemand war – kommt daher und schnappt Freke sein Mädchen vor der Nase weg. Es ist nicht das Mädchen an sich, weswegen Freke sich grämt – sondern daß ein kleiner jüdischer Niemand ihm eins auf die aristokratische Nase gegeben hat.

Und noch etwas. Freke hat noch ein Nebengebiet. Er liebt Verbrechen. In seinem Buch über Kriminologie schwärmt er förmlich für den hartgesottenen Mörder. Ich habe das Buch gelesen und jedesmal seine Bewunderung zwischen den Zeilen durchfunkeln sehen, wenn er über einen skrupellosen, erfolgreichen Verbrecher schrieb. Seine ganze Verachtung sparte er sich für die Opfer, die Reumütigen oder die Kopflosen auf, die sich erwischen ließen. Seine Helden sind Edmond de la Pommerais, der seine Geliebte zur Beihilfe bei ihrer eigenen Ermordung überredete, und der für seine Bräute im Bad berühmte George Joseph Smith, der seine Frau in der Nacht noch leidenschaftlich umarmen und am Morgen den Mordplan an ihr in die Tat umsetzen konnte. Schließlich ist das Gewissen für Freke nur so eine Art Wurmfortsatz. Weg damit, und man fühlt sich um so wohler. Die üblichen Gewissensbisse plagen Freke nicht. Siehe seine eigenen Einlassungen in seinen Büchern. Und weiter: Der Mann, der an Levys Stelle das Haus betrat, kannte sich in diesem Haus aus: Freke kannte sich in dem Haus aus; er war rothaarig, kleiner als Levy, aber nicht viel kleiner, denn er konnte seine Sachen tragen, ohne lächerlich darin zu wirken: Du hast Freke gesehen – du kennst seine Körpermaße, etwa einsachtzig, schätze ich, und seine rotbraune Mähne; er trug wahrscheinlich die Gummihandschuhe eines Chirurgen: Freke ist Chirurg; er war ein methodischer und wagemutiger Mensch: Chirurgen müssen beides sein. Nun nimm die andere Seite. Der Mann, der sich die Leiche von Battersea verschaffte, mußte irgendwie an Leichen herankommen können: Freke kam offensichtlich an Leichen heran. Er mußte kaltblütig, schnell und gefühllos im Umgang mit Leichen sein: Auf Chirurgen trifft das alles zu. Er mußte ein kräftiger Mann sein, um den Toten über die Dächer tragen und durchs Fenster in Thipps' Badezimmer abladen zu können: Freke ist ein kräftiger Mann und Mitglied eines Alpinistenvereins. Er trug wahrscheinlich Gummihandschuhe und ließ die Leiche mittels eines elastischen Verbandes vom Dach herunter: Das weist wieder auf einen Arzt hin. Er wohnte mit Sicherheit in der Nachbarschaft: Freke wohnt gleich nebenan. Das Hausmädchen, das du ausgefragt hast, hatte einen dumpfen Schlag auf dem Dach des Endhauses gehört: Das Haus liegt gleich neben dem von Freke. Jedesmal, wenn wir uns Freke ansehen, führt er uns irgendwohin weiter, während

Milligan, Thipps, Crimplesham und alle die anderen, die wir schon mit unserem Verdacht beehrt haben, uns nirgendwohin führen.»

«Schon. Aber so einfach, wie du es darstellst, ist es doch nicht. Was hatte zum Beispiel Levy am Montagabend so heimlich bei Freke zu suchen?»

«Nun, du hast doch Frekes Erklärung gehört.»

«Ach was. Du hast selbst gesagt, daß die nicht sticht.»

«Ausgezeichnet. Sie sticht nicht. Also hat Freke gelogen. Warum sollte er nun aber lügen, wenn er keinen bestimmten Grund hatte, die Wahrheit vor dir zu verbergen?»

«Na schön, aber warum hat er es überhaupt erwähnt?»

«Weil Levy entgegen allen Erwartungen an der Straßenecke gesehen worden war. Das war für Freke ein ärgerliches Mißgeschick. Da hielt er es für das beste, uns mit einer Erklärung zuvorzukommen – einer mehr schechten als rechten. Er rechnete natürlich fest damit, daß niemand auf die Idee kommen würde, Levy mit der Sache vom Battersea Park in Verbindung zu bringen.»

«Gut, aber damit kommen wir auf die erste Frage zurück: Warum war Levy dort?»

«Ich weiß es nicht, aber er wurde irgendwie hingelockt. Warum hat Freke alle diese peruanischen Ölaktien gekauft?»

«Weiß ich nicht», mußte Parker nun seinerseits zugeben.

«Jedenfalls», fuhr Wimsey fort, «hatte Freke ihn erwartet und dafür gesorgt, daß er ihn selbst zur Tür hereinließ, damit Cummings nicht sah, wer der Besucher war.»

«Aber der Besucher ist um zehn wieder gegangen.»

«O Charles! Das hätte ich nun von dir nicht erwartet. Das ist die reinste Suggerei! Wer hat ihn denn weggehen sehen? Jemand hat ‹Gute Nacht!› gerufen und ist die Straße hinuntergegangen. Und du glaubst, das war Levy, nur weil Freke nicht ausdrücklich gesagt hat, daß er es nicht war.»

«Willst du etwa sagen, Freke sei fröhlich aus dem Haus spaziert und zum Park Lane gegangen und habe Levy – tot oder lebendig – zurückgelassen, damit Cummings ihn finden konnte?»

«Wir haben Cummings' Wort, daß er nichts dergleichen getan hat. Wenige Minuten, nachdem die Schritte sich vom Haus entfernt hatten, läutete Freke aus der Bibliothek nach Cummings und wies ihn an, für die Nacht abzuschließen.»

«Dann –»

«Nun – das Haus wird doch einen Seiteneingang haben. Du weißt sogar, daß es einen hat – Cummings hat es gesagt –, durchs Krankenhaus.»

«Ja – nun, und wo war Levy?»

«Levy ist in die Bibliothek hinaufgegangen und nie mehr heruntergekommen. Du warst in Frekes Bibliothek. Wo hättest du ihn versteckt?»

«Im Schlafzimmer nebenan.»

«Dann hat er ihn da versteckt.»

«Aber wenn da nun der Diener hineingegangen wäre, um die Tagesdecke vom Bett zu nehmen?»

«Tagesdecken werden von der Haushälterin vom Bett genommen, und zwar *vor* zehn Uhr.»

«Ja . . . Aber Cummings hat Freke die ganze Nacht im Haus gehört.»

«Er hat ihn ein paarmal kommen und gehen hören. Das hatte er sowieso zu hören erwartet.»

«Willst du sagen, Freke hat das alles vor drei Uhr morgens erledigt?»

«Warum nicht?»

«Dann müßte er aber schnell gearbeitet haben.»

«Nenn es meinetwegen schnelle Arbeit. Warum außerdem bis drei Uhr? Cummings hat ihn erst wiedergesehen, als er sich um acht Uhr das Frühstück bringen ließ.»

«Aber er hat um drei Uhr ein Bad genommen.»

«Ich sage ja nicht, daß er nicht vor drei Uhr vom Park Lane zurück war. Aber ich glaube nicht, daß Cummings hingegangen ist und durchs Schlüsselloch ins Badezimmer geschaut hat, ob Freke auch darin war.»

Parker überlegte wieder.

«Was ist mit Crimpleshams Kneifer?» fragte er.

«Das ist ein bißchen mysteriös», räumte Lord Peter ein.

«Und warum das Badezimmer von Mr. Thipps?»

«Ja, warum? Wahrscheinlich purer Zufall – oder pure Teufelei.»

«Meinst du, dieser ganze ausgeklügelte Plan könnte in einer einzigen Nacht ersonnen und ausgeführt worden sein?»

«Weit gefehlt. Der Plan wurde geboren, als dieser Mann, der eine oberflächliche Ähnlichkeit mit Levy aufwies, ins Armenhaus eingeliefert wurde. Freke hatte mehrere Tage Zeit.»

«Aha.»

«Freke hat sich bei der Untersuchungsverhandlung verraten. Er und Grimbold waren sich nicht einig, wie lange der Mann krank gewesen war. Wenn ein (vergleichsweise) kleines Licht wie Grimbold es wagt, einem Mann wie Freke zu widersprechen, ist er seiner Sache sicher.»

«Dann hat Freke – wenn deine Theorie stimmt – einen Fehler gemacht.»

«Ja. Einen ganz kleinen. Er wollte mit unnötiger Vorsicht der Gefahr vorbeugen, daß jemand – zum Beispiel der Armenhausarzt – zusammenhängend zu denken anfing. Bis dahin hatte er darauf gebaut, daß die Leute nie mehr an etwas (eine Leiche zum Beispiel) zu denken pflegen, wenn es für sie erst erledigt ist.»

«Was hat ihn plötzlich kopfscheu gemacht?»

«Eine Kette unvorhergesehener Zufälle. Levy war erkannt worden – meiner Mutter Sohn hatte unvorsichtigerweise in der *Times* annonciert, daß er mit dem geheimnisvollen Fall von Battersea zu tun hatte – ein Inspektor Parker (dessen Konterfei in letzter Zeit ein bißchen häufig in der illustrierten Presse erscheint) wurde bei der Untersuchungsverhandlung gleich neben der Herzogin von Denver sitzend gesehen. Frekes ganzes Bestreben war es, zu verhindern, daß die beiden Enden des Falles irgendwie miteinander in Verbindung kamen. Und da saßen nun zwei der Bindeglieder buchstäblich Seite an Seite. So mancher Verbrecher liefert sich durch übergroße Vorsicht ans Messer.»

Parker schwieg.

11. Kapitel

«Mein Gott, ist das eine Erbsensuppe!» sagte Lord Peter.

Parker knurrte etwas und kämpfte sich gereizt in seinen Mantel.

«Es erfüllt mich, wenn ich so sagen darf, mit der größten Befriedigung», fuhr der edle Lord fort, «daß in einer Zusammenarbeit wie der unseren alle uninteressanten und unangenehmen Routinearbeiten von dir erledigt werden.»

Parker knurrte wieder.

«Rechnest du mit Schwierigkeiten wegen des Haftbefehls?» fragte Lord Peter.

Parker knurrte zum drittenmal.

«Ich nehme an, du hast dafür gesorgt, daß die ganze Geschichte still über die Bühne geht?»

«Natürlich.»

«Du hast die Leute vom Armenhaus zum Schweigen verpflichtet?»

«Natürlich.»

«Und die Polizei?»

«Ja.»

«Wenn nicht, dürfte es nämlich niemanden mehr zu verhaften geben.»

«Mein lieber Wimsey, hältst du mich für dumm?»

«Dergleichen Hoffnungen hatte ich nicht.»

Parker knurrte ein letztes Mal und verabschiedete sich.

Lord Peter setzte sich hin, um in seinem Dante zu blättern, aber er fand keinen Trost darin. Das größte Hindernis für Lord Peters Karriere als Privatdetektiv war seine Privatschulerziehung. Trotz Parkers ständiger Ermahnungen konnte er sie doch nicht immer abstreifen. Sein Weltbild war in seiner Jugend durch «Raffles» und «Sherlock Holmes» beziehungsweise die Gesinnungen, für die sie stehen, verzerrt worden. Er entstammte einer Familie, die nie einen Fuchs mit dem Gewehr zur Strecke gebracht hatte.

«Ich bin ein Amateur», sagte Lord Peter.

Dennoch traf er, während er sich mit Dante auseinandersetzte, seine Entscheidung.

Am Nachmittag fand er sich in der Harley Street ein. Sir Julian Freke hielt in seiner Nervenpraxis jeweils dienstags und freitags von zwei bis vier Sprechstunde. Lord Peter läutete.

«Sind Sie angemeldet, Sir?» fragte der Diener, der ihm öffnete.

«Nein», antwortete Lord Peter, «aber könnten Sie Sir Julian bitte meine Karte geben? Ich halte es für möglich, daß er mich auch ohne Anmeldung empfängt.»

Er nahm in dem schönen Zimmer Platz, in dem Sir Julians Patienten auf seinen heilenden Rat warteten. Es war voll. Zwei oder drei modisch gekleidete Damen unterhielten sich über Läden und Dienstboten und spielten mit einem Schoßhündchen. Ein großer, besorgt dreinblickender Mann, der für sich allein in einer Ecke saß, schaute zwanzigmal in der Minute auf die Uhr. Wimsey kannte ihn vom Sehen. Es war Wintrington, ein Millionär, der sich vor ein paar Monaten das Leben zu nehmen versucht hatte. Er kontrollierte die Finanzen von fünf Ländern, aber seine eigenen Nerven hatte er nicht unter Kontrolle. Die Finanzen von fünf Ländern lagen jetzt in Sir Julian Frekes tüchtigen Händen. Beim Kamin saß ein soldatisch aussehender junger Mann, etwa in Lord Peters Alter. Sein Gesicht war vorzeitig zerfurcht und abgehärmt; er saß kerzengerade, und seine ruhelosen Augen huschten, jedem Geräusch folgend, hierhin und dorthin. Auf dem Sofa saß eine ältere Frau von bescheidenem Äußeren mit einem jungen Mädchen. Das Mädchen wirkte lustlos und unglücklich; der Blick der Frau verriet tiefe Zuneigung und Besorgnis, gemildert durch zaghafte Hoffnung. Gleich neben Lord Peter saß noch eine jüngere Frau mit einem kleinen Mädchen, und Lord Peter fielen an beiden die vorstehenden Wangenknochen und die schönen grauen, etwas schräggestellten Augen der slawischen Rasse auf. Das Kind zappelte unruhig herum und trat Lord Peter auf die Lackschuhe, und die Mutter schalt es auf französisch, bevor sie sich an Lord Peter wandte und sich entschuldigte.

«*Mais je vous en prie, Madame*», sagte der junge Mann. «Das macht doch nichts.»

«Sie ist so nervös, *pauvre petite*», sagte die junge Frau.

«Sind Sie ihretwegen hier?»

«Ja. Er ist wunderbar, der Herr Doktor. Stellen Sie sich vor, Monsieur, das arme Kind kann einfach die schrecklichen Dinge nicht vergessen, die es gesehen hat.» Sie beugte sich näher zu ihm her, damit das Kind sie nicht hörte. «Wir sind geflüchtet – aus dem verhungernden Rußland –, vor einem halben Jahr. Ich darf es Ihnen gar nicht sagen – sie hat so gute Ohren, und dann die Schreie, das Zittern, die Krämpfe – das beginnt dann alles wieder von vorn. Wir waren Skelette, als wir hier ankamen – *mon Dieu!*–, aber das ist jetzt besser. Sehen Sie, sie ist noch mager, aber sie ist nicht verhungert. Sie wäre schon viel dicker, aber ihre Nerven lassen sie nicht essen. Wir Älteren, wir vergessen – *enfin, on apprend à ne pas y penser* –, aber diese Kinder! Wenn man jung ist, Monsieur, *tout ça impressionne trop.*»

Lord Peter entledigte sich der Fesseln britischer Umgangsformen und antwortete in der Sprache, in der Anteilnahme nicht zur Stummheit verurteilt ist.

«Aber es geht ihr schon viel besser, viel besser», erklärte die Mutter stolz. «Der große Herr Doktor, er wirkt Wunder.»

«*C'est un homme précieux*», sagte Lord Peter.

«*Ah, Monsieur, c'est un saint qui opère des miracles! Nous prions pour lui, Natasha et moi, tous les jours. N'est-ce pas, chérie?* Und bedenken Sie, Monsieur, daß er das alles unentgeltlich macht, *ce grand homme, cet homme illustre!* Als wir hier ankamen, hatten wir nicht einmal Kleider auf dem Leib – wir waren ruiniert, verhungert. *Et avec ça que nous sommes de bonne famille – mais hélas, Monsieur, en Russie, comme vous savez, ça ne vous vaut que des insultes – des atrocités. Enfin*, der große Sir

Julian sieht uns, er sagt: ‹Madame, Ihr kleines Mädchen interessiert mich sehr. Sagen Sie nichts weiter, ich mache sie gesund, umsonst – *pour ses beaux yeux›, a-t-il ajouté en riant. Ah, Monsieur, c'est un saint, un véritable saint!* Und Natascha geht es schon viel, viel besser.»

«Madame, je vous en félicite.»

«Und Sie, Monsieur? Sie sind noch jung, gesund, stark – leiden Sie auch? Ist es vielleicht noch immer der Krieg?»

«Kleine Überbleibsel von einer Bombenneurose», sagte Lord Peter.

«Ah, ja! So viele gute, tapfere junge Männer –»

«Sir Julian kann ein paar Minuten für Sie erübrigen, Mylord, wenn Sie jetzt mit hereinkommen», sagte der Diener.

Lord Peter nickte seiner Nachbarin feierlich zu und durchquerte das Wartezimmer. Als die Tür des Sprechzimmers sich hinter ihm schloß, erinnerte er sich, wie er einmal verkleidet ins Dienstzimmer eines deutschen Offiziers getreten war. Er hatte jetzt dasselbe Gefühl – das Gefühl, in eine Falle getreten zu sein, und eine Mischung aus Verwegenheit und Scham.

Er hatte Sir Julian Freke schon einige Male von weitem gesehen, aber noch nie aus der Nähe. Während er jetzt gewissenhaft und vollkommen wahrheitsgemäß die Umstände seines jüngsten Nervenanfalls schilderte, betrachtete er eingehend den Mann vor ihm. Dieser war größer als er, hatte enorm breite Schultern und wunderbare Hände. Sein Gesicht war schön, feurig und unmenschlich; er hatte fanatische, zwingende Augen von einem strahlenden Blau inmitten des rotbraunen Gestrüpps von Kopf- und Barthaar. Es waren nicht die ruhigen, freundlichen Augen eines Hausarztes, es waren die grübelnden Augen des begnadeten Wissenschaftlers, und sie erforschten einen durch und durch.

Na ja, dachte Lord Peter, dann brauche ich wenigstens nicht allzu deutlich zu werden.

«Ja», sagte Sir Julian, «ja. Sie haben zuviel gearbeitet. Ihren Kopf zu sehr belastet. Vielleicht sogar mehr – sollen wir sagen, Ihren Kopf zermartert?»

«Ich stand vor einer sehr erschreckenden Situation.»

«Aha. Unerwartet womöglich?»

«Sehr unerwartet, allerdings.»

«Aha. Und das nach einer Zeit großer körperlicher und geistiger Anstrengungen?»

«Hm – vielleicht. Nichts Ungewöhnliches eigentlich.»

«So. Diese unerwartete Situation – hatte sie mit Ihnen persönlich zu tun?»

«Sie erforderte eine unverzügliche Entscheidung über mein Handeln – doch, in diesem Sinne hatte sie gewiß mit mir persönlich zu tun.»

«Ganz recht. Sicher mußten Sie irgendeine Verantwortung übernehmen.»

«Eine sehr schwere Verantwortung.»

«Von der außer Ihnen auch andere betroffen waren?»

«*Eine* andere Person in sehr einschneidender Weise und eine große Zahl anderer indirekt.»

«Aha. Und es war Nacht, und Sie saßen im Dunkeln?»

«Zunächst nicht. Ich glaube, ich habe das Licht erst hinterher ausgemacht.»

«Ganz recht – diese Handlungsweise drängte sich Ihnen ganz natürlich auf. War Ihnen warm?»

«Ich glaube, das Feuer war heruntergebrannt. Mein Diener sagt, ich hätte mit den Zähnen geklappert, als ich zu ihm kam.»

«So. Sie wohnen am Piccadilly?»

«Ja.»

«Dort geht wohl in der Nacht auch einiger Schwerverkehr durch?»

«O ja, oft.»

«Hm. Nun zu dieser Entscheidung, von der Sie sprachen – Sie hatten diese Entscheidung schon getroffen?»

«Ja.»

«Sie waren sich also schon klargeworden?»

«Ja.»

«Sie hatten beschlossen, das, worum es auch immer ging, zu tun?»

«Ja.»

«Vielleicht beinhaltete das eine Phase der Untätigkeit?»
«Vergleichsweiser Untätigkeit, ja.»
«Und Spannung - kann man das sagen?»
«O ja – Spannung gewiß.»
«Möglicherweise auch eine gewisse Gefahr?»
«Ich glaube nicht, daß ich zu der Zeit bewußt daran gedacht habe.»
«Nein, es handelte sich um einen Fall, in dem Sie nicht gut an sich selbst denken konnten.»
«Wenn Sie es so ausdrücken.»
«Aha. So. 1918 hatten Sie diese Anfälle häufig?»
«Ja – ich war ein paar Monate sehr krank.»
«Eben. Seitdem sind sie seltener wiedergekehrt?»
«Sehr viel seltener.»
«Aha. Wann hatten Sie den letzten?»
«Vor etwa neun Monaten.»
«Unter was für Umständen?»
«Ich war beunruhigt wegen bestimmter Familienangelegenheiten. Es ging um irgendwelche Investitionen, und ich trug weitgehend die Verantwortung.»
«Aha. Sie waren, soviel ich weiß, letztes Jahr an irgendeinem Kriminalfall beteiligt?»
«Ja – an der Wiederauffindung von Lord Attenburys Smaragdhalsband.»
«Erforderte das starke geistige Anstrengungen?»
«Vermutlich ja. Aber es hat mir großen Spaß gemacht.»
«Gut. Hatten die Anstrengungen bei der Lösung dieses Falles irgendwelche unerfreulichen physischen Folgen?»
«Keineswegs.»
«So. Der Fall hat Sie also interessiert, aber nicht mitgenommen?»
«So ist es.»
«Aha. Sie waren dann auch noch an anderen Ermittlungen dieser Art beteiligt?»
«Ja. An ein paar kleinen.»
«Mit nachteiligen Folgen für Ihre Gesundheit?»
«Nicht im mindesten. Im Gegenteil. Diese Fälle waren für

mich mehr eine Art Ablenkung. Ich hatte gleich nach dem Krieg etwas ziemlich Böses erlebt, was es mir sozusagen nicht gerade leichter gemacht hat.»

«Oh! Sie sind nicht verheiratet?»

«Nein.»

«Na schön. Gestatten Sie, daß ich Sie kurz untersuche? Kommen Sie mal ein bißchen näher ans Licht. Ich möchte Ihre Augen sehen. Von wem haben Sie sich bisher beraten lassen?»

«Von Sir James Hodges.»

«Ah, ja – ein trauriger Verlust für die Medizin. Ein wirklich großer Mann – ein echter Wissenschaftler. Ja. Danke. Jetzt möchte ich einmal gern diese kleine Erfindung hier an Ihnen ausprobieren.»

«Wozu ist sie gut?»

«Nun – sie sagt mir einiges über die Reaktionen Ihrer Nerven. Setzen Sie sich hierher.»

Die nun folgende Untersuchung war rein medizinischer Art. Als sie beendet war, sagte Sir Julian:

«Also, Lord Peter, nun will ich Ihnen mit ganz unwissenschaftlichen Worten –»

«Danke», sagte Peter, «das ist sehr nett von Ihnen. Ich stelle mich bei langen Wörtern immer furchtbar dumm an.»

«So, so. Haben Sie etwas fürs Theaterspielen übrig, Lord Peter?»

«Nicht viel», antwortete Peter ehrlich überrascht. «Ich finde es meist schrecklich langweilig. Warum?»

«Ich dachte es nur», sagte der Facharzt trocken. «Also gut. Sie wissen recht genau, daß diese Beanspruchungen, die Sie Ihren Nerven im Krieg zugemutet haben, ihre Spuren an Ihnen hinterlassen haben. Sie haben sozusagen kleine Wunden in Ihrem Gehirn hinterlassen. Empfindungen, die Ihre Nervenenden empfingen, schickten Botschaften an Ihr Gehirn und erzeugten dort winzige physische Veränderungen – Veränderungen, die wir erst jetzt allmählich zu entdecken beginnen können, selbst mit den empfindlichsten Instrumenten. Diese Veränderungen lösten ihrerseits wieder Empfindungen aus; oder ich sollte der Genauigkeit halber lieber sagen, daß Empfindungen nur die Namen sind, die wir diesen Gewebeveränderungen geben, wenn wir sie wahrnehmen. Wir nennen sie Schrecken, Angst, Verantwortungsgefühl und so weiter.»

«Ich kann Ihnen folgen.»

«Sehr schön. Wenn Sie jetzt diese beschädigten Stellen in Ihrem Gehirn stimulieren, laufen Sie Gefahr, die alten Wunden wieder aufzureißen. Ich meine, wenn Ihre Nerven Empfindungen empfangen, die solche Reaktionen hervorrufen, die wir Schrecken, Angst, Verantwortungsgefühl und so weiter nennen, können sie entlang den alten Bahnen Störungen bewirken und ihrerseits physische Veränderungen hervorrufen, denen Sie dann die Namen geben, mit denen Sie sie in Verbindung zu bringen gewohnt sind – Angst vor deutschen Minen, Verantwortung für das Leben Ihrer Leute, überanstrengte Aufmerksamkeit und das Unvermögen, im alles übertönenden Donner der Kanonen kleinere Geräusche wahrzunehmen.»

«Verstehe.»

«Diese Wirkung wird noch gesteigert durch äußere Umstände, die andere bekannte physische Empfindungen hervorrufen – Nacht, Kälte oder lauter Verkehrslärm zum Beispiel.»

«Aha.»

«Also, die alten Wunden sind fast verheilt, aber noch nicht ganz. Eine normale Beanspruchung Ihrer geistigen Fähigkeiten hat keine bösen Folgen. Die treten nur ein, wenn Sie die verletzten Stellen in Ihrem Gehirn erregen.»

«Ja, das verstehe ich.»

«Gut. Sie müssen solchen Situationen also aus dem Weg gehen. Sie müssen lernen, verantwortungslos zu sein, Lord Peter.»

«Meine Freunde sagen, ich sei schon jetzt allzu verantwortungslos.»

«Sehr gut möglich. Ein empfindliches nervöses Temperament erweckt oft diesen Eindruck dank seiner geistigen Behendigkeit.»

«Oh!»

«O ja. Diese Verantwortung, von der Sie sprachen, lastet sie immer noch auf Ihnen?»

«Ja.»

«Sie haben die Handlung, zu der Sie sich entschlossen haben, noch nicht beendet?»

«Nicht ganz.»

«Sie fühlen sich verpflichtet, sie bis zu Ende durchzuführen?»

«O ja – ich kann jetzt gar nicht mehr zurück.»

«So. Und Sie rechnen mit weiteren Belastungen?»

«Mit einigen, ja.»

«Rechnen Sie damit, daß diese Sache noch lange dauert?»

«Jetzt nicht mehr sehr lange.»

«Aha! Ihre Nerven sind nicht gerade, was sie sein sollten.»

«Nein?»

«Nein. Nichts Besorgniserregendes, aber Sie sollten vorsichtig sein, solange Sie unter dieser Anspannung leben, und hinterher sollten Sie einmal völlig ausspannen. Wie wär's mit einer Reise ans Mittelmeer oder in die Südsee oder sonstwohin?»

«Danke, ich werde es mir überlegen.»

«Inzwischen gebe ich Ihnen etwas zur Stärkung der Nerven, um Sie zunächst über Ihre gegenwärtigen Schwierigkeiten hinwegzubringen. Sie müssen wissen, daß Ihnen das nicht auf Dauer helfen wird, aber es wird Sie in der schlimmen Zeit über Wasser halten. Außerdem werde ich Ihnen etwas verschreiben.»

«Danke.»

Sir Julian stand auf und ging in ein kleines Behandlungszimmer nebenan. Lord Peter sah ihn hin und her gehen – er brachte irgend etwas zum Kochen und schrieb. Nach einer Weile kam er mit einem Rezept und einer Spritze zurück.

«Hier ist das Rezept. Und wenn Sie jetzt kurz Ihren Ärmel hochrollen, werde ich der Notwendigkeit des Augenblicks Genüge tun.»

Lord Peter rollte gehorsam den Ärmel hoch. Sir Julian Freke wählte eine Stelle am Unterarm aus und rieb sie mit Jod ein.

«Was wollen Sie da in mich hineinpumpen – Bazillen?»

Der Arzt lachte.

«Nicht direkt», antwortete er. Er drückte ein Stück Muskel zwischen Daumen und Zeigefinger zusammen. «So etwas haben Sie wahrscheinlich schon früher bekommen.»

«O ja», sagte Lord Peter. Er beobachtete fasziniert die ruhigen Finger, die stetig näher kommende Nadel. «Ja – das habe ich schon bekommen – und wissen Sie was? – Ich mag es nicht besonders.»

Seine rechte Hand war nach oben gefahren und umklammerte das Handgelenk des Arztes wie ein Schraubstock.

Die Stille war wie ein Schock. Die blauen Augen zuckten nicht; sie brannten fest auf die schweren weißen Lider unter ihnen herab. Dann hoben diese sich langsam; die grauen Augen begegneten den blauen – kalt, fest – und hielten ihrem Blick stand.

Wenn Liebende sich umarmen, ist es, als ob kein Laut mehr auf der Welt existierte als nur ihr Atem. So atmeten jetzt diese beiden Männer von Angesicht zu Angesicht.

«Natürlich, ganz wie Sie wünschen, Lord Peter», sagte Sir Julian höflich.

«Ich fürchte, ich bin ein ziemlicher Esel», sagte Lord Peter, «aber diese Dinger konnte ich noch nie leiden. Ich habe einmal eine Spritze bekommen, die danebenging, und danach ist es mir ganz schön schlecht ergangen. Spritzen machen mich ein bißchen nervös.»

«In diesem Falle», antwortete Sir Julian, «ist es sicher besser, Ihnen keine zu geben. Sie könnte in Ihnen genau die Empfindungen wecken, die wir ja gerade vermeiden wollen. Nehmen Sie also das Rezept und tun Sie alles, um die gegenwärtige Anspannung soweit wie möglich zu verringern.»

«O ja – ich werde es nicht mehr so schwer nehmen, danke», sagte Lord Peter. Er rollte seinen Ärmel wieder ordentlich hinunter. «Ich bin Ihnen sehr verbunden. Wenn ich weitere Schwierigkeiten habe, komme ich wieder vorbei.»

«Gewiß – tun Sie das», sagte Sir Julian gutgelaunt. «Aber melden Sie sich das nächste Mal bitte an. Ich werde dieser Tage ziemlich stark in Anspruch genommen. Darf ich hoffen, daß es Ihrer Frau Mutter gutgeht? Neulich habe ich sie bei der Untersuchungsverhandlung zu dieser Battersea-Geschichte gesehen. Sie hätten dabeisein sollen. Es hätte Sie gewiß interessiert.»

12. Kapitel

Der häßliche, rauhe Nebel kratzte einem im Hals und tat in den Augen weh. Man sah die eigenen Füße nicht. Man stolperte auf seinem Weg über die Armengräber.

Es war tröstlich, Parkers alten Regenmantel unter den Fingern zu fühlen. Man hatte ihn schon an schlimmeren Orten gefühlt. Jetzt klammerte man sich daran. Die undeutlichen Gestalten vor einem bewegten sich wie Gespenster.

«Vorsicht, meine Herren», sagte eine tonlose Stimme aus der gelben Finsternis, «hier in der Nähe ist ein offenes Grab.»

Man drückte sich ein wenig nach rechts und stolperte über einen Haufen frisch ausgeworfenen Lehms.

«Gib acht, Junge», sagte Parker.

«Wo ist Lady Levy?»

«In der Leichenhalle. Die Herzogin von Denver ist bei ihr. Deine Mutter ist großartig, Peter.»

«Ja, nicht?» antwortete Lord Peter.

Ein trübes blaues Licht, das jemand vor ihnen hertrug, schwankte und stand still.

«Da sind wir», sagte eine Stimme.

Zwei dantische Gestalten mit Mistgabeln tauchten drohend auf.

«Sind Sie fertig?» fragte jemand.

«Fast, Sir.» Die Dämonen machten sich wieder an die Arbeit mit ihren Mistgabeln – nein, Spaten.

Jemand nieste. Parker ortete den Nieser und stellte ihn vor.

«Mr. Levett vertritt das Innenministerium. Lord Peter Wimsey. Tut uns leid, Mr. Levett, daß wir Sie an so einem Tag hierherschleppen müssen.»

«Das gehört zum Beruf», sagte Mr. Levett heiser. Er war bis zu den Augen vermummt.

Noch etliche Minuten Spatengeräusche. Der eherne Klang hinuntergestoßenen Werkzeugs. Sich bückende und strekkende Dämonen.

Ein schwarzbärtiges Gespenst gleich neben einem. Wurde vorgestellt. Es war der Direktor des Armenhauses.

«Eine schmerzliche Geschichte, Lord Peter. Sie werden verzeihen, wenn ich hoffe, daß Sie und Mr. Parker unrecht haben.»

«Das möchte ich selbst hoffen können.»

Etwas wurde unter Keuchen und Ächzen aus dem Boden gewuchtet.

«Langsam, Leute. Hier entlang. Könnt ihr sehen? Gebt auf die Gräber acht – die sind hier ziemlich dicht beieinander. Fertig?»

«Alles klar, Sir. Gehen Sie nur mit der Laterne voran, wir kommen schon nach.»

Schwerfällige Schritte. Man greift wieder nach Parkers Regenmantel. «Bist du das, altes Haus? Oh, Verzeihung, Mr. Levett – ich hatte Sie für Parker gehalten.»

«Hallo, Wimsey – ah, da bist du ja.»

Noch mehr Gräber. Ein Grabstein ragt schräg in den Weg. Ein Fuß stößt gegen eine Graskante. Unter den Schuhen knirscht Kies.

«Hier entlang, meine Herren, achten Sie auf die Stufe.»

Die Leichenhalle. Rohe rote Ziegelwände und zischende Gasdüsen. Zwei Frauen in Schwarz und Dr. Grimbold. Der Sarg wird mit lautem Gepolter auf einen Tisch gestellt.

«Hast du den Schraubenzieher, Bill? Danke. Sei vorsichtig jetzt mit dem Stemmeisen. Ist nicht viel dran an diesen Brettern, Sir.»

Ein mehrmaliges langgezogenes Knarren. Ein Schluchzen. Die Stimme der Herzogin, freundlich, aber befehlend:

«Still, Christine. Sie dürfen nicht weinen.»

Stimmengemurmel. Die dantischen Dämonen treten schlurfend ab – nette, ordentliche Dämonen in Kordanzügen.

Dr. Grimbolds Stimme – kühl und unpersönlich wie im Sprechzimmer.

«So – haben Sie die Lampe, Mr. Wingate? Danke. Ja, hierher auf den Tisch, bitte. Geben Sie acht, daß Sie sich mit dem Ellbogen nicht im Kabel verheddern, Mr. Levett. Ich glaube, Sie kommen besser auf diese Seite. Ja – ja – danke. So ist es ausgezeichnet.»

Plötzlich ein strahlender Lichtkegel von einer elektrischen Lampe über dem Tisch. Dr. Grimbolds Bart und Brille. Mr. Levett schneuzt sich die Nase. Parker beugt sich näher über den Tisch. Der Direktor des Armenhauses guckt ihm über die Schulter. Der übrige Raum liegt in der jetzt noch verstärkten Düsternis der Gaslampen und des Nebels.

Wieder Dr. Grimbold – jenseits des Lichtkegels.

«Wir möchten Sie nicht unnötig quälen, Lady Levy. Wenn Sie uns nur sagen, wonach wir sehen sollen – der –? Ja, ja, gewiß – und – ja – mit Goldplombe? Ja – am Unterkiefer, vorletzter rechts? Ja – keine Zähne fehlen – nein – ja? Was für ein Muttermal? Aha – direkt über der linken Brustwarze? O Verzeihung, gleich darunter – ja – Blinddarmnarbe? Ja – eine lange – ja – in der Mitte? Ja, ich verstehe vollkommen – eine Narbe am Arm? Hm, ich weiß nicht, ob wir die finden werden – ja – irgendein Gebrechen, das vielleicht –? O ja – Arthritis – ja – danke, Lady Levy, das war sehr klar. Kommen Sie nicht her, bevor ich es Ihnen sage. Also, Wingate.»

Pause. Gemurmel. «Gezogen? Nachdem er tot war, meinen Sie – ich auch. Wo ist Dr. Colegrove? Sie haben diesen Mann im Armenhaus behandelt? Ja. Erinnern Sie sich –? Nein? Sind Sie ganz sicher? Ja – uns darf hier kein Irrtum unterlaufen, verstehen Sie? Ja, aber es gibt Gründe, warum Sir Julian nicht hier dabei sein kann; ich frage *Sie*, Dr. Colegrove. Also, Sie sind sicher – das wollte ich nur wissen. Ziehen Sie bitte mal das Licht etwas näher heran, Mr. Wingate. Diese miserablen Innensärge lassen die Nässe so schnell herein. Ah! Was halten Sie davon? Ja – o ja, das ist ziemlich unverkennbar, nicht? Wer hat den Kopf gemacht? Oh, Freke – natürlich. Ich wollte schon sagen, am St. Luke's wird gut gearbeitet. Schön, nicht wahr, Dr. Colegrove? Ein wunderbarer Chirurg – ich habe ihn gesehen, als er noch am Guy's war. O nein, schon vor Jahren aufgegeben. Aber in Übung zu bleiben, zahlt sich aus. Ah, ja – das ist es, unzweifelhaft. Haben Sie ein Tuch zur Hand, Sir? Danke. Über den Kopf, bitte – ich denke, wir legen auch noch eines hierher. Nun, Lady Levy – ich möchte Sie jetzt bitten, sich die Narbe anzusehen, ob Sie sie erkennen. Sie können uns bestimmt sehr helfen, wenn Sie jetzt stark bleiben. Lassen Sie sich Zeit – Sie werden nur soviel sehen wie unbedingt nötig.»

«Lucy, lassen Sie mich nicht allein.»

«Aber nein, meine Liebe.»

Am Tisch wurde Platz gemacht. Die Lampe schien auf das weiße Haar der Herzogin.

«Oh! Ja – o ja! Nein, nein – ich kann mich nicht irren. Da ist dieser komische kleine Knick darin. Ich habe ihn hundertmal gesehen. O Lucy – Reuben!»

«Nur noch einen Augenblick, Lady Levy. Das Muttermal –»

«Ich – ich glaube – o ja, das ist genau die Stelle.»

«Aha. Und die Narbe – war sie dreieckförmig, direkt über dem Ellbogen?»

«Ja, o ja.»

«Ist sie das?»

«Ja – ja –»

«Ich muß Sie jetzt klipp und klar fragen, Lady Levy. – können Sie an Hand dieser drei Merkmale den Toten als Ihren Mann erkennen?»

«Oh! Das muß ich wohl, ja? Sonst könnte wohl niemand genau dieselben haben und an denselben Stellen? Es ist mein Mann. Es ist Reuben! Oh –»

«Danke, Lady Levy. Sie waren sehr tapfer und haben uns sehr geholfen.»

«Aber – ich verstehe das noch immer nicht. Wie kommt er hierher? Wer hat so etwas Schreckliches getan?»

«Still, Liebes», sagte die Herzogin. «Der Mann wird seine Strafe bekommen.»

«Aber – so etwas Grausames! Armer Reuben! Wer konnte ihm nur etwas zuleide tun wollen? Kann ich sein Gesicht sehen?»

«Nein, Liebes», sagte die Herzogin. «Das geht nicht. Kommen Sie fort – Sie dürfen die Ärzte und die anderen jetzt nicht aufregen.»

«Nein – nein – sie waren alle so nett. O Lucy!»

«Wir fahren nach Hause, mein Liebes. Sie brauchen uns doch nicht mehr, Dr. Grimbold?»

«Nein, Herzogin, Danke. Wir sind Ihnen und Lady Levy sehr dankbar, daß Sie gekommen sind.»

Es trat eine Pause ein, während die beiden Frauen hinausgingen und Parker sie, gefaßt und hilfsbereit, zu ihrem wartenden Wagen begleitete. Dann wieder Dr. Grimbold:

«Ich glaube, Lord Peter sollte – die Richtigkeit seiner Folgerungen bestätigt sehen – Lord Peter – sehr schmerzlich – Sie möchten vielleicht sehen – Ja, mir war bei der Untersuchungsverhandlung gar nicht wohl – ja – Lady Levy – bemerkenswert klare Aussage – ja – schreckliche Geschichte – ah, da ist Mr. Parker auch wieder – Sie und Lord Peter Wimsey sind voll bestätigt – habe ich wirklich richtig verstanden –? Wirklich? Ich kann es nicht glauben – so ein hervorragender Mann – wie Sie sagen, wenn ein großer Geist sich auf Verbrechen verlegt – ja – sehen Sie her! Großartige Arbeit – großartig – inzwischen natürlich nicht mehr so zu erkennen – aber die wunderschönsten Schnitte hier – sehen Sie, die linke Hemisphäre – und hier – durch das *corpus striatum* – hier wieder – genau dem Rand der Verletzung durch den Schlag folgend – wunderbar – hat er geraten – sah gleich, welche Wirkung der Schlag gehabt hatte, als er darauf stieß – o ja, ich würde gern einmal *sein* Gehirn sehen, Mr. Parker – und sich vorzustellen, daß – du lieber Himmel, Lord Peter, Sie wissen ja gar nicht, was für einen Schlag Sie dem ganzen Stand versetzt haben – der ganzen zivilisierten Menschheit! Aber mein Bester! Können Sie mich das fragen? Natürlich sind meine Lippen versiegelt – unser aller Lippen sind versiegelt.»

Der Weg zurück über den Friedhof. Wieder Nebel und das Knirschen von feuchtem Kies.

«Sind deine Leute bereit, Charles?»

«Sie sind schon weg. Ich habe sie gleich losgeschickt, als ich Lady Levy zum Wagen begleitete.»

«Wer ist dabei?»

«Sugg.»

«Sugg?»

«Ja, doch – der arme Teufel. Man hat ihn im Präsidium zur Schnecke gemacht, weil er den Fall so verpfuscht hat. Alles, was Thipps über diesen Nachtclub gesagt hat, ist nämlich bestätigt worden. Dieses Mädchen, dem er den Gin spendiert hat, ist gefunden worden und hat ihn identifiziert, und da haben sie wohl gesehen, daß sie auf dem Holzweg waren, und haben Thipps und die kleine Horrocks laufenlassen. Dann haben sie Sugg gesagt, daß er seine Befugnisse überschritten hat und sorgfältiger hätte vorgehen sollen. Stimmt ja auch, aber er kann doch nichts dafür, daß er ein Trottel ist. Er tat mir leid. Vielleicht tut es ihm gut, wenn er beim Abschluß dabei ist. Immerhin waren wir beide ja auch im Vorteil, Peter.»

«Schon. Na ja, macht nichts. Egal wer dabei ist, sie kommen sowieso nicht rechtzeitig hin. Da darf es auch ruhig Sugg sein.»

Aber Sugg war – ein seltenes Ereignis in seiner Karriere – diesmal rechtzeitig.

Parker und Lord Peter saßen in Wimseys Wohnung. Lord Peter spielte Bach, und Parker las Origenes, als Sugg gemeldet wurde.

«Wir haben unseren Mann, Sir», sagte er.

«Großer Gott!» rief Peter. «Lebend?»

«Wir kamen gerade im rechten Augenblick, Mylord. Wir haben geläutet und sind an seinem Diener vorbei direkt in die Bibliothek gegangen. Da saß er und schrieb. Als wir eintraten, wollte er sich schnell eine Spritze schnappen, Mylord, aber wir waren zu flink für ihn. Nachdem wir einmal soweit waren, wollten wir ihn uns nicht noch durch die Finger schlüpfen lassen. Wir haben ihn gründlich durchsucht und abgeführt.»

«Dann sitzt er also jetzt tatsächlich hinter Gittern?»

«Ja – und gut aufgehoben –, mit zwei Wärtern, damit er sich nicht schnell noch umbringt.»

«Sie überraschen mich, Inspektor. Darf ich Ihnen etwas zu trinken anbieten?»

«Danke, Mylord. Ich darf sagen, daß ich Ihnen sehr dankbar bin – dieser Fall wurde für mich langsam zum Alptraum. Wenn ich einmal grob zu Eurer Lordschaft war –»

«Oh, das ist schon vergessen, Inspektor», sagte Lord Peter rasch. «Ich wüßte auch gar nicht, wie Sie darauf hätten kommen sollen. Immerhin hatte ich das Glück, aus anderen Quellen das eine oder andere darüber zu wissen.»

«Das sagt auch Freke.» Für den Inspektor war der große Chirurg bereits zu einem gewöhnlichen Kriminellen geworden – nur noch ein Nachname. «Er schrieb gerade ein umfassendes Geständnis, als wir ihn uns schnappten – an Eure Lordschaft gerichtet. Die Polizei wird es natürlich brauchen, aber da es an Sie adressiert ist, habe ich es mitgebracht, damit Sie es zuerst sehen. Hier ist es.»

Er reichte Lord Peter ein umfangreiches Schriftstück.

«Danke», sagte Peter. «Möchtest du es hören, Charles?»

«Gern.»

Also las Lord Peter laut vor.

13. Kapitel

Sehr geehrter Lord Peter!

Als junger Mann pflegte ich mit einem alten Freund meines Vaters Schach zu spielen. Er war ein sehr schlechter und langsamer Spieler, der nie sah, wann ein Matt unvermeidlich war, und jede Partie bis zum letzten Zug zu Ende spielen mußte. Da ich für so ein Verhalten noch nie etwas übrig hatte, gebe ich jetzt freimütig zu, daß Sie das Spiel gewonnen haben. Ich muß entweder hierbleiben und mich aufhängen lassen oder ins Ausland fliehen und in Untätigkeit und Verborgenheit weiterleben. Ich ziehe es vor, meine Niederlage einzugestehen.

Wenn Sie mein Buch über *Kriminelle Geistesgestörtheit* gelesen haben, werden Sie sich erinnern, daß ich darin geschrieben habe: «In der Mehrzahl der Fälle verrät der Verbrecher sich selbst durch eine Anomalie, die auf eben diesem pathologischen Zustand seines Nervengewebes beruht. Seine geistige Instabilität zeigt sich in verschiedenen Formen: übersteigerte Eitelkeit, die ihn dazu bringt, mit seiner Leistung zu prahlen; eine unangemessene Bewertung der Schwere der Tat, herrührend aus einem religiösen Wahn, was ihn zum Geständnis treibt; Egomanie, die ein Gefühl des Erschreckens oder der Sündigkeit hervorruft und ihn zu kopfloser Flucht veranlaßt, ohne seine Spuren zu verwischen; leichtfertige Vertrauensseligkeit, die dazu führt, daß er die gewöhnlichsten Vorsichtsmaßregeln außer acht läßt, wie im Falle Henry Wainwright, der die sterblichen Reste der ermordeten Frau in der Obhut eines Jungen zurückließ, während er ein Taxi rufen ging; oder nervöses Mißtrauen gegenüber Wahrnehmungen der Vergangenheit, das ihn veranlaßt, an den Tatort zurückzukehren und sich zu vergewissern, daß alle Spuren wirklich so gründlich beseitigt sind, *wie er aus eigener Anschauung noch ganz genau weiß.* Ich stehe nicht an, zu behaupten, daß ein geistig völlig normaler Mensch, den weder religiöse noch andere Wahnvorstellungen ängstigen, sich jederzeit seiner Entdeckung entziehen könnte, vorausgesetzt natürlich, er hat das Verbrechen vorher genügend bedacht, stand nicht unter Zeitdruck und seine Berechnungen wurden nicht von puren Zufällen durchkreuzt.»

Sie wissen so gut wie ich, wie weitgehend ich diese Behauptung in die Praxis umgesetzt habe. Die beiden Zufälle, die mich zu Fall brachten, hätte ich unmöglich vorhersehen können. Der erste war, daß Levy von diesem Mädchen in der Battersea Park Road erkannt worden war, was erstmals den Gedanken an einen etwaigen Zusammenhang zwischen den beiden Fällen aufkommen ließ. Der zweite Zufall war, daß Thipps am Dienstagmorgen nach Denver fahren wollte, wodurch Ihre Mutter Gelegenheit bekam, Sie von dem Vorfall zu benachrichtigen, bevor die Leiche von der Polizei abgeholt wurde, und daß sie in Kenntnis meiner persönlichen Vergangenheit mit einem Motiv für den Mord aufwarten konnte. Wenn ich diese beiden zufällig geschmiedeten Glieder der Verbindungskette hätte zerschlagen können, möchte ich behaupten, daß Sie nicht einmal einen Verdacht gegen mich gefaßt hätten, viel weniger die Beweise hätten sammeln können, um mich zu überführen.

Von allen menschlichen Regungen, außer vielleicht solchen wie Hunger oder Angst, ruft die Sexualität die heftigsten, unter gewissen Umständen auch die hartnäckigsten Reaktionen hervor; ich glaube jedoch mit Recht sagen zu können, daß zu der Zeit, als ich mein Buch schrieb, mein erster triebhafter Drang, Sir Reuben Levy zu töten, bereits durch meine Denkgewohnheiten grundlegend abgewandelt worden war. Zu der animalischen Lust, ihn zu töten, und dem primitiven menschlichen Verlangen nach Rache war die rationale Absicht gekommen, meine eigene Theorie vor mir selbst und der Welt zu bestätigen. Wenn alles so abgelaufen wäre, wie es von mir geplant war, hätte ich eine versiegelte Schilderung meines Experiments bei der Bank von England hinterlegt und meine

Testamentsvollstrecker angewiesen, sie nach meinem Tode zu veröffentlichen. Nun, da der Zufall die Vollständigkeit meiner Demonstration verhindert hat, vertraue ich sie Ihren Händen an, denn sie wird Sie auf jeden Fall interessieren, und ich knüpfe daran die Bitte, sie eingedenk meines beruflichen Ansehens den Männern der Wissenschaft zugänglich zu machen.

Die wirklich entscheidenden Erfolgsfaktoren bei jeder Unternehmung sind Geld und Gelegenheit, und in aller Regel kann, wer ersteres hat, die letztere herbeiführen. Am Anfang meiner Karriere hatte ich, obschon ich einigermaßen wohlhabend war, nicht die völlige Gewalt über meine Lebensumstände. Folglich widmete ich mich ganz meinem Beruf und begnügte mich damit, eine freundschaftliche Verbindung mit Reuben Levy und seiner Familie aufrechtzuerhalten. Das machte es mir möglich, mich über seine Lebensumstände und Interessen auf dem laufenden zu halten, so daß ich, wenn der Augenblick zum Handeln käme, wissen würde, welche Waffen ich benutzen müßte.

Inzwischen trieb ich ein sorgfältiges Studium der Kriminologie in Literatur und Wirklichkeit – meine Arbeit über *Kriminelle Geistesgestörtheit* ist ein Nebenprodukt dieser Tätigkeit – und sah, daß bei jedem Mord der eigentliche Kern des Problems darin besteht, die Leiche zu beseitigen. Als Arzt hatte ich die Werkzeuge des Todes jederzeit zur Hand, und diesbezüglich erwartete ich keine Fehler zu machen. Auch würde ich mich wohl nicht auf Grund irgendeines illusionären Unrechtsbewußtseins verraten. Die einzige Schwierigkeit würde darin bestehen, jede Verbindung zwischen meiner Person und der des Toten auszuräumen. Sie werden sich erinnern, daß Michael Finsbury in Stevensons unterhaltsamem Roman einmal bemerkt: «Was die Leute an den Galgen bringt, ist der unglückliche Umstand ihrer Schuld.» Mir wurde klar, daß das bloße Vorhandensein einer überzähligen Leiche niemanden an den Galgen bringen würde, sofern niemand *in Verbindung mit ebendieser Leiche* eine Schuld auf sich geladen hatte. Das brachte mich schon früh auf die Idee, die eine Leiche gegen eine andere zu vertauschen, obwohl ich erst, nachdem ich die praktische Leitung des St. Luke's-Krankenhauses anvertraut bekommen hatte, mit Leichen vollkommen frei schalten und walten konnte. Von da an sah ich mir alles Material, das uns zum Sezieren angeliefert wurde, genau an.

Die Gelegenheit bot sich mir erst eine Woche vor Sir Reubens Verschwinden, als der Arzt des Armenhauses von Chelsea mich benachrichtigte, daß ein unbekannter Landstreicher an diesem Morgen durch ein heruntergestürztes Gerüstteil schwer verletzt worden sei und einige hochinteressante Reaktionen des Nerven- und Zentralnervensystems aufweise. Ich fuhr hin, um ihn mir anzusehen, und war sogleich überrascht von der starken oberflächlichen Ähnlichkeit dieses Mannes mit Sir Reuben. Er hatte einen harten Schlag ins Genick bekommen, der den vierten und fünften Nackenwirbel luxierte und das Rückenmark schwer verletzte. Es erschien höchst unwahrscheinlich, daß er je wieder genesen würde, geistig wie körperlich, und ich hielt es ohnehin für sinnlos, ein so unnützes Leben auch noch auf unbestimmte Zeit zu verlängern. Der Mann war augenscheinlich bis vor kurzem in der Lage gewesen, für seinen Lebensunterhalt zu sorgen, denn er war einigermaßen wohlgenährt, aber der Zustand seiner Füße und Kleidung zeigte, daß er arbeitslos war, und unter den herrschenden Umständen würde er dies auch bleiben. Ich fand also, daß er für meine Zwecke bestens geeignet war, und nahm sofort eine Serie von Transaktionen in der City in Angriff, die ich schon lange vorher geplant hatte. Im übrigen waren die Reaktionen, von denen der Armenhausarzt gesprochen hatte, wirklich sehr interessant, und ich studierte sie genau und traf alle Vorkehrungen dafür, daß die Leiche an das Krankenhaus geliefert würde, sowie meine Vorbereitungen abgeschlossen wären.

Am Donnerstag und Freitag dieser Woche gab ich ein paar Maklern den vertraulichen Auftrag, Aktien von bestimmten peruanischen Ölfeldern zu kaufen, die fast nur noch den Wert von Altpapier hatten. Dieser Teil meines Experiments kostete mich nicht viel, aber ich konnte beträchtliche Neugier damit wecken, sogar eine gewisse Hektik erzeugen. Zu diesem Zeitpunkt achtete ich natürlich sorgsam darauf, daß mein Name nicht laut wurde. Daß der Samstag und Sonntag dazwischenkamen, bereitete mir große Sorgen, denn am Ende konnte mein Mann doch noch sterben, bevor ich soweit war, aber ich vermochte ihn mit Salzlösungsinjektionen am Leben zu erhalten, und am späten Sonntagabend zeigte er sogar beunruhigende Symptome einer zumindest teilweisen Besserung.

Am Montagmorgen wurden die peruanischen Ölaktien lebhaft gehandelt. Offenbar waren Gerüchte laut geworden, daß jemand etwas wisse, und an diesem Tag war ich nicht mehr der einzige Käufer am Markt. Ich kaufte noch ein paar weitere hundert Aktien auf meinen eigenen Namen und überließ die weitere Entwicklung sich selbst. Um die Mittagszeit richtete ich es so ein, daß ich beim Mansion House zufällig Levy begegnete. Er zeigte sich (wie ich erwartet hatte) erstaunt darüber, mich in diesem Teil Londons zu treffen. Ich täuschte eine gewisse Verlegenheit vor und meinte, wir sollten zusammen zu Mittag essen. Ich schleppte ihn in ein Lokal etwas abseits der üblichen Gefilde, bestellte einen guten Wein und trank soviel davon, wie ihm zur Erzeugung einer vertrauensseligen Stimmung ausreichend erscheinen mußte. Ich fragte ihn, wie die Dinge an der Börse ständen. Er sagte: «Ach, ganz gut», schien aber ein wenig skeptisch zu sein und fragte, ob ich mich auf diesem Gebiet etwa betätige. Ich sagte, ich spekulierte hin und wieder ein bißchen und sei in der Tat jetzt auf eine gute Sache aufmerksam geworden. An dieser Stelle sah ich mich ängstlich um und rückte meinen Stuhl näher an den seinen heran.

«Sie wissen wohl nichts über peruanisches Öl?» fragte er.

Ich erschrak und sah mich wieder um, dann beugte ich mich zu ihm hinüber und sagte mit Flüsterstimme:

«Ehrlich gesagt, ja, aber ich möchte nicht, daß es sich herumspricht. Ich rechne da mit einem schönen Profit.»

«Aber ich dachte, die Geschichte sei nur ein Windei», antwortete er. «Die Gesellschaft zahlt seit -zig Jahren keine Dividende.»

«Das nicht», sagte ich, «aber sie wird. Ich habe vertrauliche Informationen.» Er blickte noch immer ein wenig skeptisch drein, und ich leerte mein Glas und rückte jetzt ganz an sein Ohr heran.

«Hören Sie», sagte ich, «das erzähle ich wirklich nicht jedem, aber Ihnen und Christine will ich schon ganz gern mal etwas Gutes tun. Sie wissen ja, daß ich seit damals immer noch ein warmes Plätzchen für sie im Herzen frei habe. Sie sind mir seinerzeit zuvorgekommen, und jetzt ist es an mir, Sie beide mit glühenden Kohlen einzudecken.»

Ich war inzwischen ein wenig erregt, und er hielt mich für betrunken.

«Das ist ja sehr nett von Ihnen», sagte er, «aber ich bin ein vorsichtiger Mensch, müssen Sie wissen – schon seit eh und je. Ich würde ganz gern ein paar Beweise sehen.»

Er hob die Schultern und machte ein Gesicht wie ein Pfandleiher.

«Die zeige ich Ihnen», sagte ich, «aber hier ist das zu unsicher. Kommen Sie heute abend nach dem Essen zu mir, dann zeige ich Ihnen den Bericht.»

«Wie sind Sie darangekommen?» fragte er.

«Das erzähle ich Ihnen heute abend», sagte ich. «Kommen Sie nach dem Abendessen – sagen wir irgendwann nach neun.»

«In die Harley Street?» fragte er, und ich sah ihm an, daß er kommen wollte.

«Nein», sagte ich, «nach Battersea – Prince of Wales Road. Ich habe noch im Krankenhaus zu tun. Und hören Sie», sagte ich, «erzählen Sie keiner Menschenseele, daß Sie kommen. Ich habe heute ein paar hundert Aktien gekauft, auf meinen eigenen Namen, und das werden die Leute bestimmt erfahren. Wenn man nun weiß, daß wir beide die Köpfe zusammenstecken, wird irgend jemand etwas riechen. Es ist überhaupt schon ein Risiko, hier über so etwas zu reden.»

«Na schön», sagte er, «ich werde zu niemandem ein Wort sagen. Ich komme gegen neun Uhr. Sind Sie sicher, daß an der Sache etwas dran ist?»

«Da kann gar nichts schiefgehen», versicherte ich ihm. Und das meinte ich ernst.

Wir trennten uns danach, und ich begab mich zum Armenhaus. Mein Mann war gegen 11 Uhr gestorben. Ich hatte ihn kurz nach dem Frühstück erst gesehen und war nicht überrascht. Ich erledigte die üblichen Formalitäten bei der Armenhausverwaltung und arrangierte seine Auslieferung ans Krankenhaus für etwa sieben Uhr.

Am Nachmittag besuchte ich, da ich an diesem Tag keine Sprechstunde in der Harley Street abzuhalten brauchte, einen alten Freund von mir, der beim Hyde Park wohnt, und stellte fest, daß er gerade in irgendwelchen Geschäften nach Brighton fahren wollte. Ich trank noch Tee mit ihm und begleitete ihn zu seinem Zug um 17 Uhr 35 ab Victoria-Bahnhof. Als ich vom Bahnsteig kam, hatte ich die Idee, mir noch rasch eine Abendzeitung zu kaufen, und wandte mich gedankenlos zu den Kiosken. Die übliche Menschenmenge drängte zu den Vorortzügen nach Hause, und beim Weggehen fand ich mich plötzlich in einer Gegenströmung von Leuten wieder, die alle von der U-Bahn kamen oder aus allen Richtungen zu dem Zug um 17 Uhr 45 nach Battersea Park und Wandsworth Common strömten. Ich konnte mich nach kurzem Kampf daraus befreien und fuhr mit einem Taxi nach Hause; und erst als ich sicher und geborgen im Taxi saß, bemerkte ich, daß sich irgend jemandes goldener Kneifer im Astrachanpelz meines Mantelkragens verfangen hatte. Die Zeit von 18 Uhr 15 bis 19 Uhr verwandte ich darauf, etwas für Sir Reuben zusammenzustellen, was nach einem fingierten Bericht aussah.

Um 19 Uhr ging ich ins Krankenhaus, wo gerade ein Wagen der Armenhausverwaltung mein Objekt am Nebeneingang ablieferte. Ich ließ den Toten geradewegs in den Seziersaal bringen und sagte zu Watts, dem Aufseher, daß ich dort den ganzen Abend zu arbeiten gedächte. Ich sagte ihm, ich würde die Leiche selbst präparieren – die Injektion eines Konservierungsmittels wäre eine sehr peinliche Komplikation gewesen. Ich schickte ihn also seiner Wege und ging zum Essen nach Hause. Meinem Diener sagte ich, daß ich an diesem Abend noch im Krankenhaus arbeiten wolle, und er solle um halb elf wie gewohnt zu Bett gehen, da ich ihm nicht sagen könne, ob ich spät zurückkommen würde oder nicht. Er ist an meine

Unberechenbarkeiten gewöhnt. Ich halte mir in dem Haus in Battersea nur zwei Dienstboten, nämlich den Diener und seine Frau, die gleichzeitig kocht. Die gröbere Hausarbeit wird von einer Putzfrau erledigt, die außer Haus wohnt. Das Schlafzimmer des Dienerehepaars liegt oben im Haus, mit Blick auf die Prince of Wales Road.

Sowie ich gegessen hatte, setzte ich mich mit ein paar Papieren in die Diele. Mein Diener hatte um 20 Uhr 15 den Tisch abgeräumt, und ich bat ihn, mir den Getränkewagen zu bringen; dann schickte ich ihn nach unten. Um 21 Uhr 20 läutete Levy, und ich ging ihm selbst die Tür öffnen. Mein Diener erschien von der anderen Seite der Diele, aber als ich ihm zurief, es sei schon alles in Ordnung, ging er wieder. Levy trug einen Mantel über dem Abendanzug und hatte einen Schirm bei sich. «Nanu, Sie sind ja ganz naß!» rief ich. «Wie sind Sie hergekommen?» – «Mit dem Bus», sagte er, «und dieser dämliche Schaffner hat vergessen, mich am Ende der Straße abzusetzen. Es gießt wie aus Eimern und ist stockdunkel – ich konnte gar nicht sehen, wo ich war.» Ich war froh, daß er kein Taxi genommen hatte, aber eigentlich hatte ich damit auch gar nicht gerechnet. «Ihre Sparsamkeit ist noch einmal Ihr Tod», sagte ich. Da hatte ich recht, aber ich hatte nicht erwartet, daß sie auch mein Tod sein würde. Ich sage noch einmal, das war nicht vorauszusehen.

Ich hieß ihn beim Feuer Platz nehmen und bot ihm einen Whisky an. Er war bester Laune wegen irgendeiner Transaktion mit argentinischen Aktien, die er am nächsten Tag vorzunehmen gedachte. Wir redeten eine Viertelstunde über Geld, dann fragte er:

«Nun, und was ist mit diesem peruanischen Windei?»

«Es ist kein Windei», sagte ich. «Kommen Sie mal mit und sehen Sie es sich an.»

Ich führte ihn nach oben in die Bibliothek und knipste die Deckenlampe und die Leselampe auf dem Schreibtisch an. Ich rückte ihm einen Stuhl an den Tisch, mit dem Rücken zum Kamin, und holte die gefälschten Unterlagen aus dem Safe. Er nahm sie und begann zu lesen, die Nase in seiner kurzsichtigen

Art fast auf dem Papier, und ich kümmerte mich ums Feuer. Sowie ich seinen Kopf in einer günstigen Position sah, gab ich ihm mit dem Schürhaken einen kräftigen Schlag ins Genick, direkt über dem vierten Nackenwirbel. Es war ziemlich kniff-lig, genau die richtige Kraft in den Schlag zu legen, so daß er ihn tötete, ohne die Haut zu verletzen, aber da kam mir meine berufliche Erfahrung zu Hilfe. Er stöhnte einmal laut auf und kippte dann stumm vornüber auf den Tisch. Ich legte den Schürhaken fort und untersuchte Levy. Sein Genick war gebrochen, und er war mausetot. Ich trug ihn in mein Schlaf-zimmer und entkleidete ihn. Es war etwa zehn Minuten vor zehn, als ich damit fertig war. Ich versteckte ihn unterm Bett, das schon für die Nacht zurückgeschlagen war, und beseitigte die Papiere in der Bibliothek. Dann ging ich nach unten, nahm Levys Schirm und verließ das Haus durch die Dielentür, wobei ich laut «Gute Nacht!» rief, so daß es im Untergeschoß zu hören war, falls die Dienstboten lauschten. Ich entfernte mich rasch die Straße hinunter, ging durch den Seiteneingang ins Krankenhaus und kam lautlos über den Privatdurchgang wie-der ins Haus zurück. Es wäre peinlich gewesen, wenn mich jetzt jemand gesehen hätte, doch als ich mich über die hintere Treppe beugte, hörte ich die Köchin und ihren Mann noch in der Küche miteinander reden. Ich schlich in die Diele, stellte den Schirm wieder in den Ständer, räumte dort ebenfalls meine Papiere fort, ging in die Bibliothek und läutete. Als der Diener kam, sagte ich ihm, er solle überall abschließen, nur nicht den Privateingang zum Krankenhaus. Dann wartete ich in der Bibliothek, bis er fertig war, und gegen halb elf hörte ich das Paar zu Bett gehen. Ich wartete noch eine Viertelstunde, dann ging ich in den Seziersaal. Ich rollte eine der Bahren durch den Privatgang zur Haustür, dann ging ich Levy holen. Es war lästig, ihn die Treppe hinuntertragen zu müssen, aber ich hatte ihn nicht in einem der unteren Zimmer umbringen wollen, falls es dem Diener eingefallen wäre, in der kurzen Zeit, in der ich aus dem Haus war, oder beim Abschließen dort hineinzu-schauen. Außerdem war das alles noch ein Zuckerlecken gegen das, was ich später würde tun müssen. Ich legte Levy auf die

Bahre, schob ihn ins Krankenhaus und vertauschte ihn dort gegen meinen interessanten Armenhäusler. Es tat mir leid, darauf verzichten zu müssen, einen Blick in dessen Gehirn zu tun, aber ich konnte es mir nicht leisten, Verdacht aufkommen zu lassen. Da es noch ziemlich früh war, beschäftigte ich mich noch ein paar Minuten damit, Levy zum Sezieren vorzubereiten. Dann legte ich meinen Armenhäusler auf die Bahre und rollte ihn zum Haus zurück. Es war jetzt fünf nach elf, und ich glaubte annehmen zu dürfen, daß die Dienstboten im Bett waren. Ich trug den Toten in mein Schlafzimmer. Er war ziemlich schwer, aber nicht ganz so schwer wie Levy, und meine Bergsteigererfahrung hatte mich gelehrt, mit dem Gewicht eines Menschen umzugehen. Dabei kommt es nämlich mehr auf Geschicklichkeit als auf Kraft an, und ich bin für meine Größe ohnehin ziemlich kräftig. Ich legte die Leiche ins Bett – nicht daß ich damit gerechnet hätte, jemand würde während meiner Abwesenheit ins Schlafzimmer schauen, aber im Falle eines Falles hätte der Betreffende mich dann scheinbar schlafend im Bett gesehen. Ich zog ihm die Decken ein wenig über den Kopf, zog mich aus und legte Levys Kleider an, die mir zum Glück rundherum ein wenig zu groß waren, und vergaß auch seine Brille, Uhr und die anderen Kleinigkeiten nicht an mich zu nehmen. Kurz vor halb zwölf stand ich dann auf der Straße und hielt Ausschau nach einem Taxi. Um diese Zeit kamen die Leute gerade aus dem Theater nach Hause, und es war ein leichtes, gleich an der Ecke Prince of Wales Road ein Taxi zu erwischen. Ich ließ mich zur Hyde Park Corner fahren. Dort stieg ich aus, gab dem Mann ein schönes Trinkgeld und bat ihn, mich in einer Stunde wieder an derselben Stelle abzuholen. Er versprach es mir mit verständnisinnigem Grinsen, und ich ging den Park Lane hinauf. Meine eigenen Kleider hatte ich in einem Koffer bei mir, und ich trug meinen eigenen Mantel und Levys Schirm bei mir. Als ich zur Nummer 9A kam, brannte irgendwo in einem der oberen Fenster noch Licht. Ich war fast zu früh, was daher kam, daß Levy seine Dienstboten ins Theater geschickt hatte. Also wartete ich ein paar Minuten, bis es Viertel nach zwölf schlug.

Kurz darauf wurde das Licht gelöscht, und ich schloß mit Levys Schlüssel auf und ging ins Haus.

Als ich meinen Mordplan erwog, hatte ich ursprünglich beabsichtigt, Levy aus dem Eßzimmer oder der Bibliothek verschwinden und nur ein Häuflein Kleider auf dem Ständer vor dem Kamin hängen zu lassen. Der Zufall, daß ich für Lady Levys Abwesenheit aus London hatte sorgen können, ermöglichte mir jedoch eine noch irreführendere Lösung, wenngleich sie nicht ganz so schön phantastisch war. Ich schaltete das Licht in der Diele ein, hängte Levys nassen Mantel an die Garderobe und steckte seinen Schirm in den Ständer. Dann ging ich mit lauten, schweren Schritten zum Schlafzimmer hinauf und löschte das Licht an dem Doppelschalter auf dem Treppenabsatz. Ich kannte das Haus natürlich gut genug. Eine Gefahr, dem Diener über den Weg zu laufen, bestand nicht. Levy war ein einfacher Mensch, der sich ganz gern selbst versorgte. Er verursachte seinem Diener wenig Arbeit und nahm seine Dienste nie bei Nacht in Anspruch. Im Schlafzimmer zog ich Levys Handschuhe aus und meine Gummihandschuhe an, um keine verräterischen Fingerabdrücke zu hinterlassen. Da ich den Eindruck erwecken wollte, Levy sei ganz wie gewohnt zu Bett gegangen, legte ich mich ins Bett. Die sicherste und einfachste Methode, etwas überzeugend vorzutäuschen, besteht darin, es zu tun. Ein Bett, das man nur mit den Händen zerwühlt, sieht zum Beispiel nie so aus, als ob darin geschlafen worden wäre. Levys Haarbürste wagte ich natürlich nicht zu benutzen, da meine Haare nicht von derselben Farbe sind wie die seinen, aber alles andere tat ich. Ich dachte mir, daß ein rücksichtsvoller Zeitgenosse wie Levy seine Schuhe für den Diener griffbereit hinstellen würde, und ich hätte mir auch denken können, daß er seine Kleider zusammenlegen würde. Das war ein Fehler, aber kein schwerwiegender. Eingedenk Mr. Bentleys wohldurchdachten Werks hatte ich Levys Mund bereits nach falschen Zähnen durchsucht, aber keine gefunden. Ich vergaß jedoch nicht, seine Zahnbürste anzufeuchten.

Um ein Uhr stand ich auf und zog mir im Schein einer

mitgebrachten Taschenlampe meine eigenen Sachen an. Die Schlafzimmerlampe wagte ich nicht anzuknipsen, weil die Fenster nur ganz dünne Jalousien hatten. Ich zog meine eigenen Schuhe und draußen vor der Tür ein altes Paar Überschuhe an. Auf der Treppe und in der Diele lag ein dicker Orientteppich, und ich fürchtete nicht, darauf Fußabdrücke zu hinterlassen. Ich überlegte kurz, ob ich es wagen sollte, die Haustür zuzuschlagen, fand es dann aber doch sicherer, den Schlüssel zu benutzen. (Er liegt jetzt in der Themse. Ich habe ihn am nächsten Tag von der Battersea Bridge hineingeworfen.) Ich schlich also nach unten und lauschte ein paar Minuten mit dem Ohr am Briefschlitz. Ich hörte einen Polizisten vorbeimarschieren. Sowie seine Schritte in der Ferne verklungen waren, trat ich hinaus und zog die Tür behutsam zu. Sie ließ sich fast geräuschlos schließen, und ich ging zu der Stelle zurück, wo mein Taxi warten sollte. Ich hatte einen Mantel von ungefähr demselben Muster wie Levys und war so umsichtig gewesen, einen Zylinder in meinen Koffer zu packen. Ich hoffte, der Fahrer würde nicht merken, daß ich diesmal keinen Schirm bei mir hatte. Zum Glück hatte der Regen im Augenblick etwas nachgelassen, es nieselte nur noch, und falls der Mann etwas gemerkt haben sollte, hat er jedenfalls nichts davon gesagt. Ich ließ ihn an den Overstrand Mansions Nr. 50 anhalten, bezahlte und blieb unter dem Torbogen stehen, bis er weggefahren war. Dann lief ich schnell zu meinem Nebeneingang und schloß auf. Es war Viertel vor zwei, und der schwerste Teil meiner Aufgabe lag noch vor mir.

Meine erste Handlung mußte sein, das Aussehen meines Objekts so zu verändern, daß auf den ersten Blick niemand an Levy oder den Armenhäusler dachte. Eine nur oberflächliche Verwandlung erschien mir dazu ausreichend, da nach dem Armenhäusler sicher kein Hahn krähen würde. Seine Leiche war ja abgebucht, und ein Stellvertreter für ihn war auch da. Falls andererseits herauskäme, daß Levy bei mir gewesen war, würde es mir nicht schwerfallen, zu beweisen, daß die fragliche Leiche natürlich nicht die seine war. Eine glatte Rasur, ein bißchen Haarcreme und eine kleine Maniküre sollten wohl genügen, um meinem stummen Komplicen ein etwas vornehmeres Aussehen zu verleihen. Seine Hände waren schon im Krankenhaus gut gewaschen worden; sie hatten zwar Schwielen, waren aber nicht verdreckt. Ich konnte alle diese Arbeiten nicht so gründlich machen, wie ich es gern getan hätte, weil die Zeit knapp wurde. Ich wußte nicht genau, wie lange ich brauchen würde, ihn loszuwerden, und außerdem fürchtete ich das Einsetzen der Totenstarre, die mir meine Aufgabe sehr erschwert hätte. Nachdem ich ihn also zu meiner Zufriedenheit zurechtgemacht hatte, holte ich ein langes Leintuch und ein paar elastische Verbände und packte ihn gut ein, wobei ich ihn an den Stellen, an denen die Verbände ihm ins Fleisch schneiden oder Druckstellen hinterlassen könnten, schön mit Watte polsterte.

Jetzt kam der wirklich knifflige Teil. Ich hatte mir bereits überlegt, daß ich ihn nur übers Dach aus dem Haus schaffen konnte. Bei diesem nassen Wetter durch den Garten hinterm Haus zu gehen hätte verheerende Spuren hinterlassen. Und einen Toten mitten in der Nacht durch die Vorortstraßen zu schleppen, erschien mir nicht ratsam. Auf dem Dach aber war der Regen, der mich am Boden verraten hätte, mein Freund.

Um aufs Dach zu gelangen, mußte ich mein Bündel zuerst durchs Haus tragen, am Zimmer der Dienstboten vorbei, und es durch die Falltür der Rumpelkammer hinausheben. Wäre es nur darum gegangen, selbst so leise wie möglich nach oben zu kommen, hätte ich nicht zu fürchten brauchen, das Personal zu wecken, aber unter einer schweren Last war das nicht so einfach. Möglich war es schon, vorausgesetzt, mein Diener und seine Frau lagen im tiefen Schlaf, andernfalls aber wären die schweren Schritte auf der schmalen Treppe und das Öffnen der Falltür nur allzu deutlich hörbar gewesen. Ich schlich also leise die Treppe hinauf und lauschte an ihrer Tür. Zu meinem Widerwillen hörte ich den Mann jedoch einen Grunzer von sich geben und etwas brummeln, während er sich im Bett umdrehte.

Ich sah auf die Uhr. Meine Vorbereitungen hatten insgesamt fast eine Stunde in Anspruch genommen, und ich wagte nicht, zu spät aufs Dach zu kommen. Also beschloß ich, einen kühnen Schritt zu wagen und mir gewissermaßen mit einem Bluff ein Alibi zu verschaffen. Ich ging also, des Lärms nicht achtend, ins Badezimmer, drehte den Heiß- und Kaltwasserhahn voll auf und zog den Stöpsel heraus.

Mein Hauspersonal hatte schon öfter Anlaß gehabt, sich über meine Baderei zu allen Nachtstunden zu beklagen. Schon das normale Wasserrauschen hätte jeden im Haus aufgeweckt, der auf der Seite zur Prince of Wales Road schlief; aber mein Warmwasserkessel ist außerdem defekt und gurgelt und quietscht, was das Zeug hält, wozu die Leitungen noch vernehmlich ächzen. Zu meiner Freude war der Wasserkessel gerade in dieser Nacht in Hochform und tutete, pfiff und rumpelte wie ein ganzer Güterbahnhof. Ich gab dem Höllenlärm fünf Minuten Vorsprung, und nachdem ich damit rechnen konnte, daß die Schläfer das Fluchen aufgegeben und die Köpfe unter die Decken gesteckt hatten, um nichts mehr zu hören, drehte ich den Wasserstrahl kleiner und verließ das Badezimmer, ohne zu vergessen, das Licht brennen zu lassen und die Tür hinter mir abzuschließen. Dann holte ich meinen Armenhäusler und trug ihn so leise wie möglich nach oben.

Die Rumpelkammer ist ein kleiner Speicher gegenüber dem Zimmer der Dienstboten und dem Kesselraum und hat eine Falltür zum Dach, die man über eine kurze Holzleiter erreicht. Ich stellte die Leiter an, wuchtete meinen Armenhäusler hinauf und stieg ihm nach. Noch immer lief das Wasser in den Kessel, der darob einen Lärm machte, als müßte er eine Eisenkette verdauen, und der kleingedrehte Wasserstrahl ließ das Stöhnen der Leitungen fast zum Gebrüll anschwellen. Ich brauchte wirklich nicht zu fürchten, jemand könne bei diesem Lärm noch etwas anderes hören. Ich zog die Leiter hinter mir aufs Dach.

Zwischen meinem Haus und dem Endhaus der Queen Caroline Mansions ist nur ein sehr schmaler Zwischenraum. Ich glaube, als die Queen Caroline Mansions gebaut wurden, hat es sogar irgendwelchen Krach wegen verbauter Fenster gegeben, aber die Parteien haben sich dann wohl irgendwie geeinigt. Jedenfalls reichte meine zwei Meter lange Leiter ohne weiteres hinüber. Ich band die Leiche darauf fest und schob sie hinüber, bis das andere Ende der Leiter auf der Brüstung des gegenüberliegenden Hauses ruhte. Dann nahm ich einen kurzen Anlauf über Kesselraum und Rumpelkammer hinweg und landete sicher auf der anderen Seite, denn die Brüstung ist zum Glück ebenso niedrig wie schmal.

Der Rest war einfach. Ich trug meinen Armenhäusler über die flachen Dächer, um ihn wie den Buckligen im Märchen irgend jemandem auf die Treppe zu legen oder durch einen Schornstein hinabzulassen. Etwa auf halbem Wege aber dachte ich auf einmal: Nanu, hier muß doch der kleine Thipps wohnen, und dabei fiel mir sein dummes Gesicht und sein dummes Geschwätz über die Vivisektion ein. Ich stellte es mir einfach vergnüglich vor, mein Paket bei ihm abzuladen und zu sehen, was er damit anfing. Also legte ich mich aufs Dach und sah an der Rückwand des Hauses hinunter. Es war stockfinster, und es regnete inzwischen wieder stark, und ich wagte es, meine Taschenlampe zu benutzen. Es war die einzige Unvorsichtigkeit, die ich beging, aber die Gefahr, daß man mich von den gegenüberliegenden Häusern aus sehen könnte, war sehr gering. In einem kurzen Aufblitzen des Lichtstrahls sah ich, was ich kaum zu hoffen gewagt hatte: ein offenes Fenster unmittelbar unter mir.

Ich kannte diese Wohnungen gut genug, um zu wissen, daß es entweder das Badezimmer- oder das Küchenfenster sein mußte. Ich machte eine Schlinge in einen dritten Verband, den ich bei mir hatte, und schlang sie dem Toten unter die Arme. Ich verzwirnte den Verband zu einem Doppelseil und band das andere Ende an der Eisenrunge eines Schornsteinkastens fest. Dann ließ ich unseren Freund über die Dachkante hinunter. Ich selbst kletterte ihm an einem Regenrohr nach, und kurz darauf konnte ich ihn durch Mr. Thipps' Badezimmerfenster ins Haus ziehen.

Inzwischen war ich schon etwas übermütig geworden, und so opferte ich noch ein paar Minuten, um ihn schön zurechtzulegen und präsentabel zu machen. Plötzlich fiel mir ein, wie es wäre, wenn ich ihm auch noch den Kneifer aufsetzte, der mir am Victoria-Bahnhof zufällig in die Hände geraten war. Ich fand ihn in meiner Tasche, als ich nach dem Messer kramte, um einen Knoten durchzuschneiden, und als ich sah, welch würdevolles Aussehen er dem Toten geben würde, von der zusätzlichen Irreführung abgesehen, setzte ich ihm das Ding auf die Nase, beseitigte alle Spuren meiner Anwesenheit, so gut es ging, und verschwand auf demselben Wege, auf dem ich gekommen war. Mit Hilfe von Regenrinne und Seil gelangte ich mit Leichtigkeit wieder aufs Dach.

Ich ging ruhig zurück, übersprang den Zwischenraum und trug Leiter und Laken wieder ins Haus. Mein diskreter Komplice begrüßte mich mit vertrautem Gurgeln und Pfeifen. Lautlos stieg ich die Treppe hinunter. Als ich sah, daß ich nun schon seit einer Dreiviertelstunde badete, stellte ich das Wasser ab und ermöglichte meinen verdienten Domestiken ein wenig Schlaf. Ich selbst konnte mittlerweile auch welchen brauchen.

Zuerst aber mußte ich noch einmal ins Krankenhaus und dort für Ordnung sorgen. Ich trennte Levys Kopf ab und schnitt sein Gesicht auf. Nach zwanzig Minuten hätte seine eigene Frau ihn nicht wiedererkannt. Dann ging ich zurück und ließ meine nassen Überschuhe und den Regenmantel an der Gartentür. Meine Hose trocknete ich an der Gasheizung im Schlafzimmer und bürstete allen Schmutz und Ziegelstaub heraus. Den Bart meines Armenhäuslers verbrannte ich in der Bibliothek.

Ich schlief zwei Stunden von fünf bis sieben, dann kam mich mein Diener wie gewohnt wecken. Ich entschuldigte mich dafür, daß ich das Wasser noch so spät und so lange hatte laufen lassen, und fügte hinzu, daß ich wohl doch einmal den Wasserkessel nachsehen lassen müsse.

Ich stellte mit Interesse fest, daß ich beim Frühstück ganz besonders hungrig war; es zeigte, daß meine Nachtarbeit doch recht kräftezehrend gewesen war. Danach ging ich ins Krankenhaus, um die Sezierarbeit fortzusetzen. Im Laufe des Vormittags kam ein besonders begriffsstutziger Polizeiinspektor, um sich zu erkundigen, ob eine Leiche aus dem Krankenhaus entlaufen sei. Ich ließ ihn zu mir in den Seziersaal führen und hatte das Vergnügen, ihm zu zeigen, was ich gerade mit Sir Reubens Kopf anstellte. Hinterher ging ich mit ihm in Thipps' Wohnung und sah zu meiner Befriedigung, daß mein Armenhäusler sehr überzeugend wirkte.

Sowie die Börse öffnete, rief ich meine verschiedenen Makler an, und es gelang mir, behutsam den größten Teil meiner peruanischen Ölaktien auf einem lebhaften Markt abzustoßen. Gegen Ende des Tages wurden die Käufer dann jedoch infolge von Levys Verschwinden ein wenig unruhig, und am Ende hatte ich an der Transaktion nur ein paar hundert Pfund verdient.

In der Hoffnung, hiermit alle die Punkte erhellt zu haben, die Ihnen vielleicht noch unklar waren, sowie mit einer herzlichen Gratulation zu Ihrem Glück und Scharfblick, mit denen Sie mich besiegt haben, verbleibe ich mit der Bitte um Empfehlung bei Ihrer Frau Mutter

Ihr sehr ergebener
Julian Freke

PS: Mein Testament ist gemacht. Ich vermache darin mein ganzes Vermögen dem St. Luke's-Krankenhaus und übereigne meine Leiche derselben Institution zum Zwecke anatomischer Studien. Ich bin überzeugt, daß mein Gehirn für die Wissenschaft sehr interessant sein wird. Da ich von eigener Hand sterben werde, rechne ich in diesem Punkte allerdings mit Schwierigkeiten. Würden Sie mir, wenn Sie können, bitte den Gefallen erweisen, die mit der Untersuchung befaßten Personen aufzusuchen und dafür zu sorgen, daß mein Gehirn bei der Obduktion nicht von einem ungeschickten Quacksalber beschädigt wird und daß man mit meinem Körper meinem Wunsch gemäß verfährt?

Es mag für Sie übrigens von Interesse sein, daß ich die Absicht Ihres Besuchs vom heutigen Nachmittag durchaus erkannt habe. Er sollte eine Warnung beinhalten, und ich befolge sie. Trotz der katastrophalen Folgen für mich war es mir eine Freude, zu sehen, daß Sie meine Nervenstärke und Intelligenz nicht unterschätzten und die Injektion verweigerten. Hätten Sie sich die Spritze geben lassen, so wären Sie natürlich nicht lebend nach Hause gekommen. In Ihrem Körper wäre keine Spur von dieser Injektion übriggeblieben, die aus einem harmlosen Strychninpräparat bestand, gemischt mit einem nahezu unbekannten Gift, für das es bisher keinen bekannten Nachweis gibt, nämlich eine konzentrierte Lösung von S–

An dieser Stelle brach das Manuskript ab.

«Nun, das läßt ja an Deutlichkeit nichts zu wünschen übrig», sagte Parker.

«Ist das nicht merkwürdig?» meinte Lord Peter. «Soviel Kaltblütigkeit und Intelligenz, und dann konnte er es sich nicht verkneifen, ein Geständnis zu schreiben, um uns zu zeigen, wie schlau er war, nicht einmal um seinen Kopf aus der Schlinge zu halten.»

«Ein Glück für uns», sagte Inspektor Sugg. «Bei Gott, Sir, diese Verbrecher sind doch alle gleich.»

«Frekes Grabinschrift», sagte Parker, nachdem der Inspektor gegangen war. «Was nun weiter, Peter?»

«Ich werde ein Essen geben», sagte Lord Peter, «und zwar für Mr. John P. Milligan und seinen Sekretär sowie die Herren Crimplesham und Wicks. Ich finde, sie haben es dafür verdient, daß sie Levy nicht ermordet haben.»

«Nun, dann vergiß aber die beiden Thipps' nicht», meinte Parker.

«Um keinen Preis», erwiderte Lord Peter, «würde ich mir das Vergnügen von Mrs. Thipps' Gesellschaft entgehen lassen. Bunter!»

«Ja, Mylord?»

«Den Napoléon.»

«Diskrete Zeugen» (Seite 5)

Die englische Originalausgabe erschien 1926 unter dem Titel
«Clouds of Witness» im Verlag Victor Gollancz Ltd. London.
Die deutsche Erstausgabe erschien 1961 unter dem Titel
«Lord Peters schwerster Fall» im Scherz Verlag, Bern / München.
1979 erschien der Band in neuer Übersetzung unter dem Titel
«Diskrete Zeugen» im Rainer Wunderlich Verlag Hermann Leins, Tübingen

«Ärger im Bellona-Club» (Seite 253)

Die englische Originalausgabe erschien 1928 unter dem Titel
«The Unpleasantness at the Bellona Club» im Verlag
Victor Gollancz Ltd., London.
Die erste deutsche Übersetzung erschien unter dem Titel
«Es geschah im Bellona-Club» 1972 bei Rainer Wunderlich Verlag
Hermann Leins, Tübingen

«Ein Toter zuwenig» (Seite 499)

Die Originalausgabe erschien 1930 unter dem Titel *«Whose Body?»*
im Verlag Victor Gollancz Ltd., London.
Die erste deutsche Übersetzung erschien 1952
unter dem Titel *«Der Tote in der Badewanne»*
im Scherz Verlag, Bern / München